Christa Wolf

Die Dimension des Autors

Christa Wolf

Die Dimension des Autors

Essays und Aufsätze
Reden und Gespräche
1959–1985

Büchergilde Gutenberg

Auswahl: Angela Drescher

Lizenzausgabe für die Büchergilde Gutenberg,
Frankfurt am Main, Olten, Wien,
mit freundlicher Genehmigung des
Hermann Luchterhand Verlages GmbH & Co KG,
Darmstadt und Neuwied

Der Abdruck der Texte erfolgt mit freundlicher Genehmigung
des Aufbau-Verlages, Berlin und Weimar
Gesamtherstellung bei der
Druck- und Verlags-Gesellschaft mbH, Darmstadt
ISBN 3 7632 3338 5

Selbstauskünfte

Einiges über meine Arbeit als Schriftsteller

Neulich gestand mir meine kleine Tochter eine merkwürdige Angewohnheit: Abends im Bett verwandelt sie sich unverzüglich in eine Prinzessin und erlebt die seltsamsten Abenteuer in ihrem herrlichen Schloß, wo sie von einem Prinzen besucht wird, der nichts anderes im Sinn hat, als sie zu erlösen, und wo eine Schar von Tieren eigens engagiert ist, um sie zu bedienen. Menschen als Diener anzustellen, und sei es in der Phantasie, verbietet ihr soziales Empfinden. – Irgend etwas, was ihr frohes, rundum ausgefülltes Kinderleben ihr nicht gibt, legt sie in diesen Traum. Tagsüber malt sie ihre nächtlichen Erlebnisse mit bunten Tuschfarben auf Zeichenpapier.

Diese Sehnsucht, sich zu verdoppeln, sich ausgedrückt zu sehen, mehrere Leben in dieses eine schachteln, auf mehreren Plätzen der Welt gleichzeitig sein zu können – das ist, glaube ich, einer der mächtigsten und am wenigsten beachteten Antriebe zum Schreiben. Auch meine Kindheitsträume hingen oft mit Verwandlungen zusammen. Manchmal wünschte ich sie mir, manchmal fürchtete ich sie: Was, wenn ich eines Morgens als Kind anderer Eltern, als eine andere erwachte? Ich habe früh versucht, die Verwandlung zu vollziehen, auf weißem Papier: Der Schmerz über die Einmaligkeit und Unwiederholbarkeit des Lebens ließ sich mildern. – Später vergessen wir zu schnell, worüber wir schon als Kinder trauern konnten . . .

Nicht vergessen kann ich, wie man uns, die wir bei

Kriegsbeginn zehn Jahre alt waren, falsche Trauer, falsche Liebe, falschen Haß einimpfen wollte; wie das fast gelang; welche Anstrengung wir brauchten, uns aus dieser Verstrickung wieder herauszureißen; wieviel Hilfe wir nötig hatten, von wie vielen Menschen, wieviel Nachdenken, wieviel ernste Arbeit, wieviel heiße Debatten. Wie wir uns auch auf die alten Kinderträume wieder besinnen mußten.

Ich war in einer mittelgroßen, eigentlich eher kleinen Stadt jenseits der Oder aufgewachsen. Ich hing an dieser Umgebung, an dem Blick aus meinem Fenster über die ganze Stadt und den Fluß, an den Seen, an den Kiefernwäldern, an dieser im ganzen vielleicht kargen Landschaft. Ich konnte mir keinen anderen Hintergrund für mein Leben vorstellen. So weit, wie ich als Fünfzehn-, Sechzehnjährige mit unserem Umsiedlertreck kam, war ich als Kind nie gereist. So nah hatte ich den Krieg nie gesehen. Ich erfuhr, daß es etwas anderes ist, tote, zerfetzte „Feinde" im Kino auf der Leinwand zu sehen, als selbst plötzlich einen erfrorenen steifen Säugling im Arm zu haben und ihn der Mutter geben zu müssen; etwas anderes, das Wort „Kommunist" immer nur im Zusammenhang mit „Verbrecher" flüstern zu hören, als plötzlich, in einer kalten Nacht, nach vielen Wochen auf der Landstraße, nach vielen nie für möglich gehaltenen Bildern, neben einem deutschen Kommunisten in KZ-Kleidung am Feuer zu sitzen.

In den nächsten Jahren erlebten wir, wieviel leichter ein „Nein" sich ausspricht als ein neues „Ja", das sich auf Wissen gründet und nicht auf neue Fehlschlüsse und Illusionen; wieviel leichter, sich seines Volkes zu schämen, nachdem man die ganze Wahrheit wußte, als es wieder neu lieben zu lernen. Für unsere Generation war es schwer, frühzeitig eine gültige literarische Aussage über ihr Grunderlebnis zu formulieren. Zuerst mußte dem Grunderlebnis unserer Jugend ein neues, nicht weniger intensives Erlebnis hinzugefügt werden – eines, das uns nicht zufiel oder aufgedrängt wurde wie das erste; das wir selber uns schaffen mußten: Unser Weg ins Leben, unsere Suche nach dem uns gemäßen Platz in diesem Leben fiel – eine einmalige Lage! – mit dem Aufstieg der neuen Gesellschaft zusammen, mit ihrer Suche nach Existenzformen, mit ihrem Wachstum, ihren Irrtümern, ihrer Konsolidierung. Seit wir gelernt haben, uns frei und sicher in dieser Gesellschaft zu bewegen, eins mit ihr und zugleich kritisch, wie man sich nur der eigenen Arbeit gegenüber verhalten kann – seitdem sind die Bücher der heute Dreißig-, Fünfunddreißigjährigen lebendiger, wahrhaftiger, wirklichkeitsvoller geworden (auch die Bücher über das Ende des Krieges).

Mein eigenes Leben? Ich wohnte seit 1945 an neun verschiedenen Orten der Republik; ich war Schreibhilfe beim Bürgermeister in einem kleinen Dorf; ich beendete die Schule, studierte Germanistik in Jena und Leipzig; ich war wissenschaftliche Mitarbeiterin im Deutschen Schriftstellerverband, ich arbeitete als Lektorin bei verschiedenen Verlagen, als Redakteurin in der Zeitschrift „Neue Deutsche Literatur". Ich schrieb Literaturkritiken und Essays über unsere neue Literatur – manche gemeinsam mit meinem Mann, der auch Lektor und Kritiker ist. Wir haben zwei Kinder, Mädchen, die unsere häufige Abwesenheit kritisieren . . .

Manche meinen, von der Germanistik und der Literaturkritik führe ein direkter Weg zur „richtigen" Literatur. Ich will nicht bestreiten, daß die Kenntnis der literarischen Entwicklung und der genaue Einblick in Probleme angehender Schriftsteller mir nützlich sind, mir vielleicht Umwege ersparen. Andererseits wird es einem, je länger man sich mit Literatur beschäftigt, immer schwerer, selbst etwas zu veröffentlichen. Für mich ist das Beste an all diesen Jahren, daß sie mich mit vielen verschiedenen Menschen zusammenbrachten, daß sie mich in alle Schichten der sich gerade formierenden neuen Gesellschaft führten. Die genaue Kenntnis dieser noch „rohen", „flüssigen" Übergangsformen von der alten zur neuen Gesellschaft ist gar nicht zu überschätzen.

Ich wußte immer, daß ich „eigentlich“ schreiben wollte, und ich schrieb auch. Heute bin ich froh, daß all diese Manuskripte der Selbstzensur zum Opfer fielen. Als erstes ließ ich die „Moskauer Novelle“ passieren, eine nicht sehr umfangreiche Erzählung, die 1961 veröffentlicht wurde. Ich schrieb sie nach meinem zweiten Aufenthalt in Moskau; die Motive dazu hatten mich seit langem beschäftigt und waren durch neue Erlebnisse und Erfahrungen, vor allem durch den Wunsch, sich zu verdoppeln, hier und dort sein zu können, aktiviert worden. Ich versuchte, einen Teil der Nachkriegsproblematik unserer beiden Völker in der konfliktreichen Liebesgeschichte zwischen einer Deutschen und einem Russen, einem ehemaligen Frontoffizier, zu erfassen – zwei Menschen, die sich eineinhalb Jahrzehnte nach ihrer ersten Begegnung unter neuen Aspekten wiedertreffen und noch einmal entscheiden müssen, wie sie weiterleben wollen.

Als ich die Erzählung „Der geteilte Himmel“ schrieb, wohnten wir in Halle, der tausendjährigen Stadt, ehemals Handelsknotenpunkt und Salzsiederkolonie, heute eines unserer größten Industriezentren: Chemie und Maschinenbau. Eine Stadt mit vielen Schichten, unruhiges Gemisch aus Tradition und Gegenwart, rußig, unschön auf den ersten Blick, Knotenpunkt vieler Widersprüche. Manches davon habe ich in meinem Buch zu beschreiben versucht, in dem Maß, wie ich selbst es nach und nach durchschaute. Mir war und ist klar, daß man nur mit exaktem Wissen in das Innere der interessanten Vorgänge eindringen kann, die gerade in diesen Jahren schnelle Veränderungen in den Beziehungen der Menschen zueinander hervorrufen. Ich verlor mich damals zuerst in dem scheinbaren Durcheinander, wurde in Fragen hineingezogen, die mir ganz neu waren, schloß mit vielen neuen Menschen Bekanntschaft, mit manchen Freundschaft. Durch sie entdeckte ich mein Interesse für die nüchterne Wissenschaft Ökonomie, die das Leben meiner neuen Bekannten so direkt bestimmte, die der Schlüssel wurde zu manchen menschlichen Dramen, zu vielen Konflikten, zu Klagen und Kämpfen, Erfolgen und Niederlagen. Wir saßen gemeinsam über Zahlen und Artikeln, über Aufrufen, Beschwerden und Rechenschaftsberichten. Manchmal verstand ich nicht, warum das Vernünftige, das jedem einleuchten mußte, so schwer durchzusetzen war.

Jedem denkenden Menschen mußte damals in jedem Betrieb auffallen, daß der Schlüssel zur Lösung vieler Probleme in der Steigerung der Arbeitsproduktivität lag. Gerade dadurch, daß ich Menschen in schweren, komplizierten Situationen erlebte, sah ich: Der Sozialismus ist in unserem Land, fünfzehn Jahre nach der Zerschlagung des deutschen Faschismus, für Millionen eine Realität geworden, Wirklichkeit des täglichen Lebens, Ziel ihrer Arbeit. Er wurde in einem Teil Deutschlands zur menschenbildenden Kraft. Diese Tatsache gibt uns die Sicherheit, uns frei in unserem Stoff zu bewegen, die Vorteile immer besser zu nutzen, die unsere Gesellschaft dem Schriftsteller bietet: Daß er in die Lage versetzt wird, sich das Wissen und die Erlebnisse zu verschaffen, die nötig sind, um ein Gesamtbild der modernen, komplizierten Industriegesellschaft zu bekommen; daß er sich nicht, wie ein großer Teil der bürgerlichen Literatur heute, mit Randerscheinungen zufrieden geben muß, sondern zum Wesentlichen gedrängt wird.

Ich spreche so viel von den objektiven Bedingungen des Schreibens, weil mein Genre die Prosa ist und im wesentlichen bleiben wird (obwohl auch Film und Drama mich reizen). Ich bin sicher, daß auch in der Prosa das Subjekt des Autors eine große Rolle spielt; aber der sozialistische Prosaschriftsteller ist, wie mir scheint, verpflichtet, sein Subjekt möglichst auszuweiten, möglichst vieles möglichst richtig zu erfassen, immer wieder neu zu versuchen, Lebenstatsachen zu verarbeiten, zu deuten.

Ein wissenschaftliches Weltbild sollte seiner Arbeit zugrunde liegen – dann kann er übrigens die subtilsten und subjektivsten Ausdrucksmittel verwenden, ohne dabei willkürlich, manieriert zu werden.

Ich bewundere Romanciers, die in unserer Zeit verstanden haben, ein Gesamtbild ihrer Gesellschaft zu geben – wie Aragon, Anna Seghers, Thomas Wolfe. Das große Thema unserer Zeit ist: Wie aus der alten eine neue Welt aufsteigt. Das kann kaum irgendwo deutlicher, erstaunlicher, schärfer und konfliktreicher vor sich gehen als in unserem Land. Als Schriftsteller muß man es „nur" sehen.

Scheinbar habe ich meinen ursprünglichen Antrieb zum Schreiben aus den Augen verloren – die Sehnsucht, sich verwandeln, vervielfältigen zu können – und bin auf ganz nüchterne, alltägliche Antriebe übergegangen: Ökonomie, Politik, Weltanschauung ... Erwachsene haben es eben nicht immerzu mit verwunschenen Prinzessinnen und ähnlichen Alltäglichkeiten der Kinderwelt zu tun. Trotzdem: Auch heute noch kommt mir insgeheim mancher Mensch wie verzaubert vor, und ich wünsche mir oft, die Literatur wäre etwas wie ein Zauberstab, ihn, sie alle zu erlösen: Die toten Seelen zum Leben zu erwecken, ihnen Mut zu sich selbst zu machen, zu ihren oft unbewußten Träumen, Sehnsüchten und Fähigkeiten ...

Anfang 1965

Tagebuch – Arbeitsmittel und Gedächtnis

Auf einer der letzten Seiten meines Tagebuchs steht ein Brecht-Gedicht aus dem Jahr 1944:

Lektüre ohne Unschuld

In seinen Tagebüchern der Kriegszeit
Erwähnt der Dichter Gide einen riesigen Platanenbaum
Den er bewundert – lange – wegen seines enormen Rumpfes
Seiner mächtigen Verzweigung und seines Gleichgewichts
Bewirkt durch die Schwere seiner wichtigsten Äste.
Im fernen Kalifornien
Lese ich kopfschüttelnd diese Notiz.
Die Völker verbluten. Kein natürlicher Plan
Sieht ein glückliches Gleichgewicht vor.

Tagebuch! Das Thema ist erweiterungsbedürftig. Wer könnte, wer möchte dreißig Minuten über sein Tagebuch reden? Aber: der Autor und das Tagebuch *anderer* – damit ließe sich beginnen. Am liebsten: das Tagebuch derer, die selbst nicht Autoren sind . . .

Die Leute, die in hundert Jahren leben, werden vielleicht neugierig sein auf ihre Vorfahren; sie werden, nehme ich an, Zeit haben, jede Art von Neugier zu befriedigen. Es wird ihnen nicht ganz leicht werden, sich uns vorzustellen. Sie werden nach den Büchern suchen, in denen wir uns selbst beschreiben. Ein bißchen ratlos werden sie sie wieder aus der Hand legen: Mehr haben die nicht über sich gewußt? Oder: Mehr haben sie nicht sagen wollen? Vielleicht auch werden sie, besser als wir selbst, begreifen, was alles, wieviel Verschiedenes sich heutzutage zwischen einen Autor und die schlichte, wahrheitsgetreue Erzählung über seine Welt schiebt.

Wie auch immer – Auskunft über die inneren Vorgänge um die Mitte dieses Jahrhunderts werden sie in Dokumenten dieser Zeit suchen müssen.

Wie ja auch wir selbst es schon tun. Ich kann nicht sagen, daß Romane meine erregendste Lektüre der letzten Jahre gewesen wären. Wir sind mißtrauisch geworden gegen Erfindungen über das Innenleben unserer Mitmenschen. Außerdem: die Wirklichkeit hat sich als unübertrefflich gezeigt. Wenn auch nicht als unübertrefflich schön. „Wie dieser Vers stockt das Herz", heißt es in einem Gedicht von Stephan Hermlin, in dem sich auch die Zeile findet: „Die Zeit der Wunder ist vorbei."

Wir lesen Akten, Briefsammlungen, Memoiren, Biographien. Und: Tagebücher. Wir wollen Authentizität. Nicht belehrt – unterrichtet wünscht man zu sein. Die großen Fragen, welche die Kunst zu stellen hat, können nicht aufgegeben werden. Wer sonst als die Kunst soll die Synthese finden all jener oft schwer erklärbaren menschlichen Verhaltensweisen unserer Tage? Wer, wenn nicht sie eine vernünftige, uns gemäße Ordnung bringen in die Sturzflut der sogenannten Fakten?

Vier Tagebücher liegen vor mir. Das zeitlich früheste und das zeitlich späteste sind fast gleich weit vom magischen Datum der Jahrhundertmitte entfernt. Die da schrieben, waren oder sind unsere Zeitgenossen. Sie lebten auf kleinem Raum: tausend Kilometer im Quadrat. Wir lesen ihre Aufzeichnungen und fragen: Wieviel Schichten hat die Zeit? Wieviel Möglichkeiten, in ihr zu leben?

Dawid Rubinowicz, ein jüdischer Junge aus dem Dorf Krajno in der Wojewodschaft Warszawa, ist zwölf Jahre alt, als er beginnt, seine Erlebnisse und seine Gefühle in gelbbraun gebundene Schulhefte einzutragen. Er ist vierzehn, als die Notizen mitten in einem Satz abbrechen. Das vorletzte Wort – jedenfalls in der deutschen Übersetzung – heißt: Blut. Das letzte – Dawidek hat es nicht mehr aufschreiben können – müßte Tod heißen. Genauer: Mord. Mord in Treblinka. Vor diesem Un-Wort stehen die paar tausend Worte Dawideks.

Er beginnt:

„Frühmorgens bin ich durch das Dorf gegangen, in dem wir wohnen. Von weitem sah ich an der Mauer des Ladens eine Bekanntmachung, ich ging schnell hin, sie zu lesen. Die neue Bekanntmachung war, daß die Juden überhaupt nicht mit Fuhrwerken fahren dürfen (mit der Eisenbahn war schon lange verboten)."

„... Die ganze Nacht konnte ich nicht schlafen, so seltsame Gedanken kamen mir in den Kopf."

Durch Zufall ist der Name dieses Jungen unbekannt geblieben neben dem Namen Anne Frank. Allerdings mag, wie die meisten Zufälle, auch dieser seine Gründe haben. Sollte Westeuropa weniger aufnahmebereit sein für die Todesgeschichte eines armen Bauernjungen aus dem weltabgelegenen polnischen Dorf? Weniger reizbar durch Leid dieser Art: entfernt genug, um als „fremd" gelten zu können, und wenig geeignet, etwas wie eine kollektive Selbstreinigungsepidemie auszulösen?

Dawidek, ein sensibles, tapferes, begabtes Kind, erzählt mit unfehlbarer Echtheit und Genauigkeit von seiner Welt – das Dorf, die Natur, die Familie –, die sich in zwei Jahren auf einen schrecklichen Punkt verengt: die ebenso unausweichliche wie unfaßbare Konsequenz der Verfolgung.

„... Und dann sind sie gekommen, zuerst haben sie Haussuchung bei einem Bauern gemacht und sind dann weggefahren. Als sie nah bei uns waren, habe ich geglaubt, daß mein Herz rausspringt, so hat es geschlagen."

Alle Lebensmöglichkeiten, die sonst diesem Alter aufzugehen beginnen, verkehren sich ihm in Todesmöglichkeit: „Wenn sich schon einmal ein bißchen Hoffnung zeigt, wenn ein ganz kleiner Strahl leuchtet, dann kommt gleich ein Sturm, und alles ist aus..." – „Ich kann es kaum glauben, aber alles ist möglich. Ein Mädchen wie eine Blume, wenn sie erschossen werden konnte, wird wohl bald das Ende der Welt dasein..."

Die Schranke des Unaussprechbaren steht vor ihm auf: „Aber jetzt ist so eine Zeit, wo man nichts sagen darf, nur still sein muß und alles erdulden..." – „Es ist mir schwer, alles, was Vater erzählte, zu beschreiben..."

Das Schicksal des Dawid Rubinowicz könnte kaum anders als in der subjektiven und zugleich streng dokumentarischen Form seines Tagebuches überliefert sein. Die schauerlichen Tatsachen spotten jeder „Überhöhung" durch Phantasie. Dokumente aus den Archiven der Mörder und ihrer Beamten, Tagebücher der Opfer stehen sich gegenüber – beredter, als ein Roman, ein Gedicht es sein könnten. Das Tagebuch, „privat" seinem Wesen nach, oft heimlich geschrieben, an keinen Leser denkend, nicht einmal an ihn glaubend, übernimmt für eine heillose Epoche und ihre verheerendsten Untaten das Amt des unbestechlichen, gerechten und wahrhaftigen Zeugen.

Es gibt dieses Amt ab, wenn die Zeit, das nackte Grauen überwindend, vergessend, verbergend oder in ferne Erdteile verlegend, sich dem durchschnittlichen Menschen in durchschnittlicher Problematik zeigt. Erlöst wird der Einbruch des Selbstverständlichen, Normalen aufgenommen in jene Welt, da „nichts mehr selbstverständlich war". Johannes R. Becher beschreibt diesen Vorgang in seinem Tagebuch aus dem Jahr 1950: „Das Unmenschliche hat das Selbstverständliche usurpiert... Aber welch eines Mutes bedurfte es, damit das Selbstverständliche sich wieder von selbst verstehe..."

Fast auf den Tag genau sechs Jahre, nachdem das Tagebuch des Dawid Rubinowicz verstummt ist, entsteht im Sommer 1948 das „Bukolische Tagebuch" Wilhelm

Lehmanns. In ihm findet sich die folgende Anekdote um einen Schmetterling:

„. . . Ich komme näher und entdecke am Rockaufschlag des Alten einen Falter mit vibrierenden Flügeln. Auf meinen bittenden Blick überläßt er ihn mir. . . . Zu Hause setze ich ihn auf einen Schwertlilienstrauß. . . . Schalt ich die müde Flüchtigkeit der modernen Zivilisationsmenschen, so danke ich der Aufmerksamkeit derer, die vor uns gewesen sind. Es geht nichts über einen guten Namen: die Flecke auf den Hinterflügeln, unter den Vorderflügeln versteckt, trafen mich als erstes, da ich den Falter auf dem Rockaufschlag sah. So hat jener aufmerksame Mensch Jedermann, der nach Voltaire klüger ist als der einzelne, bei solchen Flecken an die Augenspiegel des Pfauen gedacht und den Falter zum Unterschied von jenem häufigen Tagschmetterling ‚Abendpfauenauge' gerufen. . . . Zwar habe ich mich gescheut, dem Tier meine Menschlichkeit aufzudrängen, aber es ist an der Luft meines Zimmers gestorben. Sein süßer Leichnam ruht auf dem Papier, ich sinne ihm nach."

Zweifellos ist auch dies: Alltäglichkeit, Dasein, Natur. Wenn man so will: „das gute Recht" des Menschen. Ist es unbillig, auszusprechen, daß Dawid Rubinowicz' Tagebuch solche Zeilen in Un-Natur verwandelt? Obwohl das eine vom anderen nichts weiß?

Also nicht: die genaue Idylle anstelle der sentimentalen. Was aber dann, da wir uns doch auf das Durchschnittliche berufen? Wieso denn nimmt meine Entfernung zu dieser kunstvollen Beschwörung eines Schmetterlings mit Namen Pfauenauge so schnell zu? Wieso tauchen diese Zeilen unerbittlich unter in der Masse des „Nicht-Zeitgenössischen"? Während die Stimme des Dawid Rubinowicz immer näher klingt, als sei man erst jetzt fähig, sie wirklich zu hören – *sie* zu hören und nicht in ihr nur sich selbst. Ihr ist nichts anzuhaben. Sie tritt hervor. Die menschliche Stimme der Zeit, in der das Unmenschliche selbstverständlich geworden war.

„. . . Auch der unscheinbarste Mensch hat seine Geschichte", heißt es in Bechers Tagebuch, zwei Jahre nach den bukolischen Idyllen Wilhelm Lehmanns. „Geben wir dem Menschen, was des Menschen ist: eine Geschichte der Unscheinbaren und Namenlosen, und wir werden die alle unsere Erwartungen und unsere kühnste Phantasie übertreffende Entdeckung machen, welch eine abgründige und abenteuerliche, welch eine reichhaltige und widerspruchsvolle Geschichte jeder einzelne Mensch hat, und gerade auch der geringe, den wir als unbedeutend und als langweilig abzutun gewohnt sind und unter die graue Masse der Namenlosen einzureihen uns anmaßen. . . . Welch ein Unruheherd ist die menschliche Seele, die zu befrieden wir kein Mittel scheuen, aber welche Mittel wir auch immer anwenden und uns gegenseitig vorschreiben: diese Unruhe ist nicht zu bändigen, und erneut bricht der Aufstand im Menschen los. . . . Denn diese tiefe Unruhe der menschlichen Seele ist nichts anderes als das Witterungsvermögen dafür und die Ahnung dessen, daß der Mensch noch nicht zu sich selber gekommen ist. Was ist das: dieses Zu-sich-selber-Kommen des Menschen?"

Literatur, in der diese Frage nicht wenigstens mitschwingt – und sei es als Klage, als Verzweiflungsschrei –, verfällt dem Verdikt der Sterilität. Der Vorstoß zu den Fragen unserer Zeit ist – jedenfalls in der Prosa, wenn sie sich nicht im Gleichnishaften bewegen will – an das Alltägliche gebunden. Die Banalität dieses Alltags wiederum scheint viele Prosaschriftsteller vor einen unlösbaren Widerspruch zu stellen. Max Frisch sagt in seinem Tagebuch: „Eine ganze Welt aber, eine entscheidend andere, eine terra incognita, die unser Weltbild wesentlich verändern könnte, haben unsere Epiker nicht mehr abzugeben."

Tatsächlich treibt der moderne bürgerliche Roman im Teufelskreis der Variationen über ein Thema, das vor zweihundert Jahren von der Literatur – einer Brief- und Tagebuchliteratur übrigens! – entdeckt wurde: Wie der Mensch die Wahl hat, entweder physisch oder moralisch von der Gesellschaft zerbrochen zu werden. Wir, verbunden mit einer neuen Gesellschaft, Angehörige einer Generation, die mit dieser Gesellschaft zusammen erwachsen wurde und die nun, genau wie sie, ihre erste Jugend hinter sich hat, den glücklichen Zustand früher Unbefangenheit verlor, blicken uns um: Wo liegt unsere Terra incognita, und wie sieht sie aus, bei nüchternem Tageslicht, von Wunschbildern befreit?

Seit zwei Minuten mindestens spreche ich – wenn nicht vom ersten Wort an – über mein eigenes Tagebuch. Doch noch einmal greife ich zu einem Zitat aus dem „Tagebuch anderer" – anderer, die nicht schreiben, weil es ihr Beruf ist. Eine Kohlefahrbrigade aus dem Braunkohlenkombinat Deuben bei Bitterfeld hat folgende Notizen in ihrem Brigadetagebuch:

„Ein Hundewetter, ein tobender Nordost – Wind, daß man kaum atmen kann – und dann noch Uneinigkeit?

Ich schreibe hier genau nieder, warum Kollege K. nicht mit einer Prämie bedacht wurde, und dann entscheidet selbst: Wir sollten in die Kohle runterfahren, sobald die schiefe Ebene fertig war. Die Kabeltrommel war aber nicht in Ordnung. Sie lief schneller, als das Gerät fuhr. Dabei verwickelte sich das Kabel so um die Trommel, daß wir anhalten mußten, um es wieder in die richtige Lage zu bringen. Und was tat in dieser Situation Kollege K.? Er verließ das Gerät und uns, weil er angeblich seinen Bus sonst nicht schaffte. Kollege T. blieb eine halbe Stunde länger als K. und erreichte seinen Bus trotzdem!"

Leicht, aber auch leichtfertig wäre es, diese Notiz „banal" zu nennen. Auch die Antwort des Kollegen K., die siebzehn Tage später im gleichen Tagebuch erscheint, mag Phantasielosen banal erscheinen: „. . . Gut, ich gebe zu, ich hätte die halbe Stunde länger noch bleiben können. Aber die ganze Schicht war ich unten in der Kohle und habe erbärmlich gefroren. Da habe ich mich dann eben umgezogen und bin gegangen. Das war nicht richtig. Aber ist es richtig, daß die Kollegen V., R. und der

Schichtführer D. die Prämien allein aufteilen, als wären die anderen Brigademitglieder nicht da? – Das ist kein kollektives Verhalten! ..."

Mir scheint nicht banal, was in diesem Mann vorgegangen sein muß, sondern, als winziges Teilchen eines größeren Prozesses, bemerkenswert im Sinne von: literaturwürdig. Von der „Banalität des Bösen" ist im Zusammenhang mit Eichmann die Rede. Doch bringt nicht gerade dieses belastete Wort, wenn wir ihm den herabmindernden Unterton nehmen, das Brigadebuch auf überraschende und – endlich! – hoffnungsvolle Weise in Kontakt mit den Aufzeichnungen des Dawid Rubinowicz? Die Banalität des Guten; das Gute als Banales – oder sagen wir jetzt: als Gewöhnliches, Durchschnittliches, Selbstverständliches –, das allein ist wirksame und dauerhafte Garantie gegen Treblinka. Ein Wunschbild, wiederum? Wie sagt doch Becher? Es sei „... höchste Stufe schöpferischer Phantasie, die Dinge so zu sehen, wie sie sind ..."

Man kann über die Form des eigenen Tagebuchs nicht schreiben, ohne zugleich etwas von seinem Inhalt preiszugeben. Seine Vorzüge für den Autor liegen auf der Hand. Erstens: Im Tagebuch trifft sich ursprüngliches menschliches Bedürfnis, sich auszudrücken, noch mit Literatur als Kunstform. Zweitens – ich sagte es schon: In „normalen Zeiten" wird das Tagebuch Spiegel der Durchschnittsproblematik gewöhnlicher Menschen, zu denen der Autor sich rechnet; es kann, von Formenzwang frei, unverfälschter Ausdruck innerer und äußerer Erlebnisse sein. Drittens: Es bewahrt sich durch seine Unmittelbarkeit die Nähe zu dem Material, welches schließlich Hauptquelle auch der Kunst ist: zum Lebensstoff. Wenn es die an ein gewisses Lebensalter gebundenen Stadien der Selbsterforschung, der Selbstbekenntnisse durchlaufen hat, kann es sich öffnen für die Spiegelung aller möglichen Arten von Realität. Das Fragezeichen kommt häufiger vor als das Ausrufezeichen, der Punkt als Zeichen einer sachlichen Aussage wird geschätzt. Der Zauber der Realität, die Poesie, ohne die kein Mensch leben kann, wird in den Dingen selbst gesucht, so, wie sie sind, nicht in den mannigfachen Verkleidungen ihrer verschiedenen Namen. Dann erst wird Benennung möglich sein. Das Tagebuch sammelt Stoffe, Anekdoten, Geschichten, Gespräche, Beobachtungen an Menschen, Städten und Landschaften, Auszüge aus Büchern, Fragen zu Zeitereignissen, Nachrichten, neue Wörter und Redewendungen, Namen. Aber es ist nicht verpflichtet – im Gegenteil: es hütet sich – dies alles mundgerecht zu zerkleinern durch voreilige Schlüsse. Ja, es ist Vorarbeit, Halbfabrikat (deshalb so schwer zitierbar), aber es ist auch Arbeit, Training; Mittel, aktiv zu bleiben, der Versuchung des dahindämmernden Konsumierens zu widerstehen.

Übrigens hat es seine Gezeiten – Ebbe und Flut. Es gibt Tagebuchmüdigkeit und Tagebuchwut (die oft im umgekehrten Verhältnis zur literarischen Produktivität stehen). Nie aber ist an Veröffentlichung gedacht, nie wäre daran zu denken: Gerade das ist Grundlage seiner Existenz (auch deshalb ist es so schwer zitierbar). Innere Spannung bekommt es – wie die Existenz jedes bewußt lebenden Menschen heute – von zwei Polen, die vielleicht am deutlichsten durch zwei Eintragungen gekennzeichnet sind (in meinem Tagebuch stehen sie weit auseinander, erst nachträglich stellt sich ein Zusammenhang her). Thomas Mann schrieb in einem erstaunlichen Brief vom August 1945: „Wir sind so weit, daß die Erde durch Explosions-Rückstoß aus ihrer Bahn geworfen werden kann, so daß sie nicht mehr um die Sonne läuft, – wozu man allerdings einfach sagen mag: ‚Wenn schon!‘ Aber beschämend ist es doch, daß das Leben sich eine andere kosmische Unterkunft wird suchen müssen, weil es auf Erden vollkommen fehlgegangen ist.“ Und, fast hätte ich gesagt: „dazu“ Brecht, 1955: „In einem Zeitalter, dessen Wissenschaft die Natur derartig zu verändern weiß, daß die Welt schon nahezu bewohnbar erscheint, kann der Mensch dem Menschen nicht mehr lange als Opfer beschrieben werden, als Objekt einer unbekannten, aber fixierten Umwelt. Vom Standpunkt eines Spielballs aus sind die Bewegungsgesetze kaum konzipierbar."

Der objektive Zynismus (falls es so etwas gibt), der in dieser Situation, in diesem noch niemals je so gefährlichen Widerspruch zwischen dem Entwicklungsstand der Wissenschaft und den vielerorts zurückgebliebenen Gesellschaftszuständen liegt, führt zu den mannigfachsten Formen zynischer Verhaltensweisen; ihr gemeinsamer Ursprung ist: Unglaube an die Veränderbarkeit der Welt. Neu und dringlich steht vor uns die Frage nach Veränderung, nach ihren Formen, ihren Möglichkeiten; nach den Hindernissen, denen sie begegnet. Nach der Notwendigkeit, das revolutionäre Prinzip lebendig, wirksam zu erhalten.

Dies wäre der Problemkreis. Mit Stichworten, Notizen versucht man, ihm näherzukommen. Dabei steht immer die Frage vor Augen: Wie aber soll man heute schreiben?

Nicht, daß man immer bitterernst sich verhielte.

Kleine Alltagsgeschichten finden sich an, vergnüglich oder nicht, jedenfalls erfreulich morallos. Wie diese: „B. erzählt von ihrer Freundin, die, Studentin, sich in einen jungen verheirateten Dozenten verliebt. Während einer Reise seiner Frau verbringt sie mit ihm Flitterwochen in seiner Wohnung. Da sie in dieser Zeit alle Vorlesungen versäumt, wird sie vom Studentendekanat zur Rede gestellt. In ihrer Angst verschafft sie sich von B.s Mutter, Arzthelferin in einer Poliklinik, ein fingiertes Attest, das ihr für die bewußte Zeit Krankheit bescheinigt. Ein Telegramm der Mutter: ‚Attest nicht abgeben!' kommt am nächsten Tag zu spät. Der Betrug wird entdeckt, das Mädchen für ein Jahr von der Universität ausgeschlossen. Gegen B.s Mutter, die sonst die Korrektheit in Person ist, wird die Untersuchung niedergeschlagen. Das Mädchen studiert heute wieder. Es erinnert sich seiner früheren Leidenschaft mit Lächeln."

Keine Moral, sagte ich? Ich hätte auch sagen können: mehrere; zum Aussuchen.

Kindergeschichten machen mir Spaß, Geschichten der eigenen Kinder. Sie haben an sich, daß sie keine Geschichten sind, sondern kleine Etüden mit offenen Schlüssen nach überallhin. Oder ist es eine Geschichte, wenn die Fünfjährige ein schönes, grün und rot und blaues Sommerbild malt, mit Haus und Wiese und Himmel und zwei Kindern, und an jeder Ecke des Himmels eine Sonne, „. . . damit jedes Kind seine eigene Sonne hat"? Oder die Tür mit den zwei Türklinken, eine hoch, eine niedrig angebracht, „. . . damit auch die kleinen Kinder sich allein die Tür aufmachen können . . ."

Manchmal gibt es genaue Aufzeichnungen über einen bestimmten Tag. Eine beginnt so: „Tinka singt ihrer Puppe lauthals ein Lied vor, das die Kinder neuerdings sehr lieben; die letzte Strophe heißt:

Eines Abends in dem Keller
aßen sie von einem Teller,
eines Abends in der Nacht
hat der Storch ein Kind gebracht . . .

‚Morgen habe ich Geburtstag, da können wir uns heute schon freuen', sagt sie. ‚Aber du hast ja vergessen, daß ich mich alleine anziehen kann!' – ‚Hab's nicht vergessen. Dachte nur, dein Fuß tut dir zu weh.' – Wir gehen zum Arzt. Sie hat Angst vor dem Verbinden. Sie redet und redet. ‚Wenn ich groß bin und du klein, renne ich auch so schnell die Treppen runter. Ich werde größer als du. Dann spring ich ganz hoch. Kannst du übrigens über das Haus springen? Nein? Aber ich. Über das Haus und über einen Baum. Soll ich?' – ‚Mach doch!' – ‚Ich *könnte* ja leicht. Aber ich will nicht.' – ‚So, du willst nicht.' – ‚Nein.' – Schweigen. Nach einer Weile: ‚Aber in der Sonne bin ich groß. Groß bis in die Wolken!' Unsere Schatten sind lang, weil die Sonne noch tief steht. Kleine Dunstwolken sehr hoch am Himmel."

Manchmal notiere ich kleine Monologe von Leuten, die ich im Geschäft, beim Friseur, in der Straßenbahn treffe. Wie reden sie? Worüber reden sie? Was ist ihnen wichtig? Das wird man niemals verwenden – dieses ganze Tagebuch unterliegt ja zum Glück nicht dem Nützlichkeitszwang –, aber man braucht es immer. Überhaupt: Man vergißt. Auf mein Gedächtnis kann ich mich nicht verlassen. Natur, Landschaftserlebnisse verschwimmen allzu leicht zu Stimmungen und sind dann nie wieder reproduzierbar. Ich brauche eine Stütze, knappe, anspruchslose Notizen: Winterlandschaft bei Werder 1961. „Sonne, in die man nicht blicken kann. Weiße Kondensstreifen der Flugzeuge als Meridiane über eisblaues Himmelsgewölbe. Jeder Schilfhalm am See hat seine Eismanschette: sie alle funkeln wie Kristall und stoßen leise klingend aneinander. Scharfer Wind. Durchwehte Landschaft: Flächigkeit, ohne durch Weite zu erdrücken. Verwahrloste Obstgärten. Ganz nah: die neuen Wochenendhäuser am anderen Seeufer. Trockendurchsichtige Luft.

Wie das zu einem Eindruck zusammenfassen, der mehr wäre als ein Bild? Nacktes Weidengestrüpp. Ein Schwarm von Distelfinken mit bunten Köpfen und grüngelben Brustlätzen stiebt von den dürren Halmen am Wegrand auf: trockene, grauglänzende Blätter.

Gespräch über den Einfluß von Landschaften auf das Schreiben."

Faszinierender als alles aber bleiben Beobachtungen an der Gesellschaft der beiden deutschen Staaten, die, jeder auf seine Art, inzwischen genügend Zeit hatten, bezeichnende Züge zu entwickeln. Sie sind aus ihrem Gärstadium heraus. Die freien Plätze wurden eingenommen. Die Typen hatten ihre Gelegenheit, sich zu bilden; die Gegensätze treten deutlich genug hervor. Von einem Aufenthalt in Frankfurt/Main im März dieses Jahres notierte ich die Bemerkung einer jungen Soziologin: „Ich lebe gern hier in Frankfurt. Hier weiß man wenigstens, woran man ist. Wenn man aus dem Bahnhof tritt und sieht die Reklamen der großen Versicherungen, wenn man durch das Bankviertel geht, springt in die Augen: Hier geht es um Geld, um nichts sonst. In anderen Städten versuchen sie das durch Kultur zu verkleistern. Das ist hier unmöglich."

Bei uns in der DDR wird es mir natürlich leichter, den heraufkommenden neuen Menschentyp genau kennenzulernen. Mich beschäftigt die Frage: Was werden das für Leute sein, die auf die Knöpfe der Automaten drükken?

Ich notiere Lebensläufe fünfunddreißigjähriger Werkleiter. Es zeigt sich: Meine Generation hat schon ihre eigene Biographie. Wenn ich in meinem Tagebuch blättere, über Jahre Entwicklungen verfolge, steht das Steigen und Sinken der Figuren in der großen Retorte Gesellschaft mir deutlich vor Augen. Wie das Tragische zum Banalen, das Gefährliche zum Komischen herabsinkt, wie, in der gleichen Bewegung, das Unauffällige auf einmal mächtig hervortritt – wie eh und je kann das Quell ästhetischen Vergnügens sein.

Manchmal, alle paar Jahre, tritt eine ganze Generation geschlossen ins Rampenlicht der Bühne. Es ist noch kein Jahr her, daß ich den Auftritt einer solchen neuen Gruppe bemerkte: Berlin, im Januar 1964: „Das war eine der kältesten Wochen in diesem Winter. Berlin trug Pelzmützen. Es trippelte in den modernen Piroschkastiefelchen, die es nirgends zu kaufen gab. Alle Leute liefen, wie es schien, unbekümmert in dieser merkwürdigen Stadt herum. Wir fragten uns oft: Wie soll man aus dieser Ansammlung von Wohnvierteln, von neuen Häusern, Ruinen, leeren Plätzen und pompösen Dienstgebäuden einmal wieder eine Stadt machen? Dieses Nichtmehr und Noch-nicht, das im äußeren Stadtbild auffiel, scheint auch in den Leuten zu stecken. Die einen macht es ungeduldig, die anderen ängstlich . . . In den Theatern besetzen jüngere Männer und Frauen unserer Generation die meisten Plätze. Und neben uns, unübersehbar, die Zwanzigjährigen. Bei Brecht in der Überzahl, sind sie plötzlich überall da – selten unangenehm auffallend, wie jene vier Rowdys in der S-Bahn, die, schon betrunken genug, über die Vor- und Nachteile verschiedener Nachtlokale meditierten. Sie hatten alle das gleiche knappe unverschämte Hütchen auf.

Fielen uns zuerst die vielen Ausländer auf, deutlich herauszufinden durch eine bestimmte betonte Ungezwungenheit des Benehmens, drehten wir uns bald nur noch nach einheimischen jungen Leuten um. Da ist ein gewisser Typ von Mädchen, schlank, mit glatt herabfallendem Haar, leger gekleidet, die Augen stärker betonend als den Mund. Sie verstehen einen Schimmer von Romantik zu verbreiten, meist durch den Blick. Vorbei der nüchtern-knabenhafte Typ früherer Jahre. – Die jungen Männer fallen viel weniger auf. Sie sind korrekt angezogen, höflich, gewandt, aber ein bißchen hilflos vor den spöttischen Anforderungen der Mädchen ... Wie eine Gilde kamen sie mir vor, ein Orden, zu dem keiner Zutritt hat, der nicht das Losungswort kennt. Und sie, selbst wenn sie wollten, könnten es keinem verraten ...

Wie kommt man an das Innere dieser Stadt heran? Wie lange noch soll die kleine Spitze des Eisbergs beschrieben werden, und sechs Siebentel darunter bleiben unbekannt, unbenannt, unerlöst?

Was ist das: Zeit? Was verändert in wenigen Jahren das Gewebe dieser Stadt? Was treibt sie an, hält sie in Bewegung, läßt sie einmal lahm dahinkriechen, dann wieder losjagen wie nicht gescheit? Was bringt alle paar Jahre ihre neuen Träume hervor? Der Fortgang der Zeit. Aber was ist das: Zeit?“

Weiter möchte ich nicht gehen. Wer einen anderen über dessen Tagebuch befragt, muß in Kauf nehmen, wenn man ihm mehr verschweigt als sagt. Nicht zu reden war über Pläne, die, im Tagebuch genau ablesbar, entstehen, sich verändern, fallengelassen werden, mißlingen oder, unerwartet, scheinbar unvermittelt fertig da sind. Nicht zu schildern waren die Versuche, zeitlich sehr nahen Lebensstoff durch Denkanstrengung auf Abstand zu bringen. Und die Irrtümer bei diesen Versuchen. Und, natürlich, bleiben die Namen unerwähnt, die, einmal oder häufig, im Tagebuch auftauchen.

Wer weiß – vielleicht beendet diese Betrachtung überhaupt eine Zeit der Tagebuchfreudigkeit. Denn schließlich bleibt es Mittel, das Tagebuch, wie immer man es ansieht: Arbeitsmittel und Gedächtnis. Mag es sich eignen, die „Güte des Alltags" herauszufinden, das „Positive als Banalität" zu entdecken. Den Kern der Wirklichkeit, den das Kunstwerk sucht, kann nur das Kunstwerk freilegen.

Eine kleine Anekdote steht auch in meinem Tagebuch. Anna Seghers will sie von Brecht gehört haben. „Ich weiß nicht", sagt sie, „ob er sie erfunden hat oder einer chinesischen Anekdote nacherzählt: Ein berühmter, alter chinesischer Maler, befragt, was sich am schnellsten und leichtesten male, erwiderte ohne Zögern: ‚Drachen und Gespenster.' – ‚Warum?' wollte man wissen. ‚Weil ihre Echtheit niemand kontrollieren kann', sagte er. Und fügte hinzu: ‚Wie anders dagegen, wenn mich der Hafer sticht und ich mich an das Porträt des Schusters von der Ecke wage, den jedermann in dieser Straße kennt.'"

Dezember 1964

Abgebrochene Romane

Auf Schritt und Tritt stößt man auf sie. Romane, die für die Beteiligten Anfang und Höhepunkt und Ende haben, Zuspitzungen und Kollisionen, Motive und Gegenmotive – aber nicht für uns, den zufälligen Beobachter. Die Gier nach fremdem Leben läßt uns die Ohren spitzen und den Hals verrenken, aber es nützt nichts. Unsere Station wird ausgerufen, wir verlassen den Zug; unser Kaffee ist getrunken, wir müssen zahlen und gehen. Der fremde Roman bleibt zurück, in dem wir niemals eine Rolle spielen werden.

Manchmal genügt es, den Telefonhörer abzuheben. „Nein", hört man da. „Nein, Frau A., geben Sie sich keine Mühe. Mein Entschluß steht fest. Ich mache es nicht mehr. Sie kennen ja meine häuslichen Verhältnisse." – „Um Gottes Willen", sagt jetzt Frau A., die ich mir in einem Büroraum sitzend denke, „gerade mit Ihnen haben wir fest gerechnet! Die ganze Kulturkommission fliegt auseinander!" Das scheint Frau B. nicht ungern zu hören, obwohl sie versichert, es täte ihr leid. Jedoch hätte man nach den „neulichen Vorkommnissen" wohl damit rechnen müssen. „Nicht doch", sagt wieder die Frau im Büro, „der Kollege C. ist ja bereit, sich zu entschuldigen!" – „Wennschon", sagt Frau B., „er wird uns dann wieder den Arbeitsplan vorschreiben wollen . . . Aber was rede ich überhaupt: Sie kennen ja meine häuslichen Verhältnisse. Ich kann es nicht mehr machen." Aus irgendeinem Grund müssen die häuslichen Verhältnisse der Frau B.

jeden Widerstand im Keim ersticken. „Ja dann", sagt die Bürostimme. „Aber schade ist es doch."

Später Abend im Zug von Zagreb nach München. Außer uns sitzen drei Männer im Abteil, die sich zuerst leise in serbisch unterhalten. Dann fängt der eine an zu schlafen, der andere spricht mit uns, der dritte beobachtet spöttisch, wie mir scheint, unser Gespräch. Ja, sagt der Mann, der hager ist und ein auffallend rotes Gesicht hat, sie kommen aus den Dörfern bei Lubljana und fahren in die Gegend von München zur Arbeit. Bauarbeit, schwer, aber gut bezahlt. Mit einem Seitenblick auf seinen spöttischen Kollegen: Natürlich hätten sie ein bißchen Abschied gefeiert, daran sollten wir uns nicht stoßen. So erträgt es sich leichter.

„Sie fahren schwer von zu Hause weg?"

„Was wollen Sie", sagt der Mann. „Denken Sie, leicht? Eine Frau mit vier Kindern. Man muß leben."

In einer Buchhandlung im Berliner Zentrum. Einer der Verkäufer stürzt zu seiner Kollegin an der Kasse: „Hast du das gesehen? Lauter Särge." – „Särge?" – „Mindestens zwei Dutzend. Auf Wagen von der Straßenreinigung!" – „Na und? Was gehen dich die Särge an? Wird doch keiner dringelegen haben!" – „Du hast Nerven! Mit der Straßenreinigung!" – „Wennschon. Mit irgendwas müssen sie ja gefahren werden." – „Am hellerlichten Tag! Mir sind die Knie weich. Sich vorzustellen . . ." – „Stell dir nicht immer soviel vor. Trink 'n Schnaps. Der vertreibt dir die Särge."

Mittags im Automatenrestaurant am Alex. Drei junge Männer stehen an einem Tisch und löffeln Erbsensuppe. Sie sind zu feierlich gekleidet für die Tageszeit und diesen Ort. Einer von ihnen trinkt schon das dritte Bier. „Hör auf", sagen die beiden anderen. „Sonst trinkst du nie, und heute besäufst du dich womöglich." – „Heute hab ich eben Durst", sagt der Biertrinker. „Als ob du dich mit 'ner Fahne vor die Prüfungskommission stellen kannst!" – „So?" sagt der Biertrinker. „Kann ich nicht? Dann eben nicht." – „Aber nun sind wir doch extra hergefahren! Auch deine Frau haben wir 'rumgekriegt. Du wolltest doch selber den Lehrgang mitmachen!" Der Mann trinkt sein viertes Bier. „Wer sagt euch denn, daß ich es immer noch will? Laßt mich doch in Ruhe. Ich pfeif auf die Prüfung und auf den ganzen Lehrgang. Das könnt ihr euch merken: Ich pfeif drauf!"

Keine Pointe, keine Auflösung. Ich weiß nicht, was es mit den häuslichen Verhältnissen der Frau B. auf sich hat. Ich kenne Herrn C. nicht, der die Kulturkommission beleidigte. Ich werde nicht erfahren, was der Mann aus dem Dorf bei Lubljana zum Abschied seiner Frau versprochen hat und ob er sein Versprechen hält. Ich kann nur vermuten, warum der Buchverkäufer sich so über die Särge entsetzt, welche Bilder am hellerlichten Tag in ihm aufsteigen, daß ihm die Knie weich werden. Und den Biertrinker müßte man schon sehr genau kennen, um zu wissen, welche Schranke da plötzlich zwischen ihm und diesem Lehrgang niedergegangen ist.

Nichts von alledem werde ich je wissen. Man kann sich nicht nach den Angelegenheiten der Leute erkundigen, die man belauscht hat. Aus solchen Angelegenheiten setzt sich unser Leben zusammen. Manchmal hat ein Roman den Mut, all diese abgeschnittenen Fäden aufzunehmen, zu bündeln, miteinander zu verknüpfen und weiterzuführen. Aus dem Autor ist die Bürofrau, der Arbeiter im nächtlichen Zug, der erschrockene Verkäufer, der trotzige Biertrinker geworden. Ja, sagt dann vielleicht einer von denen, der zufällig etwas Ähnliches in einem Buch liest. Ja – das gibt es.

Sehr oft aber erkennen sie sich nicht.

1965

Selbstinterview

Frage: Was lesen Sie?
Antwort: Ich lese die ersten Seiten einer neuen Erzählung, an der ich, womöglich noch längere Zeit, arbeite. Wahrscheinlich wird sie heißen: „Nachdenken über Christa T."
Frage: Können Sie etwas über den Stoff dieser Erzählung sagen?
Antwort: Schwerlich. Denn da ist kein „Stoff" gewesen, der mich zum Abschildern reizte, da ist kein „Gebiet unseres Lebens", das ich als Milieu nennen könnte, kein „Inhalt", keine „Fabel", die sich in wenigen Sätzen angeben ließen. Zu einem ganz subjektiven Antrieb muß ich mich bekennen: Ein Mensch, der mir nahe war, starb, zu früh. Ich wehre mich gegen diesen Tod. Ich suche nach einem Mittel, mich wirksam wehren zu können. Ich schreibe, suchend. Es ergibt sich, daß ich eben dieses Suchen festhalten muß, so ehrlich wie möglich, so genau wie möglich.
Frage: Gut. Aber die Substanz dieses Suchens? Was wird denn die Seiten Ihres Manuskripts füllen?
Antwort: Ich dringe in die frühere Welt dieser Toten ein, die ich zu kennen glaubte und die ich mir nur erhalten kann, wenn ich es unternehme, sie wirklich kennenzulernen. Ich stütze mich nicht nur auf die trügerische Erinnerung, sondern auf Material: Tagebücher, Briefe, Skizzen der Christa T., die mir nach ihrem Tod zugänglich gemacht wurden. In dem Strom meiner Gedanken schwimmen wie Inselchen die konkreten Episoden – das ist die Struktur der Erzählung.

Frage: So schreiben Sie also eine Art von postumem Lebenslauf ...

Antwort: Das dachte ich zuerst. Später merkte ich, daß das Objekt meiner Erzählung gar nicht so eindeutig sie, Christa T., war oder blieb. Ich stand auf einmal mir selbst gegenüber, das hatte ich nicht vorhergesehen. Die Beziehungen zwischen „uns" – der Christa T. und dem Ich-Erzähler – rückten ganz von selbst in den Mittelpunkt: die Verschiedenheit der Charaktere und ihre Berührungspunkte, die Spannungen zwischen „uns" und ihre Auflösung, oder das Ausbleiben der Auflösung. Wäre ich Mathematiker, würde ich wahrscheinlich von einer „Funktion" sprechen: Nichts mit Händen Greifbares, nichts Sichtbares, Materielles, aber etwas ungemein Wirksames.

Frage: Immerhin haben Sie nun zugegeben, daß zwei authentische Figuren auftreten: Christa T. und ein Ich.

Antwort: Habe ich das zugegeben? Sie hätten recht, wenn nicht beide Figuren letzten Endes doch erfunden wären ...

Frage: Sie sprachen von Material, das Sie verwendeten. Von Erinnerungen.

Antwort: Das Material habe ich souverän behandelt. Die Erinnerung habe ich durch Erfindung ergänzt. Auf dokumentarische Treue habe ich keinen Wert gelegt. Ich wollte dem Bild gerecht werden, das ich mir von ihr, Christa T., gemacht hatte. Das hat sie und das Ich, um das ich nicht umhingekommen bin, verwandelt.

Frage: Sie betonen die subjektiven Elemente. Können Sie trotzdem so etwas wie eine Idee angeben?

Antwort: Als ich schon bei der Arbeit war, als das Material, die Fakten, mir geläufig und wieder fremd geworden waren, sah ich allmählich wenn nicht eine Idee, doch so etwas wie ein Motto. Ich fand es bei Becher formuliert und werde es meiner Arbeit voranstellen: „Denn diese tiefe Unruhe der menschlichen Seele ist nichts anderes als das Witterungsvermögen dafür und die Ahnung dessen, daß der Mensch noch nicht zu sich selber gekommen ist. Was ist das: dieses Zu-sich-selber-Kommen des Menschen?“

Es ist ein großer Gedanke, daß der Mensch nicht zur Ruhe kommt, ehe er zu sich selber gefunden hat. Die tiefe Wurzel der Übereinstimmung zwischen echter Literatur und der sozialistischen Gesellschaft sehe ich eben darin: Beide haben das Ziel, dem Menschen zu seiner Selbstverwirklichung zu verhelfen. Die Literatur nimmt sich, wie unsere Gesellschaft, gerade der Unruhigen an. Menschen darzustellen, denen diese Unruhe fremd ist: Selbstzufriedene, Platte, allzu Anpassungsfähige – das erscheint mir langweiliger und unergiebiger. Es kann allerdings nötig sein. Zum Beispiel, um den Hintergrund zu zeigen, von dem ein unruhiger, produktiver Mensch sich abhebt, oder um die besondere Qualität seiner Unruhe herauszuarbeiten. Auch, um die Gründe zu finden, warum seine Unruhe steckenbleibt – wenn dies der Fall sein sollte; warum sie nicht aus sich heraustreten und sich voll verwirklichen kann.

Frage: Das wäre wohl doch der Fall der Christa T.?

Antwort: Sie meinen, weil sie so früh starb? Weil die Ergebnisse ihres Lebens nicht leicht aufzählbar und vorweisbar sind? Nein. Ich habe gefunden, daß sie in der Zeit, die ihr gegeben war, voll gelebt hat.

Frage: Also keine Trauer?

Antwort: Doch: Trauer. Aber nicht Verzweiflung oder Resignation. Ich halte es für das Äußerste an Anti-Resignation, wenn man sich mit dem Tod nicht abfindet, wenn man gegen ihn aufbegehrt.

Frage: Sie haben also, indem Sie schrieben, etwas erfahren wollen, was Sie vorher nicht wußten?

Antwort: Ja.

Frage: Wie kommen Sie darauf, daß es auch andere interessiert?

Antwort: Ich bin dessen nie sicher. Ich kann mir nur Mühe geben beim Fragenstellen. Ich kann nur darauf vertrauen, daß mein ganzes Leben, meine Erfahrung aus der intensiven Anteilnahme an der Entwicklung unserer

Gesellschaft, Probleme und Fragen in mir erwecken, die auch anderen Menschen wichtig sind. Vielleicht lebenswichtig, aber das wage ich nicht vorauszusagen.

Frage: Sie halten Literatur für lebenswichtig?

Antwort: Ich glaube nicht, daß sich die Menschheit die große Anstrengung, die wir Kunst nennen, über Jahrtausende hin auferlegt hätte, daß sie in Zeiten größter materieller Not die Kräfte dafür freigegeben hätte, wenn nicht die Kunst dem Leben etwas Notwendiges und Neues hinzufügen würde. Nicht unbedingt Materielles, obwohl ich mich frage, ob nicht Anna Karenina sich so gut wie materialisiert hat . . .

Frage: Sie kennen den Drang unseres Zeitalters nach Wissenschaft, nach Dokumentation.

Antwort: Ich kenne und schätze und teile ihn. Aber unser wissenschaftliches Zeitalter wird nicht sein, was es sein könnte und sein muß – bei Strafe einer unerhörten Katastrophe –, wenn nicht die Kunst sich dazu aufschwingt, dem Zeitgenossen, an den sie sich wendet, große Fragen zu stellen, nicht lockerzulassen in ihren Forderungen an ihn. Ihn zu ermutigen, er selbst zu werden – das heißt, sich dauernd, sein ganzes Leben lang, durch schöpferische Arbeit zu verwandeln.

Frage: Liegt nicht ein Widerspruch zwischen dieser Zielstellung und dem konkreten Ergebnis? Können Sie die manchmal sehr intimen, auch privaten Konflikte der Christa T. mit diesem Maß messen?

Antwort: Ich weiß, worauf Sie hinauswollen: Deutet sich hier etwas an wie Rückzug in die Innerlichkeit, Ausflucht ins Privatleben? Ich finde nicht. Die absurde Meinung, die sozialistische Literatur könne sich nicht mit den feinen Nuancen des Gefühlslebens, mit den individuellen Unterschieden der Charaktere befassen; sie sei darauf angewiesen, Typen zu schaffen, die sich in vorgegebenen soziologischen Bahnen bewegen: diese absurde Meinung wird niemand mehr vorbringen. Die Jahre, da wir die realen Grundlagen für die Selbstverwirklichung des Individuums legten, sozialistische Produktionsverhältnisse schufen, liegen hinter uns. Unsere Gesellschaft wird immer differenzierter. Differenzierter werden auch die Fragen, die ihre Mitglieder ihr stellen – auch in Form der Kunst. Entwickelter wird die Aufnahmebereitschaft vieler Menschen für differenzierte Antworten. Das Subjekt lebt immer souveräner in seiner Gesellschaft, die es als sein Werk empfindet.

Frage: Sie plädieren also für Empfindsamkeit in der Literatur? Wie wird die Jugend mit ihrem Hang nach Nüchternheit darauf reagieren?

Antwort: Empfindsamkeit ist nicht Rührseligkeit. Neben anderen Wirkungen hat die Literatur von alters her versucht, die Sensibilität des Menschen zu steigern. Echte Empfindungen lehnt die Jugend nicht ab. Warum nicht an die alte Losung erinnern: denkend fühlen und fühlend denken?

Frage: So haben Sie also bei dieser Arbeit herausgefunden, wie Sie in Zukunft zu schreiben haben?

Antwort: Im Gegenteil. Ich habe einen Weg probiert, den ich nicht noch einmal gehen kann. Andere Autoren werden ihn für sich nicht angebracht finden, das ist selbstverständlich. Aber ich habe herausgefunden, daß man um jeden Preis versuchen muß, den Kreis dessen, was wir über uns selbst wissen oder zu wissen glauben, zu durchbrechen und zu überschreiten.

1966

Gegenwart und Zukunft

Die Antwort auf Ihre Fragen versuche ich in einem Heim in der Nähe von Leningrad. Als ich ein Kind war, kam der Name dieser Stadt nur in den Frontberichten des Oberkommandos der Wehrmacht vor. Damals wußten wir nicht, daß der Haß gegen andere Völker sehr häufig einem eigenen tiefen Minderwertigkeitsgefühl entspringt, einer dumpfen Ahnung eigener Unfähigkeit, vernünftig und friedlich miteinander zu leben. Zerstörerische und selbstzerstörerische Machtdemonstrationen suchen diese Ahnung niederzustampfen. Die deutsche Geschichte zeigt diesen Vorgang vielleicht besonders häufig, zeigt besonders drastisch, welche Folgen eine zu schwache Organisation der Gegenkräfte hat. Nicht zufällig ist die Geschichte unserer Literatur voller Dichtertragödien: Kein Volk, keine starke Klasse standen hinter unseren Schriftstellern, die ihnen das Erlebnis der Ohnmacht ihrer Bestrebungen und den Zusammenbruch erspart hätten. Resignation, Pessimismus, Zynismus oder der Weg in die Idylle waren und sind die häufigsten Reaktionen auf die niederschmetternde Erfahrung, daß man nicht Subjekt, sondern Objekt der Geschichte ist.

Die Generation, zu der ich gehöre, erlebte auf der Schwelle zwischen Jugend und Erwachsensein den Zusammenbruch einer Welt von Pseudo-Idealen. Die erste produktive Phase unseres eigenen Lebens, die Zeit, in der man entscheidende Prägungen empfängt, fiel dann zusammen mit den sehr turbulenten, erlebnisreichen und produktiven Phasen einer neuen Gesellschaft. Die starken Impulse, die von dieser Entwicklung ausgingen, haben unser Lebensgefühl bestimmt und sich, wie ich glaube, in unseren Büchern niedergeschlagen. Ich habe diese Situation immer als günstig empfunden. Vielleicht kann man nachträglich sehen, daß der Bruch in der Entwicklung dieser Generation nicht ohne Folgen auf ihre innere Reife geblieben sein kann. Sie hatte es schwer, sich ein neues, ruhiges Selbstbewußtsein zu erwerben, das aber – neben anderen Faktoren – Voraussetzung für gültige Leistungen in der Literatur ist. Die ältere Generation sozialistischer deutscher Schriftsteller hat klassische Werke vorzuweisen, die in unserer Generation fehlen. Vielleicht wird unser Beitrag zur Literatur darin bestehen müssen, daß wir den Mut finden, unseren eigenen Lebensstoff schonungslos und wahrheitsgetreu zu erzählen.

Mir scheint, daß die starke Anspannung aller Kräfte, die frühe Übernahme von Verantwortung, die Möglichkeit, vielfältig tätig zu sein und mit der Haupttendenz der Gesellschaft übereinzustimmen, in unserem Teil Deutschlands in vielen Menschen Verhaltensweisen und Wünsche ausgeprägt haben, die produktiv sind und jene alte gefährliche Tendenz zur hemmungslosen Aggressivität nach innen und außen von Grund auf getilgt haben. Ich halte diesen Prozeß für historisch sehr bedeutsam – besonders, wenn ich mir die Lage der Welt von heute vor Augen halte und die unheilvollen Möglichkeiten, die in den neuen Entdeckungen und Erfindungen von Wissenschaft und Technik stecken, falls es uns nicht gelingen sollte, sie menschenwürdig zu nutzen.

Literatur in unserer Zeit, wenn sie überhaupt einen Sinn haben soll und sich selbst ernst nimmt, muß mithelfen, den Gebrauch, den wir von den selbstgeschaffenen Geräten und Instrumenten machen, zu humanisieren. Das heißt aber, die menschlichen Beziehungen so produktiv und reich wie möglich zu machen und es nicht zuzulassen, daß Technik und Ökonomie zum Selbstzweck entarten und dann ihren eigenen destruktiven

Gesetzen folgen. Ich bin überzeugt, daß diese Zukunftsaufgaben nur in einer sozialistischen Gesellschaft gelöst werden können. Also sollte der sozialistische Autor auf keines der bequemen Kapitulationsangebote eingehen, von welcher Seite sie ihm auch gemacht werden mögen, wie immer man sie auch begründen mag. Er hat festzuhalten an der Aufgabe, seine Leser, so gut er es kann, zu aktivieren, gesellschaftlich Unbewußtes in die Sphäre des Bewußtseins zu heben und ein wahrheitsgetreuer Chronist zu sein.

In diesem größeren Zusammenhang halte ich Genrefragen für zweitrangig. Die Auswahl an künstlerischen Mitteln war vielleicht noch nie so groß wie heute. Für mich möchte ich die Prosa als das angemessenste Genre ansehen, eine Gattung, deren Möglichkeiten noch nicht ausgeschöpft sind und die in der Lage ist, die Vielschichtigkeit und Kompliziertheit unserer Zeit in interessanten Raffungen wiederzugeben. Eine Gattung, in der man Verhaltensweisen vorführen und zugleich über sie nachdenken kann, in der Synthese und Analyse methodisch möglich sind. Eine Gattung, die den Autor als Person ganz fordert, ohne ihn zur Identifikation zu zwingen. Gute Prosa ist ein aufregendes Erlebnis.

Danach wird es sich merkwürdig anhören, daß meine Hauptarbeit in diesem Jahr ein Filmszenarium ist. Als Stoff habe ich das deutsche Volksbuch vom „Till Eulenspiegel“ gewählt, konzipiere die Figur aus dem vorhandenen Material neu und stelle sie in eine historisch sehr interessante Epoche, die Zeit vor dem Großen Deutschen Bauernkrieg zu Beginn des 16. Jahrhunderts. Damals hatte eine soziale Bewegung in Deutschland zum letzten Mal für mehrere Jahrhunderte Aussicht, das ganze vermoderte gesellschaftliche Gefüge zum Einsturz zu bringen. Die Niederlage dieser Bewegung hat unsere Geschichte für lange Zeit bestimmt, aber dieser Eulenspiegel soll an ihren hoffnungsvollen Anfängen mitwirken. Er ist eine plebejische Figur, ein Mann aus der Tiefe des Volkes, vielleicht darum von der bürgerlichen Literatur nicht so intensiv beachtet wie andere Gestalten aus Volksbüchern.

Danach möchte ich wieder zur Gegenwart, zur Gestaltung eigener Erfahrungen zurückkehren. Sicher werde ich eine Reihe von Geschichten schreiben. Vor allem aber beschäftigt mich der große, sehr komplizierte Stoff, den meine Generation als Lebensgeschichte erlebt hat und erlebt, mit allen seinen Widersprüchen, Spannungen und starken Konflikten. Eine Form für diesen Stoff, der schwerlich in herkömmliche Geschichten und Fabeln zu pressen ist, weiß ich noch nicht.

1970

Dankrede zum Fontane-Preis

Der gute alte Fontane, von dem ein Schreibender heute vielleicht nicht mehr ausgehen, zu dem aber jeder als Leser in allen Lebenslagen immer wieder mit Gewinn zurückkehren kann – er hat natürlich auch für die Gelegenheit, die uns hier versammelt, ein passendes Wort gesprochen. 1891, also in seinem 72. Lebensjahr, schreibt er in sein Tagebuch: „Ende April erfahre ich, daß ich den ‚Schiller-Preis' erhalten habe, was mich natürlich sehr freut, vielleicht am meisten wegen der dreitausend Mark. Denn mit der Ehre ist es so: im Publikum sind einige (auch nicht viele), die's mir gönnen, unter den Kollegen eigentlich keiner; jeder betrachtet es als eine Auszeichnung, die meinen Anspruch darauf übersteigt. Wenn man sich auch noch so niedrig taxiert, macht man immer wieder die Wahrnehmung, daß es doch noch zu hoch war und daß man in der allgemeinen Schätzung noch niedriger steht. Nun, auch gut."

Fontane – durchaus nicht immer alt, und „gut" auch nicht im Sinne von harmlos und dumm – hatte schon, als er jung und hitziger war, eine unbezähmbare Abneigung gegen unechte Gefühle, tönende Phrasen und angemaßte Feierlichkeit – gleich jenem Heinrich Heine, den wir auch heute hier mit Recht feiern und mit dem er so schlecht nicht zusammenpaßt.

Manches hat sich geändert seit den Lebzeiten dieser beiden. Meine Kinder zum Beispiel konnten nie einstimmen in unser Zitieren einer Fontaneballade, wenn wir, im Auto gen Norden fahrend, an dem Ortsschild „Ribbeck" vorbeifuhren:

Herr von Ribbeck auf Ribbeck im Havelland,
ein Birnbaum in seinem Garten stand . . .

Man lernt dieses Gedicht nicht mehr in unseren Schulen, weil eben die von Ribbecks, unter denen es auch nicht bloß kinderfreundliche Birnenverschenker gegeben haben mag, nicht mehr im Havelland sitzen. Nun, auch gut, würde Fontane sagen. „Über unsern Adel muß hinweggegangen werden."

Aber wirklich staunen würde er, der mit sechzig Jahren zum großen Gegenwartsbuchautor wurde, wenn er die heutigen Auflagen seiner und unserer – der heutigen Gegenwartsautoren – Bücher mit den Zahlen vergleichen könnte, die seine Zeitgenossen ihm abkauften. „Effi Briest" erreicht mit Mühe die 5000 und ist ein Rekord. „Mehr als 100", sagt der resignierende Autor, „werden aus dem Herzen heraus nicht gekauft."

Bei allen Unterschieden: Die Nüchternheit, mit der Fontane seine Lebensumstände und sich selbst, also auch gegebene und verweigerte Ehrungen betrachtete, stünde auch uns nicht übel an. So hoffe ich, auch im Sinne der anderen heute Ausgezeichneten zu sprechen, wenn ich in unseren Dank für das Wohlwollen und die gute Meinung der Preisverleiher uns gegenüber die Versicherung einschließe, daß wir schon richtig verstehen, wie es gemeint ist: „Das Beste im Leben ist Arbeit."

Und das hat natürlich wieder Fontane gesagt.

Dezember 1972

Über Sinn und Unsinn von Naivität

Ihr Ansinnen, lieber S., so schlicht es scheinen mag, macht mir zu schaffen. Vielleicht, wenn ich dafür Gründe suche, kann ich Ihnen doch noch Genüge tun. Von Anfang an hatte ich keine Lust, diesen kleinen Artikel zu schreiben, dessen pünktliche Lieferung Sie aber nach empfangener Zusage billigerweise erwarten konnten. Man weiß ja auch von klein auf, daß man sich manchmal zwingen soll, etwas gegen seine Lust zu tun, da dachte ich wohl, dies wäre eine Gelegenheit, mich zu zwingen. Das Ergebnis – die übliche Zettelwirtschaft auf dem Schreibtisch, die üblichen, zu Häufchen von unterschiedlicher Stärke sortierten Manuskriptanfänge auf dem Fußboden – gab mir diesmal nicht ein Gefühl von Ungeduld und Zuversicht, sondern von Mißlingen. Nur durch die Erfindung einer Überschrift – derselben, die auch Sie gewiß sonderbar finden – wurde der vorzeitige Abbruch der Arbeit verhindert, weil sie mir die Chance zu einer allgemeinen, daher ausweichenden Erörterung des Gegenstandes zu geben schien.

Inzwischen ist mir klargeworden, daß Sie auf Mitteilungen erpicht sind, die ich entschlossen bin, Ihnen vorzuenthalten, und daß genau diese Diskrepanz die Quelle meiner Unlust ist und bleiben muß. Ahnen Sie eigentlich, was Sie einem zumuten? Die Geschichte einer beliebigen literarischen Arbeit erzählen – das hieße ja nicht mehr und nicht weniger als Rechenschaft geben über die ganze Lebensperiode, die ihr vorausging; hieße die Wurzeln gewisser als „eigen" betrachteter Motive, so zaghaft sie angeschlagen sein mögen, zurückverfolgen bis zu ihrem Ursprung, hieße ihre Entwicklung markieren, sie von fremden Einflüssen trennen und so die Spuren sichern, die zu einem selber führen – doch wer könnte, und vor allem: wer *wollte* das? Und wie dann, um des Himmels willen, die Andeutungen filtern, bei denen es bleiben müßte, wie fast immer?

Ferner: Sollte man gewisse Dinge nicht mit dem Mantel der Nächstenliebe bedecken? „Erstlingswerk"! – Übrigens gibt es das überhaupt nicht. Immer noch frühere Versuche in immer noch jüngeren Jahren fallen einem ein, von halb und dreiviertel ausgeführten Roman- und Dramenplänen über Tagebücher, politische und private Gelegenheitsdichtungen, gefühlsgesättigte Briefwechsel mit Freundinnen bis hin zu den kindlichen Märchenerfindungen, Rache- und anderen Phantasien, Tag- und Nachtträumen und dreisten Lügengeschichten für den praktischen Gebrauch – jene lebenswichtigen Vorformen naiver Kunstausübung, deren Entzug für das Kind verheerende Folgen hätte und aus denen das Bedürfnis wachsen kann, sich schreibend auszudrücken. Was immer noch nicht viel besagen will, denn Sie als Lektor wissen wohl, wie weit verbreitet dieses Bedürfnis ist und die Anfälligkeit gegen gewisse Grund-Erfahrungen, denen nun mal jeder standzuhalten hat, auch: Schwäche, Ohnmacht, Angst, Schmerz, Zorn, Scham, Stolz, Mitleid, Trauer, Glück, Verzweiflung, Freude, Triumph. Die man, ginge es nach den besorgten Eltern, zwar fühlen, doch nicht zu stark fühlen soll, damit nicht, gottbehüte!, eine Daueranfälligkeit für Hirngespinste und Schwärmerei daraus werde.

Aber eine Kindheit, zwischen private Trivialität und öffentlichen Fanatismus gespannt, kann womöglich keinen anderen Ausweg finden als eine geheime Überspanntheit und den Versuch, ihr mit einem handgreiflichen Beruf zu begegnen: zum Beispiel Lehrerin, was ich bis zum einundzwanzigsten Jahr in alle Fragebögen schrieb. Daß ich mich danach jahrelang am Rande einer

Tätigkeit bewegte, zu der ich mir eine Fähigkeit nicht einmal in Gedanken anmaßte, läßt sich nicht nur aus der Tatsache erklären, daß sehr junge Menschen selten Prosa schreiben können. Hier wirkte jene Hemmung, über die später, in anderem Zusammenhang, noch zu reden sein wird und die natürlich nur durch starke Erschütterungen zu überwinden war, und nicht auf einmal. Kurz und gut, Sie werden es selber wissen, wie aus einem lauen Bedürfnis ein Zwang werden kann, der sich über alle Gebote hinwegsetzt, denen man etwa sonst noch unterworfen ist – einfach dadurch, daß er einem das Mittel an die Hand gibt, wenigstens vorübergehend mit sich selbst übereinzustimmen.

Kein Gedanke an Leserschaft, ganz im Gegenteil: Die frühen Produkte werden in einem sicheren Versteck aufbewahrt, da es sich um allervertraulichste Angelegenheiten handelt, deren Doppelzüngigkeit sich nicht deutlicher verraten könnte als durch die Tatsache, daß sie weder ganz und gar offenbart werden noch unartikuliert bleiben wollen. Dieser ausgesucht infame Widerspruch, den man sich nicht zu harmlos vorstellen soll, setzt ein Perpetuum mobile in Gang, welches in einem niemals zu ermittelnden Prozentsatz der Fälle jenes Gebilde hervorbringt, das Sie in Ihrer Anfrage „Erstlingswerk" nennen.

Wenn aber der Schreiber es bei sich selbst so nennen würde, wäre er schon verloren, denn er befindet sich in dem prekären Stadium zwischen zwei Stufen der Naivität und soll sich hüten, zu fest auf einen Boden zu stampfen, dessen Tragfähigkeit sehr zu bezweifeln ist. Übrigens erhebt sich hier die erste in einer längeren Kette von Gewissensfragen, nämlich die, ob jene erste Arbeit, die das Glück oder Pech hatte, veröffentlicht zu werden, zur Veröffentlichung geschrieben wurde und ob diese Absicht die Haltung des Schreibenden bei der ihm schon vorher vertrauten Tätigkeit verändert. Beide Fragen müssen mit ja beantwortet werden, die letzte mit dem Ausdruck des Bedauerns. Beim Übergang vom laienhaften zum berufsmäßigen Schreiben gehen in dem schreibenden Subjekt, während es zum Autor wird, Veränderungen vor (nennen wir nur den Verlust von Naivität im Sinne von Unschuld), die um so gefährlicher werden, je später man sie bemerkt, und denen nur durch energische und schonungslose Gegensteuerung einigermaßen zu begegnen ist . . .

Da sehen Sie selbst, wohin wir geraten, wenn man sich Ihre Bitte nur versuchsweise durch den Kopf gehen läßt. Sie brauchen sich gar nicht zu rechtfertigen. Ich habe schon verstanden, welche Auskünfte Sie „in Wirklichkeit" haben wollen: die üblichen. Welche von Ihren Arbeiten wurde als erste veröffentlicht? (Die „Moskauer Novelle", wenn man von Buchbesprechungen und Aufsätzen zur Literatur absieht.) Wann? (1961) Wo und unter welchen Umständen wurde sie geschrieben? (In der Stadt Halle an der Saale, in einer stillen Straße namens Amselweg, durch die der Chemiegestank von Leuna und Buna zog, an einem hellen Schreibtisch, der vor ein Fenster gerückt war, das mir den Blick auf unseren Balkon und einen leicht verwilderten Garten ermöglichte, in dem unsere Kinder laut mit den Kindern unserer Nachbarn spielten; die Namen der Nachbarn und die Namen der Kinder könnte ich Ihnen aufzählen, auch ihre Eigenschaften, aber welche Jahreszeit ich draußen sah, wenn ich aufblickte, das habe ich vergessen.) Vor allem nun: Woher nahmen Sie den Stoff zu dieser Erzählung, was heißen soll: was daran ist „erlebt", was „erfunden", wo hätte also der neugierige Leser den „autobiographischen Kern" des Erzählten zu suchen, der doch im allgemeinen, wie man weiß, zu Literatur verarbeitet wird? (Diesen Versuch, mich zu unfreiwilligen und überdies unwichtigen und irreführenden Geständnissen zu verleiten, schlage ich mit dem Hinweis ab, daß sich die Mühe des „Verarbeitens" nur lohnt, wenn sie nicht später durch leichtfertiges Ausplaudern zunichte gemacht wird.) Dann wenigstens: Gab es nicht für die eine oder andere der Figuren Vorbilder im Leben, und wenn ja, welche? (Kein Kommentar.) Wie alt waren Sie denn, als Sie das schrieben? (Schon beinahe dreißig.) Kannten Sie Moskau? (Zu wenig, wie Sie an dem Text leicht feststellen können, falls Sie Moskau besser kennen, wie jetzt ich, ohne daß es mir einfallen würde, darüber zu schreiben.) So nennen Sie doch ein paar der wichtigsten Motive, die zur Niederschrift dieser Geschichte geführt haben!

Ihre Zudringlichkeit (auch wenn ich sie mir nur eingebildet habe) stieß auf eine so zuverlässige Sperre, daß mir tagelang gar nichts einfiel und ich die Angelegenheit für erledigt erklären wollte, bis mir die unselige Idee kam, jenes Produkt, von dem gegen meinen Willen noch einmal die Rede sein sollte, nach vierzehn Jahren wieder zu lesen. Daß die Lektüre genauso peinlich war, wie ich sie mir vorgestellt hatte, brauche ich Ihnen nicht zu versichern. Ebensowenig, daß ich mir hier nicht das billige Unvergnügen machen will, mich über den für jedermann offenliegenden Mangel an formalem Können zu mokieren, über ungeschickte Sätze, verunglückte Bilder, hölzerne Dialoge, naturalistische Beschreibungen – alles das, was auch in guten Büchern vorkommt und was man halb zu Recht das „Handwerk des Schreibens“ nennt, das angeblich ein jeder lernen kann. Mehr schon bestürzte mich ein Zug zu Geschlossenheit und Perfektion in der formalen Grundstruktur, in der Verquickung der Charaktere mit einem Handlungsablauf, der an das Abschnurren eines aufgezogenen Uhrwerks erinnert, obwohl doch, wie ich ganz gut weiß, die Vorgänge und Gemütsbewegungen, welche Teilen der Erzählung zugrunde liegen, an Heftigkeit und Unübersichtlichkeit nichts zu wünschen übrigließen.

Da zeigt sich (beinahe hatte ich begonnen, es zu vergessen), wie gut ich meine Lektion aus dem germanistischen Seminar und aus vielen meist ganzseitigen Artikeln über Nutzen und Schaden, Realismus und Formalismus, Fortschritt und Dekadenz in Literatur und Kunst gelernt hatte – so gut, daß ich mir unbemerkt meinen Blick durch diese Artikel färben ließ, mich also weit von einer realistischen Seh- und Schreibweise entfernte. Das beginnt mich nun doch zu interessieren, außerhalb und jenseits Ihrer Fragestellung. Wie kann man mit fast dreißig Jahren, neun Jahre nach der Mitte dieses Jahrhunderts und alles andere als unberührt und ungerührt von dessen bewegten und bewegenden Ereignissen, etwas derart Traktathaftes schreiben? (Traktat im Sinne der Verbreitung frommer Ansichten, denn allerdings läßt sich dieser Liebesgeschichte zwischen einer Deutschen und einem Russen, wie sie da säuberlich in Grenzen gehalten und auf das Gebiet der seelischen Verwirrungen gewiesen wird, eine gewisse fromme Naivität nicht absprechen. Verzicht soll ja gar nicht beschimpft werden, nur müßte man ihn nicht moralisch motivieren, wenn die geltenden Gesetze – wir schreiben das Jahr 1959 – ihn sowieso erzwingen.)

Aber fürchten Sie nicht Selbstbezichtigungen oder ein Herausreden mit Unvermögen. „Angeboren, natürlich" (dies laut Hermann Pauls Wörterbuch die ursprüngliche Bedeutung des Wörtchens „naiv") mag einem zwar jenes obenerwähnte Bedürfnis sein, sich schreibend zu äußern. „Talent" aber hat von alters her keine Eigenschaft bezeichnet, sondern (lat.-griech. talentum) ein bestimmtes Gewicht und danach eine bestimmte Geldsumme und ist seit dem Gleichnis von den „vertraueten Centnern" (Matth. 25,14) im übertragenen Sinn angewendet worden: das Pfund, mit dem man zu wuchern hat. So daß es an einem jeden selber liegt, dem auch nur einige Gramm des Pfundes „vertrauet" sind, ob er sie verkommen oder sich vermehren läßt. Talent als ein Prozeß, als eine Herausforderung, ein Stachel, dem man auch die Spitze abbrechen kann.

Das ist es übrigens, was in jenem Text passiert sein muß: Auf dem Weg über Kopf, Arm, Hand, Federhalter, Maschine auf das Papier scheint nicht nur, wie bei Literatur nötig, eine Verwandlung, sondern ein Verlust an Energie stattgefunden zu haben. Anscheinend wurden da aus Angst vor schwer kontrollierbaren Sprengkräften eindämmende Erfindungen zu Hilfe geholt, Bauteile, die zu einer Geschichte verknüpft werden konnten: Dies ist die Geburtsstunde der Fabel (Fabel im alten Sinn von „Gerede" als Gegensatz zum wahrheitsgemäßen Bericht). Fabel-Wesen finden in ihr, wenn sie sich nur ein bißchen hineinzwängen, ein gutes Unterkommen, trocken und überwindig, und lernen es, fabel-haft miteinander umzugehen und eine handliche Moral zu erzeugen.

Nicht daß ich die eminenten Beziehungen zwischen Literatur und gesellschaftlicher Moral leugnen wollte; nur sollte die gesellschaftliche Moral eines Autors sich nicht darin erschöpfen, daß er seiner Gesellschaft möglichst vorenthält, was er von ihr weiß; obwohl es doch eine Zeit gab – man vergißt zu schnell! –, da gewisse, nach vorgefertigten Rezepten hergestellte Abziehbilder unter dem Stempel „Parteilichkeit" laufen konnten und wir, Anwesende immer eingeschlossen, uns an einen recht fahrlässigen Gebrauch dieses Stempels gewöhnten.

Zur Sache. Vielleicht wußte man es nicht besser? Auffällig ist doch, daß die gemischten Gefühle, die beim Wiederlesen der Erzählung in mir aufkamen, gerade durch die fast völlige Abwesenheit gemischter Gefühle in dem Text hervorgerufen wurden. Treu und Glauben, Liebe, Freundschaft, Edelmut und Geradlinigkeit – sind es nicht die klaren, reinen, unzweideutigen, weder durch Hinter- noch durch Abgründe bedrohten Gefühle, die uns an Kindern rühren und bei Erwachsenen als Zeichen ihrer Naivität erheitern (das Wort in der simplen, nicht durch Friedrich Schiller beeinflußten Bedeutung genommen: als Einfältigkeit, in der es heutzutage am häufigsten gebraucht wird)? Was um alles in der Welt sollte einen daran so entsetzen, daß man sich Mühe geben muß, den heillosen in einen vielleicht doch noch heilsamen Schrecken zu verwandeln?

Eben dies: daß man es nicht besser (jedenfalls nicht *viel* besser) wußte, es doch aber besser hätte wissen können und müssen. Im Jahre *neunundfünfzig* konnte man doch schon ein paar Informationen über den realen Hintergrund des Lebens einer sowjetischen Familie haben oder über die Schwierigkeiten in den Beziehungen zwischen zwei Völkern, von denen das eine noch vierzehn Jahre vorher das andere hatte versklaven, sogar ausrotten wollen – da genügt es nicht, schlechtes Gewissen auf die eine und Großmut auf die andere Seite zu setzen. Wie überhaupt Gewissen, wenn es nur als *schlechtes* Gewissen auftritt, nicht genügt, sowenig die frömmsten Wünsche genügen, wenn sie als Realität geboten werden. Und es kann nicht einmal einer Liebesgeschichte erlaubt sein, von einem Ereignis, wie es zum Beispiel der XX. Parteitag war, nur ein paar Reflexe in einer Idylle aufzufangen. So könnte ich fortfahren mit dem übrigens undurchführbaren Versuch, noch einmal in diese Geschichte hineinzukriechen, sie andauernd mit Zwischenrufen, hämischen Bemerkungen und Korrekturanforderungen zu unterbrechen, wenn nicht die seit vierzehn Jahren zunehmende Erfahrung in Sachen Selbstzensur mich hindern würde, das in ungebrochenem Ton zu tun.

Mit dem Wissen allein ist es ja nicht getan, und wie einfach wäre es doch, wenn nur äußere Umstände einen hindern könnten, „alles" zu sagen, was man weiß; denn wenn auch wahr ist, daß geschrieben wird, um bisher Unbekanntes auszusprechen, so kann man doch auch in jeglicher Literatur – selbst großer Autoren – nachweisen, daß sie dazu gebraucht wurde, manches zu verdekken. Und gerade diese Auseinandersetzung des Autors mit sich selbst, die zwischen den Zeilen, hinter den Sätzen stattfindet: an die Grenze des ihm Sagbaren zu kommen und sie womöglich an einer unvorhersehbaren Stelle zu überschreiten, und es doch nicht zu können, nicht zu *dürfen*, weil er ein selbstgesetztes Tabu nicht ungestraft berühren kann, gegen das jedes Verbot eines Zensors belanglos wird: diese Hochspannung macht den Reiz des Schreibens aus und, wenn man sie erst entdeckt hat, den Reiz des Lesens, auch wenn sich der Leser nicht bewußt werden muß, was ihn, über die Schicksale der Romanfiguren hinaus, so mitgenommen hat.

Ein neuer Ansatz: Ein gewisses Maß an Selbst-Täuschung – Naivität –, das dauernd ausgeschöpft wird und sich dauernd neu füllt, scheint uns zum Leben nötig. Auch soll hier weder bestritten noch etwa bemängelt werden, daß dieses Maß in der Jugend größer sein muß als späterhin, wenn Ent-Täuschungen mehr Nüchternheit hervorgebracht haben, ein Vorgang, der nicht beklagenswert ist. Nur *ist* dreißig Jahre nicht mehr Jugend. Und ich wüßte ganz gerne einige Gründe für die Spät-Reife meiner Generation, die auch Ihnen nicht entgangen sein wird.

Dies ist nun eine Behauptung, gegen die ich mich damals, vor vierzehn Jahren, sicher gewehrt hätte. Doch glaube ich zu wissen, wovon ich spreche. Achten Sie nur einmal darauf, worüber Angehörige meiner Generation fast nie von sich aus reden und welche Gesprächsstoffe, wenn sie doch gestreift werden, öfter Affektausbrüche auslösen, so wissen Sie mehr über jene „unbewältigten“ Einlagerungen in unsere Lebensgeschichten, die das Selbständig- und Erwachsenwerden beeinträchtigen. Natürlich glaubte ich, was ich schrieb: die „Wandlung“ der Generation, zu der ich gehöre, sei „vollzogen“. Und wahr ist: die Umwälzung der bewußten Denk-Inhalte (dies mußte ja die erste Stufe dieser Wandlung sein) war eine erschütternde, die ganze Person ergreifende Erfahrung, und wer sich jene Untaten, zu denen wir alle ausersehen gewesen und denen wir ohne unser Verdienst knapp entgangen waren, ernsthaft vor Augen hielt, konnte, wie der Reiter über den Bodensee, an dem Schock nachträglich zu Boden gehen. Da ist wohl damit zu rechnen, daß eine tiefe Unsicherheit, ein fast unausrottbares, wenn auch häufig unbewußtes und durch rastlose Tätigkeit überdecktes Mißtrauen gegen sich selbst in vielen Angehörigen dieser Generation zurückgeblieben ist, das sich in ihrem gesellschaftlichen Verhalten – darunter in ihrer Literatur – ausdrücken muß.

Denn mit dem tiefen, nachhaltigen Entsetzen vor der Barbarei, die, solange von uns geleugnet, von unserm Land ausgegangen war, ist es nicht getan; auch nicht mit einer Ernüchterung, die sich nur auf vergangene Geschichtsabläufe bezieht. Wenn die Denk-Fehler erkannt, bereut, unter nicht geringer Anstrengung korrigiert waren, Ansichten und Meinungen, das ganze Weltbild sich radikal verändert hatten – die *Art* zu denken war nicht so schnell zu ändern, und noch weniger waren es bestimmte Reaktions- und Verhaltensweisen, die, in der Kindheit eingeschleust, die Struktur der Beziehungen eines Charakters zu seiner Umwelt weiter bestimmen: die Gewohnheit der Gläubigkeit gegen übergeordnete Instanzen, der Zwang, Personen anzubeten oder sich doch ihrer Autorität zu unterwerfen, der Hang zu Realitätsverleugnung und eifervoller Intoleranz. Zu erklären ist das ja alles, nur würde ich es gerne einmal erklärt *lesen*: Das alte hypertrophe Selbstbewußtsein (dem ja ein tiefes Minderwertigkeitsgefühl zugrunde lag), verdientermaßen zerstört, war nicht einfach durch ein fertiges neues zu ersetzen. Um aber doch weiterleben zu können, griff man begierig auch nach nicht vollwertigen Ersatz-Teilen, einem neuen blinden Glaubenseifer zum Beispiel (in einer Zeit, die, das brauche ich Ihnen nicht zu belegen, gerade von Sozialisten ein dialektisches Denken gefordert hätte) und der anmaßenden Behauptung, ein für allemal im Mitbesitz der einzig richtigen, einzig funktionierenden Wahrheit zu sein. Wovon auch jener Text, der hier immer noch besprochen wird, Zeugnis ablegt: indem er sich rührend bemüht, untergründige Bedrohungen durch Leidenschaften oder Trauer mit Hilfe von Rationalität abzuwehren, und indem er Veränderungen behauptet und voraussetzt, die erst zu beweisen gewesen wären. Was alles beides ihm nicht vollkommen gelingt, und das macht jene Durchlässe und Brüche, die doch zu Hoffnung Anlaß geben.

Sie werden mir glauben: dies ist kein Lamento und keine Beschuldigung. Eher ein Selbstverständigungsversuch, Vor-Formulierung von Problematik in abstrakter Form, die konkret in der Literatur wohl noch aufzuarbeiten ist. Nun ist die Prosa ja eine derjenigen Gattungen, die, auf Nüchternheit und Souveränität angewiesen, für Naivität keine Verwendung zu haben scheinen. Zugleich aber lebt sie, wie alle sogenannte Kunst, aus jenem Vorrat an ursprünglichem Verhalten, für das in der Kindheit der Grund gelegt wird. Ihre Bedingungen sind spontanes, direktes, rücksichtsloses Reagieren, Denken, Fühlen, Handeln, ein unbefangenes (eben doch „naives"), ungebrochenes Verhältnis zu sich selbst und zu seiner persönlichen Biographie – genau das, was wir eingebüßt haben.

Nun ist es eben dieser Widerspruch, der mitbestimmt, wie wir leben und auch wie wir schreiben. Man kann ihn ignorieren oder leugnen, ihn verharmlosen oder überspielen, sich gegen ihn versteifen, ihn beklagen und verfluchen. Man kann sich vor ihm in unproduktive Lebensmechaniken flüchten und an ihm zerbrechen, auch ohne es selbst zu wissen. Aber wie man es (oder sich) auch drehen und wenden mag, ein freies, schöpferisches Verhältnis zu unserer Zeit ist nur aus der Verarbeitung dieses Konflikts zu gewinnen, der das Zeug in sich hat zu modellhaften Darstellungen, da er ja nicht nur eine Generation betrifft. Nicht, um unnötigerweise gesellschaftliche Kräfte an die Vergangenheit zu binden, sondern um sie produktiv zu machen für die Gegenwart, hat eine andauernde unerschrockene Arbeit gerade an jenen Vergangenheitskomplexen stattzufinden, deren Berührung schmerzt. Ein Vorgang, der, mit Konsequenz betrieben, zu literarischen Entdeckungen führen könnte, auf die wir nicht gefaßt sind.

Denn vierzehn Jahre sind eine zufällige Zeitspanne. Wie sollen wir ahnen, eines wie fernen oder nahen Tages wir die Gutgläubigkeit unserer heutigen Äußerungen – zum Beispiel auch dieser Seiten – ungläubig bestaunen werden. Das soll so sein. Schon im Entstehen zerstörte Hoffnungen brächten jede Produktion und damit die Hoffnung selbst zum Erliegen, während heute, da jedes Wort komplizierteren und strengeren Tests unterworfen wird als früher, die Arbeit zwar mühevoller und langwieriger, aber doch keineswegs unmöglich geworden ist. Neue Arten von Nachrichten erfordern neue Entschlüsse und Techniken, sich wirksam einzumischen. Noch finden wir keine Worte, wenn wir zu hören bekommen, das fast zwölfjährige „militärische Engagement“ der USA in Indochina sei eines Morgens „Punkt fünf Uhr“ – „beendet“ worden, und zwar nach dem Abwurf von insgesamt 6,6 Millionen Tonnen Bomben für mehr als 30 Milliarden Mark auf die Länder Vietnam, Laos und Kambodscha, mit, wie es heißt, „geringem Erfolg“. – Da nützt uns unser gutes altes Wort „Wahnsinn“ wenig, und es wird eine harte Arbeit werden, die Anführungszeichen in solchen Sätzen aufzulösen. Für jede eingreifende, nicht nur mechanische Tätigkeit brauchen wir aber wieder jenes Grundvertrauen in uns selbst.

So ende ich, zu Ihrer und meiner Überraschung, mit einem Lob der Torheit. Jener Torheit, die viele Gesichter hat, darunter solche, die ganz gut mit Einsicht und Erfahrung zusammengehen. Jener Torheit, auf deren Boden die großen Experimente gedeihen, aber Frivolität, Zynismus, Resignation nicht aufgehen. Die uns instand setzt, Häuser zu bauen, Bäume zu pflanzen, Kinder in die Welt zu setzen, Bücher zu schreiben – zu handeln, so anfechtbar, ungeschickt und unvollkommen, wie uns eben möglich. Was doch allemal vernünftiger ist als eine Kapitulation vor den verschiedenen, manchmal schwer kenntlichen perfekten Techniken der Destruktion.

August 1973

Ein Satz

Bremer Rede

Meine Damen und Herren, jetzt sollte ich sagen: Ich danke Ihnen. Ein simpler, deutschsprachiger Satz, hierher gehörig. Subjekt, Prädikat, Objekt. Was fehlt ihm denn, oder mir? Ich weiß nicht, ob Sie es hören können: Er klirrt. Als hätte er einen feinen Sprung.

Das greift um sich: Sprünge in den Wörtern, Risse durch die Sätze, Brüche über die Seiten, und die Satzzeichen – Punkte, Kommas – wie Klüfte und Gräben. Nicht zu reden von den Fratzen der Fragezeichen, vom rätselhaften Verschwinden der Ausrufezeichen. Eine Sprache, die anfängt, die üblichen Dienstleistungen zu verweigern. Worauf das hinweist, woher es kommt und wozu es führen mag – dies zu erörtern bin ich nicht hier; es ist schwierig und langwierig, entzieht sich auch bis auf weiteres der wörtlichen Rede. Den einen Satz aber – „ich danke Ihnen" –, den ich ertappt habe und dingfest machen kann, will ich mir vornehmen, und zwar, weil es kein schwerer Fall zu sein scheint, mit Hilfe der „Kleinen Grammatik der Deutschen Sprache", die ich seit langem besitze und selten benutze. Erstes Hauptkapitel: Der Satz.

„Lebendiges Sprechen", lese ich da gleich – ein Stichwort, das ich hier nicht gesucht hätte –, „lebendiges Sprechen wird aus einer Sprechsituation geboren, das heißt aus einer Lage, die wegen bestimmter innerer und äußerer Voraussetzungen zu einer sprachlichen Äußerung führt."

Vortrefflich, das hilft weiter. Situation, Lage, Voraussetzungen – die äußeren jedenfalls – könnten zwingender kaum sein. Umblätternd erfahre ich, der kürzeste vollständige Satz, den das Deutsche kennt, sei der Imperativ der zweiten Person. Hier lautet er: Sprich!

Lebendiges Sprechen. Ja, wie denn. Gewiß, ich weiß, am ehesten noch in Vor-Sätzen wie diesem: „Ich will mein Herz nicht mehr binden und rädern, frei soll es die Flügel bewegen, ungezügelt um seine Sonne soll es fliegen, flöge es auch gefährlich, wie die Motte um das Licht." Heinrich von Kleist; und man weiß, wohin solche Reden führen; nämlich zum Tode nicht nur, sondern auch zu gewissen Nach-Sätzen: „Es ist nichts trauriger anzusehen als das unvermittelte Streben ins Unbedingte in dieser durchaus bedingten Welt." Johann Wolfgang Goethe, natürlich, und man weiß: er hat ja recht, und man möchte nicht Schiedsrichter sein müssen zwischen diesen beiden Sätzen, die selbstverständlich nicht in der Grammatik stehn, zu der ich also zurückkehre.

Auf festen Boden, zwischen nüchterne Paragraphen, die wohl imstande sein sollten, den Zweifel aus meinem Satz herauszutreiben.

§ 56: *Das Subjekt:* „Das Untergelegte." In unserm Fall ein Personalpronomen: „Ich." – „Begabt mit der Kraft, ein Verb an sich zu binden." Dem Satz untergelegt, damit es ihn zuverlässig trage. – Nun: Die Geschmacklosigkeit, zu fragen: Wer bin ich?, werde ich nicht besitzen. Doch: Wer bin ich denn für Sie? Genauer: Für wen halten Sie mich? Glauben Sie zu wissen, wen Sie auszeichnen, oder wissen Sie es? Und: Täten Sie es noch, wenn Sie es wüßten? – Ich frage.

§ 63: *Das Prädikat:* „Das öffentlich Ausgerufene." Eben. Dabei kamen Massenmedien in den Alpträumen der alten Lateiner noch gar nicht vor; die Öffentlichkeit meines Satzes erschwert ihm sein Dasein; krankhafte Sensationsgier und bedenkenlose Interpretationswut zerstören die Bedingungen für unbefangene Aussagen.

„Danken" – ein Vollverb, jener Gruppe von Verben

angehörend, die persönliches Verhalten ausdrücken: danken und übelnehmen; beipflichten und widersprechen; gefallen und mißfallen; begehren und entsagen; nützen und schaden; vertrauen und mißtrauen; huldigen und schmähen; nachgeben und widerstehen; helfen und wehe tun: Gäbe es ein Tätigkeitswort, das von diesen allen etwas in sich hätte! Darauf ist die Sprache nicht gefaßt. – Oder doch? Die Reibung, der Wider-Spruch, sind nicht ins Wort, sie sind in den Satz eingebaut. „Gott weiß, daß oft dem Menschen nichts anders übrigbleibt, als Unrecht zu tun" (Kleist). Schmerzlichster Widerspruch, auf die Allerhöchste Autorität angewiesen, um nicht vor Angst zu vergehn – und auf eine kompliziertere Satzstruktur als unser Sätzchen. Denn in der hierarchisch geordneten Sprache macht der Haupt-Satz andere Satzglieder, ganze Neben-Sätze von sich abhängig, regiert sie nach Herzenslust, unterwirft sie sich, kann binden und lösen – nach Regeln, an deren Verfestigung er sehr interessiert zu sein scheint.

§ 84: *Das Objekt:* „Das Entgegengeworfene." Nicht ohne Schuldgefühl lasse ich mir Muster-Sätze vorhalten, in denen, genau wie in dem bescheidenen Satz, der zur Debatte steht, „ein Dativ-Objekt dem Verb entgegenkommt oder von ihm betroffen wird". „Das Kind gehorcht den Eltern." – „Die Gesetze dienen dem Menschen." – „Er vertraut seinem Freund." Das klirrt und scheppert mir, unter uns gesagt, ganz gehörig, doch dieses Eingeständnis mag überflüssig sein. Bleiben wir bei „Ihnen", dem Dativ-Objekt unseres Satzes, das mir, ich sage es rundheraus, fremd ist. Ich kenne Sie nicht. In welchem Sinne, möchte ich wissen, kommen Sie meinem Dank entgegen? In welch anderem Sinn könnte er Sie treffen? Begegnen sich, und sei es flüchtig, unsere Ansichten und Absichten in einem Wort? Ich weiß es nicht, hoffe es. Subjekt und Objekt sind einander nicht gewiß, das kann ja sein; die tieferen Sprünge kommen doch erst, wenn man die Stimme hebt, Gewißheit vorzutäuschen.

Ich stocke. Habe ich den Anlaß, den Satz, die Sprechsituation überanstrengt? Sind wir alle nicht oftmals heilfroh, wenn wir glatte, verbindliche Sätze aneinander vorbeigleiten lassen können? Und die Nichtübereinstimmung von Anlaß und Befinden – das, was wir „gemischte Gefühle“ nennen –, so neu ist das ja nicht. Erfrischend immerhin das ungebrochene Behagen des alten Wieland, den meine Grammatik mit einem Beispielsatz für das Genitivobjekt zitiert: „Ich genieße meines Reichtums und andere genießen ihn mit mir!“ Wie schön! möchte ich rufen.

Aber wenigstens wissen wir jetzt, warum ein schlichter Satz mir nicht glatt von der Zunge geht: Ich zweifle, ob er genau dem Sachverhalt entspricht, richtiger: dem Personenverhalten, den „inneren Voraussetzungen“. „Vor allem eins, mein Kind, sei treu und wahr“ – den Kinderschuhen sind wir entwachsen, nicht ohne Einübung in die Kunst des Lügens, die ja zu den Überlebenstaktiken gehört. Dennoch, und weil wir uns heute auf Literatur beziehen und weil Literatur auf die Dauer nicht taktisch sein kann, wenn sie überleben will: gilt also und soll weiter gelten, was die Grammatik als ein Beispiel für vielfältige Möglichkeiten des Satzgefüges anführt: „Es hört doch jeder nur, was er versteht“?

Beziehungsweise: Ein jeder liest nur, wie er's lesen will? Verkennende Kritik, umdeutendes Lob, und dies, das ist das bedenklichste, oftmals nicht in böser oder guter, sondern in „ehrlicher“ Absicht, die aber unbekümmert bleibt um die Voraus-Setzungen des jeweils andern. Man kennt einander nicht, und warum? Die Fähigkeit zum Urteil ist von der Lust am Vor-Urteil, die Fähigkeit zum Nachdenken vom Zwang zum Wunsch- und Verwünschungsdenken aufgezehrt. Wir leisten uns das Vergnügen, ungerecht zu sein, und zahlen, kaum merken wir es noch, den Preis: daß wir uns selbst nicht wirklich kennenlernen. Wie es scheint, ist es nicht. Aber ein Heer von öffentlichen Ausrufern will uns glauben machen, daß der Schein nicht trügt. Wollen wir uns denn noch so sehen, so loben, tadeln, auch bedanken, vor allem aber: erfahren, wie wir sind? „Um zu begreifen, daß der Himmel überall blau ist, braucht man nicht um die Welt zu reisen", liefert meine Grammatik als erweiterte Infinitivkonstruktion.

„Aufrichtig zu sein kann ich versprechen, unparteiisch zu sein aber nicht." Treffliches Goethesches Beispiel für eine Satzverbindung. Wenn das jeder, dem öffentliche Rede obliegt, von sich wüßte und gelegentlich sagte! Überhaupt gefallen mir Sätze mit „aber", sie lassen sich schwerlich zu Lehr-Sätzen erhärten; Literatur, die nicht Sprüche klopft, sondern Widersprüche hervortreibt, kann auch zum „Aber"-Sagen ermutigen – auf die Gefahr hin, daß die feinen und unfeinen Risse in den Grund- und Lehrsätzen sehr spürbar werden und daß man das vielleicht schwer erträgt. Nun stellte sich bisher jedem „Aber" immer wieder ein „Dennoch" gegenüber: „Sei dennoch unverzagt. Gib dennoch unverloren." Dies mitten im Dreißigjährigen Krieg, als die Dichter noch Lebensregeln gaben: Paul Fleming, der, im gleichen Gedicht, die unglaubliche Zeile wagt: „Was du noch hoffen kannst, das wird noch stets geboren."

Drei Jahrhunderte. Natürlich: Die Zeit selbst ist es, die den Zweifel heraustreibt, sehr weit heraus, tief in die Sprache hinein, daß sie – auch den verwickeltsten Umständen und jeder Feinheit eigentlich gewachsen – nun oft, allzuoft, kapituliert. Nicht die klirrenden und schweratmenden Sätze sind ja die gefährlichen. Die einschläfernden, plattgeschlagenen, bis auf die Knochen abgenutzten, die herrischen und die schmeichelnden sind es, die Lug und Trug betreiben, also Mord und Totschlag. – Es zieht meine Grammatik, in deren Labyrinth ich mich lange verlor, mächtig zu den Partizipialsätzen hin. „Fanatisch sein Recht verfechtend, wurde Michael Kohlhaas zur tragischen Gestalt": Ja, als sein Recht schon sein und vieler Leute Leben aufgefressen hatte, so daß er sich nicht mehr befragen durfte, wohin es ihn trieb, und warum. Zweites Beispiel: „Und tiefer suchend fror ich mehr, und dann, gestorben, kam ich hier ins Schattenreich“ (Brecht). Erfrieren, Ersterben, Selbstverlust als Folgen „tieferen Suchens“?

Ich wundere mich nicht, daß wir Angst haben, uns über die dunkle, unenthüllte Tiefe der Sprache zu beugen, von der Humboldt spricht, und Anteil zu nehmen an ihren Schicksalen: Da es uns so schwerfällt, uns für uns selbst zu interessieren. Unpersonen trifft keine Anrede mehr. In unpersönlichen Sätzen gehen sie miteinander um, effektiv, unverbindlich. Sprache, die leerläuft, Zweck wird, anstatt Mittel zu sein: böser Zauber in einer entzauberten Welt.

Ohne Anteilnahme kein Gedächtnis, keine Literatur. Ohne Hoffnung auf Anteilnahme keine lebendige, nur gestanzte Rede; keine ruhigen, klaren Aussage-Sätze, weil an die Stelle der Tatsachen Behauptungen treten; keine Frage-Sätze („Was ist das, was in uns lügt, mordet, stiehlt?“ Büchner); kein Zwiegespräch, nur strikte Monologe; kein Selbstbekenntnis, aus Furcht vor der eifernden Meute; keine Klage („Ach, das Leben wird immer verwickelter und das Vertrauen immer schwerer!“ Kleist); kein Mitleid („Wenn das deine Mutter wüßt, das Herz im Leib tät ihr zerspringen“). Keine Sprache, die unsern notwendigsten, auch gefährdetsten Denk- und Fühlwegen folgen, sie festigen könnte. Keine Weisheit, keine Güte. Und kein Satz, der offenbleibt, offen wie eine Wunde. Dafür – anwachsende Teilnahmslosigkeit versuchsweise vorausgesetzt – mehr Sätze, die uns im Halse steckenbleiben, die uns in ihn zurückgestoßen werden. Die unausgesprochenen Sätze sind die, nach denen nicht dringlich genug gefragt wird. An ihrer Stelle immer häufiger Er-Satz, Zu-Sätze, Bei-Sätze, Auf-Sätze, Fort-Sätze.

Was tun? Anteil nehmen, reden, schreiben. Das Buch, das Ihnen einen Preis wert ist, erinnert unter anderem an eine Kindheit in einem Deutschland, das, ich erhoffe es leidenschaftlich, für immer vergangen ist. Auch heute wachsen Kinder auf, in den beiden deutschen Staaten. Fragen wir uns denn ernst genug: Wie sollen die, wenn sie groß sind, miteinander reden? Mit welchen Wörtern, in was für Sätzen und in welchem Ton?

Meine Damen und Herren, ich danke Ihnen.

Januar 1978

biblioteka universalis

Literatur: Wunder aus einem Widerspruch, aus entgegengesetzten Kräften und Erfindungen, flüchtigem Geist, bleiernen Lettern. Die alten kiloschweren Folianten bezeugen die Mühsal seiner Herstellung, die neueren Bücher belegen unsern Hang, es uns leichter zu machen, und sollte uns auch das Wundern dabei vergehn. Dann lehren sie es uns wieder, und Ehrfurcht dazu: in mehr als hundertjahrelanger Reihe stehn sie da, ein Angebot, das seinesgleichen sucht. Ich spreche von Reclams Universal-Bibliothek, von der deutschen Literatur, die sie präsentiert, und von dem wundersamen Gespräch, in das sie uns hineinzieht.

Jenes berüchtigte einzige Buch für die einsame Insel ist ein überholtes Ansinnen aus der Zeit der Folianten. Grüne Insel Mecklenburg, einsam gewiß nicht, doch Ort für Besinnung – fünf UB-Hefte nehme ich mit, wahllos herausgegriffen. Sie fallen nicht ins Gewicht. Wie weit, wohin käme ich hier, allein mit diesen fünf? Mit dem „Armen Heinrich" des Hartmann von der Aue – mein ältestes Reclam-Bändchen, Seriennummer 456 –, mit Luthers Schrift „Von weltlicher Obrigkeit, wie weit man ihr Gehorsam schuldig sei", mit „Komm, Trost der Nacht", deutschen Gedichten aus dem 17. Jahrhundert, mit Hebbels „Maria Magdalene" und mit den „Gedichten" von Volker Braun, die, der Zufall will es, genau hundert Jahre nach dem „Armen Heinrich" herauskamen, 1972.

Drei Tage las ich, streng nach der Chronologie, jetzt hör ich Stimmen. Des Armen Heinrich Jammer über den

Aussatz, die „Schand an seinem Leibe“, über seinen Sturz aus Beliebtheit in Gemiedensein, mischt sich mit Luthers unerschrockener Predigt, die der weltlichen Obrigkeit das Recht auf die Seelen der Untertanen bestreitet, mit der klaren Stimme des großen Paul Fleming (der findet, im Dreißigjährigen Krieg, „ein weltlich Himmelreich, ein sterblich Paradeis“ in seiner Freundin Schoß), mit dem Entsetzensschrei des Bürgermädchens Klara („Vater, Er ist schrecklich!“) und mit Volker Brauns Ausruf: „Ich kann nicht leben ohne die Freunde / Und lebe und lebe hin!“

„Ist es denn so schwer zu erkennen, daß die deutsche Nation bis jetzt überall keine Lebens-, sondern nur eine Krankheitsgeschichte aufzuzeigen hat“, fragt Hebbel 1844, im Vormärz. Wir stehn vor einer Literatur bitterer Schmerzen, harter Anfechtungen, tiefer Gewissensangst. Das gräßliche Menschenopfer, das der christliche Heinrich sich verbietet („Und blieb ihm von der Stunde an keine Hoffnung und kein Wahn“) – sechshundert Jahre später wird es in Christi Namen gebracht: Klara, die sich in den Brunnen stürzt. „O Gott, ich komme nur, weil sonst mein Vater käme!“ – Wenn die Welt sich neu in Gut und Böse, Recht und Unrecht teilt, spaltet Gewissensnot des einzelnen Brust, eine Qual, die ihn reden, schreien, singen macht: So spricht er sich frei. Wir stehn vor einer Literatur des Aufbegehrens. „Darumb ists gar überaus ein närricht Ding, wenn sie gebieten, man solle der Kirchen, den Vätern, Concilien glauben ...“ Doktor Martin Luther – der, wenn einer, von Anfechtung und Selbstbefreiung zu sagen wüßte – zwei Jahre vor den Bauernkriegen, da die Welt sich aufs neue teilen wird.

Danach Paul Fleming, nicht minder kühn, in Selbstanrede, ein „Dennoch“ ein für allemal voraussetzend: „Sei dennoch unverzagt, gib dennoch unverloren“ ... Was sind sechs-, was siebenhundert Jahre? Schneller, immer schneller scheint die Welt sich zu teilen, mehr als ein Riß durch ein jedes Leben. Schmerz, Angst, Schuld, die Qual der Ausstoßung, Selbstopfer und Menschenopfer

– wir kennen alles. Wir kennen das Dennoch und den Triumph der Selbstbehauptung. Uns ist schmerzlich unverlierbare Heimat die Sprache und die sie uns aufhebt, die Literatur, in der, wie nirgends sonst, bewahrt ist, was wir waren und was wir werden wollen. Die große Sehnsucht nach den „tätigen Gefährten", die Volker Braun ausspricht: „Und was ich beginne, mit ihnen / Bin ich erst ich / Und kann leben, und fühle wieder / Mich selber in meiner Brust."

Eine Bücherreihe, die uns auf unsern Platz in einer andern, unsichtbaren Reihe hinweist und die Bestand haben wird, wie oft gerade das Verletzliche besteht. Bleibt zu danken denen, die sie fortführen.

Juni 1978

Auskunft

Was ich über mich zu sagen habe, kann nur kurz und trocken sein. Ich bin 1929 geboren, in Landsberg an der Warthe. Östliche Städte blieben mir das Muster für Städte überhaupt. Östliche Landschaften mit Fluß lösen in mir ein Gefühl von Wiedererkennen aus. Meine Eltern betrieben ein Lebensmittelgeschäft. Meine Kindheit fiel in die Herrschaftszeit des Nationalsozialismus. Mir die Prägungen bewußt zu machen, die aus dieser generationstypischen Lage entstanden, sie schreibend zu bearbeiten, das war ein elementarer Antrieb für spätere Arbeit. Die Brüche, die meine Generation in ihrer äußeren und inneren Biographie erfahren hat, können, so glaube ich, für die Brüche und die Zerrissenheit dieses Zeitalters stehen. Dies könnte ein Schreibender auch als Gücksfall begreifen – falls er nicht als Person zu viele seiner schöpferischen Energien darauf verwenden muß, diese Zerreißprobe ohne ernste Deformation zu durchleben.

Kunst – im weiteren Sinn – ist mir in meiner Kindheit und Jugend nicht begegnet. Obwohl ich den Büchern früh verfallen war, wußte ich nicht, was Literatur ist oder sein könnte. Daß ich die ersten bestürzenden Wirkungen von Gedichten unvorbereitet und unangeleitet erfuhr – vielleicht ist auch dies ein Glücksfall, von jener Art, die Glücksfälle heute an sich haben. Es war im Frühjahr 46, es war während einer langen Krankheit, die ich in einem mecklenburgischen Bauerngarten unter einem Apfelbaum „auslag“, es war ein kleines blau eingebundenes Buch mit Goethes Gedichten, es war „Wie herrlich leuchtet mir die Natur". Das Maß war gesetzt, unbewußt, später bewußt, verlangte ich dann nach dieser Erschütterung. Allmählich, über Jahre, lernte ich es, auf ihr als auf einem nicht nur ästhetischen, auch moralischen Zentrum meines Lebens zu bestehen.

Vielleicht sollte ich erklären, wie ich, als Sechzehnjährige, in dieses mecklenburgische Dorf kam, das mir sehr fremd war. Es war die erste Station nach der Umsiedlung meiner Familie gegen Ende des Krieges; die Städte und Ortschaften, in denen ich bis heute in der DDR gelebt habe und lebe, will ich nicht alle aufzählen. Aber zählen will ich sie einmal: Es sind elf. Unter ihnen die Universitätsstädte Jena und Leipzig, in denen ich Germanistik studierte. Heimatsuche kann man aus häufigem Ortswechsel sicher herauslesen; aber vor allem: Da war eine große Neugier, eine starke aktive Anteilnahme an dem Unternehmen einer Gesellschaft, mit den Eigentumsverhältnissen „das Leben" zu ändern. Es schien uns – vielen meiner Generation – ändernswert, und das scheint es mir heute noch. Auch der Widerstand, den eine durch historische Setzungen bedingte Realität einer inständigen Sehnsucht entgegenstellt, kann produktiv machen. Mir scheint, daß der anstrengende, schmerzhafte Versuch, nicht zu Vereinbarendes miteinander zu vereinbaren, seit langem schon, und bis heute, eine Wurzel für den Zwang zum Schreiben ist. So entsteht – entstand – bei mir Bindung, als ein widersprüchlicher Prozeß; so – aus Übereinstimmung und Reibung, aus Hoffnung und Konflikt – entstanden die Bücher, die ich bisher geschrieben habe.

Von der besonderen Art von Spannungen, welche eine Frau, die schreibt, auch bei uns erfährt, will ich nicht sprechen. Ich habe – um das Wort zum dritten und letzten Mal zu bemühen – die Möglichkeit, die Widersprüche unserer Gesellschaft als Frau von Grund auf zu erleben, immer als Glücksfall angesehen. Meinen Büchern kann man vielleicht entnehmen, in welchem Sinn.

Ich habe mir überlegt, was Sie bewogen haben mag, mich zum Mitglied dieser Akademie zu wählen. Wenn ich davon ausgehe, daß eine bestimmte Art von scheinlogischem Wahndenken, eine verbreitete Art von Denken in falschen Alternativen zu sehr ernsten Gefahren unserer Zeit geworden sind; wenn es stimmt, was ich glaube: daß diese Gefahren wenigstens teilweise aus Unkenntnis des jeweils anderen, aus Angst vor dem Fremden gespeist werden, dann wäre es wohl meine Aufgabe, in wie bescheidenem Maße auch immer, Kenntnisse zu vermitteln über die Literatur, die in der DDR entstanden ist und entsteht, auch Kenntnisse über die Umstände ihres Entstehens und über die Bedingungen, unter denen meine Kollegen und ich leben und arbeiten. Ich danke Ihnen also für diese Wahl und für Ihre Aufmerksamkeit.

Oktober 1979

Anekdotisches

Voriges Jahr, als ich über ein bestimmtes Thema nachzudenken begann, in jener schönen Phase, da es verlockend aufleuchtet, noch nicht beschädigt, zerlegt, eingeengt durch zu festen oder ungeschickten, noch nicht verfehlt durch zu lockeren, nachlässigen Zugriff; als die Gründe dafür mir noch plausibler waren als dann, sehr bald, die Gegengründe; als mich die Grenzen des Sagbaren beschäftigten und dabei eine Sprachunmächtigkeit in mir aufkam, ein Ungenügen an der vorgefaßten Sprache, die wir sprechen und schreiben, eine Sehnsucht nach einer andern Sprache, die ich im Ohr, noch nicht auf der Zunge habe: Als alles dies noch in seinen Anfängen steckte und ich alles und jedes, was ich sah, hörte, erfuhr und las auf dieses Anfangsgebräu ganz unwillkürlich bezog, da stellte sich mir überraschend die Frage: Warum hat Goethe eigentlich, als er ihn fertig hatte, seinen „Faust" versiegelt?

Zufällig war ich in Weimar. Ich ging ins Goethemuseum, das aufgeräumt und spiegelblank ist und – wie ein jedes Museum sein Objekt – den Dichter nur zeigen kann, wie er war, nicht, wie er wurde. Doch sind die Exponate nach neuesten Gesichtspunkten geordnet und allein durch ihre Vielzahl geeignet, dem Nachgeborenen das vernichtende Gefühl seiner Unterlegenheit zu vermitteln, das sicherlich noch weit schmerzlicher würde, wenn es nicht durch tröstende Kommentare, die niedrigere Gesellschaftsformation betreffend, in der der große Dichter verharren mußte, wieder leicht gelindert würde. Ich fand also auch Goethens letzten Brief an Wilhelm von Humboldt und jene Stelle, da Goethe, fünf Tage übrigens vor seinem Tod, Gründe dafür beibringt, daß er den zweiten Teil des „Faust", das „Hauptgeschäft" seiner letzten Jahre nicht nur, sondern seines Lebens, nicht einmal engen Freunden zu lesen gibt.

„Ganz ohne Frage", schreibt er da – und ich stellte mich gegen die Wand, an der das Briefblatt befestigt ist und schrieb es ab – „ganz ohne Frage würd es mir unendliche Freude machen, meinen werten, durchaus dankbar anerkannten, weit verteilten Freunden auch bei Lebzeiten diese sehr ernsten Scherze zu widmen, mitzuteilen und ihre Erwiderung zu vernehmen. Der Tag aber ist wirklich so absurd und konfus" – Goethe bezieht sich auf das Jahr 1832 –, „daß ich mich überzeuge, meine redlichen, lange verfolgten Bemühungen um dieses seltsame Gebräu würden schlecht belohnt und an den Strand getrieben, wie ein Wrack in Trümmern daliegen und von dem Dünenschutt der Stunden zunächst überschüttet werden. Verwirrende Lehre zu verwirrtem Handel waltet über die Welt . . ."

Mein Versuch, mich auf den Sinn der sibyllinischen Worte zu konzentrieren, mußte vorerst scheitern. Im Nebenraum, in welchem man Pflanzen und Knochen betrachten kann, die Goethe nicht nur gesammelt, auch zu deuten gesucht hat, nahm eine Leipziger Oberschulklasse die Belehrungen eines wissenschaftlich ausgebildeten Museumsführers entgegen. Ich schlich mich an ihnen vorbei, zu den Steinen, die mich auch nicht stark fesseln. Da hörte ich aus dem Mund des Museumsführers, leicht thüringisch gefärbt, die Frage, die mich bleiben ließ. Warum, fragte der junge Mann, befaßten sich eigentlich nach Meinung der Schulklasse die Schriftsteller der DDR – er nannte drei repräsentative Namen – außer mit ihren literarischen Produktionen nicht, wie Altmeister Goethe, auch mit den Naturwissenschaften! Ich stand in Hörweite und schrieb Namen von Mineralien ab, während die sechzehnjährigen Leipziger, ihrer Natur nach entgegenkommend, ehrlich um Antwort rangen. Ich bin überzeugt, eine Schulklasse aus der Hauptstadt hätte höhnisch, eine aus Rostock befangen geschwiegen, die Leipziger aber, von Ironie und Selbstzweifel nicht berührt, trugen in ihrem anheimelnden Idiom Steinchen auf Steinchen herbei, aus denen, dessen waren sie wie ich ganz sicher, der Museumsführer schon das Rechte aufbauen würde.

So erfuhr ich – Horcher an der Wand –, zu Goethes Zeiten seien einerseits die Naturwissenschaften weniger kompliziert, andererseits die Literaten allseitiger gebildet gewesen; als mildernden Umstand müsse man den heutigen zugestehen, daß sie, die meisten von ihnen, nicht so alt wie Goethe würden, daher weniger Zeit hätten, an ihrer Bildung zu arbeiten; die Schriftsteller von heute beschäftigten sich auch vorwiegend mit sich selbst, sie seien nicht so fleißig, wie Goethe es war; heutzutage könne man in den Naturwissenschaften nur im Kollektiv etwas leisten, die Schriftsteller aber seien Außenseiter und Einzelgänger; unsere Gesellschaft liefere den Schriftstellern so viele neue Fakten, daß sie genug damit zu tun hätten, diese aufzuschreiben: anders als Goethe, der in einer alten Gesellschaft gelebt habe, wo alles schon bekannt gewesen sei; die Naturwissenschaft von heute verlange mathematisches Denken – die meisten Schriftsteller aber brüsteten sich bekanntlich damit, daß sie nicht rechnen können.

So, sagte der wissenschaftliche Museumsführer, und jetzt fassen wir zusammen. Also, Wissenschaften und Künste haben in den letzten hundertfünfzig Jahren einen derart immensen Fortschritt zu verzeichnen, daß Wissenschaftler und Künstler sich voll auf ihr Gebiet konzentrieren müssen und so in unserer Gesellschaft in der Lage sind, ungleich Größeres zu leisten als ihre Vorgänger in früheren Zeiten.

Mit genau dieser Zusammenfassung schien die Schulklasse gerechnet zu haben. Ich auch. Dann rief ich mich zur Ordnung. War ich nicht hergekommen, zu erfahren, warum Goethe seinen „Faust“ versiegelt hat?

Juli 1980

Irritation

Liebe Kollegen, gebeten, dem Almanach zum Verlagsjubiläum auch einen Beitrag zu liefern, suchte ich in meinem Kopf nach Anekdoten. Manche, die mir einfielen, kann ich nicht erzählen, andere will ich nicht erzählen. Übrigens habe ich den Eindruck, alles, was über Literatur und Verlage gesagt werden könnte, ist schon gesagt. Daß ich Ihnen allen, und einigen von Ihnen ganz besonders, dankbar bin für Ihre Mitarbeit, versteht sich, aber es soll doch einmal ausdrücklich gesagt sein. Woran ich einige von Ihnen erinnern möchte, ist kein literarischer, sondern ein tektonischer Vorgang: Einmal haben wir gemeinsam gespürt, wie die Erde bebte.

Das war an einem ersten Donnerstagabend eines Frühlingsmonats, wir saßen im Club in der Otto-Nuschke-Straße, der Referent – welcher, ist mir entfallen – hatte uns über sein Fachgebiet belehrt, das gesellige Beisammensein mit Brötchenverzehr war im Gange, da blickte ich zufällig nach oben und sah: Die Lampe schwankte. Ich glaubte, ganz nüchtern zu sein, und machte ein paar Kollegen am Tisch auf das Phänomen aufmerksam. Sie wunderten sich wie ich. Jemand sagte, in den oberen Räumen sei vielleicht eine Tanzveranstaltung. Aber hätte die Lampe dann nicht eher schüttern, keineswegs schwanken müssen? Ich behielt die Lampe im Auge: Sie schwankte. Mir wurde wunderlich zumute, so hätte man es früher ausgedrückt, ein bißchen unwirklich kam mir, vielleicht nur für Sekunden, unsere Versammlung vor, der Raum, das Gestühl, das kalte Büfett, die Teilnehmer, ich. Als könnten wir alle uns ebensogut auflösen.

So soll es wohl sein bei Erdbeben, denn ein Beben war es ja, wie ich am nächsten Morgen erfuhr, das unsere Lampe ins Schwingen gebracht hatte. Ja wußtest du das nicht! sagte Anna Seghers mir. Das Schwanken der Lampen ist doch immer das erste Erdbebenzeichen. – Nein, ich hatte es nicht gewußt. Ich war auch noch nie in Mexiko gewesen. Etwas wie einen absurden Stolz empfand ich: Selbst hier bei uns, in unseren nördlichen Breiten, hat einmal die Erde gezittert.

Weiter war nichts, ist nichts. Warum ich das erzähle? Einfach so. Einmal haben wir zusammen ein sehr kleines Erdbeben erlebt. Etwas sehr Geringes, das wir selbst nicht spürten, hatte die Lampe angestoßen. Kaum, gar nicht spürbar war die feine Erschütterung für uns, die sich den festen Mauern des Hauses mitgeteilt hatte. Mich hat das verwundert, das ist alles. Wenn mich jetzt, häufiger, dieses Gefühl von Unwirklichkeit überkommt, erkenne ich es wieder.

Ohne Überleitung, ohne Nutzanwendung, grüße ich Sie, liebe Kollegen des Verlags, herzlich.

Juni 1984

Netzwerk

In Graz, einer Stadt, von der so viele Autoren ausgingen, in der so viel Literatur entstand oder sich begegnete und begegnet, einen Literaturpreis zu bekommen, ist für einen Literaten eine Freude und eine Ehre.

Was immer Ihre Stadt geographisch, politisch, ökonomisch, ethnologisch, sozial und historisch kennzeichnen mag – auf der Landkarte der Literatur, die es nirgends zu kaufen und nirgends zu besichtigen gibt, hat sie ihren besonderen Platz. In dem gleichen Sinn, in dem bei Shakespeare und dann in dem bekannten Gedicht der Ingeborg Bachmann „Böhmen am Meer“ liegt, und auf der gleichen imaginären Landkarte, ist Graz ein Knotenpunkt für Hoffnungen, Erwartungen, für Möglichkeiten, Begegnungen, für die Erinnerungen von Schriftstellern.

Ich möchte dafür sprechen, daß man solche imaginären Landkarten nicht gering schätzen soll, daß man sie mit dem gleichen – nein, mit einem anderen Ernst wahrnehmen und behandeln sollte, wie zum Beispiel, Generalstabskarten; und daß – es ist eine meiner Lieblingsvorstellungen – die imaginären Landkarten vieler Menschen, auf denen Städte und Länder als Wohnorte eines Freundes, eines besonders geliebten Dichters, Malers, Musikers, als Gesprächsort mit Kollegen, als Ort einer erschütternden oder befreienden Erfahrung oder Einsicht eingetragen sind, mehr und auf andere Weise Macht über uns gewinnen könnten, als eben jene realen, wenn auch geheimen Karten, auf denen Orte und Länder als Operationsbasen und Zielpunkte eingetragen sind.

Es liegt schon etwas daran, glaube ich, von welcher Art Imagination wir uns in Besitz nehmen, überwältigen lassen. Eine meiner inneren Landkarten, die ich mir bei Bedarf heraufrufen kann, ist eine Topographie von Gesichtern. Als ich das erstemal in Graz war – 1977, beim steirischen Herbst, der damals unter dem Thema „Männersprache – Frauensprache" stand – habe ich viele Gesichter in Erregung gesehen. Das Thema wühlte verschüttete Gefühle auf. Seitdem ist mir, wenn ich das Signal „Graz" empfing, das erschütterte Gesicht einer Frau aufgetaucht, die, empört und weinend, über ein schreiendes Unrecht sprach, das man ihr angetan hatte; oder das offene, ihr zugewandte Gesicht von Erich Fried, der damals neben mir auf dem Podium saß.

Oder das betroffene, nachdenkliche Gesicht eines anderen Kollegen, der inzwischen gestorben ist und den ich damals, hier in Graz, zum letztenmal sah. Zwar könnte ich es nicht beweisen – die Vorgänge, von denen ich spreche, liegen ja nicht innerhalb der Beweiszwänge, die das kausale, positivistische Denken uns auferlegt –, aber ich bin ganz sicher, daß der Ausdruck dieser Gesichter, den ich damals in mich aufnahm, beeinflußt hat, was ich danach schrieb. Er wurde, in meine eigenen Erlebnismuster eingefügt, zu einer Erfahrung, auf die ich zurückkommen konnte. Und wenn ich nun, behutsam den Fäden folgend, die mit bestimmten Namen, Gesichtern, Stichworten verknüpft sind, noch einmal die inständige Behauptung der Bachmann zitiere, daß Böhmen am Meer liege, da sofort auf Erich Frieds schönen Aufsatz über dieses Gedicht stoße, und eigenen Assoziationen nachhänge, die von zwei solchen Namen zu einer Reihe anderer Namen, zu einer Fülle von Erlebnissen, eigenen Arbeiten, Plänen führen – dann versuche ich damit eine Ahnung dessen zu vermitteln, was ich meine, wenn ich vom „Gewebe der Literatur" spreche. Es scheint mir doch dasjenige Netz zu sein, das sich dem alltäglichen Netz menschlicher Beziehungen am dichtesten anschmiegt und das, vor allem, nicht versucht, den

Erscheinungen, die es nachzeichnet und miteinander verknüpft, Gewalt anzutun. Zwar ist es darauf gefaßt, auch die Gründe für die Angst so vieler Menschen heraufzuziehen, die sie zwingt, eine Fülle von Angst- und Abwehrsystemen aus sich herauszustellen, sich zu wappnen, sich zu panzern, sich in einem Labyrinth starrer Institutionen zu verkriechen, von denen die Tötungsapparaturen nur diejenigen sind, die ihren Zweck am deutlichsten verraten. Aber ich glaube, daß Literatur heute und in diesem Teil der Welt nicht müde werden darf, die destruktiven Mechanismen aufzudecken, die in uns wirksam sind, und die Freiheit zu einem unverstellten, produktiven Umgang miteinander mit hervorzubringen. Diese anstrengende Bemühung, die den Autor, der sich ihr stellt, am meisten angreift, braucht, um eine Wirkung entfalten zu können, eben jene beteiligten, oft enthusiastischen Mittler, ohne die die Entwürfe und Angebote der Literaten sich kaum zu jenem Netzwerk auf unserer imaginären Landkarte der Literatur verdichten könnten.

Lassen Sie mich, meine Damen und Herren, die Behauptung aussprechen, daß in Ihrer Stadt solche bewußt und zielstrebig arbeitenden Enthusiasten am Werke sind; lassen Sie mich die Vermutung wagen, daß der Anlaß, der uns heute hier zusammenführt, von Ihrer Seite her ein weiterer Versuch ist, die literarische Topographie Ihrer Stadt mit literarischen Topographien in anderen Teilen der Welt zu verknüpfen. Und lassen Sie mich Ihnen dafür danken.

März 1983

Warum schreiben Sie?

Mit einem Bonmot könnte ich antworten: Ich schreibe, um herauszufinden, warum ich schreiben muß. – Tatsächlich wird Schreiben für mich immer mehr der Schlüssel zu dem Tor, hinter dem die unerschöpflichen Bereiche meines Unbewußten verwahrt sind; der Weg zu dem Depot des Verbotenen, von früh an Ausgesonderten, nicht Zugelassenen und Verdrängten; zu den Quellen des Traums, der Imagination und der Subjektivität. Das geistige Abenteuer des Schreibens besteht für mich darin, jene Kräfte in mir wiederzufinden und womöglich zu entfesseln, die im Lauf meines Lebens unter diesen unseren historischen Umständen als unnütz, überflüssig, schädlich, unbrauchbar, unangemessen, belanglos, unvorteilhaft, unbefugt, abträglich, anarchisch, amoralisch, gewissenlos, strafbar, gesetzwidrig, ungeeignet, untauglich, unratsam, schändlich, ordnungswidrig, untüchtig, lächerlich, krankhaft, töricht, wertlos, willkürlich, verächtlich, albern, verrückt, unsittlich, verantwortungslos, verfehlt, ungehörig, ungebührlich, unanständig, zerstörerisch, egoistisch, unzulässig, undankbar, radikal, aufsässig, unvernünftig – kurz, als subjektivistisch verdächtigt, mit einem Verdikt belegt, zurückgedrängt, narkotisiert, gefesselt und lahmgelegt wurden. Der Schrecken darüber, wie in Industriegesellschaften die Selektion der „nützlichen" Kräfte und Strebungen eines Menschen auf Kosten seiner „unnützen" Bedürfnisse und Wünsche funktioniert, und die Trauer über die Folgen dieser Spaltung und Amputation fließen sicherlich in mein Schreiben ein. Heute ist die Kunst wohl der einzige Hort, zugleich das einzige Erprobungsfeld für die Vision von ganzheitlichen menschlichen Wesen. Insofern ist Schreiben für mich eine Art Selbstversuch. Ob und wie in der Zukunft die Menschen der heute arbeitsteilig organisierten Industrieländer, deren Bedürfnisse verfälscht und mit Ersatzprodukten abgespeist werden, sich ihrer Wurzeln, der Fülle menschlicher Möglichkeiten und also auch der Kunst entsinnen werden – das weiß ich nicht. Ich, für mein Leben, brauche die Verbindung mit einer anderen Dimension in mir, um nicht das Gefühl von Da-Sein zu verlieren. Und darum schreibe ich.

Februar 1985

Wiener Rede

Bei meinem Nachdenken über die Implikationen dieses Preises fiel mir auf, daß er es fertigbringt, Wörter wie „Staat", „europäisch" und „Literatur" in einem Satz zu versammeln – Wörter, die für mich sofort ein Spannungsfeld aufbauen; der Satz wird spannend. In unterschiedlichen Zeitaltern hat dieser Satz seine Haupt-Wörter aufgelesen – wie sollte da nicht ein jedes von ihnen an eine andere Moral gebunden sein? Und all diese unterschiedlichen Moralvorstellungen leben, mehr oder weniger verblaßt oder zwingend, in uns, den Spätgeborenen: die jener frühen Vorfahren, deren Handabdrücke im weichen Lehm der Höhle von Altamira uns Heutige anrühren, und die der daran gemessen sehr jungen differenzierten Abbilder des Menschen in der Kunst der Neuzeit. Nun schon über zweieinhalb Jahrtausende setzen sich Heldenlob und Schlachtbeschreibung in der europäischen Literatur fort; jene Differenzierung des europäischen Menschen, von der ich sprach, war begleitet von der Kolonisierung ferner Kontinente und fremder Völker und von Greueln auf dem eigenen Kontinent, aus denen die heutigen Staaten hervorgingen. Die Literatur Europas überblicken wir von den Epen des Homer bis hin zu den Erzählfragmenten der Ingeborg Bachmann, um ein mir besonders naheliegendes Beispiel zu nennen: bis hin zu jenem Franza-Fragment aus dem Zyklus „Todesarten", an dessen Ende der Schreckensruf steht: Die Weißen kommen!, und damit sind ja wiederum wir Europäer gemeint, die heutzutage, sagt die

Bachmann, die Gehirne kolonisieren, das Denken und Wünschen der Menschen in jener Welt, die wir uns anmaßen, die „dritte" zu nennen, infizieren mit unserer eigenen Hybris, mit unseren Wertvorstellungen, an deren Spitze, was immer unsere Religionen und Ideologien beteuern, teilweise sogar glauben mögen, Macht und Besitz stehen – selbstredend in ihrer jeweils modernen Form.

Die Formen, die dieser Größenwahn in unserer Gegenwart annimmt, muß ich nicht nennen, aber vielleicht ist es nicht unnütz, daran zu erinnern, daß der Faschismus, nicht zufällig in der Mitte Europas entstanden, sich graduell, nicht grundsätzlich vom Wahndenken derjenigen unterscheidet, welche für das Ziel der Vernichtung des vorher verteufelten Feindes die Existenz des Planeten aufs Spiel setzen.

„Erkenne dich selbst!", die Losung über dem Tempel von Delphi wird, seit sie den frühen Europäern als Forderung bewußt wurde, von ihnen und ihren Nachfahren aus so vielen Generationen, und am allermeisten von unseren Zeitgenossen, geflohen wie nichts sonst. Mit Raketengeschwindigkeit suchen wir uns von ihr zu entfernen, mit ohrenzerfetzender Lautstärke sie in uns zu übertönen. Fassungslos sehen wir auf unseren Fernsehschirmen ehemalige KZ-Kommandanten erscheinen, die sich heute noch für gute Menschen halten, und in der Mehrzahl der Fälle würden wir uns wahrscheinlich irren, wenn wir sie als gemeine Lügner abtun würden. Sie wissen nichts von sich. Menschen, die von sich nichts wissen, sind die sichersten Objekte für Demagogie und Massenwahn. So läßt sich aus dem Durchschnittsmenschen das Monstrum heraustreiben. Die arbeitsteilig organisierten Industriegesellschaften müssen die Fähigkeiten, Strebungen und Wünsche ihrer Mitglieder nach dem Gesichtspunkt der Effektivität in „nützliche" oder „unnützliche" einteilen; mir fällt es schwer, mich der Assoziation an Zustände zu erwehren, die es zulassen, Menschen als „noch brauchbar" oder „lebensunwert" zu selektieren. Die Kunst ist heute wohl der einzige Ort, zugleich beinahe das einzige Erprobungsfeld für die Vision von ganzheitlichen menschlichen Wesen.

Daher wird Literatur, wird jedenfalls für mich das Schreiben immer mehr ein Instrument zur Öffnung unbewußter Bereiche, der Weg zu dem Depot des Verbotenen, von früh an Ausgesonderten, nicht Zugelassenen, Verdrängten; zu den Quellen des Traums, der Imagination und der Subjektivität – was auch bedeutet, daß Schreiben für mich eine Dauer-Auseinandersetzung mit jenen Bindungen ist, die auch durch Wörter wie „Staat", „europäisch" und „Literatur" gekennzeichnet sind. Die Spannung, die aus dieser Konfliktlage entsteht, ist, wie ich hoffe, nicht zerstörerisch, sondern ein kleiner Teil jener Energie, die in unserer Gegenwart, auch, zum Glück, auf unserem alten Kontinent, daran gewendet wird, das Überleben durch ein neues Wertgefüge zu sichern.

März 1985

Zeitgenossen
I

Brecht und andere

Eine der ersten Brecht-Aufführungen, die ich erlebte, war die Bearbeitung des Lenzschen „Hofmeisters“, 1950. Von Jena, wo wir studierten, waren wir zu dem Gastspiel nach Weimar hinübergefahren, ausgerüstet mit dem Wissen des germanistischen Seminars über den bürgerlichen deutschen Sturm und Drang und über den kommunistischen Stückeschreiber Brecht.

An diesem Abend teilte ich meine Aufmerksamkeit zwischen der Bühne und Brecht, der wenige Meter von uns entfernt auf einem Eckplatz des ersten Rangs saß. Heute noch sehe ich Einzelheiten dieser Aufführung vor mir: den verzweifelten Schlittschuhlauf des noch nicht entmannten Hofmeisters, Gustchens übermütiges Füßeschnicken nach ihrer Rettung; aber ich sehe auch heute noch Brecht, wie er sich vor Lachen schüttelt. Sein Vergnügen an den oft gar nicht vergnüglichen Vorgängen im Rampenlicht provozierte und steigerte mein Vergnügen – weckte aber auch eine leichte Verwunderung. Nicht überall, wo Brecht lachen mußte, hätte ich mich zu lachen getraut. Seine Respektlosigkeit gegenüber dem „bürgerlichen Trauerspiel“ machte uns die Köpfe heiß. Heute lesen wir zum „Hofmeister“ in Brechts Theaterschriften: „... Auf diese Weise sind die Personen auch nicht entweder ernst oder komisch, sondern bald ernst, bald komisch. Der Hofmeister selbst erntet unser Mitgefühl, da er so sehr unterdrückt wird, und unsere Verachtung, da er sich so sehr unterdrücken läßt.“

Da Brecht überzeugt war, daß die Veränderbarkeit der

Welt, um die es ihm ging, „auf ihrer Widersprüchlichkeit besteht", unternahm er es, zu zeigen, was in den Menschen „sie so macht, wie sie sind" – aber auch, „was sie anders macht" –, und stieß, was er wohl vorausgesehen hat, auf unser Unverständnis oder Scheinverständnis. Es könnte eine interessante Studie werden, wenn jemand unternähme, das Verhältnis meiner Generation zu Brecht zu untersuchen. „Verhältnis" ist schon so ein Wort, das Brecht mißbilligen würde, weil es die Spannungen und die Entwicklung eben dieses „Verhältnisses" kaum wiedergibt.

Und Spannung war da durchaus: zwischen uns (die wir Anfang der fünfziger Jahre glaubten, alles über Kriege und speziell über den Krieg zu wissen, der uns betroffen hatte) und der „Courage" da vorn auf der Bühne, der gegenüber wir uns, eben im Besitz unseres allzu runden Wissens, eine ungeduldige Überlegenheit herausnahmen, wo doch geduldiges Nachdenken am Platze gewesen wäre. Brecht hat wohl recht gehabt, als er damals schrieb, daß man die „Courage" in Berlin noch nicht verstehen könne. Begeistert und überzeugt wiederholten wir seine Thesen vom „Anbruch des wissenschaftlichen Zeitalters", fühlten uns selbst angesprochen, wenn er sagte: „Die Menschen des wissenschaftlichen Zeitalters werden . . .", und wußten nicht, *konnten* nicht wissen, daß er durch uns hindurch sah auf jene, die wir nach unerhörter Anstrengung vielleicht einmal sein würden; oder sonst auf die, die nach uns kommen.

Das ist es, was ich „anspruchsvoll" nenne. Unsere Verwirrung darüber, daß, anders, als wir es gewohnt waren, nicht einmal die Tragödie tränenden Auges und widerspruchslos hingenommen, sondern höchst nüchtern befragt wurde, ob sie denn nötig, ob sie nicht vermeidbar sei (und wenn ja, wodurch) – diese Verwirrung erwies sich, wenn sie in richtige Fragen und genaues Denken übergeleitet werden konnte, als fruchtbar. Die „Anwendbarkeit" der Brechtschen Kunst und seiner Kunsttheorie lag nicht in der einfachen Nachahmung (obwohl sie dagegen nicht geschützt ist), sondern in der Ermunterung zu eigenen Entdeckungen. Brecht machte und macht uns Appetit auf Entdeckungen, und wenn Ernst Busch als Galilei mit deutlichem Bezug auf uns, das Publikum, verkündete: „Und es ist eine große Lust aufgekommen, die Ursachen aller Dinge zu erforschen" – dann verstanden wir ihn wirklich. Diese Lust hatten wir kennengelernt, die neue Gesellschaft stachelte sie an, und, was wichtiger ist: sie brauchte sie. „Herr, mein Schönheitssinn wird verletzt, wenn die Venus in meinem Weltbild ohne Phasen ist!" sagt derselbe Galilei später – die kürzeste sinnliche Formel dafür, daß einem neuen Publikum Schönheitsbedürfnis und Wahrheitsdurst verschmelzen, weil ihm „Vergnügen erwächst aus der Meisterungsmöglichkeit menschlichen Schicksals durch die Gesellschaft".

Ich sehe, wie unbedacht es war, auf die Frage nach entscheidenden Kunsterlebnissen den Namen „Brecht" zu nennen. Immerhin hätte ich ihn, auch wenn mancher andere Name mir auf der Zunge lag, nicht auslassen können. Gorki, Anna Seghers, Thomas Mann, Thomas Wolfe, Aragon – die Verschiedenartigkeit dieser Autoren unseres Jahrhunderts springt ins Auge. So ist es gewiß Verschiedenartiges, was sie einem unentbehrlich macht. Gemeinsam ist ihnen, daß die Struktur ihrer Arbeiten auf eine sehr komplizierte, öfter durchaus indirekte Weise mit der Struktur ihrer Wirklichkeit übereinstimmt, mit der sie andererseits, Veränderung wünschend und verändernd, dauernd im Streit liegen. Und auch: daß sie das kleine triumphierende Füßeschnicken eines gefallenen, aber geretteten Mädchens nicht vergessen ...

1966

Die zumutbare Wahrheit

Prosa der Ingeborg Bachmann

1

> Auf diesem dunkelnden Stern, den wir bewohnen, am Verstummen, im Zurückweichen vor zunehmendem Wahnsinn, beim Räumen von Herzländern, vor dem Abgang aus Gedanken und bei der Verabschiedung so vieler Gefühle, wem würde da – wenn sie noch einmal erklingt, wenn sie für ihn erklingt! – nicht plötzlich inne, was das ist: Eine menschliche Stimme?
>
> *Ingeborg Bachmann, „Musik und Dichtung“*

Man soll, im Begriff, diese Prosa zu lesen, nicht mit Geschichten rechnen, mit der Beschreibung von Handlungen. Informationen über Ereignisse sind nicht zu erwarten, Gestalten im landläufigen Sinn sowenig wie harthörige Behauptungen. Eine Stimme wird man hören: kühn und klagend. Eine Stimme, wahrheitsgemäß, das heißt: nach eigener Erfahrung sich äußernd, über Gewisses und Ungewisses. Und wahrheitsgemäß schweigend, wenn die Stimme versagt.

Weder sprechend noch schweigend ohne Grund. Ohne auf dem Grund der Hoffnung, ohne auf dem der Verzweiflung zu stehen. Geringere Anlässe, das Wort zu nehmen, hat sie verschmäht.

Kühnheit? Wo hätten wir sie zu suchen, bei eingestandenem Rückzug vor Übermächten, bei eingestandener Ohnmacht gegenüber dem Fremderwerden der Welt? In den Eingeständnissen selbst? Gewiß, da sie nicht aus Routine, nicht leicht und freiwillig gegeben werden. Mehr aber noch im Widerstand. Nicht kampflos weicht sie zurück, nicht widerspruchslos verstummt sie, nicht resignierend räumt sie das Feld. Wahrhaben, was ist – wahrmachen, was sein soll. Mehr hat Dichtung sich nie zum Ziel setzen können.

Klage? Nicht über Geringfügiges, und niemals kläglich. Über bevorstehende Sprachlosigkeit. Über die drohende Auflösung der Kommunikation zwischen Dichtung und Gesellschaft, die jedem ehrlichen Schriftsteller in einer bürgerlichen Umwelt vor Augen steht. Über die Aussicht, allein zu bleiben mit dem Wort („das Wort wird doch nur andere Worte nach sich ziehen, Satz den Satz“). Über die unheimliche Versuchung, durch Anpassung, Blindheit, Billigung, Gewöhnung, Täuschung und Verrat zum Kumpan der tödlichen Gefahren zu werden, denen die Welt ausgesetzt ist.

Tapferkeit? Sie ist verwundet, aber nicht besiegt, voll Trauer, doch ohne Selbstmitleid, leidend, aber nicht ins Leid verliebt. Man steht vor einem Kampfplatz. Sieht die Kräfte sich sammeln. Lyrik, Prosa, Essay schlagen die gleiche Richtung ein: aus dem Fraglosen ins Fragwürdige; aus dem Gewöhnlichen ins Ungewohnte; aus dem Unverbindlichen in die Verbindlichkeit, auch Verbundenheit; aus dem Ungenauen in die Authentizität. „Mir nach, ihr Worte!“ Eine Art Schlachtruf, tapfer genug, würdig genug.

Repräsentanz? Der Dichter als Repräsentant seiner Zeit? Ingeborg Bachmann, bescheiden übrigens, aber auch stolz, wagt diesen Anspruch. Muß Anstoß erregen, da man in der Literatur der Moderne weithin auf Repräsentanz verzichtet hat. Sie geht weiter. „Der verändern wollende Dichter“, fragt sie, als sei es ausgemacht und nicht gerade in ihren Breiten heftig bestritten, daß der Dichter verändern will: „Wieviel steht ihm frei und wieviel nicht?“ Das heißt: Ist er, in ihrer Zeit, in dem Land, in dem sie lebt, noch Herr der Wirkungen, die er hervorzubringen wünscht? Da macht sie sich nun nichts vor, bleibt unbestechlich: „Nichts rührt sich, nur dieser fatale Applaus.“ Nichts rührt sich. So hätte der Dichter umsonst gesprochen? Wäre die Abstumpfung des Publikums, hervorgerufen durch die „vielen spielerischen Schocks“, die ihm seit Jahren zugefügt werden, unwiderruflich? Wie aber müßte denn Dichtung sein, um, vor allem anderen, das zu verändern?

2

Poesie wie Brot? Dieses Brot müßte zwischen den Zähnen knirschen und den Hunger wiedererwecken, ehe es ihn stillt. Und diese Poesie wird scharf von Erkenntnis und bitter von Sehnsucht sein müssen, um an den Schlaf der Menschen rühren zu können. Wir schlafen ja, sind Schläfer, aus Furcht, uns und unsere Welt wahrnehmen zu müssen.

Ingeborg Bachmann, „Frankfurter Vorlesungen"

Sehend werden, sehend machen: ein Grundmotiv in den Werken der Ingeborg Bachmann. Das Gedicht „An die Sonne", ihre Rede „Die Wahrheit ist dem Menschen zumutbar" und das Prosastück „Was ich in Rom sah und hörte" gehören zusammen. Man sieht, wie sie zu sehen beginnt; wie ihr die Augen aufgehen, wie ihr Hören und Sehen vergeht. Wie sie Stolz zieht aus dem, was sie sehen konnte („der Stolz dessen, der in der Dunkelhaft der Welt nicht aufgibt und nicht aufhört, nach dem Rechten zu sehen"), Beglückung („Nichts Schönres unter der Sonne als unter der Sonne zu sein ...") und Einsicht: „Ich hörte, daß es in der Welt mehr Zeit als Verstand gibt, aber daß uns die Augen zum Sehen gegeben sind."

Sehen, einsehen, durchschauen: „Denn es ist Zeit, ein Einsehen zu haben mit der Stimme des Menschen, dieser Stimme eines gefesselten Geschöpfs, das nicht ganz zu sagen fähig ist, was es leidet ..." Das Klassische: „... gab mir ein Gott, zu sagen, was ich leide", wird aufgehoben, bezweifelt, unpolemisch bestritten. „Nicht ganz" – Fixierung einer anderen, späteren Erfahrung. Ein Grunderlebnis der Ingeborg Bachmann: Sie hat als Dichter der Summe von Erfahrung, die in der Welt ist, redlich ihre eigene hinzuzufügen. Ihre Sache ist es, den Mut zur eigenen Erfahrung immer neu in sich zu erzeugen und ihn gegen die wahrhaft überwältigende Masse und die entmutigende Herrschaft leerer, nichts sagender und nichts bewirkender Phrasen zu behaupten. Selbstbehauptung ist ein Grundantrieb ihrer Dichtungen – nicht schwächlich als Selbstverteidigung, sondern aktiv: Selbstausdehnung, auf ein Ziel gerichtete Bewegung. Auch: sich stellen, das Eigene, auch die eigene Schwäche, vorweisen, getroffen werden, wieder hochkommen, das Zentrum des Gegners erneut angreifen, andauernd selbst im Lebenskern gefährdet sein ... Selbstbehauptung als Prozeß. Rein dargestellt in dem Prosastück „Was ich in Rom sah und hörte", das sie, seltsam genug, unter die Essays einreiht. Ein Versuch – aber so könnte man alles nennen. Versuch, sich eine Stadt anzueignen. Eine Souveränität wiederzugewinnen, die durch Unterwerfung verlorengegangen war. Ihrer Herr zu werden durch Benennung. Den Zauber des genauen, sinnlichen Wortes wieder einmal zu probieren – ob es denn wirklich noch die Kraft hat, zu binden und zu lösen.

„In Rom sah ich, daß der Tiber nicht schön ist, aber unbekümmert um seine Kais, aus denen Ufer treten, an die keiner Hand legt." Mit dem ersten Satz ist die Tonhöhe angeschlagen. Heilige Nüchternheit. Pathos der innerlich angespannten Beschreibung. Vor sich hin gesprochene Sätze, wie sie aus großer äußerer Aufmerksamkeit und aus großer innerer Vorurteilslosigkeit kommen. Behutsamkeit des Zweifelnden und zupackende Genauigkeit dessen, der weiß. Sätze, die sich immer wieder auf Sachverhalte der Wirklichkeit beziehen, aber nie vorgeben, dieselbe Wirklichkeit zu wiederholen oder zu ersetzen. Doch lohnt es, die neue Realität, die sie herstellen, nicht zu mißachten. Sie ist, einem überraschenden Bezugssystem untergeordnet, die Hervorbringung eines ununterdrückbaren und unstillbaren Verlangens nach Durchdringung der natürlichen und gesellschaftlichen Umgebung mit menschlichen Maßstäben. Ist wie eine Schneise, die einer schwer arbeitend in einen Urwald haut: Vor ihm und hinter ihm schlägt die nackte, unreflektierte Realität wild zusammen.

Denn sie wird nicht verletzt: nicht durch Voreiligkeit

oder Schwerfälligkeit, weder durch Hochmut noch durch Schwäche. Ein nachdenklicher Blick liegt auf ihr, duldsam, doch nicht alles verzeihend. Zwingend, ohne zudringlich zu sein. Ein Blick, der das allzu Feste, Starre aufzulösen und das scheinbar Schwache zu festigen scheint: „Sie schlafen, wo die Platanen ihnen einen Schatten aufgeschlagen, und sie ziehen sich den Himmel über den Kopf." Es braucht die Worte „Armut" und „Freiheit" nicht, um das Gefühl zu vermitteln, daß diese Menschen arm und mit der Begabung und dem Recht zur Freiheit ausgezeichnet sind. Diese Art Teilnahme nimmt sich der Beobachter heraus: mit – zu – teilen, mit uns zu teilen. Höchste Subjektivität, aber keine Spur von Willkür, auch nicht die Willkür des Mitleids oder des Überschwangs, sondern spannungsreiche Authentizität.

Elegie und Hymne – lyrische Kategorien, eine Haltung bezeichnend, sind anwendbar. Stehen manchmal auf demselben Blatt, schließen einander nicht aus, vermischen sich aber auch nicht. Die Alten im Ghetto „erinnern sich ihrer Freunde, die mit Gold aufgewogen wurden; als sie losgekauft waren, fuhren trotzdem die Lastwagen vor, und sie kamen nicht wieder." Und, wenn der Blick sich hebt: „Ich sah, wo Roms Straßen ausfallen, den triumphalen Himmel in die Stadt einziehen." Das Preiswürdige wird gepriesen, ohne den Gestus maßvoller, konzentrierter Mitteilung zu durchbrechen. Kein selbstauferlegter Zwang zur Kargheit. An Stimmung gesättigt, könnte man diese Prosa nennen, wenn nicht im Deutschen „stimmungsvoll" zu oft als Ersatzwort für „vage" gebraucht worden wäre. Hier aber wird Stimmung aus den realen Beziehungen gewonnen, wird vor unseren Augen erzeugt als Übereinstimmung zwischen der Sinnenhaftigkeit des Sprechers und der sinnlichen Glut der Stadt, als Nichtübereinstimmung mit den Wunden, die sie trägt, den Verbrechen, die sie begeht oder zuläßt. Als Zustimmung, im ganzen, zu ihrer wunderbaren Existenz.

Und wunderbarerweise bedarf die Stadt der Zustimmung dieses Gastes, dieses ihres Bewohners: Sie lebt davon. Der herrliche Mut und die Selbstverständlichkeit des Menschen, der in die Stadt hineingeht, in ihr untertaucht, mit sich geschehen läßt, was da geschehen kann, die Augen nicht verschließt, auch wenn ihm nach Wegblicken zumute ist; der wieder auftaucht; weiß, das ist eine Atempause, sich des Bodens unter seinen Füßen zu versichern. Der dasteht und einfach „ich“ sagt, ohne Selbstüberhebung, doch mit erhobenem Kopf: Die Haltung dieses Menschen, des Autors, macht diese Prosa aus, macht sie konkret und sehnsuchtsvoll, hält sie im schwierigen Gleichgewicht zwischen Anspruch und Erfüllung, zwischen Realität und Vision.

Da sieht man auch, der Vision hat man sich nicht zu schämen, sie ist nichts Leichtfertiges oder Ausgeklügeltes, sondern das Zeichen, daß die Arbeit an einem Stoff beendet ist – ein Zeichen, das sich nicht einstellt, wenn die Bemühung steckengeblieben ist, auf halbem Weg oder einen Schritt vor dem Ziel. Vision! hört man leichtfertig sagen, was ist das: Vision? – Man sieht plötzlich, was nicht zu sehen ist, was aber da sein muß, weil es Wirkungen zeitigt. Die Vergangenheit in der Gegenwart zum Beispiel. Oder die immer unterdrückten maßlosen Wünsche, die jeden Augenblick, keiner weiß, woher, in jedermann aufschießen können („aber morgens, gegen drei, fällt Tau. Wer da wach liegen und seine Lippen feuchten könnte!“). Vor allem aber Zusammenhang und Bedeutung hinter scheinbar zusammenhanglosen und unbedeutenden Vorfällen. Die Entdeckung, wovon sie alle leben und woran sie, was immer sie vorzuspiegeln suchen, in Wirklichkeit zugrunde gehn.

Es stellt sich heraus, daß jede Stadt aus dem Material ernster und redlicher Visionen ihre Zukunft macht, denn sie ist darauf angewiesen, sich an Lebendiges, Lebensfähiges zu halten. An die schlafenden Arbeiter auf den Balustraden, an die Alten im Ghetto, an die schreienden Marktfrauen; an das Kind, das in der Bar

Tassen spült, oder an die Abschiednehmenden auf dem Bahnhof Termini, und an den Jungen, der die Opfergelder der Fortfahrenden nachts aus dem Brunnen fischt. Sie alle ganz wirklich. Und über das Wirkliche hinaus: phantastisch. Um ihretwillen und mit ihrer Hilfe weicht das Vernichtungsgefühl, das den Gast wohl auch befallen kann in dieser Stadt, weicht die Verführung zur Verantwortungslosigkeit zurück, die im Bewußtsein der Ohnmacht liegt. Abgewehrt und geleugnet, und sei es für die Dauer dieser Seiten. Dafür tritt der Mensch hervor, der sich gegenüber der Stadt und der Natur nicht lumpen läßt und auf die Herausforderung seiner Möglichkeiten mit dem Anspruch auf Würde antwortet.

3

> Was aber möglich ist, in der Tat, ist Veränderung. Und die verändernde Wirkung, die von neuen Werken ausgeht, erzieht uns zu neuer Wahrnehmung, neuem Gefühl, neuem Bewußtsein.
>
> *Ingeborg Bachmann, „Frankfurter Vorlesungen"*

Ingeborg Bachmann weiß: „Dichten findet nicht außerhalb der geschichtlichen Situation statt." Die geschichtliche Situation ist derart, daß im Zentrum aller Dichtung die Frage nach der Möglichkeit der moralischen Existenz des Menschen stehen muß. Diese Fragestellung ist einer der Hauptantriebe der Bachmannschen Prosa – oft in seltsamer Verkleidung, nicht gleich erkennbar, als subjektiver Reflex, als Angst, Zweifel, Bedrohtheit: „Am Starkstrom Gegenwart hängen."

Ingeborg Bachmann ist keine ursprüngliche Erzählerin, wenn man darunter verstehen will, daß jemand unbefangen Geschichten erzählen und sich selbst dabei vergessen kann. Sie berichtet keine Fälle, sondern denkt über Fälle nach – über den „Grenzfall, der in jedem Fall steckt". Die Lyrikerin verleugnet sich nicht: Bloßlegung eines überliefernswerten Menschen auch hier. Überliefernswert, weil bereit und fähig, wichtige Konflikte der Zeit in sich auszutragen.

Ein anderes Medium also für die gleichen Fragen. „Und stellen wir sie in Hinkunft so, daß sie wieder Verbindlichkeit haben“: Mag sein, sie hat sich der größeren Verbindlichkeit des prosaischen Stoffes stellen wollen, wie sie in ihrer Umwelt der krassen prosaischen Banalität ausgesetzt ist. Es mag sie reizen, die Banalität schreibend zu besiegen. Komposition, eine straffe Fabel, kunstvoller dramatischer Aufbau, Erzählungen im strengen Sinn des Wortes stellen sich ihr nicht her. Der Zwang zu sprechen steht hinter ihrer Prosa wie hinter ihren Gedichten, eine Bedrängnis, die echt ist und sie legitimiert. Konkrete Situationen wird man oft vergebens suchen, ebenso wie die realistische Darstellung gesellschaftlicher Prozesse. Wir haben es mit Geschichten von Empfindungen zu tun.

Wie jeden Schreibenden quält Ingeborg Bachmann das Problem der Wahrheit, des Wahrheit-Sagens. „Genau sagen, was geschehen ist“ – genügt das? In der Wildermuth-Geschichte, die vom „Er“ zum „Du“ und „Ich“ hinüberspielt, wird das Scheitern des Versuchs seziert, Wahrheit durch krankhafte Genauigkeit zu ersetzen, durch einen Detailrausch. Der Richter Wildermuth, mit der Gestalt des Erzählers unverkennbar verstrickt, geht bis an das Ende der Zweifel, nachdem ihm bewußt geworden ist, daß seine guten alten stabilen Maßstäbe ihm abhanden gekommen sind. Nicht mehr wissen, was wahr ist, Wahrheit-Finden für unmöglich halten, am Ende den Glauben an den Wert der Wahrheit verlieren: „Aber will ich denn noch weiterkommen mit der Wahrheit? Wohin? Bis nach Buxtehude, bis hinter die Dinge, hinter den Vorhang, bis in den Himmel oder nur hinter die sieben Berge . . . Diese Entfernungen möchte ich nicht zurücklegen müssen, weil mir der Glaube längst fehlt.“

Geschichte einer Desillusionierung, die bewegungsunfähig macht: Lähmung durch den scheinbar unvermeidlichen Verlust des Glaubens. Miniaturmodell für einen typischen Vorgang in der bürgerlichen Intelligenz dieses Jahrhunderts, selbstquälerisch bis zur absoluten Fragestellung gesteigert. Der einzige Ausweg – handelnde Verbindung mit wirklichen gesellschaftlichen Prozessen – scheint versperrt durch Hoffnungslosigkeit, zieht immer neue Nahrung aus der Entfremdung der realen Vorgänge, die sie beobachtet. Der Kreis ist geschlossen.

Ingeborg Bachmann, sehr bewußt der Tradition, in der sie steht, des Problemkreises, aus dem sie schöpfen kann und an den sie gebunden bleibt, ist von ihrer Erfahrung so glaubhaft, so ursprünglich und auf eigene Weise betroffen, daß der Eindruck des Epigonalen nicht aufkommen kann. Sie spielt nicht mit der Verzweiflung, Bedrohtheit und Verstörung: Sie *ist* verzweifelt, *ist* bedroht und verstört und wünscht daher wirklich, gerettet zu werden. Die Zeichen, die sie gibt – Klopfzeichen, Ausbruchsversuche –, sind echt. Die Anstrengungen, die sie unternimmt, sind schonungslos auch gegen sich selbst.

Eine Gestalt, eine lyrische Existenz, die ihre innere Erfahrung auch zum Gegenstand ihrer Prosa macht und daher immer wieder zurückkehren muß zur Problematik des Dichters in dieser Zeit – so, wie sie sich ihr darstellt. Sie kennt alles, was immer wieder gesagt wurde über die Fragwürdigkeit der dichterischen Existenz in der spätbürgerlichen Gesellschaft, über das Herabsinken des Literaturbetriebs zur Börse, über den angeblich unausweichlichen Zwang der „Nachfahren" zum Epigonentum. Sie hat es geprüft, aber sie widersetzt sich der Versuchung zum Selbstbetrug, der in der Kapitulation läge. Sie kehrt zu einfachen Fragen zurück: Wozu schreiben, „seit kein Auftrag mehr da ist von oben und überhaupt kein Auftrag mehr kommt, keiner mehr täuscht. Woraufhin schreiben, für wen sich ausdrücken und was ausdrücken vor den Menschen, in dieser Welt?"

Sie begreift die Schuldgefühle, die Selbstanklagen, diese „Stürze ins Schweigen" und sogar in den Tod bei vergangenen und gegenwärtigen Dichtern, sie weiß um den Schmerz, wenn die Welt nicht auf denselben Ton gestimmt ist wie man selbst. Sie nimmt diese Erfahrungen an, ohne mit ihnen einverstanden zu sein: weder Dünkel noch Snobismus, noch die gängige formale Scheinrevolte kommen für sie in Frage. Die Zerstörung des Glaubens bis auf den Grund, der Zynismus heißt, findet nicht statt. In ihren Essays, stärker als in ihrer Prosa, fixiert sie ihre Widerstandsposition: „Wenn wir es dulden, dieses ‚Kunst ist Kunst', den Hohn hier hin nehmen, stellvertretend für das Ganze – und wenn die Dichter es dulden und befördern durch Unernst und die bewußte Auflösung der stets gefährdeten Kommunikation mit der Gesellschaft – und wenn die Gesellschaft sich der Dichtung entzieht, wo ein ernster und unbequemer, verändernwollender Geist in ihr ist, so käme das der Bankrotterklärung gleich."

Sie verteidigt keine Außenbezirke, sondern „Herzländer". Den Anspruch des Menschen auf Selbstverwirklichung. Sein Recht auf Individualität und Entfaltung seiner Persönlichkeit. Seine Sehnsucht nach Freiheit. „Erkenntnissüchtiger, deutungssüchtiger und sinnsüchtiger" als andere reibt sie sich an dem Gegensatz ihrer Existenz zu dem lässigeren, vielleicht bunteren, aber platten bürgerlichen Dasein. Die „Wonnen der Gewöhnlichkeit", nach denen der junge Thomas Mann sich noch sehnen konnte, sind in diesem Jahrhundert zu Ausgangspositionen und Reservaten des Verbrechens geworden und haben jede Anziehungskraft gründlich verloren. Zermürbend ist sicher die individuelle Auflehnung gegen die technische Perfektionierung der barbarischen Banalität, das einzige Ziel, das der kapitalistischen Gesellschaft geblieben ist: „Dressurakt auf Dressurakt". Zermürbend durch das Gefühl, Außenseiter zu sein, durch den Verdacht des Anachronismus, der sich zuweilen gegen sie selbst richtet.

Da gehen die Namen der Figuren mit ihrem Gesicht verloren, da heißen alle Männer „Moll", da bewegen sie sich nach vorgegebenen Klischees, da lohnt es nicht mehr, Individuen zu erfinden zu den kümmerlichen Funktionen, die ihnen geblieben sind. Da wird, so allein gelassen, die normale Anstrengung des Autors, immer neue, immer schwierigere Gebiete der Wirklichkeit zu durchdringen und bewußt zu machen, zur Über-Anstrengung, die notwendige Spannung zwischen den eigenen Möglichkeiten und den Anforderungen, die man akzeptiert hat, zur Über-Spannung. Der radikale Anspruch auf Freiheit wird, wenn keine gesellschaftliche Bewegung ihm entspricht, zur verzehrenden Sehnsucht nach der absoluten, der schrankenlosen und irrealen Freiheit; die vollkommene Verzweiflung an der Möglichkeit nächster Schritte schlägt um in illusionäre Forderungen: „die Welt neu“ zu „begründen“ durch „Auflösung alles Bestehenden“. Und die Abkehr von dieser Radikalität, die Rückkehr in normale Tätigkeiten und Lebenshaltungen, wird entweder als Kapitulation empfunden oder bleibt, wie in „Das dreißigste Jahr“, unmotiviert und ohne Grundlage: „Ich sage dir: Steh auf und geh! Es ist dir kein Knochen gebrochen!“ – Selbstvertrauen, ohne das man nicht leben kann, hier als Ergebnis einsamen Kampfes.

Zivilisationsmüdigkeit und Fortschrittszweifel sind am heftigsten in „Undine geht“: vollkommene Entfremdung des Menschen von sich und seinesgleichen und romantischer Protest dagegen. Romantisch nicht nur in der Übernahme des Fouquéschen Märchenmotivs, der Undine-Figur, romantisch auch in der Haltung, der Gegenüberstellung platten Nützlichkeitsdenkens mit einem „Geist, der zu keinem Gebrauch bestimmt ist“. Der dazu bestimmt wäre, menschenwürdigen Gebrauch von sich selbst zu machen, der helfen würde, „Zeit und Tod“ zu verstehen.

Endzeitgefühl – ja. Aber keine Resignation. Immer wieder dieser Glaube an den Menschen, ergreifend, weil er die Verletzbarkeit unendlich erhöht. Selbst Undine, Anklägerin der Männerwelt mit der kaum verhüllten Stimme der Autorin, glaubt „ganz und gar“, „daß ihr mehr seid als eure schwachen, eitlen Äußerungen, eure schäbigen Handlungen, eure törichten Verdächtigungen". Aber sie ist verdammt, „ihr" zu sagen, sich zu trennen, zu gehen. Da sie keine Möglichkeit sieht, den Kampf aufzunehmen, weicht sie vor den unzumutbaren Forderungen der Gesellschaft zurück, in der Hoffnung, so sich selbst bewahren zu können. Immer aber endet dieser Rückzug mit Selbstaufgabe, weil die Trennung von der gesellschaftlichen Praxis auch die inneren Widerstandskräfte des einzelnen aushöhlt.

Es gibt Versuche, dem zu entgehen. In „Unter Mördern und Irren" – demjenigen Prosastück, das einer konkreten Schilderung gesellschaftlicher Bezüge am nächsten kommt – fragt die Autorin nach dem Sinn der Opfer und damit nach dem Sinn des Widerstands. Der junge Mann, die Ich-Figur dieser Erzählung, ist ein Ratloser, Suchender, Angewiderter, irritiert durch den häufigen Wechsel der Wertmaßstäbe, dem er ausgesetzt ist: „Damals, nach 45, habe ich auch gedacht, die Welt sei geschieden, und für immer, in Gute und Böse, aber die Welt scheidet sich jetzt schon wieder und wieder anders." Er drückt ein Grunderlebnis seiner Generation aus: die unheimliche Wiederauferstehung der Reaktion. Aber er scheint nicht mehr bereit zu sein, bei jedem neuen Wechsel immer wieder überrascht, immer wieder verwirrt „nur auf seiten der Opfer" zu sein: „Das ergibt nichts, sie zeigen keinen Weg." Anscheinend könnte er sich vorstellen, auf einer anderen Seite zu stehen, die Haltung der Wehrlosigkeit aufzugeben, einen Weg zu suchen, in der Gesellschaft, real, also auch den Gesetzen der Realität unterworfen. Eine Andeutung nur, eine vorsichtige Frage an den Grenzen des Bereichs, der durch Literatur alleine nicht zu verändern ist . . .

In ihrem beharrlichen Veränderungswunsch wird die gedankliche, fast möchte man sagen: menschliche Leistung der Ingeborg Bachmann am deutlichsten. Sich nicht „auf mittlere Temperaturen" einstellen lassen, nicht zugeben wollen, daß alles „auf eine Frage des

Nachgebens, des Beipflichtens reduziert" wird. Eine „neue Sprache" suchen, ein „Denken, das Erkenntnis will und mit der Sprache und durch Sprache hindurch etwas erreichen will. Nennen wir es vorläufig: Realität."

4

> Aber einige tranken den Schierlingsbecher unbedingt.
>
> *Ingeborg Bachmann, „Das dreißigste Jahr"*

Sie sieht: Keine Hoffnung auf Veränderung mehr „im Rahmen des Gegebenen". So weit gegangen, muß sie sich fragen, inwieweit sie selbst, der Dichter, noch etwas anderes sein kann als eine Institution eben dieser veränderungswürdigen Gesellschaft. Ob sie nicht verdammt ist, mit zu erziehen „halb für die wölfische Praxis und halb auf die Idee der Sittlichkeit hin". Das ist die schonungsloseste und schrecklichste Frage, der ein Schreibender sich aussetzen kann. Wenn die Antwort dauernd gegen ihn ausschlägt, mag dies der Grund für Verstummen werden. Zumal die Lösung dieser Kardinalfrage nicht vom Schriftsteller allein abhängt, sondern von sozialen Veränderungen, die seinem Beruf eine neue Grundlage, ihm selbst eine neue Verantwortung geben würden.

Von dieser Art Veränderungen erhofft Ingeborg Bachmann sich nichts. Nie ist sie in die Lage versetzt worden, Anschluß an eine progressive geschichtliche Bewegung zu suchen. Eher neigt sie dazu – oder läßt doch einige ihrer Figuren dazu neigen –, aus der Gesellschaft herauszutreten, in verzweifelter Isolierung die Bedingungen aufzuspüren, die ihre Gesellschaft dem einzelnen diktiert, den Preis herauszufinden, den das nackte Leben kostet und der millionenfach gezahlt wird. Einigen ist er immer zu hoch gewesen. „Einige tranken den Schierlingsbecher unbedingt." Einige waren nicht käuflich, nicht durch Verführung zu gewinnen, noch durch Erpressung zu zwingen, sie zogen den Tod der

Selbstaufgabe vor, um in ihrer Zeit lebendig bleiben und in der Zukunft wirken zu können. An sie, scheint es, an ihr moralisches Beispiel sucht Ingeborg Bachmann sich zu halten. Ihnen zur Seite zu stehen, sieht sie wohl als Aufgabe ihrer Literatur.

Literatur als moralische Institution, der Dichter als Anwalt neuer moralischer Antriebe, die in seiner Epoche zum Ausdruck drängen. Der sich selbst vorauszuwerfen hat in Lust und Schmerz, der bis zum Äußersten zu gehen hat und sich zu erkennen gibt durch „Richtungnehmen, Geschleudertwerden in eine Bahn, in der von Worten und Dingen nichts Zufälliges mehr Zulaß hat".

Die Strenge und Integrität dieser Konzeption verbirgt doch nicht, daß das Bezugssystem, an dem ja auch die noch so kühnen Bahnen einzelner zu messen sind, ungenannt bleibt, wahrscheinlich ungedacht. Literatur als Utopie. Aber wessen Utopie? Utopie von welcher realen Grundlage aus? Tapferer, tief anrührender Entwurf eines neuen Menschen. Aber ein einsamer Entwurf, und nicht die Andeutung realer Schritte von der Misere ihrer Gegenwart weg zu dieser Zukunftsvision hin. Immer nur die Selbstbewegung des Geistes?

Zu diesen Fragen gelangen wir mit Hilfe dieser Dichtung – Fragen, die uns nicht gleichgültig lassen. Ingeborg Bachmann aber scheint in einem geschlossenen Kreis von ihnen umstellt. Sie markiert damit eine äußerste Position in der heutigen bürgerlichen Literatur, den Versuch, humanistische Werte gegenüber dem totalen Zerstörungstrieb der spätkapitalistischen Gesellschaft zu verteidigen. Nach unserer Erfahrung kann der Dichter diese Einkreisung nicht allein und nicht nur im Reich der Dichtung durchbrechen; die höchst fragwürdige bürgerliche Gesellschaft tatsächlich, das heißt durch Tatsachen, in Frage zu stellen setzt voraus, den „Rahmen des Gegebenen" zu sprengen. Dann erst, auf neuer gesellschaftlicher Grundlage, beginnt wirklich die „Verteidigung der Poesie".

Durch den Filter dieser Erfahrungen lesen wir die

Prosa der Ingeborg Bachmann. Vielleicht gewinnt sie so, da sie ernst und echt ist, noch eine Dimension, die die Autorin selbst nicht voraussehen konnte, denn jeder Leser arbeitet an dem Buch mit, das er liest. Und Ingeborg Bachmann gehört zu den Autoren, die sich ausdrücklich von der Mitarbeit ihrer Leser abhängig machen. Sie erhebt und erfüllt den Anspruch auf Zeitgenossenschaft.

Dezember 1966

Das Eigene

Juri Kasakow

„Meine Erfahrungswelt ist offenbar die der meisten meiner Altersgenossen. In der Kindheit der Krieg, ein Leben, düster und von Hunger beherrscht, dann Schule, Arbeit, Studium . . . Kurz, eine Erfahrung, die sich nicht durch besondere Mannigfaltigkeit auszeichnet. Aber ich neige dazu, der Biographie des Innenlebens den Vorrang zu geben. Für einen Schriftsteller ist sie besonders wichtig. Wer in seinem Innern eine reiche Entwicklung durchgemacht hat, der kann sich in seinem Schaffen dazu erheben, seiner Epoche Gestalt zu verleihen, obwohl er ein an äußeren Ereignissen armes Leben geführt hat . . ."

Kasakows Prosastücke bewegen sich auf jener Grenze, die zwischen der herkömmlichen Prosa als dem Bericht von etwas Geschehenem und der Poesie, dem Instrument für feine, kaum noch registrierbare Vorgänge, aufgerichtet zu sein scheint. Kasakow respektiert diese Grenze nicht. Er weiß: Poesie hängt nicht von einer literarischen Gattung ab, nicht etwa von Rhythmus und Reim; sie wird nicht durch die Kunst erzeugt und dem Leben „künstlich" aufgesetzt, um es „schöner", erträglicher zu machen. Poesie ist nicht an die Kunst gebunden, sondern an die Menschen, an ihr Zusammenleben als Arbeitende, Liebende, einander Stützende, Kämpfende, voneinander Lernende. Die Kunst kann Poesie nicht machen, nur finden. Sie ist da, wo wahrhaftige menschliche Beziehungen sind. In schwerer Arbeit, sogar in Kummer und Tränen, kann Poesie sein. Nur vor Verlogenheit und Roheit zieht sie sich zurück.

Poesie lebt im schwermütigen Gesang des Bojenwärters, eines Säufers, und in der verhaltenen Zärtlichkeit eines Mädchens, das mit ihm ist; sie lebt in der Sehnsucht jenes jungen Burschen am nächtlichen Lagerfeuer nach „wahrer Reinheit" in der Musik: „Aber ein Lied, besonders, wenn es lang ist, muß seinen eigenen Duft haben wie der Fluß und der Wald dort."

Einen Interpreten braucht Juri Kasakow nicht. Seine Geschichten versteht jeder, obwohl sie alles andere als simpel sind. Der heute neununddreißigjährige Autor hat sie vor 1965 geschrieben. Sie konnten erst in dieser Zeit entstehen – in dieser Zeit, da die sowjetische Literatur, da besonders die jüngeren Schriftsteller, zu denen Kasakow gehört, begannen, wie von neuem unvoreingenommen um sich zu blicken. Zu ihren Entdeckungen gehören feine, komplizierte Vorgänge im Innern des Menschen, schmerzende Zurückgebliebenheit und neue Einsichten in die oft scheuen, einfachen, ja alltäglichen Glücksvorstellungen der Leute, auf die man zu achten hat.

Rußland und der Norden sind die Landschaften der Kasakowschen Prosa. Einer ihrer größten Vorzüge neben Sensibilität ist Konkretheit. Dieser Autor, möchte man meinen, hebt einfach ein sorgfältig – aber auch wieder nicht zu sorgfältig – abgestecktes Stückchen Erde mit allem, was auf ihm lebt und kriecht, behutsam hinüber auf die Seiten seines Manuskriptes. Er scheint das Mittel zu kennen, wie man diese schwierige Operation bewerkstelligt, ohne den Lebensnerv seines Gegenstandes zu verletzen, ohne ihn zu töten oder zu verfälschen. Was vorher lebte, lebt sein wunderbares und manchmal sonderbares Leben weiter, unbekümmert um die Betrachter, die nun nicht ausbleiben (diese typisch russischen Geschichten wurden in den letzten Jahren in fast alle europäischen Sprachen übersetzt). Der Mann, der die Operation gemacht hat, scheint sich selbst herauszuhalten. In Wirklichkeit aber – denn das ist das „Mittel" – gibt er sich jedesmal zu dem Stück Menschen-, Tier- und Pflanzenwelt ganz und gar dazu. Manchmal läßt er es durchblicken und nennt sich „Ich": „Ich war glücklich in jener Nacht, weil mit dem nächtlichen Dampfer sie kommen würde." Dann wieder, viel öfter, erlegt er sich Abwesenheit auf zugunsten anderer, sogar zugunsten eines Tieres.

Das „ihm Eigene". Es ist ein Schlüsselwort für Mensch und Tier in diesen Erzählungen. Kasakows Gestalten sehnen sich nach dem ihnen Eigenen, sie suchen es, sie sind unglücklich seinetwegen und froh, es zu finden oder wenigstens zu ahnen. Darin und nicht nur darin erinnern sie an Gestalten, die wir zu kennen glauben: Gestalten Tschechows, Gorkis, Prischwins, Bunins oder Paustowskis. Ja, auch das „alte Rußland" scheint noch einmal aufzustehen mit rechtgläubigen Sektierern, mit Wallfahrern, Jägern, Fischern, Dorfleuten, mit Nachtwächtern und sehnsüchtig sich hingebenden Mädchen. Dazwischen Krymow, dieser Moskauer Mechaniker. Er und seinesgleichen, zu denen der Autor sich zählt, sind das unerläßliche Ferment von Gegenwart in diesen Geschichten. Des Autors Blick auf seine manchmal fast urtümlichen Figuren ist ein Gegenwartsblick: direkt, aufrichtig, unromantisch, unbestechlich und nüchtern, dabei liebevoll, nachdenklich, behutsam, staunend und aufmerksam. Er sieht die zarten Züge in scheinbar stumpfen Menschen, wie er die zynische Grobheit des Burschen sieht, der sein Mädchen beim Abschied von sich stößt, ohne Grund, nur um ihr weh zu tun.

„Große" und „kleine" Themen, von denen man oft hören kann, gibt es nicht. Jedes Thema kann großzügig oder kleinlich behandelt werden. Natur kann zur Idylle, Liebe in Liebelei, Trauer in Sentimentalität, Glück in Wohlbehagen verzerrt werden. Doch zu den kleinlichen Naturen gehört dieser Schriftsteller nicht. Er analysiert selten, er deklamiert nie; aber er versteht; er versteht selbst jene Regungen und Aufwallungen der Menschen, die sie selbst nicht begreifen: Den dumpfen Ausbruch jener Moskauerin am Grab der Mutter in ihrem Heimatdorf zeigt er als vielleicht letzten Durchbruch von Gram über ein versickerndes Leben, das unmerklich in andere Gleise geglitten ist, als das junge Mädchen es sich einst erträumt haben mag.

Alles, was mich an Kasakow fesselt, tritt mir am deutlichsten in einer seiner jüngsten Erzählungen entgegen: „Herbst in den Eichenwäldern". Stärker als jede andere hat sie „ihren eigenen Duft". Das Erlebnis, die Ankunft des geliebten Mädchens, unverhüllt und doch verhalten dargeboten, nimmt die Farbe aller Dinge an, die nicht als einfache Zeugen, sondern als Mithandelnde zu ihm beitragen: die Farbe jenes Abends, des Motorengeräusches von diesem Dampfer; es verbindet sich mit dem schwankenden Lichtkreis der Laterne. Diesen Weg vom Fluß hinauf glaubt man gegangen zu sein, dieses Haus hat man doch betreten, vor diesem Kamin haben auch wir gelegen, dieses stockende Gespräch haben auch wir geführt.

Und das ist auch wahr. Der Mann und das spröde Mädchen aus dem Norden sind, wenn wir jeden pathetischen und deklarativen Sinn aus dem Wort nehmen, unsere Zeitgenossen. Ihren Wald an der Oka kennen wir nicht, wenn wir uns nun auch nach ihm sehnen. Aber diesen Weg sind wir doch wirklich gegangen, diese schwankende Laterne hat uns doch geleuchtet, dieses Feuer gab es doch, und diese Gespräche haben wir miteinander gehabt. Das Ferment Gegenwart – nirgends spürte ich es so stark. Noch in die Unbeholfenheit, die Schwierigkeit ihrer Liebe folgen wir den beiden. Sie durch Grobheit zu verletzen, würde bedeuten, unsere eigene Erinnerung grob herabzuziehen.

Was passiert denn eigentlich? Nichts. Nicht viel: Die geliebte Frau kommt an, vielleicht für immer, und er holt sie ab. Das ist, so genau es beschrieben sein mag, nur Vorwand – so wie ich alle diese Geschichten von Kasakow für Vorwände halten möchte: legitime Vorwände eines Schriftstellers, seine Haltung zur Welt auszudrücken. Das ist es, was ihn zum Schreiben drängt, mehr als die unscheinbaren, fast zufälligen Erlebnisse, die ihm auf seiner Wanderschaft zuteil werden. Die Suche nach dieser Welthaltung, ihre Überprüfung, ihr Reifwerden – das ist die einzige Dramatik, die der Leser in diesem Buch finden wird. „Aber ich neige dazu, der Biographie des Innenlebens den Vorrang zu geben ..."

Und Einsichten wird er finden, unscheinbar wie die äußeren Ereignisse, Einsichten der Art, wie sie das häßliche Mädchen, aus ihrer Demütigung sich aufrichtend, fand: „... daß sie trotzdem ein Herz hatte, eine Seele, und daß derjenige glücklich sein würde, der das verstand."

1966

Der Sinn einer neuen Sache

Vera Inber

Aus der großen und umfangreichen sowjetischen Literatur siebzehn Seiten aussuchen und dazu erklären, warum – eine solche Wahl muß fast zufällig sein. Oder nicht?

Den „Platz an der Sonne" habe ich lange nach „Zement" oder dem „Stillen Don" gelesen, der Name Vera Inber war mir noch unbekannt, als Gladkow und Scholochow schon geläufig waren. Das Büchlein – hundertvierzig Seiten – fiel mir zufällig in die Hand, fast fünfunddreißig Jahre nachdem es – 1928 – in der Sowjetunion erschienen war. Zehn oder auch nur fünf Jahre früher hätte ich es kaum beachtet. Wie Menschenbekanntschaften gibt es auch Buchbekanntschaften zur rechten oder unrechten Zeit.

Vera Inber ist damals achtunddreißig Jahre alt. Ein neues Bedürfnis läßt sich nicht abweisen: sich früherer Erfahrungen zu versichern. Damit verquickt der Wunsch, Vergangenes möge nicht vergangen, nicht tot sein, es möge sich nicht ein für allemal verfestigen. Das Mittel dagegen ist die Neuerschaffung der Vergangenheit, die allerdings auch nicht zu jedem beliebigen Zeitpunkt möglich ist, sondern nur genau in jenem vergänglichen Moment, da die undurchsichtige Gegenwart so weit zurückgetreten ist, um durchsichtig, dem Erzähler verfügbar zu sein; aber noch nah genug, daß man nicht damit „fertig" ist: „In einer südlichen Stadt kamen im Jahre des Bürgerkriegs im Herbst herrliche Tage, das Meer erstrahlte in ungetrübtem Blau, und der Wind schlief, zusammengerollt wie ein Ankertau."

Eine junge, literarisch gebildete, bürgerlich erzogene Frau erlebt die Bürgerkriegszeit in Odessa: „Die Nächte waren dunkel und bebten mit den fallenden Sternen." In diesem Sinn ist „Der Platz an der Sonne" ein Erinnerungsbuch. Dieses Haus am Stadtrand von Odessa wird es gegeben haben, der Winter wird so trostlos kalt gewesen sein, und der Frühling kam im letzten Moment, „wenn der Mensch in Verzweiflung geraten ist".

Ich liebe Bücher, deren Inhalt man nicht erzählen kann, die sich nicht auf die simple Mitteilung von Vorgängen und Ereignissen reduzieren lassen, die sich überhaupt auf nichts reduzieren lassen als auf sich selbst. Was Vera Inber mitzuteilen hat, kann auf keine andere Weise mitgeteilt werden als auf diese, kein anderer hätte es erzählen können als sie – obwohl, natürlich, ihre Erfahrung nicht einzigartig ist.

Was rührt uns denn an dem großen, kalten Haus am Rande jener unbekannten Stadt, das allmählich einfriert und nur durch den schwachen, bangen Atem von drei Menschen notdürftig am Leben gehalten wird? Wahrscheinlich hat man doch auch schon in solchem Haus gewohnt, muß wohl die Sorge kennen, es könnte einem den Atem verschlagen. Es – nicht nur die Kälte. Die Zeit, die da angebrochen ist, der Weg, der da bevorsteht.

Das Wort „Revolution" kommt selten vor. Muß nicht vorkommen, da ohne sie das Buch nicht geschrieben, die Frau, die da behutsam und zurückhaltend von sich erzählt, keine Dichterin geworden wäre. Was sie erzählt, ist ja gerade – zwischen den Zeilen allerdings –, wie ihre Begabung herausgefordert wird durch den Einbruch von Wirklichkeit, wie sie produktiv wird durch den jähen Abbruch des sanften, wahrscheinlich mühelosen Lebens. Es ist nicht wahr, daß rauhe Verhältnisse immer im Gegensatz zur Poesie stünden, weil Rauheit nicht Roheit bedeutet und, wie sich zeigt, Zartheit nicht ausschließt. So geht, scheinbar merkwürdig, in ungünstigen, turbulenten Zeiten in der tiefsten Schicht der Menschen, im innersten Innern, der schwierige Prozeß einer

Geburt vor: alte Häute werden abgestoßen, oder abgerissen, neue müssen wachsen, der Zwang, das nackte Leben zu sichern, bringt den Zwang mit sich, sich diesem Leben zu verbinden, das in Gestalt höchst eigenartiger Menschen ihr gegenübertritt. Es reizt sie zuerst, im doppelten Sinn des Wortes, es belustigt sie sogar, zieht sie an wegen seiner Ursprünglichkeit. Am Ende hat sie ihm Rede und Antwort zu stehen, wenn auch vor keiner anderen Instanz als vor ihrem eigenen Innern: es gibt kein Außen und kein Innen mehr, die Revolution ist überall. Bessere Bedingungen zum Schreiben kann es nicht geben.

Neue Sinne entwickeln sich, weil sie gebraucht werden, um hinter den Sinn der neuen Sache zu kommen. Der Aufbau neuer Empfindungen vor unseren Augen. Wir erleben noch einmal den Reiz, der im wirklich Neuen liegt: Die erste, frühe Spur im Staub der noch unbefahrenen Straße. Der einfache, wahre Gedanke, wenn er einen zum erstenmal ergreift: „Wichtig sind: wir. Wir sind viele, und das Leben ist groß."

Teilnahme an einer Schöpfung: Vielleicht ist es das. Das Haus am Rande Odessas kann ja nicht verfallen und zerbröckeln, weil jeder Leser es wieder aufbaut, wie er sich auch den Strand erschafft, an dem einen Sommer lang die duftenden Fischsuppen gekocht werden, das Büro der Eieraufkaufstelle und den Genossen Schuljak, der bekümmert an die Stirn der ungeschickten jungen Frau tippt: Was summt denn da? Sie alle können nun nicht mehr sterben und verderben, da man immer wieder nach ihnen fragen wird. Nach ihnen mit Haut und Haar, als Ganzes, ohne Rest. Denn da bleibt nicht jener miese Rest, keines jener sorgfältig gehüteten Reservate, vor denen unsichtbar die alte verfluchte Tafel steht: „Privat!" Keines Menschen Eigentum sein. Sich selbst in Besitz nehmen, mit Haut und Haar. Wie denn? Arbeitend. Anders ist es nicht möglich.

In diesem Buch gibt es keinen kleinlichen, verkümmerten Satz, weil es keine kleinlichen, unehrlichen, verkümmerten Gefühle gibt. Sondern Klugheit, Nachdenklichkeit, eine stille Art von Humor, viel Selbstironie, Lebensfreude und eine große Lust an allem, was menschlich ist, eine große, produktive Sehnsucht.

Ein kleines Buch. Es braucht sich nicht zu scheuen, in diesem Jahr neben die großen Bücher seines Landes gelegt zu werden.

1967

Ein Briefwechsel

20. 4. 65

Sehr geehrte Frau Wolf!

Entschuldigen Sie bitte, daß ich mich so ohne weitere Umstände an Sie wende. Nach der Lektüre Ihres Beitrages zum internationalen Kolloquium (letzte NDL) stellte ich fest, daß mich ähnliche Probleme bewegen (Sinn unserer Anstrengungen, Kampf gegen Position des Abwartens und Beobachtens . . .). Vor allem beschäftigt mich schon seit Jahren die Beobachtung, daß viele junge Menschen (Studenten) im Laufe der Jahre an Begeisterungsfähigkeit und Elan verlieren und nicht selten ohne ihre früheren Ideale (Drang nach Erkenntnis, Verachten von Mittelmäßigkeit usw.) durch das Leben „trotten". Ich versuche darüber zu schreiben . . . Den Anfang dieser größeren Erzählung lege ich bei. Die scheinbar glückliche Liebe wird auf die Probe gestellt, als sich im Laufe der Zeit immer mehr die unterschiedlichen Auffassungen von Karin und Dieter zu ihrem Platz und ihrer Aufgabe im Leben herausstellen. Dieter war einmal voller Tatendrang und ist an einem Fehler, den er damals machte, „aufgehangen" worden (etwas, was sehr oft mit Absolventen geschieht). Durch die Position des Beobachtens und Abwartens hat er sich den Ruf eines klugen, nüchternen, verläßlichen Menschen verschafft und wurde in seine frühere Position zurückgeholt (eigentlich paradox, aber mir scheint, das kommt oft vor, weil die, die nichts wagen, auch nicht viel verderben und sich daher auf einer sanft ansteigenden, aber kontinuierlichen Erfolgslinie bewegen). Aus dieser Erfahrung heraus resultiert also seine Haltung. Karin dagegen hat das elementare Bedürfnis, an den Entdeckungen des Lebens teilzunehmen, selbst zu experimentieren und zu suchen . . . Sie trennt sich von ihm . . . Mich bewegen zwei Hauptfragen:

1. Halten Sie dieses Thema für gestaltenswert und verallgemeinerungswürdig genug, daß es andere Leute (u. a. junge) interessiert? Könnte es weiterbringen in der Erkenntnis, daß solche es immer schwerer haben, aber daß sich so ein Leben „lohnt", weil etwas getan werden muß?
2. Halten Sie mich nach dem, was Sie vorliegen haben, für talentiert genug, daß ich mich an so eine Sache wagen kann?

Und, falls Sie wirklich genügend Zeit dafür finden sollten, bitte ich Sie: Seien Sie ganz offen! Ich vertrage wirklich jedes Urteil, bloß nicht das Drumherumreden um die Wahrheit . . .

Mit freundlichen Grüßen
Gerti Tetzner

22. 6. 65

Liebe Frau Tetzner,
es ist bei mir sonst nicht üblich, daß ich einen Brief wie den Ihren schon zwei Monate lang liegen lasse. Aber diesmal kam allerhand dazwischen. Eine Reise nach Finnland, das internationale Schriftstellertreffen, dann wurde ich krank. So muß ich Sie um Entschuldigung bitten, daß ich Ihnen erst jetzt antworte.

Ich habe mich allerdings öfter mit der Problematik Ihres Briefes beschäftigt und auch Ihr Manuskript zweimal gelesen. Schade, daß Sie nicht ein bißchen mehr von sich selbst schreiben: Wie alt Sie sind, was Sie für einen Beruf haben usw. (ich rede Sie mit „Frau" an, aber vielleicht sind Sie noch ein junges Mädchen?). Man sollte es nicht überschätzen, aber ein bißchen leichter fällt durch solche Angaben ein Rat für den unbekannten Autor eines noch unvollendeten Manuskripts.

Zuerst will ich Brief und Manuskript mal voneinander trennen: Was Sie im Brief von der Problematik, die Sie bewegt – egal, ob Sie darüber schreiben wollen oder nicht – berichten, hat mich sehr interessiert. Mir scheint, Sie haben da eine weit verbreitete Entwicklungstendenz richtig beobachtet: daß so viele jüngere Leute bei uns, wenn sie erst einmal durch eigene oder häufiger noch fremde Schuld gestoppt worden sind, in die Position des Abwartens und Beobachtens verfallen. Ihre Bemerkungen bestärkten mich sogar in bestimmten wichtigen Einzelheiten meines Vorhabens, an dem ich jetzt arbeite. Ich sehe auch die wachsende innere Inaktivität (oder nur auf plattestes „eigenes Fortkommen" gerichtete Aktivität) unter vielen jungen Leuten als eine große Gefahr an, die, wenn wir nicht viel und das *Richtige* dagegen tun, den Sinn unserer Anstrengungen in Frage stellen könnte. Außer einer schnell fortschreitenden echten Demokratisierung des öffentlichen Lebens kann auch die Literatur eine Menge dazu tun – nicht, indem sie, wie etwa die Klassik, Ideale *schafft*, die nicht im öffentlichen Leben, sondern nur im Geiste zu realisieren sind: sondern, indem sie Kräfte weckt, die unbewußt vorhanden sind und Bestätigung, Ermutigung, Anstoß brauchen. Sehr oft wird also die Literatur, die ehrlich solche Ziele verfolgt, kritisch sein müssen.

Alle diese Ansätze zu einer wichtigen Problemstellung habe ich in Ihrem Brief gefunden. Das Manuskript nun, die 36 Seiten, die Sie mir schickten, zeigte mir nicht die Tiefe Ihrer theoretischen Überlegungen und der abstrakten Schilderung von möglichen Handlungslinien und Konflikten. Ich weiß nicht, ob Sie mich verstehen. Der Stil, die Art der Menschenschilderung und Beschreibung machte mir den Eindruck von Unterhaltungsliteratur. Das heißt: Es sind zu viele Klischees verwendet. Originelle Vergleiche („ein flinkschnäbliger Spatz an der Seite eines preisgekrönten Hahns") wirken gesucht. Die Dialoge sind zu naturalistisch, zu sehr Alltags- und Umgangssprache, nicht bewußt genug eingesetzt. Wenn besondere Gefühlstiefe oder sogar Überschwang dargestellt werden soll (Seite 33), dann tauchen Wörter wie „jubeln“ auf, „liebkosen“ oder: „. . . trugen ihre Beine gewichtslose, schwebende Körper“.

Ich habe den Eindruck gewonnen, daß Sie etwas sagen wollen, was noch kaum literarisch gestaltet ist. Sie greifen dazu nach den Mitteln, nach den Erfindungen, die sich zuerst anbieten. Dadurch wird Ihre neue Aussage nivelliert, auf ein mittleres Niveau gedrückt, wo sie nicht aufregt. Sie geht vielleicht überhaupt dabei verloren, was ich allerdings nach diesen ersten Seiten nicht beurteilen kann.

Was Ihnen passiert ist, passiert sehr vielen, auch begabten Autoren, wenn sie zu schreiben anfangen. Daher hätte ich gern gewußt, wie alt Sie sind. Meine eigenen frühen Versuche, zum Beispiel aus meiner Studentenzeit, müssen ungefähr so ausgesehen haben. Das ist also kein Unglück, man wird trotzdem weiterschreiben, wenn man es wirklich will. Ich kann Ihnen keinen anderen Rat geben, als daß Sie so einfach und dabei so genau wie möglich, mit treffenden, daher dauerhaften Worten aufschreiben, was Ihnen an der jeweiligen Situation wesentlich erscheint. Ich weiß auch nicht, wie ich sonst den Prozeß beschreiben soll, in dem, wenn man Glück hat, vielleicht beim sechsten Versuch eine bloße äußere Beschreibung sich mit der Idee des Buches verbindet, plötzlich alle reportagehaften und naturalistischen Züge verliert und „wahr“ wird. Sie können bei Anna Seghers, bei Hemingway, bei Scholochow oder Thomas Wolfe finden, wie die das auf so ganz verschiedene Weise schaffen. Allerdings schafft man selbst es auch nicht wesentlich leichter dadurch.

Sie werden mich bestimmt verstehen: Es hätte keinen Sinn, wenn ich Sie nur wegen Ihres guten Vorhabens lobte und nicht auch meine wirkliche Meinung zu Ihrem praktischen Versuch sagte – mit Vorbehalt, weil ich Sie nicht kenne. Wir haben uns jahrelang in unserer Literatur mit guten Absichten begnügt. Heute lesen die Leute diese Bücher nicht mehr, und für manche Autoren hat die zu frühe Zustimmung und Veröffentlichung (weil sie doch etwas Gutes und Richtiges wollten) tragische Folgen gehabt. – Ich würde mich freuen, wenn Sie mir etwas über sich selbst und wenn Sie *weiter*schreiben werden!

Herzlich
Ihre Christa Wolf

10. 7. 65

Liebe Frau Tetzner,
Ihr letzter Brief hat mich nun erst recht auf Sie neugierig gemacht. Sie schreiben so interessant über Ihre Erlebnisse der letzten Jahre, über das „Tot"-sein und „Lebendig"-werden, daß ich diese Erlebnisse gerne genauer kennenlernen würde. Und Sie auch. Ich wage es, Ihnen einen Vorschlag zu machen, den Sie natürlich zurückweisen können: Lassen Sie mich doch mal Ihr Tagebuch lesen. Vielleicht ist das ergiebiger als der Anfang Ihrer Erzählung (der Vergleich zwischen der Erzählung und Ihrem Brief bringt mich darauf). Sie sollten sich ruhig überwinden, es mir zu geben, es wird in keine anderen Hände kommen und mit niemandem besprochen werden als mit Ihnen. Ich glaube, es könnte vielleicht uns beiden nützen.

Wenn Sie das aber nicht wollen oder können, dann müssen Sie mir noch einmal einen langen Brief schreiben, in dem Sie etwas genauer über Ihre Erlebnisse berichten: Was war es denn, was Sie gegen Ihre vorgesetzte Dienststelle ausfechten wollten usw. Tatsächlich, das sollten Sie machen.

Im übrigen haben Sie natürlich recht, daß Sie weiterschreiben, Tagebuch und anderes. Es lohnt sich wirklich, sich darum zu mühen, das zu gestalten, was Sie Ihr „Grunderlebnis" nennen. Wie heißt Ihre erste Erzählung, die gedruckt wurde? Wo ist sie erschienen? Bei welchem Verlag sind Sie, und wer ist Ihr Lektor? Schikken Sie mir doch bitte Ihre erste Erzählung! Natürlich will ich auch spätere Stufen Ihrer jetzigen Erzählung lesen!

Herzlichen Gruß
Christa Wolf

23. 8. 65

Liebe Frau Tetzner,
diesmal habe ich wirklich so lange Zeit gebraucht, um die vielen Seiten, die Sie mir geschickt haben, gründlich mehr als einmal zu lesen, darüber nachzudenken und mir darüber klar zu werden, was ich Ihnen darauf antworten könnte. Ich bin ganz entsetzt, daß Sie sich anscheinend die Arbeit gemacht haben, extra für mich solche umfangreichen Tagebuchauszüge herzustellen – falls das stimmt, danke ich Ihnen besonders, aber das war natürlich nicht die Absicht!

Ich würde mich über das alles viel lieber mit Ihnen unterhalten, statt Ihnen zu schreiben, das können Sie sich denken. Sie wollen ja auch weniger etwas zu Ihren direkten Erlebnissen hören als zu Ihrem literarischen Vorhaben. Beides hängt allerdings eng zusammen.

Beim Lesen Ihrer Tagebuchauszüge habe ich oft gedacht, daß diese Tagebuchform vielleicht am geeignetsten ist, unmittelbar und ohne den Verlust an Direktheit, der bei einer literarischen Umformung fast unvermeidlich ist, Ihr Anliegen auszudrücken. Ich bin nicht sehr glücklich über Ihre Idee, diese Erlebnisse weit von sich wegzurücken, um eine Liebesgeschichte zu gruppieren und in die Landwirtschaft zu verlegen. Ich sage sicher etwas, was im Widerspruch zu den Ratschlägen Ihres Lektors und der Kollegen in Ihrem Zirkel steht, die die Entwicklung Ihrer Arbeit besser kennen als ich. Daher will ich mich auch mit Vorschlägen und Ratschlägen zurückhalten, es hat keinen Zweck, wenn jetzt noch jemand kommt und Sie durcheinanderbringt.

Ihr Tagebuchbericht jedenfalls wirkt auf mich bis jetzt

echter und erregender als die Seiten Ihrer Erzählung, die ich kenne. Sie wissen ja sicher selbst, daß Ihre Erlebnisse „typisch" sind – im banalen wie im literarischen Sinn. Der Prozeß der Desillusionierung in der Praxis wiederholt sich fast bei allen jungen Menschen, besonders bei denen, die Ideale haben. Es geht ja eigentlich darum, Lebenserfahrung zu sammeln, den „anderen" gewachsen zu sein, Verbündete zu gewinnen, sich nicht geschlagen zu geben. Übrigens kommen hinter vergangenen Illusionen immer noch neue Illusionen hervor, eine Schicht nach der anderen; wenn man wollte, könnte man das ganze Leben als dauernden Prozeß der Desillusionierung sehen, und man müßte sich dauernd fragen, ob man sich nicht schon wieder täuscht oder täuschen läßt und würde darüber versäumen, überhaupt noch was zu tun. Ich verstehe gut, wie Sie sich dagegen wehren und den Stand, den Sie jetzt erreicht haben, fixieren wollen.

Wissen Sie – ich glaube, man kann die Zustände, unter denen Sie und Ihre Kolleginnen gelitten haben, nicht genügend tief darstellen, wenn man sie aus ihren Zusammenhängen herauslöst und als Erzähler auf der Ebene dessen bleibt, der das alles erlebt. In Ihrem Tagebuch fand ich kaum Fragen danach, woher solche Menschen wie x. oder y. oder dieser Mann aus dem Ministerium, der sich Ihre Kritik anhört und dann abdampft, ohne etwas zu tun – woher also solche Menschen bei uns in solchen Stellungen überhaupt kommen. Es muß doch wohl für sie Entwicklungsbedingungen gegeben haben (genau, wie es für Ihren Idealismus und Ihr gesellschaftliches Verantwortungsgefühl Entwicklungsbedingungen gegeben haben muß). Und es *hat* sie gegeben. Teilweise gibt es sie noch. Woher kämen sonst all die Leute mit angeknacktem Rückgrat?

Es hat keinen Sinn, wenn Sie all Ihre verwirrten Fragen, die ganz echt im Tagebuch stehen, dann in der Erzählung durch eine ein bißchen klischierte Handlung zudecken. Davor habe ich Angst. Was Sie bis jetzt schreiben, ist im wesentlichen ein Wechsel von Beschreibung und Dialog – man könnte es sich in Szenen eines Fernsehspiels zum Beispiel gut umgesetzt denken. Es fehlt noch die Tiefe, die dritte Dimension der Prosa. Ich glaube, Sie denken beim Schreiben anstatt an Ihre eigenen echten Erlebnisse noch zu viel an die vielen schwachen, oberflächlichen Bücher, die bei uns erscheinen. Sie müssen den Mut haben – es gehört wirklich Mut dazu, und ein Entschluß – aufzuschreiben, was *Sie* gesehen und empfunden haben. Es *muß* ja nicht jede Verwicklung sich auflösen und alles zu einem guten Ende kommen – nicht wahr? Zum Beispiel werden die Beobachtungen, die Sie auf S. 14 Ihres Tagebuchs über Ihre Leipziger Kollegen niederschreiben, doch nicht aufgehoben durch Ihre Erkenntnis, daß Sie auch nicht alles richtig gemacht haben usw. Menschen, wie sie wirklich geworden sind, müssen in voller Schärfe kommen, nicht gemildert durch unser Wunschdenken, unsere guten Absichten und vor allem nicht durch vorgefaßte Meinungen von unserer Gesellschaft. Wir müssen sie darzustellen versuchen, wie sie ist und uns von der Zwangsvorstellung lösen, daß wir nur eine im ganzen vorwärtsschreitende historische Bewegung zu illustrieren hätten.

Um dieses Mißverständnis der meisten Germanisten und Kritiker gingen ja die literarischen Debatten der letzten Jahre.

Schön fand ich Ihren Satz: „Ich versuchte, das Schicksal meiner Schwester zu einer Erzählung zu formen, um herauszubekommen, wodurch sie im einzelnen anders geworden ist." Genau das ist es, was man sich vornehmen sollte. Ihre Erzählung „Ein neuer Frühling" erreicht es noch nicht, das wissen Sie ja selbst. Sie haben irgendwie noch eine Scheu, an die Sachen selbst heranzugehen, die Sie doch gut kennen. Im letzten Moment schiebt sich anscheinend eine Schablone dazwischen, und dann denkt man, man habe so eine Geschichte über genau die gleiche Frau schon öfter gelesen. Dabei kennen Sie doch Ihre Schwester, und sie ist anders als jede andere Frau. *Das* müßten Sie herausfinden. Trotzdem spürt man durch die Zeilen das Echte, das wirkliche Erlebnis, das dahintersteht.

Sie verstehen sicher, daß all das, was ich hier Ihnen sage, genausogut mir selbst gesagt werden muß (und auch wird) und daß ich Sie nicht entmutigen will. Zu Ihrer neuen Konzeption kann und will ich gar nicht viel sagen. Ich habe früher jahrelang mit Autoren Fabeln und Konzeptionen beraten – das war mein Beruf, als ich im Schriftstellerverband arbeitete – und habe dann gesehen, daß ein Buch nicht von Plänen und Konzeptionen und Handlungslinien abhängt (anders vielleicht als ein Drama), sondern von der Lebenswahrheit und Lebensfülle, die ein Autor einfängt. Und von der Widersprüchlichkeit, zu der er innerlich den Mut findet (ich meine natürlich nicht den oberflächlichen Mut vor etwaigen Kritikern usw., das ist das wenigste). Ihr Leben, angefangen von Ihrem Weggehen von zu Hause und den Gründen dafür, ist so interessant, daß Sie sich nicht allzusehr aufs Erfinden von Geschichten verlegen sollten, die doch am Ende nur Erkenntnisse illustrieren. Das ist aber nicht die Aufgabe der Literatur, zumindest nicht die wichtigste, da es ja genug andere erkenntnisvermittelnde Institutionen in unserer Gesellschaft gibt.

Ich breche hier ab, weil man sonst nicht aufhören würde. Ich danke Ihnen für Ihr Vertrauen. Melden Sie sich doch wieder, mit literarischem Anlaß oder ohne ihn.

Herzlich
Ihre Christa Wolf

30. 4. 68

Liebe Christa Wolf,
gewiß ist es nach landläufiger Sitte eine deftige Unverschämtheit, sich zweieinhalb Jahre nicht zu rühren, keinen Dank und gar nichts, und nun einfach so daherzuschreiben, als sei das ganz in der Ordnung. Meine ein-

zige Hoffnung ist, daß Sie ebensowenig ein Formenmensch sind wie ich ...

Als ich Ihren letzten Brief (Sommer 65) erhielt, habe ich zunächst gründliche Abrechnung gehalten und unter den Bruchstrich geschrieben: Schluß, literarische Unfähigkeit (ich hatte mir das alles zu leicht vorgestellt). Aber es ist seltsam mit dem Schreiben: Man kann's nicht mehr lassen. Ich machte mich also nach einiger Zeit wieder dran, x-mal von einem anderen Ende; heimlicher Schwur: der Christa Wolf schreibst du erst wieder, wenn die Sache ein bißchen mehr Hand und Fuß hat. Bis Anfang dieses Jahres hat das gedauert ... Ich bin immer noch am Anfang, keineswegs mit der jetzigen Fassung zufrieden, aber mir scheint, jetzt habe ich endlich den richtigen Ausgangspunkt für die Geschichte. Der Verlag bestätigt das, auch mein Betreuer M. W. Schulz u. a., aber mir liegt sehr an *Ihrem* Urteil, Sie haben das alles gründlicher durchdacht, weil Sie sich mit einem ähnlichen Stoff beschäftigten, außerdem ... (aber Komplimente sind billig!) Also: Darf ich Ihnen die jetzige Fassung wieder schicken?

Ich hatte das Manuskript schon vor ein paar Monaten bei mir, als ich zum ersten Mal zu einem „Persönlichkeitsgespräch" des Verlags nach Halle geladen war. Da triffst du sie, dachte ich, aber Sie waren verhindert.

Nun hoffe ich auf eine andere Gelegenheit. Seit Herbst studiere ich am Literaturinstitut. Schon lange wünschen sich die Studenten und Dozenten ein Gespräch mit Ihnen, aber keiner raffte sich zu einer Einladung auf. Hiermit tue ich es: Ich bitte Sie herzlich im Namen der Kollegen vom Institut, recht bald einmal zu uns zu kommen. Besonders gut würde es mittwochs an einem unserer Klubabende passen, aber selbstverständlich auch an einem anderen Tage.

Eventuell würde ich Ihnen das Manuskript vorher schicken, daß Sie mir mündlich sagen könnten, was Sie davon halten – wenn Sie dann überhaupt für so was Zeit haben, denn sicher werden Sie bei solcher Gelegenheit von der Direktion usw. „beschlagnahmt". (Ich würde mich so gern einmal mit Ihnen über vieles unterhalten ...)

Herzlichst
Ihre Gerti Tetzner

9. 5. 68

Liebe Gerti Tetzner,
ich hatte schon gehört, daß Sie auf dem Literaturinstitut gelandet sind und freue mich, wieder von Ihnen zu hören. Ist mein letzter Brief an Sie schon drei Jahre her? Und wieso konnte er so auf Sie wirken, daß Sie nicht mehr schreiben wollten? Das müßte ich mir sehr zum Vorwurf machen.

Wie dem auch sei: Sie schreiben ja. Natürlich können Sie mir was schicken, nur müssen Sie damit rechnen, daß ich nicht sofort antworte, weil ich bis Ende Mai nicht da bin. Aus demselben Grund wird es auch nichts vor den Sommerferien mit einem Besuch in Leipzig, ich habe zwei Reisen vor. Aber klopfen Sie doch zum Herbst noch mal an. – Auf alle Fälle schicken Sie mir das Manuskript unabhängig davon.

Mehr schreibe ich heute nicht, wenig Zeit, aber es ist wohl das Wichtigste.

Herzlich
Ihre Christa Wolf

Mai 68

Liebe Frau Wolf,
ich danke Ihnen herzlich für Ihre Antwort.

Bitte – machen Sie sich keine Gedanken über meine ungeschickte Formulierung, nach Ihrem letzten Brief hätte ich das Schreiben aufgeben wollen. Das stimmt, aber das ist kein Vorwurf an Ihre, sondern an meine Adresse (Sie haben so behutsam geschrieben!). Sehen Sie, ich war damals drauf und dran, mich in Kleingeld zu verausgaben, Zustimmung zu meinem damaligen Manuskript hatte mir genügt; ich sah im Schreiben ein Mittel, meine Enttäuschung loszuwerden und mich selbst dabei rauszuhalten. Da schrieben Sie: „. . . Haben Sie den Mut, *das* zu schreiben, was *Sie* gesehen haben . . ., wozu das Erfinden usw." Mit diesem Satz habe ich viele Wochen zu tun gehabt – das bedeutete ja, mich aus der Hand geben, einfach von jedermann in den Mund oder in die Fäuste genommen werden dürfen, dazu hatte ich nicht den Mut. Und dann sagte ich mir: Wenn einer so was sagt – also Sich-aus-der-Hand-geben, dann muß die literarische Qualität über alle Klatscherei erhaben sein, dann darf's da einfach nichts zu bekritteln geben, sonst wird das Anliegen und die ganze große Selbstüberwindung vorher einfach mit dem Nachweis künstlerischer Mängel vom Tisch gewischt. Und daß ich so schreiben könnte, daß ich dem Anliegen gerecht würde, das schien mir Größenwahn (auch heute manchmal noch), denn ich hatte eine Kindheit und Jugend hinter mir, in der ich mich systematisch auf Unempfindlichkeit getrimmt hatte (sonst hätte ich's nicht durchgehalten), und gerade das hatte die Justiz noch verstärkt. Aber zum Schreiben gehört Empfindsamkeit, gehört ein Ohr für Zwischentöne und Geschwiegenes. Besaß ich das überhaupt, oder war es nur verschüttet? –

So ungefähr sahen meine Gründe aus, warum ich nicht mehr schreiben wollte.

Ich bin Ihnen für diesen Satz von damals sehr dankbar! Vielleicht wäre die Karin-Geschichte ohne ihn heute fertig, aber ich hätte mich ihrer zu schämen. Ich kann nicht gerade behaupten, daß ich darüber glücklich bin, wie lange ich mit ihr zu tun habe und ob ich überhaupt mit ihr fertig werde, aber lieber soll sie nicht fertig werden, als daß ich sie verderbe, es gibt viel zu viele belanglose Geschichten. Das klingt alles irgendwie blödsinnig und ist mir auch peinlich (so ein Psalm), aber ich kann ja nun wahrhaftig nicht zulassen, daß Sie sich der falschen Methode verdächtigen oder dergleichen . . .

Sehen Sie, diese ganzen Dinge waren auch mit der Grund, warum ich an das Becher-Institut gegangen bin. Man sagt, ich schreibe seitdem schon durchdachter. Ich selbst bin davon noch nicht überzeugt, vielleicht ist das Studium sogar falsch im jetzigen Stadium meiner Geschichte, denn ich komme ganz selten zum Schreiben, ich befürchte, die Geschichte stirbt mir dabei. Es gibt manchmal schon Stunden, wo sie mir wie zäher Brei vorkommt, den ich immer an meinen Schuhen mitschleppe; dann hasse ich die Geschichte. Dann drängen sich mir eine Menge kleiner Geschichten auf, überschaubare Geschichten, die mir viel verlockender vorkommen . . . Zudem stellt natürlich das Institut Anforderungen, da muß eben eine kleine Geschichte für das „Werkbuch" (so eine Art Nachweis für die Existenzberechtigung des Instituts) da sein, Notate dazu usw. – wenn einer nebenbei an einer größeren Geschichte schreibt, ist's gewissermaßen Privatvergnügen, bitte, wer sich den Luxus leisten kann . . . Aber der Verlag besteht auf diesem Luxus. So stand ich schon ein paarmal vor der Entscheidung, meine Zelte am Institut abzubrechen. Aber das will ich mir nicht gestatten, denn in die Justiz gehe ich nicht wieder, somit habe ich keinen Beruf; so muß ich wenigstens das Institut beenden und mir dann eine geeignete Tätigkeit suchen – aus dem Schreiben wird bei mir nichts, wenn ich es mit dem Geldverdienen verquicke (da komme ich wieder in die Gefahr, es in Kleingeld zu verschleudern . . .)

Im Moment ist es ein bißchen kompliziert (wir haben auch keine Oma für die leidige Hausarbeit, und dann hat man doch hin und wieder den Ehrgeiz, eine bessere Mutter zu sein als man selber hatte), aber bei wem ist es schon leicht!

Wichtiger ist, daß ich mit der Karin-Geschichte auch jetzt noch nicht zufrieden bin. Richtig scheint mir, daß Karin nach Hause geht, an ihren Ausgangspunkt zurück. Aber wie ich es jetzt gemacht habe, unterwerfe ich mich immer noch zu sehr Gesetzen der Chronologie der Ge-

genwartshandlung, einer Logik, die sich gegen vieles richtet, was ich eigentlich erzählen will. Ich müßte einen Punkt finden, von dem aus ich vollkommen frei aus Karins Erlebnissen *die* aussuchen kann, *die* mir wichtig erscheinen. –

Ich war letzten Monat wieder mal in der Justiz und habe einige Bekannte aufgesucht. Das war hochinteressant. Ich kann davon hier im einzelnen nicht schreiben, aber interessant war für mich vor allem folgender Unterton: „Du hast versagt, du bist feige, du hast gekniffen." Ganz unrecht haben sie damit nicht, und trotzdem war es richtig wegzugehen, ich wäre ein schlimmer Typ geworden. Das brachte mich auf folgenden Gedanken: Man müßte die Geschichte als Erwiderung auf den Vorwurf der Gesellschaft (das, was man von außen sehen kann) schreiben, und zwar von dem Punkte aus, wo Karin das Dorf wieder verläßt, weil sich die Idee vom Verkriechenmüssen als Illusion für sie erwiesen hat. Karin müßte also einem Partner (ihrem ehemaligen Mann oder einer Kollegin . . .) auf dessen Angriffe hin ihre Geschichte „entwickeln" und sich im Verlaufe dieses „Aufrollens" selber erst recht über viele Dinge klar werden.

Da hätte ich die Möglichkeit, das Wesentliche herauszupflücken, da wäre keine Chronologie nötig. Allerdings würde die Geschichte dann noch reflektiver und „intellektueller", als sie jetzt ist (man machte mir diesen Vorwurf schon des öfteren).

Es steht die Frage: Wird das der Art Karins nicht gerechter? Oder sind die Bedenken ernster? Oder gar Geschmacksurteile?

Aber so wie jetzt geht es auch nicht: Das ganze zweite Kapitel ist doch zusammengetragen, kommt mir nicht harmonisch fließend vor; überhaupt geht das mit dem Tagebuch so nicht – das fällt irgendwie raus.

Nun darf ich meinem Lektor um Gottes willen jetzt nicht mit einem neuen Anfang kommen. Ich hatte einen Vorvertrag auf 100 Seiten und muß das wohl oder übel erst mal weiterschreiben, um den Termindruck loszuwerden. Aber für mich ist es nicht die letzte Fassung – es ist immer noch eine Oberflächenschicht, wenn auch schon weiter dem Grunde zu.

Entschuldigen Sie bitte, daß das nun so ein langer Brief geworden ist, das hatte ich überhaupt nicht vor; aber es hat mal richtig gut getan.

Fühlen Sie sich um Gottes willen nicht zu einer raschen Antwort veranlaßt aus Höflichkeit oder innerer Korrektheit oder so. Wenn es Ihnen mal *irgendwann* paßt, würde ich mich natürlich sehr freuen. Aber vor der Sommerpause komme ich ohnehin nicht zum Schreiben, es ist so viel Zeit ...

Ich wünsche Ihnen wunderschöne Reisewochen und Eindrücke und bleiben Sie gesund und „kampffähig". (Es scheint so, daß Sie mit jedem Buch eine besondere Probe zu bestehen haben, die Leuten mit geringeren Forderungen an sich erspart bleibt.)

Herzlich
Ihre Gerti Tetzner

Prieros, 19. 8. 68

Liebe Gerti Tetzner,
nun sind doch drei Monate vergangen, seit Sie mir Ihr Manuskript schickten. So lange sollte es natürlich nicht dauern, ich bin selbst erschrocken, als ich gestern das Datum auf Ihrem Brief sah. Ich hatte Anfang Juni eine interessante Reise in die Sowjetunion, als ich zurückkam, lag viel Post da, und dann mußte ich unbedingt eine eigene Arbeit beenden – da mache ich immer möglichst nichts nebenbei. So ist es gekommen, daß ich Ihr Manuskript erst gestern gründlich gelesen habe. Nun sitze ich da, weiß, daß ich Ihnen schreiben will, weiß aber nicht recht, was.

Merkwürdigerweise habe ich das Gefühl, daß ich Sie besser kennen müßte, um Ihnen wirklich etwas sagen zu können. Denn es geht doch eigentlich nicht nur darum, ein paar Seiten zu beurteilen und etwa mit an der Fabel einer Geschichte herumzubasteln – das hab ich mir ganz und gar abgewöhnt. Die Frage ist also nicht, ob Sie diese Geschichte zu Ende schreiben und wie, sondern, ob Sie auch weiterhin schreiben werden. Denn diese Karin-Geschichte darf nun nach meiner Ansicht nicht mehr allzulange bei Ihnen steckenbleiben, ein Stoff kann auch anfangen zu gären (dabei bestreite ich nicht, daß man Jahre brauchen kann, um etwas erzählen zu können).

Also zuerst zu der Geschichte selbst: Mich stört anscheinend dasselbe wie Sie: Die jetzige Fassung – die übrigens viel besser ist als die frühere, an die ich mich etwas erinnere – ist noch ein Konglomerat aus verschiedenen Elementen. Wahrscheinlich ist Ihr Gefühl richtig, daß Sie immer noch bei einer Oberflächenschicht und nicht beim Kern der Dinge sind. Wenn Sie meine Vermutung dazu hören wollen: Vielleicht gehen Sie noch zu sehr davon aus, was herauskommen soll oder muß, das heißt von einer gewissen, wenn auch vielleicht unbewußten Manipulation Ihrer Erfahrungen. Darüber könnte ich besser mit Ihnen *sprechen*, außerdem müßte ich dazu wissen, was Sie weiter vorhaben mit dem Mädchen. Mir kam es beim Lesen vor – trotz der Schärfe mancher Partien – ein Stück Literatur von vor ein paar Jahren in den Händen zu haben, alles nicht mit den Augen von heute gesehen. Ich weiß nicht, ob Sie verstehen werden, was ich meine: Man schreibt doch alle zwei Jahre (mindestens!) dieselbe Geschichte anders. Und Sie schleppen sich mit dieser schon ein bißchen lange herum, bringen Veränderungen an, die Ihren veränderten Einsichten und Ihrem veränderten Lebensgefühl entsprechen, müßten aber wahrscheinlich, wenn Sie selbst sich ganz zufriedenstellen wollten, an die Wurzel gehen, den Abstand zu der Heldin vergrößern, eine ganze Epoche, in der sie „Heldin“ war, kritisch beurteilen usw. (ohne daß das direkt vorkommen sollte: Es läge in der Erzählung). Ich fürchte, Sie arbeiten auf die Aussage hin, daß man sich nicht abseits halten, vom Gang der Geschichte absondern kann. Nun tun das ja aber die meisten Leute, nicht? Also müßte man genauer begründen, warum diese Karin es wahrscheinlich nicht kann. Tatsächlich könnte es sein, daß die Chronologie einfach stört, dann werfen Sie sie weg. Haben Sie keine Angst vor „Intellektualismus", das ist ein blöder Vorwurf, berechtigt nur dann, wenn jemand sich prätentiös über seinen eigenen Intellekt hinaushangelt. – Vielleicht ist es sogar schade, daß Sie sich nicht zur Ich-Form entschließen konnten, obwohl ich es verstehe. Ja, die Tagebuchpartien fallen heraus, während der Anfang noch am ehesten dem nahekommt, was Sie wohl anstreben. Aber wissen Sie – es geht nicht um diese Einzelheiten, die man schließlich selber finden muß und auch findet, wenn man erst mal den Mut zu sich selber hat und sich von Klischees befreit. Überlegen Sie doch mal, wie Ihre Enkel diese Geschichte sehen werden. Überdenken Sie den Gang unserer Geschichte und denken Sie nach, welchen Platz dieses Mädchen mit ihrer verallgemeinernswerten Erfahrung darin hat (es gibt übrigens schon eine Reihe psychologisch gut beobachteter Einzelheiten). Sprechen Sie wie zu sich selbst. Fragen Sie sich, ehrlich, was aus Ihnen seit dieser Erfahrung mit der Justiz geworden ist. Und versuchen Sie nicht, den Lesern etwas anderes einzureden als sich selbst. Denken Sie, daß der Kosmos, den Sie da aufbauen, nur in sich funktioniert, wenn rücksichtsloseste Ehrlichkeit ihn zusammenhält, allerdings eine gewisse Reife vorausgesetzt.

So – zu viele allgemeine Ratschläge. Das kommt daher, daß ich den Eindruck hatte, Ihre Geschichte schwebt noch um einige Zentimeter über dem Boden. Wenn es Ihnen gelingt, das wegzukriegen, wird sie interessant werden, und Sie haben was Wichtiges für Ihre nächsten Sachen gelernt.

Stilistisch hätte ich auch etwas zu bemeckern, es liegt in der gleichen Richtung: Sie wollen aus ganz banalen Vorgängen manchmal etwas Besonderes machen. Bloß ein paar Beispiele:

S. 1: „Gestern ist der Aprilsturm durch diesen riesigen, rauschenden, rank gewachsenen Wald gebrochen."

Bahnschienen „streben" nicht.

Gut: „So grundverschieden unsere Gläubigkeit war, so grundverschieden ist unsere Ernüchterung." Übrigens: Dies wäre natürlich ein Kernsatz, der zu beweisen wäre. Ich glaube, daß viele Ernüchterte Ihnen sehr dankbar wären, wenn Sie ehrlich darüber nachdächten, was sie mit ihrer Ernüchterung nun eigentlich anfangen sollen.

S. 80: Tante Lina lebt bewußt im „Jetzt-Überschaubaren".

S. 61: „. . . ein elementares Kraftgefühl bricht aus ihr heraus inmitten dieses unnachsichtigen Einander-Forderns."

Setzen Sie sich eines stillen Nachmittags mal hin und versuchen Sie, voller Heiterkeit die traurigen Erfahrungen Ihrer Karin – und Ihre eigenen – zu sehen. Komischer Rat, wie? Riecht nach Konfliktverkleinern, ist aber das Gegenteil davon: Entkrampfen. Nun, darüber könnte man noch lange sprechen, und ich weiß, daß nichts so unmöglich ist, und auch so widersinnig, wie die eigene Haltung auf einen anderen übertragen zu wollen.

Ich glaube, etwas Handfestes habe ich Ihnen nicht sagen können, seien Sie mir nicht böse, das fällt mir auch immer schwerer. Machen Sie Ihre Geschichte jetzt fertig, aus einem Zug heraus, pusseln Sie nicht mehr viel dran rum, schreiben Sie dann Neues, wenn es Sie wirklich drängt. Hoffentlich erlauben Ihre häuslichen Verhältnisse es Ihnen, sich ein bißchen Spielraum zum Nachdenken und Sinnieren zu schaffen, das muß unbedingt sein. Lassen Sie wieder von sich hören und nehmen Sie diesen Brief nicht so ernst wie den vorigen – ein Autor, der einem anderen rät, rät im Grunde immer sich selbst.

Herzlich
Ihre Christa Wolf

27. Dezember 1968

Liebe Frau Wolf,
den Jahreswechsel möchte ich zum Anlaß nehmen und wieder etwas von mir hören lassen.

Zunächst herzlichen Dank für Ihre Post vom August. Sie traf mich in guter Stimmung und hat sie gewissermaßen nachträglich gerechtfertigt, denn ich hatte im Juni das bisherige Manuskript der Karin-Geschichte weit hinten ins Schreibtischfach geschlossen und Anfang August neu angefangen. Es wird im Grunde eine andere Geschichte; Erfahrungen aus diesem reichlichen Jahr Literaturinstitut, neue Bekanntschaften und Erlebnisse haben mich dazu veranlaßt und vor allem eine Generalunzufriedenheit mit meinem Vermögen (und auch mit der literarischen Genügsamkeit vielerorts). Ich will mich hier nicht theoretisch über die Geschichte auslassen, nur so viel: Im Moment macht mir die ganze Sache wieder Spaß, im Februar werde ich Arbeitsurlaub bekommen und will das nun endlich hinter mich bringen (natürlich wird das kein Meisterwerk werden, wovon man als Anfänger zu träumen pflegt, aber so gut ich eben im Moment kann). Wenn ich die letzte Seite geschrieben habe, schicke ich Ihnen das Manuskript insgesamt (wenn ich darf?) und bin dann wieder sehr dankbar für Frage- und Ausrufezeichen.

Es scheint eine merkwürdige Sache zu sein mit meinem geheimen Wunsch, irgendwann einmal mit Ihnen richtig so Sessel an Sessel plaudern zu können. Das Institut hat vom 1. Februar bis zum Herbst ein Praktikum eingelegt – auf das wir uns ehrlich freuen –, für Ihren Besuch werden wir uns weiter mit „irgendwann" trösten müssen; denn ob im Herbst das Studium regulär weitergeht, ist noch ungewiß, in dieser Hinsicht sind wir durch ständig neue Wendungen vor weiträumigen Plänen gewarnt.

Nun weiß ich nicht, soll ich den Brief erst anfangen oder schon beenden. Das letzte Jahr steckte so voller Erlebnisse und Probleme – nicht nur im großen. Sie wissen ja, ich war fünf Jahre zu Hause, auf diese isolierende und vereinsamende Weise würde ich das nicht noch einmal tun. Am liebsten möchte ich jetzt wie Gorki kreuz und quer im Lande herumlaufen, zuhören, miterleben, immer neue Leute kennenlernen, nicht wissen, wie der nächste Tag sich anläßt. Wir haben das im Praktikum gemacht: Wo uns was interessierte, blieben wir hängen, abends brachte jeder seinen Tag mit ins gemeinsame Zimmer, und dann schlugen wir uns gemeinsam damit rum. Ich weiß nicht, wie es einem mal ergeht, wenn man länger schreibt und vielleicht festgelegt wird usw., aber den Anfang, diesen Aufbruch ohne Maß und Regel finde ich herrlich (vorausgesetzt, man hat ihn mit echten, neidlosen Freunden zusammen, bei denen dieser Literatenklatsch nicht ankommt). Wenn ich meine Geschichte hinter mir habe, werde ich wieder eine Weile herumziehen, Leute aufsuchen, die ich von früher kenne; und auch nach dem Studium wieder, mir hängt die Theorie richtig zum Halse raus, ich möchte immerzu was erleben, und meinen Freunden am Institut geht es ebenso. (Unsere Tochter ist nun schon acht Jahre, manchmal kann ich sie schon mitnehmen, manchmal kommt sie mit dem Vati allein zurecht – wenn ich nun nichts zuwege bringe, dann liegt das ganz allein an mir.)

Irgendwie sind viele von uns durch das anerzogene „Denken in Zusammenhängen“ in eine so deduktive Denkmethode hineingewachsen, daß teilweise das individuelle, naive Erleben verlorengegangen ist. Ich muß gestehen, daß mir das einige Schwierigkeiten macht, die Dinge unvoreingenommen zu sehen, den Leuten ohne Vorurteile zu begegnen. Ich versuche es mit dem anderen Extrem, was natürlich seine Gefahren hat, aber irgendwie muß man es ja schaffen, daß das „Wissen“ ins Unterbewußtsein rutscht. Übrigens habe ich das auch im Praktikum beobachtet, es geht vielen so, aber viele empfinden das nicht als Mangel. Wenn ich manchmal unsere Tochter aus der Schule plaudern höre oder selbst dort irgend etwas zu tun habe, dann werde ich den Eindruck nicht los, als würde gerade das individuelle Erleben und Durchdenken radikal aus den Kindern verdrängt, ein Wust von Betriebsamkeit und Punktsystemen überlagert oft das Wesentliche eines Charakters – warum müssen wir diese Probleme, mit denen sich die „Großen" herumschlagen, immer wieder neu produzieren, frage ich mich oft. Dafür sind doch wir allein verantwortlich, kein irgendwie verkorkstes Erbe und auch kein Klassenfeind. Ich habe manchmal Angst, meine Tochter könnte sich mal vor mich hinstellen und mir eine Rechnung aufmachen, wie ich sie auf andere Weise meinen Eltern aufgemacht habe. Und da kommen mir dann so Berufe wie Bauer oder Förster sinnvoller vor als das Schreiben, denn was vermag schon Literatur? Mir scheint, daß gerade die, für die so was geschrieben wird, sich nicht angesprochen fühlen oder nur Krimis lesen, im Praktikum haben wir das oft erlebt. Es läßt sich etwa in folgender Episode zusammenfassen: Im Tagebau wird oft ein prähistorischer Baumstamm oder dergleichen gefunden. Der Tagebauleiter, mit dem wir mal einen ganzen Tag kreuz und quer durchs Gelände gestiefelt sind, erzählte uns davon. Da muß dann die Förderbrücke stoppen, ein Museum wird benachrichtigt, die Experten reisen an; wenn das Ding tatsächlich einen Wert hat, beginnt eine umständliche Bergung. Fazit: drei Tage Produktionsausfall. Wer bezahlt die? Der Betrieb, denn die Kohle wird als finanzstarkes Unternehmen betrachtet. Folglich sagt der Betriebsleiter: Hoffentlich finden wir nichts Prähistorisches! Sicher wäre diese Sache konkret irgendwie zu regeln, aber ich meine damit das überall anzutreffende Denken: Was nicht auf Heller und Pfennig nachrechenbar was einbringt, ist nicht interessant. Ist das wirklich objektive Notwendigkeit oder machen wir es dazu? Wann wollen wir denn mal mit der neuen Art Menschsein anfangen, wenn nicht heute, jeden Tag? Mir ist klar, was vom ökonomischen Potential usw. abhängt, aber mir scheint, daß die Entscheidungen der denkenden Menschen in der Welt noch von anderen Dingen beeinflußt werden als vom größeren Freßkorb und daß wir zu diesen Dingen durchaus die Potenzen haben. Und wie viele von uns sind schon durch zu dicken Bauch denk- und tatenfaul geworden! (Ich kann das alles nur sehr mangelhaft ausdrücken, was ich meine.)

Neulich habe ich einen Schuldirektor kennengelernt, der schreibt selber zu Weihnachten Theaterstücke, „weil die Kinder gerne spielen und nichts da ist ...", und einen Mann, der sein Leben lang nur Geld verdient hat, um in seiner Freizeit eine Sternwarte aufzubauen, Fernrohre zu bauen, sein ganzes am Tage verdiente Geld hat er reingesteckt, und jetzt als Rentner kann er erst den ganzen Tag (d. h. vor allem nachts) Astronom sein, Lehrbücher für den Astronomieunterricht mit ausarbeiten usw. – warum muß das und das „ökonomische Denken" ein Gegensatz sein (oder sehe ich das nur so?). Was kann ich als Gerti Tetzner, 32 Jahre alt, einige Kenntnisse und etwas Lebenserfahrung, aber „keine konkrete Verantwortung", wirklich tun, damit ich ein kleines Quentchen zur „Menschwerdung" beitragen kann? Sehen Sie, eine solche Frage kann ich nur schreiben; wenn ich sie jemandem mündlich mitteilen sollte, würde ich mir schon komisch vorkommen. Warum sind einem die einfachen Fragen peinlich, wenn man kein junges Mädchen mehr ist? Vielleicht enthält eine solche Frage schon wieder vielzuviel Anmaßung und Illusion. Ich beschäftige mich im Moment mit Leonow, und schon bei so einem Mann frage ich, was hat er zu tun vermocht, wie kurz und einsträngig ist sein Leben gegenüber dem, was alles zu tun wäre ... (und wer von uns würde schon ein Leonow, wie gering ist also unsere Chance!). Wenn man sich also eine Verantwortung für mehr als seine Familie und sich gibt, tut man es wohl, weil man nun mal nicht anders kann und auch um der Selbstachtung willen und mit einer Menge Gläubigkeit; aber manchmal könnte einen der Gedanke verrückt machen, daß fünfzig Jahre in der Geschichte eines Landes sehr wenig sein können, aber ein ganzes Menschenleben darüber vergangen ist. – Ich höre hier auf, wo wollte ich sonst hinkommen, da muß wohl jeder allein durch. Ich glaube, man muß das nur einmal vor sich eingestehen, wie wenig Zeit und Möglichkeiten man im Grunde hat, damit man soviel wie möglich mitnimmt.

Wenn ich darf, melde ich mich wieder nach Beendigung meiner Geschichte.

Herzliche Grüße
Gerti Tetzner

12. 1. 69

Liebe Gerti Tetzner,
nur ein paar Zeilen auf Ihren langen Brief. Ja – die Fragen, die Sie stellen, sind berechtigt und wichtig. Ich habe noch andere, bohrendere. Ich glaube, daß Menschen nicht von ökonomischen Erträgen leben und daß Kunst nicht dazu da ist, die Ökonomie zu unterstützen. Es ist ein weites Feld, wie der alte Fontane sagt, und ich mache mir große Sorgen. – Immerhin: Für Sie ist es schön, jetzt viel zu sehen, aufzunehmen, sortieren kann man dann immer noch. Bloß Mut haben zu seinen Erfahrungen – aber das leierte ich wohl schon im letzten Brief.

Alles Gute Ihnen in diesem Jahr.

Schicken Sie mir die Geschichte ruhig wieder, wenn Sie wollen.

Herzlich
Ihre Christa Wolf

Gedächtnis und Gedenken

Fred Wander: Der siebente Brunnen

1

Durch die Hervorbringung eines neuartigen, vorher so nicht bekannten Lebensstoffes hat das zwanzigste Jahrhundert den schon immer oder immer schon zeitweilig geltenden Beschränkungen und Selbstbeschränkungen der Schreibenden eine weitere hinzugefügt: das Tabu auf den Stoff „Auschwitz", dessen literarische Behandlung, wie ich glaube, nur dem von Auschwitz Betroffenen zukommt – ein Recht, das wahrscheinlich zu den schwersten Bürden seines Lebens gehört.

„Auschwitz" steht hier zunächst für sich selbst: für den umfassend angelegten, unerbittlich durchorganisierten und mit industriellen Methoden betriebenen Versuch des deutschen Faschismus, ganze Völker, unter ihnen die europäischen Juden, zu vernichten. Die Vermutung, nach Auschwitz sei Literatur unmöglich geworden, hat sich nicht bestätigt (wenn auch, was jenes Wort bedeutet, notwendig für lange Zeit einer der Bezugspunkte beim Schreiben bleibt). Nach der Befreiung haben Überlebende in zunächst reportagehaften Aussagen zu artikulieren versucht, was mit ihnen geschehen war. Dann kamen die Berichte, Protokolle, Prozeßakten, Erhebungen. Sie haben jeden, der lesen und hören kann und will, eingeweiht in die Technik der Massenvernichtung; haben die, die „draußen" waren – uns –, mit dem Gemüts- und Geisteszustand der KZ-Mörder bekannt gemacht (eine bisher unbekannte Spielart des Menschen); haben uns Details in unser Bewußtsein eingebrannt, die man lieber nicht kennen würde; haben uns

Worte gelehrt, denen die Sprache sich hätte verweigern sollen. („Bis zur Vergasung" kann man noch heute in der deutschen Umgangssprache hören.) Die Aufgeklärtheit eines durchschnittlichen Bürgers in unserem Land über den Komplex Konzentrationslager kann sich wahrscheinlich mit seinem Kenntnisstand über irgendeinen normalen Lebensbereich messen. (Was wir empfinden, wenn wir KZ hören, ist schon schwerer zu erfahren; und über unsere Träume weiß man nichts.) Kann man uns noch etwas Neues darüber sagen?

Nach dem Krieg hatten wir zu lernen, unter den Augen von Völkern zu leben, die bei unserem Namen ein Grauen unterdrücken mußten. Das Entsetzen, das man in unserem Namen verbreitet hatte, traf, verspätet, bei uns selber ein. Diese Lektion hat tief und nachhaltig unser Leben bestimmt. Sie ist für viele unserer Grundentscheidungen verantwortlich und hat ein hochempfindliches Signalsystem in uns ausgebildet, das bei bestimmten leisesten Anzeichen oder Vor-Zeichen anschlägt.

Wir bezahlten natürlich – das ist keine Klage, sondern eine Beobachtung – mit Verlust an Unbefangenheit und Selbstgefühl, ein Verlust, dessen Folgen noch nicht untersucht und beschrieben sind. Jedenfalls zögert man, ein Buch wie jenes, über das ich hier schreibe, sofort zu lesen, versucht dann die zweite Lektüre möglichst aufzuschieben. Ertappt sich, wie man mit sich selber handelt: Wenigstens ein bestimmtes Kapitel nicht noch einmal lesen müssen („Woran erinnert dich Wald?"), wenigstens nicht die Seiten, die vom Leben und Sterben des Tadeusz Moll handeln.

Wenige Jahre nach den großen Auflagen solcher Bücher wie „Nackt unter Wölfen" oder „Tagebuch der Anne Frank" werden Neuerscheinungen wie Jurek Bekkers „Jakob der Lügner" und eben Fred Wanders „Der siebente Brunnen" nur von wenigen gelesen. So glauben wir also, alles über Lager, Ghetto und Zuchthaus zu wissen – über die drinnen und über uns draußen? Sind dieser „Thematik“ ein wenig müde geworden, was vielleicht nach einem Vierteljahrhundert und angesichts anderer uns fesselnder Probleme nur natürlich ist? (Der Faschismus – das ist für mich Tertiär, sagte mir eine junge Frau.) So wäre es zuviel von uns verlangt, daß wir Entsetzen, Trauer, Reue immer neu in uns anstacheln lassen? (Noch heute, sagt mir ein Mann meiner Generation, kann ich einem Menschen, von dem ich weiß, daß er Jude ist, nicht ohne Scheu gegenübertreten.) So überwiegt doch die Furcht, endlich zur Ruhe gekommenes, eingekapseltes oder in die Abstraktion verflüchtigtes Wissen wieder neu zu aktivieren?

Aber ist ein Datum vorstellbar, von dem an man sechs Millionen Tote für „bewältigt“ erklären könnte – Tote, umgebracht unter den Augen heute noch Lebender?

Erst an den nächsten Generationen sehen wir, was das Wort „unbelastet“ bedeuten kann. Denn ihre Gefühle, wenn sie Buchenwald, Ravensbrück, Sachsenhausen „besichtigen“, unterscheiden sich radikal von den unseren, die wir – und sei es als Kind – die Synagoge in unserer Stadt brennen sahen, gerüchtweise von unserem Nachbarn hörten, der, aus dem KZ entlassen, in ein unheimliches Schweigen verfallen sei (erste Ahnung von der Fürchterlichkeit und Macht eines widernatürlichen Schweigens), oder die wir gegen Ende des Krieges, selbst nun flüchtig, auf den Landstraßen einem „Transport“ gestreifter Gestalten begegneten, die allem unähnlich waren, was wir kannten, und deren todesnahe unheimliche Gleichgültigkeit uns vorbereitete auf Enthüllungen, denen wir nicht gewachsen sein würden.

Was immer aber danach mit uns geschehen sein mag – unser Blick bleibt der Blick von „draußen“. Keine Macht der Welt kann aus Mit-Gefühl Gefühl machen, aus Nach-Empfinden Empfinden, aus Vorstellung Erfahrung. Nächtliche Alpträume sind nicht Realität, und selbst die sensibelste Phantasie erreicht nicht entfernt auch nur eine einzige Minute im Leben derer, die „drinnen“ waren.

Das ist die moralische ebenso wie ästhetische Schranke, die uns von der Möglichkeit trennt, uns jenem Thema zu nähern, das, wie kaum ein anderes, den oberflächlichen Literaten entlarvt. Nirgends so wie hier ist jeder Anflug von Künstlichkeit, jedes Sentiment, alles Anempfundene unerträglich. Dieser „Stoff" ist – vielleicht muß man sagen: noch nicht – zum beliebig verwendbaren, von jedem Beliebigen verwendbaren „Material" herabgesunken.

Obwohl man nach fünfundzwanzig Jahren anders über Auschwitz schreibt als gleich danach. Man schreibt auch über anderes, und aus anderem Grund.

2

Wie funktioniert das Gedächtnis? Unser Wissen darüber ist unvollständig und in sich widersprüchlich. Festzustehen scheint ein Grundmechanismus nach dem System Einlesen – Speichern – Abrufen; ferner, daß die erste, leicht löschbare Spur durch irgendwelche elektrischen Vorgänge aufgezeichnet wird, während die Speicherung, die Übernahme in das Langzeitgedächtnis (die, nach neueren Erkenntnissen, nachts vor sich gehen soll, im Traum) wohl eine Angelegenheit der Chemie ist: Gedächtnismoleküle, die im Dauerspeicher fixiert sind . . .

Nur daß das „Abrufen" keine Sache von Physik oder Chemie zu sein scheint, der Gedächtnisinhalt – oder Teile davon – nicht nach Belieben in jedem Lebensabschnitt zur Verfügung steht; und daß sich im Speicher, könnte man ihn ausräumen und seinen Inhalt vorzeigen, auch bei Menschen mit scheinbar gleichen Erlebnissen sehr Verschiedenes vorfinden würde.

Verhielte es sich anders, so wäre richtig, daß die Dokumente nicht zu übertreffen sind, und der Erzähler wäre überflüssig. Er aber, der in Jahren, als man ihn zuerst in die Anonymität verbannen, dann auslöschen wollte, darum gekämpft hat, Zeuge zu bleiben; der nicht versteinte oder verstummte – wie es denkbar wäre –, sondern die Kraft findet, zu sprechen; der eine Sprache findet für Unaussprechbares: Er übertrifft das Dokument.

Fred Wander, seit langem Autor, tritt mit dem „Siebenten Brunnen“ als über Fünfzigjähriger in die Literatur ein. Zu der moralischen Legitimation des Dabeigewesenen kommt die Legitimation des Schriftstellers, der den Stoff seines Lebens aufschreibt.

Fünfundzwanzig Jahre hat er dazu gebraucht. Kein Zweifel, daß er die Zeit über an diesem Buch gearbeitet, daß es sich in ihm dauernd verändert hat. Er hat klug den Zeitpunkt gefühlt, da er es schon und noch machen konnte, da es ihn nicht mehr überwältigt hätte, aber auch noch nicht in ihm verblaßt war. Er hat lange zu der Niederschrift gebraucht und sich, wie es natürlich ist, dabei gequält. Im Buch ist nichts davon zu spüren. Auch die zufälligen Eigenschaften und Eigenheiten des wirklichen Autors, den man zu kennen, mit dem man befreundet zu sein glaubt, sind zurückgetreten (wie übrigens, bis auf wenige, allerdings wichtige und bezeichnende Episoden, er selbst als Figur). Er kann „ich“ sagen, ohne nur sich selbst zu meinen. Das schwierige Unternehmen, nicht nur von den Ereignissen, sondern auch von sich Abstand zu gewinnen, diese Selbst-Verfremdung, Selbst-Ernüchterung – es ist ihm gelungen. Vielleicht war es das, wofür die lange Zeit nötig war. Jetzt ist da ein Erzähler, dessen Stimme von Haß und Überschwang frei ist; der sich nachdenklich, fast gelassen, aber tief beteiligt, besorgt, erstaunt und immer als unser Zeitgenosse erinnert.

Denn dieses Erinnerungsbuch ist von heute aus geschrieben (darin verwandt Jorge Sempruns „Die große Reise“). Wie das Gedächtnis viele Möglichkeiten hat (auch die des Vergessens), gibt es viele Stufen und Schichten der Erinnerung. Es gelingt dem Autor, sie alle durchschimmern zu lassen. In einer Frage, einem Nebensatz, in der Haltung, die er heute zu den Vorgängen von damals einnimmt, läßt er die ganze Zwischen-Zeit mit anwesend sein, in einer genauen Prosa. Denn Prosa ist die authentische Sprache der Erinnerung, eines der wichtigsten Medien, deren sich die Menschheit zur Erhaltung und Auffrischung ihres lebenswichtigen Langzeitgedächtnisses bedient.

Die Haltung also. Der Blick des Lesers – eines Betroffenen, der aber von „draußen" kommt – trifft in diesem Buch auf einen Blick von „drinnen", der den seinen sucht. Er glaubt eine Anrede zu hören, nicht nur da, wo er wirklich angeredet wird. Dies, echt und unverkrampft, wahrscheinlich unbewußt erreicht, kann niemals ein Kunstgriff sein. Es ist das Ergebnis einer Lebensanstrengung, der es darum zu tun sein mußte, nicht nur physisch überlebt zu haben, soviel das allein schon bedeuten würde („am Leben blieben die Erfüllten, die das Leben austrinken wollten bis zum letzten Tropfen – und sei es ein Becher Gift!"), sondern der schrecklichen Suggestion des Bösen, der auch seine Opfer nachträglich noch unterliegen könnten, durch einen Gegen-Entwurf von großer Beweiskraft die Macht zu entziehen. Wie es im „Siebenten Brunnen" des Rabbi Löw heißt: „. . . für künftige Geschlechter bereit, auf daß sie entsteigen der Dunkelheit, die Augen klar, die Herzen befreit."

Dieser Gegenentwurf setzt nicht etwa Liebe gegen Haß, Güte gegen Sadismus, Sanftmut gegen Gewalt. Oder gar Verzeihen gegen Verbrechen. Sondern er setzt, wie es der Erzähler immer sollte und wollte, Gerechtigkeit gegen das Prinzip des Unrechts (auch den Ungerechten noch künstlerisch gerecht werdend). Er besteht in einer genauen Untersuchung und Schilderung jener rettenden Kräfte im Menschen, die sich unter Bedingungen erhalten haben, die ausgeklügelt hoffnungslos zu sein schienen. Wie soll man Geschichten erzählen, die fast alle mit Tod, mit Mord, mit Erschießen, Erschlagen, Verhungern, Erfrieren, mit Gaskammer und Galgen enden? Geschichten, die nicht erfunden sind, an denen der Autor nichts erfinden *darf.* Anti-Geschichten also, denn die sie in Szene setzten, hatten es auf das Ende der Geschichte und aller Geschichten angelegt. Wie das erzählen, ohne davon erdrückt zu werden oder unzulässigerweise zu beschwichtigen?

Wander hat das Problem des Erzählens, des Redens unter solchen Umständen überhaupt zum Motiv seines Buches gemacht. Vom ersten Kapitel an („Wie man eine Geschichte erzählt") denkt er über die Voraussetzungen menschlicher Sprache, des einander Zu-Sprechens und Miteinanderredens nach – gerade dann, wenn sie – aus gutem Grund, vom Standpunkt der Bewacher aus – als schweres Verbrechen geahndet werden. Nicht nur die gehobene Sprache, die Literatur (Trost einiger weniger, die Stendhal, Balzac, Shakespeare, Tolstoi in sich wachrufen, Baudelaire zitieren, die Bibel, den Rabbi Löw) – jedes einzige ruhige, wahre Wort, das dem wahnwitzigen Irrationalismus sprachunmächtiger Verbrecher entgegengestellt wird, ist eine Gefahr für das System: „Einen klaren Satz sagen, unsere Lage analysieren oder gar dem tauben Hirn ein Gedicht entringen, einen Liedtext mutwillig ändern, ihm unmerklich einen neuen, aufwieglerischen Sinn unterstellen, wer vermochte das? Immer nur eine Handvoll Männer aus einem Heer."

Zu der Handvoll gehört der Autor, der seine Zeugenschaft ernst nimmt: Wenigstens einige aus diesem Heer der Anonymität entreißen, in der man sie umkommen lassen wollte. Wenigstens einige Namen aufrufen, einige Stimmen wiedererwecken, einige Gesichter aus der Erinnerung nachzeichnen. Sie zu idealisieren, hat er nicht nötig, und es kommt ihm nicht in den Sinn (wie käme er dazu, sie als konkrete, einmalige Erscheinungen zu verleugnen?). Er schildert sie, unterschiedlich, wie sie sind, Starke und Schwache, sich Auflehnende und Passive, Fromme und Ungläubige, Stolze und Demütige, Junge und Alte, Juden aus ganz Europa und Franzosen, Russen, Ukrainer. Er beschreibt, wie sie zu leben und zu überleben versuchen, kollektiv erprobte Techniken und die geheimen Methoden der einzelnen. „Wovon der

Mensch lebt." Er sieht sie sterben, fast alle. („Zurück bleibt das Gesicht der Väter und Mütter. Der Ausdruck einer großen Mühe, Mensch zu sein.") Er charakterisiert sie durch ihre Sprechweise, ihr jiddisches Idiom, durch ihre religiösen Bräuche, durch Sprichwörter, Lieder. Er gebraucht verschiedene Erzählhaltungen und Zitate aus der Literatur: das alles zur Einheit gebracht durch die immer anwesende Person des Erzählers, der den Leser an seinem einmaligen, persönlichen Versuch, sich der wichtigsten Erfahrung seines Lebens zu stellen, teilnehmen läßt.

Davon eben geht die Wirkung des Buches aus.

Das ist zeitgemäßes Erzählen, unbeirrt von Modernismus, aber auch weit entfernt von rationalistischen Fabelkonstruktionen. Die assoziative Methode gibt dem Buch eine erstaunlich „natürliche", lebendige und klare, dabei aber komplizierte Struktur, sie erlaubt einen souveränen Umgang mit Zeit und Raum und folgt zwanglos dem Strom der Erinnerung. Diese Art zu erzählen wird genau dem Vorgang gerecht, der sich hinter dem „eigentlichen Stoff" vollzieht und der ebenso eine Realität ist wie die Baracken, die Waldhöhlen, das tägliche Stück Brot und die ausgezehrten Gesichter der Kameraden: dem Vorgang der Selbstbefreiung des Autors. Er wird einem nicht aufgedrängt, man muß ihn nicht bemerken. Aber fehlte er, fehlte dem Buch das Leben.

Mag sein, daß alle Gedächtnisse aller Menschen von den gleichen elektrophysikalischen und chemischen Prozessen gesteuert werden, die man hoffentlich bald entschlüsselt hat. Noch lange nicht erklärt ist damit die besondere Art eines jeden Menschen, sich zu erinnern oder zu vergessen, mit seinen Erinnerungen zu leben, sie zu verschweigen oder sie aufzuschreiben, wie in diesem Fall.

3

„Auschwitz“ steht, so viele, so wenige Jahre danach, schon für anderes als nur für sich selbst. Es steht für die beunruhigendste Tatsache dieser Zeit, als ein Beweis dessen, daß ein Herrschaftsmechanismus entwickelt wurde, der große Teile eines Volkes fast im Handumdrehen zurückschleudern kann in die Barbarei. Steht als Zeichen dafür, daß es erdacht und versucht wurde, eine von Grund auf verkehrte Welt zu erzwingen. Eine Welt, in der das Böse, Zerstörerische zum Normalen erklärt und von vielen als normal empfunden wird. Eine Welt, in der alle Vorzeichen verändert sind, Gut und Böse, Schön und Häßlich vertauscht. Eine Welt, in der es einer irrsinnigen Clique gelungen ist, ihren „Alles-ist-erlaubt“-Standpunkt bis zur tödlichen Konsequenz durchzusetzen, jene heillose Dämonisierung un-menschlicher Zwecke, jene lähmende Vertauschung von Zweck und Mittel. Ein Alptraum. Ihm heil zu entkommen ist unmöglich.

Ich glaube, daß heute noch viele Menschen trotz richtiger ökonomischer und sozialer Analysen, die man sie gelehrt hat, im Grunde nicht wissen, wie ihnen geschah. Daher ist es gewiß nicht überflüssig geworden, das Unterscheidungsvermögen für produktive und zerstörerische Tendenzen im einzelnen und in der Gesellschaft zu schärfen und die gefährliche Täuschung, die von unwissenden, arglosen Mienen und ordentlichen, saubergewaschenen und blankgewichsten Erscheinungen ausgehen kann, aufzudecken.

„Wäre er nur böse gewesen, wie leicht wäre das zu erklären!“, von einem jungen SS-Mann gesagt, „ein Milchgesicht und obendrein recht hübsch“, der sich vor Eifer überschlägt, als erster das Schießeisen zu ziehn, um dem alten ukrainischen Bauern, der sich aus der Kolonne geschleppt hat, den Todesschuß zu geben. „Da war nicht Haß oder der Wille zu töten, nur eine Art sportlicher Eifer, Kitzel der Macht.“

Was hat die Menschen – guten Gewissens – so gemacht? Gewöhnliche Leute und so wenig zu Ungeheuern bestimmt wie wir. Fred Wander beobachtet sie erstaunt und gebannt.

„Der Wachhabende mochte im Privatleben ein Oberlehrer sein oder Oberpostrat. Heiteres Naturell, rosiger Teint, breite Kiefer, weißes Gebiß." – „Ein stutzerhafter SS-Offizier ... Wenn er Notizen macht, korrekt bis in die Knochen, ach, wie korrekt – so viele Lebende, so viele Tote –, steht er martialisch da, Beine gegrätscht, Brust heraus, Zähne gefletscht ... Ordnung muß sein." – „Nicht weit von uns, auf einem anderen Geleise, wurden Rekruten für die Front verladen. Pferde wieherten, die jungen Soldaten lärmten und lachten. Was hatte ihren Geist so getrübt, daß sie lachen konnten?" – „Dort hatte einer von den Deutschen schon ein Kind erschlagen, lachend und mit hartem Blick." – „Wie Säulen standen Menschen an der Straße und rührten sich nicht." – „Von einem Bauernhof über der Straße beobachtete ein junges Mädchen das Schauspiel. Die Haustür stand offen, und dichte Dunstschwaden drangen daraus hervor. Hinter einem Baumstamm halb versteckt, starrte das Mädchen herunter auf die lange Kolonne." – „Zu den Posten am Tor waren ihre Mädchen gekommen, scherzten, lachten, plauderten vergnügt. Wir kannten die Posten, junge Männer, bartlos, mit vor Kraft strotzenden roten Gesichtern. Deutsche Bauernsöhne, Söhne von Postadjunkten, Eisenbahnern und Klempnern. Sie hatten gemordet. Jeder von ihnen hatte gemordet. Und sie wußten es nicht, denn wir wären keine Menschen, hatte man ihnen gesagt."

Das hätte also ausgereicht, fatal primitive Behauptungen, die wie Zunder in eine schwelende Mord-Lust gefallen sein müssen. Wie fehlgeschlagen muß das eigene Leben jener Massen von Menschen sein, die nach einem solchen Satz lechzen: Die anderen sind keine Menschen.

Verkehrte Welt, hier wird sie geradegerückt: Immer sind es die Opfer, die etwas über ihre Henker wissen;

nie ist es umgekehrt. Immer durchschauen die, die unten sind, das Schein-Leben derer, die sie beherrschen, ihre Schein-Freiheit, die sie gleichwohl in panischer Angst verteidigen, um derentwillen sie sich selbst zu Unwissenheit, Dumpfheit und Stumpfheit verurteilen, zum Mitmachen und Mitansehen, ohne zu mucksen. Ihrem Ekel ein Objekt zu geben, hat man ihnen jene anderen zugeschoben, damit nur ja keine Ahnung sie streift, woher dieser Ekel „wirklich kommen mochte".

Natur, Landschaft, das Wetter sind für diese nicht die gleichen wie für jene. Für die drinnen, von denen alles sich abgekehrt hat, sind sie zusätzliche Bedrohungen. „Das Riesengebirge hallte von Schüssen, der Himmel war sanft und blau." – „Ein Traumzug, der durch finstere deutsche Wälder fährt." – „Der Himmel zeigte eine giftfarbene Morgenröte. Die Häuser auf einem Berghang waren durcheinandergeworfene Schatten." – „Der Himmel war stahlblau und tief, nur vereinzelte zartrosa Wölkchen lächelten herab, arglos wie Kinder."

Man glaubt, über den Rand der Erde gestoßen und in den beklemmenden Bann eines fremden Planeten geraten zu sein. Würden wir nicht nur allzu genau jene Kleinstadtidylle kennen, die sich da plötzlich auftut, auf einer kleinen Station vor Buchenwald, wo der Gespensterzug voller toter und noch lebender Häftlinge durch einen Fliegeralarm zum Halten gebracht ist. Hätten wir nicht die Zutaten dieser Idylle selbst hundertmal gesehen: „Frauen quollen irgendwo aus einem Luftschutzbunker, beeilten sich zum Herd, zu den Töpfen, schleppten Brot, Äpfel, Milchflaschen, Bier. Kinder mit weißen und blaugestreiften Zipfelmützen. Ein blauer Glockenblumenhimmel darüber . . ." Mit unheimlicher Affektlosigkeit wird berichtet, wie das Unheimliche, das Unglaubliche geschieht: daß die Frauen, die ganz dicht vorübergehen, den Zug nicht *sehen* und nicht die „merkwürdigen Gestalten, die aus den Waggontüren kollerten". Dann aber, doch: Eine junge Frau fällt in Ohnmacht. „Sie hatte gesehen. Nur eine hatte gesehen."

Am Rande der Straße lagen, wie Eisenbahnschwellen gestapelt, in langer Reihe, zwei Meter hoch, Leichen.

Dies „nur eine hatte gesehen" geht einem nach. Ist diese mutwillige Blindheit wirklich schon erklärt? Ist sie erklärbar?

Sehen lernen, das Gedächtnis anstrengen, seinen Verlust nicht zulassen – wenn irgend etwas, so ist dies eine Botschaft dieses Buches: „Auschwitz" – was immer das heute bedeutet, wie immer es heute irgendwo auf der Erde aussieht – zu überwinden. Nicht abstrakt, im Geiste nur, sondern in der täglichen Anstrengung um die Banalität des Guten als gesellschaftliche Realität. Ein Ziel, das wir im Auge haben.

Das der Autor wie ein Vermächtnis von jenem Mendel Teichmann übernimmt, der ihn das Erzählen lehren wollte und der ihn gelehrt hat, zuerst genau hinzusehen: „Und Mendel sah es und schaute sie an, mit seinen traurigen, forschenden Augen, versuchte zu verstehen, für jeden Schlag, für jede Demütigung, und für das Lachen angesichts unserer Martern, und für die geilen Witze angesichts unseres Todes versuchte Mendel eine Formel zu finden, ein erlösendes Wort."

März 1972

Fragen an Konstantin Simonow

Christa Wolf: Genosse Simonow – aus dem Umkreis dessen, worüber man sprechen könnte, versuche ich ein paar Themen herauszunehmen, bei denen es durch unterschiedliche Erfahrungen Reibungsflächen zwischen uns geben könnte; oder Fragen, die mich gerade beschäftigen und auf deren Beantwortung durch Sie ich neugierig bin. Wir sind von unterschiedlicher Nationalität, von unterschiedlichem Alter. Diese wichtigen Unterschiede müssen auf unsere Arbeit – die wir gemeinsam haben – einen großen Einfluß ausüben. Interessieren Sie als Schriftsteller eigentlich die Deutschen?

Konstantin Simonow: Es fällt mir schwer, den Schriftsteller vom Menschen, der ein ganz bestimmtes Leben durchlebt hat, zu trennen. Als Mensch meiner Generation waren meine Gefühle und der Charakter meiner Interessen für die Deutschen zu verschiedenen Zeiten recht unterschiedlich.

Die persönliche Geschichte dieser Interessen geht bis in die Kindheit zurück, als ich sieben, acht Jahre alt war. Meine ersten Kindheitserinnerungen an Deutschland, an die Deutschen, stützen sich auf Gespräche bei uns zu Hause, zwischen meinem Stiefvater und seinen Genossen, Kommandeuren der Roten Armee: Ob wir den Hamburger Aufstand unterstützen werden und wie wir ihn unterstützen werden; es handelte sich dabei um militärische Unterstützung.

Natürlich sind das Kindheitserinnerungen, ich will sie nicht modernisieren. Trotzdem besinne ich mich recht deutlich auf das, was gesagt wurde: Dort bei den Deutschen in Hamburg ist Revolution; wie ist das – können wir helfen oder können wir das nicht? Und wie wird das alles weitergehen?

Ich erinnere mich auch an den Gesangsunterricht in der Schulzeit und dabei besonders an das Komintern-Lied von Eisler:

„Verlaßt die Maschinen, heraus, ihr Proleten!
Marschieren, marschieren, zum Sturm angetreten!"

In den Übergangsjahren vom Pionier- zum Komsomolalter (wenngleich ich weder Pionier noch Komsomolze war, sondern im Jahr einundvierzig direkt in die Partei eintrat – aber ich meine ja die Altersstufe) kleideten wir uns nach Art des „Roten Jungsturms" – das war die jugendlich variierte Uniform des deutschen „Rotfrontkämpferbundes" –, das Koppel umgeschnallt, wir trugen die „Thälmannuniform". Das war Ende der zwanziger, Anfang der dreißiger Jahre, als die Erwartung, in welchem Land es noch zu einer Revolution kommen wird, für mich Fünfzehnjährigen vor allem mit Deutschland verbunden war.

Um mir meine Gefühle von damals ins Gedächtnis zurückzurufen: Wer von den ausländischen Kommunisten stand für mich an erster Stelle? Natürlich Thälmann! Um so stärker war die Erschütterung, als der Faschismus zur Macht gelangte, die Frage, wie das alles geschah; wie das plötzlich trotzdem geschehen konnte. Für mich war das eine sehr große moralische Erschütterung.

Christa Wolf: Als der Faschismus zu Ende war, hatte ich, soviel ich mich erinnere, den Namen „Thälmann" noch nicht gehört. Ich war sechzehn Jahre alt.

Konstantin Simonow: Während des Krieges schimpften wir heftig – auch ich – über einige Vorkriegsbücher, in denen der Faschismus nach einigen Tagen Krieg mühelos von uns zerschlagen und im Innern des faschistischen Staates die Macht von den revolutionären Kräften in die Hände genommen wurde – beispielsweise im Roman

„Der erste Schlag“ von Schpanow oder in dem Film „Wenn morgen Krieg sein wird . . .“. Historisch gesehen glaube ich aber, daß die Schnelligkeit, mit der der Faschismus in diesen Werken besiegt wurde, und vor allem die Mühelosigkeit, mit der sie den Volksaufstand gegen den Faschismus in Deutschland aufflammen ließen, in gewisser Weise unsere damaligen Hoffnungen widerspiegelten. Und sogar noch im Krieg verblieb uns die Hoffnung, daß in Deutschland irgend etwas geschehen, sich irgend etwas ereignen werde. Ich erinnere mich, daß es zu Meinungsverschiedenheiten darüber kam – in einigen meiner Bücher hat das seinen Niederschlag gefunden –, ob es möglich ist, in den Zeitungen nebeneinander zu schreiben: „Tod den deutschen Okkupanten“ und „Proletarier aller Länder, vereinigt euch“: beide Losungen gleichzeitig zu verkünden.

Selbst heute fällt es immer noch schwer, über den Krieg zu sprechen. Wir waren ja durch den Krieg vier Jahre lang ununterbrochen mit den Deutschen verbunden, durch die schrecklichste aller denkbaren Bindungen. Und ich erinnere mich an keinen einzigen Kriegstag, an dem ich nicht an die Deutschen gedacht hätte. Wie – ist eine andere Frage. In meinem Empfinden waren die Deutschen all die Jahre des Krieges mit einer furchtbaren und stetigen Kraft gegenwärtig, in erster Linie als Feind.

Und dabei tauchte immer wieder die Frage auf: Wie konnte das geschehen? Wie kam es dazu? Wie gelangte der Faschismus an die Macht? Weshalb vermochte er, sich mit derartiger Kraft eine ganze Nation zu unterwerfen? Dieses auf die Vergangenheit gerichtete tragische Problem beschäftigte mich gleichfalls, wenn ich an die Deutschen dachte.

Nach Beendigung des Krieges interessierte mich außerordentlich, was die Deutschen zu all dem, was vorgefallen war, meinten. Meine Tagebücher aus dem Jahre fünfundvierzig bezeugen das. Im Winter fünfundvierzig kam ich nach Schlesien und sprach dort mit den verschiedensten Leuten: mit Geistlichen, ehemaligen Kommunisten, mit Kleinbürgern und anderen Einwohnern. Alles, was ich erfuhr, schrieb ich sofort auf. Diese Aufzeichnungen habe ich jetzt als Buch veröffentlicht, und vielleicht wäre es für Sie interessant, wenn man Ihnen gleich vom Blatt einiges davon übersetzen würde.

Das Buch heißt „Kurz vor der Stille“. Natürlich gibt es dort nicht nur diese Gespräche mit den Deutschen, aber sie sind eben ein Beweis für mein damaliges riesiges Interesse für Deutschland, für die Deutschen, für die Frage, wie es mit ihnen weitergehen wird. Festgehalten in diesem Buch sind auch meine Schlußfolgerungen aus jener Zeit: Warum kam der Faschismus an die Macht? Wer sind sie eigentlich – die Deutschen, was wird aus ihnen? Vieles wurde von mir damals nicht richtig erkannt, vieles extrem gesehen – aber ich beließ für das Buch alles so, wie es in den Aufzeichnungen war. In den Anmerkungen zu dieser Veröffentlichung führte ich aus, warum: damit unsere deutschen Genossen heute sich veranschaulichen können, welch eine Distanz in unseren Gefühlen gegenüber den Deutschen von uns seit jener Zeit überwunden werden mußte.

Christa Wolf: Es scheint, daß Sie jetzt eine andere Methode eingeschlagen haben, mit Ihrem Tagebuchmaterial umzugehen. Sie haben doch auch früher schon Aufzeichnungen, Tagebücher Ihren Romanen zugrunde gelegt, aber als eine Art Rohstoff, der verarbeitet wurde. Diesmal nehmen Sie die Aufzeichnungen direkt, als Dokumente. Welchen Grund haben Sie dafür?

Konstantin Simonow: Nach dieser Methode arbeitete ich von Anfang an. Außer einigen Kürzungen, vorwiegend persönlicher Art, korrigierte ich meine Tagebuchaufzeichnungen lediglich in literarischer Hinsicht, da sie im Grunde genommen in aller Eile, wenn auch in Klarschrift, niedergeschriebenen Stenogrammen glichen, die nicht immer für den Leser verständlich waren.

Christa Wolf: Ja – aber soviel ich weiß, haben Sie auch für Ihre Romane Tagebücher gebraucht.

Konstantin Simonow: Natürlich. Ich habe meine Tagebücher auch für meine Kriegsromane verwertet. Für die einen mehr, für die anderen weniger. Jetzt schließe ich gerade damit ab, alle meine Kriegstagebücher in zwei große Bände zusammenzufassen; das mache ich parallel zur Arbeit an meinen Romanen – vom Beginn des Krieges bis zu seinem Ende. Aus dem Text der Tagebücher geht klar hervor, was ich damals geschrieben habe, in den Tagen des Krieges, und was ich jetzt aus der Erinnerung hinzugefügt habe.

Meine Romane stützen sich, wie gesagt, in einem bestimmten Maße auch auf meine Tagebuchaufzeichnungen – denn ich hatte ja nur ein Leben!

Christa Wolf: Das eben ist meine Frage: Das Verhältnis von autobiographischem Material – von dem, an was man sich erinnert; was man *nicht* aufgeschrieben hat, damals vielleicht nicht aufschreiben wollte – zu dem Tagebuch, das man schon wie ein fremdes, zeitgenössisches Dokument behandeln kann. Ich stelle mir vor, daß diese Methode – je weiter man sich zeitlich von den Ereignissen entfernt, über die man schreibt – immer komplizierter wird.

Konstantin Simonow: Die Tagebuchaufzeichnungen sind für mich, wenn ich Romane schreibe, nur eine Unterstützung. Ich wähle aus ihnen bestimmte notwendige Episoden, Details, Situationen, Fakten aus. Wenn alle Tagebücher veröffentlicht sein werden, wird der Leser in einer Reihe von Fällen erkennen, woher – um das so auszudrücken – den Romanen die Beine wachsen. Ein solches Buch, das Aufschluß über meine Verfahrensweise gibt, habe ich bereits herausgebracht. Es heißt „Aufzeichnungen eines jungen Mannes“. Der erste Teil enthält mein Kriegstagebuch, im zweiten Teil mit dem Titel „Drei Erzählungen über beinah dasselbe“ sind drei Erzählungen zusammengefaßt, die über die gleiche Zeit und die gleichen Ereignisse berichten wie auch meine Tagebücher.

Christa Wolf: Ich frage so genau danach, weil mich das für

meine eigene Arbeit methodisch augenblicklich besonders interessiert. Sie sagten eben, es sei Ihnen heute noch schwer, über den Krieg zu sprechen. Genauso ist es uns heute noch schwer, über den Faschismus zu sprechen – wenn auch aus ganz anderen Gründen. Ich weiß, daß meine Generation, deren Kindheit in die Zeit des Faschismus fiel, dieses Erlebnis noch nicht wirklich „verarbeitet“ hat. Ich schreibe ein Buch über eine solche Kindheit in dieser Zeit. Natürlich habe ich da keinerlei Tagebuchmaterial. Ich versuche authentisch zu sein dadurch, daß ich mich auf meine Erinnerung stütze und dann diese Erinnerung an Dokumenten überprüfe, die mir zugänglich sind. Da mache ich manchmal überraschende Entdeckungen, die auch ein Beitrag zur Psychologie des Gedächtnisses sein mögen – so daß das Buch, um „realistisch“ zu sein, mehrere Ebenen bekommen muß.
Konstantin Simonow: Da bin ich mit Ihnen ganz einig. Nach meiner Meinung ist das eine richtige literarische Verfahrensweise und eine richtige Methode. Mir stehen sie jedenfalls sehr nahe. Ich selbst mache mein jüngstes Buch – ich bereite jetzt einen Band Tagebücher aus dem Jahr zweiundvierzig zum Druck vor – so, daß erstens meine Tagebuchaufzeichnungen aus jener Zeit, zweitens die von mir eingefügten Dokumente – Briefe und ähnliches mehr – und drittens meine heutigen Erinnerungen an damals sowie meine Kommentare jeweils eine andere typographische Gestaltung aufweisen.

Bisweilen stelle ich gegenüber: Zum Beispiel gehe ich in meinem Buch auf eine Begegnung mit dem damaligen amerikanischen Präsidentschaftskandidaten Willkie ein, der 1942 bei uns war und mit dem ich, gerade aus Stalingrad kommend, zusammentraf. Zunächst schrieb ich alles so nieder, wie ich es in Erinnerung hatte. Dann stieß ich auf ein Buch von Willkie, in dem dieses Treffen gleichfalls erwähnt wurde, und diese Stelle führe ich jetzt in meinem Buch mit an. Ich möchte nochmals wiederholen, um meine Antwort auf Ihre vorhin gestellte Frage fortzuführen, daß meine Tagebücher aus dem

Jahre fünfundvierzig, wenn Sie sie lesen werden, Ihnen eine Vorstellung vermitteln, wie groß damals mein Interesse für die Deutschen, für Deutschland war und für das, was nach dem Krieg sein wird.

Ich gehörte der ersten sowjetischen Kulturdelegation an, die nach dem Krieg Deutschland besuchte. Und bei uns hier in Moskau, im Schriftstellerverband, befaßte ich mich mit dem Empfang der ersten deutschen Schriftstellerdelegation, die von Kellermann geleitet wurde. Damals schloß ich meine ersten Bekanntschaften und Freundschaften mit meinen deutschen Kollegen: mit Weisenborn, Claudius, Hermlin. Hier in Moskau traf ich mit Ernst Busch zusammen, und zum ersten Male nach dem Krieg hörte ich, wie er singt. Das war der Beginn neuer Verbindungen und neuer Beziehungen.

Und noch eines: Schriftsteller bleibt Schriftsteller, und wenn man bei den Lesern Interesse für die eigenen Bücher spürt, weckt das auch ähnliches Interesse für die Leser. Für mich bedeutet es sehr viel und ist psychologisch sehr wichtig, daß deutsche Leser meine Bücher über ein für sie und für mich so kompliziertes Thema wie den vergangenen Krieg lesen.

Denn es ist doch so, daß ein solches Stück Leben, wie es dieser Krieg war – mögen die Beziehungen hier auch nicht die allerbesten gewesen sein –, dennoch ein gemeinsames Stück Geschichte für uns und für die Deutschen darstellt.

Ich hatte vor, meinen neuesten Roman über die letzten Tage des Krieges, über die Kämpfe um Berlin zu schreiben. In Vorbereitung dieses Buches unterhielt ich mich mit vielen Deutschen, die Teilnehmer dieser Ereignisse gewesen waren – angefangen von Volkssturmmännern, jungen und alten, bis hin zu den deutschen Genossen, den ersten Bezirksbürgermeistern, Mitgliedern des Nationalkomitees „Freies Deutschland“, die unter für sie psychologisch überaus schwierigen Bedingungen die Macht in den Städten übernommen hatten. Ich besitze viele Notizen über diese sehr interessanten Gespräche.

Viele Menschen sprachen sehr offen mit mir, und dementsprechend freimütig sind auch meine Aufzeichnungen.

Aber dann, nachdem ich lange darüber nachgedacht hatte, überlegte ich es mir doch anders. Ich fühlte, daß ich nicht vermochte, alle Aspekte jener inneren Tragik, mit der die letzten Tage Berlins dort, auf jener, der deutschen Seite verbunden waren, psychologisch zu erfassen. Aber ohne das wäre ein Roman über die letzten Kriegstage meiner Meinung nach unvollständig gewesen. Und ich beschloß, indem ich meine ursprüngliche Absicht fallenließ, das dritte und letzte Buch meines Romanzyklus dort abzuschließen, wo das erste begonnen hatte: in Belorußland.

Christa Wolf: Vielleicht müssen da die sowjetische und die deutsche Literatur einander ergänzen . . . Allerdings stellt sich bei gewissen Stoffen die Frage nach dem Zeitpunkt ihrer literarischen Gestaltung. Der Autor selbst braucht ja eine gewisse Freiheit einem sehr schwierigen Stoff gegenüber. Ich war Altersgenosse von diesen „Volkssturm"-Jungen, hatte nur das Glück, ein Mädchen zu sein und daher nicht schießen zu müssen. So erlebte ich das Kriegsende zwar auch bei Berlin, aber als Mitglied eines nach Nordwesten ziehenden Flüchtlingstrecks, und der Kampf um Berlin war uns sichtbar als Feuerschein am Horizont. Was wir damals wirklich empfanden, wie wir das Zusammentreffen mit der Roten Armee erlebten, das ist nach meiner Ansicht noch nicht aufrichtig beschrieben. Ich weiß nicht, ob es noch zu früh dazu ist. Vielleicht könnte man es leisten, wenn man in das damals Erlebte sein heutiges Verhältnis dazu hineinbrächte . . .

Konstantin Simonow: Es ist schwer, darauf zu antworten. Hier muß sicher jeder von uns seinen eigenen Weg gehen. Ich zum Beispiel hatte mein Tagebuch über das Jahr einundvierzig, über die ersten hundert Kriegstage, bereits vor sieben Jahren vorbereitet. Bislang habe ich es aber noch nicht veröffentlicht – offenbar war es noch zu früh. Doch vielleicht wird nach einer gewissen Frist die Zeit für sein Erscheinen gekommen sein. Als in mir das Bedürfnis entstanden war, dieses Buch fertigzustellen, habe ich es gemacht. Bedenken darüber, ob es vielleicht noch zu früh dazu ist, habe ich beiseite geschoben. Anders hätte ich das Buch sicherlich nicht zustande gebracht. Weil das innere Bewußtsein, daß es für dich Zeit ist, das zu tun, trotz allem für den Schriftsteller die Hauptsache bleibt: Ich muß das jetzt schreiben! Dann setz dich hin und schreib, wenn du so empfindest! Ob es aber schon an der Zeit ist, das in die Hände des Lesers zu geben, ist eine zweite Frage, die du nicht allein zu entscheiden hast. Aber was macht's ... Hierüber kann es Streit und Meinungsverschiedenheiten und unterschiedliche Entscheidungen geben ... Entschuldigen Sie, wenn ich das nicht weiß, aber als Sie Ihren „Geteilten Himmel" geschrieben hatten, hat es sicherlich auch unterschiedliche Meinungen darüber gegeben, ob es schon an der Zeit oder ob es noch nicht an der Zeit sei, über das zu sprechen, worüber Sie in Ihrem Buch erzählt haben.

Aber für mich zum Beispiel, für mich als Leser, war es an der Zeit, war es gerade die rechte Zeit, weil Ihr Buch mich dazu brachte, vieles zu verstehen, und vielleicht noch mehr: zu fühlen.

Christa Wolf: Gibt es bei Ihnen Probleme, Konflikte – in Ihrem Leben als politischer Mensch –, über die Sie glauben, nicht schreiben zu können oder nicht schreiben zu sollen: nicht, weil Sie als Schriftsteller den Stoff nicht bewältigen könnten, sondern weil Sie glauben, es wäre schädlich, darüber zu schreiben, oder es würde vielleicht niemals zu Ihren Lebzeiten erscheinen können – eine Art Selbstzensur also.

Konstantin Simonow: Natürlich gab es die. Mir scheint, hier sollte man unterscheiden zwischen dem Roman, dem rein belletristischen Werk überhaupt, und, sagen wir, dem Tagebuch oder der Memoirenliteratur. Bei einem Roman treffe ich sofort meine Entscheidung: entweder ich schreibe ihn oder ich schreibe ihn nicht. Mit den Memoiren ist das schon etwas komplizierter. Zum Beispiel schreibe ich jetzt an meinen Erinnerungen an Alexander Twardowski. Seit seinem Tod ist noch nicht sehr viel Zeit vergangen. Die Mehrheit derer, die in meinen Erinnerungen vorkommen, lebt noch, ist noch aktiv tätig. Ich habe zu vielen Problemen und zu vielen Menschen, die in meinem Buch vorkommen, meine ganz eigene persönliche Beziehung. Obgleich ich alles hintereinander niederschreibe, nehme ich mir bereits vorher sehr bestimmt vor, für die Veröffentlichung nur das auszuwählen, was ich zum gegebenen Zeitpunkt für möglich, für moralisch gerechtfertigt halte. Das übrige lasse ich aus, mag es inzwischen liegen. Ich fürchte solche Erinnerungen, wo der Autor das eine aufs Papier bringt, das andere aber „für später“ aufbewahrt, in seinem Kopf. Ich bejahe Erinnerungen, wo der Autor zunächst einmal alles aufschreibt, was er aufzuschreiben für notwendig hält, dabei aber weiß, daß er davon nicht alles veröffentlichen wird.

Christa Wolf: Was die Literatur meines Landes und meiner Generation betrifft: ich bin verfolgt von dem Gefühl, daß die wichtigsten Erlebnisse – innere und äußere –, die wichtigsten Entscheidungen und Konflikte, die unsere Entwicklung bestimmt haben und uns seit bald drei Jahrzehnten bewegen, nur schwach und gar nicht in unserer Literatur sichtbar werden. Ich möchte gerne wissen, ob Sie ein solches Gefühl auch kennen.

Konstantin Simonow: Ja. Ich habe zum Beispiel auch das Gefühl, daß wir in breiterem Maße über die für uns dramatischen Vorgänge der Jahre siebenunddreißig, achtunddreißig schreiben sollten, die die Erklärung liefern für vieles, was in der Folgezeit geschah, insbesondere auch für den für uns zu Beginn erfolglosen Verlauf des Krieges. Darüber müßte mehr und eingehender als bisher geschrieben werden. Wobei das Hauptproblem, glaube ich, darin besteht, diese Jahre nicht allein von den Positionen der Menschen aus, die in Lager geschickt wurden und ungesetzlichen Repressalien ausgesetzt waren, zu beschreiben. Man muß ein umfassendes Bild von der Zeit und der Gesellschaft gestalten. In dieses Bild gehören natürlich auch die Tragödie, die ich erwähnte, und das Drama der Menschen, die das, was geschah, nicht begriffen. Zugleich aber gehören in dieses Bild: die Industrialisierung unseres Landes, in einer Situation, in der man jeden Augenblick mit dem Beginn des Krieges durch die Faschisten rechnen mußte, dieses Empfinden, daß ein Krieg droht, daß die Faschisten uns von Westen her über kurz oder lang angreifen werden, während an der Ostgrenze, schon drei Jahre lang, die Soldaten in den Schützengräben sitzen in Erwartung eines japanischen Überfalls; und gleichzeitig mit alledem die Flüge über den Nordpol, und gleichzeitig Spanien, die sowjetischen Freiwilligen, die Internationalen Brigaden, das Aufflammen internationalistischer Gefühle – und die Bedeutung all dessen für das Leben eines jeden einzelnen von uns.

Wenn man das alles darstellen könnte! Dann käme alles auf seinen richtigen Platz. Solche Bücher über jene Zeit reichen bei uns bislang noch nicht. Und ich persönlich werde mir immer stärker bewußt, daß solche Bücher notwendig sind. Vielleicht höre ich irgendwann einmal mit dem Krieg auf und fange ein Buch über jene Zeit an.

Christa Wolf: Das wäre sehr wichtig, glaube ich. – Empfinden Sie eigentlich für sich als kommunistischer Schriftsteller, weil Sie sich in Disziplin und Verantwortungsgefühl von Grundhaltungen eines bürgerlichen Schriftstellers unterscheiden, manchmal die Gefahr, in der Selbstzensur zu weit zu gehen? Die Gefahr, daß man nicht nur bloß das Erwartete *schreibt*, sondern vielleicht nur noch *sieht*, was von einem erwartet wird? Daß man nicht mehr frisch und ursprünglich sehen und erleben kann, was ja Voraussetzung für alles Schreiben bleibt?

Konstantin Simonow: Mir scheint, daß ich im allgemeinen die Dinge recht vernünftig betrachte, ich sehe die Realität des Lebens, und irgendein besonders einengendes Auswahlverfahren in meinen Beobachtungen gibt es bei mir nicht. Gleichzeitig muß ich dabei natürlich manchmal mit dem eigenen inneren Zensor kämpfen. Weil man ja bisweilen selbst überlegt, selbst schwankt: ist es jetzt notwendig, darüber zu schreiben, oder ist es nicht notwendig? Hilft es oder hilft es nicht? Schadet es oder schadet es nicht?

Und da fast über jede Frage verschiedene Ansichten in der Gesellschaft bestehen, stimmt man als Schriftsteller in seinen Ansichten mit dem einen überein, dem anderen widerspricht man. Ich mache mir bisweilen Vorwürfe, wenn ich das Gefühl habe, einem bestimmten Problem, das es darzustellen und zu lösen galt, ausgewichen zu sein. Und ich bin mit mir zufrieden, wenn ich fühle, daß ich den Schwierigkeiten unseres Lebens nicht ausgewichen, vor ihnen nicht zurückgeschreckt bin.

Ich möchte Ihnen einen für mich sehr wesentlichen Unterschied nennen: Wenn ein bestimmtes prinzipielles und akutes Problem entsteht, das man im Leben lösen muß und das man als Schriftsteller lösen helfen kann, dann bin ich der Auffassung, daß der Schriftsteller in diesem Fall jedes beliebige Risiko eingehen muß.

Es kommt aber auch vor, daß manchen von uns, manchen Schriftsteller, das Problem, das tatsächlich besteht, eigentlich recht wenig interessiert. Und dieser Schriftsteller sieht keinen realen Weg, der Lösung dieses Problems weiterzuhelfen.

Und er will, sich da einmischend, alles in allem nur zeigen, wie mutig er doch ist! Kühnheit dieser Art, eine vorgetäuschte, schätze ich gar nicht.

Übrigens möchte ich meiner Antwort auf Ihre Frage nach unserem Verhältnis zu den Deutschen noch hinzufügen, daß ich, ohne zu übertreiben, glaube, daß die historische Nachbarschaft zwischen uns und den Deutschen uns die ganze Zeit veranlaßt, übereinander nachzudenken. Und ich habe von meinen vielen Reisen in die DDR und die BRD den Eindruck gewonnen, daß dieses Interesse gegenseitig und durchaus ernsthafter Natur ist. Man kann sich schwer eine Zukunft Europas vorstellen, wollte man aus seinen Überlegungen das ausschalten, was für uns mit den Deutschen und was für die Deutschen mit uns verbunden ist. Die politischen Kontakte können so oder so sein, über sie kann man mehr oder auch weniger schreiben – unser gegenseitiges Interesse aber ist eine konstante Größe, historisch bedingt und zukunftweisend.

Christa Wolf: Für uns, für meine Generation fingen ja die Beziehungen zu den Russen viel später an als für Sie die Beziehungen zu den Deutschen – nicht nur, weil Sie älter sind als ich, sondern auch aus anderen Gründen. Das Wort „Russe" ist, soviel ich mich erinnere, in meinem Kopf erst seit Beginn des Krieges gegen die Sowjetunion, und zwar als ein Signal für Angst. Der Russe war eine schreckliche Karikatur in Zeitungen und auf Plakaten, ein gefährlicher, dabei weit unter den Deutschen stehender Menschenschlag. Die ersten wirklichen Russen, die ich sah, waren Kriegsgefangene und Verschleppte, Männer und Frauen. Erst nach dem Krieg, als ich auf einem kleinen mecklenburgischen Dorf lebte und als Schreibhilfe des Bürgermeisters viel mit Offizieren und Soldaten der sowjetischen Besatzungsmacht zu tun hatte – erst da wurden Russen für mich konkrete Menschen. Doch glaubt man nicht, wie lange es dauern kann, bis eine abstrakte Vorstellung von einem anderen Volk – sei es als Gespenst, sei es, später, als Ideal – sich mit Leben füllt, mit einer Menge unterschiedlicher Gesichter, mit Beziehungen, die einem viel bedeuten. Dieser langwierige, wechselhafte Prozeß, in dem sich mir aus einer großen Zahl von Begegnungen verschiedenster Art ein neues, wie ich heute glaube, der Wirklichkeit nahekommendes Verhältnis zu Russen, zum russischen Volk, zur Sowjetunion, bildete, war eine der wichtigsten Erfahrungen in meinem Leben überhaupt, die (wenn auch nicht unbedingt als „Stoff") für meine Arbeit eine sehr große Rolle spielt.

Aber jetzt möchte ich, wenn Sie erlauben, Ihnen noch ein paar Fragen über Ihre Arbeitsmethode stellen. Ich habe Sie gerade zwei Tage lang beobachtet, während der Feiern zum 80. Geburtstag von Majakowski: Sie haben eine sehr interessante Ausstellung mit vorbereitet und eröffnet, auf Veranstaltungen gesessen und gesprochen, wenn ich Sie sah, waren Sie beschäftigt, umringt – wann arbeiten Sie eigentlich?

Konstantin Simonow: Grob ausgedrückt, zerfällt die Arbeit bei mir, wie sicherlich bei jedem von uns, in zwei einander abwechselnde Perioden: die eine Periode ist die, in der man unmittelbar schreibt, verbessert, das Buch zu Ende führt; die zweite Periode liegt zwischen den Büchern, dem vorangegangenen und dem nachfolgenden, in ihr erledigt man die während der Arbeit am Buch liegengebliebenen Dinge, bereitet sich auf das neue Buch vor, sammelt Material, macht sich Notizen. In dieser Periode arbeite ich nicht sehr regelmäßig, und besonders viel Zeit nimmt dabei die Erfüllung verschiedener gesellschaftlicher Verpflichtungen in Anspruch. Aber in der für einen jeden von uns wichtigen Zeit, in der man sein Buch niederschreibt, arbeite ich im allgemeinen regelmäßig, fast jeden Tag. Ich beginne am frühen Morgen und schreibe bisweilen, wenn die Arbeit gut vorangeht, bis zum späten Abend. Sicherlich, gesellschaftliche Verpflichtungen und verschiedene andere Dinge erlauben es natürlich auch in dieser Zeit nicht, sich vollständig auf das Buch zu konzentrieren. Deshalb versuche ich es so einzurichten, daß ich zwei Tage in Moskau bin, wo ich all die anderen notwendigen Dinge erledige, und fünf Tage hier außerhalb der Stadt, wo ich dann ausschließlich an meinem Buch arbeite und nichts mitnehme, was mich davon ablenken könnte.

Ungefähr zwei Monate im Jahr verbringe ich im Süden, in einem Dorf in Georgien, unweit von Suchumi.

Einen Monat im Jahr halte ich mich in einem Sanatorium auf. Hier schreibe ich auch immer, beschränke mich aber auf vier Stunden Arbeit am Tag.

Das wäre alles, was ich dazu zu sagen habe.

Christa Wolf: Man sagte uns, Sie seien ein sehr „organisierter" Mensch. Bedeutet das, daß Sie eine Methode gefunden haben, mit Naturereignissen wie Post und Telefon fertig zu werden?

Konstantin Simonow: Die Gerüchte von meiner „Organisiertheit", die meine Schriftstellerkollegen hin und wieder verbreiten, sind stark übertrieben, was übrigens auch aus meiner Antwort hervorgeht.

Die Briefe bilden gewiß ein großes und schwieriges Problem für jeden Schriftsteller, wenn er davon sehr viele erhält. Im allgemeinen teilen sie sich in zwei Kategorien auf: in Briefe, die deine Arbeit als Schriftsteller betreffen, sie auf diese oder jene Weise bewerten oder in diesem Zusammenhang bestimmte Fragen enthalten, und in solche, in denen verschiedene gesellschaftliche Probleme und Lebensfragen aufgegriffen werden, zu denen der Briefschreiber, der deine Bücher gelesen hat, deine Meinung als Schriftsteller hören möchte. Dazu gehören auch Briefe von Menschen, deren Leben ziemlich wirr verlief, die diese oder jene tatsächliche oder scheinbare Kränkung erlitten und die sich mit der Bitte an dich wenden, sich ihrer Sache anzunehmen und ihnen kraft deiner Autorität zu helfen.

Manchmal dauert es längere Zeit, bis ich dazukomme, diesen Stapel von Briefen durchzusehen, besonders dann, wenn ich gerade tief in der Arbeit an einem Buch stecke. Im Prinzip sehe ich mir aber früher oder später alle Briefe an: bei weitem nicht alle machen eine Antwort erforderlich, bei weitem nicht immer fühle ich mich moralisch verpflichtet, diesen oder jenen Brief zu beantworten. In all den Fällen, wo ich eine solche moralische Verpflichtung spüre, in allen Fällen, in denen ein Problem unseres Lebens von allgemeinem Interesse oder ein persönliches Problem aufgegriffen wurde oder bestimmte prinzipielle Fragen gestellt werden, die das Leben der Gesellschaft betreffen oder aber bereits die Widerspiegelung des Lebens der Gesellschaft in meinen

Büchern, antworte ich – allerdings, ich wiederhole, nicht immer sogleich, weil mir das die Arbeit einfach nicht erlaubt. Dann das Telefon – gleichfalls ein schwieriges Problem für uns Schriftsteller. Angerufen wird oft, zu jeder beliebigen Tageszeit. Alle Telefonanrufe abnehmen hieße das Schreiben aufgeben. Ich sehe mich in der Zeit, in der ich schreibe, als einen Menschen an, der, analog dem Arbeiter, an seiner Werkbank steht – an seiner schriftstellerischen Werkbank, und ich verhalte mich auch wie ein Arbeiter an der Werkbank. Ihn wird man nicht jede Minute zum Telefon rufen und beleidigt sein, wenn er nicht hingeht, weil er die Arbeit nicht einfach im Stich lassen kann. Ich mache das ebenso. Wenn ich sitze und schreibe, gehe ich nicht ans Telefon, oder ich schalte es ab oder bitte, dem Anrufer auszurichten, daß ich arbeite und unter keinen Umständen vor Beendigung meines Tagespensums ans Telefon gehe. Ich glaube, das ist im Prinzip richtig, wobei ich bekennen muß, daß bei mir nicht immer der feste Wille reicht, dieses Prinzip einzuhalten – der Mensch ist schwach.

Christa Wolf: Können Sie mir etwas sagen über Ihr Verhältnis zur deutschsprachigen Literatur? Haben Sie eine Beziehung zu ihren Traditionen? Gibt es besonders tiefe Eindrücke und Einflüsse – sei es von älterer oder neuerer Literatur?

Konstantin Simonow: Wie jeder Mensch, der Humanwissenschaften studiert hat, bin ich mit der deutschen klassischen Literatur vertraut: mit Lessing, Goethe, Schiller ... Weniger mit den deutschen Romantikern, von ihnen habe ich wohl nur E. T. A. Hoffmann von A bis Z gelesen. Bei Heine war die Prosa für mich bedeutungsvoller als die Lyrik, weil nach meinem Empfinden – ich fürchte mich etwas, das zu sagen, da erstrangige Nachdichter seine Gedichte bei uns übertragen haben – Heine bei uns dennoch nicht einen solchen Nachdichter gefunden hat, wie ihn zum Beispiel Burns in Samuil Marschak fand. Aus der neueren deutschen Literatur war Brecht für mich der wichtigste Schriftsteller. Ich habe alles gelesen, was von ihm ins Russische übersetzt wurde: Stücke, Prosa, Aufsätze und Gedichte. Die Gedichte stehen mir dabei am fernsten, weil sie entweder nicht übersetzt oder überhaupt unübersetzbar sind; ich nehme sie nicht unmittelbar mit dem Gefühl auf, für mich sind sie vor allem Verstand, Scharfsinn – aus irgendwelchen Gründen in Gedichtform gefaßt. Überhaupt liebe ich von Brecht alles; von der ersten Lektüre an zwang er mich zu denken, und auch heute noch zwingt er mich zum Nachdenken über viele für mich wichtige Dinge. Übrigens saß ich im Sommer 1946 einmal ein paar Stunden mit Brecht zusammen und unterhielt mich mit ihm. Das war in den Vereinigten Staaten, in Hollywood. Brecht und Feuchtwanger frühstückten bei mir. Feuchtwangers Romane hatte ich in meiner Jugend mit riesigem Interesse gelesen, und ich verehre ihn sehr. Brecht bezauberte durch seinen sprühenden Geist, durch seinen funkelnden Scharfsinn. So verblieb er in meiner Erinnerung durch diese einzige Begegnung.

Die Romane Remarques, die bei uns in den fünfziger Jahren überaus eifrig gelesen wurden, gefielen auch mir, ich bildete da keine Ausnahme unter der Mehrheit seiner russischen Leser. Aber sie verdrängten bei mir nicht sein Buch „Im Westen nichts Neues“, das ich trotzdem für sein bestes halte, sogar für eine bestimmte Markierung in der europäischen Literatur des 20. Jahrhunderts.

Ernst Busch ist in meinem Bewußtsein nicht nur der erstaunliche Sänger, sondern auch eine Erscheinung, die mit der ganzen deutschen antifaschistischen Dichtung verbunden ist, und diese antifaschistische Dichtung ihrerseits ist für mich mit der Vorstellung von den Deutschen verknüpft, die mit der Waffe in der Hand gegen den Faschismus kämpften, auf dem Boden Spaniens, und nicht nur dort. Wenn ich an Busch denke, an die Begegnungen mit ihm, denke ich an die ganze Glut der antifaschistischen Dichtung, an Becher, an Weinert, an Stephan Hermlin, ich denke an Anna Seghers, die ich aufrichtig liebe, ihrer Bücher wegen und um ihrer selbst willen, die ich verehre als hochherzige und wunderbare Menschen. Von den Büchern deutscher Schriftsteller Ihrer Generation beeindruckten mich am stärksten zwei: der erste Teil der „Abenteuer des Werner Holt" von Dieter Noll und Ihr „Geteilter Himmel". Das heißt nicht, daß ich die Bücher anderer Autoren dieser Generation nicht gelesen hätte oder nicht schätzen würde; ich will damit einfach sagen, daß meine eigene Erfahrung und mein geistiges Leben mich offenbar veranlaßten, gerade diese beiden Bücher besonders genau und aufmerksam zu lesen.

Was die Schriftsteller betrifft, die die Entstehung des Faschismus, seine Daseinsform und seine Folgen analysierten, muß ich einfach darauf verweisen – denn ich stehe noch ganz unter diesem Eindruck –, welch große Bedeutung für mich in allerjüngster Zeit das neue Buch von Heinrich Böll „Gruppenbild mit Dame" hatte.

Nach meiner tiefen Überzeugung ist das nicht nur das Beste, was Böll geschrieben hat, sondern es liefert auch einen überaus reichen Stoff zum Nachdenken, für Millionen von Lesern – und durchaus nicht nur für deutsche. Die Unversöhnlichkeit gegenüber dem Faschismus ist in diesem Roman in eine komplizierte und analytische Erzählform gebracht, die auch zum rein professionellen Nachdenken über dieses Buch zwingt; mich interessiert dabei besonders, wie das Buch aufgebaut ist, nach welchen Gesetzen eigentlich: das viele Neue, womit dieses erstaunliche literarische Bauwerk errichtet ist.

Christa Wolf: Wenn Sie wollen, beantworten Sie mir noch eine letzte, vielleicht zudringliche Frage: Gibt es für Sie so etwas wie eine Gefährdung durch den Ruhm? Gibt es Dinge, die man tut oder unterläßt, um diesen Ruhm – die Popularität, an die man sich vielleicht gewöhnt hat – nicht aufs Spiel zu setzen?

Konstantin Simonow: Es ist schwer, die Frage nach dem Ruhm eines Schriftstellers oder nach seiner Popularität zu beantworten, ohne dabei zu heucheln. Besser, man antwortet gar nicht erst. Aber – wie man bei uns in alten

Zeiten sagte – ich bekreuzige mich und springe dennoch ins Wasser. Ist der Ruhm oder sein Synonym – die Popularität – gefährlich? Nach meiner Meinung gibt es darauf nur eine Antwort: Natürlich sind sie gefährlich. Gewiß muß ein Schriftsteller, der sich bewußt ist, daß er viel gelesen wird, mehr als viele andere an sein Auftreten, seine Verhaltensweise denken, er muß mit größerem Feingefühl alles auswägen, um einen anderen Menschen nicht zu kränken oder zu verletzen, er muß sich an eine ständige Selbstkontrolle gewöhnen. Ich meine, daß man damit leichter fertig wird, wenn man weiter arbeitet, weiter schreibt, nicht aber von den Prozenten eines vor langer Zeit, irgendwann einmal geschriebenen Buches lebt. Überhaupt: arbeitet man viel, bleibt weniger Zeit zum Nachdenken, auch über den eigenen Ruhm oder die eigene Popularität. Hierin liegt noch ein Vorteil beharrlicher Arbeit. Ob es schwer ist, sich von seiner Popularität loszusagen, wenn man einmal daran gewöhnt ist? Das muß schwer sein, und wenn dieses Dilemma einen bestimmten Schritt erfordert, der vom Schriftsteller selbst abhängt, ist es gewiß nicht leicht, sich zu diesem Schritt zu entschließen.

Und schließlich: Fördern wir denn nicht selbst irgendwie unsere eigene Popularität, und sei es von Zeit zu Zeit? Hin und wieder tun wir das, manchmal bewußt, manchmal unbewußt. Und wahrscheinlich bilde auch ich in dieser Hinsicht keine Ausnahme.

Juli 1973

Sinnwandel

Zu Thomas Mann

„Wo sind wir? Was ist das? Wohin verschlug uns der Traum? Dämmerung, Regen und Schmutz, Brandröte des trüben Himmels“ . . . Gemeint ist ja „das Flachland, der Krieg“, gemeint ist bekanntlich Hans Castorp, der „gutmütige Sünder“, und seine Feuertaufe. Warum erschreckte es mich, als eine Frau, die mir nahesteht, mir neulich sagte, gerade Thomas Mann habe ihr, der damals Achtzehnjährigen, geholfen, Auschwitz zu überstehen? Gerade einen Satz aus dem Schluß des „Zauberberg“ habe sie sich zu eigen gemacht: Es ist nicht so wichtig, ob er überlebt. – Von der Einsicht durchdrungen, man dürfe sich nicht so wichtig nehmen, habe sie ruhig – sie sagte: ruhig – im Waschraum auf die feinen Öffnungen der Dusche blicken können: Was kommt – Wasser oder Gas?

Diesen Satz konnte es bei Thomas Mann nicht geben, und das wußte sie natürlich inzwischen auch. Gemeinsam suchten wir die Sätze, die sie sich für ihren Zweck zurechtgemacht hatte: „Fahr wohl – du lebest nun oder bleibest! Deine Aussichten sind schlecht . . . und wir möchten nicht hoch wetten, daß du davonkommst. Ehrlich gestanden, lassen wir ziemlich unbekümmert die Frage offen.“

Es ist ja wahr: Einigermaßen kühl entläßt der Erzähler diesen Castorp, nachdem er seinen Absichten vollkommen gedient hat, ins Chaos der Materialschlacht. Er selbst nämlich, „schamhaft in Schattensicherheit“, teilt diese letzte äußerste Erfahrung nicht mit seiner Figur.

Der „Geist der Erzählung" habe ihn „dahergeführt", entschuldigt er sich, was nichts anderes heißen kann als rigorose, rücksichtslose Berufsneugier. Unnötig zu sagen, daß es seitdem Orte gibt, die dem Geist der Erzählung von Grund auf widerstehen und dem Erzähler, der vielleicht im Traum, nicht aber in Wirklichkeit in sie verschlagen war, das Erzählen durchaus verbieten.

Erschreckt aber, tief beunruhigt hat mich der verkehrte Gebrauch, den ein an humanistischer Literatur erzogenes jüdisches Mädchen an solchem Ort von seiner Bildung machen muß: Unter der Brandröte dieses trüben Himmels muß ein über Jahrhunderte hin verfeinertes inniges Interesse am einzelnen, an seinem Leben und Handeln in sein Gegenteil umschlagen, in rigoroses Desinteresse an sich selbst als Bedingung des – auch geistigen – Überlebens. Der einzelne ist nicht so wichtig.

Falls diese Geschichte eine artikulierbare Lehre enthält, so gewiß nicht die, daß der Erzähler seine Aufmerksamkeit dem einzelnen zu entziehen habe. Eher schon eine andere: Er habe zu Verhältnissen beizutragen, die das Interesse des einzelnen an sich selbst und seinesgleichen hervorbringen und benötigen.

1974

Max Frisch, beim Wiederlesen oder: Vom Schreiben in Ich-Form

> Im Grunde ist alles, was wir in diesen Tagen aufschreiben, nichts als eine verzweifelte Notwehr, die immerfort auf Kosten der Wahrhaftigkeit geht, unweigerlich; denn wer im letzten Grunde wahrhaftig bliebe, käme nicht mehr zurück, wenn er das Chaos betreten hat – oder er müßte es verwandelt haben.
> Dazwischen gibt es nur das Unwahrhaftige.
>
> *Max Frisch, 1946*

Vorausgesetzt es sei richtig, was Frisch meint: *Unser Streben geht vermutlich dahin, alles auszusprechen, was sagbar ist.* Vorausgesetzt, jeder Autor erstrebe Vollkommenheit: authentisch zu werden in der ihm möglichen Weise sei das Ziel der Exercitien, denen er sich mit seinem Eintritt in die Literatur unterwirft. Vorausgesetzt, die Inbrunst dieses Verlangens ließe ihm nicht die Wahl einer weniger gefährdeten Existenz: Dann wäre zu fragen nach der Art der Verletzung, nach der besonderen Natur des Widerspruchs, der jene Reihe von Arbeiten hervortreibt, welche man allmählich „Das Werk" nennen muß. Max Frisch hält es für eine Art von Pflicht, darüber Auskunft zu geben.

Es ist nicht die Zeit für Ich-Geschichten. Und doch vollzieht sich das menschliche Leben oder verfehlt sich am einzelnen Ich, nirgends sonst. Ein Autor, der das Glück hat, einen grundlegenden Zeit-Widerspruch an sich selbst zu erleben und ihn ausdrücken, zugleich erhöhen und faßbar machen zu können. Dies ist die Erklärung für seine Wirkung. Seine Leser glauben sich in seinen Büchern zu finden. Ich zweifle. Frischs Prosa hat eine Dimension außerhalb, jenseits der Fabeln, die sie auch erzählt. Er selbst, um sich zu finden und zu verbergen, geht von zwei Seiten her gegen sich vor, die Sprache immer rücksichtsloser als Präzisionsinstrument handhabend: In „erfundenen" Geschichten, die immer seltener durchgeführt, immer häufiger nur angerissen werden, versteckt er Persönlichstes. In den Tagebüchern bringt er Sachlich-Politisches, „die Welt" zur Sprache. Die Trennung war, versteht sich, niemals absolut. Doch sind fast alle Prosaarbeiten romanhaften Charakters Ich-Geschichten. Im Tagebuch wird das Ich ein seltenes Wort. Keine der Hauptfiguren seiner Romane kann sich an ideeller Spannweite und Souveränität mit dem Ich der Tagebücher messen: Ihre *Ich-Befangenheit* springt ins Auge. (Das Tagebuch-Ich kann als Er, als Du, als Sie auftreten.) Der Autor hat keine Figur erfinden können oder wollen, die ihm ebenbürtig wäre. *Ich möchte nicht das Ich sein, das meine Geschichten erlebt.*

Das würde der Autor nicht äußern. Gantenbein sagt es, der in vorgestellten Geschichten lebt. Homo Faber, ein Schweizer, wie man weiß, wird durch eine Verkettung von Zufällen zum Liebhaber seiner Tochter, die er, ohne es zu ahnen, mit einer deutschen Jüdin hat (eine Konstruktion, die mir nie recht gefiel); im Tagebuch liest man, als *Reminiszenz: 1936, als ich eine Studentin aus Berlin, Jüdin, heiraten wollte . . .* Dies als Probe für die hintergründige Verflechtung von Erfindung und Biographie, von Erzählung und Tagebuch, die mir beim Wiederlesen der – grob geschätzt – zweitausend Seiten Prosa zu denken gab. Es liegt eine eigene Logik in der Folgerichtigkeit, mit der dieser Autor die zwei Linien seiner Arbeit aufeinander zulaufen läßt. Ist nicht zu vermuten, daß *ein Mann*, der andauernd die *Geschichte seiner Erfahrung sucht*, eines Tages vor seiner unverhohlenen eigenen Geschichte stehen muß; daß noch einmal alles offen sein wird; daß er seine Legitimation, über die er verfügt wie ganz am Anfang, nun daran prüfen wird, wie er diese Aufgabe, die Geschichte der eigenen Erfahrung, bewältigt? Die Abneigung gegen das Erfinden zum

Zwecke der Selbst-Schonung kann wachsen bis auf den Punkt, da sie unüberwindlich wird und die Selbstachtung davon abhängt, daß man mit offenem Visier vor die Leser tritt. *Nicht weil der Schreiber sich als Person wichtiger nimmt, aber weil die Tarnung verbraucht ist, kann er sich später zur blanken Ich-Form genötigt sehen,* schreibt ein Er des Tagebuchs.

Die andere Versuchung: vollständige Tarnung. *Ich hätte Lust, Märchen zu schreiben,* heißt es in einem Brief.

Angenommen

ein Autor macht, von früh an, das Gelingen von Leben und Werk voneinander abhängig. Sein Bekenntnis, er übe seinen Beruf aus, weil ihm *Schreiben noch eher gelingt als Leben,* sei ganz wörtlich zu nehmen; er habe, obwohl andere Möglichkeiten ihm offenstanden, zu schreiben beginnen müssen, weil diese Tätigkeit die zwei Lebenszustände vereint, die ihm damals wesentlich sind: *büßen und arbeiten*; was er am tiefsten ersehne, sei nicht das Meisterwerk (das auch, gewiß), sondern das Lebendigbleiben; der Zwang zur Selbstpreisgabe treffe auf den Gegentrieb der Scham; zur Dauerbeichte genötigt, käme er doch nie in den Genuß befreiender Absolution, weil das Bewußtsein der Versündigung sich schnell erneuert; inbrünstig Wahrhaftigkeit anstrebend, belehre ihn eine scharfe Selbstbeobachtung über die Manöver, *wahrhaftig* zu sein *bis zum Exhibitionismus, um einen einzigen Punkt, den wunden, übergehen zu können*; wund machend sei immer *die Grundangst, nicht zu genügen*: Auf sich selbst verwiesen, sähe er sich vor die Notwendigkeit gestellt, von seiner eigenen Lage auszugehen.

„Große Stoffe“ verbieten sich ihm in der Prosa, die sein intimstes Ausdrucksmittel ist, aus Aufrichtigkeit: er hat sie nicht erfahren. Seine glaubwürdige Versicherung, er habe *die gesellschaftliche* Verantwortung des Schriftstellers erst allmählich annehmen gelernt, als eine *Folge des Erfolges.* Von seiner Anlage her kein Repräsentant, Bürger eines traditionell neutralen Landes, Zeitgenosse des

Jahrgangs 1911, hat er sich einer politischen Bewegung nicht anschließen können, aus einer verzweifelten Sehnsucht nach Reinheit, die politisches Handeln beinahe unmöglich macht, und aus Furcht vor dem Organisationen innewohnenden Trend zur Institutionalisierung. Er versucht, denke ich, ohne Alternativen leben zu lernen. *Die Alternativen, die uns zur Zeit aufgezwungen werden, halte ich für überholt, also für verfehlt* (Kürmann). Doch lebt er fragend, also nicht ohne Zuversicht *(Ich frage)*. Seine Fragen wachsen sich zu dringlichen Fragebögen aus, als Zeichen von Hoffnung vielleicht, mit anderen Fragenden in Verbindung zu treten. Dies wäre seine Art von Sinngebung; er kann ja die Geschichte und die Geschichten nur als Summierung von Vorgängen und Tatsachen *(So ist es halt)*, nicht als Ausformung eines Sinnes begreifen, der ihnen zwingend innewohnt, von Gott oder von Natur aus. Doch absurd oder tragisch ist sein Lebensgefühl nicht.

Er lebt – kein Mann der extremen Zustände – im Bereich einer Skepsis, die in Resignation überzugehen droht, deren offenen Ausdruck er sich aber versagt: aus Scheu, aus Schamgefühl *(Warum sind Zeichen von Resignation immer indiskret?)*, auch aus Bescheidenheit: Wer bin ich, daß ich Resignation äußern dürfte? Sein Zweifel ist redlich: Er zweifelt auch an der eigenen Kompetenz.

Früh ist ihm bewußt, daß es *für uns heutzutage keine terra incognita mehr gibt* (ein Bewußtsein übrigens, das Autoren in sozialistischen Ländern kaum teilen werden: Hier überwiegt das Gefühl, der Fülle des Ungesehenen, Ungesagten nicht gewachsen zu sein); *ausgenommen Rußland*, fügt er in Klammern hinzu, da hat er die Sowjetunion noch nicht bereist. Er muß sich fragen: *Wozu also die Erzählerei!*

Arbeitend, schreibend also, antwortet er: Um sich ins Verhältnis zu setzen zur eigenen, nun eben auch literarischen Existenz, deren Frag-Würdigkeit ihm gegenwärtig ist. Beide Linien seiner Prosa verbindet über die Jahrzehnte hin (man könnte sagen: verräterisch) der immer erneute Versuch, einen Schmerz zu formulieren, den Schmerz über den Abstand zwischen dem Bedürfnis, wirklich zu leben (Wirklichkeit zu erleben) und der durchdringenden Erfahrung von Entsinnlichung, Entwirklichung. Dieses Entfremdungsgefühl, ihm vermutlich lange vor dem Wort bekannt, das es benennt, ist die Wurzel jenes privaten Dramas, dem er alle seine „Romane" und „Erzählungen" widmet: Ein Mensch – ein männlicher Mensch – leidet unter Erlebnisentzug; unter Bindungslosigkeit, unter der Unfähigkeit, zu lieben und sich lieben zu lassen: Unter der unüberbrückbaren Fremdheit zum Nächsten, zur Frau, die er durch Angst, Schuldgefühl, Anbetung, Eifersucht auf Distanz hält.

Leben als *Vorgang ohne Gegenwart. – Was wir erleben können: Erwartung oder Erinnerung.* Das Paradoxon, nicht aufzulösen: authentisch nur dann zu sein, wenn die Grunderfahrung, nicht authentisch sein zu können, zum Ausdruck kommt.

Die Obacht des Erzählers fällt auf die *Spannung zwischen den Aussagen. Belletristik* ist ihm ein Schimpfwort.

Die meisten seiner erfundenen Helden enden frühzeitig mit Tod.

Der längste fremdsprachige Abschnitt, den er in sein Tagebuch 1966 bis 1971 hineinnimmt, ist aus der New York Times und handelt vom Recht, in Würde zu sterben, von Euthanasie.

Er kann Listen aufstellen der Umstände und Menschen, die er zu verdrängen gesucht hat; derer, denen er dankbar ist; Kataloge der Schönheiten des Lebens.

Um zu verzweifeln hat er, moralisch gesprochen, zuviel Sinn für Gerechtigkeit.

Wie, wenn er eines Tages das Gefühl bekommt, das ihm Sagbare gesagt zu haben? Wenn der Zwang, zu enthüllen, und der, zu verschweigen, in einem beruhigten Gewissen zum Ausgleich kämen, wäre Sprachlosigkeit eine mögliche Folge. Die Anstrengung, die dem Autor abverlangt wird, ist auch moralischer Natur.

Unvermittelt

weil fast aller Mittel und Vermittlungen der älteren Literatur beraubt, ist dieser Autor genötigt, sich selbst einzusetzen. Das ist freilich viel, vielleicht zu viel gesagt, denn *wer im letzten Grunde wahrhaftig bliebe, käme nicht mehr zurück, wenn er das Chaos betritt – oder er müßte es verwandelt haben.* Der volle Einsatz also, der des Lebens, der nicht in der Literatur läge – es sei denn in einer, die das Leben verwandelte –, findet nicht statt, dies Schuldgefühl bleibt; mit ihm der Selbstvorwurf der Unwahrhaftigkeit, den frühere Autoren nicht kennen, da ihre Aufgabe erfüllt war, wenn sie, auch äußerer Bedrohung zum Trotz, „die Wahrheit sagten", die sie ja zu kennen meinten. An die Stelle der äußeren Bedrohung tritt bei Autoren wie Frisch der Selbst-Zweifel. *Dazwischen gibt es nur das Unwahrhaftige.*

Furcht und Hoffnung, auch Katharsis, erfahre ich, Leser von heute, indem ich diesem Selbstversuch zu folgen suche. In Gedanken wenigstens will er bis zum äußersten gehen. Er stellt sich auf Gedankenproben – in auffälliger Entsprechung zu den Gedankensünden, die die katholische Kirche den vollzogenen Sünden gleichsetzt; prüft sich auf die Fähigkeit hin, gedankenlos, phantasielos zu handeln, das heißt: diejenigen Verbrechen begehen zu können, die dieses Jahrhundert erfunden hat. *Über einem Städtchen, das wie unsere architektonischen Modelle anzusehen ist, entdecke ich unwillkürlich, daß ich durchaus imstande wäre, Bomben abzuwerfen. (Sonderbar . . ., daß unsere Vorstellung nicht stärker ist.)*

Das Anliegen, *zurückzukehren in einen menschlichen Maßstab*, aus dem zum Beispiel das Fliegen, die Technik allgemein uns entbindet, ist ja alles andere als etwa die Marotte eines Autors. Er sucht sich aber seinen Teil der Verwandlungen und Deformationen bewußt zu machen, die jeden von uns befallen haben, oft ohne daß wir sie zur Kenntnis nehmen wollen: Das ist seine Art, darauf hinzuweisen.

Kaum ein Wort, scheint mir, ließe sich bei ihm häufiger finden als: versagen. Reflektierend teils, teils auch beschreibend, diagnostizierend, versuchsweise behutsam erzählend, kreist er um diese Mitte. Eine Reifung dieser Versagensangst, die er als Reaktion des sensiblen männlichen Menschen auf die unerträglichen Zumutungen der Männergesellschaft begreifen lernt, wäre nachweisbar (das ist kein Widerspruch: auch unsere Ängste können reifen): Von der frühen, überwältigenden Erfahrung, sich selbst nicht annehmen zu können *(nur insofern ich weiß, daß es nie mein Leben gewesen ist, kann ich es annehmen: als mein Versagen* – „Stiller“*)*, zur späten, an einen jeden von uns gerichteten Frage an das Tagebuch-Ich: *Sie haben sich also damit begnügt, vergleichsweise schuldlos zu sein?* Von der direkten Minderwertigkeitsangst, die aus den ersten Büchern spricht, die durch Arbeit abgewehrt wird und unweigerlich Melancholie nach sich zieht *(nach der Arbeit der Einbruch von Schwermut)*, hin zu dem Wagnis des zweiten Tagebuchs, rücksichtslos durch Selbst-Täuschungen durchzustoßen, Befunde zu liefern. (Beziehungsreiche Korrespondenz dazu: die Anrisse von Erzählfragmenten, die alle einem selbstunsicheren oder verunsicherten Mann nachgehen.) Von der Faszination durch das Absolute, die als Radikalität mißverstanden wird, bis hin zum Verständnis der praktischen, selbst praktizistischen Vernunft; vom Schrecken vor der Ur-Versündigung, sich oder jemanden festzulegen (*sich ein Bildnis zu machen*), es sei denn durch Liebe, zu der realistischen Mühe, sich zu der Welt, wie sie ist, in ein genaues, dauernd sich änderndes Verhältnis zu setzen.

Die Widersprüche, nicht weniger aufreibend wohl als am Anfang, sind klarer; auch, wenn ich das sagen darf, erheblicher. Der Hang zum Aufbrechen, zur Unbedingtheit, der die frühen Figuren kennzeichnet, wird nicht denunziert und als erledigt erklärt durch die Einsicht, daß es nichts hilft, wenn man nicht der sein will, der man ist, oder wenn man sich blind stellt, in unerfüllbare Leidenschaften sich steigert und die Wirklichkeit flieht: Er wird aufgehoben in immer tiefer gehenden Fragestellungen nach den Bedingtheiten solcher Lebenshaltungen.

Betroffen

von der *Unmöglichkeit, sittlich zu sein und zu leben (von ihrer Zuspitzung in Zeiten des Terrors)*, sehr beunruhigt durch den Widerspruch zwischen seinem Denken und Tun *(Zum Beispiel haben Sie in einer Gesellschaft gelebt, die Sie als verrucht bezeichnen, Sie haben Veränderungen gefordert usw., das geht aus Ihren zahlreichen Worten hervor, nicht aus Ihren Handlungen)*, wehrt Max Frisch sich lebenslang gegen das stillschweigende Übereinkommen mit den gegebenen Verhältnissen, gegen das Verschlungenwerden. Paradoxerweise führt gerade seine Weigerung, an einen Sinn, also eine innere Notwendigkeit des So-und-nicht-anders zu glauben, nicht zu Überdruß, Ekel, Langeweile, sondern zu einer Nüchternheit, die Energie freisetzt, und zu Einsicht in eine Aufgabe, der er sich nun als seinem *Auftrag* unterzieht: Gegenbilder aufstellen gegen die ungeheuerlichen Deformationen von Menschen in dieser Zeit. *Wo Wahrhaftigkeit geleistet wird, sie wird uns immer einsam machen, aber sie ist das einzige, was wir entgegenstellen können . . .*

So gelingt ihm nun doch, vielleicht weiß er es nicht, die Entdeckung seiner terra incognita; sie ist kein Land, kein Stoff„gebiet“ oder eine Gegend, keine Ideologie, kein Menschenschlag oder eine Gesellschaftsschicht. Der Ausgangspunkt bleibt natürlich und zum Glück ein persönlicher. Was er aber leisten kann – und er leistet es –: Uns von produktiven Ansätzen aus gründlicher nachdenken zu lassen. Er liefert Entwürfe über sich selbst hinaus.

Den Entwurf, sinnvoll zu leben in bezug auf die anderen.

Der Gesichtspunkt scheint außerhalb der Literatur zu liegen. Nun halte ich allerdings dafür, daß die Anlässe zu Literatur nicht in ihr, sondern in uns zu suchen sind.

Doch wäre zu zeigen, wie genau die Prosaformen, die Max Frisch übernimmt oder entwickelt – besonders die Mischform des letzten Tagebuchs –, den Anlässen entsprechen, die er wahrzunehmen hat. Die geschlossene Form wäre das letzte, was ihn (oder uns) interessieren könnte.

Märchen? Das glaube ich kaum; auch nicht Märchen in Kafka-Manier. Ich stelle mir vor, er wird, getreulich seinen Leitmotiven folgend, die hochgetriebene Spannung zwischen den beiden Polen *Diskretion* und *Indiskretion* noch weiter erhöhen; der heutzutage beinah indiskretesten Frage: Was glaubst du? wird er sich immer neu stellen. Es ist dafür gesorgt, daß der Schmerz, die Verletzung, von denen er spricht, immer auch uns betreffen.

August 1975

Gespräch mit Elke Erb

> ... denn künftig, wenn du erwachsen bist, wird es nur noch richtig sein, dich, dich, dich, dich als Angehörige eines Zweckes und einer Zukunft und zugleich als angekommenen, gegenwärtigen Menschen zu sehen und zu behaupten, endlich wie ein majestätisches Ding, sterblich mit einem Wort.
>
> *Elke Erb*

Christa Wolf: Insistierend, hartnäckig, authentisch: so kamen mir deine neuen Texte vor, als ich sie jetzt, Anfang Februar 77, zum erstenmal las. Treffend in jedem Sinn einzelne Stücke oder Zeilen, Wortgruppen wie: „Alles nagt, was nagen kann". Unübertrefflicher Ausdruck für ein nur zu bekanntes Befinden. Was aber, frag ich dich und mich, hat die Gestalt des Wolfs damit zu tun, die Ungestalt der Steine? Oder: Wie, auf welchem Weg erwirbst du dir am Ende des Kleist-Textes die schneidende Schärfe dieses einen Schlußsatzes: „Fern im Nahen, im Entfernten nah." Vor allem aber betraf mich „auf Anhieb" jener Text – einer der wenigen dieses Bändchens, die die äußere Form eines Gedichts angenommen haben, den du „Widerspiegelung" nennst:

Ich seh mich wieder groß an meinen Grenzen
Aufgetaucht, ich hatte mich vergessen,
Vogel, flugs die Grenzen zu verwunden,
Frohlocke ich, die Spiegelscherben glänzen.
Ich hungerte, jetzt will ich wieder essen:
Dies Manna der Verletzungen, die munden.

Da leuchtet bei jeder Zeile das Signal auf: Bekannt! Das Glück, etwas ausgesprochen, dabei aber nicht entzaubert zu sehen ... Zugleich aber finde ich deine neuen Texte ungefällig; nicht entgegenkommend; undurchschaubar; verschlüsselt. „Hermetisch" sag ich nicht: Hermetisches kann mich nicht provozieren. Aber ich verhehle nicht: Ich glaube eine ganze Anzahl dieser Texte nicht zu „verstehn". Ich fühle mich unzuständig, nicht einmal imstande – da du ja bereit bist zu antworten –, eingreifend zu fragen.

Elke Erb: Sag mir doch eins: Würdest du die Texte dieses Bändchens auch ohne Auftrag vom Verlag gelesen haben wollen?

Christa Wolf: Das weiß ich noch nicht. – Was wir hier machen, ist unverbindliches Vorgespräch, darauf besteh ich. Ein Versuch, meine Verlegenheit wenigstens zu formulieren – das kannst du verlangen.

Elke Erb: Ein Tonband kann man ja wieder löschen, nicht?

Christa Wolf: Eben. Womit ich anfange, ist zufällig: Ich vergleiche diesen neuen Band – „Der Faden der Geduld", ein schöner Titel! – mit deinem ersten Band, „Gutachten", der 1975 erschien, und finde – das wird dir töricht vorkommen – etwas wie einen Rückgang. Rückgang wovon? mußt du fragen. Rückgang wohin? Tastend, ungenau und wahrscheinlich ungerecht sage ich: Rückgang von Kommunikationsfreudigkeit; Rückgang von erkennbaren „Anliegen". Konzentration, Formulierungsschärfe – das ja. Aber worauf beziehen sie sich? – Undenkbar, zum Beispiel, daß du, wie noch in „Gutachten", deine Bedingungen und Bedingtheiten benennen würdest: Dorf, Wohnviertel, Natur, Landschaft; daß du so weit gingest, Namen preiszugeben: den deines Mannes, den eigenen, den eines Freundes; daß Elternfiguren auftauchen, Schwestern ... Hier wird nicht mehr erzählt. Die Schilderungen des ersten Bandes erscheinen – von der Strenge, der formelhaften Kürze dieser Texte her – wie Ausschweifungen, deren man sich fast zu schämen hätte. Verstehst du, was ich meine?

Elke Erb: Ja. Bei dem Band „Gutachten" hatte ich noch ein stärkeres Sendungsbewußtsein, ich trat noch mit offeneren Händen oder Augen vor ein Publikum. Bei diesem Band ist es anders. Ich will ihn einfach hinstellen –

den Band und jeden einzelnen Text. Vielleicht ist es, unbewußt, ein Verzicht auf das Ansprechen von Leuten; denn das ist ja kindlich, dieses unmittelbare Sich-Aussprechen und Andere-Ansprechen-Wollen in „Gutachten". Jetzt bin ich runder oder reifer geworden – ich weiß nicht . . . Jedenfalls abgeschlossener.

Christa Wolf: Abgeschlossener im doppelten Sinn?

Elke Erb: Eine Blüte öffnet sich, und eine Frucht rundet sich, sie geht in sich zurück.

Christa Wolf: Und wird damit vielleicht auch unzugänglicher?

Elke Erb: Ja. Das ist das eine. Das andere, was diese Texte ausmacht: die größere Nähe zum Gegenstand, zum Material, das ich aufnehme. Ich lasse den Gegenstand manchmal ganz allein stehn.

Christa Wolf: Das nennst du Nähe?

Elke Erb: Ja. Ich mache mit den Gegenständen im Grunde dasselbe, was ich möchte, daß man es mit mir tut: direkt vor mich hintreten, mich sein lassen und mich aufnehmen.

Christa Wolf: Ein neuer Ansatz. Der Kleist-Text, der mir nahegegangen und nachgegangen ist – übrigens, zufällig oder nicht, der längste des Bandes, derjenige auch, den ich am ehesten „episch" im Sinne von „stoffdarbietend" nennen würde; der zugleich Fragen zu deiner Ästhetik liefert. Du gibst drei Episoden aus deiner Ablage, drei Stücke, die bei dir „nicht durchgekommen" sind, deren schwer faßlicher „Kleist-Gehalt" dich aber weiter beunruhigt. Du stellst sie also hin, läßt sie sich reiben an „Kleist" – den du, ganz nebenbei, auch hinstellst – und gehst diese drei Rohstoff-, Materialtexte schonungslos an: „Nach einer Kleistschen Anekdote sagt man nicht: Na, und? Ich kann diesen Text nicht so verfassen, daß keiner sagen kann: Na, und? Es ist allzu klar, daß er nichts weiter enthält, nichts von Belang." Und, etwas später: „Nicht das Gemeinwesen berührend. Nicht Kleist." Und schließlich, in einer Klammer, die ich hier weglasse: „Vielleicht taugen meine Geschichten deshalb nichts,

weil sie im Fremden spielen und nicht im Eigenen?" Ein Selbstverdacht, der mich erstaunte, rigoros, wie er ist.
Elke Erb: Die Frage bezieht sich nur auf diese drei Geschichten, die ich nicht fertigmachen konnte.
Christa Wolf: Ich aber frage, ob du dich nicht auch in anderen Stücken bewußt und konsequent abgrenzt von den Gegenständen – im Gegensatz zu Kleist mit seiner ungeheuren, wenn auch eisern zurückgedrängten Verstrikkung in seine Stoffe: das Subjekt aus dem Text treibst. Dich scheust, selber Homburg, selber Kohlhaas zu sein.
Elke Erb: Nein, davon grenze ich mich nicht ab. Das verlange ich gerade. Ich bin in meinen Texten. Während ich die Kleistsche Form aber nicht machen kann. Es ist wahr: Wenn ich selbst eine Geschichte gehabt hätte, die ich kleistisch hätte formulieren können, hätte ich sie wahrscheinlich nicht gemacht. Ich habe tatsächlich eine Scheu vor nicht eigenständigen Formen.
Christa Wolf: Ist es die Form allein? Ist es nicht auch eine Scheu vor dem Bedeutung-Geben? Denn solche Formen wären ja die Formen von Inhalten, die „das Gemeinwesen berühren". Eine meiner Beobachtungen an deinen Texten: Du beschränkst dich häufig auf Molekularvorgänge von geringer, nicht geringfügiger Bedeutung. Dafür gibt es in diesen Texten allerdings kein beliebiges Wort.
Elke Erb: Weißt du, daß mir der Mut zum ungenauen Wort als eine fast unerreichbare Perfektion moralischer Art erscheint? Verstehst du, was ich meine?
Christa Wolf: Ich denke, ja. Aber es geht wohl nicht um die Alternative: äußerste Präzision in kurzen, geringerer Genauigkeitsgrad in längeren Texten . . . Es geht um die Grenzen des Sagbaren, die bei jedem anders liegen, ein anderes „Gebiet" einschließen.
Elke Erb: Ich könnte dir, wenn du wolltest, von jedem Text angeben, welche Arbeit er tut. Welchen Teil des Gemeinwesens er berührt.
Christa Wolf: Dann nimm doch, als ein Beispiel, einen

Text, hinter dem ich eine Bedeutung ahne, ohne ihrer sicher zu sein, nimm „Hinweis auf dem Rückweg".
Elke Erb: Dieser Text ist umbenannt. Er heißt jetzt: „Das Mitgefühl des Passanten".
Christa Wolf: Ein Beispiel dafür, wie deine Überschriften an der Pointierung der Texte mitarbeiten.
Elke Erb: Ja. Früher hatte ich übrigens keine Überschriften. Günter Caspar vom Verlag hat sie beim ersten Band verlangt. Seitdem nutze ich diese Möglichkeit, dank Caspar. „Das Mitgefühl des Passanten". Natürlich „das Gemeinwesen berührend": Menschen wollen feiern. Dahinter steht die Frage – wie übrigens auch noch in einigen anderen Texten: Wie verwirklicht sich der Mensch. Da wird also, von einem „Passanten", ein Vorgang angesehen; eine Weihnachtsfeier; wie sich Menschen befinden, wie sie sich verhalten, in bestimmten Grenzen. Da ist kein Mitleid, kein Spott, es ist auch nicht einfach vernichtend: Es geht wirklich um die da. Das ist ihre Weihnachtsfeier. Ich beurteile sie nicht. Ich erlaube mir keinen Ton zu sagen, was eine Weihnachtsfeier sein könnte. Ich gehe so nahe heran, wie es mir möglich ist . . .
Christa Wolf: Etwas besser glaub ich jetzt zu verstehen deine Dialektik von „Nähe" und „Ferne": Ganz nah an eine Sache herangehn bedeutet, ihr nicht zu nahe treten: Sie spricht nun selber für sich. Du willst bis an die Grenze der Gerechtigkeit gehen, man könnte auch sagen: der Vorurteilslosigkeit, der Objektivität. Wo bleibt da das Subjekt? – Daß es vorhanden ist, wird nicht bestritten: Der Ton des Bandes bezeugt es, dieses einheitliche, intensive Sprechen, das Sprechen eines Subjekts, das auf etwas aus ist. Worauf bist du aus? Wovon bist du getroffen?
Elke Erb: Etwas mußt du wissen: Ich schreibe nicht am laufenden Band. Ich schreibe vielleicht jetzt, dann in drei Wochen wieder, dann in vierzehn Tagen. Und jedesmal ist es so, als ob ich danach nicht mehr schreibe, ich weiß nichts von vorher und nachher. Es sind wohl jeweils andere Anlässe, die den Text hervorbringen, wie

er aus dem weißen Nichts, wie er aus dem Papier tritt. Ich kann erst anfangen zu reden, wenn ich drei oder vier Worte, wenn ich eine Gruppe habe . . . Nein, ich weiß nicht, ob es schon Worte sein müssen. Es muß eine spontane Erregung sein. Alle Texte sind spontan.

Christa Wolf: Aber die Art des Getroffenwerdens?

Elke Erb: Um mich zu kennen und zu verstehen, ist es vielleicht wichtig, daß ich dir sage, ich bin, bis ich elf war, auf dem Land aufgewachsen, in der Eifel, und zwar ohne Verwandte. Drei Kinder, die Mutter. Der Vater war im Krieg. Gegenüber drei Bauernhäuser, ganz andere Leute. Ich habe sehr viel Bildung, sehr viel Erfahrung nicht mitbekommen, die der städtische Bürger hat, der mit den Mitbürgern aufwächst und in der Verwandtenclique. Heckenrosen können das niemals ersetzen. – Mit zwölf Jahren kam ich hierher, nach Halle, in die Schule. Da war die Hauptsache die logische Ausbildung in den Naturwissenschaften. Ich war für diese Erziehung ein dankbares Objekt, frei von dem Widerstand einer sinnlichen Begabung (zur Malerei, zur Musik). – Du fragst nach Gründen für einen auf das Molekül fixierten Blick . . . Nun: Das logische Denken tendiert zur Formel. Dazu dann dieser Norm-Satz: Die Wahrheit ist immer konkret, der zu Logik und Formel eine arbeitende Spannung bildet, aber wie sie streng Genauigkeit und Klarheit fordert. Historische Gründe, im engeren Sinn: Als die Hitler gekommen und gegangen waren, blieb die Frage nach dem Volk, das heißt dem einzelnen. Schließlich: Wir sind aufgewachsen und leben in einer Zeit der öffentlichen Pläne, das heißt der Verwirklichung, das heißt der Ankunft am einzelnen Punkt des Alltags.

Christa Wolf: Mir fällt auf, wie du, ein dialektischer Kopf, Widersprüchliches als Entsprechung behandelst . . .

Elke Erb: Ein literarischer Grund für die Bevorzugung molekularer Vorgänge ist natürlich die Aussagekraft des Details, die ich sowohl benutze als auch demonstriere: das „Molekül“ als Indiz.

Christa Wolf: Mir erklärt, was du sagst, noch nicht zureichend, warum du bis jetzt darauf beschränkt bist, den Zusammenhang im Einzelnen zu erfassen, und nicht versuchst, das Einzelne im Zusammenhang zu erfassen.
Elke Erb: Warum der Zusammenhang mehr in Voraussetzung und Ziel als im Mittel erscheint? – Die Antriebe kann ich nennen, die Schranken nicht. Aber wer kennt seine subjektiven Bedingungen so genau? Immerhin hat mich meine bisherige Arbeit so weit gebracht, daß ich nicht umhinkann, diese Bedingungen zu klären. Ich irre vielleicht in der Annahme, daß sie, die Arbeit, darauf aus war; doch hat es einen anderen Weg für mich sicherlich nicht gegeben, nachdem einmal entschieden war, daß ich nicht Wissenschaftler werde. Ich hatte – das will ich noch einfügen – eine sehr lange, antizipierende Jugend, ein sehr langes Studium; es dauerte ewig, bis ich „ins Leben trat". Außerdem: Das alles war überfrachtet mit Konzeptionen und Theorien, mit Antworten und Strukturen eigentlich. Aber ich wollte „das Letzte" haben, das, was nicht mehr aufzulösen ist, als ich anfing, freischaffend zu werden, mit einer großen Angst zunächst, aber auch mit einem kleistisch definitorischen Mut . . . Und diese zwei Dinge hast du bei mir: Einerseits eine harmlose, arglose Treuherzigkeit, die sich auch nicht wehren kann, und andererseits ein Bestreben zu genauer Definition, der man nicht mehr ausweichen kann. Ich gehe einfach die mir möglichen Wendungen, aber die geh ich treuherzig, ohne daß ich wüßte, daß ich sie tatsächlich gehe. Also: Berechnet ist es nicht. Auch nicht verklausuliert, extra schwierig gemacht: das alles nicht.
Christa Wolf: Das glaub ich aufs Wort. Sie kann nicht anders – das ist mein Hauptgefühl bei allem, was du schreibst. Eine Kompromißlosigkeit, die du dir nicht vornehmen mußt . . . Deshalb würde es mir nicht einfallen, zu „kritisieren", im Sinne von: insgeheim etwas anderes wünschen.
Elke Erb: Ich meine, daß man nicht sagen kann: Das ist

schön, was ich mache. Dieses schöne befreiende Gefühl, Kunst zu erleben, stellt sich wohl nicht ein. Man wird vielleicht angerührt, getroffen, aber das ist etwas anderes . . .

Christa Wolf: Den Ursachen für die Spannungen in deinen Texten – deinen eigenen Konflikten und Stimmungen – wird nicht erlaubt hervorzutreten. Sachlichkeit soll walten. Ich wüßte gern: Wie gehst du mit dir um in Krisenzeiten.

Elke Erb: Da ist, vor Jahren, die Entscheidung gefallen. Ich hab mir gesagt: Ich kann mich in den Berufen, die es gibt, nicht bewegen. So kann ich diese Formen, die die Menschheit hat, nicht richtig mitvollziehen. Ich bin außerhalb der Form. Und das ist eine Chance und ein Risiko. Die Menschheit geht mit mir ein Risiko ein, ich diene als Risiko. So ungefähr. Und in dieser Situation ergibt sich ja das Äußerste, was man als konstruktiver Mensch machen kann.

Christa Wolf: Dein Glück, daß dir außer Sensibilität auch Eigensinn mitgegeben ist. Vielleicht sogar die nötige Unbefangenheit gegenüber der Gefahr, der du dich, „treuherzig", wie du sagst, aussetzt . . .

Elke Erb: Und jetzt sah ich, wenn ich auf der Straße ging, plötzlich einen Krug und solche Dinge ganz deutlich. Das war, als es anfing, ein großer Sieg für mich.

Christa Wolf: Ein Sieg?

Elke Erb: Daß ich zu den endlichen Dingen gekommen bin – ohne Erklärung, ohne irgendeinen Katechismus. Wahrscheinlich wollte ich – eben weil ich das Risiko bin – so gegenständlich und von mir selbst anerkannt sein, wie so ein Ding ist. Alles, was da ist, empfinde ich als Majestät: Das ist für mich ein wichtiges Wort. Die Majestät des einzelnen Seins. Und was ich tue, das ist: eine Art Würdigung durch das Hinstellen.

Christa Wolf: Du verhilfst „den Dingen" – aber was sind die Dinge? . . .

Elke Erb: Ich meine damit alles, was geschieht, auch, was geschah . . .

Christa Wolf: ... den Vorgängen, wie sie sind, zu ihrer eigenen Sprache, läßt sie zur Sprache kommen ... Ich gebe nur zu bedenken – nicht als Einwand; gegen notwendige Arbeitshypothesen habe ich keinen Einwand –, daß es dem sogenannten modernen Menschen beinah unmöglich ist, zu den Dingen vorzustoßen, wie sie sind: Unser Blick ist durch die Flut der Informationen, die man uns aufzwingt, beeinflußt. Vielleicht, weil du das weißt oder bei der Arbeit merkst, finden sich bei dir so häufig Ur-Vorgänge, archaische Bezüge, vorindustrielle Verhältnisse. – Wollen wir doch ein, zwei Proben aufs Exempel machen. Ich schlage Texte vor, die ich für Schlüsseltexte halte, und bitte, zugegeben, sehr primitiv: Erklär mir das. Zum Beispiel: „Memento".
Elke Erb: Ja, es ist schon schwierig, das gebe ich zu. Memento. „Mori" fehlt ja. „Der Held ist empfindlich" – das ist eine Art Spott, weil ein Mensch doch wissen sollte, daß er stirbt. „Lametta Engelshaar Altweibersommer" ... Eine Assoziationskette. Von einer Rührung ausgehend: Lametta.
Christa Wolf: Der Held fürchtet, daß es ihn einmal nicht geben wird.
Elke Erb: Es *gibt* ihn nicht, in dem Moment, da er diesen Gedanken denkt. Er denkt: Alles bricht zusammen, dann ist er weg. Das ist die Vorstellung „Tod". Und dann kommt er wieder rein in das „Leben", indem er fähig wird, selber Dinge in sich verschwinden zu lassen: die Nuß, den Apfel ...
Christa Wolf: Dieses Zusammenrücken der Dinge um einen, verbunden mit diesem Vernichtungsgefühl – das kennt jeder.
Elke Erb: Also gut, du kennst es. Aber nehmen wir an, du hast das Gefühl jetzt, in diesem Augenblick, und dann liest du diesen Text!
Christa Wolf: Das wäre dann einer jener „günstigen Augenblicke", auf die du für deine Texte hoffst.
Elke Erb: Und glaubst du nicht, daß du in einem solchen Augenblick den Text von allein verstehst?

Christa Wolf: Die Möglichkeit räume ich ein. Der Spott wird mir, in Zukunft, vielleicht heilsam sein, Selbstmitleid vertreiben . . . Vielleicht kann man, von einer solchen Deutung ausgehend, auch manchen anderen dieser Texte – ich will nicht sagen: verstehen; ich will sagen: aufnehmen.

Elke Erb: Und doch müssen wir uns zurückentsinnen auf den Leser, dem nichts erklärt wird. Übrigens: Ich muß bei diesem Band nicht gleich Publikum bekommen, ich kann warten auf das Publikum der Antiquariate.

Christa Wolf: Bist also deiner Sache sehr sicher . . . Und du kannst auch die Kommunikation mit dem Publikum entbehren?

Elke Erb: Ich brauche sie jetzt, das ist ganz entschieden. Aber das hier mußte ich erst mal machen. Nun muß ich sehn, wo ich stehe, wie sich das reflektiert. Ich bin mit diesen Texten an meine Grenzen gegangen.

Christa Wolf: Davon müssen wir noch reden. Zuerst mal, zweites Schlüsselbeispiel: „Die Gestalt des Wolfs".

Elke Erb: Das ist ja die Gestalt des Wolfs in „Rotkäppchen". Ein inhaltlich elendiglich verkürzter Text. Im Grunde ein philosophischer Text. Ein Text über die Überwindung der vorgegebenen Denkformen im Bewußtsein. Äußerlich folgt er ja ganz der Reihenfolge des Märchenvorgangs. Das Märchen als gewohnte Dachstruktur . . .

Christa Wolf: . . . aber es führt nicht zur Befreiung, nicht zum „happy-end". – Warum sagst du: „Die Gestalt des Wolfs", nicht: der Wolf. Eine Vermittlung, Verfremdung, offenbar entscheidend wichtig – auch bei anderen Texten, wo sie nicht ausgesprochen wird.

Elke Erb: Ich weise darauf hin, daß Wirklichkeit nicht unvermittelt uns entgegentritt, sondern interpretiert, zu Märchengestalten, Kunstgestalten, Denkgestalten umgeformt ist, bis das Eigentliche hinter ihnen verschwindet.

Christa Wolf: Denkgestalten, die wir „gefressen" haben, wie Effeff (du, ich) die Gestalten von Rotkäppchen und

der Großmutter. Ich habe dich zum Fressen lieb, das kennt man ja. Wenn ich dich recht verstehe, bewegst du dich weg von vorgegebenen Seh-Rastern, so lieb sie dir gewesen sein mögen, so abhängig du von ihnen gewesen sein magst. Die Gestalt des Jägers operiert dem Helden, Effeff – eine positive Umdeutung des „bösen" Wolfs –, die Gestalten von Rotkäppchen und der Großmutter heraus, die er doch so schön in sich reingefressen hatte. Ein schmerzhafter Vorgang, das kann man sagen. – Und nun, schreibst du, füllen die Gestalten Effeff mit „Steinen" – in Anführungszeichen.
Elke Erb: Hier identifiziere ich mich und kann nicht mehr „die Gestalt" der Steine sagen: die Steine sind ungestalt. Effeff, „befreit" von den Gestalten, die er „gefressen" hatte, ist an den Rand geführt. Da wird es ganz schwierig. Die Gestalten hinterlassen Ungestaltes in Effeff. Alles nagt, was nagen kann in Effeff. Der ist, obwohl er Gestalten frißt, ein Held. In ihm ist produktive Kraft. Er muß den Mut finden, mit Ungestaltem umzugehen. Effeff muß selbst gestalten, sich selbst gestalten, sonst verwittern die Steine, machen ihn unproduktiv. Er muß das schaffen.
Christa Wolf: Ja. Das ist *das* Thema, heute. Dieser Text wird in einem weiterarbeiten. Aber: Wer soll hinter ihn kommen, von allein?
Elke Erb: Du, ich hab es erlebt, daß Leute drauf gekommen sind. Nicht, daß sie es so hätten sagen können, aber sie waren befriedigt davon. Du mußt bedenken, wie viele Leute es gibt, die, wenn sie fertig sind mit den Illusionen, dann nichts mehr machen, sich einfach fallenlassen. Dagegen ist die Geschichte angeschrieben. Ich behaupte: Wenn man mit den vorgegebenen Formen nicht mehr arbeiten kann, dann ist man nicht aus der Arbeit heraus, dann geht sie weiter. Das ist meine Meinung von den Menschen, daß sie, auch wenn sie sich geschlagen erklären und so verhalten, trotzdem arbeiten.
Christa Wolf: Nicht alle. Manche überlassen sich dem Genuß ihrer Enttäuschungen, Verbitterungen und Beleidi-

gungen ... Im großen ganzen hast du recht: Wenn eine neue Runde eingeläutet wird, stehn neue Kämpfer im Ring, oder die alten, die sich wieder aufgerichtet haben. Sie unterziehen sich der Notwendigkeit, aus dem Ungestalten neue Gestalten zu schaffen, die zur Arbeit taugen, bis auch die wieder hinderlich werden, Wirklichkeit verstellen, anstatt sie zu verarbeiten und zu verändern; und Effeff, der Held, steht wiederum vor der Aufgabe, seine eigenen Gestalten zu vernichten, Ungestaltes produktiv zu machen: Das ist so und ist auch ganz in der Ordnung. – Dies alles nun nicht nur zu begreifen, sondern es am eigenen Leib zu erleben: War das eine der Grenzen, von denen du vorhin sprachst, an die dich diese Texte geführt haben?

Elke Erb: Das sind die Grenzen hinter mir. Irgendwann, in einem langen Zeitraum, habe ich gewisse Voraussetzungen abgebaut und in mir zerstört: diese bestimmte Art, gefangen zu sein, Folgenwollen, Verführtwerden, Glaubenwollen und -müssen. Das war sehr schlimm. Aus jener Zeit habe ich ein Herzweh, das stärker ist als alle Hammerschläge ... Es hing mit der Geburt meines Kindes zusammen; ich sah mit dem Kind einen neuen Ansatz zum Leben, und mit der Kraft, die da in mir frei wurde, konnte ich verschiedenes Wichtige zertrümmern. Ich bin im Auftrag dieser Sache aber immer noch: mit Illusionen zu arbeiten, gegen sie zu arbeiten und mir darüber klarzuwerden. Das ist mein Gewissen.

Christa Wolf: Mir fällt auf: Du artikulierst nirgends Klage, Trauer, Verzweiflung. Ich finde auch kein Lachen, kaum ein Lächeln. Spott, das ja, auch Verschmitztheit, Zuversicht, Ermunterung ... Was ist mit Hoffnung?

Elke Erb: Ich brauche keine. Ich bin ja kein intellektueller Einzelfall. Millionenfach erleben es die Menschen, daß sie nicht mehr festhalten können an ihren Voraussetzungen.

Christa Wolf: Ja. Es ist das Gewöhnliche. Nur kontrollieren es die meisten nicht an sich.

Elke Erb: Was aber danach übrigbleibt, ist eine große

Offenheit für das Leben, für das Kind, eine große Möglichkeit, Mitleid zu haben, anders zu sehen, Feindschaften aufzulösen ...
Christa Wolf: Ich spiele ja, du merkst es, hier die Rolle des Vermittlers, habe sie wider Willen angenommen, kann nun nicht mehr heraus. Der Grund: Deine Hartnäckigkeit hat mich in deine Welt hineingezogen. Also ich würde die Texte dieses Bändchens auch ohne Auftrag vom Verlag gelesen haben wollen. Es beginnt mir aufzugehen, was du anstrebst, und ich muß wohl später versuchen, es zu formulieren; denn meine Arbeit soll ja die Mit-Arbeit anderer Leser, die deine Texte benötigen, herausfordern und auch erleichtern. Zuerst aber möchte ich mich noch im Gespräch mit dir um mögliche Ergebnisse herumbewegen. Du bist Jahrgang 1938. Du sagst, wir sind theoretisch erzogen, in Dogmenverheißungen.
Elke Erb: Nicht zufällig pocht die Lyrik meiner Generation auf das Konkrete: wie, das ist allerdings sehr verschieden. Das macht jeder anders.
Christa Wolf: Interessant, daß ich kaum eine ähnlich verallgemeinernde Feststellung über die Prosa meiner Generation, der um zehn Jahre Älteren, machen könnte ... Aber, worauf ich hinauswollte: voraussetzungslos leben kann ja keiner. Unsere Voraussetzungen sind uns sogar besonders stark eingebrannt.
Elke Erb: Das ist es ja. Das ist ja wahrscheinlich das, was weh tut. Wie bei Effeff: das nagt an ihm, wenn er das nicht mehr haben kann, das Versprochene; wenn er angewiesen ist auf nicht vorgeformte Wirklichkeit, unerklärte, nicht offerierte ...
Christa Wolf: Gibt es die überhaupt? Ich frage. Mußt du sie dir nicht, um sie als Arbeitsmaterial zu haben, erst herstellen? Herauspräparieren? Und gibst dann von diesem doppelten Bewußtseinsprozeß: Vernichtung der Denkvoraussetzungen und Herstellung einer neuen „Wirklichkeit", in deinen Texten nur die Ergebnisse, was sie natürlich notwendig „schwierig" macht.

Elke Erb: Aber sonst müßte ich ja eine richtige große Beschreibung machen!
Christa Wolf: Ich unterdrücke meine Genugtuung über diese Bemerkung. Ja: Das ist der Punkt.
Elke Erb: Wie das gekommen ist, daß ich nicht so ein Romanschreiber wie du bin, sondern fast nur mit Wörtern arbeite, alles in Wörter lege und nicht große Inhalte verarbeite, das weiß ich nicht. Das ist zu komplex . . . Aber es ist so, inzwischen. Sieh mal: Ich will doch nicht, daß die Voraussetzungen abgeschafft werden. Sie müssen nur verstanden werden, und man muß das Subjekt dazu werden, das ist das Wichtige. Die Texte helfen mir, das zu machen, sie sind das Lebendige. Wenn ich so einen Text schreibe, bin ich irgendwo dort, wo die Normen sich befinden, und ich habe das Gefühl, eine Wortmeldung zu machen; die Sache, die ich vertreten will, in den Vordergrund zu bringen, ins helle Licht. Dahinter steht, glaube ich, ein ziemlich scharfes politisches Bewußtsein oder, genauer gesagt, eine grundsätzliche Orientierung auf die gesellschaftlichen Dinge, und zwar von Kindheit an. Ich handle eine öffentliche Sache ab. Ich gebe Antwort auf etwas, was mir entgegengekommen ist. Und ich finde, die Beziehungen bei uns sind doch der Art, daß sie sich zunehmend auf Wesentliches richten: auf Arbeit.
Christa Wolf: Und du stellst dich ganz selbstbewußt in diesen Kontext, nimmst teil an der Kommunikation der produktiv Arbeitenden: in der Gewißheit, daß dein Beitrag seinen Platz in dem größeren gesellschaftlichen Zusammenhang schon finden wird.
Elke Erb: Ja. Ich biete meinen Beitrag der Gesellschaft an.
Christa Wolf: Und gehst du so weit, zu denken, daß etwas fehlen würde, wenn dein Beitrag nicht da wäre?
Elke Erb: Ich lebe, also denke ich. Ich brauche nicht das Bewußtsein, daß etwas fehlen würde, wenn ich fehlte. Ich nehme eine Stelle ein, wo verantwortlich gearbeitet wird, wo eine Aussage gemacht wird, wo Zeugnis abgelegt wird. Andererseits: Wenn da ein anderer wäre, an

meiner Stelle, und man würde versuchen, ihn auszustreichen: dann würde ich ja aufstehn und mich dagegen wehren. Dann wäre ich das, verstehst du? – Mir ist jetzt aber wichtiger das, was ich vor mir habe.
Christa Wolf: Mir fehlt es wohl an der Phantasie, mir vorzustellen, wie du jetzt weitergehen wirst. Wie – und vor allem: womit, mit welcher Art von Gegenständen – du diese Formelhaftigkeit wieder neu aufbrechen wirst.
Elke Erb: Zuerst muß ich das reflektieren, was ich hier gemacht habe. Der Prozeß, der das zutage fördert, verläuft so, daß es sich um politische Reflexionen wird handeln müssen. Um die Stellung dieser Sachen hier in der Gesellschaft letzten Endes doch.
Christa Wolf: Darf ich mal eine Vermutung äußern, nicht leicht auszudrücken. Dein Anspruch an den gesellschaftlichen Gehalt dieser Texte ist hoch; die reale Reibungsfläche, die du anbietest, ist verhältnismäßig klein.
Elke Erb: Das stimmt. Meine Texte passen kaum in die Abteilung „kritische Lyrik". Zum Beispiel habe ich einmal bewußt entschieden, keine „negativen" Kritiken mehr zu schreiben. Aber was du meinst, ist noch etwas anderes ... Sieh mal: Mir kommen eigentlich Texte nicht vor, die „nicht zu machen" sind.
Christa Wolf: Das ist mir etwas Undenkbares ... Trotzdem: Ich sehe deine Intensität, deinen Rigorismus des Denkens. Ich habe nicht den Eindruck, daß du, wie so viele Schreiber, bewußt oder unbewußt Selbstschonung betreibst. Vielleicht mit einer Einschränkung: Verrät die Wahl der Gegenstände, meist auf den ersten Blick wenig brisanter Alltagsvorgänge, etwas wie Selbstschonung? Und wenn einem, jedenfalls zeitweilig, nur Stoffe zutreiben, die „nicht zu machen" sind; bei deren Prüfung dich jegliche Gelassenheit, die du dir vielleicht schwer errungen hast, wieder verläßt?
Elke Erb: Stell dir mal die Beanspruchung des Nervensystems vor, wenn das so ist! Aber hör mal: Ich drücke mich ja nicht. Ich weiche ja nicht zurück. Es trifft ja alles, was passiert, bei mir ins Schwarze. Ich bin nicht auf

der Flucht, auch nicht auf der „Flucht in die Innerlichkeit". Ich bin ja im Angriff.
Christa Wolf: Merkwürdig ist: Ich sehe die Richtung deines Angriffs deutlicher in deinen theoretischen Arbeiten als in diesen, sagen wir mal: poetischen Texten. Das kann an mir liegen, an meinen Lesegewohnheiten, an der von mir bevorzugten Literatur. Jedenfalls: Daraus, was du an jemandem – zum Beispiel an Zbigniew Herbert – vermißt, bei anderen – Mickel, Sarah Kirsch – dagegen findest, kann ich auf die Forderungen schließen, die du an dich selbst richtest: die „Glieder des Grundverhältnisses" – zwischen Subjekt und Ding – „in einen arbeitenden Widerspruch immer neu zu versetzen". Du willst nicht mehr und nicht weniger, als dein dialektisches Weltverhältnis zur Struktur – nicht bloß: zum Gegenstand! – deiner dichterischen Produktion machen. Eine von Grund auf „unbürgerliche" Haltung, in der Wurzel verschieden von nicht eingreifenden, undialektischen, illustrierenden Schreibhaltungen – übrigens auch von jenen pseudokritischen Haltungen aus eigenem Unvermögen, sich an die wirklichen Widersprüche heranzuarbeiten. Vor dir liegt ein Blatt, auf dem hast du die Texte dieses Bandes in Kategorien eingeteilt, je nach ihrem „moralischen Wert", wie du sagst. Eine dieser Kategorien, die wir hier leider nicht alle aufzählen, geschweige denn Text für Text durchgehen können, heißt: Sichtung des Positiven. Das Positive wird bei dir, scheint mir, in sehr vielen Texten gesichtet. Was nennst du „das Positive"?
Elke Erb: Das Erhaltende; das, was da ist, beständig bleibt, was man nicht kritisieren muß. Es ist schon wahr, daß ich das Bedürfnis in mir habe, positiv zu sehn. Vielleicht, weil ich eigentlich arglos bin: Dieses Kind, das da in der Eifel aufgewachsen ist – woher sollte das diese Unterhöhlungen haben, daß es fähig wäre zu Verdächtigung und zu Mißtrauen und zu scharfen Wachsamkeiten . . .
Christa Wolf: Du nimmst in diese Kategorie Texte mit

„ländlichen Gegenständen“: „Im Juni“, „Dieses und jenes“, „Sommerzeit“ . . .

Elke Erb: . . . ein sehr friedlicher Text, der einen Menschen arbeiten sieht, ihn arbeiten läßt . . .

Christa Wolf: . . . und, wonach ich dich fragen möchte: „Scheuer und Faß“.

Elke Erb: In diesem Text stelle ich mir die Frage – ausgelöst wird sie von den zwei schlimmen Dürrejahren, die wir hatten – : Wenn wir jetzt eine große Not bekämen – würden wir wieder Urtiere werden? Und ich sage: Das würden wir nicht. Wir haben, als die Dürre war, die Preise nicht erhöht, die Läden nicht ausgekauft. Was woanders zu Not und Rückschlag führen würde, das führt bei uns nicht mehr dazu. Wir haben eine positive Grenze der menschlichen Norm erreicht, die dürfen wir nicht mehr unterbieten.

Christa Wolf: Du meinst, wir haben einen Stand der gesellschaftlichen Moral erreicht, daß wir auch unter ökonomischem Druck nicht mehr hinter diese Grenze zurückgehn.

Elke Erb: Ich hab mich nicht so festgelegt. Aber: ja.

Christa Wolf: Zwei Jahre Dürre: Die halten wir aus. Man könnte sich schärfere Belastungsproben denken.

Elke Erb: Sicher. Aber ich halte die Menschheit noch nicht für unmoralisch, wenn sie, bei echter Not, tierhaft sich um ihre Existenz bekümmert: Das ist ja wohl notwendig, nicht? Sonst wäre ich mit einem solchen Text etwas wie ein warnender Prophet: Wollt ihr wieder Urmenschen werden! – Und diese Geste fände ich ein bißchen komisch.

Christa Wolf: Du merkst, ich sage weder ja noch nein. Ich frage mich – da ich dich doch als eine Person kenne, die zornig sein kann, empört, aufsässig –, warum alles das deine Texte meiden. Ich denke noch nach über die Gründe für deinen Hang zum Positiven. Fürchtest du vielleicht, daß der Zorn über das Unrecht dir die Züge verzerrt?

Elke Erb: Nein. Hauptsächlich aus Angst, wieder ein

Konsument zu werden, könnte ich keine negative Bilanz machen, glaube ich.

Christa Wolf: Konsumentenhaltung – eines deiner wichtigsten Stichworte. Wie definierst du es?

Elke Erb: Ich setze mich in einigen Stücken des Bandes damit auseinander, die hier auf meiner Privatliste unter der Kategorie: Moralisches Verhalten beim Schreiben, das heißt beim Aufnehmen stehn: in „Ungenießbar", natürlich in „Kleist", in „Bild", aber auch in „Kaltes Büfett", ein Text, der sich gegen die Konsumentenhaltung bei Werfel richtet. Mir schien nämlich, als ich zum Beispiel „Abituriententag" las, daß ihm ein produktives Verhalten zur Wirklichkeit überhaupt fehlt. Ein schreibender Konsument bedient sich der vorhandenen Dinge – daher das verächtliche Bild: „Kaltes Büfett" –, er rechtet mit der Wirklichkeit: als Empfänger, als Verbraucher; er wiederholt sich auch, entwickelt keine Dynamik, arbeitet mit dualistischen Gegenüberstellungen, mit falschen, unfruchtbaren Alternativen.

Christa Wolf: Der Schritt aus dieser Konsumentenhaltung heraus muß für dich ein einschneidender Vorgang gewesen sein. Du gibst ihm Namen wie: zweite Geburt; Erwachsenwerden.

Elke Erb: Der Schritt aus der Konsumentenhaltung ist schmerzhafter als Geborenwerden, und er hat ungeheure, immer andauernde Konsequenzen. Du hast keinen Papa, keine Mama mehr, keine Ideogramme, keine Instanz, bei der du dich über nicht eingelöste Glücksverheißungen beschweren kannst.

Christa Wolf: Du kannst dir, vermute ich, nicht mal mehr den Luxus leisten, dir selber leid zu tun, weil du alles selbst verantwortest ... Dieser Hochmut, das ist dein einziger Luxus.

Elke Erb: Du bist ganz allein. Du mußt immer weiter arbeiten und Voraussetzungen abstreifen und Genüßlichkeiten loswerden und kleinbürgerliche Züge erkennen und dich von ihnen befrein. Es kann sein, du gibst dein mögliches Glück preis, nicht wahr. Andererseits: Wenn du das nicht machst, wenn du nicht arbeitest, sondern einfach nur nimmst und dich bedienst mit dem, was da ist; wenn du der Erbe nur bist und nicht auch der Großpapa: dann wirst du kein selbständiger Mensch sein, und wenn du das nicht bist, kannst du gewiß nicht glücklich werden.

Christa Wolf: Ein Einschub. Einer der von dir nachgereichten Texte, die ursprünglich nicht im Band waren, „Meine Letteratur", fällt aus dem Rahmen. Seh ich das richtig?

Elke Erb: Ja. Das ist ein Stück, das eigentlich schon in den nächsten Band gehört, das – noch ausgeprägter als „Wortkrieg – Wortfrieden" und „Memorandum für Empfänger" – einen für mich neuen Weg eröffnet. Die Frage ist: Was kann ich, angewiesen nur auf das Sprachmaterial, ausrichten? In „Meine Letteratur" ist nur das Alphabet da, das mit eigentlich leicht herbeigeführten Assoziationen bedient wird.

Christa Wolf: Aber mit aufschlußreichen Assoziationen. Ich hab mir den Spaß gemacht, das Alphabet meinerseits mit Assoziationen zu bedienen: Das waren von Grund auf andere.

Elke Erb: Sicher. Aber es geht doch nur darum: Was kann ich machen – wie setze ich Verantwortung ein, gebe eine Widerspiegelung, nehme ein Protokoll auf: alles das, was Texte immer tun –, wenn ich sehr, sehr nah am Sprachmaterial bleibe.

Christa Wolf: Pochst du nicht zu sehr auf dieses Wortmaterial?

Elke Erb: Ich gehe aber dahin.

Christa Wolf: Mag sein. Aber du mobilisierst in diesem Spiel doch das Unbewußte, machst Spontaneität frei . . .

Elke Erb: . . . was aber bei mir sehr bewußt geschieht. Solche Texte wie „Meine Letteratur" stellen das Ding, das Sprachding, einfach hin.

Christa Wolf: Das seh ich anders. „Sprachdinge" als absolute Größen seh ich bei dir bis jetzt nicht. Was ich sehe, ist – etwa in „Wortkrieg – Wortfrieden“: Du setzt Sprache als Zeichen an die Stelle von Strukturen der wirklichen Welt – zum Beispiel für hierarchische Strukturen –, die du nun spielerisch angreifen kannst und die dir weniger Widerstand leisten, als das „wirkliche“ Material es täte: wie du das ja in dem ausgerechnet „Widerstand“ benannten Text exemplarisch vorführst. „Das Wortspiel befreit das unterdrückte System.“ Eine Freisetzung demokratischer Tugenden.

Elke Erb: Aber in einer heiteren, undemonstrativen Weise, nicht wahr? – Daneben stehn ja, in der gleichen Gruppe, ganz anders geartete Texte, wie „In der Ecke“, das letzte Stück des Bandes.

Christa Wolf: Was tun wir hier eigentlich! Auseinandernehmen, entzaubern? Den Text möchte ich am liebsten unangetastet lassen. Ein Gedicht in Prosa. Es verträgt und trägt unterschiedliche Deutungen, glaube ich.

Elke Erb: Es geht aber in dem Text um die Unabdingbarkeit des Engagements. Guck mal – das ist ein bißchen ein Wahnsinnstext, hat so eine Ophelia-Haltung, nicht wahr, eine Figur wie die Else Lasker-Schüler wird da nahestehn . . . „Vöglein“ – das fällt mir jetzt ein, beim Schreiben wußte ich's nicht –, Vöglein ist ein Begriff für Seele, ja? „Truhe“ ist ein Begriff für Sarg, nicht?

Christa Wolf: „Truhe“ ist mir ein Begriff für beruhigend, altertümlich, anheimelnd, bewahrend. – Was ist mit den Marionetten?

Elke Erb: Ich möchte eigentlich vielleicht Ruhe haben, weil ja auch die Truhe zu ist. Aber es geht nicht, ja? Die sind da, diese „Marionetten“, Hero und Leander und Odysseus – ein Bekenntnis, wenn du willst, zur tradierten Bildwelt, aber sie sind auch das, wovon ich lebe. Da spielt sich anscheinend ziemlich viel aus in diesem Text . . . Die Figur des Dichters mit seinem Engagement wird vorgestellt mit dem versöhnenden Angebot: Das ist närrisch. Das ist ja in unserer Situation eine Art Trotz, nicht? Zugleich ein unterschwellig verführerisches Angebot: ein sanfter Wahnsinn . . .

Christa Wolf: In der Ecke steht die Truhe ...
Elke Erb: Man scheint in die Intimität gejagt worden zu sein. Dann wiederum: Dort, in der Ecke, kommen trotzdem die Geister; vielleicht gerade, weil man in der Ecke ist ... Wahrscheinlich gerade, weil man den Sarg sieht, wird der Tote lebendig ...
Christa Wolf: Odysseus.
Elke Erb: Odysseus ist ja schließlich auch kein Wort für „Intimität", kein Wort für „In der Ecke" ... Und zuletzt noch diese Aufforderung: Jetzt schreib du. Und es scheint auch gar nicht unmöglich zu sein, daß jetzt „du" schreibst – nicht? Schließ dich mir an ...

Diese Niederschrift entstand aus der Aufzeichnung eines fast vierstündigen Tonbandgesprächs, das Elke Erb und ich an zwei Abenden im Februar und im Mai 1977 miteinander führten. Zwischen diesen beiden Abenden veränderte sich der Band vor meinen Augen. Die Autorin tat, was sie angekündigt hatte: Sie begann über ihre Texte zu reflektieren, angestoßen durch meine Fragen und Vorhaltungen. Um zu dokumentieren, in welchem Maß diese Reflexion dem Band genützt hat, nenne ich die Texte, die sie lieferte: „Zufälle und Geduld"; „Beschleunigung"; „Meine Letteratur"; „Widerstand"; „Kürze als Forderung des ‚Tages'" (ein älterer Text, neu aufgenommen); „Ja, mach dir nur 'nen Plan"; „Die Physiker"; „Sucht, so werdet ihr finden"; „Mit Gunst". Nicht nur, daß das Verständnis der Texte gefördert, manche Frage und Erörterung überflüssig wurde: Aus der Spannung zwischen den poetischen und den reflektierenden Texten treten deutlicher die Widersprüche hervor, die die Autorin zur Produktion treiben. Dem Lauf unseres Gesprächs folgend, unternahm ich den Versuch, den Weg nachzuzeichnen, der mir den Zugang zu diesen Texten eröffnete.

Mai 1977

Berührung

Maxie Wander

Dies ist ein Buch, dem jeder sich selbst hinzufügt. Beim Lesen schon beginnt die Selbstbefragung. In den Nächten danach entwerfen viele Leserinnen, da bin ich sicher (nicht so sicher bin ich mir bei Lesern), insgeheim ihr Selbstprotokoll – inständige Monologe, die niemand je aufzeichnen wird. Ermutigt durch die Unerschrockenheit der andern, mögen viele Frauen wünschen, es wäre jemand bei ihnen, der zuhören wollte: wie Maxie Wander ihren Gesprächspartnerinnen.

Ich liebe das Wort „Partner" nicht, neutral und farblos, wie es ist; in „Partnerwahl" und „Partnerbeziehung" liefert es wertfreie Termini für Verhaltensforscher und Psychologen, als „Partnerlook" bedient es die Konsumentensprache, und als „Geschäftspartner" tritt es unverblümt auf den Markt, wo Partner ihr Verhältnis auf Geben und Nehmen gründen, auf gegenseitigen Vorteil und gegenseitige Übervorteilung, auf die handelsübliche Gewinnspanne und den unpersönlichen Kontakt. Der Geist, der in diesem Buche herrscht – nein: am Werke ist –, hat mit Markt- und Herrschaftsverhältnissen nichts zu tun. Es ist der Geist der real existierenden Utopie, ohne den jede Wirklichkeit für Menschen unlebbar wird. Zweifach anwesend, bewirkt er, daß diese Sammlung als Ganzes mehr ist als die Summe ihrer Teile: Fast jedes der Gespräche weist durch Sehnsucht, Forderung, Lebensanspruch über sich hinaus, und gemeinsam – wenn man das Buch als Zusammenkunft verschiedenster, im Wichtigsten einiger Menschen sieht – geben sie ein Vorgefühl von einer Gemeinschaft, deren Gesetze Anteilnahme, Selbstachtung, Vertrauen und Freundlichkeit wären. Merkmale von Schwesterlichkeit, die, so scheint mir, häufiger vorkommt als Brüderlichkeit.

Nur scheinbar fehlt diesen neunzehn Protokollen das zwanzigste, die Selbstauskunft der Autorin; aber sie ist ja anwesend, und keineswegs bloß passiv, aufnehmend, vermittelnd. Sie hat sich nicht herausgehalten, nicht nur intime Mitteilungen hervorgelockt („intim" im unanstößigen Sinn von „vertraut, eng befreundet, innig"), indem sie persönlich, direkt, kühn zu fragen verstand: Wenn wir das, was sie im Gespräch von sich selbst preisgab, zu einem Band zusammenfügen könnten, hätten wir jenes vermißte zwanzigste Protokoll.

Maxie Wander hat lange, in großer Unruhe, nach ihrer Sprache, ihrem Ausdrucksmittel gesucht. Sie hat vieles ausprobiert, wieder fallenlassen, scheinbar ziellos, wie manche der Frauen in ihrem Band auch. Sie paßte an keine der Stellen, wo mit möglichst geringem Kraftaufwand eine möglichst große Wirkung erzielt werden muß. Wer aber dahin nicht paßt, wird leicht an sich irre. Nun ist klar – und ich wehre mich, nur weil sie tot ist, zu sagen: zu spät –, daß es ihr Talent war, rückhaltlos freundschaftliche Beziehungen zwischen Menschen herzustellen; ihre Begabung, andere erleben zu lassen, daß sie nicht dazu verurteilt sind, lebenslänglich stumm zu bleiben.

Wenn Menschlichkeit heißt, niemals, unter keinen Umständen einen anderen zum Mittel für eigene Zwecke zu machen, so war Maxie Wander menschlich. Die Frauen, zu denen sie ging – einige kannte sie, andere nicht –, waren ihr nicht Vorwand für eigene Absichten: Hier wurde niemand „ausgefragt", kein wohlkalkuliertes Unternehmen unter Dach und Fach gebracht; es sprechen Frauen miteinander, die einander brauchen, die sich selbst und die andere entdecken. Es gibt eine Konsumentenhaltung bei Autoren – oft qualvolle Versuche, ihr verzerrtes Verhältnis zu sich selbst, ihren Mangel an Empfindung, ihren Verlust von Unmittelbarkeit und ihr Erkalten durch Injektionen mit der Droge „Wirklichkeit" zu beheben. Einem solchen Interviewer hätten die Befragten anderes gesagt, und auf andere Weise. Hier gerät das Tonbandgerät in Vergessenheit. Das technische Instrument, mißbrauchbar wie jede Maschine – zum Verhör, zur Spionage, als Konserve, ungelebtes Leben auszufüllen, als Beweisstück gegen den Verdächtigten, Beschuldigten, Angeklagten –, wird in den Dienst genommen, den wohlverstandenen Zwecken seiner Benutzer untergeordnet. Ding bleibt Ding und entartet nicht zum Fetisch.

Diese Texte entstanden nicht als Belege für eine vorgefaßte Meinung; sie stützen keine These, auch nicht die, wie emanzipiert wir doch sind. Kein soziologischer, politischer, psychotherapeutischer Ansatz liegt ihnen zugrunde. Maxie Wander, in keiner Weise umfragebeRechtigt, war durch nichts legitimiert als durch Wißbegierde und echtes Interesse. Sie kam nicht, um zu urteilen, sondern um zu sehen und zu hören. – Jede produktive Bewegung erzeugt ein Spannungsfeld, aus dem neue Widersprüche, belangvoller als die alten, sich aufladen; ein solches Kraftfeld trägt die Beiträge dieses Buches und macht sie spannend, auch dann, wenn Alltägliches erzählt wird, was jeder zu kennen meint.

Nicht jenes „Wolle mich nicht berühren", die Formel der Einsamkeit und des Selbstentzuges, der Offenbarungsscheu und der Zurücknahme ist das Motto dieses Buches; hier ist Berührung, Vertrautheit, Offenheit, manchmal bestürzende Schonungslosigkeit, ein erregender Mut, sich selbst gegenüberzutreten. Ein schmaler Grat ist zwischen Selbstoffenbarung und Selbstentblößung, zwischen Intimität und Peinlichkeit, Vertrauen und Selbstaufgabe. Sich unbekümmert auf diesem Grat zu bewegen, das ist kein technischer Balanceakt, kein Zugeständnis an den Geschmack der guten Stube. Es zeugt von Selbstvertrauen, und es zeugt von einer historischen Situation, die Frauen verschiedener Schichten eine solche Souveränität gegenüber persönlichsten Erfahrungen gibt, welche sie vor kurzem noch sich selbst und anderen verschwiegen. Privates wird öffentlich gemacht: mit Exhibitionismus hat das nichts zu tun. Aber so selbstverständlich ist es auch wieder nicht, daß niemand Anstoß nähme. Da zeigen sich, erheiternde Umkehrung, Männer auf einmal prüder als Frauen; könnte es sein, daß sie die „Frechheit", die Dreistigkeit der Frauen tadeln und in Wirklichkeit ihre Überlegenheit fürchten? Daß sie die Töne, die manche der Frauen hier anschlagen, nur ertragen, wenn sie selbst sie gebrauchen – im Männergespräch über Frauen? Mit Unbehagen scheinen diese Männer wahrzunehmen, wie Frauen ihre traditionell „weibliche" Prägung – sie alle haben ja Mütter, die das Ihre getan haben! – loswerden, den Mann mustern, ihn entbehren können, erwägen, ihn „zu verabschieden", „auf Empfang schalten", die „seelische Berührung" eher erwarten als die körperliche und sich darüber lustig machen, wenn „Mann" ihr zur Scheidung Marxens gesammelte Werke schenkt . . . Wäre es denkbar, daß manche Männer (es geht hier nicht um Zahlen . . .) die Lustigkeit, die Ironie und Selbstironie der Frauen als schockierende Zumutung erleben? Ja aber, haben sie denn ihre Frauen so wenig gekannt? Mögen sie sie lieber, wenn sie, unvermutet mit dem Seitensprung des Mannes konfrontiert, in guter alter Manier in Ohnmacht fallen? Sie tun es, übrigens, hin und wieder, stehen dann aber auf und machen sich klar: Der Mann „braucht einen neuen Spiegel".

Privilegien zu verlieren, ist nie bequem. Nicht das geringste Verdienst dieses Buches ist es, authentisch zu belegen, wie weitgehend die Ermutigung, an öffentlichen Angelegenheiten teilzunehmen, das private Leben und Fühlen vieler Frauen verändert hat. Zu spät ist es jetzt, zu sagen: Das haben wir nicht gemeint. Es zeigt sich: Rückhaltlose Subjektivität kann zum Maß werden für das, was wir (ungenau, glaube ich) „objektive Wirklichkeit" nennen – allerdings nur dann, wenn das Subjekt nicht auf leere Selbstbespiegelung angewiesen ist, sondern aktiven Umgang mit gesellschaftlichen Prozessen hat. Das Subjekt treibt sich selbst heraus, wenn es dazu beitragen kann, aus den gegebenen Verhältnissen das Äußerste herauszuholen. Es wird in sich zurückgetrieben, wenn es auf entfremdete, destruktive Strukturen, auf unüberwindliche Tabus in entscheidenden Bereichen stößt.

Das Buch, von dem hier die Rede ist, ist ein Glücksfall, aber ein Zufallstreffer war es nicht. Nicht selten werden lustvolle Tätigkeiten – wie Lernen, Forschen, Arbeiten, auch Schreiben – der Lust beraubt, wenn sie um jeden Preis zu einem Ergebnis führen müssen. Dieses Buch war seiner Autorin wichtig, aber die Arbeit an ihm war ihr wesentlicher. Und an diesen Texten *ist* gearbeitet worden. Niemand soll meinen, hier werde ihm eine mechanische Abschrift vorgesetzt, Material, Rohstoff. Wie Sarah Kirsch, die als erste bei uns in ihrem Band „Die Pantherfrau" Tonbandprotokolle herausgab, hat Maxie Wander ausgewählt, gekürzt, zusammengefaßt, umgestellt, hinzugeschrieben, Akzente gesetzt, komponiert, geordnet – niemals aber verfälscht. (Ein Vergleich der beiden in ihrem Charakter so unterschiedlichen Bücher belegt: Der Autor solch scheinbar autorloser Bücher ist in ihnen die unentbehrlichste Person.) Das Buch kam zur rechten Zeit; es traf auf eine noch unartikulierte Erwartung. Es kam früh genug, daß es uns überraschen konnte; nicht so früh, daß man es abwehrte. Erst als wir es gelesen hatten, wußten wir, daß wir es brauchten. Bücher sollen ja Bedürfnisse nicht „befriedigen", sondern anstacheln. Maxie Wander hat den Beginn der intensiven Auseinandersetzung mit ihrer Arbeit, die Dankbarkeit vieler Leserinnen noch erlebt.

Sie war, kurz ehe sie starb, lebendiger denn je. Jetzt hätte sie Hände, Kopf und alle Sinne frei gehabt für diese Aufgabe, die sie sich erfunden hatte. Unmöglich, unglaubhaft scheint es mir, von ihr in der Vergangenheitsform schreiben zu müssen. Unsere Verluste sind schrecklich.

Dieses Buch kann man nicht „besprechen". Es lebt vom Einzelfall, der für sich selber spricht, nicht bewertet oder kommentiert sein will: Man müßte ja Urteile über lebende Menschen fällen. Auch literaturkritische Maßstäbe versagen: Diese Texte – Vorformen von Literatur, deren Gesetzen nicht unterworfen, der Versuchung zur Selbstzensur nicht ausgesetzt – sind besonders geeignet, neue Tatbestände zu dokumentieren. Dabei nähern einzelne Beiträge sich literarischen Formen. Herausragend jener Monolog einer Sechzehnjährigen („Gabi"). Hier wird auf neun Seiten ein sehr junger Mensch zwischen das Verlangen nach Selbstverwirklichung und die Gefahr der Entfremdung gestellt. Dieses Mädchen soll die Trauer um den Großvater vergessen, der, ein Ärgernis für die Mutter, sich umbrachte; es soll sich auf die Seite des ordentlichen „Onkel Hans" schlagen, mit dem Übereinstimmungsglück, die neue Schrankwand und der neue Fernseher in die tadellose Wohnung Einzug halten. Die Mutter, erpicht, daß „sich alles schickt", sieht zu, daß die Tochter „vernünftig" wird. Die hat zwar noch ihre „schwachen Momente", aber „man paßt sich unwillkürlich an". Nein, keine Probleme. Was Glück ist? „Als ich von meiner Mutti das Tonbandgerät bekommen hab." Fast ein Kind noch, doch schon beinah gezähmt. Der unwiederholbare Einzelfall mit hohem Verallgemeinerungswert.

Das dem herrschenden Selbstverständnis Unbewußte, das Unausgesprochene, Unaussprechliche findet sich immer bei den Unterprivilegierten, den Randfiguren, den für unmündig Erklärten und Ausgestoßenen; da, wo Elend und Entwürdigung ein Subjekt, das sprechen könnte, gar nicht aufkommen lassen: bei jenen, die die niedersten und stumpfsinnigsten Arbeiten machen: in den Gefängnissen, Kasernen, in Kinder-, Jugend- und Altersheimen, in Irren- und Krankenhäusern. Und eben, lange Zeit: bei den Frauen, die beinahe sprachlos blieben. Ich halte es für falsch, alle Frauen zu einer „Klasse“ zu erklären, wie manche Feministinnen es tun; aber wenn die Frauen der Arbeiter doppelt unterdrückt waren, so waren die der Herrschenden jedenfalls entmündigt – ob sie das wußten und wissen oder nicht. Auffallend, daß jene Frauen, die sich kurz vor und im Jahrhundert nach der Französischen Revolution ihren Eintritt in die Literatur erkämpften – oft unter Überanspannung ihrer Kräfte –, sich häufig in Tagebüchern und Briefen, im Gedicht, in der Reisebeschreibung ausdrücken, den persönlichsten und subjektivsten Literaturformen, auf Selbstaussage, Anrede und Dialog gegründet; Formen, in denen die Schreibende sich ungezwungener, auch geselliger bewegen kann als in den Strukturen von Roman und Drama. Davon zu schweigen, daß die überwältigende – richtiger: überwältigte – Mehrzahl begabter Frauen weder jene äußeren Bedingungen vorfand, noch das Minimum an Selbstbewußtsein aufbringen konnte, das allerdings Voraussetzung ist, um sich Zutritt zu jenem „Literatur“ genannten Gebilde zu verschaffen (was etwas anderes als schreiben ist). Dafür – stellvertretend – gibt es im 19. Jahrhundert diese innigen Bündnisse zwischen Künstlern und gebildeten Frauen – Außenseiterbündnisse, zusammengehalten durch den Druck der Isolation, in die eine unerbittlich auf Effizienz eingeschworene Gesellschaft diejenigen ihrer Glieder treiben muß, die in zweckfreier Tätigkeit, zum Vergnügen und zur Ausbildung eigener Anlagen produzieren wollen. Einsamkeit, Esotherik, Selbstzweifel, Wahnsinn, Selbstmord: Lebens- und Todesverläufe schreibender Männer und Frauen, die als Muster, wenn auch vielfältig modifiziert, bis in unsere Tage wirken.

Auch wir können nicht – töricht, es zu leugnen – der Marxschen Voraussetzung für nichtentfremdete Existenz genügen: „Setze den *Menschen* als *Menschen* und sein Verhältnis zur Welt als ein menschliches voraus, so kannst du Liebe nur gegen Liebe austauschen, Vertrauen nur gegen Vertrauen etc.“ Ja: Ökonomisch und juristisch sind wir den Männern gleichgestellt, durch gleiche Ausbildungschancen und die Freiheit, über Schwangerschaft und Geburt selbst zu entscheiden, weitgehend unabhängig, nicht mehr durch Standes- und Klassenschranken von dem Mann unserer Wahl getrennt; und nun erfahren wir (wenn es wirklich Liebe ist, was wir meinen, nicht Besitz und Dienstleistung auf Gegenseitigkeit), bis zu welchem Grad die Geschichte der Klassengesellschaft, das Patriarchat, ihre Objekte deformiert hat und welche Zeiträume das Subjektwerden des Menschen – von Mann und Frau – erfordern wird. Immer noch müssen viele Frauen sich verstellen, damit ihre Liebe zum Tauschwert für das unreife Liebesverlangen vieler Männer werden kann („Man muß den Männern etwas vorspielen, sonst verschreckt man sie").

Das Buch von Maxie Wander belegt, ohne darauf aus zu sein, eine bedeutsame Erscheinung: Erst wenn Mann und Frau sich nicht mehr um den Wochenlohn streiten, um die zweihundert Mark für eine Schwangerschaftsunterbrechung, darum, ob die Frau „arbeiten gehn" darf und wer dann die Kinder versorgt; erst wenn sie für ihre Arbeit genauso bezahlt wird wie der Mann; wenn die Frau sich vor Gericht selbst vertritt; wenn sie, wenigstens in der öffentlichen Erziehung, als Mädchen nicht mehr auf „Weiblichkeit" dressiert wird, als ledige Mutter nicht von der öffentlichen Meinung geächtet ist: erst dann beginnt sie, belangvolle Erfahrungen zu machen, die sie nicht allgemein, als menschliches Wesen weiblichen Geschlechts, sondern persönlich, als Individuum betreffen. Die gesellschaftlichen Widersprüche, die bisher die Tendenz hatten, sie aufzureiben, zu überrollen, treten jetzt in der subtileren Form des persönlichen Konflikts an sie heran, für dessen Lösung ein Rollenverhalten ihr nicht vorgegeben ist. Jetzt steht sie vor einer Vielfalt von Möglichkeiten, auch von möglichen Irrtümern und Risiken. Dieses Buch bietet Beispiele dafür, wie unterschiedlich ältere und junge Frauen auf diese Situation reagieren. Die siebenundvierzigjährige Jugendfürsorgerin („Karoline"): „Unsere Selbstverständlichkeiten heute, die waren für uns Luxus, täglich Brot haben, uns Schuhe kaufen können, eben als Mensch behandelt werden. Aus diesem Grund kann es nur *meine* Gesellschaftsordnung sein." „Erika", die einundvierzigjährige Dramaturgieassistentin, fragt sich: „Vielleicht ist das Emanzipation, daß Dinge, die früher zu Katastrophen geführt haben, heute kein Problem mehr sind. Daß eine Frau sagen kann: Wenn du nicht mitmachst, dann mach ich das alleine. Obwohl das nicht einfach ist."

Obwohl es nicht einfach ist, fangen diese Frauen an, klassische Tragödienstoffe andersherum zu erzählen: „Er ist mir gleichberechtigt, weil ich ohne ihn ja auch leben könnte." Der einfache Rollentausch macht sie nicht glücklich. „Ich habe mich männlich verhalten, habe die Vorrechte der Männer genützt": weiblicher Don-Juanismus, der zum gleichen Ergebnis führt – oder die gleiche Ursache hat – wie der männliche: Unfähigkeit zu lieben. Obwohl es nicht einfach ist, unterdrücken Frauen das angelernte Schutzbedürfnis und „stehen ihren Mann"; entdecken, daß es nicht immer ihre Schuld ist, wenn sie sexuell unbefriedigt bleiben; finden heraus, daß Frauen „mit ihrem ganzen Körper begreifen" müssen. (Diese Entdeckung, noch sehr verletzlich, sehr wenig gefestigt, sollten wir hüten; sie könnte, vielleicht, dazu beitragen, den erbarmungslosen, menschenfremden Rationalismus solcher Institutionen wie Wissenschaft und Medizin wenigstens in Frage zu stellen.) Obwohl es sehr schwierig ist, finden sie heraus, daß auch Frauen einander lieben, miteinander zärtlich sein können. Daß sie den Rückzug des im Außendienst starken Mannes auf infantiles Verhalten in ihren Armen nicht mehr decken wollen. Also fliehen sie das „enge Schlafzimmer", in das sie mit ihrem Mann „verbannt" sind. Finden sich mit der Gefühlsverkümmerung nicht mehr ab, an der viele Männer durch generationenlangen Anpassungszwang an „zweckmäßige" Verhaltensweisen leiden, verweigern die Mutterrolle und lassen sich scheiden.

Sie zahlen für ihre Unabhängigkeit mit einem schwer erträglichen Schmerz, oft mit Alleinsein, immer mit zusätzlicher Arbeitslast, meist mit schlechtem Gewissen gegenüber Mann, Kindern, Haushalt, Beruf, dem Staat als Über-Mann. Erst wenn wir – unsere Töchter, Enkel – nicht mehr schlechten Gewissens sind, werden wir wirklich gewissenhaft handeln, erst dann werden wir den Männern helfen können, jenen Unterordnungs- und Leistungszwang wahrzunehmen, der vielen von ihnen, historisch bedingt, zur zweiten, verbissen verteidigten Natur geworden ist. Erst dann werden die Männer ihre Frauen wirklich erkennen wollen. „Ich habe noch keinen gekannt, der dahinterkommen wollte, wie ich wirklich bin und warum ich so bin."

Diese Frauen sehen sich nicht als Gegnerinnen der Männer – anders als bestimmte Frauengruppen in kapitalistischen Ländern, denen man ihren oft fanatischen Männerhaß vorwirft. Wie aber sollen sie gelassen, überlegen, möglichst noch humorvoll sein, wenn sie der primitivsten Grundlagen für eine unabhängige Existenz entbehren? Besonders, wenn eine starke Arbeiterbewegung fehlt, werden Frauen in sektiererische, gegen die Männer gerichtete Zusammenschlüsse getrieben; meinen sie, die Männer mit den gleichen Mitteln bekämpfen zu müssen, mit denen die Männer jahrhundertelang sie bekämpft haben; aber sie sind ja – glücklicherweise – nicht im Besitz dieser Mittel; sie sind im Besitz eines durchdringenden Ohnmachtsgefühls; entrechtet, versuchen sie ihr Selbstgefühl den Männern zu entziehen; ihr Weg zur Selbstfindung führt oft über den Rückzug auf das eigene Geschlecht; es muß ihnen schwerfallen, in ihren Entwürfen die ganze Gesellschaft zu umgreifen. Und doch: Wieviel Solidarität untereinander, wieviel Anstrengung, die eigene Lage zu erkennen, wieviel Spontaneität und Erfinderlust in ihren Selbsthilfeunternehmen, wieviel Phantasie, welche Vielfalt. Ich kann nicht finden, daß wir gar nichts davon zu lernen hätten.

Durch viele Anzeichen, nicht zuletzt in diesem Buch,

kündigt sich nämlich bei uns ein Ungenügen vieler Frauen an: Was sie erreicht haben und selbstverständlich nutzen, reicht ihnen nicht mehr aus. Nicht mehr, was sie haben, fragen sie zuerst, sondern: wer sie sind. Sie fühlen, wie ihre neue Rolle sich schon zu verfestigen beginnt, wie sie sich in den Institutionen plötzlich nicht mehr bewegen können; ihre Lebenslust ist groß, ihr Wirklichkeitshunger unersättlich. Also berühren sie, tastend noch, die neuen Tabus, denn die Veränderungen werden immer da am heftigsten weitergetrieben, wo sie am tiefstgreifenden waren. Die Möglichkeit, die unsere Gesellschaft ihnen gab: zu tun, was die Männer tun, haben sie, das war vorauszusehn, zu der Frage gebracht: Was *tun* die Männer überhaupt? Und will ich das eigentlich? – Nicht nur, daß sie kritische Fragen an Institutionen stellen – die Jüngeren unter ihnen besonders an die Schule –; nicht nur, daß sie sich auflehnen gegen Verantwortungsentzug am Arbeitsplatz, der zu Resignation führt: „Wenn einer die Zusammenhänge nicht sehen darf, kann er auch nicht verantwortlich gemacht werden, dann kann er auch keine anständige Arbeit leisten." Sie beginnen darüber nachzudenken, was ihr Leben aus ihnen gemacht hat, was sie aus ihrem Leben gemacht haben. „Wenn man sich lange auf Leistung trimmt, zerstört man etwas Wichtiges in seiner Persönlichkeit." – „Wenn ich nicht arbeite, bin ich mir selber fremd." – „Man ist nicht glücklich, wenn man so gespalten ist wie ich." – „Ich bin vollkommen verkrustet." Dagegen, als Abwehr der neuen Losungen jüngerer Frauen: „Spontaneität ist eine Angelegenheit von verrückten Männern und Frauen." Und – ein Kleistscher Satz, gesprochen von einer Kellnerin – : „Aber auf einmal fühle ich mich so fremd unter den Menschen."

So spricht die Minderzahl. Mit anderen Sätzen, die man finden kann, dagegen ins Feld zu ziehen, hätte keinen Sinn. So äußert sich ein neues Zeit- und Lebensgefühl (übrigens auch bei jungen Männern). Frauen, durch ihre Auseinandersetzung mit realen und belangvollen

Erfahrungen gereift, signalisieren einen radikalen Anspruch: als ganzer Mensch zu leben, von allen Sinnen und Fähigkeiten Gebrauch machen zu können. Dieser Anspruch ist eine große Herausforderung für eine Sozietät, die, wie alle Gemeinwesen des Zeitalters, ihren Gliedern mannigfache Zwänge auferlegt, zum Teil auferlegen muß; immerhin hat sie selbst, wissentlich oder nicht, diesen Anspruch geweckt; mit Frauenförderungsplänen, mit Krippenplätzen und Kindergeld *allein* kann sie ihm nicht mehr begegnen; auch damit nicht, glaube ich, daß sie mehr Frauen in jene Gremien delegiert, in denen überall in dieser Männerwelt, auch in unserem Land, die „wichtigen Fragen“ von Männern entschieden werden. Sollen Frauen es sich überhaupt wünschen, in größerer Zahl in jene hierarchisch funktionierenden Apparate eingegliedert zu werden? Rollen anzunehmen, welche Männer über die Jahrhunderte hin so beschädigt haben? Obwohl es ja Frauen gibt wie jene Dozentin und Abgeordnete („Lena“, 43), die die „Fassade“ solcher Rollen niederreißt, die Berührungsangst durchbricht: „Ich verringere den Abstand automatisch, bis ich den Menschen ein Vertrauter bin. Diesen ganzen Autoritätszauber halte ich doch für eine Farce, für die kein vernünftiger Mensch Bedarf hat. Diesen Widerspruch gibt es bei allen, die öffentlich wirksam sind. Man wird ständig in Zwiespalt kommen zwischen Autoritätsdenken und dem Sich-selbst-Geben.“

Hoffentlich erkennen wir, wie wichtig die Sensibilität von Frauen für solche Widersprüche uns allen sein muß. Unsere Verhältnisse haben es Frauen ermöglicht, ein Selbstbewußtsein zu entwickeln, das nicht zugleich Wille zum Herrschen, zum Dominieren, zum Unterwerfen bedeutet, sondern Fähigkeit zur Kooperation. Zum erstenmal in ihrer Geschichte definieren sie – ein enormer Fortschritt – ihr Anderssein; zum erstenmal entfalten sie nicht nur schöpferische Phantasie: Sie haben auch jenen nüchternen Blick entwickelt, den Männer für eine typisch männliche Eigenschaft hielten.

Ich behaupte nicht, Frauen seien von Natur aus mehr als Männer vor politischem Wahndenken, vor Wirklichkeitsflucht gefeit. Nur: Eine bestimmte geschichtliche Phase hat ihnen Voraussetzungen gegeben, einen Lebensanspruch für Männer mit auszudrücken. Natürlich wird Aggression und Angst frei, wenn man alte Bilder – besonders die von sich selbst – zertrümmern muß. Aber wir werden uns daran gewöhnen müssen, daß Frauen nicht mehr nur nach Gleichberechtigung, sondern nach neuen Lebensformen suchen. Vernunft, Sinnlichkeit, Glückssehnsucht setzen sie dem bloßen Nützlichkeitsdenken und Pragmatismus entgegen – jener „Ratio", die sich selbst betrügt: Als könne eine Menschheit zugleich wachsende Anteile ihres Reichtums für Massenvernichtungsmittel ausgeben und „glücklich" sein; als könne es „normale" Beziehungen unter Menschen irgendwo auf der Welt geben, solange eine Hälfte der Menschheit unterernährt ist oder Hungers stirbt. Das sind Wahnideen. Es kommt mir vor, daß Frauen, denen ihr neu und mühsam erworbener Realitätsbezug kostbar ist, gegen solchen Wahn eher immun sind als Männer. Und daß die produktive Energie dieser Frauen eine Hoffnung ist. „Die großen Sachen", sagt eine von ihnen, „die stehen ja doch nicht in meiner Kraft, ich mach mir da keine Sorgen!"

Zwei ihrer Gefährtinnen treten mit ihr in einen Dialog. Die eine, „Ruth", eine zweiundzwanzigjährige Kellnerin: „Ich frage mich manchmal: Welche Gesellschaft bauen wir eigentlich auf? Man hat doch einen Traum. Ich träume: Die Menschen werden wie Menschen miteinander umgehn, es wird keinen Egoismus mehr geben, keinen Neid und kein Mißtrauen. Eine Gemeinschaft von Freunden. No ja. Jemand wird doch dann dasein, der ja zu mir sagt." Und die Physikerin („Margot", 36), die jetzt malen muß: „Ich würde meine Vision malen: die Angst, wie das menschliche Leben entarten kann, wie die Dinge den Menschen aushöhlen. Wie Menschen massenweise in ihren Betonzellen hausen, und keiner hat Zugang zum anderen . . . Wieder Isolation."

Zwischen solchen Alternativen leben wir, Männer, Frauen, besonders die Kinder. Wie können wir Frauen „befreit" sein, solange nicht alle Menschen es sind?

1977

Zum Tod von Maxie Wander

Dieser Verlust ist schrecklich. Ich weiß keinen Trost dafür, daß Maxie Wander nicht mehr lebt, außer dem, daß sie gelebt hat. Trauer, Unglauben, Auflehnung werden wir lange spüren. Eines, glaube ich, sollten wir uns verbieten: von ihr in der Möglichkeitsform zu sprechen: Sie wäre, sie hätte ... Das würde uns zu leicht von der Pflicht entbinden, genau hinzusehn, wer sie war, was sie getan hat – in der Wirklichkeitsform, gebunden an die Bedingungen von Ort und Zeit, die sie ausgeschöpft hat. Gleichzeitig hat sie sich mit den Gegebenheiten nicht abgefunden, hat sich der Spannung ausgesetzt zwischen dem, was wir heute sein können, und dem, was wir morgen sein wollen, um zu überleben. Sie war unzufrieden. Durch tiefen Schmerz, schweren persönlichen Kummer hindurch hat sie mit manchmal erschreckender Intensität und Schonungslosigkeit zu verstehen gesucht, was ihr und den Menschen geschah, die ihr am nächsten standen. Wir haben gesehen, wie sie es mit den Widerständen aufnahm, die ihrer Sehnsucht, sich zu verwirklichen, entgegenstanden. Wie sie suchte, jahrelang. Manches in die Hand nahm, wieder fallen ließ, anderes nur kurze Zeit tat. Wo man glauben mochte, sie sei unbeständig, war sie treu, treu einer Vorstellung, die sie von sich und uns hatte. Wir sahen ihre Ansprüche wachsen, ihre Einsichten sich vertiefen, die Konflikte, mit denen sie es zu tun bekam, bedeutsamer, wesentlicher werden. Leicht war es nicht. Wir sahen sie manchmal entmutigt, öfter zornig, rebellisch gegen Angebote, die, wie sie deutlich empfand, unter ihren Möglichkeiten lagen.

Aber was waren ihre Möglichkeiten?

Wir haben uns angewöhnt, nur nach Ergebnissen zu fragen, die wir messen, sehen, anfassen können. Nun haben wir, zu unserm Glück, ihr Buch. Wir sehen es, manchmal ganz zerlesen, in den Händen ihrer Leser, besonders ihrer Leserinnen. Nun wußte sie, nun wissen wir, welches ihre Möglichkeiten waren – seltene, kostbare Möglichkeiten, die ihr nicht zugefallen sind: Menschen zusammenzubringen, indem sie ihnen half, sich auszudrücken. Dieses Ergebnis kam für viele überraschend, und wirklich, es ist erstaunlich in seiner Unmittelbarkeit und Fülle. Ein Zufallstreffer aber ist es nicht. Es ist Zeichen und Teil ihrer eigentlichen Produktion, einer Lebensform, zu der sie sich vorgearbeitet hatte und die rückhaltlos darauf ausging, menschliche Verhältnisse hervorzubringen. Diese Dokumente von Begegnungen, die in ihrem Buch versammelt sind, sind nicht durch ein technisches Gerät zustande gekommen, das mißbrauchbar ist, sondern dadurch, daß zwei Frauen sich einander öffneten, auch wenn es scheinbar nur die eine ist, die da zu Worte kommt. Wenn Menschlichkeit darin besteht, einen andern niemals und unter keinen Umständen zum Objekt eigener Zwecke zu machen, so war sie menschlich, darauf konnte jeder bauen. Die Frauen, mit denen sie sprach, waren nicht Mittel für ein Buch. Das Buch entstand, weil sie, erfahren in der Schwierigkeit, zur Sprache zu kommen, andere erleben ließ, daß sie nicht von Natur aus dazu verurteilt sind, stumm zu sein.

Was sie am meisten brauchte, trifft sich mit dem, was uns allen am nötigsten ist: Wahrhaftigkeit uns selbst gegenüber, Aufrichtigkeit zu andern; Freude am Zusammensein, die Lust, miteinander zu sprechen, zu feiern, zu essen, spazieren zu gehn, Gedichte zu lesen, Musik zu hören, Bäume, Blumen, eine Landschaft zu erleben, zu streiten, Unglück, Schmerz miteinander zu teilen.

Vielen war sie eine Schwester, eine Freundin, sicher einem jeden auf eine andere Weise. Ich danke ihr, daß es ihr gelang, eine Nähe zwischen uns herzustellen, in der man einander, aber auch sich selbst nicht ausweichen konnte, und Fragen aufkamen, die trafen, ohne zu verletzen. Sie hat über einen jeden von uns nachgedacht. Was sie am meisten anstrebte und an ihren Freunden schätzte, war Echtheit. Rücksichtslos forderte sie uns dazu heraus. Sie hatte einen bestimmten Ausdruck, der anzeigte, daß sie einen Menschen, eine Äußerung, eine Handlung nicht für echt hielt.

Wie gut es ist, daß man über sie nicht lügen muß. Sie war manchmal schwach, hatte Schwächen, machte Fehler. Sie konnte ungeduldig sein, reizbar, niedergeschlagen, auch um Kleinigkeiten. Irgendwann, nachdem man selbst mit ihr ungeduldig gewesen war, verstand man die Ausbrüche, zu denen sie fähig war. Sie mußte sich wehren. In einer langen, schwierigen Anstrengung hatte sie sich von vielen Ängsten befreit. Es blieb die Angst, doch noch verschlungen zu werden von jenem Unding, das der Alltag einer Frau oft ist, üblen Gewohnheiten, falschen Erwartungen, eigener Unsicherheit und schlechtem Gewissen. Sie hat sich, über die Jahre hin, da herausgearbeitet, Stück für Stück. Sie lebte wesentlich. Der Kampf war zu ihren Gunsten entschieden. Jetzt hätte sie Hände, Kopf und alle Sinne frei gehabt für diese Arbeit, die sie für sich entdeckt hatte. Ich bin in die Möglichkeitsform verfallen, die auch die Wunschform ist. Der Satz soll stehenbleiben.

Sie hat sich ihr Gesicht geschaffen. Nichts und niemand, das glaube ich sagen zu dürfen, konnte dieses Gesicht zur Maske machen, es durch Kleinlichkeit, Niedrigkeit entstellen. Sie war schön. Sie hat Glück erfahren, da bin ich sicher. Ihre Briefe, auch die aus der letzten Zeit, zeugen davon. Sie liebte und wurde geliebt. Sie wurde gebraucht. Dieser Zeit, in der die zerstörerischen und selbstzerstörerischen Gefahren so nahe liegen, hat sie Leben abgerungen, hat ein Gebiet abgesteckt und es ständig vergrößert, in dem es mit rechten Dingen zuging, das heißt: freundlich. Ich weiß nicht, was man anderes, Besseres tun kann.

November 1977

Begegnungen

Max Frisch zum 70. Geburtstag

Lieber Max Frisch, die Orte, an denen wir uns begegnet sind, haben sich in meiner Erinnerung in Inseln verwandelt, gegen die die Flut ansteigt. Sich-Erinnern wird in unseren Breiten mehr und mehr zu einer Art Rettungsaktion für Fossilien und Antiquitäten. Darüber sprachen wir eigentlich, ohne es zu wissen, indem wir über Ihr nächstes Buch sprachen, im Mai 1978 in Stockholm. Ihr nächstes Buch ist inzwischen erschienen, es heißt „Der Mensch erscheint im Holozän", und in der Widmung erinnern Sie sich an dieses Gespräch, in dem wir, G. und ich, den Part des künftigen Lesers mit gewissem Anspruch glaubten übernehmen zu müssen. Seitdem haben wir uns nicht mehr gesehen, die Inseln sinken, sinken, man fragt sich, wo das Festland ist, *ein Weg ist ein Weg auch im Nebel*, der Sog des Unwirklichen, Nichtvorhandenen hat schon viele erfaßt, aus Lebenden werden solche, die überleben wollen, Trauer wird durch Unlust verdrängt. Erst greift es ans Herz, dann wird Ans-Herz-Greifen unzeitgemäß, der ergriffene Autor findet sich gestrandet, *die Natur braucht keine Namen. Die Gesteine brauchen sein Gedächtnis nicht.*

Diese Art Sätze waren in unserem ersten Gespräch, zehn Jahre vor dem bisher letzten, nicht in Sicht, die Natur hatte Namen – Wolgafluß, Wolgaufer –, wir schrieben Mai 68, und das Schiff, das zu Ehren Maxim Gorkis eine Schriftstelleransammlung zu befördern hatte, war die „Gogol". Wir redeten. Wir saßen uns im Schiffsrestaurant gegenüber, langsam glitten die Ufer vorbei, die Hitze ließ nach, es wurde Abend, dann Nacht, der helle Streifen am westlichen Ufer erlosch, während – nun schon gegen Morgen – am östlichen Ufer ein rötlicher Streifen aufglomm, die Einzelheiten waren zurückgetreten, zuletzt die Umrisse der Zwiebelturmkirchen an der Uferböschung. Ich habe nun genug Kirchen gesehn, hatten Sie gesagt. – Ein Schiff, leise stampfend, auf einem dunklen Strom, zwischen dunklen Landmassen, unter dem Sternenhimmel der nördlichen Halbkugel: eine abstrakte Situation, die hätte uns vergessen machen können, wer wir waren, wo wir waren. Wir vergaßen es keinen Augenblick. Wir waren uns bewußt, Stellvertreter wenn nicht zu sein, so doch zu scheinen.

„Mißtrauen", schrieben Sie später, hätten Sie mir bei der Begrüßung angemerkt. Wie unsere Erwartungen unsere Wahrnehmungen lenken. Mißtrauen wäre mir als letztes eingefallen, aber woher sollten Sie das wissen. Wir hatten, bis zu einem gewissen Grad, Schablonen zu bedienen, ehe wir sie, bis zu einem gewissen Grad, abbauen konnten. Ich mußte Ihnen mißtrauen, wenn es nach der Richtschnur ging, Sie mußten mir Ihre bürgerlichen Freiheiten entgegenhalten, deren Brüchigkeit ich Ihnen nachzuweisen hatte, während nun wieder Sie mir Staatsgläubigkeit unterstellen mußten. Ganz regelrecht funktionierte die Automatik nicht. Was Wein und Wodka können, haben sie dazu beigetragen, aber ein anderer Geist muß noch am Werk gewesen sein, denke ich mir. Denn während die „Gogol" in jener Nacht viele Male hielt, der Fahrtwind aufhörte, Wärme in die offenen Fenster schlug; während sie wieder und wieder in das Becken eines Schiffshebewerkes einfuhr und – wir sahen es an den beiderseits sinkenden Lichterketten – den Höhenunterschied zwischen Moskau und der Stadt Gorki beharrlich überwand, überfuhr sie anscheinend, ohne daß wir hätten sagen können: Jetzt!, Grenzen, die uns sonst gesetzt sind; Gogols Geist ging um, nach Mitternacht fanden wir uns, selbst beredt genug, unter dem Schutzmantel stummer Gefährten aus einer anderen Dimension und begegneten uns regelwidrig und voraussetzungslos auf dem Boden der Utopie. Es sei der Morgenhauch, glaubten wir, aber wer weiß, was uns anblies, daß wir vergaßen, was wir gesprochen hatten, und Sie, als wir uns spät beim Frühstück trafen, vorsichtshalber anfragen mußten: Also wie war das jetzt – reden wir noch miteinander? – Als gewöhnlicher Wolgadampfer lief die „Gogol" in Gorki ein. Der Boden, auf dem wir fest zu stehen glaubten, hat seitdem ein starkes Gefälle bekommen. Manchmal fanden wir uns von allen guten Geistern verlassen, aber geredet haben wir seitdem miteinander.

Ich könnte Ihnen – falls wir noch einmal auf die „Gogol" gerieten, aber das wird uns kaum passieren – jene Stelle auf dem ersten Deck bezeichnen, wo Sie, an die Bordwand gelehnt, den Namen von Ingeborg Bachmann nannten, bedauernd, daß sie noch abgesagt hatte, und in einem persönlichen Sinn. Daß Sie möglichen Gedanken anderer über Sie zuvorzukommen suchen, habe ich dann öfter beobachtet. Damit riskieren Sie, daß andere überhaupt erst anfangen, sich Gedanken zu machen. Die wachsende Offenheit im Privaten – zeigt sie nicht auch an, daß die Grenzen, die die bürgerliche Gesellschaft zwischen privat und öffentlich gesetzt hat, nicht mehr intakt sind? Daß die Person, die schreibend zwischen privat und öffentlich zu vermitteln hat, wenn die Verantwortung für Öffentliches ihr entzogen wird, eine starke Irritation auch in der Sphäre des Privaten erfährt?

Dies hätte unser Thema sein sollen, 1975, in der Kunsthalle in Zürich. Soweit kamen wir nicht, wir sprachen über „Montauk". Zuvor aber, sieben Jahre zuvor, haben wir in vollem Ernst definieren wollen, was ein „anständiger Mensch" sei – ja, das war bei diesem abendlichen Bankett in der Stadt Gorki –, und was Sie vorschlugen, ist nachzulesen: Ein anständiger Mensch sei heutzutage ein tapferer Mensch; einer, der sich selbst und seinen Freunden treu bleibe. – Wir tranken darauf, fürchte ich, und kamen auf diesen Punkt nicht mehr zurück. Er ist aus den möglichen Gesprächsstoffen ausgeschieden. Die Einsicht, daß die Aufgabe falsch gestellt, also nicht zu bewältigen ist, führt über Konflikte hinweg zum Verstummen. Wir gingen, 1975, nach sparsamem Kommentar zu „Montauk", durch die Spiegelgasse in Zürich. Die fälligen Namen – Büchner, Lenin – wurden genannt, kommentarlos. Die fälligen Häusergiebel betrachtet. Zum Stadtschreiberhaus. Gottfried Keller. Abermals die Bachmann.

Nichts mehr über Moralisches, soviel ich weiß. Es kommt nicht darauf an, daß wir uns als anständige Menschen fühlen können – was immer das heißen mag. Darauf ist es nicht angelegt. Daß wir nicht aufhören können und dürfen, uns daran abzuarbeiten, ist unser einziges wirkliches Privileg, eine Dauerspannung, die unsere Schreibbemühungen hervortreibt, immer öfter aber blokkiert. Wir, die osteuropäischen Intellektuellen, kamen, so scheint es mir heute, etwas früher zu der Erkenntnis, daß wir unsere Moral ungedeckt, auf eigene Gefahr betreiben als Sie, die westeuropäischen Intellektuellen. Plötzlich kamen wir uns, wenn wir Sie trafen, wissender und erfahrener vor. So daß jenes nächtliche Telefongespräch zwischen New York und Oberlin, Ohio, zwischen einem Hotelzimmer in der Fifth Avenue und dem Arbeitszimmer eines abwesenden Professors, zwischen Ihnen und mir in der Zeit, als es stattfand, eigentlich schon der Vergangenheit angehörte. Eben deshalb fiel es Ihnen womöglich so schwer, es zu beenden. Es war ein Rückfall in die Zeiten, da wir, jeder von uns, für seinen ganzen Staat zu stehen hatten, während Sie, jeder von Ihnen, von der Teilhabe an den Kapitalproblemen Ihrer Gesellschaft dispensiert waren und nur sich selbst vertraten.

Ich habe Ihnen nie erzählt, wie ich am Tag vorher vom Rücktritt des Kanzlers der Bundesrepublik Deutschland erfahren hatte (wir schreiben das Jahr 74): durch einen jungen amerikanischen Lehrer, der mir an seiner Schule Experimente mit Gruppenunterricht zeigte; dem der Name des Bundeskanzlers nicht einfiel, während ich lange mit dem englischen Wort für „Spion“ zu tun hatte. Ich fror übrigens im nächtlichen Arbeitszimmer von Professor C. Fünfzehn, zwanzig Minuten lang sagten Sie immer die gleichen Sätze, ich antwortete mit immer dem gleichen Satz: Aber was hatten Sie sich denn gedacht. Ich beneidete Sie um Ihre Entrüstung, aber in den Neid mischte sich ein anderes Gefühl, Kälte. Im Lichtkreis der Schreibtischlampe lag der „Zauberberg“, ich hatte ihn in des Professors Bibliothek gefunden und gierig, aber als ein exotisches Buch gelesen, und ich fürchtete, die Frage, ob man ohne Alternative leben müsse, werde mir zur Formel gerinnen, und ich dachte an den jungen Lehrer, der, bloß um überhaupt irgendeinen Austausch zwischen den unerbittlich getrennt sitzenden schwarzen und weißen Kindern seiner Klasse in Gang zu bringen, eine alte Eskimosage über die Entstehung von Sonne und Mond mit verteilten Rollen hatte lesen lassen: ein weißes Mädchen die Sonne, einen schwarzen Jungen den Mond. Ich dachte an die Fünfzehnjährige, die, auf dringliches Befragen nach irgendeinem Einfall zu dem Stichwort Ost-Berlin, lange aus dem Fenster gesehen und schließlich zögernd herausgebracht hatte: The wall . . .

Zeitsprung. Formeln mögen nützlich sein, leben kann man nach ihnen nicht. Sie sahen es wohl, als Sie uns im Dezember 76 in der Friedrichstraße besuchen kamen – aus Freundschaft, und aus Anstand, nichts davon war überholt, und wir dankten es Ihnen. In meiner Erinnerung war es sehr kalt, überaus finster, als wir selbviert zum Check Point Charlie gingen. Die Frage war ja, was blieb, wenn die Hilfskonstruktionen zusammenbrechen, eine nach der andern, und welche Haltung dem Stande der Ohnmacht entsprechen mochte, in dem wir uns fanden. Sich zurücknehmen muß nicht Kapitulation bedeuten, doch wie vermeidet man es, daß unterderhand aus der Nicht-Botschaft eine neue Botschaft wird, also eine Täuschung; wie, sich selbstmitleidig in der Enttäuschung einzurichten (sprachen wir von Moral?); wie, mit allem, was wir zu uns nehmen, leiblich und geistig, immer noch, immer wieder jenen funktionssüchtigen Handlanger mitzufüttern, den man uns eingepflanzt hat? Und wie geht man mit der Angst um, die ausbricht, wenn man sich auf den Kampf mit ihm einläßt?

„Literatur in Verkleidung" hieß im Mai 78 das Thema in Stockholm, die Teilnehmer waren gehalten, es ernst zu nehmen. Ein bodenloses Thema. Literatur als Verstellung; der verstellende, sich verstellende Autor, der seine Maske nicht mehr von seinem Gesicht unterscheiden kann und sich nach Griffen sehnt, die keine Kunstgriffe wären. Der also, während er als Typ sich schwinden fühlt, gezwungen ist, als Person („persönlich") hervorzutreten, merkwürdige gegenläufige Bewegung. Ihre Nervosität, ehe wir unsere beiden Beiträge in der Aula der Stockholmer Universität ablieferten. – Können Sie auch vor Lesungen nichts essen? – Ich aß, Salat und Fisch.

Wann kommt das „Wie" in unser Leben? Die Stockholmer Häuser mit ihren scharfen Umrissen wirken wie aus einem Märklin-Baukasten aufgebaut, wenn man auf einem Schärendampfer an ihnen vorbeigleitet. (Schon wieder ein Schiff.) Die Altstadt von Stockholm wirke, sagten Sie, bei sommerlicher Hitze gegen Abend wie eine italienische Stadt. Wir kennen Italien nicht. Dafür, sagten Sie, sollten wir keine Stockfische sein und miteinander für ein paar Tage nach Lappland fahren, um die Rentiere zu streicheln. Das war ernst gemeint, wir konnten nur lachen. Warum sind wir bloß nicht mit Ihnen gefahren. Hatte der Vorbescheid „unmöglich" uns schon ganz besetzt? Man fuhr nicht einfach irgendwohin, nur weil man Lust dazu hatte. Man gab seinen Launen nicht nach. Man brauchte, auch vor sich selber, für alles einen plausiblen Grund. Die Bar, in der wir saßen, war von Geschäftsleuten und Kongreßteilnehmern besetzt. Kein Geist ging um, keine Unirdischen trieben ihr Wesen. Auch wenn wir mehr hätten trinken können, wir wären stocknüchtern geblieben: auf dem Boden der Tatsachen, hinter denen nichts steckt als sie selbst. Eine Bombe ist eine Bombe ist eine Bombe.

Dieser Satz, den Sie nicht aussprachen, ist Voraussetzung für Ihren Satz: *Die Ameisen . . . legen keinen Wert darauf, daß man Bescheid weiß über sie.* – Sie würden ins Tessin fahren, arbeiten. Dazu brauchten Sie Lexika, sagten Sie. Ein alter Mann, sagten Sie, abgeschnitten in seinem Haus durch eine Naturkatastrophe, solle sich mit Hilfe von Zetteln, Auszügen aus Lexika, der Naturgeschichte der Lebewesen versichern, während um ihn die Flut steige. Eine Art zweite Schöpfung im Kopf dieses alten Mannes, der nicht lange mehr leben würde, so glaubten wir zu verstehen. Ein konkreter Vorgang, sagten Sie, detailgetreu beschrieben. Aber doch über sich hinausweisend? fragten wir. Doch nicht das natürlich Vorhandene denunzierend durch Zurücknahme. Eine seltsame Art von Tapferkeit unter der Maske des Starrsinns, mitten im Weltuntergang . . . *Ein Weg ist ein Weg auch in der Nacht.* Sagen wir uns doch Du, sagten Sie. Du notiertest ein paar Wörter auf die Innenseite einer Zigarettenschachtel.

Dezember 1980

Preisverleihung

Günter de Bruyn

„Gestatten Sie mir, meine Damen und Herren, und gestatte vor allem du mir, lieber" Günter, „meine Ausführungen mit einem Zitat zu beginnen. Es lautet: Wem geben wir Einsen: den Nachbetern oder den Selbstdenkern, den Gleichgültigen oder den Aufrichtigen, den Braven oder den Schöpferischen?

Und wer kriegt die Preise?"

Wer es, wie der Autor, den ich vom ersten Wort an zitiert habe – mit Ausnahme des Vornamens, versteht sich, der lautet bei ihm „Paul" –, riskiert, einen seiner Romane „Preisverleihung" zu nennen, hat Boshaftes, mindestens Maliziöses zu gewärtigen, nun, da er sich selbst einer Preisverleihungsprozedur unterwerfen muß. Doch muß ich nicht boshafter werden, als er selbst es, war. „Es gibt so viele Literaturpreise, daß im Laufe der Zeit jeder bedacht werden kann", las ich schadenfroh und nahm mir vor, hier anzumerken, daß es nicht den Autor, sondern die Institution beschämen muß, wenn ein Preis, wie nach meiner Ansicht dieser hier, reichlich spät an den gerät, dem er lange schon gebührt. „Und überall werden Lobreden gehalten", las ich weiter, „und kein Redner macht sich soviel Sorgen" – hier stock ich doch – „wie er." Dr. Teo Overbeck nämlich, der die Preisrede für seinen Freund Paul Schuster zu halten hat und in dessen Haut ich nicht schlüpfen kann: Nicht nur, weil ich mich einem Geschlechtertausch mit allen Mitteln widersetzen würde, und nicht etwa, weil Günter de Bruyn nicht mein Freund wäre: er ist es, aber eben nicht über den Zeitabgrund von siebzehn Jahren hinweg, und nicht nur, hoffe ich, in dem von ihm scharfzüngig beschriebenen Sinn, daß man Freunde suche, „deren Wesen und Wissen einem nicht ständiger Vorwurf ist, sondern Bestätigung“ – denn gerade das Wissen dieses Freundes ist mir ständiger Vorwurf und Anlaß zu neidvollem Vergleich, und ein Teil seines Wesens auch: Fleiß, Disziplin, Beharrlichkeit, Gründlichkeit, Genauigkeit, Zurückhaltung. Doch bei Preußen sind wir noch nicht, sondern immer noch bei dem Germanisten Teo Overbeck, in dessen Haut ich doch nicht so weit hineinschlüpfen kann, wie ich es, einiger Pointen wegen, gewünscht hätte. Schon daß ich es nicht fertigbrächte, mit zwei verschiedenen Schuhen und einer unausgearbeiteten Rede hier zu erscheinen, trennt uns, und doch sind diese Äußerlichkeiten nur Symptome dafür, daß dieser Laudator sich in die Klemme manövriert hat: Er mußte entdecken, daß er das preisgekrönte Buch nicht ehrlichen Herzens loben kann. Da bin ich in entgegengesetzter Lage; paradoxerweise muß ich, zumindest für diesen konkreten Fall, befestigen, was Günter de Bruyns gesellschaftskritisch angelegter Roman gerade in Frage stellt: die Institution einer solchen Preisverleihung. Darüber ließe sich reden, finde ich, doch nicht heute.

Heute nehme ich diesen Teo Overbeck als das, was er doch hoffentlich ist: eine literarische Figur. Eine von denen – wie übrigens auch sein Mit- und Gegenspieler, der Schriftsteller Paul Schuster – in denen der Autor sich selber prüft, ohne je in die heroische, auch nicht in die tapfer-tüchtig-unerschrockene, die moralisch wünschbare Variante zu verfallen. Teo Overbeck hat ja diesen Autor, den er nun nicht mehr rühmen will, einst selber mit „gemacht“, aber eben auch verdorben, indem er seinem Erstlingsbuch ganz nach dem damals gültigen Maßstab die Individualität austrieb („Ich wußte, was in der Literatur richtig und falsch, aber nicht, was sie selbst ist“). Er ist klüger geworden, der Autor aber ist auf der Strecke geblieben – so verschlungen laufen, wenn kein

Eiferer, sondern ein maßvoller Beobachter ihnen nachgeht, die Wege gesellschaftlicher, auch die persönlicher Moral, wer wollte da richten?

Über den „autobiographischen Kern künstlerischer Literatur". Ohne erwarten zu können, daß Sie mir glauben werden, versichere ich, daß sich, nach der neuerlichen Lektüre einiger Bücher dieses Autors, auch meine Notizen auf eben dieses Thema konzentriert haben, welches der verwirrte Overbeck ins Zentrum seiner verunglückenden Laudatio stellt: „Jeder Autor beutet sein Ich literarisch aus – sein Rang aber bestimmt sich unter anderem dadurch, wieviel auszubeuten da ist."

Und dadurch, *was* da ist, erlaube ich mir hinzuzufügen. Welche Qualitäten freigesetzt werden, wenn ein Autor sich selber heran- und unter die Lupe nimmt. Nüchternheit, zum Beispiel, auch bei dieser schärfsten Probe, Skepsis manchmal, Selbstkenntnis und Selbstironie, die, das bekenne ich gerne, den Umgang mit diesem Autor nicht nur, auch den mit seinen keineswegs harmlosen Büchern ersprießlich, provozierend und produktiv machen. Dem psychologischen Detail entspricht das topographisch-historische, die suggestive Wirkung der Fakten, eine Freude, die de Bruyn sich selber macht, und seine Art von Höflichkeit gegenüber dem Leser. Wenn er etwas verabscheut, ist es Geschwafel, sind es allgemein formulierte Bekenntnisse, doch sind alle seine Bücher ein Bekenntnis zum Konkreten, zu der greifbaren, sinnlich wahrnehmbaren Wirklichkeit. Liebe zum genau beobachteten, durch Studium genau gekannten Detail also, zu bestimmten Städten, Stadtvierteln, Straßen; zu einer bestimmten Landschaft und ihrer Geschichte, zu einem bestimmten Menschenschlag, einer bestimmten Flora und Fauna. Und, alles in allem, zu einer bestimmten, nämlich unaufwendigen, aber auch unbeirrbar humanen Weise, auf dieser Welt zu sein.

Nicht also durch starke, blendende Scheinwerfer, die ein aufgesteiltes Ich als übergroßen Schatten an eine sonst leere Wand werfen, wird diese Prosa beleuchtet.

Sie empfängt ihr Licht aus einer Vielzahl von Quellen, die, jede für sich, nicht viel von sich hermachen, alle zusammen aber jenen Schein hinter den Arbeiten dieses Autors erzeugen, an dem man sie erkennt. Ein Licht, wie es – falls solche Übertragung erlaubt ist – auf märkischen Kiefernwäldern und auf märkischem Sandboden liegen kann; denn die Mark ist es ja, von der Günter de Bruyn in immer neuen Varianten sprechen, auch schwärmen kann, es ist, noch genauer gesagt, die Gegend um die Oberspree und um die Landstädte Beeskow und Storkow, es ist die Stadt Berlin, genauer gesagt, Berlin-Mitte. Dort ist er geboren und aufgewachsen, da lebt er heute, zu Hause in mehr als einem Sinn, und er kann nicht anders, als dieses Gebunden- und Verhaftetsein, diese immer noch wachsende Faszination und Bezauberung auch literarisch auszudrücken und so seiner literarischen Provinz reichlich heimzuzahlen, was er ihr entnimmt: nicht achtend, nicht allzusehr achtend, glaub ich, ob diese Treue und Bindung – eine Art „Freiheitsberaubung" ja auch (einer seiner Titel), auf Verständnis, gar auf den gehörigen Respekt stoßen. Nicht daß er unempfindlich wäre. Doch nimmt er seine Würde aus der Sache, die ihn besetzt hält. Denn die Besessenheit, mit welcher der Amateur-Forscher Ernst Pötsch, die bisher letzte Verwandlungsfigur de Bruyns, seine märkischen Forschungen betreibt, die besitzt der Autor selbst in hohem Maße, und die Versuchung, sich in dieser Entdekkerlust, in Akten- und Quellenstudium, in penibelster, durch Lokaltermine erworbener Detailkenntnis zu verlieren, mag auch an ihn herangetreten sein, doch bannt er sie (und da benötigt er die Fiktion, die Erfindung eben doch), indem er sich durch einen Kunstgriff Distanz verschafft: Ganz wenig nur, um einige Grade, verrückt und verschiebt er die Figur des dörflichen Schwedenow-Forschers ins Provinzielle, Skurrile, Abseitige, zuletzt Abwegige – und hat ein Neben-, kein Ebenbild geschaffen, immer noch gut als positive Kontrastfigur zu dem karrierelüsternen, seine Forschungsergebnisse manipulierenden Berliner Professor, aber doch auch selbst ein kleines bißchen belächelnswert – bis ganz am Ende sein Schicksal noch einen tragischen Zug bekommt. Die Frage nach den Verhältnissen, die den autoritären, berechnenden Professor Menzel nach oben tragen und den an den Rand gedrückten braven Pötsch verrückt machen – die muß der Leser sich selber stellen.

Das Zeitgenössische – de Bruyn hat es immer mit dem Persönlichen zusammen genannt, er hat (nach seinem ersten Buch, dem er später die Legitimierung entzieht) nie versucht, eine Zeitgenossenschaft nach Vorbild oder gar Vorschrift herzustellen, rückhaltlos hat er – und das mag manchmal irritiert haben – „nur" das gegeben, was er verantworten konnte, nämlich sich selbst. Denn – mag es Nebensonnen geben, die sein Werk erleuchten – die zentrale Sonne ist doch das Ich-Interesse, das ich mit dem Beiwort „scheu" charakterisieren möchte, damit auf die Spannungen in Leben und Werk, *zwischen* Leben und Werk eines derart angelegten Autors hinweisend. Daß „von sich aus", „über sich" schreiben immer etwas mit Selbstentblößung, also Überwindung der Schamschwelle, selbst Schamlosigkeit zu tun hat – auch dazu hat er sich geäußert. Aber ein Schreib-Prozeß wird eben nicht authentisch durch die Anlässe und Materialien, derer er sich bedient, die er aufgreift und mit sich führt – die können zufällig sein, angenommen, anempfunden: authentisch ist das Werk, das eine Fixierung, eine Leidenschaft hervorgetrieben hat, eine persönlichste Erschütterung.

Dies bringt mich darauf, von dem Geflecht zu sprechen, das – entstehend aus einer Reihe wiederkehrender Motive und deren Verknüpfung untereinander und mit den Figuren – alles, was de Bruyn geschrieben hat, durchdringt. Manchmal wird das zentrale Motiv ganz rein und unverschlüsselt angeschlagen: „Wenn einer Provinz sagte oder Mark Brandenburg oder Preußen, fühlte er sich gemeint, nach seiner Herkunft befragt, sagte er immer: aus der Berliner Gegend." So über Karl

Erp in „Buridans Esel", der Bibliothekar ist wie de Bruyn es war (nebenbei: ein Einblick in diesen Schriftstellerhaushalt, der nichts umkommen läßt, schon gar nicht einen Fundus, wie die genaue Kenntnis eines Berufes es ist); der zwar nicht, wie sein Autor, in der Auguststraße wohnt, sondern in einer gehobenen Siedlung an der Oberspree, doch das Fräulein Broder in der Auguststraße findet, dem Autor also Gelegenheit gibt, diese Straße zu verewigen, sogar eines ihrer Häuser, und dazu noch eine kleine Berlin-Chronik anzubringen. Selbstverständlich, dieses Buch handelt von einer Liebe, an der dieser Karl Erp – auch wieder alles andere als eine Idealgestalt – doch ein bißchen enttäuschend versagt. Mindestens beim zweiten Lesen aber „handelt" es noch von einer anderen, weiter zurückliegenden Verletzung dieses nicht ganz glücklichen Liebhabers. „Die Kindheit: das Muttermal, das mit den Jahren größer wird" – nach einer Fahrt Karl Erps in sein Kindheitsdorf zu Fräulein Broder gesagt, die, „ganz neue Zeit", nichts „von den Gefühls- und Erkenntnisschichten" begreift, „die sich manchmal nur überlagern, aber nicht überall durchdringen". Ein zeitgemäßer Mangel, das kann man wohl sagen, eine generationsbedingte Not, die einer, der es genau nimmt, nicht wegdrücken kann wie die meisten; an der so einer, ohne auch davon viel Aufhebens zu machen, schon leiden kann; eine Versehrung, die er nicht zu verleugnen, sondern der er durch eine fast fieberhafte Suche nach seiner, unserer Herkunft im engen, weiteren, weitesten Sinn beizukommen sucht; dabei abstößt, was dieser persönlichsten, aber geschichtlich bedingten Not nicht angemessen ist, und, immer sicherer, selbstbewußter werdend, an sich zieht, was er brauchen kann, mit ihr zu leben, mit ihr fertig zu werden. Auch Bücher natürlich, literarische Ahnherren, die in diesen Sog der Selbstfindung geraten, oft nennt de Bruyn Thomas Mann, Theodor Fontane („Immer wieder Fontane") und, endlich fällt der wichtigste Name: Jean Paul.

Zwar habe ich versucht zu zeigen, daß Günter de

Bruyn sich in allen seinen Büchern Geschichte vergegenwärtigt, Gegenwart als Geschichte erlebt, doch ist das Zentralwerk, um dessentwillen ein Preis in Feuchtwangers Namen so besonders genau zu ihm paßt, zweifellos sein Buch über Jean Paul Friedrich Richter, und ich müßte dieses Buch hier vorlesen, wollte ich erschöpfend über das Verhältnis de Bruyns zu eben diesem großen Romanschreiber Auskunft geben, der ihm keine Ruhe ließ, bis er über ihn geschrieben hatte. Lange schon hat ihn dieser Mensch gereizt, in seinen früheren Büchern finden sich Verweise auf Buchtitel Jean Pauls, resignierte Bemerkungen: Aber wer kennt ihn schon? (Das Geflecht!) Blieb de Bruyn bis dahin – wäre ich er, würde ich den geheimen Motiven auch dieses Kunstgriffs noch nachspüren – als Autor und als Person – doch wie das trennen! – *über* seinen Figuren, nahm ihn jetzt einer in die Pflicht, dem er sich als gleichrangig erweisen mußte. Der Glücksfall also einer Idealfigur, alles andre natürlich als ideal, aber so komplex, widersprüchlich, ausschweifend, daß der Autor, sich ihr nähernd, bewundern, verehren, sich identifizieren kann (das exzessive Lesevergnügen, das dieser unbändige Verfasser ungebändigter Prosa seinem Biographen bereitet hat!); daß er andere Züge, Skurrilitäten, Marotten, verstehen, analysieren, erklären, den ganzen Mann und seine Zeitumstände jedenfalls von Grund auf darstellen muß: das Schreibvergnügen nun also auch, das de Bruyn am meisten liebt, nämlich: schreiben aufgrund genauer Recherchen, dabei die Freiheit genießen, Charaktere zu erschaffen. Da wäre es denn ein Wunder, wenn er, de Bruyn, sich in diesem Buch irgend etwas entgehen ließe, was sein Thema oder den Mann, der sein Thema ist, berührt. Seien es die Aufklärung oder die Werther-Mode, die Schulmeistermisere und das Hofmeisterelend der Intellektuellen, sei es, natürlich, das ständige Gerangel mit der Zensur in den deutschen Ländern und der Nachweis ihrer ständigen Wirkungslosigkeit. Menschenhandel. Kleiderordnung.

Die Lage der deutschen Autoren gegen Ende des 18. Jahrhunderts. Verlagsgepflogenheiten. Verlegerlaunen. Wechselnde Schicksale ganzer Länder während der Napoleonischen Kriege. Freiheitsdichtung (oder was damals so hieß). Freundschaftskult und Liebessitten: Wir werden informiert, sachlich, knapp oder ausführlich, genüßlich, ironisch, satirisch, auch aufgebracht. Hier wird Geschichte aufgearbeitet, Herkunft, unter Stichwörtern und in einem Geist, die denen etwas sagen, die heute leben und lesen. Das ist ja kein zahmes Buch, es arbeitet mit Anzüglichkeiten, Spitzen, allen möglichen Arten von Verweisen auf unsere Zeit und unsere Zustände. Sein doppelter Zeitbezug macht es lebendig, sein Autor hat seinen ganzen Apparat in Bewegung gesetzt. Berührt aber wird der Leser, wurde ich, am stärksten durch den Ton der Seelenverwandtschaft, durch jene Verbindung von Sachlichkeit und Einfühlung, bis in den Stil hinein (nein: *durch* ihn), die dem Autor de Bruyn, glaube ich, vorschwebt, wenn er „Prosa“ sagt. Denn nach allem soll man nicht erwarten, hier ginge ein Autor im anderen auf, es bliebe etwa kein Bruch, es gebe keine Abstoßung, selbst Abgrenzung. „Was dieses Leben“, schreibt de Bruyn, „so faszinierend und, bei aller Rationalität, auch unheimlich macht, ist, daß er immer genau weiß, was er will.“ „Unheimlich“ – ein Wort, das man hier nicht erwartet hätte, es signalisiert Gefahren und Gefährdungen, die Doppelbödigkeit des scheinbar Eindeutigen, ein Erschrecken auch vor der nicht ganz geheuren Problematik von Leben und Kunst, vor der Kälte, die den bedroht, „dem alles Erleben sich in Stoff für seine Arbeit umformt“, vor der „Zerstörung des Gefühls durch seine Vorwegnahme im Intellekt“.

Wenn die Jean-Paul-Biographie de Bruyns die allgemeine Problematik einer progressiven kleinbürgerlichen Existenz im Deutschland nach der Französischen Revolution behandelt, so ist sie, mindestens im gleichen Maß, auch ein Essay über diffizilste, letzten Endes moralische Fragen der Kunst und dessen, der ihr verfallen ist. („Er kann nicht anders; nur schreibend realisiert sich sein Leben.“)

Denn ihre Moral ist es, die alle Figuren de Bruyns mit ihrer Zeit verbindet, nicht grundlos hat man ihn einen Moralisten genannt – wenn dieses Wort nur nicht im Kopf des deutschen Lesers sogleich die Vision eines erhobenen Zeigefingers erstehen ließe. Doch ein Moralprediger, ein Besserwisser, Spaß- und Spielverderber ist dieser Autor eben gerade nicht, sondern von alledem das genaue Gegenteil. Er kennt die Menschen und kann sie nicht in „kleine“ und „große“ Leute aufteilen; er weiß, auch von sich selbst, daß ihre Stärken die Kehrseiten ihrer Schwächen sind, und umgekehrt. Er ist, als Autor, gerecht zu ihnen, ohne jemals selbstgerecht zu sein, er nimmt sie und sich, wo immer es angeht, mit Humor. So zögere ich nicht, ihn freundlich zu nennen; ja – diesmal paßt das so selten zutreffende Wort: menschenfreundlich.

September 1981

Lieber Heinrich Böll

Zum 65. Geburtstag

Einmal, vor Jahren, zeigte mir ein gemeinsamer Freund in einem Ihrer Briefe einen Halbsatz, der sich auf einen Dritten bezog; er lautete: „... vom Ruhm bedroht wie wir alle ...“ Meine Reaktion auf Ihre wie beiläufige Aussage machte mir klar, daß ich Sie nicht als „vom Ruhm bedroht“ sah, und daran hat sich seitdem nichts geändert. Ich hätte nie gedacht, daß ich Ihnen das einmal sagen würde, denn zu Ihrem nicht vom Ruhm-Gefährdetsein gehört es gerade, daß Ihr Gesicht solche Bekenntnisse einfach nicht entgegennimmt; darum höre ich damit auf und frage lieber mich, nicht Sie, wie Sie es fertigbringen, als Instanz, die Sie glücklicherweise sind (übrigens auch für mich), nicht Schaden zu nehmen. Ich erinnere mich an Seiten in Ihren Büchern, an Auftritte im Fernsehen, an polemische Artikel und sanfte Artikel, in denen Sie sich ungeschützt zeigten, wütend, verletzt, traurig, entsetzt, angstvoll, dankbar und liebevoll: dies ist nicht der Weg der Instanzen. Ist eine Instanz lustig, ironisch, selbstironisch, listig? Mutig? Und noch dazu scheint Ihnen gar nichts anderes übrig zu bleiben, als dem Bedürfnis so vieler nach einem Menschen, der „zuständig“ ist, zu genügen und es gleichzeitig, „mit der andern Hand“, zu ignorieren.

Wenn man die Wörter zurückverfolgt – was Sie tun; die Wörter beim Wort zu nehmen ist ein Teil Ihrer Arbeit –, dann kommt man ja an den Punkt, an dem sie lebendig waren. Und so finden wir ja denn „instare“, „auf etwas bestehen“, als Quelle für das eingetrocknete „Instanz“, und das ist ja ein höchst lebendiger Vorgang – gewiß kein einfacher, konflikt- und schmerzloser – : auf sich zu bestehen und dieses „Sich“ in aller Bescheidenheit groß zu nehmen. Sie haben es sich selbst zugeschrieben, und Sie schreiben es sich immer weiter zu, daß wir auf Sie hören.

Von vielen Ihrer Bücher weiß ich den Ort, an dem ich sie las: ein Garten, ein Krankenhauszimmer, Hotelzimmer, ein Zugabteil. Nichts, was Sie geschrieben haben, hat mich kalt gelassen, ungeachtet, welchen literarischen Rang es in Ihrem Werk einnimmt. Die Rheinländer kannte ich, ehe ich sie „in Wirklichkeit“ kennenlernte, durch Sie. Durch Sie die Lehre, daß man Abstrakta wie Güte, Gewissen, Hoffnung genauso konkret nehmen und beschreiben kann und soll wie ein Haus, eine Landschaft, eine Familie. Und daß Güte, Gewissen, Hoffnung politische Tugenden sein können. Daß es doch menschenmöglich ist, in einer Person private, literarische, politische Tugenden zu vereinen, zu einer widersprüchlichen Einheit, die ich „Lauterkeit“ nenne.

Lieber, verehrter Heinrich Böll, ich nutze den Anlaß Ihres Geburtstages schamlos aus, um Ihnen einmal zu sagen: Ich bin froh, daß es Sie gibt.

Mai 1982

Franz Fühmann

Trauerrede

Die Stimme von Franz Fühmann hörte ich zum letzten Mal genau eine Woche vor seinem Tod. Es war ein Sonntag abend, es war eine fast unveränderte Telefonstimme, es war – wie nenne ich es – ein normales Gespräch unter Freunden, von denen aber der eine gesund, der andere krank war. Es war von seiner Seite auch ein leidenschaftslos, ohne Selbstmitleid gegebener Bericht von seinem Ergehen in den Wochen davor, und in diesen Bericht war ein Satz eingeworfen, der eine Ahnung, vielleicht ein Wissen andeutete, das in dem ganzen letzten Jahr niemals laut geworden war. Falls es ein solches Wissen gab, hat es ihn nicht gehindert, Streit mit mir anzufangen über einen Autor, den ich ihm empfahl und den er rundweg ablehnte: wegen mangelnder Konsequenz. Seine Kritik bleibe in Symptomen stecken, stoße zum Kern der Sache nicht vor, treffe, vor allem, die Falschen, obwohl er, der Autor, ganz gut wisse, wer die Richtigen seien. Halbheiten also. – Entschieden widersprach ich ihm und erbot mich, ihm bei dem Besuch, den wir verabredeten, zu beweisen, daß er sich irrte. Tu das! sagte er.

Als ich den Hörer auflegte, hatte mein ungutes Gefühl sich verstärkt. Aber die Verabredung dachte ich doch einhalten zu können. Dann wurde die Operation vorverlegt. Dann konnte ich ihn nicht mehr besuchen. Dann traf mich die Nachricht von seinem Tod doch unerwartet. Warum hatte ich den Aufschub für ihn so erhofft. Seinetwegen? Meinetwegen? Und wenn auch meinetwegen: Warum?

Jetzt würde er, da die Frage einmal gestellt ist, gründlich vorgehen. Und was das bei ihm heißt, „gründlich", das muß man nachlesen, zum Beispiel in seinem Trakl-Essay. Zum Beispiel anhand seiner Verfolgung – das Wort trifft den Vorgang! – eines einzigen Motivs aus einer Zeile eines Gedichts: Der Wahnsinnige ist gestorben. Aus Trakls „Psalm". Da erlebt man, erlebe ich in diesen Tagen erneut mit herzklopfender Spannung, was das sein kann, „eine Dichtung empfangen". Wie du aufgerufen und herausgefordert bist mit allem, was du weißt; mit all deiner Erfahrung, und besonders mit jener Erfahrung aus den Krisen und Brüchen deines Lebens; wie du alle Quellen in dir erschließen mußt, aus denen dein Mut sich speist, denn den wirst du brauchen: Je tiefer du dich auf das Gedicht einläßt, um so näher rückt der Augenblick, da eine Kraft dich zwingt, „die Augen zu schließen, als ob das Haupt der Wahrheit sich erhebe"; und wen blicken die Augen dieses Medusenhauptes an, wenn nicht dich, und nun hast du ein weiteres Mal auszuhalten, was das Gedicht, auf rechte Weise empfangen, dir zufügt: „Der Wahrheit nachsinnen – / Viel Schmerz."

Die Poesie, sagt Fühmann, wieder und wieder, die Poesie wirkt wie das Verhängnis. Und er zitiert Baudelaire: „Das Wort verrät, wovon" ein Dichter „besessen ist".

In diesen wenigen Tagen, seit er starb, und seit ich ihn unaufhörlich lese, habe ich ihm nicht die Ehre der Genauigkeit antun können, die er Trakl erweist, indem er dessen häufigste Worte anführt und zählt. Doch will ich es wagen, diejenigen Worte zu nennen, die ich für seine zentralen halte; es sind dies: Wandlung. Wahrheit. Wahrhaftigkeit. Ernst. Würde. Sie alle stehen, wie selbstverständlich in einem Werk, das von einem zentralen Widerspruch her geschaffen ist, zueinander in Beziehung; ihre Antriebskraft, ihre Richtung und ihren Inhalt aber bekommen sie von dem Wort Wandlung, das Thema, in das Fühmann sich „eingeschmolzen" weiß: seinem unausgesetzten, inständigen Versuch, sich wandelnd und den Prozeß dieser Wandlung beschreibend, sich dem Verhängnis zu stellen, ein Generationsgenosse und, bis zu einem gewissen Grad (so schränke ich ein, nicht er!), Teilhaber jenes mörderischen Wahndenkens gewesen zu sein, das Auschwitz hervorbrachte. „Vor Feuerschlünden“: Dahin hat er immer wieder zurückkehren müssen. „Von Auschwitz komme ich nicht mehr los.“ „Meine Generation ist über Auschwitz zum Sozialismus gekommen.“ Und, unerbittlich weiterfragend, damit die Wahrheit ihr Haupt erhebe, mochte der Blick der Medusa ihn auch vernichten: Wie hätte ich mich verhalten, wäre ich nach Auschwitz kommandiert worden.

Wieder und wieder. Und da Fühmann sich – und uns – keine Scheinfragen stellt, kann man, lesend, konnte ich, bekannt mit der Tatsache seines Todes, das heißt: vom Ende her, aus den Landschaften seiner Bücher jene Struktur sich abzeichnen sehen, die gesetzmäßig und nicht beliebig ist; jene Richtung, zu der er – einmal die Wahl angenommen: Wandlung! – nun gezwungen war. Ein strenges Leben. „Künstler ist, wer nicht anders kann – und dem dann nicht zu helfen ist.“ Er hat sich abgearbeitet. „Ich übe einen harten Beruf aus, Momente des Glücks sind darin selten, sie stehen sehr nahe dem Unerlaubten.“ Einmal, in den letzten Zeilen des Trakl-Essays, gesteht er, „am Ende“ seiner „Kraft“ zu sein. „Wir werden weiter der Wahrheit nachsinnen. – Mehr Schmerz? – Wir werden es erfahren. – Aber es kann wohl nicht anders sein.“

Wenn ich mich frage, wie er es sich wohl gewünscht hätte, daß hier und heute über ihn gesprochen werde, so glaube ich eines zu wissen: Er hätte es sich verbeten, jenen Widerspruch zu verharmlosen, zwischen dessen Pole er „bis zur Grenze des Zerbrechens gespannt“ war. „Der Konflikt zwischen Dichtung und Doktrin war unvermeidlich“, formuliert er als Einsicht in eben dem gleichen Essay, in dem er fragt, warum, unter welchen Umständen er bereit gewesen ist, das Geheimnis der Dichtung einer Doktrin zu opfern. „Beide waren in mir verwurzelt, und beide nahm ich existentiell. Es war mir ernst mit der Doktrin, hinter der ich noch durch die verzerrtesten Züge das Gesicht der Befreier von Auschwitz sah, und es war mir ernst mit der Dichtung, in der ich jenes Andere ahnte, das den Menschen auch nach Auschwitz nicht aufgab, weil es immer das Andere zu Auschwitz ist. ... Mein Konflikt brach von innen aus, nicht von außen, also war er nicht vermeidbar. Sein Ende ist noch nicht abzusehen."

Was bleibt einem Schreibenden in einer derart exemplarischen Situation? Er muß sich selbst als Exempel setzen; das Exempel an sich statuieren. Der Weg – alle die verschiedenen Wege, die Fühmann in den letzten zehn, zwölf Jahren einschlug – führte ihn zu beispielhaften Vergleichen. Über E. T. A. Hoffmann, dem brüderlich Verwandten: „Was leistet er also? Er liefert Modelle. Wovon? Von Menschheits- und Menschenerfahrung." – Über die Plastik, die Wieland Förster, der Freund, von ihm schuf: „Es war kein Abbild, es war ein Gleichnis, das Bild von bestimmten Möglichkeiten und den Hindernissen ihrer Verwirklichung; das Ich des Modells in der Sphäre des Wesentlichen." Es ist sein eigenes ästhetisches Programm, und das Gleichnis, an dem er seit fast einem Jahrzehnt in Gedanken arbeitete, für das er Material zusammentrug, das er wohl als sein Hauptwerk sah, hieß: Das Bergwerk. Er sprach darüber, erzählte Episoden, den Grundgedanken, bezog alles, was er inzwischen tat, auf dieses eigentliche Buch – oft als Störung, oder Abhaltung –, und erklärte mir und anderen vor zehn, elf Monaten: Er habe es aufgegeben. Ich bin damals sehr erschrocken und hatte Mühe, diesen Schreck wenigstens in den Ausdruck des Bedauerns zu mildern. Nun fand ich beim Wiederlesen seiner letzten Bücher, daß sie ja alle schon Teile, nicht nur Vorarbeiten, jenes geträumten Lebensbuches sind: Bestandteile einer Gesamtarbeit, deren Richtung in die Tiefe ging, in immer weniger bekannte, immer dunklere Bereiche, zu den Ursprüngen hin, den Mythen und Märchen, und in das eigene Innere, die Höhlen des Unbewußten, des Schauerlichen, der Schuld und der Scham. „Bergwerk der Träume" finde ich, doch überrascht, schon in „Zweiundzwanzig Tage oder Die Hälfte des Lebens" – ein Buch, in dem er ganz zu sich kommt, ganz bei sich ist. Und das mich getröstet hat: Er hat es gehabt, Lebensgenuß und Lebensfülle, Daseinsfreude und Freundesnähe. Er hat die Verzweiflung durchgestanden, die Versuchungen der Sucht und der Selbstvernichtung überwunden und ist erneut an die Arbeit gegangen. Er macht sich an die Untersuchung der Gründe.

Unser Dialog, der in den fünfziger Jahren begonnen hatte – ich erinnere mich an ein Gespräch an einem der kleinen runden Tische des „Café Praha", er zeigte uns ein Manuskript, das hieß: „Fahrt nach Stalingrad" –, muß in den sechziger Jahren aus Gründen, die ich auch bei mir suchen und untersuchen müßte, spärlicher gewesen sein. Eine gemeinsame Ungarnreise; die Stätten, an denen Attila József, dessen Gedichte Fühmann nachdichtete, gelebt hatte. Der Bahnübergang, an dem er gestorben war. Gespräche auf einer Schiffsfahrt auf der Donau, immer und immer wieder über unser Thema, von dem wir besessen waren: Politik, Kulturpolitik in diesem Land. – Eines der Erinnerungsbilder, das ich von ihm habe: Wie er, noch als dicker Mann, schnaubend und prustend, mit Schlingpflanzen behängt, aus dem flachen Ostseewasser vor Ahrenshoop auftaucht. Dann plötzlich – habe ich da einige Jahre verpaßt? – steht er als ganz Veränderter, Abgemagerter vor mir, und er lehnt alles Eßbare ab. Ja, rigoros ist er gewesen, und er war mir ein wenig unheimlich in seiner Unbedingtheit, doch nun kann ich ein Wort wie „unheimlich" gar nicht mehr denken und niederschreiben, ohne mir die Deutung zu vergegenwärtigen, die er, Fühmann, ihm in seinem Aufsatz „Fräulein Veronika Paulmann aus der Pirnaer Vorstadt oder Etwas über das Schauerliche bei E. T. A. Hoffmann" gegeben hat. Ich weiß noch, daß mich schon sein Essay – „Das mythische Element in der

Literatur“ – erregt hatte und daß ich ihm aus der germanistischen Bibliothek in Edinburgh eine entsprechende Karte schrieb. Seine Antwort liegt vor mir: „. . . Der liebe Gott der Schriftsteller machts schon, daß wir einander finden, wenn wir einander brauchen . . .“ So war es. Von nun an kann ich fast für jedes seiner neuen Stücke den Ort angeben, an dem ich es las – oft noch als Manuskript, und das Fräulein Veronika Paulmann brachte Fragen wie diese: „Werden müssen, was man flieht – ist es unabwendbar?“ Und über das „Degradieren seiner Mitmenschen zur bloßen Sache, zum Mittel“, Sätze wie den: „Und daß es so gewöhnlich ist, daß man's nur bemerkt, wenn es einen selbst trifft, doch dann mitten ins Herz.“

Auch meine Sache wurde da verhandelt. Phasen gab es, da hatte ich das Gefühl – er auch? Das weiß ich nicht –, daß wir einander zuarbeiteten. Und andererseits: die Reibeflächen, gerade an Gegenständen der größten Annäherung.

War er verletzbar? Ja. Allein – er vertrug Kritik. Jemand wie er, der sich immer neu von Grund auf in Frage stellte. Nur ernst mußte er genommen werden. Ich entsinne mich der Geste und der Miene, mit der er sich nach einer Versammlung, in der Würdelosigkeit und Feigheit dominiert hatten, erhob: So, Freunde. Das ist's gewesen. Hier seht ihr mich nicht wieder. – Und man *hat* ihn in jenem Gremium nicht wiedergesehen. „Ernst und Würde, das sind Worte, die mir gefallen“, hatte er geschrieben. Kritik als Farce – das ertrug er nicht. Er konnte verachten, anhaltend und unversöhnlich. Aber er konnte auch – fast möchte ich sagen: vor allem – rückhaltlos bewundern und bejahen.

Ernst, ganz ernst nahm er die Jungen. Nicht nur die Kinder: Alle seine Freunde mit Kindern wissen davon zu erzählen, wie er für Stunden aus dem Kreis der Erwachsenen ins Kinderzimmer entschwinden und sich mit einem achtjährigen Mädchen oder einem fünfjährigen Jungen in profunde Gespräche verstricken konnte, zum Beispiel – das war das letzte Gespräch, dem ich beiwohnte – über Wesen und Natur der Hexen. Und seine Bücher für Kinder! Aber ich wollte von den Jungen reden, die nicht mehr Kinder sind und die Gedichte schreiben. Dadurch fielen sie zwangsläufig unter eine Menschengruppe, für die er sich verantwortlich wußte. Er war ihr Freund, Bewunderer, Kritiker, Berater, Helfer, wenn es denn sein mußte, auch Geldgeber, und ihr Anwalt. Die Briefe, die er um ihretwillen an die Behörden schrieb! Nichts, dachte ich in den letzten Jahren manchmal, quälte ihn so wie die Zwangsvorstellung, er könne ein unterstützungsbedürftiges Talent, ein Genie gar, übersehen, so daß es verlorengehn, verderben könnte. Ob in diesem Land Dichter nachwuchsen; ob es eine Literatur geben wird, die diesen Namen verdient – das war seine ureigene Sorge und Bekümmernis. Ja, es ist vorgekommen, daß er auf einen traf, der sich selbst nicht ernst, nur wichtig nehmen konnte. Nie vergesse ich, wie er, ein Gezeichneter nach der ersten Operation, noch auf der Intensivstation, an all diese Schläuche angeschlossen, da hockte und manisch reden mußte über die letzte Enttäuschung, die ihm einer zugefügt hatte, und ich vergesse nicht, wie jeder Ansatz zur Besserwisserei in mir wegschmolz. Ich blicke mich um, auf der Suche nach dem, der in seine Fußstapfen treten könnte, und mir wird bange.

Ein anderes Bild: Sein Krankenzimmer, umhängt mit den Grieshaberschen Darstellungen des Todes. Das war nach einer späteren Operation. Er habe sich gedacht, das werde vielleicht nichts mehr. Da habe er sich den Alten hingehängt, mal so zum Drangewöhnen. – Und wer dabei war, wird ihn im Gedächtnis behalten, wie er, wenig später, in diesem Saal unter Schmerzen, die man ihm nicht anmerken sollte, sein Plädoyer für Franz Kafka hielt.

Aus seinen Briefen zu zitieren ist es noch zu früh. Nur einen Absatz möchte ich anführen, aus einem Brief, den er mir vor zwei Jahren schrieb, und ich möchte mir erlauben, zu zitieren, was ich ihm antwortete.

„Wenn Du in die Mythologie sinkst", schrieb er, „dann begegnest Du sicher dem Prinzen Hippolytos, der hat sein Leben der Artemis geweiht, dieser schrecklichen Jungfrau, der Jägerin, und hat darüber Aphrodite zu dienen versäumt, und die rächt sich nun. . . . Hippolytos liegt am Schluß im Sterben, und nun hat er nur einen Wunsch: Die, der er sein Leben geweiht, seine Göttin, Artemis, die leichtfüßige Schweiferin, möge ihm in der Sterbestunde sich zeigen, und das tut sie auch, aber um zu sagen: I gitt, du stirbst ja, das ist nichts für mich, schon der Anblick von so einem verunreinigt mich; und sie haut ab. Irgendwie gehts einem mit dieser Scheiß-Literatur so. Man kriegt Briefe, was man da geleistet habe (so wie sich um den Hippolyt das erlegte Wild häuft), aber das ist alles Papier für Papier, und die Göttin erscheint nicht, und täte sie's, sagte sie sicherlich auch: I gitt."

„Lieber Franz", erwiderte ich ihm. „Vorausgesetzt, daß Europa nicht in den nächsten Jahren in die Luft fliegt: Das wichtigste ist doch, was wir schreiben. Mach doch bloß Dein Bergwerk. Die Artemis, die Jägerin, ist doch nur in der männlichen Ausdeutung eine ‚schreckliche Jungfrau', ursprünglich war sie nur ein anderer Aspekt der Aphrodite, und die beiden lagen nicht miteinander in unstillbarem Streit. . . . Und wenn die Göttin nicht herbeigezwungen, sondern auf die rechte Weise herbeigesehnt und -gewünscht wird, und sei es in der Sterbe- oder Schreibestunde, dann kommt sie ganz selbstverständlich, leichtfüßig und wohlgesonnen, und was sie sagt, ist keineswegs: I gitt. Sondern: Na, Alter, immer noch nicht klüger geworden? Und dann lächelt sie auf ihre unnachahmliche Weise, und . . . dann hörst Du sie atmen, und alles läßt sich machen. So wird es sein."

Ob es so war? Wie ich es ihm wünsche. Ob es so sein wird? Was wissen denn wir. Wie sagte doch Franz Fühmann, eine Gedichtzeile Georg Trakls umkehrend: „Die Sonne ist das, was keiner begräbt."

Juli 1984

Struktur von Erinnerung

Elisabeth Reichart: Februarschatten

Wer spricht denn hier. Eine Frau, Hilde. Gleich nach den ersten Sätzen der Erzählerin setzt ihre Stimme ein. Wen redet sie an. Wessen Augen beobachten sie denn, wer erzählt überhaupt. Welches sind die Ereignisse, die sich so mühsam, gegen ihren zähen Widerstand, aus ihrer Erinnerung herausarbeiten. Und warum diese abgehackten, atemlosen Sätze. Aus ihnen und aus den nachstoßenden Fragen und Beobachtungen der Tochter, vor der diese Sätze auf der Flucht sind, entfaltet sich das ganze Beziehungsgeflecht, in dem diese Frau, Hilde, die immer übersehen wurde, gelebt hat.

Ich las dieses Buch gespannt. Die Anstrengung, die mir auferlegt wurde, erschien mir nötig, nicht willkürlich. Die Struktur des Textes, die einer Enthüllung zutreibt, entspricht dem Gang der Erkundung, den die Autorin unternommen hat, und sie entspricht auch dem Vorgang des Sich-Erinnerns. Ich hatte das Gefühl, an einer Ausgrabung mitzuarbeiten, vor deren Ergebnis mir graute. Wir nehmen teil an den Zuckungen einer Frau, die etwas Entsetzliches herauswürgen soll. Ein Wissen, ein Geheimnis, das sie selbst beinahe nicht mehr kennt, so fest hat sie es in sich eingeschlossen. Vergiß! war ihr Überlebenswort, das sie ihren Nächsten unkenntlich machte und sie in eine unselige Selbstvergessenheit trieb. Diesen Zwangsmechanismus deckt das Buch auf, unbestechlich, aber nicht erbarmungslos, denn die Tochter, die schreibt, die der Mutter ihr Geheimnis abverlangt, steht nicht als die Schuldlose, Rechthabende da, sondern als die Jüngere, die es, unverdient und auch mit Hilfe der Mutter, besser, leichter hatte. So daß sie das Wissen und die Kraft sammeln konnte, um zu fragen.

Gegen Ende des Krieges, Anfang Februar 1945, wurden fast 500 sowjetische Offiziere, die aus dem Konzentrationslager Mauthausen entflohen waren, von der Bevölkerung des Mühlviertels in Oberösterreich niedergemacht.

Elisabeth Reichart ist im Mühlviertel aufgewachsen. Nie, niemals hat sie von den Erwachsenen auch nur eine Andeutung über jenen Massenmord gehört, bis sie selbst fast erwachsen war. Da sprach ihre Großmutter. Wir saßen uns in einem Wiener Restaurant gegenüber, als sie mir davon erzählte, ähnlich stockend, wie sie hier schreibt. Daß diese Mitteilung ihrem Schreibzwang für ihr erstes Buch die Richtung geben mußte, war selbstverständlich. Und daß der Schock, den die Mitteilung auslöste, in dieses Buch eingehen mußte, auch.

Aber sie mußte ja trotzdem zu verstehen suchen. Sie mußte einen Menschen zu verstehen suchen, der dabei war, fast noch ein Kind. Der nicht mordete, aber niemals sprechen konnte. Die reine Schuldzuweisung wäre einfacher gewesen, sich selbst aus dem Spiel zu lassen wäre einfacher gewesen. Schwieriger war es, die Verheerungen aufzuspüren, welche die Verhältnisse in einem Menschen anrichten können und dabei gerecht zu bleiben. Schwieriger, die ambivalenten Gefühle auszuhalten, welche die Erzählerin überfallen, während sie nicht nur in ihrer Figur, auch in sich selbst eine Tiefenschicht nach der anderen abhebt. Haß und Mitleid, Abscheu und Verständnis, Verzweiflung und Schuld – die auch wieder nur an den Reaktionen der Mutter abzulesen sind.

Diese Autorin will ihrer Figur nicht antun, was ihr das ganze Leben lang angetan wurde: Sie will sie nicht zu ihrem Objekt machen. Mir scheint, darin bestand ihre lange und gegen sich selbst rücksichtslose Arbeit an diesem Stoff, daß sie frei wurde von einem blinden Zorn und zu einem sehenden Verständnis kam, das für die Zukunft aussichtsreicher ist. Gewissenhaft, vielleicht übergewissenhaft findet diese Autorin in dem Mittel der doppelten Brechung eine Möglichkeit, ihre Figur von sich selbst zu befreien; indem die Form, die seltsam scheint, oft streng und gebunden, sich auf einmal selbst aufgeben kann: Wenn Hilde, die Mutter, von der doch angeblich die ganze Zeit die Rede war, über die geschrieben wurde, plötzlich aus ihrem Figur-Sein ausbricht und, nachdem sie das Manuskript der Tochter gelesen hat, korrigierend eingreift: Diese Frau bin nicht ich. Die ist ein Hirngespinst der Tochter. Ich habe nie eine schwarze Katze gehabt. Auch sie hat nie eine Katze gehabt. Nichts als Lügen ... Dieses Haus hat es nie gegeben. So wenig, wie meinen trinkenden Vater.

Aber da steht nun das Haus, schwer zu vergessen. Da ist dieser trinkende Vater, da ist das Dorf. Dies alles so hingestellt zu haben, wie aus Stein, wie aus Fleisch und Blut, und es zugleich als Erfindung zu kennzeichnen und in der Schwebe zu halten, erscheint mir als die eigentliche künstlerische Leistung von Elisabeth Reichart. Und die Tatsache, daß ein anderer Umgang mit Menschen als der mörderische, über den sie schreibt, nicht deklariert wird, sondern als aufmerksames Verhalten der Autorin zu ihren Figuren in die innerste Struktur dieses Buches eingegangen ist.

August 1984

Erinnerung an Friedrich Schlotterbeck

„Die Besten müssen springen
in den Riß der Zeit"

Liebe Gabriele Walter, auf Ihren Plan, dieses Buch herauszugeben, reagierte ich freudig zustimmend. Friedrich Schlotterbeck ist Ihr Landsmann; daß Sie Ihren Verlag mit seinem Lebensbericht eröffnen wollten, leuchtete mir ein; mehr: Es erscheint mir als ein später, symbolischer Akt der Heimholung eines viel zu lange wenig Beachteten, und so meinen Sie es wohl auch. Was hinderte mich also, diese wenigen Seiten, ein „Nachwort", das Sie sich ausgebeten hatten, schnell zu schreiben? Ich muß versuchen, das mir und Ihnen zu erklären.

Ich fange mit Ihren jungen und älteren Lesern an. Ich versuche mir vorzustellen, welche Gefühle und Phantasien der simple Satz in ihnen auslöst: Frieder Schlotterbeck war Kommunist. Ein Reizwort, das womöglich ein ganzes Alarmsystem in Gang setzt, Bilder heraufbeschwört, Empfindungen, die nur scheinbar Urteile sind. Ich frage mich, ob es gelingen kann, einen solchen in vielen Köpfen fest steckenden Brocken Vorurteil aufzulösen in die Geschichte eines Mannes, der so beschaffen war, daß er mit Haut und Haaren in die deutsche Geschichte dieses Jahrhunderts verwickelt werden mußte. Seine höchste Lust war die Lust am Widerspruch, und eines der Wunder dieser Existenz war es für mich, daß ihm diese Lust nicht verging – auch dann nicht, wenn er selbst immer wieder zwischen die Mahlsteine gefährlicher Widersprüche geriet. Es machte ihm einen unbändigen Spaß („unbändig" war eines seiner Worte), den feinsten Verästelungen nachzuspüren, die letzten Würzelchen auszugraben, aus denen dann am Ende die großen „Schweinereien" erwachsen waren. In seinem schwäbischen Bauernschädel, der auch der Kopf eines Landpfarrers hätte sein können, gab es keine festgefrorenen Klischees; da wurden historische Bewegungen beobachtet, leidenschaftlich wurde ihren Ursprüngen nachgetüftelt, und die Methoden und Ergebnisse solcher Forschungsarbeit wurden uns dann genüßlich unterbreitet. Also nun paßt emal uff, die Sache ist doch so . . . Das konnte dann lange dauern. Das konnte in einer der zahllosen Versammlungen jener Jahre sein, oder bei ihm zu Hause, in der Sitzecke mit den riesigen Sesseln, die ihm und Aenne, seiner Frau, in ihrer „Dresdener Zeit" aus dem Besitz des ehemaligen Nazi-Gauleiters Mutschmann übereignet worden waren, oder, im Sommer, draußen, auf der sogenannten „Terrasse" neben ihrem Haus in Groß Glienicke bei Potsdam. Der Kreis konnte groß oder klein sein, er konnte zusammengesetzt sein, wie er wollte – Frieder hätte weder seinen Tonfall geändert noch sein Thema, noch die Brisanz und Schärfe seiner Aussagen. Er glaubte – ich muß es wohl so sagen: Er glaubte an die Überzeugungskraft vernünftiger Argumente – ein weiteres Wunder dieses Charakters, wenn man sein Leben kennt, oder wenigstens dieses Buch gelesen hat. Und, da Wunder anscheinend Wunder erzeugen: Tatsächlich wurden Leute „besser" in seiner Nähe, nachdenklicher, offener, weniger mißtrauisch, toleranter. Bürokratisches und dogmatisches Gebaren schienen sich nicht nur an ihm selber, sie schienen sich auch in seinem Dunstkreis schwer halten zu können, außerdem bezog er sie – gerade sie! – als bevorzugte Objekte in seine Untersuchungen ein.

Und das war wohl ein anderer innerer Widerstand, den ich gegen diese Aufzeichnungen hatte: Würde es mir jetzt schon möglich sein, einen Schimmer von dem Geist jener Jahre festzuhalten, die für mich – so sehr schwierig sie mir damals oft vorkamen – doch in ein etwas milderes, „menschlicheres" Licht getaucht sind, verglichen mit der grellen, nüchternen und drohenden Beleuchtung dieses Jahrzehnts.

Erst heute gebe ich mir darüber Rechenschaft, daß das Vorhandensein dieser beiden – Frieder und Aenne Schlotterbeck – eine Oase von Freundlichkeit, Zuneigung, Erfahrung, von Unerschrockenheit, Heiterkeit und Witz für uns schuf. Man konnte hingehen und verzwickte politische Entscheidungen mit ihnen erörtern. Man konnte aber auch ausführlich wegen eines Rezepts für eine opulente schwäbische Kartoffelsuppe mit Frieder telefonieren. Man konnte damit rechnen, daß er im frühen Frühjahr bloß mal schnell vorbeischaute, um ein Bündel Salat aus seiner Frühbeetzucht abzuwerfen. Man konnte, wo es nötig war, komplizierte Intrigen mit ihm spinnen; allerdings bekam sein Gesicht dann einen Grad von eulenspiegelhafter Verschmitztheit, daß die Geheimhaltung gefährdet wurde. Bei Schlotterbecks wurde gelebt, mit beiden Füßen auf der Erde, Kopf und Herz frei für Gedanken und Gefühle. Mangel und Armut, jede Art von Einschränkung hatten sie in ihrer Jugend, und später, überreichlich erfahren. Für ihre Sehnsucht nach einem vollen, reichen – nicht saturierten – Leben für sich und ihre Klasse hatten sie gekämpft wie wenige. Jetzt vertagten sie das Leben nicht auf den Sankt-Nimmerleins-Tag, an dem alle Menschen gut, alle Widersprüche beseitigt und die Erde ein Paradies wären. Frieder Schlotterbecks Fähigkeit, zu genießen, war umfassend und produktiv, auch ansteckend. Er genoß das Zusammensein mit Menschen aller Art, er genoß es, zu lesen, mit Kindern umzugehen, im Garten zu arbeiten; er genoß es, sich zu bewegen. Er rannte immer, wie ein Jüngling. Oft stellte ich mir diesen bewegungshungrigen Mann in die Enge einer Zelle, eines Zuchthausflurs gezwungen vor. Er hatte nachzuholen. Und wie er es genoß, zu lachen! Seine Besessenheit, Menschen und Zeit zu durchschauen, machte vor sich selbst nicht halt: Er lachte auch über sich, über seine „Pannen", „Betriebsunfälle", über seine schwachen Seiten. Das zog uns Jüngere so an: Hier war ein Mann, der sich nicht ein einziges Mal, um sich Autorität zu verschaffen, hinter seinem Leben verschanzte, das uns ungeheuer erschien, sondern der dieses Leben und seine Lehren mit uns durchging, als stelle er sie noch einmal zur Disposition. Nie ist es ihm darum gegangen, sich ins rechte, was heißt: ins beste Licht zu rücken. „Daß wir noch lebten, war Glückssache. Daß wir moralisch bestanden hatten, unsere eigene Leistung. Doch darüber sprach man nicht.“

Frieder hat sich nie zum Lehrer aufgeworfen. Aber bei ihm lernten wir, was wir auf keine andere Weise hätten lernen können: zuhörend, grinsend, zähneknirschend, kopfschüttelnd, nachfragend, diskutierend, protestierend, widersprechend, lachend. Sehen Sie, auch diese persönlichen Erinnerungen stehen mir eigentlich im Wege, ich kann Frieder Schlotterbeck nicht zum Objekt meiner Betrachtung machen, er kommt mir mit seinen widerspenstigen Kommentaren andauernd in die Quere. Ich sehe ihn im Krankenhausflur stehen, in seinem etwas abgewetzten braunen Bademantel, leicht geneigten Kopfes und höflichen Gesichts die Vorhaltungen und Ermahnungen entgegennehmend, die wir uns nach seinem ersten Herzinfarkt herausnahmen. Also schonen. Eine langsamere Gangart einschalten. Nicht mehr rauchen. Jaa, sagte er. Isch schon recht. Wird gemacht. Aber ob ich nicht auch den Typ in seinem Zimmer ganz kollossal fände in seinem spontanen Klassenbewußtsein. – Er konnte keine Ruhe geben. Wenn der Arzt ihm absolute Bewegungslosigkeit verordnet hat, liegt er im Bett und fuchtelt auf beängstigende Weise mit den Armen. Das ist nämlich so, sagt er, wenn du nicht andauernd gegen den Schafpferch anrammelst, dann wächst er auf dich zu.

Erkennen, durchschauen „wie der Laden läuft“, war ihm ein Bedürfnis wie Luftholen. Er war Arbeiter und Revolutionär, das machte sein Denken konkret, gesättigt mit sozialer und historischer Erfahrung, verbindlich, zukunftsgerichtet. Von seinem Vater, dem Stuttgarter Metallarbeiter, der ihm den Traum von der sozialistischen Revolution in Deutschland weitergegeben hat, erzählte er, er habe ihm als Jungen einmal im Schaufenster einer Buchhandlung „Das Kapital" gezeigt, ehrfürchtig: das Buch, das er niemals kaufen konnte, das er selbst auch nicht hätte lesen können. Der Sohn brachte es, mit Strichen und Randnotizen versehen, 1930 von der Schule in Moskau mit. Da war der Grund für seine marxistische Bildung gelegt. Frieder Schlotterbeck, ein kritischer philosophischer Kopf, hatte ein vertraulich-familiäres Verhältnis zu den marxistischen Klassikern, sprach von ihnen auf unnachahmlich respektlose Weise, luchste ihnen ihre Methoden ab, wälzte sie um und um, notierte seine Lesefrüchte in klitzekleiner Steno-Schrift in zahlreiche Notizbücher und beehrte uns manchmal mit Lesungen aus seinem Zitatenschatz, oder er verschickte „mit schmatzendem Behagen" – dies einer seiner Lieblingsausdrücke – Aussprüche von Marx, Engels, Rosa Luxemburg und Lenin, die ihm auf die gegenwärtige Lage, meist als sarkastischer Kommentar, zu „passen" schienen. Undogmatischer als er war keiner. Leuten, die den Marxschen Geist am liebsten auf Apothekerflaschen ziehen, ging er gewaltig auf die Nerven. Es müssen Hunderte von Stunden gewesen sein, in denen wir mit den Schlotterbecks Gründe, Erscheinungsformen und Folgen sektiererischen, erstarrten Denkens durchgegangen sind. Gegen sechs Uhr abends gab es dann oft ein Glas Sekt, und inzwischen war auf dem Herd in der Küche ein Gericht von Frieder angesetzt worden und fertig geköchelt, das man später, während man ununterbrochen weiterredete, verspeiste. An dir ist ein Koch verlorengegangen, sagten wir, aber er *war* ja gar nicht verloren, der Koch, sowenig wie der Historiker, der Schriftsteller, der Forscher „verloren" waren. Er hockte sich über Prozeßakten, in Archive; ich kenne keinen besseren Führer durch Potsdam, als er es war: Er sah Preußens Gloria mit dem scharfen, unbestechlichen Blick von unten, von den ins Militär gepreßten langen Kerls, von den zur Arbeit gepreßten Waisenhauskindern her. „Im Rosengarten von Sanssouci" ist noch heute ein lesenswertes Buch.

Einmal hat er uns mitgenommen in die mecklenburgische Kleinstadt Bützow und ist mit uns am Zaun des Gefängnisses langgegangen, in dem er noch einmal, in den fünfziger Jahren, einige Jahre verbringen mußte – „unter falschen Anschuldigungen", wie es später hieß. An jenem Tag hat er wenig gesprochen, nur sachliche Anmerkungen gemacht: Das dort oben war das Fenster, da und da habe er gearbeitet. Als Tischler. Später auch in der Bibliothek. – Dieser böse Prozeß, diese Anschuldigungen – sie waren nicht nur falsch, sie waren absurd –, diese Haft haben ihn bis an sein Lebensende nicht losgelassen. Er und Aenne Schlotterbeck, die ihm aus der Schweizer Emigration gefolgt war und der es erging wie ihm, haben zu würgen und zu schlucken gehabt an diesem Unrecht, das ihnen Leute antaten, die sie für die eigenen hielten. Als wir sie kennenlernten, Anfang der sechziger Jahre, konnten sie schon darüber sprechen: sarkastisch, zornig, später manchmal ingrimmig-humorvoll; merkwürdigerweise nie bitter. Erklären kann ich das nicht; es zu bewerten, maße ich mir nicht an. Es war so. Anstatt zu verzweifeln oder zu verbittern, machte Frieder Schlotterbeck sich daran, sich nun auch noch mit der Geschichte seiner eigenen Partei auseinanderzusetzen. Wer, wenn nicht er hatte das Recht, den Dingen auf den Grund zu gehen, Phrasen, Halbantworten zurückzuweisen, an Vorgänge und Konflikte zu rühren, die ihm selbst schwer zu schaffen gemacht hatten. Er wollte Bescheid wissen, ehe er starb. Es kratzt nicht mehr so sehr, sagte er einmal, als er einen besonders wunden Punkt berührte. Man wird etwas milder mit den Jahren.

Viel schwieriger fand ich es, ihn über das Ende seiner Familie zu befragen. Hier setzte die Scheu ein Tabu. Nie habe ich ihn gefragt, wie seine Nächte waren. Nie, wie er mit dem Los des einzigen Überlebenden fertiggeworden ist. Wenn ich mich in seine Lage zu versetzen suche, stoßen meine Gedanken an eine Grenze; diese Heimkehr, die er am Ende seines Buches beschreibt, kann ich mir nicht in allen Einzelheiten ausmalen. Vor wenigen Jahren stand ich vor diesem halben Reihenhaus in der Annastraße 6 in Stuttgart-Untertürkheim, das die Familie Schlotterbeck sich in den zwanziger Jahren baute, als der Vater Gotthilf auf Dauer bei Daimler Arbeit gefunden zu haben glaubte. Eine Tafel, die Sie kennen werden, erinnert daran, daß alle Angehörigen dieser Familie: der Vater Gotthilf; die Mutter Marie; der Bruder Hermann; die Schwester Gertrud; Frieders Braut Else Himmelheber – daß sie alle, bis eben auf Frieder Schlotterbeck, der in die Schweiz hatte entkommen können, im November 1944 von den Nationalsozialisten umgebracht wurden.

„Die Besten müssen springen in den Riß der Zeit" – diesen Spruch gab man ihm bei seiner Jugendweihe. Das hört sich gut an, wie Sprüche immer. Aber wenn solch ein Spruch Wirklichkeit wird? Und wenn der „Riß der Zeit" eher wie ein Reißwolf aussieht, der einen zu zerfetzen, zu zermalmen droht, ehe er einen verschlingt? „Doch darüber sprach man nicht." Einmal hat er, sachlich und unsentimental, einen merkwürdigen Satz gesagt: Er sehe, daß die unerwünschten Leben wie das seine ganz und gar verlorengehen würden. Natürlich widersprach ich ihm. Heute aber frage ich mich doch, wer eigentlich noch das inständige Bedürfnis hat, einem Leben wie dem seinen wirklich nachzugehen; wer noch wirklich wissen will, was er empfand, der Illegale, in jener Nacht in Chemnitz, im Dezember 1933, vor dem alle Türen, die in irgendein Haus, in irgendein Zimmer geführt hätten, sich geschlossen hatten. Als eine „Turmuhr zu schlagen" begann, und „jeder Schlag sagte: Aus! Aus!" Er wußte, was ihn erwartete. Das schlimmste, hat er gesagt, sind nicht die Folterungen und die Schläge gewesen, da hast du zurückgeschlagen. Das schlimmste war, wenn sie dir einen reinbrachten, physisch und psychisch fertig; kein Gesicht mehr; du kennst ihn, er kennt dich.

Sagt aber, am Rande des Umkippens, er kenne dich nicht. Du kennst ihn auch nicht. Aber sie haben dir gezeigt, was sie mit dir machen können.

Ganz selten, an zwei, drei Stellen seines Berichts, deutet Frieder Schlotterbeck einen Grad von Verzweiflung an, der ihm das Leben gleichgültig macht. Einmal kann er, als Stubenältester im KZ, einen schwer erkrankten Mithäftling, einen alten Mann, nicht retten; er stirbt an der Roheit und dem Zynismus der SS-Mannschaft. Doch nicht denen, sich selbst legt er diesen Tod zur Last. Er meldet sich zum Minenräumen: „Bei mir ist es egal." – Ich glaube, diese Art bedingungsloser Menschlichkeit ist das Fundament, auf dem wir weiterleben. Wenn es sie nicht *auch* gegeben hätte – wie selten, vielleicht vereinzelt auch immer –, wäre in Deutschland nach der Niederschlagung des Faschismus nur noch ein Vegetieren, keine Geschichte mehr möglich gewesen. Denn es ist nicht wahr, daß aus Unmoral Geschichte wird.

„Der Mensch ist nicht zu allen Zeiten schön" – das hat Frieder Schlotterbeck sehr wohl gewußt. Aber er hat auch das andere erfahren. Vor mir liegt ein Manuskript der Rede, die er 1969, am 25. Todestag seiner Angehörigen, auf der Gedenkfeier der IG-Metall in Stuttgart-Untertürkheim für seinen Vater gehalten hat. Indem er über diesen Mann spricht, den er „schwierig" nennt – stolz, respektlos, ja drohend sei er gewesen, „wie sich vor hundert Jahren Friedrich Engels den Arbeiter wünschte" –, indem er sein Leben nachzeichnet, in welchem die Klassenkämpfe die herausragenden Ereignisse gewesen sind, enthüllt er zugleich die Wurzel für die Unanfechtbarkeit der ganzen Familie durch den Bazillus des Nazi-Denkens. Vielleicht kennen Sie jenes „Waldheim", ein Stück der „eigenen Welt", die Arbeiter sich vor dem ersten Weltkrieg geschaffen haben. „Es war Heimat, gewährte Schutz, Geborgenheit und Kraft"; er, der Redner, hat diese Geborgenheit und diese Verbundenheit als kleines Kind erfahren, und ich glaube, daß er aus dieser Erfahrung sein Leben lang Kraft schöpfen konnte. Es läßt sich ausdenken, was ein Sohn aus gutbürgerlichem Hause, der ähnlich begabt gewesen wäre wie dieser Arbeiterjunge, aus seinen Talenten, dem Geld und der Protektion des Elternhauses sich für einen Lebenslauf hätte zurechtzimmern – nein, eben nicht „zimmern“: auf welcher Lebensbahn er hätte dahingleiten können. Ich bin sicher, diesen gedachten Doppelgänger hätte Frieder Schlotterbeck in keinem Augenblick seines Lebens beneidet. Ganz andere Werte hatten sich ihm unausrottbar eingeprägt, die brachten ihm keinen materiellen Gewinn, keine Titel und Stellungen, aber sie hielten ihn lebendig und waren zukunftsträchtig. Er war ein nobler Mensch. Am Grabe seines Bruders Hermann, in dem außer dem Leichnam dieses Bruders Urnen mit der Asche unbekannter Ermordeter aus Dachau beigesetzt sind, sagte Frieder Schlotterbeck vor sechzehn Jahren: „Diese Toten hier starben für die Würde des Menschen, für sein Recht auf Persönlichkeit, um ein bißchen Freiheit.“

Frieder Schlotterbeck starb im April 1979. An seinem Grab sagte ich: Mit ihm geht ein Mensch aus unserem Leben, wie wir ihm nicht mehr begegnen werden, wir fühlen es wohl alle, so allgemein und banal dieser Satz auch scheinen mag.

April 1985

Zeitgenossen
II

Fragen an Anna Seghers

Christa Wolf: Frau Seghers, Ihr neues Buch, „Die Entscheidung", handelt in unserer unmittelbaren Gegenwart. Wie kann man nach Ihrer Erfahrung einen Teil des Lebens, der noch nahe liegt, richtig darstellen, so daß er beinahe wirkt wie etwas Historisches, über das man schon einen genauen, abgeschlossenen Überblick hat?
Anna Seghers: Man überlegt, wie sich bestimmte Menschen, die man sich genau vorstellen kann, in bestimmten Situationen verhalten haben; man fragt sich: Wie hat dieser Robert oder Richard damals reagiert, bei welchem Ereignis kommt sein Charakter, sein Wesen voll und ganz heraus? Sicher, ich werde mein möglichstes tun, um sie in entscheidende Situationen zu bringen. – Aber ich gehöre zu den Schriftstellern, die nicht gut über das reden können, was sie schreiben, und wenn ich diese Antwort lese, wird sie mir vielleicht ganz falsch vorkommen ...

Noch einmal: Wenn man die Situationen, von denen ich sprach, genau und klar schildert, wie sie wirklich waren, auf Grund alles dessen, was man weiß, dann wirken sie wie Dokumente. Das ist vielleicht, was Sie als historisch empfinden: daß ich versuche, möglichst einfache, klare Dokumente aus Vorfällen zu machen.
Christa Wolf: Und wieso wissen Sie, daß der Vorfall, den Sie möglichst genau aufschreiben, so gewesen ist, wie Sie ihn sehen?
Anna Seghers: Ich habe den Sozialismus nicht erfunden. Er ist vorhanden, in der Wirklichkeit. Da ich selbst den

Sozialismus wünsche, drücke ich aus, indem ich die Wirklichkeit richtig schildere, was zum Sozialismus drängt. Ich drücke aus, was die Menschen dazu bringt, dem Sozialismus zu helfen, und was andere dazu bringt, ihn zu hemmen.

Man findet in unserem Leben viele Erscheinungen, Gutes und Schlimmes. Im Zusammenleben der Menschen beobachtet man manches, was nur heute und nur hier möglich wäre, und anderes wieder, was schon lange existiert. Beides zusammengenommen gehört in ein Buch, damit es Saft und Kraft bekommt, damit der Leser sich in dem Buch erkennt und versteht.

Christa Wolf: Was würden Sie als die Grundidee Ihres Buches bezeichnen?

Anna Seghers: Das Buch heißt „Die Entscheidung". Mir war die Hauptsache, zu zeigen, wie in unserer Zeit der Bruch, der die Welt in zwei Lager spaltet, auf alle, selbst die privatesten, selbst die intimsten Teile unseres Lebens einwirkt: Liebe, Ehe, Beruf sind sowenig von der großen Entscheidung ausgenommen wie Politik oder Wirtschaft. Keiner kann sich entziehen, jeder wird vor die Frage gestellt: Für wen, gegen wen bist du? – Das wollte ich an verschiedenen Menschenschicksalen zeigen.

Christa Wolf: Haben Sie Prototypen für Ihre Figuren oder für einige von ihnen?

Anna Seghers: Ich stelle nie mir bekannte Menschen genau dar. Eine literarische Gestalt setzt sich aus Wirklichem und Erfundenem zusammen.

Christa Wolf: Ihr Buch bringt eine Fülle von Gestalten. Wahrscheinlich werden verschiedene Leser zu verschiedenen Romanfiguren ein besonders enges Verhältnis finden. Ich habe zum Beispiel am meisten an Robert Lohse gehangen.

Anna Seghers: Andere Menschen sagten mir, daß ihnen die Riedls oder Thomas besonders nahe seien . . . Ich habe Lohse gern, weil er es nicht leicht hat. Menschen, die es immer leicht haben und besonders strahlend sind, mißtraut man etwas, ehe man sie nicht auf die Probe gestellt sieht. – Bei Lohse übrigens hat mich ein Thema besonders interessiert, das ich in diesem Buch vielleicht noch gar nicht genug herausgearbeitet habe. Ich möchte es später noch einmal aufgreifen, vielleicht in einer Erzählung. Ich meine das Verhältnis zwischen den Fähigkeiten eines Menschen und seinen Leistungen. Das erscheint mir ein wichtiges Thema in unserer Zeit.

Die große Entscheidung für oder gegen uns fiel für Robert Lohse schon in der Nazizeit, gehört also zur Vorgeschichte des Romans. Im Buch geht es darum, daß Robert, der sich inzwischen oft bewährt hat, nun, da seine Klasse gesiegt hat, immer noch darum kämpfen muß, oben zu bleiben, nicht abzusinken. Es geht darum, ob er imstande ist, sein Talent zu entwickeln. Wird er noch Lehrer werden? Ist er nicht schon zu alt? Hat nicht seine schwere Vergangenheit seine Fähigkeiten taub werden lassen, obwohl er sich sehnt, etwas zu leisten, und sein Zurückbleiben ihn unglücklich macht? – Ob sich ein Mensch entwickeln kann nach seinem Talent und seinen Fähigkeiten oder ob er daran gehindert wird und dauernd zurückgestoßen, das ist ein wichtiger Maßstab für die Gesellschaftsordnung, in der der Mensch lebt. Damals war es noch häufig Zufall, ob ein Mensch auf die Umstände traf, die ihn wirklich weiterbrachten. Heute haben es begabte Menschen bei uns viel leichter ... Mir scheint, auf dieses Problem lassen sich viele Widersprüche, viele persönliche Konflikte von Menschen zurückführen.

Christa Wolf: Auch an diesem Problem wird einem deutlich bewußt, wie schnell unsere Entwicklung in den letzten Jahren gewesen ist. Oft fragte ich mich beim Lesen des Buches: War das damals wirklich so schwer bei uns, so mühsam? Wahrscheinlich werden sich viele Leser die eigenen Erinnerungen zwischen die Seiten schieben. Auch wenn die Handlung abbricht, weiß man, wie es weitergehen wird: man schreibt unbewußt, aus eigenen

Erfahrungen schöpfend, mit. Daher möchte ich Sie noch etwas fragen: In Ihrem Buch müssen drei Menschen sterben: Rentmair, Katharina Riedl und Herbert Melzer.
Anna Seghers: Auch andere, zum Beispiel der Schwiegersohn von Castricius, der erschossen wird!
Christa Wolf: Ich vergaß ihn, weil ich ihn nicht bedauert habe; ich fand richtig, daß er erschossen wird. – Überhaupt haben mich in diesem Buch „unsere" Leute durchweg mehr interessiert als „die anderen". Um die drei Toten auf unserer Seite tat es mir leid. Zum Beispiel Katharina: *Mußte* sie sterben, als sie sich gerade entschieden hatte, zu uns zu kommen?
Anna Seghers: Ich sah von Anfang an das Schicksal dieser zwei Liebenden – Katharinas und ihres Mannes – als ein schweres und tragisches an. Es begibt sich im kalten Krieg. Riedl hat gedacht, als er ohne Katharina aus dem Westen wieder zurückfuhr: Wäre sie mit mir gegangen, hätte sie lange Zeit bei mir bleiben können, dann wäre sie wahrscheinlich in unser Leben hineingewachsen; aber sie konnte nicht probeweise mitgehen: es gibt nur hüben und drüben. Sie hat sich Furcht einjagen lassen. Sie ist zu spät gekommen.

Vielleicht fragt mancher: Was geht mich ihr Schicksal an? Ich glaube, der Autor darf die Menschen nie allein lassen. Jeder muß beim Lesen fühlen: Sieh an, der versteht mich, selbst da, wo der eigene Mann, der beste Freund, die Mutter mich nicht mehr verstehen. Der kennt meine Sorgen und gibt mir die Hand, der weiß was von mir. – Wenn Katharina gedankenlos, vergnügt über die Grenze hüpfte – wer weiß, ob sie dadurch Menschen so helfen könnte, wie sie es jetzt vielleicht tut? Ich meine, die Gestalt in einem Buch muß selbst nicht unbedingt optimistisch sein, um Optimismus, um richtige Handlungen beim Leser zu erzeugen. – Katharina und Riedl drücken etwas für unsere Zeit sehr Typisches aus, es gibt viele Menschen ihrer Art. Es gibt auch viele, die ein ähnliches Schicksal haben, ohne daß einer von beiden sterben muß.

Christa Wolf: Und der Herbert Melzer? Mußte der auch sterben?

Anna Seghers: Muß? Was meinen Sie damit? Sie werden schon gemerkt haben, daß ich ungern über Menschen spreche, die mir beim Schreiben wichtig sind. – Ich denke, mit Melzer ist das so: Er ist ein Mensch zwischen den Klassen. Vielleicht hätte er nicht unbedingt zugrunde gehen müssen. Er hat geschwankt, er war schon weit abgetrieben. Nun, da er zurückfindet, geht er aufs Ganze: auf Tod und Leben. Nachdem er sich entschlossen hat, zum nichtreproduzierten, zum wirklichen Leben zu gehen, trifft es ihn sofort mit voller Wucht.

An der Melzer-Handlung war mir auch folgendes wichtig: Die drei Spanienkämpfer Richard Hagen, Robert Lohse und Herbert Melzer sind zuerst zusammen. Sie werden getrennt, ihr Leben spielt in verschiedenen Ländern und Situationen. Herbert, der in die ungünstigste Umgebung kommt, kann doch nicht aufhören, an die beiden anderen zu denken. Er glaubt, sie seien tot. In Wirklichkeit sind die zwei am Leben und arbeiten, er aber wird zugrunde gehen.

Christa Wolf: Die Handlung Ihres Buches breitet sich, wie Sie eben selbst sagten, über verschiedene Länder aus.

Anna Seghers: Ja, das ist gut. Manche Ereignisse, die in der DDR geschehen, werden auf Ereignisse in verschiedenen Ländern zurückgeführt. Da ich selbst in vielen Ländern war, sehe ich manches, was vielleicht hier entlegen erscheint, in seinem Zusammenhang. Ich glaube, es ist wichtig, das Gefühl zu entwickeln, mit wieviel Ländern man zusammenhängt, auch wenn man sich gar nicht von der Stelle bewegt.

Christa Wolf: Der Mittelpunkt Ihrer Romanhandlung, Treffpunkt der wichtigsten Fäden, das Entwicklungszentrum für die bedeutendsten Gestalten ist – so weit sich die Handlung auch über andere Länder und Kontinente ausbreitet – die sowjetische Besatzungszone und später unsere Republik. Und in der Republik ein Stahlwerk.

Anna Seghers: Kein bestimmtes Stahlwerk. Ein ausgedachtes.
Christa Wolf: Aber Sie kennen Stahlwerke?
Anna Seghers: Ja. In anderen Ländern und auch hier. Aber nicht genug.
Christa Wolf: Wahrscheinlich haben Sie ein Stahlwerk gewählt, weil zu dieser Zeit die Stahlindustrie der wichtigste Zweig unserer Wirtschaft war?
Anna Seghers: Nein. Nicht bewußt. Ein Stahlwerk macht einen Eindruck wie das Meer und das Hochgebirge, nur daß es der Mensch ist, der hier die Macht hat. Man sieht dort eine große Kraftentfaltung; der Mensch, der das Feuer bändigt, wirkt mächtig. Der ganze Vorgang ist so real, daß er schon wieder märchenhaft wirkt, er zeigt Wildes und Gezähmtes zugleich. Ein Martinofen ist mit nichts zu vergleichen.
Christa Wolf: Haben Sie sich mit den technischen Problemen der Stahlproduktion bekannt gemacht?
Anna Seghers: Bekannte halfen mir. Ich habe in den Werken manches gefragt. Ich las Bücher. Ich habe mir viel erklären lassen. Trotzdem weiß ich noch nicht viel. Sicher, Technik kann und muß man poetisch darstellen, aber richtig. Das tat man schon längst. Zum Beispiel Tolstoi in „Anna Karenina". Er gebraucht das Motiv der Eisenbahn, die damals doch noch ganz neu war, immer wieder bis zum Tod der Anna. Wronski und Anna träumen von Eisen! Wir müssen aus unserem eigenen Gefühl das Verhältnis des Menschen zur Technik, zur Maschine darstellen!
Christa Wolf: Welche Materialien haben Sie zur Vorarbeit für Ihren Roman verwendet?
Anna Seghers: Broschüren aus der Zeit, in der das Buch spielt, viele mit Bildern. Auch technische Bücher. Wichtig waren mir Zeitungen, von denen ich mehrere alte Jahrgänge hier habe. Zum Beispiel „Der Volksbetrieb" im Tribüne Verlag. Wenn ich sie durchlese, weiß ich, worüber damals die Arbeiter diskutierten, und ich weiß auch, was zum Beispiel Robert damals selbst gelesen hat.

– Außerdem gucke ich mir an, was Kollegen vor mir über ähnliche Themen geschrieben haben. – Wenn ich ungefähr die Idee, die Handlung, die Hauptgestalten im Kopf habe, schreibe ich probeweise ein paar Szenen. Da spüre ich, was dabei herauskommt, und mache mir selbst Lust auf das Ganze. Diesmal waren es zuerst, schon vor Jahren, ein paar Liebesszenen zwischen Robert und Lisa. Wenn ich dann merke, es wird etwas, gehe ich systematisch vor, nicht in chronologischer Folge.

Christa Wolf: Wann kommen die Tabellen, die ich bei Ihnen sah?

Anna Seghers: Ja. Ich lege mir gern für jedes Jahr eine Zeittafel an mit wichtigen und mit kleinen Ereignissen des betreffenden Jahres – hier bei uns und in anderen Ländern. Dazu kommen dann die Handlungen der wichtigen Personen. Wenn sich zum Beispiel in meinem Buch zwei Leute über das Essen beklagen, muß ich wissen, wie es damals mit den Rationen stand.

Christa Wolf: Darum steht auch hier: „16. September: Aufbesserung der Brot- und Nahrungsmittelrationen in der britischen Besatzungszone."

Anna Seghers: Das kann wichtig sein. Darum benutze ich so was für viele Erzählungen, manchmal sogar für märchenhafte. Darum brauche ich so was, beinahe für alle Geschichten.

Christa Wolf: Die Handlung Ihres Buches endet 1951. Wann begannen Sie es zu schreiben?

Anna Seghers: Ich hatte 1954 schon angefangen, ich schrieb einen Teil, dann wurde ich durch Krankheit gehindert, gleich fortzufahren, und mußte Anfang 1957 fast neu wieder anfangen.

Christa Wolf: Ihr Buch schließt mit der Bemerkung: „Ende des ersten Teils". Neulich hörten wir auf einem Forum in den Leuna-Werken, daß viele Leser solche Romane in Raten nicht sehr lieben. Sie möchten schnell erfahren, was mit den Helden weiter geschieht. Wann und wie denken Sie das Buch fortzusetzen?

Anna Seghers: Es gibt einige Personen, nach denen man

mich jetzt schon oft fragt. Deren Schicksal will ich weiter verfolgen. Ich will erklären, was mit ihnen weiter geschehen ist. Solche Personen sind zum Beispiel: Lohse, Lene Nohl, Lisa. Sehr gern habe ich die Ella Busch. Ihre Geschichte wird weitergehen. Weitergehen wird auch die Geschichte der Helen Wilcox. Auch die Familie Hagen mit dem angenommenen Kind kann im Mittelpunkt stehen. Ob es sich wieder bündelt, ob ein Roman in anderer Form daraus wird, das weiß ich noch nicht. Einzelne Teile werden wohl in einiger Zeit herauskommen, wenn mich daran nicht äußere Umstände hindern.

Jetzt überlasse ich die Leute aus meinem Buch eine Zeitlang sich selbst. Denn ich schreibe eine Novelle, die auf den Antillen spielt, im Atlantischen Ozean, eine dritte Geschichte zu den beiden Geschichten, die schon da sind: „Guadeloupe“ und „Die Hochzeit von Haiti“.

1959

Das siebte Kreuz

„Jetzt sind wir hier. Was jetzt geschieht, geschieht uns", heißt es im ersten Kapitel des Romans „Das siebte Kreuz". Dieses Eingangskapitel, mächtiger Anschlag eines großen Themas, ist unerreicht in der zeitgenössischen deutschen Literatur: der Blick über die Rhein-Main-Ebene; der Schäfer Ernst in seiner spöttisch-stolzen Haltung, dessen roter Halstuchzipfel steif wegsteht, „als wehe beständig ein Wind"; der aufsteigende Frühnebel, der Rauch aus den entfernten Fabriken, die sanfte vernebelte Sonne, unter der die Äpfel reifen. Die schönen Einzelheiten dieser Landschaft sammeln sich zu ganzer, unteilbarer Schönheit in der starken Lebensfreude des Menschen: „... zu diesem Stück Land gehören, zu seinen Menschen und zu der Frühschicht, die nach Höchst fuhr, und vor allem, überhaupt zu den Lebenden."

Die sieben Häftlinge sind um diese Zeit schon ausgebrochen. Ihre Flucht ist im Konzentrationslager Westhofen schon bemerkt. Die Sirenen haben schon geheult, die Wachmannschaften sind unterwegs, die Suchhunde losgemacht. Georg Heisler liegt an seine Weidendammböschung gepreßt, die Finger ins Gesträuch gekrallt, durch nichts mehr geschützt als durch den dicken Nebel. Ehe wir ihn sehen, sehen wir seine Heimat, wo seine Freunde leben, die Frauen, die er geliebt, die Genossen, mit denen er gearbeitet hat. Städte und Dörfer, durch die er fliehen wird; die ihm schön erscheinen werden, weil sie ihn verbergen, beschützen, retten: sein Land.

Inniger ist kaum eine Landschaft beschrieben worden. Vor unseren Augen verdichten sich Tätigkeiten, Handlungen, Gedanken zum festen Gewebe des Volksalltags. Ohne Aufhebens werden die Fäden sichtbar gemacht, die von alters her das ganze Gewebe tragen und halten, die dauerhafter sind als so manches, was sich zu seinen Lebzeiten für unsterblich erklärte. Gelassen werden die Schicksale von Herrschern und Reichen genannt, die sich für unvergänglich hielten, aber durch Gewalt oder durch das unwiderstehliche Wirken der Zeit längst untergegangen sind. Die Hügelkette, einst „der lange Rand der Welt", da ihr Limes den Römern für immer die Grenze zwischen Kultur und Wildnis zu bezeichnen schien – heute nicht einmal für Kinder ein Hindernis, ihre Verwandten nachmittags zu Kaffee und Streuselkuchen zu besuchen; der zarte Mönch, der von hier aus hineinritt in die vollkommene Wildnis, „die Brust geschützt mit dem Panzer des Glaubens" – „aber nicht den Adler und nicht das Kreuz hat die Stadt dort unten im Wappen behalten, sondern das keltische Sonnenrad". Dieses Stück Erde war Sammelplatz des Frankenheeres, Schauplatz der Kaiserwahlen. Hier stellten die Jakobiner ihre Freiheitsbäume auf. Das Zweite und nun das „Dritte" Reich gingen darüber hin („Tausende Hakenkreuzelchen, die sich im Wasser kringelten!"). Sie alle, Potentaten und Usurpatoren, richteten nichts aus gegen den stolzen Gleichmut des Schäfers Ernst, der, wie das Land, von alledem nichts weiß und doch so dasteht, „als wüßte er all das und stünde nur darum so da".

So hat das vorher noch keiner gesehen. Wer es kannte, wird es jetzt so sehen. Wer ihm neu begegnet, wird es wiedererkennen. „Macht und Glanz des gewöhnlichen Lebens", in dem alles beschlossen ist: Banalität und Poesie. Der Geschmack des täglichen Brotes und der alltägliche Kampf des Volkes um das Brot. Die Härte seines Kampfes und seine Größe. Davon lebt das Buch, auch wenn die Erinnerung an einen Heisler, an die sieben Kreuze und ihre furchtbaren Schatten über

Deutschland künftige Leser nicht mehr schmerzen wird wie uns. Dieses Buch wird nicht aufhören, in seinen Lesern ein brennendes Gefühl des Am-Leben-Seins zu wecken, Glück und Qual zugleich. Und man wird dafür keinen besseren Ausdruck finden als die Worte: „Jetzt sind wir hier. Was jetzt geschieht, geschieht uns."

Anna Seghers ist, während sie dieses große Bild vom Leben ihres schwer unterdrückten, schwer leidenden, teils widerstehenden, teils zögernden und teils kapitulierenden Volkes entwirft, ganz auf ihr inneres Auge, auf die Zuverlässigkeit ihres Gedächtnisses, auf die Untrüglichkeit ihrer Phantasie angewiesen. Deutschland ist für sie unerreichbar. Das sechste, das siebente Emigrationsjahr vergehen über der Arbeit an diesem Roman. Als sie ihn zu schreiben beginnt, ist sie schon eine erfahrene Erzählerin.

Ihr Grundstoff, die sozialen Zustände und Kämpfe dieses Jahrhunderts, wird in den ersten Erzählungen aufgenommen („Grubetsch"; „Die Ziegler") und beherrscht ihr erstes Buch: „Aufstand der Fischer von St. Barbara". Der neue Ton, die Eigenart dieser gleichnishaften, fast legendären Beschreibung einer Fischerrebellion vor der angenommenen Landschaft einer Nordseeinsel, überraschte auch die bürgerliche Literaturkritik. Anna Seghers bekam für dieses Buch den Kleist-Preis. Im selben Jahr, 1928, sie ist achtundzwanzig Jahre alt, wird sie Mitglied der Kommunistischen Partei.

Sie war in Mainz aufgewachsen, in der Landschaft des „Siebten Kreuz", als Tochter eines Kunsthändlers. In ihrer Kindheit und Jugend wurden ihr die Kulturtraditionen ihres Volkes und anderer Völker vertraut. Sie studierte Kunstgeschichte, reiste in verschiedene Länder Europas. Mit wachem Bewußtsein hat sie die hoffnungs- und qualvollen Jahre nach dem ersten Weltkrieg erlebt. Als Studentin begegnete sie Revolutionären, die nach gescheiterten Revolutionen aus ihren Ländern in Ost- und Südosteuropa emigriert waren. Aus ihren Erzählungen, aus der Erfahrung internationaler Solidarität, entsteht ihr zweites Buch: „Die Gefährten". Als die Herrschaft Hitlers beginnt, muß sie mit ihrer Familie das Land verlassen.

In der Emigration gibt es nur ein Thema: Deutschland. Damit steht Anna Seghers nicht allein. Die sozialistische deutsche Literatur, nach 1933 über viele Länder verstreut, leistet ihren Beitrag, dem Volk die tieferen Gründe für die Katastrophe zu offenbaren.

1933 beginnt Anna Seghers mit dem Roman „Der Kopflohn" ihren großen Deutschlandzyklus – den bisher einzig dastehenden Versuch, das Schicksal der Deutschen seit dem Ende des ersten Weltkrieges in einem umfassenden epischen Werk darzustellen. Nach dem „Kopflohn", einer schonungslosen Untersuchung, warum ein deutsches Dorf sich dem Faschismus ergibt, erscheint 1937 in Amsterdam „Die Rettung", ein Bergarbeiterroman aus der Zeit der großen Krise zu Beginn der dreißiger Jahre.

Dann beginnt die Schriftstellerin die Arbeit am „Siebten Kreuz". Das Material für ihr Buch, die Tatsachen, erfragt sie sich von Menschen, die aus Nazi-Deutschland flüchten konnten. Auch von den Kreuzen erzählt man ihr, die in einem Konzentrationslager für geflohene Häftlinge aufgestellt wurden. Sie ist gewöhnt, Menschen zum Reden zu bringen, ihre Geschichten aufzunehmen und zu verarbeiten. Als Historikerin weiß sie mit Zeitungsmeldungen, Dokumenten, Archivmaterial umzugehen; als Marxistin hat sie die Sicherheit in der produktiven Auswahl.

Sie schreibt in Cafés oder in ihrer Wohnung im Pariser Vorort Bellevue. Was niemand ihr geben kann, muß sie aus sich selbst nehmen – das Wichtigste: diese fast unheimliche Sicherheit in der Charakterisierung der Menschen, ihrer Veränderung unter der faschistischen Diktatur, ihrer Deformierung oder Bewährung. Von der Echtheit in diesem Punkt, von der dokumentarischen Treue ihrer Vorstellungskraft für tausend wichtige Einzelheiten hing alles ab. Der Abstand, der durch die Trennung entstanden war, mußte eingeschmolzen werden. So selten und bewundernswert diese Leistung ist – sie hat nichts Mystisches. Sie kann nur einem Dichter gelingen, der seit langem in jedem Augenblick des Lebens alle vergangenen Augenblicke mitsieht – die genutzten und die versäumten – und alle künftigen Möglichkeiten, gute und schlimme.

Die Schriftstellerin schreibt für Leser, die es damals nicht gibt und die es erst wer weiß wann geben würde. Sie wendet sich mit Beschwörungen, Mahnungen, ja mit Ratschlägen an ihre Landsleute, an die Deutschen in Hitlers Drittem Reich. Die aber würden vor dem Ende dieses Reiches kaum von diesem Buch erfahren. Zu wissen: Sie müßten schneller zu sich selbst finden, würden sie es kennen ... Nicht nur Talent und Kenntnisse, auch Mut gehörte unter diesen Umständen zu einem solchen Roman, mehr Mut, Beharrlichkeit und Selbstüberwindung, als sowieso zum Schreiben gehört.

Das Manuskript entsteht unter unsicheren äußeren Verhältnissen: Wenige Monate, nachdem es abgeschlossen ist, marschieren deutsche Wehrmachtsstiefel durch Paris, zwingen seine Autorin, sich zu verbergen, überantworten eines der wichtigsten Bücher, das damals in deutscher Sprache geschrieben ist, einem ungewissen, zufälligen Schicksal. Anna Seghers schreibt am 19. Dezember 1939 an F. C. Weiskopf nach New York: „Ich habe meinen Roman beendet und ihn an meinen Verleger geschickt (einen früheren Mitarbeiter des Kiepenheuer Verlages, C. W.), der augenblicklich in New York ist.“ In diesem und einem folgenden Brief vom März 1940 bittet sie, alles zu tun, damit „Das siebte Kreuz“ schnell in englischer Sprache erscheinen kann: „... weil mir dieses Buch besonders am Herzen liegt. ... Ich hoffe, daß Ihr bald Erfolg habt. Ich würde unendlich glücklich sein, und ich werde Euch stürmisch umarmen, denn, wie ich gesagt habe, dieses Buch hat für mich eine besondere Bedeutung ...“

Inzwischen wird Anna Seghers von der Gestapo in Paris gesucht. Es gelingt ihr nach Monaten, mit ihren beiden Kindern in den unbesetzten Süden Frankreichs zu entkommen, in ein kleines südfranzösisches Städtchen in der Nähe des Lagers Le Vernet, wo ihr Mann mit anderen deutschen Antifaschisten von den Vichy-Behörden interniert ist. In Marseille, auf der zermürbenden Jagd nach Ausreisepapieren für Mexiko, beginnt sie „Transit“ zu schreiben – ein Buch, das die deutschen Leser noch für sich entdecken müssen –, sie setzt es fort auf dem Schiff, das sie nach Mexiko bringt.

Erst 1942 erscheint „Das siebte Kreuz“ in englischer Sprache in einem amerikanischen Verlag, später als Riesenauflage in einer der größten Buchgemeinschaften der Vereinigten Staaten. Dies war die Zeit nach dem Kriegseintritt der USA, die Regierungszeit Roosevelts; damals gab es in Amerika ein großes Interesse an einem Buch wie dem „Siebten Kreuz“, damals konnte ein solcher Stoff in Hollywood verfilmt werden. Viele mit den deutschen Verhältnissen nicht vertraute Leser erfuhren hier zum erstenmal, daß der Faschismus sich zuerst gegen das eigene Volk richtet, zuerst im eigenen Volk Widerstand findet.

Fast gleichzeitig erscheint der Roman im Emigrationsverlag „Das freie Buch“ in Mexiko zum erstenmal als Ganzes in deutscher Sprache (die ersten beiden Hauptkapitel waren vor dem Krieg in der Zeitschrift „Internationale Literatur“ in Moskau gedruckt worden). Ist auch die Auflagenhöhe dieser ersten deutschsprachigen Buchausgabe nicht hoch, war sie doch eine Leistung unter den in jeder Hinsicht schwierigen Bedingungen des fremden Landes.

Die Zeichen eines großen Talents sind in jedem der früheren Bücher der Seghers sichtbar. Sie selbst kennt sich zu genau in unwägbaren Veränderungen aus, als daß sie nicht verstünde, wie schwer man die Besonderheit des „Siebten Kreuz“ schildern kann. Mit den üblichen Begriffen der Literaturkritik ist sie kaum zu erfassen. Die vollständig gelungene Synthese von sozialer und nationaler Problematik in diesem Buch kann, so bedeutsam sie ist, nicht alles erklären. Woher diese überraschende Steigerung zu bestürzender Vollkommenheit? Alles Literarische ist abgefallen. Die Wahrheit selbst spricht nüchtern, unwiderlegbar. Was eingesetzt wurde, sie zu erzeugen – Schmerz und Liebe, Trauer und Heimweh, Hoffnung und Zorn –, tritt nun hinter sie zurück. Die strenge Grenze der genauen Beschreibung von Vorgängen wird nicht durchbrochen. Was gebändigt, doch immer gegenwärtig hinter dieser Grenze bleibt, gibt erst dem Buch Wärme und Fülle.

Unmittelbar, nachdem sie ihren Roman beendet hatte, im Dezember 1939, plante Anna Seghers einen „großen Essai über das gewöhnliche und gefährliche Leben, eine Arbeit von großer Aktualität". Er wurde nicht geschrieben. Doch die Spannung zwischen diesen Polen „gewöhnlich" und „gefährlich" ist eines der Grundelemente im „Siebten Kreuz", ein Prinzip seiner Komposition, widersprüchliches, handlungstreibendes Motiv. Ganz gewiß gehörte sie in jenen Jahren zu den Grunderfahrungen verfolgter, illegal kämpfender Antifaschisten, wie sie eine Grunderfahrung des Heisler ist: Staunen über den Fortgang des normalen Lebens, Sehnsucht, in ihm untertauchen zu dürfen; Enttäuschung des Franz Marnet, daß die Nachricht von der Flucht der sieben Häftlinge „fast nicht einsickern wollte auf dem dürren Boden des gewöhnlichen Lebens". Und auch wieder der Schutz, den es dem Gehetzten bietet: „So gelassen strömt das gewöhnliche Leben, daß es den mitnimmt, der seinen Fuß hineinsetzt." Das schwerste ist, die Abgesondertheit zu ertragen; einen Menschen, der Georg heißt wie man selbst, bei einer Liebesnacht belauschen zu müssen, ihn heiß um das allergewöhnlichste Mädchen zu beneiden. An Dutzenden von Menschen vorbeizukommen, die ihrer tagtäglichen Beschäftigung nachgehen, in die scheinbar sich selbst genügende Harmonie fremder

Schicksale einzudringen. Wie versteht man den Franz Marnet, wenn er sich einen Augenblick lang fragt – da er doch längst bereit ist, jede Gefahr auf sich zu nehmen –, „ob dieses einfache Glück nicht alles aufwiege. Ein bißchen gewöhnliches Glück, sofort, statt dieses furchtbaren unbarmherzigen Kampfes für das endgültige Glück irgendeiner Menschheit, zu der er, Franz, dann vielleicht nicht mehr gehört."

Ihm ist schon geantwortet, an einer anderen Stelle des Buches, von einer Frau, die er nie kennen wird, der Frau Bachmann. Ihr ist durch die Schwäche, durch den Verrat des Mannes gerade dies zerstört: ihr „gewöhnliches Leben mit den gewöhnlichen Kämpfen um Brot und Kinderstrümpfe. Aber ein starkes, kühnes Leben zugleich, heißer Anteil an allem Erlebenswerten."

Die Einsicht, wie sehr sie einander bedrohen, das gewöhnliche und das gefährliche Leben, hängt eng mit der Erkenntnis zusammen, wie unlösbar sie miteinander verquickt sind. Jeder, vor dem der Flüchtling oder einer seiner Helfer erscheint, steht vor der Frage: Bist du bereit, alles, was dir lieb ist, aufzugeben, um es dir zu erhalten? Es zeigt sich: Wer am stärksten an diesem Leben hängt, wer am meisten unter Abseitsstehen leidet, der besteht am ehesten. Es liegt etwas Unheimliches in der Unerbittlichkeit dieser Prüfung, von der nicht einmal jeder der Geprüften etwas ahnt: Schon durch eine Überlegung des Arbeitskollegen, ob er für die jetzt benötigte Hilfeleistung in Frage käme, wird er erhoben oder fallengelassen.

Kein Gedanke, daß die, welche einer Tat, eines Opfers für wert gehalten werden, untadlig und ohne Fehler seien. Vom Koloman Wallisch, dem österreichischen Arbeiterführer, der 1934 gehängt wurde, hat die Seghers in einem Gespräch sagen lassen: Er war „Fleisch vom Fleisch der Arbeiterklasse, das man gequält hat. . . . Deshalb ist der Mann nicht tot und heilig, sondern mit Fehlern und lebendig." Ähnlich bildet sich „in den Dörfern und Städten seiner Heimat das Urteil über Georg, das unzerstörbare Grabmal" – über jenen Heisler, der früher alle möglichen Geschichten am Hals gehabt, alle möglichen Streiche ausgeführt hat, die sich als Nebensache erwiesen, als die Nazis in Westhofen versuchten, ihn und gerade ihn zu brechen, als er zeigen konnte, wer er wirklich war.

Wie ungeheuer gefährdet, wie bedroht dieses normale Leben ist, an das Tausende Menschen sich klammern wie an ihr Seelenheil, ohne zu merken, daß es zur Falle wird – das kann nur der glaubhaft machen, der um die Faszination des Volksalltags weiß, der auch die kleinste seiner Regungen nicht verachtet: nicht die Verwendung landschaftlich gefärbter Ausdrücke aus der Umgangssprache, nicht die Neigung des Volkes, einander mit Spitznamen zu rufen. Aus jedem Augenblick dieses Buches holt die Dichterin das Äußerste heraus, weil jeder für Georg der äußerste Augenblick sein kann. Das gibt den Alltagsszenen ihren Doppelsinn. Sie könnten nicht intensiver, alltäglicher, auch verlockender wirken als unter dieser Bedrohung. Prall, farbig, duftend, wohlschmeckend und wirklichkeitsvoll sind die unscheinbaren Dinge, aus denen so ein Alltag besteht: die Jacke des kleinen Helbig, das blütenweiße Kopftuch seiner Freundin, die roten Korallen in Elli Mettenheimers Ohren, die Dampfnudeln der Liesel Röder, der tischgroße Apfelkuchen in Marnets Küche, in der sich an so einem Apfelkuchensonntag sogar die vier Reiter der Apokalypse, nachdem sie ihre Pferde an den Gartenzaun gebunden, „wie vernünftige Gäste benehmen" würden. In ganz bestimmten hintergründigen Augenblicken durchleuchten uralte Märchenmotive die Vielsichtigkeit und Einsamkeit der Situation. „Gab es nicht irgendein Märchen, in dem ein Vater dem Teufel verspricht, was ihm zuerst aus dem Haus entgegenkommt?" fragt sich der alte Mettenheimer, gequält in der Liebe zu seinem liebsten Kind. Paul Röder, auf die Hilfe eines vertrauenswürdigen Menschen angewiesen, versteht sich plötzlich auf das Geflüster der Menschen, wie jener Mann im Märchen sich auf die Stimmen der Vögel verstand, nachdem er von einer bestimmten Speise gekostet. Und die stumme beklommene Mahlzeit des Flüchtlings bei dem Ehepaar Kreß: „Ach, essen von sieben Tellerchen, trinken aus sieben Gläschen, keinem ist's ganz geheuer dabei . . ."

„Seit zweitausend Jahren hat die Kunst sehr wenig Grundstoffe hervorgebracht. Die Abwandlung ist vielfältig", schreibt Anna Seghers einmal. Vielfältige Abwandlung von „Grundstoffen" gibt es auch in diesem Buch: erste Fragen des Kindes, erste Liebe, Kummer über erste Enttäuschung, unverbrüchliche Lebensfreundschaft, Treulosigkeit, Verrat – das widerfährt jedem, immer. Man erkennt es, man fühlt sich erkannt. Ein kleiner, manchmal winziger Zusatz macht aus dem Gestern das Heute, aus den vorbeifließenden Leben das eigene, im Innersten berührende Schicksal. Aus der Zeit, die da zum Zerreißen zwischen Beharrungsvermögen und Gefahr gespannt ist, macht dieser winzige Zusatz für jeden Leser: Gegenwart. Das Gegenwartsbewußtsein der Autorin, das „Jetztgefühl der Epoche" machen aus dem Material das Kunstwerk, das dauern wird, weil es seiner Zeit nichts schuldig blieb. Die Quelle für ihre Arbeit und für jede Kunst hat Anna Seghers selbst genannt: „Wir haben im eigenen Volk empfangen, was Goethe den Originaleindruck nennt, den ersten und darum unnachahmlich tiefen Eindruck von allen Gebieten des Lebens, von allen gesellschaftlichen Zuständen, den Eindruck, an dem wir bewußt und für immer vergleichen und messen."

Ein großes Talent zeichnet sich nicht dadurch aus, daß ihm zufällt, was anderen Mühe macht. Viel eher kennzeichnet es die Fähigkeit, sich aller Mittel zu seiner Verwirklichung, die seine Zeit ihm in die Hand gibt, auf ertragreichste Weise zu bedienen. Anna Seghers hat sich in den dreißiger Jahren, ehe und während sie an ihrem Buch schrieb, auf verschiedene Weise mit seiner Problematik auseinandergesetzt.

1935, auf dem Internationalen Schriftstellerkongreß

zur Verteidigung der Kultur in Paris, der mit auf ihre Anregung einberufen worden war, spricht gerade sie über jenes vieldeutige, viel mißdeutete, mächtige Wort: Vaterlandsliebe. Ernst, ohne nationalistische, aber auch ohne antideutsche Ressentiments, untersucht sie, was Vaterlandsliebe bedeuten könne, in dieser Zeit und für Deutsche.

„Es ist noch nicht allzulange her, seit Menschen für die Idee ‚Vaterland' ein schweres Leben erleiden oder einen schweren Tod. Am Anfang der bürgerlichen Epoche, da wurde der Nationalstaat die neue und weite und gemäße Form für neue gesellschaftliche Inhalte, ein Tiegel, in dem die Reste des Feudalismus vertilgt wurden. Damals war es ein und dasselbe, Patriot und Revolutionär zu sein ... Fragt erst bei dem gewichtigen Wort ‚Vaterlandsliebe', was an eurem Land geliebt wird. Trösten die heiligen Güter der Nation die Besitzlosen? ... Tröstet die ‚Heilige Heimaterde' die Landlosen? Doch wer in unseren Fabriken gearbeitet, auf unseren Straßen demonstriert, in unserer Sprache gekämpft hat, der wäre kein Mensch, wenn er sein Land nicht liebte ... Entziehen wir die wirklichen nationalen Kulturgüter ihren vorgeblichen Sachwaltern. Helfen wir Schriftsteller am Aufbau neuer Vaterländer, dann wird erstaunlicherweise wieder das alte Pathos wirklicher nationaler Freiheitsdichter aufs neue gültig werden."

Anna Seghers war sich früh bewußt, daß ein Epiker in der deutschen Literatur damals kaum eine Tradition vorfand, an die er anknüpfen konnte. Es gab nicht den großen deutschen Gesellschaftsroman. Anna Seghers sagt auf diesem Pariser Kongreß, was sie später oft wiederholen wird:

„Selten entstand in unserer Sprache ein dichterisches Gesamtbild der Gesellschaft. Große, oft erschreckende, oft für den Fremden unverständliche Einzelleistungen, immer war es, als zerschlüge sich die Sprache selbst an der gesellschaftlichen Mauer ... Bedenkt die erstaunliche Reihe der jungen, nach wenigen übermäßigen Anstrengungen ausgeschiedenen deutschen Schriftsteller. Keine Außenseiter und keine schwächlichen Klügler gehören in diese Reihe, sondern die Besten: Hölderlin, gestorben im Wahnsinn, Georg Büchner, gestorben durch Gehirnkrankheit im Exil, Karoline Günderrode, gestorben durch Selbstmord, Kleist durch Selbstmord, Lenz und Bürger im Wahnsinn. Das war hier in Frankreich die Zeit Stendhals und später Balzacs. Diese deutschen Dichter schrieben Hymnen auf ihr Land, an dessen gesellschaftlicher Mauer sie ihre Stirnen wund rieben. Sie liebten gleichwohl ihr Land. Sie wußten nicht, daß das, was an ihrem Land geliebt wird, ihre unaufhörlichen, einsamen, von den Zeitgenossen kaum gehörten Schläge gegen die Mauer waren. Durch diese Schläge sind sie für immer die Repräsentanten ihres Vaterlandes geworden."

1938 schreibt sie, in ähnlichem Zusammenhang, schon während der Arbeit am „Siebten Kreuz": „Wir hatten keinen deutschen Barbusse, keinen deutschen Romain Rolland." Schon damals studiert sie, was moderner Gesellschaftsroman heißt, bei den Franzosen (sie liest, nachdem sie von Paris fliehen mußte, aus der Bibliothek eines kleinen südfranzösischen Städtchens den ganzen Balzac) und bei den Russen (Tolstoi, Dostojewski). Einem Moskauer Freund schreibt sie auf eine Frage nach der Wirkung russischer Literatur: „. . . Da kamen in den russischen Büchern die Gedanken und Handlungen, auch die größten, aus dem Leben heraus. Das Leben war dichter als meins, die Menschen waren mehr Menschen, ihr Leid war mehr Leid, ihre Freiheit war mehr Freiheit, der Schnee war auch mehr Schnee, das Korn mehr Korn. Weil aber alles unmittelbar aus dem Leben kam, gewann ich sozusagen den Mut zum Schreiben. Ich verstand, daß es nichts gibt, was man nicht schreiben kann . . . Ich lernte (unbewußt), wie wichtig es beim Schreiben ist, daß das Bewußtsein aus dem Sein kommt. Daß Revolution und Konterrevolution mit jedem Alltag verbunden ist."

Heute klingen diese Sätze wie eine Selbstinterpretation. Nun, da es das organisch gewachsene Werk der Seghers gibt, „ein Gesamtbild der Gesellschaft in unserer Sprache“, nun kommt es uns nicht mehr so schwierig vor, wie es ihr selbst an seinem Beginn erschienen sein muß: aus diesem Hexenkessel von Wirklichkeit ihren Stoff heraus- und heraufzureißen (denn: „Was erzählbar ist, ist überwunden“); Deutschland zu zeigen in seinem grellen, zuckenden Übergang von der alten zur neuen Gesellschaft; das brodelnde Durcheinander als Kämpfe der Klassen zu schildern. Gestalten heißt: etwas begreifen, noch nicht Begriffenes in das Licht des Bewußtseins rücken. In allen ihren Büchern ist der Grundvorgang „die Entschleierung des Menschen, das Durchblitzen ihres wahren Gesichts“.

Anna Seghers beendete ihre Rede auf jenem Pariser Kongreß im Jahre 1935 mit einer Strophe des Italieners Manzoni, die sie siebzehn Jahre später, wieder in der Heimat, Berliner Studenten noch einmal zitiert – mit der zurückhaltend-eindringlichen Geste des Lehrers, der weiß, daß der Kampf um die Seelen der Menschen mit der Zerschlagung des Faschismus eigentlich erst beginnt:

Wehe dem, der die Fahne verkannte,
der, wenn Leiden und Opfer vorbei
und die Fackel des Sieges entbrannte,
sich verhüllt: Ich war nicht dabei.

Dies könnte man, müßte man sich auf vier Zeilen beschränken, für den Kern, für das ideelle Zentrum ihres Buches erklären. – Anna Seghers hat damals, durch den zufälligen Hinweis eines Freundes angeregt, Manzonis Roman „Die Verlobten“ gelesen. Sie suchte nach einer Möglichkeit, mit einer einfachen Geschichte einen Querschnitt durch die ganze deutsche Gesellschaft legen zu können. Der Manzoni-Roman beschreibt den Irrweg zweier Verlobter aus niedrigem Stand durch das Italien des 17. Jahrhunderts. An Inhalt und Stoff der Absicht der Dichterin sehr fern, entzündete er doch die Idee für die Struktur des eigenen Buches: Die Flucht wird den Georg Heisler mit allen Klassen des Volkes in Berührung bringen, wird es ermöglichen, den Zustand dieses Volkes und sein moralisches Verhalten zu zeigen. Das Gelingen der Flucht dieses *einen* wird die Legende von der Allmacht der Nazis zerstören. Der wichtige Punkt, an dem Idee und Fabel eines Buches in eins zusammenfließen, war erreicht. – 1942, schon in Mexiko, „Das siebte Kreuz" soll gerade dort erscheinen, schreibt Anna Seghers über ihren Eindruck von Manzonis Buch: „Auch das Werk eines Manzoni, klassisch im hergebrachten Sinn, maßvoll im Aufbau, in jedem Satzgefüge, gibt das italienische Volk innen und außen als Ganzes. Keine politische Leidenschaft, eine kleine, beinah banale, zivile Begebenheit, die Liebe irgendeines Edelmannes für ein Bauernmädchen auf seinem Territorium, genügt dem Dichter, an dieser Begebenheit alle Konflikte seines Volkes in allen Schichten, in allen Individuen zu zeigen."

Als „Das siebte Kreuz" endlich zu uns kam, war es in fremden Sprachen schon ein Welterfolg. Gegen Ende des Krieges war es in einer Riesenauflage als Taschenbuch für die bewaffneten Streitkräfte der Vereinigten Staaten gedruckt worden. Ein Deutscher, Soldat in der amerikanischen Armee, hatte Anna Seghers geschrieben: „Als wir bei Mainz über den Rhein fuhren, habe ich den Helm abgenommen, Dir und den Freunden vom ‚Siebten Kreuz' zu Ehren." Zu dieser Zeit hat in Deutschland noch niemand das Buch gekannt. 1946 erschien im Aufbau-Verlag die erste Buchausgabe in Deutschland.

Ich sehe noch, in der altmodischen Handschrift meiner alten Lehrerin, den merkwürdigen Namen und den merkwürdigen Titel an unserer Schultafel stehen: Anna Seghers, Das siebte Kreuz. Wir wurden – das muß 1948 gewesen sein – gebeten, nach Goethe und Rilke nun auch dies durchzunehmen, da es heutzutage nun einmal sein müsse. Ohne Vorbehalte, wenn man bitten dürfte. Ich sehe noch den schnell zerfledernden Rowohlt-Rotationsdruck, den wir dann wirklich lasen. – Was aber lasen wir? Die atemberaubende Geschichte der Flucht eines Menschen, eines Kommunisten. Wir wünschten diesem Flüchtling das Gelingen seiner Flucht – man konnte nicht anders. Gleichzeitig wunderten wir uns: Glaubten wir doch, das zu kennen, was in jenen Jahren Deutschland gewesen war; wir hielten unsere kindliche Erinnerung damals noch für zuverlässig. Sollte also unter der glatten, uns oft glücklich erscheinenden Oberfläche ein solcher Heisler, sollten viele seinesgleichen um ihr Leben gelaufen sein, vielleicht an uns vorbei? Und hatten die anderen, die Erwachsenen, ihn aufgenommen – ihn ausgeliefert?

Die Fragen, die uns das Buch eingab, hingen eng mit unseren anderen Fragen aus jener Zeit zusammen. Sie drückten uns so, sie drängten sich so vor, daß wir weit davon entfernt waren, dieses Buch wirklich zu erkennen und zu verstehen. Außerdem: Um *ein* Buch richtig schätzen zu können, muß man viele gute Bücher gelesen haben. Auch davon waren wir weit entfernt. Doch die Frage, was in unserem Volk lebendig, gesund, wandlungsfähig geblieben sei, war direkt an uns gerichtet.

Heute erscheint dieser Roman uns „klassisch". Wir sehen, welches Maß an Voraussage in ihm steckt, unter welchen Schwierigkeiten errungen. Nicht zuletzt hat er uns das Bild jener Jahre mitgeformt. Erst allmählich nahmen wir die Welt der Dichterin in uns auf. Als letztes vielleicht spürt man das besondere, klare Licht, das aus diesem Kunstwerk kommt, so tragisch einzelne seiner Szenen, so bitter der Ausgang mancher Handlung: Das Licht eines nicht leicht erworbenen, nicht oberflächlichen und billigen Glaubens an dieses Volk, das mancher in jenen Jahren glaubte aufgeben zu müssen, das die Schriftstellerin niemals aufgab, weil sie es besser kannte. Das hat sie befähigt, sieben Kreuze zu diesem Symbol zu erheben. Das Licht, von dem ich sprach, kommt aus der Idee, die die Handlung trägt und durchleuchtet. Sie tritt manchmal direkt hervor – wie in der großen Szene des Verhörs des Wallau; meist zieht sie sich hinter die Handlung zurück. Sie lebt auf in den Häftlingen von Westhofen, als ihnen klar wird: Heisler ist entkommen: „Ein kleiner Triumph, gewiß, gemessen an unserer Ohnmacht, an unseren Sträflingskleidern. Und doch ein Triumph, der einen die eigene Kraft plötzlich fühlen ließ nach wer weiß wie langer Zeit, jene Kraft, die lange genug taxiert worden war, sogar von uns selbst, als sei sie bloß eine der vielen gewöhnlichen Kräfte der Erde, die man nach Maßen und Zahlen abtaxiert, wo sie doch die einzige Kraft ist, die plötzlich ins Maßlose wachsen kann, ins Unberechenbare."

In diesem Buch wird dem Volk reich zurückgegeben, was einst von ihm empfangen wurde. Dies wurde geschrieben mit dem festen, gut gegründeten Vertrauen, daß es nicht vergeblich sein würde. Denn der Stoff, aus dem dieses Buch gemacht ist, ist dauerhaft und unzerstörbar wie weniges, was es auf der Welt gibt. Er heißt: Gerechtigkeit.

1963

Ein Gespräch mit Anna Seghers

Christa Wolf: Frau Seghers, ich bin Ihnen dankbar, daß Sie bereit sind, mir einige Fragen zu beantworten, vor allem zu Ihrer Arbeitsweise, zu Ihrer Methode. Mir ist aufgefallen, daß in einem Lexikon über sozialistische Literatur, welches kürzlich bei uns erschienen ist, Ihre Erzählung „Ausflug der toten Mädchen", die Sie 1944 in Mexiko beendet haben (für mich übrigens eine Ihrer schönsten Erzählungen), überhaupt nicht im Text erwähnt wird. Ich weiß nicht, ob es daran liegt, daß sich dieses Stück Literatur, solange man Literatur nur nach dem Stoff beurteilt, so schwer kategorisieren läßt. Jedenfalls ist es immerhin auffallend, daß diese Geschichte als einzige Ihrer Arbeiten direkt biographische Züge trägt. Spielt das Biographische in Ihrem Werk sonst keine Rolle oder nur eine indirekte Rolle?
Anna Seghers: Sie fragen mich gleich einen Haufen Sachen auf einmal. Meine Freunde und auch ich selbst, wir haben diese Erzählung „Ausflug der toten Mädchen" gern. Ich muß sogar offen sagen, obwohl ich sonst kein sehr direktes Verhältnis habe zu dem, was ich schreibe, ich kann diese Geschichte gut leiden. Und wenn ich sage, meine Freunde haben diese Geschichte auch gern, dann meine ich Menschen aus beiden Deutschland und auch aus anderen Ländern. Menschen also aus dem Rheinland, meiner Heimat, die diese Geschichte sofort begriffen haben, und auch Menschen aus der Sowjetunion, die weit weg sind und was ganz anderes mitgemacht haben. Was dieses Lexikon, von dem Sie spre-

chen, anbelangt: ich wußte gar nicht, daß diese Erzählung in dem Lexikon für sozialistische Literatur nicht erwähnt worden ist. Ich habe nämlich nie nachgesehen, ich habe es jetzt erst durch Sie erfahren, aber jetzt interessiert mich die Sache, und ich will nachsehen, was darin über meine Arbeiten steht.

Was die biographischen Fragen anbelangt: die Erlebnisse und die Anschauungen eines Schriftstellers, glaube ich, werden am allerklarsten aus seinem Werk, auch ohne spezielle Biographie. Ich fürchte, ich mache damit etwas Schlimmes, weil Sie sich für das Biographische interessieren, und ich muß auch gleich sagen, daß ich selbst schon viele biographische Arbeiten geschrieben habe, aber keine autobiographischen.

Christa Wolf: Es stimmt: mich interessiert das Biographische. Aber nicht für sich allein, sondern insofern es umgesetzt wird in der künstlerischen Arbeit; dieser sehr verwickelte Prozeß, wie sich biographisches eigenes Erlebnis niederschlägt in Büchern, zum Beispiel in Ihren Büchern ... In diesem Zusammenhang gleich meine nächste Frage: Wann begannen Sie zu schreiben? Gab es da einen bestimmten Impuls, an den Sie sich erinnern können?

Anna Seghers: Als kleines Kind, als ganz kleines Kind, bevor ich in die Schule kam und im ersten Jahr, in dem ich in die Schule ging, war ich oft krank, und dabei lernte ich verhältnismäßig früh lesen und dadurch auch schreiben. Und dann erfand ich, hauptsächlich, weil ich allein war und mir eine Umwelt machen wollte, alle möglichen kleinen Geschichten, die ich mir vorerzählte, und manchmal schrieb ich auch drei Sätze, sozusagen zu Abziehbildern.

Christa Wolf: Und wie war das mit den frühesten Sachen, die dann veröffentlicht wurden?

Anna Seghers: Veröffentlicht wurden natürlich meine schriftlichen Arbeiten viel, viel später, da gingen manche Fehlschläge sicherlich voraus, nicht furchtbare Fehlschläge, ich kann mich nicht mehr genau erinnern. Aber schließlich und endlich, nachdem ich schon sicher manche Geschichte Freunden vorgelesen hatte und darüber mit ihnen gesprochen, mich gefreut, mich verkracht, wurden die ersten Arbeiten von mir veröffentlicht. Ich glaube, in der damaligen „Frankfurter Zeitung".

Christa Wolf: Das war wohl gegen Mitte der zwanziger Jahre. Sie schreiben in Ihrem Dostojewski-Essay sehr eindringlich über Ihre frühen Eindrücke von anderer Literatur, zum Beispiel gerade von der Erregung, die Sie und Ihre Freunde während Ihrer Studienzeit für Dostojewski erfaßt hatte. Woher kam diese Erregung?

Anna Seghers: Ich habe das, meine ich, in dem Essay sehr genau beschrieben. Eine Wirklichkeit ist uns aus den Büchern gekommen, die wir im Leben noch nicht gekannt haben. Für uns war es eine erregende, eine revolutionäre Wirklichkeit. Ich spreche jetzt nicht von der politischen Revolution, die ja nah war, zeitlich nah war damals, sondern ich spreche von einem revolutionären Herauswühlen, In-Bewegung-Gehen des menschlichen Schicksals, etwas durch und durch Unkleinbürgerliches.

Christa Wolf: Da wir gerade über andere Bücher sprechen: Wie ist es überhaupt mit dem Eindruck anderer Schriftsteller dieses Jahrhunderts auf Sie selbst? Wir erleben in letzter Zeit so oft Diskussionen und Streitereien über Tradition oder über Vorbilder, denen man sich verpflichtet fühlt . . .

Anna Seghers: Zunächst mal über den Begriff „Tradition". Ich glaube, da kann es gar keinen echten Streitpunkt geben, denn es ist klar, daß alles, was heute geschaffen wird, mit beruht auf etwas, was vormals vorgeschaffen wurde. Wenn ein Bauer seinen Acker pflügt, dann kann er es doch nur mit jahrhundertealten Erfahrungen, und auch ein Traktor macht diese Erfahrungen nicht überflüssig, im Gegenteil. Die Erfahrungen sind unbedingt nötig. Und haben Sie nicht das Wort eben gebraucht: „verpflichtet fühlen"? – Viele Werke der Weltliteratur, also nicht nur der deutschen Literatur, sondern der

Weltliteratur, und innerhalb der Weltliteratur deutsche Schriftsteller, haben Eindruck auf mich gemacht. Ich habe von manchem einzelnen gelernt, manches habe ich vielleicht direkt oder indirekt in mich aufgenommen, stark oder schwach. Ich kann mir kaum denken, wie ich damals soll gelebt oder geschrieben haben ohne einzelne solcher Eindrücke.

Sehen Sie, es ist mir schwer, ganz genau auf diese Frage einzugehen, und doch will ich mich bemühen, das richtig zu tun. Wichtig waren mir ganz verschiedene Leute und, ich muß es nochmals sagen, in ganz verschiedenem Maß und aus ganz verschiedenen Gründen: auch Proust, auch Kafka, nicht besonders und nicht allein selbstverständlich, aber auch Balzac und auch Stendhal, auch nicht allein. Sie haben mit zu der Welt gehört, aus der ich gelernt habe. Und allein bestimmt nicht nur Dos Passos, sondern erst recht Dreiser, erst recht Jack London, und selbstverständlich nicht ausgerechnet allein Kafka, aber in hohem Maß auch Theodor Fontane. Das alles habe ich lesen wollen, das alles war dazu da, damit ich möglichst viel verstehen konnte von der Welt, die mich umgeben hat. Und ich habe dann ausgesucht, was ich für richtig gehalten habe und was mir nicht richtig erschien, was ich für wichtig und was für unwichtig gehalten habe. So war das damals mit mir.

Christa Wolf: Ich möchte noch einmal diese Frage abwandeln in bezug auf die deutsche Literatur, aus folgendem Grund: Ich habe den Eindruck, daß Sie eine bestimmte Reihe von Namen aus der deutschen Literatur entweder besonders lieben oder aus anderen Gründen öfter erwähnen; zum Beispiel nennen Sie sie ganz ausdrücklich auf dem Pariser Kongreß zur Verteidigung der Kultur 1935. Da sprechen Sie in Ihrer Rede über „Vaterlandsliebe", und später in Aufsätzen im mexikanischen Exil, über folgende deutsche Schriftsteller: über Hölderlin, Büchner, die Günderrode, über Kleist, Lenz, Bürger; Sie schreiben Essays über Lessing und über Schiller.

Anna Seghers: Diese Schriftsteller habe ich auf dem Pariser Kongreß hauptsächlich zitiert, weil es mir als kein Zufall erschienen ist und auch heute noch nicht als ein Zufall erscheint, daß so viele begabte deutsche Schriftsteller in der Vergangenheit jung und verzweifelt umgekommen sind.

Christa Wolf: Ich möchte anknüpfen an etwas, was Sie in Ihrem Essay über Tolstoi sagen, den ich vor ganz kurzem erst wieder gelesen habe, ohne zu verstehen, warum er in unseren Realismusdiskussionen bis jetzt kaum eine Rolle spielt (ebensowenig wie Ihre Betrachtungen über Dostojewski und Schiller). Sie sagen: die Vorgänge der äußeren Welt setzen sich in einem langen und komplizierten Prozeß in Tolstois Werk um. Das gilt ja wohl für jeden Schriftsteller und für jedes Werk. Mich interessiert also, wie das Milieu Ihrer frühen Erzählungen: „Grubetsch", „Die Ziegler", der „Aufstand der Fischer von St. Barbara", also der Erzählungen der zwanziger Jahre, Ihnen nahegekommen ist. Woher kannten Sie diese proletarischen Hinterhöfe oder das Handwerkermilieu oder diese Fischer und solch eine Nordseeinsel?

Anna Seghers: Sie wissen doch aus vielen Gesprächen, die wir schon miteinander hatten, daß ich in einer kleinen Stadt oder kleineren Stadt aufgewachsen bin, ich bin durchaus keine Großstädterin. Nun, und dadurch bin ich mit vielen Orten von klein auf vertraut gewesen. Ich war nie milieugebunden im eigentlichen Sinn. Ich habe mir alles ganz genau angesehen, was mich schon als junges Ding interessiert hat.

Christa Wolf: Und Sie haben einmal von Ihrer frühen Nordseebegeisterung erzählt. Ist das eine Voraussetzung geworden für die „Fischer von St. Barbara" – Ihre Kenntnis der Nordsee schon in sehr frühen Jahren?

Anna Seghers: Ich habe das Meer immer sehr gern gehabt und habe es auch heute noch gern. Ob gerade diese Liebe eine große Rolle gespielt hat, das kann ich Ihnen gar nicht genau sagen. Sehr oft habe ich nicht über das Meer geschrieben, weil ich nicht gerne über Teile der

Wirklichkeit viel schreibe, die ich gern habe und liebhabe und doch nicht sehr gründlich kenne; ich bin ja kein Seemann. Ein Fluß spielt fast in allen meinen Geschichten und all meinen Romanen eine gewisse Rolle.

Christa Wolf: Ich bleibe bei Tolstoi oder bei Ihrer Interpretation von Tolstoi: Sie zitieren oft, wenn Sie vom künstlerischen Schaffensprozeß sprechen, seine „drei Stufen": daß man die Wirklichkeit zuerst frisch und unmittelbar erlebt, später versucht, sie sich in Zusammenhängen bewußt zu machen, und schließlich, wenn das Talent und die Umstände günstig sind, die dritte Stufe erreicht, auf der die Ergebnisse des Denkens wie eine zweite Natur geworden sind. Und Sie sagen, es gäbe bei uns und überall Künstler, die auf der zweiten Stufe beginnen und enden. Wie meinen Sie das, und woher kommt das Ihrer Meinung nach?

Anna Seghers: Im Grunde genommen haben Sie es eben schon gesagt: wir können es ja nicht besser erklären als Tolstoi, wir können es höchstens anwenden. Ich meine so: Viele unserer Schriftsteller – ich meine, hier bei uns in der DDR viele junge Schriftsteller, auch alte, gewiß – aus falsch aufgefaßter Parteilichkeit machen sie sich jedes Teilchen der Wirklichkeit zunächst einmal bewußt. Man hat nie den Eindruck, daß noch irgend etwas frisch und unmittelbar auf sie wirken darf. Man hat auch nicht den Eindruck, und das ist ja nötig, daß richtige Erkenntnisse zu ihrer zweiten Natur geworden sind, wie Tolstoi das nennt. Ihre schriftstellerischen Arbeiten muten einen an, als ob sie sich mühevoll andauernd beim Schreiben selbst jedes Detail mit all seinen sozialen Beziehungen bewußt machen müssen. Das sollte aber, wenn sie wirklich Künstler sein wollen und wenn sie erwachsene Leute sind, bereits hinter ihnen liegen. Es muß ihnen bereits selbstverständlich sein.

Christa Wolf: Ich möchte auf eines Ihrer Bücher kommen, das, glaube ich, bei uns den größten Erfolg hatte und den dauerhaftesten Erfolg hat, nämlich „Das siebte

Kreuz", das Sie in Paris schrieben, als Sie schon nicht mehr in Deutschland sein konnten, das aber gerade von der genauen Beschreibung des Volksalltags lebt und der Spannung, die zwischen eben diesem alltäglichen lebenden Volk und dem Revolutionär besteht, der sich verbergen und retten muß. Sie waren damals nicht in Deutschland. Wie war das Schicksal dieses Ihres Buches? Wie entstand es? Wie kamen Sie zu dem Material, das Sie brauchten? Wie war das Schicksal der Manuskripte?
Anna Seghers: Vielerlei Umstände, Begebenheiten sind mir immer wieder von Emigranten, und darunter waren auch Flüchtlinge aus Lagern, genau erzählt worden, genau beschrieben worden auf meine Bitte. Als ich das Manuskript schließlich korrigierte, hatte bereits der zweite Weltkrieg begonnen. Als es fertig war, gingen mir, zu meinem schrecklichen Kummer, mehrere Kopien verloren. Ich fürchtete sogar eine Zeitlang, die ganze Abschrift wäre verlorengegangen. Zum Glück aber, ich sage das gleich vorher, also wenigstens zu meinem Glück, ist ein Exemplar bei Franz Weiskopf, der damals in den Staaten war, angekommen. Ein französischer Freund, der es übersetzen wollte, lag als Soldat in der Maginot-Linie mit dem Manuskript. Und ein anderes, das ich einer Freundin geliehen hatte, ging bei einem Luftangriff mit dem Haus zugrunde. Und schließlich mußte ich ein Manuskript, ganz kurz bevor die Deutschen in Paris einzogen, selbst verbrennen. So war das damals.
Christa Wolf: Das Buch erschien doch zuerst in den USA?
Anna Seghers: Ja, aus den Gründen, die ich eben erklärt habe.
Christa Wolf: Und hatte dort einen großen Erfolg?
Anna Seghers: Man hat mir gesagt, zum Teil hat dieser Erfolg in den USA auch darauf beruht, weil viele Menschen zum erstenmal stutzig wurden; sie haben zum erstenmal verstanden, daß Hitler, bevor er sich auf fremde Völker gestürzt hat, den besten Teil seines eigenen Vol-

kes kaputt gemacht hat. Und wenig später ist dieses Buch in Mexiko herausgegeben worden in deutscher Sprache.

Christa Wolf: In dem Verlag „Freies Deutschland".

Anna Seghers: Ja. Damals war es so: Damit die spanischen Setzer, die kein deutsches Wort kannten, es richtig druckten, mußten unsere Kinder jedes Wort in Silben teilen.

Christa Wolf: Mir ist immer aufgefallen, daß Sie eigentlich zu allen Zeiten, auch in Zeiten größter Gefahr, wie in Paris, zu Märchen- und Sagenstoffen und -geschichten zurückgekehrt sind. Wie kamen Sie auf diese Stoffe und Motive?

Anna Seghers: Ich weiß selbst nicht, wie ich zu manchen Themen gekommen bin; ich habe sie erfunden, nicht wahr; andere habe ich durch existierende Märchen und Sagen schon gekannt. Dieses und jenes Motiv habe ich aufgenommen, zum Beispiel die Sage von Jason, vom Argonautenschiff.

Christa Wolf: Wie ist es mit dem Räuber Woynok – gibt es dafür irgendein Motiv?

Anna Seghers: Nein. Wenn Sie den Professor Freud aus dem Grab locken wollen, vielleicht wüßte er irgendwelche – ich weiß nicht – Assoziationen . . . Aber soweit ich mir ehrlich bewußt bin, habe ich diese Geschichte erfunden, und zwar habe ich sie schon lange erfunden. Ich habe das Gefühl, daß ich sie immer gewußt und gekannt habe, diese Geschichte. Ich habe ja niemand gehabt als kleines Kind, der mir Märchen erzählte, diese Art Märchen erzählte, bestimmt nicht. Ich mußte sie mir selbst erzählen.

Christa Wolf: Mich würde noch interessieren, ob es Bücher gibt und welche, zu denen Sie direkt Materialstudien gemacht haben. Ich denke zum Beispiel an „Weg durch den Februar".

Anna Seghers: Selbstverständlich, und wie! Das ist aber keine Novelle, sondern fast eine Reportage, wie „Der letzte Weg des Koloman Wallisch"; dem Thema nach ge-

hört das ja zum „Februar". Damals bin ich nach Österreich gefahren, gleich nach dem Putsch, nach dem Dollfuß-Putsch, und bin auf die Gerichte gegangen und habe mir die Prozesse angehört.
Christa Wolf: Das war 1934. Und vorher erschien noch als letztes Buch, ehe Sie Deutschland verlassen mußten, „Die Gefährten". Wie sind diese Stoffe an Sie herangekommen, die Geschichten, die Sie dort erzählen?
Anna Seghers: Viele Studenten, mit denen ich befreundet war, stammten aus den Ländern, die in dem Buch eine Rolle spielen; heute sind die meisten dieser Länder Volksrepubliken geworden. Und alles, was sie erzählten, hat natürlich als junges Ding einen gewaltigen Eindruck auf mich gemacht.
Christa Wolf: Sie erzählten einmal, daß Sie in dem Borinage gewesen sind und daß von daher auf das Milieu, das in der „Rettung", also in einem Bergarbeiterroman, eine Rolle spielt, Anregungen ausgegangen sind. War das ein bewußtes Studium dieser Verhältnisse?
Anna Seghers: Ja. Ich glaube, ich muß dazu noch etwas Genaueres sagen, damit ich mich richtig ausdrücke und richtig verstanden werde. Diese sogenannten Studien, wie Sie das etwas übertrieben nennen, zum Beispiel im Borinage, die kamen zustande, weil ich das Buch schon vorher geplant hatte, den Stoff kannte ich schon, den ungefähren Stoff, es war ja ein Roman der Arbeitslosigkeit. Nachdem diese Menschen das Letzte an Heldenhaftigkeit hergegeben hatten, unter Tag, wurde das Bergwerk geschlossen, und sie hatten keine Arbeit mehr. Ich fragte mich, wie sie dann lebten mit ihren großen inneren Fähigkeiten. Aber da ich in der Emigration war, konnte ich nicht in ein deutsches Bergwerk, übrigens nicht an der Ruhr, sondern wahrscheinlich wäre es an der Ostgrenze gewesen, sondern ich bin, weil ich damals dort Zugang hatte, ins Borinage, nach Charleroi und solchen Orten.

Und dann noch etwas: Ich glaube, so nötig die Phantasie ist, so nötig ist ganz genaue, ganz harte Arbeit. In vielen Fällen, wenn es sich um geschichtliche Themen handelt, ist eine scharfe chronologische Vorarbeit nötig. Ich meine zum Beispiel: Ein Gespräch findet im Oktober statt; was im Oktober geschah, wissen wir, aber es dürfen nicht gleichzeitig während dieses Gespräches die Gärten blühen. Also muß ich ganz scharf chronologisch arbeiten.

Christa Wolf: Machen Sie sich eigentlich für Ihre großen Romane, wie zum Beispiel „Die Toten bleiben jung", vorher ein Schema, um diese weit verzweigten, komplizierten Handlungen im Auge zu behalten? Schreiben Sie dann chronologisch, oder arbeiten Sie ganz anders als bei den kleineren Novellen? Das Schicksal der Helden, steht Ihnen das von Anfang an vor Augen, oder verändert es sich während des Schreibens, ebenso wie der Ausgang der Handlung?

Anna Seghers: In Ihrer Frage scheinen mir zwei Fragen verquickt zu sein. Als erstes einmal: Ob das Schicksal von Personen feststeht oder sich während des Schreibens ändert? Ich glaube, beides. Ich glaube, etwas, was für mich wichtig ist, bleibt von vorn bis hinten fest. Aber gerade deshalb, während ich nun diese Menschen dem Leser oder mir selbst zunächst klarmachen will, muß ich doch manches ändern, gerade im Dienst dieses Festbleibens eines Schicksals, eines Charakters.

Und dann fragen Sie mich, ob ich das chronologisch festgehalten habe, zum Beispiel in einem großen Roman wie „Die Toten bleiben jung". Während ich schreibe, sehe ich mir an, was zum Beispiel in Deutschland passiert ist von einem Krieg zum anderen; dann stelle ich mir vor, was diesen meinen Menschen während dieser Zeit passiert ist, wie sie sich dazu gestellt haben, was sie selbst getan haben.

Christa Wolf: Wie ist Ihre Methode: Schreiben Sie vom ersten Kapitel bis zum letzten, der Reihe nach, oder schreiben Sie einzelne Kapitel vorher und kehren dann zum Anfang zurück?

Anna Seghers: Nein, ich glaube, ich schreibe viel eher, wie man baut. Was meine ich damit? Ich mache zuerst das Fundament dieses Hauses. Also sagen wir, ich habe einige Personen, die ich rauskriegen will, die ich klarmachen will, und da schreibe ich meistens zuerst mal versuchsweise einige Szenen, aus denen der Charakter und die Handlungsart dieser Menschen hervorgeht, ihr Verhalten in wichtigen Momenten. Und wenn ich mehrere solcher Szenen geschrieben habe und ich habe das Gefühl, ich packe diese Sache, ich kann das richtig darstellen, dann freilich muß ich von Anfang bis zu Ende alles in Ordnung schreiben.

Christa Wolf: Ist es Ihnen schon vorgekommen, daß Vorgänge, die Sie während des Schreibens ausgedacht haben, sich später wie als „wahr" erwiesen haben?

Anna Seghers: Sehen Sie, als ich diesen Roman geschrieben hatte, „Die Toten bleiben jung", bekam ich einige Zeit nachher einen Brief. Da lief es mir kalt über den Rücken. Eine Frau, die ich selbst gekannt, aber mittlerweile aus den Augen verloren hatte, schrieb mir, ich hätte sicher an das Schicksal ihres Mannes und ihres Sohnes gedacht. Der Mann war ein bekannter Funktionär der KPD, und er war gleich in der ersten Zeit des Hitlerregimes umgebracht worden im Grunewald. Und ihr Sohn, der in die Schule ging, in die auch meine Kinder gingen, den ich erst recht aus den Augen verloren hatte, der ist dann auf eine ähnliche Weise wie sein Vater ermordet worden. Und die Frau schrieb mir, ich hätte wahrscheinlich damit ihren Mann und ihren Sohn gemeint. Ich habe das aber nicht einmal gewußt, ich habe erst durch diesen Brief von ihrem Schicksal erfahren.

Christa Wolf: Sie führen immer wieder bestimmte Romanschicksale aus den größeren Romanen in kleineren Novellen zu Ende oder weiter, zum Beispiel in den Novellen „Das Ende" oder „Die Saboteure" oder auch „Vierzig Jahre der Margarete Wolf". Haben Sie eigentlich mit den Figuren aus der „Entscheidung" etwas Ähnliches vor?

Anna Seghers: Ja, die Personen sind mir, wenn ich über sie schreibe, allmählich so bekannt wie Mitmenschen, so daß ich das Bedürfnis habe, mit ihnen zusammen zu bleiben. Ich mache mir klar, wie ihr Leben weitergeht, auch wenn ich das Buch beendet habe. Und so ist es auch mit dem Roman „Die Entscheidung". Er wird aber nicht in einigen Novellen, einigen Einzelschicksalen auslaufen, sondern, wie ich es ja schon gesagt habe, ein zweiter Teil wird entstehen, in dem freilich nicht alle Menschen vorkommen, die im ersten eine Rolle spielten, in dem aber einige wichtige Personen, nach denen ich manchmal gefragt werde und nach denen ich mich auch selbst frage, vorgestellt werden im nächsten Teil ihres Lebens.
Christa Wolf: Unter welchen Umständen arbeiten Sie am liebsten? Wo und wann schreiben Sie? Regelmäßig jeden Tag und nach einem bestimmten Pensum?
Anna Seghers: Am allerliebsten schreibe ich auf einem Schiff oder in einem ganz vollen Café, und das sind zwei Möglichkeiten, die es bekanntlich in Berlin nun mal nicht gibt. Warum ich das nun so gern habe? Weil dann viele Menschen um mich herum sind, ich bin nicht allein, aber diese vielen Menschen lassen mich in Ruhe, sie kümmern sich nicht um mich. Wenn ich genug Ruhe hätte hier in Berlin – leider habe ich das nicht, weil jede Woche, jeder Tag mit neuen überflüssigen Sachen kommt –, dann würde ich unbedingt jeden Tag, wie es sich gehört, einige Stunden arbeiten. Meiner Meinung nach brauche ich das, braucht das jeder schreibende Mensch, weil man mit seinem Stoff und mit seinen Fähigkeiten vertraut bleiben muß in jedem Beruf. Ich frage mich manchmal, was würden denn die Ärzte sagen, wenn man sie mitten aus einer Operation herausrufen würde, Metallarbeiter oder ein Mensch am Hochofen! Gerade mitten in dieser Arbeit müßte er Gott weiß wo hingehen, ans Telefon, ich weiß nicht, weshalb.
Christa Wolf: Sicher würde Ihnen jeder recht geben, und

doch wird das Telefon weiter klingeln ... Sie sagten einmal: „Was erzählbar geworden ist, ist überwunden.“ In welchem Sinn „überwunden“? Das hat ja offenbar gar nichts mit zeitlichem Abstand zu tun, sondern mit einer „Überwindung“ vom Problem her, von der inneren Einstellung dazu.

Anna Seghers: Wenn man richtig schreibt, dann denkt man weder an Dauer noch an Vergänglichkeit, das ist einem dann alles völlig gleichgültig, man denkt nur an eine richtige, klare, schöne Darstellung. Es gibt heute keine Ritter mehr, aber Don Quijote ist doch nie in Nebensächlichkeiten abgeglitten, die Windmühle im Gegenteil ist ein gigantisches Symbol geworden, war zuerst nichts als eine bloße Windmühle. Ich weiß nicht, ob Cervantes an die Ewigkeit gedacht hat. Und jetzt in den Ferien – in den Ferien hat man ja Zeit zu lesen –, da las ich Erinnerungen des Schriftstellers Babel an den alten Tolstoi. Und da schreibt er: Wenn Tolstoi in einem Roman von einem Herrn schreibt, der sich eine Kutsche bestellt, um irgendwo hinzufahren, dann liegt in dem bloßen Satz: „Kutscher, Twerskaja, zwanzig Kopeken!“ so viel drin, daß man schaudert; man fühlt, daß etwas Gewaltiges passieren wird. Warum eigentlich hat man dieses Gefühl? Ich glaube, weil dieser große Schriftsteller einen nie getäuscht hat; wirklich, immer führen seine Romane zu etwas ganz Gewaltigem, privat und gesellschaftlich Gewaltigem hin, so ist das.

Christa Wolf: Sie arbeiten augenblicklich an Erzählungen unter dem Titel „Die Kraft der Schwachen“. Haben diese Erzählungen einen thematischen Mittelpunkt?

Anna Seghers: Sie haben keinen Mittelpunkt, aber einen Zusammenhang, einen thematischen Zusammenhang. Es handelt sich um lauter unbekannte, einfache Menschen, sagen wir, ohne die geringste Spur von dem, was man Personenkult nennt, Menschen, die völlig lautlos etwas Wichtiges tun. Wenn ich nicht über sie schreiben würde, dann würde man nie das Geringste über sie erfahren.

Christa Wolf: Sie sagten einmal, daß seit zweitausend Jahren die Kunst sehr wenig Grundstoffe hervorgebracht habe, die Abwandlungen aber seien vielfältig. Sehen Sie eigentlich neue, für unsere Gesellschaft bezeichnende Abwandlungen eben dieser Grundstoffe, die Sie für beschreibenswert halten?
Anna Seghers: Ja, bei uns als Stoff schon. Das Verhältnis des Menschen zum Menschen, die menschliche Arbeit. Wir sind, glaube ich, erst am Anfang.

1965

Glauben an Irdisches

1

Der Entschluß zu einem Werk, dem Künstler nicht immer so bewußt und der Nachwelt verbürgt wie bei Stendhal oder Balzac, fehlt doch fast nie. Soviel die Kunst mit Traum und Unbewußtheit zu tun hat – traumhaft, unbewußt fügt sich nicht Buch um Buch zu dem einmaligen, scheinbar in sich ruhenden, aber äußerst spannungsreichen Phänomen, das die Nachwelt oder, wie im Falle der Anna Seghers, schon die Mitwelt als „das Werk" erkennt.

Sparsam in persönlichen Äußerungen, gewährt Anna Seghers in ihren Essays indirekte, manchmal auch direkte Einblicke in einen Vorgang, der vielen zu Unrecht mystisch, anderen zu Unrecht simpel und mechanisch erscheint: den Vorgang der Kunstausübung. Wer danach sucht, wird auch finden, wie der Werk-Entschluß aufkam, sich festigte und angenommen wurde, in diesem besonderen Fall. Aufschlüsse also über eine Erzählerin dieses Jahrhunderts, die sich früh bewußt war, daß es ihr zukam, die Kämpfe und Leiden ihres Volkes aufzuheben in ihren Geschichten; deren Leben wir als gleichnishaft, deren literarische Leistung wir als klassisch empfinden, ohne sie doch ganz zu kennen, geschweige denn wirklich zu verstehen. Die späte Herausgabe wichtiger Aufsätze, Reden und Essays ist dafür nur ein äußeres Zeichen.

Die Grundgedanken dieser Aufsätze verschlingen sich mit den wiederkehrenden Motiven ihrer Romane. Da ist ein Bestand von Erlebnissen, Problemkreisen und Überzeugungen, „Originaleindrücken", denen sie treu bleibt – ein Ausdruck, der heute altmodisch anmutet, er trifft es aber. Sie bleibt ja auch ihren Leuten treu, dem seltsamen Volk, mit dem sie von Anfang an ihre Bücher bevölkert hat, das seine Verwandtschaft untereinander nicht verleugnen kann, vom frühen Rebellen Hull bis hin zu dem mexikanischen Töpfer, der sich aufmacht, das wirkliche Blau zu suchen. Alle diese Männer und Frauen aus verschiedenen Völkern, sogar aus verschiedenen Zeiten und aus der Zeit, ehe die Zeit begann, nehmen wichtige Züge – die sie auszeichnen gegenüber den wirklich lebenden Menschen und gegenüber dem Personal anderer Autoren – eben aus der Tatsache, daß sie im Kopf eines besonderen Menschen entstanden sind und nur dort entstehen konnten. Diese merkwürdige Erscheinung, wie aus dem Zusammentreffen von äußerer Wirklichkeit und innerer Anlage etwas Drittes wird, das Kunstwerk: diese Merkwürdigkeit hat nie aufgehört, Anna Seghers zu beschäftigen.

Mit zwanzig, sagt Anna Seghers von sich, als Studentin der Kunstgeschichte und Sinologie, die ihre ersten kurzen Arbeiten in Zeitungen veröffentlicht, mit zwanzig sei sie sicher geworden, daß sie nur schreiben sollte. „Es gab dabei zwei Linien: erzählen, was mich heute erregt, und die Farbigkeit von Märchen. Das hätte ich am liebsten vereint und wußte nicht, wie." Die zwei Linien, ablesbar an ihrem ganzen Werk, öfter vereint: legendäre Züge in realistischen Geschichten, höchste reale in Sagen und Märchen – mögen auch in jener frühen, wilden Seefahrergeschichte zusammengewirkt haben, deren Held ein niederländischer Kapitän mit Namen Seghers war und deren Autorin sich als dessen Enkelin ausgab. Dabei blieb sie dann „in Wirklichkeit", als es hieß die Geschichte zeichnen: Anna Seghers. Undramatischer, doch nicht bedeutungsloser Akt einer Selbsttaufe, in dem die alte Kinderliebe zum Meer, Faszination durch die niederländische Kunst (Seghers hieß ein holländischer Grafiker der Rembrandt-Zeit) und, mehr oder weniger bewußt, der so bezeichnende Wunsch nach Anonymität zusammengewirkt haben mögen. Aus Netty Reiling, der einzigen Tochter des Mainzer Kunsthändlers, wird die Erzählerin Anna Seghers. Sie soll in Zukunft, mit einer Ausnahme, nicht mehr auf ihre Person zurückkommen. Die Ausnahme ist die Erzählung „Ausflug der toten Mädchen“, die unverhüllt persönliche, biographische und seelische Erfahrungen preisgibt. Erfahrungen, die nicht anders als schreibend zu bewältigen waren.

Erfahrung wird auch in diesen Essays bewältigt. Die Stimme, die hier spricht, ist die gleiche. Es wird nicht behauptet, sondern nachgedacht. Ehe sie andere zu überzeugen sucht, verständigt sie sich mit sich selbst.

2

„Wir haben in dieser Zeitwende, die wir, wie kaum eine Nation die ihre, mit qualvoller Bewußtheit erleben, Menschen um Ideen wie um Fahnen bis zum Zerfetzen kämpfen sehen.“

Im Jahr 1935 steht vor dem Kongreß zur Verteidigung der Kultur in Paris eine junge Frau, deutsche Schriftstellerin, im Exil seit zwei Jahren, bekannt durch drei Bücher: „Aufstand der Fischer von St. Barbara“, „Die Gefährten“, „Der Kopflohn“. Unter denen, die ihr zuhören, sind berühmte Namen. Damals wie heute hat es an Kongressen nicht gefehlt, nicht an Rednern und Losungen. Auch Anna Seghers spricht nicht zum erstenmal zu einem Saal voller Menschen. Doch spricht sie jedesmal wie zum erstenmal.

„Vaterlandsliebe“, sagt sie. Man wird ihr zugehört haben. Ein Freund hat beschrieben, wie man ihr zuhörte, in einer der heißen Berliner Versammlungen der zwanziger Jahre. Wie man den Atem anhielt, weil man fürchtete, sie könnte steckenbleiben, mitten in ihren frei gesprochenen, gut durchdachten und vollendet formulierten Sätzen. Wie sie ruhig, ohne große Geste zu Ende sprach, und wie man später erfuhr, sie habe die ganze Rede in der Nacht zuvor auswendig gelernt.

Vaterlandsliebe. „Vielleicht ist um keine Idee raffinierter und trivialer geschriftstellert worden als um die: Vaterland. Um keine wurde mehr Schultinte von Knaben verkleckst, mehr Blut von Männern vergossen.“ Siebzehn Jahre seit dem Ende des ersten Weltkrieges, die Hälfte ihres bisherigen Lebens. Kindheit in dem harmonischen, kultivierten Elternhaus. Frühe Leseerlebnisse, frühe Erfahrungen vom menschlichen Zusammenleben in der geschichtsreichen, lebendigen, in übersichtliche soziale Gruppen und Beziehungen geordneten Stadt Mainz, frühe Landschaftseindrücke in der Rhein-Main-Gegend. Der Schock von Krieg und Nachkrieg. Der natürlich scheinende Entschluß, Kunstgeschichte zu studieren und, etwas ungewöhnlich, Sinologie: um die Unterschriften unter den ostasiatischen Kunstwerken lesen zu können, die ihr früh nahegebracht wurden als Zeugnisse einer eigenen, von der griechischen sehr verschiedenen Kultur. Die Dissertation, die sie 1924 an der Universität Heidelberg einreicht: „Jude und Judentum im Werke Rembrandts“ – eine Beweisführung, daß Rembrandt in seinen Judendarstellungen von exotisch aufgefaßten typisierten Köpfen zur Wiedergabe streng beobachteter Realität gelangt ist . . .

„Fragt erst bei dem gewichtigen Wort ‚Vaterlandsliebe‘, was an eurem Land geliebt wird. Trösten die heiligen Güter der Nation die Besitzlosen? . . . Tröstet die ‚heilige Heimaterde‘ die Landlosen?“ Auf der Universität die ersten Begegnungen mit Kommunisten, Flüchtlinge meist aus Ost- und Südosteuropa, aus Ländern, in denen die Revolution blutig niedergeschlagen war. Sie entdeckt durch den lebendigen Kontakt mit ihnen die Schönheit der Revolution, die verhärtete Grausamkeit der Reaktion – eine Entdeckung, die ihr Leben und ihre Arbeit bestimmen wird.

Berlin. Erste Erzählungen in Zeitungen, darunter „Grubetsch“, „Die Ziegler“. Der Bund proletarisch-revolutionärer Schriftsteller. Meetings, Diskussionen, Demonstrationen.

„Doch wer in unseren Fabriken gearbeitet, auf unseren Straßen demonstriert, in unserer Sprache gekämpft hat, der wäre kein Mensch, wenn er sein Land nicht liebte." 1928 tritt Anna Seghers in die Kommunistische Partei ein. Im gleichen Jahr erhält sie den Kleist-Preis für „Aufstand der Fischer von St. Barbara". Ihr Name erscheint in den Kritikspalten der Zeitungen. Eines der schockhaften Grunderlebnisse, die sie später immer wieder erwähnen wird, ist die große Krise: Der Mensch, „mit all seiner Begabung unverwertbar, ungebraucht, lästig, in jedem Vaterland Millionen seiner Art zuviel."

Dieser Gedanke folgt ihr, in ihre Reportagen („Was wissen wir von Jugendcliquen?"), ins Exil, in ihre Grübeleien über die Ursachen des Faschismus in Deutschland; er wirkt schließlich mit bei der Erfindung einer Figur wie der des Geschke in ihrem Roman „Die Toten bleiben jung". Ähnlich kann man öfter den Gang ihrer „Erfindungen" verfolgen.

1930 gehört Anna Seghers zu den deutschen Delegierten beim I. Internationalen Schriftstellerkongreß in Charkow; noch nach fast vierzig Jahren spricht sie von dem „besonderen Licht", das seit damals für sie von der Sowjetunion ausgegangen ist. „Die Gefährten" entstehen, „ein paar Seiten erzählten Lebens nach vielen heißen Jahren gelebten Lebens". Dieses Buch wird, kurz nach seinem Erscheinen, im Januar 1933 verboten. Seine Autorin, festgenommen, verhört, noch einmal entlassen, kann mit ihrer Familie entkommen. Der Gedenkstein für den im Exil gestorbenen Georg Büchner ist ihr auf Schweizer Boden eine „schneidende Begrüßung". – Anna Seghers geht mit ihrer Familie nach Paris.

Anna Seghers ist nicht mehr unbekannt, als sie vor den Teilnehmern des Kongresses zur Verteidigung der Kultur steht. Ihre letzten Arbeiten sind dem Aufstand und der Niederlage der österreichischen Schutzbündler gewidmet: „Der Weg durch den Februar". Sie ist den

Weg eines ihrer Anführer nachgegangen: „Der letzte Weg des Koloman Wallisch". Sie sagt keinen Satz, den sie nicht erfahren hat. Sie ist fünfunddreißig Jahre alt, ihr Haar noch dunkel. Man wird ihr zugehört haben. So sagt sie, aus Erfahrung und mit der Nüchternheit, in die sie persönliche Bekenntnisse immer kleidet, zum erstenmal einen für sie wichtigen und bezeichnenden Gedanken: „Selten entstand in unserer Sprache ein dichterisches Gesamtbild der Gesellschaft. Große, oft erschrekkende, oft für den Fremden unverständliche Einzelleistungen, immer war es, als zerschlüge sich die Sprache selbst an der gesellschaftlichen Mauer ... Bedenkt die erstaunliche Reihe der jungen, nach wenigen übermäßigen Anstrengungen ausgeschiedenen deutschen Schriftsteller. Keine Außenseiter und keine schwächlichen Klügler gehören in diese Reihe, sondern die Besten: Hölderlin, gestorben im Wahnsinn, Georg Büchner, gestorben durch Gehirnkrankheit im Exil, Karoline Günderrode, gestorben durch Selbstmord, Kleist durch Selbstmord, Lenz und Bürger im Wahnsinn. Das war hier in Frankreich die Zeit Stendhals und später Balzacs. Diese deutschen Dichter schrieben Hymnen auf ihr Land, an dessen gesellschaftlicher Mauer sie ihre Stirnen wundrieben. Sie liebten gleichwohl ihr Land."

3

Leiden an Deutschland.

Wenn dieser Kongreß geschlossen ist, wenn auch die deutschen Delegierten wieder auseinandergegangen sein werden – unter ihnen Heinrich Mann, Bertolt Brecht, Johannes R. Becher, Leonhard Frank, Hans Marchwitza, Willi Bredel –, dann wird Anna Seghers in ihre Pariser Emigrantenwohnung zurückkehren. Jeden Tag wird sie wieder in den Cafés sitzen, in denen sie am liebsten schreibt, weil sich niemand um einen kümmert und man doch nicht allein ist. Das Thema ist im Roman

„Die Rettung“ angeschlagen und wird sie nicht mehr verlassen, ihr nächstes Buch, „Das siebte Kreuz“, wird ihm ganz gewidmet sein: „Ein dichterisches Gesamtbild der Gesellschaft in unserer Sprache ...“ Nicht ohne Beziehung zu den eigenen Zweifeln steht die Frage, ob es denn zu verwirklichen sei, nicht ohne Beziehung zu dem eigenen, vielleicht vor ihr selbst noch geheimen Vorhaben.

Wann der ganze Plan, der jetzt, verwirklicht, in einer Reihe großer Gesellschaftsromane Gestalt angenommen hat, in ihr selbst aufgetaucht ist, wird man nicht erfahren, auch nicht, ob die Bezeichnung „Plan“ zu streng ist für einen Traum, dessen Umrisse sich erst in der Arbeit verfestigen. Über ihre Schulhefte gebeugt, in die sie schreibt, im Café de la Paix in Paris, kann sie nicht ahnen, in welchen merkwürdigen Cafés sie noch so sitzen wird, in Städten, deren Namen sie noch nie gehört hat, in fremden, exotischen Landschaften; vor ihrem inneren Auge werden die Landschaften ihrer Heimat stehen: das Rhein-Main-Dreieck, das in allen ihren Beschreibungen eine besondere Leuchtkraft hat; Berlin; Potsdam; ein karges märkisches Dorf. Etwas wie ein Zauber muß in dieser hartnäckig fortgeführten Tätigkeit des Schreibens liegen, auch für den, der schreibt.

Die Aufgabe, die ein deutscher Erzähler des 20. Jahrhunderts vor sich sieht, kann erdrückend genannt werden. Das Bewußtsein davon kommt schubweise, dann ist es zu spät, zurückzutreten. „Das Thema“, wird Anna Seghers später sagen, „ist etwas mit dem Autor unlösbar Verbundenes, nichts Zufälliges, sondern ein Bindeglied zwischen dem Autor und der Gesellschaft.“ Das gilt auch, wenn das Thema von der Wirklichkeit selbst diktiert scheint: Einer der Flüchtlinge aus Deutschland hat ihr von den sieben Kreuzen erzählt, die für sieben entflohene Häftlinge aufgerichtet wurden. Sie nennt das Lager Westhofen. Den Flüchtling, der nicht gefangen wird, dessen Kreuz leer bleibt, Georg Heisler. Hier ist sie, die Möglichkeit, nach der sie gesucht hat: mit einem einzigen Schnitt in das Innere dieser faschistischen Gesellschaft eindringen, es bloßlegen, wie es der Italiener Manzoni in seinem Roman „Die Verlobten" mit der italienischen Gesellschaft seines Jahrhunderts macht. Das Einfachste bietet sich an: Ein Kommunist, entflohen aus dem Konzentrationslager, läuft um sein Leben und zwingt jedermann, mit dem er in Berührung kommt, zu offenbaren, was er wert ist. Das ist so einfach, wie alle großen Erfindungen einfach sind. Es muß aber einer intensiv danach gesucht haben.

Wenn dieses Buch erscheinen wird, 1942, in den USA, wird der Krieg ausgebrochen sein, dem sich die Schriftsteller auf ihren Kongressen entgegenstellen wollten. Anna Seghers wird erneut, das Schicksal ihrer Romanfigur teilend, über mehrere Grenzen geflohen sein. Ihr Buch, schnell berühmt geworden, wird Leser in aller Welt begreifen lehren, daß der deutsche Faschismus zuerst verheerend über das eigene Volk herfiel, ehe er sich über die Grenzen warf.

Das alles ist noch nicht gewesen, als sie im Juni 1938 die Arbeit an dem noch frischen Manuskript unterbricht, um einem alten Freund aus der Berliner Zeit zu schreiben. Der große Krieg, der auf den Seiten der beiden Briefe an Georg Lukács als Drohung deutlich genug erscheint, kann doch vielleicht noch verhindert werden, trotz der Warnung, die Spanien bedeutet. Jede literarische Diskussion steht unter einer Spannung, die seitdem nie wieder gewichen ist und die Anna Seghers immer stark empfunden hat: daß es „rein künstlerische" Fragen nicht gibt in einer Zeit, in der das geschriebene Wort eine scharfe, unmittelbare Wirkung hat.

Der Streit geht um etwas so Entlegenes wie die literarische Methode. Zwischen Paris und Moskau werden Briefe gewechselt über ein Problem, das erstaunlich dauerhaft ist, sowenig es scheinbar zu den großen Entscheidungen beisteuert, von denen das Schicksal der Völker abhängt: Voraussetzungen und Aufgaben der Kunst. In einer Verteidigung der Kunst durch einen Künstler liegt immer auch etwas von Selbstverteidigung. Doch die Essaywerke Thomas und Heinrich Manns, Bechers und Brechts sind, ebenso wie die bis in die jüngste Zeit hinein fortgesetzten ästhetischen Überlegungen der Anna Seghers, Zeugnis dafür, daß die Zeit selbst immer neu die Auseinandersetzung des ehrlichen Künstlers mit seinem Beruf herausfordert. Nie wieder wird der Ton persönlicher Betroffenheit so deutlich werden wie in diesen ursprünglich nicht zur Veröffentlichung bestimmten Briefen der Achtunddreißigjährigen.

Sie spricht – als Antwort auf abstrakte und autoritative Anforderungen ihres Briefpartners an Kunstwerke, besonders an den Roman – von persönlichen Erfahrungen bei der Kunstausübung. Von den manchmal verzweifelten Anstrengungen der Künstlergeneration, der sie angehört, den neuen Stoff – jede Generation findet einen „neuen Stoff" vor – zu bewältigen. Sie erwähnt die Erkenntnis, die ihr seit ihren Studienjahren tief eingegangen ist: daß nicht jede Periode, nach Belieben, klassische Kunstwerke hervorbringen kann; ein Giotto sei nicht auf einmal da, sondern habe viele Vorläufer, weit weniger „klassisch" als er, ehrlich experimentierende Künstler, die den Stoff aufbereiten, dessen sie doch nicht völlig Herr werden können. Gegen den großen, „klassischen" Namen Goethes, respektvoll, kaum mit Wärme genannt, setzt sie wieder die Namen jener unglücklichen Generation, die ihm folgte und der die Synthese, die auch ein Georg Lukács von den zeitgenössischen Künstlern fordert, nicht möglich war: Kleist (dessen Prosa Anna Seghers sich verpflichtet fühlt), Lenz, Hölderlin, Bürger, die Günderrode. Denen allen mißlang die Anlehnung an die bestehende Gesellschaft, die Goethe, um sein Werk zu retten, vollzog: „Eine Auflehnung hätte vermutlich dieses Werk gefährdet."

Anna Seghers fragt hier nach dem Preis für ein klassisches Werk unter kunstfeindlichen gesellschaftlichen Verhältnissen. Womit wird Abrundung, Vollendung erkauft? Womit die unbeirrte Durchführung einer großen

Konzeption unter historisch widrigen Umständen? Direkter wird ihre eigene Problematik zu jener Zeit nicht ausgesprochen werden. Sie deutet, in unheimlich sicherer Einfühlung in die furchtbaren, scheiternden Bemühungen jener längst vergangenen Schriftsteller, Tatsachen der Literaturgeschichte psychologisch, und natürlich hält ihr Briefpartner ihr vor, daß ihre Beweisführung anfechtbar sei. Allerdings spürt man bei ihr eine mehr als historische Beziehung zu Zweifeln und Verzweiflungen, die über hundert Jahre zurückliegen. Eine Ahnung davon, daß man scheitern kann, daß eine Entscheidung verlangt werden könnte zwischen Auflehnung, rückhaltloser Teilnahme an den Kämpfen der Zeit und dem abgerundeten, vollendeten Werk, dem die Zerrissenheit der Zeit und ihr Reflex im Künstler nicht mehr anzumerken sein darf. Die Dringlichkeit dieser Frage ist nach dreißig Jahren noch zu spüren: Man kann versuchen, der Wirklichkeit Stücke zu entreißen, so direkt und aufrichtig wie möglich, ohne hoffen zu dürfen, das Gültige, das Endgültige zu sagen. Anna Seghers geht so weit, zu formulieren, was sie als gegenwärtige Gefahr empfunden haben muß: Der Schock der Zeitereignisse könnte auf ihre eigene Generation so stark gewirkt haben, daß es ihr mißlingen könnte, ihr Grunderlebnis künstlerisch zu verallgemeinern, daß sie „steckenbleiben" könnte auf „der ersten Stufe" – so merkwürdig uns diese Befürchtung heute erscheinen mag; denn gerade die größten Schriftsteller der Generation, der Anna Seghers angehört, sind zu gültigen, bleibenden Formulierungen ihrer Grunderlebnisse vorgestoßen, die den nach ihnen Kommenden bisher versagt blieben.

Der rein ideologischen Kritik Georg Lukács', die das Kunstwerk einseitig an den politischen und philosophischen Überzeugungen mißt, die es ausdrückt, und an einer bestimmten Schreibweise, die er für allein realistisch hält – dieser lange nachwirkenden Betrachtungsweise von Kunstwerken durch viele Kritiker setzt Anna Seghers eine dialektische, nicht aus einem idealen, abstrakten, sondern aus dem wirklichen, schwierigen Schaffensprozeß abgeleitete Denk- und Sehweise entgegen. „Auch wenn Shakespeare, Homer, Cervantes auferständen – sie könnten den neuen Schriftstellern die Unmittelbarkeit ihrer Grunderlebnisse nicht schenken." In einer Zeit, da der „Besitz" einer bestimmten literarischen Methode fast schon als Garantie für künstlerisches Gelingen gilt, betont Anna Seghers den unersetzlichen Wert der Unmittelbarkeit, verteidigt sie die Ursprünglichkeit der Kunst, ihre Originalität und Neuheit, das Wagnis des „Sehens", das jeder Künstler allein und auf seine einmalige Weise auf sich nehmen muß. Gegenüber einer Theorie, die den Schriftsteller in die Rolle eines passiven Spiegels der objektiven Realität zu drängen suchte, hebt Anna Seghers die aktive Arbeit des Autors hervor, der ein Produkt seiner Zeit, aber auch ein schöpferisches Subjekt ist, das den Mut und die Verantwortung finden muß, rücksichtslos „auf die Realität loszusteuern", keine „Furcht vor Abweichung" vom unmittelbaren Erlebnis zu haben, da diese Furcht „entrealisierend" wirkt, aber auch nicht auszuruhen auf dem „Vollbesitz der Methode". Zum erstenmal erscheint hier das Bild vom „Zauberbesen" neben dem von der „Wunderlampe": Weit entfernt, dem Künstler magische Kräfte zuzuschreiben, sieht Anna Seghers als einen Teil des Talents die Fähigkeit, der Entzauberung der Welt entgegenzuwirken – nicht, um einen der Wirklichkeit entrückten abgeschlossenen Kunstbezirk zu schaffen, sondern um das Gefühl für den Zauber der Wirklichkeit, für die Wunder der Realität immer neu zu wecken – ein Gefühl, das der Mensch zum Leben braucht.

Die Tolstoischen drei Stufen, ein Grundschema des künstlerischen Prozesses, werden in Zukunft immer wieder zitiert werden: das unmittelbare Grunderlebnis, seine bewußte Verarbeitung durch den Künstler und, auf der dritten Stufe, die Wiedergewinnung einer reicheren, vielfältigeren Unmittelbarkeit. Sie selbst nennt den Künstler in einem bezeichnenden Vergleich „einzigartige, eigentümliche gesellschaftliche Verknüpfung von subjektivem und objektivem Faktor, Umschlagestelle vom Objekt zum Subjekt und wieder zum Objekt". Dieses Bild ist dialektischer als die linear aufsteigenden „drei Stufen"; Umschlagestelle: Austausch, wohl auch Verwandlung geistiger Güter, Zusammenprall von Eigenem und Fremdem, Spannungsfeld, Gefahrenstelle. Manchmal wieder begreift sie den Schriftsteller als Forscher, Finder, Entdecker: „Der Schriftsteller wird die Menschen nach und nach in tiefere, unbekanntere Schichten der Wirklichkeit ziehen." Etwas von der Vorstellung eines Tauchers oder Bergmanns ... So sieht ihn die neue Klasse, der daran gelegen ist, frische, unverfälschte Berichte von der Wirklichkeit zu bekommen, und die in der Lage ist, sie zu ertragen, ja, sie in ihrem Kampf zu nutzen. Der unerschütterliche Grundsatz, daß die „Wirklichkeit danach verlange, reflektiert zu werden, und die Kunst danach, zu reflektieren". Der Vernunftoptimismus der neuen Klasse, nicht eingeengt durch trockene Vernünftelei und vulgären Materialismus. Ein Renaissancegefühl. Kein Zweifel am Sinn und an der Notwendigkeit, die sich erweiternde Welt zu erfassen mit allen Instrumenten, die die Menschheit bisher entwickelt hat. Unter ihnen das Instrument der Kunst. Die Unmöglichkeit für den Künstler, sich dieser Aufgabe zu entziehen, wenn sie ihm bewußt geworden ist. Das Risiko des Mißlingens, das zunimmt, je kompromißloser man vorgeht, je höher man zielt. Und schließlich, bei aller Verhaltenheit, etwas wie eine Losung. Die Gestaltung der neuen Grunderlebnisse müsse beginnen: *die Kunst unserer Epoche.*

4

Die Haltung: am ehesten Gelassenheit. Nichts auf der Welt passiert zum erstenmal: „Die Grundstoffe haben sich seit zweitausend Jahren nicht geändert." Aber sein eigenes Schicksal passiert jedem einzelnen zum erstenmal: „Die Abwandlungen sind vielfältig." Der gleiche maßhaltende, vergleichende, nachdenkliche Blick, der auf ihren Sagenhelden wie auf den Helden ihrer Zeit ruht, ein Blick, den manche Leser bis heute für kühl halten, was sie, die an Überschwang gewöhnt sind, befremdet. Die Räume, in denen man wirklich lebt, werden durchscheinend für andere Räume; auch die Zeit ist nicht fest; indem sie die Tiefe der Vergangenheit erhält, gewinnt sie Perspektive für die Zukunft. Der Mann, der da durch die Städte und Dörfer läuft, die die Erzählerin so gut kennt, daß sie sie aus der Erinnerung aufstehn läßt, Stein um Stein: dieser Mann, wieder einer von denen, die vor ihren Verfolgern fliehen, bewegt sich vor einem Zeithintergrund von unendlicher Tiefe, vor dem Hintergrund der Geschichte dieses Landes. Stämme und Völker, Kaiser und Fürsten, bis hin zu dem Schäfer Ernst, der ruhig sein Reich überblickt: „Jetzt sind wir hier. Was jetzt geschieht, geschieht uns."

Genauso sitzt ein Mann, dem die Flucht vorerst geglückt ist, der aber nun, erneut bedroht, auf seinen Transit wartet, in der fremden Stadt Marseille und sieht die fremde Straße hinunter, die seit Jahrhunderten die „Abflußrinne Europas in den Ozean" ist. Genauso, in dieser selben uralten Haltung, wartet ein Mädchen namens Marie in ihrer Dienstmädchenkammer auf den Mann, der nie kommen wird. Sie haben ihn umgebracht. Aber die Toten bleiben jung. Eine Zuversicht, die sich über die Niederlagen des Tages, aber auch über die Siege des Tages erhebt.

Legendäre Züge von Verfolgung, Flucht, äußerster Gefährdung und kaum noch gehoffter Rettung bestimmen jetzt das eigene Leben, davon wird kein Aufhebens gemacht, es ist das Normale. Als die deutschen Truppen sich Paris nähern, ist das „Siebte Kreuz" beendet, das Manuskript, das ihr „am Herzen liegt", wenn es auch nur geschrieben scheint, um sofort auf alle nur mögliche Weise vernichtet zu werden und verlorenzugehen. Das letzte Exemplar verbrennt sie selbst, die Autorin; die Wirtin, die ihr Unterschlupf bietet, verlangt, daß nichts an ihre Arbeit erinnert. Der erste Fluchtversuch aus der Stadt mißlingt. Nun geht sie also mit ihren uniformierten Landsleuten, unter denen es Kommandos gibt, die auch nach ihr suchen, durch dieselben Straßen. Sie kann nicht anders, sie hört auf das, was da in ihrer Sprache geredet und gesungen wird; sie kann nicht anders, sie spricht die jungen, gutgenährten und selbstbewußten Sieger an und vermerkt bei sich sorgfältig die Differenzen in den Antworten, die sie bekommt oder nicht bekommt. Sie kann nicht anders, als eine winzige Hoffnung aus dem Fluch des Soldaten zu ziehen, der eben erfahren hat, daß seine Frau zu Hause von Bomben getötet wurde: „Vielleicht ist dieser Fluch der erste in der ganzen Hitlerarmee . . .“

„. . . wohin wir auch in dieser unwirklichen Welt miteinander verschlagen waren . . .“, schreibt sie, viele Jahre später, zum Tod von Egon Erwin Kisch. In der dichtesten Gefahr glaubt man zu träumen, die härteste Realität kommt einem am unwirklichsten vor: So geht es auch in ihren Büchern zu. Sie kommt mit Hilfe von Freunden in den unbesetzten Süden des Landes, in das unwirkliche Städtchen Pamiers, zu einer wahrsagenden Wirtin, in ein Haus mit einem schönen spanischen Innenhof. An dem alten Marktplatz gibt es ein geheiztes Café, wo man ihr zu trinken bringt und sie ruhig stundenlang sitzen läßt. Sie kann hinaussehen auf den Platz oder der Reihe nach alle Balzacs aus der Stadtbibliothek durchlesen. Dabei kommt sie dahinter, wie Balzac gearbeitet hat: „Er hat ein sonderbares Phänomen seiner Zeit genommen, irgendeine soziale Verschiebung, und hat sich eine menschliche Geschichte ausgedacht, in der dieses Phänomen sich zeigte.“ Nach diesem Rezept fängt sie in demselben Café eine Geschichte an zu schreiben – wer wird sie je drucken, wer in deutscher Sprache lesen können und wollen –, die sie „Weiße Hochzeit“ nennt: eine jener vorgetäuschten Hochzeiten, die, nicht so selten, zum Schein geschlossen wurden; zum Beispiel kann die Braut bestimmte Papiere brauchen, um zu ihrem richtigen Bräutigam zu gelangen, Papiere, die sie allerdings nur als verheiratete Frau bekommt. Die wirklich geplante Hochzeit aber wird niemals begangen, dagegen erweist sich die falsche als ernst und dauerhaft.

Das Manuskript der „Weißen Hochzeit" ist verlorengegangen. Wäre es erhalten, hätten wir zweifellos ein Zeugnis mehr für die Eigenart der Seghersschen Fabeln: merkwürdige Zufälle brechen in die Lebensläufe ihrer Personen ein und geben ihnen eine andere Richtung; was die Menschen erstreben, zieht sich wie unter einem Zauber von ihnen zurück, aber was sie dafür erhalten, ist nicht schlechter, auf jeden Fall ist es ihr wirkliches Leben.

Die Magie ist nicht erfunden. „Transit" war ja ein magisches Wort für die Tausende von Flüchtlingen, die in Marseille zusammengeströmt waren und um jeden Preis Durchreise- und Einreisepapiere für noch nicht bedrohte Länder erkämpfen mußten. Mit ihnen allen teilt Anna Seghers die ins Absurde gesteigerten Erfahrungen mit der hirn- und fühllosen Bürokratie. Nur ihr fließt diese Erfahrung in jenem Schlüsselwort zusammen: Transit. Nur sie sieht, durch Angst und Zweifel und Hoffnung hindurch, die sie ja selbst genauso betreffen wie den Mann in ihrem Buch, wie seltsam ihre Lage ist. Das Muster für ihre Geschichte – zwei Männer lieben eine Frau, die aber selbst hoffnungslos einen dritten liebt –, dieses Muster habe sie von Racines „Andromache", sagt Anna Seghers. „Die Abwandlungen sind vielfältig." Und wenn gilt: „Was erzählbar geworden ist, ist überwunden", so gilt doch auch: Was überwunden werden muß, soll erzählt werden.

Wunderbarerweise gibt es ein Visum für ein Land, das unvorstellbar weit weg liegt und von dem man nichts weiß: Mexiko. Eine Hilfsorganisation schickt das Geld für die Überfahrt. Sogar ein Schiff ist da, nach Martinique. Unerwartet macht man den Umweg über San Domingo. Da starren die Bilder des Diktators Trujillo von allen Wänden, auch von der Wand des Cafés, in dem die Transitärin sitzt und an „Transit“ schreibt. Diesen Mann da auf den Bildern kennt sie nicht, aber ihre Neugier ist geweckt. Ein neuer Umweg ist nötig, man muß über die Vereinigten Staaten nach Mexiko einreisen. In Ellis Island, erneut interniert, erfährt man vom Überfall Hitler-Deutschlands auf die Sowjetunion. Schließlich wird man doch nach Mexiko kommen und fünf Jahre dort leben.

Viel später, als sie diese Gegend der Welt schon längst wieder verlassen hat, schreibt Anna Seghers die drei Novellen aus der Geschichte der Antilleninseln.

5

„Ich fragte mich, wie ich die Zeit verbringen sollte, heute und morgen, hier und dort, denn ich spürte jetzt einen unermeßlichen Strom von Zeit, unbezwingbar wie die Luft. Man hat uns nun einmal von klein auf angewöhnt, statt uns der Zeit demütig zu ergeben, sie auf irgendeine Weise zu bewältigen. Plötzlich fiel mir der Auftrag meiner Lehrerin wieder ein, den Schulausflug sorgfältig zu beschreiben. Ich wollte gleich morgen oder noch heute abend, wenn meine Müdigkeit vergangen war, die befohlene Aufgabe machen.“

Diese Sätze beenden eine der schönsten Erzählungen der modernen deutschen Literatur. Sie sind unverschlüsselt. Sie bezeichnen die Haltung genau, in der 1943 in Mexiko „Der Ausflug der toten Mädchen“ geschrieben wird: die befohlene Aufgabe machen. Dieses eine Mal tritt die Erzählerin selbst in ihre Erzählung. Ihr eigener Name ist es, der gerufen wird. Die Müdigkeit, von der die Rede ist, war wirklich zu überwinden. Einer Lähmung, die von Trauer ausgehen kann, war Tätigkeit entgegenzusetzen. Die Tätigkeit heißt: schreiben.

„Ein Volk, das sich auf die anderen Völker wirft, um sie auszurotten – ist das noch unser Volk?“ Die Frage steht in einem der Aufsätze aus jenen Jahren. Unter den Nachrichten aus Deutschland war auch die Nachricht von der Deportation und Ermordung der Mutter durch die Faschisten gewesen, die Meldung von der Zerstörung der Heimatstadt durch Bomben. Kurze Zeit später meldet „Freies Deutschland", die Zeitschrift der deutschen kommunistischen Emigranten in Mexiko, daß Anna Seghers schwer verunglückt ist. Ein Auto, das sie angefahren hat, hat ihr eine Kopfverletzung zugefügt. Sie schwebt in Lebensgefahr, ihr Erinnerungsvermögen kehrt nur langsam zurück. „Der Ausflug der toten Mädchen" beschreibt nicht die Entscheidung, zu leben, er *ist* diese Entscheidung, er schildert nicht, sondern *ist* Genesung, ein Damm gegen eine gegenwärtige Bedrohung. Traumwandlerisch fast bewegt man sich, geführt von der auch hier verhaltenen Stimme, auf jener haarschmalen Grenze zwischen Realität und Vision, in einem Bereich, der wirklicher ist als die Wirklichkeit. Der Erzähler überwindet kaum Überwindbares, erzählend. Er nimmt sich, schreibend, zusammen. Das Leiden an Deutschland voll auskostend, übernimmt er Verantwortung für Deutschland.

Das Spiel mit der Möglichkeit künstlerischen Scheiterns scheint aufzuhören, die Verpflichtung zur künstlerischen Synthese wird angenommen. Alle Arbeiten aus jener Zeit geben Auskunft über diesen Prozeß, der uns heute allzu selbstverständlich vorkommt. Aber wir sehen nur die, denen dieser Entschluß möglich war und die die Kraft hatten, ihn auszuführen.

Und auch sie – sehen wir sie wirklich? In den letzten Emigrationsjahren bereitet sich Anna Seghers auf die Aufgabe vor, der sie sich nach ihrer Rückkehr wird stellen müssen: Lehrer zu sein für ein ganzes Volk. Sie verliert nie ein Wort des Bedauerns darüber, es wäre müßig. Sie versucht, sich die Fragen vorwegzudenken, die man ihr einst vorlegen wird, sie probiert schon jetzt die Antworten auf diese noch nicht ausgesprochenen, in Deutschland noch nicht einmal gedachten Fragen. Aber die Antworten stehen schon in ihren Artikeln aus jener Zeit, wie auch in ihrem großen Gesellschaftsroman „Die Toten bleiben jung“, den man im Nachkriegsdeutschland, das weiß sie wohl und akzeptiert es, eher wie ein Lehrbuch denn wie ein Kunstwerk lesen wird. Ein aufklärerischer Impuls ist schon in der Struktur des Werkes zu erkennen.

Jene Jahre, in denen sie, alle Kräfte auf ein Ziel, auf eine Hoffnung konzentriert, nach Deutschland hinüberlauscht, ob nicht wenigstens jetzt, in der Niederlage, ein Widerstand sich erheben, ob nicht ein Wort eines im Lande gebliebenen und nicht korrumpierten Schriftstellers kühn genug wäre, „die letzten Hüllen von der Wirklichkeit herunterzureißen“. Aber das Land, dessen wahre Sprecher außerhalb seiner Grenzen leben, bleibt stumm. „Das Schweigen der Schriftsteller ist am furchtbarsten. Denn sie sind durch Natur und Gesellschaft ausdrücklich bestimmt, nicht zu schweigen.“

Und doch glaubt sie, daß Menschen zu belehren und zu überzeugen sind. Ein fast unglaublicher Glaube, der aber, zur Grundlage von Handlungen gemacht, Unglaubliches erreicht hat. Die Macht des ehrlichen, genauen, inständigen Wortes: Wenn der Faschismus militärisch besiegt ist, muß er noch einmal besiegt werden, in den Köpfen der Leute. Begriffe, die durch Hitler entwertet wurden, handhabt sie so, daß sie wieder Kraft und Glanz bekommen. Sie sagt „Volk“: Das Volk ist „kein Naturphänomen, sondern ein gesellschaftliches“. Sie setzt ihr marxistisches Geschichtsbewußtsein gegen den monströsen Biologismus der Rassenfanatiker.

Es ist, als versichere sie sich ihrer Verbündeten, aus dem eigenen Volk und aus anderen Völkern: „Ein jedes Volk im Sturmschritt seiner Geschichte reißt mit sich von Generation zu Generation, was wir Erbe nennen. Auf Freiheit hungrig, zieht es aus seiner überlieferten Kunst an Nahrung heraus, was es an Wegzehrung gebrauchen kann.“ Was in finsteren Zeiten die großen Entwürfe vom Menschen aufrichtete und, den Spott nicht achtend, daran festhielt. Nicht zufällig entstehen in jener Zeit ihre ersten Aufsätze über Tolstoi und Dostojewski, die im Keim viele Gedanken enthalten, die später, nach ihren Studien in sowjetischen Archiven, erweitert und vertieft werden. Nicht zufällig wird zum erstenmal ein Name aufgegriffen aus der deutschen Aufklärung: Lessing, der makellose Intellektuelle, Praeceptor Germaniae. „Wer sich nicht zufriedengibt mit einem Ziel, das Nichts heißt, der greift das Erbe auf, die Lessingsche, die produktive Kritik."

Das Erbe also des Aufklärers, der, „einsam und arm, charakterfest, unbestechlich von großen Feinden und kleinen Freunden, bis zuletzt für seine Idee gekämpft hat". Als sei er ihr Zeitgenosse. Da wird er es. Als kennte sie ihn, fragt nicht, woher: wie man Kenntnis von Verwandtem hat. Lessing, der unerbittliche, unerschrockene Lehrer, der keinen Dank für seine Arbeit bekommt und ihren Erfolg nicht sieht.

Seltsam: noch einmal, im Lessing-Aufsatz, die Aufzählung der Namen all der gescheiterten deutschen Schriftsteller, die Zitierung Gorkis, der über die „gesellschaftliche Rolle des Wahnsinns" gesprochen hat, den sie als „Zusammenprall der isolierten und darum schwachen Kraft gegen die mächtige der feindlichen Umwelt" sieht. Eine Erklärung, in der eine neue geschichtliche Erfahrung mitschwingt: Nicht mehr isoliert zu sein als Schriftsteller durch die Verbundenheit mit der großen progressiven Bewegung der Zeit, der sozialistischen Bewegung. Und doch den Zwiespalt tief erleben zwischen „gelebtem und gestaltetem Leben", die Spiegelung des Konflikts, der seit Jahrhunderten ihr Volk zerreißt und ein „zwiespältiges Lebensgefühl" in ihm hochgezüchtet hat, da in seiner Geschichte „soziale und nationale Forderungen nie gemeinsam gestellt wurden".

Und dann, an unerwarteter Stelle, wird Brecht zitiert, ein berühmtes Gedicht, „dessen Zeilen vorerst auf Lessing zu passen schienen": „Wir glauben, daß wir Vorläufige sind, und nach uns wird kommen nichts Nennenswertes." (Sie scheint Brecht aus dem Gedächtnis zu zitieren: Bei ihm steht „wissen" statt „glauben".)

Auch das in Betracht gezogen. Was bleibt also zu tun? Racine, sagt sie nachdenklich, als sie ihn gegen Lessing abwägt, habe das Schicksal seiner Helden von dem „abgeleitet, was in ihnen selbst vorgeht. Sie sind selbst ihr Schicksal. Ihre Tragödien entstehen in ihren Köpfen. Im Menschen werden die Fragen entschieden."

Das ist ein entscheidender Satz.

6

„Es ist kein Zufall, wenn ein Schriftsteller in seiner Jugend oder in späteren Perioden seines Lebens sich berührt fühlt durch das Werk eines anderen Schriftstellers, der Situationen gekannt und schriftstellerisch gestaltet hat, die den von ihm selbst durchlebten Situationen gleichen." Befragt, welche Werke der russischen Literatur ihr in ihrer Jugend Eindruck gemacht haben, nennt Anna Seghers die Namen Tolstoi und Dostojewski: „Da kamen in den russischen Büchern die Gedanken und Handlungen, auch die größten, aus dem Leben heraus. Das Leben war dichter als meins, die Menschen waren mehr Menschen, ihre Freiheit war mehr Freiheit, der Schnee war auch mehr Schnee, das Korn mehr Korn. Weil aber alles unmittelbar aus dem Leben kam, gewann ich sozusagen den Mut zum Schreiben. Ich verstand, daß es nichts gibt, was man nicht schreiben kann."

Hier liegt etwas anderes vor als das unerläßliche Sich-Messen eines Autors an den Leistungen früherer Zeiten, etwas anderes als die Affinität etwa Thomas Manns zum 19. Jahrhundert und zur russischen Literatur. Immer in Zeiten, da historisch-moralische und ästhetische Fragestellungen sie bedrängen, kehrt Anna Seghers zu den großen Russen zurück. Nie erwartet sie Lösungen für Konflikte, die, nur ihrer eigenen Zeit zugehörig, sie selbst nachhaltig durchlebt. Aber was sie sich vorgenommen hat: eine Gesamtdarstellung der Gesellschaft (was sie sich vielleicht nur in Kenntnis dieser Literatur hat vornehmen können) – hier war es geglückt, hier waren Modelle, die die Zeit überdauert hatten. Ein geheimes Recht auf Vertrautheit überdies, davon wird Gebrauch gemacht.

Daß beide – Dostojewski und Tolstoi – in ihren größten Romanen im Grunde das gleiche Thema behandeln: die Napoleonische Macht und ihre Überwindung, entdeckt Anna Seghers frühzeitig, das bezeugt ihr noch in Mexiko gedruckter Aufsatz „Fürst Andrej und Raskolnikow". Die aktuellen Bezüge liegen für sie auf der Hand: „Wie die deutsche Jugend zum Bewußtsein von Schuld und Sühne gebracht wird, das ist vielleicht die schwerste Frage unserer Generation."

Mehr als fünfzehn Jahre später steht sie vor dem Leiter des Tolstoi-Archivs in Moskau, etwas verlegen, als er wissen will, was sie denn zu sehen wünsche von den Materialien, die er verwaltet. Schließlich läßt sie sich die Vorarbeiten Tolstois zu „Krieg und Frieden" geben, frühe Romanfragmente, Tagebuchaufzeichnungen, Briefe. Ihr wird bestätigt, was sie vorausgefühlt hat: daß hier, wie bei jedem großen Werk, ein Mann von einem Stoff „überwältigt wird", der „seinem Genie die genügende Nahrung bot". Und daß er diesen Stoff, der ganz und gar sein Stoff ist, zugleich „wie einen Auftrag des russischen Volkes" angenommen hat. Sie folgt Tolstoi in seine Grübeleien über die Frage, „was gesellschaftlich am wahrscheinlichsten ist und außerdem ihm, nur ihm erfaßbar und darstellbar".

Ihr altes Thema: der Schriftsteller, komplizierte „Umschlagstelle vom Objekt zum Subjekt und wieder zum Objekt". Sollte das noch einmal überprüft werden, an unbestrittenen Leistungen der europäischen Kunst? Fährt die deutsche Prosaistin deshalb Anfang der sechziger Jahre nach Jasnaja Poljana und auf das schwer zugängliche Gut der Dostojewskis, folgt sie deshalb in Leningrad den Spuren eines Dichters, der das alte Petersburg mit seinen leidenschaftlich-düsteren oder kindlichgläubigen Erfindungen bevölkerte? Versinkt sie deshalb, „Geisterbeschwörer unter Geisterbeschwörern", tief in einer Welt, die es nie gegeben hat und die doch dichter ist als die Wirklichkeit selbst?

Sie fragt sich auch, warum ihr auf einmal nichts wichtiger ist als dieser Gang „zu den Quellen", zu Tolstoi und Dostojewski. Sie schreibt ihrem Freund Jorge Amado: „Ich bin aber überzeugt, daß etwas, was wichtig ist, mit allem verbunden ist, was Menschen wichtig ist." Da sitzt sie auf dem Schiff von Südamerika nach Europa, und die Frucht dieser Schiffsreise, eben der Dostojewski-Aufsatz, ist fertig. Sie schreibt gerne auf Schiffen, weil man da Ruhe hat und nur das wirklich Wichtige wichtig bleibt, während das unwichtige Gezänk hinunterfällt in die See. Eine Reise liegt hinter ihr, „die voller Wunder war". Sie hat Brasilien gesehen. Man muß sich vorstellen, wie das polnische Schiff durch verschiedene Meere fährt, an vielen Küsten vorbei, vorbei auch an den Ländern der ehemals spanischen Conquista, über denen heute noch ungebrochen die katholischen Kirchen stehn – so gut hat sich die Methode des Großinquisitors bewährt, über den auf dem Schiff eine deutsche Schriftstellerin nachdenkt, da sie Schillers „Don Carlos" mit den „Brüdern Karamasow" von Dostojewski vergleicht. Sie hat die Fähigkeit erworben, das alles mit einem Blick zu umfassen: das Schiff, das einem sozialistischen Land gehört, die fremden Küsten, an denen die Vergangenheit noch Gegenwart ist, und jenen vor achtzig Jahren gestorbenen russischen Schriftsteller. „Wo fängt das beschriebene Leben an, wo hört das gelebte Leben auf?" Es geht wohl ineinander über, wenn man sechzig Jahre schreibend gelebt hat. Jeder Faden, den sie behutsam aus dem Gewebe zieht, nimmt andere Fäden mit – geschriebenes Leben, gelebtes Leben? –: Wirklichkeit.

Noch einmal die Frage nach dem Grund für ihre Arbeit – gerade für diese, gerade jetzt: „Ich denke, ein Teil der Unruhe, die in uns steckt, steckt auch in meinem

Thema." Eine Unruhe, die über die Jahrzehnte, Jahrhunderte hin Wahlverwandtschaft erzeugt. Grund genug für diese Pilgerreise in die Vergangenheit der russischen Literatur, hin zu zwei Männern, die, so verschieden an Charakter und Schicksal, um jeden Preis ihre Vision vom Menschen hinausschleudern müssen. Dostojewski, der in seiner Jugend Rebell war, der unter furchtbaren Erfahrungen in einer Art von Selbstschutz orthodox wird („seine Seele ist in der Verbannung gesprungen"), hat den schrecklichen Konflikt, den Träumen seiner Jugend treu zu bleiben oder die nackte Existenz als Dichter zu sichern, bis auf seinen Grund durchlebt. In entsetzlichem Zwiespalt mit sich selbst, zwischen lebenrettender Unterordnung und todesgefährlicher Empörung, muß er in andauernder heftiger Unruhe leben, sieht sich gezwungen, den rebellischen Teil an sich herauszureißen und ihn im wahren Sinn des Wortes zu „verteufeln". Zu sehr, zu verräterisch haßt er ihn, diesen Teufel aus den „Brüdern Karamasow", diesen Phrasendrescher und Empörer, der auf eine zynische und verantwortungslose Weise ausspricht, was er selbst, sein Schöpfer, einmal für wahr gehalten und seit jenem Todesurteil, das im letzten Moment widerrufen wird, seit jenen finsteren Jahren in der Armee des Zaren mit selbstzerstörerischer Gewalt in sich unterdrückt.

Die Nachgeborene, die den großen, unglücklichen Dichter des vorigen Jahrhunderts ganz zu durchschauen scheint, nimmt sich das Recht, ihn, der Staub ist, zu fragen, was es denn wohl geworden wäre mit der Fortsetzung seines großen Romans. Wohin er denn wohl Aljoscha hätte führen wollen, den reinsten und kompromißlosesten der Brüder Karamasow – wenn nicht zu den Revolutionären, bei denen er selbst einmal begonnen hat? Anna Seghers sieht: Die Logik dieses Charakters hätte Dostojewski in einen unlösbaren Konflikt gestürzt zwischen seinem künstlerischen Gewissen und der Furcht, seine materielle Existenz zu gefährden (die bloße Gegenwart des obersten Zensors des Zaren, des

Oberprokur Pobenoszew, der ihm als Berater zugeteilt ist und dem er seinen Großinquisitor nachbildet, mag die Möglichkeit dieses Konflikts immer wachgehalten haben). Der Tod hat ihm die Entscheidung abgenommen. Je tiefer Anna Seghers eindringt in den Arbeitsprozeß des großen Russen, der in „Angst und Begeisterung" schrieb, um so unumstößlicher wird ihr: „Alles hat sich im Innern der Menschen vollzogen." Literatur, die aufhörte, den Wandlungen und Gefahren im Innern der Menschen nachzuspüren, würde ihrer Bestimmung untreu und verzichtete auf die Wirkungsmöglichkeit, die ihr und nur ihr vorbehalten ist.

Sie fragt, über die Literatur hinaus auf die Zukunft der Menschheit blickend: Der Teufel, den Dostojewski aus den rebellischen Kräften seiner eigenen Seele geformt hat, den Thomas Mann als das Prinzip der Kälte und des Zynismus Macht gewinnen läßt über das menschliche, schöpferische Prinzip – wird er sich noch einmal „im Vollbesitz seiner Macht, als echtes Symbol der Verneinung", „in einer Dichtung unserer Epoche verselbständigen können"? Oder wird die Menschheit die Kraft finden, den gefährlichen Zwiespalt zu überwinden, in den die Möglichkeit des Mißbrauchs ihrer größten Entdeckungen und Erfindungen sie geführt hat? Wird sie sich zum Herren ihrer eigenen Fähigkeiten machen und jene „teuflischen Mächte", die nichts anderes sind als höchst irdische Usurpatoren der Macht, zum Teufel zu jagen? Oder wäre es denkbar, daß noch einmal einer zeitgemäßen Variante der „Alles-ist-erlaubt"-Ideologie der „Vorstoß ins Innere der Menschen" gelingt? Daß der Trick noch einmal glückt, große Teile der Menschheit sich selbst aufs äußerste zu entfremden, sie zu „berauschen, zu zersetzen und zu lähmen"? Was könnte einen neuen Faust bestimmen, sich noch einmal – zum letzten Mal – dem Teufel zu verschreiben? Gesellschaftliche Isolierung? Technische Neugier? Feigheit? „Grauenhaft verlockender Zweifel?" Oder die zynische Hybris, die aus dem Bewußtsein erwächst, daß Mephistos kalte Ironie, alles Bestehende sei wert, daß es zugrunde gehe, endlich technisch durchführbar ist?

In jedem Fall: Unglaube. Äußerster Unglaube an den Wert menschlicher Arbeit, menschlichen irdischen Daseins. Wo aber, fragt Anna Seghers, ohne diese Frage so auszusprechen: wo hätte in diesem alles entscheidenden Kampf die Literatur ihren Platz? Was hätte sie denn mit allen Mitteln in den Menschen, in unseren so sehr bedrohten Zeitgenossen zu festigen?

Mit ihrem ganzen Werk antwortet sie: Den Glauben an Irdisches.

7

Das heißt: Die irdische Vernunft, denkende, mitfühlende, verstehende und handelnde Vernunft. Wie Neruda sie besingt, in Zeilen, die er den Internationalen Brigaden in Spanien widmete und die Anna Seghers immer wieder anführt, zuletzt 1965, auf dem Internationalen Schriftstellerkongreß in Weimar: „Mögen die Ähren Kastiliens, mögen die Sterne selbst Euren Namen bewahren, weil Ihr in den flüchtigen Seelen wiedererweckt habt den Glauben an Irdisches." Wiedererweckt den Mut zur revolutionären Tat, die Kühnheit scheinbar aussichtsloser Unternehmungen, die, mögen viele von ihnen scheitern, in ihrer Summe doch allein den Fortbestand des Irdischen sichern können.

Diese Weimar-Rede der Fünfundsechzigjährigen faßt vieles von dem zusammen, wofür sie immer gelebt und geschrieben hat. Nicht zufällig tagt der Kongreß, an den sie sich wendet, auf dem Boden der Deutschen Demokratischen Republik: ein Kongreß, der die Tradition und den Geist des Internationalen Schriftstellerkongresses von 1935 in Paris wiederaufnimmt und weiterführt. In diesem Land lebt Anna Seghers, als sie an das Rednerpult tritt, seit siebzehn Jahren. Sie hat außer ihren Erzählungen zehn Romane veröffentlicht, die drei letzten schon nach ihrer Rückkehr in ihre neue Heimat. Den einen von ihnen, „Die Toten bleiben jung", brachte sie in ihrem Reisegepäck aus Amerika mit, so wie sie sechs Jahre früher, als sie Europa verließ, einen anderen, „Das siebte Kreuz", wie ein Pfand in den neuen Erdteil vorausgeschickt hatte. Zu ihrer unaussprechlichen Freude hat sie das befreite Paris wiedergesehen. Niemals äußerte sie sich über jenen Tag, an dem sie allein durch das zerstörte Mainz gegangen ist. Es gibt ein unveröffentlichtes Fragment, in dem sie die Eindrücke ihrer ersten drei Berliner Wochen festzuhalten sucht, die ihr zuerst allzu erwartet, dann wieder ganz überraschend und verwirrend erscheinen. Die furchtbare Frage: Ist das noch unser Volk? wird nicht mehr ausgesprochen, aber in jener ersten Zeit wird sie in ihrem Innern nicht verstummt sein. Einmal liest man, sie sei „traurig", daß ihre „Sprache deutsch ist". Doch zögert sie nicht, in dieser ihrer Sprache zu sprechen und zu schreiben, wo immer Hoffnung auf Gehör ist: auf Baustellen, in Hörsälen, auf Versammlungen und Kongressen, in den Spalten der Zeitungen. – Einmal, nach drei Jahren, stößt sie auf ein mecklenburgisches Dorf, ein richtiges „Märchendorf", in dessen unmittelbarer Nähe bei Kriegsende zwei Tage lang ein Zug mit verhungernden gefangenen Frauen, Ausländerinnen, gestanden hat, ohne daß eine Hand in diesem Dorf sich zur Hilfe gerührt hätte. Auch darüber berichtet sie, verdächtig gefaßt.

Zur gleichen Zeit etwa hört sie in einer der zahllosen erregten Diskussionen jener Jahre einen Studenten die Schriftsteller fragen: „Warum laßt ihr nicht jede Person aussprechen, was sie selbst denkt, damit die Zuhörer sich entscheiden? So hat es auch Schiller gemacht. Warum geht ihr zurück hinter Schiller? Warum dichtet ihr nachträglich den Personen eure Gedanken an?" Das hält Anna Seghers für „eine wichtige Aussage in einem Land, in dem die Jugend derartig betrogen war, daß sie an nichts mehr glaubte".

Ihr Leben in dieser ganzen Zeit ist „dicht besetzt" –

ein Ausdruck, den sie liebt. Viel später bekennt sie: „Ich fuhr in diesen Teil Deutschlands, weil ich hier die Resonanz haben kann, die ein Schriftsteller sich wünscht. Weil hier ein enger Zusammenhang besteht zwischen dem geschriebenen Wort und dem Leben. Weil ich hier ausdrücken kann, wozu ich gelebt habe." Die neue Gesellschaft, an deren schwierigem Aufstieg sie tief engagiert teilnimmt, gibt ihr noch einmal das Erlebnis der Neuheit, der Ausdehnung, der Vielfalt von Möglichkeiten, wie es sonst nur die Jugend kennt. Diese revolutionäre Verjüngung des Lebens, etwas „ganz und gar Unkleinbürgerliches", das, wonach sie sich sehnt, seit sie bewußt lebt, wird ihr zu einer großen, nachhaltigen Erfahrung. Mit all ihrer Intensität und Leidenschaft, als politischer Mensch und als sozialistische Schriftstellerin nimmt Anna Seghers an dem dramatischen Kampf teil, der um die Seelen und Gehirne von Millionen Menschen angefangen hat. Der Vorgang erregt sie, wie Menschen, die verstört sind, ja, zerstört scheinen, an eine vernünftige, menschenwürdige Aufgabe herangeführt, die Kraft finden, die Vergangenheit in sich selbst zu überwinden. „Die Entscheidung" ist das Thema dieser Jahre.

Oft hat sie in jener Zeit, in der sie ein unerhörtes Arbeitsmaß bewältigte, vor ihren Kollegen gestanden, auch ihnen, selbst lernend, ein Lehrer. Sie ist fasziniert von den neuen Problemen, die einem Autor entstehen, wenn ihm seine Bücher nicht von einer kleinen literarischen Kennerschaft, sondern gierig von Zehntausenden von Menschen aus den Händen gerissen werden, weil sie ihnen Lebenshilfe sind. „Weil wir die Macht der Kunst kennen, ist unsere Verantwortung so groß." Sie stellt sich dieser Verantwortung mit ihrer ganzen Person. Die Erfahrung, gebraucht zu werden, ist nach den trotz allem einsamen Jahren der Emigration ein Einbruch von Lebensfülle: Glück. 1965 in Weimar sagt sie: „Es gibt nur wenige Menschen, die unverletzt aus den Ereignissen der vergangenen Jahre hervorgegangen sind, die ihre

Leidenschaftlichkeit rein erhielten, so daß sie sich der veränderten Wirklichkeit immer wieder mit neuem Elan gestellt haben." Anna Seghers gehört zu diesen Menschen.

Wieder ein Rednerpodium – das wievielte in ihrem Leben? –, wieder ein dunkler Saal voller Menschen, die zu ihr aufsehen. Es war still in jenem Saal in Weimar im Mai des Jahres fünfundsechzig, als sie die Bühne betrat, und es blieb still, solange sie sprach. Sie gebraucht in ihrer Rede einen Begriff, den sie der Biologie entlehnt: Mentorisieren. Wir alle, jung oder alt, hatten wohl das Gefühl, daß der beste Mentor vor uns stand, den es geben kann. Und doch scheint es immer, daß sie sich in der Schuld ihrer Zuhörer wähnt, denen sie Rechenschaft gibt über den Gebrauch, den sie von ihrem Leben gemacht hat; sie denkt nicht, daß sie nach ihrer Laune damit umgehen kann, ihr Begriff von Pflicht ist streng: „Lassen wir uns von unserer Berufspflicht überwältigen, bevor uns die Schuld überwältigt." Man spürt: Die Jahre in der Deutschen Demokratischen Republik haben den im besten Sinn aufklärerischen Impuls in ihrem Denken und Arbeiten verstärkt.

Scheinbar locker springt sie von einer Assoziation zur nächsten, und am Ende sieht man, was ihr Anliegen war: die unlösbare Verflechtung zeigen zwischen der Kunst und der Wirklichkeit, zwischen dem persönlichen Leben des Schriftstellers und dem wilden, oft grausamen, erschütternden, manchmal mitreißenden Leben dieser seiner Zeit.

Die Leidenschaften dieses Jahrhunderts, an dessen Beginn Anna Seghers geboren wurde – unseres, des 20. Jahrhunderts –, sind nicht zarter und lyrischer Natur. Sie sind nicht privat, sondern öffentlich. Ihre Schauplätze sind nicht Wohnstuben und Hotelzimmer, sondern Schlachtfelder, Straßen, Barrikaden, Konferenzsäle, Schulen, Laboratorien, Versuchsstände und Betriebe. Dieses Jahrhundert hat mehr als andere Zeitalter dazu getan, den Glauben an die Fortdauer des Irdischen zu untergraben. Es hat unerhörte Kräfte aufgeboten, diesen Glauben immer neu aufzurichten. Durch nie vorher verübte Untaten, durch nie vorher gehörte Beweise an Mut und Menschlichkeit ist es geworden, was es ist. Die Romane, die ihm gewidmet sind, handeln von Liebessehnsucht und Erfüllung nur nebenbei. Leidenschaftlich wird nicht eine Frau begehrt, sondern Freiheit, verzweifelt vermißt wird nicht die Zuneigung der Geliebten, sondern soziale Gerechtigkeit, geglaubt wird nicht an das persönliche Glück, sondern an das alltägliche Glück der Menschheit, das endlich erreichbar scheint.

Der Unglaube allerdings ist ebenso heftig wie der Glaube und wird mit der gleichen Inbrunst verkündet, besonders wenn er nicht kalte Berechnung, sondern, in den besseren Fällen, enttäuschter und verkappter Glaube ist; besonders weil seit August 1945 Glaube und Unglaube nicht mehr nur die moralische, sondern die physische Existenz der Menschheit betreffen. Genauer: die moralische Existenz der Menschheit ist unter den Bedingungen des Atomzeitalters zur Voraussetzung für ihre physische Existenz geworden.

Die Tatsachen, die eine solche Zeit hervorbringt, sind keine Heilsarmeemärchen. Die Gefühle der Zeitgenossen – soweit sie Zeitgenossen sind – lassen sich nicht in Traktate pressen. Ihnen berufsmäßig auf den Grund zu gehen ist eine schwere und aufreibende Arbeit, der sich Anna Seghers ein Leben lang, selbst tief engagiert in den Kämpfen der Zeit, unerschrocken gestellt hat. Eine Arbeit, die nicht möglich ist ohne Hoffnung auf den Bestand des Irdischen, die aber gerade darin besteht, Irdisches, Stoffliches, Materielles andauernd aufzuheben in der Kunst, die nicht materiell, aber doch ganz und gar auch von dieser Welt ist. Das ist sehr merkwürdig, wir sollten wieder lernen, es zu sehen. Dem wirklichen Künstler ist das Allergewöhnlichste merkwürdig. Die Kunst lehrt seit Jahrhunderten die Menschen, sich selbst zu sehen.

Die Welt, in der Anna Seghers lebt, ist keine Jedermann-Welt und doch eine Welt für jedermann. Man kann sie eigenartig finden. Man kann in sie eintreten und ihre Gesetze anerkennen, man kann draußen bleiben. Man kann mit ihr in Berührung kommen, ohne berührt zu werden: ihre Welt wird bleiben.

Das Werk eines Dichters ist eine kostbare und dauerhafte Erscheinung, in der die Zeit sich selbst erkennt und spätere Zeiten uns. Gerade das, was viele Mitlebende nicht wissen wollen oder nicht ertragen können, wird am Leben bleiben, weil die Zukunft es aufnimmt. So werden viele Gestalten aus den Werken der Anna Seghers immer wieder den Staub der Jahre von sich abschütteln. Sie hält sich immer an uns, an die Mitlebenden, zu denen sie sich gehörig fühlt. Sie liebt das bunte, schöne Durcheinander, als das ihr das Leben der Menschen erscheinen mag und das sie durchschaut, ohne sich abzuwenden. Auch hat sie sich nicht von der lähmenden Furcht anstecken lassen, daß eine schwarze, endgültige Grenze vielleicht dicht vor uns steht. Sie wird zornig, wenn sie der Lässigkeit und Verantwortungslosigkeit begegnet, die im Gefolge dieser Furcht gehen. Unbeirrt arbeitet sie so, wie man es nur kann, wenn immer eine nächste Generation dasein wird, das Werk zu nutzen und es an die folgende weiterzureichen.

Der Entschluß zu diesem Werk und der Entschluß zum Kampf um die Verbesserung und den Bestand des Irdischen kommen aus der gleichen Wurzel.

Februar 1968

Anmerkungen zu Geschichten

Einmal, vor Jahren, bin ich den Weg nachgegangen, den Anna Seghers in einer ihrer schönsten Erzählungen, „Ausflug der toten Mädchen“, beschrieben hat. So selten sie sonst über sich spricht – hier ist sie es selbst, unverschlüsselt, die sich als Frau an das Kind erinnert, das sie einmal gewesen ist, an das Schicksal der Freundinnen, die jenen Dampferausflug mainaufwärts mitgemacht haben. Nach Mexiko verschlagen, an den äußersten Rand der ihr bis dahin bekannten Welt, unter ausgedörrten Orgelkakteen erscheint ihr wie eine Vision das saftige Grün der Mainebene. Ihr Ausflugsdampfer legte da an, wo auch heute noch in Mainz die Dampfer anlegen, am Uferkai unter den Platanen. Unter ihrer Anleitung geht man in Richtung Christofstraße, an der Christofskirche vorbei, die in der Erinnerung der Erzählerin unbeschädigt ist, obwohl sie die Nachricht empfangen hat, daß auch sie beim letzten Bombenangriff auf das Stadtzentrum zerstört wurde. In der Häuserzeile der Flachsmarktstraße findet man ungefähr den Platz, auf dem einst das Geschäft des Vaters stand, eines bekannten Mainzer Kunsthändlers. Und man erreicht schließlich, durch die Bauhofstraße kommend, Ecke Kaiserstraße das Elternhaus der Netty Reiling.

An der Beschreibung dieses Weges durch Anna Seghers kann man lernen, was Prosa ist. Treffpunkt zwischen Subjekt und Objekt. Phantastische Genauigkeit. Strenge Gebundenheit, grenzenlose Freiheit. Verzauberung von Fakten in neue Realität.

Der visionäre, an topographische Richtpunkte gebundene Weg durch eine bestimmte Stadt wird der Emigrantin zugleich ein Weg durch die Zeiten, durch dreißig Jahre, die Häuser gebaut und in Trümmer gelegt, ihre Bewohner aufgezogen und zugrunde gerichtet haben und sich nun in den Kopf einer Erzählerin kuschen, die gelassen über sie verfügt. Die auch über die Zukunft mit verfügt; denn, da sie in Gedanken durch ihre zerstörte Heimatstadt geht, „erinnert" sie sich an etwas, was erst noch geschehen soll.

Im Jahr 1947 wird die nach Deutschland Heimgekehrte diesen Gang in Wirklichkeit gehen. Darüber gibt es kein Zeugnis. Alles war drei, vier Jahre zuvor schon gefühlt und ausgedrückt. Die Wirklichkeit hat es nicht mehr übertreffen können.

Ein anderer Weg, den Anna Seghers einmal gegangen ist, wird in einer Erzählung dieses Bandes beschrieben. Anfang Mai 1934 wiederholt sie den letzten Weg des Koloman Wallisch, den Fluchtweg jenes Mannes, der einer der Führer des Februaraufstands der österreichischen Arbeiter war und der nach Niederschlagung des Aufstandes verraten, ergriffen, verurteilt und gehenkt wurde. Da hat sie in ihrem eigenen Land schon Hitler an die Macht kommen sehen. Ein Emigrationsjahr liegt hinter ihr; die Flucht aus Berlin, der Grenzübertritt in die Schweiz, wo ihr der Gedenkstein für Georg Büchner, jenen anderen deutschen Schriftstelleremigranten, eine „schneidende Begrüßung" ist. Durch „Aufstand der Fischer von St. Barbara" ist sie seit sechs Jahren bekannt. Ebensolange ist sie Mitglied der Kommunistischen Partei.

Weit in der Vergangenheit liegen die wilden Versammlungen der zwanziger Jahre, auf denen sie manchmal das Wort ergriff, verblaßt sind die Umzüge und Demonstrationen, an denen sie teilnahm, verstreut über alle Welt „Die Gefährten" – Revolutionäre aus Ost- und Südosteuropa, die nach dem blutigen Sieg der Konterrevolution in ihren Ländern nach Deutschland geflohen waren und denen Anna Seghers ein Buch widmete: „Ein paar Seiten erzählten Lebens nach vielen heißen Jahren gelebten Lebens." Ihre Genossen aus dem Bund proletarisch-revolutionärer Schriftsteller leben nun, neben jenen früheren Flüchtlingen, in anderen Exilländern. Alle, die sich zur deutschen Literatur zählen können, haben Deutschland verlassen müssen. Ganz und gar glaubte das Volk der Dichter und Denker, auf seine Dichter und Denker verzichten zu können.

Nicht vergänglich, keineswegs verblaßt ist die Bindung der Anna Seghers an die revolutionäre Bewegung. Die marxistische Theorie und die Praxis des Klassenkampfes sind ihr – wie anderen kommunistischen deutschen Schriftstellern ihrer Generation – Schlüssel zu einer neuen Realität geworden, zu Bezirken, die noch niemand beschrieben hatte. Sie haben ihr Leben verändert, sie haben ihm eine Richtung gegeben auf die Hauptkonflikte der Zeit zu. Weggefegt waren mit einem Schlag die alten Dekorationsstücke, deren sämtliche möglichen Arrangements zueinander in Literatur schon durchgespielt waren. Unvergeßlich und unersetzbar ist die Erfahrung, da gewesen zu sein, wo Geschichte gemacht wird, und nicht immer nur da, wo sie kommentiert und konsumiert und verdorben wird.

Diese Erfahrung zu wiederholen und zu festigen, geht Anna Seghers im Frühjahr 1934 nach Österreich. Hier, an der jüngsten Kampflinie zwischen der alten und einer neuen Welt, muß das Wesen beider Wirklichkeiten deutlich hervorgetreten sein. Sie will sehen, was daraus entstanden ist. Sie will die Menschen sehen, die gekämpft haben.

Sie findet die Kämpfer als Gefangene, als Angeklagte in den Prozessen der Dollfuß-Justiz, als Geschlagene, als Opfer, in abseitige Ecken der Friedhöfe verscharrt. Sie geht durch die Arbeiterviertel und sieht die Spuren der Kämpfe. Sie findet die Zerstörungen in der Genossenschaftssiedlung „Karl Marx", die heute in den Geschichtsbüchern genannt wird, als Zentrum des Widerstands von sozialdemokratischen Schutzbündlern und Kommunisten. In diese Siedlung legt sie das Wohnzimmer der Frau Kamptschik. Einen ungeeigneteren Ort zum Aufstellen eines Maschinengewehrs hätte niemand sich ausdenken können. Exotischer und unsinniger wäre der friedfertigen Frau Kamptschik auch ein Krokodil in ihrer Stube nicht vorgekommen. Dann sieht man: Das Maschinengewehr, gerade an diesen Platz postiert, gerade der sinnlosen, verzweifelt leeren Friedfertigkeit einer Frau Kamptschik gegenübergestellt, reißt mit einem Schlag den Sinn dieser Kämpfe auf und das, was von ihnen übrigbleibt.

Nach Paris zurückgekehrt, schreibt Anna Seghers ihren Bericht über das, was sie gesehen hat: „Der Weg durch den Februar". „In diesem Buch", sagt sie, „sind die österreichischen Ereignisse in Romanform gestaltet. Manche Vorgänge sind verdichtet worden; man suche auch nicht nach den Namen der Personen und Straßen. Doch unverändert dargestellt sind die Handlungen der Menschen, in denen sich ihr Wesen und das Gesetz der Ereignisse gezeigt hat." In fünf Tage zusammengedrängt alles, was Menschen im Kampf erleben können, bis hin zum bitteren Geschmack der Niederlage, den sie selbst gut kennt. Dargestellt, an einzelnen Menschen, die sozial und politisch sich dauernd verschlechternde Lage der Arbeiterklasse; die Notwendigkeit, einen Kampf aufzunehmen, auf den man nicht genügend vorbereitet ist; der Mut, der aus verlorenen Schlachten moralische Siege macht: Gewehre, Handgranaten und Maschinengewehre der nicht entschlossen geführten Arbeiterverbände gegen die schwere Artillerie, die Granatwerfer, Panzerautos, Tanks und Flugzeuge der regulären Truppe, die von Einheiten der nationalistischen „Heimwehr" verstärkt wird.

Fünf Tage – eine der Generalproben des europäischen Faschismus. Die nächste wird Spanien sein. Kanzler Dollfuß hat noch Zeit, Österreich eine neue reaktionäre Verfassung aufzuzwingen, ehe er, fünf Monate nach seinem blutigen Sieg über die Arbeiter, von Faschisten ermordet wird. In Frankreich, wohin Anna Seghers zurückkehrt, hat sich genau in den gleichen Februartagen 1934 die Volksfront formiert. Die Schriftstellerin beginnt – in den Pariser Cafés, in denen sie unter Menschen ist und doch in Ruhe gelassen – die Arbeit am „Siebten Kreuz“. Am Fluchtweg eines deutschen Kommunisten aus einem KZ legt sie einen Querschnitt durch die Gesellschaft Hitler-Deutschlands. Sie beendet dieses Manuskript, das später als eines der ersten Bücher der Welt zeigt, daß der Faschismus sich zuerst gegen das eigene Volk, dann erst gegen andere Völker gerichtet hat, kurz vor dem Einmarsch der deutschen Truppen in Paris. Mit Mühe kann sie sich mit ihrer Familie in den unbesetzten Süden des Landes retten. Ehe sie weiterzieht, diesmal über den Ozean, gibt es eine kurze Pause in einer kleinen südfranzösischen Stadt. Sie liest hintereinander alle Balzac-Romane aus der Stadtbücherei und glaubt zu begreifen, was der Franzose getan hat: Irgendeine wichtige soziale Veränderung, einen die ganze Gesellschaft erschütternden Vorgang nimmt er zum Anlaß, um zu untersuchen, wie die Menschen verschiedener Schichten darauf reagieren mußten. Strikt hat er sich also an die Hauptquelle der Konflikte gehalten – die Kreuzungspunkte zwischen den sozialen Interessen und den individuellen Charakteren der Menschen. Anna Seghers, die diese Methode an Balzac entdeckt, hat im Grunde schon immer das gleiche getan.

„Wir kennen doch keinen Unterschied zwischen ‚innen‘ und ‚außen‘. ... Wir beschreiben das fade Licht der Glühbirnen nicht, um einen malerischen Eindruck hervorzurufen, sondern weil sich auch in diesen Glühbirnen wie in jedem Gegenstand die Klassenlage seines Gebrauchers zeigt. ... An Gegenständen Spuren finden, die Spuren einer Lage!“ („Kleiner Bericht aus meiner Werkstatt“, 1932.)

Das ist etwas anderes als naturalistisch Milieu geben. Das Innenleben aller Gestalten ist unlösbar mit den äußeren Umständen verquickt, ein Hin und Her von Ursache und Wirkung, die das Handwerk des Erzählers schwierig und reizvoll machen. Der Eindruck, hier werde in filmischem Stil erzählt, täuscht, so stark auch die optische Phantasie des Lesers angeregt wird. Die Prosa der Anna Seghers läßt sich schwer verfilmen. Noch in der scheinbar objektivsten Beschreibung ist der Erzähler anwesend, verrät er sich durch die Grundhaltung, den Ton und durch einzelne plötzlich aufleuchtende Sätze. Eigentlich durch jeden Satz, in dem das Bewußtsein des Autors und sein Stoff zu einer neuen Realität verschmelzen, der Realität der Literatur.

So entsteht neben den drei fiktiven Koordinaten der erfundenen Figuren die vierte, unfiktive, des „wirklichen" Erzählers. Es ist die Koordinate der Tiefe, der Zeitgenossenschaft, des unvermeidlichen Engagements, die nicht nur die Wahl des Stoffes, sondern auch seine Färbung bestimmt. Die Vision, von der ein Autor lebt, verwandelt das Material, das ja nicht nur ihm bekannt und zugänglich ist, in Dichtung, die nur er machen konnte. Ein sehr merkwürdiger, nicht genug bestaunter Vorgang.

Anna Seghers erzählt von Grund auf. Ihre Figuren sind mit einer Landschaft, einer Familie, einer Arbeit, mit ihrer Klasse verbunden und werden durch echte Bedürfnisse, nicht nur durch psychologische Reize stimuliert. Sie schafft ihnen, mag sie sie auch zu den ungewöhnlichsten Prüfungen ausersehen haben, zunächst eine sichtbare, hörbare, riechbare Umwelt, ein Alltagsleben, von dem aus ungewöhnliche Leistungen erst ungewöhnlich, gewöhnliches Versagen um so verständlicher werden. Aber diese Beziehung zwischen der sozialen Lage und den Handlungen ihrer Personen wird kein fatalistischer Automatismus. Sie, als Schöpfer, gibt ihren Geschöpfen die Freiheit der Wahl zu nützlichen, vernünftigen Entscheidungen, die allerdings in dieser Zeit meist die schwierigsten und gefährlichsten sind.

Sehr früh schon, als sie sicher war, daß sie schreiben sollte, sah Anna Seghers „zwei Linien“ vor sich: „Erzählen, was mich heute erregt, und die Farbigkeit von Märchen. Das hätte ich am liebsten vereint und wußte nicht, wie.“ Sie hat immer Legenden und Märchen geschrieben; sie entdeckt aber auch legendäre, gleichnishafte Züge in heutigen Stoffen. Immer wieder mag ein einzelner als erster in den Wald gehen und sich daran machen, das lange verweigerte Holz zu schlagen, das für ihn Leben bedeutet: Vielleicht ist seine Sehnsucht nicht Holz, sein Kampfplatz nicht der Wald, und sein Instrument nicht gerade eine Axt. Immer wieder wird eine Frau ihre bestickten Kissen und sauber gebürsteten Matratzen und all den sorgfältig gehüteten Plunder, mit dem man sie zu fesseln verstand, eines Tages plötzlich hinter sich werfen: Es muß nicht ein Maschinengewehr sein, das ihr die Augen aufreißt. Immer wieder werden Menschen sich finden, die im entscheidenden Augenblick gerade jenen Bruchteil vom Millimeter an Präzisionsarbeit verweigern, der sie selbst zu Präzisionsinstrumenten herabwürdigen würde, bedroht von den Produkten ihrer unmenschlich genauen Arbeit. Und immer wieder mag, irgendwo auf der Welt, ein einzelner oder ein ganzes Volk das härtere, strengere, selbstgemachte Leben dem zweifelhaften Geschenk eines Lebens aus zweiter Hand vorziehen – wie der Rückkehrer, dessen Motive zur Rückkehr in die damalige sowjetische Besatzungszone gar nicht so verschieden sind von den eigenen Motiven der Erzählerin bei der Wahl ihres künftigen Wohnorts. – Insofern sind alle diese Geschichten Modelle. Zeitgemäße Abwandlungen uralter Stoffe.

Doch so dicht und dauerhaft auch das Material scheint, aus dem in diesen Geschichten die Hütten der Holzfäller von Hruschowo gemacht sind, das blankgeputzte Wohnzimmer der Frau Kamptschik mitsamt ihrem dicken, weißbestrickten Kind, das gelehrig einen

Gummihund mit Brosamen füttert – es ist doch eine andere Art Material, als das, aus dem die Dinge gemacht sind, die wir sonst kennen. Denn es bleibt durchsichtig. Es hindert den Blick nicht, durch die fast zufälligen Schauplätze auf die wichtigen, dauernden, sich wiederholenden Vorgänge zu sehen. Solche Grundvorgänge, von denen sie fasziniert ist und die nach der Überzeugung der Erzählerin seit Tausenden von Jahren hinter vielfältigen Variationen die gleichen geblieben sind, bestimmen die Struktur ihrer Arbeiten und bewahren sie davor, je nebensächliche Konflikte, abwegige Situationen vorzuführen.

Beim Wiederlesen dieser fünf Geschichten denke ich an die Leser, die sie zum erstenmal in die Hand bekommen. Wie werden sie sie aufnehmen? Als fremdartige Historien? Als überholte Berichte aus merkwürdigen Zeiten – aus der ersten Hälfte dieses Jahrhunderts, die vielen Überlebenden hartnäckig wie ein schwer durchschaubarer Wechsel zwischen goldenen und finsteren Perioden vorkommt? Als Chroniken von Märtyrern und Heiligen, ohne Bezug zum eigenen Leben? Oder schlicht als kommunistische Propagandaschriften?

Es sind ja vor allem Erzählungen – kleine Stücke aus dem großen Lebenswerk einer Autorin, die von Anfang an danach getrachtet hat, ihre Leser dem schauerartigen Wechsel „goldener“ und „finsterer“ Zeiten nicht blindlings zu überlassen, sondern ihnen getreulich und wahrhaftig zur Seite zu stehen. Es gibt Wahrheiten, die um so wahrer werden, je mehr Menschen sich dazu entschieden haben, für sie einzustehen. Anna Seghers hat sich früh entschlossen, an den Sinn dieses bunten irdischen Gewebes, das sie liebt, zu glauben. Ihr Leben war schwierig, manchmal abenteuerlich und gefährlich genug, um ihr eine Erfahrung immer neu zu bestätigen: daß die Solidarität der Menschen untereinander und die Sehnsucht nach einem vernünftigen, menschenwürdigen Leben weder durch Gewalt zu zerstören noch durch

Verführung oder lang anhaltende Unterdrückung zu ersticken sind. Die Nachlässigkeit der Resignation hat Anna Seghers sich nie erlaubt. In jeder Phase ihres bewußten Lebens hat sie ihre Kraft jener historischen Kraft zugefügt, die imstande sein kann, das Zusammenleben von Menschen auch in Zukunft zu sichern und ihm einen Sinn zu geben.

Jede ihrer Geschichten ist ein Zeugnis für ihre strikte Meinung, die sie oft ausgesprochen hat: Der, dem ein Talent gegeben ist, hat eine höhere Verantwortung als irgendein anderer dafür, die produktive Sehnsucht seiner Mitmenschen zu teilen, sie auszudrücken, ihr auch in schweren Zeiten treu zu bleiben und sie um keinen Preis der Welt zu verraten.

1970

Bei Anna Seghers

Sie zaubert. Bezaubert. Wie geht das zu: Zaubern in nüchterner Zeit?

Indem sie sich selbst nicht gestattet, zu wissen, was sie da tut. Eine Ahnung davon sorgfältig vor sich versteckt. So weiß sie also und weiß nicht und wacht streng über alles: über die Dauer des Zaubers, seine Zusammensetzung und seine Wirkung, über Wissen und Nichtwissen und darüber, daß dies alles immer in der richtigen Mischung vorhanden, der Vorrat immer aufgefüllt ist, die Anstrengung hinter dem schwebenden Gleichgewicht unbemerkt bleibt und wir also getrost und zu unserem Glück daran glauben können.

Durchtrieben und gerissen und listig, sagen ihre Freunde: unschuldig und naiv und ohne Arg ist sie, und das alles zu gleicher Zeit. Man hat schon viel über sie gesagt, nicht alles kann sie bis ins Herz dringen lassen. Braucht sie es, daß man sie liebt? Sie sieht wohl, daß wir es brauchen.

Dieser Name? Seghers? Ein reiner Zufall, sagt sie, wenn man sie danach fragt, denn sonst redete sie nicht davon. Ich schrieb und veröffentlichte doch schon kleine Geschichten vor dem „Aufstand der Fischer". Darunter war eine – wie sagt man: gruslige oder grausliche Geschichte von einem holländischen Kapitän. Ich schrieb sie in der Ich-Form, als ob dieser Kapitän mein Großvater war. Ich mußte ihm ja auch einen Namen geben. Auf der Suche nach einem holländischen Namen kam ich auf Seghers, das ist ein Grafiker aus der Rembrandt-Zeit;

wahrscheinlich ging mir das als Lautverbindung durch den Kopf. Nun mußte ich die Geschichte ja irgendwie zeichnen, und da dachte ich mir, als Enkelin des Alten müßte ich mich auch Seghers nennen ...

Ein reiner Zufall, wenn man nicht weiß, daß sie schon als Kind das Meer schrecklich liebte, daß sie heulte und brüllte, wenn sie einmal nicht im Sommer dahin fahren sollten; daß sie belgische und holländische Fischer von klein auf kannte; daß sie ihre Doktorarbeit über das Thema: „Jude und Judentum im Werke Rembrandts“ geschrieben hat ... Von dieser Art sind in ihrem Leben die „Zufälle“.

Man hat den Klingelknopf neben dem Namensschild gedrückt, sie steckt oben den Kopf zum Fenster raus und gibt umständliche Anweisungen, wie die Tür anzufassen sei, damit sie keine Schwierigkeiten mache. Ihr ist es lieber, daß man amüsiert als daß man befangen ist. Sie hantiert in der Küche, läßt sich nicht helfen. Ich kann es nicht leiden, sagt sie, wenn alle wie verrückt umherrennen.

Ihr kann es passieren, daß sie Besucher verwechselt – nie aber ihre Eigenschaften. So hat sie am Ende doch immer mit dem Richtigen, zwar nicht mit dem richtigen Namen, aber mit dem richtigen Menschen gesprochen.

Faß sie nur nicht an! beschwört sie jeden Besucher, der sich dem Kachelofen nähert, an dem die zerbrechlichen mexikanischen Tonglöckchen hängen. Vor den Bücherreihen, aus denen ungern ein Exemplar verliehen wird, haben die russischen Gipselche und das ganze Puppen- und Kleintierzeug Posten bezogen, das man in Moskau in Straßenbuden auf der Gorkistraße kaufen kann. Der Zeitungsstapel neben dem Sofa wächst heimtückisch von Mal zu Mal, aber der Kaffeetisch ist friedlich, nahrhaft und erinnert an die vielen Kaffee- und Eßtische, die in ihren Büchern als Zuflucht für Bedürftige aufgestellt sind.

Also, erzähl! Immer ermuntert sie alle Leute zum Erzählen. Zwar kennt sie alles, was Menschen zustoßen kann, aber sie bleibt neugierig und anrührbar. Sie ist frei von dem Verhängnis, ihr eigenes und anderer Leute Leben als „Stoff“ zu empfinden und dadurch beides zu verderben, Leben und Schreiben. Doch bleibt unvermeidlich der Einbruch des Unwirklichen ins Wirkliche und der Schrecken, der darin steckt. Einmal, als „Die Toten bleiben jung“ erschienen sind, bekommt sie einen Brief von einer Frau, die sie sogar von einer der Stationen ihres eigenen Lebens flüchtig kennt, auch ihren Sohn. Dieser Sohn sei gegen Ende des Krieges ebenso erschossen worden wie früher sein Vater, beides Kommunisten. Sicher haben Sie in Ihrem Buch meine beiden gemeint, schreibt sie. Woher haben Sie nur so genau über sie Bescheid gewußt?

Da ist mir kalt geworden, sagt sie, an dem friedlichen Kaffeetisch.

Übrigens könnte keine Macht der Welt sie dazu bringen, in ihrem Kopf eine zufällig passierte Geschichte der erfundenen „wahren“ vorzuziehen. Einmal, als ein Kollege auf ihren Wunsch eine Begebenheit aus seinem Leben ein zweites Mal erzählen muß, unterbricht sie ihn nach den ersten Sätzen: Du – höre mal zu, du hast da eben vergessen zu sagen, was doch gerade das Wichtigste ist: nämlich daß du *wußtest*, der andere, dein Genosse, war ein Verräter.

Wie kommst du darauf? sagt der Erzähler. Natürlich wußte ich es nicht, wie hätte ich mich sonst so vorschriftswidrig verhalten können!

Eben gerade darum! beharrte sie. Du hattest ihn doch noch nicht aufgegeben! Du *mußt* es gewußt haben!

Aber Anna! Ich werde doch meine eigene Geschichte kennen!

Sie verstummt, sichtlich verstimmt. Am Ende redet sie dem Erzähler dringlich zu: Aber wenn du's aufschreibst, nimmst du meine Fassung, ja? Sonst glauben's dir die Leute womöglich nicht ...

Eine französische Schriftstellerin spricht von den „blauen Augen der Anna Seghers“. Wenn man ihre braunen Augen sieht, freut man sich, wie gründlich die sich geirrt hat; bis ein bestimmtes Licht einfällt und sie die Augen auf eine bestimmte Weise zusammenkneift: da schimmern sie blau. Ihr Blick ist oft zweifelnd, sogar mißtrauisch, das ist ihr Preis an die Bitterkeit mancher Erfahrung. Ein Freund, mit dem sie in tiefgehenden Streit gerät, appelliert an ihre Güte. Lächelnd, doch jenen blauen warnenden Schimmer in den Augen, zitiert sie ihm einen spanischen Vers, in dem von Pistolen die Rede ist, die man immer bei sich tragen müsse, um gegebenenfalls aus vier Läufen schießen zu können. Als der Freund sagt: Sei nicht böse!, erwidert sie: Warum eigentlich nicht? Kennst du die Geschichte von den Dauisten und den Konfutseanern, denen man gesagt hatte, sie sollten sich versöhnen? Warum denn nur, wandten sie ein, wenn man von der Wurzel her verschieden ist? – Sie begleitet den Freund, der für lange wegfährt, zur Haustür, zögert, lacht, zieht seinen Kopf zu sich herunter und küßt ihn.

Fast ungläubig sieht sie aus, wenn sie sagt: Das ist schön. Sie schwankt, überlegt noch einmal, dann wiederholt sie fragend: Das ist doch schön, nicht? Es freut sie, etwas schön zu finden: ein Buch, das neu entstanden ist, einen Menschen, ein Haus, eine Gegend. Oder die geliebten Plastiken im Ostasiatischen Museum, denen sie leicht über den Rücken streicht: Schön . . . – Einmal, als in einer Versammlung eine wilde Diskussion über die harte Schreibweise im Gange war und eine Rednerin, entrüstet über den Stil mancher Bücher, emphatisch ausrief: Und unser Leben ist doch so schön!, da kam aus der Ecke, in der Anna Seghers saß, der leise Zwischenruf: Schön und hart!

Oft scheint es so, daß sie erst zufrieden ist, wenn sie in einer Erscheinung, die ganz eindeutig und leicht mitteilbar scheint, auch ihr Gegenteil entdeckt hat: das Komische im Tragischen, den Funken Bedauernswertes im Bösen, das Gramm Eigennutz im Guten, das Profane im allzu Erhabenen, den nützlichen Zweifelspunkt im Unbezweifelbaren. Einmal, in Moskau, bei einer Delegationsreise, verspätet sie sich zum Mittagessen im Hotel. Sie sei im GUM gewesen, dem Warenhaus am Roten Platz. Schweigend löffelt sie ihre Suppe, aber es arbeitet in ihr. Schließlich muß es heraus: Du – ob der Marx das gewußt hat? – Was denn, Anna? – Na: Wie viele Blusen diese großen Völker brauchen! Im GUM sind nämlich gerade Berge von Blusen angekommen . . .

Einmal hat man sie gefragt, wie sie zum erstenmal von der russischen Oktoberrevolution gehört habe. Das ist nun ganz ulkig, sagt sie. Ich saß zu Hause in Mainz auf einer Bank am Fluß, und neben mir saßen zwei Weiber und tratschten. Da kam die Rede auf ein Kind, das da auch herumspielte. Es war der einen von einer Verwandten aus Rußland geschickt worden, wo sie doch gerade diese Revolution hatten. Und die Frau wunderte sich, wie diese Ideen gleich ansteckend sein müßten, sogar für Kinder. Denn als dieses Kind kürzlich gesehen hatte, wie weiße französische Besatzungsoffiziere einem Negersoldaten eine Tafel Schokolade gegeben hatten, damit er ihnen eine Brücke bewache, sagt doch der Junge: Der ist schön dumm, daß er ihnen ihre Brücke für eine Tafel Schokolade bewacht . . . Übrigens, fügt sie hinzu, war ich meiner ganzen Gemütsart nach kommunistisch gesinnt . . .

Sie liebt den Ausdruck: Das Leben ist dicht besetzt, und sie liebt das dicht besetzte Leben, so wie ihres ist, und die Lust, die sie daran hat; sie liebt Menschen, die diese Lust mit ihr teilen, ohne Zimperlichkeit und ohne Trübsinnigkeit. Sie liebt es, zu schreiben (wenn auch das, gemessen am anderen, eine andere Art Liebe ist), am liebsten – in Ländern, in denen es wirkliche Cafés gibt – in so einem Café, in Paris, Marseille, Pamiers, Martinique . . . Keiner kümmert sich um einen, nicht mal der Kellner, und man hat doch alle die Leute um sich und kann hinausschauen auf die Straße. Sie kritzelt ihre linierten Schulhefte voll, die sie keineswegs aufhebt, wenn das Manuskript abgeschrieben ist: Wozu denn? Ich hab sowieso noch genug Papier um mich herum! – Übrigens, das, was ich gemacht habe, nicht besonders viel, nicht besonders wenig, ist bloß zustande gekommen, weil ich jeden Tag ein bißchen gearbeitet habe . . .

Und sie liebt es, zu reisen – am besten auf dem Schiff, weil man da so gut arbeiten kann. Dreimal ist sie in ihrem Leben von Europa nach Amerika und zurück gefahren. Unterwegs fühle sie sich wohler als irgendwo sonst, das Unterwegssein liebe sie noch mehr als das Ankommen.

Auf dem Schiff, sagt sie, wird der Kurs heute noch nach Sonne, Mond und Sternen bestimmt. Man fühlt sich wie zu Hause, wenn man zum zweiten, dritten oder fünften Mal dazukommt, wie ein junger Matrose, der noch angelernt wird, mag er tagsüber auch ein freches Maul haben, nun ganz still und brav und gewissenhaft alle Viertelstunde mit dem Sextanten herumarbeitet. Da fällt doch all das Schriftstellergezänk hinunter in die See . . . Durch den freundlichen Kapitän bekommt man auch einen Sputnik zu sehen – wie einen blinkenden Stern –, den ich sonst nicht gefunden hätte. Und erst der Himmel! Wie langsam der südliche Himmel, das Kreuz des Südens hinten herunterrutscht wie eine Mütze und dafür ein anderer Himmel heraufkommt . . .

Wenn man ihr lange zugehört hat, hört man ihre Stimme auch hinter den Seiten ihrer Bücher, spröde, gelassen, in einem Tonfall, als vergleiche sie während des Erzählens das merkwürdige Leben der Menschen mit jenem Wissen über menschliche Belange, das ihr von Natur aus gegeben ist. Ein Gefühl von Wiedererkennen stellt sich beim Hörer oder Leser ein, von Geborgenheit, selbst wenn die Leute, mit denen sie umgeht – im Leben wie in ihren Büchern –, alles andere als Geborgene sind.

Sie öffnet den Wandschrank in der Ecke, zieht die Mappen mit ihren alten Arbeiten heraus, gibt sie weg, ohne je wieder danach zu fragen. Den Herausgeber älterer Arbeiten sucht sie zu Änderungen zu bewegen: Mach das mal weg! Ja, gewiß hab ich's mal geschrieben. Es stimmt aber nicht. Überhaupt ist das doch Unsinn mit dieser Zitatentreue. Ich hab schon als Schulkind alle Zitate geändert. Wenn ich zum Beispiel dachte, daß ich einen Aufsatz mit einem Zitat abschließen sollte, dann hab ich mir eben ein Schillerzitat ein bißchen geändert. Und nie hat es jemand gemerkt.

Vielleicht ist auch das noch eines ihrer Kunststücke: daß sie in uns das Gefühl weckt, man müsse sie mit Schutz und Liebe umgeben – nicht um ihret-, sondern um der anderen willen eingefädelt. Denn daß jemand unter uns lebt, ganz von dieser Welt und doch in Kontakt mit anderen Welten, zu denen nicht jedermann Zugang hat (ein Kontakt, der sie sicher macht und überhaupt nicht schutzbedürftig) – diese Tatsache könnte sonst ein Gefühl von Entmutigung in uns aufkommen lassen. So gibt sie sich fast verlegen darüber, daß sie alles durchschaut, lächelt entschuldigend, während sie unbeirrbar ihr Magierhandwerk betreibt, dessen Wert sie kennt.

Was sollten wir nötiger brauchen als die Hoffnung, daß wir sein können, wie wir es uns insgeheim wünschen – wenn wir nur wirklich wollen?

November 1970

Fortgesetzter Versuch

Über Anna Seghers zu schreiben, kommt mir jedesmal schwieriger vor. Wir kennen uns fünfzehn Jahre. Vorher kannte ich sie natürlich. Ich hatte ihre Bücher gelesen, hatte sie auf Versammlungen gesehen, sie reden hören, die Aura bewundert, die sie umgab. Sie umgibt sie noch heute. Es gibt eine Legendenperson, die heißt „die Anna", und sie ist, wie jede Legendenperson, mit ihrem Urbild nur teilweise identisch, zum anderen Teil aber aus den Bedürfnissen derer gemacht, die die Legende schaffen. Damals sah ich nicht, welche Probleme für die von der Legende betroffene Person selbst entstehen können. Staunend hörte ich wildfremde Personen miteinander über „die Anna" reden. Zu mir sagte man – es war 1959, ich arbeitete in der Redaktion der Neuen Deutschen Literatur: Geh zur Anna und mach ein Interview.

Es war ein heißer Tag, die Markise über ihrem Balkon war heruntergelassen. Ins Zimmer fiel ein gedämpftes Sommerlicht, das mir sehr gefallen haben muß, denn ich erinnere mich noch heute daran. Ich muß ziemlich jung gewesen sein: Bei aller gebotenen Ehrfurcht hoffte ich doch auf meine Fragen diejenigen Antworten von ihr zu bekommen, die ich mir gedacht hatte. Heute weiß ich, daß sie sich mit mir abgerackert hat, und ich weiß, was es bedeutet, wenn sie den Kopf zurückwirft und inständig ausruft: Aber nein!

Wir saßen schon auf denselben Plätzen, die wir auch später immer einnahmen. Wenn sie sich eine Antwort überlegte, nahm sie schon jene in sich zusammengezogene Haltung an, neigte leicht den Kopf nach rechts und bewegte, während sie die Augen fast schloß, probeweise die Lippen. Ich fragte mich, ob sie es denn nötig hatte, solche einfachen Fragen, die man ihr und die sie sich selbst Dutzende von Malen gestellt haben mußte, immer noch zuerst bei sich auszuprobieren. Es kann auch sein, daß in meinem Kopf noch die Vorstellung war, Ruhm und das, was wir „Meisterschaft" nannten, machten das Leben und Arbeiten leichter.

Zum Mittag kündigte sie ein leichtes Sommeressen an. Es gab überbackenen Blumenkohl und Weißwein, es schmeckte mir sehr. – Später in der Redaktion, als wir ihre Antworten durchlasen, sagten wir tadelnd und gelinde bekümmert: Die Anna hat wieder mal ihren Kopf für sich. Wir nämlich waren mächtig sattelfest in dem, was wir für marxistische Literaturtheorie hielten.

Das bisher letzte Mal war ich ungefähr vor zwei Monaten bei ihr. Wir schreiben den Oktober 1974, und man muß die Texte für ihren 75. Geburtstag schon vor dem 74. fertigmachen, so lang sind jetzt die Druckzeiten.

Vier Uhr ist die übliche Zeit, damit es abends nicht so spät wird. Zum Fach in der Küche, in dem die Blumenvasen stehn, muß man sich hochrecken. Der Kaffee wird nach der konventionellen Methode aufgebrüht; ein Versuch, eine neue Kaffeemaschine auszuprobieren, schlug fehl und wird nicht wiederholt. Wie immer ist der Tisch gedeckt. (Die im Teigmantel gebackenen Äpfel habe ich von ihr übernommen.) Sie trinkt ganz wenig Kaffee, mehrmals ein Schlückchen. Es sind die gleichen Möbel, auf denen wir sitzen, im Zimmer hat sich nichts verändert – bis auf die neuen Polsterbezüge und die neue Gasheizung, die zu meinem Leidwesen den schönen Kachelofen außer Betrieb gesetzt hat. Das Licht, allerdings, ist das frühere Licht nicht mehr, obwohl doch wieder Sommer ist wie damals. Anna Seghers ist schmaler geworden, aber wenn sie sich konzentriert, neigt sie den Kopf nach rechts, schließt die Augen und zieht sich in sich selbst zusammen, bewegt auch unwillig die Lippen. Du, höre mal zu! sagt sie wie damals. Und inständig ruft sie: Aber nein!, wenn ihr Urteil über eine Person, über ein Buch, über einen Vorgang nicht mit dem meinen übereinstimmt. Das kommt vor, öfter wohl unausgesprochen als ausgesprochen. Mitten im größten Ernst, eben hat sie noch unerbittlich die Augen aufgerissen, geht dann ihr Lachen auf, und sie sagt etwas mit Mainzer Klangfarbe.

In diesem Augenblick – oder etwas später, als wir dazu übergegangen sind, „richtig schön zu tratschen", wie sie es nennt und wie wir beide es lieben (mitten im Lachen wird sie dann manchmal ernst), oder noch später, als ich in der Küche beim Abwaschen helfen darf, was neu ist: Irgendwann an jenem Nachmittag ist mir der Gedanke gekommen, daß ich einmal sagen sollte, was mir fehlte, wenn ich sie nicht kennen würde.

Ich wußte gleich, daß so ein Plan undurchführbar wäre. Es sollte sich ja nicht darum handeln, über „Einflüsse" zu reden. Obwohl ich mir den Tonfall, in dem „Transit" geschrieben ist, oder die Haltung der Ich-Erzählerin in „Ausflug der toten Mädchen" jederzeit herstellen kann, auch ohne die Bücher zur Hand zu nehmen. Obwohl ich die Suggestivkraft dieses Tonfalls und dieser Haltung ganz gut kenne. Obwohl Sätze und kleine Passagen aus ihren Büchern, aus Gesprächen, Aufsätzen und Reden bei bestimmten Gelegenheiten wie Signale in mir aufleuchten: So erzeugen die letzten Sätze des ersten Abschnitts vom „Siebten Kreuz", so oft ich sie lese, immer das gleiche Gefühl in mir, ein beinah glückliches Aufatmen: „Jetzt sind wir hier. Was jetzt geschieht, geschieht uns." Es kommt vor, daß ich dieses Gefühl wiedererkenne, mitten in Vorgängen, die mit dem „Siebten Kreuz" nichts zu tun haben, und daß sich erst dann diese Sätze einstellen, die nun mal an dieses Gefühl gebunden sind.

Aber der Versuch, allen Spuren nachzugehen, die ihre Arbeit und ihr Leben, beide nicht voneinander zu trennen, in mir hinterlassen haben, wäre zum Scheitern verurteilt. Wenn ich nur an die Landschaften denke, deren erster Eindruck auf mich durch die Tatsache gefärbt war, daß sie sie beschrieben hatte oder mit ihnen in Berührung gekommen war. Einmal habe ich versucht, den Standort zu finden, von dem aus dieser Franz Marnet am Anfang des „Siebten Kreuz“ über die Rhein-Main-Ebene blickt. Einmal bin ich in Mainz den Weg nachgegangen, der im „Ausflug der toten Mädchen“ genau angegeben ist: von der Dampferanlegestelle unter den Uferplatanen bis zum elterlichen Haus, das ja, wie der größere Teil der Mainzer Innenstadt, zerstört wurde. Eine der Lehrerinnen, die jenen Ausflug begleitet hatten, habe ich sprechen können, eine sehr alte Frau, die sich gut erinnerte und sagte: Ja, es ist so gewesen, wie sie es geschildert hat. Eine ehemalige Klassenkameradin sagte mir am Telefon: Sie war etwas anders als wir. In meinem Zimmer setzte sie sich auf den Teppich und fragte mich: Wen hast du eigentlich lieber, deinen Vater oder deine Mutter? Ich bitte Sie: Was soll man darauf sagen?

Einmal bin ich nach Winkel am Rhein gefahren und habe auf dem Friedhof das Grab der Günderrode gesucht und gefunden: Ihr Name war mir in den Essays und Briefen von Anna Seghers immer wieder aufgestoßen. Sie nennt ihn unter den Namen anderer deutscher Dichter der gleichen Generation, die „ihre Stirnen an der gesellschaftlichen Mauer wund rieben“ und die zur klassischen Vollkommenheit nicht gelangen konnten. Einmal, als ich in Paris am Café de la Paix vorbeifuhr, fiel mir ein (ob es stimmt, weiß ich nicht), daß sie hier manchmal gearbeitet haben soll, bis der Einmarsch der deutschen Wehrmacht sie weitertrieb, und ich wünschte für Sekunden, was man sich nicht wünschen soll: Dieses Café und dieser Teil der Stadt hätten sich erhalten, wie sie damals waren. Und bei der Landung in New York mußte ich merkwürdigerweise an sie denken, obwohl sie ja Amerika fast fünfunddreißig Jahre früher, mit dem Schiff und als Emigrantin, erreicht hatte und es außer der Ankunft selbst und einem Abglanz jenes durchdringenden Gefühls von Fremdheit, das sie empfunden haben muß, nichts Vergleichbares gab.

Es gibt Augenblicke, in denen mein Blick durch den ihren und – soweit man das sagen kann – in den ihren verwandelt wird. Es gibt die Gegenwärtigkeit einer Sprache und die Faszination durch die Haltung derjenigen, der es möglich ist, so zu sprechen (ein Sprechen übrigens, das das bloße Nach-Sprechen von selbst verbietet). Dies sind „Einflüsse", gewiß, aber es ist mehr als das und noch etwas anderes. Ein Modell? – Das könnte widrig sein. Zu häufig hat unsere Generation sich modeln lassen sollen. Dies ist nun gerade ihre Sache nicht. Leere Bewunderung, Abhängigkeit, Unterwerfung wäre das Letzte, was sie brauchen würde. Ihre Autorität ist stark, doch nicht überwältigend (sie selbst, übrigens, Autorität respektierend, ist wohl auf Zeit zu täuschen, zu überwältigen ist sie nicht durch fremde Autorität).

Nein: Es ist der seltene Glücksfall, daß ein anhaltendes, eindringliches Interesse an einem von Grund auf anderen Lebensmuster mir erlaubt hat, Genaueres über mich selbst zu erfahren. Nichts Heilsameres kann einem, glaube ich, passieren, als daß Gefühl und Verstand zu gleichen Teilen – wonach jeder sich sehnt – in Anspruch genommen, ja: in Mitleidenschaft gezogen sind durch diese fortgesetzte Erfahrung, die nicht einem leicht zu beschädigenden Vorbild, sondern einem Menschen gilt, dessen eigene innere Widersprüche ihn hellhörig machen für den Widerspruch in dieser Zeit. („Heilsam" – damit wäre auch jenes „Rettungsmittel" gemeint, das Goethe gegen „große Vorzüge eines anderen" einzusetzen pflegte: Er nannte es Liebe.)

Obwohl – oder weil – es dabei bleibt, daß Menschen verschiedener Generationen etwas Undurchdringliches füreinander haben, man sollte das nicht leugnen. Es kommt vor, daß man inne wird: Man steht auf verschiedenen Seiten der Generationsschranke; man versteht sich nicht immer, man ist voneinander befremdet. Ob man es nun sagt oder nicht – jedenfalls gibt es einen notwendigen Schmerz der Fremdheit im Bannkreis gewünschter Nähe, dem muß man sich aussetzen, neben so vielen unnötigen Schmerzen, die wir einander zufügen.

Nicht von Ideen ist hier die Rede (nicht allein von Ideen), sondern von Kunst: Ihre Zeit fließt anders, sie trägt ihr andere Beispiele zu, geschlossenere Schicksale. Sie sah nicht nur eine andere Wirklichkeit – sie sieht auch Wirklichkeit anders. Ein pädagogischer Rückhalt in manchen ihrer Bücher ist unverkennbar.

Dieser Vorbehalt auch in der Beziehung zu einem Jüngeren soll nicht bestritten sein, doch ist er leicht durchschaubar und darf ignoriert werden. Sie verkleinert eigene Sorgen, streitet sie auch ab und gesteht sie dem Jüngeren erst recht nicht zu. Um so bewegender, wenn sie rückhaltlos und unverhüllt aus Sorge handelt. Nie werde ich vergessen, wie sie mich – das ist jetzt neun Jahre her – zu einem Gang ins Ostasiatische Museum nötigte, als mir der Sinn nach nichts weniger stand als nach ostasiatischer Skulptur, und wie sie mir, obwohl von unserer gemeinsamen Sorge kaum die Rede war, fast nur durch Gesten meinen Sinn für die Rangordnung gewisser Probleme zurechtzurücken suchte.

Erschütterung soll sich nach ihrer Meinung nicht entäußern. Sie ist durch die Schule gegangen, in der man es lernt, sich zusammenzunehmen. Exaltierte Gefühle und überschießende Reaktionen mag sie nicht, auch nicht in der Kunst. In solchen Fällen gebraucht sie das Wort „übertrieben“: Das find ich übertrieben. Oder auch: arg übertrieben. Da kann man auch hören, was selten vorkommt: Das versteh ich nicht.

Maßvoll sein – wer wünschte es sich nicht? Sie hat, vielleicht überraschend für sie selbst, ihr Maß gefunden. Das wird man nicht „edle Einfalt und stille Größe“ nennen, überhaupt auf eine Formel schwerlich bringen können. Doch auf seinem Grund liegen unbezweifelbare und unbezweifelte Gewißheiten. Anders ist Maß nicht zu gewinnen, noch weniger zu halten. Ich habe sie beunruhigt gesehen über das Unmaß an Ungewissem, aus dem Nachgeborene (auch darum ohne Aussicht auf klassische Vollkommenheit) wieder glauben schöpfen zu müssen. Doch ist sie von innen her unterrichtet nicht nur über die Umstände, unter denen ein „classischer Nationalautor" entsteht, sondern auch über die verzweifelten, meist vergeblichen Bemühungen jener Generationen, denen ihre Zeit sich zu einem bündigen Bild nicht runden will. Und da sie selbst lebendig, beunruhigt und neugierig ist, kann sie nicht nur gelten lassen, sondern freudig begrüßen, was sie für talentiert hält, und sie kann es, wo nötig, verteidigen. Wie belangvoll das Zusammentreffen gewisser Lebensalter mit gewissen Etappen der Zeitgeschichte ist – wer sollte es wissen, wenn nicht sie?

Ich breche ab. Ich gebe ein Vorhaben auf, das sich, wie ich wußte, nicht durchführen läßt. Manches steht ihm entgegen. Auch natürlich immer noch Ehrfurcht, auch natürlich die Scheu vor der Berührung jener Tabus zwischen Menschen, an die man nicht rühren soll. Was ein anderer Mensch einem gibt – wenn er es nicht durch einen einzelnen Zug, nicht durch abgesonderte Handlungen, sondern durch sein ganzes Dasein tut –, das ist schwer zu sagen. Und wenn Gründe für Dankbarkeit so zahlreich sind, kann man nicht alle nennen.

November 1974

Die Dissertation der Netty Reiling

Wallau saß blutüberströmt gegen die Wand. Zillich sah von der Tür aus ruhig zu ihm hin. Etwas Licht über Zillichs Schulter, dieses winzige, blaue Herbsteck, belehrte Wallau zum letztenmal, daß das Gefüge der Welt festhielt und festhalten würde, für welche Kämpfe auch immer.

Anna Seghers, Das siebte Kreuz

Was interessiert uns heute noch an dieser Doktorarbeit, mit der die Studentin der Kunstgeschichte, Sinologie und Geschichte Netty Reiling 1924 an der Hohen Philosophischen Fakultät der Ruprecht-Karl-Universität zu Heidelberg promoviert? Wir, die wir keine Rembrandtspezialisten sind, suchen in dieser Abhandlung über die Darstellung des Judentums im Werke Rembrandts Spuren, welche die nahe bevorstehende, nein: gleichzeitig stattfindende Verwandlung der Netty Reiling, Tochter des Mainzer Kunsthändlers und Antiquars Isidor Reiling, in die Schriftstellerin Anna Seghers ankündigen. Denn im gleichen Jahr schon, zu Weihnachten 1924, bringt die Frankfurter Zeitung in ihrem Feuilleton den Beitrag: Die Toten auf der Insel Djal – Eine Sage aus dem Holländischen – Nacherzählt von Antje Seghers. Die Zeit, in der sie über das jüdische Motiv in Rembrandts Arbeiten nachdenkt, ist auch die Zeit, in der sie sich von den Wissenschaften verabschiedet und ihren Beruf findet; es ist die Zeit ihrer Selbstbenennung mit dem Namen Seghers.

Über ihre Studienzeit wird sie später als über eine Phase erster selbständiger Lebenserfahrung sprechen: „Als Studentin, als ich meine Umwelt zu begreifen begann, Liebe und Leid und viele Erscheinungen der Gesellschaft, Elend und Hunger und Kämpfe um ein besseres Leben, las ich mit wachsender Leidenschaft mehrere Romane von Dostojewski." Das, was sie durch diese Bücher, vor allem aber durch Menschen erlebte, scheint in ihrer Erinnerung fester zu sitzen als das, was sie in ihren Studienfächern lernte.

Sie beschäftigte sich mit ostasiatischer Kunst, lernte Chinesisch, um die Inschriften auf den chinesischen Bildwerken entziffern zu können. Einem engen Studienfreund aus dem ostasiatischen Institut, Philipp Schaeffer, den sie bei ihrer Rückkehr aus der mexikanischen Emigration in Deutschland wiederzufinden hoffte, der aber als Mitglied der Schulze-Boysen-Harnack-Gruppe von den Nationalsozialisten hingerichtet worden war, widmet sie 1975 ein Gedenkblatt. „Sorglos, offenherzig waren wir damals", schreibt sie. „Wir waren bereit, uns zu freuen! Wir fanden immer etwas zum Freuen, trotz der bedrohlichen Zeit, trotz aller Bedrängungen." Schaeffer lehrte sie Konfuzius und Laotse lesen, „Kenntnisse über Sun Yat-sen und seine drei Volksprinzipien verschafften wir uns allein".

In Heidelberg bekommt sie ihren ersten praktisch-politischen Anschauungsunterricht. „Ich war beim Studium bald bekannt geworden mit Emigranten, die nach der blutigen Reaktion und Verfolgung in ihren Ländern das Studium in Deutschland beendeten. Sie öffneten mir die Augen für viele politische Vorgänge, für den Klassenkampf." Manche dieser Schicksale hat Anna Seghers in ihrem Erzählungskranz „Die Gefährten" beschrieben. Damals lernt sie auch den ungarischen Kommunisten László Radványi kennen, der ihr Mann wird. Mit dem Kreis dieser ausländischen Emigranten kommt, noch ehe sie wirklich zu schreiben begonnen hat, das Motiv des Internationalismus in ihr Werk, das sie neben der Vielfalt deutscher Motive immer mitgeführt hat.

Was den Ausschlag dafür gab, daß sie sich selbst nach dem niederländischen Radierer und Maler Hercules Seghers nannte, wissen wir nicht. Sie selbst erinnert sich nicht, 1920 an dem Seminar von Wilhelm Fraenger über Hercules Seghers teilgenommen, auch nicht, Fraenger, der genau in den Jahren ihres Studiums eine herausragende Erscheinung am Heidelberger kunstwissenschaftlichen Institut gewesen sein muß, näher gekannt und durch ihn wesentliche Anregungen erfahren zu haben. Das schließt nicht aus, daß sie Fraengers Studie „Die Radierungen des Hercules Seghers", die 1922 erschien, gelesen hat; eher wäre es erstaunlich, wenn sie eine so vielbesprochene Arbeit, die in ihrem engsten Umkreis publiziert wurde, nicht gründlich zur Kenntnis nahm, als sie sich daranmachte, über Rembrandt zu arbeiten, dessen früher verstorbener Zeitgenosse Seghers war. Jedenfalls aber kannte sie die Ausführungen Wilhelm von Bodes über Hercules Seghers – sie zitiert Bode in ihrer Dissertation. Sie kannte das Schicksal dieses Hochbegabten, der, zu seiner Zeit unverstanden, in Armut, ausgestoßen, noch vor seinem fünfzigsten Lebensjahr zugrunde ging und lange von der Nachwelt vergessen war. Es kann nicht ganz ohne einen geheimen Sinn sein, daß sie sich für ihre eigenen künstlerischen Bemühungen gerade dieses Namens annahm, während sie als Wissenschaftlerin ein Motiv im Werk des Vollendeten, des Klassikers, Rembrandts, untersuchte.

Sie hat in den ersten Jahren literarischer Arbeit immer mit der Möglichkeit eines Scheiterns gerechnet, und sie hat sich lange eine Sensibilität für jene Künstler bewahrt, die an einem Zeit-Bruch zerbrechen, nicht zu klassischer Vollendung kommen; in ihren Briefen an Georg Lukács hat sie Kleist, Lenz, Büchner, Günderrode, Hölderlin verteidigt. Inwieweit sie mit ihrer Namensgebung auch einen Akt der Identifizierung mit jenem Nicht-Klassiker vornimmt, können wir nur vermuten. Viele Jahre später bemerkt sie einmal lakonisch: „In meiner Arbeit gab es keine Krisenzeiten." So unvorstellbar ein solcher Tatbestand wäre – wer sollte ihr widersprechen? Auch wenn die Wahl eines Pseudonyms nicht ihre einzige, vielleicht nicht einmal ihre wichtigste Methode ist, sich der auf ihre Person, auf Konfliktsituationen gerichteten Neugier zu entziehen.

Ein Nachhall ihrer mächtigen Kinder- und Jugendsehnsucht nach den Niederlanden, der Rheinmündung, der Nordsee klingt im Namen des Niederländers sicherlich mit. Antwerpen war ihr vertraut, mag ihren Begriff von Stadtschönheit mitgeprägt haben. Dort hatte in der ersten Hälfte des siebzehnten Jahrhunderts jener Seghers gelebt – wie Rembrandt, von dem Netty Reiling Originale kennt, Drucke und Reproduktionen im kunsthistorischen Seminar findet.

Schon früher während ihrer Studienzeit hat sie bei ihrem Professor Carl Neumann über die Entstehung des Porträts in der deutschen Kunst gearbeitet, die sie auf das Grabmal zurückführt. (Fünfzehn Jahre später wird sie in einem ihrer Briefe an Lukács schreiben: „Der Bürger stellte sich auf dem Altarbild dar als Stifter, auf Grabmälern usw. Schließlich gab es die ersten einzelnen abgeschlossenen Porträts, recht fragwürdige Versuche und doch Rembrandts Vorläufer.") Sehr alte römische Grabmäler hat sie in ihrer Heimatstadt Mainz gesehen. In ihrem jüdischen Elternhaus, bei Besuchen der Synagoge, empfing sie Eindrücke von jüdischen religiösen Bräuchen, ohne sich an sie gebunden, ohne sich von der andersgläubigen Umwelt abgesondert zu fühlen. In Heidelberg lernt sie die Gedankenwelt des Zionismus kennen. Ich glaube, daß sie sehr früh schon den nüchtern abwägenden Blick der Epikerin gehabt hat, der häufig mit Teilnahmslosigkeit verwechselt wird, aber doch eigentlich nichts anderes anzeigt als die Fähigkeit, mehr als nur die eigene Zeit in ihrem Auf und Ab zu überblikken.

Nimmt man alles zusammen, erscheint ein Thema wie „Jude und Judentum im Werke Rembrandts" für die vierundzwanzigjährige Netty Reiling nur natürlich. Unter einem Vorrat von Themen wählt man, wenn auch oft unbewußt, was einem in irgendeinem Sinne naheliegt. Die speziellen Fragen, die man seinem Thema stellt, können Auskunft geben über ein spezielles Interesse, das sich im Fragenden, vielleicht noch nicht voll ausgebildet, anbahnt.

Die Doktorandin, skeptisch gegenüber den vorliegenden Deutungen der Judendarstellung bei Rembrandt, fragt in ihrer Dissertation, wie später so oft in ihren Essays über Schriftsteller, nach jenem merkwürdigen Vorgang, der im Künstler Gesehenes, Erfahrenes, Gedachtes zum Kunstwerk umformt; nach dem „Schaffensprozeß“, der, bei aller Verschiedenheit, für den Maler und den Schriftsteller auch Gemeinsames hat: Grunderlebnisse, Originaleindrücke werden durch zeitbedingte Sehweisen und die subjektive Lebensphilosophie des Künstlers transformiert, so daß ein und derselbe Gegenstand in verschiedenen Epochen, aber auch in verschiedenen Lebensphasen eines Künstlers, unterschiedlich dargestellt werden kann. Ebendies, stellt Netty Reiling fest, widerfährt der Judendarstellung in der bildenden Kunst: Im Mittelalter gefärbt durch die feindselige Haltung christlicher Maler zum Juden, wird sie später, zuerst in den Niederlanden, neutralisiert und bekommt einen Zug zum phantastisch Exotischen, der auch den frühen Judendarstellungen Rembrandts anhaftet, die, so meint die Referentin im Gegensatz zu früheren Bearbeitern des Themas, nicht auf jüdische Modelle aus seiner Umwelt zurückgehen können; Rembrandt kannte in seiner Frühzeit nur die voll integrierten Sephardim, die aus Spanien und Portugal durch die Inquisition vertriebenen reichen jüdischen Familien der Oberschicht. Ihre Beweisführung, die in dem Schlußsatz gipfelt, daß „Rembrandt zu der Gestaltung vom Judentum gelangt ist nicht aus dem jüdischen Ideenkomplex seiner Zeit heraus, sondern trotz seiner“, umkreist die Frage, welche Rolle der Jude als vorgestellter „Idealtypus“ für biblische Themen, welche er als konkretes Modell für die realistische Darstellung jüdischer Wirklichkeit im Werk des Malers Rembrandt spielt.

Wie auch immer die Antworten, die die Studentin

ihrem Material entnimmt, zu beurteilen sein mögen – interessant scheint mir, daß sie nicht zu einer werkimmanenten Untersuchungsmethode greift, sondern möglichst genau das soziale Umfeld Rembrandts untersucht und herausfindet, daß es erst durch den Zustrom verfolgter armer Juden aus Osteuropa in den vierziger Jahren für Rembrandt Modelle von typisch jüdischer Ausprägung in Amsterdam gab. Bezeichnend, für *sie* bezeichnend scheint mir die Frage, ob man bei Rembrandt die „jüdische Wirklichkeit" in einer „Weise gestaltet finden (könnte), daß, wenn diese Wirklichkeit selbst auch verlorengegangen wäre, ihr Kern uns in Rembrandts Bild erhalten" bliebe. In diesem Satz drückt sich eine Vision vom Sinn aller Kunst aus, die Anna Seghers sich bis heute bewahrt hat. In der gleichen Zeit, in der sie in die Rembrandtwelt eindringt, findet sie ein gesteigertes Leben in Dostojewskis Romanen: „Das Leben war dichter als meins, die Menschen waren mehr Menschen, ihre Freiheit war mehr Freiheit, der Schnee war auch mehr Schnee, das Korn mehr Korn." – „Russische Menschen, sagten wir uns" – so steht es in ihrem mehr als dreißig Jahre später geschriebenen Dostojewski-Essay –, „besäßen solche gewaltigen Leidenschaften, die zu gewaltigen Konsequenzen führten. – Wir verglichen sie mit unseren eigenen bläßlich-kleinbürgerlichen Sippen, die zu keinem starken Gefühl, zu keinem Gefühlsausbruch fähig waren." Sie verfolgt in diesem Essay ihren Urgedanken, daß Kunst nicht bloße Widerspiegelung, sondern eine Kondensierung und Steigerung von Wirklichkeit ist, der in ihrer Rembrandtarbeit zuerst auftaucht. Aber auch andere Gedankensplitter blitzen in dieser frühen Untersuchung auf, die später in die großen Zusammenhänge ihrer eigenen Romanarbeit gestellt und ausgeführt werden. Als sie über jene drei Stufen des künstlerischen Prozesses nachdenkt, die sie bei Tolstoi formuliert findet, mag sie längst vergessen haben, daß sie sie ähnlich schon einmal in den drei Phasen von Rembrandts Judendarstellung entdeckt hatte.

„Er bringt auch nicht eigentlich leidende Menschen, sondern von einem plötzlichen oder sonderbaren Unglück betroffene“, beobachtet sie bei Rembrandt. In den frühen Arbeiten der Anna Seghers spielt das sonderbare Unglück eine große Rolle für jene Menschen, denen ein Glück außerhalb ihrer Reichweite lag. In „Grubetsch“, ihrer ersten längeren Erzählung, die 1927 veröffentlicht wird, fragt sich Anna: „Was ist das, ein Unglück? Ist es wie der Hof dort unten und wie das Zimmer dort hinten? Oder gibt es auch noch andere Unglücke, rote, glühende, leuchtende Unglücke? Ach, wenn ich so eins haben könnte!“

In Anna Seghers’ Romanen und Erzählungen herrscht oft ein Rembrandtlicht, das einzelne Figuren, Gruppen oder Gegenstände aus ihrer im Halbdunkel bleibenden Umgebung heraushebt, und wenn es sich als ein Pünktchen in die Augen einer Person zurückzieht. Von einer bestimmten Gruppe der Rembrandtschen Porträts jüdischer Gestalten schreibt Netty Reiling: „Er malt diese Gesichter, wie er einen dunkeln Hinterhof oder eine öde und unscheinbare Landschaft gemalt hat, die noch niemand vor ihm in seinem Reichtum von Ausdruck sehen konnte und den man erst im Bilde wiedererkennt.“ Anna Seghers beginnt ihre Erzählung „Grubetsch“, die Menschen auf einem Hinterhof schildert, mit dem Satz: „Wenn die Laterne am eisernen Arm über der Kellertür ein anderes Licht in sich getragen hätte als einen niedergebrannten Gasstrumpf, sie würde doch nur die Pfütze im gerissenen Holzpflaster beleuchtet haben, einen weggeworfenen Pantoffel und einen Haufen verfaulter Äpfel.“

Februar 1980

Zeitschichten

> Erzählen, was mich heute erregt, und die Farbigkeit von Märchen. Das hätte ich am liebsten vereint und wußte nicht, wie.
>
> *Anna Seghers*

Besonders deutlich werden in den Stücken dieses Bandes die „zwei Linien", die Anna Seghers erzählend vereinen wollte, die märchenhafte und die realistische; je genauer man sie zu fixieren sucht, desto schwieriger wird es, sie gesondert herauszupräparieren. Eine unlösbare Verbindung ist das mythische Element mit dem realen Grundstoff, das realistische Element mit dem mythischen Inhalt eingegangen. „Mythisch", „real" – alle diese Eigenschaftswörter müßte man in Anführungszeichen setzen; die Umrisse dieser Begriffe sind uns heute wenig scharf; für die Seghers sind sie niemals scharf gewesen. Ohne Grenzen zu spüren, ist sie immer zwischen den verschiedenen Welten hin- und hergegangen; das Bedürfnis, die eine einzige Welt, in der sie lebte und in der alles möglich war, ausgefallene Wunder und quälendster Alltag, in Begriffe wie „Wirklichkeit" und „Phantasie" zu pressen, hat sie nicht gekannt. Wie die frühen Erzähler, die in ihren Erzählstrom Götter und Menschen, Taten und Träume hineinzogen, hat sie ihre Grunderlebnisse nicht zerstückeln können, um einzelne Stücke in verschiedene Reservate zu sperren; vielmehr empfängt jeder Erfahrungsbereich sein besonderes Licht durch den anderen: Mythologische Tiefe haben die zeitgenössischen Erzählungen, zeitgenössische Brisanz die Legenden, Mythen, Märchen. Diese Verschmelzung ist das Zeichen ihrer Prosa.

Auch ihre Figuren schöpft sie aus einem ursprünglichen Vorrat von Gestalten. In ihrer frühesten Erzählung greift sie den ersten mit einem kühnen Griff heraus, den sehr sonderbaren Pfarrer von der Insel Djal. Diese Geschichte, „Die Toten auf der Insel Djal“, Weihnachten 1924 in der Frankfurter Zeitung gedruckt, „eine Sage aus dem Holländischen, nacherzählt von Antje Seghers“, schlägt den Ton an: „Die Toten auf dem Friedhof von Djal sind ein sonderbares Volk. Manchmal zuckt es in ihren Gebeinen so heftig, daß die hölzernen Kreuze und Grabsteine zu hüpfen anfangen. Besonders im Frühjahr und Herbst, wenn das Pfeifen und Heulen in der Luft losgeht, können sie gar nicht mehr an sich halten.“ Der Pfarrer von Djal treibt es so wüst wie die gestrandeten toten Seefahrer, er stampft auf ihre Gräber und brüllt: „Ruhe da drunten!“ – „Und die Leiber kuschten sich vor seiner Stimme.“ Mit einem wilden Entzücken läßt die sehr junge Erzählerin – sie ist vierundzwanzig – die Toten und ihren Pfarrer ihr Unwesen treiben. „Er hätte der Leibhaftige sein können, wenn er nicht gerade der Pfarrer von Djal gewesen wäre.“ Der ist der erste Entwurf für jene Reihe furchtloser Männer, die Anna Seghers dann über ihr ganzes Werk fortsetzt: „So einer brauchte keine Kinder und Geschwister, kein Weib und keine Liebschaft. Für so einen gab es auf Djal wildere, großartigere Wollust, brausendere Leidenschaften.“

Hull, der die Fischer von St. Barbara zum Aufstand anstachelt, ist ein Nachfahre dieses Mannes, wie er ein Bruder des Woytschuk aus den „Bauern von Hruschowo“ ist; alle tragen sie Züge des Koloman Wallisch aus dem österreichischen Aufstand von 1934, und alle sind sie eng verwandt mit dem Georg Heisler, dem Kommunisten, der im „Siebten Kreuz“ gejagt wird. Ihre älteste irdische Verkörperung aber scheint der sagenhafte Jason aus dem „Argonautenschiff“ zu sein: Gelassen, kühn, frei sind sie, ungerührt durch die Schicksale, die sie heraufbeschwören. Unbeschwert von irdischen Bindungen. Kühl. Nüchtern. Allein. Zum Abenteuer bereit. Gebrannt von der Gier nach Leben: ein Grundtyp, den die Seghers aus archaischen Zeitaltern in die Industriegesellschaft unseres Jahrhunderts herüberholt und der sich in dieser ihm merkwürdig fremden Umwelt auf diejenige Seite schlägt, die ihm Möglichkeit zu leben verspricht.

Was nun den Pfarrer von der Insel Djal angeht – der, stellt sich heraus, ist in Wirklichkeit ein Toter, und er hat vor Hunderten von Jahren Gott aus seinem Grab heraus so lange zugesetzt, bis er ihn noch einmal „ins Leben lassen mußte". Auf seinem Grabstein aber, unter den anderen Grabsteinen auf dem Friedhof von Djal, steht der Name Jan Seghers. Und die Autorin dieser „Sage", die mit bürgerlichem Namen Netty Reiling heißt, zeichnet ihr Werk, da sie sich als eine Art Enkelin des Alten empfindet, mit seinem Namen. Unaufdringlich, doch deutlich wird ein Verwandtschaftsanspruch angemeldet. Daß dieser Name zugleich der Name eines Zeichners und Radierers der Rembrandt-Zeit ist – Hercules Seghers –, dem sie im kunstgeschichtlichen Seminar in Heidelberg begegnet sein wird und der in seiner Zeit unverstanden blieb und früh zugrunde ging, gibt dieser Selbsttaufe eine weitere Dimension.

Die Frauenfiguren der Seghers – abgesehen von der Göttin Artemis, die das gleiche gelassene unbewegte Wesen hat wie sonst die Männer – sind eher unauffällig, still, zäh, bewahrend, auch dienend, treu, anspruchslos, liebend. Sie sind kaum beunruhigt durch jene „Lust auf absonderliche, ausschweifende Unternehmungen", zu der die Autorin sich in der einzigen autobiografischen Geschichte bekennt, die im Zentrum dieses Bandes und für mich, neben dem „Siebten Kreuz", neben „Transit", im Zentrum des Werks von Anna Seghers steht. Diese Lust, fügt sie hinzu, sei bei ihr längst gestillt, bis zum Überdruß. Die Fernsehnsucht hat sich in Heimweh verkehrt.

Beinahe zehn Jahre dauerte das Leben in der Emigration, als Anna Seghers in Mexiko den „Ausflug der toten Mädchen" schreibt. Die Emigrantin sitzt, das ist die Ausgangssituation, am Rande eines mexikanischen Dorfes auf einer Bank, um auszuruhen, „der äußerste westliche Punkt, an den ich jemals auf Erden geraten war". Hier stockt die Nacherzählung, die, wie sorgfältig sie auch angelegt wäre, in jedem Fall die Erzählung verfälschen müßte. Dreißig Jahre vor dieser Rast in einem fremden Land hat zu Hause, in Deutschland, ein Ausflug lebendiger Mädchen aus einer Mainzer Schulklasse stattgefunden. Die Erzählerin hat, heiter, scheint ihr heute, unbeschwert, an ihm teilgenommen; inzwischen sind die meisten Schulfreundinnen durch die Nationalsozialisten, durch den Krieg, den sie angezettelt haben, ums Leben gekommen. Trauer ist das Teil der Überlebenden, und ein schweres Gefühl von Sinnlosigkeit, gegen das sie, wie sie es sich angewöhnt hat, durch Arbeit, durch Pflichterfüllung angeht. Erzählen, Schreiben ist ja auch immer Sinngeben. Diesen Ausflug der toten Mädchen gibt es nur, kann es nur geben, indem er so und nicht anders beschrieben wird; er erscheint nur in dem Geflecht von berichtenden, nachdenkenden, erinnernden Sätzen, in das er eingebunden ist; keinen dieser Sätze könnte man herauslösen, ohne daß ein Loch in das Gewebe gerissen würde, durch welches das Nichts, gegen das die Erzählerin ihren Wortverband aufrichtet, in den Erzählraum, was heißt: in den Raum von verbürgten Werten, von Gesittung und Zivilisation, eindringen würde. Selbst in Müdigkeit, Schwäche, drohender Hoffnungslosigkeit gefangen – es sind die Jahre 1943/44 –, knüpft sie ein Prosa-Netz, mit dem sie mehrere Zeiten auf einmal einfangen und in ihren Bericht einbringen kann: Gegenwart, mehrere „reale" Vergangenheiten und mehrere Möglichkeitsformen von Vergangenheit und Zukunft. An dieser Erzählung, fand ich schon immer, könnte man lesen lernen. Hier wird erzählt, um die Zeit zu verstehen, aber auch, um sie zu verkürzen, und die Voraussetzung dafür ist, sie im wahren Sinn des Wortes zu durchschauen, ihre Schichtungen durchsichtig zu machen: Das kann, von allen künstlerischen Ausdrucksformen, nur die Literatur. Sich in dem Rahmen, den Ort und

Zeit aufspannen, ungezwungen bewegen; das schwebende künstlerische Bewußtsein im Medium Zeit steigen und sinken lassen, Jahrzehnte vorbeigehen lassen, einen Augenblick fixieren. Eine Form der Freiheit in einer, wenn auch fiktiven, Realität vorführen, nach der wir im Traum uns sehnen; intensives Dasein in seinem künstlerischen Widerschein, das aber weniger scheinhaft, künstlich und ersatzweis ist als das wirkliche Leben der meisten.

In allen Geschichten und Romanen der Seghers ist da jemand, der süchtig nach einer roten, glühenden, brausenden Wirklichkeit ist, nach etwas ganz und gar „Unkleinbürgerlichem", Revolutionärem, nach der Essenz der oft matten, blassen Alltage, nach dem schmackhaften Kern der oft faden Frucht, von der wir alle essen müssen. Wenn ich sie recht verstehe, ist für sie diese Sehnsucht, welche die verschiedensten Zeitalter miteinander verbindet, das eigentlich Menschliche, Dauernde. „Die Grundstoffe haben sich seit zweitausend Jahren nicht geändert. Die Abwandlungen sind vielfältig." Die Abwandlungen betreffen das in manchem verschiedene, in manchem immer gleiche Schicksal jener menschlichen Sehnsucht und derer, die sie weitergeben.

Einmal nur, eben in „Ausflug der toten Mädchen", heißt die Person unverblümt und unverstellt „ich". Ein Ich, das zugleich normal und verzaubert ist; dem es gegeben ist und gelingt, uralte Märchenmotive zu Hilfe zu rufen, um eine maßlos gewordene, heillose Gegenwart doch noch einmal bannen zu können, im doppelten Sinn: ins Wort bannen und zugleich (und dadurch) ihre bedrohlich zerstörerische Macht über die eigene Psyche bannen.

Wie gut glauben wir jenes Tor zu kennen, durch das man hindurchgeht, um am anderen Ende als Verwandelte in einer anderen Welt wieder herauszukommen. („Ich trat in das leere Tor. Ich hörte jetzt inwendig zu meinem Erstaunen ein leichtes, regelmäßiges Knarren. Ich ging noch einen Schritt weiter. Ich konnte das Grün im Garten jetzt riechen ...") War es ein Goldregen, der in einem dunklen Torweg auf sie herabgeregnet ist, oder war es ein pechschwarzer Fluch? Und wenn sie nicht mehr im gleichen Land ist – warum nicht auch in einer anderen Zeit? Wenn nur der Name geblieben ist, bei dem man sie nennt; wenn sie sich nur an ihn halten kann, so mag doch alles andere auch seine Richtigkeit haben. „Netty!" – „Mit diesem Namen hatte mich seit der Schulzeit niemand mehr gerufen."

Eine solche direkte Nennung ihres Mädchennamens ist unerhört. Nicht umsonst bekennt sie, daß sie ihn verloren hatte, wohl auch vergessen, verleugnet. Denn nicht nur die anderen, „Freunde und Feinde", auch sie selbst hatte sich ja anders benannt. Sie hatte mit ihrem neuen Namen ein öffentliches Leben geführt, war als Kommunistin politisch aktiv gewesen, gefordert, zu Beginn der Hitlerzeit in Deutschland gesucht und verfolgt worden; in eine Reihe allgemeiner Hauptwörter faßt sie diese Jahre zusammen, die ihren neuen Namen befestigt haben: „... in Straßen, Versammlungen, Festen, nächtlichen Zimmern, Polizeiverhören, Büchertiteln, Zeitungsberichten, Protokollen und Pässen ..." Und erst in einer Zeit der Schwäche, als sie von einem Auto in den Straßen Mexikos angefahren worden war, wochenlang bewußtlos gelegen hatte, ihre Abwehr gegen das Geständnis endgültiger Verluste und die Trauer darüber nicht mehr standhielt – erst da, bezeichnenderweise eben da erscheint als Hoffnung dieser alte Name, „... von dem ich in Selbsttäuschung glaubte, er könnte mich wieder gesund machen, jung, lustig, bereit zu dem alten Leben mit den alten Gefährten, das unwiederbringlich verloren war."

Persönliches, Autobiografisches, Intimes hat Anna Seghers immer zurückgehalten; dieselbe Erschütterung, die ihr mit dem Mädchennamen Kindheit und Jugend wieder heraufgeholt hat, hat die Hemmschwelle gegen die Aufnahme persönlicher Motive in die Literatur überwunden. Die Wachsamkeit gegenüber spontanen Äußerungen – sicher auch eine politische Wachsamkeit aus den Kämpfen der zwanziger und dreißiger Jahre – ist nicht nur durch die lange physische Bewußtlosigkeit herabgesetzt; auch der Schmerz, den sie durch Nachrichten aus Deutschland erfährt, drängt aus der Sprachlosigkeit heraus, schmilzt den Widerstand gegen persönliche Entäußerung weg. Wünsche, die sie sich in strenger Selbstdisziplin nicht gestattet, können endlich ausgesprochen werden. Rückhaltlos wird die eigene Verfassung benannt durch Wörter wie Bestürzung, Trübsinn, Müdigkeit, Sehnsucht, Heimweh, Grauen. „Was erzählbar ist, ist überwunden"? Hier wird nicht Überwundenes erzählt. Erzählt wird, um sich zu retten. Um Distanz zu gewinnen.

Der Schleier von Dunst, der immer wieder über den verschiedenen Landschaften der Erzählung aufsteigt, der das Gegenwärtige verhüllt, Vergangenes, Entferntes enthüllt – das ist auch ein Schleier von Tränen, durch den die Erzählerin blickt, und es ist jene imaginäre Wolke, in der eine Göttin oder ein Gott dem Menschen erscheint, um ihn, in ihr verborgen, an einen anderen Ort zu versetzen. Versetzt kommt diese Deutsche sich ja vor in diesem fremden Land, in dem, vielleicht nur für sie, die Zeit stillsteht, auch die Zeit, die fürs Erzählen gebraucht wird. „Draußen", „drüben", jenseits des Ozeans, geht eine ganz andere, heftige, fürchterliche Zeit weiter, die mit den entsetzlichsten Nachrichten in die Zeit-Nische der Erzählerin einbricht: Ihre Mutter wurde von den Nationalsozialisten deportiert; ihr Vater ist tot; ihre Heimatstadt Mainz ist zerstört. Überleben, sehen müssen, wird zur schärfsten Qual.

Jetzt bewähren sich die Muster, in denen sie zu erleben, zu denken, zu erzählen gewohnt ist; sie stehen zur Verfügung und ermöglichen das Benennen von Unaussprechlichem; es gelingt, auch die Ereignisse, die sie selbst unmittelbar betreffen, vor jene Zeit-Tiefe zu rükken, die sie zwar nicht entschärft, aber objektiviert und Wiederholungen in diesen einmalig erscheinenden Vorgängen kenntlich macht. Ein böses Märchen, was da mit diesen sauberen, blanken Mädchen geschieht, geschehen wird: Die Märchenmotive gehören zur Namen-Magie und zur Einführung der Traum-Zeit, und wie im Märchen eindeutig zwischen Gut und Böse geschieden werden kann, darf auch die Erzählerin durch ein einfaches Prüfmittel die Guten von den Bösen scheiden: durch die Frage, wie sie sich unter den Nationalsozialisten verhalten haben, verhalten werden. Denn das Schulkind Netty, in das die Erzählerin zurückverwandelt wurde, hat mit der Kindergestalt nicht zugleich die kindliche Unschuld und Unwissenheit empfangen: Wissend, leidend an dem Wissen, sieht es in den Freundinnen um sich herum zugleich die Erwachsenen, die schuldig wurden oder standhielten; und es hat, ein schreckliches Geschenk der Götter, den Zukunftsblick auf das Ende der meisten.

Der Glanz über der Rheinebene, wie das Heimweh sie ihr vorspiegelt, die leuchtende Intensität, mit der eine unberührte, idyllische Landschaft heraufbeschworen wird, ähnelt der Schönheit des Waldes, der Wiese, des Flusses in deutschen Märchen; die spielenden Kinder scheinen so schon von den Romantikern gesehen, gemalt, beschrieben zu sein. „Wir winkten alle zu den drei weißen Häuschen, die uns von klein auf vertraut waren, wie aus Bilderbüchern mit Hexenmärchen." Und wie in Bilderbüchern ein guter Zauber blitzschnell in arge Verhexung umschlagen kann, so geht es mit diesen Mädchen, deren schönste, zarteste, anmutigste, wie vom Zauberstab berührt, in einen bösen Wahn verfallen, herzenskalt, verräterisch, gewissenlos werden kann. Und einer anderen Haar, „jetzt noch so schwarz wie Ebenholz, wie das Haar Schneewittchens, sollte über und über weiß sein, als sie . . . im vollgepferchten plombierten Waggon von den Nazis nach Polen deportiert" wurde. Es mag sein, daß der Name „Auschwitz", in dem das Elend, der Wahn, das Verbrechen eines Jahrhunderts sich sammelte als tödliches Gift – daß dieser Name noch nicht aus Deutschland heraus, noch nicht über das Meer gedrungen war; daß die Erzählerin ihn noch nicht kannte; noch nicht die Zahl wissen konnte, die Todeszahl, die an diesen Namen geknüpft ist. Aber die Kälte, das Vorgefühl eines nie wieder gutzumachenden Unheils hat sie erreicht; ihr Anhauch verdüstert die strahlende Jugendlandschaft.

Wir erfahren nicht, wie der Ort heißt, der das Ausflugsziel der Schulklasse ist. So könnte es auch Winkel gewesen sein, jener Ort im Rheingau, an dem die Dichterin Karoline von Günderrode 1806 sich selbst den Tod gab. Anna Seghers hat von der Günderrode gewußt, hat ihr Schicksal öfter erwähnt, und ganz abwegig erscheint es nicht, ihren frühen Tod mit dem gewaltsamen Sterben der Mädchen in dieser Erzählung in Verbindung zu bringen; früh kann man in der deutschen Geschichte jenen Punkt ansetzen, von dem an zuerst geistig, künstlerisch arbeitende Menschen ein unlebbares Leben vorfanden und von dem jene verhängnisvollen Entwicklungslinien ausgingen, die über Kadavergehorsam, Selbstkasteiung, Chauvinismus und Ausbeutung jene besondere deutsche Variante des Wahndenkens produzierten, die dann im Nationalsozialismus gipfelte. Besonders bedroht sind Freundschaft und Liebe; paradigmatisch können, von heute aus gesehen, der Günderrode Verlust eines Freundes, Savignys, und eines Geliebten, des Professors Creuzer, an ein Amt, an den Staat und seine Forderungen erscheinen; mehr als hundert Jahre später treibt einer, indem er das Hakenkreuz zum Fenster heraushängt, seine Frau in einen schamvollen Tod; läßt dagegen die eine der beiden engsten Freundinnen der Erzählerin sich von Gestapo-Leuten schlagen und einsperren, um ihren Mann nicht zu verraten; weigert die andre sich, nach dem Tod ihres Geliebten an einen hohen SS-Mann geraten, die Kinder ihrer früheren Freundin vor dem Zugriff des Staates bewahren zu helfen. Wie eine Legende werden die Schicksale dieser Freundinnen, Marianne und Leni, erzählt. Diese Erzählhaltung verstellt nicht unseren Blick auf den Ursprung ihrer Schicksale in früheren Geschichtsepochen, auch nicht die Assoziation an Vorläufer; der Günderrode Name nur als ein Signal, das gerade in dieser Landschaft aufblitzt.

Und es scheint auch diese Erzählhaltung zu sein, die, weit zurückreichend in die Vergangenheit, offen bleibt für eine Zukunft, welche für den Zeitpunkt des Schreibens fast utopisch erscheinen muß; fragt man sich nach dem Grund für diese Offenheit, die man mit einiger Scheu auch Hoffnung nennen könnte und die nirgends direkt ausgesprochen wird, so findet man ihn in der Anwesenheit der Erzählerin. Auch wenn sie mit Mitteilungen über ihre Lage und ihre Verfassung nicht zurückhält, bleibt sie doch ein Umriß, ein ausgesparter weißer Fleck, auf den sich Zukunftserwartung projizieren läßt, eine Stimme, die tief beteiligt, doch nicht exaltiert zu sprechen weiß und vor allem wahrhaftig ist; zwar weiß sie nicht, ob diese wie ihre anderen in der Emigration geschriebenen Erzählungen und Romane je in Deutschland gelesen werden; doch kann sie nicht aufhören, der verblendeten Sicht auf eine verzerrte „Realität", die in ihrer Heimat die meisten Menschen behext hat, ihre aus Geschichte, Mythos, Märchen und Legende geschaffene verbürgte Wirklichkeit gegenüberzustellen. Das Leben in ihren Prosastücken ist dichter als das der meisten ihrer Leser. Den Abgrund zwischen den Wünschen der Menschen und der Ersatzbefriedigung, die ihnen angeboten wird, kann Literatur nicht überbrücken, und die Frage, ob die Erinnerung an archaische Strukturen und Verhaltensweisen den Menschen der Neuzeit, des Industriezeitalters, überhaupt noch berühren kann, ob die einstmals aktive Funktion der Märchen, in der Maschinenwelt zu romantischen Betäubungsmitteln verkommen, wiederzubeleben ist – diese Frage stellt sich jedem Erzähler, der in Erinnerungs- und Geschichtsverlust eine Voraussetzung für den Orwellschen Roboter-Menschen eines rein technischen Zeitalters sieht. Es ist auch die Frage, ob die Menschen von heute für real nur das nehmen können, was greifbar, eßbar, brauchbar, sofort verwertbar ist, oder ob ihnen jenes Gewebe menschlicher Beziehungen, wie es die Prosa auch der Seghers ihnen vorführt, ihnen als wirklich, realistisch, wünsch- und machbar erscheint. Diese bewahrende Rolle der Prosa ist, seit Anna Seghers den „Ausflug der toten Mädchen" schrieb, womöglich noch gewachsen.

Die Erzählung endet mit der Beschreibung einer Rheinfahrt – auch das Motiv der Fahrt ist ja eines der ältesten, das die Literatur kennt –, die, so kurz sie ist, „alle Reisen über unendliche Meere verblassen" läßt, und mit jenen fünf Seiten, auf denen der Gang der Erzählerin durch das zerstörte Mainz vorweggenommen wird, der ihr „in Wirklichkeit" noch bevorsteht und über den sie dann, Jahre später, Schweigen bewahren wird. Ich bin einmal, wiederum viele Jahre später, die Erzählung als Wegweiser benutzend, diesen Weg nachgegangen: von den Platanen an der Uferstraße durch das neu aufgebaute Mainz, in dem fast nur noch die Kirchen das frühere Bild der Stadt bewahrt hatten, vorbei an der Stelle in der Flachsmarktstraße, an der einst die Kunst- und Antiquitätenhandlung des Vaters der Seghers, Isidor Reiling, gewesen sein mußte, bis dorthin, wo das Haus gestanden hatte, in dem sie mit ihrer Familie wohnte. Mit einer ihrer früheren Lehrerinnen, die inzwischen sehr alt geworden war, habe ich in einem turmartigen Zimmer gesessen. Sie sagte: Es ist alles so gewesen, wie sie es beschrieben hat. Und ich hörte die Telefonstimme einer ihrer früheren Mitschülerinnen: Wir haben uns alle wiedererkannt.

Diese Erlebnisse und Bilder sind mir stark verblaßt. Ganz deutlich und nah sind mir, von einem Lesen zum anderen, Menschen, Schicksale, Landschaften und Stimmungen, die sie in ihrer Geschichte beschrieb. An diesem einen Beispiel habe ich versucht, die „Linien", die Anna Seghers zusammenführt, zu verfolgen. Auf unterschiedliche Weise tauchen sie in den andern Erzählungen wieder auf.

Mai 1983

Transit: Ortschaften

TRANSIT gehört zu den Büchern, die in mein Leben eingreifen, an denen mein Leben weiterschreibt, so daß ich sie alle paar Jahre zur Hand nehmen muß, um zu sehen, was inzwischen mit mir und mit ihnen passiert ist. Diesmal war die Pause, in der ich es nicht gelesen hatte, länger als üblich gewesen. Im Frühjahr nahm ich es in einer handlichen, vor allem leichten Reclam-Ausgabe mit nach Frankreich, wenn ich auch wußte, daß ich dort kaum Zeit zum Lesen haben würde. Nun bekam aber meine Reise eine unerwartete Doppelbödigkeit durch dieses Buch, das ich so genau kannte, doch zum erstenmal an den Schauplätzen las, von und mit denen es handelt; und das Buch, dessen Handlungshintergrund die Jahre 1940/41 sind, bewährte seine Gegenwärtigkeit an den Orten, aus denen es hervorgegangen war.

Es fing mit Zufällen an: daß ich in Paris ganz in der Nähe jener Stätten wohnte, an denen die Verwicklungen um den toten Schriftsteller Weidel ihren Ausgang nahmen; daß ich mich also tagelang auf dem Boulevard St. Germain, im Umkreis der Metro-Station Odéon bewegte, schließlich sogar glaubte, die Bank gefunden zu haben, auf der der namenlose Ich-Erzähler aus TRANSIT den Auftrag bekommt, dem Schriftsteller Weidel in seinem Hotel einen Brief zu überbringen. Als ich das Buch zum erstenmal las, muß auch mir dieser Weidel ein zufälliger Name gewesen sein, nichts Besonderes, eine Art Chiffre. Mehr als tot kann ein Toter nicht sein; „tot" ist in allen Sprachen der Welt ein Adjektiv, für das es keine

Steigerungsstufe gibt. Aber während ich auf der Suche nach einer bestimmten Adresse den ganzen Boulevard Raspail hinaufging (genau wie damals der Namenlose), mußte ich mich fragen, ob manche Toten nicht mit der Zeit immer lebendiger werden. Meine Adresse lag dann nahe der Rue de Rennes, wo auch Weidels Hotel gestanden hatte – Weidel, der für mich seit langem kein Unbekannter mehr ist. Der mir für den österreichischen Schriftsteller Ernst Weiß steht, mit dem er dessen Schicksal teilt: Auch der – nein, der zuerst! – brachte sich in dem in TRANSIT beschriebenen Pariser Hotel um, als die deutsche Wehrmacht heranrückte, im Frühsommer 1940. Für wen alles dieser Name im Lauf der Zeit noch würde stehen müssen, das konnte Anna Seghers damals gar nicht wissen. Drei Namen deutscher Schriftsteller, die 1940 Selbstmord verübten, aus dem gleichen Grund wie Ernst Weiß: Walter Hasenclever, Carl Einstein, Walter Benjamin. Auch sie, wegen der absurden Bestimmungen der französischen oder spanischen Behörden, daran verzweifelnd, ob sie ihren Naziverfolgern noch einmal würden entgehen können.

Sehr genau, glaube ich, drückte Hasenclever – gestorben in jenem Lager Les Milles, von dem noch die Rede sein soll – die innere Verfassung, die Stimmung dieser Flüchtlinge aus, Antifaschisten, Verfolgte des Naziregimes, die, schon vorher in ihrem Gastland nur geduldet, meist ohne Arbeitserlaubnis, an der unteren Grenze des Existenzminimums, im Mai 1940 beim Überfall der deutschen Truppen auf die westlichen Länder groteskerweise als „feindliche Ausländer" in Lagern interniert, dadurch ihren Todfeinden als leichte Opfer geradezu angeboten wurden: „Wir Verbannten. Wir Heimatlosen. Wir Verfluchten, was haben wir noch für ein Recht zu leben? . . . Was wir gedacht und geschrieben haben, was wir, Angehörige eines Volkes, das nie seine Dichter begriffen hat, dennoch glaubten verkünden zu müssen, es versinkt im Gespensterzug der Dämonen."

Anna Seghers hatte in einem gespenstischen Zug von

Millionen Flüchtlingen versucht, mit ihren zwei Kindern den Wehrmachtstruppen zu entkommen, die aber waren motorisiert und überholten die Flüchtlingstrecks: Man lese die Szene in TRANSIT nach. Zurück also nach Paris. Versteck, Unterschlupf, getrennt von den Kindern, in wechselnden Quartieren, bei Freunden, Genossen, Unbekannten. Ihr Mann ist in Le Vernet interniert, dem Straflager für linke Emigranten und Spanienkämpfer, weitab, in der Nähe der Pyrenäen. Die deutsche Schriftstellerin geht durch die Straßen von Paris, setzt sich in Cafés und lauscht, selber schweigend, auf das Deutsch der jungen Soldaten, begierig auf Zwischentöne. Sie riskiert es auch, im Hotel nach ihrem Kollegen Ernst Weiß zu fragen, den sie kennengelernt, der ihr Eindruck gemacht hatte, durch seinen Drang, sich ihr zu eröffnen. Da erfährt sie, daß er tot ist, auch, wie er starb. Was sie nicht erfährt: daß Manuskripte von ihm verloren sind, daß aber sein letztes vollendetes Manuskript gerettet wurde, wenn auch nicht in einem Handkoffer: Er hatte es zu einem Preisausschreiben nach New York geschickt, wo es ankam, als sein Autor vielleicht schon tot war – jenes Manuskript, das viel später unter dem Titel „Ich, der Augenzeuge“ als Buch erschien und den Werdegang eines Arztes aus bürgerlicher Familie beschreibt, der gegen Ende des ersten Weltkriegs in einem Lazarett auf einen hysterisch erblindeten Gefreiten trifft, den er heilt. Der Mann hieß Adolf Hitler.

Ähnlich erging es anderen ungedruckten Büchern. Auch Anna Seghers rettete vom „Siebten Kreuz“ nur jene Kopie, die sie einem Freund in New York geschickt hatte und hielt monatelang das Ganze für verloren, und Lion Feuchtwanger konnte den dritten Band seiner Josephus-Trilogie noch über das US-Konsulat in Marseille seinem amerikanischen Verleger zustellen lassen, während er selbst schon, aktionsunfähig, im erwähnten Lager Les Milles interniert war. Papier, schreibt die Seghers in TRANSIT, scheine von allen Stoffen der Welt ganz besonders schwer zu verbrennen oder zu vernichten zu sein, und tatsächlich erweist sich der Handkoffer mit der Hinterlassenschaft des Toten als unzerstörbar, als ebenso dauerhaft wie dieser Tote selbst. Ich würde das nicht metaphysisch deuten wollen. Ich würde in solchen tapferen, auch trotzigen Sätzen ein Bedürfnis nach Selbstbehauptung sehen, unter Umständen, die auf Selbstaufgabe angelegt waren. Die Zähigkeit, mit der Anna Seghers an TRANSIT gearbeitet hat – zeitgleich mit den Ereignissen; selbst Transitärin; selbst antichambrierend in den Konsulaten von Marseille; wartend in den Cafés; bedroht von der Gefahr, doch noch in die Hände der Deutschen zu fallen oder ihnen ausgeliefert zu werden, unter schwerstem psychischen Druck also –, diese Zähigkeit ist *auch* ein Beweis für die Stärkung, die solche Art Disziplin, solche Art Arbeit liefern können.

Mir aber stand nun noch einmal das Abenteuer bevor, mich in diese grundeinfache, zugleich schier unentwirrbar komplizierte Geschichte hineinzubegeben, mich von dieser trügerisch nüchternen Sprache in einen Sog von Abgründigkeit hineinziehen zu lassen, mich einem Blick auszusetzen, der beinahe körperlos ist, dem bestenfalls noch eine Stimme zugehört, die angeblich nichts anderes will als „einmal alles erzählen, von Anfang bis zu Ende". Auch eines dieser von vorgetäuschter Harmlosigkeit triefenden Unterfangen in diesem Buch; vielmehr: die Grund-Täuschung. Nur daß ich jetzt etwas besser begreife, wozu mein Erzähler sie braucht: um sich die todgefährliche Realität vom Leibe zu halten, wenn auch manchmal nur um Haaresbreite – um gerade soviel, daß er sie noch betrachten und von ihr erzählen kann.

Der superschnelle, bequeme Zug Paris–Marseille schneidet irgendwo die heute nur gedachte, zu Beginn der vierziger Jahre höchst reale Linie zwischen dem „besetzten" und dem „unbesetzten" Frankreich, festgelegt im Waffenstillstandsabkommen zwischen Hitler-Deutschland und der Pétain-Regierung im Juni 1940, die jeder Gefährdete in Richtung Süden zu überschreiten suchte. So auch unser Namenloser aus TRANSIT, so auch, vor ihm, Anna Seghers. Geleitet wird sie von ihrer französischen Freundin Jeanne Stern – der Übersetzerin dieses Buches ins Französische –, der sie, unterwegs in der ihnen beiden unbekannten frühherbstlichen Landschaft, einen Satz aus einem französischen Roman zitiert: „Auf verlorenem Weg zum verlorenen Land". – „Mutterseelenallein" – das „ergreifende urdeutsche Wort" scheint der Französin auf diese Grenzüberschreiterin zugeschnitten. Der Erzähler aus TRANSIT, ein unzerstörbarer Schatten, immer neben ihnen. „Wir küßten den ersten französischen Posten, auf den wir stießen. Wir waren gerührt und fühlten uns frei. Ich brauche Ihnen nicht zu erklären, daß dieses Gefühl uns trog." Freilich. Und nicht nur dieses – ein *jedes* Gefühl muß sie trügen, das aus der Übereinkunft auf eine Weltordnung herauswächst, die in Auflösung begriffen ist – ein Vorgang, der den Seelenmechanismus des Zeugen, des Opfers dieser Auflösung überfordert; schutzeshalber wird er stillgelegt; das Ergebnis ist Starre, „tödliche Langeweile", inmitten des Weltuntergangs. Alles, womit man sich identifizieren konnte, ist zerschlagen, verraten, es schwindet, wenn man genau drauf sieht. So muß die Identität des namenlosen Erzählers unscharf sein; immer, wenn man sie genau ins Auge fassen will, scheint sie an den Rändern zu verschwimmen, wird unkenntlich wie der Charakter gewisser Lebewesen, denen die Natur eine Schutzfarbe zugeteilt hat, damit sie überleben können.

Anna Seghers findet für sich und die Kinder eine Unterkunft in Pamier, nicht zu weit entfernt vom Lager Le Vernet, wo sie in regelmäßigen Abständen ihren Mann besuchen kann. Kaum einer ihrer Freunde weiß, wo sie ist, viele halten sie für verschollen. So sitzt sie in dem gottverlassenen Winter von 1940 auf 41 oft in dem einzigen Café des Ortes, wo man geheizt hat, wo man ihr einen Kaffee und ein Glas Wasser bringt und sie dann nicht weiter behelligt. Da liest sie hintereinanderweg alle Bände der „Menschlichen Komödie" von Balzac, und sie sucht und findet den Drehpunkt für seine Fabelkonstruktionen heraus: Er nimmt ein merkwürdiges, herausfallendes Ereignis seiner Zeit, stellt es in die Mitte des Romans und fragt sich, wie sich die Personen, die er erfunden hat, zu diesem Ereignis verhalten mögen.

„Ein Transit – das ist die Erlaubnis, ein Land zu durchfahren, wenn es feststeht, daß man nicht bleiben will.“ Wieder eine von diesen bündigen Definitionen, und ein unschuldiges Angebot dazu, den Titel zu interpretieren. Wenn wir nur nicht lange schon auf der Hut wären vor den glatten, unschuldigen Deutungen dieses Berichterstatters; wenn wir nur nicht unwillkürlich auf der Lauer lägen, ihn wiederum bei einer seiner schamlosen Untertreibungen zu erwischen. In gleicher Unschuld werden ja die anderen möglichen Bedeutungen dieses terminus technicus der Konsulate heraufbeschworen: hindurch-, hinübergehen im weitesten und vielfältigsten Sinn. Wir nehmen teil an der Aufblätterung, an der Wandlung eines Wortes, dem wir im Lauf der Handlung immer mehr Gleichniskraft zutrauen, bis der Erzähler/die Erzählerin uns an jenen unbewußt schon erwarteten Punkt bringt, da Marie, ihr Transit in der Hand, den Freund fragt: „Wie mag es dort drüben sein? . . . Dort drüben. Wenn alles vorbei ist.“ Und wir spüren am Erschrecken und Zögern des Namenlosen wie an uns selbst, daß jetzt von dem anderen, dem endgültigen Hinübergehen die Rede ist, welches unsere Sprache mit den Grenzübergängen des *Lebens* gleichsetzt. Daß das Transit, nach dem alle diese Menschen auf der Jagd sind, sie nicht nur zur Durchfahrt in ein bestimmtes, auf diesem Globus auffindbares Land berechtigt; daß da ein ganz anderes Bestimmungsland immer mitgemeint ist, welches ihnen in ihren Alpträumen – und alptraumhaft ist die Struktur des Buches – nur zu nahe rückt. Und daß da ein anderer Meister noch regiert als der alles durchdringende Wind, der Mistral, der, solange er weht, wahrhaftig „Meister“ ist. „Der Tod ist ein Meister aus

Deutschland" – die Zeile steigt auf, und die flinken Wehrmachtsautos mit den uniformierten Kommissionen auf der Suche nach Opfern, auch hier – sie sind seine Gehilfen, sie sind die meist unsichtbaren, doch immer gegenwärtigen Anpeitscher dieser ganzen angstvollen Fluchtbewegung. Aber wiederum: So gleichnishaft die Grund-Situation dieses Buches war, zum Ende unseres Jahrhunderts hin immer mehr wird: in unzähligen Einzelheiten ist sie historisch festlegbar und festgelegt, heute noch nachprüfbar. So ist ein Brief erhalten, den Anna Seghers auf Französisch an den Zürcher Verleger Oprecht schrieb und in dem sie ihn bittet, er möge umgehend dem Generalkonsul von Mexiko in Marseille bescheinigen, daß er sie persönlich und als Verleger kenne und daß Anna Seghers der Schriftstellername von Mme. Radványi sei ... Und wie eigenartig berührt sind wir, welch Schauder packt uns, wenn wir lesen, „daß auch Ernst Weiß ein mexikanisches Visum erhalten hatte, am selben Tag und auf derselben Liste wie Anna Seghers." (Hans-Albert Walter, „Anna Seghers' Metamorphosen", Frankfurt a. M. 1984) Nie wird einer die Anteile persönlichster Erfahrung der Autorin von der Erfahrung der absichtlich und kunstvoll changierenden Person des Erzählers von TRANSIT trennen können; sicher ist, daß eben daher die unbedingte Authentizität dieses Buches rührt. So daß es müßig ist zu fragen, wer da spricht: „Ich habe damals zum erstenmal alles ernst bedacht: Vergangenheit und Zukunft, einander gleich und ebenbürtig an Undurchsichtigkeit, und auch den Zustand, den man auf Konsulaten Transit nennt und in der gewöhnlichen Sprache Gegenwart. Und das Ergebnis: nur eine Ahnung – wenn diese Ahnung verdient, ein Ergebnis genannt zu werden – von meiner eigenen Unversehrbarkeit."

Wir, in unserer Gegenwart, kamen, nachdem wir die gedachte Linie zwischen dem ehemals besetzten und dem ehemals unbesetzten Frankreich überschritten hatten, im gegenwärtigen Marseille an, danach im gegenwärtigen Aix-en-Provence, und das Buch, das mich begleitete und in dem ich jeden Abend ein paar Seiten las, machte mir die Oberfläche der Städte und Landschaften durchsichtig, und mich machte es, inmitten der dichtesten Gegenwart, stärker noch als sonst zur Durchreisenden. Konnte man es noch einen Zufall nennen, daß ich auf jene französischen Germanisten stieß, die seit einigen Jahren die Schicksale deutscher Emigranten im Süden Frankreichs während des zweiten Weltkriegs erforschen? Das Buch, das entstand („Les Camps en Provence. Exil, Internement, Déportation 1933–1942“, Aix-en-Provence 1984), die Ausstellung, die erarbeitet wurde, erscheinen mir als Akte einer späten Gerechtigkeit gegenüber jenen ehemaligen Exulanten, die in den Fluchtländern nur zu oft als Unglücksboten gemieden, dann interniert wurden. Zu den Aufgaben der Germanisten hatte es gehört, den älteren unter ihren Landsleuten Vorgänge abzufragen, an die diese nicht gerne denken, von denen sie noch weniger gerne reden wollten. Jüngere, unbefangene Leute können sich – wer wüßte das besser als wir Deutschen! – dem Trauma von Schuld und Versagen in der eigenen Nation eher stellen als die unmittelbar Beteiligten.

Kaum wunderte es mich noch, daß zur rechten Zeit die rechte Begleiterin sich einstellte für die gewünschte Fahrt in die Vergangenheit, die den Namen heutiger Ortschaften trug: Les Milles, Marseille. Les Milles: Anna Seghers hat es gekannt, dorthin war ihr Mann überstellt worden, um seine Ausreise nach Mexiko vorzubereiten. Aus der lieblichsten provenzalischen Landschaft nähert man sich der kleinen Stadt, registriert die wie überall gekappten Platanen in den schmalen Straßen, gelangt schnell, der Bahnlinie folgend, zu jener Fabrik, die heute wieder Ziegelsteine herstellt und die einst, über und über ziegelrot, aus den Produkten aufgebaut wurde, die sie hervorbrachte. Unbehelligt gehen wir auf den Hof. Ziegelkies, Ziegelstaub unter jedem Schritt. Was mag der Mistral, den wir inzwischen kennen, aus diesem

Hof machen; in was für einen roten, zähen Schlamm mag er sich bei Regen verwandeln, verwandelt haben für die 3000 Internierten, die im Hauptgebäude der damals stillgelegten Fabrik untergebracht waren (Lion Feuchtwanger hat es beschrieben: „Der Teufel in Frankreich"). Wir trafen wenige Arbeiter, die Transportkarren über den Hof schoben und nicht auf uns achteten. Wir waren ja auf der Suche nach einem bestimmten Schuppen, reckten uns zu verstaubten Fenstern hoch, blickten durch Schlüssellöcher verlassener Gebäude, bis wir schattenhafte Umrisse von Figuren an einer Wand entdeckten: Hier mußte es sein. Das waren sie, die Fresken von Les Milles, mit denen sich Namen wie der von Max Lingner – ehemaliger Internierter von Les Milles – verbinden. Zwischen uns und diesem Freskenfries nur eine wacklige Tür, mit einem Vorhängeschloß gesichert, und wir ohne jedes amtliche Papier, das uns den Zutritt zu diesem inzwischen zum Denkmal erklärten, daher abgesicherten Ort geöffnet hätte. Der Mut sank uns – allerdings gingen wir von preußisch-deutschen Sitten aus. Die französische Portiere nämlich, eindringlich von unserer Begleiterin über uns und unser Anliegen unterrichtet, *sprach* zwar wie jede amtliche Person in jedem Land: Daß diese Remise gar nicht ihr, sondern als Kulturdenkmal einem anderen Ministerium unterstellt sei; daß sie also über den Schlüssel dazu nicht verfügen dürfe und so weiter – aber sie *handelte* wie eine Französin: Wenn Madame von so weit hergekommen sei . . ., und reichte den Schlüssel durch das Fensterchen. Sie sei gepriesen. Der Schlüssel paßte. Die Tür öffnete sich. Wir betraten den Arbeitsschuppen, dessen *Wesen* zwar, wie wir soeben erfahren hatten, durch die unermüdlichen Bemühungen der Germanisten verwandelt war: in ein Kulturdenkmal; dessen *äußere Erscheinung* aber davon keinerlei Notiz genommen hatte. Staub, Schmutz, herumliegendes, teilweise unbrauchbares Arbeitsgerät, Reste von Maschinen; in einer Ecke ein Holzverschlag, sicherlich für den Meister; in der diagonal gegenüberliegenden Ecke jenes Eisenöfchen, das über Jahre, Jahrzehnte hin Wände und Decke mit einer gleichmäßig dicken Rußschicht vollgequalmt hat. Oben aber, in vielleicht vier Meter Höhe, wo der Freskenfries entlangläuft, hat jemand – wiederum die neugierigen Germanisten? – vor kurzem versucht, etwas von diesem Ruß durch kreisförmige Wischbewegungen mit einem feuchten Tuch zu entfernen.

Wir stellen uns nun in der Mitte des Raumes auf, legen den Kopf in den Nacken und drehen uns langsam um unsere eigene Achse. Zuerst fällt unser Blick auf ein helles Viereck an einer der Schmalwände: Dort muß ein Bild gehangen haben. Ja, erfahren wir: das Porträt des Marschalls Pétain. Sehr glaubhaft, denn noch heute ist unter dem weißen Fleck ein Appell des Marschalls an seine Landsleute lesbar, patriotisch und allgemein: Man möge ihm helfen, eine Kette bilden, ihm die Hände reichen. – Da scheint uns der andere Zuspruch, übrigens mit der gleichen Schriftschablone aufgemalt, in der gleichen Farbe: blau, an der einen Längsseite des Schuppens entschieden passender für die, an die er sich richtete: „Si vos assiettes ne sont pas très garnies, puissent nos dessins vous calmer l'appétit": Ein Appell an die Kameraden, sich für die schlecht gefüllten Teller durch den Anblick der Zeichnungen schadlos zu halten.

Die meisten der Motive, die wir, je genauer wir hinsehen, um so besser erkennen können, entpuppen sich denn auch als eine Art von Hungerphantasien: Auf der dem Pétain-Spruch gegenüberliegenden Schmalwand sieht man eine Reihe von Männern verschiedener Hautfarbe an einer Tafel sitzen und genußvoll essen und trinken, was das Zeug hält. Anderswo: phantastische Früchte, Eßwaren. Landszenen: Bauern bestellen den Acker. Prestataires (die Uniform der Prestataires nennt der Erzähler in TRANSIT „die unansehnlichste Uniform aller Armeen des Weltkrieges") schleppen ein Riesenbrot, rollen ein Riesenfaß.

Die Fresken werden auf den Herbst 1940 datiert.

Außer den Namen von Max Ernst und Max Lingner, dessen Handschrift man zu erkennen meint, werden noch dutzende Namen anderer Maler genannt, Deutsche und Österreicher, die ebenfalls durch dieses Lager gegangen sind. Hundert derartiger Lager, größere, kleinere, hat man inzwischen aufgespürt, noch lebende Zeugen aus der Nachbarschaft zum Reden gebracht. Ehemalige Emigranten, Internierte, deren Angehörige, die im Süden Frankreichs geblieben sind, aufgesucht. Fotos, Briefe durchgesehen. Auch die Überlebenden waren, wie sich herausstellte, in den meisten Fällen nicht darauf versessen, ihre Erinnerung noch einmal aufzuwühlen. In einem Fall hat man bei der Witwe eines Fotografen, der damals wie besessen fotografiert hat, ein ganzes Fotoarchiv gefunden, darunter viele Porträts von Emigranten, die allerdings sicherheitshalber größtenteils mit falschen Namen versehen wurden ... Es ist mehr als nur Genugtuung, die ich empfinde bei diesen Berichten. Ich bin bewegt, weil sich eine anscheinend lebenswichtige, oft bezweifelte Überzeugung hier einmal zu bestätigen scheint: daß die Kämpfe, die Leiden, auch die Verirrungen einer Generation doch nicht ganz spurlos mit ihr vergehen; daß in der nächsten, der übernächsten Generation plötzlich wieder intensiv nach ihnen gefragt werden kann.

Oder was treibt mich so unwiderstehlich an die Ortschaften, an denen die Bücher spielen? Warum genügt mir die sichtbare Wirklichkeit einer Stadt nicht? Marseille. Vor mir liegt eine ältere Schwarz-Weiß-Postkarte, die die Straße und den Häuserbogen um den Alten Hafen herum zeigt, Zentrum der Wege und Meditationen des Transit-Erzählers. Erleichtert hat unsere kundige Begleiterin diese Karte von einem Ständer mit alten Postkarten heruntergeangelt: Endlich hat sie die Bestätigung, welches der heute umbenannten Restaurants das Café „Mont Ventoux“ gewesen ist, das in Transit, wenn auch irrtümlich „Mont Vertoux“ genannt, so oft erwähnt wird. Es liegt, wo es liegen muß: an der Einmündung der Cannebière in das Hafenbecken. Ja: Da hat dieser Erzähler sitzen und entweder auf das Wasser des Alten Hafen hinausblicken oder, mit dem Rücken zum Wasser, stundenlang in das Feuer starren können, auf dem man die Pizza buk, jenes „sonderbare Gebäck“, von dem man „etwas Süßes“ erwartet, „da beißt man auf Pfeffer“. Da hat die Seghers gesessen zwischen ihren Gängen auf verschiedene Konsulate und Schiffahrtsbüros und hat an TRANSIT geschrieben. Wie wir muß sie oft und oft auf die in die Pflasterung des Kais eingelassene Steinplatte getreten sein, auf der vermerkt ist: Hier kamen um 400 vor Christi die ersten Griechen an. Von hier aus verbreiteten sie die Zivilisation in der westlichen Welt. – Die Autorin, deren Blick von Anfang an auf historische Weite eingestellt war, wird diesen Anstoß nicht gebraucht haben für ihre Assoziationsketten über die Ankömmlinge, Besetzer, Verfolgten der Jahrtausende, die, von See her oder aus dieser heute „Cannebière“ genannten Straße aus dem Inneren Europas, gerade in dieses Becken gespült worden sind. Ein distanzschaffender Blick, womöglich geeignet, den Zugriff der eigenen Bedrängnis für Stunden zu lockern. Eines aber blieb: der namenlose Schrecken vor der erzwungenen, vielleicht endgültigen Abkehr von diesem Europa.

Wir haben nicht im ehemaligen „Mont Ventoux“ gegessen, das heute nicht nur anders heißt, sondern aufgemöbelt wurde, nobler, den Bedürfnissen reicher Touristen angepaßt, wie viele Restaurants und Cafés um das alte Hafenbecken. Wir saßen eine Ecke weiter. Der Blick beinahe derselbe. Unsere Begleiter erzählten uns von Alltagsproblemen des heutigen Frankreich, und ich mußte mich fragen, was es mir bringen konnte, die Orte, die ich so oft in Gedanken gesucht hatte, nun wirklich zu sehen. Hatte ich, hatte irgendein Leser die Bestätigung nötig, daß es diese Cannebière wirklich gibt; daß sie zwar nicht genau so, aber ähnlich ist wie die Straße, die man sich vorgestellt hat. Daß es auch diese Treppen gibt, auf denen nun also auch wir hinaufsteigen können in das Gewirr der alten Gassen. Das „korsische Viertel“ allerdings, in dem der George Binnet mit seiner Freundin Claudine und dem goldhäutigen Jungen wohnte, wurde von der Wehrmacht, als sie dann im November 1942 auch den bis dahin unbesetzten Süden Frankreichs noch besetzte, dem Erdboden gleichgemacht: „aus hygienischen Gründen“, wie es hieß. Diese verspätete Meldung trifft mich wie ein Schlag, ich empfinde Empörung über das übliche Maß hinaus. Dagegen versetzt es mir einen freudigen Stoß, daß das Hotel in der Rue du Relais, jener „winzigen Gasse“ am Cours Belsunce, noch da ist, in dem der Arzt und Marie gewohnt haben sollen, in dem „in Wirklichkeit“ aber, wie ich heute weiß, Anna Seghers mit ihren Kindern ein paar Monate lang gelebt hat, bis sie endlich im März 1941 auf der „Capitain Paul Lemerle“ mit ihrer Familie das gefährliche Marseille verlassen konnte. Aus der Erinnerung hat sie dann weiter beschrieben: den Cours Belsunce, der heute noch aussieht wie ein arabisch-türkischer Basar, die Rue de la Providence, in der wir, nun schon aufgeregt, das Hotel des namenlosen Ich-Erzählers aus TRANSIT suchten: Als könne er wirklicher werden durch den Ort, an dem er gewohnt hatte ... Bis wir erfuhren, dieses Hotel steht nicht mehr, und unsere Suche endete. Immer hat es mich erstaunt, daß Anna Seghers, deren Irrfahrt als Transitärin zu ihrem vorläufigen Bestimmungsland Mexiko noch lange nicht vorbei war, unbeirrt weiter die Fäden dieses Verwirrspiels, welches die Handlung von TRANSIT ja *auch* ist, in den Händen halten und in die von ihr vorgesehene Ordnung bringen konnte. Eine Strenge im Chaos – so, als habe sie sich selber zu einer ganz besonders strengen Konzentration auf etwas zwingen wollen, was *nicht* in der Alltagsmühsal und in den Existenzsorgen des Emigrantendaseins aufging. „Zwei Männer kämpfen um eine Frau, aber die liebt in Wirklichkeit einen dritten Mann, der schon tot ist“ – dies wäre so neu nicht, die Seghers sagt es selbst, indem sie sich auf Racine beruft. Die Sinnlosigkeit eines solchen Kampfes ist allerdings eine der geheimen, dunklen Energiequellen des Buches. Vergeblich muß sein, was jeder der beiden Männer, manchmal in letzter Anstrengung, tut: Maries Liebe kann nicht erworben, nicht verdient; sie kann nur geschenkt werden.

„Sehe" ich, nachdem ich sie nun mit leiblichen Augen gesehen habe, die Straßen und Plätze in TRANSIT, die Hotels und Cafés, durch die der Namenlose, Marie, der Doktor irren, deutlicher? Nein. Eigentlich nicht. Das deutliche Bild, das ich vorher hatte, hat sich befestigt. Wo nicht, wird sich wohl mein Vor-Bild aus der Lektüre des Buches durchsetzen. Die Orte, die pure Realität, braucht die Seghers, wie jeder Schriftsteller, um ihre Täuschungen daran zu befestigen – ein scheinheiliger Gebrauch der „Wirklichkeit" der anderen Realität zuliebe, die nicht abgetragen, zerbombt, verbrannt werden kann, die Welt ihrer Bücher. Zu jedem Transit, zu jeder Grenzüberschreitung, auch zu der in die Kunst, ist eine Sehnsucht nach „Unversehrbarkeit" nötig, die, immer erneut in Frage gestellt, sich immer wieder erneuert, ausgerechnet an den Werken der Literatur. Mag sein, daß ich mich dessen versichern wollte durch Augenschein.

September 1985

Zeitgeschehen

Probleme junger Autoren

So friedlich liegst du vor mir
auf der Karte, westliche Heimat.
Einen Finger breit ist der Raum
zwischen Werra und Main,
mit meinen Händen decke ich dich zu,
nicht um zu vergessen, nein,
um dich zu lieben.

Diese Zeilen sind aus dem Poem „Sichtbar wird der Mensch“ des jungen Schriftstellers Walter Werner. Ein Lyriker leidet an Deutschland, an der Spaltung seines Landes. Schmerzvoll-liebende Passagen hat auch der Roman „Entscheidung“ von Anna Seghers, wenn er westdeutsche Landschaft, einfache Menschen vom Rhein beschwört. Ein solches Buch findet sich nicht mit der Spaltung ab, es gibt seinen Beitrag, sie zu überwinden.

Aber versteht unsere Literatur – besonders die Literatur der *jungen* Schriftsteller – sich schon immer als Teil, als Kernstück der künftigen sozialistischen deutschen Nationalliteratur? Bemühen wir uns wirklich, mit unserem Buch, unserem Gedicht zur *ganzen*, zwar jetzt auseinandergerissenen, aber doch auf die Dauer unteilbaren Nation zu sprechen? Oder haben wir uns unbewußt schon mit dem Zustand von heute abgefunden? Ist es überhaupt noch möglich, Bücher zu schreiben, die hüben wie drüben in gleicher Weise wirken?

Das sind, gerade jetzt vor dem V. Deutschen Schriftstellerkongreß, Hauptfragen für unsere Literatur. Wir haben nur noch nicht genügend verstanden, daß es nicht irgendeine, sondern *die* Forderung an einen deutschen Schriftsteller unserer Zeit ist, Nationalbewußtsein schaffen zu helfen. Das heißt: unser Volk seine ganz besondere Lage, seine ganz besondere Verantwortung in der heutigen Weltsituation verstehen zu lehren. Ein Buch wie Anna Seghers' „Entscheidung" sorgt dafür, daß die Wunde der „offenen Grenze" nicht vernarbt. Es hält – wie vorher Deutschlandgedichte Johannes R. Bechers oder Brechts – die Sehnsucht nach einem schönen, einheitlichen, von der düsteren Last der Vergangenheit freien Deutschland wach. (Bertolt Brecht sagt in seiner „Kinderhymne": „Und weil wir dieses Land verbessern, lieben und beschirmen wir's. Und das liebste mag's uns scheinen, so wie andern Völkern ihrs.")

Man beginnt in letzter Zeit, über Züge des Provinzialismus in unserer Literatur zu sprechen. Nach meiner Ansicht wirkt eine literarische Arbeit immer dann provinziell, wenn sie ihr eigenes, natürlicherweise begrenztes Thema nicht als einen Teil des großen Themas unserer Tage zu sehen und zu gestalten vermag. So wichtig es ist, das Leben in unseren Betrieben, zum Beispiel in den sozialistischen Brigaden, zum Gegenstand unserer Literatur zu machen, so tragen doch gerade in letzter Zeit manche dieser Geschichten enge, provinzielle Züge. Warum? Ich glaube, weil der Autor die neuen Erscheinungen in unseren sozialistischen Brigaden zu isoliert und oberflächlich „abschildert", weil er sie nicht als Teil eines großen Umwandlungsprozesses in unserer Republik begreift – eines Prozesses, der den ganzen Menschen in allen seinen Lebensäußerungen erfaßt; weil er oft nicht zu zeigen versteht, wie unsere Anstrengungen mit dem Kampf der Menschheit auf der ganzen Erde zusammenhängen.

Ich bin sicher, daß man über Menschen, die hier bei uns leben, die in einem Betrieb arbeiten oder in einer Genossenschaft, die Ärzte, Lehrer, Ingenieure, Wissenschaftler sind, so schreiben kann, daß es auch einen Bauern am Rhein, einen Arbeiter im Ruhrgebiet packt, ergreift, vielleicht aufrüttelt. Provinziell ist nicht der *Stoff* der Literatur, sondern höchstens ihr *Gehalt*. Es ist nicht richtig, wenn junge Schriftsteller klagen, sie könnten keinen Beitrag zur nationalen Thematik unserer Literatur leisten, weil sie Westdeutschland nicht kennen. Dieser Einwand beruht zum Teil auf einem Mißverständnis. „Nationale Thematik" bedeutet nicht unbedingt: einen Stoff haben, der teils hier, teils drüben spielt; sondern: unser Leben, die Vorgänge, die sich bei uns vollziehen, die Veränderungen im Leben unserer Gesellschaft und der Menschen, die bei uns leben, als national bedeutsam darzustellen.

Ältere Genossen erinnern uns immer *wieder* an die große nachhaltige Wirkung sowjetischer Bücher und Filme auf Menschen, die in kapitalistischen Ländern lebten, in den zwanziger Jahren. Wie konnte „Zement" von Gladkow oder der „Panzerkreuzer Potemkin" auf Leute, die an bürgerliche Lebensformen, an ganz andere Themen und Stoffe, an eine bürgerliche Literatur gewöhnt waren, so nachhaltig wirken? Eben weil sie aus den Büchern und Filmen (selbst aus weniger meisterhaften als den beiden, die ich nannte) den Atem einer großen, ernst zu nehmenden Veränderung spürten; weil hier das Neue, das sich damals erst unter größten Schwierigkeiten in einem Land der Welt vollzog, als das künftig Natürliche, weil Menschengemäße für alle Menschen geschildert wurde.

März 1961

Diskussionsbeitrag zur zweiten Bitterfelder Konferenz 1964

Alle unsere öffentlichen Diskussionen in den letzten Monaten, die Beschlüsse der Partei zu verschiedenen Gebieten unseres Lebens haben einen gemeinsamen Kern. Es geht darum, die Möglichkeiten, die unsere Gesellschaft in ihrer jetzigen Etappe bietet, besser zu nutzen, die Voraussetzungen zu schaffen, daß die erkannten Gesetze des Sozialismus bewußt angewendet werden können in der Wirtschaft, in der Wissenschaft, im Bildungswesen. Worin bestehen die Möglichkeiten unserer Gesellschaft für die Kunst?

Manchmal werden immer noch Klischeeantworten angeboten: materielle Förderung, Betriebsverträge, öffentliche Ehrungen von Künstlern. Das alles ist etwas, aber es ist nicht das Wesentliche. Das Wesentliche springt einem in die Augen, wenn man – wie ich zum Beispiel kürzlich – für einige Tage in Westdeutschland ist. Meine Gesprächspartner dort waren meist junge Menschen, übersatt von dem platten Antikommunismus ihrer offiziellen Propaganda, an sachlichen Informationen über die DDR brennend interessiert. Man konnte sehen, daß die Jugend besonders empfindlich reagiert auf das Ende jenes Trancezustandes, in den das sogenannte Wirtschaftswunder für Jahre Teile der westdeutschen Bevölkerung versetzt hat. Man steht jetzt in dieser imponierenden Warenkulisse und fragt sich: Was nun? Man fragt uns: Wißt ihr was Besseres? Man erwartet von uns wohlüberlegte, praktische, brauchbare Antworten.

Daraufhin liest man auch unsere Bücher. Man erwartet keine platten Antworten, keine Ausflüchte. Man kann durchaus auch Probleme vertragen.

Man wundert sich über unsere Themen. Das ist mir besonders aufgefallen. Man sagt uns: Was ihr da schreibt, das halten westdeutsche Schriftsteller nicht für literaturfähig: die wirklichen, im täglichen Leben entstehenden Konflikte junger Leute, den Alltag von Millionen Menschen, das gewaltige Thema des Arbeiters in einer hochentwickelten Industriegesellschaft, die Kampfaktionen, die – wie zum Beispiel die Ostermarschbewegung – außer ihrem politischen Gehalt eine große moralische Bedeutung für jeden einzelnen ihrer Teilnehmer haben. Sie bedeuten nämlich, daß in einem streng abgezirkelten, sehr begrenzten Bereich gesellschaftlicher Betätigungsmöglichkeit sich plötzlich für sie ein Feld auftut für Aktivität, für Initiative, für Kühnheit, für Ideenreichtum, überhaupt für die Entwicklung einer Persönlichkeit – übrigens auch für die Förderung künstlerischer Talente.

Wir haben an einer Ostermarschrevue teilgenommen. Da haben wir Songs und Lieder gehört mit spritzigen, frechen Texten, von Laien gesungen und begleitet, die jedem FDJ-Abend zur Förderung junger Talente Ehre machen würden. Zum Beispiel gab es einen Text – drüben muß die Polizei von jeder Demonstration benachrichtigt werden, und sie begleitet die Demonstration vorn und hinten mit Jeeps –: „Der Polizei ein Osterei. Die Polizei ist auch dabei. Die Polizei, dein Freund und Helfer, sie ist auch dieses Jahr dabei.“ Ihr könnt euch denken, wie die das singen . . . Wir haben mitgesungen. Diese jungen Leute, in denen wie in jedem Menschen das Bedürfnis ist, sich selbst in Kunst ausgedrückt zu sehen, fühlen sich – das war eine unserer interessantesten und ich muß auch sagen unerwarteten Beobachtungen – von der westdeutschen Literatur im Stich gelassen. Sie sagten uns: Von euch müßte mal einer herkommen, das alles hier genau kennenlernen und darüber schreiben. Nicht etwa, daß sie kommunistische Bücher haben wollten; aber sie haben uns zugetraut, daß wir uns auf alle Fälle um die Bereiche des Lebens kümmern würden, die sie interessieren und in denen sich ihre täglichen Probleme und Konflikte abspielen. Denn wir sind natürlich in sehr vielen Punkten ganz verschiedener Meinung gewesen. Darüber gibt es überhaupt keinen Zweifel.

Sie sehen, daß man mit uns nicht nur über Ästhetik, sondern auch über Ökonomie, Politik, Soziologie und Psychologie zum Beispiel reden kann. Sie stimmten spontan unserer Ansicht zu, daß ein Schriftsteller viel wissen muß, um in den komplizierten Organismus der modernen Gesellschaft eindringen zu können, und sie suchen, was ganz natürlich ist, unsere Gesellschaft, unsere Ideale, unser Bild vom Menschen in unseren Büchern.

Wir können auch lernen in diesen Diskussionen. Wir müssen uns daran gewöhnen, daß manches, was uns selbstverständlich ist, dort noch nie gehört wurde. So wurde es ihnen noch nie gesagt. Nicht jede Frage, die uns dumm vorkommt, ist provokatorisch gemeint. Ich habe zwar früher schon gewußt, daß wir verantwortlich für Westdeutschland sind, jetzt fühle ich mich verantwortlich gegenüber ganz bestimmten Menschen. Es geht mir jetzt so, daß alles, was ich nicht gut genug mache oder was wir zusammen nicht klug genug machen, nicht offensiv genug – mir scheint, wir sollten viel offensiver sein, mehr positive Tatsachen schaffen und viel weniger in die Defensive gehen gegenüber falschen Ansichten, sondern unsere positiven Tatsachen ihnen entgegensetzen –, daß alles, wo wir nicht schnell genug vorwärtskommen, wo wir nicht konsequent genug Hemmnisse überwinden, sogar dann, wenn sie schon erkannt sind, daß mich das alles jetzt nicht nur in unserem Namen ärgert, sondern auch in ihrem Namen, im Namen dieser jungen Leute. Denn sie sind, wenn sie es auch nicht wissen, auf uns angewiesen und wir auf sie.

Die westdeutschen Zeitungen wittern natürlich irgendeine Art von Unrat. Sie geben Alarmzeichen, darunter sogenannte Kritiken unserer Bücher. Vergleicht man sie untereinander, hat man den Eindruck, daß hier eine Art automatisch arbeitendes Elektronengehirn durch die Speisung mit zwei einander entgegengesetzten und sich ausschließenden Informationen in Unordnung geraten ist. Die eine Information ist: Es gibt keinen zweiten deutschen Staat, also auch keine zweite deutsche Literatur. Die zweite: Da entsteht in jenem nicht existierenden Staat unter den Bedingungen extremer Unterdrückung Literatur. Da wird diese Literatur, die sich mit den gesellschaftlichen Verhältnissen im Staat auseinandersetzt, sie begleitet, aktiv an ihnen mitarbeitet, nicht nur freiwillig von den unterdrückten Bürgern gelesen, und zwar in Massen, sondern sie wird auch heiß diskutiert. Da gibt es Meinungsverschiedenheiten, heftige Gegensätze, aber weiterhin Literatur.

Nun kann jeder westdeutsche Rezensent nach seinem Charakter, nach der Färbung seiner Zeitung oder nach der finanziellen Lage und dem Grad der eigenen Desinformation über uns eine Variante aussuchen, wie er diese beiden unvereinbaren Axiome doch zu einer Literaturkritik verarbeitet. „Revolte gegen das Regime" – wünschen sich die einen, „besonders raffinierte kommunistische Propaganda" – warnen die anderen. Falsches Lob soll uns schmeicheln, falscher Tadel uns schrekken. Besonders tut sich da die Gilde der „Ostexperten" hervor, jene Leute, die vor ein paar Jahren noch bei uns waren und sich sehr sozialistisch gebärdeten. Aber was wirklich los ist – Tucholsky würde sagen, sie wissen es nicht; Kenntnisse wären hier vonnöten, dialektisches Denken, die Fähigkeit, Prozesse zu begreifen. Da fällt die Klassenschranke, und der Apparat hakt aus. Er läuft leer und kaut nur noch an ein paar unverdaulichen Fakten herum. Man möchte ihnen sagen: Spart euch die Mühe! Mit uns rechnet nicht! Doch da sie nicht glauben wollen, daß in unserem Lande in fast zwei Jahrzehnten der Sozialismus zur menschenbildenden Kraft geworden ist, daß er die tägliche Arbeit von Millionen Menschen darstellt und kein Hirngespinst, werden sie auch diesen gutgemeinten Rat wahrscheinlich nicht annehmen.

Nun gibt es ja Leute, die können sich daran gewöhnen, einen Apfel zu Boden fallen zu sehen und jemanden seelenruhig immerzu dabei sagen zu hören: Er fällt nicht. Solche Leute gibt es auch bei uns, aber sie haben geringere Chancen auf die Dauer. Es gibt Künstler, die den Streit um den Apfel für unerheblich halten, die da überhaupt keinen Apfel sehen, sondern zum Beispiel Leere. Wir haben in Frankfurt am Main den Bergman-Film „Das Schweigen" gesehen, der unerhörtes Aufsehen machte, bis zu Anfragen im Bundestag. Am Nachmittag des gleichen Tages waren wir im Auschwitzprozeß, und zwar in jener Sitzung, in der das Gericht sich darauf konzentrierte, den Sachverständigen Professor Kuczynski der Befangenheit zu bezichtigen, anstatt die Wahrheit seines Beweises über die Verflechtung großer Chemiekonzerne mit dem faschistischen Staat zu überprüfen. Aus beidem, dem Film und dem Prozeß, gingen wir mit Beklommenheit. Wir konnten den Eindruck nicht loswerden, daß diese beiden Ereignisse auf komplizierte und indirekte Weise, aber doch miteinander zusammenhängen: die drückende, sterile, bürokratische Atmosphäre dieses Prozesses, die drückende, sterile Leere, Angst, Einsamkeit und Verzweiflung dieses Films. Eine Kunst, die den Menschen allein läßt in einer solchen Welt, die nur noch Symptome registriert und auf jede Deutung verzichtet, die eigentlich nur den Selbstmord übrigläßt, eine solche Kunst liefert den Menschen aus, sie suggeriert ihm die Relativität aller moralischen Werte, sie trägt dazu bei, ihn letzten Endes auch wehrlos zu machen gegen Auschwitz.

Da wirkt dann in der gleichen Stadt – um nur einmal die Widersprüchlichkeit der Erscheinungen drüben zu zeigen – unter solchen Umständen die Feststellung einer einfachen Wahrheit von der Bühne herunter wie eine Sensation. Man stellt sich hin und sagt, was alle wissen: Der Apfel fällt. Wir sahen die Aufführung des „Stellvertreters“ von Hochhuth, in dem es – einen Tag nach dem Auschwitzprozeß – von der Bühne herunter folgenden Dialog zwischen dem Vertreter der katholischen Kirche und diesem Auschwitzdoktor gab. Der Vertreter der katholischen Kirche sagt: Menschen brennen hier, der Brandgeruch von Fleisch und Haaren. – Darauf der Doktor von Auschwitz: Sie reden dummes Zeug. Was Sie sehen, ist lauter Industrie, Schmieröl und Roßhaar, Arzneien und Stickstoff, Gummi und Granaten. Hier wächst ein zweites Ruhrgebiet heran, IG-Farben und Buna haben hier Filialen, Krupp demnächst. Luftangriffe erreichen uns nicht, Arbeitskräfte sind preiswert. –

Ich komme auf meine Ausgangsfrage zurück: Worin bestehen die Vorzüge der sozialistischen Gesellschaft für die Kunst? Ich muß sagen, zum Beispiel darin, daß wir als Bürger der DDR in diesem Auschwitzprozeß mit anderen Gefühlen sitzen konnten als unsere jungen Begleiter neben uns, Bürger der Bundesrepublik. Sie machten uns zum Beispiel auch darauf aufmerksam, was wir nicht bemerkten, daß wir im Gespräch dauernd die Vokabel verwendet haben: bei uns in der DDR. Jemand sagte zu mir: Ich würde nicht im Traume daran denken, jemals zu sagen, bei uns in der Bundesrepublik, nicht einmal soweit würde ich mich mit diesem Staat identifizieren.

Für die Kunst bestehen die Vorzüge unserer Gesellschaft darin, daß ihr Wesen mit den objektiven Gesetzen der Entwicklung, mit den objektiven Interessen der Menschen übereinstimmt, daß sie also nicht den Ehrgeiz hat, als mystisches, undurchschaubares Etwas vor den Leuten zu erscheinen; man kann sie mit einigem Fleiß kennenlernen, ihre komplizierte Struktur in ihren offenen und geheimen Keimen, in ihrer Widersprüchlichkeit. Die Wahrheit über sie zu verbreiten schadet ihr nicht, sondern nützt ihr. Zum erstenmal in der menschlichen Geschichte stellt sie keinen unüberbrückbaren Widerspruch mehr dar zum humanistischen Wesen der Kunst. Soweit, glaube ich, sind wir uns alle einig.

Nach diesen Feststellungen aber fangen die meisten Fragen an, über die wir uns gerade in der letzten Zeit gestritten haben. Jetzt nämlich beginnen die Meinungsverschiedenheiten über konkrete Sachen: Was ist denn Wahrheit? Und was ist die Wahrheit der Kunst, die statistische, die soziologische, die agitatorische? Was kann man den Lesern an Problematik und Konflikten zumuten?

Ich will euch hier ein Beispiel erzählen, das mir kürzlich ein Kollege von seiner Zusammenarbeit mit einer Zeitung berichtete. Man hatte ihn als Reporter zu einem besonders gut beleumdeten Brigadier einer Baubrigade geschickt, der kürzlich in die Partei eingetreten und dessen Bild schon überall erschienen war. Man hatte ihm gesagt: Und nun zu dem Bild die wahrheitsgetreue, lebensechte Reportage! Er ging zu dem Brigadier und fand einen sehr aufgeschlossenen Menschen, der ihn sofort einlud mitzukommen und ihm alles erzählte. Schon auf der Autofahrt in seine Wohnung ging es los. Der Kollege sagte: „Es ist nett, daß du mich mit nach Hause nimmst zu deiner Familie!"

„Ach Gott, Familie, mit der Frau stehe ich in Scheidung."

„Aber du hast doch Kinder?"

„Na ja", sagte der Brigadier, „Kinder . . . Mein Sohn sitzt gerade im Kittchen wegen versuchter Republikflucht."

Dann sagte mein Kollege: „Aber du bist doch in die Partei eingetreten aus Überzeugung?"

Sagte der andere ehrlich: „Klar, ehrlich. Das war so: Unsere Brigade hatte furchtbar viel gegen schlechte Arbeitsorganisation und alle möglichen Mängel und Fehler zu kämpfen. Und wir sind nicht durchgekommen, obwohl ich ein ganz gut ausgebildetes Mundwerk habe. Da haben meine Kumpel gesagt: Hier nützt bloß eins, einer von uns tritt in die Partei ein, dann kann er besser auf den Tisch hauen. Da ich der Brigadier bin, fiel die Wahl natürlich auf mich, und so bin ich in die Partei eingetreten."

Der Schriftsteller schwieg darauf wahrscheinlich eine gewisse Zeit lang, ein wenig betroffen. Da sagte der Brigadier nach einer Weile zu ihm: „Weißte, laß dir darüber keine grauen Haare wachsen. Es ist schon in Ordnung, daß ich drin bin, das habe ich inzwischen gemerkt."

Der Schriftsteller findet das prima und schreibt das. Nun fängt der Kuhhandel an. Ihr müßt wissen, es ist keine ausgedachte Geschichte – darum erzähle ich sie. Bei ausgedachten Geschichten ist es ja noch schwieriger.

Also jetzt geht es los: „Muß denn der mit seiner Frau in Scheidung stehen?"

„Ja", sagt der Schriftsteller, „ich weiß nicht, ob er muß, aber er steht."

„Kannst du das nicht streichen?"

„Gut, aber dann haben wir gar kein Familienleben, und kein Familienleben, das ist für den sozialistischen Menschen auch nicht typisch."

„Dann laß wenigstens das mit dem Sohn weg!"

„Aber die Leute, die den Brigadier kennen, kennen auch den Sohn!"

Darauf hat der Schriftsteller gesagt: „Hört zu, ihr habt mich zu dem geschickt, ich habe mir das nicht ausgesucht."

Da stellte sich heraus, sie hatten einen anderen Brigadier im Kopf, sie wollten einen anderen auf der Zeitungsseite haben.

Der Auftrag wurde zurückgezogen, ein Auftragshonorar wurde gezahlt. Insofern ging die Sache friedlich aus. – Es wurde gestern über die Mitarbeit des Schriftstellers an unserer Presse gesprochen. Stellt euch vor, zwei, drei oder vier solcher Erfahrungen, und jeder Schriftsteller klappt sein Notizbuch zu und versucht sich anderweitig.

Ich war vorige Woche in der 8. Klasse einer Schule, in

der ich zur Jugendweihe sprechen soll, und habe versucht, die Kinder vorher etwas kennenzulernen. Ich habe über Literatur gesprochen. Da meldete sich ein kleiner Junge von vierzehn Jahren und sagte: „Frau Wolf, ich habe in letzter Zeit vier Jugendbücher gelesen. In allen vieren gab es einen durch und durch überzeugten FDJler, der alle positiven Eigenschaften hatte, die es auf der Welt gibt, und seine viel schlechteren, ihn umgebenden Kameraden überzeugte. Finden Sie das richtig?"

Ich war diplomatisch und fragte ihn: „Wie ist es denn in Wirklichkeit?"

Da antwortete er ganz lakonisch: „Abweichend."

Nun habe ich tatsächlich nicht den Mut aufgebracht, diesem Jungen die Gesetze des Typischen in der Literatur zu erklären, sondern ich habe gesagt: „Es sollte ruhig mal einer über das Abweichende schreiben."

Manchmal kommt man mit den Leuten von der Zeitung, von denen ich vorhin gesprochen habe, in folgende Lage: Sie haben irgendwie das Gefühl, sehr ehrlich wahrscheinlich: Jetzt sitzen wir alle schön gemütlich zusammen – in einer Troika oder in einem Düsenflugzeug – und reisen dem Sozialismus entgegen. Und dann beobachten sie irgendwelche Schriftsteller und Künstler, im Gestänge herumturnend und irgendwo dranrumbohrend. Und jetzt wird Alarm gegeben: Die bohren den Tank an! Darauf müssen wir uns auf Diskussionen darüber einlassen, wo der Tank liegt, denn diese Leute haben nicht immer den Bauplan der Maschine vor Augen. Ich will nicht behaupten, daß alle Schriftsteller und Künstler ihn immer vor Augen hätten, aber es kommt doch vor; denn auch wir leben fünfzehn Jahre in unserer Republik und haben unsere wesentlichen Eindrücke und unsere Erziehung hier erfahren, genau wie jeder andere normale Bürger. Nun gut, es wird also Alarm gegeben, riesige Rettungsmannschaften werden in Bewegung gesetzt, die sowohl diese Leute als auch uns hindern, ordentlich auf unserem Gebiet zu arbeiten. Wir müssen mit einer Hand immer abwehren und sagen: Laßt doch, laßt doch, das ist nicht der Tank! Das dauert aber sehr lange. Wenn die Maschine jahrelang fliegt und nicht abstürzt und vielleicht sogar trotz unserer Bohrerei die Geschwindigkeit beschleunigt hat, dann erst sind sie bereit, mit uns über den Bauplan der Maschine zu diskutieren. Und trotzdem passiert es uns dann nach langer Zeit immer noch, daß hinter uns getuschelt wird, wenn wir durch irgendeinen Saal gehen: Das waren doch die, die damals ... ihr wißt schon ... den Tank! – Ihr könnt jetzt darüber lachen, und ich kann Witze erzählen. Vor einem halben Jahr noch hätte ich keine Witze erzählt, und ihr hättet vielleicht nicht gelacht. Das gehört zu dem Kapitel „Konflikt und Überwindung".

Ich möchte nur sagen, daß diese Art, uns anzubohren, auch daran hindert, die wirklichen Anbohrer zu erkennen. Das sollte man sich überlegen. Sie hindert uns auch daran, im richtigen Moment und schnell genug konsequent selbstkritisch zu sein, was für uns dringend notwendig ist. Wir müssen vielleicht noch mehr als jeder andere Mensch möglichst schnell zu einem selbstkritischen, echt kritischen Verhältnis zu unserer eigenen künstlerischen Arbeit kommen. Es ist interessant, daß mir dabei im letzten Jahr nicht die offizielle Kritik im allgemeinen geholfen hat, sondern die Diskussion, die ich mit „normalen" Lesern hatte. – Das war keine Polemik! Es haben sich nämlich tatsächlich im letzten Jahr alle Widersprüche oder wenigstens alle wichtigen Widersprüche, die in der jetzigen Etappe unserer kulturellen Entwicklung auftreten, offen gezeigt. In all diesen Diskussionen ging es eigentlich nicht nur um Literatur, sondern es ging um alle Probleme unseres Lebens.

Wer könnte behaupten, daß wir dabei nicht viel zu lernen gehabt hätten! Ich habe zum Beispiel FDJ-Versammlungen erlebt, in denen plötzlich, ohne daß ich das voraussehen konnte, über den Begriff der Heimat diskutiert wurde. Da habe ich mehr gelernt als die Jungen, die dort diskutiert haben. Der FDJ-Sekretär kam danach zu mir und sagte: Eigentlich stand das Thema „Heimat",

„DDR“ usw. erst auf unserem Plan für die nächste Woche. Er war etwas durcheinandergekommen. In mancher Lehrerversammlung, in der schon damals ganz offen über Probleme diskutiert wurde, die jetzt im neuen Bildungssystem aufgegriffen worden sind, habe ich gedacht: Wenn jetzt der zuständige Schulrat da wäre!

Ich möchte nur noch ganz wenige Sätze über die Rolle sagen, die die Literaturkritik in unserer Gesellschaft spielen könnte, die sie aber nicht spielt. Der Geschmack und die Urteilssicherheit und die Erschütterungsfähigkeit der Leser sind viel weiter fortgeschritten als die Literaturkritik. Sie lassen sich in dem Klischee der schematischen Literaturbesprechung alten Stils gar nicht mehr erfassen. Ich war selbst Germanistin und schimpfe nicht gern auf meine Berufskollegen. Aber ich habe mir überlegt: Woher kommt es eigentlich, daß die Kritiken so unlebendig und so schematisch sind? Ich habe manchmal den Eindruck, daß viele Kritiken nicht für die Leute geschrieben werden, die sie lesen sollen, und auch nicht für den Autor, sondern für irgendwelche in der Einbildung vorhandenen höheren Instanzen, die sich dazu freundlich äußern sollen. Da schwingt noch die Tendenz zu großer Vorsicht und eventuell sogar der Angst aus einer Zeit mit, in der selbständiges Denken und Verantwortungsbewußtsein noch nicht so selbstverständlich waren wie heute.

Ich bin der Meinung, daß man zum Beispiel als Trapezkünstler unbedingt mit Seil, Schutzgürtel und Netz arbeiten muß. Aber wenn man schreibt – auf welchem Gebiet auch immer –, kann man nicht mit Netz arbeiten; da muß man schon ein kleines Risiko eingehen, das aber mit Verantwortung verbunden sein soll.

April 1964

Eine Rede

Sie alle sind schon mehr als einmal dabeigewesen, wenn jemand plötzlich anfing, aus seinem Leben zu erzählen. Jeder von Ihnen hat schon einem oder vielen anderen von sich selbst erzählt. Vielen Menschen, die zu meiner oder einer älteren Generation gehören, kommt heute ihre eigene Vergangenheit ganz abenteuerlich und unwahrscheinlich vor. Wie oft hört man: Wenn das jemand aufschreiben würde – es wäre ein ganzer Roman! – Ist Ihnen schon aufgefallen, daß die meisten sogenannten wahren Geschichten mit dem Satz enden: Schade; so was kann ja niemals geschrieben werden . . .

Ich will hier nicht den alten Streit fortführen, ob alles, was im Leben vorkommt, einen gebührenden Platz in der Kunst finden kann und muß; vielmehr will ich versuchen, ein paar Lebensgeschichten zu erzählen. Beide Männer, die mir ihre Geschichten selbst erzählt haben, sind heute Mitte Dreißig. Der eine, der mir vor kurzem in einem Bürozimmer im Verwaltungshaus eines großen Werkes gegenübersaß, wiederholte immer wieder, selbst erstaunt: Das kann nie im Leben einer schreiben!

Er ist in den baufälligen Arbeitervierteln einer alten Stadt geboren, Kind einer großen Arbeiterfamilie. Er war ebenso arm wie klug und wißbegierig, auch ehrgeizig. Seine Mutter nahm das Stipendium für die Oberschule vom Nazistaat. Der Junge nahm das braune Hemd und die „Führer"schnur und glaubte, er sei Glied eines Herrenvolkes, und der Weg aus der Arbeitervorstadt führe über Polen und Rußland – Länder, die von minderwertigen Rassen bewohnt seien. Das Wort „Klasse" hat er, bis er sechzehn Jahre alt war, nur mit Haß und Verachtung aussprechen hören. Mit einem zu großen Stahlhelm bedeckt, ein viel zu schweres Gewehr auf der Schulter, verbiß er sich 1945 fanatisch mit einem Trüppchen Verzweifelter in die Verteidigung seiner Heimatstadt. Mit einem der ersten Transporte unverbesserlicher Kriegsverbrecher wird er tief nach Rußland hinein verschickt – für drei Jahre. „Dort", sagte er, „war ich, der Proletenjunge, wieder Putzer der Herren Offiziere. Was da mit mir los gewesen ist – das kann keiner schreiben."

Er kommt zurück. Die ihn einst weggeschickt haben, Kommunisten, wollen ihm nun die Hand reichen. Er schlägt diese Hände weg. Er beginnt als ungelernter Arbeiter in einem Betrieb.

Heute ist dieser selbe Mann, fünfunddreißigjährig, Doktor der Ökonomie und Leiter eines großen Werkes. Was in den letzten fünfzehn, zwanzig Jahren mit ihm passiert ist, muß man wohl die Geburt eines Menschen nennen. Jedesmal, wenn man ihn trifft, ist er in heftige Kämpfe und Auseinandersetzungen verwickelt. „Mensch", sagt er, „was hier dauernd los ist, das kann kein Mensch schreiben!"

Anfang dieses Jahres saß ich in Westdeutschland mit einem jungen Mann zusammen, einem Altersgenossen dieses Werkleiters. Seine Geschichte hatte einen anderen Kehrreim, den ich damals zum erstenmal hörte: „Ich frage mich manchmal, was aus mir geworden wäre, wenn ich bei euch in der DDR leben würde."

Dieser Mann hatte günstigere Startbedingungen als unser Werkleiter. Sein Vater, ein sozialdemokratischer Journalist, ließ nicht zu, daß die Nazis ihm seinen Sohn wegnahmen. Er brachte ihn nach Kriegsende in die Politik. Der Junge wurde ein begeisterter Jugendfunktionär der SPD, bekannt und erfolgreich in seinem Bezirk. Auf großen Versammlungen stritt er erbittert gegen die Kommunisten. Jeder, der ihn kannte, sagte ihm eine gute Karriere voraus.

Dieser selbe Mann ist heute kleiner Angestellter in einer nebensächlichen Verwaltungsstelle. Eines Tages stand er vor der Entscheidung: prinzipienlos den antirevolutionären Weg seiner Partei mitgehen oder zu seinen eigenen neuen politischen Einsichten stehen. Er wird wegen zu starker Linkstendenzen aus der SPD ausgeschlossen. Seine frühere Partei warnt heute öffentlich vor ihm als vor einem gefährlichen kommunistischen Unterwanderer. Jeder, der ihn kennt, sagt, er habe seine Karriere verpfuscht. Sein Leben sind die Abende und das Wochenende, wenn er zu jungen Menschen geht, wenn er reden, werben, organisieren kann. Der größere Teil seiner Talente und Fähigkeiten liegt brach. Er fragte uns: Wie wäre ich heute, wenn ich bei euch lebte?

Die bürgerlichen Romane und Dramen der letzten zwei Jahrhunderte sind voll von tragischen Geschichten: Ein junger Mann will einen großen, edlen Traum im Leben verwirklichen, aber er zerbricht physisch oder moralisch an den Schranken seiner Gesellschaft, an ihrer Unfruchtbarkeit, ihrer Stumpfheit. Werther, Julien Sorel, Anna Karenina müssen zugrunde gehen. Es gibt Statistiken oder Schätzungen über die Opfer der Kriege seit Hunderten von Jahren. Keine Statistik wird je über das Drama derjenigen Rechenschaft ablegen, deren Begabung, vielleicht Genialität mißbraucht oder erstickt wurde. Keiner wird je die Menschen zählen, die den langsamen Tod der Verbitterung, der Resignation, der Selbstaufgabe gestorben sind.

Wir fangen gerade an, die ersten Sätze von anderen Geschichten zu schreiben. Wahrhaftig keine Märchen von ewig lächelnden Leuten, die auf rosigen Wolken wandeln. Erzählungen von schwer, oft unter Anspannung aller Kräfte arbeitenden Leuten. Berichte von Menschen, die sich entschlossen haben, unter „Glück" nicht Faulheit und Unterdrückung, sondern Produktivität zu verstehen und unter „Unglück" nicht Verlust an Eigentum, sondern den Verlust der Möglichkeit, schöpferisch zu sein. Zum erstenmal treibt die Wirklichkeit uns Lebensstoff zu, der uns nicht zwingt, unsere Figuren physisch oder moralisch zugrunde gehen zu lassen. Die Konflikte werden dabei nicht schwächer, sondern eher schärfer, moralischer, das heißt: menschlicher. Tausende von einzelnen, oft komplizierten, den ganzen Menschen aufwühlenden Antworten auf die alte Frage, ob der Mensch sich selbst erschaffen kann – ohne Antreiberei, freiwillig und bewußt mit seinesgleichen zusammenarbeitend.

Die Gefahr, bestimmte persönliche Erlebnisse, bestimmte Zeitereignisse zu über- oder zu unterschätzen, bedroht jeden. Man braucht manchmal lange Zeit, um die Bedeutung einer Entscheidung, einer Bekanntschaft, die Tragweite eines Irrtums oder einer Unterlassung ganz zu begreifen. Die Geschichtsbücher sind voll von kuriosesten Fehleinschätzungen kluger Leute über ihre eigene Zeit. Wir, die wir intensiver über unsere Geschichte nachdenken, als das in Deutschland früher üblich war, behaupten nicht, nach diesen fünfzehn Jahren am Ziel zu sein. Unsere Erfahrung hat uns gelehrt, daß hinter jedem Ziel neue Anforderungen auftauchen. Aber wir können sagen: In diesem Teil Deutschlands, der vor zwanzig Jahren noch von Faschisten beherrscht und von verbitterten, verwirrten, haßerfüllten Leuten bewohnt wurde, ist der Grund gelegt zu einem vernünftigen Zusammenleben der Menschen. Die Vernunft – wir nennen es Sozialismus – ist in den Alltag eingedrungen. Sie ist das Maß, nach dem hier gemessen, das Ideal, in dessen Namen hier gelobt oder getadelt wird.

Ich glaube nicht, daß wir uns später korrigieren müssen, wenn wir das heute schon als Tatsache und als *den* entscheidenden Fortschritt in unsere Geschichtsbücher schreiben.

Oktober 1964

Notwendiges Streitgespräch

Als ich mir überlegte, worüber ich hier sprechen könnte, fiel mir ein neues Spiel ein, das meine achtjährige Tochter erfunden hat. Sie hat ihre eigene Lage in dieser Welt entdeckt und ist noch in der glücklichen Situation, sich in konzentrischen Kreisen ausdrücken zu können. Sie zeichnet als äußersten Kreis den Kosmos, in dem eine Menge Kosmonauten herumschwirren; die Erdkugel ist ein zweiter Kreis, Europa folgt, dann Deutschland, obwohl sie sich darunter nichts vorstellen kann; einen Kreis für die DDR, einen für Berlin und neben Berlin einen kleinen Kreis für den Ort, in dem wir wohnen. In die Mitte dieses Kreises schließlich macht sie einen Punkt, und daneben schreibt sie: „Ich".

Diese eigenartige Weltkarte fiel mir ein, als ich über unsere Diskussion nachdachte, die mich sehr bewegt. Ich versuche mich selbst an die Stelle dieses Pünktchens „Ich" zu setzen. Wir alle stimmen – wenn wir schon diese Hierarchie anerkennen – bis zu dem Begriff „Europa" überein, dazu in der sehr wichtigen Zeitbestimmung „zwanzigstes Jahrhundert" und in der noch wichtigeren gesellschaftlichen Bestimmung „sozialistisches Land". Dann aber kommen geographisch unbedeutende, für den einzelnen aber bedeutsame Unterschiede: „Deutschland", „DDR", „Berlin". Diese Worte ziehen wahrscheinlich bei jedem aus Bewußtsein und Unterbewußtsein einen ganzen Faden von Assoziationen hervor, aus Vergangenheit und Gegenwart. Und bei jedem verschiedene.

Wie gut wäre es, und wie leicht wäre mir, hier zu sprechen, könnte ich unter dem Stichwort „DDR" nur den Begriff „sozialistisches Land" assoziieren und nicht auch den anderen: DDR – einer der beiden Staaten im ehemals einheitlichen Deutschland. Ich assoziiere also auch: „Westdeutschland". Ich denke an einen Tag im März 1964 in Frankfurt am Main. Vormittags war ich im Auschwitzprozeß, zufällig in jener Verhandlung, bei der der Sachverständige der Nebenklage, ein Professor aus der DDR, abgelehnt wurde wegen „Befangenheit": Er hatte die Verflechtung des Konzentrationslagers Auschwitz und der SS mit dem IG-Farben-Konzern dokumentarisch belegt. Am Abend dieses selben Tages sah ich das Stück „Der Stellvertreter" von Rolf Hochhuth, in dem von der Bühne herunter die Verflechtung eben dieser beiden Institutionen Nazideutschlands bestätigt wird. Am Nachmittag dieses Tages, bei einer Diskussion in einem Jugendklub, hatte ich vor mir die sehr informationshungrigen, gespannten, intelligenten Gesichter junger Leute, die etwas über die DDR erfahren wollten. Ich las ein Kapitel aus meinem Buch. Man sagte mir, das sei doch kritisch gegenüber der DDR, ich sei also wahrscheinlich ein versteckter Gegner, der sich nur nicht offen äußern könne. Ich verneinte. Man sagte: Ihr Leute aus der DDR seid komisch, ihr seid immer so unnachgiebig. Mit Polen und Tschechen läßt sich's besser reden. Sie sind kritischer gegen ihren Sozialismus und bestehen nicht so auf ihrer Ideologie.

In diesem Moment dachte ich an den Ärger, den ich zu Hause habe. Ich dachte daran, daß ich mich oft über Engstirnigkeit ärgere – ärgere ist ein sehr schwaches Wort –, über Gängelei, über Banausentum, über falsche Anforderungen, die an Literatur gestellt werden, über falsches Lob, falschen Tadel, über mangelnde Weltoffenheit, über mangelnde Veröffentlichung von Büchern, deren Veröffentlichung ich für unerläßlich halte (also eine nicht genügende Verlagspolitik), und ich verteidigte, dieses alles nicht vergessend, mit meiner ganzen Überzeugungskraft und Beredsamkeit in diesem Frankfurter Forum die DDR.

Warum? Leide ich vielleicht an Schizophrenie? Leide ich vielleicht an jener Art von „revolutionärer Disziplin“, die Stefan Heym vorhin als „Unterordnung“ definierte, und die mir in dieser Form nicht als revolutionäre Disziplin bekannt und akzeptabel ist? Ich hoffe, daß ich an beidem wenig oder immer weniger leide. Eher leide ich an einem zu stark entwickelten Vorstellungsvermögen. Ich kann mir nämlich zum Beispiel vorstellen, *wie* ich heute wäre, hätte ich seit 1945 in Westdeutschland gelebt. (Ich kann mir nicht vorstellen, *was* ich wäre. Denn ob ich geschrieben hätte, weiß ich natürlich nicht.) Ich kann's mir ein bißchen vorstellen nach einem Brief einer meiner Freundinnen aus meiner Kindheit und frühen Jugend. In diesem Brief, den ich nach zehnjähriger Trennung bekam, bedauert sie meine kommunistischen Verirrungen; aber die verzeiht sie mir, da ich ja nichts anderes kenne, ihrer Meinung nach. Sie schwärmt von der westdeutschen und westeuropäischen Wohlstandsgesellschaft, in der nur die Leute arm sind, die nicht arbeiten wollen, wie zum Beispiel die Süditaliener und die Spanier, in deren wohltuend faulenzender Nähe sie am liebsten ihre Ferien verbringt. In diesem Moment erinnerte ich mich, daß schon ihr Vater eine ziemlich ausgeprägte Neigung für Spanien hatte. Allerdings als Offizier der faschistischen Luftwaffe, im Jahre 1936.

Ich kehre zu meinen westdeutschen Gesprächspartnern zurück. Ich verteidigte also vor ihnen die DDR, obwohl ich nicht verteidige, was nicht zu verteidigen ist. Obwohl ich weiß, daß ich mir damit eine wohlwollende Behandlung der westdeutschen Presse verscherze, für die nur eine antikommunistische oder eine „reine“ Literatur in Deutschland gut ist. Obwohl ich weiß, daß Grass und Johnson und Enzensberger, die ich schätze, und vielleicht auch die Redakteure der „Zeit“, sich gern mit mir und meinen Kollegen gemeinsam auf einen Stein der Berliner Mauer setzen und das Schicksal Deutschlands beweinen würden. Eines Deutschland, dem nach ihrer Meinung nun einmal nicht zu helfen ist. Gern würden sie uns auf diesem Stein unter Tränen an ihr Herz drücken. Und dabei würden sogar unsere „kleinen literarischen Schwächen" mit untergehen, die sie sonst angeblich so hindern, mit uns über Literatur zu reden. Wir würden uns auf diesem Stein als einheitlich empfindende Bürger einer Welt und eines Jahrhunderts fühlen, die als Ganzes im Schatten der Bombe stehen. Es würde sich zeigen, daß in den Augen vieler westdeutscher guter und weniger guter Schriftsteller unsere literarische Hauptschwäche nicht in formalen Mängeln, sondern darin besteht, daß wir die Welt, oder um bescheidener zu sein, dieses unser Land und die Leute, die hier leben, für veränderbar halten: in dem Sinne, wie Brecht es getan hat.

Der Sog und die Verlockung der Leere, der Selbstaufgabe sind sehr stark. Für westdeutsche Schriftsteller, Autoren eines Landes, in dem es keine legale, wirklich sozialistische Linke gibt, um die sie sich hätten gruppieren können, kann ich das bis zu einem gewissen Grad verstehen. Sehr stark scheint aber auch der Drang zu sein, andere in diesen Sog mit hineinzuziehen.

Warum aber soll ich auf all das verzichten, was uns befähigen könnte, der Realisierung jener düsteren Voraussicht über das Schicksal der Welt entgegenzuwirken? Auf die Fähigkeit, historisch zu denken; den Mechanismus der Gesellschaft zu „durchschauen" ist ein großes Wort, aber: der Durchschaubarkeit näherzukommen; mich produktiv zu den Widersprüchen zu verhalten, die mir entgegentreten und die mir oft sehr zu schaffen machen; die gesellschaftlichen Wurzeln geistiger, auch literarischer Erscheinungen zu sehen; und, nicht zuletzt: immer wieder neu zu versuchen, eine Haltung zu finden und zu festigen, deren Fehlen sich in der Vergangenheit Deutschlands so oft verhängnisvoll ausgewirkt hat, so daß es nicht einmal ein wirklich passendes deutsches

Wort für sie gibt und man zu dem französischen „Citoyen" greifen muß.

Ich bilde mir ein, daß alles das, auch eine solche Art der Diskussion in Westdeutschland, auch im Sinne – um ein Beispiel zu nennen – des tschechoslowakischen Autors Mňačko sein müßte, mit dem ich einmal eine Nacht in Prag zusammengesessen habe. Wir unterhielten uns über die Möglichkeit, aus diesem Deutschland, das er aus seiner finstersten Zeit, als ein auf der tiefsten Stufe der faschistischen Unterdrückung Stehender kannte, ein neues, ein anderes Deutschland zu machen; über die Frage, ob aus der Jugend dieses Landes etwas werden könne, woran man anknüpfen solle, worauf man aufbauen müsse. In diesem Zusammenhang sind, scheint mir, von den literarischen Erscheinungen Westdeutschlands aus der letzten Zeit das Hochhuth-Stück „Der Stellvertreter" und der offene Brief an Mňačko, den der Autor in der „Zeit" veröffentlicht hat, sehr wichtig für uns. Von dem Stück und auch von dem Brief fühle ich mich direkt angesprochen und frage mich: Erheben wir uns eigentlich schon auf die Höhe der Fragestellungen, die literarisch in dem Stück von Hochhuth verarbeitet sind, das auf einer genauen, unbestechlichen Analyse und Dokumentation beruht, aber zugleich diese Leidenschaftlichkeit hat. In Klammern vermerkt: Sofort wurde ihm in vielen westdeutschen Zeitungen der Vorwurf gemacht, er schreibe im Stil des 19. Jahrhunderts; und er sagt selbst, daß die Aufführungsmöglichkeit seines Stükkes mit der Mainlinie endet, weil südlich davon die CDU-Fraktionen in den Stadtparlamenten zu stark sind und die Theaterpolitik bestimmen. Hochhuth ist ein Einzelgänger in der westlichen Literatur. Die Frage, die er in seinem Brief an Mňačko stellt – eine seiner Hauptfragen –, die er ehrlich stellt, ohne provozieren zu wollen, aber auch ohne eine Antwort schon vorwegnehmen zu wollen: Wie können Sie gleichzeitig Schriftsteller und Parteimitglied sein? – diese Frage habe ich direkt auf mich bezogen.

Ich gebe zu, daß aus der tiefen Überlegung dieser Frage die meisten Konflikte entstehen und entstanden sind, die wir in den letzten Jahren hatten und die sehr hart waren, für jeden einzelnen. Es war ganz deutlich, daß auch Hochhuth den Spalt fürchtet, der sich zwischen Wahrheit und blindem Parteigängertum auftun kann. Und es ist ebenso klar, daß die schärfsten Konflikte für einen Schriftsteller, und noch dazu heute, immer in dem Bereich der Wahrheitsfindung und in dem Versuch liegen werden, diese Wahrheit literarisch auszudrücken. Das ist ein Prozeß, in dem wir Jüngeren, wie ich glaube, erst ganz am Anfang stehen, der einer weitreichenden Überlegung noch wert ist und einer starken Hilfe nicht nur unserer deutschen Genossen bedarf. Wir sind dabei angewiesen auf die Kommunikation mit dem sozialistischen Ausland.

Es hat sich inzwischen bei uns aber auch gezeigt, daß Literatur, die sich dieser Fragestellung überhaupt nähert, ein notwendiges Organ der Gesellschaft wird, unserer Gesellschaft, und von ihr auch als solches anerkannt wird. Denn die Quelle einer jeden Literatur sind ja nicht andere Bücher, nicht diese oder jene Ahnenreihe, ihre Quelle ist der Lebensstoff, die Problematik des Landes und der Zeit, aus der heraus und für die sie entsteht. Die Literatur einer neuen Gesellschaft hat schon immer versucht, eben dieser ihrer Gesellschaft zum Bewußtsein ihrer selbst zu verhelfen.

Oft wird uns von westdeutschen Autoren entgegengehalten, sie könnten schreiben, was sie wollten. Die Gegenfrage liegt nahe: Was aber wollt ihr? – Max Frisch spricht einmal in seinem Tagebuch davon, es gäbe keine „terra incognita" mehr für Prosaschriftsteller der bürgerlichen Welt. Alle Konflikte dieser Gesellschaft seien abgehandelt und abgesteckt, man könne nur noch nach Varianten suchen und die möglichst kunstvoll beschreiben. Eine solche Variante ist wahrscheinlich auch sein „Gantenbein". Interessant war mir die Sartresche Begründung für seinen Verzicht auf den Nobelpreis: seine Abwendung von der Literatur als Selbstzweck und seine Zuwendung – natürlich eine jahrelang schon vollzogene Zuwendung – zur Literatur als gesellschaftlicher Erscheinung.

Die Fruchtbarkeit unserer Gesellschaft für die Literatur scheint mir nicht darin zu bestehen, daß sie es ihr leichter macht; nicht darin, daß sie ihr abgeschliffenere oder kleinere Konflikte anbietet; sondern darin, daß sie neuartige Konflikte produziert, produktive Konflikte.

Trotz der durch den Personenkult und den Dogmatismus noch einmal mächtig angeschwollenen, von der Literatur unbedingt zu verarbeitenden Problematik des Menschen, der von der Gesellschaft zerbrochen wird, physisch oder moralisch, möchte ich doch sagen, daß schon Züge einer Gesellschaft sich zeigen und auf Beschreibung warten, die menschlichere Konflikte produziert. Und diesen Prozeß möchte ich gern mit dem, was ich schreibe, unterstützen und beschleunigen helfen. Literatur ist von ihrem Wesen her direkt an die sozialistische Gesellschaft gebunden, insoweit und insofern sich diese Gesellschaft einer größeren Vervollkommnung des Menschlichen, der Möglichkeiten des Menschen nähert. Zu einer Erfassung dieser Stoffe gehört allerdings, daß wir das Wunschdenken überwinden, daß wir nicht über fremde Einflüsse lamentieren, sondern untersuchen, warum sie noch wirksam werden können; und daß wir uns endlich klarwerden, daß wir sie nur durch eigene gute Leistung zurückdrängen werden. Eine Nüchternheit im besten Sinne tut uns not, und ich glaube, daß solche Gespräche wie dieses hier dazu beitragen werden.

Es zeigt sich eine wachsende Bereitschaft beim Leser, diesen Weg mitzugehen. Die Leserversammlungen, die im letzten Jahr sehr zahlreich bei uns stattgefunden haben, waren nicht getragen von Heuchelei, die Stefan Heym für den bei uns herrschenden Zustand hält, sondern sie waren beherrscht von dem ernsthaften Versuch breiter Schichten von Menschen, eben diese Heuchelei zu überwinden und sich über sich selbst und ihre Entwicklung ganz offen Klarheit zu verschaffen. Ich weiß, daß die Bücher, an denen sich diese Diskussionen entzündeten, nicht in erster Linie wegen ihres literarischen Wertes dazu genommen wurden, sondern vor allem wegen ihrer Problematik. Aber ich verstehe nicht, wieso ein Buch wie Erwin Strittmatters „Ole Bienkopp" von Stefan Heym als ein Roman dargestellt wird, in dem es darum gehe, daß einige Rinderoffenställe von einem dummen Bürgermeister erzwungen worden seien. Für diejenigen der ausländischen Gäste, die dieses Buch nicht kennen, möchte ich doch der Gerechtigkeit halber sagen: Es handelt sich um ein Buch, in dem der Weg und das Schicksal eines Menschen, eines wirklichen Kommunisten, dargestellt wird, der an dogmatischen Entstellungen und Rückständigkeiten, also Überresten der Personenkultzeit, zerbricht und physisch zugrunde geht. Und es war kein Zufall, daß sich an diesem Buch eine ernste und scharfe Diskussion entzündet hat, deren Ausgang nicht von Anfang an klar war; es gab durchaus auch die Möglichkeit, daß Dogmatiker da die Oberhand hätten gewinnen können. Aber eben das ist nicht eingetreten: wegen aller dieser offenen Diskussionen und weil dieses Buch von einer breiten Leserzustimmung getragen war, gegen die einige Dogmatiker nichts hätten machen können, selbst wenn sie es gewollt hätten.

Hinzu kommt etwas anderes. Besonders in der Jugend besteht ein wachsendes Bedürfnis, mit Schriftstellern und anderen, die sich darum kümmern wollen, gemeinsam über den Sinn der Anstrengungen und Kämpfe nachzudenken, denen sie sich tagtäglich aussetzen. In unserem Land ist sehr viel gearbeitet worden und wird sehr viel gearbeitet. Und die Frage ist jetzt akut: Wofür arbeiten wir? Wofür machen wir überhaupt diesen Sozialismus? Denn es kann passieren, daß über den Mitteln – Politik, Ökonomie – das Ziel vergessen wird: der Mensch. Hier, glaube ich, ist der Punkt, an dem die Literatur aufpassen und ihren Platz verteidigen muß. Mich interessiert natürlich nicht in erster Linie, mit welchen

Produktionsmitteln werden wir morgen produzieren. Mich interessiert, was für Menschen werden diese automatischen Anlagen bedienen? Was für einen Menschentyp bringt unsere Gesellschaft hervor? Wird das ein apolitischer Technokrat sein? Werden es Sozialisten sein? Hier hat unsere Literatur, glaube ich, ihre eigentliche Aufgabe, die ihr auch nicht streitig gemacht wird (obwohl wir keine wirkliche Literaturkritik und eine noch weitgehend dogmatische Literaturwissenschaft haben und obwohl es immer noch vorkommt, daß ganz falsche, oberflächliche Einschätzungen von Büchern eine große Rolle spielen). Wer gewinnt also die Oberhand? Werden das die Zyniker sein, die wir auch haben? Oder sind es diejenigen, die ehrliche, echte Fragen haben und die, wenn wir sie nicht unterstützen, wenn wir nicht auch ihre Fragen formulieren helfen, tatsächlich unterliegen können? Ich kann mich nicht auf den Standpunkt dessen stellen, der abwartet: Wer wird denn da nun gewinnen? und am Ende sagt: Ich hab's doch immer gesagt: die Zyniker!

In Westdeutschland wird uns oft entgegengehalten: Ihr seid Utopisten. Sozialismus ist eine Utopie. Spreche ich also für eine utopische Literatur? Eben nicht. Vielmehr glaube ich, daß aus der Genauigkeit der Beschreibung dessen, was heute ist, die Veränderungen bewirkt werden müssen, die uns unserem Ziel näherbringen. Dazu sind viele Mittel möglich, die ich hier nicht alle aufzählen kann. Einige scheiden für mich aus. Zum Beispiel: Resignation. Mystizismus, Verzicht auf Erkenntnis. Als ebenso untauglich erscheinen mir: Apologetik des Bestehenden (die nämlich auch ein Verzicht auf Erkenntnis ist); provinzielle Selbstzufriedenheit und Enge; Isolation anstelle lebendiger Auseinandersetzung mit allen geistigen Erscheinungen, welche die Welt heute hervorbringt; jede Art von Simplifikation und Rechthaberei, und natürlich jede Art von Vergewaltigung des wirklichen Lebens sowohl in der Realität als auch in der Literatur.

Die objektiven Voraussetzungen, diesen Weg in der Literatur weiterzugehen oder ernsthaft zu beginnen, sind bei uns da. Es gehörte dazu auch eine größere innere Sicherheit, ein größeres Selbstbewußtsein als Bürger dieser Republik, das wir uns in den letzten Jahren erworben haben. Einer der Versuche, diesen Weg weiter abzustecken, vielfältiger zu werden, tiefer zu überlegen, ist, wie mir scheint, diese Tagung, auf der wir auch andere Standpunkte hören wollten und gehört haben.

Wir wollten, soweit es nötig ist, zu erklären versuchen, wie und warum wir zu unserer heutigen Haltung als Schriftsteller der DDR gekommen sind, die übrigens durchaus nicht in allen Punkten einheitlich ist. Ich erinnere an das Anfangsbild der konzentrischen Kreise; an die letzten Bestimmungen, die uns unterschieden: „Deutschland", „DDR". Ich möchte jetzt hinzufügen, daß, ungeachtet tiefgehender Unterschiede in der Situation unserer Länder und Literaturen, zur Zeit schon die Faktoren stärker wirksam sind, die Ihre und unsere Lage einander ähnlich machen. Gerade sie können solche Gespräche wie dieses so fruchtbar machen.

Dezember 1964

Fünfundzwanzig Jahre

Gedanken zu einigen Fotos der sowjetischen Front-Illustrierten aus dem Kriegsjahr 1941, darstellend Frauen und Männer, Partisanen und Soldaten, bei der Verteidigung ihres Landes.

Auf wen schießt diese junge Frau? Wen hat sie da, einhundert oder zweihundert Meter von ihr und fünfundzwanzig Jahre von uns entfernt, vor der Mündung ihres Gewehrlaufs?

Das nächste Bild: Drei Mädchen. Der Himmel, nirgends so hoch wie in Rußland im August, ruht in jenem Sommer auf ihren Bajonetten. Das Entsetzen, daß der haltbare, sichere Himmel verletzt, durchlöchert, zerfetzt werden kann, liegt hinter ihnen. Auch der Stoß in ihrem Innern, als ihnen klar wurde, daß sie es sind, niemand anders als sie, die sich vor dieses Land zu stellen haben. Der Entschluß liegt hinter ihnen, der Abschied, der Aufbruch. Sie werden auf den Gegner zielen, der singend, lachend, hühnerjagend durch ihr wehrloses Dorf zog. Zum Umziehen war keine Zeit, es fehlt auch an Uniformen. Die Kleider, die man bei der Ernte trug, tun es auch. Die Festigkeit der Gurte um die Hüften. Die ungewohnte Schwere der Patronentaschen. In fremden Worten der eigenen Sprache der Befehl.

Dasselbe Land noch, aber das Gewehr auf der Schulter hat alles verändert. Die bewaldeten Hügel, einst, vor der undenklichen Zeit von sechs Wochen, die Felder begrenzend, Ausflugsziel für den Sonntag – heute Versteck, erste Verteidigungslinie. Noch eine Spur von Staunen im Blick für den jungen Mann, der gestern den Kolchosbrigaden ihre Feldabschnitte zuwies und heute Kampfaufträge gibt. Kein Wort wird er zu wiederholen haben.

Alles verändert, auch das eigene Gesicht. Die beiden anderen Gesichter beginnen schon, ihm ähnlich zu werden – ähnlich auch, über Hunderte von Kilometern, dem Gesicht jener Frau, die im nächtlichen Leningrad Luftschutzwache hat, ähnlich den Gesichtern der Mädchen, die Eierkörbe zur Sammelstelle bringen. Und dabei stehen die großen Veränderungen ihnen noch bevor. Was werden sie noch mit ansehen müssen, was werden sie noch zu tun gezwungen sein! Die Zeit wird auseinanderbrechen in „davor" und „danach", und niemand sollte sich darüber täuschen, daß dieser Riß heilbar sein könnte. Nichts wird sein, wie es war. Der letzte Rest von Weichheit wird mit dieser Hoffnung schwinden.

Wenn diese Frauen am Leben geblieben sind – wie sehr wünscht man es, wie wenig wahrscheinlich ist es –, werden sie sich an den Sommerhimmel des Jahres einundvierzig nicht erinnern. Es wird ihn nicht gegeben haben. Nichts wird es gegeben haben, was dieser Sommer ihnen schuldig war. Man soll nicht denken, irgend etwas davon ließe sich nachholen: ein einziges Lied, ein Arbeitstag, ein Traum, eine Liebe. Zerschossen, zerbombt. Verengt das Leben auf das Schußfeld vor Kimme und Korn; auf einen Punkt, den weißen Fleck da vorne, das verhaßte Gesicht des Feindes.

Doch als wir vor das rote Moskau kamen
Stand vor uns Volk von Acker und Betrieb
Und es besiegte uns in aller Völker Namen
Auch jenes Volks, das sich das deutsche schrieb.

Doch: der Gegner ist anwesend. Er ist in den Gesichtern dieser Frauen und Männer, schon verworfen. Daß kein Angreifer je in den Gesichtszügen des Volks zu lesen versteht, das er überfällt! Daß er nicht zurückprallt vor seiner ruhigen Dauerhaftigkeit! Daß immer wieder und immer noch leichthin der Preis gezahlt wird, der Eintrittspreis in die Schule der Aggressoren: Menschenverachtung. Blinde Anbetung der Kriegsmaschinerie, die sich in der Tat, wie es scheint, ins Unendliche vervollkommnen läßt. Das ist dann, was sie „Fortschritt“ nennen. Und hinter all den Stahlwänden immer armseliger der Mann, der befehlsgemäß auf die Hebel drückt.

Auf der anderen Seite: Menschen. Zehn Fotos aus Moskauer Archiven. Die Gegner des deutschen Faschismus in den Hochsommertagen des Jahres einundvierzig.

Fünfundzwanzig Jahre. Auf wen zielt diese junge Frau? Nicht mehr auf uns. Entlassen, für immer entlassen aus der Zwangsschule der Aggressoren.

Das ist es, was wir Befreiung nennen.

Juni 1966

Deutsch sprechen

1

> Nun ist es also gesagt und auf deutsch . . ., denn was das heißt, mit jemand deutsch reden, das wissen wir. Da lieber schon friedlich.
>
> *Johannes Bobrowski, „Lewins Mühle"*

Es wird wieder deutsch geredet in Deutschland. Deutsch für Deutsche, Deutsch für Ausländer. Gut deutsche Sprachkurse für jedermann. Nicht erst seit heute und gestern übrigens. Aber seit kurzem in zwei westdeutschen Länderparlamenten. Da scheint es höchste Zeit, genauer hinzuhören.

Da stehen sie also wieder: „Mann neben Mann, Schulter an Schulter", „rückhaltlos hinter dem deutschen Soldaten der Vergangenheit und Gegenwart", neigen sich vor den Gräbern der Hauptkriegsverbrecher; sind fest entschlossen, „dem Russen klarzumachen, daß wir uns niemals dazu zwingen lassen, unter ein Verzichtpapier unsere Unterschrift zu setzen"; verneinen natürlich den Krieg als politisches Mittel, aber „können's doch nicht ändern, daß es nun mal Kriege gibt"; das nennt sich selbst „nationale Faust", „Wachhund" und fordert in diesen Eigenschaften „die Wiederherstellung unseres geschlossenen Siedlungsraumes" und: „Schluß mit den einseitigen Prozessen zur Vergangenheitsbewältigung".

Unschöne Worte. Unschöne Formulierungen für unschöne Wünsche. Oder doch zumindest sprachliche Entgleisungen, unanständige Töne im gut parfümierten demokratischen Salon. Das alles kann man doch auch ganz anders sagen . . . Die Amtsträger der NPD sagen den aufgescheuchten Managern der anderen Parteien laut und kräftig, was die ihnen können, da sind die ganz beleidigt und drehen sich weg, wenn weiter unbekümmert deutsch geredet wird. Humanisieren zum Beispiel, auf deutsch interpretiert: Man wolle ja „nichts aus der Nazizeit verniedlichen", schon „gar nicht das entsetzliche Problem der Behandlung der Juden". Hier sträubt sich die gut deutsche Zunge plötzlich gegen das gut deutsche Wort „Massenmord". Ähnlich die sonst auch nicht zimperliche „Deutsche National- und Soldatenzeitung": „Erst die aufgeklärte Moderne suchte – unter dem Gebot der Vernunft und Menschenwürde – den Vorgang des Tötens zu humanisieren: Sie erfand den schmerzlosen Galgen, den elektrischen Stuhl – und die Gaskammer."

Dieser Gedankenstrich will bewältigt sein. Mit dem werden wir es, wenn nicht alles trügt, noch zu tun kriegen, mit ihm und den cleveren nationalen Jungs, die ihn da munter und unauffällig über die Kluft in diesem abgründigen deutschen Satz legen.

Nein: hier sind Fachleute am Werk. Ein ehemaliger Reichsschulungswart des NS-Bundes deutscher Technik und ein ehemaliger Gauredner der NSDAP aus Schlesien haben die Musterreden der NPD für die hessischen und bayrischen Landtagswahlen entworfen. Da darf nicht jeder wild daherreden, wie es ihm ums deutsche Herze ist. Da wird sogar noch gezügelt, da werden Kataloge mit Antworten auf die gängigsten Fragen verteilt, da hat aus allen NPD-Mündern einhellige Entrüstung über das „völlig unbegründete Nazigeschrei" zu tönen. Um so bemerkenswerter die sprachgeregelten Leistungen der Redner dieser Partei, der, wie sie versichern, brauchbares „Menschenmaterial" zur Verfügung steht. Sie wenden sich „an jenen Teil der Bevölkerung, der aus Haltung und Gesinnung noch einen nationalen Antrieb hat"; der noch (oder wieder) von „deutschen Tugenden beseelt" ist: „selbstloser Hingabe bis zum Tod, Fleiß und Pflichterfüllung". 224548 Wähler in Hessen, 390286 Wähler in Bayern stimmten für selbstlose Hingabe bis zum Tod – nur sie?

Am Tag nach der Landtagswahl in Bayern fielen an der New Yorker Börse die Kurse deutscher Aktien.

Im gleichen Maß sank die ohnehin stark strapazierte Laune der „legitimen Rechten“ im westdeutschen Parlament. Da hatten ihnen diese tölpischen Außenseiter mit ihrer groben Redeweise womöglich den Kredit im Ausland versaut. Da mußte man doch Maßnahmen ergreifen. Keep smiling, sagt sich jeder Geschäftsmann, wenn aus den Hinterräumen seines Ladens der Streit zwischen seinen Angestellten und dem Gerichtsvollzieher bis in die Verkaufsräume zu hören ist. Es ist nichts, sagte auch Staatssekretär von Hase, er wisse nichts vom „Wiederbeleben des Nazismus in der Bundesrepublik“, und darin pflichtete ihm Herr Heß selber denn auch bei, Mitglied des NPD-Bundesvorstandes, Mitglied der NSDAP seit 1930: Er sei „ideologisch niemals NS-geprägt gewesen“. Beweis: Er habe „die Pauke Richard Wagners immer als Vorwegnahme der NS-Propaganda im Musikalischen empfunden“. Seit 1950 (!) habe er „immer gesagt: Wir spielen Holz, Oboe, Klarinette und Streicher, aber nicht Tuba und Pauke mit Schellenbaum.“

Das beruhigt uns. Da ist vermutlich auch jener Journalist jüngst bei einer NPD-Versammlung nur mit Holz aus dem Saal geprügelt worden: wenn nicht Oboe, dann wenigstens Stuhlbein. Mit dem mußte mal dringend deutsch geredet werden.

Aber das ist, sagen die führenden Amtswalter der Partei, alles erst der Anfang.

Und das kann man ihnen leider glauben.

2

Die vereinigte Stärke unserer Bundesgenossen reicht aus, um das Reich der Sowjetunion von der Landkarte streichen zu können.

Franz Josef Strauß, 1956

Als ob es um die NPD ginge.

Recht behalten macht nicht immer Spaß. Ich denke in diesen Tagen oft an einen Brief aus Hannover, den ich vor einem Jahr bekam, als ich nach einem Aufenthalt in der Bundesrepublik die Besorgnis geäußert hatte: eine neue faschistische Entwicklung sei nicht ausgeschlossen. – Aber kein Mensch, hieß es da in dem Brief, höre doch auf diese Verrückten!

Auch daran ist etwas Wahres. Denn hätte man zu hören verstanden, seit Jahren, hätte man sich nicht angewöhnt, eine unglaubliche Äußerung eines Politikers nach der anderen zu überhören – ganz so überrascht, gar so verstört dürfte man jetzt eigentlich nicht sein.

Ganz abgesehen mal vom verflossenen Bundesminister Seebohm (CDU): „Wir neigen uns in Ehrfurcht vor jedem Symbol unseres Volkes – ich sage ausdrücklich, vor jedem –, unter dem deutsche Menschen ihr Leben für ihr Vaterland geopfert haben.“ Ein notorischer Ehemaliger, Schönheitsfleck im früheren Kabinett. – Überhört.

Dann also vielleicht lieber Franz Josef Strauß, in seinen Sturm-und-Drang-Jahren, vor der Spiegel-Affäre und seiner unfreiwilligen Quarantänezeit ein unerschöpflicher Quell offenherzigster Äußerungen: „Unsere Planung: im Anfang diplomatisch-politische Schritte, in der Mitte ökonomisch-technische und am Ende militärische.“ So 1961. Ob vor oder nach dem 13. August, ist nicht überliefert. – Überhört.

Überhört oder überlesen die makabre Übereinstimmung zwischen diesem eindeutigen Satz und dem markigen Dichterwort des Wilhelm Pleyer, der 1945 den wider Erwarten noch lebenden Teil der deutschen Bevölkerung zum Opfertod für den Führer aufrief („Die große Bewährung, in deren Zeichen unsere Tage stehen, gipfelt im unbedingten Einsatz des Lebens.“ Völkischer Beobachter, 18. März 1945). Zwanzig Jahre später schließt er sein Buch „Europas unbekannte Mitte“ mit folgender Feststellung: „Soviel steht klar: Ungeachtet dessen, ob die weltpolitische Lage schon nächstens sich reif zeigt oder ‚hoffnungslos‘ erscheint, müssen die Deutschen bereit sein – für alle Möglichkeiten bereit. Am Anfange dieser Bereitschaft steht die Aufklärung, in der Mitte die Geduld, am Ende aber steht der Sieg der Wahrheit und Gerechtigkeit, die Rückkehr der Deutschen in das Sudetenland." Noch Fragen?

Für die Strauß-Pleyerschen Sprachbemühungen gibt es inzwischen ein kurzes amerikanisches Wort: Eskalation. Jetzt hängt anscheinend von den Interpreten alles ab: Ob sie es schaffen, zwischen den Satz des heutigen Ministers und den fast gleichlautenden des früheren und heutigen Nazis den haarfeinen Abstand zu zwängen, auf den man sich doch soviel zugute hält: den Abstand zwischen „noch" demokratisch und „schon" faschistisch.

Das Modell, das ausländische Journalisten angesichts der jüngsten westdeutschen Vorgänge „schaudernd" vor Augen hatten, ist nun gewiß nicht mehr zu leugnen. Feuchtwangers „Erfolg" liest sich wieder wie ein Gegenwartsbuch – eine gedämpfte, harmlosere Voraussage der schwer vorstellbaren westdeutschen Gegenwart allerdings. Würde mein Briefpartner mich heute verstehen, wenn ich sagte: Besser für möglich halten, was kein Mensch für möglich hält? Besser hinhören, wenn irgendwo in Deutschland die Sprache von Neurotikern wieder in Versammlungen und Landtagen gesprochen wird. Besser Komplexe von Politikern – antikommunistische zum Beispiel, völkische zum Beispiel – ernst nehmen.

Besser sich erinnern, daß etwas, was wie eine schlechte Burleske anfängt, als Tragödie enden kann.

Wie sagte doch Strauß einst, in seiner bajuwarischen, deftigen Periode, als er noch Gelegenheit hatte, ein paar bescheidene Sozialisierungswünsche der SPD abzuwehren: „Eine Frau kann nicht ein bißchen schwanger sein. Sie ist es ganz oder gar nicht."

Wie demokratisch kann eine Bundesrepublik sein: zwischen „Fall Rot" und „Fall ex?"

3 Ich meine, wir müssen der Öffentlichkeit zunächst eines klarmachen: Den Unternehmer gibt es nicht. Die Unternehmerschaft als Ganzes bildet keineswegs eine geschlossene soziale Gruppe. Sie bildet keine soziale Klasse.

Dr. Dr. Ernst Schneider, Präsident des westdeutschen Industrie- und Handelstages

Man hat es mit Zauberkünstlern und Illusionisten zu tun, gegen die jeder Profi, der vor den Augen der Zuschauer einen weißen Elefanten von der Bühne wegmanipuliert, wie ein blutiger Anfänger wirkt. Im Handumdrehen lassen die erstaunliche Scharen von Lebewesen aller möglichen Gattungen in ihren weiten Ärmeln verschwinden. Den Unternehmer zum Beispiel. Ihn gibt es ja gar nicht. Noch weniger freilich die *Klasse* der Unternehmer. Am wenigsten, wenn diese Steigerung möglich wäre, die Arbeiterklasse. Das kommt, weil man nicht in einer kapitalistischen, sondern in einer „pluralistischen" Gesellschaft lebt. Da wird die Politik nicht von Interessengruppen, sondern von politischen Parteien bestimmt, die ganz unabhängig sind. Da ist die Oder-Neiße-Linie auch keine Grenze, da ist der östliche Nachbarstaat auch kein Staat, sondern eine sogenannte „DDR".

Nichtanerkennung, Nichtanerkennung, Nichtanerkennung.

Das frißt um sich, das wird Denkmethode, das zwingt zu abenteuerlichen Sprachkonstruktionen: Wenn ihre Worte Brücken wären, darüber möchte kein Mensch gehen. Da wächst dann die Menge der Tatsachen, über die man nicht spricht. Es steigt die Zahl der Tabus. Eine Eingeweihtensprache wird nötig. Augurensprache, Komplicensprache. Und für die Öffentlichkeit: mit möglichst vielen verschwommenen, vagen Formulierungen möglichst wenig sagen. Sich nicht beim Wort nehmen lassen.

Der Wohlstand, solange er krisenfrei anhält, schirmt gegen die Realität ab. Falls jemand, langsam im Denken, nach der Wirklichkeit, dem weißen Elefanten, fragt, zeigt man statt seiner die weiße Limousine vor, die Waschmaschine, „Persil bleibt doch Persil!“ und: „Wir sind wieder wer!“, Reklameslogan vom Exbundeskanzler Erhard persönlich. Nun ist aber „Sicherheit“ nur so lange eine gute Losung, wie die Sicherheit anhält. „Erschöpfte freie Marktwirtschaft“ ist schon nicht mehr ganz so gut. Aber wieso denn, fangen die Leute an zu fragen, wie kam denn das?

Und dies war schon immer der Moment, die mühsam zurückgehaltenen ganz großen Gefühle ausbrechen zu lassen. „Siehst du den Mond über Soho“ – ach ja, sie sehen ihn und besingen ihn immer noch, die modernen Macky Messer. Nicht ohne Rührung hört man sie jetzt auf ihren Unternehmertagungen über Liebe reden anstatt über die Profitrate. Eine Liebe, die sie tiefer glücklich machen würde als dieser ganze schnöde Mammon: die Liebe ihrer „Arbeitnehmerschaft“ nämlich, die ihnen, Gott sei's geklagt, nicht im erwünschten Maße zufließt. – Oder Blut und Tränen. Womit nämlich sind ihre Betriebe aufgebaut? „Unsere Betriebe, und auch der meine, sind nur mit Fleiß und Schweiß aufgebaut. Sie sind mit Blut und Tränen erstellt.“ Mit dem „Herzblut des Unternehmers“, genau gesagt. Einer bloß kann es nicht lassen, seine Kollegen an den schlichten, harten Alltag zu erinnern: Man solle sich, „jeder einzelne – mit der Presse, mit dem Rundfunk, mit dem Fernsehen gut stellen, mit jedem Lokalredakteur und jedem kleinen Mann“, sonst könnte es „ins Auge gehen“. – Hat da einer „Ganoven“ gedacht? Oder „Bestechung“? Viel, viel Liebe wird nötig sein, ein solch häßliches Wort wieder zuzudecken . . .

Die Realität kommt näher, wird unbequemer. Die normalen demokratischen Selbsttäuschungsmittel, die Drogen und Narkotika, beginnen an Wirkung zu verlieren. Und dies war schon immer der Moment für den stärkeren Tobak: für die „nationale Faust“. Rauschgift für Enttäuschte. Beklemmend ist es doch, wie sie sich nicht einmal Mühe geben, eine neue Variante zu erfinden.

Die Zauberkünstler aber auf ihrer schummrigen Bühne stellen sich schockiert, wo sie doch bloß ertappt sind. Wenn sie die Unruhe im Saal nicht mehr ignorieren können, fangen sie an, auf die Ränge zu schimpfen. Ihre Vorstellung war, wie immer, einwandfrei, deutsche Markenware. Diese Lümmel aber, die da krakeelen, wie können sie so plump, so politisch instinktlos sein, nachdem sie zwanzig Jahre Gelegenheit hatten, sich an ihren Zauberkunststückchen zu schulen!

Vielleicht erwägt der eine oder andere sogar, ein Stückchen von diesem weißen Elefanten Wirklichkeit vorzuzeigen – der natürlich die ganze Zeit über in der Kulisse gestanden hat – : zur Abschreckung. Aber dazu scheint es jetzt auch zu spät zu sein.

4

> ... Mich interessiert jetzt nur das durch ein Waschmittel zu beruhigende Gewissen der netten Durchschnittsfrau, und es fällt mir nicht schwer, mir Herrn Saubermann in irgendeinem Säuberungskommando vorzustellen ... Das weißeste Weiß der netten kleinen Durchschnittsfrau und ihres Mannes, des Herrn Saubermann, ist das vollendete Nichts, das sich nicht mehr ordnen läßt.
>
> *Heinrich Böll, „Brief an einen jungen Nichtkatholiken"*

Die Beschwörungsformeln, das Abrakadabra der Waschwunderreklame, beginnen ihre magische Kraft zu verlieren. Was macht man mit Leuten, die, bisher vollauf beschäftigt, jeden Tag neu „das strahlendste Weiß ihres Lebens" zu erzeugen, auf einmal merken, daß sie sich dabei zu Tode langweilen, und die nun lieber ein bißchen mit Schlagholz spielen wollen?

Wenn die Unternehmer sich der Liebe ergeben, die Politiker ihrem Hobby, der schwarzen Kunst, dann müssen eben Schriftsteller anfangen von Politik und Profit zu reden. Wie Heinrich Böll, der eine bittere, sarkastische, tief beunruhigte Sprache spricht, mit deutlichen Untertönen von Trauer und Verzweiflung: „Herr Saubermann und seine nette kleine Durchschnittsfrau sind das letzte, allerletzte Signal, einer gewissenlosen Gesellschaft keinen Einblick ins Gewissen mehr zu geben . . .“ Böll schließt die Möglichkeit nicht aus, daß auch dieses allerletzte Signal übersehen, überfahren wird; daß die herrschende Klasse „mit Terror, mit Geld, Propagandamitteln, durch eine fast komplette Gleichschaltung der Opposition, der Zeitungen, durch systematische Denunzierung aller Gegner“ auch diesmal wieder, auch in Zukunft, wie einst bei der Durchsetzung der Wiederaufrüstung, ihr Ziel erreichen könnte. Daß der größere Teil der Bevölkerung nicht mehr fähig sein könnte, die Losung: „Wir sitzen alle in einem Zug“ zu durchschauen. Daß dann, was da im Zug sitzt, nur noch „Schlachtvieh“ ist – wie Christian Geissler schon vor Jahren ein Fernsehspiel nannte.

Hoffnungsvoll sieht man Fotos wie die von der Antinotstandskundgebung in Frankfurt am Main, auf der Hans Magnus Enzensberger sprach: „Das, was da im Bunker hockt und noch in der Stunde seines politischen Ablebens die Verfassung bricht, hat, mit einem Wort, Angst vor jedem einzelnen von uns, und zwar mit Recht. Und weil sie Angst haben, diese politischen Bunkerleichen, weil sie selber der Notstand sind, von dem sie faseln, darum hecken sie Paragraphen aus, die diesen Notstand verewigen sollen. ‚Im Ernstfall‘, sagte der Herr von Hassel, ‚kann nur das funktionieren, was schon im Frieden funktioniert.‘ Da es aber im Frieden nicht funktionieren will, wird es das einfachste sein, den Frieden ganz abzuschaffen.“

Hoffnungsvoll sieht man neben Enzensberger ein Vorstandsmitglied der IG Metall stehen, liest seine klare Analyse der Ursachen, die zu den Bunkermanövern der vereinigten Bonner Regierung führen, hört seinen Appell zur Vereinigung gegen die Gefahr, die da droht. Man atmet auf bei einer Sprache, die sagt, was ist, die man gebrauchen kann wie ein Instrument: zur Argumentation, zur Analyse, zur Überzeugung, zum Widerstand. Eine Sprache, die nicht zur Vernebelung erfunden wurde, sondern zur Enthüllung: die das strahlendste Weiß der netten Reklamefrau gräulich nennt und die formierte Gesellschaft: Diktatur der Monopole. Und die aufdeckt, wie das eine mit dem anderen zusammenhängt.

Unsere Sprache. Die genaue, brauchbare Sprache der Vernunft. Die Hoffnung und die Verantwortung, die darin liegen, daß auch wir – deutsch sprechen. Daß man unsere Worte hören, unsere Angebote und Verlautbarungen lesen kann. Daß sie, gestützt auf die Wirklichkeit, auf die moralische und materielle Kraft des anderen Deutschland, den unheimlichen Mechanismus des noch einmal aufgemöbelten alten verhängnisvollen Modells diesmal außer Kraft setzen könnten. Den Zug vor dem allerletzten Signal doch noch stoppen.

Es muß gesagt werden, immer wieder, geduldig, klar und beweiskräftig: daß es sich um letzte Signale handelt. Und daß der Preis für das Nein, solange noch Zeit ist – ein Preis, den heute so viele, selbst beunruhigte Menschen in Westdeutschland noch scheuen –, eines Tages geringfügig erscheinen wird gegenüber dem Preis für das Schweigen: Es kostet Kopf und Kragen.

Unsere Hoffnung ist: Es wird deutsch gesprochen in Deutschland. Friedlich.

Dezember 1966

Probe Vietnam

1

„Wie Sie wissen", sagte der Generalsekretär der UNO anläßlich des Krieges in Vietnam, „ist das erste Opfer in Zeiten von Kriegen und Feindseligkeiten die Wahrheit." Die Wahrheit opfern, die hier gemeint ist, hätte Folgen für die ganze Welt. Ungeheuerliche, unabsehbare Folgen, könnte man wahrheitsgemäß sagen, wenn nicht alle Worte, die diesen Krieg charakterisieren können – zutreffende und lügenhafte –, längst gebraucht und, wie es scheint, verbraucht wären. Doch hat es Sinn, sich zum Sprechen zu zwingen, auch wenn einem vor den Fakten, den Taten und dem, was zu tun ist, das Wort im Hals steckenbleiben will.

Dieser Krieg, fast nie unterbrochen seit einem Vierteljahrhundert, dauert als nackte Aggression der USA nun schon über zwei Jahre. So lange erträgt die Welt, erträgt jeder einzelne von uns einen unerträglichen Zustand. Er würde schneller beendet werden, wenn jeder einzelne ihn wirklich als unerträglich empfinden würde. Jeder, der wollte, hat sich über die politischen, wirtschaftlichen und militärischen Vorwände unterrichten können, die das große Amerika dazu gebracht haben, 400000 Mann und jährlich 700 Millionen Dollar gegen ein kleines Land zu schicken, dessen 30 Millionen Einwohner die Antipoden der Amerikaner auf dieser Erdkugel sind. Jeden Abend spielen sich auf den Bildschirmen in unseren Wohnungen dokumentarische Mord- und Folterungsszenen ab, die ein Horrorfilm scheuen würde. Würden wir uns an den Schrecken gewöhnen, vergrößerte sich damit die Gefahr. Denn Gewöhnung an den Schrecken, Lähmung durch Terror gehören zu dem System, welches diesen Krieg hervorgebracht hat und nun dafür sorgen muß, daß die Summen wieder hereinkommen, die er kostet.

Warum geht diese Rechnung nicht auf?

2

Vor einem Jahr konnte man einen verwundeten amerikanischen Flieger, dem bei örtlicher Betäubung in einem Dschungellazarett ein Bein amputiert wurde, abgerissene Sätze ins Mikrophon stammeln hören: „Napalm auf Frauen und Kinder – glauben Sie mir, es ist die Hölle. Wollt, es wär vorbei ..." Heute bezeichnet man in Meldungen westlicher Länder den Präsidenten von Amerika als „Gefangenen von Entwicklungen, die er nicht gewollt hat". – Das bedeutet, beide, der befehlshabende Präsident und sein ausführender Soldat, sind an den gleichen Mechanismus gekettet, wenn auch an verschiedenen Stellen und mit verschiedener Verantwortung. Es bedeutet, daß die Eskalation der Verbrechen an einem fremden Volk unweigerlich zur Eskalation der Unfreiheit im eigenen Land führt. Daß eine Politik, die von einer katastrophalen Verkennung der wirklichen Lage ausgeht, wie an einer Hexenkette gerade das hervorzieht, was sie zurückdrängen wollte, und das unmöglich macht, was ihr erklärtes Ziel ist. Es bedeutet, daß das mächtigste Land der „freien Welt", von einer Gruppe kurzsichtiger Militärs, Industrieller und Politiker zum zynischen Mißbrauch seiner Macht getrieben, dadurch die inneren und äußeren Widersprüche selbst weiterentwickelt, die es doch durch einen Schwertstreich hatte aus der Welt schaffen wollen. Es bedeutet schließlich, daß jeder amerikanische Soldat in Vietnam nicht für, sondern gegen die Interessen seines eigenen Landes kämpft.

Die moralische Überlegenheit des schwächeren Gegners ist durch Bombenteppiche und Bakterienwaffen nicht auszugleichen. Der unbeugsame Wille eines Volkes zur Freiheit ist eine Kraft, mit der das große Amerika rechnen muß.

3

Verbohrt in ihre barbarische Unvernunft, schlagen die Amerikaner auf Vietnam und meinen ein jedes Volk, das nicht mehr Objekt der Geschichte sein will, sondern mit wachsendem politischem und nationalem Selbstbewußtsein über sich selbst verfügt. Meinen jeden lebendigen menschlichen Gedanken, der ihrem pragmatisch-technischen Weltbild im Wege steht. Meinen im Grunde jeden Menschen, der sich seiner Verwandlung in ein manipulierbares Instrument, in einen willfährigen Konsumenten, in eine Ware widersetzt.

Es mag stimmen, was viele sagen, daß Vietnam eine Probe ist. „Kriegslaboratorium" nennen es die amerikanischen Generäle. Sie nutzen die Möglichkeit, ihre Waffentechnik zu testen.

Ich glaube, daß eher wir alle auf die Probe gestellt sind als die Waffen. Vietnam ist eine Probe auf die Fähigkeit der Menschheit, ihren Lebenswillen zu organisieren.

Wenn wir diese Probe bestehen, wird dieser Krieg kein Vor-Krieg sein.

Januar 1967

Kommunisten? Kannte sie einen, das war der Schuster Sell aus dem Dorfe G. Den oder besser dessen Fuhrwerk teilte sie wie jedes andere zu Spanndiensten ein, da haute er seine Schirmmütze auf den Tisch des Gemeindebüros und schrie: Immer ich, das ist doch auffallend, haben die Großbauern Sie vielleicht geschmiert, Fräulein? Da knallte sie ihre saubere gerechte Liste neben seine speckige Mütze und schrie auch, Schuster Sell lief weg und schlug mit der Tür. Der Bürgermeister aber, dessen Amtszeit bemessen war, weil man höheren Orts seine feine Unterscheidung zwischen Mitglied der NSDAP und Nazi nicht auf die Dauer akzeptieren wollte – der Bürgermeister brachte ihr bei, was Gerechtigkeit ist. Nämlich nicht gleiche Behandlung für alle, sondern Vorrechte für die jeweils Herrschenden: dazumal für den Großbauern Otto Müller, heutzutage eben für den Schuster Wilhelm Sell. Liste ist Liste, sagte sie, und Pferd ist Pferd. Da erwiderte ihr der Bürgermeister: Englisch mögen Sie ja sprechen können, Fräulein, aber sonst müssen Sie noch bannig viel lernen.

Dann war da noch der andere, ein toter Kommunist, Bierkutscher, und sein Sohn hatte ihn angezeigt. Abhören feindlicher Sender, sagte der Buchhändler Krüger, Verbreitung zersetzender Parolen, das heißt, Rübe ab, wo der noch dazu Kommunist war. So liefen also immer noch Kommunisten unter den Menschen herum, es erstaunte sie sehr, und sie sah sich alle Bierkutscher genauer an. Der eine, der, den sein Sohn angezeigt hatte, fuhr mit seinem Bierwagen durch ihren Schlaf, und sie befragte ihn, warum diese Kommunisten nicht aufhören konnten, feindliche Sender abzuhören, wo es doch verboten und auch unnötig war, denn was wollten sie dort um jeden Preis erfahren? Sie glaubte, sie müsse den Sohn vor dem Vater verteidigen, aber der Vater erlaubte sich einen gewissen Blick (das war das einzige, was sie von ihm deutlich sah: denn wie sahen Kommunisten überhaupt aus?), vor dem die Verteidigung des Sohnes unaufhörlich wieder zuschanden wurde. Sie litt unter zu lebhaften Vorstellungen; so konnte sie nicht umhin, sich immer wieder vorzustellen, wie der gute Sohn jenen braven Entschluß faßt. Wie er sich aufmacht, die Behörde zu suchen, die Anzeigen dieser Art entgegennimmt. Wie hieß doch gleich diese Behörde? Der Name fiel ihr ein. Aber wo wohnte sie eigentlich in ihrer Stadt? Unkenntnis praktischer Tatsachen, zu Recht warf man ihr das vor. Jetzt sucht der brave Sohn schon das Zimmer, in welchem man speziell Denunziationen gegen Väter – auch gegen Mütter? – registriert. Was steht auf dem Türschild? Da tritt der Sohn schon ein. Da knallt er die Hakken zusammen, reißt den rechten Arm hoch, grüßt mit Heil Hitler und erklärt: Hiermit erstatte ich Anzeige gegen meinen Vater, den Bierkutscher. Dann mußte sie sich wieder vorstellen, wie es der Vater erfuhr: Aber Ihr eigener Sohn war es doch, der uns pflichtgemäß informierte, wollen Sie Ihren Sohn Lügen strafen? Da mußte sie sich vorstellen, daß der Vater nun vielleicht tot war und der Sohn jeden Morgen aufwachen und leben sollte, und sie fühlte, ohne es auch nur in Gedanken auszusprechen, daß ihr nicht sehr daran lag, diesem überaus pflichtgetreuen Sohn zu begegnen. Obwohl dies nicht unmöglich war, denn Söhne liefen mehr durch die Straßen der Stadt als Bierkutscher.

Da riß sie die Vorstellungskette ab und versuchte erfolglos, den Bierkutscher zu vergessen.

Zu dem Datum, das hier gegeben ist, muß ein merkmalsfreier Tag gehört haben. Nebenan trieb die Witwe Gideon ihren Sohn Heiner rund um den Tisch, diesen Dieb, der ihr Brot gefressen hatte, sie griff zum Ausklopfer, aua, schrie Heiner, alte Sau! Sein Vater war im Krieg. Am eigenen Tisch, durch eine dünne Tür von den beiden getrennt, ißt man seine zwei Scheiben von dem schweren Schwarzbrot, das die Bauersfrau, bei der die Familie wohnt, einem am Wochenende zugesteckt hat. Man hungert nicht, und man ist nie satt. In dem großen Spiegel der Waschkommode ist ein Gesicht, dahinter das Kopfteil eines Bettes und eine verblichene Tapete, und was das alles miteinander zu tun hat, will einem nicht einfallen.

Man rennt die vier Treppen runter, durch den Torweg, die Fritz-Reuter-Straße lang in die Stadt, zur Schule am Pfaffenteich, wo die Englischlehrerin, eine Einheimische, sich jeden Morgen mit dem gleichen Lächeln entschuldigt, daß sie erwachsenen Schülerinnen die Köpfe nach Läusen absuchen muß, und wenn man auf etwas neugierig ist, dann darauf, wie lange der Vorrat von diesem Lächeln reicht. Typhus hatte ich sowieso schon, kann man gelassen erklären, bloß um auszuprobieren, ob gewisse Leute bei gewissen Wörtern noch zusammenzucken. Hildegard Pietsch fehlt nun den dritten Tag, vielleicht weiß eine von den Damen . . . Eine weiß. Abtreibung, Miß Heymann, wie heißt doch das englische Wort dafür?

Der „Don Carlos“ war übrigens in der hinter uns liegenden braunen Zeit verboten, sagt die Deutschlehrerin, geben Sie Gedankenfreiheit, Sire! Das muß man ihr auf Teufel komm raus bestreiten, bei uns war er nicht verboten, es ist die reine Lüge, daß Schiller verboten gewesen sein soll. Dann sagt man sich plötzlich, daß einem nichts gleichgültiger sein könnte als dieser verbotene oder unverbotene Schiller, und verfällt in Schweigen. Wissen möchte man bloß, warum die Deutschlehrerin gestern auf der Straße geweint hat. In der Pause bekommt man die verlegene Erklärung, daß es sich um Kartoffeln gehandelt habe, die sie wieder nicht bekommen konnte, und ihre kranke Mutter ... Unter dem Aufsatz über „Persönlichkeiten, die die neue Ordnung aufbauen" steht, „geschraubter Stil", das juckt einen nicht, denn wie könnte man über diese Dinge anders als geschraubt schreiben? Ruth hat eine Eins, ihr Aufsatz wirke überzeugend. Bist du denn überzeugt? Sie zuckt die Achseln. Kommst du nun am Ersten Mai mit Vergißmeinnicht oder nicht? Na klar, was denkt ihr von mir?

Man müßte etwas dagegen tun können, daß einem alles egal ist, auch diese blödsinnigen Vergißmeinnicht, aber man kann nichts dagegen tun. Ruth hat wieder einen Brief unter ihrer Bank gefunden, ihr Freund geht in die Jungenklasse, die nachmittags im gleichen Raum unterrichtet wird, sie wird ihn heiraten, ihre Mutter, die bald an Krebs sterben wird, sei damit einverstanden. Man selbst findet niemals einen Brief unter der Bank, auch das hat einem egal zu sein.

Mitten in der Mathematikarbeit wird Elisabeth ohnmächtig, allerdings waren ihre Augen in dem kleinen Gesicht schon in den letzten Wochen größer als zulässig schien. Man schleppt sie zum Wasserhahn, man hält ihren Puls unter den Strahl, das tut gut, sagt sie mit schwächlicher Stimme, mir war ja bloß heiß. Nun kann es ja im April in einer ungeheizten Schule niemals heiß sein, aber Elisabeth ist aus Königsberg und hat vier kleinere Geschwister zu Hause. Jemand stellt die unpassende Frage, ob zufällig einer was zu essen bei sich habe, da bestreitet Elisabeth heftig, daß sie Hunger hat. In der Pause bringt ihre Mutter ihr eine Scheibe Brot von den neuen Brotkarten, die ißt sie heimlich. Ilsemarie bekommt ihren Hustenanfall, bei ihr haben Sie sich natürlich angesteckt, wird der Lungenarzt zwei Wochen später zu einem sagen, sie ist ja hochgradig positiv. Man beugt sich mit ihr über ein Lateinbuch. Da hätten wir ja nun diese nagelneue Zeit, sagt der Lateinlehrer, die alten Texte aber bleiben, und mich soll doch verlangen zu wissen, ob Sie imstande sind, einen einfachen Satz wie den folgenden zu übersetzen: Tempora mutantur, die Zeiten ändern sich, wie wir Lateiner sagen, und wir ändern uns in ihnen.

Was halten Sie davon, hat man die Deutschlehrerin gefragt, als man sie in dem alten Pfarrhaus besuchte, wo sie einem barfuß entgegenkam. Die Zeiten ändern sich, sagt sie, wir ändern uns, Christus bleibt. Was meinen Sie, wer mir die Kraft gegeben hat, diese Fahne nicht zu grüßen, niemals, kein einziges Mal? Kennen Sie eigentlich die „Iphigenie"? Wirklich nicht? Nehmen Sie, lesen Sie. Auf dem Bett in der Kammer der Witwe Gideon: Alle menschlichen Gebrechen sühnet reine Menschlichkeit. – Ja, ja, gewiß, man will nicht unhöflich sein.

Die hagere schwarze Dame in dem Restaurant mit den großen, zur Hälfte zugenagelten Bogenfenstern polkt jeden Mittag sorgfältig mit der Messerspitze die Augen aus vier grünlichen Pellkartoffeln, dann zerquetscht sie sie mit Schale in der Einheitssoße zwei und ißt sie auf. Sie spricht niemals ein Wort, denn sie kann nicht in aller Öffentlichkeit Pellkartoffeln mit Schale essen und dabei mit ihren Tischgenossen plaudern, als wäre nichts. Draußen kommt Ruth mit ihrem Freund vorbei, er hat krauses schwarzes Haar, wo sie doch blond ist, sie haben die Finger ineinandergehakt, sie sehen niemanden, man kann ihnen folgen, so lange man will, man hat immer wissen wollen, was das ist, Liebe.

Man starrt allen Leuten frech ins Gesicht, das ist ein Spiel, man treibt es jeden Tag, denn da ist keine Gefahr, daß man plötzlich ein Gesicht kennen müßte. Dann hält doch eines an, beginnt eine erfreute wörtliche Rede, es, das Gesicht, sei doch die Anneliese, erkenne man es denn nicht? Zeit spult schnell in einem zurück, eine andere Stadt, andere Straßen, ein Schulhof – ach ja, die Anneliese. Man verstellt sich, als erschrecke man wirklich, daß die Anneliese mit dem allerletzten Zug noch rausgekommen ist, mit dem, den die Panzerspitzen dann in Brand geschossen haben. Da hat sie neulich die Sieglinde getroffen, ja weißt du nicht mehr, die Bannführerin? Doch. Die Bannführerin Sieglinde hat einmal eine schreckliche Szene gemacht, weil die Theatergruppe winzig kleine Gucklöcher in einen teuren Theatervorhang gebohrt hatte, deutsche Mädel tun das nicht. Sie ist nun also fertig mit allem, die Bannführerin, die Bonzen von der Kreisleitung haben sie doch glatt sitzenlassen und Lebensmittelkisten in ihre Autos gepackt, vor meinen Augen hat sie einen Weinkrampf gekriegt, du, die will von nichts mehr was hören. Wenn einem nur nicht total egal gewesen wäre, womit die Bannführerin fertig war.

Die Idee, sagt Anneliese, mag ja ihr Gutes gehabt haben, aber die Ausführung! Man verabschiedet sich schnell, gibt der Anneliese noch eine falsche Adresse, damit man auch fernerhin unbehelligt auf dem Bett der Witwe Gideon liegen und in Diedrich Speckmanns „Herzensheiligen" lesen kann. „Willst du, o Herz, ein gutes Ziel erreichen, mußt du an eigner Angel schwebend ruhn." – „Der erscheint mir als der Größte, der zu keiner Fahne schwört."

Dem Fenster, das bis zum Fußboden herunterreicht, nähert man sich manchmal versuchsweise, die Straße da unten, dieses Wimmelvolk von Menschen, das einen nichts angeht, in das man nicht hineinkommen kann, dieser Sog vom Fenster her, unheimlich. Da klammert man sich am Bett fest, oder man flüchtet in die Küche, da sitzt wenigstens Heiner am Tisch und sieht zu, wie man sich jeden Abend aus Hafermehl eine Wassersuppe kocht.

Die Wahrheit ist, daß ich erst zweieinhalb Jahre nach jenem 21. April 1946 meine erste marxistische Schrift las. Es war ein schöner Herbsttag, pfundweis aß ich die kleinen säuerlichen Äpfel, die meine Großmutter mir ins Fenster reichte, nachts notierte ich mir – falsch, wie man sehen wird – den Titel der Schrift in mein Tagebuch: Feuerbach und die ausgehende klassische Philosophie.

Wäre nicht das der Anfang gewesen, muß ich mir heute sagen, hätte sich etwas anderes gefunden, aber nun war es eben gerade das. „Und so wird im Lauf der Entwicklung alles früher Wirkliche unwirklich..." Wenn ich etwas erfahren hatte, so dies: Wie einstmals Wirkliches allmählich unwirklich wird, von einer unheilbaren Krankheit ausgezehrt, der man leicht selbst mit verfiel. Das, was sie „Zeit" nannten, fuhr wie ein hermetisch verschlossener Zug an einem vorbei, ohne Zielangabe.

Was diesem Tag auch folgte – eine lange Geschichte, die man mit vielen Generationsgenossen teilt und vielleicht einmal wird erzählen können – : an jenen Anfang habe ich manchmal zurückgedacht, ohne den Wunsch nach Widerruf. So wie ich heute nicht ohne Rührung meine alten Kopierstiftstriche am Rande jener Schrift von Friedrich Engels betrachte. „An die Stelle des absterbenden Wirklichen tritt eine neue, lebensfähige Wirklichkeit." Das sollte der Vorgang werden, der dann mein Leben ausfüllte. Ahnte ich es an jenem Abend? Keineswegs.

Ich will versuchen, genau zu sein. Ich lief damals hinaus. Es war eine kühle Nacht, herbstlich, mit dünner, klarer Luft. Wir wohnten an einem Berg. Die Sterne oben und die Stadtlichter unten schienen wie immer einander zu spiegeln. Ich ging die Thomas-Müntzer-Straße hinauf, bis zur Blutrinne, einer Mulde, in der nach jenem Gemetzel vom 15. Mai 1525 das Blut der aufständischen Bauern zu Tal geflossen sein soll. Die Schönheit der Nacht war mir zuwider. Die gleichmäßige Mondsichel, diese raffinierte Täuschung, stieß mich ab. Der schiefe Kirchturm, das romantische Wahrzeichen der Stadt, hätte seine Beharrlichkeit aufgeben und endlich einstürzen sollen. Alles hätte auf uns Bezug nehmen sollen, auf uns, deren Gleichgültigkeit nun ein Ende hatte.

Januar 1971

Diskussionsbeitrag zum VII. Schriftstellerkongreß der DDR 1973

Zu unserer Debatte: Es ist interessant, daß die Diskussion über Geschichte und Geschichtsbewußtsein in unserem Kreis an zwei neuralgischen Punkten emotional besonders bewegt wird: es sind genau die Punkte, die auch bei mir Emotionen erwecken – nämlich die von Volker Braun genannten „offenen Enden der Geschichte", das heißt die Zeit, in der wir leben, die Widersprüche, in denen wir stehen, die wir selbst mitproduzieren und die sich oft als Konflikte in uns niederschlagen. Wenn es sich dabei um echte, bedeutende Konflikte handelt, die großen Zeit-Widersprüchen entsprechen, dann ist es, glaube ich, sehr wichtig, daß wir sie weder verkleinern noch verleugnen. – Der zweite Punkt, der eben diese Emotionen weckt, ist die jüngste deutsche Geschichte, die Zeit des Faschismus.

Bei einer Arbeit, die zunächst diese Zeit zu betreffen scheint, erfährt man interessanterweise, daß sie genauso die Gegenwart betrifft, und zwar in folgendem Sinn: Eine ernsthafte Auseinandersetzung mit dieser Vergangenheit ist nur möglich, wenn sich der Autor gleichzeitig der andauernden ernsten Auseinandersetzung mit der Gegenwart stellt, die er als „seine Zeit" empfindet. Man erfährt, daß man die Grunderlebnisse, die zum Beispiel meine Generation, die man selbst in verschiedenen Gesellschaftsordnungen hatte, als Autor nicht säuberlich trennen und auseinanderreißen kann, als hätten sie in verschiedenen Personen stattgefunden. Man muß sie wirklich *andauernd* und immer neu zu verarbeiten suchen. Hier zum Beispiel liegen im schreibenden Subjekt „Reserven an Realismus" – eine Fragestellung, die mich in Volker Brauns Diskussionsbeitrag besonders fasziniert hat. – Mich hat übrigens jeder Satz in diesem Referat interessiert, ich fand es ausgezeichnet. Hier kann leider nicht genügend darauf eingegangen werden, weil es so lakonisch formuliert ist und man nicht alles sofort verstehen, noch weniger es behalten konnte. Aber ich hoffe, daß es bald gedruckt vorliegt und dann wirksam werden und bleiben wird.

Zu den „Reserven an Realismus": Die liegen natürlich in den noch nicht erkannten oder noch nicht definierten oder noch nicht ausgesprochenen Widersprüchen. Die Literatur kann diese Reserven angehen, indem sie konsequent diese Widersprüche formuliert und sie durch fruchtbare Fragestellungen produktiv zu machen sucht. – Wenn man sich einem sogenannten „Vergangenheitsstoff" nähert, zeigt sich ein eigenartiges Phänomen: Für meine Generation, die am Ende des Krieges verhältnismäßig jung war, fünfzehn bis sechzehn Jahre alt, aber nicht jung genug, um noch ohne Bewußtsein zu sein, die also stellungnehmend – und in den meisten Fällen falsch stellungnehmend – gelebt hat, kommen Kindheit und Jugend noch einmal mit voller Wucht zurück. Es ist, als käme die Vergangenheit in Wellen über uns. Wenn ich es richtig sehe – und auch an mir richtig beobachtet habe –, gab es eine erste Phase der gedanklichen Verarbeitung der Einflüsse jener faschistischen Zeit – das *mußte* auch am Anfang stehen –, die erschütternd genug war und uns auch veränderte; doch haben wir die Problematik zu früh für „erledigt" gehalten: Das fiel zusammen mit einer Phase der Vergangenheitsbewältigung in unserer Gesellschaft, in der wir versucht waren, den Faschismus an „die anderen" zu delegieren als Tradition und als Vergangenheit. Diese Zeit scheint mir vorbei. Wir machen das nicht mehr. Aber es war kein Zufall, daß wir es gemacht haben, und mir kommt es so vor, als ob unsere Diskussion über die „Väter" noch Spuren dieser Haltung zeigte. Natürlich kann man sich geistige Väter adoptieren; man kann das sogar mehrmals in seinem Leben tun – aber man kann sich keinen biologischen Vater adoptieren, niemals, obwohl vielleicht eine ganze Generation gar nicht so abgeneigt gewesen wäre, das zu tun. Man kann ihn aber auch nicht wegdelegieren, und man kann eine Kindheit, die man nicht nur als Objekt, also passiv, erlebt hat und die einen geformt hat, nicht wie niemals gewesen von sich abtun.

Das gehört nach meiner Ansicht primär zum Geschichtsbewußtsein: unser Verhältnis zu der Geschichte, die wir selbst erlebt und mitgemacht haben. Ich frage mich zum Beispiel, ob das, was unsere Generation in der Gegenwart zu leisten imstande ist – auch *wie* sie handelt –, und das, was sie schuldig bleiben muß, weil sie es nicht leisten *kann*, mit in ihrer Kindheit begründet liegt. Es ist nicht so einfach, eine Kindheit abzuschütteln, die einem zum Beispiel einen tiefen Autoritätsglauben eingefressen hat. Es ist nicht so einfach, eine Kindheit loszuwerden, die nicht von Wissen, sondern von bedingungsloser Gläubigkeit geprägt war und von einer Reihe anderer Faktoren, die hier wahrscheinlich jeder kennt. Jeder wird wissen, wovon ich spreche. Aber merkwürdigerweise wissen unsere Kinder es nicht. Warum nicht? Weil wir es ihnen nicht sagen können. Wir haben es auch bis jetzt nicht geschrieben. Warum, ist klar: weil es unerhört schwer ist. Weil man da auf eine solche Fülle innerer Tabus – auch äußerer Tabus – stößt, wie ich es zum Beispiel, die ich mir des Problems all die Zeit über scharf bewußt gewesen bin, nicht für möglich gehalten hätte. Es wird also nicht vollständig gelingen.

Als schreibendes Subjekt kann man überhaupt nur versuchen, diesem Stoff näherzutreten, wenn man sich eines gesellschaftlichen Standorts sicher ist, der einem eine radikale Kritik auch an sich selbst, der man einmal war, ermöglicht. Sonst könnte eine solche Arbeit einen vernichten. Aber auch dann ist es ungeheuer schwer.

Genau das aber zeigt mir, daß es sich um „Unerledigtes" handelt, worüber zu sprechen ist. Solcher Komplexe gibt es viele. Volker Braun hat andeutungsweise von einigen gesprochen.

Es wäre ein großes Thema für einen neuen Diskussionstag, darüber zu sprechen, wo diese unerledigten Punkte in unserer Gegenwart liegen. Sie haben teilweise mit dieser Vergangenheit zu tun, teilweise haben sie ganz andere Wurzeln. Sie bedrücken uns nicht weniger, sind, wie Gabriele Eckart sagte, nicht weniger schwierig und lasten unter Umständen nicht weniger auf uns – oft sogar mehr, weil wir uns leidenschaftlich für sie engagieren. Jedenfalls: Für die Literatur ist wichtig, daß diese einander ablösenden, einander überlagernden Konfliktreihen sich in ein und demselben Menschen austoben. Da kann man sich vorstellen, was in solchen Menschen manchmal los ist ... Aber weder unsere Leser noch unsere Kinder können sich das bisher vorstellen. Es taucht sogar hier und da – neulich trat es mir in einem Kreis jüngerer Autoren entgegen und machte mich betroffen – eine gewisse fatalistische Haltung zu Konflikten auf, soweit sie noch gesellschaftliche Tabus sind. Ein junger Autor konnte nicht verstehen, daß jemand sich in einer Zeit, da bestimmte Vorgänge oder Einsichten oder Wahrheiten und so weiter unter Tabu stünden, überhaupt mit ihrer Darlegung abplagt: Da der Fortschritt sich unweigerlich durchsetze, würde in fünf oder zehn Jahren sowieso jedermann wissen und einsehen, was diesen Autor jetzt so quält. Man hätte also nur den Moment abzuwarten, an dem die Gesellschaft bereit sei, das solange als Tabu geltende Problem offen in Empfang zu nehmen. Wahrscheinlich ist das eine Einzelmeinung. Wenn sie sich häufiger fände, sähe ich tatsächlich eine Gefahr für die Entwicklung unserer Literatur.

November 1973

Diese Lektion: Chile

Zu allem anderen, was wir in diesen Wochen aus Chile sehen und hören müssen, erfahren wir: Die Junta hat dem Wort „compañero“ die Ehre angetan, es durch Dekret zu verbieten. Sie hat das letzte Manuskript des Dichters Pablo Neruda aus seinem zerstörten Haus geraubt. Sie hat den Namen der vor sechzehn Jahren gestorbenen chilenischen Dichterin Gabriela Mistral „gestrichen“.

Diese Lektion wollen wir gründlich lernen.

Selten haben wir wie in diesen sechs Wochen darunter gelitten, daß uns nur das Wort zur Verfügung stand, das ohnmächtige Wort. Dabei mußten wir Bilder sehen, bei denen es uns die Sprache verschlagen wollte. Wir wissen: Nichts, was wir sagen können, wäre imstande, das Schluchzen, die Klagen, die Anklagen und Flüche der Frauen im Leichenschauhaus von Santiago zu überbieten. Wir wissen: Kein einziges Wort erreicht noch einen der Ermordeten. Und es sind Tausende.

Die heutigen Herren in Chile aber – im Besitz der Machtmittel, ausgestattet mit der Brutalität, sie in der schauerlichsten Weise anzuwenden –, sie können es damit nicht genug sein lassen. Sie müssen Worte verfolgen und diejenigen, die berufen sind, sie zu sprechen: lebende und tote Dichter. Damit verraten sie sich. Sie sind in Panik.

Und uns verraten sie, was sie am heftigsten ersehnen – mehr noch als die sofort großzügig von der Weltbank gewährten Dollarkredite – und was sie niemals von uns erhalten dürfen: Gewöhnung, Schweigen, Vergessen. Jetzt müssen wir das im Lande Allendes verbotene Wort „compañero" um so besser hüten, die Abnutzung, die es leicht durch alltäglichen Gebrauch erfährt, von ihm nehmen und es wieder mit vollem Bewußtsein sprechen: Genosse. Nie wie in diesen Wochen waren Pablo Nerudas Gedichte in den Händen so vieler Menschen. Der Verlust eines seiner Manuskripte trifft uns wie ein persönlicher Verlust, denn keine Seite eines Dichters ist durch etwas anderes oder einen anderen ersetzbar.

Jetzt wollen wir die Stimme der Gabriela Mistral, die doch ein General nicht „streichen" kann, bei uns hören und wollen uns klarmachen, wie groß die Gefahr eines jeden wahrhaftigen, eindeutigen, das wirkliche Leben berührenden Wortes für die Gewalthaber ist, die auf Lüge, Verdrehung und Schweigen angewiesen sind.

November 1973

Berliner Begegnung

Liebe Kollegen, beinahe wäre es mir lieber gewesen, ich wäre nicht mehr drangekommen; dann wäre noch deutlicher geworden, als es so schon ist, daß es sich bei dem Thema, über das wir sprechen, um eine Männerangelegenheit handelt: Das ist meine Überzeugung.

Im Laufe dieses letzten Jahres habe ich einmal – ich glaube, es war im April – eines jener Erlebnisse gehabt, die man selten im Leben hat und die man nicht vergißt. Das war angesichts einer Fernsehnachrichtensendung. Der Sprecher oder die Sprecherin referierte, daß eine Expertenkonferenz – ich glaube, sie tagte in London – zu dem Ergebnis gekommen war, Europa habe noch eine Überlebenszeit von drei oder vier Jahren – für den Fall, daß die jetzige Politik weitergeführt würde.

Da hatte ich eine Minute, in der das geschah, was in drei oder vier Jahren geschehen soll.

Ich muß sagen, daß diese Minute nicht nur negativ in mir gewirkt hat – lähmend –, sondern sie hat auch sehr viel Zorn freigesetzt und Freiheit. Wenn es so ist oder so sein soll, wenn manche es sich wünschen oder es jedenfalls planen, daß dieses Europa zugrunde geht, dann darf man sich ja wohl noch einiges herausnehmen; zumindest fragen. Zum Beispiel frage ich – nicht erst seitdem, aber besonders seitdem: Was eigentlich – wenn Überleben von Verdiensten abhängt, was ja natürlich nicht der Fall ist; aber da wir Intellektuelle sind, in bestimmten ethischen Begriffen erzogen, kommen uns eben auch solche Fragen –, was eigentlich hat diese Kultur gegeben, daß sie zu überleben verdient.

Es ist mir einiges eingefallen. Ich war über mich selbst ein wenig erstaunt: Bisher hatte ich eher dazu geneigt, die mörderischen, expansionistischen, andere Völker und Erdteile unterdrückenden und ausraubenden Züge in der Geschichte des Abendlandes zu betonen. Ich stelle diese Frage hier, im positiven Sinn, daß Ihnen auch einiges einfallen möge. Ich glaube nämlich, das gehört zur Friedensvorbereitung und zur Kriegsverhinderung. Ich glaube, diese neue Durcharbeitung unserer Kultur gehört zu unseren Aufgaben als Schriftsteller.

Ein Satz war mir in dieser Minute auch eingefallen – wiederum eine Frage –, den ich seitdem nicht mehr aus meinem Kopf herauskriege, der mich sehr stört und den ich nicht ohne Bedenken weitergebe: Hat Hitler uns eingeholt? – Dieser Satz kam mir spontan, dann erst fragte ich mich, wie mein Kopf, mein Unbewußtes ihn gemeint haben mochten. Gemeint war er wohl so: Hitler hat es nicht geschafft, Europa zu vernichten, wonach es ihn ungeheuer verlangte, wie wir wissen; wenn er schon die Tür hinter sich zuschlug, dann sollte das mit einem solchen Krach geschehen, daß ganz Europa davon zusammenstürzen sollte. Dies hat er nicht geschafft, auf Grund von historischen Bedingungen, auf Grund der Leistungen von Armeen, die wir kennen.

Nun ist eine historische Lage eingetreten, die diese selbe Frage wieder auf die Tagesordnung setzt, und ich muß sagen, neben dieser großen Freiheit, die sich mir da auftat, machen eine ungeheure Beklemmung und ein schweres Gefühl von Verantwortung mir zu schaffen.

Daraus ergibt sich meine nächste Frage, die für mich weitreichend geworden ist, die ich hier nur andeuten kann: Sollten wir nicht, angesichts der „Lage“, in der wir uns nun befinden, ernsthaft beginnen – mehr, als wir es bis jetzt tun, mehr, als es auch durch diese Tagung angefangen wurde – zu denken und für möglich zu halten, was eigentlich nicht geht? Ich bin nämlich der Meinung, uns kann nur noch helfen und retten, *was eigentlich nicht geht.* Was für möglich zu halten wir uns abgewöhnen ließen.

Beispielsweise muß ich mich dazu bekennen: Hätte Hermlin mich gefragt, als er diese Tagung in seinem Kopf herumtrug, ob ich es für möglich halte, daß sie zustandekommt – ich hätte gesagt: Nein, ich halte das nicht für möglich. Sie ist aber zustandegekommen. Ich finde sie sehr wichtig, mit allem, was gesagt wurde, sehr wichtig, und in ähnlicher Weise stelle ich mir vor, weiterzugehen.

Mehr noch als die Frage, die ich vorhin zitierte, plagt mich eine Überlegung, von der ich mich nur langsam und widerstrebend, inzwischen aber so fest überzeugt habe, daß es sehr schwer fallen würde, mir das Gegenteil zu beweisen: Diese Raketen, diese Bomben sind keine Zufallsprodukte dieser Zivilisation. Eine Zivilisation, die imstande war, derartig exakt ihren eigenen Untergang zu planen und sich, unter solch furchtbaren Opfern, die Instrumente dafür zu beschaffen – eine solche Zivilisation ist krank, wahrscheinlich geisteskrank, vielleicht todkrank. Diese Raketen, diese Bomben sind ja entstanden als genauester und deutlichster Ausdruck des Entfremdungssyndroms der Industriegesellschaften, die mit ihrem „Schneller, Besser, Mehr" alle anderen Werte diesem „Wert" Effektivität untergeordnet haben, die Massen von Menschen in ein entwirklichtes Scheinleben hineingezwungen und die besonders die Naturwissenschaften in den Dienst genommen haben. Ihre „Wahrheiten", das heißt: Fakten, als *die* Wahrheit anerkennen, bedeutet: Was nicht meßbar, wägbar und verifizierbar ist, das ist so gut wie nicht vorhanden. Es zählt nicht, so wie überall, wo das „Wirkliche" und Wichtige entworfen, hergestellt und geplant wird, Frauen nicht zählten und nicht zählen. Man muß sich doch einmal vorstellen, wie es sich auswirken muß, wenn die Hälfte der Menschen, die in einer Kultur lebt, *von Natur aus* überhaupt keinen Anteil hat an ihren Hervorbringungen; und eben auch daran nicht – hindernd –, wenn diese Kultur ihren eignen Untergang plant. Vielleicht sollte man einmal nicht nur mit einem Lächeln darüber hinweggehen, nicht nur abwehren, was eine Frau da wieder mal vorzubringen hat in bezug auf Wirksamkeit oder Unwirksamkeit ihres Geschlechts. Dieses Wegdrängen des weiblichen Faktors in der Kultur hat genau in dem Zeitraum begonnen, über den Helmut Sakowski eben sprach: als die minoische Hochkultur durch die mykenischen Expansoren überlagert, vernichtet wurde. Homer hat diese Kämpfe Hunderte Jahre später in seinem berühmten Epos verherrlicht: Kampfbeschreibungen sind die ersten Beschreibungen der abendländischen Literatur, Schlachtenschilderungen, Beschreibung von Schlachtgeräten: der Schild des Achill. Daran, ist mir klar geworden, kann ich nicht anknüpfen. Das kann meine Tradition nicht sein. Es ist kein Hymnus denkbar auf die Schönheit der Atomrakete. Auch unsere Ästhetik muß neu durchdacht werden.

Eine letzte Bemerkung. Das Wort: „Im Krieg schweigen die Musen" – gilt es etwa schon? Ich habe den Eindruck, daß unsere Gesellschaft, daß wir zu leicht bereit sind, uns in einen Vor-Krieg hineinzubegeben: Darüber bin ich am meisten betroffen, davor möchte ich am meisten warnen.

Was die Kunst seit Hölderlin, Goethe und Büchner behauptet hat, dann wieder, mit Nachdruck, in diesem Jahrhundert; wofür die Künstler mißverstanden, verhöhnt, ihre Bücher verboten und verbrannt wurden und werden, wofür sie vertrieben, eingesperrt, gefoltert und umgebracht wurden und werden, das hat sich leider bestätigt: Das Absurde ist die Wahrheit, das Phantastische ist realistisch, und das Denken des „gesunden Menschenverstands" ist wahnwitzig. Angesichts solcher Tatsachen und Zustände muß ich mich weigern, in meine Arbeit das Kalkül eines Atomkriegs hineinzunehmen. Ich kann nur arbeiten für diese Zeit, die *nicht* Kriegszeit ist, und für die Zeit „danach", in der, hoffentlich, die Abrüstung zunächst beginnt, dann durch Verträge gesichert ist. Ich hoffe, es noch zu erleben, daß dann eine Zeit ohne Waffen kommt, in der der bleierne Druck, der auf uns liegt, weicht. Ich denke, für diese Zeit muß die Literatur heute schon arbeiten, so phantastisch und utopisch es erscheint: Das mit schaffen helfen, was, nach den Definitionen von Wissenschaft und Politik, überhaupt nicht „wahr" ist oder nicht einmal vorhanden, nämlich nicht „effektiv": all das, dessen andauernde Abwesenheit eben jene Todesverzweiflung hervorgebracht hat, an der die „zivilisierte" Menschheit leidet und die sie dazu treiben könnte, sich in den Tod zu stürzen: Freundlichkeit, Anmut, Duft, Klang, Würde, Poesie; Vertrauen, auch Spontaneität – das eigentlich Menschliche. Das, was am ehesten verfliegt, wenn eine Vorkriegsatmosphäre sich breitmacht. Dagegen, finde ich, müssen wir anschreiben – auf Hoffnung hin, wie Bobrowski sagte.

Auf die Frage, die junge Leute mir oft stellen, wie man leben soll in einer solchen Zeit, kann ich nur sagen, wie ich es versuche: ignorieren, was alles nicht „wahr" sein soll, und es in seinem persönlichen Leben wahr zu machen suchen. Und als Autor: so schreiben, daß die Gesellschaft, in der man lebt, den größten Nutzen davon hat. Das bedeutet: kritisch. Die Gesellschaft durch Kritik auf das aufmerksam machen, was ihr helfen könnte, zu leben und zu überleben. Davon kann ich mich auf keinen Fall abhalten lassen.

Dezember 1981

Haager Treffen

Ausgehend von der Beobachtung, daß seit der Berliner Begegnung europäischer Schriftsteller und Wissenschaftler im Dezember 1981 die Ablehnung der Kriegsvorbereitung, die sich am deutlichsten durch die wahnsinnigen Rüstungsanstrengungen beider Seiten manifestiert, allgemein geworden ist, daß nicht nur Autoren und Wissenschaftler, sondern Massen von Menschen wissen und sagen, was sie *nicht* wollen: Krieg und alles, was zum Kriege führt; daß auch die Regierungen beider, im Kriegsfall einander vernichtender Seiten wieder und wieder bekundet haben und bekunden, daß sie Krieg nicht wollen; daß also eine weitgehende Übereinstimmung in Europa herrscht, was zu verhindern ist, wenn auch noch nicht wie: von all dem ausgehend, scheint es mir an der Zeit, deutlicher und genauer zu sagen, *was wir wollen.* Ich bin nämlich davon überzeugt, daß wir alle, alle die Länder, aus denen wir kommen, Friedfertigkeit lernen müssen, ernst und ehrlich in einen Lernprozeß eintreten müssen, der jede Art geistigen Streits nicht nur zuläßt, sondern voraussetzt, übt und wahrscheinlich steigert, der aber jeden Neben- und Hintergedanken an eine Machtlösung der Spannungen zwischen den Blöcken und innerhalb der Blöcke vollständig ausschließt und bis in die Generalstäbe hinein die Versuchung, mit einem Erst-, Zweit- oder Drittschlag auch nur vorbeugende Planspiele zu betreiben, absolut ächtet.

Über die Schwierigkeit, eine solche Forderung nicht

nur verbal anzuerkennen, sondern zu leben, mache ich mir keine Illusionen, aber ich bin sicher, daß aus einem Zustand des Nicht-Kriegs, in dem wir uns befinden, immer wieder, und schnell, wirklicher Krieg werden kann, und daß Friede nur von friedensfähigen Völkern ausgehen wird. Mir scheint, daß Autoren in besonderem Maße verpflichtet und in der Lage sind, vertrauensbildend zu wirken, was heißt: Friedensfähigkeit herzustellen.

Den Vernichtungsphantasien, die heute so viele Kräfte binden, so viele Kräfte unterdrücken, müssen schöpferische Phantasien entgegengesetzt werden, konkrete Utopien. Das Humanum fördern. Die Ethik nicht den Waffensystemen anpassen. Dem Hauptargument beider Seiten, die jeweilige Gegenseite würde in jede Blöße, die man sich gäbe, hineinschlagen, in allem Ernst vertrauensbildende Maßnahmen entgegensetzen. Auf diesem Feld können Konferenzen wie diese praktisch Fortschritte erzielen, z. B., indem von ihnen die Anregung ausgehen kann, gemeinsame Lesungen von Schriftstellern verschiedener Länder in möglichst vielen Ländern zu veranstalten, unter dem Motto: Schriftsteller lesen für den Frieden; indem der Kreis der Autoren, die an der Arbeit dieser Konferenzen teilnehmen, bewußt und systematisch erweitert wird, nämlich besonders auf jüngere Schriftsteller und Schriftstellerinnen, die Generationen vertreten, die die Erfahrung „Krieg" nicht hatten, und die ein Recht darauf haben, sich selbst gegen die Bedrohung ihrer Zukunft mit ihren Mitteln zu wehren. Ferner, indem man überlegt, wie diese Reihe: Appell der Schriftsteller; Berliner Begegnung, Haager Konferenz, Interlit in Köln – fortgesetzt wird und ob zwischen den einzelnen Tagungen irgendeine Art von Kontinuum denkbar wäre, damit die Arbeit eine Beständigkeit bekommt.

Meine Anregungen, die selbstverständlich offen und fair jede Modifikation erlauben, zielen darauf, daß die Impulse der Berliner Begegnung, die in der DDR, aber nicht nur dort, ein großes Echo hatte, Hoffnungen weckte, lebendig bleiben.

Wir als Schriftsteller haben in unserer Arbeit an untergründige, unbewußte Ströme in uns zu rühren, aber wir wollen damit keinen Irrationalismus freisetzen, sondern beitragen zu jener Vernunft, in der beides beschlossen ist: Rationales und Emotionales.

Mai 1982

Antwort an einen Leser

Anfang September bekam ich einen Brief aus Freiburg im Breisgau. Sein Absender, ein „junger Mensch", wie er sich selbst nennt, Vater von drei Kindern, der mit geistig behinderten Kindern arbeitet, Medizin studiert, stellt mir einige Fragen.

Die erste lautet: Darf ich noch hoffen? – Gibt es noch Wege aus der Gefahr? lautet die zweite. Die dritte: Welche Kraft zu leben haben Sie erproben können, die unserer Zukunft standhält? Und er endet mit einem Ausrufesatz: Bitte: Lassen Sie uns alles daran setzen, daß Frieden herrscht zwischen unseren Ländern. Wirklich alles! Und noch mehr!

„Lieber Herr D.", schrieb ich damals, Anfang Oktober, „was könnte ich Ihnen schreiben? Schon vierzehn Tage habe ich Ihren Brief bei mir liegen lassen, habe immer wieder an ihn denken müssen; er ist so dringlich, daß ich ihm nicht ausweichen kann, so persönlich, daß ich auch persönlich darauf antworten muß; den Offenbarungseid allerdings, den er fordert, kann und will ich nicht leisten, immerhin Bruchstücke davon. Auch eine Abwehr war in meiner ersten Reaktion auf Ihren Brief; ich könnte sie in dem Satz zusammenfassen: Warum ich? Warum sollte ich ‚Wege aus der Gefahr' wissen, warum sollte gerade ich verpflichtet sein – von ‚berechtigt' rede ich nicht! – eine Meinung zu äußern, der ein anderer mehr Gewicht beimißt als den vielen anderen Meinungen dieser Monate.

Ich weiß nicht, ob in dieser Abwehr auch Flucht liegt,

glaube es kaum. Eher ist darin eine Erfahrung meines Lebens – und gerade danach fragen Sie ja –, daß in diesem Jahrhundert und in diesem Kulturkreis sehr viele Menschen, zeitweise auch ich, einem starken, überstarken Hang nach Autoritäten nachgaben und nachgeben", was ja hieß und heißt, sage ich heute, über zwei Monate später, meinen Brieftext anhaltend: Was ja hieß und heißt, das eigne Denken, die eigne Tat, die eigne Verantwortung für beides der „Autorität" zu übertragen. Dies aber wollte mein Briefpartner gewiß nicht, und er wird meine Erklärung verstanden haben, daß ich weder aktiv noch passiv an solchen Vorgängen Anteil haben wolle. „Aber da sind wir schon", schrieb ich weiter, „in der Erörterung der Fragen. Und wenn wir es so nehmen können: als eine Erörterung, als ein gemeinsames Nachdenken, das nicht zu schlüssigen Antworten führen muß, dann könnte es möglich sein, mich auf Ihre Fragen einzulassen.

Wenn ich mich beobachte, ertappe ich mich täglich, nächtlich auf einem andauernden inneren Monolog, der kaum abreißt: Ist Europa, sind wir zu retten? Wenn ich scharf, rational überlege, alle mir zugänglichen Informationen über die Rüstungen beider Seiten mir vor Augen halte, vor allem die Denkstrukturen, die diesen Rüstungen zugrunde liegen, dann heißt meine Antwort: Nein, oder: Wahrscheinlich nicht."

Soll ich solche Sätze über einen Sender geben? Wieder lege ich meinen Brief beiseite. Im Lauf dieses letzten Jahres, es war im April, habe ich eines jener Bewußtseinserlebnisse gehabt, die man selten im Leben hat und die man nicht vergißt. Der Sprecher von Fernsehnachrichten meldete, eine in London tagende Expertenkonferenz sei zu dem Ergebnis gekommen, Europa habe noch eine Überlebenszeit von drei, vier Jahren – für den Fall, daß die jetzige Politik weitergeführt werde. Da erlebte ich eine Minute, in der das geschah, was in drei, vier Jahren geschehen soll. Diese Minute hat nicht nur negativ in mir gewirkt – lähmend; aber ist Gelähmt-Sein nicht sinnlos geworden? –, sie hat Zorn in mir freigesetzt und Freiheit. Wenn sie es wagen, die Vernichtung dieses Europa ins militärische Kalkül zu ziehn, dann dürfen wir, Morituri in den Statistiken der nuklearen Planungsstäbe, uns ja wohl noch einiges herausnehmen; dann ist ja wohl auch unsere Unterordnung unter die Logik, deren letzte Erscheinungsform die Rakete ist, sinnlos geworden, was heißt, daß wir nicht radikal genug sein können in unseren Fragen nach den Ursachen dieser radikalen Bedrohung; angesichts der „Lage", militärisch gesprochen, in der wir uns befinden: sollte nicht gedacht, vorgeschlagen und versucht werden, was „eigentlich nicht geht"? Da der „Boden der Tatsachen", auf den uns zu stellen wir immer wieder aufgefordert werden, potentiell verseucht ist; ist es da so abwegig, wenn wir uns nach einem andern Grund umsehen? Wo selbst die Wortpaare, deren gegensätzliche Bedeutung die Geschichte festgeschrieben zu haben schien – „Angriff" und „Verteidigung", ihre innere Spannung verloren haben und in das Kraterwort „Vernichtung" abgestürzt sind: sollten wir nicht mit Wörtern zu sprechen versuchen, die noch etwas bedeuten?

So denke ich heute. An Herrn D. aber schrieb ich weiter: „Eine Zivilisation, die imstande ist, ihren eignen Untergang zu planen und sich unter ungeheuren Opfern die Mittel dafür zu beschaffen, erscheint mir wie krank. Die Rakete, die Bombe sind ja keine Zufallsprodukte dieser Kultur; sie sind folgerichtige Hervorbringungen expansionistischen Verhaltens über Jahrtausende; sie sind vermeidbare Verkörperungen des Entfremdungssyndroms der Industriegesellschaften, die sich mit ihrem Mehr! Schneller! Genauer! Effektiver! alle anderen Werte untergeordnet, viele von ihnen, die auf menschliches Maß berechnet waren und nicht auf die Unmaße gigantischer Instrumente, einfach verschlungen haben. Die Massen von Menschen in ein entwirklichtes Objekt-Dasein gezwungen und besonders die Naturwissenschaften in den Dienst genommen, die Fakten, die sie liefern, in den Rang der einzig gültigen Wahrheit erhoben haben, was heißt: Was nicht meßbar, wägbar, zählbar, verifizierbar ist, ist so gut wie nicht vorhanden. Es zählt nicht. So wie überall da, wo das ‚Wirkliche', wirklich Wichtige, entworfen, geplant und hergestellt wird, Frauen nicht zählten und nicht zählen: seit dreitausend Jahren. Die Hälfte der Menschen, die in einer Kultur leben, haben *von Natur aus* keinen Anteil an den Hervorbringungen, in denen sie sich erkennt." Also auch keinen Anteil, fällt mir ein, an den Gedanken- und Produktionsexperimenten, die ihren Untergang betreffen. Tatsächlich: An den Forschungen für die Waffen unserer Zeit, an der Entwicklung der Technik für sie, an der Planung ihres Einsatzes und an der Befehlsgewalt über sie hat keine einzige Frau Anteil. Wenn Männer ihr Heil und Unheil an die Objekte gebunden haben, die sie herstellen; wenn sie, in heilloser Vertauschung von Zweck und Mitteln, sich den technischen Abläufen unterordnend, in rigorose Arbeitsteilung gezwungen, in rigide Hierarchien eingebaut, auf gefühlsfernes, „sachliches" Denken und Verhalten dressiert, sich selbst verlieren müssen – wie verloren sind, falls sie nicht aufbegehren, in dieser Leistungspyramide erst die Frauen? Wo finden sie, wo finden wir, noch einen Platz, der nicht, indem er unseren Lebensunterhalt sichert, zugleich die Grundlagen für unser biologisches Leben auf dieser Erde antastet und untergräbt?

Gerate ich vom Hundertsten ins Tausendste? Kann es ein Zufall sein, daß alle Widersprüche unserer todessüchtigen Kultur sich an ihren Waffensystemen erkennen lassen? „Lieber Herr D.", schrieb ich, „an Stimmen, die diese Vorgänge richtig beschrieben, aus dem Leiden, dem Konflikt, dem Widerspruch heraus, hat es nicht gefehlt. Sie wurden, das mindeste zu sagen, überhört. Was die Kunst seit Hölderlin, Goethe und Büchner behauptet hat, dann wieder, mit Nachdruck, in diesem Jahrhundert; wofür die Künstler mißverstanden, verhöhnt, ihre Bücher verboten und verbrannt wurden und werden;

wofür sie vertrieben, eingesperrt, gefoltert wurden und werden, das hat sich leider bestätigt: Wir bringen hervor, was uns tötet; das Absurde ist wahr, das Phantastische ist realistisch, und das formallogische Denken des ‚gesunden Menschenverstandes' ist wahnwitzig. Die Prognosen der Kunst treffen zu, die fortschrittsbesessenen Voraussagen der Wissenschaft richten sich nun gegen ihre Erfinder. Die Bedürfnisse, denen sie dienten, die sie weckten, die sie bedienen – zu viele davon ‚verkehrt' – sind entfesselt und peitschen sie weiter. Wohin, wagen sie kaum noch zu fragen.

Wie verhängnisvoll erweisen sich jetzt jene Lücken in unserem Denken und Fühlen, wie verhängnisvoll alles, was uns zu sehen, hören, riechen, schmecken, empfinden und zu sagen nicht erlaubt wurde und wird. Jene Zensur und Selbstzensur, frage ich mich, die immer vor allem verhindern will, daß wir uns selbst sehn, wie wir sind; die das Bedürfnis nach Selbsterkenntnis niederhält, an seiner Stelle ein tiefes Ohnmachtsgefühl erzeugt, und, da man sich selbst, unerkannt, nicht lieben kann, eine allgemeine Unfähigkeit zu lieben: wie hängen sie, Zensur und Selbstzensur und alle die anderen Beschränkungen vitaler Lebensbedürfnisse, mit der Gewalttätigkeit unserer Zivilisation zusammen? Mit dem Irrglauben, mehr und entsetzlichere Waffen bedeuten mehr Sicherheit? Mit der Angst vor dem selbstgeschaffenen Mythos ‚Feind' – also mit der Gefahr, die Widersprüche des einen Systems, die verschleiert und mit den Widersprüchen des anderen Systems verdeckt werden, durch einen Gewaltakt zu lösen anstatt durch produktive Veränderungen?

Ich frage, lieber Herr D., ich frage. Wenn die Gespenster erwachen . . .

In einer ganz oder teilweise falschen, selbstgefälschten Realität zu leben bedeutet auch, daß Rausch und Wahndenken naheliegen. Die von Rausch und Wahndenken Befallenen scheinen aber gegen Argumente der Vernunft immun zu sein. Warum eigentlich? Vermutlich, weil die Leere, die sich in Rausch und Wahndenken flüchtet, sich mit ihnen betäuben muß, eine panische Angst davor entwickelt, sich selbst gegenüberzutreten und jene langwierige, anstrengende Arbeit einer Selbsterziehung und Selbsterkenntnis anzufangen, die dazu führen könnte, daß man die Übertragung der eignen Ängste und Schwächen auf ein Feindbild nicht mehr braucht. Und daß man sich selbst auch empfinden, sogar als ‚stark' empfinden kann, wenn man Stärke nicht mehr durch Waffen demonstriert: das wäre, was wir ‚Reife' nennen; sie ist in unserer Zivilisation schwer zu haben. Leichter ist es, Andersdenkende immer auch als ‚realitätsfremd' zu diffamieren." Ich lasse den Brief sinken. Denke nach. Suche nach Einsprüchen, die ich geltend machen könnte.

Das ist der bängliche Aspekt, der sich aus meiner Arbeit der letzten Jahre unabweisbar ergibt: Der Gedanke plagt mich, daß unsre Kultur, die das, was sie „Fortschritt" nennt, nur durch Gewalt erzielen konnte, durch Unterdrückung im Innern, durch Vernichtung und Ausplünderung fremder Kulturen, die ihren Wirklichkeitssinn bei der Verfolgung materieller Interessen verengt hat, die instrumental und effektiv wurde – daß eine solche Kultur an den Punkt kommen mußte, an dem sie ist.

Und, fast noch bedrängender, bildet sich in mir der Satz: Hitler hat uns eingeholt. Was er beinahe, nicht ganz geschafft hat: Europa zu zerstören, könnte die Konstellation zuwege bringen, die der Zweite Weltkrieg hinterlassen hat. Schwer fällt es mir, diesen Gedanken wegzuschieben, zu meinem Brief zurückzukehren. „Lieber Herr D.". Was kann noch kommen?

„Lieber Herr D., ‚Komm! ins Offene, Freund!' beginnt Hölderlin um 1800 eine seiner Elegien. Eine utopische Aufforderung, die er, wenige Verse später, mit nüchternster Wirklichkeitssicht koppelt: ‚Trüb ists heut, es schlummern die Gäng und die Gassen und fast will / Mir es scheinen, es sei, als in der bleiernen Zeit.' Treffender könnte ein Vergleich nicht sein. Und über uns, lesen wir anderswo, schließt sich der Himmel aus Stahl.

Soll auch die Literatur, frage ich mich und Sie, die einst in dem großen Epos des Homer mit Schlachtenschilderung und Waffenbeschreibung begann, mit Heroenkult und Lobpreisung der gottähnlichen Heeresführer – soll auch sie sich an der Austreibung der Utopie beteiligen? Kann sie, anknüpfend an die prachtvolle Beschreibung des Schilds, den Achill trug, einen Hymnus auf die Neutronenbombe anstimmen? *Müßte* sie es nicht wollen und können, wäre diese, wären die anderen Waffen, was ihre Schöpfer und potentiellen Benutzer von ihnen behaupten: die eigentlichen Friedensstifter?

Nein. Von allen guten Geistern verlassen sind wir nicht. Sie, lieber Herr D.", schrieb ich, „müssen aus Ihrer Arbeit mit behinderten Kindern, die Sie ja nicht zu Produzenten abrichten können, ähnliche Wirkungen an sich selbst erfahren wie ich, schreibend ‚auf Hoffnung hin', wie Johannes Bobrowski es sagte. Geht es Ihnen ähnlich? Unter dem Druck der Gefahr wächst die Intensität des Nachdenkens, Suchens, Zusammenlebens. Man erlaubt sich keine Mätzchen wie Lebensmüdigkeit, Endzeitgefühle. Mit aller Schärfe weiß man nun – wie ein Mensch, der erfahren hat, daß er unheilbar krank ist –, daß man leben will, und daß man umdenken lernen muß, auch umfühlen.

Denn nicht Mächtiges ists, zum Leben aber gehört es,
Was wir wollen, und scheint schicklich und freudig
zugleich.

Hölderlin. Schicklich und freudig? Was denn? Uns kommt es fast maßlos vor, was er darunter verstehn will: ‚kosten und schaun das Schönste, die Fülle des Landes.' Und doch: Darunter können auch wir nicht gehn. Was ignoriert und geleugnet wird, müssen wir schaffen, Freundlichkeit, Würde, Vertrauen, Spontaneität, Anmut, Duft, Klang, Poesie. Ungezwungenes Leben. Was schnell, was zuerst verfliegt, wenn der friedlose Friede in Vor-Krieg überzugehn droht. Das eigentlich Menschliche. Was uns bewegen kann, diesen Frieden zu verteidigen.

Was können wir Deutschen anderes tun als besonders friedfertig sein – mit allem, was dieses Wort auch an Geschichtssinn und Geschichtswissen, an Selbstkritik und wohlverstandenem Selbstbewußtsein, an Aufmerksamkeit für die Bedürfnisse und die – oft gerade von Deutschen verursachten – empfindlichen Punkte unserer Nachbarvölker einschließt, und, auf Dauer gesehn, auch an Verständnis für die Erscheinungsbilder und Zielstellungen anderer Kulturen. An Sensibilität dafür, wenn woanders auf der Welt Völker in der Gefahr sind, vernichtet zu werden, und Menschen verhungern.

Sie sehen, lieber Herr D., es gelingt mir nicht, in winzigen Zeiträumen zu denken. Nur wenn ich die schwarze Wand vor uns in Gedanken durchstoße, mich ‚ins Offene' begebe, weicht die Zwangsidee, daß wir nicht mehr zu retten seien. Kaum zu hoffen wag ich, der Spruch Hölderlins könne einmal, wenn glücklichere Nachfahren an uns denken, auf uns zutreffen: ‚Wir, so gut es gelang, haben das Unsre getan.'"

Mein Brief geht zu Ende. Wie schließe ich? Lieber Herr D., deutlich sehe ich die Anfechtbarkeit meiner Überlegungen, die, das bestreite ich nicht, um unsere Ohnmacht kreisen; die auf ein Wunder aus sind: aus einem Nichts ein Etwas zu machen, aus Ohnmacht Wirkung. Aber ist es nicht genau das, was die Friedensbewegung in der Bundesrepublik leistet? Beweist, daß die Furcht vor der Vernichtung die Furcht vor den Obrigkeiten überwältigen kann, daß die Jugend dem Verdikt „no future", das über sie verhängt schien, ihre Vision eines gewaltfreien Zusammenlebens entgegensetzt? In diesem Sinne sprach vor wenigen Tagen der Friedensforscher Robert Jungk auf der „Berliner Begegnung" – jener Zusammenkunft von Schriftstellern und Wissenschaftlern aus beiden deutschen Staaten und einigen

Ländern Europas, die ich in dieser Zusammensetzung, in diesem Geist und an diesem Ort noch vor Monaten für unmöglich gehalten hätte. Sind dies nicht Anzeichen dafür, daß hier und da unternommen wird, was „eigentlich nicht geht"?

Ist es nicht bemerkenswert, daß zum erstenmal die Völker, die gegeneinander aufgeboten werden sollen, einander nicht hassen? Vertieft das die tragischen Aspekte der Zukunft? Heißt es uns, im Gegenteil, hoffen?

„Ich danke Ihnen", schrieb ich am Ende, „lieber Herr D., ich danke Ihnen für Ihren Brief und grüße Sie."

Dezember 1981

Zwei Briefe

An den Präsidenten
der Ohio State University,
Columbus, Ohio, USA

22.5.1983

Sehr geehrter Herr Präsident,
dankbar habe ich Ihre Mitteilung entgegengenommen, daß die Ohio State University beabsichtigt, mir einen Ehrendoktorgrad zu verleihen.... Um so mehr bedaure ich es, daß die Umstände, unter denen das Commencement stattfindet, es mir unmöglich machen, den mir zugedachten Titel anzunehmen. Als Gast Ihres Landes möchte ich es vermeiden, mit der offiziellen Politik der Regierung der USA in Verbindung gebracht zu werden: Dies wäre aber unvermeidlich, wie Sie sicher zustimmen werden, da der Vizepräsident der Vereinigten Staaten, Mr. George Bush, während der gleichen Zeremonie den Ehrendoktorgrad erhalten wird. Kaum einer meiner Leser, die die Richtung meiner Arbeit, meine Überzeugungen und insbesondere mein Engagement innerhalb der Friedensbewegung in Europa kennen, würde das verstehen. Meine Glaubwürdigkeit als Schreibende aber, die ich den verschiedensten Seiten gegenüber bisher verteidigen konnte, ist die unverzichtbare Grundlage meiner Arbeit....

Mit vorzüglicher Hochachtung
Christa Wolf

Berlin, den 12.9.1983

Sehr geehrter Herr Präsident,
aus persönlichen Gründen kann ich Ihren Brief vom 29. Juni dieses Jahres erst heute beantworten. Ihr Angebot, mir den Ehrendoktorgrad Ihrer Universität in absen-

tia zu erteilen, gibt mir Gelegenheit, die Vorbehalte zu konkretisieren, die ich im Frühjahr gegen eine Annahme dieses Titels haben mußte.

Vor allem möchte ich klarstellen, daß nichts anderes als meine eigene Überzeugung mich leitete, als ich damals den Titel ablehnte. Ich bin ein Gegner der Konfrontation zwischen Ost und West, ich halte die Verteufelung des jeweils anderen Systems durch Politiker im Zeitalter der Atombombe für hoch gefährlich, und ich bin gegen die Aufstellung neuer nuklearer Waffensysteme in Europa, also auch und vor allem gegen die Aufstellung der neuen USA-Raketen auf dem Boden der Bundesrepublik Deutschland. Bei verschiedenen Anlässen habe ich während meines Aufenthaltes in den USA deutlich gemacht, für wie gefährlich ich diese Absichten und die Politik halte, die hinter ihnen steht. Diese Meinung hätte ich aber in Anwesenheit des Vizepräsidenten der USA auf dem Commencement im Frühjahr nicht ausdrücken können, und ich wäre dadurch in eine für mich unerträgliche Lage gekommen.

Ihrem Brief, sehr geehrter Herr Präsident, entnehme ich Ihren Wunsch, mir den Ehrendoktortitel zu für mich annehmbaren Bedingungen zu verleihen. Ich bedanke mich für Ihr Entgegenkommen und nehme den Titel von der Ohio State University, der ich mich verbunden fühle, gerne an. Diesen Brief bitte ich Sie bei der Verleihung verlesen oder in der Studentenzeitung veröffentlichen zu lassen.

Mit vorzüglicher Hochachtung
Christa Wolf

Der weiße Kreis

Die Vorgabe: Ein weißer Kreis in grünem Umfeld. Ich weiß, diesen weißen Kreis soll ich als Kugel sehen, er soll auf die Größe des Erdballs wachsen (dessen Aura ja übrigens blau, nicht grün sein soll: Der blaue Planet). Der weiße Kreis – eine immense Projektionsscheibe, auf welche die Künstler ihre Visionen werfen sollen. Rettet das Leben auf der Erde. Mir scheint, zu diesem Satz wurde in den letzten Jahren alles gesagt, was dazu gesagt werden kann. Wieder kommt es mir so vor, als ob die Maler es leichter hätten. Sie können, sie müssen sich ein Bild machen – ein Schreckensbild, ein Wunschbild, ein Warn- oder Mahnbild. Die Erde, ihre vollkommene Form – die Kugelgestalt – durch frevelhaften Mißbrauch ungeheurer Energien zerbrechend. Oder: Die Erde, friedliche Heimstatt von Mensch und Tier.

Wer würde das eine nicht angstvoll von sich weisen, wer nicht das andere herbeisehnen. Wir leben in dem ungemütlichen Gelände zwischen Katastrophe und Idylle, und so wird es, falls wir überleben, lange bleiben. Als erstes wären also vielleicht die trügerischen Versprechungen und die trügerischen Hoffnungen zu entlarven, ja, zu zerstören: Wer tut das schon gerne, wer läßt es sich schon gerne antun. Auf dem Grund dieser Verhaltensweisen liegt das Selbstbild der Angehörigen kleiner Stämme, die jeden Angehörigen eines anderen Stammes als fremd, barbarisch sahen. Angst liegt auf dem Grund der sonst schwer verstehbaren qualvollen Langsamkeit, mit der die heute lebenswichtigsten Einsichten sich ausbreiten, Angst dirigiert das Abwehren, Zurückweisen, das Sich-selbst-Reinwaschen, das Andere-Beschuldigen, dieses tödliche Zögern vor wirksamen Handlungen.

Der weiße Kreis: Das sind die anderen. Der andere Kulturkreis. Die andere Art, auf dieser Welt zu sein, die mich bedroht. Wäre es vorstellbar, daß Gruppen von Menschen eher ihre Selbstvernichtung einkalkulieren – nicht nur durch die Waffen, übrigens –, als ernsthaft eine radikale Änderung ihrer Lebensweise in Betracht zu ziehen? Die Frage scheint absurd. Steht sie denn so? Auf wen weisen also die anklagenden Hände, die die Maler zeichnen, wen flehen die Kinderaugen auf ihren Plakaten an? Und was leistet der Appell wirklich, der mich, wie viele sicherlich, direkt und persönlich traf: Rette das Leben auf der Erde. Ja, fühlt man sich inständig erwidern. Gewiß. Unbedingt. Und hört dann, laut genug, in sich die Frage: Aber wie denn. Wie!

Ist es nicht tröstlich, daß eine Ausstellung, ein Buch wie diese zustandekommen, als gemeinschaftliches Werk so vieler Maler aus so vielen Ländern? Doch. Es tut gut. Es ist ein Freudenfunken. Es stärkt. Es kann Menschen, die am Verzweifeln sind, ein Hoffnungszeichen sein. Ob es andere, die von Feindbildern nicht lassen können, in ihrer starren Haltung ein wenig erweichen kann, das weiß ich schon nicht. Ich zweifle. Gehen sie überhaupt in diese Ausstellung? Nehmen sie ein Buch wie dieses in die Hand?

Die Erde ist kein weißer Kreis, kein unbeschriebener Planet. Unter der Oberfläche, die wir Heutigen ausbeuten und dabei immer häufiger zerstören, stoßen wir in immer tieferen Schichten auf immer frühere Kulturen. Seit Tausenden von Jahren versuchen die einander ablösenden Zivilisationen, ihre Götterzeichen, das heißt: ihr Bild von sich gewaltsam dem ihnen bekannten Erdkreis aufzuprägen. Ebenso lange haben sie das Rechtfertigungsgedröhn der Kunst gebraucht, erhalten, wenn es sein mußte: erzwungen. Dies sind unsere historischen Wurzeln, da wurden unsere Begierden, Gewohnheiten und Maße geschaffen. Zu den frühesten Vorfahren, die, mag sein, friedlich in ungegliederten Verhältnissen lebten, führt kein Weg zurück. Es gibt die leere Stelle nicht, in die hinein sich ein Paradies entwerfen ließe, und die alten Paradiese würden uns Heutigen eher kleine Höllen sein. Rückzüge und Auswege dieser Art sind uns versagt, zur Zeit probieren wir Seitensprünge, Winkelzüge, hinhaltende Manöver und täuschen uns und andere.

Der weiße Kreis, der mich so fasziniert, erscheint mir jetzt als der blinde Fleck im Gesichts- und Bewußtseinsfeld unserer Kultur, der es uns verwehrt, gerade dasjenige zu sehen und wahrzunehmen, was wir am dringendsten kennen müßten: den Ursprung der Angst, die uns zwingt, uns so selbstmörderisch zu wappnen und die Lebensmittel für die nach uns Kommenden zu vernichten. Eine tief sitzende und schon nicht mehr gespürte Versagensangst, immer wieder hochgetrieben durch den Dauersporn zu immer noch höherer Leistung. Diesen Sporn zu entschärfen, dieses Suchtmittel unserer Kultur, den Industrieländern zu entziehen, bedeutete, ihnen ihr zentrales Götzenbild zu rauben und die Leere, die es nur notdürftig verdeckt, auf einmal offenkundig zu machen. Da könnte der weiße Kreis zum schwarzen Loch werden, alte Werte verschlingend, ehe noch ein neues Wertegerüst in Ansätzen sich hat bilden können. Man kennt die schweren Entzugserscheinungen bei Süchtigen.

Was tun?

Vor Jahren lud mich ein junger Lehrer in einer mittleren Universitätsstadt der USA in seine Schule ein. Ich sah, wie sich in der Pause schwarze und weiße Kinder auf dem Schulhof prügelten. Ich sah im Klassenzimmer die Kluft zwischen der Sitz-Insel der schwarzen Kinder und der der weißen. Ich hatte in den Schulbussen die schwarzen Kinder isoliert auf den hinteren Plätzen sitzen sehen. In der Stunde, an der ich teilnahm, erzählte der junge Lehrer den Schülern von den unterschiedlichen Vorstellungen, die sich verschiedene Völker von der Entstehung des Weltalls, von Himmel und Erde, Sonne, Mond und Sternen machten. Er erzählte ihnen die Sage der Grönlandeskimos, dann ließ er die Kinder diese Sage spielen. Ein weißes Mädchen sprach die Sonne, ein schwarzer Junge den Mond. Einst soll der Mond mit seiner jüngeren Schwester, der Sonne, zusammen in einem Hause gewohnt haben. Sie liebten einander sehr, und der Mond, der schließlich von Leidenschaft zu seiner Schwester ergriffen wurde, begann sie nachts zu besuchen. Die Sonne schämte sich, steckte ein Stück Torf in Brand und lief damit aus dem Haus. Auch der Mond steckte ein Stück Torf in Brand, schwang sich aufwärts und verfolgte die Schwester. Die Schwester aber flog schneller, und das Torfstück des Mondes erlosch bald. So entstanden Sonne und Mond. Die Sonne wärmt, weil ihre Fackel noch brennt, der Mond aber ist kalt, weil die seine erloschen ist.

Es war still in der Klasse. Seitdem denke ich manchmal, wenn ich den weißen Kreis des Mondes sehe, an den schwarzen Jungen, der, wenn auch nur für Minuten und im Spiel, zu einem weißen Mädchen „Schwester", und an das weiße Mädchen, das zum erstenmal zu einem schwarzen Jungen „Bruder" sagte. Nicht daß ich glauben könnte, daß den Kindern ein solches Erlebnis über den Tag hinaus nachgegangen ist. Aber der junge Lehrer schien mir so beschaffen zu sein, daß er seinen Schülern jeden Tag die Gelegenheit für wenigstens eine solche Erfahrung schuf.

Juni 1985

Essays und Reden
I

Lesen und Schreiben

Beobachtung

Das Bedürfnis, auf eine neue Art zu schreiben, folgt, wenn auch mit Abstand, einer neuen Art, in der Welt zu sein. In Zeitabständen, die sich zu verkürzen scheinen, hört, sieht, riecht, schmeckt „man" anders als noch vor kurzem. Ein Wechsel der Weltempfindung ist vor sich gegangen, der sogar die unantastbare Erinnerung antastet; wieder einmal sehen wir „die Welt" – aber was heißt das: die Welt? – in einer anderen Beleuchtung; auch Lebensgefühle scheinen heutzutage weniger dauerhaft als in früheren Zeiten: die Unruhe ist beträchtlich.

Das Bedürfnis, sie zu artikulieren, ist mächtig, auf die Dauer mächtiger als die Versuchung, sie nicht zur Kenntnis zu nehmen. Längst Bekanntes in erprobter Manier sagen – dies sollte plötzlich nicht mehr verdienstvoll sein? Die guten alten Mittel – können sie wirklich von gestern auf heute unbrauchbar, die Ergebnisse, die sie zutage fördern, über Nacht falsch oder unnütz geworden sein? Das fatale Schauspiel, daß mit großer Gebärde ins Leere gegriffen wird, kann man vor sich selbst eine ganze Weile lang umdeuten; eigenes Versagen verschleiernd, kann man mit tränenerstickter oder kunstvoll unbeteiligter Stimme das Ende einer Kunstgattung konstatieren: der Gattung Prosa.

Man kann, zweitens, „ehrlich" die Konsequenzen aus dem eigenen Unvermögen ziehend, in Schweigen verfallen; zugeben, daß es einem die Sprache verschlagen hat (das „Es" wäre so unbestimmt wie möglich zu halten: jede Definition hieße ja wieder: schreiben). Diese Haltung würde, wie jede Nicht-Haltung, kaum zur Kenntnis genommen werden und vermutlich schnell zur Pose erstarren. Wer zu verzichten angefangen hat, ist auf Ungerechtigkeit festgelegt. Er muß dauernd neue Rechtfertigung für seinen Verzicht aus seiner Umwelt ziehen. Dahin ist die Ehrlichkeit.

Bleibt, drittens, der Versuch, sich durch Produktivität zu stellen. Übrigens: Wem denn? Und: Warum?

Zufällig hat mich die Unruhe, die sich verdichtet, ehe sie artikulierbar wird, in eine Gegend begleitet, die zu sehen ich weder gedacht noch gewünscht hätte; man kann nicht wünschen, wovon man nichts weiß. Aber was ich aus Unkenntnis nicht wünschen konnte, möchte ich jetzt nicht mehr missen: die Stadt Gorki an der Wolga, dieses Hotel „Rossija", dieses hellgrün gestrichene Zimmer mit seinem staubigen Schreibtisch und den beiden Fenstern, die, genau wie der Balkon, auf dem ich stehe, den Blick auf die Wolgaebene haben. Ich frage mich, warum dieser Blick heute, am zweiten Tag, nicht mehr ganz derselbe ist, der er gestern gleich nach der Ankunft war. Unmöglich, ihn zu beschreiben. Nur soviel: weder das Wetter hat sich geändert – unvermindert flimmert die Hitze über dem Fluß und der mächtigen Ebene dahinter – noch die Farben. Kein Zug im Gesicht der Landschaft ist neu, und auch meine Augen würde selbst der penibelste Augenarzt unverändert finden.

Hat sich also eine Chimäre zwischen sie und den Fluß da unten geschoben? Doch wohl nicht: die Zeit war es, nichts als ein bißchen Zeit: ein Nachmittag, eine Nacht und ein Morgen. Die junge Dolmetscherin, die uns, erfolglos mit ihrem Mikrophon kämpfend, vom Omnibus aus die Stadt zeigt; die Ikonenecke im Kaschirin-Haus, vor der Gorkis Großmutter stundenlang auf den Knien lag; die Truhe, von der aus der Junge Alexej Peschkow sie beobachtete, voller Angst, die große Uhr könne auf ihn herunterfallen; die Liebespärchen, die wie auf einem Laufband den Parkweg hochgeschoben werden, an dessen Rand wir unter freiem abendlichem Himmel sitzen, um den Darbietungen einer atemberaubend geschnürten Sängerin in einem goldglitzernden Kleid zuzuhören; der Blick des Journalisten, der einst Besatzungsoffizier in Mecklenburg war, als er den Namen einer Frau ausspricht, nach der wir suchen sollen: Berta Kopp; die Frau, die mit geschürztem Rock und nackten Beinen an der Pumpe vor ihrem Haus Wäsche spült: nichts von alledem ist spurlos vergangen. Auch das Kirchlein mit den goldenen Zwiebeltürmen nicht, dem wir durch ein Straßengewirr zustreben, ohne es je zu finden, und nicht einmal die Unzahl grauer Hunde, die aus hölzernen Torwegen herausschießen und alle von ein und demselben Stammelternpaar herzukommen scheinen. Als habe jemand sein „Nichts soll verloren sein“ über sie gesprochen, haben sie alle in mir ihren Eindruck zurückgelassen (wie passend das Wort „Eindruck“ ist!). So daß ich nun, an demselben Platz, vor derselben Landschaft stehend – die frühere Jahrhunderte „grandios“ genannt hätten –, alles anders *sehe*.

Ein Satz, den wir oft gebrauchen, ohne ihm „auf den Grund“ zu gehen. Dahin zu gelangen, müßte man den Mut haben, die Augen zu schließen, sich loszulassen: Da sind sie also immer noch, die Wolgaufer, fahren langsam und beharrlich vorbei, da schüttert die Schiffsmaschine leise unter den Füßen, ich bin auf dem Dampfer, noch nicht angekommen in der fremden Stadt, weiß aber schon, wie es sein wird: ankommen, dieser Blick von einem Hotelbalkon, die Liebespaare . . ., weiß, wie es gewesen sein wird: abgefahren, vieles vergessen, nur diesen Augenblick gewiß nicht, an dem ich mich, zurück- und vorausfühlend, meiner späteren Erinnerung versichere, einen leichten Schwindel in Kauf nehme, den man kennt: Schwerelosigkeit, die freie Bewegung in Raum und Zeit – und, mich abstoßend, weitersinke in das, was wir behelfsmäßig „Vergangenheit“ nennen. So gelange ich denn zu ähnlichen Augenblicken, entdecke ein Erlebnismuster, finde vielleicht seinen Ursprung, vergleiche es mit anderen mir bekannten Mustern und kann womöglich etwas über mich erfahren, was ich noch nicht weiß.

Bin auf dem Grund des Satzes.

Unbewußt verwende ich Vergleiche aus dem Berufsleben eines Tauchers, das deutet auf Probleme der Tiefe – wie dieser Begriff auch durch Unschärfe und Mißbrauch gelitten haben mag, so daß er von manchen Romantheoretikern nicht nur verachtet, sondern gehaßt wird. Und tatsächlich ist „Tiefe“ keine Eigenschaft, die an den Dingen haftet. Ihr Erlebnis ist an das menschliche Bewußtsein gebunden. Mit fällt die Libby's-Milch-Büchse ein, die mich als Kind verwirrte: eine lächelnde Krankenschwester auf ihrer Banderole, die dem Betrachter auf ihrer flachen Hand eine Libby's-Milch-Büchse entgegenstreckt, die wieder diese verflixte Krankenschwester auf der Banderole hatte – nun schon sehr klein – und die penetrante Büchse auf ihrer flachen Hand . . . So fort bis ins Unendliche, nicht mehr Sichtbare, wo aber – darin eben bestand ja die perfide Suggestion – immer weiter allerwinzigste Krankenschwestern dem Verbraucher Kondensmilchbüchsen entgegenstreckten. Diese Vorstellung machte mich kribblig, weil die ganze Anstrengung der Vorstellungskraft zu nichts führt, weil der Trichter, in den zu kriechen man seine Phantasie gezwungen hat, am Ende doch im Leeren mündet.

Dies schreibe ich am staubigen Schreibtisch des Hotels „Rossija“: im Bewußtsein der *Gegenwart* – beispielsweise dieses Flusses da unten und aller wirklichen und erträumten Erlebnisse, die sich mir mit ihm verbinden – schreibe ich über einen *früheren* Vorgang, während dessen Ablauf ich mich – eine Kette von Assoziationen entlangtastend – nicht nur an noch frühere Ereignisse, sondern auch an vergangene Gedanken und *Erinnerungen* erinnerte und mir zu allem übrigen noch die Möglichkeit aufstieg, das alles könnte später einmal, in der *Zukunft* (die in diesem Moment Gegenwart ist), auf irgendeine Weise bedeutsam werden. Zum Beispiel, indem ich es beschreibe.

Das ist keine überspannte Erfindung, sondern eine belegbare, jedermann zugängliche Beobachtung, nicht besonders selten, nicht besonders kompliziert. Es ist eine Alltagssituation der modernen Psyche, eine Relativierung und vorübergehende Aufhebung der objektiven Zeit, eine durchschnittliche Erfahrung: daß der Augenblick fast unendlich dehnbar ist, daß er eine enorme Menge und Vielschichtigkeit an Erlebnismöglichkeiten in sich trägt, während fünf Minuten doch schlichte fünf Minuten geblieben sind.

Unser Gehirn ist genügend differenziert, die lineare Ausdehnung der Zeit – nennen wir sie die Oberfläche – durch Erinnerung und Vorausschau fast unendlich zu vertiefen. Wenn die Gesellschaft diese massenhaft auftretende Fähigkeit nicht genügend zu nutzen weiß, langweilen wir uns. Und das wäre nicht nur langweilig, sondern besorgniserregend.

Tiefe: Wenn sie keine Eigenschaft der materiellen Welt ist, so muß sie eine Erfahrung sein, eine Fähigkeit, die im gesellschaftlichen Zusammenleben der Menschen über lange Zeiträume erworben wurde und sich nicht nur gehalten, sondern entwickelt hat, weil sie brauchbar war. Sie ist also an uns gebunden, Subjekte, die in objektiven Verhältnissen leben. Sie ist das Resultat von unbefriedigten Bedürfnissen, daraus entstehenden Spannungen, Widersprüchen und unerhörten Anstrengungen des Menschen, über sich selbst hinauszuwachsen oder, vielleicht: sich zu erreichen. Das mag Sinn und Aufgabe der Tiefe unseres Bewußtseins sein; dann dürfen wir sie nicht preisgeben zugunsten von Oberflächlichkeit.

Die fünf Minuten sind vorbei. Sie in einem Stück Prosa wirklich zu beschreiben, fehlt mir auf der Reise die Zeit. Nur eine Beobachtung kann festgehalten werden, eine Teilantwort auf die Frage, was einen Menschen zwingen kann, literarisch produktiv zu sein: anscheinend erwartet der Schreibende, daß seiner Hand, schreibend, eine Kurve gelingt, die intensiver, leuchtender, dem wahren, wirklichen Leben näher ist als die mancherlei Abweichungen ausgesetzte Lebenskurve.

Und es scheint, da die Mühe des Schreibens auch in schwersten Zeiten nie ganz aufgegeben wurde, daß das nackte, bloße Leben nicht ohne weiteres mit sich selber fertig wird: unbeschrieben, unüberliefert, ungedeutet und unreflektiert.

Lamento

Mag das gegolten haben – aber gilt es auch heute? Denn an Beschreibung, Überlieferung, Deutung und Reflexion fehlt es der Wirklichkeit unserer Tage nicht, jenseits der Literatur und ohne sie. Hinter den Zweifeln der Prosaschreiber an den Zukunftsaussichten ihrer Gattung steckt nichts anderes als eine Selbstverdächtigung: die des Anachronismus. Die Prosa sieht sich bedrängt, und sie täuscht sich nicht: sie ist es in zunehmendem Maße, und zwar um so stärker, je entschiedener sie sowohl die esoterische Außenseiterposition als auch die banale Zeitvertreiberrolle ablehnt und darauf besteht, etwas zu sagen zu haben.

Den ersten Schlag führten wahrscheinlich die Zeitungen: sie trennten die Information von der Prosa ab. Die Mittel der modernen Nachrichtentechnik schufen die Superinformation, deren Wesen das Tempo ist. Mag der wechselhafte Verlauf des Troianischen Krieges in entlegenen Gegenden der damals bekannten Welt noch nach Jahren als Neuigkeit durchgegangen sein – heutzutage wäre ein ähnliches verlustreiches Massaker schon nach Stunden im letzten Dorf durch die Nachricht von neueren Untaten verdrängt. Diese Entlastung von ihren Pflichten als Nachrichtenträger hat die etwas schwerfällige, langsame Prosa gut überstanden. Auch die Trennung von der Historie, der Geschichtsschreibung, die ein Sonderstudium und ein Sonderamt wurde, hat sie, um die Gilde der Chronisten ärmer, überlebt. So, ein wenig gerupft, aber auch schlanker, biegsamer und eleganter geworden, tritt sie in ihre bürgerliche Phase, findet im ersten Überschwang neue Möglichkeiten, dem neu entdeckten Subjekt wichtige Dienste zu leisten, und lernt dann, von Katzenjammer übermannt, allmählich nach der Berechtigung der eigenen Existenz zu fragen.

Denn nun, Zug um Zug, rücken Technik und Wissenschaft vor: Funk, Film, Fernsehen übernehmen es, das einerseits wissensdurstige, andererseits sich langweilende Publikum zu belehren, zu unterhalten und zu zerstreuen. Bewegte Bilder auf Leinwand und Mattscheibe – was immer sie sonst auch leisten – schonen unsere Abstraktions- und Vorstellungskraft, die durch die winzigen abstrakten Symbole auf den Buchseiten herausgefordert wird. Die ursprüngliche menschliche Neugier an Geschichten, die unsereins passieren können – ein Homer verdankte ihr seinen Zulauf –, wird sauber und perfekt, sogar überreichlich befriedigt: soviel Neugier kann kein Mensch dauernd in sich erzeugen, wie geschulte Techniker Tag für Tag stillen. Es ist der Gefahr zu begegnen, daß der Reisende, für Stunden abgeschnitten von den Massenmedien, am Bahnhofskiosk nur nach dem Krimi greift, an den er gewöhnt ist.

Aber das wollen wir hier nicht Prosa nennen.

Auch die Wissenschaften gewinnen gegen sie an Boden. Der Kitzel, den ihre Versprechungen auslösen, ist schwer durch weniger Handgreifliches, weniger Sensationelles zu ersetzen. Die Fülle unerhörtester Geschenke, die uns bis zur Jahrtausendwende angekündigt ist, macht die Zahl 2000 zu einer magischen Zahl. Ungern stelle ich mir vor, wir alle könnten am Silvesterabend des Jahres 1999 in eine ähnliche Lage geraten wie ich einmal zu Weihnachten als Kind: Wirklich und wahrhaftig stand das Akkordeon als Hauptgeschenk unterm Tannenbaum, aber leider war die Überraschung durch eine geschwätzige Verwandte schon lange verdorben, Vorfreude und schlechtes Gewissen hatten die Freude aufgezehrt, und im gleichen Augenblick wußte ich auch, daß nicht Liebe zur Musik mir den Wunsch nach diesem Instrument eingegeben hatte und daß ich niemals lernen würde, frei darauf zu spielen. Allerdings war ich es nun mir und den anderen schuldig, Überraschung zu heucheln, ja, meine unechte Begeisterung sogar noch zu übertreiben.

Ein unpassender Vergleich. Sind wir nicht erwachsene Menschen, fähig, über die Geschenke zu entscheiden, die wir uns selber machen wollen, und den Zeitpunkt abzuwarten, da wir in der Lage sind, „darauf zu spielen"?

Das eben ist die Frage. Wer, außer einer kleinen Gruppe von Physikern, hat zu ihrer Zeit die Kernspaltung „wünschen" können? Sehnen wir uns nach dem Tag, an dem Biologen die Eigenschaften unserer Nachkommen durch Manipulationen an der Struktur der Gene beeinflussen werden? Warten wir wirklich ungeduldig auf das vollkommene Modell unseres Gehirns, von dem die Kybernetiker träumen? Auf die zusätzlichen fünfzig Lebensjahre, die die Mediziner uns zugedacht haben? Auf die Drogen, die Glück und Unglück künstlich erzeugen können? Und auf die Zeit, in der man Menschen über längere Zeiträume einfrieren wird?

Wer ehrlich ist, wird selbst auf diese tendenziös zusammengestellte Liste der Wohltaten, die uns erwarten, keineswegs ein klares „Nein" in sich als Antwort finden. Widerwillig beobachtet man in sich Faszination durch das Wunderbare und Verständnis dafür, daß, was erfindbar ist, unbedingt erfunden, was machbar, gemacht werden wird; man sieht sich belehrt über die Unausrottbarkeit technischer Neugier und über die Nutzlosigkeit eines Lamentos, das von Tag zu Tag anachronistischer erscheint: alles und alle, die nicht bereit sind, die Menschheit in eine so beschaffene Zukunft zu begleiten, wird sie hinter sich lassen.

Also stürzen wir uns auf populärwissenschaftliche Darstellungen aus dem Bereich der Wissenschaften, lesen Utopien, Dokumentationen, Reportagen aus Laboratorien und Operationssälen, interessieren uns für psychiatrische Krankengeschichten, soziologische Untersuchungen, historische Monographien, ökonomische Prognosen. Und wer, wenn nicht unsere Generation, hätte erfahren, daß philosophische Broschüren aufwühlen können wie kein anderer Lesestoff. Selbst die Analyse der Gesellschaft, früher Domäne des Romanautors, wird jetzt planmäßig von ganzen Wissenschaftlerstäben besorgt, und anders wäre sie wohl auch nicht mehr zu leisten. (Es sei denn, die herrschende Schicht einer Gesellschaft hätte ein Interesse daran, die Gesellschaftswissenschaften in einem unentwickelten Zustand zu halten – in diesem Fall hätte der Prosaschreiber ihr Amt mit zu übernehmen, wäre aber dabei in der Lage eines Menschen, dem die präzisen Methoden und die Materialfülle des Experten nicht zur Verfügung stehen.)

Das Letzte zu sagen: Die Wirklichkeit dieses Jahrhunderts selbst wendet sich gegen die Prosaschreiber. Sie ist phantastischer als jedes Phantasieprodukt. Ihre Grausamkeit und ihre Wunderbarkeit sind durch Erfindung nicht zu übertreffen. Wer also „die Wahrheit" lesen will, das heißt: wie es wirklich gewesen ist, der greift zu Tatsachenberichten, Biographien, Dokumentensammlungen, Tagebüchern, Memoiren.

Der Kuchen „Wirklichkeit", von dem der Prosaschreiber sich früher in aller Seelenruhe Stück für Stück abschnitt, ist aufgeteilt. Zu behaupten, die, denen er zugefallen ist, hätten ihn nicht verdient, wäre nichts als nutzloses Ressentiment. Die sich die Stücke gegenseitig aus der Hand reißen und sich um die Krümel zu streiten beginnen, sind gut organisierte Teams scharfsinniger und scharfsichtiger Forscher, die ihre Nützlichkeit leicht beweisen können.

Die Prosa dagegen . . . Was soll sie denn diesen nüchternen, stracks vorwärtsschreitenden Leuten erzählen?

Der Prosaautor, der „raunende Beschwörer des Imperfekts", daran gewöhnt, Kampf, Sieg oder Niederlage der unantastbaren Persönlichkeit für den wichtigsten Gegenstand der Welt zu halten, was sagt er seinen Zeitgenossen, die dabei sind, den stromlinienförmigen Menschen zu konstruieren, fähig, sich allen Anforderungen der Zivilisation anzupassen? Denen der Gedanke nicht fremd ist, daß nicht einmal die Identität des Individuums in der Zukunft gesichert sein wird, und die den Gattungstod der Menschheit in Erwägung ziehen – nicht für eine unvorstellbar ferne Zukunft durch das Erkalten des Planeten, sondern für eine Zeit, die wir erleben werden; nicht durch Naturgewalten, sondern durch uns.

Daran gemessen, wäre der historische Untergang der historisch entstandenen Gattung Prosa ein Kinderspiel. Warum sollte man diese Möglichkeit nicht ins Auge fassen? Unbestreitbar ist, daß sie, vielleicht vorübergehend, in eine etwas bedrängte Lage geraten ist. Nachsichtig beobachten wir ihre Mimikrys: wie sie als Krimi, als Reißer um ihr Leben kämpft. Das heißt, sie hat vom Gift der Selbstaufgabe gekostet. Das heißt, sie hat nur dann Aussicht, am Leben zu bleiben, wenn sie etwas kann, was alle jene Mächte nicht können, die ihr zu Leibe rücken. Ganz und gar gerettet wäre sie, wenn wir dahinterkämen, daß es für uns wichtig, vielleicht lebenswichtig ist, dahin zu gelangen, wohin sie uns führt.

Die Frage ist, ob wir ihr Mut machen, zu wollen, was sie kann.

Damit endet natürlich das Lamento.

Tabula rasa

Hüten wir uns vor Verstiegenheiten. „Prosa“ – das ist doch nichts anderes als eine Idee, eine Vorstellung, eine Abstraktion. Ihre Verkörperung wird auf dem Markt in Form einer Ware gehandelt: als Buch. Dieser Vorgang, der ziemlich reibungslos funktioniert, wird nicht genügend bestaunt – wir haben uns daran gewöhnt, daß man uns Erfindungen, deren praktische Verwendbarkeit höchst zweifelhaft, wenn nicht ausgeschlossen ist, zum

Kauf anbietet. Manche Menschen haben die Stirn, ihre eigene Existenz auf diese höchst unseriöse Manipulation zu gründen: nicht nur Verleger, Drucker, Buchhändler und Propagandisten, sondern sogar Autoren sind so frei.

Leisten wir uns ein Gedankenexperiment. Eine Kraft, nicht näher zu bezeichnen, lösche durch Zauberschlag jede Spur aus, die sich durch Lesen von Prosabüchern in meinen Kopf eingegraben hat.

Was würde mir fehlen?

Die Antwort ist nicht nur mörderisch; sie ist auch unmöglich. Wenn einer sie geben könnte, wüßte man Genaueres über die Wirkungen von Literatur.

Beginne ich in mir abzutöten: das makellose, unschuldig leidende Schneewittchen und die böse Stiefmutter, die am Ende in den glühenden Pantoffeln tanzt, so vernichte ich ein Ur-Muster, die lebenswichtige Grundüberzeugung vom unvermeidlichen Sieg des Guten über das Böse. Ich kenne auch keine Sagen, habe mir nie gewünscht, an der Seite des hürnenen Siegfried dem Drachen gegenüberzutreten; niemals bin ich vor einem Rauschen im finsteren Wald erschrocken: Rübezahl! Die Tierfabeln habe ich nie gelesen, ich verstehe nicht, was das heißen soll: „listig wie ein Fuchs“, „mutig wie ein Löwe“. Eulenspiegel kenne ich nicht, habe nicht gelacht über die Listen der Schwachen, mit denen sie die Mächtigen besiegen. Die Sieben Schwaben, die Schildbürger, Don Quijote, Gulliver, die Schöne Magelone – hinweg mit ihnen. Weg mit dem ohnmächtig donnernden Zeus und der Weltesche Yggdrasil, weg mit Adam und Eva und dem Paradies. Nie ist eine Stadt mit Namen Troia um einer Frau willen bestürmt und eingenommen worden. Nie hat ein Doktor Faustus mit dem Teufel um seine Seele gerungen.

Arm, ausgeplündert, entblößt und ungefeit trete ich in mein zehntes Jahr. Brennende Tränen sind ungeweint geblieben; der Hexe im Märchenbuch wurden nicht die Augen ausgekratzt; die jubelnde Erleichterung über die

Rettung eines Helden habe ich nicht kennengelernt; nie bin ich zu den phantastischen Träumen angeregt worden, die ich mir im Dunkeln erzähle. Ich weiß nicht, daß Völker verschieden sind und doch einander ähnlich. Meine Moral ist nicht entwickelt, ich leide an geistiger Auszehrung, meine Phantasie ist verkümmert. Vergleichen, urteilen fällt mir schwer. Schön und häßlich, gut und böse sind schwankende, unsichere Begriffe.

Es steht schlecht um mich.

Wie soll ich ahnen, daß die Welt, in der ich lebe, dicht, bunt, üppig, von den merkwürdigsten Figuren bevölkert ist? Daß sie voller Abenteuer steckt, die ausgerechnet auf mich gewartet haben?

Kurz: der Gang zu den Müttern hat nicht stattgefunden, aus den Quellen ist nicht getrunken worden, das Maß für Menschen und Dinge wurde nicht gesetzt. Die verpaßten Erschütterungen sind nicht nachholbar. Eine Welt, die nicht zur rechten Zeit verzaubert und dunkel war, wird, wenn das Wissen wächst, nicht klar, sondern dürr. Fad und unfruchtbar sind die Wunder, die man seziert, ehe man an sie glauben durfte.

Unersetzbar vor allem die Erfahrung, daß die Fülle des Lebens nicht ausgeschöpft ist durch die wenigen Handlungen, die wir zufällig tun dürfen.

Unsagbar verödet ist eine menschliche Existenz, die sich selbst, vergleichend, nicht als Gleichnis nehmen, sich keinen Ort finden kann in dem beispiellosen Zug der Menschheit aus dem Dickicht in die ersehnte Ordnung – nennen wir sie, mit einem altväterlichen Wort, „Gesittung".

So, ungebildet im tiefsten Sinn des Wortes, stehe ich vor einer heiklen Etappe. Das Experiment, vor dem wir mit gutem Grund in Gedanken zurückschreckten, ist ja in Wirklichkeit an meiner Generation verübt worden. Lückenloser kann die Absperrung von aller Literatur der Zeit nicht erdacht werden, als sie uns zugefügt wurde, bis zu unserem sechzehnten Jahr. Sehr möglich, daß die auffällig verzögerte Reife meiner Generation nicht zuletzt diesen Grund hat. Denn was wir zu lesen bekamen, was wir massenhaft verschlangen – eine „Prosaliteratur“ übrigens, die ich fast vollständig vergessen habe, die sich wie von selbst in mir ausgelöscht hat, wenn das auch nichts sagt über ihre unterirdischen Wirkungen –, das alles war nicht nur vordergründig auf Chauvinismus und Kriegsbegeisterung und ein von Grund auf verkehrtes Geschichtsbild angelegt (monströse Historien waren es zumeist, die ich aus der Schulbibliothek entlieh): Hintergründig hemmte es, sicherlich erfolgreich, das Erwachsenwerden, das Reifen des kritischen Verstandes und verständiger, nicht von übelsten Vorurteilen und Ressentiments verkrüppelter Gefühle.

Was war – die Vergangenheit –, in einen blutigen Nebel gehüllt; was ist – die Gegenwart –, durch eine Brille mit ungeheuerlichem Verzerrungseffekt gesehen: in solchen Zeiten gibt es nicht den nüchternen Blick des Erzählers. Da war niemand, dem wir hätten zuhören können. Die schreckliche Verlassenheit dieser Jugend ist noch nicht geschildert. Verlassen inmitten der vielen kleinen Räusche, welche die staatlich angestellten Magier maßgerecht produzierten – als höchsten unter ihnen den Todesrausch: Nichts ist der einzelne; unsterblich ein Mythos, den die Bücher unserer Jugend „Volk“ nannten.

Oft frage ich mich, was eigentlich das Schlimmste verhindert hat, da moralische Instinkte nicht angeboren sind und man uns um jeden Kontakt mit der Moral einer hochentwickelten Kultur gebracht hatte. Wieso also wurde nicht jede menschliche Regung in uns ausgerottet? Woher eigentlich dieses Zurückzucken bei einigen wenigen, scharf in die Erinnerung eingeritzten Gelegenheiten, die ich heute für entscheidend halte? Woher – da doch auch die Umgebung stumm blieb – drei-, viermal diese beunruhigende Warnung von innen her, der man nicht tiefer nachgehen wollte und die sich in zwei Worte fassen ließ: Das nicht!

Einmal auch, als ich ein Buch las: Christine Torstensen. Dieses Mädchen, nordisch-wertvoller Rasse, eine Fanatikerin des Dreißigjährigen Krieges, küßt und umarmt die Leichen der Pestkranken im eigenen Lager und schleicht sich zum Feind, bietet sich ihm an, um mit ihrem Körper, ihren Lippen die Pest zu übertragen. Eine Heldin, so sollte man sein. Ich las das und dachte: Das nicht.

Vielleicht war da doch ein Grund gelegt mit den Geschichten und Märchen der Kindheit, um die ich mich ja, versuchshalber, soeben gebracht habe. Auch jene Bücher, diese ganzen Bindings und Jelusichs und Johsts und Grimms seien nun ausgelöscht, wie sie es verdienen, und doch nicht ohne Zögern: wer an diesem Gift nicht umgekommen ist, bleibt immun, auch gegen seine feinsten Verdünnungen.

Viel schwerer, Storm und Fontane ihnen nachzuopfern; und wie ungern erst trenne ich mich von einem stockfleckigen Pappband, der, ein ewiges Rätsel, auf der Kommode meiner Großmutter lag, die nie Bücher las. Er hieß „Im Westen nichts Neues", und, wie alles Interessante, „war es nichts" für mich. Ich las es auf dem Sofa der Großeltern und fühle noch die abgewetzte Polsterlehne in meiner verschwitzten Hand. Ich las, daß an einem Bauchschuß im Krieg auch ein Deutscher elend krepiert. Vielleicht war dieser Tote der erste, gegen dessen Schicksal ich mich unwillkürlich auflehnte. – Hinweg auch mit ihm, schweren Herzens.

Von nun an, sehe ich, kann ich die Opfer nicht mehr mit Namen nennen; kein Grüner Heinrich, kein Werther und kein Wilhelm Meister haben meinen Weg gekreuzt, Julien Sorel sei mir unbekannt geblieben wie Madame Bovary und Anna Karenina: Nein; so kann ich nicht fortfahren. Einmal müßte sie geschrieben werden, die sonderbare, sprunghafte Lesegeschichte meiner Generation; vielleicht gäbe sie einen Anhaltspunkt für Unausgeglichenheiten und Unsicherheiten, die nicht leicht zu erklären sind.

Aber für mich hat es ja den ganzen „Nachholebedarf"

nicht gegeben. Ich, als Nicht-Leser, habe nicht betäubt vor den Listen von Namen und Titeln gestanden, die mir fremd waren. Ich habe mich nicht in die schlecht ausgestatteten Pappbände der Nachkriegsjahre hineingefressen. Was habe ich also in den Tausenden von Stunden gemacht, die nun nachträglich frei geworden sind, da es für mich keine Bücher gab? Nicht die Erschütterungen und Einsichten, die in jener Zeit gleichbedeutend mit „Lesen" waren (vielleicht ist uns von daher unser Ernst im Umgang mit Büchern geblieben); nicht jene Bahnhofsbank, auf der ich, widerwillig, eines jener furchtbaren Bücher gelesen hatte und endlich begriff: Es mußte *wahr* sein, was da beschrieben war.

Hinweg, in einem großen Stapel, mit der ganzen frühen sowjetischen Literatur, einmaliges Signal für Möglichkeiten, an deren Faszination ich für immer gebunden wäre – hätte ich sie gelesen. Weg nun auch mit Bücherleichen, dem Ballast mancher Jahre, jenen meist dickleibigen Konzessionen an Unehrlichkeit und schlechten Geschmack. Ihnen nach den mächtigen Lesewust aus dem germanistischen Seminar – Prüfungsstoff, Lebensstoff: die Unterscheidung ist immer schwer gewesen.

Tabula rasa. Ich bin am Ende. Mit den Wurzeln ausgerissen, ausgelöscht in mir eines der großen Abenteuer, die wir haben können: vergleichend, prüfend, sich abgrenzend allmählich sich selbst sehen lernen. Sich messen an den deutlichsten Gestalten aller Zeiten. Nichts davon. Verblaßt das Zeitgefühl, da es nicht wirklich geweckt wurde. Die eigenen Konturen, anstatt deutlicher zu werden, lösen sich auf; das Bewußtsein, anstatt sich zu klären, verschwimmt.

Die Verwilderung wird zunehmen.

Denn nun muß man weitergehen: die feineren, schwer beweisbaren Wirkungen gilt es auszutilgen, die dauernder Umgang mit Büchern hervorbringt: die Übung und Differenzierung des psychischen Apparats; Schärfung der Sinne; Erweckung der Beobachtungslust, der Fähigkeit, Komik und Tragik von Situationen zu sehen; Heiterkeit aus Vergleich mit Vergangenem zu ziehen; das Heroische als die Ausnahme zu würdigen, die es darstellt; und das Gewöhnliche, das sich immer wiederholt, gelassen zur Kenntnis zu nehmen und womöglich zu lieben. Vor allem aber: zu staunen; unaufhörlich zu staunen über seinesgleichen und sich selbst.

Aber *ich habe nicht gelesen.*

Nicht nur meine Vergangenheit ist mit einem Schlag geändert: meine Gegenwart ist dieselbe nicht mehr. Nun bleibt das Letzte zu tun: auch die Zukunft zu opfern. Ich werde niemals ein Buch lesen. Der Schrecken, der in diesem Satz steckt, berührt mich, den Nicht-Leser, nicht.

Denn ich, ohne Bücher, bin nicht ich.

Medaillons

Anscheinend brauchen wir für unser Leben die Zustimmung und Unterstützung der Phantasie. Das heißt: das Spiel mit offenen Möglichkeiten. Zugleich aber geht etwas anderes in uns vor, täglich, stündlich – ein schleichender, kaum vermeidbarer Prozeß: Verhärtung, Versteinerung, Gewöhnung. Besonders macht er sich über die Erinnerung her.

Jedermann führt mit sich eine Kollektion kolorierter Medaillons mit Unterschriften, teils putzig, teils grauslig. Bei Gelegenheiten werden sie hervorgeholt und herumgezeigt, weil wir Bestätigung brauchen für unser eigenes beruhigend eindeutiges Empfinden: schön oder häßlich, gut oder böse. Diese Medaillons sind für die Erinnerung, was die verkalkten Kavernen für den Tuberkulosekranken, was die Vorurteile für die Moral: ehemals aktive, jetzt aber durch Einkapselung stillgelegte Lebensflecken. Einst scheute man die Berührung, man verbrannte sich die Finger daran; nun sind sie kühl und glatt, manche kunstvoll zurechtgeschliffen, manches besonders wertvolle Stück hat die Arbeit von Jahren gekostet, denn man muß viel vergessen und viel umdenken und umdeuten, ehe man sich immer und überall ins rechte Licht gerückt hat: das ist es, wozu wir sie brauchen, die Medaillons. Man wird wissen, was ich meine.

„Erinnerung“ aber pflegen wir es zu nennen, wenn wir diese recht hübsch gemachten Kunstgewerbestücke als echt unter die Leute bringen, damit sie ihren Marktwert erweisen, sich mit dem gängigen Angebot messen können und, je mehr sie ihm entsprechen, für echt erklärt werden.

Auch ich habe meine Medaillons. Eines von ihnen, besonders handlich und glaubhaft, ist, genaugenommen, ein Stückchen Film. Zuerst muß die Kamera im Schlafzimmer meiner Eltern gestanden haben, anstelle des einen Nachttischs. Die Beleuchter haben Kilowatt gespart, früher Wintermorgen, Verdunkelung. Eine erregte Stimme aus dem Radio, das nebenan im Wohnzimmer steht, nennt das Datum, wir begreifen: letztes Kriegsjahr. Gepackte Koffer, Säcke, in die man Betten stopft, der Silberfuchs wird abschätzend in einer Hand gewogen und dann in den Schrank zurückgeschleudert, sinnlos gewordenes Symbol. Die Radiostimme aus dem Wohnzimmer empfiehlt eindringlich und gekränkt allen Zivilpersonen das Verlassen der Stadt: der Feind stehe vor den Toren. Gereizte Antreiberei durch die Erwachsenen. Mitten in dem Durcheinander eine ungeschickte Figur, wieder einmal total überrascht, unfähig zum Handeln vor Ungläubigkeit: die muß man wohl „ich“ nennen. Ich werde herumgeschubst.

Szenenwechsel. Zweite Einstellung. Kamera am Fuß der Treppe zum Haus von Ich. Schwenk zum Lastwagen auf der Straße: Die Koffer und Säcke, die eben gepackt wurden, werden eingeladen, dann die Personen, die es schon im Schlafzimmer gab, gestoßen, geschoben, gehoben: auch Ich. Streitende Stimmen, Klagen, Schluchzen. Fragen, Antworten. Tränen, Winken. Das Auto fährt an, ein paar Nachbarn bleiben zurück.

So enden Kindheiten in jener Zeit, das glaubt jeder,

das wird blank poliert beim häufigen Erzählen, das ist schön wehleidig, das hat seinen festen Platz im Medaillonschrein und seine Unterschrift: „Ende der Kindheit".

Interessant, daß es ohne weiteres verfilmbar ist, wenn man von ein paar Kleinigkeiten absieht, die die Erinnerung widerwillig auch aufbewahrt hat: die Verwunderung, wie grau diese Stadt war, in der man so ein buntes Leben gehabt hatte, daß man keine andere Stadt auf der Welt für kennenswert hielt; die Erkenntnis, die wie ein Funken gerade von einer grauen Häuserwand am Fischerkietz aufsprang und dann mitfuhr und mich lange einsam machte unter lauter Besessenen, die auf ein Wunder warteten: Das siehst du nicht mehr wieder. Da hörte ich, ehe ich noch angefangen hatte, zu warten auf.

Es kann sein, eines Tages werde ich wissen wollen, woher er kam, dieser absurde Gedanke. Wahrscheinlich würde er mich tief in meine Kindheit zurückführen, in Zonen, die gemieden werden bei der Anfertigung der Medaillons, in Regionen, in die mir, wenn nicht alles täuscht, die Filmkamera nicht folgen könnte. Die Sprache aber, das hoffe ich doch, könnte mir folgen, überallhin, wohin zu gehen man eines Tages den Mut haben wird: denn von dieser Zuversicht lebt man.

Sich-Erinnern ist gegen den Strom schwimmen, wie schreiben – gegen den scheinbar natürlichen Strom des Vergessens, anstrengende Bewegung. Wohin treibt das? Kaum bekannte Landschaft, ungewisse Farben, die sich allmählich entscheiden: blau, wie man es als Kind am Hochsommerhimmel sieht, damit man für immer weiß, was mit „Blau" gemeint ist. Kartoffelstauden links und rechts, der sonnenwarme Sand der Furche unter dem Körper, schönstes, erwünschtestes Lager. Hitze. Warum liege ich hier? Ich weiß es nicht. Ich weiß nicht, wieso ich die Gewohnheit des Gehorchens mit Gewalt unterdrückt, warum ich auf die Rufe vom Haus her nicht geantwortet habe. Endlich die Stille. Und da, nach einiger Zeit, die Eidechse auf meinem Bauch, die sich sonnt. Ich halte den Atem an. Nun bin ich glücklich, weiß, daß ich es nicht sein dürfte und daß ich mich für immer daran erinnern werde. Nachts wird Fliegeralarm sein. Ich zwinge mich, an die Menschen zu denken, die auch in dieser Minute getötet werden. Schlechten Gewissens gebe ich mir zu, daß ich kein schlechtes Gewissen haben kann über mein Glück: harmloser Vorbote der gemischten Gefühle, die, mehr als alles andere, Erwachsensein bedeuten.

Wenig ergiebige Szene, ohne Unterschrift. Kein Material für ein Medaillon, nichts, was die Kamera aufnehmen könnte. Jeder Regisseur, der auf den inneren Monolog verzichten will, müßte verzweifeln, so wie er sich auch von jener Balkonszene am Ufer der Wolga hätte abwenden müssen.

Und der Erzähler? Er liegt ja selber in der Kartoffelfurche, ist geschrumpft auf die Maße der Vierzehnjährigen, sieht die Kartoffelstauden links und rechts und den ungeheuren Himmelsausschnitt, erschrickt über die Eidechse und hält den Atem an: ist aber zugleich gewachsen und sieht auf die Vierzehnjährige hinab. Hält es nach fünfundzwanzig Jahren der Mühe wert, sich zu erinnern: Damals war ich glücklich und sollte es nicht sein. Versucht, schreibend, getreu zu sein, und findet: Die fünfundzwanzig Jahre haben nicht nur an ihm, sie haben auch an jener frühen Szene gearbeitet. Muß zugeben: Er hat sie nicht „objektiv" erzählt – das ist nicht möglich. Es entmutigt ihn nicht. Er entschließt sich, zu erzählen, das heißt: wahrheitsgetreu zu erfinden auf Grund eigener Erfahrung.

Die Prosa sollte danach streben, unverfilmbar zu sein. Sie sollte von dem gefährlichen Handwerk ablassen, Medaillons in Umlauf zu bringen und Fertigteile zusammenzusetzen. Sie sollte unbestechlich auf der einmaligen Erfahrung bestehen und sich nicht hinreißen lassen zu gewaltsamen Eingriffen in die Erfahrung der anderen, aber sie sollte anderen Mut machen zu ihren Erfahrungen.

Wozu kann uns das nützen?

Genau an dieser Stelle möchte ich eine ausreichend tendenziöse Verwendung für das schöne Wort „romanhaft“ finden. Vielleicht bitte ich darum, es über das ganze folgende Textzitat hin mitschwingen zu lassen:

„Ich lümmelte mich höflich mit dem Ellbogen über das Empfangspult und blickte in das Gesicht eines glücklich aussehenden jungen Burschen mit gepunktetem Querbinder. Von ihm wandte ich meinen Blick dem Mädchen vor dem Klappenschrank an der Seitenwand zu. Sie war ein Freilufttyp mit schimmerndem Make-up und einem blonden Pferdeschwanz. Sie hatte schöne, große, sanfte Augen, die glänzten, wenn sie den jungen Angestellten ansah. Sie schwang ihren Pferdeschwanz im Bogen herum und gönnte auch mir einen Blick.“

Manchmal stoßen einen die verkommensten Subjekte einer Gattung mit der Nase auf die feuchte Stelle der ganzen Zunft: Respekt und Fairneß gegenüber den ehrbaren Vertretern der romanhaften Erzählweise können mich nicht hindern, diese Sätze aus einem beliebigen Krimi entlarvend zu finden. So tief hinunter, in diese Kloake haben sie die Entdeckungen des genialen Balzac gezerrt. Jeder Kommis des Metiers schustert seine Romanfabeln aus den vier, fünf Bausteinen zusammen, die Anstoß erregten, als sie zum erstenmal verwendet wurden: Nein und nein, so war das Leben nicht!

Inzwischen scheint es so geworden zu sein. Lieschen und Karl Müller haben sich darauf geeinigt, ihr Privatleben als Dreiecks- oder Vierecksgeschichte aufzubauen, lassen sich nicht abhalten, entrüstet und gekränkt zu sein, wenn sie betrogen, und selig, wenn sie geliebt werden, was man so Liebe nennt. Immer mal wieder hat ein Vater seine Tochter zu verstoßen, hat ein irregeleiteter Jüngling sich durch veredelnde Einflüsse von Grund auf zu wandeln; und nur die Überzeugungen, die pflichtgemäß bei solchen Gelegenheiten ausgestoßen werden, sind aus anderen Vokabeln zusammengesetzt – teilweise.

Kein Spott wird verhindern, daß diese Romane massenhaft produziert werden, auch kein Rigorismus, den man sich also leisten kann, ohne irgend jemanden zu schädigen. Zu ihrer Zeit, vor hundertvierzig Jahren, waren, so unglaublich es klingt, gerade diese Geschichten ein Mittel, die reichlich wilde Welt zu zähmen. Kühnheit muß dazu gehört haben, den ungebärdigen Gehirnen ordentlich ablaufende Fabeln aufzudrängen. Man vergesse nicht: Eugenie Grandet – Madame Bovary – das waren zu ihrer Zeit erstaunliche Visionen.

Man soll die Entdeckung der Fabel allerdings nicht einem Autor oder einem Jahrhundert zuschreiben: sie lag in der Luft. Wer lange in den Kategorien der Newtonschen Himmelsmechanik gedacht hat, wird es allmählich natürlich finden, wenn der gesellschaftliche Mechanismus ähnlich funktionieren soll: Feste Objekte bewegen sich fortgesetzt auf berechneten Bahnen und wirken nach berechenbaren Gesetzen aufeinander ein: abstoßend, anziehend, zuweilen auch, bei Himmelskatastrophen, zerstörend. Ein Romancier muß unter solchen Umständen darauf verfallen, den Roman als ein Mittel zu benutzen, um gewisse Objekte – literarische Helden – durch Raum und Zeit zu transportieren. Die Regeln, die sich die Erfinder des Romans selbst erdachten, muß man heute noch bewundern, weil sie weit von den Normen abwichen, nach denen das menschliche Leben ihrer Zeit sich wirklich abzuspielen pflegte, und doch im Laufe von Jahrzehnten die Fiktion des „Natürlichen“ im Leser hervorzurufen wußten. Ja: sie wurden ihrerseits brauchbar als Verhaltensklischee für selbstunsichere Gesellschaftsschichten (sie schufen die Möglichkeit, als Zitat zu leben).

Die Festigkeit, auf der diese Konstruktion ruhte, war enorm und mußte sich am deutlichsten an denjenigen Fabeln erweisen, die, typisch für den bürgerlichen Roman, tragisch endeten: auch noch der untergehende Held ließ seinen Erben einige unbezweifelbare Konstanten zurück: die Realität, was immer man darunter verstehen mochte, und Raum und Zeit als ihre unverrückbaren Koordinaten. Der unübertreffliche Optimismus dieser Mechanik, unbezweifelbar selbst für den, der in ihr zermahlen wird, liegt auf der Hand: Ich gehe unter, aber sie bleibt und bewegt sich doch. Das hatte Funktion, war erkenntnis- und phantasiefördernd, Tüchtigkeit stimulierend, riß Widersprüche auf, ohne die Substanz zu gefährden, brachte in jedem Fall Realität hervor.

Diese selbe Himmelsmechanik dreht sich weiter, einem großen, schönen Schöpfrad vergleichbar, das nichts zutage fördert; oder wir sind unempfindlich geworden gegen seine Hervorbringungen. Die Fabeln, die den alten Gesetzen der Newtonschen Dramaturgie folgen, gleiten, ohne Widerstand zu finden, auf ausgeschwemmten Bahnen in unser Inneres. Prosa, die wieder wirken wollte, mußte sich einer neuen Realität auf neue Weise bemächtigen, mußte, unter anderem, beginnen, sich von der zum Klischee erstarrten, aus Versatzstükken gefertigten „Fabel" alter Provenienz zu trennen; mußte und muß ein mechanisches zugunsten eines dialektischen Weltverhältnisses zu überwinden suchen. Dieser Vorgang, der selbst Gegenstand von Prosa wird und übrigens neue, überraschende Arten von Prosafabeln hervorbringen kann, kann auch, rein technisch verstanden, zu in sich widerspruchsvollen Ergebnissen führen. Eines dieser Ergebnisse ist nach meiner Ansicht der „nouveau roman" und seine Theorie, formuliert von dem Franzosen Robbe-Grillet.

Er, der scharf das Problem fühlt, in dem die Gattung steckt, macht die „Krise des Romans" zur Krise der Romanautoren: er wirft ihnen die Anmaßung vor, von der sie bis jetzt gelebt haben – als allwissende und allmächtige Götter in ihrem selbstgeschaffenen Universum nach Gutdünken zu schalten und zu walten. Er hält dagegen: Die Objektivität des Autors sei ein Hirngespinst.

Freilich erweckt gerade der Streit um die Objektivität ein unbestimmtes Flattern im Gewissen der Romanautoren, das man am ehesten in die Worte faßt: Steine gab ich statt Brot. Schön, befriedigend und zutreffend sind die Beobachtungen, die Robbe-Grillet diesem Zustand widmet. Mit allen Anzeichen des Entsetzens flieht er das Klischee des bürgerlichen Romans, dessen neue Bedrohung er – wie ich glaube, mit Recht – aus der Tatsache ableitet, daß „die Welt nicht mehr das vererbbare und in Geld umsetzbare Privateigentum ist", „die Art Beute, die es weniger zu erkennen als zu erobern galt". Auffallend in diesem Satz ist ein Irrtum: der Gebrauch des Imperfekts. „Die Welt", von der Robbe-Grillet ausgeht, ist sehr wohl noch Privateigentum und Beute: die Revolution, die das Privateigentum an Produktionsmitteln abschafft, hat nicht stattgefunden. Der Autor ignoriert diese Tatsache und bringt durch diese vielleicht unbewußte Manipulation die auffälligeren Widersprüche in seine Theorie: auf einem Umweg kehrt er zu der Methode zurück, die zu bekämpfen er einst ausgezogen war.

Denn das neue Muster, das er dem alten entgegensetzt, ist ein Klischee so gut wie dieses: „Vielleicht ist das kein Fortschritt", sagt er, „aber es ist sicher, daß die gegenwärtige Epoche die der Kenn-Nummern ist." Er, der sich so kraftvoll abstieß von den alten Ufern der bürgerlichen Kunst – hier mündet er wieder ein in den Strom müder Resignation; denn Resignation ist es, Rückzug aus der Kampflinie, was sich hinter dem scheinbar sachlichen Urteil verbirgt. Er, der mit einem „neuen Roman" die „Realität konstituieren" wollte, endet bei dem praktischen Versuch, die minutiöse Beschreibung einer Dingwelt zu geben, von der die Kenn-Nummer Mensch sich kaum noch als widerstehendes, aufbegehrendes, rebellierendes Individuum abhebt. Als sei das unkommentierte „Da-Sein" der „Dinge" im Roman möglich und erstrebenswert; als brauche die Kunst nicht die Vermittlung des Künstlers, der mit seinem Lebensschicksal und seinem Lebenskonflikt zwischen der „Realität" und der leeren Seite steht und keine andere Wahl hat, diese Seite zu füllen, als die Auseinandersetzung zwischen der Welt und sich selbst darauf zu projizieren.

Diese Tatsache zu leugnen bedeutet nichts anderes, als eine neue Himmelsmechanik an die Stelle der alten, abgenutzten zu setzen, bedeutet Preisgabe von Positionen der Wirklichkeitsbewältigung, bedeutet Zurückweichen vor der Herrschaft der „Kenn-Nummern"; bedeutet doch wieder das Ende des Romans: Wie wäre es denkbar, daß „Kenn-Nummern" Romane schreiben?

Also hebt sich der Autor mit dieser seiner ununterdrückbaren Leidenschaft, zu schreiben – hebt sich zumindest er aus der Masse heraus, in der er nur Kenn-Nummern entdeckt und auf die er doch auch, wenigstens als seine Leser, angewiesen ist? Trifft auf ihn nicht zu, was auf alle zutrifft? Oder sendet er, einsam, schreibend um seine Persönlichkeit kämpfend, nur noch Signale aus, die keinen Widerhall mehr finden können? Wozu dann die Erfindung des neuen Romans, wenn er so unwirksam bleiben soll wie der alte?

Wirklich neue Erzählweisen aber sind seit langer Zeit gefunden.

Weltbilder

Georg Büchner, durch seinen Bruder mit dem mechanischen Materialismus, durch seine Studien mit dem naturwissenschaftlichen Gedanken der Evolution und durch seine revolutionäre Tätigkeit mit dem Volk und der sozialen Frage im Deutschland seiner Zeit vertraut, fand vor über hundert Jahren den Anfang und, das kann man unbesorgt sagen, einen Höhepunkt der modernen deutschen Prosa. Zwar benutzt er für seine Lenz-Novelle in horrend unverfrorener Weise den Krankenbericht des Pastors Oberlin, und die Verwandlung dieses Materials in Kunst riecht nach Hexerei. Bis man dahinterkommt, daß der Erzähler den vollen Einsatz gezahlt hat: „Mit wenigen Mitteln" hat er sich selbst dazugetan, seinen unlösbaren Lebenskonflikt, die eigene Gefährdung, die ihm wohl bewußt ist. Ein Konflikt, in dem sich die tausendfache Bedrohung lebendiger, entwicklungshungriger und wahrheitssüchtiger Menschen in Restaurationszeiten gesteigert spiegelt: der Dichter, vor die Wahl gestellt, sich an unerträgliche Zustände anzupassen und sein Talent zu ruinieren oder physisch zugrunde zu gehen.

Die Variante Wahnsinn – Lenz – kann dem nachgeborenen Büchner nicht ganz fremd gewesen sein. Er kann sie durchgespielt haben, um ihr zu entrinnen. Die Distanz des nüchternen Beobachters, die der Krankenbericht ihm anbot, mußte ihm recht sein – entäußern wollte er sich nicht. Man mag von Mimikry reden. Nur soll man nicht weiterhin, wie Büchners Mit- und Nachwelt, seine Entdeckung übersehen: daß der erzählerische Raum vier Dimensionen hat; die drei fiktiven Koordinaten der erfundenen Figuren und die vierte, „wirkliche" des Erzählers. Das ist die Koordinate der Tiefe, der Zeitgenossenschaft, des unvermeidlichen Engagements, die nicht nur die Wahl des Stoffes, sondern auch seine Färbung bestimmt. Sich ihrer bewußt zu bedienen ist eine Grundmethode moderner Prosa. Komplizierte Erzählstrukturen, die dadurch hervorgebracht werden, haben nichts mit Willkür zu tun – so, wie Georg Büchner nicht zufällig unvermittelt, von einem Satz zum anderen vom „Er" zum „Ich" übergehen kann: eine Methode, die heute noch Befremden erregt.

Büchners Lenz-Novelle steht – hoch über dem trüben Strom konventioneller Prosa, die seitdem in deutscher Sprache produziert wurde – frisch und kühn da wie an dem Tag, an dem sie geschrieben ist. Zu ihrer Zeit nicht erkannt, aus erklärbaren, wenn auch keineswegs guten Gründen für lange verloren, steht es heute jedermann frei, sie zu prüfen und einen Mann zu bewundern, der Dichter, Naturwissenschaftler und Revolutionär war und das, zwei Jahre vor seinem Tod, als Zweiundzwanzigjähriger schrieb. Für den es unsinnig gewesen wäre, herkömmliche Geschichten auszudenken, die man, mit mehr oder weniger Kunst und Technik, zu jeder Zeit nach Maß herstellen kann. Für den Schreiben das Mittel ist, sich mit der Zeit zu verschmelzen in dem Augenblick, da beide ihre dichteste, konfliktreichste und schmerzhafteste Annäherung erfahren. Die Energiemenge, die aufgebracht werden muß, um den Schmelzpunkt zu erreichen, ist beträchtlich. Nicht weniger als der volle Einsatz der eigenen moralischen Existenz ist gefordert, jedesmal neu. Das ist der Ernst hinter dem Spiel der Kunst. Büchner gibt alles, die Prosa des Alltags: Situation, Umstände, Psychologie, Analyse – und er verwandelt es, indem er die Vision dazutut, von der er lebt und unter der er leidet. Und wäre sie nur sichtbar im Ton des unübertroffenen Schlußsatzes, gegen den, so kann es einem vorkommen, die Menschheit sich seitdem auflehnen muß: So lebte er hin.

Weggefegt ist der Rauchvorhang vor dem Gewimmel der erdichteten Gefühle. Einsicht herrscht, Nüchternheit und Kenntnis bei gesteigerter Sensibilität: Realismus. Nicht Dürre der Konstruktion oder Naturalismus, aber auch der Überschwang erhitzter Empfindungen nicht.

Sondern: phantastische Genauigkeit.

Man glaubt ihr schon begegnet zu sein. Wenn nicht alles täuscht, in den Berichten der Physiker. Ihnen mag es leichter fallen als den Schreibern, zu definieren, woran sie arbeiten – sie wollen herausfinden, aus welchem Material die Welt besteht; aber merkwürdigerweise brauchen sie – je kleiner die Teilchen werden, mit denen sie es zu tun haben, je schwieriger exakte Messungen – eingestandenermaßen eine unmeßbare Größe: die schöpferische Phantasie. Wer weiß, ob nicht in ihren geheimsten Stunden der blasphemische Gedanke sie anwandelt, daß eigentlich sie es sind, die die Welt erfinden: zu verwundern wäre es jedenfalls nicht. Und sollte es nicht mehr sein als ein mechanischer Vergleich, wenn man die Erschütterung der alten Schreibweise in Beziehung brächte zu den Umbrüchen im Denken der Physiker? Mit Einsteins Raum-Zeit-Kontinuum konfrontiert, muß ein furchtbares Sterben in ihnen eingesetzt haben. Was feststand – Raum und Zeit –, wurde relativ, der mühsam in ihrem Denken erzeugte Lichtäther löste sich in nichts auf, das Gehirn, das geschaffen schien, die Welt dreidimensional und nicht anders zu begreifen, wußte nicht, ob es sich selbst noch trauen konnte.

Nicht ohne Aufregung hört man einen Mann wie Heisenberg sagen: „In der modernen Physik sind nicht mehr alle Vorgänge durch die überkommene Sprache genau beschreibbar . . . Aber wir *müssen* über Atome und Elementarteilchen reden, denn sonst können wir unsere Experimente nicht verstehen." Der geheime Grund für die Erregung, in die solche Aussagen einen versetzen, ist vielleicht die Witterung von Beziehungen zu den heikelsten, am schwersten formulierbaren Fragen der eigenen Arbeit. Denn durchaus kann es sich auch hier darum handeln, über Ahnungen reden zu müssen, die erst durch Artikulation, durch Darüber-Reden zu Gewißheiten werden können. Durchaus spürt man den Widerstand in sich, aber zugleich den Zwang, in jene noch unerforschte Gegend vorzudringen, in der die Struktur der moralischen Welt gesellschaftlich lebender Menschen in Frage steht – ein Gefühl, ähnlich vielleicht dem vorsichtigen Tasten der Atomwissenschaftler, wenn sie es wagen, vorläufige bildhafte Vorstellungen über die Vorgänge im Innern des Atoms zu entwickeln. Nicht ohne Grund fasziniert uns ihr Abenteuer, das äußerlich in Gestalt höchst genauer, subtiler und wahrscheinlich durch dauernde Wiederholung eintöniger Messungen auftritt und also, wie man hört, nun an dem Punkt ist, da die alte Sprache der klassischen Physik nichts Zutreffendes mehr aussagt und „man zur Beschreibung der kleinsten Teile der Materie abwechselnd verschiedene, einander widersprechende anschauliche Bilder verwenden" muß. „Wortgemälde" nennt Heisenberg sie und erklärt es für ihre Aufgabe, „im Geist des Hörenden durch Bild und

Gleichnis gewisse Beziehungen hervorzurufen, die in die gewollte Richtung weisen, ohne ihn durch eindeutige Formulierungen zum Präzisieren eines bestimmten Gedankengangs zwingen zu wollen".

„Wie die Dichter", hat er noch hinzugefügt.

Dieser ausdrücklichen Herausforderung hätte es nicht bedurft. Das wissenschaftliche Zeitalter – Brecht hat versucht, ihm einen Weg zu bahnen in den Köpfen der Theaterzuschauer. „Episches Theater" hat er seine Erfindung genannt, die vielleicht seltener methodisch begriffen als nachgeahmt wird und, da sie zum dialektischen Denken in Modellen anregen wollte, am wenigsten verdient hat, als Klischee weitergereicht zu werden. – Der Vorschlag, sich um eine „epische Prosa" zu bemühen, scheint dagegen ein Unsinn zu sein. Und doch hat man eine Ahnung, daß es sie geben müßte: eine Gattung, die den Mut hat, sich selbst als Instrument zu verstehen – scharf, genau, zupackend, veränderlich –, und die sich als Mittel nimmt, nicht als Selbstzweck. Als ein Mittel, Zukunft in die Gegenwart hinein vorzuschieben, und zwar im einzelnen; denn Prosa wird vom einzelnen Leser gelesen, der sich, alle Verführungen der modernen Technik außer acht lassend, mit einem Buch allein zurückzieht.

Die epische Prosa sollte eine Gattung sein, die es unternimmt, auf noch ungebahnten Wegen in das Innere dieses Menschen da, des Prosalesers, einzudringen. In das innerste Innere, dorthin, wo der Kern der Persönlichkeit sich bildet und festigt. (Schon gebraucht man, ähnlich den Atomwissenschaftlern, bildhafte Umschreibungen, die nicht „stimmen", die aber nötig sind, um Übereinkünfte mit dem Leser zu erzielen.) Diese Region kann die Stimme eines anderen Menschen, kann Prosa erreichen, kann durch die Sprache berührt und aufgeschlossen werden – nicht, um sich ihrer zu bemächtigen, sondern um seelische Kräfte freizusetzen, die an Gewalt mit den im Atom gebundenen Energien zu vergleichen sind.

Das heißt, die Prosa kann sich nur mit gedanklichen Strömungen und gesellschaftlichen Bewegungen verbinden, die der Menschheit eine Zukunft geben, die frei sind von den jahrhundertealten und den brandneuen Zauberformeln der Manipulierung und selbst das Experiment nicht scheuen. Das heißt, ich sehe eine tiefe Übereinstimmung zwischen dieser Art zu schreiben mit der sozialistischen Gesellschaft. Bewiesen ist, daß Ausbeutergesellschaften nicht fähig sind, der Menschheit eine Zukunft zu sichern, die diesen Namen verdient. Ein amerikanischer Schriftsteller, der aus amerikanischen Gewehren auf vietnamesische Freiheitskämpfer schießt, hat nicht nur die Moral seines Berufs verraten – er hat auch eine berufsschädigende Unfähigkeit zum Denken bewiesen.

Daher, ehe man den naturwissenschaftlichen Begriff der „Relativität" auf gesellschaftliche Bereiche überträgt, ist es zweckmäßig, sich zu vergewissern, was feststeht. Von da ausgehend, sollte man sich aber fragen, ob nicht das Aufkommen eines neuen Gesellschaftstyps gerade den Schriftsteller, der sich bewußt für diese Gesellschaft engagiert, vor radikal andere Aufgaben stellt als die der inhaltlichen Modifikation alter Literaturmuster. Ob nicht eindringliche, radikale Fragestellungen nötig sind, deren erste Ergebnisse vorläufig und schwer formulierbar sein werden, wie die der Physiker. Ob nicht Aussagen, bei deren Wiederholung nichts anderes im Bewußtsein des Lesers aufleuchtet als ein Lämpchen mit der Beschriftung „falsch" oder „richtig" – ob nicht solche Aussagen in andere Bereiche gehören und die Literatur, die Prosa, von der hier die Rede ist, den Mut haben muß, auf Erkundung zu gehen.

Noch scheuen wir dieses Abenteuer. Wir klammern uns an die Konventionen, wir befestigen mehr alte Denkinhalte, als daß wir nach neuen suchen. Anstatt zu beunruhigen und zu aktivieren, beschwichtigen wir. Es scheint, die Prosa ist noch nicht angekommen im wissenschaftlichen Zeitalter. *Das* sollte man beklagen, nicht den möglichen Untergang des Romans: untergehen wird nur, was nicht wirklich gebraucht wird.

Gebraucht wird aber eine unbestechliche und zugleich verständnisvolle Begleiterin auf einer kühnen und gefährlichen Expedition.

Realitäten

Zu schreiben kann erst beginnen, wem die Realität nicht mehr selbstverständlich ist.

Realität? Die Romanschriftsteller, das ist ein gutes Zeichen, sind sich nicht einig über ihren Gegenstand, der ja wirklich nicht so leicht zu benennen ist wie der Forschungsgegenstand der Physiker. Immerhin kann man daraus, daß Wirkungen zu sehen sind, auf einen Wirkungsfaktor schließen: immer noch sind Menschen vorzuweisen, die sich bewegt, berührt, beeinflußt von Literatur zeigen. Was in ihnen wirkt, ist weder „das Leben selbst“ noch eine Information über Fakten, und doch hat es mit Wahrheit zu tun.

Es gibt eine Wahrheit jenseits der wichtigen Welt der Fakten. Hier endet die Affinität zu den Naturwissenschaften: der Erzähler kann ihre Ergebnisse kennen und nutzen, aber was er selbst auf der Suche nach der Natur des gesellschaftlich lebenden Menschen entdeckt, darf wohl als „wahr“ gelten, ohne daß der Nachweis der „Richtigkeit“ erforderlich wäre, den jeder naturwissenschaftliche Schluß verlangt.

So wäre es richtig, daß wir, schreibend, die Welt neu erfinden müssen?

Vor kurzem bewegte ich mich einen langen regnerischen Nachmittag lang in der Welt von Dostojewskis „Raskolnikow“. Man kann sie wie eine archäologische Schicht bei einem Gang durch bestimmte Viertel des heutigen Leningrad freilegen. Das Haus der Wucherin steht noch. Diese Treppe, sagte der alte Mann, der uns führte – Dostojewskis Enkel –, diese selbe Treppe ist auch Raskolnikow oft hinaufgegangen. – Beklommen traten wir mit staubbedeckten Schuhen in seine Spuren. – Hier, sagte unser Führer, auf diesem Treppenabsatz hat er gezögert, wie Sie wissen. Zu seinem Glück – er mußte sich ja später verbergen – arbeiteten in dieser rechten Wohnung die Maler, und diese hier, links, stand ebenfalls leer. Man kann sagen, daß der Zufall sein Vorhaben begünstigt hat.

Noch einmal schien die grausige Tat bevorzustehen, als wir langsam noch ein Stockwerk höher stiegen. – Hier ist es geschehen, sagte Dostojewskis Enkel streng und zog an der Klingel, an der an jenem Unglückstag auch Raskolnikow zog. Die Wohnung, in die wir Einlaß begehrten, trägt heute die Nummer 72. Eine jüngere Frau, die unser Ansinnen nicht merkwürdig fand, bat uns herein. Wir wurden darauf hingewiesen, daß wir den schmalen Flur, den Dostojewski erwähnt, nicht mehr finden würden: die Trennwand zwischen ihm und der Küche sei abgerissen worden.

Wir traten ein. Man führte uns durch die Küche in die Schlafstube. Das weiße, hoch aufgetürmte Bett der jungen Frau, ihr Kleiderschrank – was hatten wir hier zu suchen? Ich trat ans Fenster. – Dort, wo Sie jetzt stehen – da stand die Wucherin, als Raskolnikow zuschlug. – Unwillkürlich trat ich einen Schritt zurück und verriet mich so: schon war ich selbst in das Gewirr von Realität und Erfindung verstrickt. Ist es Ihnen nicht unheimlich, fragten wir die junge Frau, hier zu wohnen? – Doch sie, an solche Fragen gewöhnt, antwortete gleichmütig: Es geht. Man gewöhnt sich daran.

Als habe wirklich jemals eine Blutlache an der Stelle gestanden, wo jetzt ihr Bettvorleger liegt.

Schweigend gingen wir die zwei Treppen hinunter, über den Hof, durch den alten Torweg und traten auf die Straße. Unser Führer machte sich erbötig, uns zu beweisen, daß Raskolnikow dem Hausknecht, dem er verdächtig geworden war, eine falsche Adresse nannte. Sie erinnern sich: es trieb ihn, wie jeden Mörder, zurück an die Stätte seiner Untat. Da spricht man ihn an, fragt ihn nach Namen und Adresse. Raskolnikow, überrumpelt, nennt seinen Namen, hat aber doch die Geistesgegenwart, eine falsche Adresse anzugeben: „Ich wohne im Schillschen Haus, hier in der Querstraße, nicht weit von hier, Wohnung Nummer 14." – Wir also werden, was Dostojewski nicht für nötig hielt, Raskolnikow der Lüge überführen. Wir gehen zur Querstraße, zum Schillschen Haus. Ganz geheuer ist uns nicht, als Dostojewskis Enkel nur eine verächtliche Handbewegung hat für die absurde Vorstellung, hier könnte der erfundene Raskolnikow „in Wirklichkeit" gewohnt haben. Denn nun schreitet er mit uns die romangetreuen siebenhundertdreißig Schritte ab, die Raskolnikow von seiner Wohnung bis zum Haus der Erschlagenen brauchte. Das führt uns weit vorbei am Schillschen Haus zu einer Kreuzung, zu jenem Eckhaus, an dem Markierungen und Inschriften in deutscher und russischer Sprache eines lange, lange vergangenen Hochwassers gedenken und in dessen Torweg wir auf eine einfache Holztür aufmerksam gemacht werden, die früher, das heißt zu Zeiten Raskolnikows, nach der anderen Seite sich öffnete. Erinnern Sie sich? Hier wurde Holz gestapelt, und da sah Raskolnikow, der auf die berechnete Weise nicht an sein Mordinstrument gekommen war, ganz unverhofft das Beil blinken!

Erneut Steintreppen. Schließlich stehen wir am Fuß jener dreizehn Holzstufen, die zu Raskolnikows Dachkammer geführt haben müssen – wenn auch die Kammer längst dem Wäscheboden zugeschlagen wurde. Hier, sagte der alte Mann, der uns mehr antreibt als begleitet, von allen Häusern der Umgebung nur hier gibt es diese Küchenfenster, die auf den Flur hinausgehen und an denen, wie Sie ja wissen, Raskolnikow sich vorbeischleichen mußte, wollte er nicht dauernd von seiner Wirtin an seine Schulden gemahnt werden.

Gerade hier aber, am Fuße dieser Treppe, schossen für uns die Realitäten verschiedenen Grades, zwischen denen wir uns seit Stunden nicht ohne Schwindelgefühl bewegten, endlich zu einer komplizierten, aber doch durchschaubaren Einheit zusammen. Denn in dieser Dachkammer Raskolnikows hatte Dostojewski selbst, besessen von der Arbeit an seinem Buch, vor seinen Gläubigern Zuflucht gesucht. Die Nachforschungen seines Enkels ließen daran keinen Zweifel. Wir fühlten wieder Boden unter den Füßen. Hier hat ein dokumentarisch belegter Autor, eine historische Figur, ein Mensch aus Fleisch und Blut vor hundert Jahren gelebt und hat keine andere Rettung aus seiner großen inneren und äußeren Bedrängnis gesehen als die Projizierung seiner Konflikte auf eine – soll man noch sagen: erfundene – Gestalt, die mit ihm in der gleichen armseligen Kammer haust, ihre Pfänder zu der gleichen Wucherin bringt und die imstande ist, zu tun, was als grausiges Gedankenexperiment im Gehirn des Autors entstanden sein muß und vielleicht in Wirklichkeit nicht zu geschehen brauchte, weil es mit aller Kraft auf den Ersatzmann, die Schattengestalt, geschoben wurde: der Mord an einer Kreatur, die dem kranken Kopf des Mörders minderwertig, ekelhaft, vernichtenswert erscheint.

Tiefer, unheimlicher kann die Verquickung von „Stoff" und „Autor" nicht sein. Erst aus dieser Verquikkung geht ein Drittes hervor, die neue Realität des Buches, die „wirkliche" Häuser, Straßen, Wohnungen und Treppen mühelos mit sich führt, aber natürlich des Beweises, daß eben diese Häuser und Kämmerchen genau so vorhanden sind, wie sie beschrieben wurden, keineswegs bedarf. Denn die Realität von „Schuld und Sühne" erschöpft sich nicht in der Topographie einer Stadt. St. Petersburg – gewiß. Aber kann noch jemand zweifeln, daß es dieses Petersburg, das wir doch alle zu kennen meinen – dieses düstere Menschenbabel –, niemals gegeben hätte, hätte nicht die überhitzte Phantasie eines unglücklichen Dichters es gesehen? Seine Veranlagung, seine furchtbare Lebensgeschichte, seine fast krankhafte Empfindlichkeit für die moralischen Widersprüche seiner Zeit – sie waren es, die ihn zwangen, einen Raskolnikow aus sich herauszustellen, eine Welt um ihn zu errichten, die nur scheinbar aus den Bausteinen der materiellen Welt gemacht ist; in der er, Dostojewski, als ein Besessener mit Schattenfiguren durchspielen und bis zu einem gewissen Grad überwinden kann, was ihn in der „wirklichen" Welt an den Rand der Vernichtung oder Selbstvernichtung gebracht hat.

Von dieser Art sind die Stoffe der Prosaschreiber. Ein Irrtum ist es, sich etwas wie Stoffbänke vorzustellen („die Stoffe liegen doch auf der Straße!"), auf denen die Stoffe bereitlägen, um sich von jedem beliebigen Autor nach Hause tragen zu lassen. Für einen bestimmten Autor gibt es in einem bestimmten Augenblick nur einen einzigen Stoff. Ist der Autor fleißig und kenntnisreich, wird er das Material finden, das nötig ist, ihn zu realisieren; ist er genügend besessen, wird der Einfall sich einstellen, der das Material organisieren kann; die Stärke seines Talents entscheidet über die Intensität der Vortäuschung einer neuen Realität. Wenn seine Vision kühn, seine Erfindung phantastisch, erregend und „wahr" genug ist, wird er Leser finden, die bereit sind, an ihr teilzuhaben, sie aktiv mitzutragen, sich ihr mit der ganzen Person zu stellen und so das hauchdünne Fädchen zwischen Wirklichkeit und Erfindung, das bisher nur der Autor selbst, oft zweifelnd, in der Hand hielt, fester, sicherer, dauerhafter zu machen. Wer wollte leugnen, daß wir mit Raskolnikow, Anna Karenina und Julien Sorel leben so gut wie mit Napoleon oder Lenin?

Matte Erfindungen, blasse, zaghafte Visionen, unfähig, die Wirklichkeit „wirklich" zu übersteigen, finden matten, kurzlebigen Widerhall. Sie werden allemal von dem, was tagtäglich passiert, bei weitem übertroffen.

Lassen wir Spiegel das Ihre tun: spiegeln. Sie können nichts anderes. Literatur und Wirklichkeit stehen sich nicht gegenüber wie Spiegel und das, was gespiegelt wird. Sie sind ineinander verschmolzen im Bewußtsein des Autors.

Der Autor nämlich ist ein wichtiger Mensch.

Kurzer Entwurf zu einem Autor

Prosa wird, im Gegensatz zu anderen Gattungen der Literatur, immer noch von einzelnen geschrieben. Das ist nicht so selbstverständlich, wie man durch Gewöhnung glaubt. Walter Benjamin zum Beispiel hat schon in den zwanziger Jahren nach einem Besuch in der Sowjetunion ohne Bedauern das nahe Ende des Einzelproduzenten in der Literatur vorausgesagt: er werde, ähnlich wie der wirtschaftliche Kleinproduzent, zwischen den massenhaft produzierenden Institutionen zerrieben werden. – Aber, wie sich zeigt, sind nicht alle Analogien zwischen ökonomischen und geistigen Prozessen gültig.

Immerhin ist und bleibt die Stellung des literarischen Einzelproduzenten in der Gesellschaft der Gegenwart und Zukunft problematisch: Das Finanzamt nennt ihn „freischaffend". Die Ware, die er herstellt – „produzierend in der leichtesten Weise", mit billigen Produktionsmitteln übrigens: Papier und Schreibmaschine –, nimmt ein Verlag ihm ab, vertreibt sie und gibt ihm, dem Autor, den geringsten Teil vom Erlös. Soziologisch fällt die Schicht, der er wohl oder übel angehört, nicht ins Gewicht. Die Unsicherheit seiner Lage macht ihn selbst nicht selten unsicher. Schreiben, sagt man zwar, sei ein Beruf wie jeder andere. Daß man es überhaupt sagen muß – nie würde man wagen, einen Ingenieur oder Metalldreher so zu trösten –, beweist, es stimmt nicht. Daher denkt fast jeder Schriftsteller häufig an Berufswechsel. Selten macht einer seine Drohung wahr. Aber er kann sich nicht verhehlen, daß er an der Erfüllung der ökonomischen Ziele, auf die seine Gesellschaft alle Kraft konzentriert, direkt keinen Anteil hat. In einer Zeit, da meßbare Wirkungen alles zu bedeuten scheinen, fragt er sich natürlich nach seiner Effektivität.

Er ist häufig kein Fachmann auf irgendeinem Gebiet. Seine Lebensweise unterscheidet ihn drastisch von der Mehrzahl der Bürger moderner Industriestaaten: Seine Arbeit zwingt ihn nicht zu einer bestimmten Minute an einen bestimmten Platz. Seine Produktionsbedingungen scheinen die Gefahr in sich zu bergen, ihn zu vereinzeln.

Wie kann er – der hier, um das Grundsätzliche in der Problematik herauszuholen, aus der Retorte geschaffen wurde – Allgemeingültiges, allgemein Interessierendes zu sagen haben?

Niemand, am wenigsten der Schriftsteller, kann Freiheit suchen jenseits der Koordinaten von Raum und Zeit, jenseits der Geschichte und ohne sie. Der geographische Ort, an dem ein Autor lebt und der zugleich ein geschichtlicher Ort ist, bindet ihn. Das ignorieren oder leugnen zu wollen wäre nicht nur ein vergebliches, sondern auch ein unnützes Unterfangen: Warum sollte er sich fahrlässig des Vorteils begeben, der darin liegt, daß seine Gesellschaft die Selbstverwirklichung ihrer Mitglieder anstrebt? Eine der wichtigsten Voraussetzungen für das Entstehen von Literatur ist aber Sehnsucht nach Selbstverwirklichung: daher der Zwang des Aufschreibens, als vielleicht einzige Möglichkeit des Autors, sich nicht zu verfehlen (dies erklärt die Zähigkeit, mit der Schreiber auch unter widrigen Umständen an ihrem Beruf festhalten).

Der Autor also, der hier skizziert wird, nutzt die Vorteile unserer Gesellschaft, deren größter es für ihn ist, daß sein Denken nicht von einem Leben in einer antagonistischen Klassengesellschaft geprägt wurde: das heißt, er hat eine wichtige Freiheit, die es ihm zur Pflicht machen sollte, sich weiter in die Zukunft vorauszuwerfen als sein Kollege, der in der Klassengesellschaft lebt. Er soll den Vorteil des geographischen und historischen Orts bis auf den Grund ausschöpfen und sich, als Person, jeder Empfindung stellen, die ein tief beteiligtes Leben mit sich bringt.

Der Autor, von dem wir reden, läßt sich also trotz seiner merkwürdigen Lebensweise nicht in eine Außenseiterposition drängen, die fast alle bürgerlichen Autoren heftig beklagen. Die Tatsache, daß kein Konzernpförtner ihn am Betreten großer Betriebe und wissenschaftlicher Institute hindert, verringert die Gefahr der gedanklichen Selbstisolierung. Das lebendige, fordernde Interesse einer selbstbewußten Leserschicht stimuliert ihn, aber er gibt sich nicht der Illusion hin, „für alle" zu schreiben.

Er muß um die Bedingungen für seine Arbeit kämpfen, niemand tut das für ihn. Er hat sich zu wehren gegen die unmerkliche Verführung, gegen sich selbst nachgiebig zu werden, die ein öffentliches Interesse mit sich bringt. Er versucht die Schranke zwischen den Produzenten von Kunst und ihren Verbrauchern niederreißen zu helfen. Er ist nichts anderes und will nichts anderes sein als ein normales, engagiertes Mitglied dieser Gesellschaft. Er leugnet seine Verantwortung nicht, er trägt nicht leicht an ihr, aber er hütet sich auch, sie vor sich selbst zu übertreiben und sich zu verkrampfen. Denn es ist schwierig, unverwandt und unbedingt wahrhaftig von den eigenen Erfahrungen auszugehen. Dies, manchmal als Gewissensprüfung für den Autor hingestellt, ist in Wirklichkeit blanker Eigennutz: jede Manipulation mit den eigenen Erfahrungen zerstörte unverzüglich den Kontakt zu den lebendigen Quellen der Inspiration und würde den Autor zwingen, Gespenster auszustoßen, Mißgeburten, die mit verdrehten Augen und falschen Zungen reden.

Der Autor, den wir meinen, ist tief beunruhigt über die Zukunft der Menschheit, weil sie ihm sympathisch ist. Er liebt es, auf der Welt zu sein, und er liebt die vielen Formen, in denen menschliches Leben sich zeigt. Er ist nüchtern und optimistisch, sonst würde er zu schreiben aufhören. Sein Optimismus kann wie Ernst und wie Zorn aussehen, aber nicht wie Gleichgültigkeit. Nur dann kann er, wie er weiß, hin und wieder den Anspruch erheben, „ich" zu sagen. So daß „schreiben" nur ein Vorgang in einem verwickelteren Prozeß ist, für den wir das schöne, einfache Wort „Leben" haben.

Bescheidenheit ist angebracht. Was soll unser Autor

sich wünschen? Genies sind selten, er wird seine Chance, zu überdauern, nicht übertreiben. Die Radikalität seiner Fragestellung wird Bedeutung haben, und sein produktives Verhältnis zu seiner Zeit. Die Intensität seiner Lebenslust.

Übrigens braucht er – so stark wie den himmelstürmenden Vorsatz, bis zum Äußersten zu gehen – die stillschweigende Übereinkunft mit sich selbst, daß vielleicht auch das Unäußerste, das ihm eben erreichbar ist: er selbst, der mit seiner unverwechselbaren Stimme spricht, irgendeinem Menschen nötig sein mag.

Erinnerte Zukunft

Ist es denn wirklich der Sinn der Welt, daß sie uns unser eigenes Wesen enthüllt?

Natürlich nicht. Die Welt hat keinen Sinn. Ihr einen zu geben – gerade diesen – ist unser freier Entschluß. Jedenfalls können wir uns einbilden, dieser Entschluß stünde uns frei, bis wir begreifen, daß anscheinend unser Überleben als Gattung an ihn geknüpft ist.

Um einen innersten Verdacht auszusprechen: Vielleicht liegt den Menschen, die heute da sind, nicht wirklich – oder nicht genug – daran, als Gattung zu überleben; vielleicht genügt ihnen die Aussicht auf ein relativ ungestörtes Dasein für ihre eigene Lebensdauer? Und sind nicht relativ ungestört die meisten, wenn die Morde an Völkern nur über tausend Kilometer von den Grenzen ihres eigenen Landes entfernt stattfinden? Läßt sich die Ungestörtheitsgrenze nicht vielleicht noch näher heranschieben? Warum?

In der „Natur der Dinge“ oder in der biologischen „Natur des Menschen“ liegt der Humanismus nicht. Er wird uns nicht angeboren. Jedes Individuum muß neu erlernen, was die Gesellschaft in Jahrtausenden als höchste, mühsamste, am meisten gefährdete Leistung hervorgebracht hat, kein Instinkt verbietet ihm wie den meisten Tierarten die Tötung der Artgenossen. Gefährlich ist die zynische spätbürgerliche Haltung, den Humanismus für anachronistisch zu erklären und ihn auf Zeitalter zu begrenzen, da die Menschheit zahlenmäßig so schwach war, daß hemmungslose Gewaltanwendung ihre Ausrottung hätte bedeuten können. Wir haben uns eine Erinnerung bewahrt an Vor-Zeiten, die eine einfache und heitere Weise der Existenz gewährten; diese Erinnerung prägt unser Sehnsuchtsbild von der Zukunft – aber ist sie denn real, diese Zukunftserinnerung? Werden die fünf oder sechs Milliarden Lebewesen, die um das mysteriöse Jahr 2000 herum aller Wahrscheinlichkeit nach die Menschheit repräsentieren werden, Lebensformen finden können, auf die das altmodische Wort „brüderlich" paßt?

Dieser Abstecher führt uns unerwartet, aber direkt auf unseren Gegenstand, die Prosa, zurück. Nicht, um Menschheitsfragen aufzuwerfen, haben wir uns aufgemacht, sondern um ein bißchen Rechtfertigung zu suchen für eine Tätigkeit, die sich nicht von selbst versteht. Wir leugnen nicht die persönlichsten Motive, die wir allerdings für die besten halten, weil sie sicher wirksam sind. Gerade solche persönlichsten Motive, ein ganz persönliches Interesse an sich selbst täten der Menschheit not.

Das heißt: dem einzelnen, dem, an den die Prosa sich wendet. Wenn alles davon abhängt, auf welche Gesellschaftsordnungen die neuen Erfindungen von Wissenschaft und Technik treffen, dann möge man sich erinnern, daß jede faschistische „Ordnung" damit beginnt, das Individuum auszulöschen; daß die bürgerliche Ideologie heutzutage viel Wert auf die Feststellung legt, man könne mit jedem Menschen alles machen; daß sie „Persönlichkeit" für ein veraltetes Ideal hält und den stromlinienförmig konstruierten Menschen für unvermeidlich, der der Technik den geringsten Widerstand entgegensetzt, unbegrenzt anpaßbar, unbegrenzt austauschbar ist, dem Freude und Trauer aus mechanischen Reizungen bestimmter Gehirnpartien zufließen; dem schließlich auch Leben nur noch als ein großes Als-ob zugänglich ist: Klischees konsumieren, zwischen künstlichen Reizen existieren, die man sich selbst verschreibt.

Dies, ein geschichtsloser Zustand, wäre zugleich das Ende der Geschichte, das Ende jeder Bindung der Menschheit an ihre Wurzeln und jeder Hoffnung auf eine Zukunft. Der sozialistische Prosaautor hat jeder dieser Thesen bewußten und möglichst wirksamen Widerstand entgegenzusetzen, was immer man ihm an Gegenbeweisen vorhalten mag: denn dies ist eine Gattung von „Wahrheiten“, die erst wahr werden, wenn es ihnen gelungen ist, in die Menschen einzudringen und sie auszuhöhlen. Mit keinem Wort, mit keiner Zeile darf man sich an diesem makabren Geschäft beteiligen.

Sondern Prosa soll versuchen, den Kontakt der Menschen mit ihren Wurzeln zu erhalten, das Selbstbewußtsein zu festigen, das so labil geworden ist, daß in hoch technisierten Ländern viele Menschen in den Selbstmord oder in die Sackgasse der Neurosen flüchten. Ein Vorgang, dem eine bestimmte Richtung der Psychiatrie mit Methoden der „Desensibilisierung“ begegnen zu müssen glaubt, mit einem drastischen Anpassungstraining an die Norm. Andere sehen einen Ausweg in einem „Zurück zur Natur“, in einem romantischen Unsinn, der die Technik ächtet, die doch das einzige Mittel ist, die sprunghaft wachsende Menschheit zu ernähren und zu kleiden: eine naive Welt- und Lebenshaltung läßt sich nicht künstlich konservieren.

So bleibt der schmale Weg der Vernunft, des Erwachsenwerdens, der Reife des menschlichen Bewußtseins, der bewußte Schritt aus der Vorgeschichte in die Geschichte. Bleibt der Entschluß, mündig zu werden. Wenn man dafür Wegbereiter und Begleiter braucht, soll uns um die Prosa nicht bange sein: sie ist ja ein Produkt des Reifeprozesses der Menschheit, spät entwickelt, geradezu erfunden, Differenzierungen zu schaffen und auszudrücken. Prosa schafft Menschen, im doppelten

Sinn. Sie baut tödliche Vereinfachungen ab, indem sie die Möglichkeiten vorführt, auf menschliche Weise zu existieren. Sie dient als Erfahrungsspeicher und beurteilt die Strukturen menschlichen Zusammenlebens unter dem Gesichtspunkt der Produktivität. Sie kann Zeit raffen und Zeit sparen, indem sie die Experimente, vor denen die Menschheit steht, auf dem Papier durchspielt: da trifft sie sich mit den Maßstäben der sozialistischen Gesellschaft. Die Zukunft wird wissen, wie wichtig es ist, den Spiel-Raum für die Menschen zu vergrößern. Prosa kann die Grenzen unseres Wissens über uns selbst weiter hinausschieben. Sie hält die Erinnerung an eine Zukunft in uns wach, von der wir uns bei Strafe unseres Untergangs nicht lossagen dürfen.

Sie unterstützt das Subjektwerden des Menschen.

Sie ist revolutionär und realistisch: sie verführt und ermutigt zum Unmöglichen.

1968

Beispiele ohne Nutzanwendung

Stockholmer Rede

„Literatur in Verkleidung"? Ist das nicht, dachte ich zuerst, der berühmte „weiße Schimmel"? Ist Verkleidung, zumindest Einkleidung, nicht das Wesen von Literatur, insofern sie nicht Realität erster Ordnung, sondern von dieser abgeleitet ist? Wäre dann nicht dieses Thema ein allzu weitgespannter Schirm, unter den alle Probleme sich drängen ließen, die Literaten heutzutage interessieren, beunruhigen, betreffen? Oder sollte eine neue Realität neue Arten von Verkleidung der Literatur erfordern?

Selten werden wir Zeuge jenes Augenblicks, da ein Mensch ein Stück Literatur in seiner gleichnishaften Verkleidung als grundlegenden Verweis auf sein eigenes widersprüchliches Da-Sein erfährt. Ich hatte kürzlich dieses Glück. Einem fünfeinhalbjährigen Mädchen, meiner Enkeltochter, hatte ich zur Nacht jenes alte Volkslied vom Jäger vorgesungen, das sie zum erstenmal in Frage stellte. Sie fragte nach jeder Strophe: Warum? – Das Lied lautet in der Fassung, die ich kenne:

Es blies ein Jäger wohl in sein Horn,
und alles, was er blies, das war verlorn.

Soll denn mein Blasen verloren sein,
viel lieber möchte ich kein Jäger mehr sein.

Er warf sein Netz wohl über den Strauch,
da sprang ein schwarzbraunes Mädchen heraus.

Ach schwarzbraunes Mädchen, entspring mir nicht,
ich habe große Hunde, die holen dich.

Deine großen Hunde, die fürcht ich nicht,
sie kennen meine hohen weiten Sprünge nicht.

Deine hohen weiten Sprünge, die kennen sie wohl,
sie wissen, daß du heute noch sterben sollst.

Und sterb ich heute, so bin ich tot,
begräbt man mich unter Rosen rot.

Er warf ihr sein Netz wohl über den Leib,
da ward sie des jungschönen Jägers Weib.

Warum!

Ich sah es ein, die Frage war berechtigt und gar nicht leicht zu beantworten; denn das Thema „Liebe" hat sich in diesem Lied fast zur Unkenntlichkeit verkleidet – jedenfalls für ein Kind, dachte ich. – Warum war alles, was er blies, „verlorn"? – Weil niemand ihn blasen hörte. – Das mochte angehn. Plausibel schien auch, daß das schwarzbraune Mädchen, im Strauch versteckt, ihn heimlich belauscht hatte.

Warum? Sie mochte den Jäger vielleicht. Gut. Der aber nun: Warum bedroht er sie mit seinen Hunden, mit Mord und Totschlag? Auf die Gefahr hin, meine Glaubwürdigkeit zu verlieren, wagte ich die Behauptung: Er liebt sie auch. – Schweigen. – Dann: Aber lieb ist er nicht gerade zu ihr. Darauf ich: Vielleicht hat er große Angst, daß sie ihm wieder wegläuft. Und sie: Vielleicht solln die Hunde sie gar nicht richtig totbeißen? Und das Mädchen wollte nicht richtig wegrennen und begraben sein?

Sicher nicht.

Ich schwieg und überließ sie ihren Erfahrungen mit Liebe, Angst, Aggressivität, Verstellung und Selbstmitleid, die mit fünf, sechs Jahren schon bemerkenswert sind. Ich kannte auch die Grenzen dieser Erfahrung, aber „erklären“ konnte ich nichts; hier ist ein Grundmuster gelegt, das jeder entweder annehmen und nach Vermögen ausfüllen oder verweigern muß. Gespannt wartete ich auf ihre nächste Frage. Die lautete: Aber wie sah das Mädchen aus?

Das hieß: Etwas in ihr hatte das Muster erkannt und akzeptiert, so fremd und seltsam es war. Etwas in ihr verlangte nach stärkerer Identifikation. Ich war gerührt, blieb aber auf der Hut. Was wollte sie: Sollte das Mädchen ihr gleichen? Die Wahrscheinlichkeit schien groß. Ich berief mich auf das einzige Wort, welches das Mädchen beschreibt – „schwarzbraun“; sie selbst ist braunhaarig. Also waren sie beide einander ähnlich.

Das traf es nicht. Sie wollte wissen: Hatte sie glattes Haar oder Locken!

Ich war in der Klemme, denn dies ist für sie die heikelste aller Fragen; man muß wissen, sie hat braune Locken, die jedermann reizend findet, mit einer Ausnahme: sie selbst. Aus Gründen, die wir niemals erfahren werden, steht unverrückbar vor ihrem inneren Auge das Idealbild eines Mädchens mit langem, glattem, schwarzem Haar, und ich weiß nicht, was sie nicht tun würde, um diesem Bild zu gleichen. Ich aber glaubte ihr entgegenzukommen, indem ich vermutete, das Mädchen des Liedes habe Locken gehabt, wie sie. Da gab sie ein unbeschreiblich enttäuschtes und angewidertes Stöhnen von sich, und ich begriff, daß ich auf dem Holzweg war. Die Heldin sollte „schöner“ sein als sie.

Da ich nicht zurückkonnte, ging ich aufs Ganze. Stell dir das Mädchen ruhig mit langem glattem Haar vor! sagte ich.

Aber wie sieht sie in Wirklichkeit aus?

Sie trieb mich weiter. – In Wirklichkeit? Das wissen wir nicht. Der Dichter hat an das Mädchen gedacht, das er am liebsten hatte. Und jeder, der das Lied singt, kann sich auch sein liebstes Mädchen vorstellen. – Bestimmt? – Kannst es glauben. – Darauf sie, erleichtert: Das find ich gut.

Der Vorgang, so einfach er war, bewegte mich. Alles hatte seine Richtigkeit. Das Gleichnis – Literatur in Verkleidung – wurde als Schlüssel zum Verständnis einschneidender eigner Erfahrung benutzt: daß Hingabe auch Vernichtung ist. Es hatte diesen Sinn preisgegeben, indem es seinerseits entschlüsselt – nicht entzaubert – worden war; Mittel und Wirkung zeigten sich in glücklicher Übereinstimmung; der „Zweck", falls es ihn gab, etwas wie „Selbstfindung", war erreicht; eine winzige Spur mag sich in das Gedächtnis des Kindes eingeritzt haben, die durch spätere Kunsterlebnisse vertieft werden kann – vorausgesetzt, das Kind hört nicht auf, sich auch seinen schmerzlichen Erfahrungen unverkleidet, ohne Maske, zu stellen. In diesem, wie mir scheint, immer häufiger werdenden Fall allerdings steht die Literatur vor neuen Tatsachen.

Gestern – ich schreibe dies am 2. Mai 1978 – las ich in einer schottischen Zeitung folgende Meldung: Eine Polizistin hatte ein ganz junges Mädchen, das sich aus dem 18. Stock eines Wohnhauses hatte hinunterstürzen wollen, so lange am Mantel zwischen Himmel und Erde festgehalten, bis zwei weitere Polizisten ihr zu Hilfe kamen und das Mädchen hereinzogen. Die Gerettete sagte, sie hätte nichts, wofür sie leben könnte.

Keine vier Wochen vorher hörte ich von einer Radiomeldung, die, wie man mir sagte, aus Schweden kommen soll: Man erwäge es, Kliniken für Selbstmordkandidaten einzurichten – nicht, um die zum Selbstmord Entschlossenen von ihrem Plan abzubringen, sondern um ihnen die Ausführung zu erleichtern. Wie denn? dachte ich. Womöglich mit Hilfe des Personals? Der instinktive Griff des Mit-Menschen nach dem Mantelzipfel dessen, der sich in den Abgrund stürzen will, soll ersetzt werden durch „vernünftige", „humane" Überlegungen; diese Worte kamen in der Meldung bestimmt nicht vor, müssen aber im Kontext mitgeklungen haben, denn für vernünftig, human *muß* sich eine Überlegung ausgeben, die den hippokratischen Eid außer Kraft setzen will: In

Würde, hieß es, solle der Todeswillige sterben können, und ohne andere zu gefährden.

In Sekundenschnelle stand die Klinik, ein Werk der Fiktion, vor meinem innern Auge, ein Betrieb, der wie am Schnürchen lief, hygienisch, antiseptisch, mit Schwestern, Ärzten, Psychologen in weißen Kitteln, mit Köchen, Küchenhilfen und Reinemachefrauen, einem Gärtner und einer außergewöhnlich großen Zahl von Studenten, die in der Anatomie ihre Studien trieben; denn dieses Krankenhaus produzierte nicht Gesundheit, sondern Tod. Der Arzt, der sich mit dem Patienten bekannt gemacht, vielleicht tagelang erfolglos versucht hat, seiner Todessehnsucht entgegenzuwirken, legt ihm am Abend eine rasch wirkende Tablette auf den Nachttisch und gibt der Nachtschwester einen Wink, das Zimmer nicht mehr zu betreten, die wiederum für den nächsten Morgen die beiden Männer mit der Bahre bestellt.

Alles funktioniert, und alles ist verkehrt.

Ich fürchte sehr, daß dies ein Gleichnis ist für die Vertauschung von Mittel und Zweck, einen Grundzug der Welt, in der wir leben und schreiben, in der die Mittel zu unserer Erhaltung entartet sind in Mittel zur Vernichtung unserer Umwelt, die Mittel zu unserer Verteidigung in Mittel zur Selbstvernichtung, in der die „eigentlichen" Zwecke, denen unsre Mittel einst untergeordnet waren, hinter den Horizont unseres Bewußtseins gesunken sind und wir wahnhaftes Denken an die Stelle der Vernunft setzen müssen, um diesen Zustand vor uns selbst verborgen zu halten. So daß wir eher bereit sind, Geld auszugeben, um Menschen, die an dieser schönen Welt verzweifeln, rasch und unauffällig beiseite zu schaffen, als unsere Anstrengungen darauf zu richten, die Grundlagen dieser fragwürdig gewordenen Zivilisation zu ändern.

Und die Literatur? Sie, verkleidet von ihrem Wesen her, trifft auf Verkleidete, auf „Wirklichkeit in Verkleidung", auf Leser, denen das Verhängnis verborgen bleibt, womöglich als „Glück" erscheint. Als Kind habe ich der Hexe in meinem Märchenbuch, die Schneewittchen den vergifteten Apfel hinhält, die Augen ausgekratzt. Das Märchen hat mich nicht davor bewahren können, später mehr als einmal in die vergiftete Seite des Apfels zu beißen und die Erfahrung zu machen, wie schwer es ist, das Gift wieder loszuwerden. Was aber, wenn das vergiftete Schneewittchen behauptet, sich ganz wohl zu fühlen? Erklärt, eben dies sei das Ziel ihrer Wünsche gewesen: im gläsernen Sarg zu liegen und beweint zu werden? Den Prinzen, der sie lieben will, abweist, da sie Liebe nicht vermißt?

Dieses Schneewittchen würde das Lied vom Jäger und seinem Mädchen nicht betreffen; seine eigene Geschichte, erzählte man sie ihm, würde von ihm nicht verstanden werden; in seinem Sarg liegt es „wie lebendig", lächelnd und sehr schön und unerreichbar für uns in seinem gut gepanzerten Versteck. Und die sieben Zwerge verteilen glänzend aufgemachte Broschüren an die Touristen, in denen Wissenschaftler beweisen, daß dem Kind nichts fehlt.

Sie fühlen, und ich fühle es auch, daß diese Sammlung von Anekdoten noch der Nutzanwendung auf uns und unser Thema bedarf. Eben die aber, muß ich gestehen, fällt mir schwer, denn die Gefahr, auf Täuschung mit Selbst-Täuschung zu reagieren, liegt auch hier sehr nahe. Schon die Frage kann falsch gestellt sein, ich stelle sie trotzdem: Wie kann Literatur dazu beitragen, eine in ihrem Fortschrittswahn gefangene Realität – sprich: Leserschaft – zu befreien? Oder, vielleicht richtiger, die gleiche Frage ohne das Wie am Anfang: *Kann* Literatur dazu beitragen ...

Das weiß ich nicht. Bescheidenheit ist am Platze. Auch Literaten sind nicht immun gegen irgendeine Art von Wahn, ebensowenig wie gegen Mutlosigkeit, Angst oder Resignation. Vorausgesetzt aber, es gelänge uns immer wieder, selbst bei Verstand zu bleiben und den Mut aufzurichten – müßten wir nicht neu nachdenken, mit welcher Art von Schlüssel man Menschen heutzutage ihre tief verschlüsselte – „entfremdete" – Realität aufschließen kann? Sollte Literatur der Selbstmaskerade so vieler Menschen ihrerseits zu begegnen suchen, indem sie sich immer weiter maskiert, unkenntlich macht, in Kostüme flüchtet, mit Bildern, Gleichnissen, Mythen arbeitet? Sich „in Verkleidung" einschleicht hinter die Abwehrpanzerung ihrer Leser? Oder sollte sie, im Gegenteil, der Codifizierung der Welt unverstellt entgegentreten, nackt und bloß, auf die Strukturen weisen und in dürren Worten sagen, was ist?

Solche Fragen stellen heißt, sie nicht beantworten können. Alle Mittel, scheint mir, sind erlaubt, alte wie neue, wenn wir sie unter eine strenge Selbstkontrolle stellen: daß sie nicht der Manipulation dienen; das heißt, daß nicht auch in unsere Arbeit jenes Gift eindringt, das Zwecke verschwinden läßt und Mittel mißbraucht. Jene Polizistin, die das Mädchen festhielt, hörte und spürte den Stoff des dünnen Mantels reißen, aber sie ließ nicht los. Wer kann wissen, ob das Mädchen nicht im nächsten Jahr, oder in zehn Jahren, seinem Leben einen Sinn gibt. Mir kommt es so vor, daß die Literatur es in diesem Punkt der beharrlichen Polizistin gleichtun muß: Sie darf nicht loslassen.

Mai 1978

Der Schatten eines Traumes

Karoline von Günderrode – ein Entwurf

1

„Gestern las ich Ossians Darthula, und es wirkte so angenehm auf mich; der alte Wunsch, einen Heldentod zu sterben, ergriff mich mit großer Heftigkeit; unleidlich war es mir, noch zu leben, unleidlicher, ruhig und gemein zu sterben. Schon oft hatte ich den unweiblichen Wunsch, mich in ein wildes Schlachtgetümmel zu werfen, zu sterben. – Warum ward ich kein Mann! ich habe keinen Sinn für weibliche Tugenden, für Weiberglückseligkeit. Nur das Wilde, Große, Glänzende gefällt mir. Es ist ein unseliges, aber unverbesserliches Mißverhältnis in meiner Seele; und es wird und muß so bleiben, denn ich bin ein Weib und habe Begierden wie ein Mann, ohne Männerkraft. Darum bin ich so wechselnd und so uneins mit mir." 29. August 1801.

Die unabweisbaren Ahnungen.

Eh einer schreiben kann, muß er leben, das ist banal und betrifft beide Geschlechter. Die Frauen lebten lange, ohne zu schreiben; dann schrieben sie – wenn die Wendung erlaubt ist – mit ihrem Leben und um ihr Leben. Das tun sie bis heute, oder heute wieder.

Die Dissonanz ihrer Seele, die die einundzwanzigjährige Karoline von Günderrode (1780–1806) wahrnimmt, ist, aber das weiß sie noch nicht, die Unstimmigkeit der Zeit. Gezeichnet von einem unheilbaren Zwiespalt, begabt, ihr Ungenügen an sich und der Welt auszudrükken, lebt sie ein kurzes, ereignisarmes, an inneren Erschütterungen reiches Leben, verweigert den Kompromiß, gibt sich selbst den Tod, von wenigen Freunden betrauert, kaum gekannt, hinterläßt, zu wichtigen Teilen ungedruckt, ein schmales Werk: Gedichte, Prosastücke, dramatische Versuche, gerät in Vergessenheit, wird nach Jahrzehnten, nach einem Jahrhundert wiederentdeckt von Liebhabern ihrer Poesie, die es unternehmen, ihr Andenken und ihre um ein Haar vernichtete Hinterlassenschaft zu retten. Doch auch der Briefroman der Bettina von Arnim, „Die Günderode" (1840), hat es nicht vermocht, eine Ahnung von den Umrissen dieser Gestalt, kaum ihren Namen, am Leben zu halten. Die Literaturgeschichte der Deutschen, in den Händen von Studienräten und Professoren, orientiert an den retuschierten Kolossalgemälden ihrer Klassiker, hat sich leichtherzig und leichtsinnig der als „unvollendet" abgestempelten Figuren entledigt, bis in die jüngste Zeit, bis zu dem folgenreichen Verdikt, das Georg Lukács gegen Kleist, gegen die Romantiker aussprach. Der Dekadenz, zumindest der Schwäche, der Lebensuntüchtigkeit geziehen, sterben sie zum zweitenmal an der Unfähigkeit der deutschen Öffentlichkeit, ein Geschichtsbewußtsein zu entwickeln, sich dem Grundwiderspruch unserer Geschichte zu stellen; ein Widerspruch, den der junge Marx in den lapidaren Satz faßt, die Deutschen hätten die Restaurationen der modernen Völker geteilt, ohne allerdings auch ihre Revolutionen zu teilen. Ein zerrissenes, politisch unreifes und schwer zu bewegendes, doch leicht verführbares Volk, dem technischen Fortschritt anhangend statt dem der Humanität, leistet sich ein Massengrab des Vergessens für jene früh zugrunde Gegangenen, jene unerwünschten Zeugen erwürgter Sehnsüchte und Ängste.

Ein Zufall kann es nicht sein, daß wir begonnen haben, den Abgeschriebenen nachzufragen, das Urteil, das über sie verhängt wurde, anzufechten, es zu bestreiten und aufzuheben – fasziniert durch Verwandtschaft und Nähe, wenn auch der Zeiten und Ereignisse eingedenk, die zwischen uns und denen liegen: Eine volle Umdrehung des „Rades der Geschichte"; und wir, mit Leib und

Seele von seiner Bewegung mitgerissen, grad erst zu Atem gekommen, zu Besinnung, zu Um-Sicht – wir blikken uns um, getrieben von dem nicht mehr abweisbaren Bedürfnis, uns selbst zu verstehn: unsre Rolle in der Zeitgeschichte, unsre Hoffnungen und deren Grenzen, unsre Leistung und unser Versagen, unsre Möglichkeiten und deren Bedingtheit. Und, wenn es sein kann, für das alles die Gründe. Zurücksehend, begegnen wir unruhigen, in so langer Zeit nicht beschwichtigten Blicken, stoßen auf Zeilen, die uns treffen, hingeworfen in einer großzügigen, fliegenden, gut lesbaren Frauenschrift auf grüne Briefblätter im Quartformat – Grün schont die schwachen Augen der Schreiberin –, die wir nicht ohne Bewegung in der Hand halten: „Ein pigmäisches Zeitalter, ein pigmäisches Geschlecht spielt jetzt, recht gut nach seiner Art."

Die Generation, der die Günderrode angehört, muß – wie Generationen in Zwischenzeiten immer – neue Lebensmuster hervorbringen: Muster, die von Späteren als Modell, Menetekel, Schablone verwendet werden, übrigens auch in der Literatur. Diese hier, die jungen Leute von 1800, sind das Exempel, das statuiert wird, damit andre draus lernen können oder nicht. Für sie gelten die gegebenen Beispiele nicht. Direkt, unvermittelt und unvorhersehbar trifft sie ihre Erfahrung. Die neue bürgerliche Gesellschaft, noch gar nicht ausgebildet und schon verkümmert, benutzt sie als Entwürfe – Vorformen, die hastig verworfen werden. Die endgültigen Typen dürfen ihnen nicht gleichen – noch eine Erklärung dafür, daß man die Erinnerung an sie nicht dulden kann. Die Eigenart der Stunde bringt sie hervor, deren Flüchtigkeit legt sich als Trauer über ihr Leben, reizt sie aber auch, sich der Verlockung unterschiedlicher, entgegengesetzter Kräfte hinzugeben, sich den Spannungen auszusetzen, mitzuspielen, recht gut nach ihrer Art.

Sie sind wenige. Ihre Vorläufer, die Ideologen und Protagonisten der Französischen Revolution, griffen auf die Römer zurück, auf gebrauchte, falsch gedeutete Haltungen: Sie täuschten sich, um handeln zu können. Mit der Mission entgleitet den Nachgeborenen die Toga, mit der Selbsttäuschung die Heldenrolle. Im Spiegel begegnet ihnen ihr eignes, ungeschminktes und ungefragtes Gesicht. Die um 1800 jung sind, können ihr Geburtsjahr nicht vorverlegen, nicht die Gedanken der Älteren denken, deren Leben nicht führen. Ihre eignen Daseinsbedingungen können sie nicht verleugnen, und die sind aufreibend. Die bürgerlichen Verhältnisse, die sich schließlich auch ohne Revolution diesseits des Rheins ausbreiten, etablieren zwar keine kräftig neuen ökonomischen und sozialen Zustände, dafür aber eine durchdringende, auf Niederhaltung alles Unbeugsamen, Originalen gegründete Kleinbürgermoral. Ungleicher Kampf: Eine kleine Gruppe von Intellektuellen – Avantgarde ohne Hinterland, wie so oft in der deutschen Geschichte nach den Bauernkriegen –, ausgerüstet mit einem ungültigen Ideal, differenzierter Sensibilität, einer unbändigen Lust, das neu entwickelte eigne Instrumentarium einzusetzen, trifft auf die Borniertheit einer unentwikkelten Klasse ohne Selbstgefühl, dafür voll Untertanenseligkeit, die sich vom bürgerlichen Katechismus nichts zu eigen gemacht hat als das Gebot: Bereichert euch! und den hemmungslosen Gewinntrieb in Einklang zu bringen sucht mit den lutherisch-kalvinistischen Tugenden Fleiß, Sparsamkeit, Disziplin; dürftiger Lebensinhalt, der unempfindlich macht gegen die Forderungen der eignen Natur, aber empfindlich gegen jene, die sich selbst nicht knebeln wollen oder können. Fremdlinge werden die im eignen Land, Vorgänger, denen keiner folgt, Begeisterte ohne Widerhall, Rufer ohne Echo. Und die von ihnen, die den zeitgemäßen Kompromiß nicht eingehn können: Opfer.

Man denke nicht, sie hätten es nicht gewußt. Die Günderrode, nicht gefühlsselig, ein philosophischer Geist, erkennt wohl den Zusammenhang von „Ökonomie in allen Dingen“ und dem Protestantismus, und sie scheut sich nicht, die Konsequenzen ihrer eignen Lage bis zu Ende zu denken: „Denn, abgeschlossen sind wir durch enge Verhältnisse von der Natur, durch engere Begriffe vom wahren Lebensgenuß, durch unsere Staatsformen von aller Tätigkeit im Großen. So fest umschlossen ringsum, bleibt uns nur übrig, den Blick hinaufzurichten zum Himmel oder brütend in uns selbst zu wenden. Sind nicht beinah alle Arten der neueren Poesie durch diese unsere Stellung bestimmt? Liniengestalten entweder, die körperlos hinaufstreben, im unendlichen Raum zu zerfließen, oder bleiche, lichtscheue Erdgeister, die wir grübelnd aus der Tiefe unseres Wesens heraufbeschwören, aber nirgends kräftige, markige Gestalten. Der Höhe dürfen wir uns rühmen und der Tiefe, aber behagliche Ausdehnung fehlt uns durchaus."

Und sie erinnert – wie mehr als dreißig Jahre vorher die jungen Männer des Sturm und Drang – an Shakespeare. „Da ich nun selbst nicht über die Schranken meiner Zeit hinausreiche . . ." Die Günderrode erwägt, das Schreiben aufzugeben und sich dem Studium und der Popularisierung der „alten Meister" zu widmen. Kein flüchtiger Einfall, sondern Selbsterkenntnis, auch Selbstkritik, die ihresgleichen sucht.

Der Vergleich mit dem Sturm und Drang reicht nicht weit: Jene, die Früheren, gehörten einer vorrevolutionären Epoche an, diese, ungenau, unzutreffend mit dem Sammelnamen „frühe Romantik" umschrieben, sind Kinder der nachrevolutionären Zeit, der beginnenden Restauration, die, viel später, manche dieser Jugendgenossen in ihren Sog ziehen wird. Was jenen Zuversicht, Hoffnung, Lebensaufschwung war, auch Ansatz zu illusionären Tatversuchen („Fürstenerziehung!"), ist diesen hier nur schmerzliche Ernüchterung und Enttäuschung. Zwar hat der Nachhall der großen Ideen von Frankreich her sie tief angerührt, ihre Ansprüche geweckt, ihre Ideale geformt – vermittelt meist durch die Werke der verehrten Älteren: Kant, Fichte, Goethe, Schiller, Herder; die kargen Möglichkeiten zu politisch-gesellschaftlicher Praxis, welche die deutschen Zustände der neu entstehenden Intelligenzschicht ließen, sind von den Älteren ausprobiert, teils aufgegeben, teils verworfen, in wenigen Fällen – deren wichtigster: Goethe – unter Qual und einschneidendem Schmerz und um den Preis der Teilnahme an der Tagespolitik als Lebenskompromiß angenommen worden. „Wir wollen die Umwälzungen nicht wünschen, die in Deutschland classische Werke vorbereiten könnten", hat Goethe, das Idol dieser Jungen, fünf Jahre vor der Jahrhundertwende in seinem Aufsatz über „Literarischen Sansculottismus" geschrieben. Ein programmatischer Satz, dem man sicher einen entwickelten Sinn für Realismus, nicht aber revolutionäres Feuer nachsagen kann.

Die Entsagung des Sechsundfünfzigjährigen, der Rückzug auf das eigne Werk, auf den Symbolgehalt des eignen Lebens, steht den Zwanzigjährigen nicht frei. Die Revolution erleben sie als Fremdherrschaft. Sie, Söhne und Töchter der ersten Generation deutscher Bildungsbürger und verbürgerlichter armer Adelsfamilien, haben die Wahl zwischen den verkrüppelnden Unterdrückungspraktiken deutscher Duodezfürsten und der Überwältigung durch Napoleon; zwischen dem anachronistischen Feudalismus der deutschen Kleinstaaten und der zwangsweisen Einführung überfälliger verwaltungs- und handelstechnischer Reformen durch den Usurpator, der den Geist der Revolution natürlich strikt niederhält: Wenn dies eine Wahl genannt werden kann, so ist es eine, die das Handeln an seiner Wurzel, schon im Gedanken, erstickt. Sie sind die ersten, die es bis auf den Grund erfahren: Man braucht sie nicht.

„Welche Taten warten noch meiner, oder welche bessere Erkenntnis, daß ich länger leben müßte?" Woher das Argument nehmen, ihr zu widersprechen? Die Utopie ist vollständig aufgezehrt, der Glaube verloren, jeglicher Rückhalt geschwunden. Sie kommen sich einsam vor in der Geschichte. Die Hoffnung, andre – ihr Volk! – könnten sich auf sie beziehn, ist verbraucht. Von Selbstbetrug kann man nicht leben. Vereinzelt, ungekannt, abgeschnitten von Handlungsmöglichkeiten, verwiesen auf die Abenteuer der Seele, sind sie ihren Zweifeln, ihrer Verzweiflung, dem anwachsenden Gefühl zu scheitern schutzlos ausgeliefert. Weniges, so scheint es, genügt, sie in den Abgrund zu ziehn, an dessen Rand sie sehenden Auges gehn. Und es fragt sich noch, ob es weniges ist, was sie umbringt. Ob nicht das, was sie schließlich tötet – eine unglückliche Liebe, mein Gott! –, für sie nur das Zeichen ist, das ihr Schicksal, besiegelt ohnehin, ihnen gibt: verlassen, verkannt, verraten zu sein. Und ob sie diese Zeichen so gänzlich falsch gedeutet haben.

2

Deutsche Lebensläufe. Deutsche Todesarten.

Überspanntheit, wird es heißen. Übertriebene Verletzbarkeit. Überanstrengung, könnte man doch auch sagen, wenn man nur bereit wäre, Vorwegnahme, Antizipation als Anstrengung gelten zu lassen.

Vorwegnahme – wessen denn?

Das Instrumentarium, das anzusetzen wir gewohnt sind, faßt es nicht. Literarische, historische, politische, ideologische, ökonomische Begriffe begreifen es nicht ganz. Der vulgäre Materialismus unsrer Zeit kann dem dürren Rationalismus ihrer Zeit nicht auf die Sprünge kommen, der rechthaberischen, alles erklärenden und nichts verstehenden Plattheit, gegen die die, von denen wir reden, sich ja grade zur Wehr setzen: gegen die eiskalte Abstraktion, diese ganze schauerliche Unbeirrbarkeit auf falsche, nicht mehr befragte Ziele hin, gegen die unaufhaltsame Verfestigung der zerstörerischen Strukturen, gegen das erbarmungslose Zweckmäßigkeitsdenken, die sich als Angst, Depression, als Hang zur Selbstzerstörung in ihnen niederschlagen.

Ein Zeugnis für die Bewußtseinslage dieser Generation, der sich der große Denkansatz der deutschen Aufklärung zu pragmatischer Vernünftelei eingeebnet, der das Bild der Welt sich entfärbt und verflacht hat, ist das frühe Gedicht der Günderrode, mit dem sie sich als eine philosophische Dichterin einführt:

Vorzeit, und neue Zeit

Ein schmaler rauher Pfad schien sonst die Erde,
Und auf den Bergen glänzt der Himmel über ihr,
Ein Abgrund ihr zur Seite war die Hölle,
Und Pfade führten in den Himmel und zur Hölle.

Doch alles ist ganz anders nun geworden,
Der Himmel ist gestürzt, der Abgrund ausgefüllt,
Und mit Vernunft bedeckt, und sehr bequem zum gehen.

Des Glaubens Höhen sind nun demolieret.
Und auf der flachen Erde schreitet der Verstand,
Und misset alles aus, nach Klafter und nach Schuhen.

Der Ton: nicht wehleidig. Kein selbstmitleidiges Sentiment. Authentische Schilderung, der wir gerecht werden müssen.

Eine andre Sicht also, andre Wörter. Das Wort „Seele" müssen wir hervorholen, ein Wort wie „Sehnsucht" wieder in seine Rechte einsetzen, Vorbehalte fallenlassen. „Schwebereligion", schreibt die Bettina Brentano an die Günderrode, eine Schwebereligion wollen sie gründen, und ihr oberstes Prinzip soll sein, „daß wir keine Bildung gestatten – das heißt, kein angebildetes Wesen, jeder soll neugierig sein auf sich selber und soll sich zutage fördern wie aus der Tiefe ein Stück Erz oder ein Quell, die ganze Bildung soll darauf ausgehen, daß wir den Geist ans Licht hervorlassen". „Neugier" also, „Phantasie" – und nicht nur in der verächtlichen Schimpfform: Phantasterei. Welche Sprache schlagen sie an, welche beglückende Anmaßung, welch aufsässiger Geist! Welche Herausforderung an unsre verschüttete

Fähigkeit, Wörter als Botschafter unsrer Sinne, auch unsrer Sinnlichkeit aufzunehmen, in Sätzen uns selbst hervorzubringen und unsre Sprache nicht zur Verhinderung von Einsichten, sondern als Instrument der Erkundung zu gebrauchen. Welche Gelegenheit auch, unsre eigne Lage zu begreifen.

„O, welche schwere Verdammnis, die angeschaffnen Flügel nicht bewegen zu können: Häuser bauen sie, wo kein Gastfreund drin Platz hat! – O Sklavenzeit, in der ich geboren bin! . . . Wie! Ihr habt den Geist eingesperrt und einen Knebel ihm in den Mund gesteckt und den großen Eigenschaften der Seele habt ihr die Hände auf den Rücken gebunden?“ Dies seien so „nachwehende Töne“ aus ihren „Unterhaltungen mit der Günderode“, schreibt Bettina dem Bruder Clemens, und ich weiß nicht, ob es nicht eigentlich Neid ist, wenn wir solch hochfliegende Fragen mit dem Worte „schwärmerisch“ abwehren wollen: Neid auf ihr Ungestüm, auf die Unbefangenheit, mit der sie ihre Misere angehn, auf ihre selbstverständliche Weigerung, sich den Maßstäben und Regeln der mörderischen Normalität zu unterwerfen.

Jedenfalls hält das Märchen von der schönen, weltfremden Günderrode der Nachprüfung nicht stand. Bettina Brentano, um fünf Jahre jünger, nicht ihre einzige Gefährtin, beschreibt die Freundin am genauesten: „Sie war so sanft und weich in allen Zügen, wie eine Blondine; sie hatte braunes Haar, aber blaue Augen, die waren gedeckt mit langen Augenwimpern; wenn sie lachte, so war es nicht laut, es war vielmehr ein sanftes, gedämpftes Girren, in dem sich Lust und Heiterkeit sehr vernehmlich aussprach; – sie ging nicht, sie wandelte, wenn man verstehen will, was ich damit auszusprechen meine; . . . ihr Wuchs war hoch, ihre Gestalt war zu fließend, als daß man es mit dem Worte schlank ausdrücken könnte; sie war schüchtern-freundlich und viel zu willenlos, als daß sie in der Gesellschaft sich bemerkbar gemacht hätte.“

Bettina und Karoline haben sich in Frankfurt kennengelernt – die eine ist die Tochter des bekannten, nicht unvermögenden Brentanoschen Hauses in der Sandgasse, die andre lebt seit ihrem neunzehnten Jahr als Stiftsdame im Kronstettischen adelig evangelischen Damenstift, das man sich keineswegs als ein Kloster, wohl aber als einen stillen, weltabgewandten Ort zur Verwahrung unverheirateter Töchter aus mittellosen Adelsfamilien vorstellen muß. Die Satzungen, die für den Eintritt ins Stift ein Mindestalter von dreißig Jahren vorsehen, werden der Günderrode wegen geändert – das mag auf ihre Zwangslage hindeuten. Auf Lustbarkeiten ist sie nicht erpicht – die Stiftsdamen sollen Theater und Bälle möglichst nicht besuchen. Wir wissen von einem Theaterbesuch der Karoline, und kurz vor ihrem Tod will ein anonymer Korrespondent sie als stille Pilgerin auf einem Maskenball gesehen haben; das Verbot, Männer allein zu empfangen, wird nicht strikt durchgesetzt; in der Nähe kann sie sich unbeschränkt bewegen, für Reisen auf weitere Entfernung braucht sie eine Erlaubnis, die ohne weiteres erteilt wird. Hin und wieder entschuldigt sie sich bei Freunden, sie könne einen erbetenen Besuch nicht machen, da sie gebunden sei.

Gebunden ist sie in vielfacher Hinsicht: an ihr Geschlecht, an ihren Stand, an ihre Armut, an ihre Verantwortung als Älteste von sechs Geschwistern, deren Vater früh starb, deren Mutter – von der Karoline sich nicht recht geliebt weiß – nicht imstande ist, der Familie ein Mittelpunkt zu sein. Es gibt Dokumente über Erbschaftsstreitigkeiten zwischen den Geschwistern und der Mutter; einer ihrer Schwestern verhilft Karoline zur Flucht aus dem Haus der Mutter, eine andre, ihre Lieblingsschwester, muß sie, selbst noch ganz jung, auf dem Totenbett pflegen. Eine Jugend im Umkreis des winzigen Hofes von Hanau. Enge, Begrenztheit, Eingeschränktsein. Einzige Ausflucht: geistige Arbeit, Bildung.

Zum erstenmal taucht gleichzeitig eine Reihe von Frauen aus der Geschichtslosigkeit auf; die Zeit hat mit ihren Losungen „Freiheit!“, „Persönlichkeit!“ auch Frauen erfaßt, die Konvention macht ihnen beinahe jeden selbständigen Schritt unmöglich. Oft steht ihre grenzenlose Sehnsucht nach Unabhängigkeit im Gegensatz zu ihrer Scheu. Karoline – steif im schwarzen Ordenskleid mit dem hohen weißen Kragen und dem Kreuz auf der Brust – fürchtet sich, vor den andern Stiftsdamen laut das Tischgebet zu sprechen; doch sie träumt mit der Bettina von großen weiten Reisen. Gemeinsam fertigen sie sich eine Karte von Italien an, auf der reisen sie im Geiste, und später, im Winter, erinnern sie sich dieser niemals verwirklichten Fahrten, als hätten sie stattgefunden. Darauf angewiesen sein, sich an Erfindungen zu erinnern, eine Fiktion dem Gedächtnis als Wirklichkeit einzuverleiben – deutlicher könnte nichts die Grenzen markieren, auf die sie sich verwiesen sieht. Nur im Traum, in der Phantasie, im Gedicht kann sie sie überschreiten.

Gebunden an ihr Talent: Wann hat es das bei Frauen vorher gegeben? Die Günderrode kann nicht daran denken, ihre überdurchschnittlichen Fähigkeiten auf Schulen und Universitäten auszubilden; mit ihren Studien – die sie zäh und systematisch betreibt – ist sie auf ihren eignen Fleiß, ihren Wissensdurst, aber auch auf Rat, Hilfe, praktischen Beistand von Freunden und Freundinnen angewiesen. Produktive Bindungen – sie kennt sie, geht sie bewußt ein: „Mitteilung ist mir Bedürfnis.“ Die neuen Wertvorstellungen dieser Jungen, die sie in den erstarrten oder schnell erstarrenden Institutionen nicht verwirklichen können, werden formuliert, erörtert und erprobt in Freundeskreisen Gleichgesinnter. Das ist es, was ich Antizipation, Vorwegnahme nennen will: der Versuch, die Vereinzelung zu durchbrechen und sich in neuen, produktiveren Lebensformen zu bewegen, Lebensformen aus dem Geist einer Gruppe heraus.

Die Günderrode, gewiß nicht Mittelpunkt, aber doch Glied eines lockeren Kreises junger Literaten und Wissenschaftler, die die kurze Spanne zwischen zwei Zeiten nutzen, in fliegender Eile ihr Lebensgefühl auszubilden und auszudrücken. Daß sie sich nach zwei Seiten hin wehren müssen – gegen den bornierten Feudalismus und gegen den tristen Erwerbsgeist der neuen Zeit –, gibt ihren Verlautbarungen die elegischen, gebrochenen, auch ironischen Töne, macht sie sich selbst zu Objekten der Beobachtung und Beschreibung, erhöht noch ihre Sensibilität, aber auch den Grad ihrer Gefährdung und ihrer Verlorenheit.

Sowenig die Günderrode sich einordnen läßt in eine der Definitionen der Literaturgeschichte – „Frühromantik“, „Klassik“ –, so wenig ist sie denkbar ohne den geistigen Kontakt mit denen, die um die Jahrhundertwende in Jena die neue literarische Richtung ausmachen – die Schlegel, Tieck, Novalis, Clemens Brentano, Schelling, die Gelehrten wie Carl von Savigny, Friedrich Creuzer, Christian Nees von Esenbeck; dazu die Frauen – die Schwestern, Freundinnen, Geliebten, Ehefrauen und, zum erstenmal, Mitarbeiterinnen dieser Männer, wenn sie auch, wie die Dorothea Schlegel, ihren Anteil an der Shakespeare-Übersetzung, ihre Mitwirkung am Werk der Männer manchmal noch verschweigen. Die Namen derer, die berühmt wurden – wie die Caroline Schlegel-Schelling, die Bettina Brentano, die Sophie Mereau-Brentano, die Rahel Varnhagen –, stehen für andre, ähnlich gebildet, ähnlich unruhig, ähnlich suchend: Der Briefwechsel der Günderrode ist ein Zeugnis dafür. Frauen, die es fertigbringen, ihre eigne Lage zu reflektieren – ein Vorrecht, das wie jedes Privileg seinen Preis hat, der heißt: Aufgabe von Geborgenheit, von Sicherheit, Verzicht auf das frühere Selbstverständnis der abhängigen Frau, ohne die Gewißheit, eine neue Identität zu gewinnen. Ursprünglichkeit, Natürlichkeit, Wahrhaftigkeit, Intimität gehören zu ihrem universalen Glücksanspruch; sie lehnen ab, was die Hierarchie verlangt: Kälte, Steifheit, Absonderung und Etikette. Beinahe voraussetzungslos, auf Ideen nur, nicht auf soziale, ökonomische, politische Gegebenheiten gestützt, sind sie dazu verurteilt, Außenseiter zu werden, nicht Revolutionäre, wie die Romantiker in andern europäischen Ländern, die von ihren „romantischen" Dichtern einen andern, politischen Gebrauch zu machen wissen. Hierorts werden sie in die Isolation getrieben, in Verwirrung, in Selbstzweifel, die sie durch Grimassieren, durch exaltierte Gesten abzuwehren suchen: Was man ihnen dann, zu ihrer Belastung, vorhalten wird. Wir sehn sie gewagte Kunststücke ausführen, halsbrecherische Klettereien, extravagante Experimente mit sich selbst anstellen: Der Boden brennt ihnen unter den Fußsohlen; der Philister hat seinen Fuß darauf gestellt, er besetzt ihn, Stück um Stück, er bestimmt von nun an, was als vernünftig zu gelten habe, und er beginnt diese hier mit seinem Unverständnis, seinem Hohn, seinem Haß, seinem Neid und seinen Verleumdungen zu verfolgen.

Auch die Günderrode hat sich ihr Leben lang mit Klatsch- und Verleumdungsgeschichten herumzuschlagen. Schier unglaublich ist die Kühnheit, mit der sie sich in ihrem anfangs zitierten Brief von 1801 – der übrigens an Gunda Brentano, eine Schwester des Clemens und der Bettina, gerichtet ist – zu ihren „männlichen Neigungen" bekennt. Eine Frau, die kein „Weib" sein, sich „weiblichen Tugenden" nicht unterwerfen will! Nur zu begreiflich die Irritation am Schluß des Briefes: „Gunda, Du wirst über diesen Brief lachen; er kommt mir selbst so unzusammenhängend und verwirrt vor."

Würden ihre Neigungen ruchbar, der Vorwurf der „Unnatur" wäre ihr sicher. Grübelnd zieht sie sich in sich selbst zurück. Als sie sich 1804 entschließt, als Dichterin hervorzutreten, wählt sie ein männliches Pseudonym: Tian.

Sie habe ihr Leben und ihre Liebe nicht auf Realität gegründet, wird man der Toten nachsagen. Die so reden und schreiben, vergessen, daß da keine Realität war, auf die sich etwas gründen ließ. Redlich ist sie die Möglichkeiten durchgegangen, die ihr gegeben sind, in immer neue Rollen fliehend, die ihr wenigstens teilweise erlauben, ihr wahres Gesicht zu zeigen; sie verliert an Kraft dabei und sieht sich am Ende an die banalste aller Rollen ausgeliefert: die der verschmähten Geliebten. Zwischen dem Brief an Gunda und ihrem Tod liegen fünf Jahre. Das ist die Zeit, die sie sich gibt, an der Vollkommenheit zu arbeiten, nach der sie strebt. Eine Art Selbstversuch, sie weiß es.

Überanstrengung? Die Günderrode liegt oft mit Kopf- und Brustschmerzen in ihrem abgedunkelten Zimmer. „Es ist ein häßlicher Fehler von mir", schreibt sie, immer noch im gleichen Brief an Gunda Brentano, „daß ich so leicht in einen Zustand des Nichtempfindens verfallen kann, und ich freue mich über jede Sache, die mich aus demselben reißt." Die Psychologie, die imstande wäre, ihr ihre Zustände zu erklären, gibt es noch nicht, auch nicht das Wort für ihre Vor-Empfindung. Feinfühlige Antennen, die nehmen Signale auf, die sich als Alp auf Brust und Kopf legen. Unheimlichkeit des Banalen, hier als das „Nichts", als Angst vor dem Nichts zum erstenmal erfahren; eine Angst, vor der sie ins Nichtempfinden flieht, um sich so – es ist ein makabres Gesetz – nur weiter von sich zu entfernen. Das Wort, das sie nicht gekannt hat, wir kennen es: Selbstentfremdung. Wissen, daß, was benannt, noch nicht gebannt sein muß.

„Ein häßlicher Fehler von mir", sagt sie, hält sich für kalt, wenn ihre überanstrengten Empfindungen zusammenbrechen. Sie ist stolz, bei schwachem Selbstgefühl, und sie würde sich, wer weiß, vielleicht dem verhängnisvollen Urteil dessen, der ihrer aller Abgott ist, unterwerfen: Goethes. Fast boshaft, ihn hier noch einmal anzuführen mit seinem Vorurteil, das Klassische nenne er das Gesunde, das Romantische das Kranke. Er, der seiner selbst so sicher nicht ist, daß er diese Jungen ruhig gelten lassen, sich in ihre andern Bedingtheiten hineinversetzen könnte; dem die Stimmungen, die er ihnen ankreidet, so fremd nicht sind; der das bestätigende Wort, das sie erheben würde, nicht über sich bringen kann, ihre Zerrissenheit verabscheut und fürchtet – durch Unverständnis, Verkennung schlägt er sie nieder. Hölderlin, Kleist müssen es erleben.

Hölderlin. Welche der Figuren man berühren, an welchem der Fäden man ziehen mag – immer bewegen die anderen sich mit, immer rührt sich das ganze Gewebe. Schwer, in zeitliche Aufeinanderfolge, in lineare Erzählweise zu bringen, was gleichzeitig von vielen Seiten auf die Günderrode einwirkt. An den Garten des Kronstettischen Damenstifts stößt der Garten einer gewissen Familie Gontard, bei der Friedrich Hölderlin zwar nicht mehr Hauslehrer ist, doch lebt er bis 1801, nur „drei kleine Stunden weit", in Homburg, seit 1804 wieder, als Hofbibliothekar des Landgrafen, hat heimlich Susette Gontard besucht, seine Diotima, die 1802 stirbt und die Karoline, soviel wir wissen, nicht gekannt hat. In ihr Studienbuch hat sie einen Vers von Hölderlin notiert:

Den Hunger nennen wir Liebe: und wo wir
nichts sehen, da glauben wir unsere Götter.

Hellsichtige Skepsis, die sie, vom naiven Glauben abgekommen, teilt. Die persönlichen und politischen Tragödien der Dichter kommen gewöhnlich erst spät ans Licht, durch die Veröffentlichung von Briefen und von Polizeiakten politischer Prozesse. Bettina Brentano und die Günderrode, die, wenn man dem Briefroman der Bettina folgen will, über Hölderlin sprachen, den sie liebten, die seinen Freund Sinclair über ihn ausfragten, seine beginnende Zerrüttung einer „feinen Organisation" zuschrieben – sie konnten nicht wissen, daß Hölderlin, nicht nur gestreift, sondern aufgewühlt von der Französischen Revolution, im Jahr 1805, als Sinclair verhaftet wird, in Gefahr, umstürzlerischer Umtriebe mitverdächtigt zu werden, auf die Straße stürzt und in Panik ausruft: „Ich bin kein Jakobiner, ich will kein Jakobiner sein!" Und daß er danach irre wurde, was eben jener

Sinclair ihm nie so recht glauben wird. Als sei der Wahnsinn ein freigewähltes Versteck, ein Selbstschutz, um einem unerträglichen Zugriff zu entgehen.

Man hat die Günderrode oft zusammen mit Hölderlin genannt, nicht ohne ein gewisses Recht, was den Geist ihrer Dichtungen betrifft. Sie ist ihm näher als den Romantikern, sosehr sie Novalis verehrt, die Gedichte des Clemens Brentano liebt und bewundert. Zwischen Hölderlin und ihr gibt es eine Verwandtschaft von den Wurzeln her, die überraschende Vergleichsmöglichkeiten eröffnet. Unbekannt war der Günderrode selbstverständlich jener „Entwurf" eines Systemprogramms, den Hegel, Schelling und Hölderlin in der Mitte der neunziger Jahre zu Papier brachten und der es unternimmt, Mittel herauszufinden, die Kluft zwischen den „Ideen" und dem Volk zu überbrücken – eine Kluft, welche die beiden deutschen Philosophen und den Dichter eines „tatenarmen" Volks unglücklich macht. Wie muß die Welt für ein moralisches Wesen beschaffen sein? Die Frage aller Fragen stellen sie an den Anfang (Johannes Bobrowski wird sie aufgreifen, da sie unerledigt geblieben ist), führen den Beweis, daß der Staat „aufhören" müsse („denn jeder Staat muß freie Menschen als mechanisches Räderwerk behandeln"), fordern die Einsetzung der Vernunft an die Stelle von Afterglauben, fordern die „absolute Freiheit aller Geister, die ... weder Gott noch Unsterblichkeit außer sich suchen dürfen", und kommen zur „Idee, die alle vereinigt": zur Idee der Schönheit, zur Poesie als „Lehrerin der Menschheit". Sie haben die Vision von einer „Mythologie der Vernunft", die „das Volk vernünftig" und „die Philosophen sinnlich" machen soll, damit „endlich Aufgeklärte und Unaufgeklärte sich die Hand reichen" müssen und ein frommer Wunsch sich erfüllen kann: „Dann herrscht ewige Einheit unter uns. Nimmer der verachtende Blick, nimmer das blinde Zittern des Volks vor seinen Weisen und Priestern. Dann erst erwartet uns *gleiche* Ausbildung *aller* Kräfte, des Einzelnen sowohl als aller Individuen. Keine Kraft wird mehr unterdrückt werden, dann herrscht allgemeine Freiheit und Gleichheit der Geister!“

Das ist die Sprache vor dem Verlust der Hoffnungen, und es ist die Illusion von Idealisten, die sich die Umwälzung der Verhältnisse von den Ideen erwarten. Wer aber würde, Geschichte und Gegenwart der Deutschen vor Augen, solche Sätze zu belächeln wagen?

Überraschend, wie stark der Gang dieser Ideen den Schritten ähnelt, welche die Günderrode in ihrer geistigen Entwicklung geht, bis zur beharrlichen Hinwendung zur Mythologie, der Quelle vieler ihrer Dichtungen und philosophischen Traktate. Wenn wir, durch diesen „Systementwurf“ angeregt, die Gründe im Auge behalten, die für diese Wendung bestimmend gewesen sein mögen, die neuen Vergleichspunkte mit Hölderlin, die sich daraus ergeben – vielleicht finden wir leichter Zugang zu ihren Arbeiten, deren fremde Hülle uns ungewohnt ist.

3

Verstellung, Maskerade.

Ein einziges Mal wird in den Dokumenten, die Günderrode betreffend, die Französische Revolution erwähnt: in einem Brief des Marburger Rechtsgelehrten Friedrich Carl von Savigny, den er der Günderrode am 8. Januar 1804 schreibt. „Ey, ey, lieber Freund“, heißt es da, „Sie haben da einmal wunderliche Empfindungen und Vorsätze gehabt. Sie haben ja ordentlich republikanische Gesinnungen, ist das vielleicht ein kleiner Rest von der französischen Revolution? Nun, es soll Ihnen verziehen sein, wenn Sie versprechen wollen, sich noch manchmal darüber auslachen zu lassen.“

Ein Brief, der die Dreiundzwanzigjährige in ihrem wundesten Punkt trifft, in ihrer unerwiderten Liebe zu Savigny – man sollte es hinter der politischen Sprachmaskerade nicht vermuten. Doch in dem Stück, das da gegeben wird, sind Masken allen Mitspielern etwas Normales, besonders die Abgewiesene, Dritte, die am meisten zu verbergen hat – Karoline –, braucht sie andauernd. „Republikanische Gesinnungen"? Nun, ihre Freundin Gunda Brentano, die inzwischen Savignys Braut ist, hat sich bei ihrem Verlobten über die Karoline beklagt: „Das Günderrödchen hat es auf einmal sehr drückend gefunden, daß ich doch zum Teil das Verhältnis zwischen Dir und ihr beherrsche. Und da es eigentlich sein Gefühl empört, von irgend etwas in der Welt abzuhängen, nicht frei und einzig die erste in jedem Verhältnis zu sein, denk Dir nur, da wollte es mit Kraft und Mut sich von Dir und mir losreißen und glaubte, es hätte da etwas sehr Vortreffliches getan."

Savigny hat so unrecht nicht: Ohne die Französische Republik, vor ihr hätte eine Frau wohl kaum begehren können, unabhängig und frei zu sein; ihm, dem ernsthaften, politisch denkenden Mann muß die Republik für eine scherzhaft-drohende Ermahnung herhalten. Republikanische Gesinnungen sind nicht mehr in Mode. Savigny hat 1803 seine Schrift über das „Recht des Besitzes" herausgebracht, die Gleichheitsutopie in das neue bürgerliche Recht geflochten – aufs Rad. Ein glänzender Kopf, ein Realist, ein sympathischer, fester Mann, großzügig auch, einfühlend. Die Günderrode liebt ihn. Im Frühsommer 1799 hat sie ihn auf einem Landsitz bei Freunden kennengelernt. Einer Freundin bekennt sie den „tiefen Eindruck", den er sofort auf sie gemacht hat, schildert, wie so etwas gewöhnlich bei Mädchen ihrer Art geht: „Ich suchte es mir zu verbergen und überredete mich, es sei bloß Teilnahme an dem sanften Schmerz, den sein ganzes Wesen ausdrückt, aber bald, sehr bald belehrte mich die zunehmende Stärke meines Gefühls, daß es Leidenschaft sei, was ich fühlte."

Allzu bekannter Vorgang. Ungewöhnlich nur, daß die heimlich Liebende – die natürlich des geliebten Mannes nicht würdig zu sein glaubt – über Büchern ihren Schmerz vergißt; sie liest Jean Pauls „Siebenkäs", der ihr sehr gefällt, vor allem aber Herders „Ideen zur Philosophie der Geschichte der Menschheit", die ihr ihre eignen „Leiden und Freuden in dem Wohl und Wehe der ganzen Menschheit" vergessen machen. Da fällt sie nun deutlich aus der Rolle des Mädchens, das sich um sich selbst und ihrer Nächsten Angelegenheiten zu kümmern hat. Doch bittet sie dringlich die Freundin, ihr nur ja von „S." zu schreiben: „Es ist ja das einzige, was ich von ihm haben kann, der Schatten eines Traumes."

Man könnte abergläubisch werden: Da hat sie selbst die Formel über sich verhängt, die ihr Schicksal werden soll.

Sie will ja vereinen, was unvereinbar ist: von einem Manne geliebt werden und ein Werk hervorbringen, das sich an absoluten Maßstäben orientiert. Ehefrau und Dichterin sein; eine Familie gründen und versorgen und mit eignen kühnen Produktionen in die Öffentlichkeit gehn: unlebbare Wünsche. Drei Männer haben in ihrem Leben eine Rolle gespielt: Clemens Brentano, Savigny, Friedrich Creuzer – drei Varianten der gleichen Erfahrung: Was sie begehrt, ist unmöglich. Dreimal erfährt sie das Unleidlichste: Sie wird zum Objekt gemacht.

Während sie liebt, sich sehnt, leidet, schweigt, lernt, dichtet; während Savigny eine erfolgreiche Karriere beginnt, die ihn auf den Stuhl des preußischen Justizministers führen wird; während Karolinens Familie insgeheim darauf wartet, daß er sich ihr erklärt – währenddes vermittelt Clemens Brentano, dem die Günderrode nicht immer gleichgültig war, der sich aber seit einem diskret verschwiegenen, peinlichen Vorfall von ihr zurückhält, die Ehe zwischen seinem Freund Savigny und seiner Schwester Kunigunde, genannt Gunda, der Freundin der Günderrode. Der Kreis, in dem sie alle sich bewegen, ist klein; viele Augen sehen alles, viele Münder bereden alles. Dem Savigny, der doch eigentlich eine Professorengattin sucht, ist die Günderrode nicht recht geheuer; er denkt in Schablonen, so wird er aus ihr nicht schlau. Er fragt sich, ob er „dem Gerücht glauben soll, nach dem sie kokett oder prüd oder ein starker männlicher Geist sein müsse, oder ihren blauen Augen, in denen viel sanfte Weiblichkeit wohnt".

Heilige Unschuld. Er wird sich hüten, dem Gerücht auf den Grund zu gehn, die einander ausschließenden Behauptungen zu prüfen. Er wirbt um Gunda, die vom Genius der Familie Brentano nicht eben viel geerbt zu haben scheint, aber teilhat an der Bildung, an der Kultur ihrer Kreise. Und die gutherzig ist, großmütig darauf besteht, die Freundin Günderrode als Dritte in ihren Bund zu ziehn. Wie bequem für Savigny. Da er in festen Händen ist, leistet er es sich, mit der Frau, die ihn doch fasziniert, einen launigen, ironischen, ungefährlichen Briefwechsel anzufangen, in unverbindlicher Manier, die nur der weh tut, die liebt.

„Der liebe Gott, mein Fräulein, hat es nicht haben wollen, daß ich Ihnen einen Brief in Gießen übergeben sollte . . ."

Darauf sie: „Ich nehme es in allem Ernst dem Himmel sehr übel, daß er sich so häßlich in meine Angelegenheiten mischt . . ."

Er, da er erfahren hat, sie werde mit ihrer Frau Tante nach Marburg reisen, findet, „daß es für Sie durchaus notwendig ist, die Dinge zu sehen, die sich hier befinden, ja, daß ich kaum begreife, wie Sie das alles bis jetzt haben entbehren können."

Man könnte ihn ein bißchen grausam nennen, wenn er sich viel dabei denken würde. Die Günderrode hält tapfer den Ton und versichert, da sie zu reisen leider verhindert ist: „Unter den Merkwürdigkeiten von Marburg, die ich vorzüglich gern gesehen hätte, waren einige Gelehrte, oder einer (ich kann nicht recht gut zählen) . . ."

In dieser Art. Geplänkel, Spiel mit dem Feuer. Der Roman einer vermiedenen Liebe, im Stil der Zeit, das heißt in Briefen niedergeschrieben; nur daß die Schreiber zugleich die Romanfiguren sind, ein moderner Zug, und daß eben dadurch die Gefahr – vielleicht auch die

Versuchung – der Grenzverletzung zwischen Literatur und Leben naheliegt. Übrigens wird die innere Handlung verdeckt geführt, das dunkle Grundmotiv, der Verzicht, darf nicht hervortreten; vorsichtig wird es in Sätze eingeschmuggelt, die von Unbefangenheit strotzen: „Gunda behauptet, ich habe eine kleine Leidenschaft für Sie, . . . aber es ist nicht, gewiß nicht . . .“

Gewiß nicht. Wenn nur die Schreiberin nicht von einem zum nächsten Satzteil die Miene ändern, das Lächeln fallenlassen, mit unverstellter Stimme sprechen würde: „Wenn Sie mich kennten, würden Sie wissen, daß es nicht sein kann, aber Sie kennen mich nicht, es ist Ihnen vielleicht gleichgültig, wie ich bin, was ich sein kann und was nicht, und doch habe ich den Mut zu hoffen, ja, ich weiß es gewiß, ich werde Ihnen einst angehören wie ein Freund oder wie eine Schwester; ich kann es mir deutlich denken, und mein Leben um vieles reicher; doch erst dann – Sie wissen wohl, wann ich meine.“ – Wir wissen es auch: wenn Savigny mit Gunda verheiratet ist.

Gekannt werden – der inständige Wunsch von Frauen, die nicht durch den Mann, sondern durch sich selber leben wollen –, hier scheinen seine Wurzeln zu sein, und er setzt sich fort bis heute, und ist auch heute noch seltener erfüllt als unerfüllt, weil das Losungswort „Persönlichkeit“, unter dem das Bürgertum angetreten, von der Masse der Produzenten niemals eingelöst werden konnte. Eine kühne Idee, zwischen Mann und Frau könnten andre Beziehungen walten als die von Herrschaft, Unterordnung, Eifersucht, Besitz: gleichberechtigte, freundschaftliche, hilfreiche. Schwester sein, Freund (die männliche Form!) – unerhörte Angebote. Beweis dafür, daß Not und Bedrängnis zu phantastischen Einfällen führen, die niemals zu verwirklichen, doch auch niemals mehr ganz und gar aus der Welt zu schaffen sind.

Die Sprache, die die Günderrode mit sich selber spricht, das Gedicht, hört sich anders an.

Liebe

O reiche Armut! Gebend, seliges Empfangen!
In Zagheit Mut! In Freiheit doch gefangen.
In Stummheit Sprache
Schüchtern bei Tage,
Siegend mit zaghaftem Bangen.

Lebendiger Tod, im Einen sel'ges Leben,
Schwelgend in Not, im Widerstand ergeben,
Genießend schmachten,
Nie satt betrachten,
Leben im Traum und doppelt Leben.

Eines der ersten vollkommen offenen Liebesgedichte einer Frau in der deutschen Literatur, unverkappt, uneingekleidet. Ein Gedicht, hervorgetrieben vom unlösbaren Widerspruch, gehalten von der Spannung der einander ausschließenden Elemente, Zeugnis dieser Spannung: gebändigte Unmittelbarkeit. „Gedichte sind Balsam auf Unstillbares im Leben."

Wer so weit gegangen ist, dies Mittel ausprobiert, seine Wirkung an sich erfahren hat, kann nicht mehr zurück. Er kann nur um jeden Preis dies merkwürdige Instrument entwickeln, das, indem es einen Schmerz bewältigt, einen neuen hervorbringt: sich selbst. Dieses Subjektwerden aber läuft dem Zeitgeist entgegen, der auf Nützlichkeit, Verwertbarkeit, die Verwandlung aller Verhältnisse in Tauschwerte dringt. Als habe ein böser Zauber die Dinge und Menschen berührt. Wie sollte ihnen nicht unheimlich werden? Wie sollten sie nicht böse Ahnungen haben und sie in bösen, unheimlichen Märchen ausdrücken? Wie sich dem Gefühl der Sinnentleerung entziehn? („Dies Zeitalter deucht mir schal und leer, ein sehnsuchtsvoller Schmerz zieht mich gewaltsam in die Vergangenheit.")

„Ich meine nämlich" – Savigny, immer noch –, „daß eine gewisse hingebende Weichheit und das berühmte Helldunkel gar nicht zu Ihrem eigentlichen Wesen gehören ... nicht zu weich sein und zu wehmütig und zu sehnsüchtig – klar werden und fest und doch voller Wärme und Freude des Lebens." Der Mann, der sie formen will nach seinem Bilde. Das Jahr 1803 ist vergangen. Im Dezember hat das Hin und Her ihrer Briefe sie zu Geständnissen reif gemacht, die sie einander bisher vorenthielten. Die Verschlüsselung und Vertauschung, zum äußersten getrieben, führt endlich dazu, daß Klartext gesprochen wird; die doppelte Verneinung ergibt die Bejahung: Savigny stellt sich, als glaube er nicht, „die Sache", die er ihr erzählen will, könne sie interessieren, „was doch gar nicht wahr ist". So abgesichert, kommt die rührende Geschichte vom periodischen Schmerz an seiner rechten Hand zutage, die ihm ein „Jemand", dem er beim Einsteigen in eine Kutsche hatte helfen wollen, im Kutschenschlag eingeklemmt hat, so daß er viele Wochen nichts gefühlt habe als diesen Druck, der immer wiederkehre, sobald das Wetter sich ändere. Sehr berühmte Ärzte in Sachsen hatten gemeint, er müsse sich wohl verbrannt haben, helfen könnten sie ihm nicht. Und melancholisch fügt er hinzu: „Man spricht viel von den Leiden des jungen Werther, aber andere Leute haben auch ihre Leiden gehabt, sie sind nur nicht gedruckt worden."

Und dann erwidert er ihr früheres Angebot. Er, als „gebrenntes Kind", scheue das Feuer; zwar stehe er nicht dafür, daß er sich nicht zuzeiten etwas in sie verliebe, was der Freundschaft Abbruch tun solle, doch müßte es „entsetzlich unnatürlich zugehen", wenn sie beide nicht „sehr genaue Freunde" werden sollten.

Die Günderrode ist vor Freude außer sich. „Recht, so recht innig hat mich Ihr Brief gefreut ..." Seine kranke Hand hat sie lieber, als wenn sie immer gesund geblieben wäre. Die Verstimmung, die sie bei seinen Briefen oft empfunden („es war ein häßliches, todkaltes Gefühl"), scheint aufgelöst. „Ihr beide gehört nun zu meinem Schicksal ..."

Sie macht sich klein, verfolgt selbstmitleidige Phantasien, findet es „so recht gut und noch viel mehr als gut" von den beiden – Savigny und Gunda –, „daß Ihr noch an das Günderrödchen denken könnt, daß Ihr nicht sagt: gehe hinaus, suche Dir ein Obdach, wir haben keinen Platz für Dich."

Der Rückschlag auf diesen Überschwang muß kommen: ihr Versuch, sich aus dem Verhältnis zu befreien, in dem sie nicht die erste und einzige ist; darauf Savignys schelmische Erwiderung, sie sei republikanischer Gesinnungen verdächtig, und dann sein verständiger Exkurs über das Recht des Stärkeren in allem geistigen Besitz: Will sagen, die beiden Frauen können getrost konkurrieren um die freien geistigen Valenzen des Mannes, und er wird die jeweils Stärkere – diejenige, die ihm mehr zu bieten hat – siegen lassen. Der Markt ist frei für jeden, und das Recht des Stärkeren gilt überall. Nun wird die Ökonomie die Werte setzen.

„Wie boshaft! wie ironisch! wie abscheulich!" Ach, hilflose Gegenwehr. Die Art von Realitätssinn, die jetzt gelten soll, geht der Günderrode ab. „Ein solches System von politischer Ökonomie sollte man nicht in die Empfindungen mischen."

Zu spät, der Bann hat gewirkt, und die Frauen, die nicht wissen, wie ihnen geschieht, kennen den Gegenzauber nicht. Also werden sie unrealistisch. Denn was realistisch ist, bestimmen die Männer, die über Politik, Produktion, Handel und Forschung verfügen; indem sie sich um des wirklich Wichtigen, das heißt um der Geschäfte oder des Staatsdienstes willen, ihren Frauen als ganze Person entziehn, erfahren diese einen schrecklichen Realitätsverlust und zugleich ihre eigne Minderwertigkeit, werden kindisch oder zu rachsüchtigen Furien, stilisieren sich zur „schönen Seele" hinauf oder zur bieder-sittsamen Hausfrau hinunter, fühlen sich überflüssig und halten den Mund. Unter den wenigen, die reden, dichten, singen, wird die Mehrzahl versuchen, ihren Schwestern ihr Los schmackhaft zu machen: Die „Frauenliteratur" beginnt. Einige aber, die nicht gezähmte Haustiere werden, sprechen ein wildes „männliches“ Glücksverlangen aus:

Wär ich ein Jäger auf freier Flur,
Ein Stück nur von einem Soldaten,
Wär ich ein Mann doch mindestens nur,
So würde der Himmel mir raten;
Nun muß ich sitzen so fein und klar,
Gleich einem artigen Kinde,
Und darf nur heimlich lösen mein Haar
Und lassen es flattern im Winde!

Wer, außer speziellen Kennern, würde diese Strophe der Annette von Droste-Hülshoff zuschreiben, von der man lesen konnte, sie sei „nervenkrank“ gewesen – zumindest nervenschwach?

Solange sie kann, hält die Günderrode sich an die Regeln, die Savigny für ihren Umgang festgelegt hat, temperiert ihr Gefühl, sammelt ihre Seelen- und Verstandeskräfte auf die Arbeit, die zweite Leidenschaft. „Ich kann es Ihnen nur mit großer Blödigkeit sagen, ich schreibe ein Drama, meine ganze Seele ist damit beschäftigt, ja, ich denke mich so lebhaft hinein, werde so einheimisch darin, daß mir mein eignes Leben fremd wird; ich habe sehr viel Anlage zu einer solchen Abstraktion, zu einem solchen Eintauchen in einen Strom innerer Betrachtungen und Erzeugungen. Gunda sagt, es sei dumm, sich von einer so kleinen Kunst als meine sei, sich auf diesen Grad beherrschen zu lassen; aber ich liebe diesen Fehler, wenn es einer ist, er hält mich oft schadlos für die ganze Welt.“

Der Ton hat sich geändert. Hier ist Klarheit und Festigkeit, hier spricht die Frau, die sich zu ihrer Arbeit, ihrem Talent bekennt, auch wenn sie nicht hoffen kann, „vortrefflich“ zu sein; die erfährt, in welchem Maß ihre Arbeit sie mit der Realität verbindet, die ihr wichtig ist, wie sie ihr Ernst, Sammlung, Selbstverständnis gibt. Eine erwachsene, selbstbewußte Frau tritt dem Mann gegenüber. Wie leicht sie aber an sich irre wird, zeigen die letzten Sätze des gleichen Briefes: „Ich glaube, mein Wesen ist ungewiß, voll flüchtiger Erscheinungen, die wechselnd kommen und gehen, und ohne dauernde, innige Wärme. Dennoch bitte ich Sie, verzeihen Sie mir meine angeborne Schlechtigkeit."

Zwei Monate später, kurz ehe Savigny „das Gundelchen" heiratet, schickt Karoline ihm, ihren Stolz vergessend, unter dem übermächtigen Druck der Leidenschaft ein Sonett:

Der Kuß im Traume

Es hat ein Kuß mir Leben eingehaucht,
Gestillet meines Busens tiefstes Schmachten.
Komm Dunkelheit! mich traulich zu umnachten
Daß neue Wonne meine Lippe saugt.

In Träumen war solch Leben eingetaucht.
Drum leb ich, ewig Träume zu betrachten,
Kann aller andern Freuden Glanz verachten
Weil nur die Nacht solch süßen Balsam haucht.

Der Tag ist karg an Liebe süßen Wonnen
Es schmerzt mich seiner Sonne eitles Prangen
Und mich verzehren seines Lichtes Gluten.

Drum birg dich Aug' dem Glanze irrdscher Sonnen
Taug dich in Nacht, sie stillet dein Verlangen
Und heilt den Schmerz, wie Lethes kühle Fluten.

Diesem Gedicht, eindeutig genug – das Blatt liegt in der Deutschen Staatsbibliothek Unter den Linden –, hat sie hinzufügen müssen: „S.-g: ist wahr. Solche Dinge träumt das Günderrödchen, und von wem? von jemand, der sehr lieb ist und immer geliebt wird."

Vergleicht man das Gedicht mit der Nachschrift: Welchen Grad von Freiheit und Unabhängigkeit verleiht die Kunst, der Zwang zur Form! Sehr möglich, daß die Günderrode, erschreckt durch ihre Fähigkeit, fühlend zu denken, ja zu formen – Voraussetzung und Zwiespalt jeder Kunstausübung –, sich selbst der Flüchtigkeit und Kälte bezichtigt.

Als Dichterin ist sie authentisch, das heißt, sie war es auch als Mensch. „Traum“ und „Schmerz“ werden ihr Schlüsselwörter, aber sie bedient sich nicht zeitgemäßer Versatzstücke. Wenn sie „Traum“ sagt, hat sie geträumt, wenn sie „Schmerz“ sagt, leidet sie. Wehleidig ist sie nicht.

In jenen Wochen gerade erscheint in Kotzebues „Freimüthigem“ eine Kritik, in der ein Frankfurter – ein ehemaliger Hofmeister, der mit eignen Poesien gescheitert ist – süßsauer ihren ersten Band bespricht, „Gedichte und Phantasien“, dessen wahre Urheberin er hinter dem Pseudonym „Tian“ herausgefunden hat. „Mancher hat Reminiszenzen und hält es für Originalideen.“ Die Freunde der Günderrode wollen sie trösten über den Menschen. Sie reagiert gelassen und überlegen. Dem Clemens Brentano, der sich ihr nach längerer Zeit in einem enthusiastischen Brief nähert, aber doch enttäuscht ist, daß sie sich nicht ihm zuallererst anvertraut hat, erwidert sie: „Wie ich auf den Gedanken gekommen bin, meine Gedichte drucken zu lassen, wollen Sie wissen? Ich habe stets eine dunkle Neigung dazu gehabt, warum? und wozu? frage ich mich selten; ich freute mich sehr, als sich jemand fand, der es übernahm, mich bei dem Buchhändler zu vertreten; leicht und unwissend, was ich tat, habe ich so die Schranke zerbrochen, die mein innerstes Gemüt von der Welt schied; und noch hab ich es nicht bereut, denn immer neu und lebendig ist die Sehnsucht in mir, mein Leben in einer bleibenden Form auszusprechen, in einer Gestalt, die würdig sei, zu den Vortrefflichsten hinzutreten, sie zu grüßen und Gemeinschaft mit ihnen zu haben. Ja, nach dieser Gemeinschaft hat mich stets gelüstet, dies ist die Kirche, nach der mein Geist stets wallfahrtet auf Erden.“

Anders als naiv und ehrfürchtig hätte sie den gefährlichen Schritt in die Öffentlichkeit nicht tun können. Die Vortrefflichen, nach deren Gemeinschaft sie gelüstet, sind nicht leicht zu erwärmen. Clemens, anscheinend wirklich von Neid gepackt, wird ihre Gedichte hinter ihrem Rücken herabsetzen – ein abgewiesener Liebhaber, der sich durchschaut fühlt. Das verträgt er nicht. – Goethe, der die „Gedichte und Phantasien“ zusammen mit einer Rezension, die wohl die Esenbecks geschrieben haben, für seine „Jenaische Allgemeine Literatur-Zeitung“ bekommt, läßt sich zu der Randbemerkung hinreißen: „Diese Gedichte sind wirklich eine seltsame Erscheinung und die Rezension brauchbar.“ Er gibt das Bändchen an Frau von Stein weiter, die, allerdings erst nach dem Tod der Günderrode, ihrem Sohn schreibt: „Sie hat allerliebste dramatische und andere Poesien unter dem Namen Tian herausgegeben. Ich war erstaunt über die tiefen Gefühle und den Reichtum der Gedanken, bei den schönen Versen, und Goethe war es auch.“

Der Roman mit Savigny hat den voraussehbaren Schluß, kein happy-end. Savigny heiratet im Mai 1804 Gunda Brentano inmitten eines großen Freundeskreises auf seinem Hof Trages, einem schönen Besitz. Karoline ist dabei, bleibt ein paar Tage, geht zurück in ihr Studierzimmer im Stift. Sie widmet sich der Geschichte, versenkt sich in Schellings Naturphilosophie, arbeitet an einem neuen Drama. Noch knistert es manchmal in den Briefen zwischen Savigny und ihr. Seine „zauberische Gegenwart“, läßt sie ihn noch im August wissen, sei nur „allzu gefährlich für zarte Gemüter“. Wenige Tage später fährt sie nach Heidelberg, eine Jugendfreundin zu besuchen, die Frau des Theologen Daub. Dort lernt sie auf dem Altan des Schlosses den Altertumswissenschaftler Friedrich Creuzer kennen, einen Freund Savignys. In der schwierigen Liebesbeziehung zwischen diesen beiden, die nun beginnt, wird Savigny ironischerweise Vertrauter, Richter, Berater – manchmal gesucht, öfter gemieden. Nichts mehr hat die Günderrode von ihm zu fürchten. Es beginnt das Drama, in dem sie nicht Randfigur, sondern Hauptdarstellerin ist. Sie hat den Part der tragischen Heldin zu übernehmen. „Drum leb ich, ewig Träume zu betrachten . . ."

Hundertsiebzig Jahre später schreibt Sarah Kirsch, eine ihrer Nachfahrinnen:

Ich träum ville träume
ich träumm du träummst
du wärst in einn traum
in meiner küche gewesen

Die Träumerin, die vom Traum eines Träumers träumt . . . Die Spirale dreht sich weiter.

4

Die niedergehaltenen Leidenschaften.

„Ich kann mich täglich weniger in die Welt und die bürgerliche Ordnung fügen, Caroline, mein ganzes Wesen strebt nach einer Freiheit des Lebens, wie ich sie nimmer finden werde. Die Liebe sollte doch, dünkt mir, frei sein, ganz frei von den engen Banden der Bürgerlichkeit."

Das schreibt Lisette Nees von Esenbeck, eine von Karolinens langjährigen Freundinnen, im Juni 1804 an die Günderrode. Sie ist seit kurzem verheiratet mit dem Naturwissenschaftler Christian Nees von Esenbeck – der erste übrigens, der Goethes Morphologie der Pflanze anerkannte. Lisette gehört zu den klügsten Frauen im Freundeskreis der Günderrode; sie kennt die französische und englische Literatur, beherrscht slawische Sprachen, lernt Italienisch und Spanisch. Der Freundin schreibt sie Briefe, die Rezensionen sind – wenn auch die meisten ihrer Ratschläge auf die Günderrode nicht passen. Als eine geborene von Mettingh aus Frankfurt am Main lernt sie Karoline bei deren Eintritt ins Stift kennen; ein früher Brief verrät mehr als

Freundschaft für die andre; er erinnert eine Szene, als Karoline, eine ungebetene Besucherin wegzuschicken, „zur Hintertüre hinausgegangen“ war, „an welcher ich Dich wieder erwartete, es war da alles so mystisch und mir war, als wenn Du mein Geliebter wärest“; dann schreibt sie, als besinne sie sich: „Das ist wohl sonderbar, Karoline.“

Es ist wohl sonderbar, weil es neu ist; Frauen fühlen sich heftig zueinander hingezogen und widersetzen sich der Anziehung nicht, die keine Vermittlung und Sanktionierung durch Männer braucht – wenn sie auch enge Bindungen und Liebesverhältnisse mit Männern nicht ausschließt. Diese jungen Frauen haben einander etwas zu geben, was ein Mann ihnen nicht geben könnte, eine andre Art Verbundenheit, eine andre Art Liebe. Als könnten sie, allein miteinander, mehr sie selbst sein; sich ungestörter finden, freier ihr Leben entwerfen – Entwürfe, die denen der Männer nicht gleichen werden.

Lisette schreibt der Karoline sehr kurz nach ihrer Hochzeit mit Nees, den sie „so unaussprechlich liebt“, daß sie angesichts seiner Kindheitsstätten „vor ihn hinknien“ möchte: „Ich lebe jetzt anders, wie Du mich Dir denkst, und ich werde Dir einmal viel davon sagen. – Es könnte kommen, daß ich der Anhänglichkeit an Dich mehr wie jemals bedürfte, um zu leben, darum laß uns immer innig verschlungen bleiben, was uns jemals verbunden, muß ewig sein, laß mich immer mit Dir fortleben, und lebe Du auch ein doppeltes Leben in mir.“ – Lisette ist sowenig eine Schwärmerin wie Karoline selbst. Die Trauer, die sich hier ausspricht, gilt einem unersetzbaren Verlust, ist mehr als ein Erschrecken vor dem Alltag der Ehe mit einem schwierigen, kränkelnden, von Stimmungen abhängigen Mann, mehr auch als ein nostalgischer Reflex, Zuflucht zu suchen in einem früheren Verhältnis, das sie selbst „die Jugend ihres Lebens“ nennt: „Frei, ungetrübt und ewig heiter wie der Himmel.“ Daß sie einander stützen und bestätigen, ist gewiß, und wenn man will, kann man die Freundschaftskreise der Zeit als die ersten „Organisationen“ sehn, in denen Frauen als gleichberechtigte Glieder wirken – bis sie wenige Jahre später in den größeren Städten, besonders in Berlin, selbst zu Gründerinnen und Mittelpunkten solcher Zirkel werden: der Salons. Der Ton, die Inständigkeit ihrer gegenseitigen Bekenntnisse, die Richtung ihrer Interessen, die Themenkreise, über die sie ihre Ansichten austauschen, die Denk- und Lebensformen, auf die sie aus sind, können als ein vielleicht unbewußter Versuch gelten, weibliche Elemente in eine patriarchalisch strukturierte Kultur einzubringen. Diese jungen Frauen, die ersten weiblichen Intellektuellen, erleben die Anfänge des Industriezeitalters, der Vergottung der Ratio und die fortschreitende Arbeitsteilung als eine Vergewaltigung ihrer Natur. „Nützlichkeit ist ein Bleigewicht an dem Adlerfluge der Phantasie“, schreibt Lisette Nees der Karoline. „Natur!“ wird zu ihrem gemeinsamen Sehnsuchtsruf, wie er das unter Rousseaus Einfluß auch den Stürmern und Drängern war. Doch die Naivität des ersten Ansturms ist dahin, die Politur der feudalen Klasse, die französelnde Etikette an den deutschen Höfen und Höfchen, gegen die jene sich auflehnten, ist noch kaum beseitigt, da sehen sich die Nachfolger mit den neuen „Verkehrtheiten“ der bürgerlichen Gesellschaft konfrontiert, mit andern Vorwänden, die Wahrheit des Empfindens zu diffamieren, die Wahrheit des Gedankens zu unterdrücken. „Haben nicht die geistschmiedenden Zyklopen mit dem einen erhabenen Aug auf der Stirne die Welt angeschielt, statt daß sie mit beiden Augen sie gesund würden angeschaut haben?“ Die Welt ist krank, und sie merkt es nicht. Frauen, in diesen wenigen Jahren, einer Lücke zwischen zwei Zeitaltern, plötzlich aus alten Schablonen herausgefallen – auch aus den Schablonen, ihr Geschlecht betreffend –, schließen eine Art Bündnis, sie gesund zu machen. Die Zeichen, die sie geben, können erst jetzt wieder bemerkt, aufgenommen und gedeutet werden.

Im Jahr 1840, vierunddreißig Jahre nach der Günderrode Tod, gibt Bettina von Arnim den Briefroman „Die Günderode" heraus. Dieses Buch hat das Unglück, in die Hände staubtrockener Textkritik zu fallen, deren Instrumenten es ein leichtes ist, es als „Fälschung" zu entlarven. Daß die Bettina mit ihrem Material frei umgegangen ist, Briefe zusammengezogen, Stücke aus anderen Briefwechseln hineingenommen, manches erfunden hat, ist ihr angekreidet worden. Authentisch ist dieses Buch dennoch, in einem poetischen Sinn: als Zeugnis für eine Freundschaft zwischen zwei Frauen, als ein Beleg aber auch für Lebensformen und Sitten einer Zeit und für eine Kritik an diesen Sitten, die sich nicht scheut, an die Wurzeln zu gehn; ich weigere mich, es einen Zufall zu nennen, daß gerade unter Frauen die Übel der Zeit derart kompromißlos zur Sprache gebracht werden: Die Tatsache, daß sie ökonomisch und sozial vollkommen abhängig sind, keine Stellung, kein Amt anstreben können, enthebt die geistig Freiesten unter ihnen der Mißlichkeit, um des Broterwerbs willen den Untertanen-Ungeist zu rechtfertigen. Merkwürdige Verdrehung: in totaler Abhängigkeit wächst ein vollkommen freies, utopisches Denken, eine „Schwebereligion". Wie gefährdet die sind, die ihrem Empfinden entsprechend zu denken wagen, muß nicht gesagt werden. Plausibel scheint auch, daß ein Buch wie dieses wenig beachtet wurde: Sein Ton, sein Geist waren dem deutschen Leser fremd, und sie sind es wohl bis heute. Seine Sprache ist intim, leidenschaftlich, schwärmerisch, ausschweifend, sinnlich, bildhaft, nicht immer regelrecht und gewiß nicht nüchtern – das heißt, vielen Lesern würde sie überspannt vorkommen, peinlich sein. Herzensergießungen, besonders von seiten der dringlich werbenden Bettina: „Die Menschen sind gut, ich bin es ihnen von Herzen, aber wie das kommt, daß ich mit niemand sprechen kann? – Das hat nun Gott gewollt, daß ich nur mit Dir zu Haus bin." – „Jeder Augenblick, den ich leb, ist ganz Dein, und ich kanns auch gar nicht ändern, daß meine Sinne nur bloß auf Dich gerichtet sind . . ."

Verliebtheit ist das, geistige und sinnliche Liebe, mit Aufschwüngen und Abstürzen, mit Seligkeit und Zerschmetterung, mit Hingabe und Eifersucht. Die Günderrode, reifer, emotional nicht so stark beteiligt, ist zurückhaltender, wehrt sachte ab, sucht zu beschwichtigen, zu bilden, zu erziehn; zugleich sieht sie der naiveren, unbedenklich ihren Eingebungen, Neigungen und Überzeugungen lebenden Freundin fasziniert, beinahe neidisch zu und eröffnet ihr ihre geheimen Gedanken: „Recht viel wissen, recht viel lernen, und nur die Jugend nicht überleben. Recht früh sterben." Worauf die Bettina ihr einen Brief über die Ewigkeit der Jugend schreibt, einen andern über ihre Liebe zu den Gestirnen, die ihr das „Vertrauen in das Rechte" ins Herz säen, die Geringschätzung des „Erdenschicksals", den Mut, der „reinen Gewissensstimme" zu folgen und groß zu handeln. „Was aber der Mut erwirbt, das ist immer Wahrheit, was den Geist verzagen macht, das ist Lüge. Verzagtheit im Geist ist gespensterhaft und macht Furcht. Selbstdenken ist der höchste Mut." – „Ich weiß nicht, wieviel Du tun kannst", erwidert die Günderrode, „aber so viel ist mir gewiß, daß mir, nicht allein durch meine Verhältnisse, sondern auch durch meine Natur engere Grenzen in meiner Handlungsweise gezogen sind, es könnte also leicht kommen, daß Dir etwas möglich wäre, was es darum mir noch nicht sein könnte."

Sie bespricht Fragen der Poesie mit der Freundin, diktiert ihr Gedichte, wenn ihre eigenen Augen den Dienst versagen, geht mit ihr vor der Stadt spazieren und liest mit ihr oder nimmt die Geschichte durch; ernsthaft geht sie auf die eigenartigen Vorschläge der Bettina, die Welt zu verbessern, ein; denn nichts Geringeres als der verkehrte Zustand der Welt ist es, den sie oft und oft erörtern. „Warum sollten wir nicht zusammen denken über das Wohl und Bedürfnis der Menschheit?"– „Regierungsgedanken" kommen der unschüchternen Bettina in den Kopf. „Wär ich auf dem Thron", brüstet sie sich, „so wollt ich die Welt mit lachendem Mund umwälzen."

„Ein Ganzes werden!“ ist ihrer beider Bedürfnis. Die Günderrode ergibt sich in jenen Jahren dem Studium der Schellingschen Naturphilosophie („Zugleich dankte ich dem Schicksal, daß es mich so lange hatte leben lassen, um etwas von Schellings göttlicher Philosophie zu begreifen und, was ich noch nicht begriffen, zu ahnen und daß mir wenigstens vor dem Tode der Sinn für alle himmlischen Wahrheiten dieser Lehre aufgegangen sei“). Ihr eigenes Weltempfinden ist den Ideen des jungen Schelling ursprünglich verwandt; ein frühes Zeugnis dafür ist ihr „Apokalyptisches Fragment“, das die mystische Sehnsucht nach dem Einssein mit der Natur, nach den „Quellen des Lebens“, nach Erlösung aus den „engen Schranken“ des eignen Wesens zu einer Vision von Einheit und Kontinuität alles Lebendigen steigert: „Es ist nicht zwei, nicht drei, nicht tausende; es ist Eins und Alles, es ist nicht Körper und Geist geschieden, daß das eine der Zeit, das andere der Ewigkeit angehöre, es ist Eins, gehört sich selbst, und ist Zeit und Ewigkeit zugleich, und sichtbar, und unsichtbar, bleibend im Wandel, ein unendliches Leben.“

Sie teilt der Bettina gerade jene ihrer Arbeiten mit, in denen sie – verwandelt in unterschiedliche Gestalten – den Weg zu den Ursprüngen, zum ungestalteten Chaos, zur Unterwelt, zu den Müttern zurückgeht, bis an den Punkt, da Bewußtsein und Sein noch nicht voneinander getrennt sind, da Einheit ist, Urstoff, Vor-Schöpfung. Dem Wanderer, der an seinem Bewußtsein leidet, nach dem Nichtsein im Mutterschoße lechzt, wird von den Erdgeistern mitgeteilt:

Dem Werden können wir und nicht dem Sein
  gebieten,
Und du bist schon vom Mutterschoß geschieden,
Durch dein Bewußtsein schon vom Traum getrennt.
Doch schau hinab in deiner Seele Gründen,
Was du hier suchest, wirst du dorten finden,
Des Weltalls sehnder Spiegel bist du nur.

Auch dort sind Mitternächte, die einst tagen,
Auch dort sind Kräfte, die vom Schlaf erwachen,
Auch dort ist eine Werkstatt der Natur.

Bettina nimmt die Gedanken der Freundin gierig auf, befeuert von diesem Rückgriff auf Kräfte, die dem „Mutterschoß" entspringen und nicht, wie Pallas Athene, dem Vaterkopf, nämlich dem Haupte des Zeus – eine Alternative zu den Quellen der Klassik, eine Hinwendung zu archaischen, teilweise matriarchalischen Mustern. Der Mythos wird neu gelesen, und zu dem bisher alleinherrschenden Mythos der Griechen kommen die Vorgeschichte und die Lehren Indiens, Asiens, des Orients. Der Eurozentrismus ist durchbrochen, mit ihm die Alleinherrschaft des Bewußtseins: Unbewußte Kräfte, die in Trieben, Wünschen, Träumen Ausdruck suchen, werden in diesen Briefen wahrgenommen, beschrieben, anerkannt. So weitet sich unendlich der Erlebniskreis und der Kreis dessen, was als Realität erfahren wird. „Alles, was wir aussprechen, muß wahr sein, weil wir es empfinden."

Die Wahrheit der Empfindung ist ihr alles andre als ein Freibrief für Verschwommenheit. Manchmal weist sie die Freundin zurecht: „Du meinst, wenn Du taumelst und ein bißchen trunken bist, das wär unaussprechlicher Geist?" Oder, immer und immer wieder mahnend, nur ja die Geschichte zu studieren: „Drum schien mir die Geschichte wesentlich, um das träge Pflanzenleben Deiner Gedanken aufzufrischen . . . Sei mir ein bißchen standhaft, trau mir, daß der Geschichtsboden für Deine Phantasien, Deine Begriffe ganz geeignet, ja notwendig ist. – Wo willst Du dich selber fassen, wenn Du keinen Boden unter Dir hast?" Und dann, in einer Wendung, die sie ganz ausdrückt und die von Hölderlin sein könnte: „Das ist es eben – die heilige Deutlichkeit – die doch allein die Versicherung uns gewährt, ob uns die Geister liebend umfangen."

Die beiden Frauen ergänzen einander. Ihre Einsichten sind erstaunlich. „Wir sind jetzt in einer Zeit der Ebbe", schreibt die Günderrode der Bettina, und die, erschreckt von der Verwandlung der Menschen in Masken, sucht nach den Gründen für ihre Trauer und Einsamkeit. „Ich dachte, daß wir Gedanken haben so rasch, und daß die Zeit hintennach kommt und mag nichts erfüllen, und daß die Melancholie allein aus dieser Quelle des Lebensdrangs fließt, der sich nirgends ergießen kann ... Kämen die Taten und überflügelten unsere Sehnsucht, daß wir nicht immer ans Herz schlagen müßten über den trägen Lebensgang, ... das wäre die wahre Gesundheit, und wir würden dann scheiden lernen von dem, was wir lieben, und würden lernen die Welt bauen, und das würde die Tiefen der Seele beglücken. So müßte es sein, denn es ist viel Arbeit in der Welt, mir zum wenigsten deucht nichts am rechten Platz."

So müßte es sein, doch die Taten kommen nicht und überflügeln die Sehnsucht, und die Sehnsucht selbst wird für viele Jahrzehnte wieder verschüttet.

Die Günderrode, so vertraut sie mit der Bettina ist – sie zeigt ihr den Dolch, den sie bei sich trägt, und die Stelle unter dem Herzen, die ein Arzt ihr für den Einstich angegeben hat –, über das, was sie am tiefsten bewegt, ihre Liebe zu Creuzer, scheint sie sie nicht ins Vertrauen zu ziehn. Creuzer, der eine eifersüchtige Abneigung gegen die Brentano-Familie, besonders gegen Bettina hat, erreicht es bei der Günderrode, daß die sich von der Freundin abwendet. Ein scharfer Schmerz für beide, besonders für die Jüngere; sie setzt sich zu Füßen der Frau Rat Goethe am Hirschgraben und überträgt ihr überströmendes Gefühl auf sie und ihren angebeteten Sohn. Das wird ein neues Kapitel in ihrem Leben. Es beginnt, als die Freundin tot ist, der sie den gerechtesten Nachruf geschrieben hat. Später heiratet sie Achim von Arnim, wird Gutsherrin im märkischen Wiepersdorf und Mutter von sieben Kindern. Nüchternheit und Prosa des Lebens erfährt sie reichlich. Viele der Jugendgefährten – ihr Bruder Clemens, Savigny – haben sich unter dem

Druck restaurativer Verhältnisse der politischen oder klerikalen Reaktion genähert oder angeschlossen. Sie kann in einem ihrer Briefe an den König von Preußen von sich sagen: „Welcher Vergehen ich mich auch schuldig gemacht habe, so war es doch gewiß keines an meiner Wahrhaftigkeit. Denn alles, was in der Blütezeit meiner idealen Begriffe in mir erwachsen ist, das lebt noch ungestört fort in mir."

Wir können uns denken, was die Günderrode in dieser Freundin geliebt hat: Das schöne Gegenbild zu dem zurechtgestutzten, kleinlichen, leisetreterischen Gesellschaftsmenschen, den Stolz, die Freiheitsliebe, die Radikalität des Denkens und der Hoffnungen, die Verkörperung einer Utopie.

5

Was mich tötet, zu gebären . . .

„Ich habe diese Nacht einen wunderbaren Traum gehabt, den ich nicht vergessen kann. Mir war, ich läg zu Bette, ein Löwe lag zu meiner Rechten, eine Wölfin zur Linken und ein Bär mir zu Füßen! Alle halb über mich her und in tiefem Schlaf. Da dachte ich, wenn diese Tiere erwachten, würden sie gegeneinander ergrimmen und sich und mich zerreißen. Es ward mir fürchterlich bange und ich zog mich leise unter ihnen hervor und entrann. Der Traum erscheint allegorisch, was denken Sie davon?"

Friedrich Creuzer, an den Brief und Frage gerichtet sind, äußert sich nicht zu der Günderrode allegorischem Traum. Die reißenden Tiere, von denen die Frau sich umgeben sieht, mögen ihn erschreckt haben, so wild träumt er wohl nicht. Die Günderrode, eine begabte Träumerin, wird ihren Traum verstanden haben, der ihre Lage so überaus genau beschreibt. Ihre einander ausschließenden Wünsche, Begierden und Leidenschaften – erwachten sie, ließe sie die los, sie müßten sie zerreißen.

Diesen wenigen Frauen, die der Konvention der Versorgungs- und Standesehe entronnen sind, die ein persönliches Liebesverlangen ausdrücken, steht die verwundende Erfahrung bevor, daß ihre Art Liebe nicht erwidert werden kann – eine Erfahrung zum Tode; ein Motiv, das sich durch die Dichtung von Frauen über fast zwei Jahrhunderte zieht. Die Günderrode schlägt den Ton an:

Überall Liebe

Kann ich im Herzen heiße Wünsche tragen?
Dabei des Lebens Blütenkränze sehn,
Und unbekränzt daran vorübergehn
Und muß ich traurend nicht in mir verzagen?

Soll frevelnd ich dem liebsten Wunsch entsagen?
Soll mutig ich zum Schattenreiche gehn?
Um andre Freuden andre Götter flehn,
Nach neuen Wonnen bei den Toten fragen?

Ich stieg hinab, doch auch in Plutons Reichen,
Im Schoß der Nächte, brennt der Liebe Glut
Daß sehnend Schatten sich zu Schatten neigen.

Verloren ist wen Liebe nicht beglücket,
Und stieg er auch hinab zur styg'schen Flut,
Im Glanz der Himmel blieb er unentzücket.

Dies Gedicht schickt sie im Mai 1805 an Friedrich Creuzer. „Ich soll auf die Liebe verzichten?" Die Frage stellt die betrogene Nymphe in der Erzählung „Daphnis und Pandrose", welche Savigny der Günderrode zur Lektüre empfahl, in jenem Brief von seiner verbrannten Hand: Vor der Unbedingtheit ihrer Liebe zurückschrekkend, bietet er ihr Freundschaft. Dem gleichen Savigny schreibt die Bettina 1807: „Lieber Alter, soll denn mein ganzes Wesen ungenossen wieder vertrocknen, keinem wohltun, unbeachtet wieder schlafen gehen, so wie es aufwachte?" Und mehr als anderthalb Jahrhunderte später fragt – beinah im gleichen Versmaß, jedenfalls im gleichen Sinn wie die Günderrode – Ingeborg Bachmann:

Erklär mir, Liebe, was ich nicht erklären kann:
sollt ich die kurze schauerliche Zeit
nur mit Gedanken Umgang haben und allein
nichts Liebes kennen und nichts Liebes tun?
Muß einer denken? Wird er nicht vermißt?

Ein Verhängnis. Der gleiche Augenblick, der Frauen befähigt, zu Personen zu werden – was heißt, ihr „wirkliches Selbst" hervorzubringen, und sei es wenigstens im Gedicht –, dieser gleiche historische Augenblick zwingt die Männer zur Selbstaufgabe, zur Selbstzerstückelung, beschädigt ihre Fähigkeit, zu lieben, zwingt sie, die Ansprüche unabhängiger, zur Liebe fähiger Frauen als „unrealistisch" abzuweisen. Sachlichkeit wird ihnen abverlangt. Die sich dem Gebot nicht unterwerfen können, die Dichter, werden ins Abseits gedrängt („Wohin denn ich?", Hölderlins Klage über Heimatverlust ist ausgesprochen, sein Rückzug auf eine geistige Heimat hat stattgefunden: „Sei du, Gesang, mein freundlich Asyl!"). Frauen, auf ausschließliche Liebe, rückhaltlose Hingabe angewiesen, erfahren das Grauen, zu zweitrangigen Objekten gemacht zu werden: Hier sind die Wurzeln auswegloser Leidenschaften.

Das Erlebnis, mit sich selbst zugleich das eigne Unglück hervorzubringen, „was mich tötet, zu gebären", muß zur Versteinerung oder zur gesteigerten Empfindlichkeit führen. Je unbedingter, je bedeutender die Günderrode als Dichterin wird, um so ungeeigneter wird sie zu einer Verbindung mit einem Mann, der an ein „bedingtes Leben" gefesselt ist. Lieben müssen, aber sich nicht eignen für das bürgerliche Frauenleben – wie soll der Widerspruch sich auflösen. Die eignen Möglichkeiten gewaltsam niederhalten oder zu Einsamkeit, Lieb-Losigkeit verurteilt sein: kein Ausweg. Creuzer treibt sein Gefühl für sie bis zur Anbetung, fast bis zur religiösen Verehrung – aber auf gewöhnliche irdische Weise mit ihr zusammen leben, das kann er nicht.

Er kann es wirklich nicht.

Creuzer ist neun Jahre älter als die Günderrode. Augenzeugen nennen ihn „häßlich", er findet es auch. Sein Selbstgefühl ist, bei hohen Talenten, schwankend; als Sohn eines Buchbinders und Steuereinnehmers in Marburg hat er nicht ohne die Hilfe von Gönnern studieren können. Auffallend spät erst informiert er die Günderrode, daß Savigny, der vermögend ist, sein Studium mit finanziert hat: Dieses Geld scheint neben einer andauernden Anhänglichkeit auch eine andauernde Empfindlichkeit gegen Savigny zurückgelassen zu haben. Creuzer heiratet „aus Dankbarkeit" die Frau seines Professors, als dieser stirbt: Sophie Leske, dreizehn Jahre älter als Creuzer, eine einfache Frau, die mehrere Kinder großgezogen hat, ihren Männern treulich den Haushalt führt und, da Creuzer sie verlassen will, ihre eigne Tragödie der alternden Frau erlebt, die sie mit ihren Mitteln abzuwehren sucht; mit ständig wechselnden Stimmungen und Entschlüssen, mit Vorwürfen, Szenen, dann wieder unnatürlicher Duldsamkeit; einmal liefert sie ihrem Mann in vielleicht unbewußter Schlauheit den Beweis, daß er ohne sie verloren ist: Der nervenaufreibenden Auseinandersetzungen überdrüssig, verläßt sie ihn für einen Tag; da weiß er nicht, wie eine Rechnung bezahlen, wo das Geld suchen, wo den Schlüssel für eine Schublade finden: Die Rache der Hausfrau an den Mann, der sein Denken ausbilden durfte, aber die Alltagspraxis ihr überließ. „Siehe, so steht es nun!" teilt Creuzer resigniert der Günderrode mit. „Ich habe teuer gebüßt eine Sünde gegen die Natur – die in ihren Folgen ein eisernes Schicksal geworden."

Aus dem Briefwechsel zwischen Creuzer und Savigny geht hervor, welche Verdienste sich Creuzer nicht nur um sein Fach, die Altertumswissenschaft, erwirbt: Er wurde nach Heidelberg berufen, der darniederliegenden Universität aufzuhelfen. Höchst profane Universitätsangelegenheiten beschäftigen ihn, Berufungen, Gehälter, Konzeptionen, Intrigen. Karoline, von dem bloßen Gedanken an eine praktische Tätigkeit abgeschnitten, widmet all ihre Zeit ihrer Liebe zu ihm; er knapst sich die Stunde, ihre Briefe und ihre Arbeiten zu lesen, gegen Mitternacht von seinem kurzen Schlaf ab. Am Ende wird er ihr gereizt vorhalten, sie könne sich in seine bedrängte Lage nicht hineindenken.

Das kann sich im Oktober 1804 keiner vorstellen. Creuzer, der anfangs heftiger, drängender war als sie („Ich soll doch nicht weniger sagen, als mein Herz empfindet?"), hat sie in Frankfurt besucht, ist „an ihr Herz zu liegen" gekommen, durfte „an ihrem keuschen Busen erwarmen" – was immer das heißen, was immer die metaphorische Wendung ein- oder ausschließen mag. „Heiß mich Du", hat sie ihm gesagt. „Jacta est alea", schreibt der sattelfeste Lateiner an seinen Freund und Vetter Leonhard Creuzer nach Marburg. „Einen Mittelweg gibt's nicht – Himmel oder Tod." Von einer dunklen Ahnung eingegeben, stehn in dem kurzen Jubelbrief die Worte: „Incipit tragoedia." Die Tragödie hat begonnen. Die reißenden Tiere beginnen sich zu regen.

Das bürgerliche Trauerspiel. Karoline diesmal, den Wiederholungszwang abwehrend, in der Hauptrolle; wer aus dem Rahmen fällt, bezahlt mit Tod. Alle anderen Chargen typengerecht besetzt: Der Liebhaber, der vor den Konsequenzen zurückschreckt; die Ehefrau, die ihren Besitz, den Mann, verteidigt; die treue Freundin und Vertraute, die Briefe befördert, Schlüssel für sichere Treffplätze herausgibt, Rendezvous vermittelt: Susanne von Heyden, eine Halbschwester der Lisette Nees von Esenbeck; echte und falsche Ratgeber: Savigny, bedenklich, aber nach bestem Wissen ratend; Daub und Schwarz, zwei Heidelberger Theologen, in unterschiedlichem Grad vertrauenswürdig und imstande, von ihren eignen biederen Moralbegriffen abzusehn; gerüchtestreuende Klatschbasen, unter ihnen hervorragend die Sophie Daub, geborene Blum, Karolinens Jugendbekanntschaft, „ein Abgrund an Prosa und Bürgerlichkeit“; Freundinnen, Zuschauer, Ahnungslose. Die Schauplätze: der Altan des Heidelberger Schlosses; das Theater in Mainz; Karolinens Stiftszimmer. Kurze Begegnungen in Gasthöfen. Zwei-, dreimal ein Stelldichein auf dem Kettenhof bei Frankfurt. Es paßt nicht zu Karoline, dorthin zu schleichen. Sie tut es. Sie täte alles.

Briefe, Briefe. Wir kennen den mehr als dreihundert Seiten starken Band, 1912 herausgegeben, der Creuzers Briefe an die Karoline enthält. Von ihr: neun Stücke, erst in den dreißiger Jahren dieses Jahrhunderts gefunden, und zwar – ein sarkastischer Kommentar! – im Nachlaß der Familie Leske: Abschriften, die die nachschnüffelnde Sophie sich von den Briefen der Rivalin gemacht hat. Die Freundin dagegen – Susanne von Heyden – hat Karolinens Briefe alle verbrannt, ein unermeßlicher Verlust. So muß alles verkehrt laufen, damit der verkehrten Moral Genüge wird: Nach dem Tod des Opfers bemächtigt sie sich der Indizien.

Dabei hat sie sich von Anfang an reichlich eingemischt; ein gut Teil der Erörterungen ist den Vorsichtsmaßnahmen gewidmet, die nötig sind, eben diese Briefe, von Sophie unbemerkt, zu übersenden und zu empfangen: Ob, wann und unter welcher Adresse man sich schreiben kann; ob die Deckadressen auch zuverlässig sind; da man dessen nie ganz sicher ist, beschließen die Schreibenden, griechische Buchstaben und naive Decknamen zu verwenden: Da ist Karoline die „Poesie“, Creuzer „der Fromme“ – es scheint, er verdient sich diesen Ehrennamen durch eheliche Enthaltsamkeit –, Sophie „die Gutmütige“ und die intrigante Madame Daub „die Feindselige“. Es wirkte wie ein Kinderspiel, wäre der Einsatz nicht so hoch, würden Klatsch, Unverständnis, böswillige Gerüchte, über die Creuzer sich immer wieder erregt, nicht ihre Widerstandskraft untergraben.

Je zaghafter er wird, je aussichtsloser ihm eine Verbindung mit der geliebten Frau erscheint, um so höher stilisiert er das Bild von ihr: „Liebes, liebes Mädchen", nennt er sie anfangs, dann wird sie ihm zur „reinen einfältigen Magd des Herrn", zum „Engel", zur „sanctissima virgo", zur „Muse", schließlich zur „Poesie". Die Günderrode aber ist eine junge Frau, die auf allegorische Erhöhung gerne verzichten würde, könnte sie mit dem Mann, den sie liebt, zusammen leben und arbeiten. Denn ihrer beider Ideen, Wissen, Interessen und Begabungen ergänzen sich sehr glücklich, sie regen sich zu Produktivität an. Creuzer gibt der Günderrode griechische Philosophen zu lesen und läßt sie teilhaben an seinen Anschauungen über das griechische Altertum, dessen Ursprünge er aus Asien herleitet, und an seiner Ansicht von der Herkunft aller Religionen aus einem allen Völkern und Erdteilen gemeinsamen Mythos. Die Günderrode legt Wert auf seine Kritik an ihren Arbeiten, die Spuren seines Einflusses deutlich verraten, wie auch sein späteres Werk „Symbolik und Mythologie der alten Völker" ohne sie so nicht denkbar wäre: Zeugnisse dafür, daß sie sich in ihren besten Stunden über die unleidliche Abhängigkeit von platter Alltagsgemeinheit erheben konnten.

Creuzer, nicht frei von Empfindlichkeit, Selbstmitleid, in die Fesseln seines Amtes geschlagen, zurückschrekkend vor einem „Menschenopfer", schreibt der Freundin – da ist er fünfunddreißig: „Ich bin ja schon ein alternder Mann. Ich habe der Ehe mein Wort gegeben und dem Staate. Ich bin darauf angenommen, daß ich gewisse Gedanken haben soll, die dauerhaft sind auf zwanzig Jahre hin, die einen festen bürgerlichen Boden haben. Ich soll ein Exempel sein der Gesetztheit für die rohe Jugend, der ich als Meister vorstehe, soll keine Poesie selber haben, während ich doch dazu angewiesen bin, öffentlich davon zu reden." Dies bleibt das Los der meisten deutschen Professoren: Poesie nicht haben, doch über sie urteilen, nur empfinden die Späteren es kaum noch als Konflikt wie ihr gewiß bedauernswerter Ahnherr.

Die Günderrode aber, wenn sie sich schon tarnen muß, greift wieder zur Männerrolle: ganz läßt Wiederholung sich nicht vermeiden. Wieder ist sie, wie bei Savigny schon, „der Freund", und sie schreibt, ein Akt der Selbstverleugnung, dem Creuzer von sich in der dritten Person: „Der Freund war eben hier . . . Ich versichere, er ist Ihnen ganz ergeben. Sagen Sie mir, wie haben Sie ihn so gewonnen? Was sein übriges Leben betrifft, so merke ich immer mehr, daß seine heroische Seele sich in Liebesweichheit und Liebessehnen ganz aufgelöst hat. Dieser Zustand ist nicht gut für einen Menschen, der doch für sich allein stehen muß und der wohl nimmer mehr dem Gegenstand seiner Liebe vereint wird." – Sie geht so weit, ein Gedicht, das allzu verräterisch „Der Einzige" hieß, umzubenennen:

Die Einzige

Wie ist ganz mein Sinn befangen,
Einer, Einer anzuhangen;
Diese Eine zu umfangen
Treibt mich einzig nur Verlangen;
Freude kann mir nur gewähren,
Heimlich diesen Wunsch zu nähren,
Mich in Träumen zu betören,
Mich in Sehnen zu verzehren,
Was mich tötet zu gebären.

Nichts mehr von Scherz, Neckerei, Ironie und Selbstironie. Durchgehalten wird der Ton tiefen, unabweisbaren Ernstes, manchmal gefärbt durch Gelassenheit, Ergebung, seltener durch Leidenschaft und Aufbegehren, immer häufiger durch Verzweiflung: „Meine Seele ist düster."

Ihre Lage ist hoffnungslos. Sie wissen es, vergessen es wieder, müssen es erneut begreifen – eine unerträgliche Dauerspannung. Die Falle schnappt über drei Menschen zu: beschlossene Sache ist, „daß hier zwei Personen aufgeopfert werden, nur weil sie eine dritte nicht aufopfern können". „Sterben ist besser als töten", tröstet Creuzer sich. Nur ist nicht er es, der stirbt. Seine „Begehrlichkeit" sublimierend, teilt er sich in einen äußeren und einen inneren Menschen: „Ich bin eine von den hölzernen Silenenfiguren, die, selber schlecht, zu Behältern dienen von herrlichen Götterbildern . . ." Sie soll das Kunststück fertigbringen, nicht seine Erscheinung, seine Sitte, seine Manieren, nicht ihn zu lieben, sondern einzig das, was schön an ihm sei: das verschlossene Götterbild, sein Gemüt. „Siehe da die Richtschnur Deines Verhaltens gegen mich: Laß mich oder vielmehr lehre mich Dich zu lassen als Weib – aber laß meine schöne Seele nicht." Und er leistet den unerbetenen Schwur, er wolle „nicht fürder aufkommen lassen den einfältigen Gedanken, als wenn man, um die Poesie zu haben, notwendig mit ihr copuliert sein müßte."

Er wäre der erste Hofmeister nicht, der sich entmannte. Die entgeisterten Körper zur Räson gebracht, die entkörperlichten Geister aufeinander losgelassen. Eine Seelengemeinschaft, in der Creuzer den knienden Teil übernehmen will, während ihre Poesie sich als herrlicher Bogen darüber wölben soll. O Selbstkasteiung als Quelle des Kitschs! Er läßt sich weitab vom Schlafzimmer der armen Sophie sein einsames Lager richten, verbirgt unter unverfänglichen Arbeitspapieren die Briefe der Geliebten, um sie nachts hervorzuholen. Wir sind im Trauerspiel, nicht in der Komödie . . . Der Ausgang entscheidet. Auf dem Boden der Einfalt, uns wundert's nicht, die Selbstverstümmelung. Das Victorianische Zeitalter.

Die Günderrode weiß nicht, wie ihr geschieht. Phantastische Pläne kommen ihr, in ihrer auffallenden Überspanntheit das genaue Gegenstück zu den banalen Widerständen, die ihr entgegenstehn: Sie will als Dritte (!) in Creuzers Haushalt leben, Sophie soll Haushälterin und mütterliche Freundin der beiden Liebenden sein! Dann wieder will sie den Creuzer, der einem Ruf an die

Universität Moskau folgen soll, in Männerkleidern begleiten und als Schüler immer um ihn sein – ein absurder Plan, der unglücklicherweise ruchbar wird. Sophie hat Briefe abgefangen. Lisette Nees schreibt zornig an die Karoline: „Die Phantasie würde sich an Dir rächen, daß Du sie . . . in die bürgerlichen Verhältnisse hast übertragen wollen . . ." Der Kreis derer, die sie noch verstehen, schmilzt zusammen. Auswegloses Unglück macht einsam.

Plötzlich – Sophie will gerade wieder in die Scheidung willigen – zweifeln ein paar Klatschweiber und Freunde Creuzers, ob Karoline überhaupt zur Ehe tüchtig sei, und ein Theolog findet es bedenklich, daß sie „der neueren Philosophie anhanget": Die Gretchenfrage, einem Weibe gestellt: dies muß man wohl Fortschritt nennen. Es geht um Schellings Philosophie, die allerdings keinen persönlichen Gott glaubt. Da nimmt die Günderrode ihren Stolz zusammen: „Soll ich mich entschuldigen über das, was ich vortrefflich in mir finde?" Sie sagt Creuzern einmal auch, daß er in jedem Konfliktfall immer sie zu opfern scheine.

Aber auch Creuzer kann einen erbarmen: „Ach, wäre doch Sophie recht groß oder recht schlecht – in jedem Falle wäre ich gerettet. Aber bei dieser tötenden Güte!" Ja, wo der normale Glücksanspruch extrem erscheint, steht der durchschnittliche Mensch ihm im Wege – mehr, als ein Übermensch oder ein Ungeheuer es täte. Verzicht, Entsagung als Tugenden. Die Liebe als Schuld. Die Antwort darauf: Trauer.

Die eine Klage

Wer die tiefste aller Wunden
Hat in Geist und Sinn empfunden
Bittrer Trennung Schmerz;
Wer geliebt was er verloren,
Lassen muß, was er erkoren,
Das geliebte Herz.

Der versteht in Lust die Tränen
Und der Liebe ewig Sehnen
Eins in Zwei zu sein,
Eins im Andern sich zu finden,
Daß der Zweiheit Grenzen schwinden
Und des Daseins Pein.

Wer so ganz in Herz und Sinnen
Konnt' ein Wesen liebgewinnen
O! den tröstet's nicht
Daß für Freuden, die verloren,
Neue werden neu geboren:
Jene sind's doch nicht.

Das geliebte, süße Leben,
Dieses Nehmen und dies Geben,
Wort und Sinn und Blick,
Dieses Suchen und dies Finden,
Dieses Denken und Empfinden
Gibt kein Gott zurück.

Sterbenstraurig, erschöpft, äußert sie Todessehnsucht. Creuzer, der doch einst zu sterben entschlossen schien, beschwört sie nun: „Ich lasse nicht eher ab, bis Du mir versprochen, daß Du Dich uns erhalten willst, so lange Du kannst, und nur dies sei der Sinn unseres Bundes, daß wir gerne gehen wollen, wenn die Natur uns abrufen wird, voll der frohen Zuversicht, daß wir Liebe finden auch bei den Schatten."

Darauf erwidert die Günderrode, befangen in dem Fehler so vieler Frauen, Leben, Liebe, Arbeit nicht voneinander trennen zu können: „Ihr Brief, den ich kürzlich erhielt, hat nachmittags mich so fremd angesehen, und ich konnte weder seine Sprache noch seine Blicke recht verstehen. Er ist so vernünftig, so voll nützlicher Tatlust und gefällt sich im Leben. Ich aber habe schon viele Tage im Orkus gelebt und darauf gedacht, bald und ohne Schmerz nicht allein in Gedanken, nein ganz und gar hinunterzuwallen. Auch Sie wollte ich dort finden, aber Sie denken andere Dinge. Sie richten sich eben jetzt recht ein im Leben und, wie Sie selber sagen, soll der Sinn unseres Bundes sein, ‚daß wir gerne gehen wollen, wenn die Natur uns abrufen wird' – welches wir auch wohl getan hätten, ohne uns zu kennen. Ich meinte es sehr anders, und wenn Sie weiter nichts meinten, so sind Sie ganz irre an mir und ich an Ihnen, denn alsdann sind Sie gar nicht der, den ich meine ... Die Freundschaft, wie ich sie mit Ihnen meinte, war ein Bund auf Leben und Tod. Ist Ihnen das zu ernsthaft? Oder zu unvernünftig? Einst schien Ihnen der Gedanke sehr wert, mit mir zu sterben und mich, wenn Sie früher stürben, zu sich hinunterzureißen. Jetzt aber haben Sie viel wichtigere Dinge zu bedenken, ich könnte ja noch irgend nützlich in der Welt werden. Da wäre es doch schade, wenn Sie Ursache meines frühen Todes sein sollten. Ich muß nun Ihrem Beispiele folgen und ebenso über Sie denken. Ich verstehe diese Vernünftigkeit nicht."

Dies ist das entsetzlich ruhige Bekenntnis einer andern Art Vernunft, die in die Welt nicht paßt, die nicht geduldet werden kann, weil ihre bloße Anwesenheit den Nützlichkeitswahn der Vernünftigen sinnlos macht, daß sie sich selber aufgeben müssen um etwas „Größeren" willen. „Ich will", schreibt ihr der unglückselige Creuzer, „die beste Blüte meiner männlichen Geisteskraft auf ein Werk verwenden, das, indem es den Mittelpunkt des frommen heiligen Altertums zu enthüllen sich bestrebet, nicht unwert wäre, der Poesie zum Opfer dargebracht zu werden." Ihr wird nichts erspart. Die lebendige Frau, erst zur Allegorie entsinnlicht, nun zum Götzenbild entfremdet, dem der Mann opfert. Und was? Sein Höchstes, seine Leistung.

„Nur ein Wunder kann Euch zusammenführen: Tod oder Geld." Die treue Heyden trifft mit ihrem Lakonismus den Kern. Gemeint ist Sophiens Tod oder Geld für Karoline, damit sie unabhängig wäre und Creuzer seiner Frau eine gebührende Rente aussetzen könnte.

Mehr und mehr werden ihre Briefe Dialoge zwischen Partnern, die sich wider Willen verkennen müssen.

Traurige Selbstgespräche.

Karoline: „Denn ich bin ja allein, ob ich traurig aussehe oder lustig, ist allen Menschen gleichgültig."

Creuzer: „Bist Du denn allein? Hast Du mich doch. Siehe ich bin ja Dein und ich sehe ja dem Frühling entgegen, wo ich mich Deines Umgangs harmlos erfreuen darf und Dich lieben, wie man einen treuen Freund liebet . . ."

Karoline: „Du sprichst, als sei es nicht notwendig, daß ich Dir angehöre . . ."

Creuzer: „Ach, es genügt mir nichts, und nimmer wird mir etwas genügen, als die liebe sinnliche Nähe, der ich nun entrissen bin . . ."

Karoline: „Ich habe neulich einen fürchterlichen Augenblick gehabt. Es war mir, ich sei viele Jahre wahnsinnig gewesen und erwachte eben zur Besinnung und frage nach Dir und erfahre, Du seist längst tot. Dieser Gedanke war Wahnsinn, und hätte er länger als einen Augenblick gedauert, er hätte mein Gehirn zerrissen. Drum sprich nicht von anderm Liebesglück für mich."

Creuzer: „O sanctissima virgo!"

Karoline, in Latein: „Ich liebe Dich bis zum Tod, süßer lieber Freund, ich wünsche mit Dir zu leben oder zu sterben."

Creuzer, als er am Rheine geht: „O, ich hätte mich hineinstürzen mögen, damit er mich zu Dir hintrage, der starke breite Fluß!"

Karoline: „Unser Schicksal ist traurig. Ich beneide mit Dir die Flüsse, die sich vereinigen. Der Tod ist besser als so leben."

Ein merkwürdiger Selbstschutz hindert Creuzer, die Zeichen zu sehn, die alle auf Ende hindeuten. Beschwichtigungen versucht er noch, wie einst Savigny: „Überlasse Dich solchen Stürmen nicht!", und das „Clima" wagt er ihr anzugeben, das in ihrer Seele herrschen müßte: „Wolkenlos, klar, ruhig und sanft erquickt durch milde Wärme." Er fordert noch: „Ruhe bist Du mir schuldig!"

Nicht ohne Beklommenheit sieht man, über die zwei Jahre hin, dem Dressurakt zu, dem der Professor sich unterwirft. Am Ende ist er fertig. „Ich muß es dulden, für sehr beschränkt zu gelten. Wie ich denn auch, wohl weiß ich's, bin. Wie könnte es auch anders sein, da ich, von deutscher Herkunft in ärmlicher Umgebung erwachsen, unter toten Bürgern fortlebe . . ."

So lebte er hin. Hat die Literatur dieses Urteil schon gesprochen? Steht es noch aus? Die Zeiten schieben sich ineinander. Lenz ist schon fünfzehn Jahre tot. Büchner wird erst dreißig Jahre später jenen Satz über ihn finden.

Kein Aufbegehren mehr, keine Pläne, keine Hoffnungen. Sentiment noch, Selbstmitleid; Besorgnis, die Günderrode könne ihn zu ideal sehn; Ressentiment des fest Angestellten gegenüber der „Freischaffenden": Er müsse ein vollkommen abhängiges Leben führen, „nicht ein Leben wie das Deine, wo es alle Tage Sonntag ist". Er wird zusehends kleiner. Eifersüchtig kann er der Günderrode „Leichtsinn" im Umgang mit zufälligen Bekannten vorwerfen; bringt es fertig – sie scheint ihm in allem zu Willen zu sein –, sie von Bettina und vom „Haus Brentano" zu trennen („herrschsüchtig und eitel, wie es ist"); ihr Sätze zu schreiben wie diesen: „Das alles kommt von daher, weil Du keinen Mut hast"; vor einem Treffen mit ihr in Winkel am Rhein zu warnen: Die vielen Frankfurter Familien da!

Auf der Flucht gibt es kein Halten mehr. In sieben fein gegliederten Paragraphen legt der bedauernswerte Mann der Frau, die sich beklagt haben mag, die Logik seines Benehmens dar. Punkt sieben, als Krönung: „Lieben darf ich mir erlauben, aber nicht der sich selbst vergessenden Liebe vollen Besitz." Und schließlich, als Quittung auf ihre Reaktion, die bitter-resignierte Feststellung: „Was ich lang wußte, beweist nun Dein heutiger Brief: Du kannst Dich nicht in mein bedingtes Leben hineindenken."

Das bißchen Boden unter ihren Füßen ist weggeschmolzen. Immer größere Stücke von Wirklichkeit sind in den Traum hinübergetrieben, auch in den Alptraum: Das hat die Günderrode schon einmal erlebt. Drum leb ich, ewig Träume zu betrachten . . . Im Mai 1806 schreibt sie dem Creuzer, den sie „Eusebio" getauft hat: „Der Freund war eben bei mir; er war sehr lebendig, und ein ungewöhnlich Rot brannte auf seiner Wange. Er sagte, er habe im Morgenschlummer von Eusebio geträumt, wie er ganz mit ihm vereint gewesen und mit ihm durch reizende Täler und waldige Hügel gewandelt sei in seliger Liebe und Freiheit. Ist ein solcher Traum nicht mehr wert als ein Jahr meines Lebens? Wenn ich nur Monate so glücklich und so schuldlos wäre als in diesem Traum, wie gerne und mit welcher Dankbarkeit gegen die Götter wollte ich sterben! Es ist zu wenig dafür geboten, ich wollte für solchen Preis meinen Kopf auf den Henkerblock legen und ohne feige Blässe den tödlichen Streich erwarten."

Bange Botschaften, über einen Abgrund hin. Ende Juli ist Creuzer noch einmal bei ihr in Frankfurt. Man weiß nichts über diese Zusammenkunft. Tief erschöpft kommt er von der Reise zurück, seine Kräfte sind verbraucht. Er wird schwer krank, besinnungslos, fällt in ein Nervenfieber. In einer klaren Minute versammelt er die Freunde um sich und läßt durch Daub der Karoline die Nachricht zukommen, daß ihr Verhältnis aufgelöst sei.

Karoline ist inzwischen in Winkel, auf dem Landgut des Kaufmanns Joseph Merten, und wartet. Einen Aufschub bekommt sie durch die Rückfrage der entsetzten Heyden – an die Daub geschrieben hatte –, ob es denn wahr sei: Creuzers Entscheidung könne der Günderrode Tod bedeuten. Daub bestätigt des Freundes frommen Entschluß. Die Heyden trifft Vorsichtsmaßnahmen, adressiert den verhängnisvollen Brief mit verstellter Schrift an eine andre Freundin der Karoline, mit der sie in Winkel ist: Man soll die Betroffene allmählich auf den Schlag vorbereiten. Die nun aber – getrieben von bösen

Ahnungen, und um den absurden Regeln der Tragödie Genüge zu tun – fängt den Brief ab, erbricht ihn, liest ihr Todesurteil. In ihrem Zimmer bringt sie noch einige Zeilen zu Papier, sagt dann gelassen der Freundin, sie wolle spazierengehn. Abends, als sie noch immer nicht zurück ist, findet man in ihrem Zimmer die Briefe, beginnt in wachsender Unruhe, sie zu suchen. Gegen Morgen entdeckt ein Bauer ihren Leichnam auf einer weidenbewachsenen Landzunge am Rhein. Ihr Oberkörper liegt im Wasser. Sie hat sich erstochen.

Der Ort ihres Selbstmords wurde später vom Fluß überspült. Die Günderrode liegt in Winkel an der Friedhofsmauer begraben. Ihren Grabspruch hat sie selbst aufgeschrieben, es ist, von ihr leicht verändert, der Spruch eines indischen Dichters, den sie bei Herder fand. In vollkommener Weise drückt er ihr Weltgefühl und die seelische Verfassung aus, mit der sie in den Tod ging.

Erde, du, meine Mutter und du, mein Ernährer,
der Lufthauch,
Heiliges Feuer, mir Freund, und du, o Bruder,
der Bergstrom.
Und mein Vater, der Äther, ich sage euch allen
mit Ehrfurcht
Freundlichen Dank; mit euch hab ich hinieden
gelebt;
Und ich gehe zur andern Welt, euch gerne
verlassend.
Lebt wohl, Bruder und Freund, Vater und Mutter,
lebt wohl.

6

„Es wäre traurig, wenn alle Irrtümer so endigen müßten!"

Savigny. Ein jeder der Freunde der Günderrode gibt den Kommentar zu ihrem Ende, der seinen Verhältnissen und dem Grad seiner Unabhängigkeit und Einfühlung entspricht.

Lisette Nees, die Karolinens Leidenschaft als Verirrung sah, schreibt der Heyden: „Jeder Abfall von der Natur ist ebensogut Sünde als der Abfall von der Sitte, denn die Sittlichkeit ist ja nur eine höhere Natur. Gegen beide sündigte Lina . . .“ Ein für die aufgeklärte Lisette erstaunlicher Rückgriff auf die Gesetzestafeln des Christentums. Im übrigen ist ihre Analyse der Kräfte, die die Günderrode zu Fall brachten, scharfsinnig: „Sie fiel, ein Opfer der Zeit, mächtiger in ihr wirkender Ideen, frühzeitig schlaff gewordener sittlicher Grundsätze: eine unglückliche Liebe war nur die Form, unter der dies alles zur Erscheinung kam, die Feuerprobe, die sie verherrlichen oder verzehren mußte.“

Susanne von Heyden benachrichtigt Karolinens Bruder Hektor von der Schwester Tod: „Ihr Ihnen wohlbekannter Dolch hatte das Herz des Engels durchstochen. Sie konnte nicht leben ohne Liebe, ihr ganzes Wesen war aufgelöst in Lebensmüdigkeit . . . ihr Herz war größer denn diese Welt; nur die innigste Liebe konnte es lebend erhalten; als diese starb, brach auch ihr Herz . . .“

Einen langen, der Freundin würdigen Brief über der Günderrode Tod schreibt die Bettina. Zufällig war sie auf dem Rhein unterwegs, als sie das Gerücht vom Selbstmord einer „jungen schönen Dame“ in Winkel hört und von der Ahnung durchzuckt wird: Die Günderrode! Der Verdacht bestätigt sich. „O ihr großen Seelen, dieses Lamm in seiner Unschuld, dieses junge zaghafte Herz, welche ungeheure Gewalt hat es bewogen, so zu handeln?“

Und Achim von Arnim, der die Günderrode seit 1802 gekannt, schreibt: „Wir konnten ihr nicht genug geben, um sie hier zu fesseln, nicht hell genug singen, um die Furienfackel unseliger, ihr fremder Leidenschaft auszublasen . . .“ Als „schauderhaft“ empfindet er die Sektion des Arztes, der die Todesursache aus dem Rückenmark lesen will: Makabre Parallele zur medizinischen Sektion

Heinrich von Kleists, eines Selbstmörders auch, dessen „verdickte Galle" dem unseligen Mediziner den Rückschluß auf „Hypochondrie" seines Objektes erlaubt. Arnim aber hat viel später noch einmal den Ort besucht, da die Günderrode starb: „Arme Sängerin, können die Deutschen unserer Zeit nichts, als das Schöne verschweigen, das Ausgezeichnete vergessen und den Ernst entheiligen?"

Die Frage wäre Nachruf genug.

Wer fehlt? Goethe. Zu Achim von Arnims Mitteilung äußert er nichts. 1810 geht er mit der Bettina im Park von Teplitz spazieren und notiert: „Umständliche Erzählung von ihrem Verhältnis zu Fräulein Günderrode. Charakter dieses merkwürdigen Mädchens und Tod." Dies konnte ein Satz aus einem Stückentwurf sein. – 1814 bereist Goethe den Rhein. „Man zeigte mir am Rhein zwischen einem Weidicht den Ort, wo Fräulein von Günderrode sich entleibt. Die Erzählung dieser Katastrophe an Ort und Stelle, von Personen, welche in der Nähe gewesen und Teil genommen, gab das unangenehme Gefühl, was ein tragisches Local jederzeit erregt, wie man Eger nicht betreten kann, ohne daß die Geister Wallensteins und seiner Gefährten uns umschweben." – Der Mißempfindung ist der Stachel schon genommen.

Und Creuzer?

Creuzer ist noch wochenlang schwer krank. Man schont ihn, wie man die Tote, als sie lebte, nie geschont hat. Die Todesnachricht trifft ihn hart. Er glaubt, nie wieder lehren zu können, und erholt sich sehr langsam.

Die Tragödie scheint noch nach ihrem Ende zum Schauerdrama, zum Rührstück absinken zu wollen: Karolinens Mutter warnt den Creuzer vor einer möglichen Rache des Bruders Hektor, der in Heidelberg studiert. „Lächerliche Großmut!" entrüstet jener sich. „Wie bedauernswürdig wäre ich, wenn ich ihrer bedürfte! und wie unwürdig ist doch jede Furcht, jede Leidenschaft der seligen Ruhe, welche die Entschlafene umschwebt!" Weiter kann Verdrängung und Verkennung kaum getrieben werden. Der Mann ist, als Mann, erledigt. „Meine Sophie", heißt es nun immer von seiner Frau. Er überlebt sie übrigens, heiratet eine andre, wird siebenundachtzig Jahre alt. Nie mehr erwähnt er die Karoline.

Nun ist er Wachs in den Händen der Freunde. Sie bringen ihm bei, der Besitz der Schriftstücke, die er der Günderrode gesandt, sei ihm „durchaus notwendig". Also räumt Frau von Heyden den Schreibtisch der Freundin, dessen innerstes Geheimnis sie kennt, und liefert das Belastungsmaterial aus. Dafür bekommt sie von Creuzer alle Briefe, welche die Günderrode ihm schrieb, um sie zu verbrennen. Gewissenhaft ist sie der Anordnung gefolgt.

Doch die Freunde denken weiter. Die Briefe Creuzers an „die Selige" sofort zu vernichten, könnte unklug sein, „da man nicht wissen könne, ob nicht deren ein Gebrauch werden müßte", zu deutsch: ob sie ihm nicht als Beweisstücke seiner Unschuld zu dienen hätten. Berechnung, die wir nicht tadeln dürfen: So sind, mit Ausnahme einiger besonders kompromittierender Stücke, wenigstens Creuzers Briefe erhalten. Der treue und fromme Vetter Leonhard bewahrt sie auf. „Und laß mich weiter nichts mehr davon hören."

Soll das Trauerspiel ein Ende haben?

Nicht ganz. Nochmals hebt sich der Vorhang. Es gibt ein Nachspiel, gespeist aus der unglückseligen Angewohnheit von Dichtern, bei ihrem Ableben beschriebenes Papier zu hinterlassen, der Nachwelt zu treuen Händen. Die kann, böswillig oder nachlässig, den Toten zum zweiten Male töten. In schweren Fällen sind ihre Agenten, ihre Willensvollstrecker die gleichen Personen, die der Autor selbst, in blindem Vertrauen, zum Nachlaßverwalter gemacht: Die Günderrode ist solch ein schwerer Fall.

Sie hat im Januar 1806 ihrem Freund Creuzer ihr neuestes Manuskript geschickt, das er herausgeben soll, unter dem Titel „Mnemosyne". Creuzer schreibt ihr: „Du glaubst nicht, wie mich Deine Idee erfreut mit dem Büchlein Mnemosyne, und wie es mir Wonne ist, des Frommen und des Freundes Liebe so verherrlicht zu sehen. Ob ich es herausgeben will? Nichts wird mir ein süßeres Geschäft sein. Aber daß in diesem Falle die größeste Verschwiegenheit beobachtet werden müsse, bemerkst Du richtig." Ausführlich erörtert er Titel und Pseudonym des Bändchens. Als die Günderrode gegen seinen Rat auf dem Dichternamen „Jon" besteht, stimmt er schließlich zu: „Jonien ist ja der Poesie Vaterland. Ja, das Kind soll Jon heißen." Dagegen nimmt sie seinen Titelvorschlag an: „Melete" wollen sie den Band nennen, nach der Muse des sinnigen Daseins. Nie, denkt man, hat eine Werkausgabe in besseren Händen gelegen.

Es gibt Briefe Creuzers, wie sie sich eingehender, sachkundiger und fördernder kein Dichter von seinem Freund, keine Dichterin vom Geliebten wünschen kann. Über Metrik und Schlegelsche Philosophie, über lateinisch schreibende Dichterinnen und über die Vorzüge und Schwächen ihrer Arbeiten schreibt er der Karoline – Urteile übrigens, mit denen ein Kritiker heute noch übereinstimmen kann: Nicht das Drama, sagt Creuzer, schon gar nicht das bürgerliche Drama, sei ihr Feld, sondern Lyrik, Mythos, Sage. Der Mann weiß, was ihm anvertraut ist, er erschrickt sogar vor der geistigen Überlegenheit der Geliebten: „Weh man hat gar nicht mehr recht den Mut, Dich kindlich zu necken und in Liebe untertan zu machen (wie wir Männer doch wollen), wenn man solche Weisheit betrachtet. Du schreckst Deinen Eusebio ab. Wahrhaftig, Du mußt töricht sein, wenn ich komme, und durch liebendes Spiel mir Mut machen. – Du mußt Dich Deiner Trefflichkeit entäußern – sonst kann ich ja bei Dir nicht froh werden." Man weiß nicht und wagt nicht zu unterstellen, daß dies Minderwertigkeitsgefühl des Mannes gegenüber der Frau, die ihm geistig gewachsen war, seine Handlungsweise später, ihm unbewußt, beeinflußt hat.

Aber zunächst betreibt er den Druck von „Melete".

Am 23. Februar kann er der Freundin mitteilen: „Melete ist verkauft, und zwar hier an Zimmer und Mohr." Er begründet die Wahl dieser Verlagsbuchhandlung, in der übrigens auch „Des Knaben Wunderhorn" erscheint, erläutert das Honorarangebot, einen Carolin für den Bogen: „Je mehr ich den innern Wert eines Werkes fühle, desto weniger vermag ich über den äußern zu markten." Alles läßt sich gut an. Nur ist das Büchlein nie erschienen. Creuzer selbst, der voraussah, daß er „immer mehr und mehr zurücksinken werde in den Wust des gemeinen Lebens", zieht nach dem Tode der Autorin das Manuskript von Jon zurück: Ein Sonderfall in der an merkwürdigen Exempeln und Verrücktheiten reichen Geschichte deutscher Zensur und Selbstzensur. Der Grund? Der allereinfachste: Eigennutz. „Daub hat mich nämlich durch siegende Gründe . . . überzeugt, daß Unterdrückung dieser Schrift durchaus nötig sei." Die Misere hat ihn wieder. Die wahnwitzigen Träume der Günderrode werden wahr.

Nur gut, denkt man, hineingezogen in die absurde Logik dieses Vorgangs, daß sie dies nicht erlebte; vielleicht wäre sie irre geworden; denn sie war nicht, wie wir es sind, durch Geschichte und Literatur der folgenden hundertsiebzig Jahre auf jene schlimmen Wandlungen gefaßt, die die herrschende Moral an denen vollzieht, die sich ihr unterwerfen.

Das Buch? Es war lange verschollen. Fünfzig Jahre nach der Günderrode Tod, als eine erste „Gesamtausgabe" ihrer Dichtungen erschien, ist von „Melete" nicht die Rede. Auch Creuzers Name wird nicht erwähnt: Die Verwischung der Spuren scheint geglückt. Der Zufall muß eingreifen: Unglaublicherweise ist ein einziges Exemplar des Buches, teils aus Druckbogen, teils aus Manuskriptseiten bestehend, nach Burg Neuburg bei Heidelberg verschlagen worden, wo es aufbewahrt wurde. 1896 erst wurde die interessierte Öffentlichkeit von seiner Existenz unterrichtet, mit einigen Stücken dieses Bandes bekannt gemacht. 1906 ist es in vierhundert Exemplaren zum erstenmal ungekürzt veröffentlicht worden, von dem gleichen Editor, Dr. Leopold Hirschberg, der 1920 die schöne Gesamtausgabe der Werke der Günderrode herausbrachte.

Creuzer hatte es richtig erkannt: Dieses Buch ist, in seinen bleibenden Texten, eine immer erneuerte Liebeserklärung an ihn, den „Schutzheiligen", den „Einzigen", an „Eusebio". Es macht ihn unsterblich – ein Angebot, dem er nicht gewachsen war. Die wir die Geschichte des Bändchens kennen, werden nicht ohne Bewegung die „Zueignung" lesen:

Ich habe Dir in ernsten stillen Stunden,
Betrachtungsvoll in heil'ger Einsamkeit,
Die Blumen dieser und vergangner Zeit,
Die mir erblüht, zu einem Kranz gewunden . . .

Und doch: Wer kann ihn mit dem Bannwort „unwürdig" belegen? Wer ihm verdenken, daß er leben wollte – das Schicksal derjenigen vor Augen, die den geforderten Kompromiß nicht eingehn konnte? Ruhe, Frieden blieb sein einziges Verlangen. Die Ruhe einer Grabstätte hat er nicht gemeint. Die Günderrode wußte recht gut, wie ihm geschah: „Du wurdest ein Fremdling in Deiner nächsten Umgebung, als Du eine Heimat fandest in meinem Herzen."

7

„Die Erde ist mir Heimat nicht geworden."

Es steht nicht zu erwarten, daß wir, die spätere Nachwelt also, diesen Spruch aufheben werden; zu fremd ist auch unsrer Zeit ihr Anspruch auf Ganzheit, Einheitlichkeit, Tiefe und Wahrhaftigkeit des Empfindens, zu unheimlich ihre Absolutheit in dem Bedürfnis, Leben und Schreiben in Einklang zu bringen.

Die Aufnahme ihrer Arbeiten ist nicht leicht, besonders durch die uns ungewohnte Einkleidung in mythologische Hüllen. Sie hat als Dichterin sicher ihre höchste Reife nicht erreicht; in ihren Dramen und Dramoletten, die sich den größten Themen zuwandten („Mahomet“) und an denen sie hing, führt sie blasse Figuren vor, oft in konstruierten Handlungen, bloß um ihre Ideen, ihr Weltgefühl aussprechen zu lassen. Im Gedicht, in der lyrischen Gedankenprosa leistet sie Außerordentliches. Ihre Sprache ist von großer Schönheit. Ihre bedeutenden Gesichtspunkte sind den Formen, die ihr zur Verfügung stehn, öfter nicht angemessen: das gilt auch im übertragenen Sinn, für ihr Leben.

Sie, gleich stark in Intelligenz und Gefühlstiefe, kann weder in kühler Reflexion Genüge finden noch sich in Schwärmerei auflösen. Den Abgrund zwischen den entfernten Polen ihres Wesens überbrückt sie, indem sie dichtet. Sie fühlt sich nur, wenn sie schreibt oder liebt. Dies, Schreiben und Lieben, sind die authentischsten Entäußerungen ihrer Natur. Ihre Briefe gehören zu ihrem Werk, und erst wenn man ihr Leben kennt, wird man ihre Gedichte richtig lesen. Fortleben könnte sie als Gestalt, die sich der Erfahrung von Vergeblichkeit und Entfremdung unbedingt zu stellen hatte.

Der Riß der Zeit geht durch sie. Sie spaltet sich in mehrere Personen, darunter einen Mann. „Deswegen kömmt es mir aber vor, als sähe ich mich im Sarg liegen und meine beiden Ichs starren sich ganz verwundert an.“ Sie beschwört einen Traum: „Ja, es muß eine Zeit kommen, wo jedes Wesen harmonisch mit sich selbst und den anderen wird.“ Und sieht ganz klar, was lange gelten wird: „Das Leben ist uns doch aus der Hand genommen; es wird für uns gelebt, ein Teil von uns lebt es stellvertretend für den größeren andern mit, der im Halbschlaf gehalten wird und sich in den kurzen Augenblicken, da er hell wach wird, in Sehnsucht verzehrt.“

Die Diagnose trifft zu, ihre Reaktion darauf kann man kaum übertrieben nennen. Sie gehört zu den ersten, die für den Prozeß der Selbstentfremdung ein Bild und einen Ausdruck finden, indem sie den Kampf schildert, den die „stolze Vernunft“ in ihr gegen die Natur führt: „Barbar! freue dich nicht deines Sieges, du hast einen Bürgerkrieg geführt, die Überwundenen waren Kinder deiner eignen Natur, du hast dich selbst getötet in deinen Siegen, du bist gefallen in deinen Schlachten. Der Friede, mit solchen Opfern erkauft, war mir zu teuer, und ich konnte den Gedanken nicht mehr ertragen, mich teilweise zu vernichten, um mich teilweise desto besser erhalten zu können.“

So sagt sie es selbst, warum sie nicht weiter leben kann: Sie war lebens-, nicht todessüchtig. Sie geht aus dem Nicht-Leben, nicht aus dem Leben. Der Einsatz, mit dem sie gespielt hatte, war sie selbst. Aber da war ein andres Spiel im Gange, dessen Regeln sie nicht kannte und auch nicht erlernen wollte. Kann man sich die Günderrode als alterndes Stiftsfräulein vorstellen, dessen Poesien, abgeschnitten von den Quellen der Erfahrung und der Empfindung, sich in Sentiment und Abstraktion auflösen müßten?

Was aber wäre ihr sonst geblieben?

Die Dichtung ist verwandt mit dem Wesen der Utopie, was heißt, sie hat einen schmerzlich-freudigen Hang zum Absoluten. Die Mehrheit der Menschen erträgt nicht das laut geäußerte Ungenügen an dem reduzierten Leben, mit dem sie sich abfinden muß. Die Günderrode kennt jene Naturen, die „der Welt“ angehören, sich ihr nicht entziehen können und dürfen, ganz gut. „Ich war nie von den ihrigen“, läßt sie eine ihrer Gestalten sagen – bezeichnenderweise einen Mann –, „es war gleichsam nur eine Übereinkunft, nach welcher sie mir gab, was mir von ihren Gütern unentbehrlich war, nach welcher ich ihr gab, was ich konnte. Diese Übereinkunft ist zu Ende ...“

Ein Anlauf, der Kunst ein „redlich Hineinpassen“ zu geben in eine Gesellschaft, deren Maß Quantität um jeden Preis wird, ist gescheitert. Die rigorose Arbeitsteilung zeitigt ihre Ergebnisse. Die Produzenten der materiellen und die der geistigen Werte stehen einander fremd an verschiedenen Ufern gegenüber, daran gehindert, gemeinsam lebbare Umstände hervorzubringen. Der Zerstörung, die nicht immer offensichtlich ist, sind sie alle ausgesetzt. Die Literatur der Deutschen als ein Schlachtfeld – auch das wäre eine Weise, sie zu betrachten. Dichter sind, das ist keine Klage, zu Opfern und Selbstopfern prädestiniert.

Oktober 1978

Nun ja! Das nächste Leben geht aber heute an

Ein Brief über die Bettine

> Es ist viel Arbeit in der Welt, mir wenigstens deucht nichts am rechten Platz.
>
> *Bettina von Arnim*

Liebe D., anstelle des Briefes, den Sie erwarten, will ich Ihnen über die Bettine schreiben. Vielleicht ist uns beiden damit geholfen: Ich entkomme den Regeln, denen ein Nachwort sonst unterworfen ist. Sie erfahren etwas über eine Vorgängerin, die Sie noch nicht kennen; beide können wir Grundthemen unseres Briefdialogs fortführen, indem wir sie in Bettina von Arnims Briefroman „Die Günderode" wiedererkennen und uns den Vorteil zunutze machen, den der historische Abstand uns bietet. Die Bettine selbst hat ja diesen Abstand gebraucht: Die Briefe, aus denen sie ihr Buch im Jahr 1839 komponiert, sind zwischen 1804 und 1806 geschrieben worden, in einer anderen Zeit, ja, eigentlich in einem anderen Leben. Keine zwanzig Jahre war die Bettine alt, als sie die Karoline von Günderrode* bei ihrer Großmutter kennenlernte, der berühmten Schriftstellerin Sophie La Roche. Gleich hat sie sich an die um fünf Jahre Ältere angeklammert, hat sie täglich in ihrem Stiftszimmer in Frankfurt am Main besucht, hat ihr vorgelesen, ihre Gedichte notiert, weite Reisen auf dem Papier mit ihr gemacht und ihr in allem vertraut, weil sie sonst inmitten ihrer großen Familie allein, in der guten Gesellschaft, der das vermögende Brentanosche Haus angehörte, fremd und zu allerlei Grimassen gezwungen war. „Lieber Arnim", schrieb ihr Bruder Clemens 1802 an Achim von Arnim über seine Schwester, „dieses Mädchen ist

* Die Familie selbst schrieb sich mit Doppel-r. Seit den sechziger Jahren hat man sich wieder auf diese Schreibweise geeinigt.

sehr unglücklich, sie ist sehr geistreich und weiß es nicht, sie ist durch und durch mißhandelt von ihrer Familie und erträgt es mit stiller Verzehrung ihrer selbst."

Aber die Bettine, hinter all ihren Maskeraden ein tapferer Mensch, hat sich selbst versprochen, daß sie sich niemals für unglücklich halten und, wenn die ideale Lebensform nicht zu haben wäre, ein Leben, das sich ihr bietet, annehmen und es sich so weit wie möglich anverwandeln würde. Darin unterscheidet sie sich von der Günderrode; die ist nicht nur, als Frau, dem bürgerlichen Lebenskodex unterstellt, sondern sie hat sich auch selber als Dichterin dem bürgerlichen Kunstkodex unterworfen, steht unter dem Doppelzwang eines empfindlichen Moralgefühls und eines empfindlichen Kunstgewissens und wird an jenen Punkt getrieben, da die Voraussetzungen für ein ihr lebbares Leben einander ausschließen. Eine Frau und Künstlerin ihrer Art nimmt sich nicht das Leben, weil der Mann sie im Stich läßt, auf den sie alles gesetzt hat. Fragen muß man: Warum hat sie alles auf ihn gesetzt?

Von der Bettine hat die Günderrode sich auf Drängen eben jenes Mannes, des Altertumswissenschaftlers Friedrich Creuzer, schon früher losgesagt, ihre Briefe aber muß sie ihr, wie die es sich erbeten hat, zurückgegeben haben. Da können Sie denn lesen, daß Bettine sich gegen die Vorhaltungen ihrer Familie zu verteidigen weiß, die sich sorgt, wie die Zwanzigjährige zu einem Mann kommen will, wenn sie sich häuslichen Tugenden nicht anbequemt und statt dessen bei einem „alten schwarzen Juden" Hebräisch lernt. „Sowas ekelt einen Mann", schreibt ihr der „lieb gut Engels-Franz", ihr ältester Bruder und Haushaltungsvorstand, da beide Eltern früh starben. „Ich schrieb ihm, . . . es sei jetzt nicht mehr Zeit, mich zu ändern; und der ganze Jud sei nur in meine Tagesordnung einrangiert, um mich vor dem Mottenfraß der Häuslichkeit zu bewahren, und ich hätt gemerkt, daß man in einer glücklichen Häuslichkeit Sonntags immer die Dachziegel gegenüber vom Nachbar zähle, was mir so fürchterliche Langeweile mache, daß ich lieber nicht heiraten will."

Der Bettine Schrecken vor dem Philisterleben bleibt ihr; ebenso stark aber ist ihre Angst, unnütz zu werden („lieber tot als übrig sein"); 1811 heiratet sie Achim von Arnim, den Freund ihres sehr geliebten Bruders Clemens, und beginnt an seiner Seite in Berlin, der von Napoleon besetzten Hauptstadt Preußens, ein radikal anderes Leben, durchläuft beinahe klaglos die Schule der Selbstverleugnung. Zwanzig Jahre Ehe, sieben Schwangerschaften, sieben Geburten, Pflege und Erziehung von sieben Kindern, strapaziöse Umzüge, Geldsorgen, Haushaltscherereien jeglicher Art und, nicht zuletzt, eine Beziehung zu ihrem Mann, die nicht „einfach", nicht ungetrübt war – zu verschieden waren ihrer beider Naturen und Bedürfnisse –, der sie aber redlich gerecht wurde; sie hört nicht auf, in Arnim, dem von der Entwicklung Preußens enttäuschten Patrioten, der sich resignierend auf sein Gut Wiepersdorf zurückzieht, von Verwaltungssorgen geplagt ist, den Dichter zu sehen, hört nicht auf, ihn zu drängen, daß er diese Gestalt hervortreibe, daß er werde, was er „in Wirklichkeit", das heißt vor ihrem inneren Auge ist. Unbeachtet, vergessen ruhen, in welcher Schatulle auch immer, die Zeugnisse ihres ersten Lebens: die Briefe der Freundin Günderrode neben den Briefen der Frau Rat Goethe, neben Goethes, Beethovens Briefen, neben den werbenden, oft überschwenglichen Briefen des Bruders Clemens, neben den eher pädagogischen des Schwagers Savigny, den sie in Berlin im preußischen Staatsdienst wiedertrifft. Verriegelt und verrammelt liegt in dieser angenommenen Schatulle der Geist ihrer Jugend, ohne sich zu verflüchtigen; im Werk der Fünfzigjährigen wird er seine nicht genug zu bestaunende Wiedergeburt erleben.

Dieses Buch hier, die Briefe, die ich Ihnen anempfehle, überbrücken im Leben der Bettine einen Zeitraum von fünfunddreißig Jahren. Keiner, der die Bettine als ekstatisches Kind, als ungebärdiges junges Mädchen gekannt, hätte ihr die Metamorphose in die Hausfrau und Mutter zugetraut, die all ihre geistigen Interessen, all ihre ausschweifenden Phantasien und Wünsche den Forderungen ihrer großen Familie unterwirft. Sie ist es dann, merkwürdigerweise, die in den dreißiger Jahren unbeschädigt aus dem Kreis der Romantiker wieder auftaucht und sich, gewiß nicht leicht, in der dumpfen Atmosphäre des preußischen Vormärz den Titel „Vorrednerin" verdient; die bestimmte, herausfordernd naive Haltungen ihrer Kindheit und frühen Jugend wieder aufnimmt, weil nur einem Kinde zu sagen erlaubt ist: Der Kaiser ist nackt. Die – und das ist ja ein Grund, warum ich sie Ihnen anempfehle – die falschen Alternativen, in die ihrer aller Leben gepreßt ist, nicht annimmt, sich nicht damit abfindet, ein wirkungsloser Außenseiter oder ein angepaßter Philister zu sein; jene Alternativen, an denen ihre Generation – Nachkommen von Gedankenrevolutionären – sich abarbeitet und die Clemens Brentano um die Jahrhundertwende benennt: „In der itzigen Welt kann man nur unter zwei Dingen wählen, man kann entweder ein Mensch oder ein Bürger werden, und man sieht nur, was man vermeiden, nicht aber, was man umarmen soll. Die Bürger haben die ganze Zeitlichkeit besetzt, und die Menschen haben nichts für sich selbst als sich selbst."

Das ist die Radikalität der frühen, der Jenenser Romantik, deren Geist die Bettine treulich bewahrt. Die Briefe an die Günderrode, die nicht zu den „Romantikern" gehört, aber durch Freundschaften und geistigen Austausch mit ihnen verbunden ist, spiegeln in einzigartiger Weise den scheinbar spielerischen Umgang der Bettine mit jenen Sehnsuchtsmotiven eines anderen, besseren Lebens – zu einer Zeit, da die praktische Wirklichkeit endgültig eine andere Richtung eingeschlagen hat.

Sie kennt die Aura, die sie umgibt, und sie kennt die Angst, dieser Aura entkleidet, entzaubert zu werden zum Automatenmenschen, der in der Literatur jener

Zeit gerade als Schreckensvision auftaucht. Goethen, dem größten unter den Geliebten, die sie sich selbst erschuf, gesteht sie ihre Selbsteinsicht, ihre Angst und ihren Selbstverdacht. Am 29. Juni 1807 schreibt sie ihm – da ist die Günderrode ein Jahr tot –: „Diese magischen Reize, die Zauberfähigkeit sind mein weißes Kleid; ... aber Herr, diese Ahnung läßt sich nicht bestreiten, daß auch mir das weiße Kleid ausgezogen werde, und daß ich in dem gewöhnlichen des alltäglichen Lebens umhergehen werde, und daß diese Welt, in der meine Sinne lebendig sind, versinken wird; das, was ich schützend decken sollte, das werde ich verraten; da, wo ich duldend mich unterwerfen sollte, da werde ich mich rächen; und da, wo mir unbefangen kindliche Weisheit einen Wink gibt, da werde ich Trotz bieten und es besser wissen wollen; – aber das Traurigste wird sein, daß ich mit dem Fluch der Sünde belasten werde, was keine ist, wie sie es alle machen; – und mir wird Recht dafür geschehen."

Alles das, was sie beschwörend von sich abzuwenden sucht (und abwendet), geschieht vor ihren Augen mit den Gefährten ihrer Jugend, bekannten und unbekannten, als der Seelenanimator Hoffnung entweicht. Manche sterben früh, wie Novalis; andre begehen Selbstmord, wie Kleist, Günderrode; wieder andre durchstreifen ganz Europa auf der Suche nach einem ihnen gemäßen Platz, wie August Wilhelm Schlegel; nähern sich, wie Friedrich Schlegel, mindestens zeitweise der politischen Reaktion, versinken, wie Clemens Brentano, in katholischen Mystizismus.

Bettine sieht Freundschaftsbünde unter dem Druck restaurativer Verhältnisse auseinanderbrechen, erlebt schmerzliche Trennungen und Entfremdungen – von der Günderrode, von Clemens, von Savigny, von Goethe, sieht zu, wie den Männern durch den Zwang zum Broterwerb Anpassung aufgedrängt wird. Einer von ihnen, Joseph Görres, der über viele Stufen hin vom Revolutionär zum Vertreter der klerikalen Reaktion wird, sagt noch 1822: „Das ganze Geschlecht, das die Revolution gesehen, ... das durch alle Ehre und Schande durchgegangen, keiner von allen“ werde „das gelobte Land der Freiheit und Ruhe schauen“.

Das Land Utopia, in dem es frei, gleich und brüderlich zugehn sollte, weicht in den deutschen Kleinstaaten, besonders in Preußen, der Realität der Heiligen Allianz und der Karlsbader Beschlüsse; zerbricht in öffentliche Reaktion und privates Biedermeier; geht unter in Demagogenverfolgung, Zensur und Bespitzelung, in der zähen Fortdauer eines Gesellschaftswesens, welches unter monarchistischem Regiment auf bürgerliche Weise produzieren und seine eigenen Widersprüche nicht zur Kenntnis nehmen will; wird von den radikalsten Literaten – Heine, Börne, Büchner – zwangsweise in die Emigration getragen, gerettet nur in ihren traurigen, schmerzlich fragenden, ihren ironischen, einsam aufbegehrenden Liedern, Stücken und Aufsätzen. Die deutschen Zustände, die der junge Karl Marx „unter dem Niveau der Geschichte“ findet, vereinzeln jene, welche das Zeug hatten, Stimme einer geschichtlichen Bewegung zu sein. Die Frau, von der hier die Rede ist, Bettina von Arnim, die sich in die Ehe zurückzieht, mit ihren „Kindern ist wie die Katz mit den Jungen“, die schweigt, Briefe schreibt, zeichnet, wird von dem gleichen Görres in den zwanziger Jahren, als er eines ihrer Blätter gesehen, hellsichtig charakterisiert: „Antik ist's nicht, romantisch auch nicht, aber Bettinisch, eine eigne anmutige Mittelgattung.“

Das unklassifizierbar Bettinische, das in kein Raster paßt, auch in keine der Bewegungen, mit denen sie in ihrem langen Leben in Berührung kommt; daß sie „im Orden ihrer eignen Natur lebt“ – es läßt sie dauern, macht sie aber auch zu einem der Nachwelt leicht unterschätzbaren Einzelfall. Sie eignet sich nicht als Objekt, irgendeine These zu demonstrieren. Die Späteren haben sich lange an das Zauberbild der jungen Bettine gehalten, wohl eigene unerfüllbare Sehnsüchte und Wünsche auf dieses koboldartige, unbezähmbare, scheinbar alterslose Wesen projiziert – eine jugendliche Schwärmerin, ein genialisches, etwas anstößiges, unreifes Kind, eine andre Mignon: zwitterhaft, rätselvoll, zwielichtig, zu frühem Tod bestimmt. Bettine, ganz gut bekannt mit der Versuchung, sich in dieses Geschöpf der Kunst zu versenken, womöglich zu verwandeln, bringt das schwere Kunststück fertig, den eignen Mythos, das trügerisch vollendete Jugendbildnis ihrer selbst zu zerstören und sich dem gewöhnlichen Ablauf eines „gemeinen" Lebens auszusetzen. Wen kann es wundern, daß die Misere sie manchmal überwältigt. „Ich habe die zwölf Jahre meines Ehestands leiblich und geistigerweis auf der Marterbank zugebracht, und meine Ansprüche auf Rücksicht werden nicht befriedigt", schreibt sie zu Neujahr 1823 aus Wiepersdorf an ihre Schwester Gunda von Savigny in Berlin. „Was ich stets mit Geduld ertrug, weil ich mich kräftig genug fühlte, das trag ich jetzt mit Ungeduld, weil ich schwach genug bin. Mein Perspektiv ist das End aller Dinge."

Wie immer man solche Äußerungen relativieren muß – wir können uns ihre Verstrickung in Alltagsmühsal kaum zu tief, ihre Entfernung von den Träumen ihrer Jugend nicht weit genug denken. Dieses Bild der unter Versagung und Alltagslast stöhnenden Frau hat sich nicht erhalten. Ihm gerecht zu werden, gebe ich Ihnen noch ein paar Sätze aus dem gleichen Brief. „Das Schreiben vergeht einem hier, wo den ganzen Tag, das ganze Jahr, das ganze liebe lange Leben nichts vorfällt, weswegen man ein Bein oder einen Arm aufheben möchte. Ich kenne kein Geschäft, was den Kopf mehr angreift als gar nichts tun und nichts erfahren; jeder Gedanke strebt aus der Lage heraus, in der man sich befindet, man fliegt und erhebt sich weit und mit Anstrengung über die Gegenwart und fällt um so tiefer, um so gefährlicher wieder zurück, daß es einem ist, als ob man alle Knochen zerschlagen habe. So geht mir's, die ganze Nacht brenne ich

Licht, alle Stunden wache ich auf, ich vergleiche meine Träume mit dem, was ich gedacht hatte, und ich muß nur zu oft wahrnehmen, daß mich die einen wie die anderen in die Leerheit meiner täglichen Umgebung hinabziehen. Es macht nichts den Geist schwächer, als wenn er in seiner Eigentümlichkeit unaufgefordert bleibt ... Ach, wie sind meine Ansprüche an das Leben gesunken, und je weniger ich fordere, je mehr dingt es mir ab, und es wird mir nichts gewähren, als daß ich mich zum Schelm oder zum Lump mache."

Glut unter der Asche. Die gleiche Angst vor der einzigen Sünde der Selbstaufgabe wie sechzehn Jahre früher in dem Brief an Goethe. Aber nicht ganz, doch nicht ganz hat in diesen zwanzig Jahren der oft allzu aufdringliche „irdische Gast" ihr den „himmlischen Gast" austreiben können. Wenn auch in den Briefen an Arnim die innigen Töne seltener, die gereizten, selbstverteidigenden Töne häufiger werden, da sie ihren Opferwillen als Mutter und Frau gegen seine allzu nüchterne, allzu spartanische Lebensweise in Schutz nehmen muß. Ihr Schmerz bei Arnims frühem Tod im Jahr 1831 ist tief und echt. Bettine ist sechsundvierzig. Arnim ist ihr einziger Mann geblieben. Nie hat sie sich, soviel ich sehe, später über die Zeit ihrer Ehe bedauernd, zurücknehmend, bereuend geäußert. Sie war, wie er, ein hochherziger Charakter; so konnte sie launisch und grillenhaft, nicht aber wehleidig, menschenfeindlich und bitter werden. Schon am Todestag Arnims, in den ersten Briefen an Freunde, sehen wir sie die irdischen Schlacken aus ihres Mannes Bild wegbrennen und eine neue Person auferstehen lassen, einem Heiligen ähnlich, den sie verehren kann. Aber neben der Schwärmerin ist in ihr eine todnüchterne Person, die die Forderung des Tages nicht aus den Augen verliert. Sie kümmert sich um die Verwaltung der Hinterlassenschaft für ihre Kinder; sie setzt die erste Ausgabe der Arnimschen Werke in Gang und arbeitet maßgeblich an ihr mit. Und sie wird, zur Überraschung aller, zum Mißfallen ihrer Frankfurter Familie, nach dem

Tod ihres Mannes produktiv: sechs Bücher in siebzehn Jahren; ein unveröffentlichtes Manuskript; Briefmengen, die Bände füllen; Notizen, Entwürfe. Bettine beginnt ihr drittes Leben.

„Ich bin sehr glücklich; gibt es etwas Beseligenderes, als aus der Einfalt der früher verlebten Jahre wie aus dem Zentrum der Glut in neu geweckte Flammen aufzuschlagen? – . . . Ich konnte heute nacht nicht schlafen vor den vielen Blüten, die alle aus einer Gedankenwurzel meiner Kindheit sich hervordrängten." Dies im Januar 35 an den Fürsten Pückler. Wem sie ihre Gefühle entgegenbringt, wer sie durch Zurückweisung enttäuscht – ist es wichtig? Ist es wichtig, daß sie sich auch vergreift? Instinktsicher nimmt sie sich, was sie braucht, ihre Schaffenslust anzuheizen. Die Inkubationszeit ist beendet, der Virus, der sich so lange still verhielt, wird rege und treibt seine Trägerin zu fieberhafter Tätigkeit. Ausgerechnet in dem versteinertsten Jahrzehnt des vorigen Jahrhunderts beginnt Frau von Arnim aktiv zu werden, macht ihre Wohnung im Herzen der preußischen Hauptstadt, Unter den Linden 21, zum Zentrum für unabhängige Geister, schert sich den Teufel um Bespitzelung, Postzensur und Observation, empfängt Durchreisende und Verehrer, bewältigt kaum ihren täglichen Posteingang, kümmert sich um die Cholerakranken ebenso wie um die Armen im „Vogtland" vor dem Hamburger Tor. Und schreibt.

Das Jahr 39, in dem das Günderrode-Buch entsteht (Bettines zweiter Briefroman nach „Goethes Briefwechsel mit einem Kinde"), liegt im tiefsten Wellental, genau zwischen den Revolutionen von 1830 und 1848. Das können die Zeitgenossen nicht wissen. Keine Rede jedenfalls von einem „Völkerfrühling", Zwielicht herrscht, Untergangsstimmung. Jeder Preuße, sagt Glaßbrenner, scheint mit einem „inneren Gendarm" auf die Welt gekommen. Können Sie sich vorstellen, daß die Berliner Studenten der Bettine einen Fackelzug darbringen, nachdem ihr Günderrode-Buch 1840 erschienen ist? Sicher hatten sie nur die an sie gerichtete Widmung gelesen, und die hatten sie so verstanden, wie sie gemeint war: politisch. „Die Ihr gleich goldnen Blumen auf zertretnem Feld wieder aufsprosset zuerst!" Eine schwärmerische Anrede, gewiß, vor allem aber ein kühner Text. Wagt er doch, die verbotenen Burschenschaften zu erwähnen („der Burschen Hochgesang"), auf „der Zeiten Wechsel" zu vertrauen, den Jungen zu wünschen, daß „ein milder Gestirn schützend über Euch hinleuchte". Solche Sprache versteht, wer weiß, daß das Berliner Kammergericht im Dezember 36 noch einundvierzig Greifswalder Studenten, Mitglieder der Burschenschaften, erst zum Tod, dann zu dreißig Jahren Festungshaft verurteilt hat; daß das „Hambacher Fest" der Burschenschaften von 1832 durch Preußen mit einem neuen Demagogengesetz „zur Aufrechterhaltung der öffentlichen Ruhe und gesetzlichen Ordnung" beantwortet wurde; daß nach der Niederschlagung vereinzelter demokratisch-republikanischer Aktionen in den dreißiger Jahren in den Deutschen Bundesstaaten, besonders in Preußen, Friedhofsruhe herrscht: Nach der rücksichtslosesten Verfolgung der Teilnehmer – meist Studenten – am aberwitzigen Frankfurter Wachensturm vom April 1833; nach der Konfiszierung des „Hessischen Landboten" 1834, der Gefangensetzung Weidigs, der Flucht und Emigration Georg Büchners; nach dem bundesweiten Verbot aller Schriften des „Jungen Deutschland". Ein gut durchorganisierter Staats- und Sicherheitsapparat erstickt jede freiere Regung der Gesellschaft. Wie immer, wenn die öffentliche politische Diskussion unterdrückt wird, reiben sich die verschiedenen Meinungen und Parteien ersatzweise an der Literatur. In den dreißiger Jahren war, Sie werden es kaum glauben, Goethe und seine Hinterlassenschaft ein brisantes Thema. Ausgerechnet ihm aber hatte in aller Unschuld Bettines erstes Buch gegolten. Unter dem Bann- und Zauberspruch „Dies Buch ist für die Guten, nicht für die Bösen", kaum berührt vom Streit der Antagonisten, erschien 1835 „Goethes Briefwechsel mit einem Kinde“ und erregte ein ungeheures Aufsehen. Seine Autorin, mit einem Schlag berühmt, wurde von den Zeitgenossen als ein Natur- oder Geisterphänomen empfunden. Zum zweitenmal, seit ihrer Jugendzeit, stellte man sie außerhalb der Geschichte.

„An diesem rätselhaften Kinde“, schrieb eine Zeitschrift des „Jungen Deutschland“, „ist eine offenbare Verwirrung der Parteien unter uns ausgebrochen. Die, welche dafür sein sollten, sind dagegen, und die, welche dagegen sein sollten, sind dafür“ – ein Signal (wie wir gut wissen), daß die „Parteien“ sich verrannt haben. Die „Sibylle der romantischen Literaturperiode“, Bettine, wird von den Jungdeutschen ein „genialer, romantischer, mystischer, prophetischer, wundersam herumirrlichtelirender Kobold“ genannt; eine „Rachefurie“ heißt Börne sie, der von Paris her ihr Verehrungsbuch in ein Anti-Goethe-Buch uminterpretiert, und der Historiker Leopold Ranke erklärt: „Die Frau hat den Instinkt einer Pythia.“ Eine Art Monstrum könnte man aus den einander widersprechenden Merkmalen zusammensetzen; das deutet, scheint mir, weniger auf Bettines Charakter, ihr Wesen, ihre Erscheinung – es kennzeichnet vielmehr das Bedürfnis der Zeit nach einer außer- und überhistorischen Gestalt, der allein noch zuzutrauen war, etwas wie Gärung in den Sumpf der preußisch-deutschen Verhältnisse zu bringen.

In diesem Staat ist jeder Stuhl besetzt, jedes Amt eingenommen: vom Kultusminister bis zum Obercensurcollegienmitglied, vom Staatsrat bis zum Geheimen Regierungsbeauftragten an der Universität, vom Innenminister bis zum Generalpostmeister (der dazumal übrigens Nagler heißt und es sich nicht nehmen läßt, die perlustrierten Briefe der unter Kontrolle stehenden Literaten in löblicher Anteilnahme oftmals selbst zu lesen); das Spektrum der geistig Tätigen reicht vom Staatsdichter bis zum Demagogen, der in der gefürchteten Hausvogtei, dem „Blechkasten“, gefänglich einbehalten wird, und auch in der Opposition scheinen alle Rollen vergeben. Ein einziger Platz, so kann man es nachträglich sehen, war noch frei; eine Frau mußte ihn einnehmen, in gehobener Stellung, doch kritisch denkend, keines Amtes fähig, keiner der Parteiungen angehörig; gebildet und furchtlos sollte sie sein, engagiert und mitfühlend, hellsichtig und traumtänzerisch. Dies ist ein Phantombild, und es beschreibt die Bettine.

Staunen Sie gehörig, wie fein die äußeren Verhältnisse zusammenspielen können mit den innersten Bedürfnissen einer Person? Der Bettine Verdienst bleibt es, die Rolle angenommen zu haben, die ihr zufiel, sich in die Lücke gestellt und nach den Folgen nicht gefragt zu haben. Nicht ohne geheime Genugtuung sieht man ihr zu, wie sie den Vorteil zu nutzen weiß, der in dem Nachteil, Frau zu sein, in Männergesellschaften zeitweilig verborgen ist – falls die Betreffende und Betroffene es aushält, für leicht verrückt zu gelten. Darin hat sie sich – Sie lesen es in den Briefen an die Günderrode – beizeiten geübt. „Närrisch“ hat sie sich selbst oft genannt. In ernsten Zeiten kann es ein Schutz sein, nicht ganz ernst genommen zu werden, Gutzkows Stoßseufzer aus Anlaß von Bettinens „Königsbuch“ belegt es: „Traurig genug, daß nur ein Weib das sagen durfte, was jeden Mann würde hinter Schloß und Riegel gebracht haben.“ Wer, frage ich Sie, sperrt eine Sibylle, einen Kobold, eine Pythia ein?

Aber ist es denn um Schloß und Riegel je gegangen? Wir stehen – Sie erinnern sich – immer noch bei der Widmung des Günderrode-Buches an die Studenten, werden aber zu diesem Buch erst zurückkehren, nachdem wir uns in einem Vorgriff auf das Leben der Bettine dieser Frage angenommen haben. Ich zitiere Ihnen aus einem Konfidentenbericht aus dem Jahre 1847: „Selbst in den Teegesellschaften wurden soziale Fragen behandelt. Die Tendenz dieser Teegesellschaften ist eine sozialistische, indem die Versammelten sich vorzugsweise über ein in Wesen und Form zu verbesserndes Leben unterhalten und besprechen. Vorzüglich ist es das weibliche Geschlecht, das sich nach Befreiung von den Fesseln des Herkommens, der Mode, der Konvenienz sehnt. Unter allen Frauen dieser Art in Berlin, die einen öffentlichen Ruf genießen, ist Bettina von Arnim unstreitig die erste und bedeutendste. Daß ihre Abendzirkel den bezeichneten Charakter haben, ist hier allgemein und selbst dem Hofe bekannt. Man läßt sie gewähren, da sie hier in allgemeiner Achtung steht und man ihr von Rechts wegen nichts anhaben kann."

Konfidenten sind jene vertrauenswürdigen und vertraulichen Berichterstatter der Mainzer „Zentral-Informationsbehörde", auf deren Einrichtung – nicht zuletzt der unruhigen Studenten wegen – Fürst Metternich selbst gedrungen hatte („. . . der Kampf des ewigen Rechts gegen das revolutionäre Prinzip ist nahe und unvermeidlich") – eine der ganz wenigen Institutionen, welche die innerdeutschen Grenzen überwand. An den deutschen Hochschulen, melden diese Vertrauensleute schon Ende der dreißiger Jahre, herrsche ein von den früheren Jahren sehr verschiedener Geist; es fänden nur noch Kneipereien statt. Immerhin existiert in der Behörde – nicht nur in dieser – eine manifeste Intelligenzfeindlichkeit, so daß der preußische Staatsminister Wittgenstein nur ausspricht, was die anderen denken, wenn er die „Stubengelehrten und rabulistischen Vielschreiber" einen wahren Krebsschaden der menschlichen Gesellschaft nennt, zu deren Bekämpfung er mit Vergnügen beitragen werde. Und an führender Stelle jenes „Zentralkomitees", welches die Weisungen und Berichte der Mainzer Zentralbehörde empfängt, steht in Preußen der unsägliche Geheime Regierungsrat Tschoppe, ein Mann, der in schwerer Geisteskrankheit enden wird. Er liebt Effekte. „Gestern waren Sie im Theater!" empfängt er eines Morgens, noch unter dem Barbiermesser, den verbotenen Schriftsteller Gutzkow, der antichambriert, um die Aufhebung des Verbots aller seiner Schriften zu betreiben. Der Mächtige, scheint es, weiß alles. Triumphierend zeigt er dem konsternierten Autor die Liste mit den Namen derjenigen, die am Abend zuvor Freikarten für die Königlichen Theater der Hauptstadt in Anspruch genommen haben.

Berlin wimmelt von Anekdoten und Witzen. Frau von Arnim, zu deren demokratischem Salon man sich drängt, wird die meisten von ihnen gekannt haben. Wie unzuverlässig die Schonung war, die sie, kraft ihres Ansehens in weitesten Kreisen, durch Polizei und Zensur genoß, war ihr natürlich überscharf bewußt; der Spielraum war ihr ja nicht geschenkt worden; sie hatte ihn sich durch Kühnheit, manchmal Tollkühnheit, erobert und erweitert. Man wußte nicht recht: War sie naiv? Stellte sie sich so? War sie vielmehr gerissen? Oder paßte womöglich ihre Art, nach Gutdünken zu handeln, einfach nicht in die Kategorien des sich selbst zensierenden Untertanendenkens?

Zum Beispiel mußte eine hohe Zensurbehörde es der inzwischen berühmten Autorin als einen raffinierten Trick auslegen, daß die ihr „Königsbuch" 1843 dem König widmete („Dies Buch gehört dem König" – Titel und Widmung zugleich) und so das eigentlich fällige Verbot umging. „Rebengelände Entsprossene, Sonnengetaufte!" redet der geschmeichelte König die Verdutzte in seinem Antwortbrief an; ihr Buch aber hat er nur angeblättert, ganz im Gegensatz zu seinem Minister des Innern. Der sieht sich nach genauer Lektüre zu einem Brief an Friedrich Wilhelm IV. veranlaßt, dessen Kerngedanke in einem zitierenswerten bürokratischen Schachtelsatz Platz findet: „Wäre das Buch nicht in dem für einen kleinen Leserkreis geeigneten Ton prophetischer Ekstase geschrieben, sondern in der dem größeren Publikum zugänglichen Form einfacher Logik und verständiger Reflexion, und trüge nicht der abenteuerliche Charakter der, wenn auch nicht genannten, doch bekannten Verfasserin dazu bei, die praktische Richtigkeit und Anwendbarkeit der darin enthaltenen Doktrinen in Zweifel zu stellen, so würde dasselbe den gesetzlichen Bestimmungen nach vermöge der darin dargelegten und verteidigten Irreligiosität und vermöge des darin gepredigten heillosen Radikalismus für eine der gemeingefährlichen Schriften erklärt werden müssen." Der Mann war seinem Amte gewachsen.

Übrigens hat er recht behalten. Zwei Nachfolgeschriften, die sich wesentlich kürzer hielten, übersetzten der Bettine „prophetische Ekstase" in das schlichte politische Deutsch der Zeit. Die eine, in Bern unter Pseudonym gedruckt, in ironischem Ton gehalten, nennt vier Jahre vor dem Kommunistischen Manifest den Kommunismus ein „Gespenst" und bringt die Autorin des „Königsbuches" mit ihm in Verbindung. („So steht denn der Teufel entlarvt vor uns in seiner ganzen Scheußlichkeit, und der Name dieses finster drohenden Gespenstes ist: Kommunismus.") Die andere, die den „angeblichen Sinn und Inhalt" des „Königsbuches" in eine Flugschrift von 56 Seiten zusammendrängt, erscheint in Hamburg; prompt verfügt der König die politische Beschlagnahme, das Oberzensurgericht das Verbot. („Neunzehn Bogen sind gefährlich, aber zwanzig machen ehrlich", spottete der Volksmund: Bücher über zwanzig Bogen mit Verfasserangabe – welche die Bettine allerdings stets verweigert hat – unterlagen nicht der Zensur.) Lehre für die Bettine: In Zeiten, da aus Mangel an politischer Öffentlichkeit (die drei Berliner Tageszeitungen stehen unter Zensur und werden deshalb von der Bettine nicht gelesen) die Literatur das Gewissen der Gesellschaft ist, hat sie mit immer schärferen Sanktionen zu rechnen, je mehr sie dem Volke verständlich wird. Bettine 1844: „Was soll man noch anderes drucken lassen in Preußen als Traktätchen, ABC-Bücher und Ammenmärchen!"

Aber war denn ihre Widmung an den König wirklich ein Trick gewesen? Es zeigt sich: Nicht nur ihre Popularität, auch ihre Illusionen schützen die Bettine. Als Friedrich Wilhelm IV., auf den viele Demokraten Hoffnungen gesetzt hatten, im Juni 1840 den Thron bestieg, traute die Bettine ihm Willen und Kraft zu grundlegenden Änderungen zu. „Nein, die Schmach der Geistessklaverei geht nicht von ihm aus!" Ihre Anhänglichkeit an die Idee vom Volkskönigtum hat etwas Phantastisches: „Wir müssen den König retten!" Aber schon ein halbes Jahr nach der Krönung, im Dezember 40, notiert Varnhagen von Ense über sie: „Sie ist außer sich über die Wirtschaft, die hier beginnt, sie mißbilligt alle Vertrauten und Lieblinge des Königs, sie will Konstitution, Preßfreiheit, Luft und Licht." Doch offeriert sie allen Ernstes (allen Ernstes?) dem König in ihrem „Königsbuch", er möge „das alte Getriebe der Staatsmaschine" unter Umgehung seiner Höflinge und Minister, jenes „heraldischen Tierkreises", mit Hilfe des Volkes „unter das alte Eisen werfen", „Denkfreiheit" an die Stelle der Geistessklaverei setzen und gemeinsam mit den bisher verfolgten Demagogen regieren.

Ist das naiv? Schlau? Illusionär? Nun: Der sicherste Weg, Illusionen zu verlieren, ist es immer noch, sie zu erproben. Hören Sie doch, wie sie neun Jahre später, im zweiten Band ihres „Königsbuches" („Gespräche mit Dämonen", 1852) ihre Staatsutopie sarkastisch formuliert: „Ich meine keinen Staat, wo nur die Zensur meine Ansichten streichen kann, ich meine einen ganz anderen Staat hinter dem Himalaja gelegen, der ein Widerschein ist von dem Staat, den ich meinen könnte; sollte aber auch *das* die Zensur streichen wollen, nun, so mein ich den auch nicht. Ich meine nichts, was könnte gestrichen werden."

Dazwischen lag der Vormärz, das Jahr 1848, die mißlungene Revolution. Lagen der Bettine andauernde Zusammenstöße mit der Zensur, die sie veranlaßten, einen eigenen Verlag zu gründen, der ihr eine Quelle neuer Sorgen und Querelen wurde: die Arnimsche Verlagsexpedition; lagen immer massivere Verdächtigungen an ihre Adresse, unter anderen die, daß sie „Communistin" sei. (Gutzkow: „Ist die heißeste, glühendste Menschenliebe Kommunismus, dann steht zu erwarten, daß der Kommunismus viele Anhänger findet.") (1842 soll sie übrigens in Bad Kreuznach mit Karl Marx und dessen Braut Jenny von Westphalen zusammengetroffen sein und zum Ärger der Jenny lange einsame Spaziergänge mit dem jungen Doktor gemacht haben.) Einmal – auch das liegt dazwischen – hat sie die Arbeit an einem Buch abgebrochen, weil sie es nicht hätte drucken lassen können: Der Innenminister Preußens, in typisch ministerieller Verwechslung von Ursache und Wirkung, hat sie 1844 beschuldigt, sie habe die schlesischen Weber „aufständisch" gemacht. „Allein den Hungrigen helfen wollen, heißt jetzt Aufruhr predigen", schreibt ihr warnend ein Freund. Da läßt Bettine ihr „Armenbuch" liegen, eine Art erste soziologische Untersuchung über die Lebensbedingungen des vierten Standes, mit vielen Beispielen aus den Hütten der schlesischen Weber. Dieser Vorfall, sie muß es gewußt haben, markierte ganz genau die Grenze, die sie nicht mehr ungestraft hätte übertreten dürfen, den Punkt, an dem die sozialen Widersprüche und zugleich deren Unlösbarkeit unter dem Regime sich am schärfsten hervorkehrten. Die Kraft, welche die Gesellschaft umwälzen konnte, war unentwickelt, die Zeit zu mehr nicht reif als zu einer selbstaufopfernden, doch unwirksamen Haltung. Was bleibt? Mal wieder an den König schreiben: Er solle statt des Domes in Berlin lieber tausend Hütten in Schlesien bauen. Die Sache der Schlesier sei tragischer als Sophokles. – Finden Sie nicht, daß dies eine bedeutende ästhetische Aussage ist, wenn auch, wie nicht selten in der Geschichte der deutschen Literatur, auf Kosten einer eigentlich fälligen Aktion? Bedeutend, weil sie die aus den Konflikten der Oberschicht abgezogenen Regeln der Tragödie, einer „hohen" Kunstform, als anwendbar auf die Lage der „niederen" Schichten denkt: Das ist aber, Sie werden es sehen, in den Günderrode-Briefen angelegt.

„Bettina läßt sich durch ihre Humanität verleiten. Sie glaubt immer die Unterdrückten im Recht", bemerkt mit sanftem Tadel Gunda von Savigny, Bettines Schwester. Das hat sie wohl richtig gesehen. Unbehaglich ist es der Frau des Ministers für Gesetzgebungsrevision, wohin radikale Humanität die Schwester führt, nämlich zu einer Nichtachtung behördlicher Autorität, die sie nicht moralisch gegründet sieht: 1847 beantwortet sie die an den Haaren herbeigezogene Beschuldigung des Berliner Magistrats, sie habe sich bei der Eröffnung ihres „Gewerbes" der Steuerhinterziehung schuldig gemacht, da sie es versäumt habe, die Bürgerrechte zu erwerben, mit einer geharnischten Gegenoffensive; sie wird zuerst zu drei, dann, in der Revision, zu zwei Monaten Gefängnis verurteilt – die höchstmögliche Strafe für Leute von Stand; einflußreiche Personen, darunter besonders ihr Schwager Savigny, erreichten, daß das Urteil nicht vollstreckt wird: Bettine aber hat begriffen, daß ein Formfehler zum Vorwand genommen wurde, ihr die Instrumente zu zeigen. Ein Zeuge überliefert, was sie in Gesellschaft darüber sagt: Ihre Magistratsgeschichte ist ihr von den Ministern eingerührt, die sie aus Berlin haben wollen, „weil den Ministern seiner romantischen Majestät Hofnärrin empfindliche Unbequemlichkeiten verursacht".

Sie sehen, einmal ist es um „Schloß und Riegel" doch gegangen; nun ist es aber ein Gesetz, daß eine reale Bedrohung jemanden, der nicht auf Anerkennung durch die bestehende Ordnung angewiesen, also nicht korrumpierbar ist, in seinen Ansichten und Grundsätzen radikalisiert, ihn weitertreibt über die Schranken, die seinem Denken durch Herkunft und Lebensweise gesetzt zu sein scheinen. Der Bettine ist es so ergangen. Der Magistratsprozeß hat ihr zu einem unbestechlichen Urteil über die Struktur ihrer Gesellschaft und über die in der Zukunft notwendigen Entwicklungen verholfen. Als Beweis für diese Behauptung zitiere ich Ihnen einige Absätze aus dem Verteidigungsbrief, den sie dem Berliner Magistrat geschrieben hat: „Was nun Ihre letzte Bemerkung anbelangt, daß keine Veranlassung vorliege, mir das Bürgerrecht als ein Ehrengeschenk zukommen zu lassen, so gebe ich dieses zu, da ich zumal das Bürgerrecht höher stelle als den Adel . . . Ebenso stelle ich noch höher die Klasse des Proletariats . . . Der Schatz der Armen besteht im angeborenen Reichtum der Natur, das Verdienst des Bürgers im Anwenden und Ausbeuten dieses Naturreichtums, welches er vermittelst seiner tätigen Gewandtheit und zum eigenen Vorteil derjenigen Menschenklasse zuwendet, deren Hochmut, Verwöhnung und geistige Verbildung alles verschlingt, eben weil sie keine Produktionskraft hat. – Die Gründe also, warum ich den Proletarier am höchsten stelle, ist, weil er der Gemeinheit enthoben ist, als Wucherer dem Weltverhältnis etwas abzugewinnen, da er alles gibt und nicht mehr dafür wieder verzehrt, als er eben bedarf, um neue Kräfte zum Gewinn anderer sammeln zu können . . . Und wenn . . . ich daher die Bürgerkrone dem Ordensstern vorziehe, so würde ich dem allen noch vorziehen, vom Volke anerkannt zu sein, dessen Verzichtungen heroisch und dessen Opfer die uneigennützigsten sind."

Zurück zur Literatur, zum Günderrode-Buch, zum Jahr 39, in dem es entsteht. Ich möchte Ihnen glaubhaft machen, daß dieses eher stille Jahr der Bettine einen wichtigen Zuwachs an jener Erfahrung gebracht hat, welche sie auf die direkt politischen Auseinandersetzungen der vierziger Jahre vorbereitete, daß aber auch gerade der Bettine Hinwendung zu Ideen und Lebensgefühl des Jahrhundertbeginns ihr eine tiefere Sicht auf die Gegenwart eröffneten. Wie Sie in den späteren Handlungen und Schriften der Bettine ein treuliches Festhalten und Weiterentwickeln mancher Grundmotive finden werden, die das Günderrode-Buch anschlägt, so ist dieses Buch selbst in vielem ein Widerschein der Erschütterungen, die die Bettine in den Jahren 39/40 erlebt: Das Drama ihrer letzten Liebe und ihr leidenschaftlicher Einsatz für die gemaßregelten Brüder Grimm.

Gleichzeitig mit dem Roman, den die Bettine aus den

Kernstücken ihres Briefwechsels mit der Günderrode zusammenstellt und weiterdichtet, entsteht in diesem Jahr ein zweiter Briefroman: die reale Korrespondenz der Bettine mit dem jungen Studenten Julius Döring aus Wolmirstedt bei Magdeburg, der ihr Anfang 39 als Verehrer ihres Goethe-Buches zu schreiben begonnen hat. Ihn hat es gestört, daß sie dieses Buch dem Fürsten Pückler zugeeignet hat, und er fordert von ihr, ihre nächste Publikation den Studenten zu widmen. Begeistert greift sie die Anregung auf: „Es ist die Zeit, daß die Jünglinge mit Lust aus meinem Geist aufblühen, denn ich bin ein Baum, der trägt Jünglingsblüten. Die sind eben am Aufbrechen, und wie sollt ich nicht mit der Zukunft leben, da sie aus dem Mark meines Geistes hervorgeht." Einem anderen jugendlichen Verehrer, mit dem sie mehr eine geistige, weniger eine erotische Faszination verbindet, schreibt sie: „Ich bin nichts, aber es weht so eine Luft um mich, von der ich glaube, die Jugend müsse sie wie mutige Gäule mit offenen Nüstern einschnaufen!"

Es ist offensichtlich: Mit dem Günderrode-Buch will sie das Vermächtnis ihrer eigenen Jugend an die übernächste Generation weiterreichen. Aufgewühlt gibt sie sich den Gesichten aus ihrer Frühzeit hin, die sich bis zu beinah übersinnlichen Erscheinungen verdichten können. Im November 39 schreibt sie dem Döring, den sie über den Fortgang ihrer Arbeit auf dem laufenden hält, aus Wiepersdorf: „Mich überhäuft die Arbeit so, daß ich keinem Schlaf mehr Raum geben kann, um 1 Uhr zu Bett, wo ich, zu aufgeregt durch Arbeit, nicht schlafen kann und oft noch ein Schauspiel lese oder sonst etwas; kaum daß der Saal warm ist, in dem ich arbeite, so bin ich beim Schreibtisch, und ohne aufzustehn, kaum 4 Minuten zum Mittagessen, so arbeite ich fort, und tu es, um Euch ein Monument hinzustellen, an dem feine Sinne alles wahrnehmen können, was ich Dir und andern nicht gesagt habe oder was Ihr mißverstanden habt. In vier Wochen hoffe ich so weit zu sein, daß ich in Berlin den Druck anfangen kann." – Da irrt sie sich. Der Druck kann erst im Frühjahr 40 beginnen, nicht zuletzt, weil sie mitten in der heftigsten Arbeit das Manuskript beiseite schiebt und ihre große Auseinandersetzung mit dem Schwager Savigny beginnt, wegen der „Grimm". So heißt es denn im Januar 40 – wieder an Döring –, immer noch vom Günderrode-Buch: „Ich hab bis jetzt angestrengt gearbeitet und seltsamerweise viel mehr bei dieser Arbeit des Schlafes bedurft als sonst. ... aber dafür sind die früheren Zeiten mir so wach geworden, daß ich nicht wie Thomas durfte sagen, lasse mich die Finger in Deine Wunde legen, wenn ich glauben soll, daß Du es bist. – Die Günderode steht vor mir, und sie ruft mich oft, wenn am Abend das Licht brennt, von meinem Platz. Dort in der Ecke, wo die grünen hohen Tannen stehen von Weihnachten her, die bis an die Decke reichen vor meinem Sopha, und da wickle ich mich in den Mantel, weil ich nicht widerstehen kann, ihr in Gedanken zu begegnen, und da überfällt mich der Schlaf ..., gleich als ob die Günderod schlief und ich müßt nun auch schlafen, weil ich ihr durch die geweckte Erinnerung wieder nah gekommen. – Aber am Tag fühl ich mich so nah mit allem Vergangnen, daß ich durch und durch von der steten Gegenwart alles wirklich Erlebten überzeugt bin."

Der tiefere Sinn dieser im biblischen Vergleich beschriebenen Vision, die sie mit dieser Geisterbeschwörung verbindet, und der geheime Antrieb für ihre Arbeit ist Liebesgewinn: „Wer dies mein Buch liest und mich nicht liebt, der hat nie Jugend im Herzen gehabt." Ich will es sehr direkt ausdrücken: Für die Verweigerung der Liebeserfüllung im Leben hält sie sich schadlos in jenen Bezirken, über die sie uneingeschränkt herrscht. Eine eigentümliche Befriedigung muß sie gefunden haben, indem sie ihre letzte Liebe durch tausend gedachte Fäden an ihre erste knüpft. Die über Fünfzigjährige bringt diesem durchschnittlichen jungen Mann, der dichten zu müssen glaubt, ihre überströmende erotische

Zuneigung entgegen („Gehirnsinnlichkeit" hatte der alte Graf Pückler sie verletzend genannt), erdichtete ihn sich zu ihrem Geliebten, eröffnete ihm die Geheimnisse ihres Innern („Ich habe keinen Lebenshauch mehr empfunden in der Poesie, seit damals die Sonne mir unterging, wie Goethe mich verworfen hat . . ."), weiht, zu biblischer Sprache sich aufschwingend, den armen Jungen zum neuen Goethe („und ich will Dir's geben, sei Dichter!") – eine Priesterin, aus der „der Genius" spricht und die sich verzehrt nach einer späten Wiederholung jener „schmerzlich süßen" Hingebung, jener traumatisierenden Szene, die sie mit Goethe erlebt haben will, da sie sich vor ihn auf den Boden legte und sich nicht „beruhigt, er setze denn den Fuß auf meine Brust, daß ich seine Schwere fühlte".

Beseligt durch eine Selbsttäuschung gibt sie preis, was sie einst, als Zweiundzwanzigjährige, geistig-sexuell geprägt hat, treibt einen fetischhaften Kult mit einem gipsernen Jünglingsfuß an ihrem Bette, und durch diese gegenwärtige Befeuerung inspiriert, ist sie so empfänglich für den „Geistesatem" ihrer frühen Jahre; es entspringt nicht einem spekulativen Willensakt oder politischem Kalkül, daß sie sich den visionären Erinnerungen an ihr Zusammenleben mit der Jugendfreundin überläßt, sondern eben dieser zwingenden Inspiration. „Lange Jahre war ich getrennt von einer solchen Gewalt, die meine Liebe in früheren Jahren aufgerufen hatte . . . Ach, ich war gar zu allein."

Ein Verjüngungserlebnis, ein pädagogischer Eros, der weiterglüht, nachdem der kurze heftige Gefühlsrausch für Döring einer Ernüchterung gewichen ist: „Aber ich trau Dir nicht, Du bist kein echter Somnambuler, und die Wirklichkeit liegt hart in Deinem Herzen gefangen. Du drückst ihr den Daumen aufs Aug, sie darf sich nicht rühren, so schiebst Du den Riegel vor und spottest ihrer, daß sie Dir gefangen ist . . ." – Warum zitiere ich Ihnen das? Müssen wir uns hineindrängen in der Bettine späte Herzensabenteuer? Müssen wir ihn wieder heraufholen, jenen schmerzlich angstvollen Ton ergreifenden Fragens, den sie Mitte des Jahres, wie aus einem Schlaf erwachend, in einem Brief anschlägt: „Ich geb Dich nicht los – Du wirst mir doch nicht unter den Händen verschwinden? – Du kannst doch nicht bloß ein Phänomen meiner Phantasie sein; Du mußt doch leben? – Alles ist mir verschwunden. – Wie seltsam, wenn Du auch eine Illusion wärst." Doch. Hören wir sie uns an, diese allerpersönlichsten Töne, weil ich sicher bin, daß sie in das Günderrode-Buch, wie es uns jetzt vorliegt, eingegangen sind; weil – inkonsequent, wie seelische Vorgänge sind – die Wiederholung des Abschieds von ihrer ersten Liebe der Bettine den Verzicht auf ihre letzte Liebe, auf Liebe überhaupt, erleichtert hat; weil sie nicht trennen kann und will zwischen ihrer Verfassung im Jahr 1839 und ihren Empfindungen und Phantasien von 1805; und weil eben gerade dieser Lebenszusammenhang, aus dem es hervorgeht, diesem Buch seinen Schimmer und Reiz, seine Zeittiefe gibt; es ist nicht aus einem Guß, baut sich aus übereinandergelagerten, ineinanderverlaufenden Schichten auf, aus Einlagerungen, deren Ränder nicht geglättet, sondern rauh geblieben sind; es hat ungenaue Übergänge, Unstimmigkeiten, Brüche. Und es verrät eben dadurch den unlösbaren Widerspruch und geheimen Schmerz ihres Lebens.

Zuerst aber – auf die Gefahr hin, daß Sie ungeduldig werden, beschäftigt uns der Fall der Brüder Jakob und Wilhelm Grimm, der die Bettine im Jahr 39 selbst so intensiv beschäftigte, daß sie, wie gesagt, ihr Günderrode-Manuskript liegen, den Druck aufschieben ließ, um sich seiner anzunehmen. Bärwalde-Wiepersdorf, 1. November 1839, an Döring: „Ich hab eben eine Epistel an Savigny über die Grimm pp – und alles mögliche geschrieben. Sie ist 8 Bogen lang, es würde mir so interessant sein, daß Du sie lesen mögst – ja, es wär Dir gewiß für Dein ganzes Leben lang nützlich –, damit Du sähest, wie weit man mit der Wahrheit herausgehen kann und soll."

Der Fall der Göttinger Professoren, zu denen „die Grimm" gehörten, wird häufig zitiert und ist in seinen hoch interessanten Einzelheiten wenig bekannt; er muß hier wenigstens in seinen Umrissen beschrieben werden, weil die Bettine ihn aufs genaueste beobachtet und sich zu Herzen genommen hat. Im Oktober 1839 hatte sie die beiden Brüder, Jakob und Wilhelm, in ihrem Kasseler Zufluchtsort besucht. Schon länger kennt sie jene kleine Schrift „Über meine Entlassung", die Jakob geschrieben hat – ausgerechnet Savigny hat sie ihr gegeben, von der Redlichkeit der Darlegung selbst überzeugt: „Steht die Sache so . . .", soll er ihr gesagt haben, „dann muß ich ihm freilich recht geben." „Warum hast Du Deine Überzeugung nicht dem König, dem Kronprinzen, dem Volk mitgeteilt?" fragt die Bettine ihren Schwager Savigny nun in eben jener berühmt gewordenen Epistel.

Ich wäre dafür, Jakobs Schrift in die Lehrpläne der Oberschulen aufzunehmen, als ein hinreißendes Beispiel für die stilbildende Kraft von Charakterfestigkeit und Überzeugungstreue. „Der Wetterstrahl, von dem mein stilles Haus getroffen wurde, bewegt die Herzen in weitesten Kreisen", hebt er an, und ich versichere Sie, daß ich an mich halten muß, nicht aus dieser Schrift und der Bettine Epistel längere Passagen zu meinem und Ihrem ingrimmigen Vergnügen zu zitieren. – Der Hergang des Konflikts zwischen der Universität Göttingen und ihrem Herrscher, dem frisch gekrönten König Ernst August von Hannover, in Kürze: Im Sommer 1837 hatte eben jener König alle seine Staatsdiener, also auch die Göttinger Professoren, von ihrem Eid auf die vergleichsweise progressive Verfassung des Jahres 1833 kurzerhand entbunden und in eigner Machtvollkommenheit das Grundgesetz aufgehoben. Dagegen nun hatten, nachdem sie lange geduldig abgewartet, einige Mitglieder der Landes-Universität in einer „Untertänigsten Vorstellung" am 18. November geltend gemacht, daß sie, ohne ihr Gewissen zu verletzen, es nicht stillschweigend geschehen lassen könnten, daß das alte, nach ihrer Ansicht gültige Staatsgrundgesetz „allein auf dem Wege der Macht zugrunde gehe". Vielmehr müßten sie sich ihrem Eid „fortwährend verpflichtet halten". Und was würde, fragen sie beinahe bieder ihren König, was würde Sr. Majestät der Eid ihrer Treue und Huldigung bedeuten, wenn er von solchen ausginge, die eben erst ihre eidliche Versicherung freventlich verletzt haben?

Ein starkes Stück, wie Jakob Grimm ohne Zorn und Eifer darlegt, warum unter dieser Petition am Ende nur die Namen von sieben Professoren stehen: Dahlmann, Albrecht, J. und W. Grimm, Gervinus, Ewald, Weber. Auf welche verschiedene Weisen die anderen, die gleich oder ähnlich dachten wie die sieben, sich zurückhielten oder zurückzogen; wie manche das falscheste, doch überzeugendste aller „Argumente" – nämlich daß sie die Universität retteten, indem sie das Grundgesetz widerstandslos preisgaben – als letzten Anker, ihre Feigheit dran festzumachen, auswarfen. „Die Charaktere", bemerkt Jakob lakonisch, „fingen an, sich zu entblättern gleich den Bäumen des Herbstes in einem Nachtfrost." Das übliche. Wie nun dieser Loyalitätskonflikt durch den Starrsinn der Macht, die nicht Einwände überprüfen, sondern Schuldbekenntnis und Unterwerfung erzwingen will, zu unglaublichen Dimensionen anschwillt, in das persönliche und staatsbürgerliche Leben eines jeden eingreift und, weil ein Königliches Universitätskuratorium den springenden Punkt, die Rechtsverletzung durch den König, schlechterdings nicht verhandeln kann, in absurden Beschuldigungen und Bestrafungen ausläuft – all dies schildert, „glimpflich", aber „frei und ungehemmt", Jakob Grimm. „Nur die Wahrheit währt", behauptet er, und entwaffnend ist: Er glaubt daran. Wie die Bettine daran glaubt. Unschwer stellen wir uns ihre Begeisterung vor über die würdige, beherzte Sprache eines Gleichgesinnten. „Es gibt noch Männer, die auch der Gewalt gegenüber ein Gewissen haben."

Ein Lehr- und Musterstück, vom ersten bis zum letzten Satz. Es ist ja zur Entlassung der sieben und zur Ausweisung einiger von ihnen gekommen. („Ich ziehe die Augen der Macht immer erst dann auf mich, wenn sie mich zwingt, das Feuer meines Herdes fortzutragen und auf einer neuen Stätte anzufachen." J. Grimm) Für Insubordination? Nicht doch. Wir sind in der Zeit des nach-aufgeklärten Absolutismus. Das Universitätsgericht, vor das die sieben alsbald zitiert werden, behandelt gar nichts andres als die Frage, wie denn die Kunde von jener „Untertänigsten Vorstellung" so schnell in eine englische Zeitung hat kommen können – wovon allerdings keiner der sieben etwas weiß. „Man hat", berichtet Grimm, „im Gefühl, es gebreche sonst an Ursachen, die schnelle Veröffentlichung jener Erklärung als etwas Strafbares aufzufassen gestrebt . . . Sind wir daran schuld, wenn ein uns völlig unbekannter Korrespondent einer englischen oder französischen Zeitung von unserer Absicht hörte und davon meldete? . . . Und hätten wir wirklich zu gestehen gehabt, die alsbaldige Veröffentlichung sei unmittelbar von uns ausgegangen, stand darauf Landesverweisung, überhaupt nur auf der Mitteilung einer Erklärung an die Behörde irgendeine Strafe?"

Allerdings. Nicht der Inhalt ihres Schreibens an den König, nein, die briefliche Erwähnung seiner Existenz einem Dritten gegenüber wird der Anlaß, die Grimms auszuweisen. Die Bettine, vor Empörung bebend, hält es dem Savigny vor, daß er nicht, seiner ersten Regung folgend, alles getan, um den beiden, zwei der besten Wissenschaftler Deutschlands, an der Berliner Akademie die materielle Sicherung ihrer Arbeit unverzüglich zu verschaffen; daß er sie statt dessen mit der „Entschuldigung", sie hätten sich irreleiten lassen, nur noch mehr verletzte. „Als ich aus diesem unschuldvollen Hause, in dem der Segen Gottes heiteren Frieden verbreitet, scheiden mußte, da dachte ich Deiner, und daß es doch jammervoll sei, wie Du, der in der Blütezeit Deines Lebens in so edlem Verkehr mit ihnen stand, jetzt von ihnen getrennt bist . . ." Wie sie, ihrem lange angestauten Zorn endlich freien Lauf lassend, dem preußischen Minister und Vormund ihrer Kinder die Leviten liest, ist eine Pracht. Sie mahnt ihn an die Rolle, die er in ihrer Jugend spielte, als er ihr „freies Denken schirmte" – dem sie, anders als er, treu geblieben war. Sie appelliert an seine Solidarität als Gelehrter mit zwei der hervorragendsten Vertreter seines Standes. „Aber nein, Du wirst mich steckenlassen und mir nicht helfen; denn seit Du Dein langes Haar abgeschnitten, ist Deine Stärke von Dir gewichen, und es heißt nicht wie bei Simson: Philister über Dir, sondern: Du unter den Philistern."

Die Grimm sind übrigens, als der Kronprinz König von Preußen geworden war, ein knappes Jahr später wirklich nach Berlin an die Akademie berufen worden. Der Bettine aber hat ihr Einstehen für deren Recht zu tiefen Einsichten in Denk- und Handlungsweisen von Königen, Politikern und deren Apparaten verholfen. Schlagartig ist diese ganze verkehrte Trennung von Staatsmoral und Alltagsmoral ihr aufgegangen (eine Beobachtung, die ihr für ihre späteren Bücher nützen wird): „Da sieht man doch, daß falsche Politik keinen Scharfsinn verleiht. – Und Metternich, der zu den hannövrischen Deputierten sagt: Wir geben Ihnen zu, daß Sie moralischerweise im Recht sind, allein unsere Politik ist nun einmal so, daß wir gegen Sie sein müssen. – Und auf solche Gesinnung stützt sich Preußen, die dem Staat nicht länger Dauer verleiht als der Eintagsfliege ... Ich weiß wohl, daß Du so nicht würdest zu dem König reden; denn einem Fürsten die Fehler mitteilen, die in seiner Regierung vorfallen, oder ihm einen höheren Standpunkt zu weisen, das wäre wider die Politik der Ehrfurcht, mit der Ihr die Fürsten behandelt wie die Automaten, ja Ihr getraut Euch selbst nicht zu denken und verbergt Euch vor der Wahrheit wie vor einem Gläubiger, den man nicht bezahlen kann. Ihr haltet den Fürsten nur die Reden, auf die sie eingerichtet sind, zu antworten ohne aufzuwachen."

Wollen Sie den inneren – nicht nur zeitlichen – Zusammenhang solcher Ansichten mit dem Günderrode-Buch? So lesen Sie dort, was angeblich ein älterer Freund zu der jungen Bettine über jene Fürstendiener gesagt hat: „Je dringender die Forderungen der Zeit ihnen auf den Hals rücken, je mehr glauben sie sich mit Philistertum verschanzen zu müssen und suchen sich Notstützen an alten, wurmstichigen Vorurteilslasten und erschaffen Räte aller Art, geheime und öffentliche, die weder heimlich noch öffentlich anders als verkehrt sind – denn das rechte Wahre ist so unerhört einfach, daß schon deswegen es nie an die Reihe kommt." Es sollte mich wundern, wenn die ältere Bettine, über den Papieren der Günderrode, bei solchen Sätzen nicht in Wahrheit an den Savigny und an die Grimm gedacht hat.

Aber es sind nicht die Ansichten – nicht sie allein –, denen nachzugehen ich Sie bitte. Wenn ich mich frage, wie ich meine Empfehlung an den Verlag, dieses Brief-Buch der Bettina von Arnim neu herauszugeben, außer durch die abgegriffene Formel der „Erbe-Pflege" begründen soll; wenn ich diese Texte wieder lese, zweifelnd eher denn zuversichtlich, daß der Leser, die Leserin von heute, gewöhnt, nüchtern und sachbezogen zu denken, diese dithyrambische Sprache, diesen oft schwärmerischen Ton, diese Ausschweifungen überhaupt ertragen werden; wenn ich überlege, ob sie ihr Befremden über die Beziehung zwischen den beiden Frauen überwinden, das Zeitgenössische in ihrem Dialog herausfinden können – dann denke ich an Sie und Ihre ungestillte Geschichtsgier ebenso wie an Ihre inständigen Versuche, mit Hilfe einer ungefesselten Sprache Schichten ungelebten Lebens abzutragen, die Ihren Geist, Ihr Bewußtsein, Ihre Empfindungen, Ihren Körper von sich selber trennen. Und ich denke darüber nach, wie die unerledigten Einlagerungen in unserer Geschichte, die produktiven Ansätze, über die sie mit „ehernem" oder bloß geschäftigem Schritt hinweggegangen ist, und unsere Selbstentfremdung miteinander zusammenhängen.

Wir müßten unser Leben ändern. Aber das tun wir nicht.

Ich sehe die ganze untilgbare Naivität und Anfechtbarkeit dieses Satzes. Aber unangefochten, das beweisen die Briefe der Bettine und der Günderrode, haben Mann wie Frau solche Sätze niemals ausgesprochen. Und doch. Soll ich verschweigen, daß sich in mir etwas in Neid und Trauer zusammenzieht, wenn ich lese und mir vorstelle, wie unschuldsvoll – was nicht heißt: leichthin und unbelastet – zwei junge Frauen, Deutsche, miteinander umgehn; denn Poesie, das eigentlich Menschliche, gedeiht nur bei Unschuldigen; jene hatten sie; wir haben Gedichte, doch Poesie als Umgangsform ist uns verwehrt; andre vermissen sie wohl an uns, wir schienen mit dem Verlust fertig zu sein, wenn nicht eine Art Phantomschmerz manche von uns umtriebe und die meisten sich mit auffälligem Eifer in gefühlsferne Redeweisen, Tätigkeiten und Handlungen stürzten. Vielleicht, muß ich denken, empfehle ich dieses Buch als ein Mittel, den Phantomschmerz wachzuhalten? Doch nein. Die Früheren nehmen uns nichts ab. Sie fügen uns etwas zu.

Was an diesem Brief-Buch am ehesten ins Auge fallen sollte, wird, da es nicht formuliert ist, am leichtesten übersehen; die Aussage, die in der Struktur des Buches liegt, seine Weigerung nämlich, sich einem ästhetischen Kanon zu unterstellen. Ich muß über die List unserer Sprache lächeln, die „Literatur" und „Ästhetik" – Instanzen, denen wir uns doch insgeheim unterwerfen – zu Wörtern weiblichen Geschlechts macht, obwohl der Anteil der Frauen an ihnen gering ist und obwohl, wie Sie es schmerzhaft an sich selbst erfahren, eine Frau, die es auf sich nimmt, ihre Eigenart hervorzubringen, sich nicht ungezwungen in ihrem großartigen Regelsystem bewegt. Denn eine der Errungenschaften dieser Ästhetik, zur Zeit der Romantiker eben durch die Klassik ausgebaut und befestigt, ist ja die Methode, das „Werk" von seinem Hervorbringer zu trennen und es, losgelöst von den Lebenszusammenhängen, aus denen heraus es entstand, in eine andre Sphäre, die der Kunst, entschweben zu lassen. Die Briefe, die Bettine und Karoline miteinander wechseln, erheben nicht den Anspruch, „Kunst" zu sein, und sind, als Buch, in ihrer Formlosigkeit eben jene Form, in der sie ihre Erfahrungen überliefern können, ohne sie deformieren zu müssen. Keine der schon erfundenen Gattungen – nicht der Briefroman à la Werther, erst recht nicht der bürgerliche Roman – hätte dazu ausgereicht. Doch die Bettine, sich um die Mitte des Jahrhunderts der wieder vergessenen formalen Angebote der Romantiker erinnernd, hält sich auch nicht strikt an ihr vorliegendes Material: Die Mischform, die sich ihr aufdrängt, ist am ehesten imstande, Bewegungen mitzumachen, wie die beiden Frauen sie aneinander und miteinander erleben, und die Person ganz, inkommensurabel und widersprüchlich zu zeigen, wo die geschlossene Romanform hätte reduzieren, beurteilen, einteilen und richten müssen. Hier können Sie etwas über den Widerstand gegen die Vorherrschaft des Formenkanons lesen, dessen sich die beiden nicht nur bewußt sind; dem sie sich, besonders die Günderrode, auch als Maßstab unterwerfen, da doch „bedeutend" werden als Dichter heißt, ihn zu bedienen. Auch als Dichterin? Die Bettine nimmt ihre Freundin in ihre Schule der Unbedeutendheit, bietet ihr Entlastung an von der tagtäglichen Strenge unangemessener Anforderungen, an denen die Günderrode sich überanstrengt. Der leichte Ton, in dem dies geschieht, soll uns nicht täuschen, wissen wir doch, was es heißt und immer hieß, die einseitige Dressur jener Fähigkeiten zu verweigern, die in der Welt „bedeutend" machen. Zögernd beinahe nimmt die Günderrode an, der Bettine Jünger zu sein in Unbedeutendheit: „So wie Du Dich für meinen Schüler hieltest, als ich einen starken Geist aus Dir bilden wollte. Jetzt, wo es rückwärts geht, mußt Du mein Lehrer sein."

Rückwärts? Man stutzt. Ein verräterisches Wort, unbewußt wohl dem Gefühl der Ent-Spannung nach überstarker Anspannung entnommen; die Günderrode hat einen Ausdruck gewählt, der anzeigt, was für sie „vorn" ist. Die Bettine aber, trotz ihrer Klosterzeit weniger dem Normenzwang unterworfen, freut sich unbefangen: „Ich bin so froh, daß ich unbedeutend bin, da brauch ich keine gescheute Gedanken mehr aufzugabeln, wenn ich Dir schreib, ich brauch nur zu erzählen." Sie sei nun mal kein „philosophischer Kopf".

Was meint sie denn? Daß sie nicht denken kann? O nein. Die Bettine, wie man ihr auch zusetzt, besteht auf ihrem Kopf. Sie meint vielmehr, daß „die Philosophen" falsch denken, was heißt: unnatürlich. „Aber ein Philosoph scheint mir so einer nicht, der (der Natur) am Busen liegt und ihr vertraut und mit allen Kräften ihr geweiht ist. – Mir deucht vielmehr, er geht auf Raub; was er ihr abluchsen kann, das vermanscht er in seine geheime Fabrik, und da hat er seine Not, daß sie nicht stockt, hier ein Rad, dort ein Gewicht, eine Maschine greift in die andere." Die seelenlose Mechanik, die von dem aufkommenden Maschinenwesen auf die gesellschaftlichen Verhältnisse und den Menschen übertragen wird, ist ihr ein Greuel, und was den möglichen Irrweg der menschlichen Vernunft angeht, steckt sie voller vorgefühlter Einsichten, für die die Wissenschaft noch kein System, nicht einmal einen Namen erfunden hatte: Lesen Sie, wie sie der Günderrode den Philosophen schildert, der „sein ganzes Denkwerk" zusammenzimmert, nicht, „um sich selber zu verstehen", „er will nur das Hokuspokus seiner Maschine Superlativa vortragen"; es sei aber nur „der müßige Mensch", der „noch sich selber unempfundene", der „davon gefangen" werde; der „frustrierte" würde die heutige Psychologie sagen, ohne durch die Benennung eben viel zu gewinnen.

Das Hin und Her über diesen Punkt – ob einer denken muß, wie die Philosophen es vorschreiben und wie die Günderrode, anfällig für die Denkstrukturen jener „Vernünftigkeit", es der Bettine versuchsweise anrät –, dies ist die innere Fabel dieses „Romans", so aufregend und beschreibenswert wie nur eine. Ob man in Philosophie, Geschichte, Kunst von sich selber absehen muß oder kann; ob man Denken und Schreiben als Mittel braucht, sich selber hervorzubringen, oder als Zweck, ein Ding zu verfertigen – Werk, System –, das sich am Ende gegen seinen Produzenten kehrt. Die Bettine, oft als faul gescholten, von der Günderrode zum Geschichtsstudium angehalten („Wo willst Du Dich selber fassen, wenn Du keinen Boden unter Dir hast?"), klagt über die „Geschichts-Einöde", in die ihr Lehrer sie treibt. „Indes brennt mir der Boden unter den Füßen um die Gegenwart, um die ich mich bewerben möchte, ohne mich gerad erst der Vergangenheit auf den Amboß zu legen und da plattschlagen zu lassen." Aber ganz freiwillig studiert sie die „zwölf Kaiser" – die römischen –, um sie mit dem drohend heraufziehenden Napoleon zu vergleichen und in jedem Tyrannen immer wieder „dasselbe Ungeheuer der Mittelmäßigkeit" zu finden. Und das soll keine erstaunliche Einsicht sein, da ihr doch noch nicht einmal das Diktatoren-Material unseres Jahrhunderts zur Verfügung stand?

„Schon fühl ich mich bewogen, Deine Empfindungen, Dein Tun ohne Einwurf gelten zu lassen . . ." Sachte zieht Bettine die Günderrode auf die Seite ihres Gegen-Entwurfs, ihrer Weiberphilosophie, ihrer „Schwebe-Religion", die, hätte sie nur eine geringe Chance gehabt, verwirklicht zu werden, die Männerkultur der Aggressionen nicht an den Rand der Selbstvernichtung getrieben hätte; denn diese beiden Frauen symphilosophieren über eine Religion der Lebensfreude, des Sinnengenusses und der Humanität, machen sich „Regierungsgedanken", wie sie „die Welt umwälzen" wollen „mit lachendem Mund". Und sie gründen dazu einen Liebesbund – eines der ganz wenigen Beispiele (oder überhaupt das einzige?) in unserer Literatur, das sich den Männerbünden, den so überaus häufigen Lehrer-Schüler-Verhältnissen entgegenstellt. „Ich kann nicht dichten wie Du, Günderode, aber ich kann sprechen mit der Natur, wenn ich allein mit ihr bin: . . . Und sowie ich zurückkomm,

... da stellen wir unsere Betten dicht nebeneinander und plaudern die ganze Nacht zusammen, ... und wir beiden Philosophen halten ... große tiefsinnige Spekulationen, wovon die alte Welt in ihren eingerosteten Angeln kracht, wenn sie sich nicht gar umdreht davon. – Weißt Du was, Du bist der Platon, und Du bist dort auf die Burg verbannt, und ich bin Dein liebster Freund und Schüler Dion; wir lieben uns zärtlich und lassen das Leben füreinander, wenn's gilt, und wenn's doch nur wollt gelten, denn ich möcht nichts lieber als mein Leben für Dich einsetzen. ... Ja, so will ich Dich nennen künftig, Platon! – und einen Schmeichelnamen will ich Dir geben, Schwan will ich Dich rufen, wie Dich der Sokrates genannt hat, und Du ruf mich Dion ... Gute Nacht, mein Schwan, gehe dort schlafen auf dem Altar des Eros."

Miteinander denken aus Liebe und um der Liebe willen. Liebe, Sehnsucht als Mittel der Erkenntnis brauchen; denkend, erkennend nicht von sich selber absehn müssen; einander „die Schläfe brennen" machen von „heißem Eifer in die Zukunft". Einander Namen geben, Rollen spielen, die durch die Alltagswirklichkeit nicht gedeckt sind und sie doch aus sich heraustreten, über sich hinausgehen lassen. Mit der Sprache spielen, neue Wörter finden und einander zurufen: „Geistesauge", „Tagsnatur", „Kunstgeflecht", „Empfindnerven der Wirklichkeit" – Sie werden das und viel mehr noch selber finden; Sie und viele werden, glaub ich, diese Sprache, als hätten Sie von ihr geträumt, verstehen. Begreifen: Dieses Buch schildert ein Experiment, auf das zwei Frauen sich eingelassen haben, sich gegenseitig haltend, bestärkend, voneinander lernend. „Utopisch", gewiß. Es wurde nicht weitergeführt. Aber wieso haben wir das Wort „Utopie" zum Schimpfwort verkommen lassen?

Ich weiß schon. Wer hätte mehr Grund als wir, allen Spielarten des Irrationalismus den Weg zu verlegen. Doch, lesen Sie nur: Hier finden Sie eine Spielart – das

Wort paßt! – aufklärerischen Denkens, die geschärfte Ratio und gesteigerte Empfindungsfähigkeit in einer Person zusammenbringen will; die – mit welchem Recht, können erst wir ganz ermessen – die Einseitigkeit des instrumentalen, sachbezogenen Denkens (eines anderen Irrationalismus!) fürchtet; die eine andre, persönliche Art, der Natur – auch der eignen – nahezukommen, den seelenlosen Mechanismen der „geisttötenden" Philosophie entgegensetzt. Eine Alternative, ja. Gedacht und angeboten zu einer Zeit, da die Weichen gerade unwiderruflich auf die Ausbeutung der Natur, auf die Verkehrung von Mittel und Zweck und auf die Unterdrückung eines jeden „weiblichen" Elements in der neuen Zivilisation gestellt waren. Die Wehmut in den Fragen der Bettine deutet darauf, daß sie es spürte; der freiwillige Tod der Günderrode beweist ihre Entmutigung.

Natürlich hat die Bettine Goethes „Faust" gekannt, soweit er gedruckt war – auch jenes vergebliche Ringen des Naturwissenschaftlers mit dem Erdgeist, ihn sich untertan zu machen. Wie anders redet sie zur Natur. „Schon gar oft hab ich diese Empfindung gehabt, als ob die Natur mich jammernd wehmütig um etwas bäte, daß es mir das Herz durchschnitt, nicht zu verstehen, was sie verlangte . . . Da blieb ich eine Weile stehen, das Brausen war mir grad so ein Seufzen, das lautete mir, als wär's von einem Kind; da redete ich auch zu ihr wie zu einem Kind. ‚Du! – Liebchen – was fehlt dir?' und als ich's ausgesagt hatte, da befiel mich ein Schauer, und ich war beschämt, wie wenn ich einen angeredet hätte, der weit über mir steht, und da legt ich mich plötzlich nieder und versteckte mein Gesicht ins Gras, . . . und nun, wo ich an der Erde lag mit verborgenem Gesicht, da war ich einmal zärtlich."

Welch andre Szene! Nicht die Kampfansage auf Leben und Tod, nicht die bedingungslose Unterwerfung der Natur; nicht die Hybris des „faustischen" Menschen, der Fausts Zweifel abgestreift hat, der Erkenntnis nur gewinnt, indem er die Natur auf die Folterbank nimmt, ihr Geständnisse abzwingt mit Hebeln und mit Schrauben. Eine andre Art Fortschritt. Eine andre Art Magie als das Teufelswesen, dem Faust sich verschreibt und an dem er, ein sich selbst fremd Gewordener, zugrunde geht. Welch andren Widerpart schuf Gottvater sich in Mephisto, den Menschen zu zwiespältigster Schöpfung anzustacheln, als die Mutter Natur in ihrem nun unterdrückten, vermaledeiten, tabuierten Hexen-, Nymphen- und Geisterheer, dem die Bettine als späte Nachfahrin sich anschließt mit bebendem Herzen. Welch Gegen-Entwurf an den Wurzeln einer in die Irre gehenden Kultur. Welche Kühnheit im Gespräch der beiden Frauen.

„Hier auf diesem Erdenrund, wo die Menschen auseinandergleiten, als ob es mit Glatteis überzogen wär; wo sie nicht Macht haben, einen Atemzug lang aneinander zu halten, und doch immer von der Macht der Leidenschaft schwindeln. Wär Liebe wahrhaftig, so zeigte sie sich nicht als Gespenst in Form von Leidenschaften, sondern sie wär unser Element, und da wär dann freilich nicht die Rede von Ansichhalten. Sieh doch! Hab ich nicht recht, daß ich nichts nach Geliebtsein frage? – da einer sich selbst nichts zulieb tun kann, geschweige einem andern; ich liebe nicht, ich tue aber alles andern zulieb . . . Mein Ideal ist diese *Ironie in der Liebe*, die dazu lächelt, daß sie es nicht erreicht, nicht aber ‚klagt', daß sie verlassen ist."

Ich kenne keine treffendere Erklärung der sogenannten „romantischen Ironie", die, psychologisch gesprochen, tapferes Verbergen einer Wunde ist. Das Motiv der verweigerten Liebe durchzieht als schmerzliches Wissen das ganze Leben der Bettine, als Paradox, als Widerspruch, als „innerstes Geheimnis". Was ich Ihnen eben zitierte, ist ihrem letzten Brief-Roman entnommen („Ilius Pamphilius und die Ambrosia", 1848), in den auch ihr Erlebnis mit Julius Döring eingegangen ist. Und, merkwürdig genug, dieses Wissen ist von früh an verknüpft mit der Gewißheit, daß es ihr genauso verwehrt ist, zu dichten wie zu lieben. Der Günderrode, die ihr ihr „Apokalyptisches Fragment" geschickt, schreibt sie: „Der Eifersucht Brand tobt in mir, wenn Du mir nicht am Boden bleibst, wo auch ich bin . . . Ich kann keine Fragmente schreiben, ich kann nur an Dich schreiben . . . Ich kann's auch gar nicht ändern, daß meine Sinne nur bloß auf Dich gerichtet sind . . . So ist es einem, der von Feuer verzehrt wird, und kann doch kein Wasser dulden, daß es lösche . . . Ich weiß wohl, wie mir's gehen wird mein ganzes Leben, ich weiß es wohl." Und strebt, wie könnte es anders sein, inständig immer wieder nach Aufhebung dieses Spruchs.

Ein dunkler, bedeutsamer Zusammenhang besteht zwischen diesen Zeugnissen eines erzwungenen Liebesverzichts und der Bettine Weigerung zu dichten. Sie widersteht dem Drängen des Clemens. So leichtsinnig sie scheint, sie beobachtet sich genau, und Selbsterkenntnis verbietet ihr, ihr poetisches Talent zu verwerten. Sie spricht es erstaunlich klar der Günderrode gegenüber aus. „Es wär Frevel, wollt ich dichten, weil ich den Wein trinke und im Rausch den Gott empfinde, weil der Vergötterungstrieb des Geistes mich durchschauert . . . Ich selbst werd nicht Lieb erzeugen, sowenig als ein Gedicht, ich fühl's, und es liegt auch ein geheimer Widerspruch in mir, daß ich nicht gestört sein will in der inneren Werkstatt meines Geistes durch Gegenliebe."

Nicht gestört, was auch heißt: nicht zerstört. Bedingungslose Hingabe macht wehrlos. Nichtkönnen mag also Nichtwollen sein. Jede auf ihre Weise haben die beiden Frauen eine rigorose Art, auch gegen sich selbst weiter und bis zu Ende zu denken, und diese Art Mut ist es, in der sie sich, auch ohne Worte, am innigsten verstehen und berühren. Viel Unausgesprochenes, absichtlich Zurückgehaltenes werden Sie vom Strom des Gesagten mitgetragen finden.

Die Bettine wittert, daß die Strukturen der ihr bekannten Ästhetik in irgendeinem wie immer vermittelten Sinn zusammenhängen müssen mit den hierarchischen Strukturen der Gesellschaft. Es ist ein unlösbarer Widerspruch, daß Literatur von den Ordnungen abhängt, die sie doch, um Literatur zu werden, dauernd überschreiten muß. Die Bettine sucht diese Falle zu umgehen. Weder der Liebe noch der Kunst liefert sie sich aus. Der Günderrode steht diese Strategie nicht zu Gebote. Ihre Briefe sind auf einen ernsteren Ton gestimmt. Sie kann sich nur ganz hingeben oder ganz verweigern, will Geliebte und Dichterin sein. So stellt sie sich in ein Gesetzeswerk, das, am männlichen „Werk"- und „Genie"-Begriff orientiert, ihr auferlegt, was sie nicht leisten kann: ihre Arbeit trennen von ihrer Person; Kunst schaffen auf Kosten des Lebens; die Distanz und Kühle in sich erzeugen, die „das Werk" hervorbringt, doch die unmittelbare Beziehung zu andren Menschen tötet, weil sie sie zu Objekten macht. Könnte nicht, frage ich mich und Sie, der öfter, manchmal auch heuchlerisch beklagte Mangel an weiblichen Kunst-„Genies" außer mit den Lebensumständen der Frauen auch mit ihrer Untauglichkeit zusammenhängen, sich dem auf den Mann zugeschnittenen Geniebild einzupassen?

Ob nicht die Günderrode etwas dergleichen ahnt? Deutlich ist, daß sie sich, auch in der Dichtung, zwischen Unvereinbarkeiten gebunden sieht. Zwar hat sie niemals vergessen, daß in der Poesie „nichts wesentlicher ist, als daß ihr Keim unmittelbar aus dem Innern entspringe"; zugleich beklagt sie die Strenge der Konvention, die es den Gesetzen der Natur so schwer mache, sich durchzusetzen. „Wenn doch der Spielplatz, wo sich die Kräfte jetzt nach hergebrachten Grundsätzen üben, freigegeben wäre, um der Natur leichter zu machen, ihre Gesetze zu wandeln . . . Ich hab mich auch zusammengenommen und gehorchen lernen."

Könnte es nicht sein, daß sich das, was sie in sich, „gehorchend", unterdrücken muß, eines Tages selbstzerstörerisch gegen sie erhebt? Daß sie sich erschöpft hat in dem Kampf um jene „einfachen Formen", die sich „zugleich miterzeugen im Gefühl innerer Übereinstimmung" und die, wie sie sagt, allein den „größten Meister in der Poesie" kennzeichnen? Kein Zweifel, sie arbeitet sich ab an der Ästhetik der Meister-Werke, die zu schaffen sie nicht hoffen darf; (Haben Sie je den Ausdruck „Meisterinnen-Werke" gehört?); auf die sie um der Wahrheit willen bewußt, doch im Gefühl der Unterlegenheit verzichtet: „Ich mußte selbst oft die Kargheit der Bilder, in die ich meine poetischen Stimmungen auffaßte, anerkennen, ich dachte mir manchmal, daß ja dicht nebenan üppigere Formen, schönere Gewande bereit liegen, auch daß ich leicht einen bedeutenderen Stoff zur Hand habe, nur war er nicht als erste Stimmung in der Seele entstanden, und so hab ich es immer zurückgewiesen und hab mich an das gehalten, was am wenigsten abschweift von dem, was in mir wirklich Regung war; daher kam es auch, daß ich wagte, sie drucken zu lassen, sie hatten jenen Wert für mich, jenen heiligen der geprägten Wahrheit, alle kleine Fragmente sind mir in diesem Sinn Gedicht."

Dies ist freilich ein Ansatz zu einer anderen Ästhetik, deren Splitter wir sammeln sollten. Georg Büchner werden wir ähnlich sprechen hören. Der Günderrode führt die Erfahrung, weder in der Liebe noch in der Kunst ihre Eigenart ausleben zu können, zum Tod. Sie hat der Bettine ihre größere innere Freiheit geneidet. „Ich selber weiß oft nicht, mit welchem Winde ich steuern soll, und überlasse mich allen. Hab Geduld mit mir, da Du mich kennst, und denke, daß es nicht eine einzelne Stimme ist, der ich zu widersprechen habe, aber eine allgemeine, die, wie die Lernäische Schlange, immer neue Köpfe erzeugt."

Mit diesem Bild will ich es genug sein lassen. Die allgemeine Stimme, die ihr ein Maß setzte, das nicht das ihre war, hat die Günderrode getötet. Sie kennen die Zeilen, mit denen sie sich verabschiedet hat: „Erde, du meine Mutter, und du, mein Ernährer, der Lufthauch . . ." Verse, die in dieses Buch, in das Gespräch mit der Bettine gepaßt hätten, dessen ernster Grundton unter den heiter-spielerischen Arabesken, die beide tapfer benutzen, noch deutlicher wird. Wie es mit der Bettine weiterging, wissen Sie; wissen, wie sie nicht aufhören konnte, Vorschläge zu machen für eine andere, nichttötende Art, auf der Welt zu sein. – Ein schönes Dokument, eine anrührende Stimme aus einer lange vergangenen Zeit.

Sie wissen, wie und worüber die allgemeine Stimme heute mit uns spricht.

Dezember 1979

Von Büchner sprechen

Darmstädter Rede

Ich danke der Deutschen Akademie für Sprache und Dichtung Darmstadt für die Zuerkennung des Georg-Büchner-Preises in diesem Jahr. Das Ungenügen an der eignen Arbeit steigert sich aus einem Anlaß wie diesem auf einen hohen Grad; der Selbstzweifel an der gewählten Existenzform wächst. Als müßig, vielleicht eitel, übergehe ich meine Auseinandersetzungen mit diesem Dauerthema und lasse auch jene Blätter unter den Tisch fallen, die meine Schwierigkeit reflektierten, heute und hier zu reden. Büchners Beispiel vor Augen, beunruhigen mich mehr denn je die untergründigen Verflechtungen von Schreiben und Leben, von Verantwortung und Schuld, welche die Person, die schreibend lebt, lebend schreibt, hervorbringen und im gleichen Arbeitsgang zu zerreißen drohen. Die, glaube ich heute, nicht nur ausgehalten, sondern angenommen werden müssen. Unschuldig und ohne Verantwortung sein – dies mag als Wunschbild in Zeiten der Schwäche aufkommen; es ist ein Fluchtbild. In den konkreten Verhältnissen, in denen wir leben und schreiben, erwachsen werden – was auch heißt: sehend –, uns einmischen, versagen, wieder aufbegehren und auf neue Erfahrung süchtig sind: In diesen konkreten Verhältnissen ist ein Zustand verantwortungsloser Unschuld nicht vorgesehen. Heute und hier! heißt es da, und im Gehen reißt es uns die Masken vom Gesicht. *Da werden die Gesichter mitgehen?*

Büchner wieder lesen heißt die eigne Lage schärfer sehn. *Ich gewöhnte mein Auge an Blut, aber ich bin kein Guil-*

lotinemesser. Der Gang der Deutschen durch die Geschichte, ein mühsamer, häufig verlegter, oft schleppender, gewaltsamer, manchmal wüster Gang, ließe sich mit den Worten ihrer Dichter pflastern und ausstaffieren. Aus Sätzen Büchners wollte ich eine Rede halten, die klingen sollte, als wäre sie heute geschrieben. Doch was zu seiner Zeit unerledigt blieb, ist nicht nachzuholen.

Er selbst, Büchner, hätte nie in die Verlegenheit einer öffentlichen Danksagung kommen können. Mit welchem Recht berufen wir uns auf die Erscheinung, auf das Werk dieses sehr jungen Mannes, der – Revolutionär, Dichter, Wissenschaftler – es auf jedes Risiko hin unternahm, den finsteren Verhältnissen seiner Zeit eine lebbare Alternative zu entreißen; dem ein höllischer Schmerz seine fieberhaft nüchternen Dialoge, seine hellsichtigen, drängenden Prosasätze abgepreßt haben muß. *Der Schmerz fing an, ihm das Bewußtsein wiederzugeben. Er erzählte rasch, aber auf der Folter.*

Das Bewußtsein, das aus dem Irrsinnsschmerz auftaucht, ist nicht mehr das frühere, und die gefolterte Sprache, mit der es sich finden muß, ist ihm fremd. Lenz wird irre über dem Verlust seiner Übereinstimmung mit der gemeinen Vernunft. Wir, ernüchtert bis auf die Knochen, stehn entgeistert vor den vergegenständlichten Träumen jenes instrumentalen Denkens, das sich immer noch Vernunft nennt, aber dem aufklärerischen Ansatz auf Emanzipation, auf Mündigkeit hin, längst entglitt und als blanker Nützlichkeitswahn in das Industriezeitalter eingetreten ist. Die Metapher vom Zauberbesen, heute ein harmloses Märchen, schien an seinem Beginn Mahnung genug zu sein. Später, da nach der Verschmelzung von Profitstreben und technischem Fortschritt jede Gewalttat von der Devise „Alles ist erlaubt" gedeckt wurde, entwarf die schwer irritierte bürgerliche Literatur das Bild des alten, blinden Faust, der das Geräusch der Spaten, die ihm sein Grab schaufeln, in grotesker Selbsttäuschung seiner glückhaften Zukunftsvision einpaßt:

Eine Metapher, die erst uns durch Mark und Bein geht. Uns Zeitgenossen jener Zivilisation, welche das ihr Liebste und Wertvollste – Geld und technische Perfektion – in irrsinnigem Kurzschlußdenken an die Produkte zu ihrer Selbsttötung wendet. Uns, Zeitgenossen auch jenes neuen Faust, des „Vaters der Atombombe", in dessen humanistisch gebildetem Gedächtnis – da das Licht, heller als tausend Sonnen, ihn blendet – Zeilen aus einem heiligen indischen Epos aufsteigen: „Ich bin der Tod, der alles raubt, / Erschütterer der Welten."

Welchem Mißbrauch von Literatur werden wir noch beiwohnen müssen? Was kann noch geschehen, ehe es uns die Sprache verschlägt? Bis in welche Verstrickungen, welche Tode hinein wird Literatur als Leichenbitter den Menschen folgen? Nicht mehr Lebens-, nur noch Sterbehilfe leisten? Gefesselt durch eine weithin unverstandene Vergangenheit, gebannt in eine fast alternativlose Gegenwart, voll böser Vorahnung – wie sollen wir sprechen? Ein neuer Zyklus geschichtlicher Widersprüche, der sich vorbereitet – wird ihm, im Zeichen des „overkill", Zeit gelassen werden, sich zu entfalten? Eine Literatur, deren Sprache, deren Formen die Denk- und Verhaltensmuster des Abendlands ausdrückt; deren Strukturen, wenn auch an der Darstellung von Widersprüchen entwickelt, doch auf einen produktiven Zusammenhang unter uns Menschen bauen, der aber nicht mehr als gesichert gelten kann: Muß sie nun nicht, wie immer sie sich drehn und wenden, sich quälen und zermartern mag, Komplize des Entfremdungs- und Entwicklungsprozesses sein und bleiben? Wählt sie nur noch zwischen groben und raffinierten Täuschungsmanövern? Richtet sich im Zeitalter seiner technischen Reproduzierbarkeit nicht auch das Wort gegen seine Produzenten? Und sagt die Zeit, was sich über sie sagen läßt, nicht in Plaste, Beton und Stahl? Monströs, düster, selbstverräterisch: mit einer Wucht, die Sprache nicht erreichen kann. Soll sie also, die Sprache der Literatur, sich uns versagen?

„Edel sei der Mensch!“ und: „Es wurde ein Fehler gemacht, wie wir geschaffen wurden.“ Zwischen Goethes Satz und dem Büchners liegen fünfzig Jahre. Büchner sah: Das Zeichen des heraufziehenden Zeitalters war das Paradox. Folgerichtig hat sein Jahrhundert, das alles andre eher angenommen hätte als dieses Stigma, ihn mit Nichtachtung gestraft. Ihm begegnete früh jener Meinungs- und Gewißheitsschwund, von dem nun wir betroffen sind und der einen Sprachekel nach sich zieht. Eine Menge von Wörtern, auf die wir angewiesen zu sein glaubten, aus der Klasse „Freiheit“, „Gleichheit“, „Brüderlichkeit“, „Menschlichkeit“, „Gerechtigkeit“ sind uns entzogen und vom Zeitungswesen übernommen worden, da ihnen nichts, auch kein Glaube mehr, entspricht. Nach der Logik der Sprache entfällt auch deren Gegenteil, da mit Wörtern wie „schauerlich“, „heillos“, „grauenvoll“, „bedrohlich“, „barbarisch“ die Verhältnisse nicht zu treffen sind. An ihre Stelle, an die Stelle all der bescheid- und besserwissenden, der urteilenden, auftrumpfenden oder aufgebenden Wörter tritt das schlichte stille Wort: verkehrt.

Der Zustand der Welt ist verkehrt, sagen wir probeweise und merken: es stimmt. Den Satz könnten wir vertreten. Schön ist das Wort nicht, bloß richtig, und so ist es eine Erholung für unser vom Geschrei der großen Worte zerrissenes Gehör, eine kleine Entlastung auch für unser von zu vielen falschen, falsch gebrauchten Wörtern gestörtes Gewissen. Könnte es vielleicht ein erstes Wort einer anderen, zutreffenden Sprache sein, die wir im Ohr, noch nicht auf der Zunge haben? Vielleicht könnte sich aus ihm – ohne daß wir einen Augenblick vergessen dürften, daß Benennen nicht Zurechtrücken, Wiedergutmachen oder Verändern ist – eine Kette anderer, ebenfalls zutreffender Wörter entwickeln, die nicht nur ein Negativ des alten, sondern ein andres, zeitgemäßes Wertgefühl ausdrücken sollten. Damit man einander doch wieder etwas sagen und erzählen könnte, ohne sich schämen zu müssen.

Die nach dieser Sprache fahnden wollen, müßten aber wohl ein beinah vollkommenes Schwinden ihres Selbst-Gefühls, ihres Selbst-Bewußtseins ertragen können, weil ja all die Muster, in denen zu reden, zu erzählen, zu denken und zu dichten wir gewöhnt sind, nicht mehr verfügbar wären. Sie würden wohl erfahren, was es wirklich heißt: die Fassung verlieren.

Wir sind die ersten nicht. An den Bruchstellen zwischen den Zeiten wird gebrochen: der Mut, das Rückgrat, die Hoffnung, die Unmittelbarkeit: vieles, was zum Sprechenkönnen nötig ist. In die Hohlräume springt die Angst. Vorläufer in der Dichtung sind fast immer auch Vorempfinder einer Angst, die später über viele kommt.

Tanze, Rosetta, tanze, daß die Zeit mit dem Takt deiner niedlichen Füße geht.

Meine Füße gingen lieber aus der Zeit.

Ein Rhythmus, der in den Schlaf, in die Träume hinein klopft. Der einen festnageln kann, besessen machen.

Meine Füße gingen lieber aus der Zeit.

Tanze, Rosetta.

Rosetta tanzt. Singt: Ach lieber Gram. Geht davon, da Leonce nun einmal nicht sie, nur die Leiche ihrer Liebe lieben kann. – Tränen, Rosetta? – Wohl Diamanten, sie schneiden mir in die Augen. – Leonce, allein: *Ein sonderbares Ding um die Liebe. – Ich,* verkündet derweil sein Bruder Danton auf der Nebenbühne, *ich werde mich in die Zitadelle der Vernunft zurückziehen. Ich werde mit der Kanone der Wahrheit hervorbrechen und meine Feinde zermalmen.*

Wo bleiben Rosetta, Marie, Marion, Lena, Julie, Lucile? Außerhalb der Zitadelle, selbstverständlich. Ungeschützt im Vorfeld. Kein Denk-Gebäude nimmt sie auf. Man macht sie glauben: anders als auf diese Art – verschanzt! – könne kein Mensch vernünftig denken; dazu geht die Ausbildung, aber auch die rechte Lust ihnen ab. Von unten, von außen blicken sie auf die angestrengte Geistestätigkeit des Mannes, die, je länger, je mehr, darauf gerichtet ist, seine Festung durch Messungen, Berechnungen, ausgeklügelte Zahlen- und Plansysteme abzusichern. Die sich in der eisigsten Abstraktion wohl fühlt und deren letzte Wahrheit die Formel wird. Wie könnte Rosetta argwöhnen, daß es Berührungsangst ist, wenn er sich der Fülle der Wirklichkeit entzieht; daß seine Gebrechlichkeit und die Furcht, ihrer gewahr zu werden, ihn in seine wahnwitzigen Systeme hineintreibt. Daß er, seiner Ganzheit durch erbarmungslose Arbeitsteilung beraubt, ein Verwundeter, Zerrissener, sich in die halsbrecherischsten Geschwindigkeiten hineinhetzt, um nur jene „Höllenfahrt der Selbsterkenntnis" nicht antreten zu müssen, ohne die es doch, nach Kant, keine Vernunft gibt. Und daß, wer sich selbst nicht kennt, kein Weib erkennen kann.

So trennen sich ihre Wege. Rosetta schweigt. Liebt. Leidet. Wird, als Marie, umgebracht. Folgt, als Julie, dem Manne in den Tod. Treibt in den Wahnsinn als Lucile. Opfert sich. Klagt, da heißt sie Lena: Bin ich denn wie die arme, hilflose Quelle, die jedes Bild, das sich über sie bückt, in ihrem stillen Grund abspiegeln muß? – Die eine, Marion das Freudenmädchen, hat der eigenen Natur gehorcht: So weit treibt Büchner seinen Realismus.

Man hat ihn nicht lesen können. Hat nicht wissen wollen, daß der Fortschritt, den man gerade in größerem Stil anwarf, das Zeug zum neuen Mythos in sich hatte. Daß er einem Lust, nicht aber Liebe machen konnte. Und daß seine stärkste Schubkraft die Angst vor der eigenen inneren Leere würde.

Büchner hat so früh, und ich glaube, mit Grauen gesehen, daß die Lust, die das neue Zeitalter an sich selber fand, an ihrer Wurzel mit Zerstörungslust verquickt war. Doch die voll ausgebildete Fratze jenes Paradoxons, das Schöpfung an Vernichtung koppelt, hat er nicht erblickt, ein Wort wie „Megatote" nicht gekannt; die Liebe zum Tod hat er seinen Figuren eingegeben; daß man aber eine perfekte, wenn auch mörderische technische Lösung „süß" nennen; daß man auf Raketenrümpfe Frauennamen schreiben würde – das wäre auch ihm nicht in den Sinn gekommen. Was sein Leonce, dem sein Spiegelkabinett zu eng wird, alles anstellen würde, bloß um nicht ohne Spiegel zu sein, hat Büchner nicht ahnen können. Denn eine Todesangst befällt sie – Leonce und seine mächtigeren, betriebsameren Nachfahren –, sobald kein Spiegel – die Augen, der Körper einer Frau, ein Theater, ein Konzern, eine machtvolle Organisation, ein Staatswesen, der Erdball, der Kosmos! – ihnen ihr übergroßes Abbild zurückwirft.

O wer sich einmal auf dem Kopf sehn könnte. Wenn einer, muß Büchner das Verlangen gekannt haben, das Unmögliche zu leisten: den blinden Fleck dieser Kultur sichtbar werden zu lassen. Er umkreist ihn mit seinen Figuren, die er bis an die Grenzen des Sagbaren treibt. Einmal versucht er es mit dem Schrei: als Lucile über dem Tod Camilles den Verstand verliert. Aber „das hilft nichts, es ist noch alles wie sonst". Eine Dramaturgie des Schreis ist ein Unding für das Theater der mehr oder weniger lösbaren Widersprüche. Was dem Dasein entsprechen würde, ist nicht auf die Bühne zu bringen: auch darauf mußte Büchner stoßen. So schafft er in seiner Dramaturgie des Als-ob – die er locker mit der alten Dramenstruktur verknüpft, daß die Leute sich gerade noch einbilden können, sie verstünden, was sie sehn – den Raum für jene Sätze, die tonlos, einen Atemzug vor dem Schrei zu sprechen sind: Meine Füße gingen lieber aus der Zeit.

Rosetta, das ist nun mal ihr Los, haust, sich selbst und Leonce unsichtbar, sprachlos, entwirklicht, gerade in jenem verleugneten, schalltoten, wegmanipulierten Raum, den die Welt, der doch auch sie angehört, beim besten Willen nicht wahrnehmen kann. Sie wird definierbar durch das, was sie nicht ist.

Sie läßt sich um ihre Geschichte bringen. Läßt sich die Seele absprechen. Den Verstand. Das Menschsein. Die Verantwortung für sich selbst. Läßt sich verheiraten. Dient dem Mann. Schenkt ihm Erben. Muß ihm glauben, daß die Lust, die er genießt, ihr leider ein für allemal versagt ist. Sie verbirgt ihr Unglück. Tanzt. Hört seinen Vorwurf: Ich möchte schlafen, aber du mußt tanzen.

Rosetta läßt sich ihr Recht nehmen. Den Mund verbieten. Die Trauer. Die Freude. Die Liebe. Die Arbeit. Die Kunst. Sie läßt sich vergewaltigen. Prostituieren. Einsperren. Verrückt machen. Läßt sich, als Rose, schinden, ausbeuten: „doppelt", heißt es. Läßt sich zwingen, Kinder zu gebären. Läßt sich zwingen, Kinder abzutreiben. Läßt sich ihr Geschlecht weganalysieren. Verfängt sich in den Netzen der Ohnmacht. Wird die Nervensäge. Das Luder. Der Vamp. Das Heimchen. Geht, als Nora, aus dem Puppenheim.

Endlich, da heißt sie Rosa, beginnt sie zu kämpfen. Da wird sie totgeschlagen, in den Kanal geschmissen. Verfolgt, ist sie gleichberechtigt mit dem unterdrückten und verfolgten Mann. Tanze, Rosetta. Sie tanzt: Jetzt heißt sie Marlene. – Lachen soll ich? Schön, dann lach ich. / Tanzen soll ich? Gut, das mach ich. / Soll ich euch den Kopf verdrehn? Bitteschön! Gern geschehn.

Ein sonderbares Ding um die Liebe. Rosetta unter ihren vielen Namen läßt sich eher zugrunde richten, als daß sie sich zugeben könnte, was ihr geschieht: Daß, wenn der denkende Leonce „Subjekt" sagt, niemals sie, die wirkliche Frau, gemeint ist. Daß sie ihm unter die Objekte geraten ist. Daß er also . . .

Hier hält sie ein. Reißt sich nicht um die letzte Einsicht. Verleugnet sich lieber. Unterdrückt ihr Talent. Unterstützt, unter vielen Namen, deren einige Ihnen geläufig sein werden, das Genie des denkenden, dichtenden, malenden Mannes. – Du liebst mich, Leonce? – Ei, warum nicht? – Da kann sie sonderbar werden, auch hart, eifersüchtig, bitter. Schreit auf, schreit ihn an. Wird hysterisch. Fängt zu trinken an. Dreht den Gashahn auf.

Nach den Kriegen, als sie den Mann ersetzt hat, als sie

sich in seiner Produktions- und Vernichtungsmaschinerie bewährt, erfährt sie als äußerstes Zugeständnis: Sie sei wie er. Dies wird sie ihm nun beweisen. Sie arbeitet wie ein Mann, das ist der Fortschritt. Und es *ist* ein Fortschritt. Steht Tag und Nacht neben ihm an der Maschine. Sitzt neben ihm im Hörsaal, an Beratungs- und Vorstandstischen (dort natürlich in der Minderzahl). Schreibt, malt, dichtet wie er – *fast* wie er: Da gibt es die ersten feinen Risse, die man ihrer Überempfindlichkeit zugute schreibt; oder auch nicht. Einigermaßen hält sie sich an die Denk- und Sehraster, die er ausgebildet hat. An die Formen, in die er sein Weltgefühl, auch seinen Weltschmerz faßt. So tritt sie aus dem blinden Fleck, wird entdeckt. Druckwürdig. Kritikwürdig. Ein „Talent". Ein Name. Unter Umständen preiswürdig.

Wird man ihr ihre zwiespältigen Gefühle glauben? Hat sie selbst doch lange gebraucht, sich zu begreifen. Warum ihr immer noch so fremd zumute ist; warum die Empfindung nicht nachläßt, daß in Lob und Tadel nicht sie gemeint ist, sondern immer noch die andre, das falsche Bild von ihr, die Neben-Frau. Und daß von ihr noch kaum die Rede war.

Paradoxerweise – ja: mit ihrem Eintritt in die Zitadelle unterliegt sie auch deren Gesetzen! –, paradoxerweise hat sie der Verkennung selber Vorschub leisten müssen. Um frei zu werden, ist sie neue Verstrickungen eingegangen. Um zu sich selbst zu kommen, wurden ihr neue Arten der Selbstverleugnung abverlangt. Sie ist besten Willens gewesen. Hat ihre Hoffnung gesetzt in das wissenschaftliche Zeitalter. Hat seiner Rationalität vertraut und sieht sich dem Irrationalismus ausgeliefert, in den es sich geflüchtet hat und den es durch Gutachten der Wissenschaften unangreifbar macht. Nie, gesteht sie sich nun, niemals ist die Zeit nach dem Takt ihrer Füße gegangen. Doch auf eine merkwürdig insistierende, manchmal schon unheimliche Weise ist sie jetzt bereit, ernst mit sich zu machen. Da stößt sie auf Widerstand.

Bisher hat man sie ja, überall, wo es ernst wurde, vorsorglich mit diesem Ernst verschont. Hat sie nicht behelligt mit der Konstruktion von Waffen-, Über- und Superwaffensystemen, die dem altmodischen einzelnen Tod das Handwerk legen und in den Phantasien von Nuklearplanungsstäben jeden von uns schon sieben-, acht-, zwanzigmal zerstrahlt, zerascht, zerstäubt haben. In den geheimen Sinn der weltumspannenden militärischen, wirtschaftlichen und politischen Strategien hat man sie – Rosetta unter ihren vielen Namen – nicht weiter eingeweiht. Sie sieht den Erhalter des Gleichgewichts des Schreckens abends ausgelaugt vor dem Fernseher sitzen, den Planer wirtschaftlichen Mißwachstums dem Herzinfarkt zutreiben, den Umverteiler des Hungers in der Welt erschöpft zur Flasche greifen. Sie arbeiten nicht nur sich zu Tode.

Tanze, Rosetta, tanze.

Nun aber – zugegeben: spät, zu spät vielleicht – erhebt sie ihre Stimme. Fragt: Meine Herren. Freunde. Kollegen. Genossen: Meinen Sie nicht, meint ihr nicht, selbst für leichte Füße wird der Boden mittlerweile etwas dünn?

So hätte sie nicht sprechen dürfen. Nun ist sie wirklich undankbar geworden. Tanzt aus der Reihe. Läßt sich aus dem Netz ihrer Ohnmacht fallen – als sei dies eine Vergnügungsreise, die sie auch hätte unterlassen können! –, dessen Maschen doch so fein geknüpft waren, aus einem Stoff, wie Träume sind: Die Alpträume entfremdeten Denkens.

Die Angst, die jetzt einsetzt.

Ihre *und* seine Angst; denn nun teilen sie das schreckliche Geheimnis, das Tabu der Tabus: Daß Leonce unter seinen vielen Namen nicht lieben, daß er nur noch Totes lieben kann. *(Schöne Leiche, du ruhst so lieblich auf dem schwarzen Bahrtuch der Nacht, daß die Natur das Leben haßt und sich in den Tod verliebt.)* Bleibt also ihr, Rosetta unter ihren vielen Namen, nur die Wahl, in den toten Raum zurückgedrängt oder ihm gleich zu werden? Steigert nicht jeder Schritt, den sie zu ihrer Befreiung tut, seine Angst, also seine Abwehr? Soll nun etwa *sie* sich verschanzen und aus der Zitadelle ihrer Vernunft heraus „mit der Kanone der Wahrheit" schießen? Ihn als ihren Feind ansehen, den es zu „zermalmen" gilt? Und: Sich gemeinsam, sich gegenseitig zur Vernunft zu bringen – das gäbe es nicht? Sie beide, an das gleiche Paradox geschmiedet, wären nicht imstande, einen einzigen richtigen Schritt aufeinander zu zu tun? Auch dieser historische Augenblick wäre vertan?

Da klopft, besonders nachts, doch wieder laut, sehr laut, der alte Takt: Meine Füße gingen lieber aus der Zeit. Da kommen, unter der Bewußtseinsschwelle, wo die Dauerbedrohung einen Daueralarm auslöst und unaufhörlich nach lebbaren Alternativen sucht, Phantasien in Bewegung – gespeist auch aus der Gewissensnot desjenigen, derjenigen, der oder die schreiben muß. Schreiben auf diesem hauchdünnen Boden? Nicht mehr „auf Hoffnung", nur noch auf den „Ernstfall" hin?

„Nichts mehr gefällt mir", beginnt das letzte Gedicht der Ingeborg Bachmann.

Soll ich
eine Metapher ausstaffieren
mit einer Mandelblüte?
. . .
Soll ich
einen Gedanken gefangennehmen,
abführen in eine erleuchtete Satzzelle?
Aug und Ohr verköstigen
mit Worthappen erster Güte?

Das Gedicht endet:

(Soll doch. Sollen die andern.)
Mein Teil, es soll verloren gehen.

Das ist die Sprache jenseits des Glaubens, aber Sprache doch auch. Mit einer Metapher wird den Metaphern entsagt, erster Güte sind die Zeilen, die sich lossagen von den Worthappen erster Güte. Das Gedicht, das die Kunst aufgibt, muß paradoxerweise ein Kunstwerk sein. Alle, beinahe alle Produkte dieses Zeitalters tragen den Keim der Selbstzerstörung in sich oder doch wenigstens in dem ihnen zuerfundenen Gegen-Produkt. Kunst kann sich als Kunst, Literatur sich als Literatur nicht selbst aufheben. Eine, die sich ganz ausdrückt, entledigt sich ihrer nicht: Der Entledigungswunsch bleibt als Zeugnis stehen. Ihr Teil wird nicht verloren gehen.

Bücher können brennen: Die Lehre sitzt tief. Doch die an sich selbst verzweifelnde, ihrer selbst überdrüssige Literatur muß – Selbstverzweiflung, Selbstekel aufhebend – bleiben. Wenn sie nicht ausfällt, indem ihre Autoren weggehn: in ein andres Land, in einen andren Beruf, einen andern Namen, in eine Krankheit, den Wahnsinn, den Tod – alles Metaphern für Schweigen, wenn es Schriftstellern widerfährt: zum Schweigen gebracht werden. Schweigen wollen. Schweigen müssen. Endlich schweigen dürfen.

Aber – vor diesem Aber hat man sich eine lange Pause zu denken, deren Farbe, falls sie eine Farbe hätte, schwarz wäre –: Wenn die drei Sprachen, die Büchner noch unter Überanspannung von Körper und Geist in seiner Person zusammenhielt – die Sprachen von Politik, Wissenschaft und Literatur –, inzwischen unrettbar weit voneinander weggetrieben sind: Die Sprache der Literatur scheint es merkwürdigerweise zu sein, die der Wirklichkeit des Menschen heute am nächsten kommt; die den Menschen am besten kennt, wie immer Statistiken, Zahlenspiegel, Normierungs- und Leistungstabellen dagegen angehn mögen. Vielleicht weil immer moralischer Mut des Autors – der zur Selbsterkenntnis – in Literatur eingeht. Vielleicht, weil Übereinkünfte in ihr festgeschrieben sind, die – mühselig genug, gefährdet genug und immer wieder verletzt – doch über die Jahrhunderte hin jenes Gewebe schufen, das wir „Gesittung" nennen. Unser Befremden vor diesem überholten Wort mag uns bewußt machen, wie bedroht der Bestand dessen ist, wofür es steht. Und doch hat dieses Wort, anders als die Termini von Politik und Wissenschaft, einen Hof, eine Aura, so wie die zufällig in mir auftauchenden Wörter „Frieden", „Mond", „Stadt", „Wiese", „Leben", „Tod". Wollen wir sie wirklich fallenlassen? An ihre Stelle die Begriffe „nukleares Patt", „Erdsatellit", „Siedlungsgroßraum", „Grünland", „Bewegungsform der Materie" und „Exitus" setzen?

Die Naturwissenschaftler haben ihre Erfindungen mit Hilfe einer Spezialsprache vor ihren eignen Gefühlen in Sicherheit gebracht; scheinlogische Sprachkonstruktionen stützen die fixe Idee von Politikern, die Rettung der Menschheit liege in der Möglichkeit, sie mehrfach zu vernichten.

Literatur heute muß Friedensforschung sein.

Es schreibt sich nicht leichter, seit wir wissen, daß unsere beiden Länder, die einmal „Deutschland" hießen und diesen Namen verwirkten, als sie ihn durch Auschwitz verdarben –, daß das Land zu beiden Seiten der Elbe im Fall der „atomaren Auseinandersetzung" als eines der ersten ausgelöscht sein würde. Es wird wohl schon Landkarten geben, welche die Phasen dieser Auslöschung aufgezeichnet haben. Kassandra, denke ich mir, muß Troja mehr geliebt haben als sich selbst, als sie es wagte, ihren Landsleuten den Untergang ihrer Stadt zu prophezeien. Sind vielleicht, frage ich mich, diese beiden Länder von ihren Bewohnern nicht genug geliebt worden und neigen dazu – wie ein Mensch, der nicht geliebt wurde und daher nicht lieben kann –, sich und andre zu zerstören? Dies frage ich, um mir heftig zu widersprechen, und als Beweis des Gegenteils nehme ich, wie absurd es scheinen mag, die Literatur. Es genügt nicht, ich weiß es, hätte ein Volk Heimat nur in seiner Literatur. Und doch, schlage ich vor – wie die Lage ist, sollte jeder, auch der abwegigste Vorschlag, erlaubt sein –: Soll doch jener Todeskarte die Literatur ihre eigne Karte entgegenhalten dürfen. Soll, was sie an Ort- und Landschaften, an menschlichen Zusammenhängen genau, gerecht und parteiisch, schmerzvoll, kritisch, hingebungsvoll, angstvoll und freudig, ironisch, aufsässig und liebend beschrieb, von jener Todeskarte getilgt werden und für gerettet gelten. Soll endlich einmal die Literatur der Deutschen nicht folgenlos bleiben; soll, was in den beiden deutschen Staaten die Literatur über drei Jahrzehnte lang an Trauer- und Freudenarbeit geleistet, soll die „Wahrheit des Diesseits", der sie sich gestellt hat, doch einmal zu Buche schlagen und den beiden Ländern zugute kommen. Soll Literatur endlich einmal, dieses eine Mal, beim Wort genommen und herangezogen werden, um sichern zu helfen den Bestand des Irdischen.

Heller Wahnsinn, sagen Sie. Nun gut. So fehlt mir – in der Sprache der Psychiatrie – die Krankheitseinsicht, und ich gebe mich diesem hellen Wahnsinn hin, um nicht der finsteren Seite der Vernunft anheimzufallen. Vielleicht mag es wirklich einem Generalstab schwerer werden, über einer Stadt das Kreuz zu machen, die innig und genau beschrieben wurde, als über einer, die keiner kennt. Die niemandem so nahe ging, daß er sie als seine Kindheitsstadt, als Stätte seiner Demütigung oder seiner ersten Liebe beschreiben mußte.

Nun lächeln Sie über meine Naivität. Über meine Unvernunft. *Er schien ganz vernünftig, sprach mit den Leuten,* hieß es bei Lenz. *Er tat alles, wie es die andern taten; es war aber eine entsetzliche Leere in ihm, er fühlte keine Angst mehr, kein Verlangen, sein Dasein war ihm eine notwendige Last.*

Auch in jenem Land jenseits des Glaubens, gerade dort, wird, wenn auch leise, gesprochen werden. Ein Gespräch über Bäume, über Wasser Erde Himmel Mensch – ein Versuch, der mir realistischer vorkommt als die strikt wahnwitzige Spekulation auf den Weltuntergang. Nachdem die Wahrheit, die das Wort „verkehrt" enthält, nach allen Seiten hin untersucht wäre, würden wohl andere Worte auftauchen, die wir nicht prahlerisch, sondern behutsam in den Mund nehmen wollten. Wüßten wir doch: Keines von ihnen, auch das redlichste nicht, wäre das letzte Wort. Hofften: Keines wäre das *letzte* Wort.

Auch diese Haut wird abgezogen werden und in Fetzen gehn.

Sommer 1980

Vierte Frankfurter Vorlesung

Ein Brief über Eindeutigkeit und Mehrdeutigkeit, Bestimmtheit und Unbestimmtheit; über sehr alte Zustände und neue Seh-Raster; über Objektivität

> Denn die Tatsachen, die die Welt ausmachen –
> sie brauchen das Nichttatsächliche,
> um von ihm aus erkannt zu werden.
>
> *Ingeborg Bachmann, „Der Fall Franza"*

Liebe A., wenn ich endlich, wie immer gegen Ende des Winters von Berlin nach Mecklenburg überwechselnd, meine Koffer ausgepackt, die Büchersäcke in jenem Arbeitsraum, der mir der liebste ist, ausgeschüttet habe – ein Raum, in dem es nach Holz riecht; von dessen einem „Ochsenauge" genannten Fenster ich auf unseren Grashof, die selbstgesteckten Weiden am Teichufer, auf den Teich, auf Nachbar O.s Misthaufen und Stallwand blicke, auf Ediths Wäsche (sie hat Haushaltstag), auf meine zwei Eichen, ineinandergeflochten, kahl und vielversprechend, und auf die Dorfhäuser, die später im Jahr durch das Laub dieser Eichen verdeckt sein werden; von dessen anderem Ochsenauge, vor dem, auf einem Holzpodest, mein Schreibtisch steht, ich jenen Ausblick habe, den ich in der Stunde meines Todes vor Augen sehen möchte: Die große Wiese, noch fahl, mitten darauf der mächtige Kirschbaum, vorfrühlingshaft, durchsichtig, umgeben von kleineren Apfelbäumen, Brombeergesträuch; P.'s rotes Büdnerhaus, dicht am Weiher, der sich beinah ganz hinter einer Bodenwelle verbirgt; und dann, weithin, bis zum niedrigen Horizont, flachwellig, Acker, Weide, Baumgruppen: dann fühle ich meine Erwartungen ansteigen. Von den Farben fange ich gar nicht erst zu reden an, auch von den Himmeln nicht – denn es obliegt mir noch, Dir am Ende des Satzes, der mit den ausgeschütteten Büchern begann, ein paar der Titel aufzuzählen, die, gut lesbar, auf dem Bücherberg obenauf oder, halb verdeckt, weiter unten liegen: „Am Anfang war die Frau". „Mütter und Amazonen". „Göttinnen". „Das Patriarchat". „Amazonen, Kriegerinnen und Kraftfrauen". „Frauen – das verrückte Geschlecht?". „Frauen in der Kunst". „Götterzeichen, Liebeszauber, Satanskult". „Männerphantasien". „Weibliche Utopien – männliche Verluste". „Weib und Macht". „Das Geschlecht, das nicht eins ist". „Das Geheimnis der Orakel". „Utopische Vergangenheit". „Außenseiter". „Kulturgeschichtliche Spuren einer verdrängten Weiblichkeit". „Mutterrecht". „Ursprung der Familie, des Privateigentums und des Staats". „Die wilden Früchte der Frau". „Die weiße Göttin". „Die imaginierte Weiblichkeit". „Ein Zimmer für mich allein". „Weiblichkeit in der Schrift". Und doch gäbe Dir die Aufzählung, selbst wenn ich sie weiterführte, nicht den rechten Begriff von der merkwürdigen Mischung, aus der meine Lektüre seit einem Jahr besteht, denn die archäologischen, frühgeschichtlichen, klassischen Autoren stekken noch in einem andern Koffer.

Es fing harmlos an, nämlich mit einer Frage, die ich mir stellen mußte: Wer war Kassandra, ehe irgendeiner über sie schrieb? Und es hat, vorerst und unter anderem, dazu geführt, daß ich ein Gedicht der Bachmann, das ich seit langem kenne und liebe, eben jetzt, nicht zufällig während ich den Rasen harke, Beete saubermache, die Hecke im Vorgarten schneide, auf einmal auch zu verstehen glaube: Erklär mir, Liebe. Damit Du nicht suchen mußt: Es steht im ersten Band der Gesamtausgabe auf Seite hundertneun. Die vorletzte Strophe, wahrscheinlich kennst Du sie auswendig wie ich.

Erklär mir, Liebe, was ich nicht erklären kann:
sollt ich die kurze schauerliche Zeit
nur mit Gedanken Umgang haben und allein
nichts Liebes kennen und nichts Liebes tun?
Muß einer denken? Wird er nicht vermißt?

Vermißt – von wem? Vermißt – wobei? Bei diesen einfachen Tätigkeiten vielleicht, diesem Holz hereintragen, Wäsche aufhängen, Heringe braten, die mir nur hier Spaß machen? Die der Denkende zu meiden pflegt; die daher sein Denken nicht beeinflussen, nicht wenigstens färben können, denn sein Beruf ist Denken, von alters her. Nicht Anfassen. Nicht Tun. Das gehört ja zur Bestimmung des freien Polis-Bürgers – einer Minderheit im Staate, von der der Philosoph wiederum sich abspaltet: daß er nicht mit den Händen arbeitet. Wohl aber Zeit findet, den Rhapsoden zu lauschen, die, einander ablösend, unter anderm ein gewisses Epos eines gewissen Homer psalmodieren, das zwar vor allem den Zorn eines Heroen namens Achill besingt und den mörderischen Kampf zahlreicher andrer Vorzeit-Helden; in dem doch auch Namen von Frauen vorkommen, als Verführerinnen, als Gattinnen, Mütter (also natürlich in bezug zum Mann), und eben auch der Name einer Unglücksprophetin, Kassandra. Anfangend mit jenen frühen Denkenden, sich Bildenden, Dichtenden, seh ich durch die zweieinhalb Jahrtausende, da die Schrift uns ihre Namen überliefert hat, die beeindruckende Galerie denkender Männerköpfe. „Muß einer denken“ soll vielleicht heißen: Muß einer – oder eine? – *so* denken? So – ausschließend? Die Liebe, das Liebe ausschließend: „. . . nur mit Gedanken Umgang haben und allein / nichts Liebes kennen und nichts Liebes tun . . .“ Erklär mir, Liebe: Wie liest Du das? Wen redet sie an? Die Liebe – personifiziertes Abstraktum – oder eine Frau, die sie „Liebe“ nennt? Spricht sie als Frau, spricht sie als Mann? „Du sagst, es zählt ein andrer Geist auf ihn . . .“ Ist es der Geliebte, mit dessen Gedanken allein das Ich des Gedichts „Umgang haben sollt“ – weshalb es „nichts Liebes kennen“ kann, „nichts Liebes tun“, ihn, den Denkenden, also vermißt? Ist es sie selbst, die, so denkend, sich vermissen muß und vermißt wird?

Ebenso vieldeutig ist das Du des Gedichts. „Dein Hut lüftet sich leis, grüßt, schwebt im Wind, / dein unbedeckter Kopf hat's Wolken angetan, / dein Herz hat anderswo zu tun, / dein Mund verleibt sich neue Sprachen ein": Wen redet sie an? Als „Du" sich selbst? Die, die sie später „Liebe" nennt? (Falls es eine „Die" ist...) Geht es Dir auch so? Je tiefer ich mich in das Gedicht hinablasse, auf seinen Grund, den ich aber nicht unter den Füßen spüre, je stärker nimmt mich selbst die Irritation gefangen, von der es zeugt und die aufzulösen es nicht unternimmt, in einander stützenden, einander höher treibenden und übersteigenden Bildern Liebesspiele in der Natur beschreibend („Der Pfau, in feierlichem Staunen, schlägt sein Rad"), Wasser, Welle, Stein sogar zu Zeugen rufend („Die Welle nimmt die Welle an der Hand" ... „Ein Stein weiß einen andern zu erweichen!"), um abzusinken auf den eignen Mangel, den eignen unersetzlichen Verlust. „Sollt ich die kurze schauerliche Zeit..." – Was denkst Du bei dem Worte „schauerlich"? Mißbraucht werden von dem, von denen, die man am meisten liebt. Nicht ich, nicht du sein dürfen, sondern „es": Objekt sein fremder Zwecke. Nur mit Gedanken Umgang haben, die zweckgerichtet sind, nicht mit dem, der (an mich nicht) denkt. Du sagst, es zählt ein andrer Geist auf ihn ... Der Geist der Liebe sicher nicht. Der Geist, der zählt und mißt und wertet und nach Verdiensten lohnt und straft.

Erklär mir nichts. Ich seh den Salamander
durch jedes Feuer gehen.
Kein Schauer jagt ihn, und es schmerzt ihn nichts.

Dies, scheint mir, will das Ich und das Du des Gedichts, die ich mir gern zusammen denke, als Preis für Unversehrbarkeit nicht zahlen: fühllos sein. Der denkt, gedacht hat, Hunderte von Jahren, um sich abzuhärten: Er wird nun vermißt. Die Brüderlichkeit, Natürlichkeit, Arglosigkeit, die er sich weggedacht, sie fehlen ihm nun doch. Merkt er noch, gestählt und gepanzert, wie er ist, ob es Feuer oder Kälte sind, durch die er geht?

Er wird Instrumente mit sich führen, die Temperatur zu messen, denn was ihn umgibt, muß eindeutig sein. Dies bedenkend, bedauernd, beklagend auch, gibt das Gedicht selbst ein Beispiel von genauester Unbestimmtheit, klarster Vieldeutigkeit. So und nicht anders, sagt es, und zugleich – was logisch nicht zu denken ist –: So. Anders. Du bist ich, ich bin er, es ist nicht zu erklären. Grammatik der vielfachen gleichzeitigen Bezüge.

Erklär mir, Liebe

Dein Hut lüftet sich leis, grüßt, schwebt im Wind,
dein unbedeckter Kopf hat's Wolken angetan,
dein Herz hat anderswo zu tun,
dein Mund verleibt sich neue Sprachen ein,
das Zittergras im Land nimmt überhand,
Sternblumen bläst der Sommer an und aus,
von Flocken blind erhebst du dein Gesicht,
du lachst und weinst und gehst an dir zugrund,
was soll dir noch geschehen –

Erklär mir, Liebe!

Der Pfau, in feierlichem Staunen, schlägt sein Rad,
die Taube stellt den Federkragen hoch,
vom Gurren überfüllt, dehnt sich die Luft,
der Entrich schreit, vom wilden Honig nimmt
das ganze Land, auch im gesetzten Park
hat jedes Beet ein goldner Staub umsäumt.

Der Fisch errötet, überholt den Schwarm
und stürzt durch Grotten ins Korallenbett.
Zur Silbersandmusik tanzt scheu der Skorpion.
Der Käfer riecht die Herrlichste von weit;
hätt ich nur seinen Sinn, ich fühlte auch,
daß Flügel unter ihrem Panzer schimmern,
und nähm den Weg zum fernen Erdbeerstrauch!

Erklär mir, Liebe!

Wasser weiß zu reden,
die Welle nimmt die Welle an der Hand,
im Weinberg schwillt die Traube, springt und fällt.
So arglos tritt die Schnecke aus dem Haus!

Ein Stein weiß einen andern zu erweichen!

Erklär mir, Liebe, was ich nicht erklären kann:
sollt ich die kurze schauerliche Zeit
nur mit Gedanken Umgang haben und allein
nichts Liebes kennen und nichts Liebes tun?
Muß einer denken? Wird er nicht vermißt?

Du sagst: es zählt ein andrer Geist auf ihn ...
Erklär mir nichts. Ich seh den Salamander
durch jedes Feuer gehen.
Kein Schauer jagt ihn, und es schmerzt ihn nichts.

Liebe A., es ist verhext: Seit ich begonnen habe – den Namen „Kassandra" vor mir hertragend als eine Art Legitimations- und Losungswort – mich auf jene Bereiche einzulassen, in die er mich führt, scheint alles, was mir sonst begegnet, „damit" zusammenzuhängen, bisher Getrenntes hat sich hinter meinem Rücken zusammengeschlossen, in vorher dunkle, ungewußte Räume fällt ein wenig Licht, darunter, davor (Orts- und Zeitbestimmungen fließen zusammen) sind, im Dämmer, weitere Räume zu ahnen, die Zeit, die uns bewußt ist, nur ein hauchschmaler heller Streif auf einem ungeheuren, größtenteils finsteren Körper. Mit der Erweiterung des Blick-Winkels, der Neueinstellung der Tiefenschärfe hat mein Seh-Raster, durch den ich unsere Zeit, uns alle, dich, mich selber wahrnehme, sich entschieden verändert, vergleichbar jener frühen entschiedenen Veränderung, die mein Denken, meine Sicht und mein Selbst-Gefühl und Selbst-Anspruch vor mehr als dreißig Jahren durch die erste befreiende und erhellende Bekanntschaft mit der marxistischen Theorie und Sehweise erfuhren. Wenn ich mir klarzumachen suche, was da geschieht und geschah, so ist es, auf den allgemeinsten Nenner gebracht, eine Erweiterung dessen, was für mich „wirklich" ist; aber auch das Wesen, die innere Struktur, die Bewegung dieser Wirklichkeit hat sich verändert und verändert sich beinahe täglich weiter, es ist nicht zu beschreiben, mein waches Berufsinteresse, das auf Beschreibung gerade zielt, muß sich zurückhalten, zurückziehen und hat lernen müssen, seine Niederlage selbst zu wünschen, selbst herbeizuführen. (Freude aus Verunsicherung ziehn – wer hat uns das denn beigebracht!) Er verstehe mich nicht, sagte mir ein kluger und gebildeter Dichter; warum wolle ich die Autorität der literarischen Gattungen nicht mehr gelten lassen? Die seien doch nun wirklich objektiver Ausdruck jener Gesetzmäßigkeiten – in jahrhundertelanger Arbeit herausgefiltert –, die in der Kunst gelten und an denen wir die Kunst erkennen und messen können. – Vor Verblüffung konnte ich ihm nicht antworten.

Ich nahm mir den Aristoteles vor. „Der nachahmend gestaltende Künstler stellt handelnde Menschen dar. Diese Menschen sind notwendig entweder gut oder schlecht." Dies entspricht in etwa, dachte ich überrascht, den Kriterien, die unsere meisten Zeitungsrezensenten auch heute noch an Bücher legen. Schnell ließ ich – und ich bitte Dich, das auch zu tun – meine Angehörigen, Freunde, Bekannten und Feinde, auch mich selbst, der Probe „gut" oder „schlecht" mich unterwerfend, vor meinem inneren Auge Revue passieren. Nach dem Maßstab des Aristoteles waren keine passenden Modelle für den nachahmend gestaltenden Künstler unter ihnen. Aber dieser weiß sich zu behelfen: „Homer zum Beispiel zeichnet die Menschen mit höheren Qualitäten als die Durchschnittsmenschen". (Während die „Komödie Menschen darstellt, die minderwertiger sind".) Ja, dachte ich, Homer. Und verkneife es mir nun nicht, die Stelle Dir zu zitieren, die ich mir im fünfzehnten Gesang angestrichen habe. Homer, mit Recht, mit großem Recht gerühmt wegen seiner Bilder und Vergleiche, schildert den Flug der Hera, der Gattin des Zeus, den sie auf dessen Geheiß zu den andern olympischen Göttern unternimmt, in folgender Weise:

> Wie der Gedanke des Mannes umherfliegt, der,
> da er viele
> Länder bereits durchging, im sinnenden Herzen
> erwäget,
> dorthin möcht ich und dort, und mancherlei
> Pfade beschließet,
> also durchflog hineilend den Weg die Herrscherin
> Here.

Der Sachverhalt – also der Mythos –, Hera betreffend, ist ja aber der folgende (ich bitte Dich, die vielleicht längere Abschweifung vom Aristoteles, die jetzt folgen wird, in Kauf zu nehmen): Wie die anderen Göttinnen, welche die Griechen schon zu Homers Zeiten, also im achten vorchristlichen Jahrhundert, als sie die Schrift von den Phöniziern (wieder) übernahmen, in ihren patriarchalisch strukturierten Pantheon aufgenommen haben, wie also Artemis, Aphrodite, Athene, hat auch Hera, die Gattin des Zeus, eine lange, nur matriarchalisch deutbare Vorgeschichte, die, wie ich glaube, auch in dem abstrus scheinenden Hexeneinmaleins von Goethes „Faust" noch durchschimmert:

> Du mußt verstehn!
> Aus Eins mach Zehn,
> Und Zwei laß gehn,
> Und Drei mach gleich,
> So bist du reich . . .

Denn Goethe, für den – wie für alle seine Zeitgenossen – die Geschichte da begann, wo die Griechen sie willkürlich angesetzt hatten, im Jahr der ersten Olympiade, 776 vor unserer Zeitrechnung: Goethe wußte von der Dreigestaltigkeit der alten Muttergöttinnen (der ersten Dreifaltigkeit überhaupt, von der alle späteren abgeleitet sind), in der „drei“ „gleich“ war, indem die eine Göttin, entsprechend der Dreistöckigkeit der Welt, in drei Erscheinungen auftrat: als helles, jugendliches, jagendes Mädchen der Lüfte (Artemis), als die Frauengöttin in der Mitte, Fruchtbarkeit spendend, über Land und Meer herrschend, eine erotische Gottheit (Demeter, Aphrodite, Hera, welche früher Era-Erde hieß, deren andere Namen Gaia und Rhea sind: die Große Erdmutter Kretas und des Vorderen Orients); und schließlich als Greisin, die in der Unterwelt wohnt, die Todesgöttin, die zugleich Wiedergeburt bewirkt (Io, die kretische Kuh-Göttin, ein Aspekt der Hera, und natürlich Hekate-Hekuba). Ihre Farben sind rot, weiß, schwarz, entsprechend den Phasen des Mondes, der ihr Symbol ist, dessen Göttin sie sind (merkst Du, wie man sich überwinden muß, wenn man von den vielen als von einer sprechen muß? Die Prägung unserer Gehirnwindungen, unser lineares Sprechen widerstehn dem Hexeneinmaleins). Und nun lies in Faust II nach, jene Stelle in der klassischen Walpurgisnacht, da Anaxagoras und Thales die Kräfte diskutieren, die die Welt im Innersten zusammenhalten; da Anaxagoras, der Katastrophentheorie anhängend, einen Berg entstehen läßt, bewohnt von Zwergenvolk, das sofort durch eignen Frevel und Rache in Bedrängnis gerät, so daß der Philosoph „nach einer Pause feierlich“ sich genötigt sieht, „sich in diesem Fall nach oben“ zu wenden.

Du! droben ewig Unveraltete,
Dreinamig-Dreigestaltete,
Dich ruf ich an bei meines Volkes Weh,
Diana, Luna, Hekate!
Du Brusterweiternde, im Tiefsten Sinnige,
Du Ruhigscheinende, Gewaltsam-innige,
Eröffne deiner Schatten grausen Schlund,
Die alte Macht sei ohne Zauber kund!

Diana ist die römische Form der griechischen Artemis, des jagenden Mädchens. Luna entspricht der griechischen Selene, der Mondgöttin, deren andere Aspekte Artemis und Hekate waren und die, laut Ledergerber, in einem merkwürdig schillernden Identitätsverhältnis zur mythischen (nicht literarischen!) Kassandra gestanden habe: indem das Zwillingsgeschwisterpaar Helenos-Kassandra ursprünglich eins, nämlich die argivische Mondgöttin Selene, gewesen seien, die zur troischen Helena und mit der griechischen Helena verschmolzen wurde; so daß, als Schwester des Paris und „unterscheidende Gräzisierung der troischen Helena", Kassandra übrigblieb: schön (wie Helena), mit der Sehergabe bedacht wie die griechische Helena und der troische Helenos – ein Sehertum übrigens, das einst in enger Beziehung zur Mondgottheit stand und nicht im Dienst des Licht- und Sonnengotts Apoll, der weit jünger ist als Hekabe, Selene, Helena, Helenos, Kassandra und schon zu den mythologischen Reflexen jener patriarchalischen Umwertung der Werte gehört, zu denen auch, eben im Bereich der Kunstgesetzgebung, die Poetik des Aristoteles zählt. Die nun gerade hatten Goethes Vorläufer und er selbst, der junge Bürger, mitsamt dem französisch-aristokratischen Regelkram außer Kraft gesetzt, ohne daß sie doch, soviel ich weiß, je gegen jene Stelle aus dem fünfzehnten Kapitel, Überschrift: Die Charaktere, polemisiert hätten, in der Aristoteles die Dichter zu beachten bittet, daß ihre Charaktere „sittliche Tüchtigkeit" besitzen. Er fährt fort: „Auch das Weib und sogar der Sklave können sittlich tüchtig sein, obgleich im allgemeinen das Weib ein geringeres Wesen als der Mann und der Sklave meistens geringwertig ist." Weshalb es folgerichtig war, daß keine Frauen, nicht einmal als Schauspielerinnen, der griechischen Tragödie beiwohnten. Iphigenie, Antigone, Klytaimnestra, Elektra, Medea, Hekate, die Troerinnen, alles Männer in Weibertracht, auf Kothurnen, zartgliedrig sicherlich, hübsch, womöglich homoerotisch – aber Männer. Dieses ganze erdhaft-fruchtbare Gewese und

Gewebe, dieses schwer zu bändigende Ineinanderübergehn, sich Ineinanderverwandeln, dieses schwer namhaft zu machende, kaum zu ordnende und zu zählende Frauen-, Mütter- und Göttinnengewimmel hatte man nach offenbar langen schweren Jahrhunderten, die man „die dunklen" nennt und die man vergaß, in die Hand bekommen, zusammen mit dem männlichen Erbrecht und mit dem Privatbesitz. Wovon man sich bedroht fühlt, lesen wir noch aus den Verboten. Aristoteles: „Gut ist zum Beispiel der Charakter, wenn ein Mann Tapferkeit besitzt; für ein Weib ist es indessen im allgemeinen nicht angemessen, daß sie tapfer und mannhaft sei oder sogar furchterregend." Furcht erregend? Ja wem denn – dem Mann? Der ihr jede Bildung, jede öffentliche Tätigkeit, selbstverständlich das Stimmrecht entzogen hat? Eben deshalb. Aus eigner Erfahrung wissen wir: Was man ausschließt und verbannt, hat man zu fürchten. So auch Goethes Anaxagoras, der, Du erinnerst Dich, leichtfertig die Mondgöttin angerufen hat und entsetzt erfahren muß: Sie kommt!

Und größer, immer größer nahet schon
Der Göttin rundumschriebener Thron,
Dem Auge furchtbar, ungeheuer!
Ins Düstre rötet sich sein Feuer . . .
Nicht näher! drohend-mächtige Runde,
Du richtest uns und Land und Meer zugrunde!

Ein Fels ist aus dem Mond gefallen und hat das Zwergengeschlecht zerquetscht. Und sollte doch ein Exempel sein für das Kundtun der „alten Macht" „ohne Zauber": Ein Vorgriff sicherlich auf die bedeutsame, schmerzliche Erkenntnis des alten Faust, die er angesichts der gespenstischen Nähe der „vier grauen Weiber" (Mangel, Schuld, Sorge, Not) ausspricht (wären es drei, die Analogie zu den drei Moiren, Parzen, Nornen, Schicksalsweberinnen wäre vollkommen):

Könnt ich Magie von meinem Pfad entfernen,
Die Zaubersprüche ganz und gar verlernen,
Stünd ich, Natur! vor dir ein Mann allein,
Da wär's der Mühe wert, ein Mensch zu sein.

Magie aber war einst die Kunst ausschließlich der Weiber (die, in die Lieb-losigkeit getrieben, nicht ohne Grund zu „Zaubersprüchen" zurückkehren): der Stammesältesten in den frühen Ackerbaugesellschaften, der Priesterinnen dann für lange, denen die ersten Priester das Ritual nur abspenstig machen konnten, indem sie sich in magischen Frauengewändern hineindrängten. Dies mit empörter Stimme zu vermerken, erschiene mir komisch, denn bei Magie und Zauberwesen hat es doch nicht bleiben können. Ob es aber dahin hat kommen müssen, daß nun wirklich der Mann, „allein", vor der Natur steht – ihr gegenüber, nicht in ihr – das frag ich mich und Dich.

Kürzlich, als ich in einer Runde jüngerer Naturwissenschaftler nicht nur die Neuzeit-Problematik ihrer Wissenschaft, auch die Geschichte der Frau des Abendlandes diskutierte, erklärte einer der jungen Männer – offensichtlich entschlossen, endlich Klartext zu reden –: Man solle aufhören, das Los der Frau in der Vergangenheit zu beklagen. Daß sie sich dem Manne unterordnete, ihn umsorgte, ihm diente – genau das war die Bedingung dafür, daß der Mann sich auf die Wissenschaft, oder auch auf die Kunst, konzentrieren und in beiden Gebieten Höchstleistungen vollbringen konnte. Anders war und ist der Fortschritt nicht zu haben, alles andre sei sentimentales Geschwätz. – Ein Gemurmel erhob sich im Raum. Ich fand, der Mann hatte recht. Die Art Fortschritt in Kunst und Wissenschaft, an die wir uns gewöhnt haben: ausgefallene Spitzenleistungen, ist nur so zu haben. Ist nur durch Ent-Persönlichung zu haben. Die Diskussionsteilnehmer hatten gerade meinen Vorschlag für unrealistisch erklärt, für die exakten Wissenschaften eine Art von hippokratischem Eid einzuführen, der es jedem Wissenschaftler verbieten würde, an Forschungen, die militärischen Zwecken dienten, mitzuwirken. Wenn nicht hier, dann anderswo würden diese Eide sowieso gebrochen, hielt man mir entgegen. Für Forschung dürfe es keine Tabus geben. Der Preis für die Art Fortschritt, die die Institution Wissenschaft seit längerem hervorbringe, sagte ich, sei mir allmählich zu hoch. –

Später hörte ich, einige der Teilnehmer an der Diskussion hätten mir eine Tendenz zur Wissenschaftsfeindlichkeit angemerkt. Ein absurdes Mißverständnis! dachte ich im ersten Moment, dann hielt ich inne: Einer Wissenschaft, die sich so weit von dem Erkenntnishunger entfernt hat, aus dem sie kommt und mit dem ich sie doch insgeheim noch immer identifiziere – konnte ich der denn „freundlich" gesinnt sein? – Ich glaube, wir müssen aufhören, die Etiketten ernst zu nehmen, die sie uns anheften.

Wo waren wir stehengeblieben? Bei Weibermagie, bei Goethe, bei der Frage, was heute „Fortschritt" wäre. Beim Gang zu den „Müttern". Bei der schönen Helena, nach der es Faust unsäglich verlangt, und die ihm Mephisto nicht, wie alles, wonach ihm bisher gelüstete, mit „Hexen-Fexen", mit „Gespenst-Gespinsten" herbeischaffen kann. „Doch gibt's ein Mittel."

FAUST:
Sprich, und ohne Säumnis!
MEPHISTOPHELES:
Ungern entdeck ich höheres Geheimnis. –
Göttinnen thronen hehr in Einsamkeit.
Um sie kein Ort, noch weniger eine Zeit;
Von ihnen sprechen ist Verlegenheit.
Die *Mütter* sind es!
FAUST (*aufgeschreckt*):
Mütter!
MEPHISTOPHELES:
Schaudert's dich?

FAUST:

Die Mütter! Mütter! -s' klingt so wunderlich!

MEPHISTOPHELES:

Das ist es auch. Göttinnen, ungekannt
Euch Sterblichen, von uns nicht gern genannt.
Nach ihrer Wohnung magst ins Tiefste schürfen;
Du selbst bist schuld, daß ihrer wir bedürfen.

Nach einem Versuch, die unbeschreibliche Leere zu beschreiben, das Nichts, durch das Faust hindurch muß (in dem er „das All zu finden" hofft), wird ihm ein Schlüssel ausgehändigt: „Folg ihm hinab! er führt dich zu den Müttern."

FAUST (*schaudernd*):

Den Müttern! Trifft's mich immer wie ein Schlag!
Was ist das Wort, das ich nicht hören mag?

Mephisto ist dazu da, dies Erschauern zu banalisieren – ein Erschauern, das Goethe nach eignem Eingeständnis an dieser Stelle und bei diesem Wort empfunden hat und zu dem Faust sich bekennt:

Doch im Erstarren such ich nicht mein Heil,
Das Schaudern ist der Menschheit bestes Teil;
Wie auch die Welt ihm das Gefühl verteure,
Ergriffen, fühlt er tief das Ungeheure.

Nicht genug staunen kann man, daß ein zum Alltagswort längst herabgezwungenes wie dieses – Mütter! – immer noch nicht seine Strahlung abgegeben, daß es immer noch ein mythisches, „ungeheures" Element mit sich führt, ein rational kaum erfaßbares, denn man *weiß* zur Goethezeit eigentlich nichts über seinen Hintergrund; man weiß nichts von Ausgrabungsfunden, Feldforschung, von den Zeit-Schichtungen der griechischen Mythologie, von ihren lokalen Ausprägungen. Man *weiß* nur von einem Göttergeschlecht, ausgehend von Uranos, der alle Söhne, die ihm die Urmutter Gaia gebar, im Schoß der Erde verbarg, damit sie ihm nicht zu Rivalen auf dem Thron werden konnten; von der Entmannung des Vaters durch seinen und Gaias Sohn Kronos, auf Gaias Anstiftung hin. Von der Verbindung zwischen Kronos und Rhea – einer Geschwisterehe, denn beide waren sie Kinder der Gaia, und das Inzesttabu ist erst viel später erfunden worden; von des Kronos Angst um die Macht, die ihn seine Söhne, auch Zeus, verschlingen ließ, „zu Rheas unsäglicher Trauer" (Hesiod). Um Zeus zu retten, der dazu bestimmt ist, der Vater der Menschen zu werden, gibt Gaia ihrem Sohn Kronos einen in eine Windel gewickelten Stein statt des Neugeborenen zu essen, woraufhin er mit dem Stein alle verschlungenen Kinder wieder herauswürgt: Keine Idylle, sicherlich; doch da der Gedanke, der Mythos könnte reale Kämpfe spiegeln, Goethes Zeitgenossen fernlag; da sie nichts wissen konnten von der Funktion des Heros in matriarchalischen Gesellschaften, der sich einmal im Jahr mit der Stammesmutter, der Priesterin, der Königin in einer „heiligen Hochzeit" zu verbinden hatte, um dann in feierlichem Zeremoniell geopfert zu werden – ein Vorgang, der, wie die Entmannung des Uranos, sehr wohl männliche Angst vor Weiberritualen begründen konnte –, da unsere deutsche Klassik in der griechischen in historisch begreifbarer, ja notwendiger Selbsttäuschung ein Beispiel geglückter Bindung des einzelnen (Mannes) in das Gemeinwesen sah („Sie sind, was wir waren; sie sind, was wir wieder werden sollen", Schiller): da alles dies einer Harmonisierung der griechischen Verhältnisse entgegenkam – woher dann, wenn nicht aus der eignen Erfahrung, dieser Angst-Reflex vor den „Müttern", der sich auch in der Medea-, der Amazonen-Überlieferung spiegelt und der die „Penthesilea" des Kleist dem Goethe besonders verhaßt machte . . .

Schauder ist zusammengesetzt aus Ehrfurcht und Furcht. Den Heutigen, denke ich oft, ist nur die Furcht geblieben.

Ich muß Dich bitten, nicht ungeduldig zu werden. Nicht, daß ich aus den Augen verloren hätte, wonach ich eigentlich frage: Wer war Kassandra, ehe man von ihr schrieb? (Da sie aber ein Geschöpf der Dichter ist; da sie nur durch sie spricht, nur in ihrer Sicht auf uns gekommen ist . . . Auch eine der Fährten, die ich verfolge, bis eine andre von ihr abzweigt, der ich nachgehn muß, bis die nächste mich zwingt, die zweite fahrenzulassen.) Gern würde ich Dir das Gefühl vermitteln, das mich in diesen Zustand der Ruhelosigkeit versetzt, den dieser Brief wohl spiegelt: daß im Grund, vom Grunde her alles mit allem zusammenhängt; und daß das strikte einwegbesessene Vorgehn, das Herauspräparieren eines „Stranges“ zu Erzähl- und Untersuchungszwecken das ganze Gewebe und auch diesen „Strang“ beschädigt. Aber eben diesen Weg ist doch, vereinfacht gesagt, das abendländische Denken gegangen, den Weg der Sonderung, der Analyse, des Verzichts auf die Mannigfaltigkeit der Erscheinungen zugunsten des Dualismus, des Monismus, zugunsten der Geschlossenheit von Weltbildern und Systemen, des Verzichts auf Subjektivität zugunsten gesicherter „Objektivität“. Dazu, *auch* dazu hat die deutsche Klassik die „Alten“ gebraucht: Die „objektiven“ ästhetischen Normen, die Goethe, noch nicht vierzigjährig, aus seiner Anschauung der Kopien griechischer Kunstwerke oder ihrer Originale in Italien entwickelt, sind ja doch auch Zeichen seines Scheiterns im öffentlichen, großherzoglich-weimarischen Leben: „Auf dieser Reise, hoffe ich, will ich mein Gemüt über die schönen Künste beruhigen, ihr heilig Bild mir recht in die Seele prägen und zum stillen Genuß bewahren. Dann aber mich zu den Handwerkern wenden, und wenn ich zurückkomme, Chemie und Mechanik studieren. Denn die Zeit des Schönen ist vorüber, nur die Not und das strenge Bedürfnis erfordern unsere Tage.“ Für mich spricht es nicht gegen seine Lehre von den Kunstformen, daß ein subjektiver Anteil, Goethes neues Lebenskonzept der Entsagung in politischen, teilweise auch in menschlichen Dingen, als Bedürfnis nach Gewißheit, Beständigkeit, Geschlossenheit und Sicherheit in sie eingegangen ist, eine Sehnsucht nach unverrückbaren „wahren" Gesetzen und ihrer Erfüllung: „Diese hohen Kunstwerke sind zugleich als die höchsten Naturwerke von Menschen nach wahren und natürlichen Gesetzen hervorgebracht worden. Alles Willkürliche, Eingebildete fällt zusammen, da ist Notwendigkeit, da ist Gott." Da ist, auch noch in der Darstellung des Gräßlichen, Mäßigung, Beherrschtheit, Formenstrenge.

Schiller hat ja eine „Kassandra" geschrieben, ein Gedicht, das so anhebt:

Freude war in Trojas Hallen,
Eh die hohe Feste fiel,
Jubelhymnen hört man schallen
In der Saiten goldnes Spiel.
Alle Hände ruhen müde
Von dem tränenvollen Streit,
Weil der herrliche Pelide
Priams schöne Tochter freit.

Dies ist eine Situation nicht aus der „Ilias", sondern aus anderen Überlieferungen: Der Griechenheld Achill, ein Wüstling eigentlich, hat sich in Kassandras Schwester Polyxena verliebt, diese hat ihm das Geheimnis seiner Verwundbarkeit an der Ferse entlockt, außerdem das Versprechen, die Belagerung Troias zu beenden, wenn sie in die Ehe mit ihm willigt. Dieses Abkommen durch ein Opfer zu bekräftigen, kommt er, barfuß und unbewaffnet, in den Tempel des thymbraischen Apoll – dessen Priesterin Kassandra ja ist –, wo Paris seine Ferse mit einem vergifteten Pfeil durchbohrt. Von Hochzeit im eigentlichen Sinn ist also nicht die Rede, und das böse Ende dieses Tages vorauszusagen, brauchte es keine Seherin, da es ja geplant ist; Schiller verändert die Voraussetzungen, um Kassandra in Gegensatz zu bringen zu der allgemeinen Stimmung:

Freudlos in der Freuden Fülle,
Ungesellig und allein,
Wandelte Kassandra stille
In Apollos Lorbeerhain.

In sanft und gleichmäßig dahinfließenden Strophen erscheint eine Kassandra, die ihr Seherinnen-Los beklagt, eine Figur aus dem Zeitalter der Empfindsamkeit, die lieber gut bürgerlich verheiratet wäre, als andauernd unter der Last ihrer Gesichte stöhnen zu müssen:

Und sie schelten meine Klagen,
Und sie höhnen meinen Schmerz,
Einsam in die Wüste tragen
Muß ich mein gequältes Herz,
Von den Glücklichen gemieden,
Und den Fröhlichen ein Spott!
Schweres hast du mir beschieden,
Pythischer, du arger Gott!

Dein Orakel zu verkünden,
Warum warfest du mich hin
In die Stadt der ewig Blinden,
Mit dem aufgeschloßnen Sinn?
Warum gabst du mir zu sehen,
Was ich doch nicht wenden kann?
Das Verhängte muß geschehen,
Das Gefürchtete muß nahn.

Und so weiter. Die kaum übertreffbare Biederkeit dieser Kassandra-Auffassung, die der landläufig-spießigen Abscheu gegen Größe, besonders Größe bei einer Frau, nichts schuldig bleibt, ist sicherlich nicht nur Schillers Frauen-Wunschbild zu danken, sondern ebenso stark seinem Klassik-Ideal, das es nicht erlaubt, einer Heroine eine lange, widersprüchliche historische Entwicklung zuzumuten. Und da wäre ich wieder bei Goethes Müttern und des Mephisto Anweisung an Faust, einen Dreifuß von ihnen mit heraufzubringen.

Ein glühnder Dreifuß tut dir endlich kund,
Du seist im tiefsten, allertiefsten Grund.
Bei seinem Schein wirst du die Mütter sehn,
Die einen sitzen, andre stehn und gehn,
Wie's eben kommt. Gestaltung, Umgestaltung,
Des ewigen Sinnes ewige Unterhaltung.
Umschwebt von Bildern aller Kreatur,
Sie sehn dich nicht, denn Schemen sehn sie nur.
Da faß ein Herz, denn die Gefahr ist groß,
Und gehe grad auf jenen Dreifuß los,
Berühr ihn mit dem Schlüssel!
...
So ist's recht!
Er schließt sich an, er folgt als treuer Knecht;
Gelassen steigst du, dich erhebt das Glück,
Und eh sie's merken, bist mit ihm zurück.
Und hast du ihn einmal hierher gebracht,
So rufst du Held und Heldin aus der Nacht ...

Der Dreifuß nun, mit dessen Hilfe Faust ganz richtig Helenas Erscheinung heraufbeschwört, ist ein uralter heiliger Gegenstand, wir sehen ihn auf kretischen Siegeln neben den Darstellungen ältester Göttinnen. Bei Kulthandlungen findet er Verwendung. Im Helena-Akt des „Faust" wird Phorkias-Mephisto ihn unter den Gegenständen aufzählen, die zur Vorbereitung eines Opfers gebraucht werden. Die berühmteste Orakelsprecherin Griechenlands, die Pythia in Delphi, hat bekanntlich auf einem Dreifuß gesessen, offenbar seit Urzeiten, nicht erst, seit der vielseitige Gott Apollon sich im Zuge der Patriarchalisierung auch der Kulte, auch der Mythen bemächtigte und dieses Heiligtum übernommen hatte: der erste Drachenbesieger. Mußte er doch den von der Gaia geborenen Drachen Python durch einen Pfeilschuß töten – was nichts anderes heißen kann, als die weibliche Genealogie der Orakelsprecherinnen zu entthronen (Vorläuferinnen der Kassandra), um seine männlichen, angeblich aus dem minoischen Kreta stammenden Orakelpriester zu installieren. Ganz zweifellos wurde dieser Apollon, Sohn der Leto, Bruder der Artemis (Phoibos, der Strahlende), aus den matriarchalischen Artemiskulten Kleinasiens allmählich herausentwickelt, sprang um 1000 vor unserer Zeitrechnung über Delos (wo er geboren sein soll, als Sohn des Zeus!) auf das griechische Festland über und schwang sich nicht nur zum höchsten, „klarsehendsten" Orakelgott, auch zum Musageten, dem Führer der Musen (wozu sein Attribut, die siebensaitige Lyra, ihn berechtigte) und zum Moiragetes auf, dem Führer der Moiren, der Schicksalsspinnerinnen, die ursprünglich, als „Moirai", jene älteren weiblichen Verwandten gewesen sein sollen, die als Hebammen dem Neugeborenen ins Leben halfen und ihm in seine ersten Tücher jene magischen Kennzeichen webten, die ihn von anderen unterschieden; an denen er allen Verwandten, Clan-Angehörigen, kenntlich blieb – so wie in unzähligen Märchen der ausgesetzte Königssohn an einem Zeichen erkannt wird. Faszinierend die Verwandlung dieser Ahninnen in Schicksalsgöttinnen (als der Clan zum Stamm, dieser zum Königtum sich entwickelte); ihre Verwandtschaft mit den kretischen Erinyen; ihr Übergehn in die Horen, die, da sie Gesetz und Ordnung, Frieden und Gerechtigkeit verkörpern, erst mit der Klassengesellschaft, mit der Bildung von Stadtstaaten aufgetaucht sind.

Noch Aischylos weiß, daß die Welt zu Anfang „von der Moiren Dreigestalt und der Erinyen Treu" beherrscht wurde. Auch Zeus – der als Vorstellung erst aufkommen kann, als es ein in männlicher Erbfolge befestigtes Königtum gibt – konnte sich lange nicht über die Beschlüsse der älteren Schicksalsgöttinnen, der Moiren, hinwegsetzen. Parallel zum Prozeß der Staatenbildung unterliegen die alten Stammesgöttinnen den neuen staatlich anerkannten Göttern. Und in diesen gleichen Jahrhunderten geschah es, daß aus dem Kult der Bergnymphe Daphnis („Lorbeer"), die, von der Erdmutter Gaia als Wahrsagepriesterin eingesetzt, in einer einfachen Hütte aus Lorbeerzweigen im zweiten Jahrtausend vor unserer Zeit in Delphi ihren Dienst tat (die Zeit der „historischen" Kassandra!) – daß aus dem rein matriarchalischen Kult von Priesterinnen, die mit Chorgesang, Tanz, Opferritualen und Orakelsprecherei jeden wichtigen öffentlichen Anlaß ihres Clans, ihres Stammes begleiteten; daß aus einem späteren „Tempel aus Wachs und Federn", der von Bienen gebaut worden sein soll (diesem Tier weiblicher Clans), schließlich im siebten Jahrhundert der erste große Bronzetempel in Delphi sich erhob, der, nun eindeutig dem Apoll geweiht, die „goldenen Sängerinnen" nur noch als Giebelfiguren getragen haben soll: sogenannte Keledonen, „rufende Frauen", die einmal monatlich zu den Kreuzwegen ziehn und den Mond anrufen – ein Kult, der an Demeter und Artemis, die Schwester des Apoll, geknüpft ist ... Oben waren die Frauen in den Giebelfries des männlichen Gottes eingebaut. Unten aber, im Tempel selbst, saß die weissagende Pythia, die einzige Frau, die in dem sonst rein männlichen Orakelkult übriggeblieben war, und stieß, ein Medium nur noch in der Hand der mächtigen Priester, durch betäubende Dämpfe, durch Lorbeerkauen, vielleicht durch Autosuggestion oder Hypnose in Trance versetzt, stammelnd, sich windend ihre unzusammenhängenden Orakelworte aus, deren Deutung, deren zum Teil poetische Formulierung wiederum den Männern – Priestern, ersten Poeten – oblag. Das frühere Verhältnis: Männer identifizierten sich mit Frauen, ahmten mimetisch den Geburtsvorgang nach, entmannten sich, um Priester werden zu können (dies wird sogar von Apoll behauptet), schlichen sich in Frauenkleidern in das Priesterinnenamt (ebenfalls Apoll) – dieses Verhältnis ist nun mehr als umgekehrt, die Frau ein Werkzeug in der Hand der Männer. Am Dichter-, Seher-, Priesterberuf, der aus einer magischen Wurzel kommt, kann man am deutlichsten ablesen: Die Frau, einst Ausführende, ist entweder ausgeschlossen oder zum Objekt geworden.

Jahrhunderte sind darüber vergangen. An einer Nahtstelle dieser konfliktreichen Geschehnisse steht Kassandra. Tochter eines Königshauses, in dem die patrilineare Erbfolge gefestigt scheint, ohne daß deshalb die Königin, Hekabe, die, wie manche meinen, aus der matristischen Kultur der Lokrer kommt, schon zur Bedeutungslosigkeit herabgesunken wäre; in dem die Übergangsform des Prinzessinnenraubs durch den Freier (Paris-Helena), weil nur die Frau dem Manne den Thron übergeben konnte, durchaus noch bekannt ist. In dem die alten matriarchalen Kulte neben den jungen Kulten der neuen Götter gepflegt werden mögen, besonders wohl von der ländlichen Bevölkerung, besonders von den niederen Volksschichten. In dem eine junge Frau Priesterin werden kann, kaum noch Oberpriesterin. In dem sie, von Gesichten übermannt, „Seherin“ sein, als solche gelten kann, nicht aber offizielle Orakelsprecherin: Männer sind es, die aus dem Flug der Vögel, aus den Innereien der geopferten Tiere die Zukunft herauslesen: Kalchas, Helenos, Laokoon. Eine Kultur vielleicht, die der strikt patriarchalischen der mykenischen Achaier, ihrem strikten Eroberungswillen nicht gewachsen war. Vielleicht war Kassandra „in Wirklichkeit“ – ich bitte Dich, kein Einwand, es gab sie! – gar keine Apollon-Priesterin? Oder jedenfalls die Priesterin eines anderen Apollon als des „strahlenden“, des „fernhintreffenden“ aus dem klassischen griechischen Götterhimmel? Eines älteren Apoll, dem der Beiname „Loxias“, der Dunkle, zukam; dessen wölfische Herkunft, dessen Doppelgängertum mit der Zwillingsschwester Artemis den Leuten noch gegenwärtig war. Wie auch Athene, die in einem anderen Tempel der Stadt verehrt wird, nicht die klassische Pallas Athene gewesen sein kann, sondern ein Kult-Symbol auf dem Weg von den chthonischen Ahninnen-Idolen zur jungfräulichen Herrscher-Göttin, die keiner Mutter Schoß, sondern dem Haupte des Vaters Zeus entsprang: Wie der Gedanke, dessen sich die Griechen-Männer, natürlich Intellektuelle, nun annehmen, um ihn in erstaunliche Höhen, in bewundernswerte Abstraktion zu treiben, und der ja auch keine Mutter hat, nur Väter. Scheint es Dir abwegig zu glauben, daß „das Denken", hätten Frauen seit über zweitausend Jahren an ihm mitgedacht, heut ein andres Leben führen würde? (Zu leicht vergessen wir: Die Frau als Intellektuelle gibt es in nennenswerter Zahl erst seit sechzig, siebzig Jahren. Geschichten von ihr, über sie kennen wir, doch ihre Geschichte – eine Geschichte unglaublicher Anstrengung und Tapferkeit, aber auch unglaublicher Selbstverleugnung und Entsagung gegenüber den Ansprüchen ihrer Natur wäre noch zu schreiben. Es wäre zugleich die Geschichte einer der Kehrseiten unserer Kultur.)

„Zurück zur Natur" also, oder, was manchen für das gleiche gilt, zu frühen Menschheitszuständen? Liebe A., das können wir nicht wollen. „Erkenne dich selbst", der Spruch des delphischen Orakels, mit dem wir uns identifizieren, ist eine Losung Apolls: Keiner Göttin einer undifferenzierten Epoche hätte dieser Satz einfallen können – nur daß dem Gott, der neben vielen anderen Beinamen auch den Namen „Hekatos", der ewig ferne, trägt, womit seine „strahlende Reinheit" und die „ewige Entfernung von den irdischen Dingen" gemeint ist – nur daß diesem Gott der edlen Geistesfreiheit, der von seiner Definition her mit der Erde nicht in Berührung kommt, die Selbsterkenntnis, nach der er strebt, verwehrt bleiben muß. Er erhält keine Gelegenheit, sich wirklich-praktisch zu erproben. Die dünnen Regionen, in die er, in die seine Jünger sich voll Berührungsangst zurückziehn – denkend, dichtend, ja –, die sind kalt. Sie brauchen nun Kunststückchen, um dem Kältetod zu entgehn. Eines dieser Stückchen ist ihr Bestreben, sich Frauen als Kraftquelle zu erschließen. Das heißt: Sie in ihre Lebens- und Denkmuster einzupassen. Sie, schlichter gesagt, auszubeuten.

Ich versage es mir nicht, zweieinhalbtausend Jahre überspringend, Dir ein paar Dialogsätze aus dem „Tiefseefisch" von Marie-Luise Fleißer abzuschreiben, zwischen Wollank, einem ehemaligen Fahrradstar, und Tütü, dem Haupt einer literarischen Clique. Zeit: Zwanziger Jahre. Ort: Die Reichshauptstadt Berlin.

WOLLANK: Furchtbar sind diese Frauen, die um Sie herumwimmeln und von denen jede in einer anderen Hilfeleistung erstirbt.

TÜTÜ: Ich sehe nicht ein, warum ich nicht nehmen soll, was ich haben kann. Ich habe daraus ein System gemacht. Alles, was mich anregen kann, wird an mich herangetragen, ohne daß ich einen Finger rühren muß. Alle Kleinarbeit, welche die Nerven unnötig verschleißt, bleibt mir erspart.

WOLLANK: Fürchten Sie sich nicht davor?

TÜTÜ: Wovor fürchten?

WOLLANK: Mann, Sie verkümmern dabei.

TÜTÜ: Ganz im Gegenteil, ich entwickle mich rascher. Die Höhepunkte drängen sich in meinem Leben zusammen, so daß ich es intensiver erfahre. Meine Kräfte werden freigemacht für das Wesentliche ... Meinen Instinkten, Einfällen, meinem Appetit auf das Tun kann ich mit ganzem Einsatz nachgehen.

Liebe A., glaubst Du, daß dies das objektive Denken ist, aus dem eine „objektive" Ästhetik entsteht? Sage Dir alle großen Namen der abendländischen Literatur auf, vergiß weder Homer noch Brecht, und frage Dich, bei welchem dieser Geistesriesen Du, als Schreibende, anknüpfen könntest. Wir haben keine authentischen Muster, das kostet uns Zeit, Umwege, Irrtümer; aber es muß ja nicht nur ein Nachteil sein. Wenige, sehr wenige Stimmen von Frauen dringen zu uns, seit um 600 vor unsrer Zeitrechnung Sappho sang:

Der Mond ist untergegangen
Und auch die Plejaden. Mitter-
Nacht ist's; vorbei geht die Stunde.
Ich aber schlafe allein.

oder:

Einer preist die Reiter, ein andrer Fußvolk,
Einer viele Schiffe als allerschönstes
Gut der dunklen Erde, doch ich: wonach ein
Liebender sich sehnt.

Zu jener Zeit war Lesbos eine der fünf Stätten in Griechenland, in denen es noch Schulen für Mädchen gab – Sappho stand einer von ihnen vor. Sie war eine selbständige berufstätige Frau. Das hörte dann auf, nach der Seherin verstummte, die ihre Nachfolgerin war, die Dichterin, jahrtausendelang. Männer allein übernahmen das ehemals weibliche Amt, besangen den Mond, die Liebe, beklagten die fortschreitende Kälte der Welt, mußten sich, nicht selten, von ihren wirklichkeitsnäheren Geschlechtsgenossen „rührselig", „sentimental", „weibisch" schelten lassen, „realitätsfremd" vor allem. Es wurde, glaube ich, immer schwerer, ein Mann zu sein. „Es ist gut, eine Frau zu sein, und kein Sieger" (Heiner Müller, „Quartett"), hören wir einige von ihnen heute glaubhaft sagen.

Andrerseits: Nur wer Konflikte kennt, hat etwas zu erzählen. Der Chorgesang der Priesterinnen, ganz und gar eingebettet in den Jahresablauf einer wenig differenzierten Menschengruppe, ist ein Hymnos, erzählt wird da nichts. Erst als Besitz, Hierarchie, Patriarchat entstehn, wird aus dem Gewebe des menschlichen Lebens, das die drei Uralt-Frauen, die Moiren, in der Hand hatten, jener eine blutrote Faden herausgerissen, wird er auf Kosten der Gleichmäßigkeit des Gewebes verstärkt: die Erzählung von der Heroen Kampf und Sieg oder Untergang. Die Fabel wird geboren. Das Epos, aus den Kämpfen um das Patriarchat entstanden, wird *durch seine Struktur* auch ein Instrument zu seiner Herausbildung und Befestigung. Vorbildwirkung wird dem Helden auferlegt, bis heute. Der Chor der Sprecherinnen ist verschwunden, vom Erdboden verschluckt. Als Heroine kann die Frau nun Gegenstand der männlichen Erzählung werden. Zum Beispiel Helena, die, zum Idol erstarrt, in den Mythen überlebt.

„Bewundert viel und viel gescholten, Helena" – zum letztenmal zitiere ich Dir den „Faust", leider nicht die ganze Rede der Helena, die – zurück in Sparta, von wo aus Paris sie einst entführte, nach dem Fall der Feste Troia, wieder in der Hand des Gatten Menelaos – sich selber nicht mehr kennt.

Ihr habt in sittelosem Zorn
Unsel'ger Bilder Schreckgestalten hergebannt,
Die mich umdrängen, daß ich selbst zum Orkus mich
Gerissen fühle, vaterländ'scher Flur zum Trutz.
Ist's wohl Gedächtnis? War es Wahn, der mich
ergreift?
War ich das alles? Bin ich's? Werd ich's künftig sein,
Das Traum- und Schreckbild jener Städte-
verwüstenden?

Die Stationen ihrer Wanderschaft durch der Männer Betten werden memoriert, sie unbeteiligt, eine Sache, die man begehrt, verheiratet, entführt, umkämpft. Die Helena wird auf dem Theater immer falsch gespielt, die Regisseure sehen sie als die kokette Männerverderberin anstatt als Spielball; niemand liest, was Goethe sie selbst sagen läßt, und niemand scheint zu glauben, daß dies sein (und ihr) Ernst ist. Der letzte, der sich „inbrünstig" noch zu ihr gesellt hat, Achill.

HELENA:
Ich als Idol ihm dem Idol verband ich mich.
Es war ein Traum, so sagen ja die Worte selbst.
Ich schwinde hin und werde selbst mir ein Idol.

Idol von griechisch „eidolon" = Bild. Das lebendige Gedächtnis wird der Frau entwunden, ein Bild, das andre von ihr sich machten, wird ihr untergeschoben: der entsetzliche Vorgang der Versteinerung, Verdinglichung am lebendigen Leibe. Zu den Sachen gehört sie nun, zu den Res mancipi – wie Hauskinder, Sklaven, Grundstücke, Großvieh –, die der Besitzer durch die Mancipatio, ein Rechtsgeschäft, einem anderen überantworten kann, der seinerseits sie „manu capere", mit der Hand erfassen, der Hand auf sie legen kann. Die „emancipatio" aber, die Entlassung aus der Gewalt des Pater familias, war lange nur für Söhne vorgesehen, und als das Wort endlich, als „Emanzipation", auf Frauen angewendet wurde (heute noch häufig pejorativ: Du bist wohl eine Emanze?), da hat man – und Frau – diesen Begriff, dessen revolutionärer, radikaler Sinn störte und stört, im Sinn von „Gleichberechtigung" gebraucht, heruntergespielt und mißverstanden.

Nun, liebe A., dies ist ein weites Feld, doch bis zu seinem Rande mußten wir wohl kommen, wenn wir uns von dem Stichwort „Kassandra" leiten ließen. Ahnt man, ahnen wir, wie schwer, ja, wie gefährlich es sein kann, wenn wieder Leben in die „Sache" kommt; wenn das Idol sich wieder zu fühlen beginnt; wenn „es" die Sprache wieder findet? Als Frau „ich" sagen muß? Ein generationenbreites Gelände, in dem die schreibende Frau beinah oder wirklich noch verloren geht: an den Mann, an die Männer-Institutionen, Verbände, Kirchen, Parteien, Staat. Wir haben Augen- und Ohrenzeugenprotokolle, wie sie da miteinander reden. Nehmen wir den Mann Elnis, wieder aus dem „Tiefseefisch" der Fleißer, wie er zu der Frau Ebba spricht: Eine Frau, die einen Mann lieb hat, bringt alles fertig. – Innerlich bin ich so zart. – Meine Leiden sind deine Leiden. Wir sind ein Leib und ein Fleisch. – Du sollst keinen Willen haben. Du sollst nicht mehr du sein. Aufsaugen will ich dich doch. – Du mußt ganz hörig werden von mir, und ich muß ganz hörig werden von dir. – Ich habe dich mir gegriffen wie ein Tier sein Weibchen stellt. Ich verteidige meine Beute. Ich werde so scharf über dich nachdenken, daß es dich an meine Seite bannt. – Du wirst vergessen, daß du geopfert wirst. – Ich bin ein Zauberer. – Du mußt mir blind vertraun. Natürlich geht es nicht, wenn ich jemand neben mir habe, der zweifelt. – Mach ein Ende mit dir, wenn du dir leid tust. Häng dich auf, geh ins Wasser! Dann ist eine weniger. – Ich werde noch einen Menschen aus dir machen.

Und was sind, in diesem verlorenen Gelände, die Sätze der Frau? Was kann sie diesem an sich selber kranken Mann entgegenhalten? Etwas wie dies: Ich finde mich in meinem Dasein nicht mehr zurecht. Bin ich kein Mensch, der was spürt? – Du wirst nicht hörig, du nicht. – Es ist furchtbar. – Du würdest die Menschen nicht schinden, wenn du nicht schön wärest. – Ich bin eine Natur, die voraussieht. Ich kann mir was versagen. – Immer muß ich den Abgrund sehn. Ich könnte mir die Augen aus dem Schädel krallen. – Ich will ja anders werden. – Seine Augen klagen mich an. Ich könnte mich von der Erde vertilgen.

Gegen solche Sätze, liebe A., das weißt Du so gut wie ich, läßt sich nicht argumentieren – etwa mit anderen Sätzen, die mit einem „Aber" anfangen. Ich behaupte, daß jede Frau, die sich in diesem Jahrhundert und in unserem Kulturkreis in die vom männlichen Selbstverständnis geprägten Institutionen gewagt hat – „die Literatur", „die Ästhetik" sind solche Institutionen – den Selbstvernichtungswunsch kennenlernen mußte. In ihrem Roman „Malina" läßt Ingeborg Bachmann die Frau am Ende in der Wand verschwinden und den Mann, Malina, der ein Stück von ihr ist, gelassen aussprechen, was der Fall ist: Hier ist keine Frau.

Es war Mord, heißt der letzte Satz.

Es war auch Selbstmord.

Liebe A., ich habe Dir angekündigt, daß das Thema, um das meine Gedanken kreisen, sich schwer begrenzen läßt. Trotzdem, ich werde mich nicht hinreißen lassen, über „die Lage der Frau" zu sprechen, Beobachtungen auszuführen, aus Briefen zu zitieren. Dies müßte wohl einmal geschehen, und sei es, um zu legitimieren, was

Frauen über Frauen und über sich selber schreiben, und was Kritiker nicht wahrhaben wollen. Ich sehe natürlich, daß dieser Legitimierungswunsch immer noch mit der Zwangsidee, sich anpassen oder verschwinden zu müssen, zusammenhängt; auch, daß er zusammenhängt mit der Indoktrination durch den Ästhetikbegriff, dem wir unterliegen, und der nun allerdings hier zur Diskussion steht. Da kommt, nach diesen beinah dreitausend Jahren Stummsein, sporadischen Sprechens höchstens, eine Frau, um zu sagen: Ich sammle nur die Geschichten, die nicht bekannt werden, und nur Geschichten mit letalem Ausgang. – „Todesarten". Liebe A., ich kann es nicht beweisen – für einzelne wohl, aber was beweist der einzelne Fall für eine so summarische Behauptung, wie ich sie hier ruhig einmal aufstellen will: Die Ästhetik, soweit sie ein Gattungs- und Regelwerk, und besonders, wo und wenn sie bestimmte Anschauungen über den Gegenstand der verschiedenen Gattungen, also die „Wirklichkeit" vertritt (die, ich merke es selbst, aber kann mir nicht helfen, immer häufiger zwischen meine Anführungsstriche gerät): die Ästhetik, sage ich, ist, wie Philosophie und Wissenschaft, mindestens im gleichen Maß, zu dem Zweck erfunden, sich Wirklichkeit vom Leib zu halten, sich vor ihr zu schützen, wie zu dem Ziel, der Wirklichkeit näherzukommen.

Meinst Du, die Bachmann wußte nicht, wie Goethe, Stendhal, Tolstoi, Fontane, Proust und Joyce Romane schrieben? Oder sie hätte nicht voraussehn können, auf welche Art entgeistert ein Gebilde wie das, was sie als „Roman" unter die Leute brachte, an allen irgend dafür zuständigen ästhetischen Regeln und Kategorien – auch wenn man sie weitherzig auslegte, doch! – vorbeirauschen mußte und, von keinem einzigen noch so dünnen Netz gefangen, direkt zu Boden gehen? „Madame Bovary bin ich", das hat bekanntlich Flaubert gesagt, und wir bewundern dieses Wort seit mehr als hundert Jahren, und wir bewundern Flauberts Tränen, als er die Bovary sterben lassen muß, und seinen wunderbaren glasklar kalkulierten Roman, den er trotz der Tränen schreiben konnte, und sollen und werden ja auch nicht aufhören mit der Bewunderung. Aber Flaubert *war* ja eben nicht Madame Bovary, das ist doch letzten Endes auch bei all unserm guten Willen und Wissen um die geheime Verwandtschaft zwischen Autor und Kunstfigur nicht vollständig zu übersehen. Die Bachmann aber *ist* jene namenlose Frau aus Malina, sie ist jene Franza aus dem Romanfragment, die ihre Geschichte einfach nicht in den Griff, nicht in die Form kriegt. Die es einfach nicht fertigbringt, aus ihrer Erfahrung eine präsentable Geschichte zu machen, sie als Kunstgebilde aus sich herauszustellen. Talentmangel? Der Einwand entfällt, jedenfalls an diesem Beispiel. Es ist allerdings schwer begreiflich, daß ihr Rang als Künstlerin sich eben auch darin offenbart, daß sie die Erfahrung der Frau, die sie ist, nicht in „Kunst" ertöten kann. Ein Paradox, o ja. „Authentisch" – auch so ein Wort aus der Kunstsprache – nur sein können, indem sie auf den Abstand, den bestimmte Formen geben, verzichtet. Eine Besessenheit muß Worte finden, die sich an das Ritual, das bändigt, nicht halten kann, die sich an nichts halten kann, ungebändigt ist, wild. Eine wilde Frau, man kann nur ratlos die Arme heben; eine andre Art Logik (sie, die wie kaum eine das männliche Denken des Wenn-dann, Weil-darum, Sowohl-als-auch kennt), eine andre Art, Fragen zu stellen (nicht mehr das mörderische: Wer-wen?), eine andre Art Stärke, eine andre Art Schwäche. Andre Freundschaft, andre Gegnerschaft; da stürzen, wohin man blickt, wo man eine Seite aufschlägt, die Alternativen, die unsre Welt, die auch die Lehre vom Schönen und die von der Kunst, bisher gehalten und zerrissen haben, in sich zusammen, eine neue Art Spannung scheint da um Ausdruck zu ringen, in Entsetzen und Angst und in schlotternder Verstörtheit. Nicht einmal der Trost, daß dies noch formbar wäre; nicht im herkömmlichen Sinn.

„Dies"? Was denn? Das Opfer, das seiner Opfer-Funktion inne wird und den Dienst im Ritual verweigert, dessen Ekstase, da es den Schlächter verkannt, ihn geliebt und für den Geliebten gehalten hat, gleichwohl selbstzerstörerisch sein kann. Das Opfer, das ausbricht, anstatt das Angebot des Geliebten anzunehmen, ihm gleich, seine Mitarbeiterin zu werden; dabei aber möglichst anonym, in jedem Fall: Objekt zu bleiben. – Wodurch konnte sie so zerstört werden?, das ist die Frage, die im „Franza"-Fragment der Bruder sich stellt, das einzige männliche, das einzige menschliche Wesen, das die verstörte Schwester um Hilfe anrufen kann; es ist, soweit ich sehen kann, die den Stoff organisierende Frage, die aber leider, ja: leider, nicht objektiv, nicht auf alte oder neue, auch auf die allermodernste Romanweise nicht, zu beantworten ist. Keiner von beiden, nicht die zum Tode kranke Schwester, nicht der Bruder, der soviel begreift, daß er an ihrer Seite bleiben muß – keiner von beiden wird bis zum Ende klipp und klar Bescheid geben können – nicht in den Worten jedenfalls, die uns zur Verfügung stehen. Und auch wir werden eher einen Schrekken erfahren als eine Antwort, oder sollen wir darauf gestoßen werden, daß dieser Schrecken für diese unsre Zeit die Antwort ist, namenloses Entsetzen, und daß wir – Männer und Frauen – nicht fortschreiten, uns nicht lossprechen, uns nicht emanzipieren werden, wenn wir dieses Entsetzen nicht durchleben, wenn wir uns um dieses Grauen herumdrücken wollen?

„Es ist nur schwer zu erzählen", heißt es einmal, in Atemnot, und was dann, aus „Worten, die es nicht gibt", und „aus Worten, die es gibt, weil auf ihnen insistiert wird", was ja dann doch erzählt, zusammengetragen, miteinander verwoben wird, ist ein Gewebe aus den merkwürdigsten, zum Teil weit hergeholten Fäden, man kann es ahnen, wenn zwei Zeilen aus dem Gedicht „Isis und Osiris" von Musil zwischen den Geschwistern als Erkennungs- und Losungswort, auch als Versicherung unbedingter gegenseitiger Verläßlichkeit angeschlagen werden:

„Unter hundert Brüdern dieser eine,
und er aß mein Herz, und ich das seine.“

„*Aller* hundert Brüder“ heißt es bei Musil, und wer sich der Geschichte des ägyptischen Geschwisterkönigspaares erinnert, der Geschichte der Ausbreitung ihres Kults, der Bedeutung des rituellen „Essens“ von Körperteilen menschlicher Opfer, der wird keine Bruder-und-Schwester-Idylle erwarten können. Und doch ist ihr Zusammensein, ihr brüderliches, schwesterliches Aufeinandereingehn, Einanderverfehlen die Gegenwart, die und in der erzählt wird, während das ganz andere, das Wahnsinnigmachende, Unerträgliche, doppeldeutig „Jordanische Zeit“ geheißen, nicht miterlebt, höchstens, und auch das nicht gleich, nicht immer, erinnert werden kann. Professor Jordan, mit dem Franza verheiratet war, der berühmte Psychiater, eine höhere Moral, eine Instanz, ein Maßstab, den sie zu dem ihren machen wollte: Dies ist, in allen mir bekannten Systemen, genau der Punkt, an dem die Emanzipation der Frau halt zu machen hat – vor dem Zweifel an diesem Axiom. Der Mann, dem sie sich ergab („Was für eine Schande!“), „konnte keinen Menschen verlängert sehen, über die Grenze hinaus, die er ihm setzte“. „Warum bin ich so gehaßt worden, nein, nicht ich, das andere in mir“, er hat auch sie, wie alle Menschen, zerlegt, sie war unwissendes Objekt in einem „diabolischen“ Versuch, „du sagst Faschismus, das ist komisch, ich habe das noch nie gehört als Wort für ein privates Verhalten“, aber „irgendwo muß es ja anfangen“, „ja, er ist böse, auch wenn man heute nicht böse sagen darf, nur krank“, „er muß verrückt sein. Und es gibt niemand, der vernünftiger wirkt“ . . . „Ich war, von der Gesellschaft separiert, mit einem Mann, in einem Dschungel, inmitten der Zivilisation, und ich sah, daß er gut bewaffnet war und daß ich keine Waffen hatte.“ Er ließ sie die Notizen sehen, die er über sie machte, ein wissenschaftlicher Voyeur, so wie es die vielen Voyeurs unter Künstlern gibt. „Er hetzte mich hinein in einen Fall", in das, was sie (und gewiß auch er) ihr „Gehabe" nennt, Zwänge, denen sie mehr und mehr unterliegt, für die es, wie für alles in dieser Zivilisation, „Redensarten" gibt, wissenschaftliche Benennungen, die sie, wie alles, was der Intellekt des weißen Mannes ihr aufzwingen wollte, nun abwirft. „Ich rede über die Angst. Schlagt alle Bücher zu, das Abrakadabra der Philosophen, dieser Angstsatyrn, die die Metaphysik bemühen und nicht wissen, was die Angst ist."

Welchen Stellenwert, frage ich Dich nun, hat die Angst – nicht die Angst in den Lehrbüchern der Psychiatrie, die nackte, blanke Angst, mit der eine gliederschlotternd und schlaflos allein ist, die keiner ihr glaubt: Welchen Stellenwert hat diese Angst, die andauert, in den Lehrbüchern der Werke-Ästhetik, in denen es ja um Selbst- und Stoffbeherrschung geht?

Die Frau, die sich Franza nennt, muß erkennen, daß sie kolonisiert wurde, „ich bin von niedriger Rasse, ... er ist das Exemplar, das heute regiert, das heute Erfolg hat, das von heutiger Grausamkeit (ist), das angreift und darum lebt". Sie hätte es wissen können, aber da sie so lange ausgeschlossen war von seinen Tätigkeiten, trifft es sie, wenn sie nun als seine Kollegin, Mitarbeiterin, Partnerin, Rivalin, Konkurrentin auf den Plan tritt, doch unvorbereitet. Folgen jene Schlüsselsätze, die alle jene Frauen, von denen ich Dir schrieb – Seherin, Dichterin, Priesterin, Idol, Kunstfigur – zusammenbringen: „Man kann nur die wirklich bestehlen, die magisch leben, und für mich hat alles Bedeutung ... In Australien wurden die Ureinwohner nicht vertilgt, und doch sterben sie aus, und die klinischen Untersuchungen sind nicht imstande, die organischen Ursachen zu finden, es ist eine tödliche Verzweiflung bei den Papuas, eine Art des Selbstmordes, weil sie glauben, die Weißen hätten sich aller ihrer Güter auf magische Weise bemächtigt ...

Er hat mir meine Güter genommen. Mein Lachen, meine Zärtlichkeit, mein Freuenkönnen, mein Mitleiden, Helfenkönnen, meine Animalität, mein Strahlen, er hat jedes einzelne Aufkommen von all dem ausgetreten, bis es nicht mehr aufgekommen ist. Aber warum tut das jemand, das versteh ich nicht ..."

Die magischen Zutaten ihrer Welt, das sind zugleich die wirklichsten. Und indem sie diese Zutaten hereinholt in ihr Erzählen, in jenen Kapiteln, die magische, urgeschichtliche Welten heraufbeschwören, in Ägypten, in den der Magie durch die Weißen beraubten Grabkammern, ja, selbst bei ihrem fast magischen Tod durch Erschrecken, ihr zugefügt von einem, der selber krank ist, der das Zu-Tode-Erschrecken der Frau braucht: Der Wiederholungsfall, an dem sie stirbt; indem sie, sag ich, ihre unvernünftige, tödliche Trauer mit Worten umkreist, deren magische Bedeutung unverkennbar ist, nähert sie sich einer anderen Art zu erzählen. Die Weißen, sie sollen verflucht sein, das sind Franzas letzte Worte, und ich, liebe A., und Du wohl auch, wir glauben an die Wirkung solchen Fluchs und müssen alles tun, daß er aufgehoben werde. Schreibend, ja, aber wie denn unter dieser glühenden Vernunft-Sonne, in diesem rigoros bewirtschafteten, vermessenen und enträtselten Gelände, unsrer Güter beraubt, darunter unsrer Worte, die bannen könnten. Auch dies eine Frage, der sich nur weiter fragend näherkommen läßt. Wenn wir nur Zeit gewönnen. Was sagt Kassandra heute, verspottet natürlich, ungehört, für unnormal erklärt, ausgesetzt, dem Tod überantwortet? Sie sagt:

„Die Weißen kommen. Die Weißen gehen an Land. Und wenn sie wieder zurückgeworfen werden, dann werden sie noch einmal wiederkommen, da hilft keine Revolution und keine Resolution und kein Devisengesetz, sie werden mit ihrem Geist wiederkommen, wenn sie anders nicht mehr kommen können. Und auferstehen in einem braunen oder schwarzen Gehirn, es werden noch immer die Weißen sein, auch dann noch. Sie werden die Welt weiter besitzen, auf diesem Umweg."

1981

Kleists „Penthesilea“

> Zärtlichen Herzen gefühlvoll geweiht!
> . mit Hunden zerreißt sie
> Welchen sie liebet, und ißt, Haut dann
> und Haare, ihn auf.
>
> *Heinrich von Kleist,*
> *Dedikation der „Penthesilea“*

Die „Penthesilea“ bleibt ein entsetzliches Schauspiel, selbst uns, die wir an Entsetzliches gewöhnt sind. An eine Wurzel des Grauens muß Kleist gerührt haben, daß ihm, über solche anderthalb Jahrhunderte, ein Vorgriff auf unsere nicht leicht zu bewegenden Gemüter gelang.

Wir vernichten, was wir lieben – das ist, auf eine allgemeine Formel gebracht, die Aussage der „Penthesilea“. Recht genau scheint diese Formel auf unsre Zeit zu passen. 1807, als sie doch mit dem Beginn der kapitalistischen Industrialisierung und der rigorosen Arbeitsteilung gerade erst zur Geltung kam, fand sich ein Dreißigjähriger, dessen Lebensformel sie war und dem nichts übrigblieb, als sie auszusprechen. „. . . der ganze Schmutz zugleich und Glanz meiner Seele . . .“

Bezeichnenderweise wurde dieser Satz über mehr als hundertdreißig Jahre, durch verschiedene Kleist-Ausgaben hindurch „verlesen“. Kleists allzu kühne Selbstaussage aus dem Brief an seine vertraute Verwandte, Marie von Kleist in Potsdam, wurde in aller Unschuld veredelt: „Unbeschreiblich rührend ist mir alles, was Sie mir über die Penthesilea schreiben. Es ist wahr, mein innerstes Wesen liegt darin, und Sie haben es wie eine Seherin aufgefaßt: der ganze *Schmerz* zugleich und Glanz meiner Seele.“

Viel, viel lieber Schmerz als Schmutz, das Stück war problematisch genug. – Ein ähnliches Bekenntnis hat Kleist über kein anderes seiner Stücke abgelegt.

Kleist sehe ich beinahe jedes Jahr anders. Einmal gewonnene Nähe kann bis zur Distanzierung schwinden, je nachdem, welcher Zug seines Wesens mir gerade am deutlichsten hervortritt. Er liebte das Versteckspiel, die Mystifikation – falls „liebte" das Wort dafür ist. Er hatte sie nötig. Der Spionageverdacht, dem er sich öfter ausgesetzt hat, ist vielleicht nichts anderes als ein unvermeidlicher Reflex seiner Umwelt auf seine Gewohnheit, Spuren hinter sich zu verwischen. Dabei muß der Geheimauftrag, in dem er zu reisen schien, nicht notwendig von einem preußischen Ministerium, er könnte sehr wohl von ihm selbst ausgegangen sein, ein innerer Zwang, die wahren Motive für seine Exkursionen, die Ausbruchsversuche sind, sorgsam zu verbergen. Er war im Wortsinn ein „unaussprechlicher Mensch". Weil in jeder seiner Bewegungen beinahe gleich stark die Gegenbewegung war, brauchte er eine mehr als gewöhnliche Kraftanstrengung für jeden Schritt. Nie blieb er ohne bitterste Zweifel; nie ging er ohne scharfes Schuldgefühl.

Das mag seine Gelassenheit erklären, wenn ihm, und sei es durch unbequemste Umstände, jede eigene Entscheidung abgenommen ist: Als er, zum Beispiel, im Januar 1807 – ausgerechnet zu einem Zeitpunkt, da preußisches Königshaus und Heer gen Osten fliehn – mit zwei Kameraden unbefangen in der Gegenrichtung loszieht und, von Königsberg aus in Berlin eintreffend, alle drei als ehemalige preußische Offiziere den Verdacht der französischen Besatzer wecken, festgenommen, observiert und schließlich als Gefangene unter Spionageverdacht nach Frankreich expediert werden. Kleist habe sich, schreibt der höfliche französische Festungskommandant an die intervenierende Schwester Ulrike, „der Gefahr ausgesetzt, als Spion betrachtet zu werden, als er sich aus dem feindlichen Hauptquartier hinter die französische Armee begab", deren Befehlshaber Napoleon ist, ebender Kaiser, den Kleist für einen bösen Dämon hält. Nun schreibt er – man muß seine anderen, oft tief unglücklichen Briefe als Gegenbeispiele zu diesem kennen! – von unterwegs an die Schwester: „Ob mich gleich jetzt die Zukunft unruhig macht, so bin ich doch derjenige von meinen beiden Reisegefährten, der diese Gewalttat am leichtesten verschmerzen kann; denn wenn nur dort meine Lage einigermaßen erträglich ist, so kann ich daselbst meine literarischen Projekte ebensogut ausführen, als anderswo. Bekümmere Dich also meinetwegen nicht übermäßig, ich bin gesunder als jemals, und das Leben ist noch reich genug, um zwei oder drei unbequeme Monate aufzuwiegen." Und dies, nachdem er in Königsberg, wieder einmal mit der aussichtslosen Vorbereitung auf ein Staatsamt beschäftigt, unter schweren gesundheitlichen Störungen gelitten und eben deshalb seine Entlassung erwirkt hatte: Die Gefangenschaft befreit ihn von Verantwortung und Rücksichten.

Unter den literarischen Projekten, die er erwähnt, ist, halb fertiggestellt, die „Penthesilea". Alle die Spielregeln, die, verblüffend für uns, damals zwischen den Offizierkorps gegnerischer Seiten noch gelten, sind in dem Stück, das er, auf Ehrenwort bewegungsfrei, in Châlons-sur-Marne zu Ende schreibt, außer Kraft gesetzt. Das Anstößigste, was sich denken läßt, hält ihn besetzt, Kannibalismus aus auswegloser Liebesleidenschaft. In der Geschichte der Amazonenkönigin, die nur lieben darf, den sie besiegt hat, findet Kleist das Material zu einer der vertracktesten Identifikationen, die ich kenne; die ja erst der Funke war, die kalte Glut hinter den Versen der „Penthesilea" zu entzünden.

Den Stoff mag Kleist schon früher gekannt haben, jeder Gebildete seiner Zeit war mit der Mythologie und den Heroengeschichten der alten Griechen vertraut. Der Umgang mit ihnen ist kanonisiert, die „Nachahmung der Alten" gilt als der „einzige Weg" für den zeitgenössischen Künstler, „groß", ja „unnachahmlich" zu werden. Winckelmann hat die Postulate aufgestellt, denen Goethe und Schiller beipflichteten und die eher ein

Harmoniebedürfnis der frühbürgerlichen Aufklärung in Deutschland als Einsicht in die Rolle der Kunst in der griechischen Polis spiegeln: „Das allgemeine vorzügliche Kennzeichen der griechischen Meisterwerke ist endlich eine edle Einfalt und eine stille Größe, sowohl in der Stellung als im Ausdrucke. So wie die Tiefe des Meeres allezeit ruhig bleibt, die Oberfläche mag noch so wüten, ebenso zeigt der Ausdruck in den Figuren der Griechen bei allen Leidenschaften eine große und gesetzte Seele."

Es ist als ob Kleist nicht erst die „Penthesilea", sondern schon den „Amphitryon" dagegen angeschrieben hat. Dem hatte Goethe bereits angemerkt, daß er nicht dazu beitragen würde, Antikes und Modernes zu vereinigen, sondern eher dazu, das Moderne vom Antiken zu trennen. Er dachte wohl nicht, daß Kleist das Ziel nicht anstrebte, an dem der Klassiker seine Produkte maß.

Was menschlich ist, kann man auf zweierlei Weise bestimmen: indem man möglichst viele, auch unheimliche, Erscheinungen des Menschlichen in den Begriff hineinnimmt oder indem man möglichst vieles aus ihm verbannt. Den letzteren Weg gingen die Griechen, und nach ihnen ging diesen Weg die abendländische Kultur; inselhaft, wie der freie Polisbürger, umgrenzt der griechische Philosoph und Tragiker, was zur menschlichen Gesittung gehört; jenseits dieses abgezirkelten Bereichs, der schon die griechische Frau nicht mehr aufnimmt, geschweige Sklaven und Angehörige anderer Völker, beginnt das Niedere, Barbarische. Beginnt der Herrschaftsbereich anderer Götter als der klar gegliederten Götterhierarchie des zwölfköpfigen Olymp. Eine Kenntnis über die allmähliche Verfertigung dieses Götterhimmels in jahrhundertelangen Auseinandersetzungen der Griechen mit einem vielgestaltigen Völkergemisch, das, aus sehr alten matriarchalischen Traditionen her, ganz andere Götter, meist nämlich Göttinnen, verehrte – eine solche Kenntnis können die Autoren um 1800 nicht besitzen. Auch Kleist ist angewiesen auf Quellen wie Benjamin Hederichs „Gründliches Lexicon Mythologicum", in dem er immerhin Varianten zu der Grund-Geschichte der Penthesilea fand: daß sie nach Troia kam, um mit ihrem Heer den Troern gegen die griechischen Belagerer beizustehn; daß zuerst sie es war, die den Griechenheros Achill tötete; daß der aber auf Bitten seiner Mutter, der Meeresgöttin Thetis, von Zeus wiedererweckt wurde und nun seinerseits die Amazonenkönigin erschlug; daß er sich in die Leiche der Frau, die sich ihm zum Kampf gestellt hatte, verliebte. – Daß er also – doch dies ist mein sarkastischer Kommentar – nur eine tote Frau lieben konnte, nicht eine, die ihm widerstand.

Kleist, weit entfernt von Ironie, womöglich noch weiter von Selbstironie, muß in diesen verschiedenen möglichen Enden der Geschichte blitzartig *seine* Lesart des Stoffes gesehen haben, jene Wendung, die ihm erlaubte, sich bis an die Grenzen seiner Natur zu entäußern und sich dabei zugleich hinter einem undurchdringlichen Fabelgeflecht zu verbergen. Ein weiteres, das bisher schärfste Instrument seiner Selbsterforschung, so beschaffen, daß es Intimes, Persönliches, zugleich aber Allgemeingültiges hervorbringen mußte. „Und gilt's den Meisterschuß ins Herz des Glückes, / So führen tück'sche Götter uns die Hand." Penthesilea? Kleist? Oder die Erfahrung einer ganzen Generation?

Die Klassiker wollen keine Götter glauben, die Lust daran hätten, ihre Geschöpfe zu quälen. Ebendies aber ist Kleists Bewußtsein; gutartige Widersprüche sind es nicht, in die er sich verstrickt sieht. Sicherlich hat er die griechischen Tragödien nicht so gelesen, wie wir sie heute nur noch lesen können: als Zusammenfassungen, vorläufige Endprodukte ungeheuerster jahrhundertelanger Kämpfe, in denen die Moral der Sieger formuliert ist, doch hinter der Fabel, die sie diktieren, die Bedrohung durch Älteres, Wildes, Ungezügeltes durchschimmert. Das 18. und frühe 19. Jahrhundert hat, aus unterschiedlichen Gründen, die Rechtfertigungs- und Abwehrmechanismen in den griechischen Tragödien nicht bemerken können; hat sich an ihre Überlieferung gehalten und nicht danach gefragt, wie weit die vom Bedürfnis eines Siegervolkes, einer Klasse innerhalb dieses Volkes geprägt war, was alles sie also ausschließen, verdrängen, verteufeln mußte. Warum zum Beispiel die griechischen Geschichtsschreiber die Amazonensage, die Geschichte von den wilden, wehrhaften Frauen, die an der Nordküste des Schwarzen Meeres – in den skythischen Regionen – und in Libyen Frauenreiche errichtet hätten, in denen Männliches entweder gar nicht oder nur in verkrüppelter und versklavter Form geduldet wurde, derart faszinierte; zwischen Furcht, Abscheu und Bewunderung hin und her gerissen, haben sie sie immer wieder in den verschiedensten Varianten kolportieren müssen. Ihnen war ja die Minderwertigkeit der Frau selbstverständlich, sie hatten ihre Frauen entrechtet, ins Haus verbannt, unschädlich und ungefährlich gemacht. Barbarisch, widernatürlich, angsteinflößend sind ihnen jene Frauen der grauen Vorzeit, von denen es heißt, daß sie sich die Männer, um mit ihnen Kinder zu zeugen, in Raubzügen jenseits der Grenzen ihres Reiches erobern; daß sie nur Mädchen aufziehen, denen die Mütter die rechte Brust ausbrennen, um sie zum Waffendienst mit Lanze und Pfeil und Bogen tauglicher zu machen; daß sie eine Menge Städte in Nordafrika und entlang der kleinasiatischen Westküste gegründet hätten und daß auch das berühmte Heiligtum der Diana in Ephesos von ihnen gestiftet sei. Die großartige Literatur der Griechen kann man auch als eine Literatur unaufhörlicher Verdrängung weiblicher Kultur, weiblicher Lebensansprüche im weitesten Sinne lesen. Die deutsche Aufklärung nun, zunächst begrenzt auf eine schmale Schicht gebildeter Männer, suchte in der Anlehnung an die Alten eine Bestätigung und Befestigung der eigenen Vernunftmoral, die sie über den unvernünftigen, unentwickelten deutschen Verhältnissen aufpflanzte: eine heroische Anstrengung. Daß unter diesen Befestigungen und Eindämmungen, welche Aufklärung und Klassik durch ihr

Ideal der Erziehung zu Humanität gegen das Barbarische, Untergründige, Unbeherrschte der menschlichen Natur aufrichten, ein Strom weiterläuft, von dessen Wildheit und Beschaffenheit sie kaum eine Ahnung haben, zeigt sich mit den Romantikern; zeigt sich an Figuren wie Kleist. Und zeigt sich, vor allem, scheint mir, an einem Stück wie der „Penthesilea".

Auch sie ist eine Aufnahme antiker Themen. Aber anders als in den Werken der Klassiker die Antike ans Licht gehoben wird, bricht hier der Strom, der so lange unterirdisch floß, hervor – reißend, zerstörerisch, zum Entsetzen der am klassischen Humanismusbegriff Gebildeten. „Ich bin nach dem Lesen der ‚Penthesilea' neulich gar zu übel weggekommen", sagt Goethe nach der Lektüre des neuen Stückes; und an Kleist schreibt er, kühl und höflich: „Mit der Penthesilea kann ich mich noch nicht befreunden. Sie ist aus einem so wunderbaren Geschlecht und bewegt sich in einer so fremden Region, daß ich mir Zeit nehmen muß, mich in beide zu finden." Und dies nach dem glühenden Dedikationsbrief Kleists an Goethe vom Januar 1808. „Es ist auf den ‚Knieen meines Herzens', daß ich damit vor Ihnen erscheine", so lautet der berühmte Satz in diesem Brief. Ein indirektes Zitat aus dem Gebet Manasse in den Apokryphen, das sich im Zusammenhang so liest: „Ich habe deinen Willen nicht befolgt und deine Gebote nicht gehalten ... Darum beuge ich nun die Kniee meines Herzens und bitte dich, Herr, um Gnade." Was heißt denn das. Erhebt Kleist den Adressaten des Briefes in Götternähe, nur um ihm im gleichen Atemzug seinen eigenen Ungehorsam gegen seine Gebote und Richtlinien ins Gesicht hinein zu vermelden? Während in der „Penthesilea", wo diese merkwürdig exaltierte Wendung ja auch vorkommt, die so Angeredete sich soeben in grauenhafter Weise vergangen hat; nach ihrer Untat an Achill ruft Prothoe, die Freundin, der Penthesilea zu:

O du,
Vor der mein Herz auf Knien niederfällt,
Wie rührst du mich!

Gibt es also auch ein heimliches Bestreben Kleists, Goethe mit der Gestalt der Penthesilea zu identifizieren? Manche Deutungen wollen in der „Penthesilea" ja nichts anderes sehn als einen Ausschnitt aus dem fortwährenden Zweikampf Kleists mit Goethe. Goethe, der dieses Stück auch als eine Zurücknahme seiner „Iphigenie" lesen mußte: sie, die imstande ist, zwischen den Ansprüchen zivilisierter Menschen und einer barbarischen Göttin zu vermitteln; das Menschenopfer zu verhindern; Aussöhnung zwischen unauflöslichen Widersprüchen zu bewirken: Alle menschlichen Gebrechen / Sühnet reine Menschlichkeit.

Aber Gebrechlichkeit ist Kleists Wort, nicht das des über fünfzigjährigen Goethe. Ach, wie gebrechlich ist der Mensch, ihr Götter! – Dieser Stoßseufzer der Oberpriesterin gehört zu den letzten Zeilen der „Penthesilea". Wie kann dieser Kleist sich die Aufgabe stellen, mit der Summe seiner zusammengerafften Gebrechen über die Summe der Stärken des anderen zu triumphieren? Sein Unglück ist: Er hängt ja an den Werten der Klassiker. Nur: Wenn er sich ihnen nähert, verändern sie sich ihm bis zur schauerlichen Fratze. Der Mensch, der sich an sie zu halten sucht, wird in peinlichste, sogar tödliche Verwirrung gestürzt, Gut und Böse, Recht und Unrecht sind nicht mehr zu unterscheiden, welche Wahl er auch treffen mag: Nach einer der Gesetzesreihen, die er anerkennt, muß er schuldig werden. Kleists Helden, flatternden Gewissens zwischen unsichere Gebote gestellt, die einander ausschließen, aber unbedingten Gehorsam beanspruchen, zerfleischen sich selbst. Kein schöner Anblick. Die Moderne beginnt. Schwer verständlich bleibt uns besserwisserischen Späteren, wie Kleist – ambivalent natürlich auch in seinem Verhältnis zu Goethe, maßlos verehrend, maßlos ehrgeizig ihn herausfordernd –, wie also Kleist auch nur eine Minute lang hoffen konnte, diese „Penthesilea" könnte den Beifall dieses Goethe finden; Goethe, der sein Lebtag nicht von dem Schock loskam, den die anmaßende und beunruhigende Figur des Jüngeren ihm verursacht hat; der noch 1826 über Kleist schrieb: „Mir erregte dieser Dichter, bei dem reinsten Vorsatz einer aufrichtigen Teilnahme, immer Schauder und Abscheu, wie ein von der Natur schön intentionierter Körper, der von einer unheilbaren Krankheit ergriffen wäre."

Ein Fall zwanghafter Verkennung von beiden Seiten, wie er in Kleists Stücken so häufig vorkommt.

Warum aber kann – oder muß – Kleist sein „innerstes Wesen" ausdrücken durch das Schicksal, durch den Mund einer Frau?

Kleist als Mann – dies wäre eine gesonderte Studie. Doch soll man ein so tief und absichtsvoll verschleiertes Geheimnis aufbrechen wollen? Denn, daran ist nicht zu zweifeln, es ist nicht zuletzt seine Sexualität, sein von den üblichen männlich-weiblichen Beziehungen schmerzvoll und auch wieder stolz abweichendes und abgesondertes Dasein, die ihn zu Mystifikationen treiben – ihn, den zugleich ein unwiderstehlicher Drang beherrscht, sich ganz auszusprechen. Dieser Widerspruch regiert, wenn mich nicht alles täuscht, die geheimen Motive zur Ausarbeitung der „Penthesilea": Kleists Ich in einer weiblichen Heldin. Kleist, der, wie manche Biographen für möglich halten, nie eine Frau berührte; der die offensten, sinnlichsten, werbendsten Liebesbriefe an Freunde schrieb; die frühe einzige Braut vor allem bilden und belehren wollte, und zwar nach einem abstrus philiströsen Weiblichkeitsideal; der diese Braut floh, als es unvermeidlich geworden wäre, ihr platonisches Verhältnis zu konkretisieren; der hinter seinem eignen Rükken die Auflösung dieser Verbindung betreibt, indem er sie mit unangemessenen Ansprüchen überfordert; der auch später gerne abreist, wo Frauenfreundschaft in

Frauenliebe überzugehen droht; der manche seiner Reisen mit der Schwester macht: Ulrike, die „Männin", angeblich ein Urbild der Penthesilea; Ulrike, die ehelos bleibt; über die er, das weiß er, verfügen kann, auch wenn seine literarischen Ambitionen ihr fremd bleiben; die in jener Königsberger Zeit um ihn ist, als er mit der „Penthesilea" beginnt – ebenso, seltsamerweise, auch die frühere Braut Wilhelmine, nun als Gattin des Philosophieprofessors Krug ein unverfänglicher Umgang für den oft und gern erscheinenden ehemaligen Bräutigam, der ihre gemütliche Häuslichkeit rein genießt.

Kleist, der im Jahr der „Penthesilea", 1807, von Châlons sur Marne aus seiner Schwester unbekümmert anträgt, sich doch einen kleinen Haushalt einzurichten, so daß er sich bei ihr in Kost begeben könne. „Du liesest den Rousseau noch einmal durch, und den Helvetius, oder suchst Flecken und Städte auf Landkarten auf; und ich schreibe." Folgt einer jener Sätze, deren ahnungslose Unbefangenheit ihre Unverfrorenheit noch steigern: „Vielleicht erfährst Du noch einmal, in einer schönen Stunde, was Du eigentlich auf der Welt sollst." Jedenfalls: „Wir werden glücklich sein! Das Gefühl, miteinander zu leben, muß Dir ein Bedürfnis sein, wie mir. Denn ich fühle, daß Du mir die Freundin bist, Du Einzige auf der Welt!" So steht es als bindende Verabredung in dem gleichen Brief, dessen Nachsatz ungeniert diese ganze Einrichtung wieder umwirft, da sich ihm der Weg nach Dresden, sein eigentliches Ziel, nun doch eröffnet hat. – Eine Frau ist es ja schließlich auch, die Kleist jenen Dienst erweist, den Männer ihm öfter abgeschlagen haben: mit ihm in den Tod zu gehn, indem sie einwilligt, sich von ihm erschießen zu lassen.

Kleist steht am Anfang jener Reihe Dichter, deren Genie sich ganz unbekümmert zur Erfüllung seiner Bedürfnisse und Zwecke der weniger talentierten Frau bedient. Und was sollte er sonst tun; beide, er und die Frauen, sind für diese Rollen zugerichtet. Er, ein wahrscheinlich wenig geliebtes sensitives Kind, früh der Kadettenanstalt ausgeliefert, eingebunden in Familie, Heer, Staat – in Preußen! –, an steilen Prinzipien und Idealen orientiert, früh sich aufreibend in ohnmächtigen Ausbruchsversuchen, in die Kunst nach zähem Widerstand buchstäblich hineingetrieben als der letzten einzigen Zufluchtsstätte – aber wie ungesichert ist die. Er, dem wie in einer ausgeklügelten Dramaturgie alle Alternativen nach und nach zusammenbrechen: Er unternimmt es, mit dieser Dramaturgie der Alternativlosigkeit vor die bestürzten Zeitgenossen zu treten, zerfressen von Ruhmsucht und Ehrgeiz, welche die Kehrseite maßlosen Liebesverlangens sind, immer wieder hoffend, er werde angenommen.

Gerade der Frau aber, die vorbehaltlos alles annimmt, was von ihm kommt, die „Kleisten" in Potsdam; der er über die „Penthesilea" schreibt: „Erschrecken Sie nicht, es läßt sich lesen; vielleicht hätten Sie es unter ähnlichen Umständen vielleicht ebenso gemacht"; die sich begeistert zeigt – gerade ihr muß er mitteilen (Komik unterläuft Kleist fast immer unfreiwillig), dieses Drama sei „für Frauen . . . im Durchschnitt weniger gemacht als für Männer", und, seinem Einfall die Zügel lassend: „Wenn man es recht untersucht, so sind zuletzt die Frauen an dem ganzen Verfall unsrer Bühne schuld, und sie sollten entweder gar nicht ins Schauspiel gehen, oder es müßten eigne Bühnen für sie, abgesondert von den Männern, errichtet werden. Ihre Anforderungen an Sittlichkeit und Moral vernichten das ganze Wesen des Dramas, und niemals hätte sich das Wesen des griechischen Theaters entwickelt, wenn sie nicht ganz davon ausgeschlossen gewesen wären." Frappierend, wie Kleist in dieser Klage seine eignen Versuche, weibliche Wesen zu gezähmten Haustieren zu modeln, verdrängt hat; wie er nicht auf die Idee kommt, daß er Ursache und Wirkung verwechseln könnte: Man kann halt nicht über zweieinhalb Jahrtausende die abendländische Frau in eine rigorose und monströse Tugendgesetzgebung einsperren und dann von ihr moralinfreie Anregung der männlichen Kunst erwarten. Der Punkt ist erreicht, an dem die patriarchalischen Strukturen den Männern zum Hindernis werden.

Vor allem aber, beinahe erheiternd, jener Irrtum über die Motive der Griechen, Frauen als Akteure aus dem Trauerspiel zu entfernen: nicht weil sie zu sittsam waren, sondern weil sie einst, als wilde mänadenhafte Frauen bei den Dionysien, allzu ungezügelt einem alten Ritus angehangen hatten – ebenjenem, aus dem die Tragödie der Griechen sich entwickeln sollte –, mußte man sie eliminieren. Die Entstehung des griechischen Theaters, eine der großartigsten und erleuchtetesten Erfindungen, ist ein wichtiger Bestandteil jenes langen, kampf- und schmerzreichen Prozesses der Umwertung der Werte zu einer patriarchalischen Kultur. Kein anderes Stück, das auf uns gekommen ist, spiegelt diesen Prozeß direkter als die „Backchen" des Euripides, das Kleist natürlich gekannt hat und das, überraschenderweise, zu Goethes Lieblingsstücken gehörte. Es spiegelt die Furcht eines Mannes vor einem offenbar uralten Weiberritual: das jährliche Zerreißen und Aufessen des Gottessohnes, Dionysos, oder eben dessen Stellvertreters: eines Knaben, eines Jünglings, später eines gehörnten männlichen Tieres, durch rasende Frauen. Ein Fruchtbarkeitskult, der offenbar bei den Frauen jener von den Griechen kolonisierten Randvölker während der Kolonisierung ihrer Kulte als irrationaler Exzeß immer wieder durchbrach; den der Grieche Euripides aller ideologischer Verbrämung entkleidet und in seiner schauerlichsten Form: die Mutter ißt, in sinneverwirrende religiöse Raserei verfallen, den eigenen Sohn – zum nackten Mord erklärt. Die Gründe für die ausweglose Raserei der Frauen werden nicht erzählt, welche Lebensabschnürung sie zum Wahnsinn treibt, bleibt unsichtbar; fassungslos stehen sie bei Euripides vor einer unverstandenen entsetzlichen Schuld, die unsühnbar ist, aber bestraft werden muß. Bestraft durch den männlichen Gott und sein Gebot der Rationalität.

Was Kleist in der „Penthesilea" heraufholt, ist ein Reflex der alten Angst der Männer vor starken, unkontrollierbaren, verrückten Frauen: Dies ist aber nur ein Aspekt des Stückes; losgelassen ist, in diesen brennenden, doch gebändigten Versen die Angst eines Mannes vor der Entfesselung des Wahnsinns in ihm selbst – eine Art von Wahnsinn, die nach zweieinhalbtausend Jahren männlicher Kultur als „weiblich“ erscheinen muß. Wie alle Werke Kleists, mehr noch als die anderen außer dem „Prinzen von Homburg“, entspringt dieses Stück dem Schmerz über eine zuckende, niemals heilende Wunde: daß er nicht, wie er es braucht, geliebt wird; daß er nicht lieben kann.

Die „Penthesilea“ ist ein Stück, unter dessen Oberfläche immer neue Schichten hervortreten, je nachdem, auf welche Tiefenschärfe wir unsere Augen einstellen. Auch wenn Kleists eigene Seelenlage uns unbekannt wäre – der Kampf der Amazone Penthesilea mit dem griechischen Heros Achill bleibt ein großer Vorwurf. Daß er nicht in Kleists Zeit, daß er nur in der Antike zu finden war, verstand sich von selbst: zwei gleichgestellte, im gleichen Maße handlungsfähige Menschen, Mann und Frau, in Liebe einander verfallen, doch jeder von beiden an das Gesetz seines Volkes gebunden, das zugleich das Gesetz seines Geschlechtes ist: Sie muß – und darf nur – lieben, den die Schlacht ihr zutreibt und den sie besiegt. Ihm ist natürlich, daß die Frau ihm bedingungslos folgt; nur zum Schein kann er sich ihr für kurze Zeit ergeben, und schon dieser Vorsatz macht ihn in den Augen der Gefährten toll. Das Mißverständnis, die Verkennung regieren mit Notwendigkeit die Dramaturgie; als sollten Nord- und Südpol zueinanderkommen, als sollten die beiden Enden eines Magnets zusammengebogen werden: In der Art einer verheerenden Naturkatastrophe entladen sich die unvereinbaren Gegensätze. So gesehen, ist die „Penthesilea“ eine Metapher für die hoffnungslose Trennung von Mann und Frau. Eine zweite, nahebei liegende Lesart könnte den Kampf einer

Frau um ihr Recht auf individuelle Liebe hervorheben. Aber natürlich ist das Stück auch, tritt man nur einen Schritt zurück und läßt es als allgemeingültiges Muster auf sich wirken, ein geschlossenes Modell für die Verstrickung eines Menschen in unvereinbare Bedürfnisse und Pflichten, die ihn, mag er sie vernachlässigen oder strikt erfüllen, so oder so zugrunde richten müssen.

Kleists Fall. Aus der Amazonenüberlieferung der Griechen, an sich schon ein Zeugnis für ein patriarchalisch beeinflußtes Verkehrtbild, macht Kleist ein weiteres Negativ, entsprechend einer neuen Stufe männlicher Entfremdung in der ökonomisch produktiver, das heißt: arbeitsteiliger werdenden männerzentrierten Gesellschaft. „Krank"? Mag sein. Doch war es die Zeitkrankheit, an der Kleist mehr litt als andere. Er, im Zentrum seiner Lebenskraft von der Entfremdung betroffen, dem Schreiben verfallen als dem einzigen schmalen Rettungshorizont; äußerste Entfremdung darstellend, deren Opfer er zugleich ist.

Impotenz ist ein nie aussprechbares Stichwort zu den Automatismen, die zwischen den Liebenden ablaufen. Das Noli me tangere – es kann nicht gesagt werden, in Handlungen, die dem Unbewußten direkt entspringen, wird es errichtet. *Wollen* diejenigen, die ihrer Vereinigung derart unüberwindliche Hindernisse entgegenstellen, diese Vereinigung überhaupt? *Können* sie sie wollen? Wird nicht durch die Un*möglichkeit* die Un*fähigkeit* ausgedrückt – eine jener Offenbarungen des „innersten Wesens", die zugleich in tiefster Verborgenheit geschützt bleiben? Viel Schuldgefühl schwingt hinter der Selbsttötung der Penthesilea. „Küsse, Bisse, das reimt sich ..." Freilich in einem anderen, nicht der Norm entsprechenden Liebeskanon als dem, auf den die Frauen und die Männer des beginnenden 19. Jahrhunderts hindressiert sind. Kleist kennt die Aufschwünge und Zusammenbrüche der Penthesilea. Heillos steht sie zwischen zwei Moralsystemen, die für sie ein gleiches Gewicht haben: So auch er. Er kennt ihre Sterbenssehnsucht und Todesentschlossenheit. Und er muß es erfahren haben, wie in dem Augenblick, da man hoffnungslos zwischen den Fronten steht, als ein Irrsinnssignal das Wort „frei“ in einem aufblitzt. Der Penthesilea schleudert es die Oberpriesterin, welche die Ideologie der Ahnin Tanaïs vertritt, wie einen Fluch entgegen:

Frei, in des Volkes Namen sprech ich dich;
Du kannst den Fuß jetzt wenden, wie du willst . . .

Aber noch kann Penthesilea diese Freiheit nicht verwenden. Noch schnürt ihr die Furcht, ihrem Volk zu schaden, jeden Ausweg ab: „Ich will in ew'ge Finsternis mich bergen.“ Freiheit – die Art Freiheit, die hier noch zu haben ist – gewinnt sie erst durch die Untat. Daß sie, zur Raserei getrieben, das Liebste selbst vernichtet hat, reißt ihr die Augen auf. Da sieht sie – nichts. Alles, was sie glaubte, war ein Wahn. Der Göttersturz hat die Welt verwandelt. Himmel und Hölle gibt es für sie nicht mehr. Keine Fessel, kein Glaube, kein Spruch binden sie noch. Vom Gesetz der Frauen, das sie als Person vernichten mußte, sagt sie sich los. Und frevelhafter als alles, was sie tun konnte, so grell, bizarr, pervers es war, ist dann am Schluß ihr stiller glaubensloser Satz: „Der Tanaïs Asche, streut sie in die Luft!“

Also kein Ausweg, keine Möglichkeit, keine Hoffnung? So ist es: Nichts davon. Trauer.

Und eben darum ist der Vorwurf der Barbarei gegen die „Penthesilea“ nicht gerechtfertigt. Wenn die Abschaffung des Menschenopfers, wenn seine Ersetzung im Ritual durch Tieropfer, Zeichen und Symbol, die Loslösung von dem abergläubischen Bedürfnis nach einem Sündenbock ganz gewiß ein, vielleicht *der* Maßstab für Kulturfortschritt in menschlichen Gemeinschaften sein mag, so zeigt ein Stück wie Kleists „Penthesilea“ an, wie bedroht eine auf Einzwängung errichtete Vernunft durch den Wahn ist; wie hauchdünn die Wand ist zwischen fragloser Gesetzestreue und hemmungsloser Gesetzesverletzung – in Gesellschaften, in denen „Aufklärung" eine Verabredung unter Privilegierten, Gebildeten bleibt und Massen von Menschen ein sinnentleertes Leben führen. Das „Unschöne, das Beängstigende", mit dem sich nach Goethes Überzeugung „die Dichtung weder befassen noch aussöhnen könne", verschwindet ja nicht, indem man sich weigert, es wahrzunehmen. Schockierend ist es freilich, auch für uns noch, ein strenges Denk-Tabu, den Kannibalismus unserer Kultur, als Gegenstand der Kunst zu sehen. Die Klassiker, die sich, weil sie es nötig brauchten, ihr humanes Griechenland erfanden, wollen dem ruchlosen Gedanken nicht nachhängen, dem nach Sittlichkeit strebenden Menschen könne einmal der Ausweg verlegt sein. Kleist weiß es. Heute müßte für blind und unempfindlich gelten, wer es leugnen wollte. Unser Jahrhundert hat aus jenen seelischen Hohlräumen, welche Aufklärung und Vernunft nicht berührt haben, Extremismen und Exzesse herausgepreßt, Wahndenken und Wahnsinnstaten, vor denen ein einzelner gräßlicher Mord aus auswegloser Liebesraserei verblaßt.

Goethe hielt dafür, daß keine Position, welche die Kultur errang, je wieder aufgegeben werden dürfe. Bedeutet nun aber die Faszination durch den Mythos, die Wiederheraufholung mythologischer Themen, die Ergriffenheit vom Doppelsinn des Wortes „sacra", das „heilig" wie „verflucht" heißen kann, in der Kunst unweigerlich eine Rückkehr oder auch nur eine Sehnsucht nach früheren, ungegliederten Zuständen? Nach Primitivismen, Atavismen, Barbarismen? Bei Kleist, scheint mir, bedeutet das Penthesilea-Motiv all dieses nicht. Die Untat, der Rückfall in die Barbarei, wird in vollkommener Geistesabwesenheit verübt und trennt die Unselige, als ihr Realitätssinn wieder erweckt ist, für immer von ihrer Umgebung und von sich selbst. Eine Ernüchterung zum Tode, der mit einer Ästhetik scheinhafter Alternativen nicht beizukommen ist. Dieser Penthesilea, diesem

Kleist ist auf Erden nicht zu helfen. „Daß die Poesie das glückliche Asyl der Menschheit bleiben wird“, ist, wir wissen es nur zu genau, ein frommer Wunsch des alten Goethe geblieben. Für unser Auge tritt, so seh ich es, aus Kleists Trauerspiel ein Mensch hervor, leidenschaftlich und unbedingt, gebrechlich und verletzlich, mutig und ohnmächtig, fehlbar und der Hilfe bedürftig, verkörperter Schrei nach einer realen Möglichkeit für eine lebbare Existenz.

August 1982

Rede auf Schiller

Schiller? dachte ich, als ich erfuhr, für dieses Jahr sei mir der Schiller-Gedächtnis-Preis zuerkannt. Wie kam ich zu Schiller? Wie kam Schiller zu mir? Jener hagere, überfleißige, über lange Zeit kranke Mann, den ich mir immer als zu groß für die Stuben des Schillerhauses in Weimar an der Esplanade vorstellen mußte; dessen Ferdinand, ebenfalls ein sehr langer Mensch, mit Riesenschritten auf der Bühne meiner Heimatstadt umhergerannt war und dabei lauthals geschrieen hatte; da war ich dreizehn, vierzehn. „Kabale und Liebe" war, nach den Weihnachtsmärchen und der Operette „Frau Luna", das erste richtige Stück, das ich sah. Die Kulissen wackelten, ich kicherte. Ob ich mir, fällt mir eben ein, den Dichter seitdem nach diesem Schauspieler vorgestellt habe? Auswendig lernten wir natürlich die „Glocke" und die Balladen – auch deren Verballhornungen, mit denen sich Generationen von Schülern gegen die tödliche Langeweile der Deutschstunden wehrten. Schiller muß uns als *der* deutsche Dichter offeriert worden sein, denn ich entsinne mich meiner empörten Ungläubigkeit, als nach dem Krieg eine neue Deutschlehrerin in einer anderen Stadt uns sagte, Schillers „Don Carlos" – der erste Text, den wir nun durchnahmen – sei in den letzten Jahren des „Dritten Reiches" nicht nur von den Spielplänen der deutschen Theater, auch aus den Lehrplänen der deutschen Schulen getilgt worden. Sire, geben Sie Gedankenfreiheit.

Meinen Aufsatz über diesen Carlos fand diese Lehrerin, mit Recht, „gestelzt“. Ich hatte das Kunststück versucht, auf dem Umweg über Schiller sie zu kritisieren; ähnliches hatten schon andere probiert, die auch nicht offen sprechen wollten oder konnten, unter ihnen Friedrich Schiller; ich kannte sie damals nicht, ich wußte nicht, daß die Methode der indirekten Kritik einen geschliffenen, schneidenden, auch raffinierten Stil hervorbringen kann, aber eben auch einen umständlichen, dunklen, gestelzten. – Während einer langen Krankheit lernte ich dann viele Gedichte von Goethe auswendig, von Schiller nur wenige, unter ihnen das „Lied an die Freude“. Fünf, sechs Jahre später lebte ich selbst in Leipzig/Gohlis und sah das Häuschen, in dem er dieses Lied, all seine Freundschafts- und Freudesfähigkeit zusammennehmend, gedichtet haben soll. Ich lernte „Das Ideal und das Leben“, skandierte:

Zwischen Sinnenglück und Seelenfrieden
Bleibt dem Menschen nur die bange Wahl.

Solche Antinomien kamen mir gerade recht. Auch hochfliegende Appelle wollten mir einleuchten, wie der an die „Künstler“:

Der Menschheit Würde ist in eure Hand gegeben –
Bewahret sie!
Sie sinkt mit euch! Mit euch wird sie sich heben!

Hochfahrende Augenblicke, der Dichter hatte sie zu liefern. Zu fragen, warum dieser deutsche Dichter so deutlich, so häufig auf Beschwörungen im Reich der Ideen angewiesen war, hatte ich noch nicht gelernt. Viele Generationen deutscher Lehrer aber, fürchte ich, entnahmen ihr endgültiges Bild vom „Dichter“ genau dieser Ideenakrobatik, die politisch folgenlos blieb und bleiben mußte; die eben, weil sie keinen Boden hatte, derart halsbrecherisch, auch schön und kunstvoll ausfiel. Mir wurde Schiller für Jahre fremd.

Auf der Universität in Jena lasen wir in einer Übung zur Sprecherziehung Thomas Manns Novelle „Schwere Stunde“, die mich eigentümlich fesselte, doch nicht so sehr Schillers wegen, wie ich mir schon damals eingestand, sondern wegen der heimlich-unverhohlen betriebenen Identifizierung des einen Autors mit dem anderen. „Das Talent selbst – war es nicht Schmerz?“ Ich glaube, die Frage war mir in all ihrer Rhetorik neu. Wurde nicht, empfand ich dagegen, hier eine Absonderung und Erhöhung des Schriftstellers vom Schiller-Typus über „das Gemeine“ vorgenommen? „Größe! Außerordentlichkeit! Welteroberung und Unsterblichkeit des Namens! Was galt alles Glück der ewig Unbekannten gegen dies Ziel?“ Wie konnte man so undemokratisch fragen? Mir schien es nicht recht, das Glück der ewig Unbekannten gering zu achten. Nein, ich glaube nicht, daß diese steile Sprache mich erwärmen konnte.

Aus den Fenstern jenes Universitätsraumes, in dem wir saßen, blickten wir über die Straße hinüber zum botanischen Garten, ehemals Garten jenes Hauses, in dem Schiller die „schwere Stunde“, mit dem spröden Stoff des „Wallenstein“ ringend, erlebt haben sollte. Bewundern konnte ich diesen außerordentlichen Menschen – ja. Auch lieben? Thomas Mann hat ihm seine große Rede zum Todesjahr 1955, die er in beiden deutschen Staaten gehalten hat, „in Liebe“ gewidmet. Wer es ihm nachsprechen könnte, dachte ich, immer noch mit den Vorüberlegungen zu dieser Dank-Rede beschäftigt, die ich hier würde halten müssen.

Ich will nicht fortfahren, Ihnen meine Begegnungen mit Schiller zu unterbreiten; es ist an der Zeit, zu berichten, daß allein durch den Ort, an dem diese Preisverleihung stattfindet: Stuttgart, immer wieder ein anderer Name als Signal in mir aufleuchtete und sich neben, ja vor den des Gefeierten, Schiller, drängte. Auf die Frage, wen ich zu dieser Feierstunde am liebsten eingeladen sähe, hätte ich zu gerne seinen Namen genannt, den eines langjährigen guten Freundes, des Stuttgarters, der außer Schiller, Hölderlin und ihresgleichen in mir das Bild des Schwaben prägte; und wie gut, dachte ich, kommen die Schwaben dabei weg! Diebisch hätte es ihn gefreut, hierher mitzukommen, mich zu seinem Elternhaus in Untertürkheim in der Annastraße zu führen, zu dem ich nun alleine gehen werde und, wenn ich diese Rede vortrage, gegangen bin. „Gegangen sein werde", hätte er mich korrigieren können, denn die Lust an der Sprachakribie teilte er mit seinen berühmteren Landsleuten; kein Plusquamperfekt, kein Futur II würde er sich ersparen, mir, uns keines schenken; mit den kleinen Ungenauigkeiten, fand er, beginnen oftmals die ganz großen Schweinereien. –

Gut, dachte ich. Da er nun einmal nicht mit mir reisen kann, denn er liegt seit vier Jahren in einem kleinen Ort bei Potsdam begraben; da es mir aber doch ganz unnatürlich vorkäme, aus einem Anlaß wie diesem ohne ihn nach Stuttgart zu fahren, werde ich dort wenigstens von ihm reden. Und Schiller? Keine Bange, sagte ich zu mir selber. Diese beiden Toten werden sich schon finden. Ich müßte versuchen, dem einen, dem Dichter, jene Fragen zu stellen, die dem anderen, meinem toten Stuttgarter Freund, zeitlebens auf der Haut gebrannt haben; diese Wendung ist keine Metapher, sondern wörtlich zu nehmen; als dieser Mann, von dem ich rede, die Klassiker, auch Schiller, las, saß er im Zuchthaus und diskutierte mit seinen Genossen die Gründe für ihre Niederlage. Es waren die Jahre vierunddreißig, fünfunddreißig, sechsunddreißig. Ich weiß nicht, ob es ihnen bewußt war, daß sie auch die Erben jener unreifen Konstellationen waren, mit denen einst der Dramatiker Schiller sich abgeplagt hatte: als Dramatiker; bis hin zu seiner vergeblichen Suche nach einer Zentralfigur, einer nationalen Heldengestalt, die der Darstellung würdig gewesen wäre; bis hin zur Stoffwahl, die fast niemals „deutsch" sein konnte, aus den gleichen Gründen; bis in die Struktur seiner Stücke hinein, für die er künstliche Lösungen finden mußte, da ja das Volk, das seinen Part im Machtspiel der Großen übernommen hätte, das, zum Beispiel, im Schauspiel einen *natürlichen* Chor abgegeben hätte, zu Schillers Lebzeiten in den deutschen Kleinstaaten schlechterdings nicht sichtbar wurde; da es dem, der das Zeug dazu hatte, der große Dramatiker der Deutschen zu werden, durch Abwesenheit das Konzept verdarb. Soviel weiß ich: Nie wäre meinem Stuttgarter Freund der Gedanke gekommen, daß ein Mann wie Schiller vielleicht nach einem Mann wie ihm, wären sie Zeitgenossen gewesen, gierig gegriffen hätte: als Protagonist. So wie er selbst, da er doch einen Anhaltspunkt brauchte, eine Figur, in der er sich erkennen könnte, auf den Joß Fritz der Bauernkriege zurückgriff. Diese Schwierigkeiten bei der Identitätsfindung machen mich nachdenken über die Zeit-Brüche in der deutschen Geschichte: Allzu oft fehlt den Helden die Gegenwart.

Einmal allerdings, gleich beim ersten Stück, heißt es bündig bei Schiller: „Der Ort der Geschichte ist Teutschland". Und einmal gibt es Volk auf der Bühne, Schwaben, behaupte ich: als Räuberbande. In nächtlichen Stunden brütet das der sehr junge Dichter aus, während die Kameraden schlafen, im großen Schlafraum der Karlsschule, wo vor dem vergitterten Fenster weiße Lilien blühen, die der Eleve Schiller gesetzt hat. Diese ganze Einrichtung ist schon zu aufdringlich, als daß ich Lust hätte, sie symbolisch zu nennen. Da sitzt der angehende Regimentsmedicus, immer unausgeschlafen, immer überarbeitet, schreibt Sätze wie diesen: „Stelle mich vor ein Heer Kerls wie ich, und aus Deutschland soll eine Republik werden, gegen die Rom und Sparta Nonnenklöster sein sollen." Zwei Wörter stechen aus diesem Ausbruch Karl Moors heraus: „Deutschland" und „Republik". In den Verhältnissen, unter deren Druck der junge Schiller aufgewachsen ist, gibt es kein „Deutschland", sondern das Herzogtum Württemberg; da gibt es keine „Republik", sondern den Herzog Karl Eugen, der sich selbst zum Vater seiner gepreßten Karlsschüler ernannt hat; da gibt es das Reglement, das Lernen, den Drill, die

Strafen; die Absonderung von den Familien, von der Natur, von den Mädchen; da gibt es die Freundschaftsbünde und -schwüre unter den so genannten Jünglingen. Da gibt es die Bücher. Nation? Freiheit? Republik? Alles Sehnsucht, alles Utopie. Alles (immerhin schon) Literatur.

Mein Stuttgarter Freund war, anders als der frühe Schiller, kein Liebhaber von idealistischen Konstruktionen; er würde, könnte er hier sein, eine Analyse der Verhältnisse liefern, aus denen, ein Jahrzehnt vor der Französischen Revolution, die Idee von einer deutschen Republik herausgepreßt werden *mußte*, ein Phantom, das Phantomschmerz erzeugte. Er würde, pfiffig, vergnügt und vergnüglich, genau, aber nicht pedantisch, beweiskräftig, aber nicht rechthaberisch, seinem Landsmann brüderlich-kollegial die ökonomischen, politischen, ideengeschichtlichen Grundlagen für seine respektlosen Träume unter die Füße geschoben haben, damit er nicht so sehr unbequem in der Luft hängen müßte – hätte hängen müssen – mit seinem gewagten Entwurf vom edlen Räuber. Doch, wie gesagt, die beiden trafen sich nicht. Erst ein und einviertel Jahrhundert nach den „Räubern" konnten in Deutschland Revolutionäre geboren werden, die, wären sie rechtzeitig und umfassend wirksam geworden, der deutschen Geschichte dieses Jahrhunderts einen anderen Verlauf gegeben hätten. Hätten geben können – wahrhaftig, mir geht der Sinn der komplizierten Zeitkonstruktionen in unserer Grammatik auf, indem ich auf dem Fernsehschirm die neuen Scharen in den schwäbischen Wäldern lagern sehe, die man sich wohl nur deshalb nicht „Räuberbanden" zu nennen traut, weil es zu viele sind. Und die, füge ich hinzu, heute in die Wälder gehen müssen, weil die von Luther zu Räubern und Mördern erklärten aufständischen Bauern überall in Deutschland, auch hier in Schwaben, unterlagen: An welchem Faden man auch zieht, es rührt sich das ganze Gewebe.

Schwäbisch-Gmünd ist ja übrigens ein Ort aus Schillers Biographie, wenige Monate nur wohnte die Familie dort, als Friedrich sehr klein war; aber nahebei, in Lorch, ist er aufgewachsen, und sein Nachfolger, denke ich mir, könnte heute unter jenen Scharen sein, auf Schloß- und Marktplätzen, auf den Straßen der Städte; er wird, der heutige junge Schiller, seine ersten Stegreif-Stücke mit Laien inszenieren, die sich, zum Beispiel, auf sein Signal hin nacheinander auf die Straße legen, wie niedergemäht von einer Druckwelle. Oder er wird seinen Mit-Spielern Texte geben, welche die Existenzfragen der heute Lebenden aussprechen, wie der junge Schiller es tat, mit den Existenzfragen seiner Generation: „Über die verfluchte Ungleichheit in der Welt!“ sagt Räuber Moor in der ersten Fassung des Stücks, die Schiller für die Uraufführung in Mannheim zurechtstutzen mußte.

Merkwürdig genug, daß sein Zorn sich nicht gegen die Väter richtet; wahrscheinlich sitzen dem Jüngling seine beiden gestrengen Väter, der eigne und der angemaßte, Herzog Karl Eugen, zu drückend auf der Brust, er konnte und konnte keinen bösen Vater zeichnen. Einen schwächlichen, wankelmütigen, leicht zu hintergehenden Vater brachte er hervor, einen Spielball in den Händen seiner Söhne. Die aber machte er, indem er einen ganzen Mann in der Mitte hindurchhieb, so daß nach jeder Seite eine Hälfte niedersank, die eine gut, die andre böse: die feindlichen Brüder. Karl: „Warum sind Despoten da? Warum sollen sich tausende, und wieder tausende unter die Laune eines Magens krümmen, und von seinen Blähungen abhängen?“ So beginnen die Deutschen zu buchstabieren: Gleichheit, Freiheit – aber eben nicht das Volk, ein Selbsthelfer ist es, der das Alphabet anstimmt – „Das Gesetz hat noch keinen großen Mann gebildet, aber die Freiheit springt über die Palisaden des Herkommens, und brütet Kolosse und Extremitäten aus“ –, ein Kraftgenie: der gute Räuberhauptmann, den man sich ja nun auch in einem Rührstück vorstellen könnte. Da aber zeigt der Realist Schiller seine Instrumente; und auch wenn er sich ins eigne Fleisch schneiden muß, wenn seine Operation an der Figur ihn selbst am meisten schmerzt – unterwegs, mitten im Stück, wandelt er diesen edlen Räuber um in einen Bandenchef: Sein Haufen prägt die Taten, die sie gemeinsam tun. Karl Moor kann nicht gerettet werden; er kann ebensowenig davonkommen wie sein als schurkisch, verschlagen gesetzter, durch Benachteiligung rasend gemachter Bruder Franz, der vom Herr-Sein besessen ist: „Ich will alles um mich ausrotten, was mich einschränkt, daß ich nicht Herr bin.“ Auf dem Prüfstein der Dramaturgie des Stückes erweist sich das Selbsthelfertum des Sturm und Drang als keine ausreichende Alternative zum Despotismus. Das bringt der junge Schiller heraus. Er läßt alle Personen sterben. Nichts geht mehr. Ein bedeutender Stückeschreiber.

Sein Publikum aber jubelte den Absichten und Reden des Karl Moor zu, und übersah seine Taten; zuallererst jenes Publikum aus Mit-Schülern von Karl Eugens Pflanzschule und Sklavenplantage, die die nächtliche Ruhestörung durch den murmelnden, rappelnden und stampfenden Dichter großzügig ertragen hatten und nun, von einem gemeinsamen Zwangsspaziergang entwichen, im Wald, auf eine Lichtung gelagert, erregt und begeistert dem Ergebnis so unruhiger Nächte lauschen. Ihre Namen sind überliefert, und einer dieser Namen lautet zu meiner unaussprechlichen Genugtuung: Schlotterbeck. Sohn eines Maurers, auch das gab es auf Karl Eugens Musterschule. Was sollte mich hindern, diesen jungen Mann zum direkten Vorfahren meines Stuttgarter Freundes zu machen, ungeachtet der Häufigkeit dieses Namens in Schwaben: denn auch er hieß Schlotterbeck, Friedrich Schlotterbeck, genannt Frieder. Sohn eines württembergischen Metallarbeiters. Jener, der Maurersohn, soll ein tüchtiger Maler und Kupferstecher geworden sein; dieser wurde Tischler und Schriftsteller. Dafür könnte ich mich verbürgen: Auch er hätte sich damals in die Büsche geschlagen, verlockt von der Aussicht, verbotene Literatur zu hören. Ganz andere Gefahren hat er für verbotene Lektüre auf sich genommen, Frieder Schlotterbeck, tief überzeugt von der Wirksamkeit der Worte. Für Flugblätter, auf denen die Wahrheit über Hitler stand, hat er sein Leben riskiert, und in dem Hochverratsprozeß, der gegen ihn anhängig war und ihm zuerst drei Jahre Zuchthaus, dann fast sieben Jahre Konzentrationslager einbrachte, hätte er sich am liebsten mit ganzen Passagen aus Goethes „Faust" verteidigt.

„Die Besten müssen springen in den Riß der Zeit" – diesen Spruch hat er bei der Schulentlassung zur Jugendweihe bekommen; Dutzende, vielleicht Hunderte von Malen mag er in den verzweifeltsten Lagen in ihm aufgeblitzt sein; er hat sich, im Doppelsinn des Wortes, an ihn gehalten. „Lern erst die Tiefe des Abgrunds kennen, eh du hineinspringst", sagt Räuber Moor warnend zu einem neuen Kandidaten für seinen Haufen. „Du trittst hier gleichsam aus dem Kreise der Menschheit – entweder mußt du ein höherer Mensch sein, oder du bist ein Teufel."

Diese falschen Alternativen immer, die direkt aus den unentwickelten Verhältnissen hervorgehn. Frieder Schlotterbeck hatte keine Wahl; er konnte den Abgrund nicht ausmessen, in den er springen mußte, damit er *nicht* aus dem Kreise der Menschheit hinausgeschleudert werde; die Alternative zwischen „höherer Mensch" und „Teufel" war diesem Arbeiter und Kommunisten fremd. Aber ein Erbe seiner schwäbischen Vorläufer war er schon; mehrfach in seinem Leben hat er vor entsetzlichen Alternativen gestanden wie der, zum Verräter zu werden an seinen Überzeugungen, seiner Klasse, dem Sinn seines Lebens, oder, indem er selbst sich dem Zugriff der Gestapo entzog, das Leben seiner Angehörigen aufs Spiel zu setzen. Bis zu diesem tragischen Punkt haben die unerledigten Konflikte, die immer nur halb ausgetragenen Kämpfe, die immer nur halb bereinigten Gegensätze der deutschen Geschichte einen „einfachen" Mann getrieben, einen Mann aus dem Volke, aus jenen Schichten, die endlich einmal in dem Drama, das auf ihre Kosten ausgetragen wurde, nicht durch Abwesenheit glänzen wollten. Kein schwacher Vater hemmte ihn. Ein entschlossener, klassenbewußter Arbeiter brachte ihn auf den Weg, dem er übrigens 1969 hier in Stuttgart-Untertürkheim in der Sängerhalle bei einer Gewerkschaftsfeier die Gedächtnisrede hielt. Er sagte von ihm: „Er war überzeugt, daß es keine kleinen Leute gibt, sondern daß sie klein gemacht werden, daß niemand einfach ist, sondern jeder Mensch einmalig und unverwechselbar." – Kein feindlicher Bruder hat ihn auszuschalten versucht: sein jüngerer Bruder Hermann hat, getreu der Familientradition, im Widerstand gearbeitet wie er selbst; und weil der ältere in die Schweiz entkommen konnte, wurde er für ihn umgebracht. „Alle, die Schlotterbeck hießen oder unter diesem Namen geboren waren und einige ihrer vertrautesten Freunde mußten sterben." Vater, Mutter, Bruder, Braut. Die deutsche Sprache, an ungeheuerlichen Vorgängen geübt, versagt. Frieder Schlotterbeck schickt den Toten Worte nach, die er bei Schiller gelesen haben könnte: „Die Toten hier starben für die Würde des Menschen, für sein Recht auf Persönlichkeit, um ein bißchen Freiheit."

Da schien die deutsche Klassik endlich angekommen; da wurde der Beweis für ihre Wirksamkeit erbracht: Im Volk wurde gestorben für die Werte, die sie aufgerichtet hatte. Eine späte, makabre Begegnung zwischen Geist und Ohnmacht. Leute, die ein Schiller gar nicht kennen konnte, brauchten ihn. Der Menschheit Würde war in *ihre* Hand gegeben. Kein Feiertagsgeschenk. Als Ausgestoßene und Verfolgte hatten sie sie zu verteidigen. Immer wieder habe ich in Frieder Schlotterbecks Autobiographie die Schilderung seiner illegalen Wege durch das Leipzig des Jahres 33 gelesen; da mag er die lange verwitterten Spuren eines Dichters gekreuzt haben, dem hier eine vielleicht unsterbliche Zeile eingefallen war. Freude, schöner Götterfunken. Kein Gedanke daran. „Fröstelnd stampfe ich den Schneematsch. Wo bleibe ich heute nacht?"

Jetzt fange ich an zu fabulieren, entwerfe eine rückwärtsgerichtete Utopie. Hätte es zu Karl Moors Zeit etwas anderes als diesen Räuberhaufen gegeben als Betätigungsfeld für seinen Freiheitsdrang; wäre da auch nur die mindeste Chance gewesen, aus dem Studentenulk und -grobianismus der Roller, Spiegelberg, Schweizer, Schusterle und Razmann eine Studenten*bewegung* zu entwickeln – dann wäre Karl Moor kein Räuber geworden in den böhmischen, sprich schwäbischen Wäldern; sondern, zum Beispiel, der Kopf einer bürgerlich-republikanischen Partei; immer noch gefährdet, natürlich, an Leib und Leben; keineswegs gerettet. Aber jedenfalls kein Außenseiter, den seine verquere Übermenschenideologie zum Ungeheuer machte: „Da steh ich am Rand eines entsetzlichen Lebens und erfahre nun mit Zähneklappern und Heulen, daß zwei Menschen wie ich den ganzen Bau der sittlichen Welt zugrund richten würden." Was bleibt? Das Opfer, wie so oft im deutschen Trauerspiel. Geopfert wird die Frau, Amalie, dann opfert der gescheiterte Held sich selbst, befangen in dem verhängnisvollen Irrtum, so „die beleidigten Gesetze versöhnen" und die „mißhandelte Ordnung wiederum heilen" zu können. Geht und gibt sich in die Hände eines armen Tagelöhners, der „elf lebendige Kinder" hat und sich durch die Auslieferung des Räubers Moor das Geld verdienen soll, das auf dessen Kopf gesetzt ist. *Auch* eine Lösung der sozialen Frage! *Auch* ein Zusammenschluß der Unterdrückten und Geknechteten! *Auch* eine Form der Solidarität! – Wenn das kein deutscher Stückschluß ist . . .

Ad infinitum, möchte man manchmal denken. Immer wieder der Riß. Immer wieder eine genialische, oder rebellische, oder einfach junge, wache, nachdenkende Jugend, sich spaltend, soweit sie bürgerlich ist, in den braven und den bösen Bruder, neuerdings auch in die brave und die böse Schwester. Immer wieder wird ihrem Unbedingtheitsstreben vom Establishment der Weg in die von ihr nicht als sittlich empfundene bestehende Weltordnung verlegt. „Wißt ihr auch, daß man uns auskundschaftet?" muß schon Roller, kurz eh er Räuber wird, die Mitstudenten fragen. Und immer mal wieder – beim Fehlen einer starken revolutionären Bewegung – die Abstoßung, Ausgrenzung, die Flucht in die Sekte, Gruppe, Bande. Der Bruch mit der überkommenen Moral, die, das kann nicht bestritten werden, eine Doppelmoral ist; mit den ihnen schrecklich werdenden Vätern. Immer mal wieder der edle Terrorist. Greuel, Untaten und die Strafe dafür. Stuttgart-Stammheim, steinernes Zeugnis von Alternativlosigkeit.

Aus den Ortsnamen, die Friedrich Schlotterbeck in seinem Erinnerungsbuch nennt, ließe sich eine Karte der Zuchthäuser, Gefängnisse, Konzentrationslager um Stuttgart herum anlegen: Welzheim, Bad Cannstatt, Rudersberg, Ludwigsburg und selbstverständlich auch der Hohe Asperg, auf dem zur Zeit des jungen Schiller der Dichter Schubart einsitzt und wo es, kurz eh Schiller unter falschem Namen als Flüchtling sein Vaterland, Württemberg, verläßt, zu einer traurig-farcehaften Begegnung zwischen den beiden deutschen Schriftstellern kommt. Den einen hat sein Herzog ins Gefängnis entführen lassen. Dem andern gibt er den entscheidenden Stoß zum Verlassen seiner Heimat, indem er ihm das Publizieren verbietet. Der „naturwidrige Beischlaf der Subordinaten mit dem Genius" hat ein Ende.

Schillers Stück hatte, wie Literatur in Zeit-Brüchen immer, mit lange und sorgfältig verdrängten Tabus aufgeräumt; es enthält aber auch jenen Hauch von Zukunftsvorwegnahme, ohne die kein Stück überdauern würde. Nehmen Sie nur den folgenden kurzen Dialog zwischen zwei Todgeweihten, die sich durch Übertreibungen und Prahlerei Mut machen müssen:

Karl Moor: Es fehlt doch an Pulver nicht?
Schweizer: Pulver genug, die Erde gegen den Mond zu sprengen!

Wenn dies nun aber ein realistischer Wortwechsel zwischen praktisch denkenden Männern über die Verwendung eines real existierenden Potentials geworden ist, mag es höchste Zeit sein, an neue Stücke zu denken. Deren Dramaturgie kann nicht mehr, scheint mir, auf dem „Ich oder Du", dem „Entweder – Oder", auf Überwindung oder Tod des einen der feindlichen Brüder durch den anderen angelegt sein; sie sollte eher acht geben auf jene Kräfte, die zwischen den Stiefeln der Kämpfenden aufzukeimen beginnen und meist von ihnen zertreten werden.

In Schillers erstem Stück kommt die arme, zwischen den Männern hin- und hergezerrte Amalie nicht aus, ohne in dem einen der Brüder Moor den Leibhaftigen, im anderen ihren Gott zu sehen: unfreiwillig gibt sie so preis, was ihr fehlt, die eigne Mitte.

Mein Freund Frieder Schlotterbeck, Ihr Landsmann, der mit Haß und gegen ihn gerichteter Feindschaft, ja Vernichtungswut Erfahrungen gemacht hat, die ich nicht einmal andeutungsweise zu beschreiben wage, hat nie die Versuchung in sich gespürt, seine Feinde zu verteufeln. In Hitler und seinen Mannen hat er nie den Teufel und Teufelsbrut gesehen. Er hat sich auch keinen der Götzen geschaffen, von denen die Bewegung nicht frei blieb, der er angehörte: auch sie gezeichnet durch die Geschichte der Deutschen, deren Produkt sie ja ist, anfällig zu Zeiten für irrationale Handlungen, deren eine Frieder Schlotterbeck wiederum, diesmal durch die eigenen Genossen, unter falschen Anschuldigungen ins Gefängnis brachte. Auch das, besonders das, hat er bis in seine letzten Tage hinein zu analysieren versucht, nie hat er sich dazu hinreißen lassen, historische Vorgänge zu dämonisieren. Heute weiß ich, woher er diese uns Jüngeren oft unglaubliche Freiheit nahm: Er hatte keine Angst mehr, auch nicht vor möglichen Überraschungen durch sich selbst; er kannte sich. Und: Nicht eine Spur von dem, was er bekämpfte, war in ihm; an diesem Mann hatte der deutsche Faschismus keinen Anteil.

Nichts, was er in sich selbst niederhielt, war er gezwungen, als Teufel aus sich herauszustellen; er war durch und durch Mensch, geschichtliches Wesen, ganz und gar entdämonisiert. Konflikt- und friedensfähig. Heute ginge er wohl mit dieser neuen Kraft, die sich Friedensbewegung nennt.

Wenn jemals, liegt der „Riß der Zeit" jetzt für jedermann offen, und er geht, nicht zufällig, wie ich anzudeuten versuchte, durch das ehemalige Deutschland. Müssen „die Besten" wieder einmal „springen"? Oder sollten sie versuchen – vorsichtig, behutsam, in kleinen Schritten –, ihre Landsleute vom Abgrund zurückzuführen? Wobei darauf zu achten wäre, daß der Entzug der Droge „Verteufelung des Feindes", womit ja zu beginnen wäre und wozu, wie Sie bemerkt haben, diese Rede einen kleinen Beitrag liefern möchte – daß dieser gewiß anstrengende und beunruhigende Entwöhnungsvorgang nicht *zu* anstrengend, *zu* beunruhigend würde . . . Daß nicht die Faszination durch den Abgrund die lästige Mühe, nüchtern und rational die Fülle der unerledigten Probleme anzugehen, überwältigte.

Denn: Paradiese sind, wenn dieser nächste, so umsichtig, sorgsam, umfassend und zielstrebig vorbereitete Krieg verhindert wird, an seiner Stelle nirgends zu versprechen. Die Zukunft, auch ohne Krieg, nicht strahlend. Keine schnellen Veränderungen. Also der Status quo als das allein Wünschbare?

Sein deterministisches Denken, der „morastige Zirkel der menschlichen Bestimmung", den er für erwiesen halten will, gibt Franz Moor das Recht auf seinen platten Egoismus: „Der ist ein Narr, der wider seine Vorteile denkt". Wenn aber das nackte Vorteilsdenken der einen Seite nicht nur den Untergang der anderen, auch den eigenen Untergang hervorbringt, hat es sich erledigt. Vorteilhaft ist dann nur noch ein Denken, das den wohlverstandenen Vorteil aller Seiten im Auge hat. Und vorteilhaft, scheint mir, also realistisch handeln diejenigen, die zwischen den zum Zerreißen gespannten feindlichen Polen unbefangen (aber welch Wunder ist heute Unbefangenheit!) ihren Lebenswillen demonstrieren und dabei und dadurch ihre Lebens*fähigkeit* erzeugen: vorteilhaft auch für die anderen, die jene heute noch ignorieren, bespötteln, verdächtigen, verfolgen, einsperren. Auch für die, zu ihrer Rettung proben sie doch, indem sie Widerstand leisten, jene neuen Formen eines Miteinanderseins, die, so flüchtig und schnell zerstörbar sie sind, allein imstande scheinen, den status quo zu verändern und etwas wie Hoffnung in die eiserne Logik, die festgefahrenen Strukturen des Dilemmas „Geschichte“ einzuschleusen. Ich hätte Lust, mich auf die Dramaturgien einzulassen, die sie uns vorschlagen. Ein Leben, das sich nicht auf *Über*leben reduzieren ließe; zu dem Schreiben, Reden gehören. Daß Franz Moors schauerlicher Satz nicht zur Prophezeiung werde: „Es war etwas und wird nichts – heißt es nicht ebensoviel als: es war nichts und wird nichts und um nichts wird kein Wort mehr gewechselt.“

November 1983

Essays und Reden
II

Ein Besuch

1

> Ich habe weiß blühende Nelken mit Blütenstaub von rot blühenden befruchtet und umgekehrt; die Samenkörner, die ich daraus gezogen habe, brachten mir Nelken von gemischter Farbe.
>
> *Giorgio Gallesio, 1816*

Darin soll also eine Lebensarbeit bestehen: jahraus, jahrein Hunderttausende von Pflanzen in die Hand nehmen und mit geschultem Blick oder mühsam durch Zählung winziger Bestandteile diejenigen erkennen und aussondern, die in irgendeiner Hinsicht anders sind als die anderen Glieder ihrer Familie?

Der Mann, dem ich gegenübersitze, lächelt. Bei mir, sagt er, war es meistens *Antirrhinum majus*, das gewöhnliche Gartenlöwenmaul. Mein Lehrer hat es mir als Versuchsobjekt vermacht, wenn Sie so wollen. Es mutiert so schön, wissen Sie. Jedenfalls kann man es dazu bringen.

Ich sage gleich, daß ich nichts von Genetik verstehe. Nun ja, die Mendelschen Gesetze, von der Schule her: Wenn man weiß blühende und rot blühende Erbsenpflanzen miteinander kreuzt, tauchen unter den Nachkommen weiß, rot und rosa blühende Individuen in einem bestimmten Zahlenverhältnis zueinander auf.

Also fragen Sie, sagt mein Gegenüber. Genetik? Vererbungslehre. Das Gen ist eine – übrigens ziemlich kleine – Einheit der lebenden Substanz, die sich fortpflanzen, sich also selber abbilden kann.

Ich bin nicht sicher, ob anderer Leute unwissende Fragen ihn wirklich interessieren können. Noch weniger kann ich sagen, was mich hierhergetrieben hat, in das große, holzgetäfelte Direktorzimmer mit den drei riesigen Tischen und den Wänden voller Bücher. Bei mir wird es wohl die Neugier sein, die gewöhnliche Neugier, auf gut deutsch gesagt. Der lateinische Fachausdruck, den es natürlich für sie so gut gibt wie für das schlichte Löwenmäulchen, der hat sich nicht eingebürgert. Die Einteilung der menschlichen Leidenschaften, die immer mal wieder versucht worden ist, hat sich nie so lange halten können wie des ordnungsbesessenen Schweden Linné solide Systematik der Natur. Wie sauer mag es dem aber angekommen sein, seinen sicheren, selbstgewissen Jugendsatz im Alter unter Zweifel stellen zu müssen: „Wir zählen so viele Arten, wie verschiedene Formen von Anbeginn geschaffen wurden."

Die Biologie ist eine dramatische Wissenschaft, an Tragödien reich, von unglücklichen Zufällen durchsetzt. Mehr als einmal mußte in kritischer und gefährlicher Lage das Galileische *Und sie bewegt sich doch!* um der einfachen wissenschaftlichen Wahrheit willen gesprochen werden. Der Sprecher fand sich immer, letzten Endes. Aber wie viele vergebliche, wie viele steckengebliebene Anfänge! Wie viele Irrwege und Fehldeutungen! Welch zähes Festhalten an einer irrationalen Wunschvorstellung, der Schöpfungsgeschichte, Symbol für die geheime Hoffnung der Menschen, daß es ihnen erlaubt werde, im verantwortungsfreien Stadium der Unmündigkeit zu verharren. Nichts könnte deutlicher den Schrecken und die Angst des Mannes zeigen, der nicht mehr umhinkonnte, die Fakten aus der Naturbeobachtung richtig zu deuten, als die Tatsache, daß er zwanzig Jahre lang sein umwälzendes Wissen für sich behielt: Darwin. Und nie ist dieser Mann, der Entdecker der Evolution, der doch nicht genau wußte, wie „Gottes schöpferische Hand" wirklich eingreift, auf seinen Zeitgenossen Gregor Mendel getroffen, obwohl sie beide zu gleicher Zeit in London waren.

Gregor Mendel, der in Erkenntnis, daß anders kein Aufschluß zu gewinnen sei über „die Entwicklungsgeschichte der organischen Formen", ein Versuchs- und Forschungsprogramm auf sich nahm, zu dem nach seinen eigenen Worten „allerdings einiger Mut gehörte"; der jahrelang die so glücklich gewählten Erbsen miteinander kreuzte, das Wiederauftreten oder Verschwinden genau festgelegter Merkmale in den Tochtergenerationen beobachtete, auszählte und schließlich voraussagen konnte: da formulierte er seine Gesetze. Gregor Mendel, der Stiftskapitular und Oberrealschullehrer: statistische Gesetze für die Vererbung einzelner Merkmale, womit behauptet war, daß der Organismus in Merkmale und Eigenschaften sich zerlegt, die auch einzeln vererbbar sind – die Grundlage moderner experimenteller biologischer Forschung. (Heute wissen wir: Viele tausend Gene hat ein Individuum wie die Drosophila oder Taufliege; alle verschieden, jedes zusammengesetzt aus Tausenden von Atomen; jedes in der Lage, viele Merkmale zu beeinflussen; und andererseits: Viele Gene beeinflussen *ein* Merkmal. Auf weniger komplizierte Weise hat das komplizierte organische Leben sich wohl nicht entwikkeln können.) Gregor Mendel – welch ein Leben! –, der vor beinahe genau hundert Jahren seine kostbare Schrift einem Kollegen zuschickt: „Die anerkannten Verdienste, welche Ew. Wohlgeboren um die Bestimmung und Einreihung wild wachsender Pflanzenbastarde erworben haben, machen es mir zur angenehmen Pflicht, die Beschreibung einiger Versuche über künstliche Befruchtung an Pflanzen zur gütigen Kenntnisnahme vorzulegen.“ Diese Schrift findet man später unaufgeschnitten in der Bibliothek des dem Außenseiter Mendel wenig geneigten Kollegen. Die gütige Kenntnisnahme findet nicht statt, nicht zu Lebzeiten des Abtes Mendel, der in Kirchenkämpfe verwickelt wird und einsam und bitter stirbt.

Mendels Schicksal werde ich dargestellt finden, nüchtern und sine ira et studio, in der „Kurzen Geschichte der Genetik“, die der Mann geschrieben hat, dem ich gegenübersitze. Jetzt, während es in seinem Arbeitszimmer erst dämmrig, dann dunkel wird, während ich mit Genugtuung registriere, daß die Spatzenschüsse draußen auf den Institutsfeldern endlich abgestellt sind – die Spatzen gewöhnen sich offenbar schneller an den rhythmisch wiederholten trockenen Knall als wir Menschen –, jetzt fällt mir nach vielen Jahren wieder meine blonde, schüchterne, leicht errötende Biologielehrerin ein, die Worte wie „Pollen“, „Samen“, „Befruchtung“ kaum über ihre sorgfältig geschminkten Lippen brachte, der es aber nichts ausmachte, uns an Hand überdeutlicher Schautafeln die naturgewollten Vorzüge der nordischen vor jeder anderen, vor allem der semitischen Rasse einzuimpfen und uns Abscheu vor jeder Rassenmischung beizubringen . . .

Mir wird Wein angeboten. Wieder fällt mir auf, daß der Mann, mit dem ich spreche, nicht notwendig Wissenschaftler sein müßte; als Landwirt, als Züchter, als Förster kann man ihn sich vorstellen – was er alles war oder ist –, als einen Menschen jedenfalls, der sich viel im Freien aufhält und zu dem es paßt, daß er die Morgen- und Abenddämmerung als unentbehrliche Quellen der Inspiration lobt – wenn man die Ruhe und die Geduld habe, sie immer wieder wirklich zu erleben. Er kennt die Reihenfolge der Farben, wie sie am Morgen auftreten und am Abend verschwinden. Man begreift: Naturgefühl ist ihm nicht verschwommene Stimmung, sondern Genuß aus exakter Beobachtung und Kenntnis.

Die unbestimmte Hoffnung, die mich hierhergeführt hat, ist wichtig genug, daß sie auf jede mögliche Weise genährt und, wenn möglich, genauer bestimmt wird. Also werde ich lernen müssen, manche Wörter zu verstehen, mit denen dieser Mann umgeht, werde über Hybriden und Nukleinsäuren und genetischen Code und Evolution und Mannigfaltigkeitszentren lesen, über dominante und rezessive Erbanlagen und die befremdenden, wenig einleuchtenden Vorgänge der Mutation.

Fragen aus der Entwicklungsgeschichte des menschlichen Denkens werden noch einmal auftauchen. Sind die schwarzen Menschen Afrikas von der Sonne verbrannte weiße Menschen? Was wußte Goethe über die Vererbung, als er schrieb:

Vom Vater hab ich die Statur,
des Lebens ernstes Führen,
vom Mütterchen die Frohnatur,
die Lust zu fabulieren.

Welche Erfahrung hatte eigentlich der schlaue Jakob aus dem ersten Buch Mose (dem alles Gesprenkelte aus der Herde seines Schwiegervaters Laban zufallen sollte), daß er Labans Vieh gesprenkelte Stäbe in die Tränke legt, über der die weiblichen Tiere empfangen, auf daß sie gesprenkelte Junge zur Welt brächten? „Aber in der Spätlinge Lauf legte er sie nicht hinein. Also wurden die Spätlinge des Laban, die Frühlinge des Jakob." So wurde, wenn die Bibel die Wahrheit sagt, Jakob ein reicher Mann. Und so manche schwangere Europäerin glaubt noch im 20. Jahrhundert an die bösen Folgen des „Versehens" auf ihr ungeborenes Kind ...

Man kann den Eindruck nicht loswerden, daß die Erkenntnisse um so zögernder sich einstellen, je stärker sie uns selbst betreffen, je dichter sie uns auf den eigenen Leib rücken (oder auf die eigene Seele). Da war die gewiß tief unbequeme Relativitätstheorie schon gesichert, die den gewohnten dreidimensionalen Raum auf unerhört neue Art mit der vierten Dimension, der Zeit, verknüpfte, als man immer noch im unklaren darüber war, mit Hilfe welcher konkreten, materiellen Trägerkörper die Tochter der Mutter ähnlich wird. Die *Großen Fragen*: Woher kommen wir? lösen sich unterderhand in hundert kleine Fragen auf: Wie geht von den Ausgangspunkten der Entwicklung in der Zelle die Differenzierung zu Merkmalen und Eigenschaften vor sich? Der Sturm auf die Barriere, die vor das Mysterium der Vererbung gesetzt zu sein scheint, ist mühsames Vordringen in winzigen Schritten. Vielleicht, daß ein unbewußter innerer Widerstand die letzten Schritte verzögert hat – Schritte, vor denen diese Wissenschaft nun steht: Eingriffsmöglichkeit in das so und nicht anders gewordene Individuum, das uns durch Tradition und Erziehung als

Innerstes, Eigenstes, Unantastbares und Unberührbares vorkommt, als das Tabu aller Tabus.

Mir scheint, sehr gerne sprechen auch die Biologen nicht davon. Auch der Mann nicht, der mich aufgefordert hat, ungehemmt zu fragen. Ja, sagt er zögernd. Was erfindbar ist, wird erfunden werden. Erfundenes wird mit Sicherheit angewendet. – Also doch: gezielte Eingriffe in die menschliche Erbmasse? – Die Frage ist ihm zu direkt. Soweit sei man noch lange nicht. Eines Tages allerdings . . . Ja. Es werde dahin kommen.

Ich sehe ihn noch einmal genauer an. Ein Landwirt? Züchter? Förster? Ein fünfundsechzigjähriger Mann, dem gewisse Erfahrungen ins Gesicht geschrieben sind? Ich bin froh über sein Zögern. Mit einem, der nicht weiß, was er da in der Hand hat, der nicht davor erschrickt, ließe sich kaum darüber reden.

Da fällt mir das Wort wieder ein, das mich neugierig machte, damals bei jenem ersten Besuch, der zufällig war. Das Wort, das nie am nüchternen Tag, auf einem Versuchsfeld oder in einem Labor zum Vorschein gekommen wäre; aber nachts gegen zwei, als wir alle genug getrunken hatten, sagte der Gastgeber, der Direktor des Instituts für Kulturpflanzenforschung in Gatersleben, der Älteste in unserem Kreis – sagte also auf eine fast nebensächliche Frage jenes beinahe unpassende Wort: *Abenteuer*. Da war es, daß eine vage Hoffnung in mir aufkam, die ich noch nicht beim Namen nennen kann, und der Zwang, ihr nachzugehen, im buchstäblichen Sinn des Wortes, bis sie womöglich formulierbar wird. So versuche ich, sie mit Fragen einzukreisen, die mir selbst zu oberflächlich sind, aber mit einem Zipfel muß man immer anfangen: Herr Professor – ging es Ihnen mit diesem Institut eigentlich von Anfang an um die Verkörperung einer Idee?

Ja, sagt Hans Stubbe. Von Anfang an. Einer Idee, die mir schon lange zu schaffen machte.

2

> Im Gegentheil, es bestehen Thatsachen, und zwar sehr überzeugende, welche beweisen, daß in der That infolge irgendwelcher unbekannter Umstände sich aus der befruchteten Eizelle trotz dem Gesetze der Vererbung ein seinen Eltern so unähnlicher Organismus entwickeln kann, daß wir ihn, sowohl der Gesamtheit seiner äußeren Merkmale nach, als auch mit Rücksicht auf sein Vermögen, dieselben erblich zu übertragen, für eine besondere Art halten können.
>
> *S. Korschinsky, 1901*

Gatersleben. Oase im alten deutschen Saatzuchtzentrum am Ostrand des Harzes. Hinter Magdeburg verläßt man bei Kroppenstedt die Fernverkehrsstraße einundachtzig und kommt unter die ... leben-Dörfer: Zeugnis für die Wanderungen und Siedlungsgründungen nordgermanischer Stämme. Wenige Kilometer vor Quedlinburg, so nahe dem romantischen Mittelgebirge, biegt die Straße nach Gatersleben ab. Obstbäume links und rechts, dahinter Rüben- und Kartoffelfelder, große Schläge von Produktionsgenossenschaften und Volkseigenen Gütern, tiefer Horizont, mehr Himmel als Erde. Flachwellige Gegend, nach Norden vom alten Braunkohlengebiet begrenzt. Nicht, daß das Herz gerade höher schlüge, aber es stimmt zu. Nüchtern, nützlich, notwendig – Landschaften, wie sie seit eh und je ganze Völkerschaften ernähren.

Von dem Flüßchen Selke hat man nie gehört, auch nicht von den Scherbenfunden im Selketal aus der Zeit der Band- und Schnurkeramiker; noch weiß man nichts von den mehr als tausend Jahre alten Kulturschichten, auf denen Burg und Dorf Gatersleben errichtet sind. Von Wissen und Vorurteil unbelastet, fährt man an Institutsschild und Pförtnerhäuschen vorbei. Da man im Leben selten der Verkörperung einer Idee begegnet, erkennt man diesen Glücksfall nicht gleich, wenn er doch einmal eintritt. Die angenehme Empfindung, die man registriert, kommt von dem schönen Sommertag, von gepflegten Grünanlagen zwischen hellen modernen Gebäuden.

Erst auf den Versuchsfeldern wird man aufmerksam, wenn man allmählich begreift, daß hier jeder Halm, jedes Pflänzchen die Ehre genießt, von Doktoren und Professoren der Biologie persönlich gekannt zu werden. Man wundert sich ein bißchen: Ausgerechnet für diese merkwürdige Tomatenpflanze mit den kirschgroßen Früchten, extra für jene paar hundert Stengel kurzgranniger Gerste scheinen die Wissenschaftler sich diese ganze schöne, großzügige Anlage ausgedacht zu haben: die Baumgürtel und Heckenstreifen, die den Nordostwind abhalten und das Mikroklima der Gegend verändert haben, die Straßen, Wege und Pfade, die bis zu dem kleinsten Feldviereck führen, die ganze glückliche Veredelung und Verwandlung auf den früheren Getreidefeldern der ehemaligen Domäne Gatersleben.

Schon anders sieht man nun die Wohnsiedlungen, die zum Institut gehören und deren Straßen nach Darwin oder Haeckel oder Correns heißen. Ihre Häuser sind nicht älter als zehn, fünfzehn Jahre. (Die Pioniere aus den Gründerjahren haben primitiv im alten Gutshaus gewohnt, aber die neuen Mitarbeiter können, wenn sie nicht im Ledigenheim bleiben wollen, nach ein, zwei Jahren mit einer Wohnung rechnen.) Gespannter wirft man nun durch die Mikroskope einen Blick auf Bakterien, die so freundlich sind, sich für die Erforschung ihres genetischen Materials besonders gut zu eignen. Aufmerksamer verfolgt man in der Kantine Diskussionen der jungen Wissenschaftler: Ob zum Beispiel der Name ihres Instituts überhaupt noch zu Recht bestehe; was denn die mikrobiologischen Experimente des einen, die zytologischen Untersuchungen des anderen um alles in der Welt mit „Kulturpflanze“ zu tun hätten? Jemand malt eine Spirale in die Luft, die sich nach unten verengt: so wurde die genetische Forschung auf immer winzigere Objekte geleitet, von ganzen Organismen zu Zellen, Mikroben, Bakteriophagen und Viren . . .

Wenn Fachleute sehr nüchtern bleiben, geraten Laien leicht in Vibration. Es reizt uns, sie aus der Reserve der wissenschaftlich allzu gut begründeten Überlegenheit zu locken, wir bekommen Lust auf Provokationen. So wächst zum Abend hin die Spannung, die Gesprächen günstig ist – jener Abend, an dem wir, Autoren und Wissenschaftler, zusammensitzen und die seltene Gelegenheit nutzen, einander zu „ergänzen". Jener Abend, an dem schließlich, zu vorgerückter Stunde, jenes ungebräuchliche Wort „Abenteuer" fallen soll. Vorher aber erledigen wir in großzügiger Laune die Menschheitsfragen, an erster Stelle natürlich die ungeheuren Probleme der *Vierten Großen Naturwissenschaft*, der Biologie. Unwidersprochen lassen wir die Biologen ihre Disziplin neben die Schrecken und die Wunder der Menschheit stellen, neben Atomphysik und Astronautik. Gegen Wunder sind wir ja alle etwas abgestumpft, sind zu sicher geworden, daß sich schon erfüllen wird, was man uns an Wunderbarem prophezeit. Wie sollten auch die Biologen tatenlos zusehen, daß in Zukunft ein bedeutender Teil der explosiv wachsenden Menschheit an Nahrungsmittelmangel zugrunde geht? Sie werden gewiß zur rechten Zeit die unerhört ergiebigen Weizensorten aus ihrer Wunderkiste holen. So schwer kann das schließlich nicht sein, wer hätte nicht in seiner Schulzeit von der Umwandlung von Sommer- in Wintergetreide gehört, wer seine Phantasie nicht an der „Erziehung der Hirse" entzündet?

Das sehe uns ähnlich. Fehlte bloß noch, daß wir ihnen mit der Vererbung erworbener Eigenschaften kämen. – Einer kam ihnen damit. Der Streit brach aus, ein milder, harmloser Nachhall der erbitterten und gefährlichen Auseinandersetzungen um die Lyssenkoschen Theorien in den fünfziger Jahren. Wir waren sogar etwas verstimmt. Wie gelegen wäre es uns gekommen, wenn die unübersehbare Mannigfaltigkeit des organischen Lebens schön planmäßig auf ein Ziel gerichtet durch Anpassung an die Umwelt hervorgebracht worden wäre . . . Statt dessen belehrt man uns, daß man zuerst nicht über die Veränderlichkeit, sondern über die Kontinuität der biologischen Formen zu staunen habe; über den komplizierten Mechanismus, der es den Genen ermöglichte, sich immer wieder selbst zu reproduzieren, und der bis vor kurzem noch unbekannt war. Übrigens funktioniere er nicht immer, wie er solle. Fehler passierten, Ungenauigkeiten, winzige Abweichungen: *Mutationen*, ihrerseits erblich. Unter ihnen wählt die Umwelt (im weitesten Sinne verstanden) die ihren Bedingungen günstigsten, lebensfähigsten, angepaßtesten Individuen aus: dies ist Darwins *natürliche Auslese*, die am Ende doch den Schein von Planmäßigkeit erweckt, weil sie zu biologischer Vervollkommnung führt.

Wir begriffen, daß Darwin schwankte: Dies sollten die einzigen Triebkräfte jenes gewaltigen Vorgangs sein, den er Evolution genannt hatte? Wir begriffen, daß man es lange nicht glauben wollte und nach vernünftigeren Erklärungen suchte. Eine Wissenschaft mit einem so außerordentlichen Grad an Unwahrscheinlichkeit ... Von den seltenen Zufällen sollte die Vielfalt des Lebens herrühren, von den Abnormitäten, den Abweichungen vom Gewöhnlichen?

Und das alles in derart kurzen Zeiträumen! sagt einer der jungen Biologen in einem Ton, als habe er selbst diese unglaubliche Technik erfunden. Diese lumpigen zwei Milliarden Jahre, die das Leben auf der Erde gebraucht hat, um sich zu entwickeln! Ja, zum Glück: Die Natur macht Sprünge!

Da geht mir auf, was die Gaterslebener reizt. Da ahne ich den Grund ihrer fast übertriebenen Fürsorge für diejenigen unter ihren Zöglingen, die es sich glücklicherweise einfallen lassen, aus der Reihe zu tanzen; für dasjenige unter tausend garantiert gleichartigen Pflänzchen, das plötzlich keine Lust zeigt, dem Gesetz zu folgen, nach dem es angetreten: das Weizenhälmchen, das sich überraschend unempfindlich gegen den Befall mit Mehltau zeigt, das Löwenmäulchen, das auffällig mehr Samen produziert als seine Geschwister, die Tomate, die kräftigere Stengel entwickelt als ihre Mit-Tomaten vom gleichen Stammbaum. Sich selbst und der natürlichen Auslese überlassen, würden sie sich durchsetzen oder auch nicht – jedenfalls würden sie viel Zeit brauchen. Hier, auf den Feldern von Gatersleben, werden sie mit Genugtuung entdeckt, sorgfältig ausgesondert, ihre Samen werden wie Kostbarkeiten gesammelt und neu ausgesät, die Tochterpflanzen werden gepflegt und vor Fremdbestäubung geschützt, peinlich genau, hoffnungsvoll und mißtrauisch werden sie beobachtet: Wird Ihre Majestät *die Mutante* Charakter zeigen? Halten, was sie in der Elterngeneration versprach? Auf ihren neuen Merkmalen bestehen? Ausgangsmaterial werden vielleicht für eine neue, gegen Mehltau resistente Weizensorte? Für die lang gesuchte, auf großen Feldern anbaufähige Buschtomate, die man nicht Pflanze für Pflanze mühsam hochbinden muß? Oder sollte der Glücksfall vorliegen, daß die Zufallsmutation Schlüsse auf den genetischen Stammbaum einer hochgezüchteten Kulturpflanze zuläßt, deren Wild- und Frühformen man in ihrer ganzen Mannigfaltigkeit durch gut überlegte Rückkreuzungen vielleicht wieder hervorbringen könnte? Wie es, das sagt man uns, mit der Gerste geschah, zwischen deren Dutzenden von Formen verschiedenster Entwicklungsstadien wir eben noch nichtsahnend spazierten. Oder – was der unscheinbaren Lupine in den letzten dreißig Jahren passierte: wird doch noch einmal die Möglichkeit auftauchen, aus einer Wildform durch sorgfältige Auswahl und Züchtung günstiger Mutanten in kurzer Zeit eine gezähmte, hoch kultivierte, hoch nützliche Kulturpflanze zu konstruieren?

Ich will neue Pflanzen schaffen! Wann mag dieses Ziel in dem Mann aufgetaucht sein, der als Direktor des Instituts in denselben Eifer verfällt wie seine jungen Mitarbeiter? Wann mag er es in dieser fast vermessenen Form für sich formuliert haben? Erinnert er sich daran? An den Stoß, den es ihm versetzt hat? Er sagt es nicht an jenem Abend. Man weiß nicht, ob er an die von ihm geschaffenen Pflanzen manchmal denkt. Wir aber sagen skeptisch, auch, weil Wissenschaftler eher reden, wenn man ihnen mit Skepsis kommt: *Natur nach Maß!* – Na und? Was denn sonst? Wer auf der Welt könne es sich denn noch leisten, diese schneckenhaft langsame, oft in Sackgassen sich verrennende Natur sich selbst zu überlassen!

Wir haben sie soweit, die Biologen lassen sich hinreißen. Sie hören auf, in hochmütigen Chiffren mit uns zu reden („. . . in den spezifischen Reihenfolgen der Stickstoffbasen entlang dem DNS-Faden im Chromosom liegt ein hoher genetischer Informationsgehalt . . ."). Sie gehen aus sich heraus, es wird lauter, das kalte Büfett vertrocknet, sie bringen schließlich, wenn auch ironisch, wenn auch abwinkend, Wörter hervor wie dieses: *Das biologische Zeitalter*. Nie davon gehört? Aber es breche an, sagen sie gegen Mitternacht. Unaufhaltsam. Frage sich nur: Ist die Menschheit bereit, es zu empfangen, ohne Schaden zu nehmen an Leib und . . . Jetzt hätt ich beinahe *Seele* gesagt. Aber die ist ja zum Glück Ihr Revier. Da geht der Streit von neuem los: Hie Materie – da Seele; hie Wissenschaft – da Kunst; hie meßbare Ergebnisse, Ökonomie, Macht – da Unwägbares, Überflüssiges, vielleicht Unnützes.

Ich denke mir, sagt der Mann, der wohl schon eine Weile neben mir sitzt, daß es schwierig sein mag: nie was beweisen können; immer von Meinungen, Geschmäckern, Subjektivitäten abhängig sein. Tatsächlich: das *Und sie bewegt sich doch* spricht sich leichter, wenn man *gesehen* hat: sie bewegt sich.

Was ist das mit Ihren verrückten Mikroben? frage ich. – Nun ja, die lassen schon allerhand mit sich anstellen. Wenn Sie so direkt fragen: Man ersetzt zum Beispiel gewisse Segmente ihres genetischen Materials durch andere. Man repariert schadhafte Stellen. Man überträgt Erbgut von einem Stamm auf einen anderen – das heißt: man schafft willkürlich, gezielt neue Organismen.

Und weiter?

Was wollen Sie hören? Daß man sich bemüht, diese Ergebnisse an höherentwickelten Individuen zu wiederholen? Natürlich. Das tut man.

Gelassenheit und Ungeduld. Lebenslange Beschäftigung mit der Biologie erfordert einander widersprechende Eigenschaften. Gelassen mit Jahrmillionen rechnen, ungeduldig sein mit den unvollkommenen Resultaten dieser Millionen Jahre. Ehrfurcht und Vermessenheit. Fehlte eins von beiden oder wäre es zu schwächlich, man würde müßig anbetend vor dem Gegebenen stehen oder den Gegenstand der Wissenschaft – Bios, das Leben – dreist als willkürlich manipulierbares Objekt nehmen. Was liegt dazwischen? Der Wunsch, sich selbst, den Menschen, ein bißchen ins Spiel zu bringen? Ein bißchen Lieber Gott sein wollen? Ein bißchen mehr Tempo, Vollkommenheit, Nützlichkeit und Verwendbarkeit in die große, aufreizende Gleichmut der Natur einzuschmuggeln?

Was liegt dazwischen, Herr Professor? – Was man so fragt.

Mein Gott, sagt er. Was schon. Eine Erfahrung vielleicht. Daß es nie aufhört, ein *Abenteuer* zu sein – nicht?

3

> Das entscheidende Merkmal wissenschaftlicher Forschungsarbeit: der Vorstoß in das Neue, nicht Voraussehbare, die schöpferische Entdeckung.
>
> *Hans Stubbe, 1963*

Früher, sagte Hans Stubbe, führte ich ein Büchlein mit mir, in das ich Einfälle, Ideen, Pläne eintrug: mehr, als ich je hätte verwirklichen können . . .

Je bedeutender ein Wissenschaftler ist, um so genauer weiß er, daß er als einzelner heutzutage selten etwas Endgültiges finden wird, erst recht nicht ganz und gar Neues, was seiner Wissenschaft eine unerwartete, bestürzende Richtung gibt – obwohl auch unser Jahrhundert für diesen Vorgang Beispiele liefert. Doch hat jeder Wissenschaftler eine Vision davon, ein Vorgefühl, auf welchen Platz in der Front, die gegen das noch Unbekannte vorrückt, er sich stellen will (oder kann, oder muß): dorthin, wo der Zusammenprall zwischen dem Menschengeist und der durchaus ungeistigen Natur am heftigsten, die Gefahr, sich zu irren, dabei draufzugehen, am größten ist; ins Mittelfeld, wo die großen Brokken von vorn weiter untersucht, zerkleinert und handhabbar gemacht werden; oder dahin, wo es ans Ordnen, Benennen, Katalogisieren und Auswerten geht: „wissenschaftliche Gewerbetreibende“, eine Spezies, auf die mein Gastgeber nicht gut zu sprechen ist, deren anscheinend unaufhaltsame Ausbreitung er mit Zorn sieht. Hat das etwas zu tun mit der fast unvermeidlichen Ungerechtigkeit des reifen, erfahrenen Wissenschaftlers gegenüber den jungen?

Er scheint nicht der Mann zu sein, den die Vorstellung, daß in der Gaterslebener Wohnsiedlung eine Straße einst seinen Namen tragen wird, im mindesten beschwichtigen könnte. Er steht am Fenster seines Arbeitszimmers, hat hinter sich die Bücherwände mit den Namen von Autoren, von denen er viele kennt, viele ihn kennen und schätzen; er hat ein Fach mit eigenen Arbeiten: man könnte den Stapel fast in Metern messen; er ist kein ewig Unzufriedener, aber seine Beklommenheit ist echt. Er sagt: Gewisse Quellen in mir sind durch jahrelange Verwaltungsarbeit verschüttet; es gibt keine Garantie dafür, daß sie wieder aufspringen werden. – Er trauert jenem schlichten Büchlein nach, das er nicht mehr in der Tasche trägt. Er weiß schon genau, was er machen wird, wenn er dieses Institut, das ohne ihn nicht da wäre, einem Jüngeren übergeben hat. Aber er kennt auch den Preis – wer, wenn nicht er, sollte ihn kennen? –, den der Forscher an den Wissenschaftsorganisator zahlt. Mindestens seit zwanzig Jahren hat er in einer Spannung gelebt, die andere müde gemacht hätte. Die Vision, die er von seinem Leben hatte, muß stark gewesen sein: sie hat überdauert. Zufällig treffe ich ihn zu einer Zeit, da er sich fragt, wie er mit seiner Vision umgegangen ist (denn, wie er weiß: solche Visionen sind nicht dazu da, vollständig verwirklicht zu werden, sondern dazu, immer Stachel zu bleiben, uns immer weiterzuführen).

Der Direktor bittet seine Sekretärin, *das Album* zu bringen. Wir blättern zu dritt. Die ersten Bilder überzeugen mich: Hier war früher nichts. Dreck, Lehm, Mondlandschaft. Der Institutsleiter und die Sekretärin erinnern sich an jede Phase des Schöpfungsaktes. Warum aber gerade hier, in einer Gegend, die heute noch fernab vom Verkehr liegt, so daß unter den Frauen der Wissenschaftler das unschöne Gespenst „Inselkoller" umgeht? War das Zufall? – Eine Kette von Zufällen, sagt der Direktor, die schon verdächtig an Nicht-mehr-Zufall erinnert. Das Institut, oder jedenfalls sein Vorläufer, war seit 1943 zuerst in Wien. Da wurden wir gegen Kriegsende zu stark bombardiert. Wir mußten unsere wichtigen Samenbestände verlagern. Als merkwürdiger Treck, einer von vielen, zogen wir im Frühjahr fünfundvierzig quer durch Europa. Warum ausgerechnet hierher? Zufällig kannte ich in dieser Gegend einen Züchter, der uns Unterkunft angeboten hatte, vor allem Gewächshäuser. Die lagen in Quedlinburg und gehörten zu den Forschungseinrichtungen der Saatzuchtfirma Gebr. Dippe AG. Wir, die Menschen, erwarteten in einem Gasthof das Kriegsende. Die Besatzungsmächte wechselten in dieser Gegend. Seit 1. Juni 1945 hatten wir in Sachsen-Anhalt sowjetische Besatzung.

Da Sie auf Zufälle versessen sind: nun ja, zufällig saß ein Biologe in der sowjetischen Militäradministration von Halle, Schüler eines berühmten sowjetischen Genetikers. Es war nicht schwer, ihn für uns zu gewinnen, er verstand ohne viele Worte, was wir vorhatten. Er hatte ein Interesse daran, daß unsere Forschungen in Gang kamen. Zufällig war diese gottverdammte Domäne Gatersleben noch nicht aufgeteilt – hätte sie nicht wenigstens ein bißchen näher an der nächsten Eilzugstation liegen können? Jedenfalls kriegten wir sie und fingen endlich an, unsere Samen auszusäen.

Später wurden wir der Akademie der Wissenschaften angeschlossen. Wir konnten ein paar entscheidenden Leuten in der Regierung unsere Idee plausibel machen: ein Institut, das die wichtigsten Disziplinen der Biologie – Systematik, Ökologie, Genetik, Zytologie, Physiologie, dazu Biochemie und Biophysik – sozusagen unter einem Dach vereint; das allen diesen Forschungsgebieten die großen, wertvollen Samensortimente zur Verfügung stellt, die wir nun mal haben (1945 fingen wir mit dreitausendfünfhundert Kulturpflanzensippen an, heute haben wir es auf etwa zweiunddreißigtausend gebracht: das zweitgrößte Sortiment der Welt, nebenbei gesagt). Ein Institut, das Grundlagenforschung sinnvoll mit praxisbezogener Forschung für die Landwirtschaft verbindet; das, zu guter Letzt, die Wissenschaftler der verschiedenen Richtungen zur Gemeinschaftsarbeit zusammenführt und sie von den Nachteilen zu enger Spezialisierung und Isolierung weitgehend befreit. Dies war die Idee, nach der Sie immerzu fragen.

Nach und nach bekamen wir die Mittel, die zur Verwirklichung nötig waren. Jetzt hieß es: bauen. Wenn eine solche Sache ins Rollen kommt, kriegt sie ihr eigenes Gewicht. Jahrelang mußte ich, ob ich wollte oder nicht, mehr Bauherr als Biologe sein.

Na – und da haben wir es nun, das *Institut*!

Aber auf unseren Fotos sind wir noch beim alten Gutshaus. Da wohnten die Samenvorräte und die Wissenschaftler unter einem Dach, und die Mikroskope, soweit es welche gab, standen in provisorisch geweißten Räumen, die man zu Labors ernannte. Auf den Dienstbesprechungen zerbrach man sich den Kopf über den Gemüse- und Obstanbau – für die Mitarbeiter an einer verrückten Idee, die sich hartnäckig „Institut“ nannte. Wenn ich recht unterrichtet bin, verarbeitete man die Wolle der großen Schafherden dieser Gegend sogar zu

Textilien für frierende Biologen und Laboranten und deren Familienangehörige ...

Auch hier verändern sich die Stimmen, wenn sie auf *jene Zeit* zu sprechen kommen, die Pionierzeit, die Anfangszeit, die herrlich schwere Zeit, die mit Recht geliebt wird. Nichts war fertig, nichts besaß man außer Opfermut – so stellt es sich heute dar. Dabei, sagt der Institutsleiter, handelten wir weniger heldenhaft als zweckmäßig und taten das Nächstliegende: Was blieb uns denn anderes übrig, als erst Gewächshäuser, dann Wohnungen zu bauen! Wenn die Lage ist, wie sie bei uns nun mal war, tut man am besten, eine gewisse Freiheit durch Einsicht in die Notwendigkeit zu erwerben. Auf den Fotos wiederholt sich immer wieder das Motiv: Baugruben. Aber die Hintergründe ändern sich, wie mit Zeitlupe belichtet. Plötzlich wachsen da Grünstreifen, wo früher Feld war, Pflanzungen, die es früher nicht gab, sind hochgekommen, zugleich mit Gebäuden, die auch neu sind. Das hier – ist das eigentlich noch die Systematik? Aber nicht doch, Herr Professor: das muß schon die Genetik sein. – Richtig. Wir Genetiker hatten an uns zuletzt gedacht.

Der Institutsleiter, zwanzig Jahre jünger, im Gespräch mit dem Architekten. Fünfzehn Jahre jünger bei einer Richtfestrede. Zwölf Jahre jünger beim Umtrunk mit den Bauarbeitern. Joppe, Knickerbocker, Jägerhut. Wie wir die Seiten umblättern, schmilzt die Zeit hinweg. Das Wort jenes Abends, das Wort „Abenteuer" habe ich in Stubbes Arbeiten vergeblich gesucht. Ein anderes fand ich dafür, fast ebenso ungebräuchlich: *Leidenschaft*. Ich vergleiche das Wort mit den nüchternen Vorgängen auf den Bildern. – Meine Güte, sagt der Mann neben mir, haben wir Ärger gehabt! – Ärger? sagt seine Sekretärin, in dem Ton, in dem langjährige Sekretärinnen mit ihrem langjährigen Chef sprechen: Haben Sie es denn anders gewollt? – Er schickt sie weg und klappt das Album zu.

Und die Mitarbeiter? frage ich. Sollten sie von alleine zugelaufen sein? Da kriege ich merkwürdige Lebensläufe zu hören. Die Zeit hat sich kräftig in die reine Naturwissenschaft eingemischt. Der eine, sagt der Direktor, hat mich von Wien aus begleitet und ist geblieben. Den zweiten habe ich in einem Gefangenenlager hinter dem Ural aufgestöbert. Der dritte saß im Westen und mußte stark überzeugt werden . . . Wer kam, wurde genommen, zimperlich konnten wir nicht sein. Mit der Zeit rüttelt sich das alles zurecht. – Was er nicht erzählt, sehe ich vor mir: das Zurechtrütteln. Die endlosen Sitzungen mit der Kaderleitung in irgendwelchen wahrscheinlich noch primitiven, verqualmten Räumen, Aussprachen mit Unzufriedenen, Mahnungen an Nachlässige, zähes Verteidigen von Leuten, auf die man baut und die einen dann doch enttäuschen, Vorurteil gegen andere, die sich dann ordentlich halten. Dazwischen immer wieder: Aufbegehren. Was bin ich denn nun eigentlich: Wissenschaftler oder Seelsorger, oder was? – Geschichten könnte ich Ihnen erzählen!

Dann kommen die Jungen. Einer von ihnen kommt 1951/52 unter der Bedingung, daß er hier endlich in großem Stil seine Tomatenpfropfungen durchführen kann, mit denen er Lyssenkos Anschauungen beweisen will, für die er, der Junge, glühend eintritt und die sein Lehrer, der Institutsleiter, entschieden ablehnt: daß nämlich an einer oder an beiden Komponenten der durch Pfropfung vereinigten Pflanze gesetzmäßig erbliche Veränderungen auftreten müßten. – Bitte sehr, der Junge sollte pfropfen. Seine Ergebnisse überzeugen ihn davon, daß nicht Lyssenko, sondern sein Lehrer Hans Stubbe recht hat. Wenn diese Aufzeichnungen veröffentlicht sind, wird der damals Junge, der heute selbst Professor ist, den Älteren in der Leitung des Instituts abgelöst haben. In seiner Antrittsrede hat er sich ihrer ersten „Zusammenarbeit“ lachend erinnert. (In dieses Kapitel gehören einige Sätze aus einem Rechenschaftsbericht des Institutsleiters zum zwanzigjährigen Bestehen des Instituts, die erwähnen, daß in Gatersleben während der fünfziger Jahre die „Lyssenkoschen Vorstellungen zur Genetik, insbesondere zur vegetativen Hybridisation und zur Artumwandlung, kritisch überprüft" wurden. „Wir haben den Eindruck", heißt es da, „daß die zu diesem Problem in Gatersleben durchgeführten Arbeiten zur Überwindung der für die Biologie kritischen Situation wesentlich beigetragen haben." – In dieses Kapitel gehört der Ausdruck meiner Hochachtung für gewisse Arten von Lakonismen und eine Erwähnung der betonten Herzlichkeit, mit der die Biologen aus Gatersleben heute von den sowjetischen Genetikern aufgenommen werden.)

Wir haben, sagt der Institutsdirektor, heute einundsechzig wissenschaftliche Mitarbeiter. Da Sie nach unseren Erfolgen fragen: Wir haben unser Pflanzensortiment durch Reisen in die Mannigfaltigkeitszentren und andere Gebiete – Griechenland, Albanien, Kreta, China, die Mongolei, Kuba, Jugoslawien, Armenien – wesentlich erweitert. Wir konnten den Züchtern Gersten- und Weizensippen übergeben, die gegen alle in Mitteleuropa verbreiteten Rassen von Mehltau und Rost resistent sind. Wir erschließen neue Nutzpflanzen für pharmazeutische Zwecke, arbeiten gut mit der Industrie und Universitätsinstituten zusammen. Wir haben an einzelnen Pflanzensorten den Prozeß der Evolution stufenweise experimentell nachgeahmt. Wir arbeiten weiter an der künstlichen Auslösung von Mutationen, zur Erhöhung der natürlichen Variabilität einer Pflanze. Wir wollen Methoden erarbeiten, die uns in die Lage versetzen, zu unserem Nutzen Eingriffe in die biologischen Grundvorgänge bei Pflanze, Tier und Mensch vorzunehmen.

Züchtung ist vom Willen des Menschen gelenkte Evolution.

4

> Es scheint, als ob die physische Beschaffenheit zukünftiger Generationen unter der Hand des Züchters fast so formbar wäre wie Lehm. Es ist meine Absicht, zu zeigen, ... daß die geistigen Qualitäten ebenfalls kontrollierbar sind.
>
> *Francis Galton, 1865*

Das Leben eines Wissenschaftlers, sosehr es bestimmt scheint von dem Stand und dem allgemeinen Fortschreiten seiner Wissenschaft in den vierzig, fünfzig Jahren, die ihm bestenfalls für seine Arbeit gegeben sind – das Leben eines Wissenschaftlers hat doch auch, wie jedes bewußt gelebte Leben, seine eigene Struktur.• In Hans Stubbes Lebenslauf gibt es auffällig viele Anfänge, aber keinen einzigen Bruch – so, als wäre jeder neue Anfang nötig gewesen oder doch jedenfalls dazu genutzt worden, das eigentliche Ziel neu und nun erst recht anzugehen.

Denn nie hätte doch der junge Mann, Sohn eines Berliner Naturwissenschaftlers, aufgewachsen teils in der Großstadt Berlin, teils in dem Dorf Bestensee bei Königs Wusterhausen, wo die Familie alle Ferien, jedes Wochenende verbringt – nie hätte er doch nach dem ersten Weltkrieg als Berufswunsch angeben können: Genetiker. Zwar waren gerade zur Zeit seiner Geburt, um die Jahrhundertwende, die Mendelschen Gesetze wiederentdeckt worden, von einem Holländer, einem Deutschen und einem Österreicher, unabhängig voneinander (auch seine Wissenschaft hat mehrere Anläufe gebraucht auf ihr Ziel zu, das ihr nicht immer recht klar gewesen ist oder zu dem sich zu bekennen sie nicht wagen konnte); der Holländer, de Vries, hatte den Mut, auszusprechen, daß in der Natur selbst in reinen Linien gelegentlich ohne Vorbereitung neue Merkmale auftreten, die sich dann weitervererben: *Mutationen* (wenn er auch seine richtigen Schlüsse aus größtenteils mißverstandenen Beispielen ableitete ...). Es deuten sich also Probleme an, die dann noch jahrzehntelang heiß umstritten sein und auch den Genetiker Stubbe beschäftigen werden: Konnte, mußte Darwins Theorie von der Entstehung der Arten wirklich zusammengebracht werden mit dieser neuen Entdeckung, die schließlich nicht mehr zu leugnen war? Viel zu spezielle Fragestellungen für einen jungen Menschen, bei dem ein allgemeines Interesse für die Natur vorliegt, eine Liebe zu allem Lebendigen, eine Begabung, zu beobachten, genau zu sehen, sich über Gewöhnliches zu wundern, der Wunsch, der Natur näherzukommen: noch ungerichtet, diffus, oder vielmehr auf alle ihre Erscheinungen gerichtet. Morgen- und Abenddämmerung sind Grunderlebnisse ebenso wie die Jagd, die Tierwelt, die märkische Flora. Dazu eine Neigung zur Arbeit im Freien, Geschick zu praktischer Tätigkeit, die Gelegenheit, sich auf dem Lande einzuleben. Hans Stubbe studiert Landwirtschaft.

Viel, viel später sagt er, indem er einen sehr verehrten Lehrer zu würdigen gedenkt: „Eng verbunden der heimatlichen Landschaft, entwickeln sich die Anlagen, die den erwachsenen Mann in seinem Denken und Handeln bestimmen. Aus der stillen Beobachtung des einzelnen erwächst die Gesamtschau alles Lebendigen, aus der Kenntnis bäuerlicher Arbeit und der Härte bäuerlichen Lebens bildet sich ihm die tiefe Liebe zur Landwirtschaft, formt sich später der Wille, alle Wege mit zäher Beharrlichkeit zu nutzen, um das im Experiment als gültig Erkannte dem Landwirt zu vermitteln."

Den Landwirt wird er nie mehr ganz los. Lange Jahre ist Hans Stubbe in der Deutschen Demokratischen Republik Präsident der Landwirtschaftsakademie. Eines der jüngsten Unternehmen, das er gefördert hat, ist die Melioration einer großen Bodenfläche in Zingst, in unmittelbarer Küstennähe. Darüber spricht er mit der gleichen Wärme wie über die Experimente eines LPG-Bauern, der glaubte, eine einfache und sichere Methode der Geschlechtsbestimmung für Küken an Hühnereiern gefunden zu haben. Zweimal ermöglichte Professor Stubbe ihm Versuche mit größeren Eiermengen, bis feststand:

der Bauer hatte sich geirrt. Aber wenn er recht gehabt hätte! Seine Entdeckung wäre von ökonomischer Bedeutung gewesen. Und man soll doch nichts, so absurd es zunächst auch aussehen mag, von vornherein für unmöglich halten . . .

Die zwanziger Jahre sind ein günstiger Zeitpunkt, zur Biologie zu kommen. Seit 1927 weiß man, daß Strahlen und Chemikalien die Häufigkeit der Mutationen steigern können. Erst in diesem Jahrhundert sind dem Biologen Mittel in die Hand gegeben – Elektronenmikroskope zum Beispiel –, welche die Ahnungen genialer Vorläufer zu sichtbaren Gewißheiten verdichten. Lange ist die züchterische Praxis der auswertenden, begreifenden Theorie vorausgeeilt. Jetzt scheint die Stunde gekommen, da man mit dem Experiment das theoretische Verständnis wichtigster, geheimster Naturvorgänge selbst beschleunigen kann. Ein Zustrom neugieriger, begabter, unternehmungslustiger Leute zur Biologie, speziell zur Genetik, setzt ein – ähnlich wie zur Atomphysik, aber unbemerkt: die Ergebnisse der genetischen Forschungen haben sich nicht, aller Welt sichtbar, in ungeheuren Explosionen manifestiert.

Wohin sie die Forscher führen würden, konnte man in den zwanziger Jahren nicht *wissen*, man mußte es wohl vorausfühlen, mit einer Phantasie, vor der man vielleicht selbst erschrak. Der junge Landwirt und Biologe hatte das Glück, einen großen Lehrer zu finden – Erwin Baur, Leiter des ersten deutschen Instituts für Vererbungsforschung in Berlin-Dahlem (das Lehrer-Schüler-Verhältnis ist eines seiner Grunderlebnisse, oft spricht er mit Bedauern davon, wie selten es geworden ist). Eine junge, stürmisch vorwärtsgehende Wissenschaft führt auch unerfahrene Praktikanten an aufregende Probleme heran: Hier tritt nun das *Antirrhinum majus* auf den Plan, Baurs klassische Versuchspflanze, die er seinem Schüler vermacht hat. Die künstliche Erzeugung von Mutationen am Löwenmaul. Wahrscheinlich gibt es zu jener Zeit kaum interessantere, weiter vorwärtsführende Aufgaben im Bereich der genetischen Forschung. Es läßt sich zeigen, daß die durch Mutationen hervorgerufenen Evolutionsschritte nicht immer winzig klein und nur in ihrer Summierung bedeutend sein müssen: künstlich lassen sich auch die größeren Sprünge der Natur nacherzeugen. In der Unzahl von Mißbildungen, die durch Strahlungen oder Chemikalien ausgelöst werden, finden sich immer auch erwünschte Neubildungen, die erkannt und ausgewählt sein wollen („das Zweckmäßige präpariert sich aus dem zufälligerweise entstehenden Unzweckmäßigen heraus"). Erregung und Intensität der Arbeit, Hingabe und Besessenheit sprechen aus jeder Zeile, die der später bekannte Forscher jener Zeit widmet.

Wenn ich es richtig verstehe, ist es der Biologen Beruf, Befremden zu zeigen über das Selbstverständliche, besonders über die vielen verschiedenen Erscheinungen, die der normale Mensch zwar nicht missen möchte, aber doch unter dem Sammelnamen *Natur* eher verschwinden läßt als zur Kenntnis nimmt. Dafür hat der Biologe ein dauerndes Kopfschütteln aufzubringen: Wo, um Gottes willen, kommt dies alles bloß her? Und warum ist es so und nicht anders? Eine Ratlosigkeit, die er verbirgt, bis er zu Formeln vorgestoßen ist, denen man kein Schwanken mehr anmerkt und die so sicher und genau sind, wie der Laie sich die Wissenschaft vorstellt: Die erbliche Konstitution der Organismen, bestehend aus vielen Einzelelementen, bildet in steter Neukombination und unter dem Einfluß der Umwelt die Grundlage für die große Mannigfaltigkeit der Merkmale und Eigenschaften. So wird es der erfahrene Biologe viel später ausdrücken, da weiß er schon: So ist es. Vorher, viele Jahre lang, sieht man ihn, wie ein Freund ihn beschreibt: auf Versuchsfeldern in verschiedenen Gegenden, mal in Müncheberg bei Berlin, mal in Gatersleben, umgeben von Assistentinnen, Mutanten suchend und auswertend: einmal vom Löwenmaul, das andere Mal von der Tomate. (Zuletzt ist es ihm zu seiner eigenen Überraschung gelungen, durch sorgfältige Selektion und

Kreuzung der Mutanten die Ahnenreihe unserer Edeltomate lückenlos wiederherzustellen: Das war sie also, die wir bei unserem Spaziergang sahen, die Ausgangsform mit den johannisbeergroßen Früchten, die wir verbotenerweise gekostet haben und deren bitterer Nachgeschmack uns bewußt machte, daß der Eva im Paradies kaum ein großer, wohlschmeckender, verführerischer Apfel zur Verfügung gestanden haben kann.)

1936 entläßt man Hans Stubbe aus dem Institut für Züchtungsforschung wegen antinazistischer Betätigung. Der Staat, den er ablehnt, hat viele seiner Freunde aus dem Land getrieben, und er mißbraucht, das wird immer deutlicher, mit Hilfe charakterloser Dilettanten tendenziös verfälschte Ergebnisse der biologischen Forschung, um seinem monströsen Rassenwahn eine scheinwissenschaftliche Grundlage zu geben. Zu gleicher Zeit werden Inseln freier Forschung noch geduldet – höchst fragwürdig in den Voraussetzungen ihrer Existenz, aber doch Zuflucht für manchen: Hans Stubbes dritter Anfang findet im Kaiser-Wilhelm-Institut für Biologie in Berlin-Dahlem statt. „Die sieben wichtigsten Jahre für meine Arbeit." Seltsamer Widerspruch: Unbemerkt zu bleiben liegt in seinem persönlichen Interesse, ihn nicht zu befördern im Interesse der übergeordneten Dienststellen. Gerade das, was den gesellschaftlichen Menschen unerfüllt und unbefriedigt lassen muß: die Unmöglichkeit politischen Handelns, die Muße, der Zwang zur Konzentration, fördert die Arbeit des Wissenschaftlers. Es gibt Gleichgesinnte, mit denen man offen sprechen kann, die, ohne sich groß darüber verständigen zu müssen, das Eindringen faschistischer „Theorien" in ihren Arbeitsbereich stillschweigend zu verhindern wissen. Es gibt hier und da die Möglichkeit, praktisch zu helfen: Unter den von den Deutschen aus Holland verschleppten Arbeitskräften sind auch Biologen, Wissenschaftler und Studenten, die von den Mitarbeitern des Instituts so lange beharrlich als Hilfskräfte angefordert werden, bis sie aus den Arbeitslagern freigegeben sind und neben ihnen an den Labortischen stehen. Oder man benutzt seine Stellung als Leiter einer Arbeitsgruppe zur Abwehr amerikanischer biologischer Kriegsführung dazu, Kollegen vom Einsatz an der Front freizubekommen.

Dies mag die Zeit gewesen sein, da meine junge blonde Biologielehrerin uns vom Kampf ums Dasein erzählte, der gleichermaßen für Mensch und Tier gelte und in dessen Verlauf der Stärkere siege, indem er den Schwächeren töte. Oder sterilisiere. – Die Zeit, da ich meine Tante heimlich weinen sah, weil ihre geisteskranke Zwillingsschwester, die körperlich ganz gesund gewesen war, plötzlich an einer Lungenentzündung in der psychiatrischen Klinik verstorben sein sollte. – Die Zeit, da ich im „Schwarzen Korps" die Beschreibung eines sogenannten Mütterheims der SS fand, einer Einrichtung, in der ausgesucht nordische Bräute mit ausgesuchten SS-Männern zusammengeführt wurden zum Zwecke der Zucht und Vermehrung wertvoller Erbmasse. – Ich dachte daran, als ich in dem großen Arbeitszimmer des Direktors von Gatersleben saß, die Kälte von damals kam wieder in mir auf, aber ich sagte nichts.

Hans Stubbe erlebt nach dem Krieg seinen vierten Anfang: Gatersleben.

Nachdem die Hauptlinien der Evolution erkannt worden waren, begann sich das Interesse der Wissenschaftler ihrem Mechanismus zuzuwenden. 1953 wird entdeckt, daß im Nukleinsäuremolekül die Basenanordnung in einer unregelmäßigen, aber sinnvollen Folge besteht und daß man eben diese Anordnung als eine Art Schrift aufzufassen habe, die die genetischen Informationen an den Organismus weitergibt. Diese Entdeckung hatte die gleiche Bedeutung für die Biologie wie die Formulierung der Mendelschen Gesetze. Mechanismen, deren stoffliche Grundlage und deren Funktionieren bekannt sind, bieten der eingreifenden Hand des Menschen kein prinzipielles Hindernis.

Folgen den schlaflosen Nächten der Atomphysiker nun die schlaflosen Nächte der Biologen?

5

> Der Mensch kann ... vorläufig nur negative Mutationen erzeugen. Es ist aber nicht ausgeschlossen, daß er in der Zukunft Besseres leisten kann; doch die Methode, die eine Umwälzung der Wissenschaft und der Menschheit herbeiführen wird, muß erst noch entdeckt werden ... Auf diesem Gebiet können wir manches erhoffen und müssen uns vor vielem fürchten.
>
> *Etienne Wolff, 1961*

Der Wein, den wir trinken, ist gut.

Z = *Zukunft*, werde ich über das letzte Kapitel schreiben, Herr Professor. – Da seien Sie vorsichtig. Sie kennen doch Huxleys „Brave New World"? Das deprimierende, optimistisch-schicksalslose Gewimmel dieser vollständig in ihre Produktionszwecke eingepaßten Homunkuli? – Muß man alles akzeptieren, was man kennt? – Ganz im Gegenteil. Ich jedenfalls lehne sie ab, diese Wahnsinnsidee des *Homo technicus*, dieses Wesens von menschlicher Gestalt, das auf die Welt gesetzt wird, um in möglichst reibungsloser und technisch perfekter Weise materielle Güter zu schaffen. Ich *muß* das ablehnen, als Anhänger der Evolution: Nur das Unvollkommene hat die Chance, sich zu entwickeln. – Und ich muß es auch ablehnen, als Anhänger der Literatur. Denn jene finsteren biologischen Visionen von dem beliebig manipulierbaren menschenähnlichen Monstrum zerstören auch die Kunst. Keine Entscheidungsmöglichkeit – keine Konflikte; keine Auseinandersetzung mit den Grenzen der eigenen Natur – kein Schicksal. Ende des historischen Menschen. Keine Geschichte mehr und keine Geschichten. – Ja, sagt mein Gesprächspartner. Auch die Literatur würde zugrunde gehen. Identität, Verantwortung, Schicksal – die Dimension der Tiefe im menschlichen Leben ...

War ich nicht mit einer Hoffnung gekommen? Immer noch zu früh, sie zu artikulieren. Ein paar Fragen noch anbringen, obwohl längst klar ist, daß ich nichts Gewisses über diesen Mann erfahren kann, mit dem ich jetzt die dritte Stunde zusammensitze. Auch wenn ich noch andere über ihn ausfragen, mich in seine Arbeiten vertiefen werde. Ahnungen und Vermutungen, die wesentlicher als Fakten sein können, behält man für sich, wenn sie Menschen betreffen, die unter uns leben. Und in eine Wissenschaft, die man nicht studiert hat, wirklich einzudringen – das kann man sich ja nicht vornehmen. Diese Wissenschaft noch dazu, die immer mehr Nachbargebiete sich einverleibt – Physik, Chemie –, die ins Kleine und Kleinste hineinkriecht – Bakteriophagen, nun das Eiweißmolekül –, die uns eines Tages darüber unterrichten wird, welchen Vorgängen wir unser Dasein, die Entwicklung und den Fortbestand unserer Art verdanken. Diese Aufklärung wird allerdings in Gestalt komplizierter chemischer Formeln vor uns hintreten, und ich zweifle, daß ich sie bis ins letzte verstehen werde.

Warum also bin ich hierhergekommen?

Weil ja geredet werden muß, frage ich irgend etwas. Warum, Herr Professor, warum sind Sie hiergeblieben?

Diese Frage versteht bei uns jeder Mensch eines gewissen Alters ohne weiteres, aber nicht jeder ist bereit, prompt und wahrheitsgemäß darauf zu antworten.

Sie werden lachen, sagt Hans Stubbe, in den ersten Jahren habe ich ja nicht im Traum daran gedacht, daß die Teilung Deutschlands endgültig wäre. Später konnte von Weggehen keine Rede mehr sein.

Forschungsmöglichkeiten hätten Sie woanders auch gefunden?

Mit ziemlicher Wahrscheinlichkeit.

Was haben Sie für Sorgen?

Sorgen? fragt er zurück. Ach, wissen Sie ... Die Verbindung zwischen Wissenschaft und Praxis ist gut auf unserem Gebiet. Ich halte es zum Beispiel für möglich, daß wir 1980 die beste Landwirtschaft Europas haben werden. – Sorgen ... Ja, viele. Fangen wir mit den alltäglichen an. Sollte nicht jeder Wissenschaftler – wie vermutlich auch jeder Schriftsteller – jeden Tag wenigstens eine Stunde in aller Ruhe spazierengehen können? Nicht nur, um den Kreislauf intakt zu halten, sondern um einen klaren Kopf spazierenzutragen, erste Voraussetzung für Einfälle. Zweitens: Wie das tägliche Brot braucht der Wissenschaftler den ungezwungenen Kontakt mit Kollegen, Gespräche vom Hundertsten ins Tausendste, bei denen Berge von Gedankengeröll bewegt werden für das berühmte eine Milligramm Uran. Aber wo treffen wir uns denn? Auf Sitzungen mit fester Tagesordnung. Für Gespräche haben wir doch gar keine Zeit mehr. Die Organisation der Wissenschaft, die natürlich nötig ist und immer nötiger wird und unsere Hilfe braucht – sie müßte schneller und reibungsloser gehen und uns weniger belasten.

Ich habe eine Liste angelegt: Ausdrücke, die Stubbe in seinen Arbeiten bevorzugt. Einige von ihnen führe ich an: Glück, steht da. Verehrung, Bewunderung, Freundschaft, Begeisterung. Das Ideal des *Homo nobilis*. „Der edle Mensch sei hilfreich und gut ..." Auf die Gesellschaft bezogen, finde ich: Veränderung, Vernunft, schöpferische Tätigkeit, Freiheit, Menschlichkeit. Finde Sätze wie diesen: Wissenschaftliche Arbeit als innere Verpflichtung, im Dienste einer großen Idee.

So sprechen die Jungen nicht mehr, das weiß er auch.

Sie wollen wissen, warum ich hiergeblieben bin? Eine Zeitlang mußte ich mir sagen – wahr oder nicht –, daß wahrscheinlich kein anderer das gemacht hätte, was ich für nötig hielt. Man bleibt, wo man am meisten gebraucht wird. Man bleibt nicht derselbe. Ändernd ändert man sich. Ich las Marx, Engels. Ja, das kam einer tiefen Sehnsucht in mir entgegen, den Begriff der Freiheit nicht immer nur negativ definieren: Freiheit wovon; sondern positiv: Freiheit zur Entfaltung unserer menschlichen Fähigkeiten. Ein großes Vorhaben. Ich blieb, wo die radikal veränderten Eigentumsverhältnisse die Grundlagen dafür schufen.

Sie fragen mich, ob ich Sorgen habe. Reden wir also

offen. Lassen wir die kleineren Sorgen beiseite. Reden wir von der großen Sorge um die Zukunft. Reden wir ein bißchen von *Verantwortung*.

Also, frage ich nun doch, folgen den schlaflosen Nächten der Kernphysiker nun die schlaflosen Nächte der Biologen?

Die lebenswichtigsten Probleme der heutigen Welt, sagt der Biologe, haben mit Biologie zu tun. Vor hundert Jahren, als sie aufbrach, stellte sie sich die Frage: Woher kommen wir? Je mehr sie fortschreitet, scheint sich ihr eine Frage aufzudrängen, die doch gar nicht in ihr Fach gehört: *Wer sind wir?* Oder, schlimmer noch: *Wer wollen wir sein?*

Heiß, heiß, rufen die Kinder, wenn der Suchende sich dem versteckten Gegenstand auf Armeslänge nähert. Ich erkenne das kribbelnde Gefühl wieder. Ich frage: Herr Professor – glauben Sie, daß der Naturwissenschaftler Phantasie nötig hat?

Und wie ich das glaube! Mehrere Sorten sogar. Die Kernphysiker haben es ja offen zugegeben: wie sie ihre nachschaffende Phantasie anstrengen müssen, um die Vorgänge am Atom zu erahnen, denen gegenüber sie noch sprachlos sind. So auch wir: wir tasten uns heran an modellhafte, immer genauere Vorstellungen von jener Ordnung, die aus zufälliger Anhäufung kleinster Materieteilchen eine lebende Zelle macht . . . Aber das wäre ja erst die „Fachphantasie", jene Fähigkeit, die über Talent oder Genie eines Wissenschaftlers entscheidet. Er glaube an die Notwendigkeit einer *gesellschaftlichen Phantasie.* Er glaube, sie sei heute unentbehrlicher denn je.

Dann zeigt er mir das Buch eines Amerikaners: „Der nackte Affe." Einer der jüngsten westlichen Bestseller. Der Mensch, von Instinkten dirigiert, organisiertes Triebbündel, blind seinen archaischen Antrieben ausgeliefert; die Vernunft ein fadenscheiniges Mäntelchen, das er benutzt, seine Blöße zu bedecken. Vollendeter Biologismus. Der Mann ahnt wohl nicht, daß er seinen Kindern oder Enkeln den Totenschein ausschreibt.

Warum das?

Weil ich sicher bin: Mit dem Menschen, dessen Zeit auf Erden ein halb vom Tausend der gesamten Lebensgeschichte beträgt, mit dem unerhörten Prozeß seiner geistig-seelischen Differenzierung ist etwas Neues in die Natur eingetreten. Nicht straflos kann man diesen Prozeß stoppen oder zurückdrehen: die Erhaltung unserer Art ist an ihn geknüpft. *Humanismus* war keine Erfindung nur für die Epoche, da die Tötung größerer Menschenmassen den Bestand der noch spärlichen Gattung Mensch gefährdet hätte. Ich glaube nicht, daß die Ethik, die wir unserer tierischen Natur mühsam genug abgerungen haben, nichts sein soll als alter, unnützer Plunder. Hier ist nun ein Wesen, zu dessen Definition es gehört, daß es nicht nur entwickelt wird, sondern, Erfahrungen nutzend, sich selbst entwickelt, Zukunft planend, sich nach vorn zieht: fortschreitet.

Fortschreitet – wohin?

Das ist es eben. Die Frage: Sollen wir weiterforschen? ist müßig. Wir *werden* weiterforschen. Was erfindbar ist, wird erfunden werden. Aber wir werden unsere eigenen Erfindungen nur *als Menschen* überleben, als vernunftbegabte Wesen in vernünftig organisierten Gesellschaften – oder gar nicht. – Stellen Sie sich die Fähigkeit, Manipulationen an der menschlichen Erbmasse vorzunehmen, in der Hand faschistischer Regierungen vor . . .

So lehnen Sie jede Art von Eugenik auch für die Zukunft ab?

Das ist nicht möglich, angesichts der Zunahme von Erbkrankheiten auf der Erde – trotz des tiefen Unbehagens, das uns Deutschen noch aus der Zeit des Mißbrauchs der Eugenik im Dritten Reich in den Gliedern sitzt. Freiwillige Eugenik müssen wir anstreben. Genetische Beratungsstellen in jedem Bezirk. Menschen, die eine schwere Erbkrankheit mit großer Sicherheit an ihre Kinder weitergeben würden, dringend den Verzicht auf Nachkommen nahelegen. Auch eine Antwort auf die

Frage: Wie wollen wir sein? Von der negativen Seite her . . .

Wir können uns nicht drücken vor dieser Frage. Aber jeder Versuch, sie biologisch zu lösen – zum Beispiel, indem man die bei Pflanzen und Tieren übliche Methode der Selektion auf den Menschen überträgt –, führt zu ungeheuerlichem Irrsinn.

Und der vielbesprochene Eingriff in die Erbmasse des Menschen?

Ja: wenn seine Erbgesundheit schwer gefährdet ist. Wenn man schwere Erbkrankheiten im Gen lokalisieren kann, soll man versuchen, sie durch Reparaturen an der Erbmasse zu beseitigen: Bluterkrankheit, Veitstanz, gewisse Formen von Blindheit, Geistesgestörtheit und Taubheit zum Beispiel.

Wenn man es nun aber fertigbrächte, dem menschlichen Erbgut hoch erwünschte Eigenschaften einzugeben? Die Fähigkeit etwa, besser, schneller zu lernen? Würde das nicht das Gespenst der Wissensexplosion weniger gefährlich machen? Und den Fortschritt ungeheuer beschleunigen?

Wer weiß. Den Fortschritt von Wissenschaft und Technik – vielleicht. Aber auch die Reife der Menschheit? – Es gibt eine Hypothese, nach der die Insekten fähig sein sollen, in unglaublich kurzer Zeit die wichtigsten für sie lebenserhaltenden Techniken sich einzuprägen, zu „lernen". Sie haben sich seit dreißig oder vierzig Millionen Jahren nicht entwickelt. Wer sagt uns, daß wir nicht gerade die Anstrengung brauchen, die das Lernen jedes menschliche Individuum kostet, um Intelligenz und Persönlichkeit zu entwickeln?

Persönlichkeit? Aus dem Munde eines Biologen?

Mein Leben hat mir viel Gelegenheit gegeben, darüber nachzudenken: Welches ist die Grenze, über die man sich, so stark äußere Mächte sein mögen, um keinen Preis drängen lassen darf? Ich glaube, das Ideal vom Subjekt, von der entfalteten Persönlichkeit ist immer noch nützlich und unerläßlich. Die Bilder, die wir uns von uns selber machen, werden doch immer wichtiger, je näher wir dem Zeitpunkt kommen, da es vielleicht in unserer Hand liegt, sie zu verwirklichen.

Jetzt weiß ich: Das zu hören, bin ich hergekommen.

Die Kunst, die sich selber ernst nimmt, arbeitet also auf ihre Weise daran mit, daß die Menschen den ungeheuerlichsten Entdeckungen der Wissenschaft gewachsen sein können? Indem sie die Persönlichkeit stärkt? Indem sie, als Organ ihrer Gesellschaft, Bilder vom Menschen entwirft und die Möglichkeit erweitert, sich selbst zu sehen und zu erkennen?

Ja, sagt mein Gesprächspartner. Die Visionen, die Wissenschaftler und Künstler haben und die in früheren, undifferenzierteren Epochen sich deckten, sollten sich wieder einander nähern. Sie sollten jedenfalls nicht zu sehr auseinanderklaffen: etwa unhistorisch und technisch die einen, rückwärtsgewandt und romantisch verstiegen die anderen. Schließlich wird es dieselbe Zukunft sein, in der wir alle leben.

Weit sind wir abgekommen vom Antirrhinum majus, dem schlichten Gartenlöwenmaul. Der Wein ist ausgetrunken, draußen ist Nacht. Ich finde allein zum Wohnheim des Instituts, in dem ich übernachte. Die Wege sind grundlos und aufgeweicht, ich treffe keinen Menschen. Vereinzelt brennt noch Licht. Radiomusik dringt bis auf den Flur, bricht plötzlich ab.

Morgen werde ich mit der Bahn von Aschersleben aus zurückfahren. Unterwegs werde ich in Schriften blättern, die Hans Stubbe mir mitgegeben hat. Ich werde auf einen Satz stoßen, den ich mir anstreichen werde, um ihn einmal, falls es dazu kommt, an das Ende der Beschreibung zu setzen, die ich von meinem Besuch geben soll. Der Satz heißt: *Unsere Erde, dieser einmalig kostbare Planet, Geburtsstätte und Heimat des Menschen* . . .

1969

Krankheit und Liebesentzug

Fragen an die psychosomatische Medizin

Ein „Festvortrag"? So hätten wir etwas zu feiern? In dem Augenblick, da ich diese Sätze schreibe, kommt es mir nicht so vor, eher fühle ich mich unter Druck. Nicht nur, nicht in erster Linie unter Termindruck. Wenn mich mein Berufsleben etwas gelehrt hat, so ist es dies: Immer, wenn mich ein besonders starker, besonders hartnäckiger und zugleich diffuser Widerstand daran hindert, zu einem bestimmten Thema „etwas zu Papier zu bringen" – immer dann ist Angst am Werke, meist die Angst vor zu weitgehenden Einsichten oder/und die Angst vor der Verletzung von Tabus.

Soweit es mir bewußt ist, gründete sich meine spontane Zusage, hier zu sprechen, vor allem auf zwei Impulse: auf dem eitlen Wunsch, Gutes zu tun, und auf der simplen Neugier. „Gutes tun" durch Zuspruch wollte ich der kleinen Arbeitsgruppe für psychosomatische Gynäkologie, deren Existenz mich so sehr überrascht hat: Ich hatte sie nicht für möglich gehalten; ich wollte sie unterstützen. Neugierig war ich auf die Männer und Frauen – aber vor allem auf die Männer –, die sich dieser Arbeitsgruppe angeschlossen hatten oder die jedenfalls zu dieser Tagung kommen würden und damit, so sah ich es, doch wohl einen Zweifel anmeldeten an der Unfehlbarkeit und Allgemeingültigkeit jener machtvollen und zweifellos sehr erfolgreichen Institution „naturwissenschaftliche Medizin": ein Mythos, den anzutasten schon ganz andere Leute Angst hatten als Sie und ich.

Die Überlegung, auch Sie könnten anfangs Angst gehabt haben, auch Sie habe es wahrscheinlich Überwindung gekostet, Ihrem Chefarzt oder einem Ihrer Kollegen gegenüber das Wort „Psyche“ in den Mund zu nehmen, tat mir kindischerweise wohl. Ist geteilte Angst halbe Angst? Wäre dies schon eine „therapeutische Frage“ für einen Psychosomatiker?

Übrigens: Warum „Psyche“, warum niemals „Seele“? Wo man doch für „Soma“, „Physis“ eher auch mal „Körper“ hören kann. Ist nicht „Psyche“ im griechischen Mythos die Gemahlin des Eros, des Gottes der Liebe? Übersetzt sich nicht das griechische Wort „Psyche“ mit „Atem, Seele“? Gut. Also wie erklärt nun das „Wörterbuch der deutschen Gegenwartssprache“, Akademie Verlag, Berlin 1976, diese beiden Begriffe?

Seele, die: Gesamtbereich des Empfindens und Erlebens, besonders der Gefühlsregungen. Unter den Beispielen wird ein Satz von Musil zitiert: „Eine große, edle, feige, kühne, niedrige Seele zu haben, das läßt sich noch behaupten, aber schlechtweg zu sagen, meine Seele, das bringt man nicht über sich.“ – Aha, dachte ich. Auch er.

Und nun, im gleichen Wörterbuch, die Psyche.

Psyche, die: Gesamtheit der an ein Subjekt gebundenen Erscheinungen der Widerspiegelung der Umwelt durch die höhere Nerventätigkeit. – Nun, das hört sich schon anders an! Und als Beispiele finde ich: „Verständnis für die kindliche Psyche haben.“ – „Die Psyche der Frau.“ – „Die weibliche Psyche.“ – „Die Psyche der Eingeborenen. ... so sagt man ja im europäischen Jargon“ (Stefan Zweig). Ferner: „Der Dichter erweist sich in seinem letzten Roman als großer Kenner der menschlichen Psyche (Seele).“ – Die Psyche des Mannes scheint nicht vorzukommen, oder nur in einer Abart des männlichen Menschen: „Man muß die Psyche des Schauspielers ganz genau kennen, um ...“ und so weiter. Wird aber nicht der Schauspieler häufig als ein mit weiblichen Zügen – der Neigung zum Demonstrativen etwa und zur Hysterie – ausgestatteter Mann gesehen? Und wie kommt es, daß

„der Dichter", als Kenner der Psyche auftritt, nicht aber ein einschlägig in Frage kommender Wissenschaftler?

Aus dem Sprachgebrauch glaube ich ablesen zu können: „Psyche", „psychisch" sind den Naturwissenschaften, dem naturwissenschaftlichen Weltbild nähere Wörter, eher zu akzeptieren als das altmodische, kampflos den Künsten überlassene „Seele"; beide aber, Psyche und Seele, werden als nicht, oder sagen wir: als wenig „männlich" betrachtet. Während ja die Naturwissenschaften nach immer noch wirksamen Klischeevorstellungen sehr „männlich" sind. Nämlich: unbeirrt vom Störfaktor „Emotionen"; auf dem Experiment basierend, und auf dem Beweis, möglichst schlagend durch Zahl (Statistik) und/oder Formel: möglichst frei von den Unreinheiten der wirklich vorkommenden und verwirrend vielfältigen Prozesse: den Zufall meidend; Widerspruchsfreiheit anstrebend; abgelöst von den Werten, die in der unwissenschaftlichen Menschenwelt sonst gelten mögen.

Diese Aufzählung ist weder ironisch noch abwertend: was ich mir dabei denke, ist nur: Alles zu seiner Zeit, alles an seinem Ort. Mir jedenfalls kommt es so vor, als hätte ich schon immer gewußt und als müßte auch jeder andere schon immer gewußt haben, daß all diese Merkmale, mögen sie für die Berechnung von Sternenbahnen oder Atombewegungen gelten, auf Krankheiten von Menschen nicht zutreffen, und *eine* meiner Hemmungen, hier zu Ihnen zu sprechen, lag und liegt daran, daß ich eine *rein* naturwissenschaftlich-physiologisch orientierte medizinische Haltung einfach nicht verstehe. Mir ist leichter, da ich dieses Geständnis gemacht habe, und ich nehme an, daß viele von Ihnen darin mit mir übereinstimmen. Ich versuche in meinem Leben zurückzudenken, wann ich zum erstenmal den Zusammenhang zwischen einer Krankheit und den Lebensumständen eines Menschen deutlich empfunden habe. Ich muß acht, neun Jahre alt gewesen sein, und eines Nachts, da ich mit ihr allein war, hatte meine Mutter eine Fehlgeburt, und ich, die ich offiziell überhaupt keine Ahnung haben durfte von Empfängnis, Schwangerschaft und Geburt, verstand alles, und die Handlungen und Bilder jener Nacht gruben sich mir deshalb so tief ein, weil ich auch begriff, daß und warum meine Mutter kein weiteres Kind haben „wollte“ – was immer die Diagnose des Gynäkologen gewesen sein mag.

Diese Art Wissen, das nicht durch naturwissenschaftliche Methoden zu erwerben und in der Sprache der Wissenschaften nicht auszudrücken ist, hat sich mir immer mehr verfestigt, hauptsächlich durch einfache Selbstbeobachtung. Ich frage mich also, frage auch Sie, ob es eigentlich zweckmäßig ist, daß bis heute der Mediziner nicht nur die Technik der Selbstbeobachtung nicht erlernt – nein, daß ihm geradezu abverlangt wird, seine Erfahrung mit sich selbst, mit seinen Krankheiten, mit seiner Gesundheit aus dem Spiel zu lassen, zugunsten eines Fetischs, der sich „Objektivität“ nennt. Und ob nicht dieses Sich-aus-dem-Spiel-lassen-Können, frage ich Sie und mich weiter, das zwingendste Motiv war und ist für die beinahe ausschließliche Konzentration der Schulmedizin auf die Entwicklung von immer neuen Apparaten, technischen Methoden, Pharmaka, nun auch noch von Computern – die hier, daran darf es keinen Zweifel geben, alle ausdrücklich *auch* gepriesen sein sollen; gerade in der Frauenheilkunde haben ihre Erfindungen ganze Bibliotheken voller weiblicher Tragödien – zum Beispiel der vom Typ der Gretchen-Tragödie – einfach gegenstandslos gemacht. Ob nicht, frage ich trotzdem – vielleicht ein wenig zu direkt, aber ich habe ja nicht viel Zeit! –, ob nicht die Arbeitsteilung: die Vereinnahmung aller Männer in dieser oder jener Abteilung der Arbeitswelt; die Versachlichung des Denkens und die damit immer stärker verbundene Ausschaltung, Unterdrückung der Gefühle ein meist unbewußtes Bedürfnis geschaffen haben, auch beim Arzt, sich den Patienten, die Patientin vom Leib zu halten und seine Zuflucht vor der hautnahen und seelennahen Begegnung mit ihm oder ihr zu den scheinbar objektiven Aussagen und Leistungen seiner Apparate zu nehmen.

Unter den vielen Frauen, die durch Erzählung, Briefe, Literaturhinweise, Kritik bereitwillig an diesem Vortrag mitgearbeitet haben, sind auch Ärztinnen. Eine von ihnen – keine Gynäkologin – schreibt mir: „Ohne Wissen von der Natur geht es in der Medizin nicht – das wäre also Naturwissenschaft: Aber, was ist das eigentlich." Ich frage mich, füge ich hier ein, ob die absurde Trennung von Körper, Geist und Seele nicht durch die Terminologie immer weiter bestärkt wird; „naturwissenschaftliche Medizin" – wieso bezeichnet man so die Medizin, die ihr Objekt, den Patienten, am ehesten als eine biologische Maschine sieht. Zu fragen wäre aber, ob nicht die „Natur" des Menschen eben darin besteht, daß – bei aller Spezialisierung der einzelnen Organe, auch des Gehirns – selbst die letzte Zelle noch, die man unter dem Mikroskop isoliert, die Zelle einer ganz bestimmten *Person*, um nicht zu sagen: *Persönlichkeit* ist und sich danach verhält. „Wir kommen ohne die Apparate nicht aus, sie können uns viel helfen", schreibt die Ärztin, die ich schon zitierte, „nur in die Zusammenhänge, in das innerliche ‚geheimnisvolle Weben' Einblick verschaffen – das können sie nicht."

Wen wundert es, daß mein Assoziationsapparat mir da ein Zitat aus Goethens „Faust" zutreibt: die Szene, in der, von Faust auf magische Weise herbeizitiert, der Erdgeist auftritt:

In Lebensfluten, im Tatensturm
Wall ich auf und ab,
Webe hin und her!
Geburt und Grab,
Ein ewiges Meer,
Ein wechselnd Weben,
Ein glühend Leben,
So schaff ich am sausenden Webstuhl der Zeit
Und wirke der Gottheit lebendiges Kleid.

Und danach Faustens, des Naturforschers, Selbstreflektion auf die Untauglichkeit der Mittel, auf die er so große Hoffnung setzte:

Ihr Instrumente freilich spottet mein
Mit Rad und Kämmen, Walz' und Bügel:
Ich stand am Tor, ihr solltet Schlüssel sein;
Zwar euer Bart ist kraus, doch hebt ihr nicht die
  Riegel
Geheimnisvoll am lichten Tag
Läßt sich Natur des Schleiers nicht berauben,
Und was sie deinem Geist nicht offenbaren mag,
Das zwingst du ihr nicht ab mit Hebeln und mit
  Schrauben.

Auch nicht, erdreiste ich mich hinzuzufügen, mit Geburtszange und mit Spekulum. – Jene Ärztin, die ich noch einmal zitieren muß, berichtet, wie es ihr in einer krisenhaften Situation ihres Lebens geholfen hat, daß sie lernte, auf ihre Träume zu achten. „Erkenne dich selbst!" schreibt sie, „das ist natürlich leicht gesagt. Aber im Traum ist es anscheinend manchmal einfacher als am Tag. Nur daß ich noch vor Jahren nie den Mut gehabt hätte, als Mediziner und Naturwissenschaftler zu sagen, daß ich unter anderem auch an Träume glaube – ich hätte manches, was sicher meine stärkste Begabung ist, einfach schamhaft verschwiegen, weil ich mit Sicherheit dann mit dem Etikett ‚hysterisch' abgestempelt worden wäre. Dumm, ja? Man unterdrückt krampfhaft einen Teil von sich – nur, weil man vielleicht ein Negativ-Etikett dafür bekommen könnte!"

Gewiß. Nicht nur „hysterisch" wäre sie genannt worden und würde sie auch heute von vielen noch genannt, denen sie bekennen würde, daß sie sich in stillen Stunden das „Bild" dieses oder jenes Patienten in einer Zusammenschau vorzustellen sucht, und daß dies nützlicher für sie ist, als wenn sie sich stundenlang den Kopf zerbreche: Man würde sie wohl schlicht „verrückt" nennen – verrückt in dem Sinne, daß sie Phänomene sieht, die es gar nicht gibt. Denn: Kritikwürdig, ja bedenklich scheint mir an der naturwissenschaftlich-technischen Seh- und Denkweise nichts zu sein außer der Tendenz, nur noch diejenigen Fakten, die sie zutage fördert, für „real" zu halten; nur noch, was sie bezeichnen kann, für existent. Faust kämpfte nach zwei Richtungen: gegen die Scharlatanerie der Magie und gegen einen neuen Mythos „Wissenschaft", den er heraufziehen sieht. Das neunzehnte, das bürgerlich-kapitalistische Jahrhundert, hat den Nährboden abgegeben, daß er sich hypertroph entwickeln konnte: unser Jahrhundert hat diesen Mythos, mit der Technik gekoppelt, an die Stelle vieler „veralteter" Werte gesetzt. Die Gynäkologie nun aber ist, so scheint mir, nicht nur ein Spiegel der Versachlichungs- und Verwissenschaftlichungstendenzen innerhalb der Medizin: in ihrer Geschichte spiegelt sich außerdem eine lange, tief sitzende Tradition der Frauenverachtung, Frauenfeindlichkeit innerhalb der Geschichte des Abendlandes.

Immer, wenn ich über unser Thema nachzudenken begann, wurde ich von Assoziationen überschwemmt. Und merkwürdigerweise ließ sich besonders eine dieser Assoziationen nicht abweisen; immer wieder fiel mir jener Taxifahrer ein, der mir vor kurzem mit allen Anzeichen der Empörung erzählte, wie ungern er und seine Kollegen am Abend des 8. März Fahrdienst machen, wenn sie die „außer Rand und Band" geratenen Frauen von ihren Frauentagsfeiern nach Hause fahren müssen. Letztes Mal habe ihn doch tatsächlich eine dieser Frauen von hinten ins Genick gekniffen. Und vor eindeutig-zweideutigen Anträgen könnten er und seine Kollegen sich an diesem Abend kaum retten.

Aha! dachte ich. Die heutige Variante der „Verkehrten Welt". Dann leuchtete in mir das Signal auf: „Die wilde Frau", und ich sah – sehr tief unten im „Brunnen der Vergangenheit" – bei den dionysischen Festen Frauen ihre ekstatischen, orgiastischen Rituale zelebrieren, auf deren Höhepunkt ein Mann gejagt, zerrissen, verschlungen werden konnte (wie Euripides es in den „Backchen" beschreibt) – ein Reflex jenes langwierigen, wahrscheinlich sehr gewalttätigen Geschichtsprozesses in dessen Verlauf die Frauen besiegt und das Patriarchat installiert wurden. „Der Umsturz des Mutterrechts war die weltgeschichtliche Niederlage des weiblichen Geschlechts. Der Mann ergriff das Steuer auch im Hause, die Frau wurde entwürdigt, geknechtet, Sklavin seiner Lust und bloßes Werkzeug der Kindererzeugung" – Friedrich Engels „Ursprung der Familie, des Privateigentums und des Staates". Seitdem scheint es diese wilden Ausbrüche der sonst unterdrückten Frauen zu geben und die Angst der herrschenden Männer vor den ungezügelten Affekten der Frauen, die sich nirgends deutlicher ausdrückt als in der Amazonensage, in der scheu gemiedenen Figur der Penthesilea, die in Raserei – Liebesraserei? – den Geliebten, Achill, der sich ihrem Gesetz nicht unterwerfen will, von Hunden zerreißen läßt und selber mit den Hunden ein gräßliches Mahl hält. Aus dem Zusammenleben der Geschlechter wurde der Kampf auf Leben und Tod: Nur einer kann siegen, auf allen Gebieten, auch in der Heilkunst. Ich erinnere mich an Medaillons der kretisch-minoischen Kultur, auf die Abbilder der Göttin eingeritzt sind und Bilder jener Frauen, die mit ihrer Hilfe Heil-Handlungen vornehmen – Geburtshilfe vor allem, die Tausende von Jahren ganz und gar in den Händen der Frauen lag: Die Schlange, die sich um den Äskulap-Stab windet, ist ein urweibliches Symbol, und noch Jahrhunderte lang, als die herrschende Medizin längst eine rein männliche Medizin geworden war, betrieben Frauen eine Naturheilkunde als Hebammen, Kräuterfrauen. Auch die Geheimnisse der Schwangerschaftsunterbrechung wurden – hinter dem Rücken der auf unbedingte Fortpflanzung gerichteten institutionellen Medizin – generationenlang durch sie weitergegeben. Viel, vieles hatten Männer, hatten auch männliche Ärzte an Angst und Wut und Ressentiments gegenüber Frauen zu verdrängen. Ja, die Geschichte der Gynäkologie ist nicht ohne Reiz. Sie hängt zusammen mit dem männlichen Philosophieren über das Phänomen „Frau". Wenn wir heute gemeinsam über manche Früchte dieses Grübelns lachen können – um so besser. Nur: Die Irrtümer weisen alle in die gleiche Richtung.

Platon zum Beispiel. Für ihn entsteht – genau wie für die Bibel – die Frau aus einem (männlichen) Menschen, der für ein unrechtes Leben in seiner nächsten Inkarnation durch Behängung mit einem Uterus bestraft wurde. Aristoteles meinte, gemessen am Ziel aller Zeugung, dem Mann, sei die Frau nur eine Mißgeburt, ein „impotenter Mann". Dies ist interessant, weil diese Behauptung eine ganze Reihe späterer Versuche einleitet, den Anteil der Frauen an der *Fortpflanzung*, auf die sie doch reduziert wurden, möglichst zu leugnen oder gering zu halten. In dieser Monstrosität verrät sich der Ursprung dieses Männlichkeitswahns aus einer Psychose: der Abwehr einer Bedrohung, die das Patriarchat immer noch von der inzwischen ganz und gar gezähmten, zu einem Produkt seiner Kultur hergerichteten und deformierten Frau spürte. Was man unterdrückt, wird einem unheimlich: den Männern die Frauen; den Kolonisatoren die Eingeborenen; uns allen gewisse nicht zugelassene Triebe und Strebungen in uns selbst, unvernünftige Sehnsüchte, wilde Wünsche, die wir nicht ausleben, die aber unser scheinbar emotionsloses, sachliches, objektives, wissenschaftliches Denken und Handeln viel stärker beeinflussen, als wir zu glauben bereit sind.

Nicht uninteressant erscheint es mir, daß jedes Zeitalter der Frau genau dasjenige abspricht, was ihm das Wertvollste war oder ist. Dem mittelalterlichen Christentum fehlte an ihr die Fähigkeit zum rechten Glauben (das Wort schon, „femina", zeige es an: „fides" und „minus" – weniger Glaube); an der Frage, ob das Weib überhaupt eine Seele habe, entzündet sich der Streit der Gelehrten. (Heute, wo die Seele kein wertvoller Besitz mehr ist, wird sie *nur* dem Weib zugeschoben.) Später war es der Intellekt, heute ist es die Fähigkeit zum reibungslosen Funktionieren, was Frauen vermissen lassen. Immer aber scheint es das gleiche gewesen zu sein, was die Welt, besonders die der männlichen Gelehrten, am Weibe zu viel fand und daher fürchtete: die weibliche Sexualität. Daß zu Beginn der Neuzeit Frauen in einer Zahl verbrannt wurden, die manchen Autoren den Vergleich mit den Judenvernichtungen dieses Jahrhunderts aufdrängt – das weiß man wohl. Aber kennt man auch die Begründung, welche zwei maßgebende Inquisitoren im berüchtigten „Hexenhammer" niederlegten? Die Frauen, eigentlich „unvollkommene Tiere", heißt es da, seien der „fleischlichen Begierde" vollkommen ausgeliefert, „die bei ihnen unersättlich ist. . . . Darum haben sie auch mit Dämonen zu schaffen, um ihre Begierde zu stillen. . . . Kein Wunder, wenn von der Ketzerei der Hexer mehr Weiber als Männer besudelt gefunden wurden." Und die Bedrohung, die von diesen Frauen ausging, müssen Männer als unmittelbar gegen ihre Potenz gerichtet empfunden haben: Sie könnten ihnen, heißt es, auch „sexuelle" Störungen anhexen. (In einem westdeutschen Zeitungsausschnitt, Bericht über ein gynäkologisches Symposium, findet sich die Feststellung, daß die zunehmenden sexuellen Aktivitäten von Frauen, ausgelöst durch die wirtschaftliche Emanzipation und die Anwendung sicherer Verhütungsmittel, bei Männern Ängste und Konflikte auslösten; bei verunsicherten Männern habe die Impotenz zugenommen.)

Ich glaube, daß die Impotenz-Angst von Männern innerhalb einer männlich-zentrierten Kultur, die ihnen Über-Potenz abverlangt, sehr ernst zu nehmen ist und eine der Quellen der wachsenden Gewalttätigkeit und Zerstörungslust in unserer männlich geleiteten Welt sein mag. Heute, fünfhundert, vierhundert, dreihundert Jahre nach den massenhaften Hexenverbrennungen, bekennen weibliche Autorinnen sich zu ihrer Hexen-Natur, und eine von ihnen (Renate Apitz in „Hexenzeit") läßt ihre Protagonistin dem Mann, mit dem sie sich (und der sich mit ihr) zu ungeahnten sexuellen Höhenflügen aufgeschwungen hatte, in aller Form eine sexuelle Impotenz anhexen, als er sie um seines Spießerwohlseins willen verläßt: ich nahm mir vor, Sie zu fragen, ob dergleichen nicht auch – oder sogar hauptsächlich – als Maß für Fortschritt gelten könnte. Nur daß die Gewinnung weiblichen Selbstbewußtseins *auf Kosten* des männlichen wiederum problematische Folgen hat – aber dies ist, um mit Fontane zu sprechen, ein weites Feld und nicht exakt unser Thema.

Zurück in die Geschichte. Eines der Bilder, das ich – wie das des verwirrten Taxifahrers und das der wilden Frauen – sofort „sah", ist das folgende: Einige Frauen der Romantik sitzen beisammen und lesen Schillers „Glocke", und die Caroline Schlegel fällt vor Lachen vom Stuhl, als sie bei der Stelle angelangt sind: „Und drinnen waltet die züchtige Hausfrau." Doch dann kommt die Zeit der Karlsbader Beschlüsse: Reaktion, Demagogenverfolgung, Biedermeier, und drinnen waltet die züchtige Hausfrau. Da mag den Frauen das Lachen vergangen sein. Sie erfanden neue Krankheiten, und die Medizin, die es lernte, immer feiner den menschlichen Körper zu sezieren, entdeckte die Nerven und erfand die Benennung für ihre „Zustände": Reihenweis wurden die Frauen „nervenkrank". „Hysterisch". Erscheinungsbilder, die heute kaum noch vorkommen, wurden im 19. Jahrhundert für typisch weiblich gehalten, weil „nur das unreife, unentwickelte Nervensystem, wie es die Frau hat", zu „hysterischer Reaktionsweise neigt". Ein Herr Kraepelin, Nervenarzt seines Zeichens, „stellt die Hysterie nun in ‚enge Beziehung zu den natürlichen, dauernden Eigentümlichkeiten des weiblichen Geschlechts', nämlich als eine ‚Erkrankungsform des unentwickelten, naiven Seelenlebens'." (Esther Fischer-Homberger, „Krankheit Frau") Und was das Jahrhundert am meisten bewundert, der Intellekt, die Ratio, kommt bei Frauen leider nur in einer Schrumpfform vor. Der Wissenschaftler Paul Julius Möbius, dessen Lehrsatz lautet:

„Der Umfang des ... Kopfes wächst ... mit den geistigen Kräften", mißt mit Hilfe eines Hutmacherinstrumentes Kopfumfänge und veröffentlicht unter der Überschrift „Geschlecht und Kopfgröße" imponierende Kopfumfänge berühmter Männer, neben denen die kleinen, anonymen „Weiberköpfe" geradezu kümmerlich wirken. „Physiologischen Schwachsinn" leitet Möbius als Diagnose für die Frau aus diesem Befund ab.

Das war die Zeit, in der die schwache, ahnungslose, unmündige, bürgerliche Frau verfertigt wurde, die alle nasenlang in Ohnmacht fiel und sich durch die absurdesten Launen an ihrem Gefangenenwärter, dem Ehemann, rächte; in der die Medizin zu einem Kontrollorgan der Gesellschaft über Frauen sich entwickelte, strenge Vorschriften über den Verlauf von Krankheiten, über richtiges Verhalten bei Schwangerschaft und Geburt, bei der Säuglingspflege zu gelten begannen; die Klinik in ihrer heutigen Daseinsweise die organbezogene, spezialisierte Medizin durchsetzen half; die Chefarztvisite allen Ernstes als Erkenntnismittel gelten konnte. Es war auch die Zeit, in der eine ganz bestimmte, „wissenschaftlich" benannte Denkweise als allein realitätsbezogen angesehen wurde und, als unvermeidliche Folge, das wissenschaftliche und das künstlerische Denken je andere Ausformungen annahmen, zwei Wahrheiten sich ausprägten. (Nicht zuletzt, weil mir das scharf bewußt ist, weil ich weiß, daß wir nicht die gleiche Sprache sprechen; weil ich erlebt habe, wie ein Naturwissenschaftler eine Abhandlung nachträglich in ein unverständliches Kauderwelsch umschrieb, damit sie unter Kollegen als „wissenschaftlich" gelten konnte; weil aus jedem meiner Sätze meine Inkompetenz Sie geradezu anspringen muß, widerstand mir dann die Arbeit an diesem Vortrag.) Aber es haben all die Zeit über Schriftsteller, ungerührt ihren Beobachtungen und Erfahrungen trauend, den Zusammenhang zwischen der Lebenssituation einer Frau, ihrem Wesen und der Art ihrer Erkrankungen immer wieder beschrieben.

Nehmen wir zum Beispiel Flaubert, nehmen wir aus „Madame Bovary“ nicht Emma selbst, nehmen wir die lakonische Beschreibung des Endes ihrer Vorgängerin im Ehebett des Provinzarztes Charles Bovary, Héloise, einer alternden Witwe, die Charles ihres Geldes wegen geheiratet hat, ein kleines Vermögen, das sie verliert, das sich als unerheblich herausstellt.

„Die gute Dame hatte also gelogen? In seiner Wut zerschmetterte Vater Bovary einen Stuhl auf den Fliesen und beschuldigte seine Frau, den Sohn unglücklich gemacht zu haben, indem sie ihn an eine solche Schindmähre gespannt habe, deren Geschirr weniger wert sei als ihre Haut. Sie kamen nach Tostes. Man sprach sich aus. Es gab Scenen. Héloise warf sich schluchzend in die Arme ihres Gatten und beschwor ihn, sie gegen seine Eltern in Schutz zu nehmen. Charles wollte für sie eintreten. Die Eltern wurden wütend und reisten ab.

Aber der Hieb saß. Acht Tage später, als sie im Hof Wäsche aufhängte, wurde sie von einem Blutsturz überrascht, und am anderen Morgen, als Charles ihr gerade den Rücken zukehrte, um den Vorhang zu ziehen, sagte sie: ‚Ah, mein Gott‘, stieß einen Seufzer aus und verlor das Bewußtsein. Sie war tot! Wie seltsam.“

Wie seltsam, daß Flaubert der Zusammenhang zwischen Kränkung und Krankheit so deutlich war. Emma selbst, die das Unglück hat, eine lebenshungrige Frau zu sein und in die beengtesten Provinzverhältnisse gesperrt zu werden, fällt über einen langen Zeitraum, wie in quälender Zeitlupe, von Stufe zu Stufe, gibt sich am Ende selbst den Tod – wie Anna Karenina; wie, auf dem Umweg über eine Tuberkulose, Effi Briest aus Preußen. „Was sollen diese zügellosen Leidenschaften!“ haben, mit einer der Gestalten Tolstois, damals viele Leser und Rezensenten ausgerufen. – „Er liebt mich?“ hatte Anna Karenina von ihrem Mann gedacht. „Als ob er lieben könnte!“ – Monologsätze von Frauen, über Jahrzehnte hin in endloser Wiederholung wieder und wieder gesprochen. Sie durchziehen die Literatur der Zeit. Ich führe sie hier an, weil sie, oft ohne es selbst zu wissen, Krankheitsursachen benennen.

Ich möchte diesen Sätzen einen nicht-literarischen Satz einer heutigen Frau hinzufügen: einen „authentischen" Ausspruch. Sie, die lange im Krankenhaus liegen mußte, wo man ihr den Eiter abzog, der sich auf ungeklärte Weise immer wieder in Zysten in ihrem Bauchraum sammelte, fragte eines Tages ihre Freundin: „Kann Liebesentzug krank machen?"

Nun können Sie fragen: Ja – und wenn? Vorausgesetzt, wir Ärzte würden nicht bestreiten, daß Liebesentzug; daß die unterdrückten Leidenschaften; daß die verdrängte Lebenslust zum Beispiel das Immunsystem dieser Frau zusammenbrechen ließ; daß all dies auch viele andere Frauen auf je andere Weise „krank macht" – was änderte dies an unserer Therapie? Würden, dürften wir deshalb ein anderes Medikament anwenden, etwa in weniger starker Dosierung? Könnten wir denn – dies ist wohl die ausschlaggebende Frage – das Leben dieser Frauen ändern?

Ich weiß, daß es auf diese Frage keine befriedigende Antwort gibt, aber ich möchte darüber nachdenken – wiederum, wie Sie es nun gewöhnt sind, mit Hilfe von unwillkürlichen Assoziationen. Als erstes möchte ich Ihnen entgegenhalten: Wenn die Krankheit dieser Frau nicht ein immer wieder aufbrechender Eiterherd wäre, sondern vielleicht eine lebensbedrohende Depression, dann würden nicht Sie, aber Ihr Kollege von der psychiatrischen Fakultät würde es wenigstens versuchen, die Art und Weise zu beeinflussen, wie jene Frau ihr Unglück – Liebesentzug – erlebt; wie problematisch das ist; wie schwierig; wie selten gelingend – dies alles zugegeben. Worauf es mir ankommt, ist: Dieser Psychiater soll sich von seinem Berufsbild her auf die Sprache, die Welt, die Erlebensweise dieser Frau einlassen, er wird sie zu verstehen und ihr zu helfen suchen, den selbstzerstörerischen Zirkel zu durchbrechen, in den sie geraten ist. Der Arzt dagegen – sei er ein Gynäkologe –, der ihre körperliche Krankheit mit den allermodernsten Mitteln diagnostiziert hat und sie mit den allerfortschrittlichsten Mitteln bekämpft, der sie bei jeder Visite nach ihrer Temperatur, ihrem Appetit, nach Stuhlgang und Allgemeinbefinden fragt, dieser vielleicht hervorragende Spezialist und diese Frau, die da liegt und sich fragt: Kann Liebesentzug krank machen?, sie leben in verschiedenen Welten. Sie existieren nicht in der gleichen Wirklichkeit. Für den echten Naturwissenschaftler ist die Welt der Gefühle unerheblich, irrational, irreal, und was auf sie Bezug nimmt, Irrationalismus. Für diese Frau existiert nur die Angst um ihren Mann, der sich ihr entzieht. Die Frage: Kann der Arzt ihr Leben ändern, die sicherlich zu ehrgeizig gestellt war, reduziert sich also auf eine andre, scheinbar oder wirklich bescheidenere Frage: Wie können diese Frau und ihr Arzt zu der gleichen Sprache kommen; wie können sie sich in der gleichen Wirklichkeit begegnen.

Vorausgesetzt, Sie wären mit mir der Meinung, daß dies wünschenswert und wahrscheinlich von therapeutischem Nutzen wäre, so hätten wir hier wohl eine der Ansatz-Fragen für die psychosomatische Medizin, welche, wenn ich sie recht verstehe, die Trennung von Körper und „Psyche“, die ja nicht wirklich, sondern nur in den Köpfen existiert, nicht länger durch Spaltung der Therapie auf Internist oder Gynäkologen einerseits und Psychologen andererseits verfestigen will.

Wir nähern uns der Gegenwart, wie Sie bemerkt haben werden – nicht auf einer Geraden, sondern auf einem verschlungenen, mäanderreichen Weg. Es ist keine Frage, daß die meisten Assoziationen, die mich überfielen, ehe und während ich an diesem Vortrag arbeitete, dieser Gegenwart angehörten; einige von ihnen erwähnte ich: den Taxifahrer, die Frau mit ihrer Frage nach der Wirkung von Liebesentzug. Eine dritte: der halbstündige Vortrag eines österreichischen Sexualwissenschaftlers in Graz, wo der traditionelle „Steirische

Herbst“ vor wenigen Jahren unter dem Thema „Männersprache – Frauensprache“ stand. Der Wissenschaftler hatte österreichische – ich weiß nicht mehr, ob auch westdeutsche – Gynäkologen und deren Mitarbeiter befragt, welche umgangssprachlichen Ausdrücke sie über die Frau und ihre Genitalien kennen; ihm war reichlich Antwort geworden. Zwanzig Minuten oder länger traktierte er uns mit vulgären, obszönen, herabsetzenden Bezeichnungen für die Frau und jene Organe, denen – als Therapeuten! – das besondere Interesse jener Gynäkologen zu gelten hatte. Ich entsinne mich noch, wie dem Publikum, das aus etwa zweihundert meist jüngeren Männern und Frauen bestand, im Verlauf dieses Beitrags allmählich das Lachen verging; wie es immer stiller und verlegener wurde und am Ende betreten schwieg.

Dies ist eine der möglichen Antworten auf die Frage – ich weiß nicht: Stellt sie sich jemand? –, warum im Wartezimmer des Gynäkologen diese spezifische Atmosphäre von Beklemmung, ja Angst herrscht: Viele Frauen, die nichts von der Geschichte der Medizin, nichts von der Geschichte der Frauenfeindschaft im Abendland wissen (unter diesem Aspekt wird Geschichte nirgends gelehrt), fürchten doch gerade hier eine Erneuerung ihrer Ur-Erfahrung: daß sie zum Objekt männlicher Verachtung, Abwertung und womöglich gar Rohheit gemacht werden könnten. Das ist der oft unbewußte Grund dafür, daß manche Patientinnen Frauen als Gynäkologinnen vorziehen. Daß sie das heute überhaupt können, bezeichnet an einem wichtigen Beispiel die tiefgreifenden Umwälzungen, die sich in der Lebenszeit einer Generation von Frauen vollzogen haben und die, was genauso wichtig ist, selbstverständlich geworden sind. Wo neunzig Prozent der Frauen berufstätig sind, werden wir kaum noch einer Liesbeth – oder einer Karin – begegnen, wie sie Tag für Tag verloren durch die Straßen einer Provinzstadt läuft. Hinweggefegt sind die noch gar nicht so alten Gutachten und Gegengutachten von Psychologen und Biologen, ob oder daß die Frau dem Mann „gleichwertig" ist. Wenn sie – unter den Bedingungen, welche die auf den leistungsfähigen Mann zugeschnittene Arbeitswelt diktiert – imstande und willens ist, das gleiche zu leisten wie der Mann, dann wird ihr, bis auf Ausnahmen (die höchsten Ämter in fast allen Institutionen zum Beispiel), heute bei uns ermöglicht, diese über die traditionellen Frauenberufe hinausgehenden Leistungen auch zu erbringen. Maßstab und Muster aber ist und bleibt im Berufsleben der Mann. Die „Besonderheit" der Frau: daß sie imstande, ja wohl auch verpflichtet ist, die biologische Reproduktion der Gesellschaft zu sichern – ist, an diesem Wertesystem gemessen, eine Schwäche und bedarf eines besonderen Schutzes: des Mutterschutzes. Und der nun wieder, durch die gewiß nötigen langen Schonzeiten für Frauen nach Entbindungen, verhindert, daß diese Frauen in den Naturwissenschaften etwa in erheblicher Zahl zu Spitzenleistungen und Spitzenpositionen kommen können, wenn sie nicht auf Kinder verzichten wollen.

Da fällt mir das Gesicht einer jungen Frau ein, mit der ich nur wenige Minuten sprach. Sie kam nach einer Lesung zu mir und fragte, ob sie mir schreiben könne. Sie suche jemanden, um sich ihm mitzuteilen. Sie sei Wissenschaftlerin, Chemikerin; das sei ihr Traumberuf gewesen, und sie habe alles erreicht, was sie in ihrem Fach erreichen könne. Und nun, sagte sie: Diese Kälte. Diese Leere. – Leider hat sie mir nicht geschrieben. Aus Briefen anderer Frauen könnte ich zitieren, um eine, wie ich glaube, erst allmählich sich deutlicher ausformende Konfliktsituation wenigstens anzudeuten, die gerade die am weitesten vorgedrungenen Frauen betrifft, diejenigen, die die „männlichsten" Berufe, die Wissenschaftlerberufe, ergriffen haben. Eine Frau, heute dreiundvierzigjährig, beschrieb mir ihren Werdegang zur Wissenschaftlerin, der, da sie zwei Kinder bekam, nicht ohne Mühen war. „Mittlerweile war ich durch wohlwollende Frauenförderung und auch eigene Anstrengung respektabler Leiter mit Erfahrung und Erfolgen. Konflikte der Anpassung und Probleme der Erstarrung nagten längst an mir. Der Ausbruchsgedanke, durch den Nachkömmling verstärkt, ließ sich nicht mehr verdrängen.“ Sie gab ihre wissenschaftliche und Leitertätigkeit auf und „setzte neu an“ in „ihrem praktischen ersten Beruf“. „Dieses konkrete und unmittelbar nützliche Handwerk tut mir gut. Ich finde mehr Möglichkeiten, kreativ zu arbeiten. Jetzt, wo die Last, innerhalb eines Rasters zu arbeiten, geringer geworden ist, denke und fühle ich unvoreingenommener, spontaner und vergnüglicher.“ Ich weiß nicht, ob diese Frau in der Zeit, ehe sie sich für einen neuen Lebensansatz entschieden hatte, mit Krankheitssymptomen zu einem Gynäkologen oder zu einem anderen Arzt gehen mußte. Von anderen Frauen in ähnlicher Lage weiß ich es. Ist es das, muß ich denken, was Dr. Franke zu hören erwartet hat, als er mich in seinem Lockbrief ermunterte, hier zu sprechen über „die Frau in der Gesellschaft (die ja maskulin- und leistungsorientiert ist)“, oder über „Konflikte der Frau im Hier und Heute“ – über etwas jedenfalls, „was mit der sich wandelnden weiblichen Rolle und dem Selbstverständnis der Frau zu tun hat“?

Statistisch gestützt und geschützt ist da nichts. Über die Doppelbelastung der meisten Frauen kann man Erhebungen anstellen durch Studien an ihrem zweiten Arbeitsplatz, dem Haushalt. Die Ergebnisse sind ernüchternd. Wie Sie alle wissen, sind häufig Überlastungssyndrome die Folge. Beschreibungen des Alltags berufstätiger Frauen haben schreibende Frauen inzwischen in wünschenswerter Konkretheit geliefert. Ich erinnere mich an den Widerstand, der Anfang der siebziger Jahre einer Anthologie entgegengestellt wurde, in der einige Autoren und einige Autorinnen *ihre* Vorstellung eines Geschlechtertauschs beschrieben. Ich erinnere mich, und die meisten von ihnen werden sich erinnern, welches Aufsehen um die Mitte der siebziger Jahre Maxie Wander mit ihren Frauenprotokollen machte: da ließen sich Frauen nicht mehr abhalten, die neuen Probleme, die auftreten, gerade *wenn* sie sich emanzipieren; *wenn* sie sich in das Berufsleben integrieren, offen auszusprechen. Ich weiß noch, daß Maxie Wander mir von ihren ersten Lesungen erzählte: Wie sie auf eine starke männliche Abwehr stieß, die wieder besonders die sexuellen Ansprüche der Frauen betraf.

Eine junge Soziologin, mit der ich auch wegen dieses Vortrags sprach, nannte die Lage vieler Frauen heute eine „Zwickmühle". Das erinnerte mich an eine Formulierung in einem berühmten Essay von Virginia Woolf, „Drei Guineen", die im Jahr 1938 – das gleiche Jahr, in dem Dr. Leitner Hitler-Deutschland verlassen muß – darüber nachgrübelt, was Frauen dazu tun können, den Krieg, den auch sie heraufziehen sieht, noch zu verhindern. Dieser Essay ist noch heute, bei allen umwälzenden Veränderungen in den Lebensbedingungen der Frauen, wegen der Radikalität seiner Fragestellung eine aufregende Lektüre. Wahrscheinlich war es der frühestmögliche historische Augenblick für ihre Fragen, weil sich genug Material über berufstätige Frauen angesammelt hatte. Denn nur der Eintritt in das Berufsleben – das findet auch Virginia Woolf – gibt den Frauen jene „Waffe Unabhängigkeit" in die Hand, die ihnen helfen kann, einen eigenen Willen und eigene Vorstellungen zu entwickeln. Aber dann hält sie inne. Steht auf der Themsebrücke in London. Verfolgt die Prozession der berufstätigen Männer; konstatiert, daß beruflich erfolgreiche Männer anscheinend ihre Sinne verlieren; ihre Sprache; ihre Gesundheit. Wagt zu fragen, ob die Eigenschaften, die beruflich erfolgreiche Männer statt dessen entwickeln müssen, nicht geradenwegs zum Krieg führen. Findet, daß die „beträchtliche Kompetenz der gebildeten Männer keinen allgemein erstrebenswerten Zustand der Dinge in der zivilisierten Welt zur Folge gehabt hat. . . . Es ist einfach so", sinniert sie weiter, „daß wir Töchter der gebildeten Männer uns zwischen Scilla und Charybdis befinden („Zwickmühle"!). Hinter uns liegt das patriarchale System: . . . vor uns liegt die Welt der Öffentlichkeit, das Berufssystem. . . . Es ist eine Wahl zwischen zwei Übeln. . . . Wie können wir in das Berufsleben eintreten und trotzdem zivilisierte Menschen bleiben; das heißt Menschen, die den Krieg verhindern wollen."

Sie fand damals keine Antwort, die nicht ins Aus geführt hätte. Der Krieg hat stattgefunden. Nach seinem Beginn hat Virginia Woolf sich umgebracht.

Es muß, es muß auf ihre Frage eine Antwort geben, die nicht ins Aus führt. Ich stehe auf der Weidendammer Brücke, laufe die Friedrichstraße hinunter, das Stück zu den Linden. Ich sehe den Strom von Männern und Frauen, denen das Arbeitsleben anzusehen ist. Ich sehe Mädchen, die von hinten wie junge Männer aussehen; Jungen, die auf mich „weiblich" wirken. In den Nachmittagsstunden die Mütter, die ihre Kinder ungeduldig hinter sich herzerren. Vor einem Hotel auf einer Bank ganz in sich versunken ein junger Vater, der seinem Kind, einem kleinen Säugling, die Flasche gibt. Es scheint, daß bestimmte Verhaltensweisen nicht mehr eindeutig und ausschließlich einem bestimmten Geschlecht zugeordnet sind, und ich kann nicht umhin, darin, mindestens genauso wie in progressiven Ehe- und Familiengesetzen, einen Fortschritt zu sehen. Ist aber die Frage von Virginia Woolf dadurch aufgehoben?

Ich glaube nicht. Tausende von emanzipierten Frauen stellen sich heute diese Frage, jede einzeln. Einzeln fragen sie sich, ob sie undankbar sind, halbe Monster. Oft sucht der Widerspruch, in dem sie, unbewußt, halbbewußt, leben, sich ihren Körper aus, um sich auszudrükken. Was mir Frauen für Träume erzählen! Eine junge Frau, die ihr zweites Kind erwartete, träumte, sie habe dieses Kind schon zur Welt gebracht; der Atomkrieg habe begonnen; alle Menschen, auch ihre Kinder, haben Verbrennungen, Strahlenschäden, sind todgeweiht. Da sie kein anderes Mittel hat, ihre Kinder von ihrer Qual zu erlösen, erschlägt sie sie mit einem Hammer. Dann sucht sie mit ihrem Mann ein Instrument, auch sich zu töten. Aber es steht nicht einmal mehr ein Hochhaus, von dem sie sich herunterstürzen könnten.

Ich weiß nicht, ob es jetzt sinnvoll wäre, darüber zu streiten, wie „wirklich“ Träume sind; daß sie die realen Ängste eines Menschen spiegeln können, scheint unbestreitbar; auch die realen Hoffnungen. Ohne sie, ohne die ganze Skala der Gefühle und Leidenschaften, blieben vielleicht noch funktionsfähige, eigentlich aber tote Körper zurück. Ich weiß nicht, wie lange der historische Moment noch andauern wird, da Frauen, weniger eingeübt in die Techniken der Anpassung und der Abtötung ihrer Gefühle als viele schärfer gedrosselte Männer, ihren Gefühlen noch freien Lauf lassen. Vor kurzem erschien bei uns ein Buch, in dem ein Autor eine Frau schildert – eine Ärztin übrigens – die sich, um Leid und Schmerzen zu vermeiden, auf ein Nicht-mehr-Fühlen heruntergeschraubt hat (Christoph Hein, „Der fremde Freund“). Vor über hundertfünfzig Jahren sagte eine Frau, Rahel Varnhagen, sie sei „geschaffen, die Wahrheit in dieser Welt zu leben“. *Noch* werden Frauen anscheinend häufiger, direkter oder jedenfalls anders krank, wenn sie das nicht können. Es liegt eine Chance darin, glaube ich – für Mann *und* Frau. Wenn wir sie nicht nutzen würden – was dann?

Mute ich Ihnen zuviel zu? Vielleicht. Aber ich habe nicht die Absicht, mit irgendeiner Art von Appell zu schließen. Ich frage mich nur, ob in der Sprechstunde auch des Gynäkologen (oder der Gynäkologin) häufiger eine Begegnung zwischen Arzt und Patientin möglich wäre, bei der nicht, und sei es durch Routine, Distanz geschaffen wird, nicht die alten Muster von Besserwissen und Sich-Unterordnen bedient werden, sondern eine Beziehung entstünde, die beide Seiten, beide daran teilhabende Personen, beträfe. Die nicht verstellt wäre durch den selektiven, naturalistischen Blick des Arztes *nur* auf die Organe der Frau. Auch nicht – auch das braucht Zeit! – durch das so lange eingeübte Bedürfnis vieler Frauen nach einem Helden, Retter, Gott. Ob man diese Beziehung, aus der im Idealfall die Therapie sich entwickelte und die natürlich keine der modernsten medizinischen Entdeckungen ausschlösse, dann „psychosomatische Medizin" nennen würde, oder irgendwie anders – das wäre schon, finde ich, von zweitrangiger Bedeutung.

Oktober 1984

Gespräche

Unruhe und Betroffenheit

Gespräch mit Joachim Walther

Joachim Walther: Christa Wolf, eingangs ein paar Fragen zu äußeren Dingen. Welche Arbeitsbedingungen brauchen Sie zum Schreiben?

Christa Wolf: Ich bin nicht sehr abhängig von äußeren Bedingungen. Es gibt aber einige Voraussetzungen, die unerläßlich sind. Ich brauche eine nicht zu fremde Umgebung, weil ich mich nicht leicht konzentriere und fremde Umgebungen ablenken. Auf Reisen beispielsweise mache ich nur Notizen, aber ich schreibe nicht. Eine äußere Bedingung: einigermaßen ausgeschlafen sein, was allerdings, wenn man gerade sehr intensiv schreibt, oft nicht der Fall ist. Dann würde dazugehören: ein verhältnismäßig regelmäßiger Tagesablauf, möglichst früh anfangen, möglichst ungestört vormittags vier Stunden arbeiten können und nachmittags noch mal ein bißchen, zwei bis drei Stunden, wenn es irgend geht. Nicht zu viele Ablenkungen. Aber keine besondere Abhängigkeit von Stimmungen oder auch Stimulantien, also nichts sehr Aufregendes.

Joachim Walther: Nehmen Sie sich vor, regelmäßig zu schreiben, stellen Sie sich ein bestimmtes Pensum pro Tag?

Christa Wolf: Regelmäßig ja, das nehme ich mir unbedingt vor. Ein Tag, an dem ich nicht geschrieben habe, erscheint mir meist als verloren. Aber ein bestimmtes Pensum nicht, weil ich doch inzwischen gelernt habe, daß ich es nicht einhalten kann und man nur unzufrieden mit sich wird, wenn man es über längere Zeit nicht einhält und es sich trotzdem fest vornimmt. Natürlich wäre es eine Idealvorstellung, eine Seite am Tag zu schreiben. Das ist aber nicht durchzuhalten. Man würde ja in einem Jahr einen Roman schreiben können: das ist absurd. Es gibt Perioden, wo man's schafft ... Aber man sollte jeden Tag arbeiten, das schon.

Joachim Walther: Welche Eigenschaften sollte ein Schriftsteller unabdinglich haben?

Christa Wolf: Das ist eine dieser Fragen, die man überhaupt nicht generalisierend beantworten kann. Sie haben da sicher auch im Hintergrund die Heimtücke, daß jeder das sagt, was er glaubt an Eigenschaften mitzubringen. Sagen wir mal – an Basiseigenschaften (die natürlich auch andere Berufe brauchen) müßten dasein: Ausdauer, Unabhängigkeit von Stimmungen, Fleiß, Gründlichkeit. Es kommt dazu: ein sehr starkes, sich immer erneuerndes, nie erlahmendes Interesse an Leuten, an gesellschaftlichen Beziehungen, an Entwicklungen innerhalb einer Gesellschaft. Ein großes Maß an Neugier. Starke Sensibilität. Und eine verhältnismäßig niedrige Schmerzschwelle. Natürlich ist bei hoher Sensibilität eine niedrige Schmerzschwelle unbequem. Ich kenne Leute, die nur in bezug auf sich selbst empfindlich sind. Mir kommt es so vor – es wäre gut, wenn ein Autor die Erfahrungen anderer Leute fast wie eigene erleben kann und die eigenen fast wie fremde. Zu den „Eigenschaften" gehört auch eine gewisse innere Freiheit – aber da sehen Sie schon, daß man mit der Frage nach „Eigenschaften" nicht sehr weit kommt. Nach Verhaltensqualitäten sollte man fragen, die sich auf bestimmte soziale Prozesse beziehen und selbstveränderlich sind. Schonungslosigkeit zum Beispiel – die ich fordern würde, ist als produktives Verhalten nur denkbar in produktiven Gesellschaften, sonst wird sie zerstörerisch ... Dann ist aber Kunst nicht möglich, die ja etwas zum „Gegenstand" machen, also schonungslos von sich abrücken muß, was einem bis jetzt sehr naheging.

Joachim Walther: Es bleibt ein Problem: Wenn man sensibel für die Leiden anderer ist und jemanden sieht, dessen Leiden man praktisch lindern könnte, dürfte man in dieser Zeit nicht schreiben. Hilft man dem einen, zeigen sich daneben gleichermaßen Leidende und folglich Hilfebedürftige – man ist in Gefahr, zum Samariter zu werden, das Schreiben aber zugunsten der Praxis aufzugeben.

Christa Wolf: Ja, das ist der alte Widerspruch zwischen Leben und Schreiben, Betrachten und Handeln. Wenn dieser Widerspruch vor einem steht, dann zeigt sich durch die Praxis, was jeweils stärker ist. Ich kenne das sehr gut: dieses Bedürfnis, den Zwang fast, bei jenen Gelegenheiten, da ich sehe, daß man direkt helfen kann, dies auch zu tun. Ich tue es auch. Andererseits ist es doch die Frage, ob der Zwang zum Schreiben so stark ist, daß er sich gegen alle Arten von Ablenkung durchsetzt. Das ist ein schwieriger Balanceakt. Zwischendurch gibt es so etwas: Beziehungen zu Menschen, die mich vorübergehend mehr beanspruchen als das Schreiben. Aber seit geraumer Zeit ist das Schreiben der hauptsächliche und der dauerhafteste Antrieb, den ich kenne.

Joachim Walther: Meinen Sie, daß man im Schreiben Leben kompensieren kann? Es gibt bei Cocteau die Äußerung, daß der männliche Künstler keine Frau brauche, da er im schöpferischen Prozeß Weibliches und Männliches vereinige.

Christa Wolf: Ich habe beobachtet, daß männliche Schriftsteller „weibliche" Elemente, weibliche Schriftsteller „männliche" Elemente im herkömmlichen Sinn mit zeigen. Aber das ist nicht, was Sie meinen. Ich brauche sehr stark menschliche Beziehungen, die mir das Schreiben nicht ersetzen kann. Manchmal bin ich geradezu menschensüchtig; ich bin sehr neugierig auf Menschen und brauche immer wieder neue Begegnungen oder die Fortsetzung von alten. Die Beziehung zu anderen in ihren Variationen – Liebe, Freundschaft, Kameradschaft, Arbeitsgemeinschaft – ist mir ein Lebensproblem. Es ist aber nicht so, daß ich Leben und Schreiben miteinander verwechsle, daß ich das Leben als „Stoff" betrachte. Mir kommt nie die Idee, wenn ich mit jemandem zusammen bin: Das könnte mal eine Figur werden, oder: Das ist aber eine interessante Situation, die müßte man mal benutzen. Das würde ich als Blasphemie betrachten ... Nein, Schreiben ist etwas Abgeleitetes, allerdings im ersten Grade. Schreiben ist Verarbeiten von Erfahrung, nicht Ersatz dafür. Geschriebenes aber kann auch – auf Grund der besonderen Rolle unseres zweiten Signalsystems – zu ursprünglicher Erfahrung werden.

Joachim Walther: Können Sie eine Idee zurückverfolgen, ihre Herkunft orten?

Christa Wolf: Manchmal kann ich es, manchmal weiß ich noch den Moment und sogar die räumlichen Umstände, wenn ich formulieren konnte, worum es gehen mußte. Oft vergesse ich es auch und finde später überrascht eine Notiz darüber. Mir scheint eine Grundbedingung vorher zu sein: eine innere Unruhe, eine Ansammlung von Unruhe, die zunächst ziemlich diffus und ungerichtet ist. Es ist ja nicht so, daß man irgendwo sitzt und wartet: Wann kommt denn nun endlich ein Einfall? Man ist ja dauernd beschäftigt. Innerhalb dieser allgemeinen Beschäftigung zieht sich dann diese Unruhe irgendwie (man weiß ja nicht, wie) auf ihren Kernpunkt zusammen, und die Idee ist „da". Das ist einer der schönsten Momente. Neulich sagte ich am Ende eines Traumes mir selbst laut die Idee für ein Kapitel, an dem ich arbeitete – ein Satz, den ich beim Erwachen noch wußte und akzeptieren konnte.

Joachim Walther: Glauben Sie, daß man einen Einfall bewußt herbeiführen kann, indem man durch Beobachten und Studien etwas in sich anreichert und also, nicht untätig, aber doch auf den Sprung wartet?

Christa Wolf: Das ist eine andere Art von Einfall. Ich sprach eben von einem Einfall zu einer Sache, von der man vorher nichts weiß, nehmen wir mal an: zu einer Geschichte. Aber auch später noch ist man ja abhängig von der Gnade des Einfalls, das ist ja das Schreckliche.

Nehmen wir an, ich weiß, worüber ich schreiben will, ich habe den Stoff. Dann kann ich natürlich einiges tun; dann werde ich anfangen, Material zu häufen. Ich mache zum Beispiel sehr viele Notizen, lese Bücher, Dokumente. Das ist übrigens eine sehr schöne Zeit, weil man denkt, es wird alles noch so, wie man es sich vorstellt, und man stellt sich immer etwas sehr Schönes vor. Auf Grund dieser Arbeit mit Material und Notizen stellen sich Einfälle ein, die sonst nicht kommen würden: Einfälle über einzelne Kapitel oder Figuren oder eine Erzählweise, über ganz bestimmte Anwendungen von Mitteln. Diese Einfälle kann man durch Arbeit provozieren, das stimmt. Der erste Einfall aber wird allein dadurch provoziert, daß man engagiert lebt. Danach kommt das Stadium, daß alles, was man tut, liest, hört, sieht und denkt, sich auf den Stoff bezieht, an dem man arbeitet. Der Stoff entwickelt eine Art von Radioaktivität, die alles, auch scheinbar Gleichgültiges, ebenfalls „aktiv" macht.
Joachim Walther: Sie kennen sicher diese Mystifikationen, die den Schriftsteller als Mundstück eines nebulösen Geistes begreifen. Nicht der Autor spricht, sondern es spricht etwas durch ihn, es raunt in ihm ...
Christa Wolf: Eigentlich haben wir diese mystische Vorstellung schon erledigt. Ich glaube nicht, daß einer von uns auf die Idee käme, Mundstück für „irgend etwas" zu sein. Es ist schon eine ganze Menge, wenn man das Gefühl gewinnt, daß man an einer Sache hängt ... Die Ingeborg Bachmann hat das genannt: am Starkstrom Gegenwart hängen. Man hängt an einer Sache, die einen nicht mehr losläßt, die man machen muß, die aber gleichzeitig, wie man hofft in diesem Moment, von allgemeinerem Interesse ist. Wobei man sich aber ständig bewußt bleibt, daß man selbst es ist, der schreibt, was man selbst sieht, hört oder empfindet; daß man selbst und nicht ein Geist diese oder jene Gedanken und Ansichten hat.
Joachim Walther: Wird diese Mystifikation vielleicht da-

durch genährt, daß man verblüfft sein kann über das selbst Geschriebene? Es steht etwas da, worüber man nie bewußt reflektiert zu haben glaubt . . .
Christa Wolf: Das ja. Das gehört zu den Grunderfahrungen bei jedem schöpferischen Prozeß. Aber das ist nichts Mystisches, das ist etwas, was in meinem Gehirn, ohne daß ich davon weiß, entstanden ist. Wahrscheinlich beginnen irgendwelche Nervenenden miteinander zu kommunizieren. Man merkt, wenn man träumt, daß alle Schichten des Bewußten und Unbewußten ergriffen sind. Das ist ja das, was ich mit Unruhe meine. Das fängt dann zu gären und zu zingern an; dies ist wie eine Ladung, die im günstigen Fall auch etwas Annehmbares produziert. Im übrigen habe ich zunehmend den Eindruck beim Schreiben, daß es nicht darum geht, etwas neu zu schaffen, sondern etwas, was als Struktur vorhanden ist, freizulegen: etwas nicht zu beschädigen, sehr behutsam vorzugehen, nicht mit Hammer und Meißel zu arbeiten. Aber die Tatsache, daß die in unserem Gehirn vorgehenden materiellen Prozesse der Kreativität zu den schwierig zu erforschenden Gegenständen gehören, macht, daß der Mystizismus sich hier so lange hält.
Joachim Walther: Schreiben ist vergleichbar mit hypothetischem Arbeiten. Nun wird aber die Hypothese nicht im letzten Satz eines Buches bestätigt oder aber verworfen, der Knoten schürzt sich nicht in einer Pointe. Wodurch wird das Interesse beim Schreiben bis zuletzt aufrechterhalten?
Christa Wolf: Ich weiß die ganze Zeit und versuche auch nicht, es dem Leser zu verheimlichen, wie der „Held" endet. Das interessiert mich nicht so sehr. Mich interessiert, wie er zu dem Punkt gelangt, den ich von Anfang an kenne. Das ist nie eine Frage während der Arbeit, daß ich überlege: Was mache ich am Schluß? Den äußeren Zustand kenne ich. Interessant ist, wie ich es machen werde, wie ich mich dazu stellen werde, in welche Beziehung ich mich zu meiner Figur bringe, was ich

mit ihr und was sie mit mir anfangen wird. Ich verändere mich, indem ich sie verändere. Wichtig: Ob ich es fertigbringe, mich von ihr zu befreien oder nicht, was hieße, daß die Aktion mißlungen ist, daß etwas zurückgeblieben ist, was ich nicht habe ausdrücken können. Die äußeren Handlungselemente sind untergeordneter Art; das weiß man, das regt nicht auf. Als Kind schon habe ich mich bei Karl May gelangweilt und Lessings Stücke gelesen: Warum brachte der Vater Emilia um?

Joachim Walther: Wenn Sie die äußeren Handlungselemente kennen, kann nicht trotzdem folgendes geschehen: Daß Sie durch die dazugeschriebenen inneren Bezüge eine andere Handlung schaffen, weil aus einer Bestimmung eine nächste folgt?

Christa Wolf: Das könnte sein, wenn man völlig frei wäre in der Behandlung seiner Figuren. Aber wenn man Figuren hat, bei denen man sich absichtlich selbst an ganz bestimmte authentische Vorfälle gebunden hat, dann kann es nicht passieren. Für mich ist ja augenblicklich ein wichtiges Problem beim Schreiben eben die Verbindung von Authentischem – den gegebenen Fixpunkten einer Figur – mit dem, was ich an Freiheit dazugewinne, indem ich über sie schreibe, also die Möglichkeiten zur Veränderung in die Räume zwischen jene Fixpunkte lege. Das kommt mir produktiv vor und realistisch. Es geht immer darum, Vergangenheit aufzuarbeiten; Prozesse, deren äußeren Ablauf man kennt, so daß Spannung nicht darin liegt, was passiert, sondern wie es passiert und warum so gehandelt wird. Ich habe bis jetzt keinen Anhaltspunkt dafür, daß ich von äußeren Handlungselementen getrieben oder in meiner Intention geändert wurde. (Oder doch? Ist der Tod eines Menschen ein „äußeres Handlungselement"?) Natürlich hat man beim Schreiben das Gefühl (und es ist schön, wenn man es hat): Es wächst, sozusagen von selbst. Das muß wohl so sein. Aber ich vergesse doch nie, daß ich es bin, in dem es wächst, der an der Maschine sitzt und es vorantreibt. Ich gerate nicht in eine Art von Trance, ich ver-

liere auch nicht die Selbstkontrolle. Auch nicht die Kontrolle über meine Helden.
Joachim Walther: Ich vermute, daß Sie jemand ungeheuer mögen müssen, nämlich Büchner mit seiner Lenz-Novelle.
Christa Wolf: Ja! Unbedingt! Das ist mein Ur-Erlebnis in der deutschen Literatur. Bei mir setzt die deutsche Prosa mit Büchners Lenz-Novelle ein. Das ist absolut mein Ideal von Prosa. Dann kommen große Pausen ... Für moderne Prosa unerläßlich halte ich, daß man durch das, was geschildert wird, durch die Fiktion, durch die Täuschung (ohne die Literatur nicht auskommen kann und auch nicht will) hindurch die Stimme des Autors hört und sein Gesicht sieht. Das ist keine bequeme Forderung. Es ist wahrscheinlich leichter, sich eine Geschichte zu bauen. Vielleicht – ich weiß es nicht, ich sag es von mir aus. Ich weiß noch, wie das früher war; da wurde Stunden über Fabeln diskutiert: Aber nein! Der darf die nicht heiraten, der muß erst mal in den Betrieb gehen, und dann muß er die kennenlernen, und dann muß er zum Parteisekretär, und dann muß der ihm sagen, daß er doch zu der zurückgehen soll und so weiter ... Das aber hat überhaupt nichts mit Kunst zu tun, das wissen wir ja alle inzwischen. Der Autor muß sich stellen. Er darf sich nicht hinter seiner Fiktion vor dem Leser verbergen; der Leser soll ihn mitsehen.
Joachim Walther: Bedeutet diese Verlagerung des Schwerpunktes in das innere Geschehen nicht sogleich einen Verlust an Rezeptionsmöglichkeiten? Daß man nämlich damit die Leser verliert, die Geschichten haben wollen?
Christa Wolf: Ja. Ich bin der Meinung, daß sich diese Leser in zunehmendem Maße durch Film und Fernsehen schadlos halten, also ich spreche überhaupt nicht dagegen; ich habe keinerlei – sagen wir – hochmütige Haltung dazu. Aber das hat damit nichts zu tun, daß wirkliche Prosa etwas anderes ist. Sie sollte das machen, was nur sie machen kann, was übrigens nicht unbedingt

„Verlagerung in inneres Geschehen" sein muß: Wozu ist denn ein Autor da, wenn er verschwindet, wenn er sich auflöst in einer im Grunde sehr abstrakten und sehr mechanistischen Fiktion von Widerspiegelung? Denn das hat es ja nie gegeben, daß ein Autor die Wirklichkeit „widergespiegelt" hat, nicht? Spiegeln ist ja ein physikalisch-mechanischer Vorgang. Ein Widerspiegeln in diesem Sinne gibt es in der Kunst nicht, sondern es handelt sich da um ein Verwandeln, um eine Aneignung der Wirklichkeit. Für mich ist sehr aufhellend gewesen, was Heiner Müller in einem seiner Stücke geschrieben hat: Tödlich dem Menschen ist das Unkenntliche. Das glaub ich auch. Ich denke, daß das, was nicht benannt und beschrieben ist, im gesellschaftlichen Bewußtsein nicht vorhanden sein kann. Und daß Prosa tun sollte: Das Unkenntliche kenntlich machen, das vom Menschen noch nicht Gesehene oder Erlebte oder noch nicht bis zum Ende Durchdachte zeigen, benennen, durchdenken. Ihm möglich machen, es sich anzueignen. (In diesem Sinne: „Produktivkraft" Literatur!)

Joachim Walther: Besteht nicht ein Merkmal für gute Literatur darin, daß sie mehrere Rezeptionsebenen hat? Daß der, der Kolportage sucht, sie auch findet, daß auch der, der Motivationen und Reflexionen will, sie ebenfalls bekommt?

Christa Wolf: Ich will nicht bestreiten, daß dies ein Ideal sein kann. Es kann aber auch sein, daß eine Zeit kommt, wo eine große Zahl von Lesern nicht unbedingt die starke Handlung verlangt, sondern vielleicht etwas anderes. Ich habe keinen Widerspruch zu dem, was Sie sagen, daß ein Buch so vielschichtig sein sollte, daß jeder auf seine Kosten kommt. Nur scheint es mir in der Praxis sehr selten vorzukommen – jedenfalls in der zeitgenössischen Literatur und der zeitgenössischen Rezeption der Literatur. Ich könnte mich nicht hinsetzen und mir sagen: Dieser Stoff müßte jetzt von dir so behandelt werden, daß du sowohl diejenigen erreichst, die eine Fabel suchen, als auch diejenigen, die eine intellektuelle

Verarbeitung erwarten! Volkstümlichkeit in großen Helden und großen Gestalten, in großen, einfachen Vorgängen, ist aus den zeitgenössischen Verhältnissen nicht so leicht zu gewinnen wie aus gewissen archaischen Grundmustern oder aus Verhältnissen, die turbulente Ereignisse, schärfere äußere Konflikte hervorbrachten, sagen wir: Kriegszeiten oder die Zeit des Faschismus, Klassenkämpfe eben, wo eine Polarisierung von Einstellungen und Handlungen da war, ihre Bewertung unzweideutig ist und es noch dazu um Tod und Leben ging. Während heute die Entscheidungen und Konflikte sich eigentlich in der Ebene der gesellschaftlichen Moral abspielen, obwohl natürlich vorbereitet in konkreten gesellschaftlichen Bewegungen. Ein Mensch, der innerlich stirbt – das ist meist nicht sehr spektakulär, man „sieht" es nicht; es gibt da manchmal Knotenpunkte, an denen man es auch äußerlich sichtbar machen kann, aber der Prozeß ist schleichend, schwer beschreibbar durch äußere Handlungselemente. Einführung von Reflexion ist bei solcher Art Material also nicht Willkür des Autors.

Joachim Walther: Kann ein hoher Grad von Reflektiertheit nicht in Einfachheit umschlagen? Es gibt das Simplizianische, aus dem Kompliziertes steigt, ohne daß es genannt wird.

Christa Wolf: Das will ich als Möglichkeit nicht bestreiten. Im Moment jedoch sehe ich nicht, daß man unsere Gesellschaft und unsere Zeit über ein naives Bewußtsein reflektieren könnte, über einen Ton wie bei Grimmelshausen etwa. (Brecht hat die bürgerliche Gesellschaft auf Formeln bringen können, als sie schon sehr weit fortgeschritten war.) Aber es wäre denkbar, daß bei größerer Reife der Entwicklung, bei einem höheren Standpunkt der Autoren wieder eine Chance auftaucht, die Zeit ins Gleichnis zu bringen, wieder einfach zu werden, „es" auf eine Formel zu bringen – alles das, was einem jetzt kompliziert und verwickelt erscheint und was infolgedessen auch in der Literatur kompliziert erscheinen mag. Ich bin überhaupt nicht dafür, in der Literatur et-

was künstlich zu komplizieren. Meine Hoffnung ist: Wenn ich das, was ich denke oder was mir zu dem Stoff einfällt (den ich gründlich geprüft habe, nicht nur auf persönliche, auch auf gesellschaftliche Bedeutsamkeit), so genau und so gut gearbeitet wie möglich aufschreibe, wird es eine Reihe von Lesern geben, die bereit und zweifellos in der Lage sind, den Prozeß, der mich zu einer gewissen Schreibtechnik und Form geführt hat, mitzugehen. Dieses Vertrauen hat sich bestätigt. Die Kompliziertheit einer Erzählweise aber ist und bleibt ein Problem. Man kann nicht alles einfach sagen.
Joachim Walther: Woraus entspringen beim Schreiben Unlustmomente, woraus die Lust?
Christa Wolf: Eine Grundlust und eine Garantie dafür, daß ich immer weiter schreiben werde, ist wahrscheinlich die Erfahrung, daß ich mir auf diese Weise am ehesten den mir gemäßen Lebensraum schaffe. Na schön: Selbstverwirklichung ist ein abgegriffenes Wort; aber hat nicht der Schriftsteller und jeder andere Künstler einen Vorteil vor anderen – auch vor den meisten Wissenschaftlern heutzutage –, daß seine Arbeit an seine Person gebunden ist und von keinem anderen gemacht werden kann. Dazu: Ein Riesenspaß am Diagnostizieren gesellschaftlicher Prozesse auf Grund von Symptomen. Das sind Grundantriebe, die hoffentlich bleiben werden. Dann kommen natürlich bei der Arbeit an den einzelnen Sachen viele einzelne Lustmomente dazu. Ich habe gerade eine Periode von enormen Unlustmomenten hinter mir, Schreibhemmungen. Es kommt vor, daß man wochenlang zwar schreibt, aber genau spürt, man tritt auf der Stelle. Ich weiß dann, daß es sich um Hemmungen handeln muß, die in mir liegen, die ich mir aber in dem Moment nicht bewußtmachen kann; daß Widerstände in mir sind, wirklich das herauszufinden, wonach der Stoff drängt. Denn natürlich hat man beim Schreiben auch Angst vor dem, was herauskommen wird. Niemand setzt freiwillig Angst frei. Das muß man aber, indem man bis an die Grenze des Stoffes geht. Man muß diesen Zu-

stand überwinden, und das geht im Grunde nur schreibend. Das sind die Zeiten, wo ich starke Unlustgefühle habe und natürlich auch starken Selbstzweifel. Es geht dann um Dinge, die man eigentlich wissen muß, aber nicht wissen oder wahrhaben will. Man hört auf andere, vielleicht auf die Mehrheit, und traut seinen Augen nicht. Es geht doch darum, daß wir immer tiefere Schichten des Bewußtseins freilegen und daß wir die Grenzen dessen, was wir von uns wissen, was die Gesellschaft von sich weiß, aber auch, was ich von mir weiß, immer weiter hinausschieben. Das ist anstrengend, aber auch befreiend.

Joachim Walther: Liegt darin nicht auch die Gefahr, krank an sich selbst zu werden? Indem man nämlich immerzu maßlos zu sich selbst ist, immer mehr will, als man erreicht hat, also immerzu noch nicht Gedachtes denken will, kann man die eigenen Möglichkeiten so weit überziehen, daß das anvisierte Ziel selbst bei allen Glücksfällen und bei aller Anstrengung nicht erreichbar ist. Bei sogenannt kluger Beschränkung auf seine Möglichkeiten ist die Wahrscheinlichkeit größer, etwas Rundes zu schaffen, die Gesundheit wird geschont, und lähmende Unzufriedenheit wird vermieden. Ist das eine Temperamentfrage, oder wie würden Sie das sehen?

Christa Wolf: Das ist eine Sache der individuellen Arbeitserfahrung. Wie gut sich einer kennt. Ich meine, man kann auch schreiben, wenn man krank ist. Um gesund zu werden. Schreiben kann auch eine Therapie sein. Wobei ich nicht für eine Literatur des Abseitigen plädiere, der Neurosen (aber man darf sich auch vor der Darstellung der Neurosen nicht scheuen). Denn ich glaube nicht, daß das Aussprechen von krankmachenden Sachverhalten zerstört, sondern daß es heilt. Natürlich nur, wenn man es mit der nötigen Behutsamkeit macht, nicht mit Brachialgewalt.

Joachim Walther: Wie stehen Sie zu öffentlichen Anerkennungen?

Christa Wolf: Öffentliche Anerkennung hat mindestens

zwei Seiten. Die eine ist die, daß jeder normale Mensch dafür nicht unempfänglich ist. Bei einem Autor aber steht sofort die Frage, ob die Anerkennung wirklich für das folgt, was er gemeint hat, oder aus einem Mißverständnis heraus: Daß man also an ihm keine Anerkennung, sondern eine Verkennung vornimmt. Im übrigen kann man auch bei Nicht-Anerkennung nichts anderes tun, als weiter das zu machen, was man machen muß und kann. Man kann selbst bei dauerndem Mißfallen, das man erregt, aus sich keinen anderen Menschen machen und etwas anderes oder anders schreiben, das kann man nicht.

Aber man verwechselt oft die dauernde öffentliche Nennung eines Namens mit gesellschaftlichem Vorhandensein. In einer Zeit, da einer nicht dauernd genannt wird, kann er gerade sehr intensiv leben und gerade so seine Gesellschaft kennenlernen, von einer Seite, die ihm vorher vielleicht nicht zugänglich gewesen ist. Wenn man sich allerdings davon abhängig macht, daß man immer in aller Munde ist, dann ist man verloren. Das ist eine Art von Abhängigkeit, die ganz bestimmt verbiegt. Wirkenwollen, aber nicht Wirkenkönnen ist bitter. Nur ist es eine Erfahrung, die ja aus der Gesellschaft kommt, in der einer lebt, die ihn also, wenn er sie richtig verarbeitet, an bestimmte Gründe und Hintergründe seiner Gesellschaft führt, die er auf Erfolgsschwingen schwebend gar nicht erfahren hätte. – Es ist doch nicht so, daß man schreibt, um Erfolg zu haben. Es kann noch heute in der Literatur Leistungen geben, die unbemerkt bleiben. Das ist, was die Literaten den Erfolgsmenschen auf anderen Gebieten so suspekt macht. Es kann aber auch umgekehrt sein: Man kann beobachten, daß das Selbstbewußtsein von Schriftstellern heutzutage durch diesen Zwang zum Erfolg, den man ihnen eingeredet hat, sehr labil geworden ist, daß ein nicht sofort eintretender Erfolg sie ungeheuer nervös macht, daß sie Minderwertigkeitskomplexe bekommen, daß sie Angst haben, ohne Ruhm überhaupt nicht dazusein. Literatur kann langsamere und stillere, aber um so tiefere Wirkungen haben, ohne diese äußeren Attribute von Erfolg.

Joachim Walther: Das setzt aber ein gerüttelt Maß von Selbstvertrauen, wenn nicht gar einen Glauben an eigenes Sendungsbewußtsein voraus ...

Christa Wolf: Nein! Überhaupt nicht! Ich kann mir nicht vorstellen, wie heute ein Autor zu einem Sendungsbewußtsein kommen könnte. Es setzt nur ein stabiles – was fast niemand unserer Generation hat, ich übrigens auch nicht – Verhältnis zu sich selbst, eine nüchterne Selbsteinschätzung, voraus, aber überhaupt nicht das Gefühl, einer von den Großen zu sein. Das ist natürlich ein wirkliches Problem: Nicht große Schriftsteller können sich nicht darauf verlassen, daß das heute von ihnen nicht Erscheinende in den nächsten Jahren überhaupt noch wichtig ist. Da liegt der Hund begraben. Das ist der Punkt, an dem die Nervosität einsetzt und der Wunsch, möglichst schnell gedruckt zu werden, wobei Nervosität die Qualität der Literatur nicht verbessert.

Joachim Walther: Liegt das Übel vielleicht darin, daß man sich ständig ins Verhältnis setzt, und zwar immer nach oben?

Christa Wolf: Eben, ja, sicher, das ist wie bei kommunizierenden Röhren. Das geht unwillkürlich vor sich. Ich glaube aber, es ist ganz natürlich, wenn man das zeitbedingte Auf- und Abschnellen der Erfolgssäulchen verhältnismäßig nüchtern beurteilt, nicht mit falscher Bescheidenheit, aber natürlich auch nicht mit Hybris. Im übrigen zeigt sich ja seit einigen Jahren besonders deutlich, daß wir einen stabilen Bestand an Autoren haben, die unbeirrt immer besser werden.

Joachim Walther: Wie würden Sie die Aufgaben der Literatur unter sozialistischen Bedingungen benennen? Gibt es überhaupt neue? Oder bleiben jahrhundertealte Aufgaben gültig und müssen nur auf die jeweilige historische Situation konkretisiert werden?

Christa Wolf: Ich glaube nicht, daß sich die Aufgaben der

Literatur alle fünf Jahre ändern. Wahrscheinlich wird ein Schriftsteller mit der Zeit immer schärfer erkennen, was seine Aufgaben sind. Eine andere Sache ist, daß die Gesellschaft, in der er lebt, ihm Aufgaben geben kann, die er nicht erfüllen kann, weil sie nicht literaturgemäß sind, oder aber ihn befördern kann, indem sie ihm Mut macht, genau die Probleme anzupacken, die er selbst als seine Sache empfindet. Ich würde wünschen, daß die Literatur die Bedingungen untersucht, in denen sich der Mensch als moralisches Wesen selbst verwirklichen kann. Das ist ja Bobrowskis Thema gewesen: Wie muß die Welt für ein moralisches Wesen beschaffen sein? Diese Aufgabe würde ich für sozialistische Autoren sehen, nicht nur als eine unter anderen, sondern als ihren Beitrag zu den Grundbedingungen, die nötig sind, damit die Menschheit sich nicht selber in die Luft sprengt oder sich auf andere Weise zerstört. Der Autor müßte also ohne Rücksicht auf augenblickliche Schwierigkeiten, die ihm dabei entgegentreten mögen, diese Bedingungen untersuchen und seine Figuren, die er gefunden hat oder erfindet, in solche Bedingungen bringen und mit ihnen experimentieren. Was er da sieht und findet, müßte er ohne Scheu sagen, aufschreiben und nicht fürchten müssen, daß das der Gesellschaft, in der er lebt, schadet, sondern davon ausgehen, daß alles, was wahrheitsgemäß gesagt ist, ihr nutzt, weil die Gesellschaft sich selbst dieses Ziel gestellt hat, und daß andere da sind, ihn zu korrigieren, wenn er sich irrt. Das ist ja die Übereinstimmung im Grundsätzlichen, daß auch die sozialistische Gesellschaft das Ziel der Selbstverwirklichung ihrer Mitglieder hat wie die sozialistische Literatur. Dabei kann sie – vorübergehend – einen moralistischen Zug bekommen, auch Belehrung wird nicht ausbleiben können. Anzustreben aber wäre Heiterkeit und Souveränität in der Behandlung des Materials und der Techniken. Nichts Langweiliges jedenfalls.
Joachim Walther: Wie ist das bei Ihnen mit der Dauerhaftigkeit von Einstellungen? Können Sie heute noch für

etwas beim Wort genommen werden, was Sie vor Jahren geschrieben haben?
Christa Wolf: Einstellungen dauern nicht länger als die Verhältnisse, denen sie entspringen. Beim Wort kann man aber immer genommen werden, das ist eine der Tücken dieses Berufs. Ich habe früher Texte geschrieben, die ich heute anders schreiben würde, denn ich hab auf Grund anderer Erfahrungen eine andere Einstellung zu dem Gegenstand. Es handelt sich weniger um literarische Arbeiten, die sowieso abhängig sind vom Reifeprozeß des Autors, sondern mehr um Artikel und Rezensionen, die von einer gewissen damals verbreiteten Einstellung zur Literatur ausgingen, von einer unschöpferischen, rein ideologisierenden Germanistik. Das sind natürlich Aufsätze, die ich heute nicht wieder gedruckt sehen möchte, aber ich will und kann sie nicht verleugnen, sie gehören zu meiner Entwicklung. Entscheidend ist, daß man es zu der Zeit ehrlich gemeint hat, daß es sich um einen ehrlichen Irrtum gehandelt hat (der dadurch nicht gerechtfertigt ist) und nicht um Produkte des Opportunismus. Dann ist natürlich alles verdorben.
Joachim Walther: Was ist Ihr zentrales Anliegen?
Christa Wolf: Mich interessiert die Entwicklung, die die Menschheit heute nimmt, um sich ihr Überleben zu sichern, und möglichst mehr als das Überleben. Die Spannungen, die zwischen sozialen Gruppen und einzelnen in diesem Prozeß entstehen. Wie man sie endlich zur Produktion von Menschlichkeit verwerten kann und nicht zur Zerstörung.
Joachim Walther: Und Sie meinen, dies wird wesentlich von der Moral abhängen?
Christa Wolf: Nein. Moral ist keine für sich existierende Institution. Aber es wird davon abhängen, ob die Menschen sich Bedingungen schaffen, um zu sich selbst zu kommen; ob sie an sich selbst wieder ein solches Interesse finden (Interesse im Sinne von Teilnahme, gereinigt natürlich von Mystifikationen), daß sie sich selbst so wichtig und so spannend und so wertvoll werden, daß

sie alle Anstrengungen machen, um sich zu retten. Bis jetzt ist das nicht entschieden, glaub ich. Die Literatur ist eine der Möglichkeiten, dieses Interesse des Menschen an sich selbst wachzuhalten oder wieder wachzurufen. Wobei für den Prosa-Autor nun die Frage kommt: Woran, an welchem Gegenstand? Und da ist es bei mir, wahrscheinlich noch für eine ganze Weile, die Problematik meiner Generation, die mir natürlich naheliegt. Also die Anläufe dieser Generation, die Leistung, aber auch ihr Versagen und das, was ihr versagt wird; was man ihr schuldig bleibt, aber auch, was sie anderen schuldig bleibt; natürlich auch, wonach sie sich sehnt oder wozu sie imstande ist, im guten und im schlechten. Dann – sehr wichtig! – interessiert mich, wie sie sich selber sieht, was eben den Nachweis brächte, ob diese Generation in ihren bewußten und wichtigen Repräsentanten zur Reife gelangt ist oder ob sie sich in einem bestimmten Stadium von Unreife gehalten hat und dafür nach Selbstentschuldigungen sucht. Also: wie es um das Gewissen dieser Generation bestellt ist. Das ist anstrengende Befragung und Selbstbefragung. Ich denke nicht, daß meine Generation wichtiger ist als andere vor ihr oder nach ihr. Nur glaube ich, kein Älterer und kein Jüngerer wird erzählen können, was für unsere Generation die wichtigen Punkte gewesen sind. Und natürlich hofft man, daß das eigene Generationserlebnis interessant auch für andere Generationen ist.
Joachim Walther: Ein paar Fragen zum Stil: Sie verwenden zunehmend weniger Epitheta, wenn ich es richtig sehe. Epitheta aber schränken die Allgemeinheit des Begriffs ein und erzeugen so mehr Anschaulichkeit. Seltsamerweise schränkt das weitgehende Fehlen von Epitheta bei Ihnen die Anschaulichkeit nicht ein: wieso? Setzen Sie anstelle äußerer Beschreibungen so etwas wie innere Stimmigkeit, die dann Äußeres anschaulich macht?
Christa Wolf: Mir ist nicht bewußt, daß ich weniger Epitheta verwende. Wenn Sie es sagen, sehe ich, daß es stimmt. Es liegt wahrscheinlich daran, daß ich zuneh-

mend weggekommen bin vom Beschreiben im Sinne des Objektschilderns: Milieu, in dem nur irgendwelche Handlungen oder Gespräche stattfinden. Ich möchte auch die Umgebung, alles das, was räumlich zu den Personen gehört, ihnen aneignen. Es nicht nur durch ihren Blick sehen; aber es doch in irgendeiner Form mitwirken lassen, so daß es sich also nicht um aufgesetzte und dazugetane Details handelt, um Staffage oder Kulisse. Es kann sein, daß sich daraus ein vorsichtigerer Gebrauch von Eigenschaftswörtern ergibt, zu dem man sich übrigens auch erzieht, wenn man bemerkt, daß eine Häufung von Eigenschaftswörtern den Stil nicht unbedingt anschaulicher macht. Das ist das, was ich davon weiß. Ein Begriff, der an sich sehr allgemein ist, sagen wir: Himmel, muß nicht unbedingt näher erläutert werden mit einer Farbe oder Stimmung, sondern aus der Szene oder Situation, in der das Wort Himmel fällt, sollte sich ein Zusammenhang bilden, der dem Wort Himmel einen ganz bestimmten Gefühls- oder Stimmungswert, also einen ästhetischen Wert zuweist, auch wenn der eine Leser sich den Himmel grau, der andere blau vorstellen mag.

Joachim Walther: Auch Ihre Dialoge sind sehr sparsam geworden. Vermeiden Sie die bewußt?

Christa Wolf: Ja, ich habe mich mehr auf indirekte Rede gelegt – wobei ich nicht jeden Dialog vermeide –, eine indirekte Rede und einen Stil, der im ganzen getragen ist von einer bestimmten Redeweise, von der Redeweise des Autors, die überhaupt nicht verleugnet wird; der Autor, der auch anredet, alle möglichen Beziehungen mit den Personen eingeht, und der dadurch viel mehr Möglichkeiten hat, als wenn er angewiesen wäre auf dieses: er sagte, sie sagte. Mir kommt es so vor, als ob in der modernen Prosa der Autor verpflichtet ist, den Leser teilhaben zu lassen an der Entstehung der Fiktion und ihm nicht die Fiktion als zweite Wirklichkeit vor die Wirklichkeit zu stellen. Darüber redet es sich übrigens am schwersten, weil einem am wenigsten davon bewußt ist. Diese Haltung zum Stoff und zum Leser prägt weitgehend den Stil.

Joachim Walther: Welche Bedeutung geben Sie dem Detail? Es gibt die Tschechowsche Forderung, daß eine an die Wand gehängte Pistole auch losgehen müßte, und zwar in der Geschichte. Meinen Sie, daß jedes Detail eine Funktion haben muß, eine ablesbare und direkte? Oder ist das Zufällige in einer Geschichte nicht auch funktionell?

Christa Wolf: Ich habe schon gesagt, daß ich sehr gegen die Konstruktion bin. Wenn der Zufall ausgesperrt bleibt, ist das absolut unkünstlerisch. Das wird sogar in den Naturwissenschaften nicht gemacht. Natürlich gibt es eine Unmenge von Details, die sich als reine Beschreibungselemente aufdrängen könnten: Da trifft man seine Auswahl, denn alles kann man nicht aufzählen. Insofern scheint mir, ist hier eine andere Art von Zufall am Werk, beim Weglassen oder beim Hineinnehmen von Details. Da würde ich allerdings sagen: Es ist nicht zufällig, was man nimmt, was man also für bemerkenswert, für bedeutsam hält. Das ist nicht so, daß man das bewußt macht, aber zufällig ist es auch nicht, die Auswahl ist unbewußt. Es ist ja ein fundamentaler Irrtum, zu denken, Literatur sei gleich Natur: Man nimmt ein Stück von ihr heraus und setzt es auf die Seiten des Manuskripts. Es ist immer eine subjektive Auswahl.

Joachim Walther: Nach welchen Kriterien beurteilen Sie die Qualität von Literatur?

Christa Wolf: Es ist schwer, dafür ein Wort zu finden. Letzten Endes läuft es doch immer wieder darauf hinaus, daß man dieses Gefühl von Zeitgenossenschaft hat. Daß einer mit bloßen Händen – besser mit den geeigneten Instrumenten – diesen radioaktiven Stoff anfaßt. Daß der Funke überspringt, daß der Punkt in mir als Leser berührt wird, der auch radioaktiv ist. Es ist also nichts Formales, es ist das Wie des Ergreifens dieser Welt, von der man dann wieder ergriffen wird. Das geht natürlich nur vonstatten, wenn es auch gut gemacht ist.

Joachim Walther: Von Ihnen wird gesagt: Die Wolf bohrt immer dort, wo es weh tut, auch wenn es sie selbst schmerzt.
Christa Wolf: Wenn es stimmen sollte, wäre es nichts, was ich ändern könnte, was ich mir vornehmen oder nicht vornehmen könnte. Es handelt sich darum, daß es mir immer um den wunden Punkt geht, der für mich im Moment der wunde Punkt ist. Und es kann sein, daß es auch andere so empfinden – das ist der Glücksfall. Dann setzt natürlich der Streit darüber ein, ob man das soll; ob man die wunden Punkte ruhen lassen soll, damit sie besser heilen, oder ob sie im Gegenteil schmerzen sollen, um in der Gesellschaft Kräfte zu mobilisieren, die dem Heilungsprozeß zu Hilfe kommen. Das ist der Streit, der niemals zu Ende sein wird, der immer dann, wenn jemand einen wunden Punkt trifft, aufs neue aufflammen wird. Das halte ich für ganz normal. Aber für mich und meine Arbeit habe ich diesen Streit entschieden.
Joachim Walther: Sie haben in Ihrem Essayband geschrieben, daß der erzählerische Raum vier Dimensionen habe, drei fiktive der erfundenen Figuren und eine, die Sie mit Engagement und Tiefe umschreiben, das Betroffensein des Autors von seinem Stoff, die Fast-Identität von Er und Ich. Könnte nicht hier das Rätsel des Poetischen liegen: Die vierte Dimension ist dem Menschen nicht vorstellbar.
Christa Wolf: Was ich zu wissen glaube, ist: Daß in dem Moment, wo der Autor sich nicht selbst mit hineingibt in das, was er schreibt, und zwar mit der ganzen Person und ohne Vorbehalt, daß da wahrscheinlich Poetisches nicht entsteht. Aber was ich nicht behaupten kann: Daß es nur auf diese Weise entsteht oder auf diese Weise allein entsteht. Es muß noch vieles andere sein, was zu diesem nebulösen Begriff des Poetischen beiträgt, der schwer zu definieren, aber doch ganz wirklich ist. Es würde etwas Flächiges entstehen, wenn man sich beschränken würde auf die drei Ebenen der erfundenen Personen in einer erfundenen Handlung. Die Tiefe –

gemeint ist eigentlich: poetische Wirksamkeit – einer Arbeit entsteht dadurch, daß der Autor seine Zeit und sein Engagement als vierte Dimension dazugibt. Das ist vielleicht nicht sehr gut ausgedrückt, aber da entsteht dann so etwas Undefinierbares, was man sofort spürt.

Joachim Walther: Ist es nicht schon ein elementarer poetischer Vorgang, wenn ein Kind Dinge benennt, die sein Fassungsvermögen übersteigen?

Christa Wolf: Das kann durchaus sein. Wenn man Kinder beim Spielen beobachtet, wie sie sich auszudrücken suchen, indem sie ein Spiel erfinden, das sie gerade brauchen, um mit einem Wirklichkeitsvorgang fertig zu werden, der sich im Spiel verarbeiten läßt, der im Spiel für sie erlebbar wird – das ist wahr, da fängt es wahrscheinlich an. Wenn ein Kind Namen nennt, aus bekannten Worten etwas zusammensetzt oder ganz neue findet, ist das auch ein poetischer Vorgang. Es ist nicht nur ein Erkenntnisvorgang; Poesie ist auch Erkenntnis, nur eben nicht in rationalistischer Form.

Joachim Walther: Man hat's damit sicher nicht – das Poetische, aber man könnte sich durch Analogie nähern: Könnte man sich nicht jederzeit im Verhältnis zum noch nicht Benannten als Kind begreifen?

Christa Wolf: Das wäre eine Möglichkeit, man müßte darüber nachdenken. Was Sie meinen, ist eben, was ich auch denke: Daß in jedem poetischen Schaffen überhaupt ein schöpferischer Vorgang liegt, daß es nicht unbedingt darum geht, daß man zur Tonne Tonne sagt, also diese Übereinkunft und dieses Schema der Benennung widerspruchslos übernimmt. Für ein Kind kann eine Tonne ein Zelt sein oder irgend etwas anderes. Es hat also dadurch etwas geschaffen, was vorher nicht da war. Auf alle Fälle gehört das dazu. Es ist nicht alles, aber der Anfang vielleicht. Aber gerade das: Unbefangen zu sehen, fällt uns Erwachsenen ja sehr schwer.

Joachim Walther: Haben Sie die Vision von etwas, was Sie erreichen möchten?

Christa Wolf: Ja, die hab ich. Es ist vielleicht sehr allgemein ... Im Grunde ist mein Wunsch, daß die Literatur oder das, was ich in der Literatur sagen könnte, mich ohne Rest aufzehrt. Daß die Erfahrungen und Erkenntnisse und die eigene andauernde Veränderung, der eigene andauernde Versuch der Standortbestimmung in dieser Zeit am Ende vollkommen ausgedrückt wären, ohne den gewöhnlichen Überhang von Ungesagtem und Unsagbarem. Unerreichbar, natürlich.

Oktober 1972

Subjektive Authentizität

Gespräch mit Hans Kaufmann

Hans Kaufmann: Dein Essay „Lesen und Schreiben" enthält einen Abschnitt („Tabula rasa"), in dem du versuchst, dir die Rolle von Büchern – genauer: von „Prosa" (darauf möchte ich gleich zurückkommen) – dadurch klarzumachen, daß du dir vorstellst, es hätte in deinem Leben kein Buch gegeben; weder „Grimms Märchen" noch „Gullivers Reisen" noch „Wilhelm Meister" noch „Anna Karenina" hätten für dich je existiert. „Ich, ohne Bücher, bin nicht ich", schließt diese Betrachtung. Du suchst damit durch Überprüfung eigener Erfahrung ein sozusagen empirisches Argument gegen die zuvor – im Abschnitt „Lamento" – erörterte Befürchtung, in unserer Zeit könnten das Vordringen der Wissenschaften, entwickelter Nachrichtentechnik, Film, Funk und Fernsehen die Literatur, vielmehr die Prosa, funktionslos machen. Schließlich erinnere ich noch an den Abschnitt „Kleiner Entwurf zu einem Autor", in dem du den sozialen Status des „literarischen Einzelproduzenten" in unserer Gesellschaft besprichst, ihn von der Situation des Schriftstellers im Kapitalismus abgrenzt und gleichzeitig auf die moralischen Risiken verweist, mit denen die Daseinsweise eines vom Schreiben lebenden Menschen verbunden ist. Übrigens wird meiner Meinung nach über dieses Thema in unseren öffentlichen Literaturdiskussionen zuwenig gesprochen.

Christa Wolf: Das beginnt sich, wie du weißt, zu ändern, und zwar dadurch, daß Autoren in neueren Büchern ethische Fragen ihres Berufs zur Diskussion stellen:

Günter de Bruyn, Jurek Becker, Erwin Strittmatter, Anna Seghers . . .

Hans Kaufmann: Ist es ungefähr richtig, diese in dem Essay angestellten Überlegungen (andere, historische, literaturtheoretische, erkenntniskritische Fragen, die dort ebenfalls eine Rolle spielen, lasse ich beiseite) dahingehend zusammenzufassen, daß du die Überzeugung vom Sinn des Prosaschreibens überhaupt dem Zweifel aussetzen mußtest, um sie zu erhärten, und auf diesem Wege gleichzeitig eine spezifische, dir damals oder auch heute noch angemessen erscheinende Art zu schreiben als sinnvoll und notwendig zu begründen?

Christa Wolf: Ich kann nur über etwas schreiben, was mich beunruhigt. Als ich den Aufsatz „Lesen und Schreiben" verfaßte – es war 1968, „Nachdenken über Christa T." war seit einem Jahr beendet, aber noch nicht erschienen (aus ersten kritischen Äußerungen dazu konnte ich mir die Richtung der öffentlichen Kritik an diesem Buch vorstellen) –, damals also beunruhigte mich nicht etwas so Hochtrabendes und Allgemeines wie „das Schicksal des Romans". Der würde zweifellos auch ohne mich und unabhängig davon, was ich über ihn dachte, seinen Weg gehen. Ich sah auch keinen Anlaß, mich für irgend etwas zu rechtfertigen. Aber ich hatte das Bedürfnis, die Erfahrung aufzuarbeiten, die ich beim Schreiben dieses Buches gemacht hatte, indem ich sie zu artikulieren suchte und mich gleichzeitig fragte, was daran nur für den Einzelfall eines Buches bedeutsam, was verwendbar war für spätere Arbeiten. Insofern unterscheiden sich bei mir die einander ablösenden (oder einander durchdringenden) prosaistischen und essayistischen Äußerungen nicht grundsätzlich voneinander. Ihre gemeinsame Wurzel ist Erfahrung, die zu bewältigen ist: Erfahrung mit dem „Leben" – also der unvermittelten Realität einer bestimmten Zeit und einer bestimmten Gesellschaft –, mit mir selbst, mit dem Schreiben – das ein wichtiger Teil meines Lebens ist –, mit anderer Literatur und Kunst. Prosa und Essay sind unterschiedliche Instrumente, um unterschiedlichem Material beizukommen, zu verschiedenen, doch nicht einander entgegengesetzten oder einander ausschließenden Zwecken.

Und in jedem Fall, in jeder Gattung arbeitet man ohne Vorgabe. Man geht nicht in eine Arbeit wie der Igel in den Wettlauf mit dem Hasen mit dem tröstlichen Bewußtsein, daß des Igels Frau am Ziel hocken und krächzen wird: Ick bün all doar! – Ob sich mir der Sinn des Prosaschreibens erhärten würde, wußte ich nicht, als ich anfing, die Gattung „Prosa", nachdem ich sie mir definiert und als die mir am meisten gemäße Ausdrucksform erkannt hatte, einem Test zu unterwerfen: ob sie eigentlich zeitgemäß ist oder es wenigstens sein kann. (Ich gebe zu, auf Dauer stand nicht in Frage, daß ich weiter schreiben würde, wie immer der Test ausfiele – nur vielleicht anders als vorher.) Zu einer derartigen Befragung gehört eine gewisse Schonungslosigkeit, auch gegenüber feststehenden, einem selbst liebgewordenen Axiomen, deren eines besagt, ein sozialistischer Autor habe sich über den Bestand des Romans keine Sorgen zu machen, er solle diese Sorgen seelenruhig den Kollegen überlassen, die sich, eingespannt in den kapitalistischen Literaturbetrieb, mit den Endprodukten des bürgerlichen Romans herumschlagen müssen.

Warum eigentlich? Da ich doch als Leser unter unseren Romanen selten einen finde, der mich trifft? Da ich doch stark befürchte, daß unsere Prosaliteratur die Lebensprobleme vieler Menschen, ganzer Schichten in unserem Land gar nicht zur Sprache bringt? Dabei: Gut Geschriebenes, sauber Gearbeitetes, kunstvoll Gemachtes finde ich immer häufiger. Aber ein Buch, das mich brennen würde, wie das Leben mich brennt – das nicht.

Da aber beginnen und enden alle Diskussionen über Leben und Tod des Romans. Soll er doch sterben, wenn er nicht mehr fertigbringt, mich aufzuregen! – Gerade die Abschnitte in dem Aufsatz, die du erwähnst, untersuchen ja, unter welchen Bedingungen die Gattung

Prosa am Leben bleibt – auch, indem sie Territorien benennen, die sie im Laufe ihrer historischen Entwicklung „verloren" hat. Nun ist aber die Geschichte der Kunst keine Geschichte von Kriegen, ihre Verluste und Gewinne lassen sich mit einem Generalstabsvokabular nicht beschreiben, ihr Terrain bemißt sich nicht nach Quadratmeilen, und es gibt keine Apparaturen, ihre Wirkungen zu registrieren. Auf diese einfachen und unbestreitbaren Einsichten reagieren Autoren meiner und der folgenden Generation merkwürdigerweise mit schlechtem Gewissen. Das äußert sich spätestens in der Art und Weise, wie sie sich verteidigen (eine mir wohlbekannte Art und Weise übrigens), indem sie nämlich den falschen Denkansatz ihrer Angreifer übernehmen, beteuern, sie wollten dasselbe wie jene (was ja nicht stimmt), und ihre Nützlichkeit gerade in Bereichen zu beweisen suchen, in denen Literatur nichts verloren, daher auch nichts zu leisten hat. So wollte ich also in dem Aufsatz nebenbei auch noch meine Meinung darüber ausdrücken, was Prosa kann und soll.

Hans Kaufmann: Können wir hier etwas Biographisches einschalten? – Einem Brief, den dir Louis Fürnberg 1956, ein Jahr vor seinem Tode, schrieb, entnehme ich, daß du ihm deine Absicht, künstlerisch zu arbeiten, gestanden und zugleich Skrupel und Zweifel geäußert hast. Fürnberg hat dich leidenschaftlich zu ermutigen versucht (vgl. Fürnberg-Lesebuch). Kannst du etwas über die Beweggründe und Anlässe sagen, die dich zur künstlerischen Produktion veranlaßten?

Christa Wolf: Ich habe schon lange „geschrieben", früher meist Tagebücher, aber auch Märchen, „Erzählungen", sogar Entwürfe zu „Stücken". Das Studium der Germanistik hat mich – so sehe ich es heute – zunächst irritiert und in eine kritisch-theoretische Richtung gedrängt: ich schrieb Literaturkritiken. Vielleicht war mir eine gewisse Unmittelbarkeit im Kontakt mit der Realität abhanden gekommen, auch die Unbekümmertheit, die ja doch auch in dem wahnwitzigen Entschluß steckt, dem Unmaß an Geschriebenem nun auch ein eigenes Scherflein noch beizusteuern. Jedenfalls gab es starke Barrieren, die nur durch starke Erschütterungen durchbrochen werden konnten und einen Zwang zum Schreiben auslösten. – Louis Fürnberg war ein Mensch, der wunderbar ermutigen konnte, auch dann, wenn ihm eigentlich nichts Ermutigendes vorlag. Ich denke manchmal an ihn, wenn mir jemand, der zu schreiben anfängt, ein Manuskript zeigt. Übrigens scheint man Prosa heutzutage nicht in sehr jungen Jahren zu schreiben . . .

Hans Kaufmann: Zum Thema „Prosa". Gestatte zunächst eine philologische Fachsimpelei. Du nennst, Thomas Mann zitierend, den „Prosaautor" den „raunenden Beschwörer des Imperfekts". Thomas Mann nennt aber so den „Erzähler", den er in einem verhältnismäßig „traditionalistischen" Sinn versteht. Ist dieser Unterschied für dich belanglos? – Dann können wir die Frage fallenlassen. Ich vermute jedoch, daß du in deinem Essay absichtlich nicht von „Erzählliteratur", „Epik" oder dergleichen sprichst, sondern von der „Gattung Prosa". Du gibst für sie als allgemeines Merkmal an, daß sie von einzelnen verfaßt (dieses Schicksal teilt sie wohl mit der Masse der Lyrik, in beträchtlichem Maß auch mit der Dramatik) und von einzelnen gelesen werde (was sicher für die Prosaliteratur in besonderem Maß gilt). Nun hast du 1961 die „Moskauer Novelle" veröffentlicht, ein kleines Werk, das schon im Titel eine Genrebezeichnung führte; „Der geteilte Himmel" (1963) hieß eine „Erzählung"; dem Buch „Nachdenken über Christa T." (1968) hast du keine Genrebezeichnung gegeben. Trifft es zu, daß das Wort „Prosa" einerseits – nämlich soweit es um kritische Betrachtungen allgemeiner Art geht – mehr oder minder alle Arten erzählender Literatur erfassen soll, daß der Begriff aber andererseits – soweit er eine Zielvorstellung umreißt – eine sehr spezielle Darbietungsweise meint, die du nicht gern mit dem Wort „erzählen" verbinden möchtest, weil sie (vergleiche „Nachdenken über Christa T.") eine Verbindung von vergegenwärtigtem biographischem oder autobiographischem Detail, kritischer Erörterung und Dokumentation darstellt und eigentlich von der Reflexion her konstituiert ist?

Christa Wolf: Du hast recht: Ich merkte bei der Arbeit an dem Essay, daß der Unterschied zwischen „Erzähler" und „Prosaautor" für mich nicht belanglos ist. Nicht zufällig reibe ich mich an der gewiß bewundernswürdigen Formulierung vom „raunenden Beschwörer des Imperfekts", nicht ohne Grund mußte ich eine mir näherliegende Aussage, die meine eigene Schreiberfahrung aus früheren Arbeiten zu bestätigen schien, in Frage stellen: Ich meine Anna Seghers' Bemerkung: Was erzählbar geworden ist, ist überwunden. Ich hatte nämlich erfahren – ich kann wohl sagen: überraschend und gegen meinen eigenen beträchtlichen Widerstand –, was es bedeutet, erzählen zu müssen, um zu überwinden; hatte erlebt, daß der Erzähler (aber ist das Wort noch am Platze? der Prosaautor also) gezwungen sein kann, das strenge Nacheinander von Leben, „Überwinden" und Schreiben aufzugeben und um der inneren Authentizität willen, die er anstrebt, den Denk- und Lebensprozeß, in dem er steht, fast ungemildert (Form mildert aber immer, das ist ja eine ihrer Funktionen) im Arbeitsprozeß mit zur Sprache zu bringen, künstliche Kategorien fallenzulassen, Hohlformen, in die sich das noch rohe Material, durch den Autor fast schon unbewußt gelenkt, in erschreckender Zwangsläufigkeit ergießt.

Mache ich mich verständlich? Wie froh wäre ich, wenn man in meinen Überlegungen und Auskünften keinen Rückfall in irgendwelche Ekstasen, keine Ausflucht in unkontrollierbare Winkel des sogenannten künstlerischen Arbeitsprozesses sehen wollte. Aber der Durchbruch einer neuen, fast schon für immer verloren geglaubten Spontaneität war ein derart realer und befreiender Vorgang, daß ich wohl schlecht beraten wäre, wenn ich ihn geringschätzen oder gar ängstlich zurücknehmen würde. (Was ja einschließt, daß man selbst sehr bald imstande sein kann, das Kritikwürdige an dem Ergebnis dieses Arbeitsprozesses zu erkennen.)

Dabei weiß ich ganz gut, daß „innere Authentizität" keine literarische Kategorie ist, unter der sich jedermann etwas vorstellt, wie „positiver Held" oder „Konflikt" oder „das Komische" oder gar erst „die Fabel" – die übrigens früher die Bedeutung von „Gerede" hatte im Gegensatz zum „wahrheitsgetreuen Bericht". In diesem Sinne kann sie (muß vielleicht nicht: kann) ein Hindernis sein bei der Herstellung eben jener inneren Authentizität („Echtheit, Glaubwürdigkeit"), die man, so schwer sie genau zu bestimmen ist, jedem Stück Prosa sofort anmerkt und die jedenfalls jener positivistischen Haltung entgegengesetzt ist, welche den Autor und seinen Gegenstand voneinander trennt und einander gegenüberstellt: Der Autor, um seine Kunst vorzuführen, ist gehalten, sich eine Handlung zurechtzudrehen, eine Art Lasso, mit der er dann den bedauernswerten Gegenstand einzufangen und zu interpretieren sucht. Er, der Autor, kann zu Fuß oder beritten sein, ein tolpatschiger Cowboy oder ein Meister in seinem Fach, lässig oder fleißig – doch bleibt er, wenn er am Ende seinen Fang vorweist, derselbe, der er war. Von den Lesern aber wagt er zu hoffen, sie mögen sich durch die Lektüre seines Buches „verändern"!

Ein Freund riet mir neulich, mich nicht gegen die „Fabel" in eine Polemik zu verrennen, die genauso dogmatisch werden könnte wie ihre Verherrlichung. Da hat er recht: Das ist nicht der Kernpunkt des Streites. Jetzt laß mich vorsichtshalber Erasmus von Rotterdam zitieren: „Alles, was ich sage, sei Gespräch. Nichts davon sei ein Rat. Ich spräche nicht so kühn, wenn man mir folgen müßte." – Soll heißen: Von mir und allein für mich spreche ich, wenn ich bekenne, daß in jener Art zu schreiben ein Element von Unredlichkeit mir aufstieß und mich zunehmend störte: die fatale Möglichkeit des Autors eben, sich hinter seinem „Material", seinem „Thema", „Stoff", „Werk" zu verschanzen; ein Objekt aus ihm – dem Werk – zu machen, mit dem er nach Belieben umspringen kann (wodurch er auch mit seinen Lesern als mit Objekten umspringt); in das soundso viele Arbeitsstunden eingegangen sind, das technisch reproduzierbar und dann als Ware verkäuflich wird. (Diesen Warencharakter geistiger Arbeit wird eine entwickeltere sozialistische Gesellschaft in Frage stellen müssen.)

Nützlicher scheint es mir, das Schreiben nicht von seinen Endprodukten her zu sehen, sondern als einen Vorgang, der das Leben unaufhörlich begleitet, es mitbestimmt, zu deuten sucht; als Möglichkeit, intensiver in der Welt zu sein, als Steigerung und Konzentration von Denken, Sprechen, Handeln. Ein Vorgang, der auch gewisse Teil-Ergebnisse hervorbringt, die man drucken kann (und von denen – last not least – der Autor leben kann), materialisierte Zeugnisse einer Produktivität, die sich hauptsächlich nicht auf etwas Materielles, wohl aber auf etwas hoch Reales und Bedeutsames richtet: nämlich auf die Hervorbringung neuer Strukturen menschlicher Beziehungen in unserer Zeit.

Dies ist durchaus „eingreifende“ Schreibweise, nicht „subjektivistische“. Allerdings setzt sie ein hohes Maß an Subjektivität voraus, ein Subjekt, das bereit ist, sich seinem Stoff rückhaltlos (das sagt man so hin; jedenfalls so rückhaltlos wie möglich) zu stellen, das Spannungsverhältnis auf sich zu nehmen, das dann unvermeidlich wird, auf die Verwandlungen neugierig zu sein, die Stoff und Autor dann erfahren. Man sieht eine andere Realität als zuvor. Plötzlich hängt alles mit allem zusammen und ist in Bewegung; für „gegeben“ angenommene Objekte werden auflösbar und offenbaren die in ihnen vergegenständlichten gesellschaftlichen Beziehungen (nicht mehr jenen hierarchisch geordneten gesellschaftlichen Kosmos, in dem Menschenpartikel auf soziologisch oder ideologisch vorgegebenen Bahnen sich bewegen oder von dieser erwarteten Bewegung abweichen); es wird viel schwerer, „ich“ zu sagen, und doch zugleich oft unerläßlich. Die Suche nach einer Methode, dieser Realität schreibend gerecht zu werden, möchte ich vorläufig „subjektive Authentizität" nennen – und ich kann nur hoffen, deutlich gemacht zu haben, daß sie die Existenz der objektiven Realität nicht nur nicht bestreitet, sondern gerade eine Bemühung darstellt, sich mit ihr produktiv auseinanderzusetzen.

Übrigens: Ich rede nicht von „Wahrhaftigkeit", wenn ich „Authentizität" sage – das heißt, ich moralisiere nicht. Wahrhaftigkeit muß vorausgesetzt werden, ohne sie gibt es überhaupt keine Literatur. Das gilt unerbittlich und in einem weiten Sinn: auch sich künstlich blind und unwissend halten und aus einem begrenzten Gesichtskreis heraus „wahrhaftig" sein wollen, mißlingt zum Provinzialismus. Auch der Rückzug, der zu verhindern sucht, daß die Brennpunkte der Epoche sich mit den eigenen inneren Brennpunkten decken, bringt die Produktivität zum Welken und fördert Kunstgewerbliches, dem nichts Übles nachzusagen ist, außer daß niemand seine Notwendigkeit spürt – auch und vor allem nicht sein Produzent.

Hans Kaufmann: Ich möchte gern auf den Begriff der Erfahrung zurückkommen. Natürlich sehe ich auch, daß der Künstler nicht beliebige Dinge oder Vorgänge gestalten kann, zu denen er keine Beziehung hat, daß er als besonderer Mensch ein persönliches Weltverhältnis im Werk vergegenständlicht und keine subjektlose Welt hinstellt. Auf etwas Ähnliches zielst du, wenn du auf die Erfahrung pochst. Auf der anderen Seite ist nicht zu übersehen, daß der Begriff dehnbar und verschwommen und deshalb philosophisch nicht viel wert ist. Es liegt immer die Gefahr nahe, daß „Erfahrung" empiristisch verstanden oder mißverstanden wird – in dem Sinne, daß man sich allein auf das beruft, was die sinnlich greifbare Umwelt dem Individuum vermittelt. Deshalb will ich daran erinnern, daß man in der Literatur um die Jahrhundertwende zu entdecken begann, daß die ausschlaggebenden Determinanten des individuellen Lebens nicht oder nicht mehr von der (empirischen) Erfahrung her ins Bild zu setzen sind, daß sie, wie Rilke hilflos sagte, „im Unsichtbaren" liegen. Brecht gab später der Diskussion die entscheidende realistische Wendung, wenn er gegen das „Milieu" ankämpfte und an dessen Stelle den „sozialen Kausalnexus" gesetzt wissen wollte. Gesamtgesellschaftliche, sich der sinnlichen Erfahrung nicht darbietende, aber höchst reale Faktoren sind einzubeziehen, um die Dialektik von Determination und Handlungsmöglichkeit des Menschen bewußt zu machen. (In diesem, aber vor allem in diesem Sinn ist auch die Abgrenzung vom Realismus des 19. Jahrhunderts berechtigt und notwendig.) Anders wird, denke ich, auch heute – bei einem in mancher Hinsicht veränderten, aber nicht außer Kraft gesetzten Kausalnexus – die Individualität in ihrer Wirklichkeit und ihren Möglichkeiten nicht zu fassen sein.

Christa Wolf: Dein Einwurf betrifft einen so zentralen Punkt, daß wir ihn deutlich herausarbeiten müssen, gerade wenn er zwischen uns strittig bleiben sollte. – Offenbar fürchtest du bei meinem „Pochen auf Erfahrung" doch ein Hereinlassen des Idealismus durch die Hintertür: Hier stehe ich, ich kann nicht anders, Gott helfe mir, amen. So will ich der Deutlichkeit halber ausdrücklich wiederholen, was ich öfter – auch in „Lesen und Schreiben" – gesagt habe: daß die marxistische Philosophie zu meinen Grund-Erfahrungen gehört und sowohl die Auswahl als auch die Bewertung neuer Erfahrungen entscheidend mitbestimmt; daß ein Autor in Zeiten, in denen er seine Lebensweise frei wählen kann, eine Verantwortung für den Inhalt seiner Erfahrung hat; und daß aus Erfahrung schreiben nicht bedeutet: sich immer nur selbst beschreiben (obwohl meist auch Selbstbeschreibung mit einfließen wird und soll). Das heißt: Es bedeutet alles das eben nicht, was man „schrankenlosen Subjektivismus" zu nennen pflegt und was anstatt zu einer Erhellung der Realität – von welcher der Autor ein Teil ist – zu ihrer Verschleierung führen kann.

Aber: Ist dir schon einmal bewußt geworden, welch

hemmungslosen Subjektivismus alle jene Empfehlungen ausstrahlen, die dem Autor zumuten, von Wunschbildern und Konstruktionen anstatt von seiner Erfahrung auszugehen? – Nein: Es geht immer noch und immer mal wieder um den Realismus, und immer noch muß um ihn gekämpft werden. Und dieser Kampf, der Brecht zu seiner Zeit (und für eine gewisse Periode) veranlaßte, die sozialen Bindungen zu betonen, in denen das Individuum steht und die Wechselwirkung zwischen diesen sozialen und individuellen Faktoren (eine Hervorhebung, zu der ich keinen Widerspruch habe): dieser Kampf bringt es mit sich, daß wir heute – denn ich bin es nicht alleine – mit einem gewissen Genuß, der dich vielleicht gerade bedenklich stimmt, auf eine so lange verkannte, unterschätzte, ja verdächtigte Kategorie pochen, wie es eben „Erfahrung“ ist; daß wir die Binsenweisheit nicht scheuen, die da lautet: nicht die „Welt“, die „Realität“ oder ein ähnlich unendliches und mir nicht faßbares Ding kann von dem Autor „schöner“ Literatur beschrieben werden: Er ist kein Naturwissenschaftler, und die Literatur ist kein Zweig der Philosophie. (Anna Seghers: „Der Schriftsteller, eigenartige Umschlagstelle vom Objekt zum Subjekt und wieder zum Objekt.“) Das Reservoir, aus dem er schreibt, ist seine Erfahrung, sie vermittelt zwischen der objektiven Realität und dem Subjekt Autor, und es ist hoch wünschenswert, daß es sich um gesellschaftlich bedeutsame Erfahrung handle, deren Determinanten nicht „im Unsichtbaren“ liegen.

Etwas anderes könnte ich nicht sagen, selbst wenn „Erfahrung“ in der Philosophie ein derart suspekter Begriff wäre, wie du annimmst; das würde nicht gegen die Verwendung dieses Begriffes auf einem Arbeitsgebiet sprechen, das sich unter anderem gerade durch sein subjektives Moment von Naturwissenschaft und Philosophie unterscheidet (eben darin lag und liegt ja ein Kernpunkt des Streites zwischen marxistischen Autoren und ihren marxistischen Kritikern seit nun schon über vierzig Jahren). Jedoch: Die Naturwissenschaften und jene marxistischen Philosophen, die sich mit Naturwissenschaften beschäftigen, nehmen ja die Kategorie „Erfahrung“ wieder sehr ernst. In der Molekularbiologie zum Beispiel steht die Frage, ob ein molekulares System „Erfahrungen“ sammeln, das heißt lernen könne, im Brennpunkt der Diskussion.

Fürchte nicht, daß ich den Vergleich zwischen den Regulationsmechanismen der bewußtseinslosen, an biologische Gegebenheiten gebundenen Zelle und den Lernprozessen des bewußt in geschichtlichen und gesellschaftlichen Zusammenhängen lebenden Individuums strapazieren will. Aber gerade die historische Bedingtheit, mit der jeder Autor heutzutage wohl vertraut sein sollte, zwingt ihn, nach dem Handlungsspielraum von Individuen zu fragen: zum Beispiel nach ihrer Verantwortung und Schuld am Nichthandeln in extremen Terrorzeiten. Gerade Brecht hat von dem „Prüffeld gesellschaftlicher Kausalität“ gesprochen – ein Feld, in dem Kräfte wirken, und eine von ihnen sei das Individuum, das nicht durch die Beschreibung objektiv-ökonomischer Faktoren (die es vollständig zu determinieren scheinen) gelähmt werden dürfe. – Wenn Brecht den Akzent für seine Untersuchungen zeitweise stärker auf die Herausarbeitung der sozialen Determinanten, heutige marxistische Autoren ihn stärker auf die Erforschung der Rolle des Individuums in diesem „Kausalnexus“ legen – sollte man nicht auch dies mit Hilfe historisch-materialistischen Denkens erklären können?

Hans Kaufmann: Die Auseinandersetzung mit dem Faschismus hat aus naheliegenden Gründen in der gesamten Entwicklung der DDR-Literatur eine wichtige Rolle gespielt. Wenn jetzt nicht nur Schriftsteller der älteren und mittleren Generation, sondern auch solche, die zur Zeit der Befreiung noch Kinder waren, über den Faschismus schreiben, welche Beweggründe kann es dafür geben, und welche Bedeutung für den heutigen Leser kann dies haben, welche für uns heute wesentlichen neuen Momente dieses Themas sind da literarisch zu entdecken?

Christa Wolf: Diese Frage hängt für mich eng mit den vorigen zusammen, weil ich mich gerade mit – ja, soll ich nun sagen: dem „Thema Faschismus"? – auseinandersetze. Wir müssen uns nur selbst beobachten: Eine Vergangenheit wie diese kommt in Wellen über uns, wenn wir ihr nicht einen Riegel in uns vorgeschoben haben (was eine häufig geübte Abwehrmaßnahme ist). Aber kein Mensch kann den Wirkungen entgehen oder sich von den Einflüssen trennen, die von seiner Kindheit und Jugend her in sein späteres Leben dringen – auch und gerade, wenn diese Kindheit unter Einflüssen stand und Verhaltensweisen in ihm erzeugt hat, die er am liebsten vergessen und leugnen möchte, zuerst vor sich selbst. Es ist ein großes Thema, den Reifeprozeß dieser meiner Generation zu verfolgen, auch die Gründe zu suchen, wenn er ins Stocken kam. Für diejenigen, die in der Zeit des Faschismus aufwuchsen, kann es kein Datum geben, von dem ab sie ihn als „bewältigt" erklären können. Die Literatur hat dem Vorgang nachzugehen, was heißen kann: ihm voranzugehen, ihn vielleicht mit auszulösen: Eine immer tiefere, dabei auch immer persönlichere Verarbeitung dieser im Sinn des Wortes ungeheuren Zeit-Erscheinung.

Übrigens fällt das sehr schwer, und gerade dieser Widerstand (den auch die Beobachtung signalisiert, daß bestimmte mit unserer Kindheit zusammenhängende Themen in Gesprächen fast niemals berührt werden) deutet darauf hin, wie radioaktiv dieser Stoff noch ist. Haben wir uns nicht vielleicht deshalb angewöhnt, den Faschismus als ein „Phänomen" zu beschreiben, das außerhalb von uns existiert hat und aus der Welt war, nachdem man seine Machtzentren und Organisationsformen zerschlagen hatte? Haben wir uns nicht eine Zeitlang Mühe gegeben, ihn als Vergangenheit an „die anderen" zu delegieren, um uns selbst allein auf die Tradition der Antifaschisten und Widerstandskämpfer zu berufen? (Auch das ließe sich, glaube ich, in den verschiedenen Stadien der literarischen Behandlung dieses Themas nachweisen – besonders deutlich, wenn man Film- und Fernsehdramatik mit heranzöge.) Dabei hören wir immer häufiger von jungen Menschen, sie verstünden „trotz allem" nicht, wie Leute wie wir, ihre Eltern, in dieser Zeit leben und vielleicht nicht einmal vom Gefühl eines andauernden Unglücks niedergedrückt sein konnten, und: wie wir danach weiterleben konnten. „Trotz allem" – das heißt: trotz aller Bücher, die sie darüber lesen, trotz aller Filme, die sie gesehen haben, trotz aller Belehrung im Geschichtsunterricht über die Voraussetzungen für die Machtergreifung eines Hitler. Aber sie haben ein Recht, das zu verstehen, und wir haben die Pflicht, ihnen etwas darüber zu sagen – soweit wir können.

Ich will hier nur andeuten, daß ein solches Vorhaben – abgesehen wieder von mehr psychologischen Schwierigkeiten, die ihm entgegenstehen und die anscheinend erst nach so vielen Jahren überhaupt überwindbar sind – auch methodische Probleme aufwirft. Wieder geht es darum, eine Schreibweise zu finden, die den höchsten Grad an Realismus für diese spezielle Unternehmung ermöglicht, am besten erzwingt: daß Gegenwart und Vergangenheit – wie sie es in uns Menschen ja andauernd tun – auch auf dem Papier sich nicht nur „treffen", sondern aufeinander einwirken, in ihrer Bewegung aneinander gezeigt werden können. Man muß also Schreibtechniken finden (und zu erkennen geben, daß und warum man sie sucht), die es fertigbringen, die fast unauflösbaren Verschränkungen, Verbindungen und Verfestigungen, die verschiedenste Elemente unserer Entwicklung miteinander eingegangen sind, doch noch einmal zu lösen, um Verhaltensweisen, auf die wir festgelegt zu sein scheinen, zu erklären und womöglich (und wo nötig) doch noch zu ändern. Es ist ein ziemlich anstrengendes Unterfangen.

Hans Kaufmann: Mir ist aufgefallen, daß in einigen neueren Büchern Geschichten aus früheren Jahren, zum

Beispiel aus der Zeit vor oder um 1945, mit Talent erzählt werden, während es den gleichen Autoren offenbar schwerer fällt, das Wechselverhältnis von Handlungsbedingungen und -möglichkeiten realer Menschen in der Gegenwart zu zeigen. Das Individuum, dessen wachsende Bedeutung theoretisch heftig proklamiert wird, bleibt eigentümlich blaß und schemenhaft. Parallel damit beobachte ich, daß in poetologischen Äußerungen, in Sentenzen und dergleichen bei dem Versuch, die eigene Situation und das eigene Schaffen begrifflich zu fassen, Elemente idealistischen Philosophierens auftreten (und zwar bei Schriftstellern, deren sozialistische Überzeugung nicht in Frage steht). Auch bei dir, meine ich, gibt es so etwas. Ich frage mich, ob nicht beide Momente damit zusammenhängen, daß es Schwierigkeiten bereitet, die eigenen, nicht selten mit Konflikten, auch mit Enttäuschungen und Krisen verbundenen Erfahrungen zur Gesamtsituation und -entwicklung in Beziehung zu setzen. Natürlich ist das nicht nur eine Angelegenheit des einzelnen, es hängt – darauf komme ich gleich – mit dem Selbstverständnis unserer Gesellschaft zusammen. Dennoch ist es nicht unwichtig, in welchem Maß und in welcher Weise der einzelne sich dessen bewußt wird; ob er sich das Ziel stellt, die Krisenmomente historisch konkret, in ihrer wirklichen Beschaffenheit vor Augen zu führen, oder ob er das nicht vermag oder gar nicht darauf ausgeht. Wo dies – aus welchen Gründen immer – nicht gelingt, kommt es teils zu jener eigentümlichen Leere, wenn es um die letzten Jahre geht, teils zu jenen Selbstinterpretationen mit idealistischem Einschlag. (Ich rede, nebenbei bemerkt, von einigen auffälligen Erscheinungen, nicht etwa von der Gesamttendenz unserer gegenwärtigen Literaturentwicklung.)

Christa Wolf: Mit Vergnügen höre ich dich über „Erfahrung" und die Bedeutung reden, die die individuelle Bewältigung von Erfahrung hat ... Im übrigen hast du wohl recht: Vermeidung von Widersprüchen wird auch in der Literatur diese Leere erzeugen, weil ja nichts Konkretes mehr wirklich bewegt und nur Scheinbewegungen behauptet werden.

Hans Kaufmann: Worauf ich hinauswill, ist, daß die Erfahrung, um bewältigt zu werden, ergänzt werden muß. Auf dem VIII. Parteitag und danach wurde eine wichtige theoretische Arbeit geleistet, um – in Übereinstimmung mit den Hinweisen von Marx und Lenin über die Phasen des Kommunismus – die entwickelte sozialistische Gesellschaft und ihren historischen Standort zu bestimmen. Wir haben, scheint mir, noch zuwenig darüber nachgedacht, welchen Gewinn dieser „Realismus" in der wissenschaftlichen Selbstverständigung und in der politischen Praxis, von dem Erich Honecker in diesem Zusammenhang sprach, für den Realismus in der Literatur erbringen kann. Beispielsweise ist für die Art und Weise, in der im Kunstwerk das Verhältnis von Ideal und Wirklichkeit in Erscheinung tritt, die Einschätzung der Entwicklungsetappe, in der wir leben, wesentlich, ja maßgebend. Im Rahmen einer Vorstellung und Praxis, die den Sozialismus als in sich abgeschlossene Gesellschaftsformation betrachten und behandeln, hat das Kritikwürdige, auf das nicht nur der Schriftsteller, aber auch er, unvermeidlich bei der Beobachtung und Bewältigung unseres Lebens stößt, keinen historischen Stellenwert, sondern kann nur als rein zufällig, abnorm, untypisch angesehen werden. Oder es wächst – als spontane Reaktion darauf – die Versuchung, jeden Stein des Anstoßes als „Gegenbeweis" zu dem zu betrachten, was die Gesellschaft ihrer Definition nach ist. So oder so wird die Dialektik der gegenwärtigen Entwicklung verfehlt. Ideal und Wirklichkeit erstarren dann leicht zu einer ewigen Antinomie, die emotional, moralisch und ästhetisch aufgeladen wird.

Eine ganz andere Art, die einzelne Erscheinung in ihrer allgemeinen Bedeutung zu sehen und zu werten, ergibt sich, wenn wir unsere Gesellschaft entsprechend dem Entwicklungsgrad der Produktivkräfte und Produktionsverhältnisse sowohl (dies vor allem) in ihrer Offenheit zum Kommunismus hin als in jenen Momenten sehen, in denen der im Prinzip überwundene Klassenantagonismus noch seine Schatten auf uns wirft. Die Spannung von Ideal und Wirklichkeit löst sich auch dann gewiß nicht in Harmonie auf. Sie verhilft vielmehr zum Verständnis der geschichtlichen Bewegung, wird damit zu einer subjektiven Triebkraft und so ein Element dieser Bewegung selbst. Die vom Standpunkt sozialistischer Ziele negativ zu bewertende Erscheinung fällt nicht aus dem „System" heraus, verliert ihren abnormen, monströsen, letztlich unerklärbaren Charakter, sondern wird geschichtlich relativiert und dadurch in ihrer Überwindbarkeit kenntlich. Die Steine des Anstoßes können in ihrer relativen allgemeinen Bedeutung begriffen werden, ohne den Charakter eines abstrakt Allgemeinen, einer dem subjektiven „guten Willen" entgegenstehenden „schlechten Wirklichkeit" anzunehmen. Könnte dann nicht auch das Bedürfnis entfallen, den manchmal komplizierten eigenen Erfahrungen in Anspielungen, Antithesen, Allusionen und Gleichnissen eine bisweilen problematische Allgemeingültigkeit zuzusprechen? Vielleicht sollten wir mit Heinrich Heine sagen:

Laß die heil'gen Parabolen,
Laß die frommen Hypothesen,
Suche die verdammten Fragen
Ohne Umschweif uns zu lösen.

(das war ein langer Exkurs von mir, es soll der einzige in diesem Gespräch bleiben.)
Christa Wolf: Meinen Respekt vor Heine, dem ich allerdings gerne ein paar von unseren „verdammten Fragen" aufblättern würde, um dabei seine Physiognomie zu beobachten ... Im übrigen leugne ich das Problem nicht, das du andeutest, und es ist mir seit längerem, manchmal bis zur Verzweiflung, bewußt. „Die Furcht vor der Abweichung wirkt entrealisierend" – da hat Anna Se-

ghers schon vor fünfunddreißig Jahren in ihrem hochaktuellen Briefwechsel mit Georg Lukács recht gehabt. Ja, es ist wahr: Wenn man über längere Zeit daran gehindert wird, es öffentlich zu tun, kann man überhaupt verlernen, die – verdammten oder nicht verdammten, jedenfalls bedeutsamen – Fragen, die keineswegs immer gleich „zu lösen" sind, wenigstens ohne Umschweif zu stellen, und sei es zunächst nur sich selbst. Das betrifft nicht nur die Literatur, aber sie trifft es im Kern. Der Mechanismus der Selbstzensur, der dem der Zensur folgt, ist gefährlicher als dieser: Er verinnerlicht Forderungen, die das Entstehen von Literatur verhindern können, und verwickelt manchen Autor in ein unfruchtbares und aussichtsloses Gerangel mit einander ausschließenden Geboten: daß er realistisch schreiben soll zum Beispiel und zugleich auf Konflikte verzichten; daß er wahrheitsgetreu schreiben soll, aber sich selbst nicht glauben, was er sieht, weil es nicht „typisch" sei. Ein Autor, der sich dieses Vorgangs nicht schärfstens bewußt bleibt und sein eigener unerbittlichster Kontrolleur ist, wird nachgeben, ausweichen, anfangen zu „wischen": das kann er im Zeitroman so gut oder so schlecht wie in der Parabel oder der Utopie – die Gattung macht es nicht.

Es ist nicht unnütz, auch heute noch darüber zu reden: Eingeschliffene Mechanismen wirken nach, und nicht umsonst fragte Volker Braun neulich nach unseren „Reserven an Realismus" . . . Woran denkst du bei mir, wenn du von Elementen idealistischen Philosophierens sprichst?

Hans Kaufmann: Ich halte es für möglich – aber ich bitte, das als Frage zu verstehen, nicht als Behauptung –, daß die Art, auf den Faschismus und seine Nachwirkungen in unserer Generation zurückzublenden, Wurzeln in den von mir zuvor genannten ungelösten Problemen der letzten Jahre hat, und ich habe den Verdacht, daß sich da Elemente „geistesgeschichtlicher" Betrachtung einschleichen. Aber vielleicht sollten wir diese Frage, die

ein im Entstehen begriffenes, mir also noch unbekanntes Buch betrifft, lieber weglassen?
Christa Wolf: Warum? – Versuchen wir, deinen Bedenken und Einwänden auf den Grund zu gehen. Vielleicht kann ich sie durch genauere Formulierung mildern oder entkräften, ohne daß ich im voraus zuviel über meine gegenwärtige Arbeit sagen muß. Die Fragen sind allgemein genug gestellt.

Du vermutest so etwas wie „Geistesgeschichte" bei meiner Behandlung des Themas Faschismus, einen bloßen Bezug auf psychologische, moralische Bewußtseinsvorgänge, und möchtest davor warnen, daß man den eigentlichen Sachverhalt hinter ihnen verschwinden läßt. Ich stimme dir darin zu, daß dies nicht geschehen darf. Nun hat es aber ein Autor, der heute über den Faschismus schreibt, bereits mit einem anderen Sachverhalt zu tun als die antifaschistischen Schriftsteller in der Emigration oder kurz nach dem Krieg: Die Zeit – unsere Lebenszeit seitdem – gibt jeder, besonders aber dieser Periode unserer Geschichte fortlaufend eine neue Dimension, so daß der Sachverhalt, der sich mir als Stoff anbietet, nicht mehr ist: Faschismus (seine sozialökonomischen Wurzeln, die Eigentumsverhältnisse, aus denen er entstehen konnte usw.), sondern: die Struktur der Vergangenheitsbeziehungen meiner Generation, das heißt: Bewältigung der Vergangenheit in der Gegenwart. Das ist etwas ganz anderes, als ein allerdings wirklich unzulässiges Analogisieren es wäre. Ich denke nicht daran, Schwierigkeiten in der literarischen Bewältigung der Gegenwart ersatzweise dadurch zu „überwinden", daß ich sie – reale, aus einer konkreten gesellschaftlichen Situation entstandene Widersprüche – in allgemeine psychologische Kategorien auflöse und in ihnen verstecke.

Das Gegenteil ist der Fall: Die historisch konkrete Behandlung der Vergangenheit soll mir einen Zugang zur Gegenwart eröffnen. 1953 schreibt Brecht: „Wir haben allzu früh der unmittelbaren Vergangenheit den Rücken zugekehrt, begierig, uns der Zukunft zuzuwenden. Die Zukunft wird aber abhängen von der Erledigung der Vergangenheit.“ Vielleicht wirst du mit mir darin übereinstimmen, daß Brechts Überlegung über die dialektische Beziehung zwischen Vergangenheit und Zukunft heute noch genauso zutrifft.

Hans Kaufmann: Nicht genau wie 1953, was das Verhältnis zum deutschen Faschismus angeht. Unveränderte Bedeutung hat der Schlußsatz, zweifellos.

Christa Wolf: Mir jedenfalls wurde im täglichen handelnden und reflektierenden Umgang mit diesen Problemen und vor allem mit den Menschen, die die Probleme schaffen – darunter auch mit mir selbst –, ganz unabhängig natürlich von diesem Brechtzitat, die Lücke in der „Erledigung der Vergangenheit“ sehr fühlbar. Was unsere Generation erlebt hat, wird nie wieder eine Generation erleben: in der einen Gesellschaft aufzuwachsen, erzogen, geprägt zu werden und in der anderen – in unserer – die Möglichkeit zu einer an die gesellschaftlichen Wurzeln gehenden Kritik und Selbstkritik zu haben, zum Denken, Verstehen, Handeln zu kommen, dabei in neue, gewiß nicht einfache Widersprüche und Konflikte gestellt zu sein, mehr: diese Widersprüche selbst mit herzustellen und an ihrer Überwindung mitzuarbeiten, und dabei doch Verhaltensmuster nicht verleugnen zu können, die Kindheit und Jugend bestimmten. Wenn das kein widersprüchliches Kontinuum ist! Aber eben doch ein Kontinuum, denn es ist ein und derselbe Mensch, der das alles erfahren hat – aber ist er es noch? Die Stunde Null jedenfalls, die ihn zu einem anderen machte, hat es nie gegeben . . .

Das ist wohl unser Thema „Faschismus“. Und sollte es nicht zulässig, ja geboten sein, sich ihm ernsthaft zu stellen und dabei ruhig vorauszusetzen, was an Literatur mit anderer Fragestellung dazu schon geschrieben ist und seinen Wert und seine Gültigkeit behält? Das heißt: von den Leistungen der vorigen Generation, deren beste man klassisch nennen kann, ausgehen und sie nicht zu wiederholen suchen? Auch ausgehen von den ökonomischen, historischen Analysen, die unsere Kinder in der Schule lernen und die für uns damals Offenbarungen waren?

Ich glaube nicht, daß mein Bezugspunkt zu diesem Thema meine privaten Gefühle oder gar Ressentiments sind; vielmehr scheint es mir ein elementares gesellschaftliches Interesse zu sein, den fast verlorengegangenen Bezug zwischen diesem Abschnitt unserer persönlichen Geschichte und der Gegenwart wiederherzustellen. Da wird man zwar auch über Eigentumsverhältnisse reden, wird sich aber nicht scheuen, auch psychische Mechanismen zu untersuchen. Wird die so durch und durch „bekannte" Geschichte noch einmal mit einem großen Staunen und – das kann ich bezeugen – mit großem Erschrecken angehn. Wird Scheintotes wieder beleben, zum abstrakten Phänomen Versteinertes aufbrechen müssen. „Historisieren" heißt überraschenderweise hier einmal nicht: „verfremden", sondern: diese historische Periode, weggeschoben und in ein Kampffeld anonymer gesellschaftlicher Kräfte verwandelt, wieder heranzurücken, die agierenden oder nicht agierenden Individuen – uns – noch einmal sichtbar zu machen und auf ihre Motive, ihre Verantwortlichkeit zu befragen ... Geistesgeschichte? Mitnichten. Aber entschiedene Bejahung des „eingreifenden Denkens", das wiederum Brecht schon 1933 forderte: „Notwendigkeit einer Kritik des Faschismus als eines Komplexes von Verhaltensweisen durch das eingreifende Denken. Kritik auch der Vorstellungen, wo sie eingreifende Verhaltensweisen darstellen." Und: Antwortversuch auf die neuen, neuartigen Fragen eines neuen, in einer anderen historischen Umgebung lebenden Publikums.

Hans Kaufmann: Mit Gerhard Wolf zusammen hast du ein Drehbuch zu einem Film über Till Eulenspiegel geschrieben. Eulenspiegel ist darin in die Kämpfe am Vorabend des deutschen Bauernkrieges versetzt. Im Volksbuch ist das bekanntlich anders. Dort scheint die mittelalterliche Ständegesellschaft stabil, und der Held wirkt als vorweggenommenes bürgerliches Individuum, weil er sich als einzelner radikal aus ihr ausgliedert, praktisch und geistig (Gott, das Jenseits, sein Seelenheil existieren für Eulenspiegel nicht). Auch von dieser Seite her wäre eine zeitgemäße Sicht auf den berühmten Schelm denkbar. Dir ist jedoch die – im Verlauf der Handlung mehrmals wechselnde, widerspruchsvolle – Beziehung dieser Gestalt zum Bauernkrieg wichtig, den Marx „die radikalste Tatsache der deutschen Geschichte" nannte. Wenn wir davon ausgehen, daß man heute als „radikalste Tatsache der deutschen Geschichte" die Errichtung einer sozialistischen Gesellschaft auf deutschem Boden ansehen kann, so deutet sich der tiefgreifende Bezug beider Zeitalter an.

Christa Wolf: Ganz sicher kann man den Till Eulenspiegel in verschiedene Zeiten legen (von Brecht gibt es eine Konzeption, die den alternden Eulenspiegel in die Zeit nach dem Bauernkrieg versetzt, eine Figur, die die Geschlagenen und Enttäuschten sammelt und ermutigt). Man könnte ihn auch zeitlos sehen: der Narr (als Rolle, als Funktion) im Räderwerk der Geschichte . . . Uns interessierte von Anfang an eine Gestalt, die, aus naiven, gläubigen Anfängen sich durch Lebenserfahrung herausarbeitend, am Ende die Machtverhältnisse und Konventionen ihrer Zeit durchschaut und, bis auf den Grund ernüchtert, aber nicht resigniert, mit ihnen umzugehen, ja zu spielen weiß. Eine Vorläufer-Figur, beileibe kein Revolutionär. „Damit die bestehenden gesellschaftlichen Verhältnisse angetastet werden konnten, mußte ihnen der Heiligenschein abgestreift werden", sagt Friedrich Engels im „Deutschen Bauernkrieg". Genau das ist aber das Metier des Narren, und die ins Wanken geratenen Ordnungssäulen dieser Zeit – Kirche, Ständeordnung, Zunftwesen usw. – geben dem Außenseiter, der er ja ist, reichlich Gelegenheit, sich zu betätigen. Übrigens sind wir nicht in penibler Weise historisch getreu vorgegangen, Gestalt und Zeithintergrund tragen auch legendäre Züge . . .

Ein historischer Stoff, der für mich nicht während der Arbeit einen Zeitbezug hätte, würde mich langweilen. Da war zuerst die ursprüngliche Vermutung: dieser Mann, wie wir ihn gleich sahen, geht uns etwas an. Ich hatte ein Gesicht vor Augen, das im Wechsel der Lebensalter härter, aber auch menschlicher wird, und Haltungen eines Menschen, der es lernt, unter schwerem Druck und in schwerer Bedrängnis souverän seine Mittel einzusetzen – nicht nur, um sich zu wehren, sondern um den Raum für reale Freiheiten für sich und seinesgleichen (er ist ja Plebejer) zu erweitern. Uns reizt diese Volksfigur, dieser intelligente, schlaue Bursche, der auch im übertragenen Sinn auf dem Seil tanzt. Übrigens ist ja die Renaissance die Epoche, in der der Mensch der Neuzeit geboren wird, also bestimmte Haltungen zu beobachten sind, die wir unmittelbar verstehn und nachempfinden können. Zugleich aber rücken wir sie so weit von uns weg, daß unser eigenes Verwickeltsein in die unmittelbaren Zeitereignisse uns nicht hindert, sie unvoreingenommen zu betrachten. Eine Art von Verfremdung also, die uns auch erlauben sollte, Probleme und Konflikte zu bearbeiten, die wir aus verschiedenen Gründen historisch konkret für die Gegenwart noch nicht aufwerfen oder aufwerfen können. Denn nicht immer entspricht der radikalsten Tatsache der deutschen Geschichte – nämlich der Veränderung der alten Gesellschaft von ihren Wurzeln her in Richtung auf den Sozialismus – die Radikalität unserer (historischen, ökonomischen, soziologischen, moralischen, künstlerischen) Fragestellungen an diese unsere Gesellschaft. Dies aber ist ein weites Feld . . .

Hans Kaufmann: Ist es Zufall oder liegt es – wie ich vermute – in der Logik deines Sujets, daß der Handlungsablauf des Drehbuches mehr von traditioneller Epik an sich hat, als du deinem Essay nach für gut hältst? – Eulenspiegel ist bei dir mehrfach intensiv in die Kämpfe der anschwellenden bäuerlichen und plebejischen Bewegung zu Anfang des 16. Jahrhunderts verwickelt; er wird

geprägt durch diese Kämpfe, in denen er handelt und leidet, auf Grund seiner Erfahrungen wandelt und entwickelt er sich. Die Begebenheiten sind kausal miteinander verbunden, auch die bekannten Streiche, von denen einige bei dir vorkommen, erhalten zum Teil ihren Sinn erst in bezug auf andere Szenen. Kurz: Daß die Verbindung Eulenspiegels mit einer aufsteigenden revolutionären Bewegung einen vom Volksbuch völlig verschiedenen Figuren- und Handlungsaufbau nach sich zieht, ist einleuchtend. Aber steht eine solche Struktur nicht im Widerspruch zu deiner in „Lesen und Schreiben" vorgetragenen Theorie vom mechanischen Weltbild und seiner Entsprechung in der „traditionellen" epischen Fabel? Führt dich nicht gerade das Bemühen, die Dialektik von historischer Bewegung und Individualität zu erfassen, zu der angedeuteten Gestaltungsweise? – Nun ist zwar ein Drehbuch keine Prosa; aber deine These zielt so generell auf das Verhältnis von Weltbild und Struktur, daß nicht von vornherein einsehbar ist, warum ein Filmdrehbuch davon unberührt bleiben sollte. Oder liegt die Differenz darin begründet, daß das Sujet einer weit zurückliegenden, abgeschlossenen Epoche angehört, die in ihren Resultaten leichter überschaubar ist als die Gegenwart? Liegt es daran, daß du in diesem Fall nicht dich selbst innerhalb des Geschehens mitdenken und mitsehen mußtest und dir die Erkenntnis- und Objektivierungsmöglichkeit deshalb nicht zum Problem wurde? So gesehen, würde uns der „Eulenspiegel" wieder an die vorher erörterten Fragen heranführen.
Christa Wolf: Ich könnte es mir einfach machen. In „Lesen und Schreiben" findest du die Bemerkung, Prosa (wie sie mir vorschwebt) sollte nicht verfilmbar sein. Und tatsächlich ist diese „Erzählung für den Film" aus einem veritablen Szenarium hervorgegangen und in diesem Sinne keine Prosa, die ja gerade die unsichtbaren, nicht mit der Kamera einzufangenden Realitätsbezüge zur Sprache bringen soll. Das bedeutet nicht – und ich habe das nicht behauptet –, historische Dialektik sei in

einer Fabel nicht einzufangen. Abgesehen von der Gattung Film, die natürlich dazu zwingt, die Bewegungen des Figurenensembles sichtbar zu machen: Tatsächlich kann es sein, daß auch der Rückgriff in die Historie, in eine Zeit, über die Information mitgeliefert werden muß, bestimmte Gestaltungsmittel erzwingt. Hauptsächlich aber, das deutest du richtig an, kann und muß hier jene vierte Dimension der modernen Prosa fehlen, die ich die Dimension des Autors nenne und in den vorigen Fragen als subjektive Authentizität umschrieben habe. (Das gibt mir gleich Gelegenheit, anzumerken, daß das persönliche Engagement in solch einem historischen Stoff nicht geringer ist und sein muß.) Ob meine augenblicklichen Bemühungen in der Prosa eine Durchgangsphase darstellen und auf bestimmte Schwierigkeiten bei der Objektivierung und Erkenntnismöglichkeit hindeuten, das weiß ich noch nicht. Jedenfalls könnte es sich wahrscheinlich auch später nicht um eine „Umkehr" zu den Voraussetzungen bestimmter, sagen wir: konventioneller (obwohl ich ungern Pejorative gebrauche) Schreibweisen handeln, die mir ganz fremd geworden sind.

Vor allem aber: Diese vierte Dimension ist bei einem Szenarium ja dem Regisseur und den Schauspielern überlassen, sie müssen Raum und Gelegenheit haben, ihre eigene Haltung zu dem Stoff auszudrücken. Genau darin unterscheidet sich für den Autor die Arbeit für den Film und die Arbeit am Prosatext. Derselbe Stoff (es wäre dann ja schon nicht „derselbe") in einem Prosastück sähe ganz anders aus.

Hans Kaufmann: Stofflich sozusagen „supermodern" ist die in Sinn und Form 2/1973 erschienene Erzählung „Selbstversuch", deren Handlungsvoraussetzung unterstellt, daß durch medizinische Einwirkung eine Frau sich in einen Mann verwandelt. Wie bist du darauf gekommen?

Christa Wolf: Du wirst lachen – „Selbstversuch" ist eine Auftragsarbeit. Edith Anderson rückte eines Tages mit der Idee zu einer Anthologie heraus, in der je fünf schreibende Männer und ebenso viele schreibende Frauen sich zu dem Thema äußern sollten: Als ich eine Frau bzw. Als ich ein Mann war. Mir gefiel die Sache, sooft ich sie dann bei der Arbeit auch verwünscht habe. Bei dieser Themenstellung bot sich ja die utopische Mimikry an (überhaupt lese ich gerne utopische Bücher – wenn die meisten nur besser wären!), und die Idee, eine Wissenschaftlerin zu zwingen, im Namen des wissenschaftlichen Fortschritts an ihrer eigenen Umwandlung mitzuarbeiten, hatte ich sofort. Psychologie, wissenschaftliche Arbeitskollektive, Medizin liegen sowieso in meinem Interessenbereich, da hatte ich Kenntnisse parat, andere konnte ich erwerben. Schwierig war – und problematisch bleibt – bei dieser Arbeit der traktathafte Ausgangspunkt, die Methode, eine Idee mit Fleisch und Blut – „erfüllen" zu sollen, das illustrative Element. Ich habe mir damit zu helfen gesucht, daß ich es deutlich hervorhob. Die Form – ein wissenschaftlicher Arbeitsbericht, der immer mehr zu einem subjektiven Bekenntnis entgleitet – hat natürlich einen ironischen Zug, wie das Ganze überhaupt ...

Hans Kaufmann: Die Erzählung bedient sich einiger Requisiten der wissenschaftlichen Utopie – nicht sehr vieler übrigens. Denn das Anliegen ist offensichtlich nicht ein utopischer Entwurf. Die Science-Fiction-Elemente sind vielmehr nur ein Instrument der Analyse sehr gegenwärtiger Probleme: Es geht um das Verhältnis der Geschlechter zueinander. Den Befund siehst du, wenn ich richtig verstanden habe, als nicht sehr befriedigend an: Die Menschen schaffen eine immer sinnreicher aufgebaute materielle Umwelt, sie verändern sogar mit Erfolg ihre biologische Natur, aber die Veränderung ihrer gesellschaftlichen, menschlichen Natur haben sie vernachlässigt. In der Geschlechterbeziehung tritt das zutage: Die Norm dieser Beziehung wird nach wie vor vom Mann diktiert, und – das stellst du mit einer gewissen Schärfe heraus – die Frauen akzeptieren dies unre-

flektiert; die Norm ist in ihnen interiorisiert. – „Selbstversuch“ wurde zusammen mit Günter de Bruyns Erzählung „Geschlechtertausch“ abgedruckt, die auf das gleiche zielt. In der theoretischen Auffassung des Problems gibt es zwischen euch wahrscheinlich keinen prinzipiellen Unterschied, wohl aber in der künstlerischen Verwirklichung, im Pathos. De Bruyn behandelt das Thema überwiegend satirisch-komisch, in Einzelheiten auch einfach humoristisch (was nicht sagen soll, daß er es nicht ernst nähme), während bei dir eine gewisse Besorgtheit, ja Bitterkeit unübersehbar ist. Läßt man Unterschiede in der Schreibweise zweier Schriftsteller beiseite, so könnte man folgern: *Ihr* ist in dieser Sache weniger nach Scherzen zumute als *ihm*. Trifft das zu?
Christa Wolf: Jetzt werde ich mich zügeln müssen, denn wir kommen auf eines der Themen, bei denen mir leicht die Galle überläuft, eben weil der radikale Ansatz, von dem wir ausgegangen sind („Befreiung der Frau“), stekkenzubleiben droht in der Selbstzufriedenheit über eine Vorstufe, die wir erklommen haben und von der aus neue radikale Fragestellungen uns weiterbringen müßten. Fragestellungen der Art (wie ich sie gerade mit dieser Erzählung provozieren will): Ist es denn das Ziel der Emanzipation, kann es überhaupt erstrebenswert sein, daß die Frauen „werden wie die Männer“, also dasselbe tun dürfen, dieselben Rechte wie sie bekommen und immer mehr auch wahrnehmen können, wo doch die Männer es so sehr nötig hätten, selbst emanzipiert zu werden?

Ich habe diese Geschichte absichtlich in vielen Lesungen ausprobiert und die Reaktion genau beobachtet, die sie auslöste – auch und gerade die nicht-verbale. Das ungläubige Gelächter von Frauen, manchmal das Kichern junger Mädchen, als erzähle man ihnen einen obszönen Witz; die heruntergezogenen Mundwinkel von Männern, ihre steife Schulterhaltung. Aber dann auch plötzlich das Aufbrechen von Gesichtern (bei Männern und Frauen), ihre Erregung, ihre heftige Gestik beim

Versuch, eigene Erfahrungen zu formulieren. Der Ernst, mit dem die Gelegenheit wahrgenommen wurde, einen Zustand oder Zustände, an die man gewöhnt war, einmal in Frage zu stellen: Je mehr wir in der Lage sein werden, die materiellen Voraussetzungen für gleiche Startbedingungen beider Geschlechter sicherzustellen (dies ist ja die erste Stufe und muß sie sein), um so akuter wird das Problem werden, beiden Geschlechtern die Möglichkeit zur Differenzierung zu geben; anzuerkennen, daß sie unterschiedliche Bedürfnisse haben und daß nicht der Mann das Modell für den Menschen ist, sondern Mann und Frau. Auf diese Idee kommen die meisten Männer überhaupt nicht, aber auch nur die wenigsten Frauen versuchen, ihrem permanent schlechten Gewissen (weil sie einfach nicht schaffen können, was ihnen abverlangt wird) einmal auf den Grund zu gehen: Der Grund wäre ihre eigene Identifikation mit dem auch in sich überholten Männlichkeitsideal. Du siehst: Schon wieder ist mir der Humor vergangen. Obwohl doch auch in meiner Geschichte gewisse komische Züge sind, falls man es als komisch bezeichnen kann, daß die Frau ihre eigene Verwandlung in einen Mann betreibt, um eines Mannes willen, den sie liebt . . . Es geht um nicht mehr und nicht weniger als die Überwindung von Entfremdung, nicht wahr? Wir sollten nicht zu früh denken, wir hätten das hinter uns. Die Handhabung wissenschaftlicher Forschung zum Beispiel, die ja in dieser Erzählung auch befragt wird, gewisse positivistische Denkweisen, die, hinter dem sogenannten naturwissenschaftlichen Denken verbarrikadiert, humane Bezüge ignorieren – ich glaube schon, daß das unsere Aufmerksamkeit verdient. Darüber gibt es interessante Diskussionen mit Wissenschaftlern, und gerade die Tatsache, daß darüber diskutiert wird, bewirkt, daß Bitterkeit bei mir nicht aufkommt.

Übrigens wäre es einer Überlegung wert, inwiefern Literatur mit utopischen Zügen in einer Gesellschaft, die eine reale Perspektive hat (anders als in der bürgerlichen), an Verbindlichkeit und vielleicht auch an Schärfe gewinnt. Was nichts anderes bedeutete, als daß diese unsere Gesellschaft schon in dem Lage wäre, ihre eigenen Widersprüche produktiv zu machen (und die Konflikte, die Autoren gestalten, als Mittel zu begreifen und zu benutzen). Auch das ist natürlich ein Prozeß.

Hans Kaufmann: „Selbstversuch" wird auch in dem in Kürze erscheinenden Band enthalten sein, der, wie es im Untertitel heißt, „drei unwahrscheinliche Geschichten" vereinigt. Die erste Geschichte („Unter den Linden"; so heißt auch der Band) erzählt einen fiktiven Traum, die zweite gibt gar Aufzeichnungen eines Katers wieder, von der dritten sprachen wir schon. Außer dieser „Unwahrscheinlichkeit" der Handlungsvoraussetzungen haben die Erzählungen auch gemeinsam, daß das Irreale Vehikel der Analyse heutiger Probleme ist. Zugleich unterscheiden sie sich stark nicht nur im Sujet, sondern auch im Pathos: „Unter den Linden" kann als Ausdruck eines inneren Widerstreits zwischen bedrükkender Erfahrung und neu gewonnenem Lebensmut aufgefaßt werden, die „Neuen Lebensansichten eines Katers" sind derbe Satire, die teilweise mit grotesken, karikaturistischen Mitteln arbeitet. Alle drei Geschichten stellen Probleme unseres Lebens zur Diskussion und drängen auf Veränderung; sie haben etwas Herausforderndes sowohl in ihrer Thematik als in der überraschenden Art der Behandlung. Ob sich hier – wir Literaturwissenschaftler systematisieren doch so gern – eine neue Phase deiner Arbeit ankündigt?

Christa Wolf: Diese drei Geschichten sind aus den Jahren 1969 bis 1972 und bezeichnen genau diese Phase in meiner Arbeit (in der ich auch anderes schrieb und schon an dem größeren Buch arbeitete). Nicht zufällig haben zwei von ihnen stark satirische Elemente, auch gewisse provozierende Thesen werden aufgestellt, und ich hoffe, die „Unwahrscheinlichkeit" dieser Geschichten, ihre Verlegung in Traum, Utopie, Groteske kann einen Verfremdungseffekt in bezug auf Vorgänge, Zustände und

Denkweisen erzeugen, an die wir uns schon zu sehr gewöhnt haben, als daß sie uns noch auffallen und stören würden. Sie sollten uns aber stören – wiederum in der Zuversicht gesagt, daß wir ändern können, was uns stört.

Eine „neue Phase" – nein, das glaube ich nicht. Kleine Proben auf anderen Instrumenten, das vielleicht, Ausprobieren von Mitteln, die mich sehr reizten. Ob daran später anzuknüpfen sein wird, weiß ich noch nicht.

Hans Kaufmann: Auf die unvermeidliche Reporterfrage, woran du zur Zeit arbeitest, hast du andeutungsweise die Antwort vorweggenommen. Die ebenfalls unvermeidliche Reporterfrage nach künftigen Plänen möchte ich gern etwas problematisierend, wenn man will, provozierend zuspitzen. Seit dem „Geteilten Himmel" gründet sich das Bild von der Schriftstellerin Christa Wolf zu einem beträchtlichen Teil auf die Ernsthaftigkeit, mit der du moralische Entscheidungsfragen zur Diskussion stellst. Das setzt sich über „Christa T." bis zu den „Unwahrscheinlichen Geschichten" fort. Fortschritt des Sozialismus verlangt, daß humanistische Prinzipien des Verhaltens im Innern der Menschen festen Fuß fassen und zu subjektiven Triebkräften ihres Handelns werden. Aus einer solchen Haltung lassen sich Geschichten vortragen, die sozialistisch-humanistische Impulse vermitteln. Das steht für mich außer Zweifel – auch wenn man hinzufügen muß, daß das Problem des Humanismus damit einseitig gestellt wird, nämlich nur theoretisch, als Sache des Denkens und Fühlens. Die künstlerische Gestaltung kann eine solche Einseitigkeit „aufheben", indem sie sie als solche bewußt macht. Satire beispielsweise impliziert Einseitigkeit; ein Werk als Satire lesen, heißt: das, was einseitig ins Bild gesetzt ist, im Kopf „vervollständigen". Ähnliches gilt, wenn sich Darstellungen auf irreale, phantastische Voraussetzungen gründen wie in deinen „Unwahrscheinlichen Geschichten". So weit, so gut. Indessen kommt man nicht um die Fragestellung herum, daß Verwirklichung des Humanismus nicht nur eine Sache des Denkens und Fühlens, sondern auch, nein, in erster Linie, eine Sache der praktischen, materiellen, gesellschaftlichen Tätigkeit ist. Wenn man die „Menschwerdung des Menschen" nur als Aneignung moralischer Werte und nicht auch (oder sogar primär) als Vergegenständlichung seiner Fähigkeiten, Kräfte, Anlagen usw. faßt, schränkt das – um nur von dieser Seite der Sache zu sprechen – die Möglichkeiten des künstlerischen Zugriffs auf die Dauer nicht ein? Besteht nicht die Gefahr, das Verhältnis von Denken und Tun eines Menschen nur als Gegensatz zu sehen statt in der lebendigen Widersprüchlichkeit, deren Einheit und Bewegung den „ganzen Menschen" ausmacht? – Um auf den Ausgangspunkt, die Frage nach künftigen Plänen, zurückzukommen: Spielen solche oder ähnliche Erwägungen für dich eine Rolle, können sie die Wahl künftiger Themen und die Art ihrer Behandlung beeinflussen?

Christa Wolf: Jetzt muß ich fürchten, dich nicht richtig zu verstehen, weil ich die Kluft zwischen der „Aneignung moralischer Werte" und der Menschwerdung des Menschen durch aktive Teilnahme am Prozeß historischer Veränderung nicht sehe . . .

Hans Kaufmann: Meine Frage (wohlgemerkt: Frage, nicht Forderung) geht dahin, ob jene Veränderungen der menschlichen Psyche, die praktischer Tätigkeit entspringen, künftig für dich als Autor von Interesse sein können.

Christa Wolf: Du meinst, ob mich die materielle Produktion als Thema interessiert.

Hans Kaufmann: Zum Beispiel.

Christa Wolf: Vielleicht liegt „Der geteilte Himmel" dir als Beweisstück zu weit zurück. Aber auch da war es ja natürlich nicht die materielle Produktion, die mich interessierte, das heißt: der Arbeitsvorgang als solcher, der Handgriff an der Maschine, die andauernd sich wiederholende Bewegung am Fließband, die Fesselung an das Armaturenbrett des Automaten. „Praxis" ist literarisch ergiebig nur als gesellschaftliche Praxis, interessant sind die Verhältnisse, welche die Produzenten im Prozeß ihrer Produktion miteinander und mit anderen Institutionen und Schichten der Gesellschaft eingehen, das heißt – ich muß darauf zurückkommen –, inwieweit und in welcher Weise ihre praktische Tätigkeit sie in die Lage versetzt, am Prozeß der historischen Veränderung teilzunehmen. Das ist natürlich ein großes Thema, und es ist nicht ausgeschlossen, daß es mich noch einmal direkt beschäftigt.

Andererseits glaube ich nicht, daß ich irgendwo in meinen Arbeiten von einer abstrakten Moral ausgehe, einer über den Wassern der Klassenkämpfe schwebenden Instanz, auf die sich der sozialistische Autor berufen kann.

Hans Kaufmann: Das habe ich auch nicht unterstellt.

Christa Wolf: Vom Standpunkt seiner Moral lehne ich ja gerade eine solche Voyeurhaltung des Autors ab (dies ist doch ein wichtiger Grund für meine Versuche in einer bestimmten Schreibweise) und strebe es an, daß der Autor sich selbst in die Widersprüche hineinbegibt . . .

Allerdings teile ich auch nicht die Verachtung einiger Marxisten für das Wörtchen „Moral" – und zwar aus Gründen, die ich früher schon in anderem Zusammenhang genannt habe: Ich kann und will mich nicht einlassen auf einen blanken historischen Determinismus, der in Individuen, Schichten, Klassen, Völkern nur die Objekte einer sich unumstößlich durchsetzenden historischen Gesetzmäßigkeit sähe und dem eine vollkommen fatalistische Geschichtsphilosophie entspräche; ebensowenig aber auf einen öden Pragmatismus, der in der Moral von Klassen und Individuen nichts sieht als ein Mittel zum Zweck, beliebig manipulierbar, beliebig ignorierbar, mal nützliches, mal unnützes Vehikel. (Wer nicht wenigstens den Schmerz empfinden und die Tragik fühlen kann, die in Brechts Zeilen liegt: „Die wir den Boden bereiten wollten für Freundlichkeit, konnten selber nicht freundlich sein.")

„Wie muß die Welt für ein moralisches Wesen beschaffen sein?“ Bobrowskis Frage ist und bleibt stimulierend, weil sie hilft, die Welt einer menschenwürdigen Moral und nicht die Moral der Menschen einer noch wenig menschenwürdigen Welt anzupassen: Das wäre auch der physische Tod der Menschheit . . .

Das hat doch nichts mit den christlichen Antinomien von Gut und Böse, mit der starren Gegenüberstellung von Denken und Tun zu tun, nichts mit abstrakten, unfruchtbaren und letztlich lähmenden Integritätsforderungen. Ja: Auch unsere Irrtümer können „moralisch“ sein, wenn sie uns immer wieder und immer neu auf die produktive Seite unserer Widersprüche bringen. Unmoralisch dagegen ist alles, was uns, was die Massen hindert, vom Objekt zum Subjekt der Geschichte zu werden. Und, davon ausgehend – warum sollte sich nicht auch der sozialistische Autor als „Moralist“ begreifen?

Ich glaube, die Problematik, die in diesem Themenkreis steckt, auch der persönliche Konfliktstoff, reicht für die Literatur einer ganzen Epoche, nicht nur für die Sachen, die ich gerne noch machen möchte. Es gibt dafür eine Nah- und eine Fernplanung, aber davon zu reden, wäre viel zu früh.

1973

Erfahrungsmuster

Diskussion zu „Kindheitsmuster"

Frage: Mich würde interessieren, welches der Anlaß für ein solches Buch ist. Haben Sie dafür einen Auftrag erhalten oder von sich aus geschrieben?

Christa Wolf: Es müßte aus der Lesung eigentlich hervorgegangen sein, daß so ein Buch nicht durch einen äußeren Auftrag entstehen kann. Ich habe sehr lange – seit ich schreibe – immer den Plan gehabt, so etwas zu schreiben. Nicht *das* natürlich, aber etwas, das die Zeit meines Lebens umfaßt oder doch versucht, ihr näherzukommen, die ich auch heute – auch, nachdem ich es geschrieben habe – immer noch als sehr schwer aufklärbar empfinde. Trotzdem könnte ich zum Anlaß vielleicht noch etwas Genaueres sagen. Er ist in diesem Kapitel ausgedrückt in den Worten eines polnischen Autors, die mir entsprechen. Ich habe, wie er, den Eindruck, daß wir über die Zeit, über die wir schon so ungeheuer viel gelesen, gehört und zum Teil auch geschrieben haben, im Grunde immer noch sehr wenig wissen – ich meine die Zeit des Faschismus in Deutschland – und daß die Frage „Wie war es möglich, und wie war es wirklich?" im Grunde nicht beantwortet ist. Ich weiß natürlich, daß das auch in einem solchen Buch nicht geschehen kann. Ich bin keineswegs so vermessen, das zu denken.

Nur glaube ich, daß diejenigen, die es miterlebt haben und die wissen, wie stark und inwieweit und in welchem Sinn sie von dieser Zeit geprägt worden sind, eine gewisse Pflicht haben, sich darüber zu äußern. Soweit es ihnen möglich ist. Das ist der Anlaß.

Ein wenig stört mich, daß viele unserer Bücher über diese Zeit enden mit Helden, sie sich schnell wandeln, mit Helden, die eigentlich schon während des Faschismus zu ziemlich bedeutenden und richtigen Einsichten kommen, politisch, menschlich. Ich will keinem Autor sein Erlebnis bestreiten. Aber mein Erlebnis war anders. Ich habe erlebt, daß es sehr lange gedauert hat, bis winzige Einsichten zuerst, später tiefergehende Veränderungen möglich wurden.

Mir scheint, man sollte das sagen. Ob es für die jüngeren Leute, die das nicht mehr erlebt haben, noch interessant ist, weiß ich nicht. Das unterliegt auch nicht meiner Beurteilung. Aber der Anlaß ist eben dieses Gefühl einer Lücke; daß etwas fehlt, daß auch, glaube ich, Leser außerhalb unserer Grenzen vielleicht etwas mehr darüber wissen sollten, daß sie erfahren wollen, was eigentlich in den Leuten damals vorgegangen ist.

Frage: Warum haben Sie gerade dieses Thema gewählt? Wäre es nicht wichtiger, über die Gegenwart zu schreiben?

Christa Wolf: Glauben Sie, daß ich hier nicht über die Gegenwart schreibe? Sehen Sie, solange Menschen leben, die diese Kindheit hatten, die diese Jahre als Kinder oder junge Menschen erlebt haben, ist das alles in ihnen. Unsere Zeitgenossen leben damit. Und ich glaube – ich bin sogar ganz fest davon überzeugt –, daß, was diese Zeit betrifft, von uns allen vieles uns selber und anderen bisher nicht gesagt ist; ich hatte seit Jahren das deutliche Gefühl, daß ich diesen Beitrag, den ich selber leisten muß, um danach anderes schreiben zu können, noch nicht geleistet habe. Es gibt da auch gewisse Gesetze der Berufsmoral. Wenn man eine bestimmte Sache noch nicht gesagt hat, darf man nicht zu anderem übergehen.

Ich habe schon öfter gesagt, ich sage es hier noch mal: Das ist eine Erfahrung von mir, daß die Menschen meines Alters – ich sehe, daß die meisten, die hier sind, jünger sind, viel jünger sind –, aber daß Menschen meines Alters, also solche, die die Eltern von vielen der hier Anwesenden sind, sehr wenig über diese Zeit miteinander und mit ihren Kindern reden, und auf eine nicht sehr offene Weise. Das ist zum Beispiel ein Grund für dieses Buch, und ich glaube, daß das „Gegenwart“ ist. Denn Gegenwart ist ja nicht nur, was heute passiert. Das wäre ein sehr enger Begriff der Gegenwart. Gegenwart ist alles, was uns treibt, zum Beispiel heute so zu handeln oder nicht zu handeln, wie wir es tun oder lassen.

Frage: Sie sagten, daß die faschistische Vergangenheit noch nicht bewältigt ist, moralisch und geistig, und ich stimme Ihnen da vollkommen zu. Das ist viel zuwenig nachgeprüft, wie gerade der jüngeren Generation, die das nicht miterlebt hat, ein reales Bild von dieser Zeit gegeben werden kann. Ich kann Ihnen auch nur zustimmen und finde es wirklich sehr gut, daß Sie einen Schritt gewagt haben in diese Richtung. Trotzdem bewegt mich eine Frage. Ich fürchte, daß durch die essayistische Form und die ziemlich komplizierte Art der Darstellung dieser Zeit vielleicht doch in erster Linie die Leserschichten erreicht werden, die sich sowieso stärker geistig mit diesen Dingen befassen. Ich will hier nicht etwa für irgendwelche primitiven Romane plädieren. Aber mich würde interessieren: Wieso sind Sie abgegangen – sagen wir, gegenüber Ihrem ersten Roman – von der traditionellen Art des Romans mit Fabel, mit Handlung, womit man, glaube ich, breitere Leserschichten erreichen kann?

Christa Wolf: Die Frage verstehe ich natürlich. Sie wird mir häufig gestellt. Was soll ich nun darauf antworten?

Zuruf: Ich möchte sagen, es gibt immer Menschen, die denken, sie seien ganz besonders klug und die anderen seien sehr dumm. Und wenn sie es verstehen, können die anderen es leider gar nicht verstehen. Und die „einfachen Menschen“ – in Anführungsstrichen –, die können das eben nicht verstehen. Also muß ein Künstler sich danach richten, was die „einfachen Menschen“ verstehen. Ich glaube, das ist ein großer Mißgriff. Und wenn hier in diesem Auditorium die Menschen es ver-

standen haben, das reicht ja. Man muß nicht immer glauben, daß die anderen dümmer sind als man selber.
Christa Wolf: Danke schön. Ich weiß, daß Sie es nicht so gemeint haben. Nur, wissen Sie, es ist tatsächlich so, bei jeder Sache, die ich schreibe, ist die erste Reaktion: Das ist aber schwierig! Und zwar, Sie wissen es nicht, aber ich weiß es noch, beim „Geteilten Himmel" war es sehr stark der Fall: So schwierig! Und wenn Sie es heute lesen – Sie können nur lachen.
Zuruf: Sie haben es vielleicht oft genug gelesen?
Christa Wolf: Ich habe es nicht noch mal gelesen. Aber es hat keinen Sinn, das Problem hier wegzuschieben, denn ich bin überhaupt nicht darauf aus, irgendeine Sache künstlich zu komplizieren, ungeachtet dessen, wieviel Leute übrigbleiben, die meinen Assoziationen dann folgen können. Das ist nicht mein Standpunkt zum Schreiben, in keiner Weise. Sondern ich bin der Meinung, man soll es so einfach wie möglich machen. Nur, die Frage stellt sich dann doch bei bestimmten Themen: Wie einfach geht es?

Ich mache sehr viele Anfänge. Ich habe zu diesem Manuskript länger als ein Jahr gebraucht, um überhaupt einen Anfang zu haben. Ich habe sehr viele Seiten liegen, die andere Erzählweisen ausprobieren und die mich alle nicht befriedigten. Man weiß ja nicht so genau, was man will. Man hat nur einen Erzählton im Ohr und eine Atmosphäre, so etwas . . . Und einen Erzählraum, den man gern ausfüllen möchte. Und wenn man anfängt, dann schreibt man, zum Beispiel, linear. Das war sehr dünn nach meiner Meinung – „dünn" in dem Sinne: der Raum wurde nicht ausgefüllt. Es war eine Linie, aber kein Raum. Und erst nach und nach – sehr lange habe ich gebraucht – habe ich herausgefunden, daß ich zum Beispiel mit hineinnehmen mußte, wie das Manuskript entstand, was ich ungern getan habe. Oder Überlegungen über das Gedächtnis: Wie erinnert man sich eigentlich, woran erinnert man sich, warum an manches ja, an manches nicht. Es wurde dann eine der Aufgaben, die ich mir stellte, das Erinnern mitzudiskutieren. Und so kam es nach und nach – drei, vier solcher „Ebenen“: auch diese Fahrt nach Polen, die nun beschrieben wird durch die Kapitel durch, weil es mir wichtig war, zu zeigen, wie es ist, wenn man heute in eine Stadt kommt, die jetzt polnisch ist, die aber die Heimatstadt ist. Das ist ein Erlebnis, das sehr viele Menschen bei uns haben und das noch kaum artikuliert wurde und auch seine Zeit brauchte, diese Jahrzehnte, glaube ich, um artikuliert zu werden. Heimweh spielt eine Rolle. Dadurch erst, durch diese verschiedenen Ebenen, die sich zusammentaten, merkte ich, es kann ein Gegenwartsbuch werden.

Das ist der Grund für die Struktur des Buches. Diese Grundlage konnte ich dann nicht mehr einfacher machen.

Frage: Frau Wolf, ich freue mich, daß Sie versuchen, die Vergangenheit so darzustellen, daß man sich damit identifizieren kann und daß Sie eine Beziehung zu unserer Gegenwart schaffen. Sie schaffen es dadurch, ein Verständnis gerade für die Jüngeren zu erreichen, so als ob die Probleme gegenwärtig wären. Genauso schaffen Sie es, eine Distanz zu unserer Generation zu erreichen, so daß man sein eigenes Erleben noch einmal mitmacht, aber nicht mehr hineinverwickelt ist. Ich freue mich, daß ich das mal gehört habe.

Christa Wolf: Danke schön. Wissen Sie, wenn man darüber nachdenkt, was Literatur heute leisten kann, dann kann man darauf verschiedenartige Antworten geben, von denen die meisten „richtig“ sein werden: Von Autor zu Autor werden sie verschieden sein, und das ist meiner Ansicht nach gut und richtig. Mein Zugang zur Literatur, der Zwang zum Schreiben, ergibt sich daraus, daß ich sehr stark, sehr persönlich betroffen war und bin von der Geschichte, von der Geschichte unseres Volkes, unseres Staates und von allen Ereignissen, die ich seit meiner Kindheit bewußt erlebt habe. Es scheint mir, daß es nötig ist, daß es nützlich sein könnte – abgesehen davon, daß es für mich nützlich ist –, wenn man versucht, die Schichten, die Ablagerungen, die die Ereignisse in uns allen hinterlassen haben, wieder in Bewegung zu bringen. Darüber kann man – ich weiß das – verschiedener Meinung sein, nicht wahr? Man wird natürlich auch hören: Laß ruhen, wozu das, es stört uns, wir brauchen das jetzt nicht. Das ist ein alter Streit. Ich werde das wahrscheinlich bei jeder neuen Sache wieder zu hören bekommen.

Meine Meinung ist jedoch, daß Literatur versuchen sollte, diese Schichten zu zeigen, die in uns liegen – nicht so säuberlich geordnet, nicht katalogisiert und schön „bewältigt", wie wir es gern möchten. Ich glaube nicht, daß wir die Zeit des Faschismus in diesem Sinne „bewältigt" haben, auch wenn es in unserem Staat in unvergleichbar anderer und gründlicherer Weise geschehen ist als zum Beispiel in der Bundesrepublik. Ich spreche jetzt von einer anderen Art der Bewältigung: die Auseinandersetzung des einzelnen mit seiner ganz persönlichen Vergangenheit, mit dem, was er persönlich getan und gedacht hat und was er ja nicht auf einen anderen delegieren kann, wofür er sich auch nicht mit Massen von Menschen, die dasselbe oder Schlimmeres getan haben, entschuldigen kann. Hier versagt die Soziologie, die Statistik. Hier geht es um persönliche und gesellschaftliche Moral und die Bedingungen, die beide außer Kraft setzen.

In diesem Sinne ist es nicht bewältigt. Das sehe ich an den Fragen junger Leute, und das sehe ich an dem Schweigen meiner Altersgenossen und der Älteren. Und sich dieser Fragen, dieses Schweigens anzunehmen – das kann nur Literatur. Das ist kein Vorwurf gegen andere Medien, gegen Berichte und Chroniken etwa, die das nicht tun, denn das ist nicht ihre Aufgabe. Aber es ist, glaube ich, wirklich Aufgabe von Literatur, etwas Bewegung hineinzubringen in die inneren Schichten, mit deren Unbeweglichkeit man sich gern beruhigt, indem man Erstarrung mit wirklicher Ruhe verwechselt, die nur aus einer inneren Freiheit kommen kann. Da allerdings – das haben Sie vollkommen richtig gesehen und gesagt –, da ist die Gegenwart der Motor, der dauernde Antrieb. Auch ich habe natürlich nicht gewußt, als ich das Manuskript vor drei oder vier Jahren anfing zu schreiben, daß im Jahr dreiundsiebzig die chilenischen Ereignisse uns alle derartig aufwühlen würden. Das kann man nicht voraussehen.

Frage: Hatten Sie während der Arbeit an einem solchen Stoff, der ja eine möglichst souveräne Haltung zu Gegenwart und Vergangenheit verlangt, den Eindruck, am richtigen Ort zu sein, um darüber schreiben zu können?

Christa Wolf: Ich muß Ihnen sagen, während des Schreibens – so stark natürlich alle möglichen Emotionen, auch „negative", sagen wir: depressiver Art, damit verbunden waren – hatte ich den Eindruck, an diesem Ort zu sein. Weil eben in dem Versuch, sich Klarheit zu verschaffen darüber, was mit einem geschehen ist, nicht nur das meditative Element steckt. Ich hatte damit nicht auf eine abgeschnittene Insel gehen wollen. Hier, wo alles mich betrifft, ist der richtige Ort, mich zu erinnern. „Handeln" ist ein großes Wort. Ich weiß, worauf Sie hinauswollen. Sie wollen sagen: Wir haben alle nicht verhindern können, was jetzt in Spanien passiert ist zum Beispiel; wir können dieses und jenes auf der Welt, auch bei uns, noch nicht verhindern. Trotzdem habe ich das Gefühl, daß die Bewußtheit zunimmt, auch in dem Sinne, wie ich es meine, nicht nur die rein politische, ideologische Bewußtheit, von der wir als Grundlage ausgehen wollen, sondern auch eine Zunahme von Bewußtheit der eigenen Rolle in diesem Prozeß, daraus folgt eine Zunahme von Aktivität, Aktivität, die sich auch darin äußert, daß das Bedürfnis wächst, sich mit anderen darüber zu verständigen und darin zu verbinden. So wie wir es heute abend tun: Diese Atmosphäre ist neu. Doch, den Eindruck habe ich. Ich habe den Eindruck, der Ort, das zu tun, ist hier günstig – aus vielerlei Grün-

den, auch, aber nicht nur, geographischer Natur. Ich habe den Eindruck, daß dieser Ort, sich klarzuwerden, was in der Welt passiert ist und um welchen Angelpunkt die Welt sich bewegt, günstig ist.
Frage: Wie wollen Sie den Roman ausklingen lassen? In welchem Stadium wollen Sie die Arbeit abbrechen?
Christa Wolf: Das kann ich beantworten. Ich sagte, es sind achtzehn Kapitel. Es war nicht meine Absicht und würde dieser Schreibweise auch nicht entsprechen, einen Wandlungsroman zu schreiben, so daß ich diese hier Nelly genannte Person weit in die Nachkriegszeit hineinführen würde. Ich führe sie allerdings in das allererste Nachkriegsjahr, in die Wirren. Diese ihre Heimatstadt wird ja geräumt, es kommt die „Flucht", die meiner Ansicht nach auch noch nicht beschrieben ist, weil nämlich die jungen Männer damals im Krieg waren, und vielleicht, weil nicht so viele Frauen schreiben. Es haben vielleicht nicht so viele Schreibende erlebt, wie das war, diese Flucht, dieses Unterwegssein auf den Straßen. Und dann die ersten Berührungen mit Menschen aus einer anderen Welt, mit einem jüdischen Offizier der amerikanischen Besatzungsmacht oder mit einem KZ-Häftling, mit Leuten dieser Art nach dem Mai fünfundvierzig. Und das geht noch hinein bis in die erste Zeit des Jahres sechsundvierzig. Es wird noch angedeutet, was da passiert, übrigens viel Turbulentes, was mich auch von daher zu schreiben reizte, weil die Nachkriegsjahre, so wie wir sie jetzt oft beschrieben finden, meinem Erleben nicht entsprechen. Ich habe das ganz anders erlebt, und auch das hat mich gereizt, einen Versuch zu machen, darüber zu schreiben. Vielleicht ist es heute, nach dreißig Jahren, schon möglich, vielleicht auch nicht, aber ich habe es jedenfalls versucht. Dieser Handlungsstrang, der die Nelly chronologisch weiterführt, der tief in das Jahr sechsundvierzig hineingeht, wird natürlich immer weiter mit den Gegenwartsfragen konfrontiert.
Frage: Da es sich hier um das Problem der Jugend oder der Kindheit im Nazismus handelt: Sind Sie jemals auf

die Idee gekommen, dieses Buch vielleicht im Ich-Stil zu schreiben, eben von dieser Nelly aus? Dieses Mädchen als Ich-Person zu nehmen, in sie hineinzugehen, zum Beispiel die Szene mit dem Sportfest, die Sie ja etwas vom Standpunkt der Erwachsenen her geschildert haben: Menschenmassen, Anstrengung, Schweiß und Hakenkreuzfahnen. Ich weiß nicht, ob sie mit dabei war. Aber daß Sie das direkt von dem kleinen Mädchen, von diesem Kind her schildern würden, was es für Emotionen dabei gehabt hat?

Christa Wolf: Ja, natürlich habe ich das überlegt. Ich habe vorhin gesagt, daß ich mehrere Anfänge habe, und davon sind die meisten in der Ich-Form. Und gerade das hat sich aus Gründen, die mir damals nicht einleuchten wollten, die ich auch gar nicht richtig verstand, immer wieder als Hindernis erwiesen, wirklich an die Sache heranzugehen. Natürlich, jetzt verstehe ich ganz gut, warum. Und es ist mir dann anderes eingefallen – ich meine, ich kaschiere an keiner Stelle, daß es sich sozusagen um Autobiographisches handelt; das wird nicht verschwiegen. Wobei dieses „sozusagen“ wichtig ist, es ist nämlich keine Identität da. Aber es gibt doch – das ist eine der Eigentümlichkeiten meiner Biographie, aber vielleicht geht es anderen in meinem Alter auch so – ein Fremdheitsgefühl gegenüber dieser Zeit. Seit einem nicht auf den Tag genau, aber doch auf eine Zeitspanne genau anzugebenden Moment ist man nicht mehr diese Person, habe ich nicht mehr das Gefühl, daß ich das war, die das gedacht, gesagt oder getan hat. Und das wollte ich mit der dritten Person ausdrücken, das heißt, ich mußte es, weil sich anders das Material mir nicht öffnete, wie ich durch Versuche erfuhr.

Jemand fragte, wie das Buch zu Ende geht. Es geht zu Ende, indem diese dritte Person, Nelly, und die „Du“-Person, die darin ist, zusammenlaufen und eine Person sind, die „ich“ ist, von der dann auf andere Weise berichtet werden müßte: anderes und auf andere Weise.

Aber es war wirklich nicht nur ein Ausweichbedürfnis

vor dem „ich", das ich nicht bestreite, in die dritte Person, sondern vor allem ein Gefühl der unheimlichen Fremdheit. Als ob ich mich und den Leser täuschen würde, wenn ich zu diesem Wesen „ich" sagte ... Und gerade das wollte ich mit der dritten Person ausdrücken, weil das auch ein Ergebnis dieser mehrmals gebrochenen Biographie ist, daß mehrere Personen in uns herumgeistern, zu denen ein Verhältnis zu finden gar nicht so einfach ist. Das ist eigentlich der Grund für die Brechung der Person in ein „Du" und ein „Sie" gewesen.

Frage: Ich glaube nicht, daß das Buch nur ältere Leute interessiert. Mich hat gewundert diese Vermischung von – sagen wir: Essay und Dichtung und vor allem die Stärke, die Zuwendung zum wissenschaftlichen Bereich, zur Psychologie. Ich glaube, das ist etwas Neues, was auch viele junge Menschen ansprechen wird. Meine Frage ist: Haben Sie darin Vorbilder, oder wie sind Sie dazu gekommen, diese Frage so stark zu betonen? Ich sehe das bis jetzt eigentlich nur bei Granin etwa, und sonst habe ich es noch nicht gesehen. Wie ist diese Entwicklung bei Ihnen?

Christa Wolf: Ich bin ein bißchen in Verlegenheit. Wenn man sagt: Ich habe darin keine Vorbilder, ist es natürlich dumm, denn man hat das natürlich nicht erfunden. Wenn ich jetzt aber sage, daß Musil zum Beispiel es so etwa gemacht hat, dann hört es sich an, als ob ich Musil zum Vorbild hätte. Das stimmt aber nicht, obwohl Musil für mich schon ein Autor von großem Interesse ist, einer von vielen. Aber ich habe den Eindruck, diese Schreibart ist aus einer gewissen Notwendigkeit entstanden, ich habe lange nach ihr gesucht. Ich glaube nicht, daß ich es immer so machen werde. Ich sehe vor mir ein paar Geschichten, die werden das reflektierende Element wenig oder vielleicht gar nicht haben, weil sie es nicht brauchen, meiner Ansicht nach.

Frage: Mich interessieren die verschiedenen Versuche, diese Geschichte zu erzählen. Sind diese Versuche angestellt worden unter dem Aspekt des Autors, wie man diese Geschichte am besten in den Griff bekommt, oder sind sie angestellt worden unter dem Aspekt der Zielgruppe: „Wie sage ich es meinem Kinde heute?"

Ich habe das Gefühl, daß eine ganze Menge jüngerer Leute – vor allem der Jahrgänge 1935 bis 1945, die noch in dieser Zeit geboren sind, aber fast keine Erinnerung mehr an sie haben – wirklich nichts mehr von dieser Zeit wissen wollen, die den Kopf in den Sand stecken. Ich weiß es aus meiner eigenen Familie. Ich weiß nicht, inwieweit das repräsentativ ist und wieweit es da Untersuchungen gibt. Ich könnte mir aber vorstellen, daß solche Leute doch mehr angesprochen werden durch die verschiedenen Ebenen, durch die Bezugnahme auf Chile etwa, weil es eben ein Buch ist, das sowohl in der Gegenwart spielt als auch sich mit diesen vergangenen Dingen beschäftigt. Könnte man das so sagen?

Christa Wolf: Zur ersten Frage: Hier fragt ein Biologe nach dem Sinn von Versuchen. Natürlich nicht auf die Zielgruppe hin: Das ist sowieso eine falsche Vorstellung, daß man schreibt im Hinblick auf den Leser. Ich gehöre allerdings nicht zu denen, die behaupten können – und ich glaube es auch anderen nicht, die es behaupten –: Ich denke überhaupt nicht daran, daß das mal veröffentlicht wird. Das stimmt nicht. Man denkt nicht daran, aber man weiß es; es ist da: Man möchte es veröffentlichen, man schreibt es zur Veröffentlichung. Insofern schreibt man es anders, als wenn man sich in seinem Tagebuch Notizen machen würde über die Kindheit oder über irgend etwas. Das ist die eine Sache.

Die Versuche sind nicht gemacht worden im Hinblick darauf, wer es lesen soll, sondern im Hinblick auf den Stoff, auf das Material. Eine Art Selbstversuch; nämlich man muß sich zu dem Material in eine Beziehung bringen, und darum ging es. Ich sah vor mir, was da war und was da ablaufen mußte, aber ich hatte die Beziehung dazu noch nicht. Die herzustellen, das war der Sinn der Versuche. Man merkt es ganz genau, wenn man den Ton hat und wenn man anfängt zu reden, daß man sich selber zuhören und glauben könnte. Später hört das wieder auf, da hat man es wieder verloren, muß neu danach suchen. Das ist die eigentliche Anstrengung des Schreibens, wenn es nicht zu einem routinehaften Vorgang entarten soll.

Die zweite Sache: mit den jüngeren Leuten. Ja, das ist wirklich schwer zu sagen. Ich weiß es auch nicht, ob gerade die Leute, die Sie meinen, besonders wenig von dieser Zeit wissen oder wissen wollen. Es wäre möglich, daß die Schule ihnen die echte Fragehaltung gegenüber dieser Zeit abgewöhnt hat. Das könnte sein. Ich habe mir Geschichtsbücher von uns angeguckt, speziell über diese Zeit, und habe gefunden, daß da Gott sei Dank – das ist ja wirklich unser großer Fortschritt – nichts Falsches steht. Es steht dort, wie es war. Andererseits weiß ich von jungen Leuten, daß sie das wie jeden anderen Stoff zur Kenntnis nehmen und nicht angehalten sind durch Lehrer, die übrigens gerade in meinem Alter sein mögen, diesen Stoff emotional aufzunehmen, mit einer tieferen Anteilnahme als etwas anderes. Zum Beispiel die Karte im Geschichtsbuch der neunten Klasse, auf der alle Konzentrationslager verzeichnet sind. Ich habe erlebt, daß junge Leute von dreizehn, vierzehn Jahren in Buchenwald über den ehemaligen Appellplatz gehen und dabei essen und ihre Kofferradios anstellen. Da ist doch etwas in ihnen nicht geweckt worden; ich spreche nicht von Schuldgefühl, sondern von Mitgefühl. Das frage ich mich natürlich. Diese Karte über die KZ ist in den Büchern, und es wird alles richtig berichtet. Und doch habe ich beobachtet, daß diese Karte keine andere Emotion ausgelöst hat als irgendwelche anderen Geschichtskarten im selben Buch.

Ja: Tatsächlich möchte ich das Vergessen schwieriger machen. Das kann man natürlich verurteilen, und ich weiß, daß es viele verurteilen werden, nach dem Motto: Wenn über eine alte Geschichte endlich Gras gewachsen ist, kommt bestimmt ein junges Kamel, das es wieder runterfrißt. Aber das ist genau meine Funktion. Ich bin hier das Kamel, das das Gras von dieser alten Geschichte runterfrißt – mit voller Absicht. Das möchte ich, das will ich. Ob das nun andere wollen oder nicht wollen, das konnte ich beim Schreiben allerdings nicht fragen.

Frage: Sie bringen zum Ausdruck, daß versagtes Mitgefühl unserer Generation in der Kindheit umschlägt in Angst später; daß man nur auf seine materielle Existenz aus ist, daß man sich heute nicht mehr solidarisieren kann mit den Menschen ... Ist das Ihre Frage, der Abbau der Angst, die man sich damals eingehandelt hat? Diese Angst, deren Folge das Vergessen ist? Das verdrängt die Angst, mit seinen Kindern und mit jungen Leuten so darüber reden zu können, daß sie auch emotional ergriffen werden und das merken, daß uns das überhaupt nicht lächerlich war, wenn Adolf Hitler damals zu uns gesprochen hat, sondern daß da etwas los war bei uns, das uns ergriffen hat. Ist der Weg des Schreibens für Sie eine Möglichkeit, diese Angst zu überwinden, und was schlagen Sie den Menschen vor, die nicht die Möglichkeit des Schreibens haben, diese Angst abzubauen?

Christa Wolf: Sie haben unheimlich genau gefühlt, worum es auch geht. Das ist so, ja. Für mich ist das ein Weg, Angst zu überwinden. Oder falls sie nicht zu überwinden ist, sie mir bewußt zu machen und mit ihr leben zu können, ohne durch sie eingeschränkt zu werden.

Ich will etwas genauer sein, weil es ein Kernproblem dieses Buches ist, wie Angst entsteht. Ganz am Ende gibt es ein Kapitel, das wird beginnen: Ein Kapitel Angst – und wird noch einmal aufrühren und zusammenfassen, was alles für Ängste auf schauerlichste Art in uns aufgebaut wurden. Zum Beispiel die Angst gegenüber anderen Völkern. „Der Russe" als Angstfigur: Wie war das überhaupt möglich, wie hat man das geschafft, und auch: auf welche Weise werden solche realen Ängste abgebaut. Man verliert die Angst vor Menschen – Völkern, Gruppen, die man kennenlernt. Das ist ein verhältnismäßig – ich sage verhältnismäßig – einfacher psychologischer Vorgang. Da kann man ein falsches Bild, ein Angstbild, durch Korrigieren verlernen. Es ist ein für die heutige von verzerrten Angstbildern geprägte Menschheit bedeutsamer, vielleicht lebensrettender Vorgang.

Anders wiederum ist es mit der Angst, die keinen Grund zu haben scheint und von der sehr viele, glaube ich, von Zeit zu Zeit befallen sind. Und da ist es viel schwieriger, zu finden, wo das mal angefangen hat und warum sich das so lange hält. Und warum Angst bei ganz bestimmten Signalen immer wieder da ist. Warum zum Beispiel viele Leute unserer Generation so eine schreckliche Angst vor Autoritäten haben. Wann hat man ihnen das nur eingeimpft? Warum können bei uns so viele Leute sich nur unter Angst gegen Autoritäten aufrichten, „Männermut vor Königsthronen" so schwer zeigen? Das hat doch Gründe. Darum finde ich auch, daß dies ein Gegenwartsbuch ist, weil es versucht, mitzubeschreiben, was vorher war, ehe die Leute sich so verhielten, wie sie sich heute verhalten.

Ja, ich sehe auch, daß ein Schreibender oder Malender oder sonst in der Kunst Tätiger im Vorteil ist. Denn er hat eine Möglichkeit, sich mit Konflikten auseinanderzusetzen, die wirksam ist. Aber ich glaube eigentlich, daß jeder das kann, der wirklich will und es braucht, indem er es mit sich selber und in Gesprächen mit anderen tut. Nur, warum sprechen wir so wenig miteinander? Warum eigentlich? Aus Angst natürlich. Aber wovor denn, um Gottes willen? Doch meist nicht vor irgend jemandem, der uns irgendwas tun könnte. Angst vor uns selber, daß wir irgend etwas herauslassen könnten, was der andere nicht vergißt, womit wir uns ihm in die Hand geben würden. Er sollte es möglichst vergessen, aber er vergißt es nie, und dann sagen wir es lieber erst gar nicht und sitzen zusammen und reden über das Wetter und über Klatschgeschichten und reden niemals – ich übertreibe, viele haben hoffentlich Leute, mit denen sie reden –, aber viele Leute reden niemals, glaube ich, über das, was sie wirklich beunruhigt. Und das finde ich schlimm.

Frage: Ich setze große Erwartungen in Ihren Roman! Es geht um die Erfahrungen meiner Eltern, vor allem um eine Wertung ihrer Erfahrungen in der faschistischen Vergangenheit. Ich hoffe, verschiedene Dinge besser begreifen zu können, auch solche, die meine eigene Kindheit und Jugend betreffen.

Christa Wolf: Ich verstehe schon, was Sie meinen. Nur das ist schon eine Erwartungshaltung, die mich fast ein wenig bedrückt. Erstens: Ein Buch kann nicht alles leisten, und auch ich kann das alles natürlich nicht. Ganz bestimmt werde ich nicht alle Erwartungen erfüllen. Und wissen Sie, gerade die Kindheit ist so ein – ich habe das jetzt gemerkt, als ich das schrieb, ich habe das vorher nicht gewußt, ich weiß gar nicht, ob ich das dann gemacht hätte –, aber die Kindheit ist ein unheimlich intimes Erlebnis, und in ihr gibt es so vieles, dessen man sich schämt, alles mögliche, worüber man nicht spricht; ich glaube, daß das zum Teil auch generationsspezifisch ist, so daß die Kindheitsmuster Ihrer Generation sicher mal von Leuten Ihrer Generation beschrieben werden müssen. Was davon in diesem Buch sein wird – ich hoffe, es wird einiges darin sein –, das ist natürlich der Reflex, den ich davon habe. Aber ich stecke nicht in euch drin. Ich habe in mir dringesteckt, obwohl ich es fast nicht mehr glauben kann. Aber ich stecke nicht in denen drin, die heute zwanzig sind. Ich versuche das sehr genau zu sehen und sehr interessiert und engagiert, aber doch weiß ich genau: Ich bin nicht drin.

Also ich hoffe sehr, daß einer von Ihnen, wenn er fünfundzwanzig, dreißig oder älter wird, das dann schreiben wird für seine Generation. Das sind wirklich Dinge, die man als Stoff nicht delegieren kann. Aber Sie haben vollkommen recht: Ich wünsche mir, daß Ihre Generation in dem Buch etwas für sich findet – vielleicht in dem Sinne, wie Sie es eben gemeint haben. Das weiß ich nicht, ich hoffe es nur.

Frage: Ich glaube, die Befürchtungen, die Sie jetzt aussprechen, sind etwas zu stark. Ich glaube, indem wir uns ganz ehrlich und intensiv mit diesen Problemen, die eben *nicht* ganz bewältigt sind, indem wir uns mit diesen Problemen ganz intensiv auseinandersetzen, verkürzen wir unter Umständen doch den „biologischen Prozeß" für die Jugend heute. Denn Sie haben zu Beginn gesagt – auf die Frage, warum Sie sich nicht einem heutigen Stoff zuwenden konnten –, für Sie sei das ein heutiger Stoff. Ich glaube, der Stoff ist heute auch so aktuell, weil er von Ihnen aus der heutigen Zeit reflektiert wird, und insofern, glaube ich, ist es wichtig, daß Sie sich selbst gegenüber ehrlich bleiben. Auch auf die Gefahr, daß eventuell die Zahl Ihrer Leser etwas schrumpft, dafür aber die, die es lesen, etwas intensiver, und mit mehr nach Hause gehen zum Schluß. Das halte ich für sehr wertvoll, und ich finde, daß es insgesamt darum geht, sich ehrlich zu äußern, sich nicht nur in bestimmten Richtungen zu äußern.
Christa Wolf: Ja, das ist schon wahr, das stimmt, das sollte man versuchen. Und ich sage auch nicht – ich würde überbescheiden tun, und es wäre nicht ehrlich, wenn ich sagen würde: Ich glaube nicht, daß junge Leute hier etwas finden. Denn ich hoffe es sehr, daß sie was finden werden. Nur, was ich vorhin meinte, das stimmt einfach: Die Wahrheit ist konkret. Und die konkrete Wahrheit Ihrer Jugend ist eine andere als die konkrete Wahrheit meiner Jugend. Es gibt auch Erfahrungsmuster, die für Jugenden allgemein gelten oder in einem bestimmten Jahrhundert gelten, in einer bestimmten Nation oder in einer bestimmten Gesellschaft. In diesem Sinne hoffe ich schon, daß man etwas Verallgemeinertes findet.

Und dann noch etwas zum Thema Ehrlichkeit. Da habe ich vielleicht auch zu große Hoffnungen geweckt. Gerade gestern habe ich in dem Kapitel, an dem ich jetzt arbeite, geschrieben, daß es eine Illusion sei, daß man ganz aufrichtig sein könne. Diese Illusion möchte ich nicht erwecken. Ich habe das sehr wohl bemerkt, schon früher, aber diesmal ganz besonders, daß es einem nicht gelingt, ganz aufrichtig zu sein. Aus vielen Gründen, die zum großen Teil bei einem selber liegen. Ich habe nicht die Tendenz, das nach außen zu schieben, am allerwenigsten auf irgendeine gesellschaftliche Instanz, die das etwa verhindern würde. Das, glaube ich, sollte man gelernt haben, daß das nicht maßgebend ist; maßgebend ist, was man selber schaffen kann, sich selbst gegenüber. Und das schafft man immer nur annäherungsweise. Und so ist es auch in diesem Buch, das weiß ich jetzt schon, das muß ich in Kauf nehmen.

Frage: Ich glaube, daß in unserer Generation ein ganzes Stück Vergangenheit durch dieses Buch angeregt wird, denn diese Generation ist jetzt verantwortlich in Wirtschaft, Politik, in der Kunst und der Pädagogik. Meistens wird man nur noch autoritärer, als man schon ist, weil keine Zeit für Auseinandersetzungen dazusein scheint. Es wäre ein großer Erfolg, wenn unsere Generation zu Reflexionen dieser Art durch die Lektüre Ihres Buches gezwungen würde.

Christa Wolf: Wissen Sie, die Leute, die Sie eben jetzt im Sinn hatten, lesen das Buch wahrscheinlich nicht. Nicht aus bösem Willen, sie haben dazu nicht die Zeit, ihr Leben verläuft jenseits der Literatur. Aber Sie haben vollkommen recht: Es ist mir öfter passiert, in Gesellschaft zu geraten von Menschen etwa meines Alters, etwas älter auch, die nur ein paar Schnäpse brauchen, ein paar Gläschen Wein, um eine ganz andere Schicht ihrer Person aus sich hervorzukehren und ganz andere Lieder zu singen, als sie eben noch gesungen haben. Ich muß sagen, ich werfe ihnen das – doch, ich werfe es ihnen schon vor, aber ich verstehe es auch. Denn das sind die Folgen, wenn man nie über sich selber nachgedacht hat, nie reflektiert, nie sich einer Schuldfrage wirklich gestellt hat. Man kann das delegieren: Wir haben die „bessere Geschichte" auf unserer Seite, und die anderen haben Pech, sie haben die alten Nazis. Aber ich meine, wir können uns zwar auf die bessere Tradition berufen –

was übrigens wirklich ein ungeheures Glück ist und sehr produktiv machen kann; aber nur dann, wenn man alles andere nicht vergißt, auch nicht im eigenen Leben; das nützt nichts. Aber viele ziehen Verdrängen vor.

Und daher kommt es dann, daß Dreißigjährige – übrigens, so eine Szene kommt hier vor – am Lagerfeuer im sozialistischen Ausland haarsträubende Lieder singen. Das ist einer der Gründe dafür, daß ich das Buch schreibe. Nur, wissen Sie, zuviel kann man sich nicht zutrauen oder glauben, erreichen zu können; die Literatur – ich glaube, sie wirkt stark, aber sie wirkt auf solche unterirdische Weise, daß man es sehr schwer messen kann.

Ich habe mir überlegt: Ich war 1945 gerade sechzehn Jahre alt, als der Krieg zu Ende war, und habe noch danach, ein, zwei Jahre danach, alles an alten Büchern, was mir zufällig in die Hände fiel, verschlungen. Mit Gier und Genuß. Ich meine jetzt nicht die Nazibücher im engeren Sinne, sondern dieses ganze verschwommene, schwülstige Binding-Zeug und Carossa und Jelusich. Daran zeigte sich, daß mein ganzer Wahrnehmungsapparat offensichtlich beschädigt war. Ich sah nicht klar. Ich sah nicht in der Literatur klar, aber das zeigte nur, daß ich auch in der Realität absolut nicht klarsah. Da war etwas ernsthaft beschädigt.

Und nun die Frage: Was heißt „sich verändern"? Um noch etwas dazu zu sagen, was vorhin gefragt wurde: Die Antwort läuft bei mir im Grunde darauf hinaus, daß man die schwerbeschädigten Apparate zur Wahrnehmung und richtigen Reaktion auf die Realität wieder in Ordnung bringt; daß man es schafft, in der Realität zu leben, mit der Realität und realitätsgerecht – das heißt, selbst so zu handeln, daß die Realität davon beeinflußt wird. Das alles war ja nicht einmal als Möglichkeit vorhanden. Da war eine ganze Generation, und nicht nur eine, in den Grundlagen psychischen Daseins auf dieser Erde tief beschädigt. Und das ist nicht so leicht zu reparieren. Das ist nicht vorbei, wenn man zwei Jahre später sagt: Donnerwetter, der Marx hat aber recht.

Frage: Haben Sie in Ihrer Kindheit Menschen getroffen, die kritisch über Adolf Hitler und über den Nazismus und über den Endsieg geredet haben oder die politische Witze erzählt haben?

Christa Wolf: Nicht einen, nicht einen! Das ist es ja. Nicht einen! Und deshalb war ich auch immer ein wenig unbefriedigt – bei allen sehr großen Verdiensten, die ich jenen Büchern über diese Zeit zuspreche, die bei uns erschienen sind. Ich fand nicht in einem Buch meine Erfahrung wieder; sondern es war doch meist so: Irgendwann kam dann doch einer zu dem jungen Helden und sagte: Hör mal zu, Junge, jetzt gehst du aber wirklich ganz falsch. Und ich dachte: Ich muß ja wirklich ein ausgesprochenes Ausnahmewesen gewesen sein, daß mir nicht eine einzige solche Sache passiert ist – bis dann auf der Flucht, die auch beschrieben wird, ein KZ-Häftling mit uns am Lagerfeuer saß und sagte: Wo habt ihr eigentlich alle gelebt!

Das war eine Frage, die ich überhaupt nicht verstand. Ich habe nur diese Frage behalten, und viel, viel später habe ich sie erst verstanden.

Frage: Was mich so sehr beeindruckt hat an diesem Kapitel, das war, daß diese Schülerin, das BDM-Mädchen, trotz anderer Gesinnung den Lehrer nicht anzeigt. Das unterscheidet diese Literatur auch von der in der Schule behandelten, wo die Rede davon ist, wie kritisch man in der Zeit des Faschismus gewesen wäre. Nichts von innerer Emigration, alle befanden sich irgendwie im Widerstandskampf gegen die Nazis. Unter Lebensgefahr verstecken sie Juden oder Kommunisten. Ich war bei Kriegsende fünf Jahre alt und bin wirklich nicht schuldig geworden. Und trotzdem, ich habe mit Leuten gesprochen, Klassenkameraden, Schulkameraden, die in meinem Alter sind: Es ist so, daß wir eine ganz komische Zwischenstellung haben zwischen den Leuten, die vor uns ganz begeistert waren, und denen, die nach uns begeistert waren, das sind immer die Älteren oder die Jüngeren gewesen. Das ist für mich eine sehr schwierige Erfahrung, daß die in meinem Alter überhaupt nicht begeistert waren. Das kann auch was Gutes bedeuten, ja? Das führt auch dazu, daß man sich ganz furchtbar schämt, daß man Deutscher ist. Ich kriege es nicht raus aus mir, besonders im Ausland. Es ist so, daß man im Ausland irgendwo ist, in der Straßenbahn, da spricht einen plötzlich jemand auf deutsch an und sagt, er war Dolmetscher im Krieg. Es kommt dahin, daß er sagen will: Ich trage euch nichts nach. Es ist so furchtbar, daß man genau weiß, daß auf ihn mein Vater geschossen hat. Ich will eigentlich nur sagen, daß diese Literatur im Grunde genommen ein bißchen erleichtert, weil sie diese Erfahrung ausspricht.

Christa Wolf: Das, was Sie zuletzt sagten, das Problem „Deutscher sein", das kenne ich sehr gut. Und jetzt sage ich etwas, was Sie vielleicht überraschen wird: Ich habe dieses Gefühl vollkommen verloren. Ich habe dieses Gefühl nicht mehr, dieses Schamgefühl, Deutscher zu sein. Es fällt mir eben ein, während das gesagt wird, und zwar weiß ich in demselben Moment auch, wodurch: durch sowjetische Leute, mit denen ich befreundet bin, die alle im Krieg waren, die Offiziere waren oder Frontzeitungen herausgegeben haben; oder ein sowjetischer Geschichtsprofessor, der leider gestorben ist – das kommt übrigens in dem Buch vor –, mit dem ich viel sowohl über Hitler als auch über Stalin gesprochen habe. Es waren sowjetische Leute, die ersten, die nicht Deutsche waren, die ersten, denen ich überhaupt erzählt habe von dieser Zeit und wie ich sie erlebt habe, und auch von der allerersten Nachkriegszeit, und wie ich die sowjetischen Truppen erlebt habe. Das waren die allerersten, die es hören wollten, die allerersten, die gesagt haben: Schreib das! Ich glaube, aus der engen Beziehung mit diesen Menschen habe ich allmählich dieses Gefühl der Scham, Deutscher zu sein, verloren. Ich habe es nicht mehr. Aber ich verstehe es sehr gut, ich kenne es von den ersten Reisen zum Beispiel in die Sowjetunion, daß es schreckliche psychische Anstrengungen waren.

Um noch ganz kurz zum ersten Teil dieser Frage zu kommen. Also dieses Mädchen zeigt ihn nicht an, den Musiklehrer. Es ist eine „wirkliche“ Szene. Dieser Musiklehrer, der seinen Sohn verloren hatte, beschimpfte uns und war damit ungeheuer gefährdet – heute sehe ich, *wie* gefährdet er dadurch war –, indem er sagte: Judenmädchen haben die christlichen Lieder gesungen, und du willst dich weigern, ein jüdisches Weihnachtslied zu singen? – Und dieses Mädchen, meine Freundin, war eine überzeugte BDM-Führerin und hat ihn nicht angezeigt, wäre nicht darauf gekommen, ihn anzuzeigen, weil sie ihn gleichzeitig als Musiklehrer schätzte und eine seiner besten Schülerinnen war. Das ging ja alles nicht so einfach zu. Und das ist es, was ich so gern versuchen möchte, diese Klischees etwas aufzuweichen.

Frage: Wenn ich Sie recht verstanden habe, geht es Ihnen darum, zu fragen: Was ist eigentlich mit uns geschehen? Das heißt: Wie konnte es dazu kommen? Ihr Buch ist natürlich sehr viel länger als das, was Sie vorgelesen haben. Dennoch die Frage: Was ist mit uns geschehen? Wie konnte es dazu kommen? war mir noch nirgends beantwortet. Und darüber hinaus die Frage, welche mich mehr noch bewegt als die erste: Kann das nicht wieder passieren?

Christa Wolf: Zum ersten Teil Ihrer Frage kann ich jetzt nicht viel sagen. Ich sagte am Anfang, daß ich mir nicht vorstelle, daß ich hier die Frage: Wie konnte das geschehen? beantworte. Das eigentlich nicht. Eher vielleicht die Frage: Wie sind wir so geworden, wie wir sind? Das ist eigentlich eine Frage, der ich etwas näherzukommen suche. Ich denke, daß etwas davon im Laufe des Buches aufdämmern wird. Denn ich glaube, daß so manches, was unsere Generation heute tut oder nicht tut, noch mit der Kindheit zusammenhängt. Wenn die Kindheit wirklich eine wichtige Zeit im Leben eines Menschen ist, dann sollten wir nicht so tun, als ob wir, als wir sechzehn waren, als der Faschismus zu Ende war, nun „neue

Menschen“ werden konnten. Und daß eine so verbrachte Kindheit ohne Folgen bleiben kann.

Aber nun zur zweiten Frage: Ja, ich denke, das kann hier nicht wieder passieren. Doch wie man sieht, ist die Welt als Ganzes ungeheuer gefährdet in bezug auf faschistische und faschistoide Einflüsse. Und die Gründe, warum es hier nicht wieder passieren kann, sind in erster Linie historischer Art, glaube ich. Ich will mich hier nicht zum Propheten aufschwingen, aber es sind hier die Bedingungen dafür nicht da. Während es an vielen Stellen der Welt, wie wir gesehen haben, Bedingungen gibt, die einen Ausbruch von nackter Gewalt und Brutalität und ihre Etablierung als Staatsform nicht nur erlauben, sondern offenbar für lange Zeit verfestigen können. Das sind wirklich historisch bedingte Vorgänge.

Etwas anderes ist jetzt Ihre Frage nach den subjektiven Momenten. Da gibt es im Manuskript auch verschiedene Hinweise darauf, daß ich mit den Gefährdungen einzelner Leute – manchmal ist es nur Gedankenlosigkeit, manchmal aber auch mehr – durchaus sehr vertraut bin, auch bei uns hier. Da gibt es noch vielerlei: Gedankenlosigkeit, Unwissen, ungelebtes Leben. Da treten plötzlich noch Züge in den Leuten hervor, die einen erschrecken lassen, auch bei uns.

Frage: Brauchen Sie einen authentischen Stoff, und hängt der Vorgang des Schreibens von Ihrer Distanz zu bestimmten Ereignissen ab?

Christa Wolf: Ich habe hier die Distanz von fast dreißig Jahren gebraucht – fünfundzwanzig Jahre, als ich anfing: Die Größe, die Länge der Distanz hängt ab von der Schwere der Betroffenheit in diesem Fall, die Schwere der Verletztheit, der Verwundung, die man ausdrücken muß, erlaubte es – wieder in diesem Fall – nicht, früher daran zu rühren. Daraus erklärt sich die Zeitspanne, die ich gebraucht habe, bis ich damit anfing. In anderen Fällen kann das viel kürzer sein. Das ist so ein Lebensstoff, der diese Zeit gebraucht hat. Er ist unterschiedlich, will ich damit sagen.

Frage: Sie sagten, die Vergangenheit sei noch nicht bewältigt. Ist sie denn überhaupt zu bewältigen? Es ist doch so – wir sind beim Thema Vergangenheit –, da sind die Jugendlichen doch vollgestopft bis obenhin. Die Jugendlichen lesen und interessieren sich dafür, obwohl sie da noch gar nicht gelebt haben. Aber gerade die Älteren, an die es vielleicht adressiert ist, die interessiert es überhaupt nicht. Die meisten sprechen nicht davon.
Christa Wolf: Ich habe auch oft den Eindruck, daß es so ist. Die ältere Generation, die älter ist, als ich bin, die diese ganze Frage der Schuld ja im Grunde auf sich hätte beziehen müssen, ist am weitesten ausgewichen, die ist am schwersten zu bewegen, darüber zu reden oder vielleicht auch zu denken. Was sie denken, wissen wir ja nicht. Unsere Generation, die zu jung war, um im direkten Sinne schuldig zu werden, im Sinne von Handlungen schuldig zu werden, hat die ganze Last dieser Schuld an sich erlebt und erfahren. Das glaube ich wohl sagen zu können. Und die noch Jüngeren, die stehen natürlich jetzt in uns schon ihren Eltern oder Erziehern gegenüber und sagen: Was war denn eigentlich los, wie war denn das, was habt ihr da eigentlich gesehen, getan und gedacht? Es ist schon etwas kompliziert. Und wenn Sie so fragen: Ist es zu bewältigen? Dann kann ich nur glatt sagen: Nein. Sechs Millionen ermordeter Juden sind nicht zu bewältigen. Es ist nicht zu „bewältigen", daß zwanzig Millionen sowjetischer Menschen umgebracht worden sind. Das alles ist nicht zu bewältigen.
Zuruf: Hat dann das Schreiben darüber einen Sinn?
Christa Wolf: Das müßte ich eigentlich Sie fragen. Für mich hat es einen Sinn. Ich will ja auch noch weiterleben. Ich lebe nicht nur bis heute. Es kann durchaus sein, daß ein Teil der Leser findet, daß der Bedarf durch Bücher, die es darüber schon gibt, gedeckt ist und daß es dann unnötig wäre. Darüber kann ich nicht urteilen. Aber es wäre eine Anmaßung, das schreibend zu „bewältigen".

Aber eine andere Frage ist – die kann man verschieden beantworten, das sagte ich vorhin schon –, ob man in sich selbst dauernd mit den Erfahrungen leben soll, die man im Grunde vergessen möchte, ob das einen Sinn hat, ob das dazu beiträgt, daß man produktiv bleibt. Meine Erfahrung ist, man braucht es, um produktiv sein zu können. Wobei darin Gefahren liegen, die ich auch ganz gut kenne: Wenn man an so einer Sache arbeitet, wird sehr viel aus der Vergangenheit in einem frei. Es kommen viele Träume vor in diesem Buch, in der Zeit, in der man an einem derartigen Stoff arbeitet, da träumt man nicht gut, klar. Es wird Angst frei, von der man gar nicht gewußt hat, daß sie noch da ist, und die sich auch auf die Gegenwart bezieht und die man jetzt erst versteht: Warum man in der Gegenwart vor Dingen Angst hat, die im Grunde nicht gefährlich sind. Aber es hat sich an ganz bestimmte Vorgänge, die zum Beispiel mit Autorität verknüpft sind, Angst gebunden. Und wenn man sich das nie klarmacht und nie lernt, dagegen bewußt anzuleben, wird die Angst bleiben.

Frage: Sie haben zu Anfang gesagt, daß Sie sich im wesentlichen – so habe ich es jedenfalls verstanden – an die Altersgenossen und Altersgenossinnen wenden, die alles so wie Sie erlebt haben, und daß Sie die Frage offenlassen, ob die Jugend, das heißt diejenigen, die das nicht erlebt haben, das auch so versteht. Und aus dem, was Sie uns heute vorgelesen haben, kann man entnehmen, daß Sie im wesentlichen versuchen, bei den Menschen, die das erlebt haben, die Erinnerungen mit Hilfe von Assoziationen einer neuen Wertung zuzuführen. Nun ergibt sich für mich die Frage, ob Sie daran glauben, daß es wirklich eine Information, eine Erfahrungsvermittlung von einer Generation zur anderen gibt; denn man macht immer wieder die Erfahrung, in den verschiedensten Lebensbereichen, daß junge Leute sehr bereitwillig und auch mit dem Bestreben sich der Vergangenheit nähern, Informationen ganz differenziert aufzunehmen, und es dort doch eigentlich nicht begreifen, wo man nur intellektuell aufnimmt. Aber man kann eigentlich nur etwas richtig verstehen, was man so assoziativ in sich befestigt, als Erinnerung befestigt hat, als Emotion durchlebt. Und in diesem Sinne noch mal die Frage: Glauben Sie, daß diese ganz umfassende differenzierte Erfahrung eigentlich weitergebbar ist?

Christa Wolf: Das ist eine ziemlich schwierige Frage.

Frage: Ehe Sie antworten, noch Solidarität als Stichwort. Es ist Ihnen sicher aufgefallen, daß die Jugendlichen, als der Putsch in Chile war, eigentlich erst ein paar Tage brauchten, um das zu verarbeiten, um zu einer Solidarität zu kommen.

Ich glaube, Sie sprechen mit Ihrem Buch ein Problem an, und zwar: Solidarität – ist das nicht weitestgehend aus unserer Sicht, zum Beispiel gerade auf Chile zugeschnitten, Rationalität? Ist uns das überhaupt emotional zugänglich – vom geographischen Abstand her, von der nationalen Entwicklung, vom Volkskolorit? Und damit stellt sich auch die Frage: Ist für uns heute überhaupt die Frage des Faschismus begreifbar in dem Sinne, wie Sie sie dort aufwerfen? Und insofern halte ich dies für ein Buch, das uns auch sehr viel zu sagen hat, glaube ich; daß es aber nicht nur rational zugänglich ist, dafür scheint mir Ihr Traum auch symptomatisch zu sein, der in diesem Kapitel vorkommt: der Traum mit der Schaukel. Den Traum können Sie haben, den kann ich nicht haben. Und da ich diesen Traum nicht haben kann, kann ich zum Beispiel zu Chile kein weitestgehend emotionales Verhältnis haben, sondern ein hauptsächlich rationales Verhältnis.

Ihr Buch wird anscheinend in den Lesern vieles wieder hervorbringen und aufrühren. Ich frage trotzdem: Ist der Faschismus emotional für uns Jüngere verständlich? Denn darum geht es Ihnen ja. Ich meine, daß es rational klar ist, woher das kommt, ökonomisch, politisch, sozial – das ist geschenkt, das haben wir uns an den Schuhsohlen abgelaufen; das sollte man zwar auch immer wieder mal hören, dagegen bin ich gar nicht. Aber emotional ist das, glaube ich, uns nicht zugänglich.

Frage: Ich möchte noch dazu sprechen: Die Frage der fehlenden Emotionalität, die hier beklagt wird, bei der Solidarität, das ist meiner Meinung nach nicht auf Entfernung und solche Dinge, nicht auf verschiedenes Volkskolorit zurückzuführen, sondern ganz wesentlich auch auf die strenge Kanalisierung dieser Solidaritätsbewegung.
Christa Wolf: Ja, das glaube ich auch. – Das haben Sie richtig herausgefühlt aus diesem Kapitel – das ganze Buch ist so –, daß ich versuche, die rein rationale Vermittlung von Wissen oder Erfahrung zu durchbrechen – und zwar nicht, weil ich etwa antirational wäre; das bin ich sicherlich nicht. Aber weil ich auch diese Erfahrung habe. Ich habe mir in dieser Zeit natürlich sehr viel überlegt: Wann und wodurch hast du denn wirklich etwas nicht nur verstanden, sondern wann ist wirklich etwas Neues in Bewegung gekommen, eine neue Qualität in der Möglichkeit, zu leben und zu handeln. Das waren immer Situationen, in denen eine Emotion in Bewegung gesetzt wurde. Und mir scheint, daß wir in bezug auf die Vergangenheit – eben besonders auf dieses Stück unserer Vergangenheit, aber auch auf andere Abschnitte der Zeit, die wir erlebt haben – Emotionen zu weitgehend herausgefiltert haben. Die stehen neben den Erkenntnissen, man ist mit ihnen allein. Das hängt damit zusammen, daß die Einsicht, sich geirrt zu haben, leichter zu ertragen ist als Scham und daß überhaupt zutreffende Erkenntnisse nicht so schwierig zu erwerben sind wie „richtige" Gefühle. Das eine ohne das andere macht aber merkwürdig gespaltene Menschen, wie wir sie ja um uns sehen.

Ich sprach über unsere Geschichtsbücher: Wie wird dort der Faschismus behandelt. Eines Tages fragte unsere jüngere Tochter uns: Wer war eigentlich dieser Eichmann? Da waren wir entsetzt, daß sie das nicht wissen konnte. In ihrem Geschichtsbuch war dieser Name wirklich nicht genannt. Es ist also kein Versuch unternommen – auch in den Deutschbüchern wohl nicht –, gerade junge Leute auf diesen Typ eines sogenannten „Schreibtischmörders" aufmerksam zu machen. Zu erklären, welche historische Entwicklung so einem Typ zur Macht verhelfen kann. Wie eine solche Erscheinung überhaupt entstehen konnte auf deutschem Boden. Es gibt einen Ausspruch eines Polen, Kazimierz Brandys: Faschismus gibt es überall auf der Welt, aber die Deutschen sind seine Klassiker gewesen.

Ich muß sagen, daß das einer der Sätze war, die mir einen entscheidenden Stoß für dieses Buch versetzt haben. Ich habe sofort verstanden, daß er recht hat. Es ist wahr. Einen Hitler-Typ, einen Diktator, den kann man sich fast überall – natürlich national gebunden – vorstellen. Aber Himmler und Eichmann, das sind schon spezielle Erfindungen, die hier auf einem ganz bestimmten Boden, unter ganz bestimmten Bedingungen sich entwickeln und zur Macht kommen konnten. Das muß man wirklich, glaube ich, wieder durchdenken und versuchen zu durchleben.

Es ist eine Frage, die ich auch nicht schlüssig beantworten kann: Wieweit kann eine Generation der nächsten ihre Erfahrungen vermitteln? Aber vorher ist doch die Frage: Wieweit versucht sie es überhaupt? Sie kann es bestimmt weitergehend, als sie es bis jetzt tut, als wir es tun oder als es die Generation vor uns es mit uns getan hat.

Ich persönlich hatte Glück. Ich habe, als ich noch ziemlich jung, aber doch schon erwachsen war, Menschen getroffen, die keine Nazis gewesen waren und die mir mehr über diese Zeit erzählt haben, als in der Zeitung stand, stehen konnte, oder in den Geschichtsbüchern, oder als sie selbst in ihren Büchern schrieben, denn es waren zum Teil Schriftsteller. Und das war für mich sehr wichtig. Aber es hat – das ist mir jetzt erst klargeworden beim Schreiben –, es hat dazu geführt, daß zwischen den Lebensepochen der Kindheit – sagen wir: bis sechzehn Jahre – und einer neuen Etappe, wo sich, oberflächlich ausgedrückt, ein „neues Weltbild" formiert hatte, eine Art Niemandsland liegt, und daß diese beiden Epochen, die jede für sich ziemlich deutlich und klar sind, getrennt sind durch einen Streifen von merkwürdiger Farblosigkeit. Das sind alles Probleme, die hängen mit der Emotionalität zusammen. Und damit, was man wirklich erlebt und erfährt durch Emotionen. Bei uns ist es üblich, ich meine auch im Elternhaus, die Erziehung möglichst nicht über starke Gefühle laufen zu lassen. Bloß nicht zuviel Gefühl! Bloß nicht exaltiert werden! Bloß nicht in Tränen ausbrechen, wenn da Leute umgebracht werden auf dem Bildschirm, und bloß nicht das Abendbrot dabei unterbrechen!

Das ist ein Zug der Zeit, und das ist genau der Zug, der die Jüngeren hindert, Assoziationen zu empfangen, und die Älteren, sie weiterzugeben. Wieweit es zu durchbrechen ist, weiß ich nicht.

Frage: Ich denke, Ihr Buch betrifft auch mich. Ich war damals zwölf Jahre. Ich freue mich darauf, wenn es kommt, um mich selber mit mir auseinandersetzen zu können. Bei der Frage, ob die jüngere Generation etwas sagen kann zur Bewältigung der Vergangenheit . . . Ich glaube es nicht, denn sie haben ja noch nichts zu bewältigen.

Christa Wolf: Alles kann ich heute nicht beantworten, und das Buch müßte auch erst ganz vorliegen. Mir geht es nicht darum, daß junge Leute, die auf diesem Gebiet glücklicherweise nichts zu bewältigen haben, künstlich in einen Zwang hineingestellt werden, sich in diesem Sinne damit auseinanderzusetzen. Das wäre, glaube ich, unsinnig. Im Gegenteil, sie sollen froh sein, daß sie eben *nicht* das alles miterlebt haben. Etwas anderes wäre mir wichtig. Ich glaube, daß sehr vieles, was auf der Welt passiert, deshalb passieren kann, weil wir keine Phantasie haben, weil wir keine Vorstellungskraft haben, uns hineinzudenken in Leute, denen das gerade geschieht. Aber je kleiner die Welt durch die Technik wird, desto wichtiger ist es, die Tugend der Einfühlung in Fremdes zu entwickeln. Und das kann man eigentlich an jedem einigermaßen guten Buch üben, denn Literatur soll unter anderem gerade das tun: Vorstellungskraft üben, die eigene Phantasie entwickeln. Und das heißt, bezogen auf diesen Gegenstand: die Geschichte des eigenen Volkes, der eigenen Klasse auf sich beziehen lernen, damit die Zeitgeschichte einen fähig findet, richtig zu empfinden und nach eigenem Urteil zu handeln.

Frage: Haben Sie zur Gegenwart ein literarisches Verhältnis, oder sind in Ihnen mehrere Personen, die unterschiedlich reagieren auf die Gegenwart?

Christa Wolf: Am liebsten und schnellsten könnte ich jetzt antworten: Ich habe zur Gegenwart kein literarisches Verhältnis. Es würde auch zu einem großen Teil stimmen, weil diejenigen Ereignisse und Vorgänge oder Handlungen, in die ich hineingezogen werde, die mich besonders stark berühren, absolut „unliterarisch" von mir erlebt werden. Das heißt, ohne diese Beobachterposition, ohne dieses Gefühl: Ah, schreibst vielleicht mal drüber; oder: Das wäre mal eine Figur! Das ist absolut weg. Was man „berechnend" erlebt – mit dem Blick auf literarische Verwertbarkeit –, ist nach meiner Erfahrung verdorben, unbrauchbares „Material".

Allerdings stimmt es schon: Man ist nicht ungestraft Literat, das muß ich zugeben. Es gibt Augenblicke und es gibt Zeitspannen, in denen es ruhiger wird, in denen man nachdenkt über die Erfahrung dieser Zeit. Da spürt man, daß man die Dinge auch schon, während sie sich ereignet haben, anders gesehen hat, als wenn man nicht schreiben würde. Das ist eine merkwürdige Sache. Ich habe in letzter Zeit öfter darüber nachgedacht, weil jemand, der mal ein Buch geschrieben hat und nie wieder eins schreiben wird, sich als Schriftsteller bezeichnete und diesen Beruf für sich in Anspruch nahm. Dagegen ist ja überhaupt nichts zu sagen. Es geht auch nicht etwa darum, den Schriftstellerberuf hier zu veredeln: Die Motive zum Schreiben sind nicht „edel" – darum geht es gar nicht. Es geht um eine sachliche Erfahrung – nämlich die, daß man anders lebt, wenn man – und sei es nur alle zehn Jahre – ein Buch schreibt, aber die ganze

Zeit über sich selbst als Schriftsteller sieht. Oder ob man lebt – normal wie jeder andere, wie ja übrigens auch ein Schriftsteller – und eben mal, irgendwann mal, über eine bestimmte Sache ein Buch schreibt und dann nie wieder eins schreiben wird, und das dann auch überhaupt keine Rolle weiter in seinem Leben spielt.

Ich weiß nicht, ob ich mich jetzt klar ausdrücke. Es entwickelt sich ein anderes Verhältnis zur Realität und zu sich selbst, vor allem, glaube ich, zu sich selbst, das man mit der Zeit erwirbt, fast sogar etwas widerwillig erwirbt, man kommt aber nicht umhin; das ist einfach so, das kann ich nicht bestreiten. Es ist eine gesteigerte Aufmerksamkeit, ein andauernder Verantwortungsdruck, ein Dauerengagement, die unheimlich stark sind und darauf hingehen, daß man, ob man will oder nicht, dazu da ist, zu beschreiben, was man erfährt. Von einem bestimmten Punkt an nützt es einem nichts, daß man nüchtern genug ist, seinen eigenen Beitrag zur Literatur realistisch zu sehen, ihn also nicht zu überschätzen. Es nützt nichts, ob man sehr gut ist oder weniger gut: Einfach, daß man weiß, man ist dazu da, es zu beschreiben, verändert vieles.

Frage: Ihre Bücher, Frau Wolf, beeindrucken mich immer sehr stark. Und nun frage ich mich manchmal: Wie wirken Sie auf andere, wie spüren Sie die Wirkung Ihrer Bücher? Können Sie von vornherein abwägen, was Sie mit ihnen erreichen?

Christa Wolf: Sie wirken unterschiedlich. Es gibt Leser, die ähnlich reagieren wie Sie, und es gibt andere, die sagen: Die Frau muß in die Irrenanstalt! So ist es mir wörtlich gesagt worden. Das sind zwei Extreme, ziemlich scharfe Reaktionen. Dazwischen liegt eine ganze Menge freundliche Zustimmung, Interessiertheit, auch eine fortdauernde Beschäftigung, die manchmal dazu führt, daß der Betreffende ein Buch wieder vornimmt, das ihm vorher gar nicht so gefallen hatte oder ihm zu schwierig erschien. Aber das ist, glaube ich, ungefähr bei fast jedem Autor so.

Ich weiß aus vielen Briefen, daß es Leser gibt, gerade Frauen, die sich mit bestimmten Figuren identifizieren, die manchmal ein stärkeres Engagement empfinden, als ich es selbst heute empfinden würde oder kann. Das sind vorher unberechenbare Reaktionen. Man weiß nicht, warum gerade dieses Buch, diese Gestalt in diesem Moment auf eine größere Anzahl von Menschen trifft, die sich besonders durch sie betroffen fühlen. Das hängt zusammen mit einer bestimmten gesellschaftlichen Atmosphäre und einem bestimmten Entwicklungsstand, in dem gerade viele Leute sind, in dem der Autor auch war, als er das Buch schrieb. Das merkt man hinterher.

Viele Leser schreiben mir. Oder ich erfahre auch aus solchen Gesprächen wie heute ungefähr von der Wirkung ganz bestimmter meiner Bücher auf Menschen verschiedener Altersgruppen, verschiedenen Geschlechts. Nur muß ich Ihnen sagen, ich versuche, das wieder zu vergessen, mich unbefangen zu halten, soweit ich nur irgend kann. Weil es während des Schreibens tödlich wäre, sich vorzustellen, wie die Wirkung auf bestimmte Leserschichten sein wird. Das geht nicht. Davon muß man sich wirklich frei machen, als ob man – das ist jetzt ein „als ob" in Anführungsstrichen –, als ob man noch nichts geschrieben hätte, als ob man noch keinen Leser dazu gehört hätte, weder positiv noch negativ; man muß versuchen, sich wieder jeden Tag neu eine Freiheit zu erwerben, daß man nicht unter dem Druck einer schon vorhandenen Leserschaft steht – die man andererseits nicht missen möchte.

Frage (Wieland Herzfelde): Die meisten Schriftsteller, die zurückkamen aus der Emigration, haben sich nicht recht ausgekannt in der Frage: Wer ist denn da überhaupt alles schuld? Wie soll man denn die Menschen behandeln, die da mehr hineingeschlittert sind; und ganz und gar die Jugend, die Kinder und auch die Halberwachsenen. Und ich glaube, daß es eine Art Unterlassung war, zu begreifen, daß diese durch den vollkommenen Bühnenwechsel auf der Welt – er schien so vollkommen damals, wie er sich inzwischen als gar nicht so vollkommen herausgestellt hat –, nicht mehr wußten, wie sie da reagieren sollen. Es ist mir passiert, als ich noch Vorlesungen hielt, daß eine Hörerin zu mir kam und sagte: Hören Sie mal, alles, was Sie mir erzählen vom Kampf gegen die Nazis, und überhaupt, das leuchtet mir schon ein. Aber wissen Sie, es gibt doch noch etwas anderes, man konnte sich doch nicht ausradieren ... Da kommt schon dieses Problem, das hier behandelt wird. – Sehen Sie, sagte sie, mir geht es so: Ich bin als Kind in Nazideutschland doch auch sehr oft glücklich gewesen. An was man auch immer denkt, ob es ein Ausflug war, ob es das Sportfest war, ob das ein Familienfest war, es spielte sich alles vor einem Hintergrund ab, und immer gerade die schönsten Erlebnisse waren merkwürdigerweise mit einer Hakenkreuzfahne verbunden. Nun weiß ich, was heute jedermann weiß, wofür die Fahne stand, aber es nützt mir nichts: Ob ich mich erinnere an meine Freundin, wie wir zum erstenmal später nach Hause kamen und dann Krach bekamen ... Ja, wir waren unterwegs, ich habe mich damals gut unterhalten, wir waren lustig bei Wandern und Sport, aber es war immer eine Hakenkreuzfahne dabei. Und die Hörerin wußte nicht recht, wie sie das machen sollte, ihre Erinnerungen an eine schreckliche Zeit schrecklich zu gestalten. Denn sie hatte auch eine Menge schöner Erinnerungen oder zumindest Erinnerungen, die nicht in das Konzept derer paßten, die von Anfang an Antifaschisten waren.

Und hier, glaube ich, haben wir nun, wir Alten, einen gewissen Fehler gemacht, daß wir meinten: Wenn wir die besten Bücher der besten Antifaschisten dieser Jugend in die Hand geben, daß wir ihnen damit Waffen gegeben haben gegen ihre eigenen Erinnerungen. Das geht nicht. Und deswegen, glaube ich, erfüllt das Buch – das ich im Detail noch gar nicht kenne, ich weiß auch nicht, wie es zu Ende gedacht ist – eine sehr notwendige Aufgabe, nämlich die eines besseren Verständnisses der Älteren mit den Jüngeren, die nicht schuld hatten am Hitlerfaschismus, die aber die Schuld, die im Hitlerkrieg aufgewühlt wurde, die vielen Untaten irgendwie mitzutragen hatten, weil natürlich all die Menschen, mit denen sie verkehrten, mehr oder minder Nazis waren, oder sie haben nicht genügend gegen die Nazis gemacht. Ich glaube, das Buch ist ein sehr ehrliches Buch, und ich vermute, es wird ein nützliches Buch.

Frage: Das war eigentlich ein sehr schönes Schlußwort. Ich möchte dennoch eine weitere Frage stellen. Und zwar möchte ich aus dem sicherlich vielen bekannten Artikel von Fritz Cremer zitieren: „Ich meine, als Kommunist hat man die Pflicht, offen über die schwierigsten Probleme zu diskutieren. Bei uns machen einige Künstler Zugeständnisse an die offizielle Politik. Andere versuchen, eigene Wege zu gehen, und kommen dadurch in Widerspruch zu den offiziellen Meinungen. Ich meine, das sind die ernsten Gründe." Dazu möchte ich Sie fragen: Kennen Sie auch diese Schwierigkeiten? Sind Sie selbst schon in Schwierigkeiten zur offiziellen Politik gekommen? Rechnen Sie bei Ihrem neuen Buch mit einer Kritik? Wie würden Sie der Kritik begegnen?

Christa Wolf: Sehr viele Fragen auf einmal. Das ist ein abendfüllendes Thema, was Sie hier vorlegen.

Zuruf: Wir haben Zeit!

Christa Wolf: Ja, Sie haben Zeit? Wissen Sie, wenn Sie mich das vor – sagen wir, vier, fünf Jahren gefragt hätten, dann hätte ich sicher heftig und temperamentvoll darauf reagiert. Inzwischen reagiere ich etwas besonnener, und zwar nicht, glaube ich, weil ich nun auch „eingefangen" bin durch das, was Sie da die „offizielle Politik" nennen oder was Fritz Cremer vielleicht meint – ich glaube, vor vier Jahren, oder wann hat er dieses Interview gegeben? Der Zeitpunkt ist wichtig. Es ist wichtig, ob es heute oder vor vier Jahren gesagt wurde. Denn inzwischen würde auch Fritz Cremer das so nicht mehr sagen, „offizielle Politik" und das, was man in der Kunst ausdrücken will, in einen absoluten Gegensatz stellen, weil gerade in den letzten vier Jahren, wie Sie vielleicht wissen oder nicht wissen, sich doch ein größerer Spielraum eröffnete – das ist in dem Zusammenhang vielleicht kein gutes Wort: mehr Möglichkeiten gegeben sind, Probleme aufzugreifen, Konflikte zu gestalten, die wir vorher nicht ausdrücken konnten oder nicht *so* ausdrücken konnten. Aber: Es hindert doch keiner einen, zu schreiben. Insofern kann man das Verhältnis zwischen Kunst und Politik nicht unhistorisch, statisch sehen – man muß es konkret historisch untersuchen.

Aber das schafft die Grundfrage nicht aus der Welt. Die Grundfrage ist nicht die, ob eine „offizielle Politik" dies oder jenes verbietet. Das ist vorgekommen und wird immer vorkommen, aber das ist eine, finde ich, oberflächliche und langweilige Fragestellung. Heute konnten Sie lesen im Zusammenhang mit der Inszenierung des „Tasso", daß Goethe den Tasso in den achtziger Jahren geschrieben hat und erst 1807 an seinem Weimarer Hof aufführen konnte. Er hat sich auch nicht siebzehn Jahre lang ergrimmt, ist böse umhergegangen und hat gesagt: Ich kann den „Tasso" nicht aufführen! Das ist keine Haltung. Eine produktive Haltung ist viel schwieriger zu erwerben und zu entwickeln. Man kann leicht sagen: Jetzt werde ich die aber strafen, jetzt mache ich nichts mehr. Viel schwieriger ist etwas anderes: produktiv bleiben und gerecht. Ob ich Kritik erwarte? Natürlich erwarte ich Kritik. Und zwar erwarte ich alle möglichen Sorten von Kritik, darunter hoffentlich auch produktive, die die echten Punkte findet, die kritisierbar sind. Aber auch, wenn die nicht ist, dann wird Kritik sein, und es wird alles mögliche gesagt werden, was ich Ihnen heute zum Teil schon sagen könnte, weil es sich nämlich immer wiederholt. Aber das alles ist nicht so wichtig. Wichtig ist, daß man sich selbst im Zusammenhang mit Leuten, zum Beispiel, wie sie heute abend hier sitzen, aber auch mit viel kleineren Kreisen, mit denen man oft zusammen ist, mit einzelnen Lesern, eine schöpferische Haltung erwirbt und bewahren kann. Das heißt auch, daß man nicht entmutigt ist oder jedenfalls nicht auf die Dauer entmutigt ist von meist vorübergehenden Dummheiten, die auftreten und die auch zeitweise sehr mächtig sein können, auch bösartig. Mir brauchen Sie es nicht zu erzählen, es ist so, ich weiß es.

Andererseits: Man selbst lebt nicht so furchtbar lange. Und wenn man vier oder fünf Jahre seines Lebens damit verbringt, sich über Hemmnisse zu ärgern, dann sind diese fünf Jahre weg, und das muß man irgendwann verstehen. Irgendwann muß man begreifen, daß man dazu da ist, ganz bestimmte Sachen zu sagen – deren Wert ich übrigens nicht überschätze, was mich betrifft; aber daß man die eben sagen muß, ganz egal, was gerade der oder jener Politiker oder die oder jene Zeitung davon denkt oder hält. Egal auch, was die Mehrheit der Leser darüber denkt. Und es sind wirklich nicht die schlechtesten und nicht die unberühmtesten unserer Kollegen, die in der Vergangenheit oftmals Jahre und Jahrzehnte haben warten müssen mit Sachen, die für sie sehr wichtig waren und die sie in der Zeit geschrieben haben, die dafür keine Verwendung hatte.

Also ich finde, das ist wirklich, nachdem wir keine kleinen Kinder mehr sind, unsere eigene Angelegenheit: eine gewisse Souveränität zu zeigen und den Raum, den wir hier bei uns ja haben und den ich vor allem als ein fruchtbares Spannungsverhältnis von Autor und Lesern sehe, ganz auszuschreiten. Und darüber können wir uns nicht beklagen, daß wir die Möglichkeit nicht hätten, in ein produktives Verhältnis zu denjenigen zu treten, die das, was wir machen, interessiert. Die natürlich nicht immer nur zustimmen, aber die das eben wissen wollen, die sich daran reiben wollen, die dazu etwas zu sagen haben oder die dann auch sagen wollen: Nein, das ist es nicht, was ich darüber denke. Das ist ja ihr gutes Recht. Und da hat man das Gefühl, daß etwas eingreift, daß da nicht zwei glatte Flächen aneinander vorbeirutschen, sondern daß irgendein Zahnrad eingreift, daß da etwas sich mitbewegt – indirekt, wie eben Literatur überhaupt nur wirken kann.

Und es ist meine Meinung, daß man sich zu dieser Öffentlichkeit achtungsvoll verhalten sollte. Ich spreche jetzt mal nicht von „offizieller Politik“, ich spreche von „Öffentlichkeit“. Und Öffentlichkeit ist bei uns ziemlich gut entwickelt – die sich allerdings nicht in der Zeitung so artikuliert, wie man es sich wünschen würde und wie sie wirklich vorhanden ist, aber an vielen anderen Stellen, darunter auch in Leserpost. Ich habe mich nie isoliert gefühlt, auch in Zeiten nicht, in denen mein Name nicht in der Zeitung erschien. Und deshalb auch nie das Bedürfnis, diesen Lesern untreu zu werden. Das ist die eine Seite. Die andere Seite ist – das will ich nicht herabmindern –, daß eine Zeit, in der sehr massiv dumme, kunstfremde und feindliche Meinungen herrschen und immer und überall vertreten werden, natürlich hemmend wirkt auf die Produktion – auch dann, wenn man versucht, sich dagegen zu wappnen. Da verbraucht man einfach zuviel Kraft, um sich dagegen zu wenden, anstatt die Kraft zu einem produktiven Weitergehen nutzen zu können. Da wird man auch leicht unkritisch gegen sich selbst; denn wenn man sich andauernd gegen dumme Vorwürfe wehren muß, dann kommen die Kritiken, die richtig, die berechtigt sind, die man verarbeiten müßte, schließlich auch nicht mehr an. Man wird unkritisch zu seinen Kollegen, denn wenn der immerzu kritisiert wird aus Gründen, die man nicht teilen kann, sagt man ihm auch nicht mehr die Kritik, die man an seiner Sache hätte, die man vielleicht sagen sollte. Und es geht ihm mit mir natürlich auch so.

Damit will ich nur sagen, daß eine solche Zeit, wie wir sie ja gekannt haben, kunsthemmend und entmutigend gewesen ist. Nur finde ich, man soll dazu kein larmoyantes Verhältnis haben und sich vorstellen, daß der Kampf um den Realismus in der Kunst irgendwann aufhören oder leicht sein wird.

Frage: Wann soll Ihr Buch erscheinen?

Christa Wolf: Das hängt nur von mir ab, wann ich es abliefere. Aber es ist vorgesehen, daß es Ende 1976 dasein könnte. Es dauert ziemlich lange, der Druck. Wenn es zum Beispiel im Januar oder Februar im Verlag ist, kann er es erst, glaube ich, im November bringen.

Frage: Sie sagten, daß Sie auch einen Beitrag zur Vergangenheitsbewältigung unserer Geschichte leisten wollen. Warum nehmen Sie dann die Beispiele aus der aktuellen Zeitgeschichte aus dem Bereich der Länder Chile, USA und Vietnam; warum nicht auch sozialistische Länder?

Christa Wolf: Ich sagte schon, daß in anderen Kapiteln auch Beispiele dafür kommen. Das ist nicht so einseitig. Allerdings kam in der Zeit, in der ich das Buch schrieb, die Haupterschütterung in bezug auf faschistische und faschistoide Entwicklungen, für die ich besonders offen war, die mich besonders betrafen, aus diesen Ländern. Das habe ich aufgenommen. Und was mich auch sehr beschäftigt hat und noch beschäftigt: ein Besuch in den USA und was ich dort glaubte, sehen zu müssen; das sind Dinge, die auch mit der eigenen Biographie gerade in dieser Zeit zusammenhängen. Aber ich verstehe, was Sie meinen, und Sie haben vollkommen recht damit, daß das, was in unseren Ländern uns beschäftigt und worüber wir innerlich in Spannung sind und womit wir uns auseinandersetzen – daß das natürlich gestaltet werden muß. Es ist nur eben die Frage, wann, wie und wo. Von mir, glaube ich, kann ich sagen, daß ich dem nicht ausweichen will.

Frage: Enthält Ihr Roman auch Auseinandersetzungen mit unserer Politik? Eventuell in anderen Passagen, die jetzt nicht vorkamen?

Christa Wolf: Ja, das sagte ich schon. Das hätte keinen Sinn, wenn ich das jetzt herausreißen und erzählen würde. Es gibt einige Passagen, denn es ist natürlich klar, daß Erinnerung sich nicht kanalisieren läßt auf einen Strang. Hier ist bewußt ein Schwerpunkt gesetzt, aber ich denke, daß man in späteren Büchern die danachfolgende Zeit behandeln müßte. Ich meine nicht unbedingt in solchen Büchern, wie dies eins wird; aber daß vieles aus der Zeit nach fünfundvierzig noch genauso „unbewältigt“ ist und daß wir darüber noch zu schreiben haben, ist mir sehr bewußt. Aber man muß sich auch persönlich bestimmte Grundlagen schaffen, von denen aus man weitergehen kann.

1975

Kiefern und Sand von Brandenburg

Gespräch mit Adam Krzemiński

Adam Krzemiński: Jahrhundertlang war die deutsche Literatur eine männliche Literatur, die durch Männer für Männer geschaffen wurde. Wenn in ihr Frauengestalten erschienen – bei Lessing, Goethe, Schlegel oder Theodor Fontane –, so waren sie nur Widerspiegelung der Konflikte in der Männergesellschaft.
Christa Wolf: Das stimmt. Man sollte aber unsere Annette von Droste-Hülshoff aus der ersten Hälfte des vorigen Jahrhunderts oder die Rolle des Salons der Rahel Varnhagen in der nachnapoleonischen Zeit nicht vergessen.
Adam Krzemiński: Jedenfalls würde ich sagen, Gipfel dieser „männlichen Linie" sind die Aphorismen Nietzsches und seine Misogynie. Im zwanzigsten Jahrhundert, vor allem nach dem zweiten Weltkrieg, kommt oft in der deutschsprachigen Literatur das, was wesentlich ist, aus der Feder von Frauen. In Österreich von Ingeborg Bachmann, in der Bundesrepublik von Angelika Mechtel, Gabriele Wohmann und letztens Karin Struck, in der DDR – Brigitte Reimann, Sarah Kirsch, Irmtraud Morgner und vor allem von Ihnen.
Christa Wolf: Vor allem von Anna Seghers!
Adam Krzemiński: Auf Anna Seghers kommen wir noch zurück. Zuerst möchte ich aber fragen, ob alle diese Frauen irgendeine neue Qualität gemeinsam in die Literatur einbringen?
Christa Wolf: Ihre These, daß die deutsche Literatur eine „männliche" Literatur war, hat mich überrascht. Aber ich

bin bereit, ihr zuzustimmen. Wie auch dem, daß alle diese Autorinnen, unter verschiedenen Bedingungen arbeitend, eins verbindet – die von ihnen bewußt in die Literatur eingeführte Emotionalität, ihre Reibung an der noch immer männlichen Gesellschaft.

Adam Krzemiński: Trotz aller Emanzipation?

Christa Wolf: Das ist so ein verbrauchtes Wort. Es ist zum Beispiel charakteristisch, daß sich Ingeborg Bachmann stark gegen eine falsche Emanzipationsform wehrt. In einem ihrer letzten Interviews hat sie gesagt, alle Männer seien krank, sie wüßten es nur noch nicht.

Adam Krzemiński: Sind Sie auch dieser Meinung?

Christa Wolf: Eigentlich nicht, ich würde es etwas anders ausdrücken. Bis heute herrschen gesellschaftliche Bedingungen, die die Männer besonders deformieren. Sie waren in der Vergangenheit, und sie sind es noch heute, unter dem Druck von Leistung und Karriere, und ihnen fällt es besonders schwer, sich vom frustrierenden Zwang zur Anhäufung von Dingen und Positionen zu befreien. Die Frauen dagegen, die hinsichtlich ihrer gesellschaftlichen Rolle unterdrückt waren und außerhalb dieser Mechanismen standen, haben bis heute eine größere Empfindsamkeit behalten und – schämen wir uns dessen nicht – größere Spontaneität und eine andere, menschlichere Wertskala.

Adam Krzemiński: Werte, die durch ein wachsendes Selbstbewußtsein verstärkt werden.

Christa Wolf: Durch die Überzeugung, daß diese moralischen Werte unser Leben retten können, unser – d. h. auch das Leben der Männer.

Adam Krzemiński: Und wie verhalten sich diese moralischen Werte zu den gesellschaftlich-politischen Werten?

Christa Wolf: Das merkt man wunderbar in Diskussionen mit den Lesern, auch mit jungen Männern. Sie erkennen, daß man ihnen neue Formen des Zusammenlebens anbietet, ganz andere Qualitäten als den Kampf um Dominanz, um das Überholen des Partners. Wir berufen uns auf ein Zusammenleben, welches nicht ohne Zärtlichkeit, Empfindsamkeit, Brüderlichkeit, oder – wenn es Ihnen lieber ist – „Schwesterlichkeit" existiert. Diese moralischen Werte sind außergewöhnlich aktuell für die gegenwärtige Gesellschaft.

Adam Krzemiński: Das sind Werte des inneren Lebens, des inneren Empfindens.

Christa Wolf: Nicht nur.

Adam Krzemiński: Auch des Vertrauens zu sich selbst.

Christa Wolf: Der Selbstverwirklichung vor allem. Sehen Sie sich nur die von Frauen geschriebenen Gedichte an. Es gibt in ihnen viel Traurigkeit, die durch ein Unausgefülltsein hervorgerufen wird, aber auch große Erwartungen. Es scheint mir, daß die Männer viel schneller gegenüber ihren Erwartungen resignieren, daß sie sich schneller anpassen, „verstehen", was man darf und was man nicht darf. Frauen – vielleicht aus historischen Gründen, vielleicht auch aus anderen – geben ihre Träume nicht so schnell auf ... Vielleicht sind sie noch zu kurz in der Mühle der Produktion und der Hierarchie, um so abgestumpft zu sein wie viele Männer.

Adam Krzemiński: Dies ist sehr wichtig auch für die Konflikte, die in der DDR-Literatur zum Vorschein kommen. Ein sehr populäres Thema vieler Romane ist das Verlassen des Mannes durch die Frau, die durch seinen Konformismus und Opportunismus enttäuscht ist ...

Christa Wolf: Es ist auch im Leben so, daß sich vor allem junge Frauen in der Ehe sehr schnell schlecht fühlen – der hohe Prozentsatz von Scheidungen bezeugt doch etwas.

Adam Krzemiński: Haben die Männer ihre Identität verloren, wurden schwächer und in ihrer Rolle weniger überzeugend aus historischen, zivilisatorischen und psychologischen Gründen?

Christa Wolf: Männer haben Selbstbewußtsein verloren, ihre Überzeugung von der Unantastbarkeit ihrer Welt und von ihrer gesellschaftlichen Rolle. Es besteht heute

ein Konflikt mit bestimmten traditionellen Werten: Sei stark, paß dich an, mach Karriere. Diese Werte werden noch von der Gesellschaft hoch angesehen, weniger von den Frauen. Ich glaube, daß dies zusätzlich die Streßsituation der Männer vergrößert. Das ist nicht beneidenswert. Deshalb bin ich weit entfernt von einer Verurteilung der Männer. Im Gegenteil. Ich glaube, die Frauen müssen mit der Zeit lernen, zu verstehen, daß sie den Männern helfen sollten, anstatt vor ihnen zu fliehen. Helfen, nicht bei der Karriere, sondern beim Wiederfinden einer neuen Partnerschaft – menschlicher Freundschaft.
Adam Krzemiński: Das ist eine sehr interessante Erscheinung, ein bißchen anders als das, was wir in Polen kennen. Unsere Literatur wurde stärker als die deutsche von Frauen gestaltet. In unserer Gesellschaft besaß die Frau vielleicht auch eine viel höhere Position. Das hing einerseits mit dem katholischen Marienkult und andererseits mit der gesellschaftlichen und politischen Situation Polens im 19. Jahrhundert zusammen. Der Mann war damals erstens nicht imstande, sein Land, seine Frau vor den Eroberern zu schützen; also er war in seiner männlichen Rolle nicht überzeugend. Zweitens waren die Frauen nicht nur ein Hort für die Familien, die durch die Aufstände und die Deportationen ruiniert wurden, sondern sie waren auch ein Hort der Kultur. Am Ende des 19. Jahrhunderts lag die polnische Literatur sehr stark in den Händen von Frauen: Orzeszkowa, Nałkowska, Dąbrowska. Nicht viele Männer konnten sich mit ihnen an Scharfsinn und Charakter messen ...
Christa Wolf: Bei uns kam die Entwertung der männlichen Rollen erst nach dem zweiten Weltkrieg. Deshalb überwiegt für einige Zeit bei einer Reihe von deutschsprachigen Schriftstellerinnen, wie auch bei Irmtraud Morgner, die Abneigung gegen die Männer und der Wille, das Eigene durchzusetzen.
Adam Krzemiński: Um zu zeigen, daß sie bessere Männer sind.

Christa Wolf: Ja, zuerst: daß wir Traktoristinnen, Matrosen usw. sein können. Erst jetzt wird uns bewußt, daß die gesellschaftlichen und ökonomischen Grundlagen der Emanzipation – obwohl außerordentlich wichtig – doch nicht alles sind: daß wir nicht den Spuren der Männer folgen sollten, weil dies zur Vernichtung „weiblicher“ Eigenschaften geführt hat.

Adam Krzemiński: Zum Beispiel der Mutterschaft. Es ist überraschend für mich, wie das Problem der Erziehung der eigenen Kinder in Film und Literatur der DDR an den Rand gestellt wird. Wir haben in unserem Fernsehen die Filmserie „Die sieben Affären der Donna Juanita“ gesehen – sieben Liebesabenteuer einer alleinstehenden Frau, für die ihr eigenes Kind eigentlich mehr Ballast als Quelle irgendwelcher tieferen Erlebnisse war.

Christa Wolf: Ich habe das auch beobachtet. Obwohl der Film gute Beobachtungen brachte, ging er an den Hauptproblemen der Frau vorbei; wer weiß, vielleicht deshalb, weil ihn Männer ausgedacht haben. Unzählige Gespräche mit Frauen haben mich in der Überzeugung bestärkt, daß viele berufstätige Frauen sich ihren Kindern gegenüber schuldig fühlen. Das alles ist überhaupt noch nicht gelöst.

Adam Krzemiński: Aber zurück zur Literatur. Bewußt habe ich am Anfang Anna Seghers übergangen, weil auf mich diese bekannte Autorin den Eindruck des „letzten Mannes“ unter den Frauen macht. Der Charakter ihrer Romane ist durchaus „männlich“ – kategorische Feststellungen, endgültige Wahrheiten, die sich schon in den Titeln offenbaren: „Die Entscheidung“, „Das Vertrauen“; der Ton dieser Romane hebt sich deutlich vom Ton Ihrer Romane ab – Überlegungen, Nachdenken, Vermutungen . . .

Christa Wolf: Das stimmt.

Adam Krzemiński: Heute kann es scheinen, als ob sich die Unterschiede zwischen Anna Seghers und Willi Bredel oder Hans Marchwitza verwischen.

Christa Wolf: Aber sie sind doch sehr deutlich. Es gibt allerdings die Gemeinsamkeit der Generation. Anna Seghers stammt aus einer bürgerlichen Familie und bekannte sich sehr früh zur Arbeiterbewegung und zur Kommunistischen Partei. Ich glaube, daß diese Entscheidung ihre Konsequenzen hatte. Außer in wenigen kurzen autobiographischen Werken hält Anna Seghers sich selbst aus ihrer Literatur völlig heraus. Sie ist objektiv bis zur Zurückhaltung. Ihr Asketismus ist bewußt; sie schrieb, was ihr in den damaligen Zeiten als notwendig erschien.

Adam Krzemiński: Dennoch steht Anna Seghers Ihnen besonders nahe. Ist es die gegenseitige Anziehung verschiedener Pole?

Christa Wolf: Nicht gegenseitige. Ich hänge sehr an manchen ihrer Bücher wie „Transit" oder „Der Ausflug der toten Mädchen". Als ich sie kennenlernte, war ich eine junge Journalistin, eingenommen für die große Schriftstellerin. Später haben sich unsere Kontakte vertieft. Anna Seghers hat sich sehr für die Erfahrungen meiner Generation interessiert. Wir haben uns einfach über uns erzählt. Ich verdanke ihr viel.

Adam Krzemiński: Und was denkt Anna Seghers über Ihre literarische Haltung?

Christa Wolf: Sie ist loyal, aber nicht unkritisch. „Nachdenken über Christa T." hat ihr zwar vielleicht gefallen, und sie hat das Buch immer verteidigt – womöglich als Bild vom Leben einer anderen Generation –, aber ich glaube, daß sie meine Haltung skeptisch betrachtet. Sie mag keine Entblößung, sie hat klassische Zurückhaltung lieber. Sie hätte auch so etwas Ähnliches nie gemacht; ich denke hier an die rücksichtslose Befragung von Phänomenen, die für sie nicht zur Diskussion stehen. Übrigens verstehe und respektiere ich diese Einstellung. Aus der Perspektive der Entwicklung von Anna Seghers ist sie klar und notwendig.

Adam Krzemiński: Und wie beurteilen Sie die Einstellung von Anna Seghers in den dreißiger Jahren, all die theoretischen Kämpfe, die sie ähnlich wie Brecht und Bloch mit Lukács geführt hat?

Christa Wolf: Als ich Anfang der fünfziger Jahre Germanistik studiert habe, war für uns Lukács ein Heiligtum, und auf diese Weise interpretierten wir den Streit zwischen Anna Seghers und Lukács: mit Respekt vor der Schriftstellerin, aber mit Ehrerbietung für Lukács, der die Zukunft des sozialistischen Romans in der Wiederholung des großen bürgerlichen Romans, der deutschen Klassik, in der Totalität der Widerspiegelung der Wirklichkeit sah. Erst später entstand meine Sympathie für Anna Seghers, weil sie undogmatisch die Generation jener Schriftsteller verteidigte, denen sich die widerspruchsvolle Wirklichkeit nicht zum olympischen Bild zusammensetzte; Schriftsteller wie Lenz oder Kleist ...

Adam Krzemiński: Schon in den dreißiger Jahren rehabilitierte sie die „Gescheiterten", Wahnsinn, Krankheit, Fieber. Dies beeinflußte aber nur in einem geringen Maß ihr eigenes Schaffen.

Christa Wolf: In nicht so geringem. Denken Sie nur an den „Aufstand der Fischer von St. Barbara" oder an ihre Erzählungen. Aber im Prinzip haben Sie recht. Sie wollte sich der Gefährdung nicht hingeben, aber sie verstand, was es bedeutet, wenn die Konflikte der Epoche durch einen Schriftsteller hindurchgehen – Hölderlin, Dostojewski. Zu Goethe verhält sie sich bis heute respektvoll, aber auch mit Distanz. Für Lukács und viele seiner Schüler war dies unverständlich. Erst jetzt bekommen wir ein differenzierteres Verhältnis zu Goethe ...

Adam Krzemiński: Linksradikale Dogmatiker haben Ihnen einmal während eines Treffens in Westberlin vorgeworfen, daß Sie sich dem bürgerlichen Individualismus unterwerfen. Mich interessiert Ihre damalige Antwort, weil auch bei uns manchmal so etwas junge Kritiker jungen Dichtern vorwerfen.

Christa Wolf: Nun ja – die Literatur durchlief auch in der

Bundesrepublik verschiedene Etappen. Damals, als ich in Westberlin war, entdeckten die jungen Intellektuellen, die sich als linksradikal verstanden, erst gesellschaftliche Themen für die Literatur, was tatsächlich wichtig und notwendig war. Nur, wir haben diese Phase schon in den fünfziger Jahren erlebt, für uns ist gesellschaftliches Engagement etwas Selbstverständliches. Jetzt geht es um seine literarische Form, um seine Vertiefung. Ich habe damals auf die Vorwürfe geantwortet, daß wir momentan die Probleme der inneren Entwicklung des Menschen und der menschlichen Psyche diskutieren müssen – meiner Meinung nach ist dies die Hauptaufgabe der Literatur und sogar eine politische, die überhaupt nicht zur „Verinnerlichung" führen muß. Die jungen Leute wollten dies nicht einsehen, weil sie nicht über unsere eigene Argumentation der fünfziger Jahre hinausgingen. Es war wie ein Karussell. Wir sind mit großer Mühe zu Fragestellungen, die das Individuum nicht mehr ignorieren, gekommen und haben uns von Dogmatismus befreit, und plötzlich treffen uns aus einer unerwarteten Richtung genauso dogmatische und vereinfachte Vorwürfe, gespeist durch Argumente, deren wir uns selbst vor Jahren bedienten. Zu meinem Bedauern konnte ich mich mit dieser Jugend nicht identifizieren, ich erinnerte mich an unsere alten Diskussionen: daß eine dem Individuum gewidmete Literatur schädlich sei, daß das Vorweisen von Trauer entwaffne und zu einer passiven Haltung führe. Inzwischen stellte sich heraus, daß dies nicht stimmt; daß das Wiederfinden des Weges zu sich selbst, die Autorreflexion und das Nachdenken für die Verständigung in einer Gesellschaft notwendig sind.

Adam Krzemiński: Die Umwelt spielt in Ihren Romanen eine große Rolle. Sie sind an eine bestimmte Landschaft gebunden. Man spürt in ihnen Sand und Kiefern von Brandenburg . . .

Christa Wolf: . . . Sie denken an „Nachdenken über Christa T.", das nach einem konkreten Vorfall geschrieben wurde. Dies spielt übrigens auch in der Landschaft von Mecklenburg.

Adam Krzemiński: Aber auch „Unter den Linden".

Christa Wolf: Es stimmt, daß meine Bücher in einer bestimmten Landschaft der Mark Brandenburg und von Berlin spielen. Sand und Kiefernwälder verbinden sich hier wohl mit Kindheitserinnerungen. Ich bin in Landsberg an der Warthe, d. h. im heutigen Gorzów geboren. Dann wohnte ich zwar in Sachsen, Thüringen und Mecklenburg, aber zu Hause fühle ich mich eben unter Sand und Kiefernwald.

Adam Krzemiński: Und in einer bestimmten literarischen Tradition. Es ist sicher kein Zufall, daß Sie an Fontane, Storm und E. T. A. Hoffmann anknüpfen. – Sie haben sogar eine neue Fassung von „Lebensansichten des Katers Murr" geschrieben. Diese Autoren bestimmten ein gewisses geistiges Gebiet, aber schon nicht ein politisches . . .

Christa Wolf: . . . Sie meinen . . .

Adam Krzemiński: Preußen meine ich, Preußen als eine bestimmte intellektuelle Tradition und nicht als Paradeschritt und Uniform. Ist von Preußen vielleicht etwas schwer Faßbares, aber Lebendiges, irgendwelche Tradition, Mentalität, Stimmung geblieben?

Christa Wolf: Sicher, es ist etwas geblieben, sonst würde sich unser Volk nicht von dem polnischen unterscheiden. Man sagt, daß preußische Eigenschaften Leistungsfähigkeit, Gehorsam, Nüchternheit seien. Aber nicht nur die. Im alten, preußischen Berlin entdecken Sie heute leicht romantische Sehnsüchte, weil auch die Romantik eine zwar unterdrückte, aber doch in Preußen verbreitete Strömung war, die „nichtpreußische" Eigenschaften pflegte: Schönheitsgefühl und sogar, was lächerlich erscheinen mag, Charme.

Adam Krzemiński: Die romantische Sehnsucht, welche Formen nimmt sie an?

Christa Wolf: Die einer bestimmten Verhaltensweise, vielleicht sogar auch in Warszawa abgeguckt . . . Jedenfalls: berlinische Nüchternheit, verbunden mit der Sehnsucht, das Leben reicher zu machen; das Gefühl von Überfluß und zugleich von Unersättlichkeit. Das wird vor allem in der Neugier auf Kultur, Kunst, Literatur offenbar; in den bohrenden Fragen nach dem Wert des eigenen Lebens. Ein konkretes Beispiel: In einem vor kurzem inmitten des brandenburgischen Sandes entstandenem Städtchen, voller Neubaublocks, mit einem Kaufhaus im Zentrum, bildete sich spontan ein Kreis von Leuten, die intellektuell aktiv waren und die das kulturelle Leben völlig beherrschten. Sie begannen, anfangs privat, Schriftsteller und interessante Leute einzuladen. Außerhalb der gewöhnlichen Art und Weise von Kulturverbreitung organisierten sie Vorträge und Ausstellungen von Künstlern, die oft noch keine Preise haben, nicht im Fernsehen aufgetreten sind. Heute trägt dieser Kreis auch offiziell das Kulturleben dieser Stadt, hat Verträge mit zwei Theatern, hat eine Patenschaft für eine Schule. Dabei haben sie ihren Stil nicht aufgegeben. Sie boten ihrer Umwelt eine neue, frische und direkte Weise des Zusammenlebens an. Diese Gruppe besteht aus ganz unterschiedlichen Menschen: Arbeitern, Lehrern, Technikern, Ärzten. Wie Münchhausen haben sie sich an ihrem eigenen Zopf aus dem Sumpf des Alltäglichen herausgezogen.

Ein zweites Problem ist die langsame Entdeckung eines neuen Nationalgefühls – übrigens nicht immer von der besten Qualität; da müssen wir Versäumnisse nachholen, Unterdrücktes wieder zulassen, wir müssen das erschütterte Verhältnis zur nationalen Tradition überwinden.

Adam Krzemiński: Das übrigens findet schon statt, in den Gesprächen fühlt man heute genau das Interesse der jungen Deutschen aus der DDR für ihre Herkunft, Landschaft, Vergangenheit. Das Interesse für sich selbst, worüber wir sprachen, erweckt auch Interesse für die Umgebung. Hier sucht man Identität auch durch die Geschichte . . .

Christa Wolf: Was nicht leicht ist wegen der doppelten Beziehung zur Geschichte von Preußen und Deutschland; einerseits die Negierung des militaristischen Preußentums, mit dem wir nichts zu tun haben wollen, andererseits gibt es viele historische Fäden, die man nicht verleugnen kann. Man kann dies deutlich wie auf einer Handfläche sehen in einer Stadt wie Potsdam – eigentlich hat man sie bis vor kurzem nicht vollständig wiederaufgebaut, man plante auch, historische Bauten zu sprengen. Heute werden sie durch polnische Spezialisten restauriert, die in einer Stadt wie Gdańsk gezeigt haben, wie man es macht. Das erschütterte Verhältnis zur Geschichte können Sie auch merken, wenn Sie Sanssouci besichtigen, die Sommer-Residenz von Friedrich II. Seinen Namen spricht der Fremdenführer nur halblaut aus, aber er wird Ihnen viel über Voltaire erzählen. Ein harmonischeres Verhältnis zur Vergangenheit gibt es dagegen im alten Sachsen – in Dresden oder in Leipzig.
Adam Krzemiński: Das Interesse für Geschichte sieht man auch in Ihrem Schaffen, ich meine Ihre Filmnovelle „Till Eulenspiegel“, die Sie zusammen mit Ihrem Mann geschrieben haben.
Christa Wolf: Und die verfilmt ist. Wir wollten eigentlich einen jungen Menschen zeigen, der in einem völlig naiven Zustand ins Leben geworfen ist, der plötzlich in die Mitte eines großen historischen Prozesses gestellt wurde.
Adam Krzemiński: Bei uns sagt man: in den Zug.
Christa Wolf: Ein Mensch, der nicht imstande ist, die Forderungen der Zeit zu erfüllen, dem die intellektuellen und materiellen Mittel fehlen, aber mit der Zeit wird er doch nüchtern, verliert Illusionen. Er wird jedoch kein Lump oder Zyniker, er bricht nicht zusammen, sondern er beginnt allmählich, Einsicht zu gewinnen. In einer Welt der kalten Dogmatiker und der feurigen religiösen Fanatiker beginnt er sich frei zu bewegen. Er weiß alles, er versteht alles.

Adam Krzemiński: Aber seinen gesunden Verstand muß er noch für sich behalten. „Till Eulenspiegel" ist eine Reise in der Zeit, eine Reise zurück. Und in die Zukunft wandern Sie in Ihren beiden futurologischen Erzählungen „Selbstversuch" und „Neue Lebensansichten eines Katers". Wie verhalten sich diese Wanderungen in der Zeit zur Gegenwart?

Christa Wolf: „Till Eulenspiegel" ist in unserer Fassung der Prototyp eines Intellektuellen, der in seiner Epoche nur die Rolle eines Hofnarren spielen konnte, der durch alle kämpfenden Parteien eingeschränkt wurde. Es ist keine direkte Anspielung, aber ein bestimmter Gedankenzusammenhang mit der Gegenwart. In den beiden futurologischen Erzählungen hingegen interessierte mich die Verantwortung der Wissenschaft für den Menschen. Den Philister in der Gestalt des Katers Murr in die Zukunft zu übertragen ermöglichte es mir, aktuelle Probleme zu verschärfen. Diese Wanderungen in der Zeit erlauben es, den heutigen Tag besser zu verstehen. Denn ich bin davon überzeugt, daß meine Hauptarbeit der Gegenwart gewidmet sein wird, dem Thema, wie sich das Individuum in extremen historischen Situationen bewährt.

Adam Krzemiński: Sie nähern sich dem in Ihrem neuesten Buch, das uns erst in Fragmenten bekannt ist, in „Kindheitsmuster".

Christa Wolf: Es ist dies eine Reflektion über die Gegenwart durch die Geschichte. Selbstverständlich haben wir eine reiche Literatur, die sich mit dem Thema des deutschen Faschismus beschäftigt, darunter auch Bücher von Autoren meiner Generation. Ich dagegen wollte darüber nachdenken, wollte beschreiben, was in solchen Zeiten in einem Kind vor sich geht, was sich in sein Gedächtnis tief einprägt und was es unterdrückt und warum. Das Buch ist der Vergangenheit gewidmet, aber es spielt auch im heutigen Gorzów, ich beschreibe eine Reise in diese Stadt. Vor zehn Jahren hätte ich das noch nicht schreiben können.

Adam Krzemiński: So wie Christa T. nicht imstande war, ihre Erzählung, ihre Reiseerinnerung im Jahre 1940 in das eroberte Polen, in die Stadt, wo ihr Vater ein Okkupationsangestellter wurde, zu Ende zu schreiben. Schreiben Sie gewissermaßen für Christa T. weiter?
Christa Wolf: Ich nehme vielmehr ihren Faden auf. Ich habe oft geschrieben, daß über diese Erfahrung der Generation nochmals nachgedacht werden muß. Viele Jahre lang hat sie mich beschäftigt, und immer wieder habe ich darin etwas Neues entdeckt. Ich sage Ihnen übrigens, daß ich in den „Kindheitsmustern" öfter Kazimierz Brandys zitiere, weil er manches genauso gesagt hat, wie ich es sagen würde, sagen wollte. Zum Beispiel schreibt Brandys, daß es Faschismus überall gegeben habe, aber die Deutschen seien seine Klassiker gewesen. Und das Nachdenken darüber ist der eigentliche Sinn meines Buches. So ein Hitler könnte vielleicht auch in anderen Ländern vorkommen; Eichmann und Himmler sind typisch deutsche Ausprägungen des faschistischen Bürokraten. Und wenn ich nach den Quellen dieser irrsinnigen Perversität frage, so frage ich auch nach unseren heutigen Empfindungen. In diesem Sinne meine ich, ein Gegenwartsbuch geschrieben zu haben.

1976

Arbeitsbedingungen

Interview mit Richard A. Zipser

Richard A. Zipser: Worin liegt nach Ihrer Meinung die Funktion der Literatur und Kunst im sozialistischen Staat?

Christa Wolf: Solange es Arbeitsteilung gibt, sind Schriftsteller Spezialisten zur Herstellung eines Selbst-Bewußtseins, eines Selbst-Gefühls ihrer Zeit, ihrer Gesellschaft, ob sie sich so sehen mögen oder nicht, ob sie so verstanden werden oder nicht. Die deutsche Literaturgeschichte ist voller Beispiele dafür, daß die Zeitgenossen die Angebote ihrer wichtigsten Schriftsteller zurückwiesen: Jacob Michael Reinhold Lenz, Friedrich Hölderlin, Heinrich von Kleist, Georg Büchner: Ihre Schicksale – Untergang in Armut, Wahnsinn, Selbstmord – deuten auf die von Marx so genannte „deutsche Misere" hin, auf eine historische Entwicklung, die seit der Niederschlagung der Bauernkriege im 16. Jahrhundert keine revolutionäre Bewegung zur Entfaltung kommen ließ und schließlich eine Bourgeoisie hervorbrachte, die nicht imstande war, einen Nationalstaat zu schaffen. Diese Geschichte erzeugte besonders scharfe Formen der Entfremdung von Schriftstellern und ihrem potentiellen Publikum.

Sozialistische Literatur auf deutschem Boden hat, glaube ich, zur Auflösung dieser Entfremdung beizutragen, ohne daß sie sich der deutschen Geschichte und ihren Folgen entziehen kann. 1945, als der deutsche Faschismus durch alliierte Truppen – nicht durch den Widerstand der Deutschen selbst – besiegt war, begann auf dem Boden der heutigen DDR eine radikal andere Etappe, aber eine Stunde Null hat es nicht gegeben. Auch wir Autoren in der DDR stehen in einem historisch und sozial bedingten Spannungsfeld, sind gebunden an die Bedingungen von Geschichte, Ort und Zeit. Auch hier hat Literatur zu leisten, was sie seit mehr als zweitausend Jahren im „Abendland" tut: Sie drückt die Spannungen zwischen den Ansprüchen, Bedürfnissen, Hoffnungen, Sehnsüchten des einzelnen und seiner Gesellschaft aus. Vollkommen zufriedene Menschen bedürfen nicht der Kunst. Es ist wahr – sozialistische Autoren gehen von Zielvorstellungen aus, die übrigens in gewissen Zeiten gern mit der Wirklichkeit verwechselt wurden. In den sozialistischen Ländern haben sich Eigentumsverhältnisse grundlegend geändert, damit auch menschliche Beziehungen, Wertvorstellungen; aber auch wir stehen einer ökonomisch orientierten, hart und in alter Produktionsweise produzierenden, hierarchisch gegliederten Gesellschaft gegenüber; ich halte es für unsere Aufgabe, die Wirklichkeit dieser Gesellschaft an ihren Zielen zu messen und die Sehnsucht wachzuhalten nach jener realistischen Utopie von einem Zusammenleben, das man „menschlich" – das heißt produktiv – nennen könnte.

Richard A. Zipser: Mit welchen gegenwärtigen sozialen Problemen beschäftigen Sie sich als Schriftsteller am meisten?

Christa Wolf: Mich beschäftigen die Beziehungen der neuen sozialen Schichten zueinander, die unter unseren Bedingungen entstanden sind. Ich frage mich nach den Ursachen für bestimmte Deformierungen, die ich besonders im Verhalten von Intellektuellen, auch von in Wirtschaft und Politik leitenden Angehörigen meiner Generation beobachte: In ihrem Verhältnis zu ihren Frauen – oder Männern –, zu ihren Kindern, Mitarbeitern, Schülern, Lehrlingen, Freunden, Kollegen. Ich frage mich nach den Voraussetzungen für ein überangepaßtes Verhalten, für Konformismus, Mißtrauen, Erfolgszwang und eine Unfähigkeit, zu lieben und zu trauern; ich beobachte diese Erscheinungen nicht wie ein Soziologe, ungerührt und unangefochten; ich muß mich schreibend selbst in Frage stellen. Mein Ansatz ist subjektiv, aber gesellschaftsbezogen; daher kann ich die Frage, mit welchen „sozialen Erscheinungen" ich mich beschäftige, genau genommen nicht beantworten.

Richard A. Zipser: Berücksichtigt Ihr Werk das Thema Frau in der Gesellschaft?

Christa Wolf: „Die Frau in der Gesellschaft" ist für mich kein „Thema" unter anderen; ich schreibe fast immer über Frauen, doch nicht in jenem begrenzten Sinn von „Emanzipationsliteratur". Nicht die sogenannte Gleichberechtigung der Frau interessiert mich – daß sie dem Mann ökonomisch und rechtlich gleichgestellt ist, ist ihr durch unsere Gesetze garantiert –, sondern ihre Selbstverwirklichung in einer ganz bestimmten historischen Situation: da nämlich ihr Selbstbewußtsein, ihr Lebensanspruch die Möglichkeiten, welche die Gesellschaft ihr anbieten kann, übersteigt. Frauen, die weniger durch den generationenlangen Leistungs- und Konkurrenzdruck in der Industriegesellschaft deformiert wurden als viele Männer, drängen stärker auf neue Lebensformen (nicht nur auf höhere Produktionsziffern), auf Freundlichkeit, auf ein ganzes, erfülltes Leben. Daraus entsteht eine Fülle von Konfliktstoff, der vor allem durch die Literatur bearbeitet wird, weil andere Medien ihn zu selten, zu oberflächlich behandeln, zu schnell von Wandlungen sprechen, wenn nur erst Voraussetzungen zu Wandlungen geschaffen sind, aber die Sitten und Gebräuche noch unangetastet blieben. Mich faszinieren die Frauen, die ihren historischen Augenblick erkennen und wahrnehmen, so schwer es für sie sein mag. Ein neues Zeit- und Lebensgefühl formulieren sie eher als die meisten Männer: Nicht, was sie haben, interessiert sie, sondern wer sie sind; sie können tun, was die Männer tun; nun fragen sie sich, ob sie es überhaupt wollen; sie befragen die Zwänge der Leistungsgesellschaft, sie, gereift in Auseinandersetzungen mit realen und belangvollen Erfahrungen, signalisieren einen radikalen Anspruch: von allen ihren Sinnen und Fähigkeiten Gebrauch machen zu können. Und der nüchterne Blick, den sie sich durch Mit-Verantwortung erworben haben, ist nicht so schnell durch politisches Wahndenken zu vernebeln wie der realitätsfernere Blick so vieler Männer in dieser Männerwelt: Nicht so leicht, *noch* nicht so leicht, verfallen sie jener „Ratio", die sich selbst betrügt. Als wären die Lebensprobleme der Menschheit in diesem Jahrhundert technische Fragen, als könnte die weltweite Vertauschung von Zweck und Mittel, jener Zauber, der das Gute zu wollen vorgibt und das Böse schafft, plötzlich doch noch aus einer waffenstarrenden Welt eine friedenswillige machen: Ich habe erfahren, daß Frauen in diesen „großen Fragen", über die Männer entscheiden, vernünftiger sind als diese: Deshalb, weil sie menschlichere Menschen sein können, schreibe ich über sie.

Richard A. Zipser: Welchen Einfluß haben die Erfahrungen Ihrer Jugend auf Ihr Werk gehabt?

Christa Wolf: Als ich sechzehn Jahre alt war, wurde der Faschismus auf deutschem Boden besiegt; dies war eine der grundlegenden Erschütterungen in meinem Leben und führte zu einer andauernden Auseinandersetzung mit meiner Kindheit, die aber erst spät, in den siebziger Jahren, das Hauptthema eines meiner Bücher wurde: „Kindheitsmuster", das 1976 erschien. Die Prägung, die ich in meiner Kindheit und frühen Jugend empfing, vor allem die kritische Auseinandersetzung mit dem Faschismus, dem ich als Kind unkritisch ausgeliefert war, bestimmte entscheidend mein späteres politisches Engagement, sensibilisierte mich für alle Schattierungen von Terror, Gewalt, Irrationalismus, Massenhysterie, Demagogie; mich beschäftigen die Mechanismen der Verführbarkeit großer Menschenmengen zu barbarischen Exzessen gegenüber Minderheiten, und die Rolle der Technik bei der Hervorbringung neuer Formen von Barbarei.

Richard A. Zipser: Wie haben Sie Erfahrungen mit Arbeitern gewonnen? Welche Beziehungen haben Sie heute zu ihnen?

Christa Wolf: Ich hatte jahrelang direkte Beziehungen zu einem Betrieb, zu Brigaden, Zirkeln schreibender Arbeiter. Heute lebe ich die Hälfte des Jahres auf dem Land, wo die Nachbarschaft von Genossenschaftsbauern und Arbeitern, anders als in der Stadt, tiefergehende Beziehungen zu ihnen erlaubt. Allerdings sehe ich diese Beziehungen nicht als meinen „Stoff": In einem meiner früheren Bücher gibt es Arbeitergestalten; heute glaube ich, daß bestimmte Milieus, bestimmte Denk- und Fühlweisen in ihrer Kompliziertheit nur von Menschen beschrieben werden können, die in diesen Milieus zu Hause sind, die z. B. selbst Arbeiter waren oder sind. Ich brauche die Kenntnis ihres Lebens und ihrer Probleme für *jede* literarische Arbeit – ob sie nun von ihnen „handelt" oder nicht, und ich hoffe, daß ein jedes Buch, das sich wichtigen Zeitfragen stellt, auch sie betrifft.

Richard A. Zipser: Welche Besonderheiten hat nach Ihrer Meinung die Literatur der DDR innerhalb des deutschen Sprachraumes?

Christa Wolf: Die DDR-Literatur kann, sofern sie realistisch ist, Erfahrungen ausdrücken, die Autoren in der Bundesrepublik, Österreich oder der Schweiz nicht haben: Erfahrungen in einer Gesellschaft, die nicht auf der Grundlage persönlichen Eigentums an Produktionsmitteln, nicht auf der Basis persönlichen Profitstrebens und Konkurrenzverhaltens produziert. Die Identifikation der Autoren mit den Grundlagen dieser Gesellschaft mildert nicht, sondern verschärft die Konflikte, die sich aus gewissen Fehl-Entwicklungen ergeben und liefern Anlaß für grundsätzlichere Auseinandersetzungen in unserer Literatur. Der Impetus der DDR-Literatur ist es, in gesellschaftliche Prozesse einzugreifen, sie nicht nur zu registrieren, auch das unterscheidet sie wohl von der Literatur der anderen deutschsprachigen Länder. – Andererseits sehe ich für die Literatur in aller Welt mehr Gemeinsamkeiten als Besonderheiten, weil die großen ungelösten Zeitprobleme in diesem Jahrhundert nicht mehr lokal abzugrenzen sind. Uns alle, wo wir auch schreiben, bedrängt die Gefahr der Selbstzerstörung der Menschheit.

Richard A. Zipser: Welchen Unterschied sehen Sie zwischen der DDR-Literatur der siebziger und der der vorangehenden Jahre?

Christa Wolf: In den siebziger Jahren hat die Literatur der DDR sich weiter differenziert – ein Prozeß, der schon weit früher begonnen hatte und der gleichzeitig mit einem Differenzierungsprozeß in der Gesellschaft verläuft. Plakative, schematische Literatur ist immer seltener geworden, dafür setzt sich die Unmittelbarkeit der Erfahrung bei vielen Autoren durch; deutlich heben sich die Generationen in ihren Grunderlebnissen, die sie jetzt viel direkter und ehrlicher ausdrücken als früher, voneinander ab. Oberflächlicher Optimismus ist bei ernstzunehmenden Autoren verschwunden, neue Formelemente – Satire, utopische und phantastische Mittel – deuten auf umfassendere Kenntnisse der Autoren von ihrer Gesellschaft hin und zugleich auf einen beharrlichen Mut zur Subjektivität. Die Grundhaltung der Literatur ist kritischer geworden, Apologetik hat sich als unproduktiv erwiesen. Eine junge Generation, nicht mehr belastet durch unsere Vergangenheit, kündigt sich an, in ihr Talente von einer erfreulichen Unbedingtheit. Die Autoren der mittleren Generation, zu denen ich gehöre, stellen sich teilweise und nicht ohne große Schwierigkeiten einer ersten Lebensbilanz, und die Leserschaft hat sehr deutliche Forderungen an uns, denen wir uns nicht entziehen können: Die Forderung, die Widersprüche des Lebens in der Literatur zu finden, sich auch mit Hilfe der Literatur zu erkennen und sich ihrer bewußt zu werden.

Richard A. Zipser: Welche gegenwärtigen USA-Autoren werden von Ihnen gelesen? Wie werden sie geschätzt?

Christa Wolf: Ich hatte, wie viele, meine Hemingway-Phase, las Salinger, Faulkner weniger intensiv, erfuhr starke Impulse durch Thomas Wolfe. Von den neueren Amerikanern las ich Vonnegut, Arthur Miller, mit starkem Interesse Baldwin, außerdem Bellow, Capote. Besonders berührt bin ich durch Carson McCullers, Sylvia Plath. Die Liste ist natürlich nicht vollständig.
Richard A. Zipser: Welchen Einfluß hat nach Ihrer Meinung steigender Wohlstand in der Gesellschaft auf literarisches Schaffen?
Christa Wolf: Wer nach Gefahren des wachsenden Wohlstands für die geistigen Interessen fragt, erwartet meist eine Denunzierung des Konsumterrors. Ich glaube dagegen, daß die tägliche Sorge um Nahrung, Kleidung, Unterkunft keineswegs geistige Interessen stimuliert und daß die Garantie, diese Grundbedürfnisse gesichert zu haben, viel zur Freiheit von Menschen für geistige Anliegen beiträgt. Die Frage ist anders zu stellen: Soll man die Überschwemmung mit Konsumgütern und die Fixierung ganzer Bevölkerungsschichten in den hochentwikkelten Industrieländern auf den Konsum „Wohlstand" nennen? Oder handelt es sich nicht vielmehr um eines jener Phänomene, von denen ich schon sprach: daß der Menschheit die Mittel, die sie sich ursprünglich für wohlverstandene Bedürfnisse schuf, zum Selbstzweck werden und ihre Beherrschung ihr aus der Hand gleiten? Für diesen Fall allerdings wird das Lesebedürfnis in einer Gesellschaft nachlassen, und die Autoren werden in eine Außenseiterrolle gedrängt werden.
Richard A. Zipser: Wie werden die gegenwärtigen Lesegewohnheiten in der DDR durch Fernsehen beeinflußt?
Christa Wolf: Diese Frage gehört eigentlich zur vorigen: Der Konsum von Fernsehprogrammen kann ähnliche Folgen zeitigen – wie er auch ähnliche Ursachen hat – wie der Konsum materieller Güter. In der DDR sind die Auflagen interessanter, problemreicher Bücher immer noch sehr hoch (übrigens auch die Auflagen von Kriminal- und Unterhaltungsliteratur), es wird mehr gelesen

als in westlichen Ländern, aber es gibt ganze Familien, die nur fernsehen. Inwieweit dort noch ein potentielles Lesepublikum zu gewinnen wäre, weiß ich nicht.

Richard A. Zipser: Welche Rolle sollte nach Ihrer Meinung die Literatur (im Vergleich zu den anderen Medien) in der heutigen Gesellschaft spielen?

Christa Wolf: Literatur soll tun, was andere Medien nicht können: also nicht Soziologie betreiben, oder Informationen geben, oder Ideologie verbreiten, sondern ein Welt- und Lebensgefühl artikulieren, das den Leser in seiner Subjektwerdung, in seiner Selbstfindung unterstützt, ihn in seiner produktiven Sehnsucht bestärkt und das mit ausbilden hilft, was wir mit einem guten altmodischen Wort „Persönlichkeit" nennen. Literatur soll sich nicht zu einer unter anderen Institutionen verfestigen, sondern, wenn auch zweifelnd, eine lebbare Zukunft in die gefährdete Gegenwart vorschieben, unsern Kontakt mit unseren Wurzeln erhalten, Vernunft, Erwachsenwerden fördern und den in vielfache Lebenszwänge eingeschlossenen Individuen einen Spiel-Raum offenhalten; Literatur sollte ein Experimentierfeld sein für Versuche, die im realen Leben allzu selten stattfinden können, und sie sollte ihren Lesern gegen alle Arten und Abarten von Manipulation ein zuverlässiger Verbündeter sein.

Richard A. Zipser: Worin sehen Sie das Ziel Ihrer literarischen Arbeit? Halten Sie es für erreichbar?

Christa Wolf: Meine Arbeit hat kein „Ziel", ich kann niemals ankommen. Ich wünsche mir, daß ich imstande wäre, mich in dem, was ich schreibe, ganz auszudrücken, so daß am Ende der Überhang von Ungesagtem – soweit es im Bereich des mir Sagbaren ist – gleich Null wäre. Das ist natürlich unerreichbar.

April 1978

Ich bin schon für eine gewisse Maßlosigkeit

Gespräch mit Wilfried F. Schoeller

Wilfried F. Schoeller: Durch Ihr Werk zieht sich die Frage, wie man sich als einzelner beteiligen kann an dem, was man Realität respektive Gegenwart nennt. Sie haben dafür immer wieder neue Antworten gefunden. In Ihrer Erzählung „Der geteilte Himmel" (1963) haben Sie versucht, den Alltag literarisch zu überhöhen. Inzwischen, scheint mir, hat der Abstand dazu erheblich zugenommen.

Christa Wolf: Abstand? Ich weiß nicht genau, ob es Abstand ist. Bestimmt hat der kritische Abstand zugenommen. Aber auch eine stärkere Sicherheit meiner selbst innerhalb dieser Realität. Das kann auch bedeuten: stärkerer Abstand, stärkeres Fremdwerden, Verfremden. Schreiben ist immer Überhöhen, das soll nicht verschwiegen werden. Es handelt sich um eine Kondensierung dessen, was wir erleben. In diesem Sinne hat der Abstand nicht zugenommen. Ich erfahre die Realität noch genauso scharf – vielleicht in mancher Hinsicht noch schärfer als früher.

Wilfried F. Schoeller: 1968 galt Ihr „Nachdenken über Christa T." einem Versuch der Selbstfindung, die in der Wirklichkeit scheitert. Da scheint der Konflikt im Umgang mit der äußeren Wirklichkeit verschärft.

Christa Wolf: Ja, ganz sicher verschärft. Aber ich scheue solche Worte wie Scheitern ...

Wilfried F. Schoeller: Scheitern aus einem Ungenügen an der Realität, wie Christa T. es empfand.

Christa Wolf: Das ist für mich ein ganz zentrales Problem:

Was ist Scheitern überhaupt, und woran mißt man Erfolg? Ich möchte das Wort „Scheitern“ für Christa T. gar nicht benutzen. Es ist gegen dieses Buch oft als Vorwurf gebraucht worden. Aber ich weise es nicht aus diesem Grund zurück. Ich messe vielmehr Scheitern und Erfolg an vollständig anderen Maßstäben als zum Beispiel Wirtschaft und Politik es tun. Das gerade kann die Literatur in unseren Gesellschaften vielleicht leisten – ohne größere Wirkung selbstverständlich: eine der wenigen Möglichkeiten wahrzunehmen, einmal andere Maßstäbe einzuführen, menschliche, die nicht aus Wirtschaft, Politik und ähnlich großen Institutionen genommen sind. Insofern scheitert Christa T. nicht, wenn sie mit ihrer Selbstverwirklichung (nehmen wir das abgegriffene Wort) nicht zu Rande kommt, wenn sie nicht erreicht, was sie will, oder bis zum Ende nicht ganz genau weiß, was sie will. Aber sie hat in der Zeit, die ihr gegeben war, wirklich gelebt, wie sie es konnte und wollte. Ich weiß nicht, was man sonst als Selbstverwirklichung bezeichnen soll.

Die andere Frage: das Ungenügen an der Realität. Sicher ist es schärfer geworden mit der stärkeren eigenen Bewußtheit, einem Mehr an schärferen Erfahrungen vielleicht. Aber es bedeutet nicht – und man wird aus meinen Büchern nicht lesen können: ein Zurückweichen vor der Realität. Bis jetzt glaube ich, mich dieser Realität zu stellen, so daß zwar eine Dauerspannung besteht, aber keine resignative Erschlaffung.

Wilfried F. Schoeller: Mir geht es vor allem um den Abstand zwischen dem, was gemeinhin mit öffentlichen Worten als Realität deklariert wird und seine Anforderungen stellt, und den Figuren in Ihrem Werk. Haben Sie als ihre Erfinderin Ihre Figuren in ihrem Abstand zu den pragmatischen öffentlichen Worten inzwischen eingeholt?

Christa Wolf: Ob ich den gleichen Abstand habe? Weiß ich nicht genau. Auf jeden Fall gebe ich Ihnen recht, daß ich diesen Abstand sehr stark empfinde, daß, so glaube ich, bestimmte öffentliche Bekundungen die Realität nicht zutreffend beschreiben oder jedenfalls nicht so zutreffend beschreiben, daß die Literatur nicht etwas ganz anderes versuchen müßte.

Wilfried F. Schoeller: Früher, im „Geteilten Himmel", war diese Wirklichkeit etwas Vorläufiges. Sie war gleichsam in der Aura des Utopischen ...

Christa Wolf: ... ja, das stimmt.

Wilfried F. Schoeller: ... und mir scheint, daß diese Aura bis zu dem Buch „Kindheitsmuster" ganz verschwunden ist.

Christa Wolf: Ich weiß nicht, ob man die beiden Bücher in diesem Punkt vergleichen kann. Darum fällt es mir schwer, diese Frage zu beantworten.

Wilfried F. Schoeller: Mir geht es um die Frage, ob sich eine Bewegung weg von der Utopie feststellen läßt.

Christa Wolf: Darf ich die Frage etwas von meinem letzten Buch wegrücken. Da fällt es mir wirklich schwer zu antworten. Grundsätzlich: mein Verhältnis zur Utopie – nicht das meiner Figuren – wird eher stärker und bewußter, weil die Realität sich verfestigt, etabliert hat.

Das ist wahr: bestimmte Strukturen sind ganz fest geworden, und ihre Veränderbarkeit kann man nicht voraussehen, soweit es überhaupt wünschenswert ist – das lasse ich offen. Jedenfalls sehe ich mich einer verfestigten Wirklichkeit gegenübergestellt, und ich sehe gerade im Schreiben eine Möglichkeit, Utopie überhaupt noch einzuführen, Elemente von Hoffnung, um dieses altmodische Wort ruhig zu gebrauchen. Daran halte ich sehr fest. Ganz im Gegensatz zum Pragmatismus, auch zu pragmatischen Anforderungen an die Literatur, bin ich sehr daran interessiert, auch in späteren Arbeiten dieses Element von Utopie weiter einzuführen.

Wilfried F. Schoeller: Christa T. versuchte, dem Wunsch nachzuleben, auf eine andere Art in der Welt zu sein – so lautet ein Zitat aus Ihrem Buch. Nun besteht wohl in Ihrer Gesellschaft wie bei uns eine Tendenz – da gibt es allmählich eine fatale Koinzidenz –, eine Literatur, wie sie von Ihnen gerade skizziert wird, auszugliedern, also intellektuelle Prozesse, die in jedem Fall das Bestehende in Frage stellen, so daß die Schriftsteller immer mehr zu dem werden, was Sie in Ihren Büchern beschreiben: Außenseiter.

Christa Wolf: Ich leugne nicht, daß ich diese Außenseitererfahrung kenne, daß Ausgliederung ein schwer zu verarbeitender Prozeß ist. Nur laufen diesen Erfahrungen auch immer gegenteilige zu. Ich kann diese Situation nicht mit der eines Autors bei Ihnen vergleichen, weil ich einfach darüber zu wenig weiß.

Aber ich erfahre hier, bei uns, sehr stark die Anforderungen von Lesern. Ich will nicht behaupten, daß es Hunderttausende sind, aber das kann Literatur auch nicht erwarten. Aber daß dieses Element in der Gesellschaft überhaupt da ist, gibt mir wieder das Gefühl nicht nur des Gebrauchtwerdens, sondern auch des Nicht-Außenseiters. Oder ich würde in einer so großen Gruppe von Außenseitern leben, daß man dieses Wort schon nicht mehr sinnvoll gebrauchen kann. Eine Ausgliederung gibt es deshalb nicht.

Es findet eine Polarisierung statt. Es sind jetzt Meinungsverschiedenheiten da, die offen ausgetragen werden, zu denen sich auch Leser bekennen – so oder so. Das ist eigentlich ein positiver Vorgang.

Wilfried F. Schoeller: Bemühen wir uns einen Augenblick um eine politische Sicht im pragmatischen Sinn: Wir haben, wozu es keine Alternative gibt, den Status quo und mit ihm in beiden deutschen Staaten eine wohl ähnliche Entwicklung: Diejenigen, die in ihrem Staat versuchen, über das Bestehende, das sich unabänderlich, gewissermaßen geschichtslos setzen will, hinauszudenken, werden ausgegliedert, dem anderen Lager zugeschlagen. So kann das Utopische als etwas Schrilles zunehmen, aber auch die Außenseiterposition muß sich verschärfen.

Christa Wolf: Ich weiß es nicht. Ich fühle mich überfordert, in diesem Punkt Prognosen zu stellen. Da gab es schon öfter Überraschungen. Ich selbst sehe mich nicht als Außenseiterin und möchte es nicht werden. Es kann sein, daß ich dazu gezwungen werde, aber dann gegen meinen Willen und gegen alles, wofür ich lebe und schreibe. Das liegt mir nicht.

Andererseits hat gerade die deutsche Literatur in ihrer Geschichte, besonders seit Beginn der bürgerlichen Phase, immer wieder diese Erfahrungen gemacht, daß sie ausgegliedert, ausgestoßen wurde. Und die nächste Phase der Entwicklung des Landes, der Gesellschaft, hat dann genau diese Autoren gebraucht und das, was sie bewahrt haben. Ich bin mir nicht sicher, daß es so sein wird. Vielleicht braucht uns die nächste und die übernächste Generation überhaupt nicht. Vielleicht will sie keine Geschichte mehr haben, dann gibt es auch keine Geschichten mehr. Nur glaube ich das nicht.

Ich habe mich entschlossen, so zu schreiben, als ob meine Arbeit noch und immer wieder gebraucht würde. Das heißt: ganz radikal – nicht schrill. Radikal und so umfassend wie möglich mit dem Verständnis auch für die anderen. Denn ich verstehe es, warum Menschen, die ein völlig anderes Leben führen als meine Kollegen und ich, so oft Anstoß nehmen an uns. Ich hoffe, daß ich es schaffe, die Brücke zwischen der Alltagsnormalität, die ich achte, und dem Leben, das ich führen muß, nicht abbrechen zu lassen.

Wilfried F. Schoeller: „Die Bücher von heute sind die Taten von morgen", hat Heinrich Mann in einer schwierigen Situation der Weimarer Republik gesagt – ein in Ihrem Land viel zitierter Satz. Ist das Bewußtsein, daß Sie mit Ihrer Literatur wirken, gewachsen?

Christa Wolf: Ich glaube nicht, daß Bücher direkt etwas im politischen Feld bewirken. Es ist wohl ein Mißverständnis zu glauben, daß sie das überhaupt sollten. Selbstverständlich gibt es Zeiten, in denen Autoren, die auf bestimmte Weise ganz bestimmte Themen behandeln, etwas bewirken können. Aber eine solche Situation ist jetzt nicht – schon seit langem nicht, und sie wird wohl auch auf längere Zeit nicht sein.

Eine Merkwürdigkeit: Ich bin manchmal versucht zu behaupten, Literatur bewirke gar nichts, widersetze mich aber dann selbst dieser irreführenden Fragestellung, denn die Literatur als Ganzes bewirkt scheinbar nichts, aber wenn sie nicht wäre, möchte ich zum Beispiel überhaupt nicht leben. Insofern muß sie doch etwas bewirken. Das heißt: Sie gibt mir – und ich weiß, daß ich da kein Ausnahmemensch bin – eine Tiefe, eine zusätzliche Dimension im Leben, die es mir überhaupt möglich macht, mich auf den nächsten Tag zu freuen. Dieses scheint mir denn doch eine Art von Wirkung, die gar nicht überschätzt werden kann – nur eben auch nicht gemessen. Ich wüßte nicht, mit welchen Maßstäben und Instrumenten.

Wilfried F. Schoeller: Kommen wir noch einmal auf das Verhältnis von Utopie und Literatur zurück. Wenn Sie nach wie vor darauf bestehen, daß Literatur eine der wenigen Möglichkeiten ist, Utopisches zu setzen: ist dann die Literatur nicht von einem öffentlichen Austragungsort zu einer Art Asyl geworden?

Christa Wolf: Nein, so sehe ich das nicht. Vorübergehend kann die Öffentlichkeit darauf verzichten, von der Literatur Gebrauch zu machen. Dann ist die Literatur vielleicht eine Art von Tresor, in dem man etwas aufhebt, wovon man sich später wieder bedienen kann, wenn man will. Aber Literatur ist immer öffentlich, immer aktiv und in meinem Verständnis nie ein Rückzugsgebiet.

Wilfried F. Schoeller: Sie wollen sich den Widersprüchen der Realität, dem Ungenügen an ihr, durch Produktivität stellen. Woher kommt eigentlich das Zutrauen, daß man die Kraft dazu hat?

Christa Wolf: Das Zutrauen ist keineswegs gleichbleibend stark, im Gegenteil. Ich kenne Phasen, in denen ich das Zutrauen zu mir verliere, aber auch ein gewisses Zutrauen dazu, daß mein Beitrag überhaupt verwendbar ist für die Art von Realität, wie sie jetzt heranwächst. Aber ich weiß nicht, ob dies das letzte ist, was ich dazu sagen möchte; ich glaube nicht. Man kann ad hoc so schwer formulieren, man nimmt die Formulierung, die obenauf liegt. Obenauf liegt nun bei mir die Antwort: Ich habe noch eine Reserve von Zutrauen, von Produktivitätsantrieb aus der starken Identifikation mit dieser Gesellschaft und aus der starken Betroffenheit von allem, was diese Gesellschaft betrifft. Ich kann mich nicht herausziehen. Und dieses Auf-alle-Fälle-Mitbetroffen-Sein gibt neben vielem, was manchmal bis zur Verzweiflung reichen kann, auch diesen Produktivitätsschub. Es gibt noch so vieles, was ich schon weiß und noch nicht gesagt habe. Das ist eine große Herausforderung.

Wilfried F. Schoeller: Der einzelne in der Gesellschaft, das Ich – ein Grundthema Ihrer Arbeiten. Ist dieses Ich gegenüber dem herrschenden kollektiven Selbstverständnis nicht schon die Abweichung, die Spannung?

Christa Wolf: Die Spannung gewiß. Das ist mir schon seit „Christa T." bewußt, zumindest seit den Reaktionen darauf. Ich muß einfach akzeptieren, daß ich einen solchen Anlaß zu Spannungen darstelle. Aber ich habe nie gesehen, daß ich ein der Gesellschaft absolut gegenübergestelltes, von ihr abweichendes, um keinen Preis mit ihr in Übereinstimmung zu bringendes Wesen sei. Ich sehe eher, daß man in einer Gesellschaft, die im Grunde Produktivität erfordert (wie auch immer sie diese in bestimmten Phasen abweisen mag), dieses Spannungsverhältnis fruchtbar machen kann. Dies ist mein Versuch mit meinen Figuren in Büchern wie „Christa T." oder „Kein Ort. Nirgends": Im Grunde sind sie, die Abweichler, am tiefsten mit ihrer Zeit verbunden und weichen ab, weil sie sich nicht anpassen *können*, das heißt, nicht glatt und reibungslos werden können und dadurch für ihre Zeit in einem tieferen Sinn nutzlos.

Wilfried F. Schoeller: Es gibt in dem Staat, in dem Sie leben, einen außerordentlichen Stolz auf das Erreichte, um nicht zu sagen: eine Saturiertheit, die utopische Ansprüche abweist. Wenn nun Literatur, wie Sie sagen, ein Tresor für Utopisches ist: wird sie dann heute nicht stärker an den Rand gedrängt als zu Zeiten des „Geteilten Himmels“ (1963) oder der „Christa T.“ (1968)?

Christa Wolf: Sie treffen bei uns mehrere Arten von Stolz an, darunter einen sehr berechtigten, der nicht Übermut und Hochmut ist; sicher auch einen primitiven, vordergründigen Stolz, der sich nach außen hin wahrscheinlich unangenehm ansieht. Aber auch so etwas wie „In-sich-Gehn“. Die Generation, zu der ich gehöre, die um die Fünfzig ist, hat in den letzten Jahren angefangen zurückzublicken und zu fragen: Was haben wir eigentlich gemacht? Es handelt sich ja um die Generation, die in den letzten zehn, fünfzehn Jahren das meiste in diesem Staat unternommen hat. Sie hat die Stellen eingenommen. Nun differenziert sie sich und bietet damit ein Abbild der Differenzierung dieser Gesellschaft überhaupt. Sie treffen also in unserer Generation alles an: alle Ämter, alle Funktionen, alle Lebenshaltungen. Da alles vertreten ist und wirkliche Widersprüche vorhanden sind, keine Einhelligkeit, sondern sehr starke Konflikte, glaube ich: da liegt genau die Hoffnung für Literatur. Darin liegt begründet, daß so viele von uns diese Hoffnung aufrechterhalten und sich nicht in eine Randstellung drängen lassen, indem sie festhalten an ihren Vorstellungen über die Gesellschaft, indem sie unbeirrt weiter daran arbeiten. Diese Ausgangsbasis finde ich ganz produktiv.

Ich wüßte zum Beispiel nicht, was man der bürgerlichen Gesellschaft noch abgewinnen sollte: an Hoffnung, an Stoff auch. Es ist eigentlich alles schon gesagt und kann nur variiert werden. Ich stelle mir vor, daß man, wenn man in Westdeutschland lebt, untersuchen müßte, woher der Terrorismus kommt und die barbarische Reaktion darauf, woher der Ausbruch von Barbarei in dieser saturierten Gesellschaft plötzlich. Das Thema könnte sicher noch reizen.

Aber auch bei uns gibt es Widersprüche, die manchmal zerreißend sind und ausweglos erscheinen können. Dennoch ist wohl die Möglichkeit gegeben, sich dem zu stellen. Ich habe fast nie das Gefühl einer unproduktiven Situation.

Wilfried F. Schoeller: Aus den Erfahrungen der letzten Jahre gesehen: Erscheinen die Intellektuellen bei Ihnen nicht doch als eine Avantgarde ohne Hinterland?

Christa Wolf: Das sind sie ja in der deutschen Geschichte oft gewesen. Vielleicht ist jetzt in der Bundesrepublik eine solche Situation. Aus dem, was ich selbst erlebe und von meinen Freunden weiß, sage ich für hier: Es ist nicht ganz so. Da wir gemeinsame Ziele haben, sie auch gemeinsam formulieren und keine esotherischen Ideale verfechten, identifiziert sich doch eine Menge Leute mit diesen Vorstellungen; wie wir ja selbst diese Ziele nicht geschaffen haben, sondern sie aus der Gesellschaft, aus ihren Ansprüchen an sich selbst nehmen.

Wilfried F. Schoeller: Schreiben und Leben stehen bei Ihnen in einem sehr innigen Zusammenhang. Sie haben ihn immer wieder auch formuliert. Nirgends habe ich etwas über die Grenzen, den Unterschied, die Distanz zwischen beidem erfahren.

Christa Wolf: Wahrscheinlich deshalb, weil es mir so selbstverständlich ist, daß sie nicht deckungsgleich sind. So kommt mir überhaupt nicht die Idee, ich müßte dies formulieren. Aber wenn Sie darauf hinweisen, wird es mir bewußt. Ich kann mir nicht vorstellen, daß Schreiben und Leben im Grundsätzlichen auseinanderklaffen. Ich könnte mir nicht denken, daß man als Autor eine bestimmte Moral vertritt, ja moralisiert (was ich, zugegeben, tue) und als Mensch dieser Moral absolut entgegenlebt. Ich sehe den Versuch einer dauernden Annäherung, eine Übereinstimmung wird es aber nie geben.

Ansonsten ist mein Leben etwas ganz anderes als mein Schreiben. Doch die Stunden, in denen ich schreibe, sind mein konzentriertestes und wichtigstes Leben, abgesehen von der Zeit, die man mit nahen Menschen verbringt.

Wilfried F. Schoeller: Sie haben das Schreiben besonders intensiv als eine Möglichkeit verstanden, über die Figu-

ren gewissermaßen mit sich selbst in Berührung zu kommen. Es gibt wenig Identitäten der Erzählerin mit ihren Gestalten, aber ich habe das Gefühl, daß die Identifikation zunimmt. Wie übrigens auch eine Strenge im Umgang mit sich selbst.
Christa Wolf: Die Strenge nimmt zu, das weiß ich. Auch wachsen die Anforderungen an mich selbst, die Selbstkritik nimmt zu. Alle diese Schwierigkeiten wachsen, wenn man etwas länger schreibt und nicht dazu neigt, sich selbst apologetisch gegenüberzustehen. Tatsächlich hat die Identifikation mit den Figuren bis zu „Kindheitsmuster" zugenommen. Aber es muß nicht unbedingt so weitergehen. Ich weiß zwar noch nicht ganz genau, aber die nächsten Arbeiten werden wohl zeigen, daß eine Identifikation dann über mir fremdere Figuren läuft, daß sie komplizierter wird.
Wilfried F. Schoeller: Bisher sind die Hauptfiguren in Ihrem Werk fast ausschließlich Frauen.
Christa Wolf: Das ist sicher kein Zufall. Am leichtesten identifiziere ich mich mit Frauen. In zunehmendem Maße hat mich, was sich auch in der Erzählung und in meinem Essay über die Günderrode niederschlägt, interessiert, wo die Wurzeln der Konflikte liegen, die Frauen heute haben – des Ungenügens am Leben. Das kann man in der Zeit der frühen Romantik, um 1800, gut beobachten: wo die Gesellschaft, auf Arbeitsteilung hingetrimmt, einen bestimmten Typ von Mensch, der die Ganzheit suchte, einen universalen Glücksanspruch hatte, nicht gebrauchen konnte. Dort sind die Wurzeln.

Dabei wird es aber nicht bleiben. Ich habe vor, in nächster Zeit über Männer zu schreiben. Darauf freue ich mich schon.
Wilfried F. Schoeller: Frauen waren von der Literatur, vom Schreiben ja über Jahrhunderte so gut wie ausgeschlossen. In Ihrer Gesellschaft ist diese Situation fraglos besser geworden. Welche Konflikte bestehen jedoch noch immer?
Christa Wolf: Zum ersten ist es klar und wird in den kom-

menden Jahren immer deutlicher werden, daß schon zahlenmäßig der Anteil der Autorinnen an unserer Literatur zugenommen hat und weiter zunehmen wird. Als ich anfing zu schreiben, war ich noch eine der wenigen Frauen, saß in den Gremien immer als eine der wenigen Frauen. Das hatte seine Vor- und Nachteile. Heute gibt es viele Frauen, die das Schreiben als Instrument der Selbstverwirklichung betrachten und dabei zum Teil auch kompromißloser sind als Männer. Neulich sagte mir auch eine Professorin in Polen: „Wir Frauen sind mehr zur Ehrlichkeit veranlagt." Das hat historische Gründe.

Die Bedingungen für Frauen sind günstiger geworden hier in der DDR. Auch auf diesem Gebiet, das ein absolutes Engagement verlangt, das man Frauen immer abgesprochen hat. Daß sie sich dieses Gebiet erobern und daß sie sich darin bewegen können, ist klar.

Der nächste Teil der Frage wird wahrscheinlich in fünf und zehn Jahren genauer zu beantworten sein als heute. Welche neuen Konflikte mögen kommen? Die Reibeflächen werden sehr stark. In dem Moment, in dem diese Frauen, ausgehend von den neuen Möglichkeiten, die sie haben und die sie ganz selbstverständlich nutzen, anfangen, diese Möglichkeiten selbst wieder zu befragen nach ihrem Charakter und ihrem Wert, also ein Wertsystem einbringen, das nicht unbedingt übereinstimmt mit dem, das ihnen ihre Entwicklung ermöglicht hat.

Verstehen Sie: das ist ein sehr diffiziler Widerspruch, der sich wohl in vielen Arbeiten niederschlagen wird, die jetzt von Frauen geschrieben werden, von denen ich einiges kenne. Ich glaube, das wird sehr interessant und unterscheidet sich von dem, was Frauen zum Beispiel in der Bundesrepublik schreiben.

Wilfried F. Schoeller: Meinen Sie, daß Frauen es im Zusammenhang von Leben und Schreiben leichter haben, „ich" zu sagen?

Christa Wolf: Um mir zu erklären, warum in unserer Gesellschaft Frauen natürlicher miteinander umgehen, vertrauter, enger und schon eher bestimmte Werte verwirklichen im Umgang miteinander als Männer, nehme ich eine historische Begründung: Männer wurden durch die Arbeitsteilung und gleichzeitig durch die patriarchalische Struktur der bürgerlichen Gesellschaft mehr als anderthalb Jahrhunderte in die Anpassung, in die Selbstunterdrückung getrieben. So haben sie die Werte, die ihnen die Industriegesellschaft aufgedrückt hat, voll verinnerlicht. Was Frauen nicht so stark mußten, die einerseits stärker unterdrückt, in den häuslichen Bereich hineingetrieben wurden, andererseits nicht gezwungen waren, diese Art von Werten voll zu akzeptieren.

Und mir scheint (das hat wohl überhaupt keine biologischen Ursachen, sondern historische), daß Frauen jetzt eher in der Lage sind, an Werte anzuknüpfen, die sie als „natürlich" empfinden, die ihnen menschengemäßer vorkommen – daß sie es da einfach leichter haben. Und daß auch dieses Ich-Sagen, obwohl für den einzelnen ungeheuer schwer, für sie als Gesamtheit leichter wird. Bestimmt wird bei uns nicht der Trend eintreten, daß Frauen gegen Männer eine Front bilden. Es kann eine Periode kommen, in der Frauen den Männern in diesem mit Zahlen nicht zu messenden Bereich, wo es nicht um Produktionsziffern geht – nämlich bei der Frage, wie man miteinander lebt – helfen können.

Wilfried F. Schoeller: Die Figuren – von der Rita im „Geteilten Himmel" über „Christa T." – haben allesamt große Ansprüche formuliert, die von ihrer Umgebung als maßlos diskreditiert worden sind. In der Günderrode haben Sie auch einen solchen „maßlosen" Anspruch aufgespürt. Ist dieses Thema von der Geschichte überholt worden?

Christa Wolf: Nein, keineswegs. Nur hat sich der Inhalt der Ansprüche geändert – und das mit jeder Generation. Was schon erledigt ist, z. B. die Gleichberechtigung im ökonomischen Bereich, wird man als Anspruch nicht wieder neu formulieren. Aber die Maßlosigkeit der Ansprüche bleibt und bezieht sich auf neue, wichtigere – die eigentlich wichtigen – Gebiete, die man allerdings erst formulieren kann, wenn das andere geschehen ist. Aber ich bin schon für eine gewisse Maßlosigkeit und ermutige mich und andere Frauen, in der Maßlosigkeit ihrer Ansprüche nicht zurückzugehen, sondern ihre Umgebung auf die Probe zu stellen – wenn sie es aushalten.

1979

Projektionsraum Romantik

Gespräch mit Frauke Meyer-Gosau

Christa Wolf: „Kein Ort. Nirgends" hab ich 1977 geschrieben. Das war in einer Zeit, da ich mich selbst veranlaßt sah, die Voraussetzungen von Scheitern zu untersuchen, den Zusammenhang von gesellschaftlicher Verzweiflung und Scheitern in der Literatur. Ich hab damals stark mit dem Gefühl gelebt, mit dem Rücken an der Wand zu stehn und keinen richtigen Schritt tun zu können. Ich mußte über eine gewisse Zeit hinwegkommen, in der es absolut keine Wirkungsmöglichkeit mehr zu geben schien.

1976 war ein Einschnitt in der kulturpolitischen Entwicklung bei uns, äußerlich markiert durch die Ausbürgerung von Biermann. Das hat zu einer Polarisierung der kulturell arbeitenden Menschen auf verschiedenen Gebieten, besonders in der Literatur, geführt: Eine Gruppe von Autoren wurde sich darüber klar, daß ihre direkte Mitarbeit in dem Sinne, wie sie sie selbst verantworten konnte und für richtig hielt, nicht mehr gebraucht wurde. Wir waren ja Sozialisten, wir lebten als Sozialisten in der DDR, weil wir dort uns einmischen, dort mitarbeiten wollten. Das reine Zurückgeworfensein auf die Literatur brachte den einzelnen in eine Krise; eine Krise, die existenziell war. Daraus ist bei mir unter anderem die Beschäftigung mit dem Material solcher Lebensläufe wie denen von Günderrode und Kleist entstanden. Das Problem am Gegenwartsmaterial zu bearbeiten, wäre mir gar nicht möglich gewesen, das wäre naturalistisch und banal geworden, platt.

Ich habe diese beiden Figuren genommen, um ihre Problematik für mich durchzuspielen. Ich hab es historisch sehr genau gemacht, weil es so gut nicht zu erfinden gewesen wäre, wie es wirklich war, und weil ich die beiden historischen Figuren nicht beschädigen wollte. Die Briefe von Kleist und die Aufzeichnungen der Günderrode geben so viel Material genau über diesen Punkt: Individuum und Gesellschaft, daß ich keine Figuren „erfinden“ mußte. Obwohl sie dennoch erfunden sind; die Günderrode z. B. ist im Essay wieder eine etwas andere Person als in der Erzählung, und heute würde ich sie schon wieder anders sehen.

Das war also der zwingende Impuls: Es war eine Selbstverständigung, es war auch eine Art von Selbstrettung, als mir der Boden unter den Füßen weggezogen war; das genau war die Situation. Wenn man Literat ist, dann hat man die Möglichkeit, sich damit in der Literatur auseinanderzusetzen – diejenigen, die das nicht können, die haben es, finde ich, schwerer; und da ging es mir also nicht um bloß rationale Klarheit – die kann man sich auch mit der Zeit durch reines Denken über bestimmte Dinge verschaffen –, sondern es ging um die ganze Befindlichkeit in einer Zeit und in einer Umwelt, im weitesten Sinne und in jedem Sinne. Und, das muß dazu gesagt sein: in einem konkreten historischen Augenblick. Der ist jetzt vorüber. Wenn man weiterlebt, sich bemüht, produktiv zu bleiben, eröffnen sich neue Erfahrungen, damit neue Möglichkeiten, die man vorher, da der Blick nur ein bestimmtes Raster kannte, gar nicht sah. Dazu kommt: die gesteigerte Bedrohung Europas hat uns verändert, neue Akzente gesetzt.

Frauke Meyer-Gosau: Damals aber, vor fünf Jahren, lag Ihnen für diesen Rückgriff die Zeit der Frühromantik am nächsten. Was interessierte Sie, über die Biographien von Kleist und Günderrode hinaus, an dieser Zeit, in der die beiden lebten?

Christa Wolf: Mein Hauptinteresse war, zu untersuchen: wo hat sie eigentlich angefangen, diese entsetzliche Gespaltenheit der Menschen und der Gesellschaft? Wo hat die Arbeitsteilung so in die Menschen eingegriffen, daß die Literatur immer mehr herausgedrückt wurde aus dem Bereich, den die Gesellschaft in ihrem Selbstverständnis für wichtig, wesentlich, ja! überhaupt für vorhanden erklärte? Gleichzeitig damit wird auch das weibliche Element aus der Gesellschaft herausgedrängt; das ist ein Prozeß, der aber schon viel früher angefangen hat. Das „weibliche Element“ ist in den Industriegesellschaften sowenig vorhanden wie das „geistige Element“: auf die lebenswichtigen Prozesse haben weder Frauen noch Intellektuelle Einfluß. Dieses ins Extrem getriebene Zum-Außenseiter-gemacht-Werden, das, was ich an mir existenziell erfuhr: das wollte ich befragen, natürlich auch, um mich davon distanzieren zu können. Wo hat es angefangen? Wann? – In den Texten, in den Lebensverhältnissen der Romantiker findet man eine Fülle von Dokumenten darüber; die haben sensibel registriert, daß sie Außenseiter wurden, daß sie nicht gebraucht wurden in einer Gesellschaft, die sich daranmachte, Industriegesellschaft zu werden, die Arbeitsteilung weiterzutreiben, die Menschen in Anhängsel der Maschinen zu verwandeln; den Begriff „Fortschritt“ neu zu definieren, aufklärungsfern – die gleichen Leute, die die Bücher der Schreibenden nicht mehr lesen würden. Ja: mehr Leute lernten lesen, es gab mehr Schulen, aber die Texte, die sie lasen, lesen durften, überhaupt noch lesen konnten, das waren natürlich nicht die Texte dieser Autoren. Obwohl die Phänomene scheinbar noch gar nicht so brisant sind, registrieren die Romantiker sie ungeheuer scharf; und weil wir da wirklich Ähnlichkeiten spüren zu unserer eigenen Reaktion auf ungleich schwerwiegendere Prozesse und Erscheinungen, deshalb dieser sogenannte Rückgriff.

Frauke Meyer-Gosau: Romantik als Literatur-Epoche stand demnach gar nicht im Vordergrund Ihres Interesses?

Christa Wolf: Der Begriff „Romantik“ spielte bei mir überhaupt keine Rolle. Ich habe keinen Moment daran gedacht, daß ich mich jetzt mit der Romantik befaßte. Weder die Günderrode noch Kleist sind ja im engeren Sinne Romantiker. Was mich interessiert hat, war etwas anderes, die Frage: Wie kommt es, daß nach der Generation der Klassiker eine solche Menge von jungen Autoren auftaucht, die mit ihrer Zeit, mit ihrem Talent, mit der Literatur, mit ihrem persönlichen Leben offensichtlich nicht „fertigwerden". Die, nach bürgerlichem Verständnis und auch nach dem Urteil einer bestimmten Richtung marxistischer Literaturtheorie, „scheitern". Übrigens, das will ich noch erwähnen, gab es ja die Diskussion zwischen Anna Seghers und Georg Lukács 1938/39, in den Briefen, die sie, beide in der Emigration, zwischen Paris und Moskau wechseln, nach der großen Expressionismusdebatte. Lukács war damals völlig auf der Linie der klassischen Ästhetik und suchte dieselbe Perfektion in der modernen Kunst. Eigentlich war für ihn der große klassische bürgerliche Roman das Maß für Kunst. Die Seghers hat ihm widersprochen und, als Beweis, daß die Zeit selbst sich den Künsten entgegenstellt, eben diese Reihe von Namen angeführt, die in der deutschen Literaturgeschichte nach den Klassikern und zum Teil gleichzeitig mit ihnen gelebt und diese klassische Vollendung, die Verzicht und Entsagung einschließt, nicht erreicht hatten. Da waren dann: Lenz, Kleist, Günderrode, Grabbe, Büchner, Hölderlin. Von all diesen kannte ich die Günderrode nicht. Da fing ich an zu sammeln, was ich von ihr bekommen konnte. Las dann mal in einer Literaturgeschichte, daß Kleist und Günderrode sich getroffen haben sollten, „am Rhein", zu Beginn des neuen Jahrhunderts. Aus beider Leben habe ich herausgefunden, wann das hätte sein können: 1804. Ich stellte mir vor, sie hätten sich in Winkel treffen können. Das ist alles überhaupt nicht bezeugt, braucht auch nicht bezeugt zu sein. Ich jedenfalls bin sicher, daß die Begegnung nicht stattgefunden hat. Aber das war ja nur das äußere, nicht mein inneres Motiv.

Darüber habe ich am Anfang gesprochen: das war, wie immer, ein autobiographischer Impuls.

Was mich dann in zunehmendem Maße interessiert hat, als ich mich damit beschäftigte, war ihr, der Romantiker, Versuch eines Lebensexperiments. Es ging nicht mehr um Literatur allein, nicht mal mehr in erster Linie, sondern darum, was diese damals jungen Leute versucht haben: in Gruppen lebend, da es in der Gesellschaft nicht ging, am Rande der Gesellschaft, aber, literarisch gesehen, in ihrem Zentrum. Das ist merkwürdig; sie konnten als Literaten zentral wirksam sein, während sie doch zugleich am Rande der bürgerlichen Gesellschaft lebten mit ihren verschiedenen Experimenten. Wie sie das gemacht haben, wie sie das durchgestanden haben, wie die Frauen gerade in diesen Gruppen das initiiert haben, da sie es mit am meisten brauchten – wie sie das durchgehalten haben auch über die ungeheuren gesellschaftlichen und persönlichen Konflikte hin und alle möglichen Arten von materiellen Schwierigkeiten –, das hat mich brennend interessiert. Das eigentlich ist für mich dann unter dem Begriff „Romantik" zusammengeflossen. Der Begriff hat sich für mich ganz verändert. All das, was er hatte, als ich noch Germanistik studierte, und was heute vielleicht noch manche darin sehen: Mondscheinromantik, Liebesschmerz, Herzensweh, romantisiertes Mittelalter, Klerikalismus – das alles ist er jetzt nicht mehr für mich. Sondern die frühe Romantik ist der Versuch eines gesellschaftlichen Experiments einer kleinen progressiven Gruppe, die dann, nachdem die Gesellschaft sich ihr gegenüber totalitär und ablehnend verhalten hat, restriktiv in jeder Hinsicht, unter diesem Druck auseinanderbricht und in verschiedene Richtungen hin sich zurückzieht. Da entsteht dann alles mögliche, da entsteht Klerikalismus, da entsteht dieses Zurück-zum-Mittelalter, alles, was man will. Aber es gab eine Zeit, da war das progressiv, und das hat mich interessiert.

Frauke Meyer-Gosau: Innerhalb dieser Gruppe wiederum

waren Ihnen die schreibenden Frauen besonders wichtig ...

Christa Wolf: Ja, ich hab das später gemerkt, daß es auch ein unbewußtes Genießen, im Sinne von „Mich-Regenerieren" war, einem Produktionsprozeß wie dem der Günderrode zuzusehen: so einem vollständig reinen, auf ein Gegenüber nicht rechnenden, von Erwartungshaltungen freien Produzieren – was, das ist die Kehrseite, sie auch getötet hat, da sie gar kein Gegenüber fand. Aber letzten Endes war es doch ein, von heute aus gesehen, wohltuend unverfälschter Prozeß des Sich-Ausdrückens: Nur an sich denkend, im besten Sinne, bzw. an den Gegenstand, an das Thema, an das denkend, was man da bearbeitet, aber nicht sich selbst als Objekt erfahrend dabei. Immer als Subjekt. Das gehört zu meinen persönlichen Antrieben beim Umgang mit diesen Figuren: der Versuch, an die verschütteten Quellen von Produktivität heranzukommen.

Als ich mich mit der Günderrode und der Bettine beschäftigte, das war etwas sehr Erfrischendes. Trotz allem, was sich bei der Günderrode an Schwerem, Niederziehendem auch auf mich übertrug: vor allem war's ein erstauntes Zusehen, wie da eine junge Frau sich so ganz unbeeinflußt, außer durch ihre Anforderungen an sich selbst, ausdrückte. Und die Bettine als Gegenfigur, der ich große Sympathie und Respekt entgegenbrachte, wegen ihrer burschikosen, direkten und auch tapferen Art, wie sie sich später auch politisch verhielt in diesem Berlin damals. Wenn sie unverblümt sagte, was sie dachte, sich bis zur Lächerlichkeit, bis zur Trivialität, zur Sentimentalität ergoß in ihren Briefen an die verschiedenen Alterslieben. Das hat mich sehr berührt, und ich hab's auch bewundert.

Hier geht es um den Punkt, der, über alles Aktuelle hinaus, auf dem Grund der Antriebe und Erfahrungen lag, die zu „Kein Ort. Nirgends" und zu den beiden Essays geführt haben. Meine Erfahrung ist, daß die Alternativen, in denen wir leben, eine nach der anderen zusammenbrechen und daß immer weniger wirkliche Lebensalternativen übrigbleiben. Das wäre die philosophische Entsprechung zu dem Titel „Kein Ort. Nirgends". Um Mißverständnisse auszuschließen: Es ist meine grundlegende Lebensform, in Widersprüchen zu leben – das wäre nichts, was ich negativ finde oder je gefunden habe. Unbequem kann es zwar sein, auch sehr irritierend; es kann einen selbst in Frage stellen; nur ist es nicht zerbrechend oder tödlich, wenn es sich um Widersprüche handelt, die sich gegenseitig zu Lösungen treiben. Jetzt scheint mir, daß es immer weniger produktive Widersprüche gibt und daß die Zahl der unproduktiven Widersprüche und der unlebbaren Alternativen zunimmt. Genau daher kommt auch die Beklommenheit so vieler Menschen: daß sie das Gefühl haben, in eine Klemme zu geraten.

Frauke Meyer-Gosau: Die persönlichen Beweggründe beim und zum Schreiben sind eines; bei der Veröffentlichung kommen dann weitere, programmatische Intentionen dazu. So schreiben Sie im Günderrode-Essay, es sei an der Zeit, die Urteile über die Romantik anzufechten.

Christa Wolf: Die DDR-Germanistik hat zur gleichen Zeit oder schon vorher angefangen, diese Korrektur vorzunehmen; da gibt es diese Tabus gegenüber der Romantik kaum noch. Und das oft zitierte Wort, das leider von Goethe stammt: „Das Klassische nenne ich das Gesunde, das Romantische das Kranke", das wird nun endlich nicht mehr als letzte Aussage über die Romantik genommen. Andererseits kann dabei nicht verdeckt und vergessen werden, welche Entwicklungen als negative Möglichkeiten in der Bewegung der Romantik lagen und sich auch ausgewirkt haben. Das ist klar. Ich habe gerade in einem Brief von der Rahel Varnhagen von 1819 gelesen, was sie, schon zur Zeit der Karlsbader Beschlüsse, zu den Angriffen schreibt, die damals in vielen Städten plötzlich gegen jüdische Mitbürger losbrachen, die nicht zu direkter Verfolgung im Sinne von Pogromen, aber zu rüden Anpöbeleien und gesellschaftlicher Diskriminierung geführt haben. Sie nennt, als geistige Urheber, unter anderen die Namen Achim von Arnim und Clemens Brentano und beschreibt, wie aus „geistigen" antisemitischen Tendenzen nach und nach eine Atmosphäre entsteht, die den Pöbel, wie man damals sagte, zu pöbelhaften Exzessen treibt. Das alles war da, kann nicht vergessen und verschwiegen werden.

Frauke Meyer-Gosau: Zunächst aber verstanden sich die Autoren, von denen Sie sprechen, als eine gesellschaftlich progressive Bewegung und haben sich doch auch so betätigt.

Christa Wolf: Betätigt? Nicht alle, eben dazu kamen sie kaum. Daß auch praktische Folgerungen in ihren Idealen lagen, das ist vor allem an der Bettine abzulesen, die sich bis in ihr Alter hinein, als sie wieder frei von ihren häuslichen Pflichten ist, um direkte politische Handlungsmöglichkeiten bemüht. Sie ist beinahe eine Ausnahme. Die Grunderfahrung dieser Generation war ja, daß sie niemals dazu gekommen ist, die hochgespannte Erwartung, die die Französische Revolution ausgelöst hatte, politisch umsetzen zu können; ja, nicht einmal darauf hoffen durfte, daß sie es könnte. Jedenfalls – das muß man dazusagen – in Deutschland nicht. Viele haben nach dem Rückschlag, dem Ausbleiben der Reformen nach den Befreiungskriegen von 1813/15 resigniert. Die Diskrepanz zwischen einem starken praktischen, aktuellen, tagespolitischen Anspruch und den Möglichkeiten, die die Gesellschaft anbietet: daß an ihr Leute zerreißen oder zerbrechen oder auch kuschen lernen, sich anpassen – was ihnen alles dann zum Vorwurf gemacht wird –, so wahnsinnig merkwürdig ist es eigentlich nicht. Es wäre merkwürdig, wenn's anders wäre. Und was würde uns fehlen, wenn diese Gruppe von Leuten fehlen würde, die es wenigstens mal versucht hat, bis an ihre Grenzen zu gehen.

Frauke Meyer-Gosau: Für die Frauen waren dabei wiederum mehr Schranken zu überwinden als für die Männer.

Christa Wolf: Ja. In der frühen Romantik, in Jena und Heidelberg, haben sich ja Männer und Frauen in ihrem Erscheinungsbild etwas angenähert. Ein neuer Kulturbegriff entstand. Innerhalb dieser Gruppen haben Frauen – jedenfalls was ihre geistig-seelische Haltung betrifft – zwangloser ihre Rolle finden können.

Daß sie es, äußerlich gesehen, immer noch sehr schwer hatten, ist belegt – da braucht man nur an das Schicksal der Caroline Schlegel-Schelling zu denken. Übrigens auch an die Günderrode: ohne die Aussicht, sich ihr eigenes Leben zu schaffen, mußte sie im Stift leben, materiell abhängig, ohne die Möglichkeit, wenn sie nicht verheiratet war, öffentlich aufzutreten, öffentlich irgend etwas zu sein, sich selbst Geld zu verdienen, wenn nicht ein Mann da war, der es für sie verdiente.

Frauke Meyer-Gosau: Immerhin, die Programmatik für die Veränderung des eignen Lebens war radikal genug; die schreibenden Frauen aber waren so radikal wieder nicht, daß sie es gewagt hätten, unter ihrem Namen zu veröffentlichen.

Christa Wolf: Das kann man wohl nur aus der Zeitatmosphäre heraus verstehen. Ich glaube, daß auch bestimmte Unterlassungen, die wir heute begehen, und deren wir uns zum Teil sogar bewußt sind, später gar nicht verstanden werden. Selbst dann nicht, wenn wir sie direkt beschreiben würden. Weil eigentlich viele Tabus nicht aus festgelegten Verboten, sondern aus der ganzen Zeitumgebung und Zeitstimmung und aus den Begrenzungen in einem selbst – aus einem Gemisch von dem allen – zu verstehen sind. Und so, denke ich mir, muß das gewesen sein bei den Frauen, die ungeheure äußere Beschränkungen zu ertragen hatten, die immer zu arm waren, immer zu wenig Geld hatten. So, wie diese Bettine, die die ganze Zeit ihrer Ehe hindurch fast jedes Jahr ein Kind bekommt, dagegen offenbar nichts machen kann oder machen will. In der Zeit ist sie völlig eingesponnen in die Sorgen der großen Kinderstube und des Haushalts, der sich daraus ergibt, und sie beklagt

sich darüber sehr, wie der andere Teil in ihr vollkommen unterdrückt und zur Ruhe gelegt wird, zu einer bösen Ruhe. Sie bricht dann nochmals aus und schafft es, ziemlich radikal zu werden. So könnte man das Verhalten jeder dieser Frauen aus den Umständen, aber auch aus ihrem Temperament und ihrem Charakter begründen. Alle zusammen ergäben dann das Bild der Zeit: wie die Zeit auf jede einzelne gedrückt hat, so unterschiedlich sie waren. Die Günderrode. Warum hat sie unter männlichem Pseudonym veröffentlicht? Sie war ein schüchterner Mensch, und das mußte sie sein als älteste Tochter einer armen adligen Familie, sie war kein fordernder und radikaler Typ, überhaupt nicht. Radikal war sie mehr im Schreiben als im Leben. Bei manchen ist es wieder umgekehrt. Die Dorothea Schlegel ist mehr im Leben radikal als im Schreiben. – Veröffentlichen unter eigenem Namen, das geht bei Frauen vereinzelt im vorigen, selbstverständlich erst in diesem Jahrhundert. Wobei sich auch heute noch, wie ich immer wieder höre, Frauen stärker mit diesem Problem auseinandersetzen müssen als Männer. Da sie sich sehr oft als Person eröffnen, wenn sie schreiben, und dann in diesem Sinne „erkennbar" geworden sind. Das merkt man dann auch an den Reaktionen auf Kritiken, daß sie anscheinend verletzbarer sind. Das ist wohl historisch bedingt . . .
Frauke Meyer-Gosau: Beide aber, die Günderrode und die Bettine, im Leben und im Schreiben sehr verschiedene Menschen, haben veröffentlicht.
Christa Wolf: Bei der Günderrode scheint es so zu sein, daß sie ein dem Gesetz zugetaner Mensch war – daß sie sich stärker z. B. dem ästhetischen Kunstkanon unterwarf, ein ganz wichtiger Punkt beim Schreiben: sich eben dieser Ästhetik voll zu unterwerfen, sie anzuerkennen als oberstes Gesetz, nach dem man beurteilt und auch abgeurteilt werden kann.

Und Kunst ist in jener Zeit das, was die Klassik zur Kunst erklärt hat. – Günderrode war zudem in einer außerordentlichen Weise verletzbar durch die Unmöglichkeit, diesem Mann, den sie, fast sage ich: zufällig geliebt hat, anzugehören. Nur dies wäre für sie „Gelingen" gewesen und hätte in ihr das Gefühl erweckt, daß sie über die Banalität und die Begrenztheit der Zeit hinausgelangt war – wonach sich jeder sehnt, der schreibt. Das ist klar, darum schreibt man.

Bei Bettine war das anders. Das war für mich übrigens eine erheiternde und ermunternde Entdeckung, als ich über Bettine arbeitete: diese beinahe monströse, ausufernde, unbekümmerte und sich um kein Kunst-Urteil scherende Briefliteratur. Und dazu die ausgedehnte soziale Tätigkeit, bis hin zu direkten Sozialstudien bei den Armen im Berliner „Vogtland". Da bleibt kein Rest. Sie hat ihre Grenzen voll ausgeschritten und nicht die „böse Zeit" als Vorwand für Faulheit oder Feigheit genommen.

Frauke Meyer-Gosau: Bleibt aber doch zu fragen, was an diesen Romantikern und dem Bild, das Sie von ihnen zeichnen, heutige Leser so anspricht.

Christa Wolf: Ja. Das war wohl eine der ersten Generationen, die es als einen Riß in sich empfunden haben, daß sie ihre Möglichkeiten, die sie doch in sich spürten, ganz lebendig, ganz wach, die sie in Gesprächen und literarischen Unternehmungen ausprobierten, nicht als Handlung realisieren konnten. Und das ist heute wieder, so scheint es mir, eine Erfahrung vor allem jüngerer Leute, die allerdings oft, anders als jene damals, nicht in schweren materiellen Sorgen sind; die nun aber das, was sie als das eigentlich Menschliche empfinden, gerne leben wollen: nicht ichbezogen, sondern offen, mit anderen zusammen. Das ist bei uns und bei Ihnen ähnlich. Da kann man miterleben, wie Freundeskreise sich entwickeln und wie in ihnen ausprobiert wird – mit allen Konflikten, die dort entstehen –, wie das eigentlich ist, wenn man miteinander lebt, wenn man versucht, zueinander ehrlich zu sein; wenn man versucht, eine Produktivität zu entfalten, die nicht unbedingt materielle Güter hervorbringt, aber auch hervorbringen kann: Töpferwaren,

Kleider oder ich weiß nicht was; oder miteinander die Kinder großzuziehen. Wobei das natürlich in Industriegesellschaften, die auf Effizienz und Massenproduktion eingestellt sind, eine Randerscheinung bleibt. Darüber sollte man sich keine Illusionen machen. Aber immerhin: Kultur ist, was gelebt wird. Und das ist, was heute die jungen Leute, so glaube ich, anzieht.

Frauke Meyer-Gosau: Die Lebensexperimente der Romantiker sind ja gescheitert. Könnte nicht gerade dies Nichtgelingen so weitgesteckter Pläne dem Endzeit-Gefühl vieler heutiger Leser entgegenkommen?

Christa Wolf: Ich höre manchmal bei Lesungen, nicht so sehr übrigens aus Briefen, die Frage: Warum überhaupt so ein zurückliegendes Thema? Dann auch die Frage: Warum so traurig; warum solche Leute, die sich später umbringen? um es ganz banal zu sagen. Eine Frage, die ich berechtigt finde.

Es gibt eine Reaktion – das habe ich bei all meinen Büchern gehabt –, daß Leser denken, wenn da ein Mensch stirbt (bei „Christa T." oder bei diesen beiden, Kleist und Günderrode), das bedeute, selbst als Autor diesem Ende verfallen zu sein; es gibt natürlich solche Kurzschlüsse, die auch zum Teil unserer Literaturkritik geschuldet sind, wahrscheinlich der Literaturkritik in beiden Staaten, daß nämlich die Intentionen des Autors sich mit den Schicksalen der Figuren decken müssen. Viele Leser bemerken aber auch, daß ich, indem ich mich mit meinen Fragen immer tiefer in die Wunden der Zeit hineinbohre, die auch meine Wunden sind, nicht vorhabe, aufzugeben.

Frauke Meyer-Gosau: Fordert ein Titel wie „Kein Ort. Nirgends" nicht auch Leser heraus, sich negativ zu identifizieren?

Christa Wolf: Als mir der Titel einfiel ... Ich kann mich noch erinnern, daß ich im Moment zurückgezuckt bin vor der Radikalität der Aussage. Dann fand ich ihn aber angemessen, meiner Erfahrung angemessen. Später habe ich dann gemerkt, daß darin offenbar eine allgemeine

Erfahrung ausgedrückt war. Das wußte ich nicht, und es hätte die Wahl des Titels auch nicht beeinflußt.

Es gibt Leser, das weiß ich seit „Nachdenken über Christa T.“, die diese bestimmte Art von Literatur, wie sie sie glauben, verstehen zu können, „zelebrieren“. Die sie nicht als Herausforderung oder Anstoß sehen, sondern als Bestätigung für ein augenblickliches Befinden, in dem sie sich gerne festmachen möchten, und die sich selbst nicht in derselben Strömung befinden wie etwa der Autor, der alles, was er schreibt, als einen vorübergehenden Haltepunkt in einem Prozeß betrachtet. Ich würde doch kein Buch später wieder genauso schreiben können. So hat es auch manchmal etwas Gespenstisches, wenn dann starke Reaktionen auf mich zurückkommen nach Jahren, nachdem ich mich kaum mehr erinnern kann an die eigene Befindlichkeit in der Zeit des Schreibens. Aber ich kenne Leser, die Bücher als Arbeitsangebote nehmen; die nicht konsumieren; die ich wirklich als eine Art Mitarbeiter empfinde. Die Briefe, die ich von ihnen bekomme, sind für mich wesentlich, nicht nur, weil sie ein Echo auf meine Arbeit darstellen, sondern weil sie von sich etwas dazugeben. In der Hinsicht habe ich ein starkes Echo empfangen.

Frauke Meyer-Gosau: Eine Rolle für die Rezeption spielt, glaube ich, auch, daß Sie sich in „Kein Ort. Nirgends“ dem Sprach-Ton der Romantik so weit anverwandelt haben. Demgegenüber stört ein Buch wie z. B. „Kindheitsmuster“ schon durch seine Bauweise die Selbstaufgabe des Lesers ...

Christa Wolf: In „Kein Ort. Nirgends“ gibt es viel inneres Zitat, das stimmt. Aber es ist meine Stimme, die spricht, eine Anverwandlung findet statt, die ich für legitim halte.

Anders war die Methode bei „Kindheitsmuster“, anders ist da auch die Wirkung. Ältere Leser erinnerten sich ihrer eigenen Kindheit oder ihrer Erlebnisse aus der Zeit des Faschismus wieder und sprachen oft zum erstenmal davon, oft in emotionaler Erschütterung. Bei

Jüngeren wurde ein Informationsbedürfnis mit gestillt, das ihnen zum Teil gar nicht so bewußt war. Da sind sachliche Bedürfnisse befriedigt worden. Das habe ich mit beabsichtigt, wie übrigens auch bei den Essays über Günderrode und Bettine.

Frauke Meyer-Gosau: Und in „Kein Ort. Nirgends" gibt es diesen musikalischen, ziehenden Ton.

Christa Wolf: Neulich hat jemand zu mir gesagt, er würde es sinnlich empfinden, in Bildern. Ich habe viele Anfänge versucht, bevor ich den „inneren Ton" hatte. Da war ein Ton in mir, der getroffen werden wollte, durch diese bestimmte Art des Sprechens. Eigentlich ist es mehr ein Sprechen als ein Schreiben, wenigstens am Anfang. Eine gewisse Suggestivkraft der Sprache wollte ich schon auch, einen gewissen Rhythmus. Das ist anders als in den meisten Stücken von „Kindheitsmuster". Dort ist mehr Analyse, viel Dokumentarisches. Das hatte für mich auch eine andere Funktion.

Frauke Meyer-Gosau: Ich denke mir, daß es auf „Kein Ort. Nirgends" in der BRD und der DDR unterschiedliche Reaktionen geben müßte – der jeweilige gesellschaftliche Kontext des Lesers ist ja ein ganz andrer.

Christa Wolf: Manchmal mache ich das Experiment – ich lese Leserbriefe, guck nicht auf den Umschlag, woher sie kommen; und dann kann ich nicht immer, beinahe öfters nicht, möchte ich sagen, unterscheiden, ob der Brief aus der DDR kommt oder aus der Bundesrepublik. Da liegt offenbar ein ähnliches Bedürfnis vor, auf das die Texte eingehen. Es sind übrigens oft ähnliche Menschen – ich lerne sie kennen bei Lesungen. Das ist schon ein ähnlicher Menschentyp, und der ist nicht ost- oder westdeutsch, DDR- oder bundesdeutsch. Sondern das ist ein Typ eines meist jungen Menschen, der ganz bestimmte Erwartungen entwickelt, die nicht „geteilt" sind.

Frauke Meyer-Gosau: Eine gleiche Mangelerfahrung also in zwei so unterschiedlichen Gesellschaftssystemen?

Christa Wolf: Was in beiden da ist und erlebt wird, ist ein harter Zug des unbedingten Realismus, in dem Sinne, daß als „real“ offiziell nur noch gewertet wird, was in dieser oder jener Form institutionalisiert ist. Institutionalisiert sind die beiden Staaten, institutionalisiert haben sich ganz handgreifliche und durch Institutionen zu befriedigende Ansprüche. Das ist in beiden Staaten ganz gut gelaufen. Da ist vieles, was für das materielle und alltägliche Leben nötig ist, auch für das Leben innerhalb der Gesellschaft, soweit bestimmte Kommunikationsbedürfnisse einfach erstmal befriedigt werden müssen. Diese Strukturen haben sich gebildet, sie sind vorhanden, sie funktionieren. Im Grunde ist alles abgedeckt, was Institutionen sich ausdenken können. Nun ist es allerdings so, daß sich Institutionen das Wesentliche nicht ausdenken können, das rutscht zwischen den perfekten Strukturen durch, und das merken jetzt die Generationen, meistens die, die jünger sind, als ich es bin. „Das kann doch nicht alles gewesen sein“, hat es Volker Braun einmal formuliert. Das „Eigentliche“ – wie sie sagen würden – wird nicht befriedigt durch alles das, was an Wohlfahrt in beiden deutschen Staaten da ist – das Bedürfnis nach . . . Poesie im Leben. Nach allem, was nicht unbedingt zählbar, meßbar, in Statistiken erfaßbar ist. Und da wird Literatur als ein Mittel der Selbstbehauptung benutzt. Das habe ich sehr oft beobachtet, und das kommt mir sehr entgegen. Literatur als Mittel der Selbstbehauptung, Selbstbestätigung und ebenso als Sehnsuchtsorgan. Und da kommt man wieder auf direktem Wege zur Romantik . . .

Frauke Meyer-Gosau: Demnach ist meine Erwartung falsch, DDR-Leser müßten Ihre Texte anders lesen als BRD-Leser?

Christa Wolf: Ich kann diese territoriale Einteilung der Literatur, die Sie jetzt meinen, als eine von Gesellschaftsordnungen, von verschiedenen gesellschaftlichen Hintergründen, Staaten, ökonomischen Systemen bestimmte, aus der Erfahrung, der Beobachtung des Leseverhaltens nicht mehr bestätigen.

Es scheint doch so zu sein, daß in Literatur etwas ausgedrückt wird, das sich nicht auf ein Territorium oder eine Gesellschaft eingrenzen läßt. Viele Erfahrungen vieler Menschen ähneln sich. Wenn man achteinhalb Stunden an der Maschine steht, dann verhält man sich auf eine ganz bestimmte Weise. Das ist ein Grundmuster, das Menschen eingeprägt wird. Wir leben in modernen Industriegesellschaften, in patriarchalischen Gesellschaften, hierarchisch angeordnet. Es gibt also ähnliche Züge. Auf dieser Grundlage muß Literatur auch ähnliche Konflikte mit ausdrücken, bei Unterschieden, die ich keineswegs leugne, sondern gerade interessant finde.

Zunächst mal muß man sich aber nicht so sehr wundern, wenn die Literatur von dem einen Teil im anderen verstanden wird, wenn auch Identifikationsmöglichkeiten vorhanden sind.

Frauke Meyer-Gosau: Meine andere Hypothese möchte ich aber doch aufrechterhalten – daß nämlich Frauen anders als Männer auf „Kein Ort. Nirgends" reagieren.

Christa Wolf: Ich bekomme insgesamt mehr Briefe von Frauen als von Männern. Neulich bei einer Lesung in Hamburg hat am Ende einer Diskussion – das war in einem sehr großen Kreis von 450 Leuten – ein männlicher Diskussionsteilnehmer gesagt: „Sagen Sie mal, ist das bei Ihnen immer so, daß da nur Frauen reden?" Das wurde mir dann selbst erst bewußt, daß wirklich sehr viele Frauen an diesem Abend geredet hatten. Meistens reden in Versammlungen und Diskussionen ja immer noch mehr Männer. Irgend etwas scheint hier dann doch die Frauen zum Sprechen zu bringen. Frauen fühlen sich wohl direkt getroffen. Männer müssen vielleicht eine gewisse Reserve und Abwehr in sich aufbauen gegen bestimmte Emotionen.

Frauke Meyer-Gosau: Und wie äußert sich diese Abwehr?

Christa Wolf: Ich hab schon solche Bemerkungen gehört: „Die ist verrückt, im klinischen Sinn verrückt, daß sie so was schreibt", von Männern gesprochen, als starke Abwehr. Das höre ich öfter, aber man sagt oder schreibt es mir seltener direkt; ich merke es an manchen Kritiken. Ich merke es in ideologischen Auseinandersetzungen.

Frauke Meyer-Gosau: Wohin wird da gezielt?

Christa Wolf: Das richtet sich gegen die ganze Weltsicht, die dem, was ich schreibe, zugrunde liegt. Ich meine „Weltsicht" auch im Sinne von „Gesellschaftssicht". Ich gehe davon aus, daß wir in einer Männergesellschaft leben, daß wir seit Jahrtausenden in einer Männerkultur leben und daß das ungeheure Folgen gehabt hat: letzten Endes die Folge, daß wir alle, die Frauen und Männer, am Rand der Vernichtung stehen. Solche Feststellungen werden leicht als zu weitgehend, eben als „weiblich" (also überspannt), verstanden und abgewertet. Dagegen richtet sich diese Abwehr: daß ich übertrieben, verstiegen sei, daß ich zu emotional, dann wieder zu traurig, dann wieder zu kompliziert sei. Wobei ich natürlich nicht bestreite, daß meine Arbeiten kritikwürdig sind ... Nur, wenn die Kritik sich massiv immer auf die gleichen Punkte richtet, ich aber diese Punkte nicht aufgeben will und kann, dann handelt es sich eben um echte Meinungsverschiedenheiten, die oft nicht als solche ausgedrückt, sondern als literarische Kritik verschleiert werden. Aber das ist ein so allgemeiner Vorgang, den kennt fast jeder Autor, darüber braucht man nicht weiter zu reden.

Frauke Meyer-Gosau: Die Abwehr von Männern richtet sich nicht etwa gegen die androgynen Züge von Kleist beispielsweise in „Kein Ort. Nirgends"?

Christa Wolf: Die richtet sich manchmal ausgesprochen gegen die „weibischen" Züge bei Kleist! Neulich hat mir jemand gesagt, Kleist sei der Autor des Kohlhaas, ein entschlossener, mutiger, zupackender Autor, und ich würde ihn mit „weibischen" Zügen ausstatten und daher verzeichnen.

Frauke Meyer-Gosau: Das wäre dann die Angst des männlichen Lesers, als Frau ertappt zu werden?

Christa Wolf: Ich weiß nicht, ob „als Frau ertappt". Das ist wohl zu weitgehend formuliert. Ich glaube, es ist ein diffuseres Unbehagen gegen alles Zwitterhafte, gegen die fließenden Übergänge, dagegen, daß es nun einmal nicht nur so oder nur so ist, Freund-Feind, männlich-weiblich; eine Angst, miteinander, nicht gegeneinander leben zu lernen. Nicht in starren Antinomien, sondern in fließenden Übergängen; in produktiven Alternativen, die nicht tödlich sein müßten. Dies hat man nicht gelernt; dazu ist man nicht erzogen worden; das in Erwägung ziehen zu sollen, macht Angst.

Winter 1982

Aus einer Diskussion an der Ohio State University

Gespräch mit Christa und Gerhard Wolf

Henry Schmidt: Wir möchten fragen, wie ihr euch gegenseitig beeinflußt, wie ihr euch ergänzt. Wann habt ihr angefangen, zusammen zu arbeiten?
Christa Wolf: Wir haben uns schon 1949 als Studenten kennengelernt. Damals haben wir beide erst Pädagogik studiert, und dann sind wir beide zur Germanistik übergewechselt. Eigentlich ist Gerhards literarischer Einfluß auf mich über Gedichte gegangen. Am Anfang mit Rilke . . .
Gerhard Wolf: Da waren auch Kassandra-Gedichte dabei.
Christa Wolf: Die du selber geschrieben hast?
Gerhard Wolf: Ja.
Christa Wolf: Ich glaube überhaupt, daß Gerhards Einfluß auf meine Arbeit größer ist als mein Einfluß auf seine. Wenn ich etwas schreibe, reden wir vorher viel darüber. Erstens verstehe ich im Reden allmählich besser selbst, was ich will. Ich werde durch seine Reaktionen immer mehr hineingetrieben in das, was ich will, weil er sehr gut weiß, was ich will. Wenn eine Sache fertig ist, ist er natürlich der erste, der es liest. Es gibt einen Familiensketch von meiner jüngeren Tochter, die Regisseurin wird. Einmal hat sie aufgeführt: Vater liest Mutters Manuskript, und umgekehrt: Mutter liest Vaters Manuskript, wie unterscheidet sich das? Sie stellt dar, wie er, vollkommen hineingewühlt in die Sache, Mutters Manuskript kritisch beurteilt, als ob es sein eigenes wäre, wie er es mir sozusagen ganz kritisch um die Ohren haut

und zerfetzt. Wenn ich am Ende sage, „Was soll ich nun machen, es ist alles ja ganz furchtbar!", dann sagt er, „Wieso, es ist doch sehr gut ... es sind nur noch diese paar Kleinigkeiten auf jeder Seite." Und umgekehrt, ich lese sein Manuskript: ich sitze im Sessel und lese ganz still, ich sage überhaupt nichts. Er umrundet mich wie ein Tiger oder geht in sein Zimmer, kommt nach ganz wenigen Minuten und guckt mir über die Schulter. Dann geht das ganz anders von mir aus, ganz ruhig und vorsichtig. Aber er sagt mir mehr zu meinen Sachen als ich ihm zu seinen. Ich habe mehr davon. Das ist sozusagen ein inneres Psychogramm.

Henry Schmidt: Können wir das einmal von Gerhards Seite hören?

Gerhard Wolf: Ich bin ja ein alter Lektor. Da ich Literatur so bewundere, ist bei mir die Schreibhemmung, fiktiv zu schreiben, so groß, daß diese Schwelle fast nicht überbrückbar ist.

Christa Wolf: Man muß schon ein bißchen crazy sein, um wirklich zu schreiben.

Gerhard Wolf: Ich kann mich, glaube ich, sehr in andere Texte hineinversetzen.

Christa Wolf: Er macht es auch bei anderen, nicht nur bei mir. Dann hat er oft ermöglicht, daß ich schreiben konnte, indem er sehr viel gemacht hat, was sonst traditionell eine Frau in einer Ehe mit zwei Kindern machen müßte.

Helen Fehervary: Ich glaube, ihr wart damals beide als Kritiker tätig?

Christa Wolf: Ja, ich habe Kritiken geschrieben – im falschen Sinne. Ein Kritiker, der Bücher nach einem bestimmten Maßstab beurteilt. Das habe ich dann mit Entsetzen sein gelassen.

Helen Fehervary: Aber du hattest schon damals das Gefühl, du müßtest dich anders ausdrücken?

Christa Wolf: Ja, irgendwie anders ausdrücken, aber die Germanistik, die wir beide studiert haben, hat mich, glaube ich, um Jahre zurückgeworfen.

Gerhard Wolf: Wir haben diese Lukácsschen Theorien sehr verinnerlicht.
Christa Wolf: Die Germanistik und die marxistische Philosophie – das letztere möchte ich nicht missen – haben damals in ihrer ziemlich dogmatischen Weise meinen Schreibanfang um Jahre verzögert. Weil sie mir meine Unmittelbarkeit des Erlebens genommen haben. Das ist eigentlich erst mit „Christa T." wieder aufgebrochen. Im „Geteilten Himmel" fängt es an, aber der wirkliche Aufbruch, wo die Dämme brechen, war bei „Christa T."
Gerhard Wolf: Für mich war die Verbindung von Werk und Autor immer sehr interessant. Das habe ich aber lange verdrängt. Ich habe die üblichen Kritiken geschrieben, bis mich eigentlich das wirklich Schöpferische eines Werkes so interessiert hat, daß ich mich gelöst habe von den konventionellen Arten, Kritiken zu schreiben.
Christa Wolf: Zuerst habe ich im Schriftstellerverband in der Abteilung für junge Literatur gearbeitet, dann war ich in der Zeitschrift Neue Deutsche Literatur als Redakteurin. Danach war ich ein Jahr lang Lektor im Verlag Neues Leben. Die ganze Zeit hatten wir beide, jeder auf seine Weise, Kontakt mit jungen Autoren, deren Manuskripte wir beurteilen mußten. Sie waren dauernd um uns herum. Da mußte man sich immer in einem politischen Umfeld behaupten, auch in einer manchmal sehr scharfen politischen Kritik. Das führte zu enger Verbundenheit – nicht zu verstehen als Bündnis gegen die Umwelt.
Helen Fehervary: Für uns ist das wirklich ein beneidenswerter Prozeß. Wir im Westen sind gezwungen, uns individuell zu behaupten. Bei uns arbeitet man entweder ganz allein oder im „Team". Dieses Sich-Ergänzen von zwei Menschen, das ich bei euch sehe, ist vielleicht ein dritter Weg.
Christa Wolf: Naja, es ist ein glücklicher Zufall, daß es so gekommen ist.
Gerhard Wolf: Das ist normal.
Christa Wolf: Es sollte normal sein, wir empfinden es

eigentlich als normal. Aber ich könnte mir eine Arbeit ohne sein Dabeisein sehr schwer vorstellen, weil ich mich dann viel unsicherer fühlen würde. Wenn ich ein Manuskript fertig habe, dann gibt mir sein Urteil darüber eine Sicherheit. Es geht nicht hinaus, bevor er sagt, „ja, das kann ein anderer sehen“.

Henry Schmidt: Inwiefern ist Literaturkritik nützlich, inwiefern kann sie nützlich sein? Schon vor zwanzig Jahren hast du, Christa Wolf, über Literaturkritik geschrieben, daß sie gewöhnlich an höhere Instanzen gerichtet wird und daß der Kritiker sich immer als Kritiker beweisen muß. Gibt es Kritiker, von denen du viel gelernt hast, oder gibt es einen Stil, wo du meinst: das ist ein Diskurs, damit kann ich ein Gespräch führen?

Gerhard Wolf: Ich glaube, wenn die Kritik wirklich übergeht in das, was man im besten Sinne Essay nennt, wo der Autor seine Problematik mit einbezieht. Ein Beispiel wäre Hans Mayers „Außenseiter“, wo er zum ersten Mal seine verborgene Lebenshaltung an exemplarischen Figuren darzulegen versucht. Er will nicht wie in einer anderen Arbeit, zum Beispiel über Thomas Mann sprechen, sondern das ist ein Buch, das über seine literaturkritische Funktion, die er sonst bewußt eingenommen hat, hinausgeht.

Christa Wolf: Ich glaube, daß die reine Werkkritik oft eine Fehlentwicklung ist: die Kritiker nehmen ein Buch her wie ein Objekt – so wie die Naturwissenschaftler irgendein zu untersuchendes Objekt. Aber gerade *dieser* Wissenschaftsbegriff ist auf Literatur ganz sicher nicht anzuwenden. Wenn also die Kritiker sich nicht entschließen können, die Subjektivität, die in dem Buch sich ausdrückt, mit in ihre Betrachtungen einzubeziehen, und sich selbst dazu in irgendein Verhältnis setzen, und zwar offen, dann wird das immer eine verklemmte Sache sein. Ich habe das gerade ganz deutlich bei den „Kassandra“-Kritiken gemerkt, wie da manche Kritiker sich vollständig verstecken hinter einer Pseudoobjektivität und wie ihre eigene persönliche Verklemmtheit als

Mensch und Mann und Literaturkritiker so aus jeder Zeile leuchtet, daß man nur lachen kann.

Gerhard Wolf: Die Germanisten spitzen ja nicht zu.

Christa Wolf: Sie versuchen gerecht zu sein.

Gerhard Wolf: Es kommen nicht sehr viel eigene Ideen, sondern es entsteht ein Geflecht . . .

Christa Wolf: . . . von Zitaten . . .

Gerhard Wolf: Die eigenen Standortbestimmungen des Schreibens werden nicht deutlich.

Christa Wolf: Was aber nicht bedeutet, daß ich nicht von Germanisten lernen könnte. Es gibt jetzt in der DDR Germanisten, mit denen ich in Kontakt bin, die sich auf einen Autor einlassen, ohne daß sie sich etwa in Lob überschlagen würden.

Gerhard Wolf: Die Kritiker bei uns sind ja in der Zwangslage, dauernd einen ideologischen Offenbarungseid ablegen zu müssen, ob bewußt oder unbewußt.

Henry Schmidt: Hängt das nicht davon ab, daß die Literaturkritik unter einem Institutionszwang leidet? Sie will sich immer beweisen, als Journalismus oder Germanistik. Man schielt immer mit einem Auge auf die Institution.

Christa Wolf: Ja, selbstverständlich, es ist genau der Prozeß.

Gerhard Wolf: Oder man hat's verinnerlicht. Ich will nicht sagen, daß das unredlich ist. Man ist selbst davon völlig überzeugt.

Christa Wolf: Das ist keine Heuchelei. Aber das sind gerade die schlimmeren Fälle. Wer so davon überzeugt ist, daß es richtig ist, dieses Buch als Mittel zum Zweck zu benutzen, um sich selbst oder irgendeinen Ideologiebegriff oder literarischen Begriff zu beweisen, den kann man nicht unsicher machen in dieser Überzeugung. Da kann der Autor nichts weiter tun als sich davon fernhalten.

Susanne Pongratz: Wenn ein Autor eine persönliche Note einbringt, ist es viel schwieriger, ihn zu beurteilen.

Christa Wolf: Natürlich, dann werden die Urteile schwanken.
Helen Fehervary: Mich interessiert nicht in erster Linie, daß ich deine Erzählungen „einwandfrei" interpretiere, sondern daß ich mich an diesem Prozeß beteilige, den du durchmachst. Ich finde mich im Prozeß wieder, ich arbeite mit, ich versuche mitzudenken. An sich ist das ein Gespräch. Ich will dieses Netzwerk ...
Christa Wolf: ... um einen weiteren Knoten und eine weitere Masche erweitern. Das ist wirklich eine Art Zusammenarbeit, und das finde ich viel anregender als dieses Beurteiltwerden.
Gerhard Wolf: Wiederum befinden sich jetzt die klugen Kritiker, die sich dieses Zwiespalts bewußt sind, in einer heiklen Situation. Sie wollen den Autor nicht diskreditieren. Das heißt, es ist nicht gut zu sagen, was ein Autor in einer bestimmten Situation im Grunde angreift.
Christa Wolf: ... oder meidet.
Gerhard Wolf: ... oder auf welche Quellen er sich bezieht, weil sie vielleicht Tabus sind.
Helen Fehervary: Wo liegt denn bei euch die Grenze zwischen Kritik und Literatur? Können wir die Essays in den „Frankfurter Vorlesungen" Kritik nennen?
Christa Wolf: Kritik ist es eigentlich nicht. Wenn ich ein Nachwort zu Ingeborg Bachmann schreibe, reicht es näher an Kritik heran. Bei den „Frankfurter Vorlesungen" hatte man erwartet, daß es näher an Poetik heranrückt, was natürlich auch nicht passieren konnte. Ich schreibe keine Kritik mehr. Ich sage damit nicht, daß Kritik keine Funktion hätte, ganz im Gegenteil. Ich würde mir eine Kritik vorstellen, die eine ehrliche Vermittlung zwischen Autor und Leser versucht, ohne Diffamierung des Autors – was natürlich eine Kritik im engeren Sinne einschließt.
Gerhard Wolf: Wie zum Beispiel Benjamins Kommentare zu Gedichten von Brecht, wo der Kommentator drei oder vier Dimensionen herausarbeitet – das sind ganz große Interpretationen.

Christa Wolf: Ein Gegenbeispiel wäre die Kleistinterpretation von Lukács, der aus einem ganz bestimmten historischen Kontext heraus Kleist zum Vorläufer des Irrationalismus, also des Faschismus macht.

Helen Fehervary: Er objektiviert ihn. Bei Benjamin spürt man eher, das ist auch Benjamins Problematik. Er arbeitet mit an dieser Problematik.

Henry Schmidt: Lukács geht an die Sache *a priori* heran. Er weiß schon genau, was er beweisen möchte. In der Kritik, von der wir reden, wird der Prozeß des Ausarbeitens im Schreiben selbst klar.

Gerhard Wolf: Lukács hat feste ästhetische Regeln im Kopf, und er beurteilt das jeweilige Beispiel, wieweit es dieser Ästhetik entspricht und wieweit nicht.

Helen Fehervary: Und auch als Subjekt ist Lukács intakt.

Christa Wolf: Ja, er behält eigentlich immer diese Pose des Lehrers.

Helen Fehervary: Ihr meint also, wir Kritiker sollen die Autoren nicht von oben herab behandeln – und auch nicht von unten.

Christa Wolf: Ja, gleichberechtigt. Das ideale Verhältnis zwischen einem Kritiker und einem Autor wäre eine Art von Kongenialität, die aber wahrscheinlich sehr selten anzutreffen sein wird. Ich finde es ehrlich, wenn ein Kritiker sagt, dieses Buch oder Stück hat mich sehr beeindruckt oder kalt gelassen. Nicht, daß man sagt, ein Gedicht wie dieses muß jeden so und so beeindrucken. Das ist unehrlich. Um die Problematik zu verdeutlichen: Ich hatte ein Nachwort zu Kleists „Penthesilea" zu schreiben, und das konnte auf einmal mit meinen Vorgeschichtsrecherchen zu „Kassandra" zusammenhängen. Ich kam plötzlich auf Motive, die Kleist dazu geführt haben, gerade in einer Frau seine Probleme auszudrücken, ganz anders als etwa im „Prinzen von Homburg". Mich interessiert immer das Subjekt, das hinter dem Geschriebenen steht.

Helen Fehervary: Ich würde aber nicht versuchen, anhand eines Buches die persönlichen Motivationen eines lebenden Autors herauszuziehen. Das finde ich barbarisch, das ist voyeuristisch, da schlachtet man einen Menschen aus.

Christa Wolf: Ja, diese Art der Diskretion finde ich gut, und ich würde sie auch auf vergangene Autoren anwenden. Im „Penthesilea"-Aufsatz stelle ich direkt die Frage: Soll man Kleists Geschichte als Mann jetzt hemmungslos ausgraben und darüber *expressis verbis* sprechen, was er so sorgfältig versteckt hat in „Penthesilea"? Das betrifft auch meine Arbeit an der Figur der Kassandra. In der Beschäftigung mit den frühen Kulturen ist ein Schock auf mich gekommen, daß Frauen seit dreitausend Jahren in unserer Kultur keine Stimme haben. Jetzt habe ich an die erste Stimme angeknüpft, die uns überliefert ist und habe versucht, die ganze männliche Überlieferung, die auf diese Stimme gelegt wurde, abzukratzen. Nämlich: Seherin, und man glaubt ihr nicht, weil der Gott Apoll ihr die Glaubwürdigkeit genommen hat. Ich fragte mich, wie kann es wirklich gewesen sein unter den sozialen Bedingungen, unter denen eine solche Frau gelebt haben kann und sicherlich gelebt hat. Das war mein Prozeß der Entmythologisierung: die Entfremdungssyndrome aufzulösen, die das Patriarchat auf jede weibliche Stimme dieser Kultur gelegt hat. So konstituiere ich selbst wieder eine Figur aus meiner Erfahrung, daß in der heutigen Zivilisation jede Frau, wenn sie versucht, in den gegebenen Institutionen tätig zu werden, zum Objekt gemacht wird. Ob es dafür eine Hilfe gibt und daraus einen Ausweg: das sind meine Hauptfragen in meinem jetzigen Lebensalter. Ich bin jetzt endlich soweit, daß ich mir diese Fragen stelle und nicht mehr in ihnen ertrinke, weil sie mir nicht bewußt sind. Das ist also die innere Fabel hinter der Kassandra, wobei es mir natürlich sehr wichtig war, sie möglichst „wirklich" in ihre Zeit hineinzustellen – soweit ich sie mir vorstellen konnte. Ich wollte ihr keine Gewalt antun, wie auch nicht Kleist und Günderrode.

Gerhard Wolf: In der DDR findet man heute viel mehr

Traditionsbewußtsein als in der BRD. Unsere Lyriker beziehen sich ganz bewußt und direkt auf Klopstock, auf Hölderlin. In unserem „Märkischen Dichtergarten", zum Beispiel in den Ausgaben von Ewald von Kleist, Anna Louisa Karschin und F. W. A. Schmidt, versuchen Günter de Bruyn und ich, eine Literaturtradition wieder aufleben zu lassen, die verschüttet und in manchen Fällen fast vergessen ist.

Helen Fehervary: Welche Tradition ist das?

Gerhard Wolf: Ausgangspunkte waren die im preußischen Bereich existierenden Literaturströmungen und -ansätze, die nicht zu Gipfelleistungen führten. Bei uns ist die Klassik eigentlich eine Pyramide – man kennt nur die Spitze, Goethe und Schiller. Darunter liegt eine unheimliche Breite von Strömungen, die bis in die gegenwärtige Literatur der DDR hineinreichen.

Henry Schmidt: Das scheint eine Erweiterung des Brechtschen Erbebegriffs zu sein – eine Volkstümlichkeit, die Brecht selbst nicht kannte oder sogar ablehnte, nicht wahr?

Christa Wolf: Diese Bemühungen stehen gar nicht mehr in einem Zusammenhang mit Brecht, auch nicht in einem Widerspruchszusammenhang. Es ist neu, daß sich nicht mehr alles, was in der DDR an Literatur oder an Aufarbeitung von Literatur entsteht, auf Brecht oder Seghers oder Becher oder Lukács bezieht, sondern es sind schon eigene Traditionen innerhalb der DDR-Literatur entstanden.

Helen Fehervary: Dazu wird aber in der westlichen Germanistik immer wieder gesagt: die siebziger Jahre stehen in der DDR unter dem Zeichen einer „neuen Subjektivität", was oft ahistorisch und apolitisch verstanden wird.

Gerhard Wolf: Nein, da müßte man genau beschreiben, was diese Subjektivität für den einzelnen bedeutet, wenn er jetzt wieder „ich" sagt. Wie zum Beispiel Volker Braun, der plötzlich ganz bewußt „ich" sagt, gegen sein kollektives „Wir" vorher.

Christa Wolf: Auch Heiner Müller hat gesagt: „Man kann jetzt nicht mehr schreiben, ohne sich selbst als Autor einzubringen." Daß es gerade in dieser Zeit geschieht, hat historische Gründe. Die Autoren tun das nicht im Gegensatz zur Geschichte, sondern es ist wieder eine neue Art, sich der Geschichte zu nähern und sich mit ihr auseinanderzusetzen.

Gerhard Wolf: Wenn von Subjektivismus die Rede ist, kann der DDR-Autor es nicht als Ich-Bezogensein verstehen, denn der gesellschaftliche Kontext ist übermächtig. Es wurde höchste Zeit, daß man einmal definierte, was das Ich im Verhältnis zur Gesellschaft bedeutete. Da versucht man sich auch nach rückwärts zu versichern. Zum Beispiel der berühmte Satz bei Bobrowski: „Wie muß eine Welt für ein moralisches Wesen beschaffen sein?" Man wußte nicht, wo dieser Satz herkommt, nämlich aus Hölderlins Systemprogramm, das er zusammen mit Schelling und Hegel geschrieben hat.

Christa Wolf: Das nahm Bobrowski auf, und andere haben dann an Bobrowski angeknüpft. Über ihn sind wir dann schon am Anfang des neunzehnten Jahrhunderts. Diese Bezüge sind sofort immer so stark da, daß man ein ganzes Geflecht andauernd in der Hand hat, wenn man einen Text nimmt.

Helen Fehervary: Im Westen gibt es jetzt eine Anti-Aufklärungsrichtung. Neuere Tendenzen in der DDR-Literatur werden immer wieder herangezogen, um diese Richtung zu legitimieren. Aber um beispielsweise die politische Entwicklung der Frauen zu verstehen und zu beschreiben, sind die Ideen der Aufklärung immer noch sehr wichtig. Man sagt heute: „Christa Wolf geht zurück zur Romantik." Das wird häufig als Anti-Aufklärung verstanden.

Christa Wolf: Das ist eine sehr undialektische Sicht, sowohl auf die Literaturgeschichte wie auf die Rezeption von Geschichte bei einem Autor. Erstens sind weder Sturm und Drang noch Romantik, jedenfalls die Frühromantik, antiaufklärerisch: man kann sie auch als Zweige der Aufklärung verstehen. Die jungen Romantiker sind die nachrevolutionäre Generation. Nachdem die Ideen der Französischen Revolution nicht gesiegt haben und in Deutschland importiert worden sind, muß sich die neue Generation damit auseinandersetzen – nicht wie die Klassiker, die noch in der Utopie leben konnten. Zweitens ist es bei mir keine Polemik gegen die Aufklärung. Wenn ich polemisiere, dann polemisiere ich gegen die ausschließliche Herrschaft der Ratio und des Wissenschaftsbegriffs, wie er sich im neunzehnten Jahrhundert entwickelt hat. Der Positivismus und der reine Rationalismus sind die Grundlage für bestimmte Fehlentwicklungen, die heute bis zu der ungeheuren Kriegsgefahr führen, in der wir uns befinden. Meine Hauptarbeit der letzten Jahre ist, mich damit auseinanderzusetzen: was hat unsere Zivilisation an den Rand der Selbstzerstörung gebracht? Einer der Gründe ist die absolute Ausschaltung alles Nicht-Rationalen aus dem Fortschrittsbegriff – ich sage nicht Irrationalen, denn das ist im Deutschen mit so viel Negativem belastet. Solange der technische Fortschrittsbegriff als der höchste Wert der Zivilisation gilt, was ich besonders hier in Amerika sehr eindrücklich empfinde, sehe ich keine Möglichkeit, das zu ändern.

Henry Schmidt: Wir müßten unterscheiden zwischen Aufklärung im geschichtlichen Sinne und Aufklärung als Wirkung auf gegenwärtige Leser.

Christa Wolf: Ja, die Aufklärungspose – nicht im negativen Sinne – hat wahrscheinlich zuletzt Brecht gehabt. Aber in der Zeit, als wir Studenten waren, wurde Brecht von den marxistischen Germanisten kritisiert.

Helen Fehervary: Von Lukács' Standpunkt aus?

Gerhard Wolf: Ja, und von denen, die die Gesellschaftsgeschichte der Klassik gerade neu erforscht hatten. Sie machten aus Goethe einen großen Gesellschaftskritiker.

Helen Fehervary: Das war aber eine konservative Tendenz.

Christa Wolf: Ja, aber diese Seminare hatten auch für uns sehr viel Progressives, zum Beispiel die Bekanntschaft mit dem Sturm und Drang. Nicht die Romantik, sondern der Sturm und Drang war damals lange Zeit für mich *das* Literaturmodell. Die Romantik war für mich genauso konservativ, wie man sie uns dargestellt hat, weil ich sie nicht kannte. Der junge Goethe war lange Zeit der, zu dem ich aufblickte – seine Gedichte und der „Werther". Zu Brecht hatte ich danach eigentlich eine positive Haltung, und erst viel später habe ich begriffen, daß Brecht auf mich als Autorin überhaupt keinen Einfluß gehabt hat, daß ich mich nie mit ihm auseinandergesetzt habe, weder positiv noch negativ, was ja auch ein Urteil ist.
Henry Schmidt: Du schreibst ausschließlich Prosa. Warum keine Lyrik oder kein Drama?
Christa Wolf: Ich habe Prosa für mich als die intimste Form empfunden; Lyrik zu schreiben, steht mir nicht frei. Ich habe kein lyrisches Talent.
Henry Schmidt: Warum schreiben Frauen überhaupt selten Dramen?
Christa Wolf: Man hat das Problem, die Figuren aus sich herauszustellen, ganz zu objektivieren und in eine Konstruktion zu bringen.
Helen Fehervary: Drama hat ja auch unmittelbar mit der Staatsform zu tun.
Christa Wolf: Es ist stark institutionalisiert. Man müßte das durchbrechen können.
Gerhard Wolf: Als modernes Medium hat man den Film, bloß müßte man selbst Regisseur sein, der eigentliche Schöpfer der Figuren.
Christa Wolf: Ja, Film würde mich interessieren.
Henry Schmidt: Da du jetzt so eine breite Wirkung hast, glaubst du, daß du als ein Vorbild schreiben mußt, besonders für andere Schriftstellerinnen? Fühlst du dich manchmal gehemmt von dieser Verantwortung, da du jetzt schon sozusagen zu einer Klassikerin geworden bist?

Christa Wolf: Nein, daß ich zu einer Klassikerin geworden bin, halte ich für ganz abwegig. Ich habe den Eindruck, daß ich am Anfang bin. Das ist keine Koketterie; ich denke wirklich, daß ich meine Hauptsache erst formulieren muß. Immer, wenn ich etwas formuliert habe, habe ich den Eindruck, jetzt habe ich einen bestimmten Abschnitt meiner Entwicklung formuliert. Dann weiß ich ganz genau, daß ich das in ganz kurzer Zeit als eine fremde Haut empfinden werde, die von außen und von innen abgerissen werden wird. Ich wollte damit nur sagen: Alles Geschriebene ist vorläufig. Insofern sehe ich mich überhaupt nicht als Vorbild für andere. Ich erlebe in den letzten Jahren, daß ich mich mit jüngeren Schreiberinnen in einer Diskussion befinde und daß ich von ihnen bestimmt genausoviel lerne oder aufnehme wie sie von mir. Eine große Gefahr besteht darin, weniger bei schreibenden Frauen als bei Frauen überhaupt, daß sie einen Mythos oder eine Mutterfigur suchen und daß sie nun dazu neigen, mich dafür zu greifen. Das ist sehr unangenehm und ziemlich schädlich für beide Seiten. Dem versuche ich mich zu entziehen. Die literarische Wirkung ist eine Aura, die ich versuche, einfach nicht wahrzunehmen.
Helen Fehervary: Aber ganz konkret, was Frauen als Leser betrifft: Frauen haben nicht dasselbe Verhältnis zum Erbe wie Männer. Das heißt, es gibt überhaupt einen Bedarf an Literatur für Frauen. Das Gefühl, daß hier jemand das Leben von Frauen vermittelt, ist ein Ausdruck eines realen Interesses.
Christa Wolf: Das ist die positive Seite der Sache, aber die mehr hemmende ist, daß man jemanden auch festzulegen versucht, und in dem, was ich schreibe oder wie ich bin, Perfektion zu finden hofft. Dieses Bedürfnis kann man sich geschichtlich erklären, nur ist es bestimmt nicht produktiv.
Helen Fehervary: Warum ist es gerade Christa Wolf, eine Schriftstellerin aus der DDR, die eine „gesamtdeutsche" Funktion erfüllt?

Henry Schmidt: Kann das einfach Zufall sein?

Christa Wolf: Das Merkwürdige bei uns Deutschen nach dem Krieg ist, daß jeder von uns zweimal existiert: in dem Land, in dem er geboren wurde, und in dem Land, in das er oft durch Zufall hineingeraten ist. Denn wir gehören zu den sechs bis zwölf Millionen Umsiedlern aus den ehemals deutschen, heute polnischen Gebieten. Wohin diese Leute geraten sind, war zunächst einmal zufällig; der Trend war, nach Westen zu gehen, aber sehr viele sind einfach hängengeblieben in dem Gebiet östlich der Elbe. Meine Familie und ich sind dort geblieben, und ich wollte dann auch nicht mehr weg, nachdem ich anfing, mich politisch zu interessieren. Trotzdem gibt es für jeden von uns eine mögliche andere Biographie. Gerhard, der zu Kriegsende auf dem jetzigen Gebiet der Bundesrepublik war, hätte dort hängenbleiben können, obwohl er Thüringer ist, und er hätte eine andere Biographie gehabt. Ich hätte über die Elbe gehen können und hätte eine völlig andere Biographie gehabt. Man muß wissen, was es bedeutet, im Faschismus aufgewachsen zu sein und später zu schreiben; was einem alles in der Kindheit zerstört worden ist und was man mühsam wieder in sich wachsen lassen muß. Was unsere Generation nicht mehr hatte oder haben konnte: eine souveräne Haltung zur Geschichte und zu ihren Katastrophen. Ich weiß, daß ein Teil meines Zwanges zu schreiben aus der Reibung mit dem Problem der DDR kommt. Diese Reibung ist stark; sie hat sehr starke Konflikte und dadurch auch offenbar starke Kreativität freigesetzt.

Gerhard Wolf: Diese Reibung ist den Autoren viel bewußter, weil sie viel direkter ist.

Christa Wolf: Wie es in der Bundesrepublik gewesen wäre, welche Art Reibung mich dort zum Schreiben gebracht hätte, weiß ich nicht. Inwiefern mich mein Leben in der DDR dazu prädestiniert, etwas auszudrücken, was auch in der Bundesrepublik verstanden wird, weiß ich auch nicht. Andere Autoren wie zum Beispiel Sarah

Kirsch, die aus der DDR weggegangen ist, sind auch in beiden Teilen Deutschlands verständlich. Wir aus der DDR hatten eine Vision, eine Utopie . . .

Gerhard Wolf: . . . und aus diesem Zusammenstoß von Utopie und Wirklichkeit . . .

Christa Wolf: . . . da sprühen ganz schön Funken. Wenn man nicht zerstört wird, dann gibt es kreative Funken.

Susanne Pongratz: Kann man sagen, daß die Erfahrung insbesondere der Frauen im Westen und im Osten ähnlich ist, weil sich die beiden Systeme von dieser Perspektive aus eher gleichen?

Christa Wolf: Nein, gerade die Erfahrung der Frauen ist sehr unterschiedlich in der DDR und der Bundesrepublik. Die Systeme gleichen sich insofern, als es sich in beiden Fällen um patriarchalische Gesellschaften handelt. Aber bei uns ist die Generation von Frauen, zu der ich gehöre, von Anfang an gleichberechtigt in den damaligen Aufbauprozeß einbezogen worden. Es war eine Vereinnahmung dabei, indem wir das Gleiche tun konnten wie ein Mann. Obwohl wir wahnsinnig arbeiten mußten, erschien uns das als erstrebenswert, und erst seit zirka zehn Jahren fangen wir uns an zu fragen: Wollen wir das überhaupt? Das bedeutet aber, daß eine gewisse ökonomische Entwicklung nötig ist, um diese Frage hervorzubringen. Daß die ökonomische und juristische Gleichberechtigung einfach im Gesetz verankert war, das machte die Entwicklung und das Selbstbewußtsein von Frauen in der DDR und in der Bundesrepublik sehr verschieden. Seit 68 kam dann ein Prozeß, wo die Frauenbewegung in der Bundesrepublik mit ihren Fragestellungen sehr auf intellektuelle Frauen in der DDR wieder zurückgewirkt hat und Fragen aufgeworfen hat, die wir uns noch nicht gestellt haben. Mir scheint, daß in den USA, sowenig ich das beurteilen kann, ein Teil der inneren Unsicherheit von Frauen, selbst solchen, die sehr erfolgreich sind, auf dieser mangelnden ökonomischen Gleichberechtigung beruht. Das

ist eine unverzichtbare Voraussetzung dafür, daß Frauen ihre eigenen Fragen formulieren können.
Henry Schmidt: Wenn aber die ökonomische Basis da ist, dann hört es bei manchen Frauen erst einmal auf, daß sie sich für diese Fragen interessieren, weil Anpassung dann das Wichtigste ist.
Christa Wolf: Ja, der Anpassungsdruck ist sehr stark. In den fünfziger und sechziger Jahren war das auch bei uns so. Heute wollen viele Frauen wirklich anders sein als Männer, und sie stellen dieser Männergesellschaft Fragen, die sehr unangenehm sind und die sie sehr abwehrt. Die Männer ziehen das ganze Register auf, womit sie immer versucht haben, Frauen unmöglich zu machen: von der Diffamierung und der Lächerlichmachung bis zur direkten Unterdrückung ihrer Äußerungen. Damit müssen wir einfach rechnen.
Susanne Pongratz: Zum Einfluß der westlichen Frauenbewegung auf die DDR: in welcher Form wird das diskutiert?
Christa Wolf: Diskutiert wird es eigentlich wenig; es wird diskutiert in Kreisen von Frauen, die sich treffen. Aber ich merke es an Leserbriefen, daß es nicht so wenige sind. Frauen, von denen man es wegen ihres Alters oder ihres Lebensmilieus nicht erwarten würde, zeigen plötzlich eine Sensibilität für Sachen, die sie in meinen Büchern finden.
Helen Fehervary: Man weiß hier sehr wenig von der Wirkung deiner Bücher in der DDR.
Christa Wolf: Die letzten Bücher seit „Christa T." sind in der DDR in den Medien wenig diskutiert worden, wohl aber in Lesungen und in halboffiziellen Veranstaltungen und privaten Kreisen. Die Wirkung lief oft unter der Oberfläche. Sie ist sehr intensiv; ich habe über mangelndes Echo nie zu klagen gehabt. Ich habe mich auch deshalb in den Zeiten, in denen mein Name nicht öffentlich genannt wurde, nie isoliert gefühlt.

Mai 1983

Ursprünge des Erzählens

Gespräch mit Jacqueline Grenz

Jacqueline Grenz: Mit der Erzählung „Kassandra" und den vier Frankfurter Vorlesungen („Voraussetzungen einer Erzählung") legen Sie zu dem Thema „Kassandra" einen Komplex vor, der sowohl prosaistische als auch essayistische Äußerungen enthält. Eine solche Parallelität gab es bereits bei „Nachdenken über Christa T." und dem Essay „Lesen und Schreiben" und wieder bei „Kein Ort. Nirgends" und dem Text zu Karoline von Günderrode, während die essayistischen Äußerungen als Nachdenken über die Schwierigkeiten „die Arbeit des Gedächtnisses zu beschreiben" in die „Kindheitsmuster" gewissermaßen integriert worden waren. Wie kam es in dem Fall des Kassandra-Stoffs wieder zu dieser Parallelität? In welchem Verhältnis sehen Sie Vorlesungen und Erzählungen zueinander?

Christa Wolf: Der direkte Anlaß zum Schreiben der „Voraussetzungen einer Erzählung" war eine Aufforderung, an der Universität Frankfurt am Main Poetik-Vorlesungen zu halten. Vor mir haben dort in den sechziger Jahren Autoren wie zum Beispiel Heinrich Böll oder Ingeborg Bachmann gesprochen und nach einer Pause Anfang der siebziger Jahre Schriftsteller wie Adolf Muschg, Peter Bichsel, Günter Kunert, Wolfgang Koeppen. Dieses Unternehmen heißt „Poetik-Vorlesungen", aber mir ging es nicht darum, eine Poetik zu liefern. Da ich gerade an dem Kassandra-Stoff arbeitete, bot es sich an – und war mir selber auch interessant –, mir die Entstehung dieser Erzählung bewußt zu halten, etwas genauer, als ich es sonst getan hätte, auf den Prozeß dieser Entstehung zu achten, auf die verschiedenen Stadien der Entwicklung des Stoffes, auf das Material, auch auf meine eigenen Überlegungen. Vieles davon verschwindet sonst wieder im Ungewußten. Und trotzdem: Die vier Vorlesungen, die jetzt vorliegen, sind nur die Spitze des Eisbergs, das, was sich herauskristallisiert hat, Bruchstücke dessen, was dieser Stoff in mir bewegt hat. Vielleicht aber deshalb wichtig, weil das zu bewältigende Material noch umfangreicher war, als bei „Kindheitsmuster".

Jacqueline Grenz: In der dritten Vorlesung, die die Form eines Arbeitstagebuchs hat, gibt es eine Eintragung, die folgendermaßen lautet: „Meteln, 21. Juli 1981: Erzähltechniken, die ja in ihrer jeweiligen Geschlossenheit oder Offenheit auch Denk-Muster transportieren. Empfinde die geschlossene Form der Kassandra-Erzählung als Widerspruch zu der fragmentarischen Struktur, aus der sie sich für mich eigentlich zusammensetzt. Der Widerspruch kann nicht gelöst, nur benannt werden." – Zu diesen Sätzen hätte ich gleich ein ganzes Bündel von Fragen: Welche Erzähltechniken meinen Sie hier? Welche Denk-Muster transportieren sie? Was ist gemeint mit der „geschlossenen Form" der Kassandra-Erzählung?

Christa Wolf: Was sich unter „Erzählen" in der abendländischen Literatur herausgebildet hat, ist – glaube ich – nur *eine* von einer Reihe von Möglichkeiten, ein Ereignis oder eine Kette von Erfahrungen zu transportieren. Wir haben uns nur daran *gewöhnt*, daß so erzählt wird, wie es Homer angefangen hat: mit einem Anfang, mit einem Höhepunkt, mit einem Schluß, mit den entsprechenden Peripetien, den Schicksalsentwicklungen und neuerdings auch mit der entsprechenden Psychologie. Diese Erzählung aber habe ich eigentlich nicht im Sinne von Homer konzipiert: Ich sah sie nicht als eine geschlossene Geschichte, sondern als ein Muster, als ein Gewebe, und mir war bewußt, daß ich in diesem Fall das lineare Erzählen aufgeben mußte. Dies wiederum ist sehr schwierig, weil das Erzählen in der Zeit geschieht und weil die Zeit eben diese lineare Struktur hat. Anders gesagt: Die Form des Gewebes, des gleichzeitigen Zeigens von vielen Fäden, die zusammen ein Muster ergeben, ist erzählend nicht zu bewältigen, erzählt wird immer hintereinander, nacheinander. Nun, das ist nichts Neues.

Das ist der eine Punkt. Der andere ist die Geschlossenheit dessen, was sich ereignet – oder ob man überhaupt von dem ausgeht, was sich ereignet. Ob man nicht eher von dem ausgeht, was ein bestimmter Mensch erlebt oder was eine Gruppe von Menschen aneinander und miteinander erfährt. Dazu kann ein Ereignis – hier z. B. der troianische Krieg – hilfreich sein, unbedingt erforderlich ist es aber nicht. Es ist nicht die Hauptsache. Aber, wenn man es schon hat, zeigt es die Tendenz, den Stoff zu organisieren, auf eine gewisse Geschlossenheit hin. Andererseits: Die Struktur der Vorlesungen, in denen ich Unterschiedliches ausprobiere, die nicht mit der Erzählung korrespondieren, hilft, die Geschlossenheit aufzubrechen. Die Sprache und der Rhythmus der Erzählung haben sich beim Schreiben ergeben, in einem Prozeß, der immer zwingender wurde. Sie steht scheinbar als eine andere Art von Erzählkörper mehr für sich. Aber für den, der erkennt, daß die Vorlesungen und die Erzählung zusammen ein ästhetisches Gebilde darstellen, kann sich, glaube ich, nicht der Eindruck von „Geschlossenheit" ergeben.

Jacqueline Grenz: Eines empfinde ich als merkwürdig: In dem Moment, in dem es einem „die Sprache verschlägt" oder „verschlagen soll", wie es in Ihrer Rede zum Büchner-Preis heißt, entsteht ein Gebilde mit sprachlicher Vollkommenheit, das bei mir eben diesen Eindruck der „Geschlossenheit" hervorruft, der um so deutlicher wird, wenn ich an „Kein Ort. Nirgends" denke, wo man überall das Verhaltene, die Schwierigkeit der Kommunikation spürt, oder auch an die „Kindheitsmuster", in denen, wie ich meine, die Schwierigkeit des Sagens thematisiert wird. Diese Schwierigkeit zu sprechen gibt es bei „Kassandra“ offensichtlich nicht. Ist das ein Teil des Widerspruchs?

Christa Wolf: Vielleicht auch. Ich habe nie gesehen, daß die Kassandra Schwierigkeiten haben müßte, ihre Erfahrung auszudrücken. Darin kann ihre Schwierigkeit nicht liegen. Sie kann nur nicht *handeln.* Aber ausdrücken, warum sie nicht handeln kann, das kann sie ohne Zweifel. Am Ende ihres Lebens kann sie ihre Erfahrung wie eine reife Frucht abpflücken (deshalb übrigens sehe ich sie auch nicht als gescheitert). Ihr Bewußtsein bis zum Schluß bewahren, das ist ihr Vorsatz, und das bedeutet auch, daß sie formulieren kann, denn ohne Formulierung gibt es kein Bewußtsein. Darin habe ich nie ein Problem gesehen. Ich kenne Leute, die Ähnliches oder Schlimmeres erfahren und die es nach einer gewissen Zeit auszudrücken vermochten. Es handelt sich da, glaube ich, um keine prinzipielle Schwierigkeit. Zweifellos kann jemand verstummen, sprachlos werden. Stumm ist Kassandra allerdings auch. Sie spricht ja nicht ...

Jacqueline Grenz: Sie spricht nicht zu jemandem ...

Christa Wolf: Sie spricht nicht laut, sie *denkt,* und ich würde sie auch nicht *sprechen* lassen, das wäre unglaubwürdig, unmöglich. Aber ich kann sie wohl denken lassen, nachdenken über ihre Erfahrungen. Besser gesagt: Es denkt in ihr, sie kann es nicht abschalten, auch wenn sie es wollte. Ich sehe da einen sehr großen Unterschied.

Jacqueline Grenz: Ihr innerer Monolog ist aber sehr organisiert.

Christa Wolf: Es ist kein naturalistischer Monolog. Ich habe ihn organisiert, wie man jeden Stoff organisieren muß, weil er sonst eben nur Stoff bleibt. Den Unterschied zwischen einem organisierten und einem unorganisierten Stoff kann man in gewisser Weise spüren, wenn man Vorlesungen und Erzählung miteinander vergleicht. In den Vorlesungen habe ich manchmal die Geschichte nackt aufgeschrieben, als Fakt. In der Erzählung ist sie dann „organisiert". Wissen Sie, ich kann dazu nicht allzu viel sagen: Es unterliegt nicht mehr meinem Willen – und ändern kann ich es auch nicht mehr. Ich kann nur sagen: Es hat sich so entwickelt. Nachträglich kann man nur noch darüber reflektieren. Vielleicht ist es so, daß man mehr Form, mehr Organisation braucht, wenn der Stoff sehr zerreißend ist. „Kein Ort. Nirgends" empfinde ich übrigens auch als ungeheuer organisiert. Anders hätte ich es überhaupt nicht machen können – vielleicht ist das eine Erklärung. Form ist immer auch gleichzeitig Schutz gegen das Unorganisierte, Wilde, Zerstörerische der Konflikte, die mit dem Stoff aufkommen und ausgedrückt werden müssen. Und etwas, was der Leser verlangen kann: Aussondern des rein Zufälligen.

Jacqueline Grenz: In den „Kindheitsmustern", eigenartigerweise genau an der Stelle, an der sich Charlotte in eine „Kassandra hinterm Ladentisch" verwandelt, findet man die Bemerkung: „Form als Möglichkeit, Abstand zu gewinnen. Die niemals zufälligen, niemals beliebigen Formen des Abstand-Gewinnens." Könnte man sagen, daß die Form in der Kassandra-Erzählung zu einer Art geschlossener Perfektion kommt, weil gerade bei diesem Stoff die Notwendigkeit bestand, Abstand zu gewinnen?

Christa Wolf: Ich glaube, daß es damit zusammenhängt. Aber ich bin auch nicht der Auffassung, daß die Form in der Kassandra-Erzählung so „perfekt" ist, wie Sie sie empfinden. Ich würde bei jeder Lektüre wissen, wo die Brüche sind, wo nicht ausgeführt wurde, wo etwas offengelassen oder schweigend übergangen wurde. Als Beispiel solch unausgeführter Stellen könnte ich das Verhältnis der Kassandra zu Aineias nennen oder, mehr noch, die Strukturen, die sich zwischen den Frauen in den Bergen ergeben. Wo utopische Elemente einsetzen, ist nichts geschlossen, nichts zu Ende geführt. Hinter den Sätzen schimmert eine andere Möglichkeit des Daseins.

Jacqueline Grenz: Ist Panthoos eine der Figuren, die nicht voll ausgeführt wurden?
Christa Wolf: Panthoos bleibt Kassandra ein Rätsel. Sie kann ihn nicht vollständig durchschauen. Er ist für sie das Rätsel des Widerspruchs zwischen Überlegenheit, Überheblichkeit – und seiner Hilflosigkeit. Die Beziehung zwischen Kassandra und Panthoos ist eine ambivalente, nichts wird hier restlos aufgeklärt. Dies ist Absicht, in sich ausgeführt. Was Aineias angeht, so ist er mehr ein Umriß, ein Entwurf. Er tritt nicht oft auf, hat wenig Möglichkeiten, sich als Figur zu bewegen und rund zu werden. Er bleibt skizzenhaft, während andere Figuren viel genauer in ihren Motivationen ausgeführt werden – Polyxena z. B. – und es viel deutlicher wird, warum sie auf eine bestimmte Weise reagieren und handeln. Bei Aineias habe ich viel mehr vorausgesetzt, daher offengelassen. Es gibt eine Scheu des Erzählers gegenüber bestimmten Figuren und Beziehungen. Wie in jeder Erzählung haben die Figuren ihre Hierarchie, von den genau ausgeführten bis zu denen, die, zum Rand hin, immer mehr im Halbdunkel verschwinden, ja möglicherweise nur einmal auftreten. Es ist dies eine notwendige Ökonomie des Erzählens. Wenn man so erzählen könnte, wie ein Maler malt, daß man mit *einem* Blick ein Tableau erfaßt, dann hätte man alle Figuren gleichzeitig. Allerdings hätte man dann nicht ihre Bewegung, ihre Entwicklung. Die Entscheidung zwischen beiden Möglichkeiten muß beim Erzählen getroffen werden. Es ist dies auch ein Problem, das sich mir immer schärfer stellt. Ich kann mich nicht dazu entschließen, die Gleichzeitigkeit künstlich herzustellen durch bestimmte Formen, wie z. B. die Collage von Dokumenten. Für diesen Stoff wäre diese Form ohnehin undenkbar gewesen. Elemente davon finden sich allerdings in den Vorlesungen, und ich nehme an, daß die Erzählung anders aussähe, wenn es neben ihr nicht die Vorlesungen gegeben hätte. Dies ist sicher für Leser und Kritiker schwer zu bemerken.

Jacqueline Grenz: In der dritten Vorlesung sagen Sie: „Ich werde für die Erzählung, in der ich immer mehr eine Schlüsselerzählung sehe, viel mehr Zeit brauchen, als ich für das Lehrstück veranschlagt hatte, das mir am Anfang vorgeschwebt haben muß." Will man ein Lehrstück schreiben, so heißt es, daß man nicht nur Fragen aufwerfen will, sondern daß man auf die aufgeworfenen Fragen bereits von Anfang an Antworten parat hat, Lösungen, die nun durch das Lehrstück auf mehr oder weniger eindeutige Weise dem Leser oder Zuschauer mitgeteilt werden, auf daß sie ihn überzeugen. Das entstandene Werk scheint mir aber eher das Gegenteil dieser Haltung zu belegen.
Christa Wolf: Es ist das Gegenteil geworden. Am Anfang habe ich tatsächlich nichts anderes gewußt als die simple Tatsache, die jeder kennt, wenn der Name Kassandra genannt wird: Das war doch diese Troerin, die den Bewohnern von Troia vorausgesagt hat, daß die Stadt untergehen würde, und der keiner geglaubt hat. Daraus ergibt sich das einfache Fazit: Man glaubt den Menschen nicht, die „wissen" und die den anderen ihr Schicksal voraussagen. Das hätte ein Tendenz- oder Lehrstück – in Prosa natürlich und nicht für die Bühne – werden können. Ich bin aber durch die Bekanntschaft mit der Frühgeschichte und der Umgebung, in der Kassandra gelebt haben könnte, auf gänzlich anderes gekommen. Als ich Mykene sah, und Kreta, konnte ich mir die Landschaften vorstellen, in denen sie gelebt hat. Es war nicht Kleinasien, aber es war die Luft, es war der Himmel, es waren die Steine, die auch ihre Landschaft bildeten. Diese tiefe sinnliche Erfahrung drängte das Lehrstück zurück; der Fakt, daß sie voraussagte, ohne daß man ihr glaubte, wurde immer unwichtiger, und er kommt in der Erzählung tatsächlich kaum noch vor. Das, was ich dann schrieb, ist kein Gleichnis. Am ehesten ist es vielleicht der Versuch eines Modells. Die Erzählung hat nicht die Tendenz, etwas, was auch immer – und sei es auch etwas Kompliziertes –, zu beweisen. Dafür hat mich die

Figur der Kassandra zu sehr interessiert, ihre Widersprüchlichkeit zu sehr fasziniert.

Jacqueline Grenz: Wenn man aber an den virulenten Artikel von Wilhelm Girnus in Sinn und Form 2/1983 denkt, so sieht man, daß die Gefahr einer direkten Aktualisierung doch gegeben ist. Meinen Sie nicht?

Christa Wolf: Wilhelm Girnus hat nicht „aktualisiert". Es *ist* tatsächlich ein sehr aktueller Stoff. Jedenfalls hoffe ich, daß die Einheit Vorlesungen-Erzählung sehr aktuell ist. Aufs Korn genommen hat er die vierte Vorlesung, die in Sinn und Form veröffentlicht worden ist. Das, was er – abgesehen von seiner Kritik an vermeintlichen Irrtümern in der Geschichtsauffassung oder an sprachlichen Ableitungen – als Haupteinwand vorbringt, ist die Behauptung, ich würde die Klassenwidersprüche zurückdrängen, bzw. ignorieren – wenn nicht gar leugnen! –, um dafür den Widerspruch zwischen Mann und Frau als *den* Hauptwiderspruch darzustellen. Insofern denunziert er. Gegenüber der wirklichen Emanzipation der Frauen, die gerade erst begonnen hat und die auch in der DDR noch aussteht, gibt es viele Angst- und Abwehrreaktionen von Männern und Frauen; hier hat sich eine schriftlich fixiert, glaube ich. Oft handelt es sich um ein bewußtes, böswilliges Mißverstehen, manchmal allerdings auch um eine unbewußte Abwehr, um ein Erschrecken vor Möglichkeiten der Kritik, vor einem Anspruch von dem man nichts Gutes für sich selbst erwarten kann. Wer verzichtet schon gerne und kampflos auf Privilegien! Viel eher wird man Ausreden gebrauchen und zum Gegenangriff übergehen.

Jacqueline Grenz: Der Beitrag von Girnus ist in einem ungewöhnlich scharfen Ton gehalten. Mir scheint, daß diese Heftigkeit darauf schließen lassen kann, daß der Autor nicht nur auf die Frauenproblematik reagiert, sondern auf die – viel empfindlichere! – Verletzung eines Tabus. Ich glaube, Sie haben mit diesem Buch an dem Gebot des Optimismus um jeden Preis gerüttelt, was meines Erachtens die beinahe ausfallende Reaktion er-

klärt. In gewissem Sinne erinnert mich das an die Reaktion auf „Christa T.", ein Buch, dessen Thema – der Tod – auch tabu war und, glaube ich, noch weitgehend tabu ist.
Christa Wolf: Vielleicht war das Thema damals tabu. In den letzten zehn oder fünfzehn Jahren aber hat eine Entwicklung in der Literatur stattgefunden, und die Literatur ist schon ein Seismograph für das, was in einer Gesellschaft geschieht. Natürlich hat es einen tiefen Grund, wenn eine Gesellschaft den Gedanken an den Tod verdrängt. Jetzt spricht und schreibt man bei uns darüber, das Thema ist nicht mehr vollkommen tabu.
Jacqueline Grenz: Aber es war es damals. Und ich meine, mit „Kindheitsmuster" haben Sie ein weiteres Tabu verletzt, das der vollständig bewältigten Vergangenheit, so daß sich wiederum sehr heftige Reaktionen einstellten.
Christa Wolf: Es hat einige gestört, daß die Menschen, die in der Nazizeit in Nazideutschland gelebt haben, in diesem Buch nicht als Schwarz-Weiß-Typen dargestellt wurden. In diesem Fall geht es, glaube ich, nicht eigentlich um die Frage der Bewältigung. „Bewältigt" ist diese Zeit bei uns nur insofern die gesellschaftlichen Ursachen des Faschismus aufgedeckt sind; alle haben verstanden, wie es zum Faschismus kam; ich sehe keine Gefahr eines Auferstehens des Faschismus in unserem Land als gesellschaftlich-ökonomisches Phänomen. Andererseits leben wir täglich mit Leuten, die damals gelebt haben und die ein schweres Trauma aus dieser Zeit behalten haben: als Verfolgte oder als Mitläufer. Immer ist das Trauma der Verfolgten das stärkere. Ich frage: Warum? Ja, es ist wahr, mein Buch berührte nationale Traumata, und es mußte zwangsläufig Wunden wieder aufreißen.

Bei meinen ersten Büchern verstand ich nicht, warum es Leute gab, die diese meine Bücher falsch ausdeuteten – und dann dementsprechend sehr heftig auf sie reagierten. Nun wiederholte sich das Phänomen mehrmals, und ich begriff allmählich, daß diese Bücher offenbar bestimmten Leuten – die jeweils wechseln können – Verletzungen zufügen; eine Reaktion darauf ist die Leugnung des Sachverhalts; eine andere „absichtliches" Mißverstehen; eine dritte die Verleumdung des Autors. In diesem Jahrhundert hat sich in deutschen Familien und Institutionen zu vieles angehäuft, worüber man nicht sprechen, ja, nicht nachdenken möchte. Aber zumindest in den beiden deutschen Staaten – ich nehme allerdings an: auch woanders – kann man in diesem Jahrhundert keine Literatur machen, ohne Tabus zu verletzen. Natürlich setze ich mich nicht an die Maschine, wenn ich einen neuen Stoff in Angriff nehme, in der Absicht, irgend jemanden zu kränken. Nein: *Ich* möchte *eigene* Kränkungen, Verletzungen, innere Tabus, Konflikte *mir* selbst bewußt machen. Ehe die heftige Reaktion von außen erfolgt, hatte ich meine eigenen heftigen Reaktionen auszuhalten. Denn ich bin ja gespalten – wie mein Publikum.

Die Abwehrreaktionen scheinen in dem Fall von „Kassandra" dem Versuch zu gelten, schonungslos auszudrücken, wie ich unsere Lage, die Lage Europas sehe. Andererseits kenne ich kaum Menschen bei uns, die einen ungebrochenen Zukunftsoptimismus haben, die nicht in tiefster Nachdenklichkeit und Sorge über den Zustand sind, in dem sich die Welt und speziell Europa – und damit unser Land – befinden. Der nächste Schritt, nach dem Grund für den Zustand unserer Zivilisation zu fragen, fällt sehr schwer. Daß das Buch in der DDR erscheint – es kommt im Herbst heraus – zeigt, daß es möglich ist, diese Angst und Sorge auszudrücken.

Jacqueline Grenz: In „Kindheitsmuster" hieß es: „Wieso sollst du die Frage unterdrücken, ob das Abklingen der Katastrophenerwartung, das du auch an dir selbst in den letzten Jahren beobachtet hast und das, deutlicher als alle Verlautbarungen, bestätigte: Die Nachkriegszeit ging zu Ende – ob also diese allgemein neue Stimmungslage deine Stoffwahl beeinflußt, sie vielleicht erst möglich gemacht hat." Ist „Kassandra" hingegen ein

Buch, das in einer „Vorkriegszeitstimmung“ geschrieben wurde?

Christa Wolf: Ich empfinde persönlich, daß wir nur eine ganz kurze Zeit innerer Entlastung gehabt haben; eine sehr kurze Zeit, in der man sich von den Bedrohungen nicht ganz so gedrückt und bedrückt fühlte. In den letzten sechs Jahren – und, schneller noch, in den letzten zwei Jahren – sind diese Androhungen gewachsen. Nicht nur ich empfinde das so, sondern auch sehr viele andre Menschen, und nicht nur Intellektuelle. In den Vorlesungen sage ich, Hitler habe uns eingeholt. Ich meine damit: Was er nicht ganz geschafft hat, Europa zu vernichten – es könnte sein, daß wir es schaffen. Es könnte sein, daß eine Art von Denken in der Welt geblieben ist, das zwar nicht im Dritten Reich angefangen hat, damals aber seine bisher destruktivste Ausprägung hatte – es könnte sein, daß das scheinbar so saubere instrumentale Denken, das Zweck und Mittel vollkommen vertauscht, diese Arbeit der Zerstörung vollendet. So daß dieses ganze Jahrhundert unter einem bestimmten düsteren Zeichen stehen könnte, unter einem Zeichen, das wir noch nicht sehen, nur weil es uns zu nahe ist, unter einem Zeichen, gegen das wir uns zappelnd wehren, wenn wir es auf uns zukommen spüren.

Die Literatur kann dies mit Sicherheit nicht abwehren. Wahrscheinlich ist es so, daß sie nichts wird ändern können. Aber sie hat mindestens zu artikulieren, was so viele Leute empfinden, hat sie zu unterstützen, wenigstens in ihrer Angst, wenigstens in ihren Depressionen – und natürlich auch in ihrem Sich-Wehren, weil sie sich sonst sehr alleine fühlten. Ich halte es für wichtig, Widerstandspositionen zu artikulieren. Heute hat sich zwar mit dem Aufkommen der Friedensbewegung in der Bundesrepublik z. B. etwas in dieser Hinsicht geändert, aber es sah doch tatsächlich eine ganze Weile so aus, als ob die Leute, die da mitmachen, eigentlich „verrückt“ sind. Es kommt ja sehr oft vor, daß die vom Wahndenken Besessenen alle für verrückt erklären, die dem

Wahndenken nicht folgen. Zu dem jetzigen, sehr gefährlichen Punkt – „Punkt" meint nicht ein Jahr, aber doch eine verhältnismäßig kurze Zeit – hat ein großer Komplex von geschichtlichen Verflechtungen geführt . . .
Jacqueline Grenz: Angesichts derer viele ein Gefühl der Ohnmacht erfüllt. Viele fragen sich, ob die atomare Katastrophe überhaupt abwendbar sei . . .
Christa Wolf: Ich sehe sie nicht als unabwendbar. Ich sehe eine Hoffnung im Sinne eines Gedichtes von Brecht in den „Buckower Elegien":

Wir sind verloren, wenn nicht . . .

In dem Gedicht heißt es:

Freunde, ich wünschte, ihr wüßtet die Wahrheit
und sagtet sie!
Nicht wie fliehende müde Cäsaren: Morgen kommt
Mehl!
So wie Lenin: Morgen abend
Sind wir verloren, wenn nicht . . .
So wie es im Liedlein heißt:
„Brüder, mit dieser Frage
Will ich gleich beginnen:
Hier aus unsrer schweren Lage
Gibt es kein Entrinnen."
Freunde, ein kräftiges Eingeständnis
Und ein kräftiges WENN NICHT!"

Wenn wir irgendwann an diesem Punkt gestanden haben, so mit Sicherheit heute: Die Lage ist hoffnungslos: Wenn nicht große Teile der Gesellschaften andere Werthierarchien einsetzen – nicht mehr: Höher, schneller, besser! –, wenn nicht ganz andere Werte an die erste Stelle rücken, wenn nicht verstanden wird, daß es keine Stärke ist, gegen Waffensysteme Waffensysteme zu setzen, wenn nicht verstanden wird, daß ein anderer Weg gesucht werden muß zwischen den falschen Alternati-

ven. Dies natürlich ist schwierig für unsere Seite, wenn auf der anderen Seite eine Reagan-Regierung ist, und doch ist es unerläßlich. Man muß bei sich selbst anfangen. Mir scheint, daß diese Konsequenz, zu der sich die abendländische Zivilisation selbst gebracht hat in ihrem hierarchischen, patriarchalischen, klassenstrukturierten Dasein eine grausame Logik hat, der man nur entkommen kann, wenn man sie durchschneidet. In der jungen Generation sehe ich, daß es Menschen gibt – ich weiß nicht, ob genug –, die dazu bereit sind, sogar unter Konsumverzicht, unter Verzicht auf Wohlstand und Übertechnik. Aber ich weiß nicht, ob die Zeit noch dazu reicht, daß sie den Ablauf der Ereignisse mitbestimmen können.
Jacqueline Grenz: Geben Sie dem Wort „patriarchalisch" in dem Ausdruck „hierarchisch, patriarchalisch, klassenstrukturiert" ein besonderes Gewicht?
Christa Wolf: Das Patriarchat ist zusammen mit der Klassengesellschaft entstanden, zusammen mit dem Eigentum an Produktionsmitteln. Und es kann nicht ohne Folgen bleiben, wenn die Hälfte der Bewohner des Abendlandes – nämlich die Frauen – über Jahrhunderte, um nicht zu sagen über Jahrtausende in die offiziellen Strukturen so gut wie nichts einbringen kann, über nichts bestimmen kann, auch nicht über sich, sondern im Gegenteil zunehmend selbst in eine Richtung umgeformt wird, die eher zum Funktionieren als zum Denken und Fühlen neigt. Ich bin davon überzeugt, daß dieser Umstand eine große Rolle gespielt hat und heute noch spielt. Mit dem Übergang zum Patriarchat ist etwas geschehen, was die Strukturen der Gesellschaft sehr wesentlich mitgeprägt hat.
Jacqueline Grenz: Wenn man von den spezifischen weiblichen Eigenschaften spricht, die der „Männerwelt" – Sie verwenden den Ausdruck in den Vorlesungen selbst – fehlen, so stellt sich die Frage, ob diese Eigenschaften denn angeboren seien . . .
Christa Wolf: Es sind natürlich historisch gewachsene Ei-

genschaften. Vom Biologismus bin ich weit entfernt. Ich habe mich bemüht, innerhalb der Frühgeschichte über die man recht wenig gesichertes Wissen hat, *historisch* vorzugehen; ich bin sehr weit von einer Idealisierung „der Frauen“ oder „des Weiblichen“ entfernt . . . Aber abgesehen davon, daß ich selber eine Frau bin, stelle ich mich als Marxistin schlicht auf die Seite der Unterdrückten, und ich lasse mir auch nicht einreden, daß Unterdrückung gut ist oder nützlich sein kann – auch nicht die Unterdrückung der Frauen durch die Männer.

Jacqueline Grenz: In „Kassandra“ gibt es die Figur der Penthesilea, die gegen die „Männerwelt“ rebelliert. Wie sehen Sie sie?

Christa Wolf: Bei Penthesilea – einer interessanten Erscheinung, und nicht nur bei Kleist – habe ich versucht, eine Entwicklung zu zeigen: Ich wollte zeigen, wohin Weiblichkeitswahn sich verirren kann. Sie verkörpert eine sektiererische Tendenz, die mir widerstrebt, wie alles, was auf reine Abgrenzung und Feindseligkeit einem Andersgearteten gegenüber hinausläuft – so sehr ich auch die Penthesilea-Position begreife. Mehr als Penthesilea haben mich diejenigen Frauen interessiert, die sich der Auseinandersetzung stellen, die sich nicht einfach in einen absoluten Kampf gegen die Männer und die Männerwelt stürzen, sondern auch sich selbst in Frage stellen können: Ihre Position ist produktiver, da sie die Zusammenhänge mit der Gesamt-Gesellschaft nicht zerreißen.

Jacqueline Grenz: Aus Ihrer Beschäftigung mit den Voraussetzungen der Geschichte ergibt sich für Sie, schreiben Sie, ein neues Seh-Raster. In dem Vorwort steht ein Satz, der, glaube ich, mit diesem neuen Seh-Raster zusammenhängt, mir aber verschlossen bleibt (wahrscheinlich weil es der Auffassung der Kunst als Möglichkeit der Humanisierung scheinbar diametral entgegensteht). Es heißt da: „Es gibt keine Poetik, und es kann keine geben, die verhindert, daß die lebendige Erfahrung ungezählter Subjekte in Kunst-Objekten ertötet und begraben wird. Sind also diese Kunst-Objekte (‚Werke') auch Produkte der Entfremdung innerhalb dieser Kultur, deren andere perfekte Produkte zum Zweck der Selbstvernichtung produziert werden?" Wie sind diese Sätze zu verstehen?

Christa Wolf: Die Sätze sagen nichts Neues. Ein Kunstobjekt, für das man natürlich eine große Bewunderung haben kann, ist immer aus einem großen Angebot von Möglichkeiten selektiert worden und hat dadurch andere Objekte verdrängt. In den industriellen Gesellschaften, in denen die von mir an dieser Stelle gemeinten Kunstobjekte entstanden sind und weiterhin entstehen, findet diese unbarmherzige Selektion ständig statt: allein dadurch, daß Kunstausübung ein Privileg ist. Anders verhält es sich z. B. in Gesellschaften, in denen es noch ein Ritual gibt, eine gemeinsame, wenn auch nicht so differenzierte Kunstausübung einer Dorfgemeinde, eines Stammes. In der europäischen Kunstentwicklung aber – und wenn ich das sage, will ich ihr doch keineswegs Größe bestreiten – spielt diese Selektion eine unleugbare Rolle. Der eine spricht, während der andere schweigt. Da der eine schweigt, kann, muß, darf der andere sprechen. Vertieft er damit das Schweigen des einen? Das Problem ist kein moralisches, es wäre unsinnig, eine „Schuldfrage" aufkommen zu lassen –, und dennoch ist es gegeben, und ich kann als Schreibende nicht umhin, mich ihm zu stellen. Ich weiß nicht, ob sich diese Situation ändern kann. In dieser Art von Produktionsweise mit Sicherheit nicht. Gerade bei der Beschäftigung mit Homer und den antiken Autoren, die sehr vieles unter ihrer großen, monumentalen Dichtung begraben haben – ganze Völker, ganze Regionen, ganze Gesellschaftsstrukturen und deren Mythen –, ist mir dieser Tatbestand immer dringlicher vor Augen getreten. Indem diese Autoren auf so vollendete Weise formulierten, was ihre Sache war – und es wäre absurd, ihnen das „vorwerfen" zu wollen! –, verdrängten sie alles andere, ließen sie anderes in Vergessenheit geraten.

Vor Augen stand mir da die griechische Antike. Und Aischylos z. B. muß in der „Orestie" das moralische Gebot abtöten: Mutterrecht geht vor Vaterrecht. Er muß das Vaterrecht installieren. Im Grunde aber tötet jede Literatur ab, in dem Sinne, daß sie ihre eigene Moral verkündet und jede andere Moral, die es davor gegeben hat oder daneben gibt, für minderwertig erklärt.

An dem Zeitpunkt der Geschichte, an dem wir uns jetzt befinden, wäre es, glaube ich, eminent wichtig, möglichst viele Erfahrungen gleichzeitig Lebender in unser Denken und Schreiben aufzunehmen, anstatt sie abzuwehren, sie für minderwertig, gar teuflisch zu erklären oder sie durch Schweigen zu unterdrücken. Wir müssen sie zumindest der Auseinandersetzung für wert erachten und sie nicht der Verleugnung, der Herabwürdigung anheimgeben. In der Regel bemerkt man selber nicht, daß man diese überhebliche, z. B. eurozentrische Haltung einnimmt; erst wenn – oder besser: spätestens wenn – man in andere Kulturen kommt, wacht man auf und lebt von da an unsicherer, weil dort andere Werte herrschen, die einem die eigenen als relativ erscheinen lassen. Es kann, denke ich, nicht falsch sein, wenn Literatur eine kleine Irritation an der Moral der eigenen Kultur oder Zivilisation immer auch mitführt; übrigens ist es friedensfördernd . . .

Jacqueline Grenz: Ist diese Irritation durch die Konfrontation mit der minoischen Kultur verstärkt worden, der Sie bei der Arbeit an „Kassandra" begegneten?

Christa Wolf: Bei dieser griechischen Reise war die Konfrontation mit der minoischen Kultur ein schockartiges Erlebnis. Aber diese Verfremdung – mehr oder weniger stark – kann man auch erfahren, wenn man, wie ich z. B. in diesem Frühjahr, in die USA fährt oder in die andere Richtung: in die Sowjetunion oder in ein asiatisches Land. Ein gewisses Flattern der Werte läßt sich bekanntlich schon spüren, wenn man in Länder reist, die sehr nah sind und nur auf einem anderen Breitengrad liegen.

Jacqueline Grenz: Ich möchte ein anderes, letztes Thema anschneiden. Mir scheint, daß ein übergreifendes Motto, unter das man Ihre Bücher seit „Nachdenken über Christa T." stellen könnte, das Sich-Erinnern ist. Es wurde in „Kindheitsmuster" unmittelbar thematisiert, aber es scheint mir auch bei Ihren anderen Büchern eine große Rolle zu spielen.

Christa Wolf: Erinnern, Sich-Erinnern und Erzählen sind eng miteinander verknüpft. Ein Motiv für das Entstehen des Erzählens ist, wenn wir es historisch betrachten, daß die Mitglieder einer Gesellschaft – ich denke z. B. hier wieder an die Homeriden – es brauchten, sich erinnert zu fühlen oder erinnert zu werden an ihre lange vergangene Geschichte. An Geschichte und an Geschichten erinnern, damit der Dorf-, der Stammes-, der Volksgemeinschaft ihre eigene Herkunft und Entwicklung vor Augen zu führen, ist schon immer eine Funktion des Erzählens gewesen. Trotz aller Medien, die heute dem Erzählen diese Funktion des Erinnerns und des Chronikschreibens abgenommen haben, bleibt etwas von dieser ursprünglichen Bestimmung in unserer modernen Erzählung, der freilich andere Aufgaben zugefallen sind ...

In meinen Büchern ist das Sich-Erinnern manchmal strukturbildendes Element: in „Nachdenken über Christa T." und in „Kindheitsmuster". Das deutet an, daß ich Erinnerungsverlust – den einer Person und den eines Volkes – für gefährlich, für dekompensierend halte. In den späteren Büchern – „Kein Ort. Nirgends" und „Kassandra" – erinnere ich (mich) an etwas: an die Ursprünge der Entfremdungserscheinungen in unserer Zivilisation. Dies war meine Fragestellung der letzten sieben Jahre. Und der letzte, weiteste Schritt zurück in die Frühgeschichte ermöglicht mir, merkwürdig oder nicht, zugleich ein Vortasten in die Zukunft, um die es ja, wenn ich über Vergangenes erzähle, eigentlich geht.

Herbst 1983

Zum Erscheinen des Buches „Kassandra“

Gespräch mit Brigitte Zimmermann und Ursula Fröhlich

Frage: Auf der Berliner Begegnung von Schriftstellern haben Sie dem Sinne nach geäußert, daß Ihre Arbeit nur auf eine friedliche Welt gerichtet sein kann. Welche Wirkung hat das augenblickliche Klima der Konfrontation und der Hochrüstung, wie es in der Stationierung amerikanischer Mittelstreckenraketen und Marschflugkörper in Westeuropa zum Ausdruck kommt, auf die Ausübung Ihres Berufes?
Christa Wolf: Ich empfinde die gegenwärtige Lage als hoch gefährlich, persönlich als starke Bedrückung, über die ich nicht ohne weiteres zur Tagesordnung übergehen kann. Auch die Tatsache, daß auf unserem Boden Raketen stehen werden, beschäftigt mich stark. Wir wissen ja, daß im Umfeld von Raketen im Falle einer militärischen Konfrontation niemand und nichts übrigbleiben würde. Die Frage ist mir immer gegenwärtig, ob unser Land, ob die beiden deutschen Länder, ob Mitteleuropa überhaupt überleben können oder nicht. Dies beeinflußt mein Schreiben und mein Leben, meinen Blick auf Alltagsvorgänge, die mir wieder kostbarer werden, meinen Umgang mit anderen Menschen, mit Kindern, Enkelkindern.

Trotzdem schreibe ich. Ich glaube nicht, daß Literatur auf zentrale politische Entscheidungen einen wesentlichen Einfluß hat. Aber es gibt ja den merkwürdigen psychologischen Mechanismus der Verdrängung und Milderung von Einsichten, die sehr bedrohlich sind, es gibt die Zähigkeit von Hoffnung. Auf diese Hoffnung hin schreibe ich, versuche ich, den Wurzeln der Widersprüche nachzugehen, in denen unsere Zivilisation jetzt steckt. Dies tat ich mit dem Kassandra-Buch, das ja schon völlig unter dem Eindruck der Zeitumstände entstanden ist. Ich halte übrigens dafür, daß es wichtig ist, ob man seine Zeit produktiv verbringt oder unnütz vertut – unter welchen Umständen auch immer.

Frage: Sie haben eben davon gesprochen, daß die Literatur vielleicht nicht dafür geschaffen ist, in zentralen politischen Vorgängen viel auszurichten. Andererseits erzählten Sie und sagten uns vorher, wie sehr „Kassandra" gebraucht wurde von den Friedenskräften, beispielsweise in der BRD, die sich daraus Losungen entnahmen usw. Ist das nicht ein ganz wichtiger Punkt, die ungeheure Breite, die die Friedensbewegung genommen hat?

Christa Wolf: Das sehe ich schon, und ich weiß auch, daß immer dann in der Geschichte, wenn Volksbewegungen sich vorbereiten oder im Gange sind, Literatur eine Chance hat, direkt zu wirken. Zum Beispiel so, daß westdeutsche junge Leser mir schrieben, nach der Lektüre von „Kassandra" würden sie sich nun auch der Friedensbewegung anschließen. Aber meistens wirkt Literatur auf eine indirekte Art, indem sie das Weltbild des Lesers, seine Weltsicht, langsam differenziert und womöglich verändert. So habe ich es ja auch an mir selbst erlebt: Wie lange brauchten Bücher, viele Bücher, um eine in die Tiefe gehende Veränderung meiner Weltsicht herbeizuführen; diese Veränderung kann dann sehr gründlich sein, und ich sehe ja Literatur durchaus auch als Instrument für Veränderungen: Nur die dauern eben Jahre, und mich bedrängt die Erkenntnis, daß wir nicht mehr sehr viel Zeit haben; daß wir eigentlich schnell eine andere Art zu denken bewirken müßten. Diese Zeit-Schere ist es, die mir zu schaffen macht.

Frage: Spielt denn bei der Bestimmung Ihrer Haltung zur jetzigen Situation auch eine Rolle, daß gute Schriftsteller ja so etwas wie moralische Autoritäten darstellen, deren Reaktion anderen sehr viel bedeuten kann?

Christa Wolf: Das ist mir beim Schreiben sehr viel weniger bewußt als zum Beispiel bei einem solchen Interview. Daß Autoren heute zu einer moralischen Instanz werden können, kann ich, allein, wenn ich meine Post daraufhin ansehe, nicht leugnen. Es liegt auch am Ausfall und der veränderten Rolle anderer moralischer Instanzen. Das Bewußtsein, Autorität zu sein, verschwindet aber vollkommen vor jedem neuen Stoff; da gibt es jedesmal den gleichen Zweifel, ob ich ihm gerecht werden kann, als hätte ich noch nie geschrieben. Mit der Rolle der „moralischen Autorität" muß jeder fertig werden, so gut und so ehrlich er kann; da werden übrigens auch andere Eigenschaften aufgerufen als die des reinen Autors.

Frage: Frau Wolf, Sie sind im Frühjahr des vergangenen Jahres gemeinsam mit Ihrem Mann zu Vorlesungen in den USA gewesen. Nun wird ja dabei sicherlich nicht nur über Literatur gesprochen. Haben Sie Eindrücke darüber gewinnen können, wie die derzeitige amerikanische Politik im Lande selbst beurteilt wird?

Christa Wolf: Eindrücke – ja. Differenzierte Eindrücke, glaube ich. Aber nach sieben Wochen Aufenthalt erhebe ich natürlich nicht den Anspruch auf einen umfassenden Überblick.

Wir haben eine ganze Reihe junger und nicht mehr ganz junger Leute kennengelernt, hauptsächlich aus dem Universitätsmilieu, die unter der Reagan-Politik leiden. Nicht alle von denen waren auch imstande, die Wurzeln dieser Politik und ihrer Leiden zu analysieren. Die das konnten, die sich zu Friedensgruppen formierten – New-Yorker Frauen zum Beispiel –, die den Sommer für Aktionen an US-Raketenbasen nutzten – diese Menschen haben wir rückhaltlos bewundert. Ihr Mut ist eindrucksvoll. Dies ist der gleiche Menschentyp, den ich in der westdeutschen Friedensbewegung und unter den jüngeren Leuten in unserem Land angetroffen habe: offen, kritisch, ohne Scheuklappen, unbestechlich durch Karriere und Geld, angstfrei, mit Freude am Genuß. Es ist dieser Typ als mögliche Zukunftsvision, den dort die Regierenden fürchten. Unter ihnen fühlten wir uns sofort heimisch.

Aber wir lernten auch Menschen innerhalb des Establishments kennen – zum Beispiel einen demokratischen Gouverneur und seine Frau –, die sich ernste Sorgen machen um die Auswirkungen der Reagan-Politik; die wirklich etwas wissen wollten über die Motive und die Ausbreitung der Friedensbewegung in Europa; die im Gespräch nach möglichen anderen Antworten suchten als den Reaganschen auf die die USA bedrängenden inneren Probleme.

Europa ist für die USA – auch für ihre Presse und öffentliche Meinung – ein sehr ferner, sehr unbekannter Kontinent. An die Stelle von Kenntnissen können leicht Mythen gesetzt werden – besonders dann, wenn ein so großer Teil der Bevölkerung eines Landes, wie das in den USA der Fall ist, aus Einwanderern der ersten, zweiten oder dritten Generation besteht: darunter aus Menschen, die in ihren Herkunftsländern, zum Beispiel Mexiko, Puerto Rico, einer vernichtenden Armut entwichen und für eine lange Zeit nichts anderes wünschen und tun können, als sich den neuen Verhältnissen vollkommen anzupassen. Aus diesen großen Massen ist kein kritisches Bewußtsein zu erwarten; aus der angstvollen Mittelklasse auch nicht; auf sie, glaube ich, sind auch Mythen wie die Verteufelung des Kommunismus zugeschnitten. Dagegen kann Literatur übrigens etwas bewirken. Aber wer liest sie schon?

Frage: Sie sind Jahrgang 1929, gehören also einer Generation an, die man als „mehrzeitig" bezeichnen darf. Sie haben die faschistische Katastrophe noch bewußt miterlebt. Ihre Studienjahre bzw. ersten Arbeitsjahre fielen zusammen mit den ersten Gehversuchen der DDR, die in der deutschen Geschichte einen Neubeginn markierte. Die Bücher, die Sie in den letzten beiden Jahrzehnten regelmäßig vorgelegt haben, sind Wegbegleiter dessen, was sich bei uns vollzogen hat und vollzieht und im Zusammenhang steht mit größeren Vorgängen auf diesem Kontinent. Kann man sagen, daß es die spezielle, einmalige historische Erfahrungswelt Ihrer Generation war, die Sie zur Schriftstellerin werden ließ, und hat sich diese Motivation verändert?

Christa Wolf: Sie fragen nach dem besonderen Konfliktfeld, in das meine Generation sich hier gestellt sah, nach den Reibungsflächen, aus denen heraus Kunst entsteht. Ja, die scheinen mir in meiner Generation mit ihren mehrfachen Erfahrungen gesellschaftlicher Umbrüche besonders heftig zu sein, und ich habe die Energie, die zum Schreiben nötig ist, von Anfang an aus diesem Spannungsfeld gezogen. Vielleicht wird es nicht noch einmal eine Generation geben, die so „in die Mangel genommen" wird, wie es mit der unseren geschah: Von der beinah vernichtenden Erfahrung, Objekt der Geschichte zu sein, zu dem oft angestrengten und überanstrengenden Versuch, auch des literarischen, der Subjektwerdung. Da hat meine Schreibmotivation sich über die Jahrzehnte hin nicht grundsätzlich verändert, aber der Akzent hat sich verlagert. Immer mehr wurde ich mir darüber klar, daß mein Hauptantrieb für Schreiben Selbsterforschung ist: Immer dann, wenn ich über mein Verhältnis zu meiner Zeit, zu ihren Strömungen, Institutionen, zu Zeitgenossen, zu mir selbst schreibend etwas herausfand, was ich vorher nicht gewußt hatte oder jedenfalls nicht hatte aussprechen können – immer dann stellte sich jener besondere Zustand der Erregung, jenes Gefühl von Authentizität ein, um dessentwillen ich eigentlich schreibe. Jenes Erschrecken über die Wirklichkeit, die ja nicht ein Gebilde außerhalb von uns ist, sondern ein Prozeß, dem wir unterliegen und den wir zugleich selbst mit hervorbringen. Dies ist es, was mir produktiv erscheint.

Wenn ich anderswo gelebt hätte, leben würde, zu einer anderen Zeit, würde ich wohl auch diesen Schreibzwang kennen, da er zu meiner Person gehört. Ob er so intensiv wäre wie in der Auseinandersetzung mit den

Problemen und Konflikten, die mir das Leben in der DDR aufdrängt, weiß ich nicht. Ob auch woanders dieses beinahe Verrücktsein nach diesen Erfahrungen, Problemen, Konflikten entstanden wäre; dieses imaginäre Dauergespräch, oft Streitgespräch, oft Auseinandersetzung mit den Leuten, mit denen man zusammen lebt – das weiß ich nicht.

Frage: Was Sie zu Ihrer Generation sagen, auch was Sie über sich und Ihre Altersgefährten geschrieben haben – beispielsweise in „Kindheitsmuster" –, da gehen Sie sehr hart ins Gericht mit dieser Generation. Vielleicht hängt das mit Ihrem Beruf zusammen. Aber es ist doch nicht so, daß sich diese Generation pausenlos entschuldigen müßte. Schließlich ist sie es gewesen, die entscheidend mit Hand angelegt hat, damit unser Staat zu dem wurde, was er heute ist.

Christa Wolf: Hart? Finden Sie das? Ich glaube, der Roman dieser Generation ist noch gar nicht geschrieben. Da ginge es nicht um Beschönigung oder Entschuldigung; da ginge es um eine nüchterne Analyse, die weh tun würde, am meisten dem, der es schriebe; und es ginge allerdings um einen anderen Maßstab als den der guten Absichten von hart arbeitenden Leuten; es ginge um die Frage, was unter dieser harten Arbeit aus ihnen als Menschen geworden ist. Mir scheint, diese Frage muß von uns an uns selber gestellt werden, unsere Kinder stellen sie sowieso.

Die Feststellung, „die Gesellschaft" habe in der oder jener Zeit die oder jene Fehler gemacht, ist mir literarisch relativ wenig interessant. Mich interessiert: Was habe ich in der oder jener Zeit gewußt, geahnt, gedacht, getan und unterlassen. Was davon habe ich, haben wir „vergessen". Was hat uns von uns selber, unseren früheren Hoffnungen und Vorstellungen entfernt und was taugt, in ein künftiges Zusammenleben von Menschen mitgenommen zu werden: dies ist die eigentliche Frage. Da schulden wir, besonders wir Literaten, den Jüngeren Aufrichtigkeit.

Frage: Sehen Sie sich in einer bestimmten literarischen Tradition?
Christa Wolf: Ich möchte spontan mit „ja" antworten, doch schon die Antwort auf die nächste Frage: in welcher? fiele mir nicht leicht. Meine Frühentwicklung als Autorin wäre nicht denkbar ohne die Kenntnis, die intensive Aufnahme der Literatur der deutschen Antifaschisten, der ehemaligen Emigranten, die das Selbstverständnis der Schreibenden meiner Generation entscheidend prägten und die wir, in aller Bescheidenheit, als unsere Vorgänger sahen. Ich habe damals im Schriftstellerverband gearbeitet, und es war für mich entscheidend wichtig, so unterschiedliche Menschen wie Fürnberg, Weiskopf, Alex Wedding, auch Kuba, selbst zu kennen, mit Uhse, Bredel, Claudius, Hermlin (etwas später), Kurt und Jeanne Stern über ihr Leben sprechen zu können, manche von ihnen ausfragen zu können über die Emigration, über Spanien, Mexiko, die Sowjetunion; sie in politischen Konfliktsituationen zu beobachten. Mit manchen von ihnen war ich mit der Zeit befreundet oder bin es noch. Da haben sich Klischees nicht lange halten können. Sie erzählten ihre Geschichte, unsere Vorgeschichte anders und plastischer, als sie in den Lehrbüchern stand. Sehr vieles habe ich auch heute noch nicht vergessen, auch die Anlässe weiß ich noch, aus denen manches erzählt wurde.

Um auf Ihre Frage nach literarischer Tradition im engeren Sinn zurückzukommen: Da hat mein Verhältnis zu Anna Seghers und meine lange währende Auseinandersetzung mit ihrem Werk einen besonderen Platz eingenommen. Aus der deutschen Literatur der Vergangenheit besonders Büchner, Kleist als Prosaautoren, Thomas Mann. Dann eine Zeitlang Aragon. Thomas Wolfe. Die Südamerikaner. Sehr wichtig war für mich ein Autor wie Bulgakow: „Der Meister und Margarita". Tolstoi. Dostojewski: „Brüder Karamasow". Ergibt das eine „Traditionslinie"? Man liest und guckt, wie haben das die anderen vor dir gemacht, und wenn man anfängt zu schreiben, ziehen sich alle die Schutzpatrone zurück. Man denkt, sie helfen einem bei keinem einzigen Satz, aber da irrt man wohl.

Für die letzten Jahre ist mir wichtig geworden die Traditionslinie weiblichen Schreibens. Dies auszuführen wäre ein Thema für sich, in den Vorlesungen zu „Kassandra" steht manches darüber. Ich nenne hier nur einige Namen: Ingeborg Bachmann. Virginia Woolf. Marie-Luise Fleißer.

Frage: Inzwischen sind in der DDR von Ihnen über eine Million Bücher erschienen, allein „Kindheitsmuster" erlebt im Februar seine 9. Auflage. Ihre Werke wurden darüber hinaus in 20 Sprachen übersetzt. Sie erschienen außerhalb der sozialistischen Länder und des deutschsprachigen Raumes u. a. in den USA, in Japan, Frankreich, Italien und in den skandinavischen Ländern. Sie sind eine wichtige Vertreterin der Literatur der DDR. Wie lebt man damit? Müssen Sie im nichtsozialistischen Ausland nicht häufig erst mal dieses Land „erklären", bevor über Literatur gesprochen werden kann?

Christa Wolf: Das sind zwei Fragen. Ich habe die Erfahrung gemacht, daß ich mich nicht als „Vertreterin" von irgend etwas aufspielen kann, sondern am besten als ich selber komme – also auch nicht mich selbst „vertrete". Da kommt ja dann meine Geschichte, meine Erfahrung, meine Weltsicht mit. Und heute ist es auch nicht mehr so, daß im Ausland ein Autor aus der DDR seinen ganzen Staat zuerst mal „erklären" muß – das habe ich stark in den sechziger Jahren erlebt. Heute, scheint mir, hört man in den Diskussionen genau auf die Zwischentöne, in denen sich, oft mehr als in Deklarationen, eine Andersartigkeit zeigt . . .

Frage: Andersartigkeit von Ihnen?

Christa Wolf: Von meinen Denkstrukturen, meiner Sicht. Stark ist mir das in den USA aufgefallen, und besonders stark bei Frauen, die es in der Mehrzahl nicht leicht haben, den blinden Fleck, den Mythos, den ihre Gesellschaft um sich selber verbreitet, zu durchdringen. Da wird man eindringlich befragt, und die Antworten, die man gibt, bezeugen den anderen gesellschaftlichen Hintergrund, aus dem man kommt.

Andererseits: Wenn ich dann nach Hause komme, habe ich auch einen „neuen Blick". Dann sehe ich unsere eigenen „blinden Flecke" wieder schärfer, die Mechanismen, in die wir schwer eindringen, fallen mir stärker auf. Was sehen wir von uns, und was sehen wir vielleicht nicht mehr? Ich glaube, Literatur ist auch dazu da, die „blinden Flecke" zu verkleinern, sie aufzuhellen. Dies zu tun ist nirgends leicht. Es wird häufig mißverstanden oder – milde ausgedrückt – als Unfreundlichkeit ausgelegt.

Frage: Tatsächlich ist ja nicht alles, was Sie geschrieben haben, von vornherein beifällig aufgenommen worden, und auch das eine oder andere, was Sie getan oder gelassen haben, ist bei uns auf Widerspruch gestoßen. Wie kommen Sie damit zurecht in einem Beruf, der ja auf Öffentlichkeit angewiesen ist?

Christa Wolf: Dieses Problem ist der Nachfrage wert. Selbst wenn ich von jenem Lektor absehe, der mir im Zusammenhang mit „Christa T." schriftlich gab, daß ich nun, nachdem auch dieses Buch mir mißlungen sei, zu schreiben aufhören solle, möchte ich zur Sache sagen: Es hat aus meiner Sicht bei uns jahrelang eine Anmaßung von Kritik und Theorie gegenüber Schreibenden und ihren Arbeiten gegeben. Es ist aber das eine, darum zu wissen, und etwas anderes, mit schwerwiegenden persönlichen Vorwürfen fertigzuwerden. Bei mir hat das dazu geführt, daß ich das eine oder andere Buch weniger geschrieben habe. Und dazu, daß ich mich auf das besann, was ich wirklich will und muß.

Ich verstehe, daß Literatur, wenn sie diesen Namen verdient, das heißt, wenn sie gewohnte Denkgrenzen überschreitet, sehr unbequem sein kann und auf Widerspruch stößt. Aber ich habe immer, wenn ein Buch erschienen war, erlebt, wie das Publikum sich spaltete und wie mit der Zeit die Zahl der Leser größer wurde, die bereit war, sich auf meine Fragestellungen einzulassen. Man braucht also Erfahrungen und Geduld – auf allen Seiten. Jedenfalls sage ich das heute von mir. Meine Lebenszeit ist nicht unbegrenzt, und ich kann mich nicht mehr in unfruchtbarem Gerangel aufreiben. Ich will jetzt einfach schreiben.

Frage: Bei allem Respekt, Sie gehören erwiesenermaßen zu den Autoren, die es den Lesern nicht eben leicht machen. Ihre Gedanken erschließen sich nur denen, die bereit sind, das geistige Abenteuer nachzuvollziehen, das Sie beim Schreiben zu bestehen hatten. Trotzdem – oder gerade deshalb? – erreichen Ihre Bücher hohe Auflagen. Welche Erfahrungen haben Sie mit den Lesern bei uns? Wie reagiert das Publikum auf die Ansprüche, die Sie stellen?

Christa Wolf: Ein Autor, der sich jahrelang mit einem Stoff beschäftigt, kommt an einen Punkt – er *muß* an diesen Punkt kommen –, da er sich ganz frei in diesem Stoff bewegt. Nicht immer kann er das bei den Lesern voraussetzen, besonders dann nicht, wenn (wie bei „Kassandra" oder „Kein Ort. Nirgends") auch Bildungsgut mit verarbeitet ist, das nicht mehr präsent ist. Durch die Vorlesungen, die der Kassandra-Erzählung vorausgesetzt sind, gebe ich da, glaube ich, eine Hilfe. Grundsätzlich aber muß ich sagen: Seit dem „Geteilten Himmel" erhebt sich der Vorwurf: schwierig! Eine ungeübte Leserschaft stieß auf ihr nicht geläufige literarische Mittel. Heute lesen dieses Buch Sechzehnjährige, ohne Schwierigkeiten. Heute haben die Leser die Südamerikaner, Kafka, Proust, Musil gelesen und verlangen nicht mehr platten linearen Naturalismus anstelle einer um des Realismus willen manchmal komplizierten Erzählweise. Wenn man mich also heute kritisch fragt: Für wen schreiben Sie eigentlich? Dann sage ich: für Leser. Das heißt, für Menschen, die Literatur als ein Instrument zur Erweiterung ihrer Erfahrung, ihrer Erkenntnisse brauchen. Nicht-Leser zu Lesern machen – das allerdings wird mir nicht gelingen. Aber manchmal erlebe ich auch, daß jemand ein Buch von mir als zu schwierig bezeichnet, das er zwar verstanden habe, aber die „einfachen Leute" ... Nun, wenn die einfachen Leute in die Hunderttausende gehen, bin ich ganz zufrieden.

Und zu Ihrer letzten Frage: Ich habe noch nirgends sonst ein so zahlreiches, anspruchsvolles, forderndes und auch dankbares Publikum angetroffen wie in der DDR.

Frage: Was lesen Sie zur Zeit?

Christa Wolf: Ein Buch über Ethnologie. Nochmals „Die Fahrt zum Leuchtturm" von Virginia Woolf, mit Entzükken. Den „Laden" von Strittmatter. Alles zu lesen, was in der DDR erscheint, mußte ich irgendwann aufgeben, aber ich lese möglichst viele der von Frauen geschriebenen Bücher: Daraus erfährt man etwas über das Alltagsleben in diesem Land. – Weiter bleibt mein Interesse auf die Bücher der Frühgeschichte und Mythologie gerichtet.

Frage: Sie sind nicht nur eine erfolgreiche, sondern auch eine sehr fleißige Autorin. Es ist ja eine Menge und ziemlich regelmäßig herausgekommen. Sie müssen demnach ein persönliches Umfeld haben, das gut geordnet ist?

Christa Wolf: Zwar arbeite ich ständig, was aber nicht heißt, daß ich jeden Tag schreibe. Übrigens mußte ich mich damit abfinden, daß ein Manuskript bei mir sehr langsam entsteht, viele Anläufe und Anfänge, also meistens Jahre braucht, ehe die erste Seite „steht". – Sie sagen „fleißig". Ich lebe unter dem Dauer-Gefühl, nicht genug zu arbeiten. Früher, als meine Kinder klein waren, war eine strenge, auf das Schreiben bezogene Tageseinteilung schwierig. Viel Zeit habe ich in unnützen Sitzungen versessen. Damals, glaube ich, ging mir die Fähigkeit, mich für Stunden zu konzentrieren, verloren, die ich als Studentin noch hatte. Da konnte ich bis in die Nacht hinein arbeiten und tat das auch. Das kann ich heute nicht mehr.

Dafür könnte ich nun, bei „geordnetem" Umfeld, bei

einer strengen Einteilung der Tage stetig produzieren. Zum Beispiel vier Stunden am Vormittag und drei bis vier Stunden am Nachmittag. Das sind auch wirklich die guten, aber seltenen Tage. Die Regel ist eine Menge von verschiedenartigen Abhaltungen und Ablenkungen, die sich daraus ergeben, daß mit wachsender Bekanntheit eines Autors auch die Zahl der Menschen wächst, die ein Anliegen an ihn haben – beruflich, persönlich, gesellschaftlich. Also sehr viel Post, sehr viel Telefonate. Darüber klage ich nicht, ich habe gelernt, auch diesen Teil meines Berufes zu akzeptieren. Nur wird es eben manchmal zum Kunststück, Zeit für die „eigentliche" Arbeit zu gewinnen. Andererseits möchte ich den intensiven Kontakt mit Lesern durch Briefe, Besuche, Lesungen nicht missen. Gerade dieser Kontakt bringt mir nicht nur eine große Menge von Informationen *nicht* äußerlich-faktischer Art, die ich auf keine andere Weise bekommen könnte; er verstärkt natürlich auch das Gefühl, gebraucht zu werden, das heißt also letzten Endes doch wieder die Schreibmotivation.

November 1983

Nachweise

Die Texte dieser Auswahl beruhen auf den Erstveröffentlichungen, den Manuskripten oder auf den letzten Auflagen der bisher erschienenen Sammlungen „Lesen und Schreiben", Berlin und Weimar 1973 (2., erweiterte Auflage); Christa Wolf Materialienbuch, Hrsg. Klaus Sauer, Darmstadt und Neuwied 1979; neue, überarbeitete Ausgabe 1983 (Sammlung Luchterhand [= SL] Band 265); „Lesen und Schreiben – Neue Sammlung", Darmstadt und Neuwied 1981 (2., erweiterte Auflage) (SL 295); „Fortgesetzter Versuch", Leipzig 1982 (3., erweiterte Auflage); und Christa Wolf, Gerhard Wolf „Ins Ungebundene gehet eine Sehnsucht. Gesprächsraum Romantik", Berlin und Weimar 1985 (zitiert als „Ins Ungebundene").

Die Nachweise nennen den Erstdruck, soweit ermittelt, sowie die Sammlung, in der der Text außerdem veröffentlicht ist; dazu werden knappe Angaben zum Anlaß des Textes gegeben und, wenn erforderlich, kurze Anmerkungen zu Personen und Sachverhalten.

Selbstauskünfte

Einiges über meine Arbeit als Schriftsteller – In: Junge Schriftsteller der Deutschen Demokratischen Republik in Selbstdarstellungen, Hrsg. Wolfgang Paulick, Leipzig 1965.

Tagebuch – Arbeitsmittel und Gedächtnis – In: Lesen und Schreiben, Darmstadt und Neuwied 1972 (Sammlung Luchterhand [= SL] Band 90). – Lesen und Schreiben – Neue Sammlung. Berlin und Weimar 1972.
Rundfunkbeitrag

Abgebrochene Romane – In: Situation 66. 20 Jahre Mitteldeutscher Verlag Halle, Halle/Sa. 1966.

Selbstinterview – In: Kürbiskern (München), Heft 4/1968, unter dem Titel „Nachdenken über Christa T. – ein Selbstinterview". – Lesen und Schreiben, 1972; Lesen und Schreiben – Neue Sammlung.

Rundfunkbeitrag für die Sendereihe „Autoren kommen zu Wort" des Berliner Rundfunks (DDR) vom 27. 12. 1967.

Das „Selbstinterview" leitete eine Lesung aus dem Manuskript von „Nachdenken über Christa T." ein.

Gegenwart und Zukunft – In: Woprossy Literatury (Moskau), Heft 12/1970. Text nach Neue Deutsche Literatur (Berlin), Heft 1/1971.

Die in Moskau erscheinende Monatszeitschrift Woprossy Literatury hatte Schriftsteller aus der DDR um die Beantwortung folgender Fragen gebeten:

1. Welches sind Ihrer Meinung nach die wichtigsten Veränderungen, die sich in den vergangenen zwanzig Jahren in der Wirklichkeit der DDR vollzogen haben, und wie haben sie sich im geistigen und moralischen Antlitz der Zeitgenossen widergespiegelt?

2. Welche Veränderungen vollziehen sich im Arsenal der künstlerischen Mittel und in der Genre-Struktur der DDR-Literatur, und welche davon erscheinen Ihnen am perspektivreichsten?

3. Woran arbeiten Sie im Augenblick, welche Pläne haben Sie für die Zukunft?

Die Neue Deutsche Literatur veröffentlichte einige dieser Antworten unter dem Sammeltitel „Wortmeldungen. Schriftsteller über Erfahrungen, Pläne und Probleme".

Dankrede zum Fontane-Preis – Unveröffentlicht.

Der Fontane-Preis wurde Christa Wolf am 22. 12. 1972 in Potsdam verliehen.

Über Sinn und Unsinn von Naivität – In: Eröffnungen. Schriftsteller über ihr Erstlingswerk, Hrsg. Gerhard Schneider, Berlin und Weimar 1974. – Christa Wolf Materialienbuch, Hrsg. Klaus Sauer, Darmstadt und Neuwied 1979 (SL 265); Lesen und Schreiben – Neue Sammlung.

Ein Satz. Bremer Rede – In: Süddeutsche Zeitung (München) vom 11./12. 2. 1978. – Christa Wolf Materialienbuch; Lesen und Schreiben – Neue Sammlung.

Rede anläßlich der Verleihung des Bremer Literaturpreises für 1977 am 26. 1. 1978 für das Buch „Kindheitsmuster".

biblioteka universalis – In: Das Reclam Buch, Mitteilungen des Verlages Philipp Reclam jun. Nr. 52 (Sonderheft), Leipzig 1978. Text nach „Fortgesetzter Versuch".

Auskunft – In: Deutsche Akademie für Sprache und Dichtung, Jahrbuch 1979, Heidelberg 1979.

Vorstellung bei der Aufnahme in die Deutsche Akademie für Sprache und Dichtung, Darmstadt.

Anekdotisches – In: Autoren. Verleger. Bücher. Ein Almanach. Für Hans Marquardt zum 12. August 1985. Mit einer Bibliographie seiner Bücher und einer Chronik des Verlages 1946 bis 1984, Leipzig 1985.

Irritation – In: Das Haus in der Französischen Straße. Vierzig Jahre Aufbau-Verlag. Ein Almanach, Berlin und Weimar 1985.

Netzwerk – Unveröffentlicht.

Rede anläßlich der Verleihung des Franz-Nabel-Preises der Stadt Graz am 8. 3. 1983.

Warum schreiben Sie? – In: Libération (Paris), März-Heft 1985. Text nach Manuskript.

Antwort auf eine Umfrage unter europäischen Autoren.

Wiener Rede – In: Der Falter (Wien), Heft 6/1985. Text nach Manuskript.

Rede anläßlich der Verleihung des Österreichischen Staatspreises für Europäische Literatur am 11. 3. 1985 in Wien.

Zeitgenossen I

Brecht und andere – In: Lesen und Schreiben, 1972. – Lesen und Schreiben – Neue Sammlung.

Rundfunkbeitrag für die Sendung „Werk und Bekenntnis. Selbstzeugnisse von Schriftstellern" von Radio DDR II (Berlin) vom 20. 4. 1966.

Die zumutbare Wahrheit. Prosa der Ingeborg Bachmann – Nachwort zu: Ingeborg Bachmann, Undine geht, Leipzig 1973. – Lesen und Schreiben, 1972; Lesen und Schreiben – Neue Sammlung.

Das Eigene. Juri Kasakow – Vorwort zu: Juri Kasakow, Larifari und andere Erzählungen, Berlin/DDR 1966. – Lesen und Schreiben – Neue Sammlung.

Der Sinn einer neuen Sache. Vera Inber – In: Lesen und Schreiben, 1972. – Lesen und Schreiben – Neue Sammlung.

Rundfunkbeitrag für die Sendereihe des Deutschlandsenders (Berlin/DDR) „Dichtung der neuen Epoche. Schriftsteller der DDR über sowjetische Literatur" vom 15. 11. 1967 unter dem Titel „Der Platz an der Sonne".

Ein Briefwechsel – In: Was zählt, ist die Wahrheit. Briefe von Schriftstellern der DDR, Halle/Sa. 1975.

Gedächtnis und Gedenken. Fred Wander: Der siebente Brunnen – In: Sinn und Form (Berlin/DDR), Heft 4/1972. – Lesen und Schreiben, 1972; Lesen und Schreiben – Neue Sammlung.

Fragen an Konstantin Simonow – In: Neue Deutsche Literatur (Berlin/DDR), Heft 12/1973. – Lesen und Schreiben – Neue Sammlung.

Das Gespräch entstand im Auftrag der Zeitschrift Neue Deutsche Literatur für das thematische Heft „Literarische Werkstatt UdSSR – DDR". Es fand am 21. 7. 1973 auf der Datsche Konstantin Simonows bei Moskau statt. Die Dolmetscherin L. I. Gerassimowa übersetzte. Es wurde auf Tonband gesprochen und später nur leicht redigiert. Den russischen Text übersetzte Eva Dannemann.

Sinnwandel. Zu Thomas Mann – In: Thomas Mann – Wirkung und Gegenwart. Aus Anlaß des hundertsten Geburtstages herausgegeben vom S. Fischer Verlag, Frankfurt/M. 1975. – Lesen und Schreiben – Neue Sammlung.

Max Frisch, beim Wiederlesen oder: Vom Schreiben in Ich-Form – In: Text und Kritik, Heft 47/48, München 1975. – Lesen und Schreiben – Neue Sammlung.

Gespräch mit Elke Erb – In: Elke Erb, Der Faden der Geduld, Berlin und Weimar 1978.

Berührung. Maxie Wander – Vorwort zu: Maxie Wander, Guten Morgen, du Schöne. Frauen in der DDR. Protokolle, Darmstadt und Neuwied 1978. – Lesen und Schreiben – Neue Sammlung.

Zum Tod von Maxie Wander – In: Mitteilungen der Akademie der Künste der DDR (Berlin), Heft 6/1978.

Maxie Wander starb am 20. 11. 1977.

Begegnungen. Max Frisch zum 70. Geburtstag – In: Begegnungen. Eine Festschrift für Max Frisch zum siebzigsten Geburtstag, Frankfurt/M. 1981.

Preisverleihung. Günter de Bruyn – In: Mitteilungen der Akademie der Künste der DDR (Berlin), Heft 1/1982. Text nach „Fortgesetzter Versuch".

Laudatio zur Verleihung des Lion-Feuchtwanger-Preises an Günter de Bruyn am 30. 9. 1981 in Berlin/DDR.

Lieber Heinrich Böll. Zum 65. Geburtstag – In: Ein Autor schafft Wirklichkeit. Heinrich Böll zum 65., Köln und Bornheim/Merten 1982.

Franz Fühmann. Trauerrede – In: Sinn und Form (Berlin/DDR), Heft 5/1984, unter dem Titel „Worte des Gedenkens".

Franz Fühmann starb am 8. 7. 1984. Die Rede wurde bei der Trauerfeier der Akademie der Künste der DDR am 16. 7. 1984 gehalten.

Struktur von Erinnerung. Elisabeth Reichart: Februarschatten – Nachwort zu: Elisabeth Reichart, Februarschatten, Berlin und Weimar 1985.

Elisabeth Reichart (geb. 1953 in Steyregg), studierte von 1975–1983 Geschichte und Germanistik in Salzburg, lebt seit 1982 in Wien. Ihr erstes Buch, „Februarschatten", erschien 1984.

Erinnerung an Friedrich Schlotterbeck – Nachwort zu: Friedrich Schlotterbeck, Je dunkler die Nacht . . ., Stuttgart 1985. Text nach Manuskript.

Friedrich Schlotterbeck starb am 7. 4. 1979 in Groß Glienicke.

Zeitgenossen II

Fragen an Anna Seghers – In: Neue Deutsche Literatur (Berlin/DDR), Heft 8/1959, unter dem Titel „Anna Seghers über ihre Schaffensmethode. Ein Gespräch".

Das siebte Kreuz – Nachwort zu: Anna Seghers, Das siebte Kreuz, Berlin/DDR 1964. Text nach „Fortgesetzter Versuch".

Ein Gespräch mit Anna Seghers – In: Neue Deutsche Literatur (Berlin/DDR), Heft 6/1965, unter dem Titel „Christa Wolf spricht mit Anna Seghers“.

Rundfunkgespräch im Deutschlandsender (Berlin/DDR) vom 3. 3. 1965 unter dem Titel „Vom ‚Aufstand‘ zur ‚Entscheidung‘“.

Glauben an Irdisches – Nachwort zu: Anna Seghers, Glauben an Irdisches. Essays aus vier Jahrzehnten, Hrsg. Christa Wolf, Leipzig 1969. – Lesen und Schreiben – Neue Sammlung.

Anmerkungen zu Geschichten – Nachwort zu: Anna Seghers, Aufstellen eines Maschinengewehrs im Wohnzimmer der Frau Kamptschik, Neuwied und Berlin 1970 (SL 14).

Bei Anna Seghers – In: Liebes- und andere Erklärungen. Schriftsteller über Schriftsteller, Hrsg. Annie Voigtländer, Berlin und Weimar 1972. – Lesen und Schreiben – Neue Sammlung.

Fortgesetzter Versuch – In: Über Anna Seghers. Almanach zum 75. Geburtstag, Hrsg. Kurt Batt, Berlin und Weimar 1975. – Lesen und Schreiben – Neue Sammlung.

Die Dissertation der Netty Reiling – Vorwort zu: Netty Reiling (Anna Seghers), Jude und Judentum im Werke Rembrandts, Leipzig 1981. Text nach „Fortgesetzter Versuch“.

Zeitgeschichten – Nachwort zu: Anna Seghers, Ausgewählte Erzählungen, Hrsg. Christa Wolf, Darmstadt und Neuwied 1983.

Transit: Ortschaften – Nachwort zu: Anna Seghers, Transit, Rom 1986. Text nach Manuskript.

Zeitgeschehen

Probleme junger Autoren – In: Freiheit (Halle) vom 1. 4. 1961 unter dem Titel „Für hüben und drüben. Diskussionsbeitrag zur Vorbereitung des V. Deutschen Schriftstellerkongresses“.

Diskussionsbeitrag zur zweiten Bitterfelder Konferenz 1964 – In: Protokoll der von der Ideologischen Kommission beim Politbüro des ZK der SED und dem Ministerium für Kultur am 24. und 25. April im

Kulturpalast des Elektrochemischen Kombinats Bitterfeld abgehaltenen Konferenz, Berlin/DDR 1964.
Stenogramm des Beitrags.

Eine Rede – In: Lesen und Schreiben, Darmstadt und Neuwied 1972, Berlin/DDR und Weimar 1972.
Rede auf einer Festveranstaltung zum 15. Jahrestag der DDR in Potsdam.

Notwendiges Streitgespräch – In: Neue Deutsche Literatur (Berlin/DDR), Heft 3/1965.
Diskussionsbeitrag zu einem internationalen Kolloquium, das Anfang Dezember 1964 in Berlin stattfand, bei dem Autoren und Literaturwissenschaftler aus sozialistischen Ländern über Tendenzen der zeitgenössischen deutschen Literatur sprachen und besonders das Problem der unterschiedlichen Entwicklung der Literatur in beiden deutschen Staaten und die Literaturpolitik, die internationale Wirksamkeit der DDR-Literatur und ihre Tradition diskutierten.
Stenogramm des Beitrags.

Fünfundzwanzig Jahre – In: Freie Welt (Berlin/DDR), 1. Juliheft 1966. – Lesen und Schreiben, 1972.

Deutsch sprechen – In: Neues Deutschland (Berlin/DDR) vom 29. 12. 1966. – Lesen und Schreiben, 1972.
Spiegel-Affäre: 1962 wurde gegen das Nachrichtenmagazin: „Der Spiegel", veranlaßt durch den damaligen Verteidigungsminister Franz Josef Strauß, wegen der Veröffentlichung einer Analyse des militärpolitischen Konzeptes der Bundeswehr der Vorwurf des Landesverrats erhoben. Dieses Verfahren führte zu einer innenpolitischen Krise und zur Umbildung der Bundesregierung, Strauß mußte aus dem Kabinett ausscheiden.
Hassel, Kai-Uwe von (geb. 1913 in Gare), 1954–62 Ministerpräsident von Schleswig-Holstein und Mitglied des Bundesrates, 1956–61 stellvertretender Bundesvorsitzender der CDU, 1962–69 Bundesminister für Verteidigung und 1966 Bundesminister für Vertriebene, Flüchtlinge und Kriegsgeschädigte.

Probe Vietnam – In: Vietnam in dieser Stunde. Künstlerische Dokumentation, Hrsg. Werner Bräunig, Fritz Cremer u. a., Halle/Sa. 1968. – Lesen und Schreiben, 1972.

Zu einem Datum – In: Sinn und Form (Berlin/DDR), Heft 1/1971. – Lesen und Schreiben, 1972.

Diskussionsbeitrag zum VII. Schriftstellerkongreß der DDR 1973 – In: VII. Schriftstellerkongreß der DDR, 14.–16. 11. 1973, Berlin, Protokoll der Arbeitsgruppen, Berlin und Weimar 1974.

Diskussionsbeitrag in der Arbeitsgruppe „Literatur und Geschichtsbewußtsein".

Stenogramm des Beitrags.

Diese Lektion: Chile – In: Chile – Gesang und Bericht, Halle/Sa. 1975, unter dem Titel „Diese Lektion wollen wir gründlich lernen".

Berliner Begegnung – In: Berliner Begegnung zur Friedensförderung. Protokoll, Hrsg. Akademie der Künste der DDR, Berlin 1982; Darmstadt und Neuwied 1982.

Die Berliner Begegnung fand auf Initiative von Stephan Hermlin vom 13.–14. 12. 1981 in der Hauptstadt der DDR statt, ihre organisatorische Ausrichtung erfolgte durch die Akademie der Künste der DDR und die Akademie der Wissenschaften der DDR.

Stenogramm des Beitrags.

Haager Treffen – In: „Es geht, es geht . . ." Zeitgenössische Schriftsteller und ihr Beitrag zum Frieden – Grenzen und Möglichkeiten, Hrsg. Bernt Engelmann u. a., München 1982.

Das Haager Treffen fand als Fortsetzung der Berliner Begegnung vom 24.–26. 5. 1982 in Den Haag statt.

Stenogramm des Beitrags.

Antwort an einen Leser – In: Deutsches Allgemeines Sonntagsblatt (Hamburg) vom 31. 1. 1982. – Christa Wolf Materialienbuch, Hrsg. Klaus Sauer, neue, überarbeitete Ausgabe, Darmstadt und Neuwied 1983 (SL 265), dort unter dem Titel „Ein Brief".

Rundfunkbeitrag für den Südwestfunk (Baden-Baden) vom 31. 12. 1981.

Zwei Briefe – Unveröffentlicht.

Der weiße Kreis – In: Katalog von „Save Life On Earth". International Posters, Cambridge, USA 1985. Text nach Manuskript.

Unter dem Titel „Save Life On Earth“ wurden Künstler aus aller Welt aufgerufen, Friedensplakate zu gestalten. Die Grundlage für alle Bildideen sollte ein weißer Kreis auf grünem Grund bilden.

Essays und Reden I

Lesen und Schreiben – In: Lesen und Schreiben, 1972. – Lesen und Schreiben – Neue Sammlung.

Beispiele ohne Nutzanwendung. Stockholmer Rede – In: Moderna Språk (Stockholm), Heft 3/1978. – Lesen und Schreiben – Neue Sammlung.

Beitrag zum PEN-Kongreß in Stockholm im Mai 1978, der unter dem Thema stand „Literatur in Verkleidung“.

Der Schatten eines Traumes. Karoline von Günderrode – ein Entwurf – Vorwort zu: Karoline von Günderrode, Der Schatten eines Traumes. Gedichte. Prosa. Briefe. Zeugnisse von Zeitgenossen, Hrsg. Christa Wolf, Berlin/DDR 1979; Darmstadt und Neuwied 1979. – Lesen und Schreiben – Neue Sammlung.

Nun ja! Das nächste Leben geht aber heute an. Ein Brief über die Bettine – Nachwort zu: Bettina von Arnim, Die Günderrode, Leipzig 1981. – Lesen und Schreiben – Neue Sammlung.

Von Büchner sprechen. Darmstädter Rede – In: Süddeutsche Zeitung (München) und Neue Zürcher Zeitung vom 18./19. 10. 1980. – Lesen und Schreiben – Neue Sammlung (2. erw. Aufl. 1981).

Rede anläßlich der Verleihung des Georg-Büchner-Preises der Deutschen Akademie für Sprache und Dichtung am 16. 10. 1980 in Darmstadt.

Vierte Frankfurter Vorlesung. Ein Brief . . . – In: Christa Wolf, Voraussetzungen einer Erzählung: Kassandra. Frankfurter Poetik-Vorlesungen, Darmstadt und Neuwied 1983. (SL 456).

Kleists „Penthesilea“ – Nachwort zu: Heinrich von Kleist, Penthesilea, Berlin/DDR 1983. Text nach „Ins Ungebundene“.

Rede auf Schiller – In: Stuttgarter Zeitung vom 18. 11. 1983. Text nach Sinn und Form (Berlin/DDR), Heft 4/1984.

Rede anläßlich der Verleihung des Friedrich-Schiller-Gedächtnis-Preises des Landes Baden-Württemberg am 13. 11. 1983 in Stuttgart.

Essays und Reden II

Ein Besuch – In: Sinn und Form (Berlin/DDR), Heft 5/1969. – Lesen und Schreiben, 1972.

Krankheit und Liebesentzug. Fragen an die psychosomatische Medizin – Unveröffentlicht.

Vortrag für eine Tagung der Arbeitsgruppe „Psychosomatische Gynäkologie" am 1./2. 11. 1984 in Magdeburg.

Gespräche

Unruhe und Betroffenheit. Gespräch mit Joachim Walther – In: Joachim Walther, Meinetwegen Schmetterlinge. Gespräche mit Schriftstellern, Berlin/DDR 1973. Text nach „Fortgesetzter Versuch".

Subjektive Authentizität. Gespräch mit Hans Kaufmann – In: Weimarer Beiträge (Berlin/DDR), Heft 6/1974, unter dem Titel „Gespräch mit Christa Wolf". – Lesen und Schreiben – Neue Sammlung (unter dem Titel „Die Dimension des Autors").

Erfahrungsmuster. Diskussion zu „Kindheitsmuster" – In: Sinn und Form (Berlin/DDR), Heft 4/1976. – Christa Wolf Materialienbuch, Hrsg. Klaus Sauer, 1.–3. Aufl., Darmstadt und Neuwied 1979–1981 (SL 265).

Am 8. 10. und 3. 12. 1975 fand in der Akademie der Künste der DDR eine Lesung aus dem Manuskript von „Kindheitsmuster" statt. Der in Sinn und Form abgedruckte Text wurde nach Ausschnitten aus den jeweils folgenden Diskussionen zusammengestellt.

„Wir haben alle nicht verhindern können, was jetzt in Spanien passiert ist . . .": Am 27. 9. 1975 wurden fünf spanische Antifaschisten trotz weltweiter Proteste hingerichtet.

„Ich meine, als Kommunist hat man die Pflicht . . .": Aus einem Interview der dänischen Zeitung Land og Folk mit Fritz Cremer, das Der Spiegel (Hamburg) vom 3. 5. 1971 auszugsweise veröffentlichte.

Der letzte Satz muß lauten: „Ich glaube, das sind die ernsteren, wohlgemerkt, wenn sie es im Namen des Sozialismus tun."

Kiefern und Sand von Brandenburg. Gespräch mit Adam Krzemiński – In: Polityka (Warschau), Heft 2/1976. Text nach Manfred Diersch und Hubert Orlowski (Hrsg.), Annäherung und Distanz. DDR-Literatur in der polnischen Literaturkritik, Halle/Leipzig 1983. Übersetzer Stanisława Diersch. Durchgesehene Fassung.

Arbeitsbedingungen. Interview mit Richard A. Zipser – In: Richard A. Zipser, DDR im Tauwetter. Wandel – Wunsch – Wirklichkeit, Band III, New York, Bern, Frankfurt/M. 1985. Text nach Manuskript.

Die schriftlich formulierten Fragen wurden DDR-Autoren für diese Publikation über DDR-Literatur gestellt, die am German Department des Oberlin College, Oberlin (Ohio), erarbeitet wurde.

Sylvia Plath (1932 in Boston – 1963 in London), unterrichtete nach dem Studium von 1957–59 an einem College, 1956 Heirat mit dem britischen Schriftsteller Ted Hughes, lebte ab 1959 in Großbritannien. Sie schrieb Gedichte, Erzählungen und den Roman „Die Glasglocke".

Ich bin schon für eine gewisse Maßlosigkeit. Gespräch mit Wilfried F. Schoeller – In: Süddeutsche Zeitung (München) vom 10./11. 3. 1979. Durchgesehene Fassung. – Christa Wolf Materialienbuch, Hrsg. Klaus Sauer, 1.–3. Aufl., Darmstadt und Neuwied 1979–1981 (SL 265).

Auszüge aus einem Fernsehinterview für ein Porträt von Christa Wolf im WDR (Köln) am 9. 3. 1979.

Projektionsraum Romantik. Gespräch mit Frauke Meyer-Gosau – In: Alternative (Berlin/West), April/Juni 1982, unter dem Titel „Kultur ist, was gelebt wird". Durchgesehene Fassung. – Christa Wolf Materialienbuch, Hrsg. Klaus Sauer, neue, überarb. Ausgabe, Darmstadt und Neuwied 1983 (SL 265).

Aus einer Diskussion an der Ohio State University. Gespräch mit Christa und Gerhard Wolf – In: The German Quarterly (Ohio), Heft 1/1984. Durchgesehene Fassung.

Ursprünge des Erzählens. Gespräch mit Jacqueline Grenz – In: Connaissance de la RDA (Paris), Nummer 17 vom Dezember 1983. Durchgesehene Fassung.

Zum Erscheinen des Buches „Kassandra". Gespräch mit Brigitte Zimmermann und Ursula Fröhlich – In: Wochenpost (Berlin/DDR) vom 10. 2. 1984 unter dem Titel „Das starke Gefühl, gebraucht zu werden".

Zu dieser Ausgabe

Die vorliegende Auswahl versammelt Aufsätze, Essays, Reden und Gespräche aus rund fünfundzwanzig Jahren, die einen Eindruck vom Entwicklungsweg Christa Wolfs vermitteln können. Vollständigkeit wurde besonders bei den frühen Texten nicht angestrebt: aufgenommen wurde, was wichtige Grundpositionen, Zäsuren oder neue Denkansätze erkennen läßt und in enger Beziehung zu den damals entstandenen Prosatexten steht – auch wenn es sich im einzelnen um heute überwundene Standpunkte handelt. Die Beiträge aus den letzten fünfzehn Jahren dokumentieren das essayistische und publizistische Schaffen Christa Wolfs in diesem Zeitraum nahezu lückenlos. Aus den zahlreichen Gesprächen mit der Autorin wurden nur einige charakteristische ausgewählt.

A. D.

Inhalt

Selbstauskünfte